Zu diesem Buch

«600 überwältigende Seiten, Theater, Kino, Kabarett, Schauspieler in Kostümen, historische Persönlichkeiten, Politiker, die man abends auf dem Bildschirm wiedertrifft. Man lacht, tanzt, schreit. Totales Theater, wo man getreu der großen Tradition des amerikanischen Romans einem donquijotischen Kampf zwischen Fiktion und Fakten beiwohnt.» («Le Monde»)

«Als eine Mischung von Fakten und Fiktion ist Coovers Roman ein großes Kunstwerk zu nennen, jene Art von Buch, die einem nur einmal im Leben begegnet.» («The Washington Post»)

«In seinen besten Momenten ist Coovers Roman eine bösartige, sarkastische, intelligente und historisch fundierte Abrechnung mit einem von sich selbst überzeugten amerikanischen Sendungsbewußtsein, das unter dem Deckmantel der Rettung von Freiheit und Demokratie immer auch auf seinen eigenen Vorteil bedacht ist. Er bietet eine erschrekkende und in ihrer Verzerrung gleichzeitig komische Vision des amerikanischen Traums.» («Frankfurter Allgemeine Zeitung»)

Robert Coover, geboren 1932 in Iowa/USA, bekam für seinen Roman «The Origin of the Burnists» den William-Faulkner-Preis. Romane, Kurzgeschichten und Theaterstücke machten den Autor bald zu einem bekannten Vertreter der literarischen Avantgarde seines Landes. Im Rowohlt Verlag erschien 1987 sein Roman «Geralds Party».

Robert Coover

DIE ÖFFENTLICHE VERBRENNUNG

Roman

rororo

Rowohlt

Die Originalausgabe erschien unter dem Titel
«The Public Burning»
Umschlagillustration Ian Pollock
Umschlagtypographie Lo Breier

Veröffentlicht im Rowohlt Taschenbuch Verlag GmbH,
Reinbek bei Hamburg, April 1988

Aus dem Amerikanischen übersetzt von einer Arbeitsgruppe
Gesamtherstellung Clausen & Bosse, Leck
Printed in Germany
1280-ISBN 3 499 12197 2

Sechsmal bereits hatte das Ehepaar Rosenberg aus dem Todestrakt von Sing-Sing an den Höchsten Gerichtshof appelliert, und sechsmal hatte eine Mehrheit der neun Richter die Gnadengesuche des fahlen, schmächtigen Technikers und seiner Frau zurückgewiesen. Die Todesstunde der beiden Atomspione rückte näher – Donnerstag, 23.00 Uhr –, das Gericht hatte sich schon für den Sommer vertagt, da gewährte William Douglas, Richter am Obersten Bundesgericht, völlig unerwartet den Hinrichtungsaufschub, den das Gericht in voller Besetzung verweigert hatte. In den Annalen des ehrwürdigen Obersten Gerichtshofes der USA findet sich nichts, das der höchst dramatischen Episode vergleichbar wäre, die darauf folgte.

«Das letzte Gnadengesuch», *Time*,
29. Juni 1953

Das ist für mich am allerwichtigsten – die Geschichten.

Josephine Paris (dargestellt von Ethel Rosenberg)
in *The Valiant* von H. E. Porter und Robert Middlemass.

Natürlich hatte damals keiner von uns Geld, daher aßen wir nach dem Schlittschuhlaufen einfach bei dem oder jenem zu Haus, Spaghetti oder ähnliches, und anschließend saßen wir rum und erzählten Geschichten und lachten. Dick war stets der Star dieser Parties, weil er einen wunderbaren Sinn für Humor besitzt. Er schaffte es spielend, uns zum Lachen zu bringen. Manchmal haben wir sogar Theater gespielt. Ich werde nie den Abend vergessen, als wir «Die Schöne und das Tier» spielten. Dick war das «Tier», und einer der anderen Männer hatte sich als die «Schöne» verkleidet. Das hört sich alles ein wenig komisch an, wenn man es heute erzählt, aber damals waren wir ja noch sehr jung... Wir haben uns prächtig amüsiert und viel gelacht.

Mrs. Richard Nixon

Mein ganzer Humor entwickelt sich aus Situationskomik...

Mr. Richard Nixon

Ich bin nicht hier, um Ihnen Dinge zu erzählen, die Sie genausogut kennen wie ich.

Dwight David Eisenhower
7. April 1953

Widmung

RICHTER WILLIAM O. DOUGLAS GEWIDMET,
mit dem ich einen Gruß wechselte,
als wir uns nicht lange nach diesen Ereignissen
auf dem alten Treidelpfad am Kanal begegneten.

PROLOG

Am 24. Juni 1950, weniger als fünf Jahre nach Ende des Zweiten Weltkrieges, beginnt der Koreakrieg, wieder werden amerikanische Jungs in Uniformen gesteckt und losgeschickt, um für die Freiheit zu sterben. Ein paar Wochen später verhaftet das FBI zwei Juden aus New York City, Julius und Ethel Rosenberg, und beschuldigt sie, gemeinschaftlich Atomgeheimnisse an sich gebracht und an die Russen weitergegeben zu haben. Es kommt zum Prozeß, sie werden für schuldig befunden und am 5. April 1951 zum Tode auf dem elektrischen Stuhl verurteilt. Wer Feuer stiehlt, soll durch Feuer umkommen, auch steht ja geschrieben, »über jedermann, der so sehr von bösen Geistern besessen ist, daß er dem rechten Glauben abschwört, soll solches Urteil verhängt werden wie über Hexenmeister und Zauberer«. Nach den üblichen juristischen Manövern, Gesuchen um Vollstrekkungsaufschub und hartnäckig den Scheiterhaufen fordernden Gegenanträgen ist ihr Schicksal besiegelt; der Oberste Gerichtshof der USA hat es zum sechsten und letzten Mal abgelehnt, sich mit dem Fall zu befassen, schließt die Türen und geht in die Sommerpause. Donnerstag, den 18. Juni 1953, am Abend ihres vierzehnten Hochzeitstages sollen Rosenbergs in New York City auf dem Times Square hingerichtet werden.

Hierfür gibt es Gründe: theatralische, politische, absonderliche. Man glaubt, solch ein Ereignis könnte öffentliche Bekenntnisse provozieren: Rosenbergs, bis dahin einsilbig und verstockt, könnten, sobald sie auf der Bühne stehen und die Scheinwerfer aufleuchten, ihre nationale Rolle begreifen und mitspielen, sich vor ihrem Tod von der dunklen, mysteriösen Macht des Phantoms befreien, sich zum Wohl des Volkes dieser Last entledigen, könnten hierdurch andere ebenfalls dahin bringen – zum Altar nämlich –, ihre Seelen vom Makel des Phantoms zu reinigen. Viele glauben zudem, daß solch ein öffentliches Schauspiel genau das sei, was die geplagte Nation im Augenblick brauche, um ihre sinkende Moral zu festigen. Irgend etwas Archetypisches, Tragisches, Beispielhaftes. Die Dinge sind nicht so gut gelaufen, seit der neue Krieg begonnen hat – besonders seit die Rotchinesen in Schwärmen über den Yalu kamen und unseren Jungs Beine machten. Ablenkung wäre willkommen, und würde sie richtig gebracht, wer weiß, ob das nicht auf die Welt wie eine neue Stimulans wirken, die Herzen erheben, die

Dinge wieder in Schwung bringen, vielleicht sogar den freien Völkern Asiens den Sieg, den aufständischen Arbeitern im versklavten Osteuropa Mut machen und der amerikanischen Nation gute Ernten und Steuersenkungen bescheren könnte. All das ist möglich. Und wenn das Zaudern der Gerichte zeitweilig zu Besorgnissen Anlaß gegeben hat, so stimmen plötzlich Ort und Zeitpunkt wie durch Zauberei. Die Vierzehn symbolisiert demnach Einigkeit und Ordnung, Gerechtigkeit und Ausgleich; die Stadt feiert die dreihundertste Wiederkehr ihrer Gründung als New Amsterdam, ihr Nabel, der Times Tower, begeht sein Silberjubiläum, die Freiheitsstatue – unsere Madonna vom Hafen, Zuflucht der Entrechteten, Bundeslade, Regina Coeli, Gnadenreiche Mutter, Stern des Meeres, Perle des Ozeans – wird 69; Times Square selbst ist eine heilige Stätte Amerikas, seit langem mit den Festen der Wiedergeburt verbunden; und noch immer liegt Frühling in der Luft. Man hofft sogar, daß gerade jetzt eine entschlossen durchgeführte öffentliche Teufelsaustreibung das Phantom aus seinen Schlupfwinkeln herjagen, es zwingen könnte, sich zu materialisieren, sich nackt im ehrbaren elektrischen Lichterglanz einer all-amerikanischen Großstadtnacht zu zeigen, auf daß Uncle Sam etwas zum Draufdreschen bekomme, außer ein paar fernen Schlitzaugen.
Wochen vorher hat man den ausersehenen Bezirk mit Polizeigittern abgeriegelt und an der Kreuzung Broadway/Seventh Avenue über dem Informationskiosk eine Bühne errichtet. Diese Bühne gleicht weitgehend der Hinrichtungskammer von Sing-Sing, die Wände gekalkt, grell erleuchtet und primitiv ausgestattet mit einem alten, eichenen elektrischen Stuhl, Kabeln, Heizungsröhren, einem Feuerlöscher, einem Eimer samt Aufnehmer, um die reflexhaften Ausscheidungen der Opfer zu beseitigen, sowie einem Wagen zum Wegkarren der Leichen. Der Stromschalter ist durch eine offene Tür auf der rechten Bühnenseite sichtbar, ein Punktscheinwerfer strahlt ihn an. Andere, elegant getäfelte Türen führen rechterhand zu den Presse- und Autopsieräumen, links hinten findet sich eine weitere Tür, die von der »Letzten Meile«, auch »Tanzboden« genannt, hereinführt. Über diesem Eingang, den die Rosenbergs benutzen werden, hängt ein Schild mit der Aufschrift: RUHE. Details aus dem Bühnenbild (»Büro des Gefängnisdirektors«) von *The Valiant*, einem einaktigen Melodram von Holworthy Hall *(Pseud.)* und Robert Middlemass über einen auf Grund falscher Anschuldigungen zum Tode verurteilten Mann, das die Clark House Players Anfang der Dreißiger auf der Lower East Side herausbrachten, und in dem die verträumt blickende, sechzehn-

jährige Ethel Greenglass eine Hauptrolle spielte, sind eingearbeitet worden (ein Telefon-Apparat, eine Reihe elektrischer Klingelknöpfe, ein Bündel von vierzig oder fünfzig Briefen usw.), teils um Ethel ein Gefühl von Vertrautheit zu geben, teils um sie die Ironie der Situation spüren zu lassen, teils um sie mit einem Schuß déjà vu zu überraschen.

Stühle werden aufgestellt, Kameragerüste aufgebaut, Zugang für V.I.P.s geschaffen, Traualtäre und Nebenbühnen für das Rahmenprogramm aufgeschlagen, Einrichtungen für besondere Licht- und Toneffekte angebracht. Die Straßen, die in den Times Square münden, hängen voller Fahnen (der Square ist natürlich alles andere als ein Quadrat, und von oben erinnert der geschmückte Bereich ein wenig an einen rot-weiß-blauen Davidsstern); der Verkehr wird so umgeleitet, daß ein Maximum an Stauungen und Aggression entsteht: ein solider Gürtel aus Wut bildet an der Peripherie die essentielle liturgische Ergänzung zur gelösten Ruhe des Zentrums. Die Schaukästen und Markisen der Theatereingänge, wesentliche Bestandteile des Lokalkolorits dieser Gegend, verkünden hausgemachte amerikanische Lebensweisheiten:

JEDER TRÄGT SEINE EIGENE HAUT ZU MARKTE
UNSER IRDISCHES DASEIN IST NUR EIN VERGÄNGLICHES DÜSTERES ZWISCHENSPIEL IN DER STRAHLENDEN OFFENBARUNG GOTTES, UNSERES VATERS!
AMERIKA IST DIE HOFFNUNG DER WELT
NETTE LEUTE LEBEN LÄNGER
DREI KÖNNEN EIN GEHEIMNIS BEWAHREN, WENN ZWEI VON IHNEN TOT SIND

Man hat ein Festkomitee ernannt unter dem Vorsitz von Cecil B. De Mille – sein letzter Erfolg war *The Greatest Show on Earth*, Oscar-Gewinner des Vorjahres – unter Mitwirkung von Sol Hurok, Dan Topping, Bernard Baruch, der A.E.C.* und Betty Crocker, ferner Conrad Hilton, dessen Hotel in Albuquerque bei der Anklage gegen die Rosenbergs eine gewichtige Rolle spielte, Sam Goldwyn und Walt Disney, Ed Sullivan, dem Dirigenten des Mormon-Tabernacle-Chors, den verschiedenen Stabschefs, Sing-Sing-Direktor Wilfried Denno, den Holy Six und vielen anderen. Sie laden Sänger, Diskjockeys, Prediger und Ein-Mann-Unterhalter zu Probeauftritten ein, sehen sich Uncle Sams neuestes Dokumentarfilmmaterial über die beiden kleinen Söhne

* A.E.C. = Amerikanische Atomenergiebehörde

der Rosenbergs an, das den Hintergrund für die Hinrichtungen abgeben soll, beauftragen Oliver Allstrom and His Pentagon Patriots mit der Komposition eines eigenen Titelsongs für das Schauspiel, lassen von erfahrenen Tammany-Funktionären spontane Demonstrationen organisieren, und verpflichten die Marschkapelle einer texanischen High School, »Eines schönen Tages« aus *Madame Butterfly* so wie »The Anniversary Waltz« aus *High Noon* zu spielen, zur Zeit die Lieblingsmelodie von Präsident Eisenhower, wie es heißt. Der Präsident, gerade zurück nach sieben Tagen Politkarneval in den Badlands und Oyster Bay, hatte in dieser Woche im Weißen Haus den Singenden Cowboy Gene Autry zu Gast, und Gene wird aufgefordert, während der Exekution »When It's Twilight on the Trail« und »Back in the Saddle Again« zu singen. TIME, der nationale Poeta Laureatus, der in diesem Frühjahr seinen dreißigsten Geburtstag zelebrierte, wird vom Komitee gebeten, ein Gedenkpoem zu lesen; ein Kampf um die amerikanische Meisterschaft im Mittelgewicht zwischen Bobo Olsen und Paddy Young wird an das Programm angehängt, und Harry James mit seinem Orchester auf das Dach des Astor beordert. Man bemüht sich um eine Sondergenehmigung für den Verkauf von Alkohol in den Theatern der Innenstadt und auf dem Times Square am Donnerstag abend. Es ist heiß geworden, und bei solch einem Gedränge tut es gut, sich die Kehle anzufeuchten. Als der Tag näherrückt, wird ein starkes Kontingent New Yorker Staatspolizei nach Ossining verlegt, um die 290 überarbeiteten Gefängnispolizisten, die gegenwärtig Rosenbergs bewachen, abzulösen und die Atomspione in die City zu eskortieren. Die anderen Hauptdarsteller des Prozesses müssen ebenfalls dorthin gebracht werden: der Richter und die Geschworenen, die Anklagevertreter, dazu die Zeugen, unter ihnen Ethel Rosenbergs Bruder David Greenglass, Soldat in Los Alamos, der sich zwar selbst belastete, dessen Zeugnis jedoch fast ausschließlich die Verurteilung Ethels und ihres Ehemanns begründete und sie zum elektrischen Stuhl verdammte. Dieser Stuhl, jetzt klobig und furchteinflößend auf der Bühne des Times Square, untersteht der alleinigen Verantwortung des Staatshenkers Joseph P. Francel, Veteran des Ersten Weltkrieges und Elektriker in Cairo, New York. Francel, der eine schwere Gasvergiftung im Kriege erlitt, ist ein Profi, der schon Hunderte von Übeltätern schnell in den Tod befördert hat – er feiert in diesem Jahr ebenfalls ein vierzehntes Jubiläum, als Henker von Sing-Sing. Ernannt wurde er 1939 am Columbus-Tag, und dieser Doppeljob bringt ihm einen Bonus von 300 Dollar ein. All das nimmt man als gutes Omen.

Nicht etwa, daß Amerikaner abergläubisch wären. Wie könnten sie, die Bürger dieser vernünftigsten Nation (Gottes) auf Erden? Sie brauchen kein Omen, um einen Schalter zu drehen, einen Dollar zu machen, oder die Welt zu verändern, denn sie sind die erwählten Söhne und Töchter Uncle Sams, geborener Sam Slick, dieses gerissenen Yankee-Hausierers, der – ähnlich jenem herben Griechenmädchen von anno dazumal – jungfräulich geboren wurde und voll entwickelt dem geplatzten Samensack der Aufklärung entschlüpfte. »Wendig«, so sagt der Evangelist, »wie eine schwarze Schlange, die sich häutet!« Jung-Sam, »dünn wie eine entblätterte Ulme«, bereits mit Kinnbart und Zylinder, und überhaupt völlig ausstaffiert mit blauem Schwalbenschwanz und gestreiften Hosen, die Taschen vollgestopft mit Warenlisten, Patenten und Feuerwerkskörpern, bricht über die zitternde Alte Welt herein wie eine 4.-Juli-Rakete, wiehernd und schnaubend wie ein Wildpferd: »Huu – Huuu –Huuup! Wer grast mit ab, wer will sich mit mir beißen? Ruff – Juff – Brrrr – Hahuuu! Im Namen des großen Jehovah und des Kontinentalkongresses, ich hab den Rubikon überschritten – schwimmen oder untergehen, leben oder sterben, davonkommen oder krepieren, ich bin heiß aufn Kampf, ich werd aufn Teufel komm raus kämpfen, im festen Vertrauen auf den Schutz gottgefälliger Protestanten, ich muß mich prügeln oder einpökeln lassen, sonst vergammel ich! Hört ihr mich da drüben, elendes Kroppzeug? Hier spricht die Hoffnung der Welt! Ich bin Sam Slick, der Yankee-Hausierer – ich kann aufm Blitz reiten, fang den Donner mit der Faust, freß ganze Nigger, roh oder gekocht, rutsch ohne Schramme Christusakazien runter, schmeiß mich mit meinem ganzen Gewicht auf Hyänen und Rotröcke, presse Blut aus Kohlköpfen, und aus Pfaffen echte Dukaten, den schlitzäugigen Heiden reiß ich die unergründliche Maske von der Visage – und wo bleibt nun dieser Johnny Bull, um bei *meiner* Proklamation mit den Hufen zu stampfen und sich auf die Hinterbeine zu stellen? Huuu-huup! Wir mögen unsere Tasse Tee, Leute, aber unsere Freiheit ist uns lieber, also beugt euern Nacken und macht euch platt, ihr Hottentotten, eitel ist es, die Lage zu beschönigen, Unheil tritt die Herrschaft an und Jammer, sein Kind, begleitet es, und Großbritannien soll den Tag verwünschen, an dem seine bösen Horden hierher kamen! Und siehe, ich aber sage euch, mit bloßen Händen hab ich einem Puma Löckchen ins Fell gedreht, hab ich einen Schwarzbären zu Tode gedrückt und einen Grizzly dazu gebracht, »Jesus, meine Zuversicht« zu singen, im schmerzlichen Duett mit seinem Arschloch – *und ich hab noch nich mal angefangen zu kämpfen!* Jipiiih! Ich bin wild

und wollig und voller Flöh, kein Striegel kommt mir in die Näh, also, wollt ihr ne Havarie vermeiden, dann verschwindet vom Ozean, Frauen und Kinder zuerst! Denn das ist für uns das unbezweifelbar Wahre: Gott hilft dem, der sich selbst hilft, man muß bloß losmarschieren; Müßiggang ist aller Laster Anfang, und wer von der Hoffnung lebt, der nuckelt bis zum Tod am großen Zeh; am Handel ist ne Nation noch nie kaputt gegangen; und nischt ist so gewiß wie der Tod, die Steuern, die leuchtende Verheißung Gottes, der fromme Eigennutz, gewisse unveräußerliche Rechte und Holz, Holz, Holz bis ans Ende der Welt!«
Den Amerikanischen Autolykos nannte man ihn in den Gospels, und dachte dabei an die verschlagene Macht seiner Beschwörungen, seiner Verwandlungen und seiner magischen Einverleibungen (er versteht sich aufs Knobeln, nicht bloß mit Streichhölzern, sondern mit ganzen Zinnminen, Wäldern, Ölfeldern, Gebirgsketten, und im letzten Jahr, kurz vor dem Erntedankfest ließ er eine ganze Insel verschwinden!). Es heißt, wenn er über den Kontinent stapft, sich auf den Pike's Peak setzt und in sein rot-weiß-blaues Taschentuch schneuzt, dann bebt die Erde und Königsthrone wackeln . . .
»Jawohl, wir müssen kämpfen! Ich sags noch einmal, Sir, ich fühl was gräßlich Wölfisches an Kopf und Schultern, ich brauch dringend nen Kampf, ein jeder, der die Früchte der Freiheit zu ernten gedenkt, muß wie ein Mann Strapazen auf sich nehmen, Nasen verdrehen und Augäpfel eindrücken, Rippen brechen und massakriiiieren! Also tragt die Fahne, ihr Söhne der Freiheit, achtet auf eure Eier, marschiert im Gleichschritt zur Hymne der Union, unsere Brüder stehen bereits im Felde, was hocken wir hier müßig rum? Zeit ist Geld! Utica hält uns nicht, uns nicht, uns gehört der ganze grenzenlose Kontinent, das ist genau son Naturgesetz wie daß der Mississippi ins Meer fließt, oder daß der Handel der Flagge folgt! *Angst* ist das Fundament der meisten ReGIERungen, also kräftig zugetreten Jungs, bis sie schrein! Wir wolln uns gegenseitig animiern und ermutigen – Wupiiih – und der ganzen Welt zeigen, daß ein freier Mann, der auf seinem eigenen Boden für die Freiheit streitet, schneller rennen, länger tanzen, höher springen, mehr Tabak kauen und weniger spucken, stärker saufen, lauter brüllen, besser übers Ohr hauen und kräftiger prügeln kann als irgendeine gelbe, braune, rote, schwarze oder weiße Kreatur in menschlicher Gestalt, die ihre unglücklichen Latschen auf Yankeeboden setzt! Es ist unser offenkundiges Recht, uns auf dem Kontinent breit zu machen, den die Vorsehung für das ungehinderte Wachstum unserer sich jährlich vervielfachenden Millionen auserkoren hat, also spart nicht die

Torpedos, Volldampf voraus, auf, ihr Halsabschneider, wir können der Geschichte nicht entrinnen! Hinmachen müssen wir sie für die gute Sache, das ist genau, was der Doktor uns verschrieben hat, Logik ist Logik, mehr sag ich nicht, und denkt dran, wenn ihr nicht auf die VERNUNFT hört, dann wird sie euch garantiert auf die Finger klopfen! Hört auf mich, wir wollen *Ellbogenfreiheit* – den *ganzen* Kontinent und *nichts als* den Kontinent! Und verdammt noch mal wir kriegen ihn!«

Und so geschah es, daß der mächtige Sam Slick, dieser mit Sternen und Streifen geschmückte Superheld, dieser prügelnde Yankee-Hausierer über das Abendland hereinbrach, mit all seiner ungestümen Gewalt und in all seiner strahlenden Schönheit, und lauthals verkündete, was der Gelehrte Rufus Choate die »schillernden und wohlklingenden Phrasen des Naturrechts« nannte, »welche die Unabhängigkeitserklärung ausmachen«. Er schärfte seinen Grips am harten Wetzstein des Krieges und der Grundstücksspekulation und verfeinerte seine Grundsätze, indem er beerensammelnden Wilden das Fell über die Ohren zog und den diebischen Fürsten Europas die Taschen leerte. Seither beharrt er unerschütterlich darauf, die Doktrin der Selbstbestimmung und des Freien Willens zu verbreiten und das Licht der Vernunft den dahindämmernden und abergläubischen Völkern der Erde zu bringen, die noch immer unbeholfen aus dem Mittelalter kriechen wie die Steißgeburten aus einer versteinerten Mutter. Deshalb können weder er noch seine Sippschaft durch dieses oder jenes vermeintliche Omen allzu leicht beeindruckt werden.

Gleichwohl gilt, was General George Washington – der als Ur-Inkarnation die Nation aus einem »finsteren Zeitalter der Unwissenheit und des Aberglaubens« führte – einmal selbst gesagt hat: »Kein Volk ist stärker gehalten, die unsichtbare Hand, die das Tun des Menschen leitet, anzuerkennen und zu verehren als die Bürger der Vereinigten Staaten. Jeder Schritt, durch den sie einer unabhängigen Nation näher gekommen sind, scheint von der Vorsehung bestimmt worden zu sein!« Das war damals wahr, das ist heute wahr. Während der feierlichen Entfaltung des amerikanischen Wunders hat der Mensch dieses bemerkenswerte Phänomen registriert: was im Augenblick nicht mehr zu sein scheint als ein zufälliger Aufstieg und Niedergang von Menschen und Ideen, als Fehlstarts und unerwartete Geistesblitze, als unberechenbare Ausbrüche von Leidenschaft und Apathie, als kurze Rückschläge und Teilsiege, wird später – im Licht eines immer deutlicher als Neu-Athen, Neu-Rom und Neu-Jerusalem erkennbaren

Amerika als notwendige und unausweichliche Abfolge miteinander verketteter Ereignisse begriffen, als göttliches Gesetz gleichsam, das die frohe Botschaft von Amerikas Auserwähltheit verkündet und die Prophezeiungen aller Wettschwindler erfüllt, von Johannes und Nostradamus bis zu Joseph und Adam Smith. Der amerikanische Prophet S. D. Baldwin brachte das im Titel seines Klassikers von 1854 auf folgende Kurzformel: *Armaggedon: oder die Überwältigung des Papismus und der Monarchie; die Existenz der Vereinigten Staaten, wie in der Bibel vorhergesagt, und ihre zukünftige Größe; Invasion seitens des Vereinigten Europas; Abschaffung der Monarchie; Entwicklung zur Tausendjährigen Republik und ihre Herrschaft über die ganze Welt.* Alle Inkarnationen Uncle Sams haben das vernommen und in Demut angestrebt, und Dwight D. Eisenhower, seine letzte, bildet keine Ausnahme. In seiner Rede im vergangenen Herbst in Abilene offenbarte auch dieser Mann der Vorsehung seine Begegnung mit der Erleuchtenden Gnade: »Am heutigen Tage vor acht Jahren faßte ich den schwersten Entschluß meines Lebens. Ich hatte zu entscheiden, ob ich die Entsendung der gewaltigsten Schlachtformation aus Kriegsschiffen und Soldaten, die jemals über See gegen eine feindliche Küste ausgesandt wurde, um mindestens vierundzwanzig Stunden verschieben sollte. Die Folgen dieser Entscheidung hätte in diesem Augenblick kein Mensch absehen können. Bewiese nichts anderes in meinem Leben die Existenz eines allmächtigen und gnädigen Gottes, die Ereignisse der nächsten vierundzwanzig Stunden hätten es getan. Der Umschlag einer absolut katastrophalen Wetterlage ereignete sich am nächsten Tag; er erlaubte, daß die große Invasion ablaufen konnte, mit weit geringeren Verlusten als wir erwartet hatten!« Nein, Freunde, Amerika ist nicht entstanden: *es wurde ausersehen!* Es ist so, wie der göttliche Hawthorne es einmal ausdrückte: »Es gibt ein Geschick, ein Gefühl, so unwiderstehlich, unausweichlich, daß es die Gewalt des Jüngsten Gerichtes besitzt . . .!«
Irgend etwas, das dieser Kraft ähnlich war, scheint in den letzten Wochen auf der ganzen Welt wirksam gewesen zu sein: unwiderstehlich findet sich plötzlich alles an seinem Platz. Nicht ohne ein bißchen Geschiebe und Geschubse von seiten Uncle Sams, natürlich nicht: den rot-weiß gestreiften Zylinder lässig nach hinten geschoben, mit flatternden, einer zerfetzten Kriegsflagge gleichenden blauen Rockschößen hat er an allen Fronten Boden gewonnen, hat er die bedrohlichen Schatten aus der Welt gefegt, hat er sich gegen die rote Flut gestemmt, hat er Wunder gewirkt mit Gammaglobulin, Chlorophyll und eisen-

blechverstärkten Segeltuchunterhosen für die amerikanischen Ledernacken – die damit ihre Klöten vor herumfliegenden Granatsplittern schützen –, hat er die Rohstoffe der armen Nationen vor der Gier des Phantoms bewahrt, hat er den Geist der Wahrheit und Plutokratie wie einen reinigenden Fallout über die Welt versprüht. An manchen Tagen scheint sie wirksam zu sein, an anderen nicht, eben jetzt ist sie wirksam. Er hat die beharrliche Ausrottung – mittels Bombenteppichen – von tausend Mau-Mau-Terroristen überwacht, einer Bewegung, die der britische Kolonialminister als »pervertierten Nationalismus, einer Art Sehnsucht nach der Barbarei« beschrieb, danach ist er heimgekehrt, in jenes offene Land, das er so liebt, hat laut gerufen: »I lift my lamp beside the golden door!« und ein Streichholz angezündet, das die stärkste Atombombe aller Zeiten explodieren ließ. In zehn Meilen Entfernung stürzt ein Holzhaus ein, riesige Flächen mit Josuabäumen und Salbeibüschen gehen in Flammen auf, tausend Meilen entfernt in Kanada und Mexiko wird der Blitz beobachtet, und die Bewohner von Südkalifornien spüren zwanzig Minuten nach der Explosion das Erbeben der Erde. Atomenergie-Beauftragter Gordon Dean bewundert die 12 000 Meter hohe Wolke aus radioaktivem Staub, sinniert über das Säuglingsstadium des »Little Boy« von Hiroshima und erklärt, daß die Atomkraft noch in diesem Jahr volljährig wird. In Korea bricht Uncle Sam den Starrsinn der Roten und zwingt sie an den Verhandlungstisch, wenn auch nicht auf die Knie, während weiter unten an der Küste in der ersten wirklich demokratischen Wahl, die die gelben Männchen in Indochina je erlebt haben, profranzösische Kandidaten alle Wahlkreise mit Ausnahme von Hanoi gewinnen. Nicht weit entfernt endet das fünfte Jahr des Roten Krieges in Malaya symbolträchtig mit der Vernichtung von fünf Guerillas. Der britische Hochkommissar General Sir Gerald Templer äußert seine »Befriedigung« über ihren Tod und erklärt: »Der Kampf geht weiter und wird so lange fortgesetzt, bis wir in diesem Land jede Spur des militanten Kommunismus getilgt haben!« Fast ebenso heftig führt man den Krieg in Amerika. Jugendschutzbeamte der Polizei von Columbus, Ohio, fordern die Jugendclubs auf, »jedem neuen Klubmitglied, dessen Vergangenheit kein offenes Buch ist, mit äußerstem Mißtrauen zu begegnen«, und in Birmingham, Alabama, bringen die Stadtväter eine Verordnung durch, die jeden der Stadt verweist, »dem man nachweisen kann, daß er an einem ›nichtöffentlichen Ort‹ mit einem Kommunisten gesprochen oder Druckerzeugnisse in Umlauf gebracht hat, die, und sei es auch indirekt, von kommunistischen Urhebern stammen«. In Houston, Texas, wird das

Haus des Sekretärs der Kommunistischen Partei mit Steinen beworfen, und vor den Toren einer Fabrik in Los Angeles schlägt ein Trupp hellwacher Patrioten – sie nennen sich selbst »Kreuzzügler gegen den Kommunismus« – völlig überraschte Arbeiter zu Klump. Man versuchte erfolglos, Senator Joe McCarthy mundtot zu machen, aber der »mutige Marinesoldat« ist zum Gegenangriff übergegangen, hat dafür gesorgt, daß der Wähler seine übelsten Feinde aus dem Kongreß jagt und sie, falls möglich, bis an ihr Lebensende ruiniert. Seine Parolen beschäftigen jetzt die Phantasie der Nation. Kaum ein Politiker läßt die Gelegenheit aus, wenigstens in einem Nebensatz die »rosarote Clique«, die »tränenden Herzen der Linkspresse«, die »Strohmänner der Verräter« und »jene, die sich mit dem Blut unserer Jungs in Korea besudeln«, zu erwähnen. Joe eröffnet eine ganze Reihe neuer Verfahren, um die Ketzer in hohen Positionen aufzuspüren, wird zum gefeiertsten Redner der Nation. Manche Leute glauben, er sei die geheime Inkarnation Uncle Sams – wohl eine Ketzerei, aber eine, die von der demokratischen Tradition seit langem geduldet wird. J. Edgar Hoover preist seinen »Amerikanismus«, die Kollegen feuern ihn an, und seine alten Waffenkameraden verleihen ihm einen »Nationalen Amerikanismus-Preis« für seine mutigen Bemühungen, »der Nation für die bedrohlichen Sicherheitsrisiken innerhalb unserer Regierung die Augen zu öffnen«. Die Amerikanische Bürgerrechts-Union berichtet, daß gegenwärtig 26 der 48 Bundesstaaten Gesetze haben, die Rote von der Bewerbung für ein Wahlamt ausschließen, daß ihnen in 28 Staaten der Zugang zur staatlichen oder kommunalen Anstellung verwehrt ist, daß 32 Staaten von ihren Lehrern eine besondere Loyalitätserklärung verlangen, und daß nirgendwo im Lande mutmaßliche Sympathisanten mit öffentlichen Mitteln geförderte Sozialwohnungen beziehen dürfen. Sie bekommen keine Reisepässe, keine Funktionärsposten in den Gewerkschaften, und in einigen Staaten zumindest, keine Arbeitslosenunterstützung. Der Kongreßabgeordnete von Pennsylvania, James Van Zandt, verlangt, daß alle Kommunisten und Sympathisanten ausländischer Herkunft – ganz gleich, ob im Öffentlichen Dienst oder nicht – unverzüglich in die Sowjetunion abgeschoben werden sollen. Gleichzeitig werden Privatreisen ins Phantom-Land verboten und die Infiltration aus Übersee wird gestoppt. Man erhöht den Etat J. Edgar Hoovers, und der Senator von West-Virginia, Harley Kilgore, will kraft Gesetzes »dem FBI Notstands-Vollmachten gewähren, alle Kommunisten in Konzentrationslagern zu internieren«!

So läuft das von einem Ende der Welt zum anderen, weil nämlich, wie

Dr. Norman Vincent Peale in *Die Kraft des positiven Denkens* – einem Buch, das die weisen Sprüche des Yankee-Hausierers enthält und seit 32 Wochen auf dem ersten Platz der amerikanischen Bestseller-Liste steht – geschrieben hat: »Dies ist die einzige Lektion, die die Geschichte erteilt . . . daß die Guten niemals verlieren!« Fulgencio Batista gewinnt die Kontrolle über Kuba zurück, und General Rojas Pinilla, der als Stabsoffizier im ersten nach Korea gesandten Truppenkontingent Kolumbiens bereits 1951 mit Uncle Sam zusammen gekämpft hatte, übernimmt nach einem schnellen Staatsstreich die Macht in seinem Lande und vertreibt Laureano Gomez, wozu TIME bemerkt: »Er verschwand wie ein welkes Blatt im Gully der Geschichte.« Aus der Dominikanischen Republik entsendet Generalissimo Trujillo (ein »erhabener Herrscher«, wie ihn der junge Vizepräsident Richard Nixon einmal nannte) einen Priester als Delegierten zu den Vereinten Nationen und verkündet, sein Land beabsichtige, »mit den Waffen des Glaubens und der christlichen Nächstenliebe das Gift der kommunistischen Lehre in dieser internationalen Organisation zu bekämpfen«. Er erhält im Fernsehen Unterstützung von Reverend Billy Graham: »Der Kommunismus ist eine fanatische Religion«, sagt der, »eine starke, böse, antichristliche Bewegung, vom Satan gelenkt, die Gott den Krieg erklärt hat! Nur wenn Millionen von Amerikanern sich Jesus Christus zuwenden, kann die Nation vor dem Ansturm des dämonenbesessenen Kommunismus bewahrt bleiben!« Ja, Daniel Webster wußte das schon vor langer Zeit: »Was immer Menschen zu guten Christen macht, läßt sie auch gute Bürger sein!« Eine Umfrage des *Catholic Digest* zeigt, daß 89 Prozent aller Amerikaner – einschließlich der Juden – an die heilige Dreifaltigkeit, und daß 99 Prozent an Gott glauben. Laßt uns das eine Prozent loswerden, und das Phantom ist erledigt!
Auch die innersten Bereiche der phantomisierten Welt bleiben nicht verschont. In der Sowjetunion hat das Herz Josef Stalins »aufgehört zu schlagen«, und seine mutmaßlichen Erben – Berija, Molotow, Malenkow und Chruschtschow – gehen sich angeblich gegenseitig an die Gurgel. Sozusagen in einem Akt der Sympathie ist die tschechische Marionette Klement Gottwald an »einem Schnupfen gestorben«, und Streiks und Unruhen lähmen das Land. Und jetzt, über Nacht, genau einen Tag vor Hinrichtung der Rosenbergs, kommt es zum großen Durchbruch: die Ostdeutschen, bis jetzt in einer monatlichen Rate von knapp 50 000 in den Westen geflohen, halten plötzlich inne, wie auf ein Stichwort, drehen sich um und treten vor ihre Herren hin . . .

unbewaffnet kamen
sie zusammen im grau des morgendlichen
regens – maurer in weiß
zimmerleute in schwarz handlanger und
fabrikarbeiter
in groben schuhen und geflicktem
arbeitszeug

murmelnde
kolonnen abgetrennter glieder eines
tausendfüßlers die nach ihrem leib
suchen strömten aus allen richtungen zum
zentrum
wo der rote prokonsul
gebietet

rasselnd gingen
rolläden runter ladenbesitzer schielten
durch die ritzen vornweg kurvten kinder
auf fahrrädern lastwagen drängten sich durch
den menschenzug kühler an stoßstange
wie eine meute
schäferhunde

schwankend
balancierte ein ostdeutscher auf
einem stillgelegten zementmischer voller
hohn zeigte er auf einen
kräftigen vopo
und schrie heh langer dir steht die
hose offen

wie eine
regenbö fegte zorn heran freiheit
brüllten sie und tausende begannen die
verbotene hymne zu singen
deutschland
deutschland über alles über alles
in der welt!

auf beiden
seiten des eisernen vorhangs hörte
die welt voller
erregung
von der ostberliner revolte
im regen . . .

»Die Revolte im Regen«: kein Wunder, daß TIME sich inspirieren ließ! Dieser Aufruhr in Berlin, der bald auf Magdeburg, Jena, Chemnitz, Rathenow, Leipzig, Halle übergreift – in Brandenburg erschlagen Arbeiter auf dem Kühler eines Streifenwagens den Roten Staatsanwalt und reißen einem »Volksrichter« ein Ohr ab, während Tschechen in Pilsen auf die Porträts der toten Marionette Gottwald pissen – ist die Krönung von Uncle Sams mehr als zweijährigen Regiekünsten, Gebeten und neckischen Indianerspielen mit den allgegenwärtigen Agenten des Phantoms.
Es ist gar nicht immer leicht gewesen, nicht einmal für Amerikas mächtigen Superhelden. Ende der 40er Jahre, die so schön begonnen hatten, mußte er mit ansehen, wie die Rote Flut halb Europa verschlang, wie sie durch Kathay schwemmte und Südostasien bedrohte, wie sie an die Küsten von Afrika, Byzanz und Südamerika brandete.
Was war passiert?
In der Mitte des Jahrzehnts ergibt die Bilanz 1 625 000 000 Menschen auf seiten Uncle Sams gegenüber nur 180 000 000 auf seiten des Phantoms, die zudem – dank Unternehmen »Overlord«, deutschen Panzern und der Atombombe – in schlechtem Gesundheitszustand sind. Hinzu kommt, daß Uncle Sam, kaum hat er praktisch allein den Krieg gewonnen und die Menschheit gerettet, nichts anderes im Sinn hat, als die Vereinten Nationen zu etablieren, Fernsehen unter die Leute zu bringen, Hottentotten mit einer Dosis Freiheit und Moral zu impfen, die Weltbank zu gründen und in aller Bescheidenheit die Führung der Welt auf sich zu nehmen, was dieser zum Wohle gereichen soll. Wenn er dabei zwangsläufig eine seiner besten Inkarnationen verschliß, dann war es das wert. Und während die Körper der Nazi-Gangster noch warm an ihren Stricken pendeln, darf Ely Culbertson, das Bridgegenie, der Welt verkünden: »Wenn Gott und die Politiker es wollen, können die Vereinigten Staaten der Welt den Frieden erklären und ihn gewinnen!« Vornehmlich natürlich deswegen, weil sie die Trümpfe halten – und sie behalten. Harry S. Truman, die neue, befremdliche Inkarnation von Uncle Sam, drückt das so aus: »Die

Atombombe ist viel zu gefährlich, als daß man sie einer ungesitteten Welt zur freien Verfügung stellen könnte. Deshalb haben Großbritannien, Kanada und die Vereinigten Staaten, die im Besitz des Herstellungsgeheimnisses sind, nicht die Absicht, es zu offenbaren, bevor ein Weg gefunden ist, die Bombe zu kontrollieren.« Es sieht so aus, als wäre das Goldene Zeitalter angebrochen, als wäre der Traum von Mama Luce – »The American Century« – Wirklichkeit geworden.
Aber plötzlich, gegen Ende des Jahrzehnts, verbucht das Phantom 800 000 000 gegenüber den 540 000 000 Uncle Sams, und der Rest – 600 000 000 sogenannte Neutrale – sind unsichere Kantonisten. Was ist schief gelaufen? Wer ist verantwortlich? Die Leute fragen sich, ob die Astronomen dies meinen, wenn sie von der »Rotverschiebung« sprechen: daß Gott abdriftet und den Kontakt verliert. Das finstere Evangelium des Phantoms hat sich über die ganze Welt verbreitet; es hat sich Dutzende neuer Masken und neuer Schliche zugelegt, es hat die geheimsten Gremien Uncle Sams infiltriert. Nicht etwa, daß der amerikanische Oberhäuptling und seine Söhne des Lichts untätig gewesen wären – die Truman-Doktrin hat Griechenland und die Türkei dem Zugriff des Phantoms entrissen, der Marshallplan das Christliche Abendland gerettet, West-Deutschland und Süd-Korea wurden aufgepäppelt und bewaffnet, das Strategische Luftkommando mit Atombomben effektiver gemacht, die NATO gegründet, und das Vier-Punkte-Programm beglückte rückständige Wilde mit dem amerikanischen Traum wie mit Manna. Doch gegen die Bilanz läßt sich schlecht argumentieren. »Im Jahre 1944«, resümiert der Kongreßabgeordnete Kaliforniens, Richard Nixon, »standen die Chancen 9 zu 1 zu unseren Gunsten. Heute . . . stehen sie 5 zu 3 gegen uns.« Und Schlimmeres steht ins Haus: innerhalb weniger Wochen, noch vor Beginn der 49er Baseballsaison jagt Mao Tse-tung den schlotternden Tschiang Kaischek nach Formosa, übernehmen die Roten in ganz China die Macht, wird Amerika von seiner ersten Nachkriegsrezession erfaßt, begeht der US-Verteidigungsminister Selbstmord, zündet Rußland – das ist der Gipfel – seine erste Atombombe.
Die Nachricht reißt die Nation vom Hocker. *»Verrat!«* kreischt die Presse. Andere stimmen dem zu. »Wenn der Präsident sagt, das amerikanische Volk habe das Recht, umfassend informiert zu werden«, erklärt Kongreßabgeordneter Nixon, »dann sollte es auch umfassend über den Spionagering informiert werden, der Informationen über die Atombombe an Agenten der russischen Regierung weitergegeben hat!« *Spionagering?!* Da hat Uncle Sam all die Jahre diese Bauernlüm-

mel, die sich vor seinem Zelt drängeln, mit ganzen Wagenladungen druckfrischer Dollarnoten gepäppelt, und jetzt, wo er seine Waren auf den Tisch legt, wo es ans Rückzahlen geht, da haben sie nicht nur den Köder behalten, die Kurve gekratzt und sich undankbar über den »Yankee-Trödel« lustig gemacht, sondern einer der Saukerle hat ihm auch noch die Taschen gefilzt, während er ihnen hinterherschaute. *»Heiliges Kanonenrohr, mich hats erwischt!«* brüllt Uncle Sam, als der Pilz der russischen Bombe im Äther steht. *»Da geht se hoch, verdamm mich, mitsamt dem ehrenhaften, gerechten, ewigen Frieden! Da kann ja ein Pastor das Fluchen lernen! Ed-GAR!«*
Im Allerheiligsten des Federal Bureau of Investigation, oben im 4. Stock, haut es J. Edgar Hoover, den berühmtesten Polypen der Welt, glatt vom Stuhl. Eben noch ergötzte er sich an Glückwunschtelegrammen (in diesem Jahr feiert er sein Silber-Jubiläum als Amerikas Spitzenbulle, seine Karriere verläuft zeitgleich mit der von Mikey Mouse), und jetzt . . . Was? Was! Verwirrt taumelt er umher, verstreut Dossiers, uralte 2-Dollar-Wettscheine, Comic-Hefte, die die Saga seines Lebens in jeder denkbaren Form nachzeichnen. Heiliger Strohsack! Wie grauenhaft! Sein Herz rast, sein rosiges Gesicht zeigt Flecken, sein Abzugsfinger ist kalt und schlaff wie eine nasse Nudel. In solchen Momenten wünscht John Edgar Hoover vom FBI, seine Mutter wäre noch am Leben. Natürlich ist es ein Spionagering, muß es einer sein, es ist immer einer. Also: es gibt da ein Geheimnis, stimmt's? Eben noch hatten wir es, jetzt haben die es, so einfach ist das. Seit 1937 hat er davor gewarnt, vor dem Feind im Innern. Jetzt sieht man's! Gütiger Himmel! Und wenn der sich in Los Alamos einschleichen kann, kann er sich auch in den Kongreß einschleichen, oder ins Weiße Haus, oder sogar – er scheucht den Gedanken sofort weg und fummelt, während er einen scharfen Blick über die Schulter wirft, hektisch an den Knöpfen der Wechselsprechanlage. Mein Gott! Er hat zwei linke Pfoten! So schlimm war es ja nicht mal, als er Old Creepy Karpis die Handschellen anzulegen versuchte! Er trommelt mit seinen dicken Fäusten auf die Wechselsprechanlage und brüllt: »Das Geheimnis der Atombombe ist weg! Totale Mobilmachung! Fangt die Diebe!« Er brüllt:

Holt die Kläffer, ruftse herbei,
Die Hatz aufs Murmeltier ist frei!

Wetzt das Messer, ladt das Gewehr,
Auf grünen Hügeln gehts hoch her!

Auf dem Capitol Hill stimmen die Früh-Warn-Wächter Mundt, Bridges, Nixon und Hickenlooper in den Refrain ein: »Holldrioh-Tandaradei-die-Hatz-ist-frei!« Das schwillt zu einem landesweiten Kehraus-Gesang, bei dem die nationale Presse den Orchester-Part übernimmt. G-Men, die leise mitpfeifen, hasten durch das FBI-Gebäude, verlassen es durch geheime Ausgänge, knöpfen die Trenchcoats zu . . .

Packten die Flinten, zogen durchs Gebüsch,
Zum Teufel, Joe, hier diese Spur is frisch!

Weg da, Bill, ich bin beim Laden,
Jetzt gehts dem Murmel an den Kragen!

FBI-Doppelagent Herbert Philbrick lüftet seine Tarnung, und hoppla, elf amerikanische Top-Kommunisten sind als fanatische Ketzer entlarvt. Judy Coplon aus dem Justizministerium wird wegen Spionage angeklagt und das Opfer häßlicher Gerüchte. In der amerikanischen UN-Delegation sitzt angeblich ein Agent der Russen. New-Dealer geraten in Verdacht, allen voran der abtrünnige Henry Wallace – ehedem um Haaresbreite von der Inkarnation entfernt – samt den Millionen Wählern, die 1948 für ihn stimmten. Und dank der unermüdlichen Wachsamkeit des Abgeordneten Nixon – der bereits mitgeholfen hat, Hollywood und die Gewerkschaften keimfrei zu machen, und eine schneidige Gesetzesvorlage zur Registrierung von Kommunisten mitverantwortete, von der selbst Harry Truman zugeben mußte, sie gliche dem Fremden- und Aufwiegler-Gesetz aus der Blütezeit John Adams' –, wird der aalglatte Alger Hiss zur Strecke gebracht . . .

Heh, Jungs, hier, der Bau is nich leer,
Lauf, Sam, bring dein Gabelstock her!

Paßt auf ihr Leute, bleibt zurück,
Ich seh schon seinen bösen Blick!

»Die einzig mutige und vernünftige Weise, mit den unter uns lebenden Kommunisten fertig zu werden«, schreibt der Hearst-Kolumnist Westbrook Pegler, »besteht darin, die Mitgliedschaft in einer kommunistischen Vereinigung oder bei einer ihrer Tarnorganisationen zum Verbrechen zu erklären, und jeden, der auf Grund einer solchen Anklage verurteilt wird, zu erschießen oder sonstwie zu Tode zu befördern!« Abgeordneter Harold Velde, ein Ex-FBI-Agent, den die Parole BEFREIT WASHINGTON VON DEN ROTEN – HOLT WASHINGTON AUS DEN ROTEN ZAHLEN in den Kongreß gebracht hat, sieht russische Spione im ganzen Land Amok laufen (allgemeiner

Beifall), und sein Kollege aus Pennsylvania, Bob Rich, ein Mann mit spitzer Zunge, äußert unverblümt den Verdacht, Außenminister Dean Acheson könnte für Stalin persönlich arbeiten! »Der Fall Alger Hiss zeigt«, warnt Dick Nixon, »daß wir es nicht mit Leuten zu tun haben, die 30 Silberlinge für die Konstruktionszeichnung einer Waffe nehmen . . ., sondern mit einer finstereren Verschwörung, die es dem Feind erlaubt, unsere Politik zu beeinflussen, ja, ihre Richtlinien zu bestimmen!« Mr. Republican persönlich, Senator Bob Taft, bemerkt hierzu: »Holldrioh-Tandaradei-der-Dick-ist-aber-schön-dabei!« Und in Wheeling, West-Virginia, wedelt Senator Joe McCarthy, der mutige Marinesoldat, mit einem Blatt Papier – »Hier, in meinen Händen, halte ich eine Liste . . .!« – und leitet damit eine neue Ära ein . . .

Da nahm Joe seine Zehn-Fuß-Latte,
Und rammt' se in den Bau der Ratte!

». . . eine Liste«, sagt er, »von zweihundertundfünf . . . eingeschriebenen Mitgliedern der Kommunistischen Partei im Außenministerium!« Er sagt: »Kommukraten! Gefolgsleute eines bürokratisch-kommunistischen Frankenstein! Salon-Bolschewisten und Salon-Nutten! Eitel stolzierende Mimen, die auf ihr Stichwort aus Moskau warten, im *Außen*ministerium!« Oh, ja! »Arschkriechende Scheiß-Liberale«, fährt er fort, »die erbärmlich herumquäken . . . hängen den Kommunisten und Schwulen, die China in ›gottlose Sklaverei‹ verschacherten, den Heiligenschein um!« und weiter: »Eine ungeheuerliche Verschwörung, eine finstere Niedertracht, der gegenüber jedes ähnliche Unterfangen in der Geschichte der Menschheit verblaßt!« Er sagt:

Zurück, ihr Kerle, macht mir Platz,
Ich glaub, ich hab ihn schon am Latz!

Der hat gewinselt und gepfiffen,
Mein Stock hat ihn in'n Schwanz gekniffen!

»Ich danke Gott«, kreischt Reverend Billy Graham, »für jene Männer, die ungeachtet des Spottes und des Hohns der Öffentlichkeit gewissenhaft der Aufgabe nachgehen, rosa Liberale, Lavendel-Tunten und rote Fanatiker zu entlarven, die sich unter den Schwingen des amerikanischen Adlers verkrochen haben und in seinem Schutz nach Kräften auf raffiniert getarnte Weise den Kommunismus begünstigen, dem schlimmsten Feind, den wir je gekannt haben!« Und während sich bibelfeste Mittelwestler, Ex-FBI-Agenten, ultrakonservative Katholiken und Antizionisten, Frauenvereine, Hearst-Journalisten, die legendäre China-Lobby, patriotische Scharfmacher, sowie die Mehrheit der

Demokratischen und der Republikanischen Partei in Joe's Nähe drängen, um ein bißchen Geschichte abzukriegen, verwirft der Präsident, hart bedrängt von Bernard Baruch, Edward Teller, dem Präsidenten der Columbia-Universität, Dwight Eisenhower, und einem nervösen Dean Acheson das Votum der Atomenergie-Kommission und startet ein neues Sofort-Programm: TRUMAN BEFIEHLT DEN BAU DER HÖLLENBOMBE! »Ich bin kein knieweiches sabberndes Muttersöhnchen!« sagt Harry. Den Kontrakt für die Wasserstoffbombe kriegt Du Pont, gegen bar, versteht sich. Aber es mag bereits zu spät sein . . .

Nur sachte, Jungs, ich krieg keine Luft,
Dies Murmel bringt mich noch in 'ne Gruft!
Holdrioh-Holldripam-armer-Pippi-Pappa-Pimpermann . . .!

Im vierten Stock des FBI-Gebäudes, umgeben von den Souvenirs seiner heroischen Vergangenheit und den signierten Fotos der Radio-Stars aus der Serie »Das FBI in Krieg und Frieden«, überwacht Ganovenjäger J. Edgar Hoover Hand in Hand mit seinem Freund, dem Junggesellen Clyde Tolson, die Jagd auf den Spionagering. »Clyde«, sagt er ein bißchen übermütig und kann ein leichtes Kichern unterdrükken, »dies ist das Verbrechen des Jahrhunderts!« »Recht hast du, Eddie«, sagt Clyde. Das gesamte FBI ist für die Jagd aufgeboten. Agenten wühlen sich durch die Archive von Los Alamos, hocken über den Personalakten der Atomenergie-Kommission, suchen ein paar altbekannte Verdächtige heim, interviewen Hunderte von Leuten. Andere schleichen, als Touristen verkleidet, wie Katzen durch die Großstadtghettos der Nation, bis in den letzten Winkel, wo die Nicht-Assimilierten wohnen, die fremde Sprachen sprechen und komischen Dreck fressen, in deren Brut noch immer die nicht homogenisierte Unzufriedenheit der Alten Welt gärt; 90 Prozent aller amerikanischer Kommunisten sind, wie jeder G-man weiß, außerhalb der USA geboren oder stammen von eingewanderten Eltern ab. Aber sie zur Strecke bringen heißt, das Meer ausschöpfen wollen. Es gibt in den USA fast 40 Millionen von solchen Yahooskis, dazu ihre Bälger – über 300 000 Russen allein in New York –, es ist ein unmöglicher Job. Poch! Poch! Wär-Hiss-da? Polizei! Polyssai, wärr? Wallacen-kain-rain! Klopf, Klopf!! Oh, Pollissei! Nix-ongutt-für, mein Cherr, wirklich nix!!! Haben sie einen Spionagering gesehen? Wass? SpionASCHE!! RING!!! Wirr nix werfn Ring in Asche, main Cherr, wir arm RUSSISCH, HABÄN GERRN AMERIKA!!! . . . Poch! Poch! . . .
Aber dann verhaftet Scotland Yard in Großbritannien einen Atomwis-

senschaftler – hohe Stirn, Brillenträger – namens Klaus Emil Julius Fuchs, und Fuchs bestätigt den patriotischen Alptraum: während er für das Manhattan-Project in New York und Los Alamos arbeitete, *hat er Atomgeheimnisse für die Russen gestohlen!* Alles ist wahr! Wie *Newsweek* schreibt: ». . . beginnt man, das Phantastische als Tatsache zu akzeptieren, Leute wie Fuchs und Hiss existieren!« Fuchs beschreibt seinen US-Kontaktmann als »zwischen 40 und 45, ungefähr 175 cm groß, von kräftiger Statur«, und das FBI verhaftet prompt einen schmächtigen, 165 cm großen und um 10 Jahre jüngeren russischen Einwanderer namens Harry Gold, der schnell zugibt, der geheimnisvolle Unbekannte des Dr. Fuchs zu sein. Das Geständnis seines romantischen Doppellebens verblüfft seine Angehörigen, denn Harry vertreibt sich seine langen Abende gerne mit Heim-Baseball, das man mit einem Satz normaler Karten spielt, und geht kaum je aus dem Haus. TIME schreibt:

> warum hat harry gold es getan? er
> konnte nur einen satz
> murmeln, den tausend sünder schon vor ihm
> murmelten, »ich muß
> verrückt gewesen sein«

Während Harry seine Saga ausschmückt und vor seinen Jägern über das Tabellengerangel in der American-Football-League orakelt, verhören andere Agenten einen jungen, ehemaligen GI – Getto-Jude, ewiger Versager, dazu Ex-Kommunist (die Konturen werden sichtbar) –, den man verdächtigt, als Mechaniker in Los Alamos Uran und andere Wertgegenstände gestohlen zu haben. Darüber möchte er nicht reden, aber als man es ihm nahelegt, gibt er gern zu, für die Russen spioniert zu haben. Im Gefängnis berät sich Harry Gold mit dem FBI und erzählt dann seinem Anwalt, es gäbe da noch etwas, mit einem GI in Albuquerque: »Ja . . . bei der Sache war, wie ich schon gesagt hab – ich will keinen – ich meine, ich meine es ernst, wenn ich sag, daß da noch was Komisches war. Ich meine, ich meine nicht, daß das witzig ist, wie ich schon gesagt hab, weil das Ganze gar kein Witz ist, sondern weil es die Sache am besten trifft . . . Jakowlew hatte mir gesagt . . ., daß ich, nachdem ich bei Klaus Fuchs gewesen war, noch einen anderen Mann aufsuchen sollte. An den Namen der Straße erinner ich mich nicht. Wir, hmm, das Gespräch drehte sich, glaub ich, hauptsächlich darum, an einem Ort wie Albuquerque koschere Kost aufzutreiben, und der Mann erwähnte, daß seine Familie, oder vielleicht auch die seiner Frau ihnen regelmäßig Pakete schickte, wo auch Salami drin war . . .

Jakowlew sagte, daß wir den vergessen könnten . . . augenscheinlich hatten die übergebenen Informationen keinen besonderen Wert . . .« Er erinnert sich nicht an den Namen des Soldaten, eine Art geistige Blockade, aber ein paar Tage später, nachdem David Greenglass verhaftet worden ist, fällt er ihm ein: David Greenglass. Außerdem war das, was er über Jakowlew erzählt hatte, wohl falsch, wahrscheinlich. David Greenglass zeigt sich sehr bußfertig. Er sagt aus, daß seine Schwester Ethel und ihr Ehemann Julius Rosenberg ihn verführt hätten. Sie hätten eine Art Macht über ihn gehabt. Harry Gold hatte dieses Bindeglied doch glatt vergessen, aber dank der Hilfe des FBI kommt ihm die Erinnerung. Vielleicht hat der die Salami geschickt?
Das Netz wird ausgeworfen und fängt Julius und Ethel Rosenberg ein, die J. Edgar Hoover in einer seiner täglichen Pressemitteilungen als »wichtige Glieder des sowjetischen Spionageapparats« bezeichnet. Rosenberg, so erklärt Hoover am Tag der Verhaftung, habe »aus eigenem Antrieb Mittel und Wege gesucht, um zum Nachteil seines eigenen Landes mit der Regierung der Sowjetunion insgeheim zusammenzuarbeiten!« Fuchs zu Gold zu Greenglass zu Rosenberg, was für ein Zusammenspiel! – und was kommt jetzt? Lob, haufenweise. »Eine bessere Mannschaft findet sich auf der ganzen Welt nicht«, sagt ein neugewählter Bundesrichter. Das FBI bekommt die dicksten Schlagzeilen seit der fetten Ernte in den 30er Jahren, und der Boß frohlockt. Er erinnert sich an einen immer wiederkehrenden Traum, in dem er an einem Strick zieht, der aus dem Boden kommt, so was wie eine Nabelschnur, und je mehr er zieht, desto mehr kommt raus. »Clyde, wir werden ein neues Gebäude brauchen«, kichert er und öffnet eine festlichen Anlässen vorbehaltene Flasche Jack Daniel's. Walter Winchell lädt ihn zum Essen in den Stork-Club ein. Wohin er auch geht, die Leute lächeln ihn an. Taxifahrer geben ihm Renntips. Kellner verbeugen sich. Das Zigarettenmädchen bedankt sich bei ihm aus tiefstem Herzen. »Wir alle beten für Sie, Sir!« »Tut das, mein Kind«, antwortet er würdevoll. »Wenn nur *jeder* Amerikaner sich jeden Tag ein bißchen Zeit nähme, weniger als der Kommunismus einem abverlangt, um die Bibel, die Geschichte und die Kultur der Vereinigten Staaten zu studieren, hätten wir ein neues Amerika, wachsam und stark, aber demütig im Dienste des Herren! Alles, was wir brauchen, ist Glaube, mein Kind, *echter Glaube*!« Ergriffen sinkt sie ihm ohnmächtig vor die Füße. Als er vorsichtig über sie hinwegsteigt, denkt er: dies ist viel besser als das Leben eines prebyterianischen Geistlichen, wie froh bin

ich, daß ich mich letztlich anders entschieden habe. Vorübergehend stört etwas den ansonsten so gelungenen Abend: Rosenbergs scheinen nicht zu wissen, wovon alle Welt spricht. Aber sie liefern sich selbst ans Messer: sie bestehen immer wieder auf ihren »Rechten«. Nun, sie sollten sich klarmachen, daß sie wegen dieser Sache rechtlich einwandfrei auf dem elektrischen Stuhl landen können, vielleicht hilft das ihrem Gedächtnis auf die Sprünge.

Mittlerweile werden Rosenbergs frühere Freunde und ehemalige Mitschüler observiert und vernommen. Viel passiert nicht, bis man entdeckt, daß sich einer von ihnen, ein Radartechniker namens Morton Sobell, mit allen Anzeichen panischer Angst nach Mexiko abgesetzt hat: aha! Seine Auslieferung zu beantragen, kann man kaum riskieren, er könnte durch den Eisernen Vorhang schlüpfen, bevor diese blöden Chilifresser die Papierchen gestempelt haben, man muß mit einer gedungenen Bande arbeiten. Vielleicht nicht ganz legal, aber wer gegen das Phantom antritt, kann sich nicht die Verfassung unter den Arm klemmen. Sobell wird geschnappt, man schleppt ihn über den Rio Grande – wobei er wie Jimmy Cagney in *Angels With Dirty Faces* brüllt und um sich tritt (man muß dem *hijo de puta* einen über den Schädel ziehen, damit er sich benimmt) – und schafft ihn in stockfinsterer Nacht nach Laredo, wo er einem wartenden G-man abgeliefert wird: »Poch! Poch!« – *»Ja! . . . Wer iss da?«* – *»Grassy!«* – *»Grassy? Grassy quien?«* – *»Grassy Arsch, Amigo! Muchas Grassy-Arsch!«* – *Ha, ha, de nada, jefe!*

Sie packtens am Schwanz und schlugens tot,
Was fürn Murmel – Schockschwerenot!

Sie trugens rein und nahmens aus,
Man rochs noch meilenweit vom Haus!

Riechen vielleicht, aber hören nicht: er zeigt sich ebenso verstockt wie Rosenbergs. Aber jetzt weg mit den Glacéhandschuhen, keine Fisimatenten mehr, denn ganz plötzlich sitzt Sam Slick selber in der Patsche, es laufen mehr Murmeltiere rum, als selbst er grillen kann: das Phantom hat nicht nur Osteuropa, China das Vetorecht in den UN und die Atombombe gekriegt, sondern am 24. Tag im Juni 1950, exakt um 14.00 Uhr – Uncle Sam steckt mitten in der Großen Razzia! – bricht in Korea der heiße Krieg aus! »Auaaah! Zieh deinen Stachel aus meinem Herzen!« jault Uncle Sam. »Laßt den Hornisten Alarm blasen! Laßt die Trommeln rührn! Wir müssen die Fackel des Sieges entzünden, dem Angreifer die Zitadelle schleifen, und zur Freiheit und zum Indischen Ozean vorstoßen, damit der stinkbäuchige blutsaugende

Lump uns nicht beim Morgenschiß erwischt! Wuuupiiih! Haltet die Hüte fest, Jungs, wir reiten auf'm Tiger!«
Volle Fahrt voraus verläßt die Siebente Flotte Pearl Harbor. Der Prozeß wird anberaumt. Truppen werden nach Korea verlegt. Greenglass und Gold erhalten eine Gemeinschaftszelle im zehnten Stock des Tombs-Gefängnisses in New York, wo sie gegenseitig ihr Erinnerungsvermögen auffrischen dürfen. Rosenbergs werden aus gegenteiligen Gründen voneinander getrennt. In der *New York Times* erscheint eine Anzeige: »Von heute an sollte man sich über eins klar sein: wir befinden uns im Krieg, die Würfel sind gefallen. Wer unter uns für Rußland oder den Kommunismus eintritt, ist ein Feind der Freiheit, verrät die Vereinten Nationen und die Vereinigten Staaten. Amerikanische Soldaten sterben . . . jedermanns Heim bleibt Zielgebiet, bis dies alles zu Ende ist!« Als der Yankee-Hausierer der neuen Herausforderung in Asien entgegentritt, fängt er sich eine Linke, die ihn taumeln läßt. – Nordkoreaner überqueren den 38. Breitengrad und rollen nach Süden; Amerikaner landen bei Inchon, überqueren den 38. Breitengrad und rollen nach Norden; chinesische Freiwilligenbrigaden überschreiten die mandschurische Grenze und marschieren nach Süden, und als Dienstag, den 6. März 1951, der Gerichtsdiener im Verhandlungssaal 110 des Gerichts am Foley Square in New York den Fall »Die Vereinigten Staaten gegen Julius Rosenberg, Ethel Rosenberg, Morton Sobell und andere« aufruft, herrscht allgemeines Chaos; Uncle Sam weiß nicht, ob er kommt oder geht, die mongolischen Horden Rotchinas haben Tibet ebenso wie Korea überrannt und verbreiten sich wie Wasser aus einem platzenden Sack nach allen Seiten. Arrogant illuminieren die Russen den Himmel mit Atombombentests, der Präsident und sein General liegen sich in den Haaren, und Nightmare Alley – der Fluchtweg von den koreanischen Bergen nach Süden – ist mit steifgefrorenen, toten Amerikanern übersät. »Wir sind aufn Feind gestoßen«, kreischt Uncle Sam und schnappt nach Luft, »und brat mir einer nen Storch, lieber setz ich mich mitm nackten Arsch in nen Ameisenhaufen, als nochmal mitten in der Nacht ganz allein auf son heidnisches Schwein zu stoßen!« TIMEs Mammi Luce, die, wohl von den Anfangserfolgen beflügelt, ihren Sohn gedrängt hat, den Gedanken unters Volk zu bringen, man müsse mit dem ständigen Krieg als Bestandteil des American-Way-of-Life einfach leben, schreibt jetzt verzweifelt:

Ich erhielt einen Anruf von John Foster Dulles, einem persönlichen Sonderbeauftragten von Außenminister Dean Acheson. Dulles sagte, er sei in seiner Wohnung in New York und ob ich nicht Lust hätte, zum Dinner zu kommen. Als ich dort eintraf, waren Foster, sein Bruder Allen sowie ein Beamter unseres Diplomatischen Korps anwesend. Die Stimmung war gedrückt. Knapp und exakt weihte mich Foster Dulles in die Situation ein. Er sagte, daß die amerikanische Armee und auch eine Division der Marine eingeschlossen seien. »Es ist«, sagte Dulles, »die einzige Armee, die wir zur Verfügung haben. Und die Frage stellt sich: sollen wir einen Waffenstillstand anbieten?« Ich traute meinen Ohren nicht und antwortete ihm folgendes . . .

Als der Gerichtsdiener – seine Amtsplakette erstrahlt in hellem Glanz – aus dem Sitzungszimmer der Richter und in den vollbesetzten Verhandlungssaal am Foley Square tritt, schreibt TIMEs mit seherischen Fähigkeiten begabter jüngerer Bruder: »LIFE sieht keine andere Wahl, als die Tatsache, daß man sich mit Rotchina im Kriegszustand befindet, zu akzeptieren und alles daran zu setzen, es zu vernichten; dabei sind wir uns darüber völlig im klaren, daß diese Entscheidung wahrscheinlich einen Krieg mit der Sowjetunion nach sich ziehen wird!« Fieberhaft wird die Arbeit an der H-Bombe vorangetrieben, man hört allerdings die Befürchtung, die Russen könnten sie gestohlen haben, bevor sie überhaupt erfunden ist. Joe McCarthy, der mutige Marinesoldat, fordert, man solle General MacArthur, der weithin für den »größten lebenden Menschen« gehalten wird, in Asien unumschränkte Vollmacht erteilen »für eine schnelle Aktion, so hart und rücksichtslos, wie uns nur möglich ist«. Der Gerichtsdiener klopft dreimal mit den Handknöcheln an die Tür und ruft: *»Die Anwesenden mögen sich erheben!«* Stühlerücken, Füßescharren, das Strategische Luftkommando wird in Alarmbereitschaft versetzt, der Kongreßausschuß für Unamerikanische Umtriebe veröffentlicht ein kommunistisches Programm zur Erringung der Weltherrschaft. Die Schlagzeile der *New York Times* behauptet: GEFAHR EINES ATOMBOMBENANGRIFFS IST BIS ZUM HERBST AM GRÖSSTEN! Der Richter tritt auf – ein Murmeln der Überraschung: Uncle Sam hat sich für seinen Oster-Prozeß den kleinen Irving Kaufman ausgesucht, den Benjamin-Richter, ein untersetzter Park-Avenue-Jude und Tammany-Hall-Demokrat, der selbst ein bißchen wie ein Murmeltier aussieht mit seinem pomadisierten Haar, seiner dicken Höckernase, seinen feucht glänzenden Augen. Die alten Gerichtshasen blicken sich an und zwinkern sich zu. Sie sind nicht nur große Bewunderer seiner klaren Stimme und seines energischen, souveränen Verhandlungsstils, sie wissen auch etwas mehr als die anderen Anwesenden: Irving Kaufmans

Frau ist eine geborene Rosenberg. Außerdem ist ihnen bekannt, daß Irving Waise ist, und, obwohl Jude, Starabsolvent der juristischen Fakultät der Fordham-Universität, dieser römisch-katholischen Agenten-Farm für das FBI (seine Kommilitonen nannten ihn Papst Kaufman, weil er sich in christlicher Dogmatik mit 99 Punkten auszeichnete); daß er ein gerissener Staatsanwalt war, einer der guten alten »Foley-Square-Köpfe«, ein eifriger Nachahmer der skrupellosen Taktiken des »Agressiven Anklägers« Tom Dewey, daß er als erster Staatsanwalt in seinem Bezirk Telefongespräche abhören ließ, und daß ihm J. Edgar Hoover persönlich zu Hilfe eilte, als sein von Carmine de Sapio gefördertes Berufungsverfahren zum jüngsten Bundesrichter des Landes vor 18 Monaten ins Stocken geriet. Er steigt die Stufen zum Richtertisch hoch, die Robe schleift hinter ihm her, und er steht da, lugt über die Kante wie Kilroy, während der Gerichtsdiener verkündet, daß das Gericht versammelt ist: IM KRIEGSFALL IST NEW YORK DAS ERSTE ZIEL EINES SOWJETISCHEN ATOMBOMBEN-ANGRIFFS, schreibt das *Journal-American.* »Wer dem Gericht in dieser Angelegenheit etwas mitzuteilen hat, trete vor, und er wird Gehör finden!« Julius und Ethel Rosenberg blicken sich an, GIs verlieren wieder eine Anhöhe in Korea, und Ost-Berliner Polizisten feuern demonstrativ auf Sightseeing-Busse der US-Army. Die Russen sollen an der mandschurischen Grenze Truppen zusammenziehen. »Gott schütze die Vereinigten Staaten von Amerika«, ruft der Gerichtsdiener. »Niemand braucht wegzurennen, wenn die Wasserstoffbombe detoniert. Eine große schwarze Wolke aus radioaktiven Partikeln holt euch ein, selbst wenn ihr . . . euch zufällig auf der tiefsten Sohle einer verlassenen Bleimine herumtreibt!« In der Duane-Street, hinter dem Gerichtsgebäude, schlagen die Glocken der St. Andrews Church die halbe Stunde. »Gott schütze dieses Hohe Gericht!« Inbrünstig seufzt es »Amen!« im überfüllten Gerichtssaal. Der Richter klettert auf seinen großen Lederstuhl und läßt sich nieder. Schulkinder kriechen während eines H-Bomben-Probealarms unter ihre Pulte und eine ganze Yankee-Kompanie versackt im Schlamm eines koreanischen Reisfeldes. »Die Staatsanwaltschaft erhebt Anklage in vorliegender Sache«, verkündet würdevoll der Ankläger und rückt seine Nickelbrille auf der langen Nase zurecht, »und ist bereit zu beginnen.« Er starrt streng auf die Angeklagten, die steif auf ihren Stühlen sitzen. ATOMBOMBEN-BUNKER KOSTEN DER STADT 45 000 000 DOLLAR.

Mochte die Wahl des Richters auch überraschend sein, die des Anklägers ist es nicht: obwohl er, wie der Richter, zum Tammany-Hall-Clan gehört, ist Irving Saypol nicht nur ein großes Tier bei den Pfadfindern, der Heilsarmee und den Knights-of-Pythias, er ist auch noch, wie der nationale Poeta Laureatus schreibt, »Amerikas Nummer Eins unter den juristischen Kommunistenjägern«. Einfallsreich, kaltschnäuzig, mit gutem Stehvermögen, ein harter Bursche, schwer zu schlagen. Dies hier ist allerdings der brenzligste Fall in Irving Saypols Karriere. Die amerikanischen Verluste in Korea erreichen fast die 100 000 Schwelle, als er sich erhebt, groß, stark, ergraut, und mit der Verlesung der Anklageschrift beginnt. Überall in Europa fürchtet man den bevorstehenden Krieg. Er hantiert mit einem dicken Stapel Papier, streicht die Taschenpatte seines zweireihigen Anzugs glatt. Irving Saypol ist beim Rommé ein ausgemachter Fuchs, aber hat er hier die Karten in der Hand? Der Sprecher des US-Repräsentantenhauses warnt, ein dritter Weltkrieg könnte unmittelbar vor der Tür stehen. Mit langen, nervösen Fingern trommelt Julius Rosenberg auf die Anklagebank. Präsident Truman ruft alle Polizisten und Mitbürger zu Wachsamkeit gegenüber Spionen, Saboteuren und subversiven Kräften auf. Saypols Assistenschar und die FBI-Ermittler stecken die Köpfe zusammen und beobachten ihren Mann. MARSHALL GLAUBT: LAGE IST ERNSTER ALS IM NOVEMBER. Ethel Rosenberg rutscht auf dem Stuhl nach vorn, kleine Kummerfalten legen sich über ihr Gesicht, als sie sich müht, Ankläger Saypols gedämpften sonoren Äußerungen zu folgen: Mit sanfter monotoner Stimme beschuldigt er sie des »schwersten Verbrechens, das man gegenüber dem Volk dieses Landes begehen kann«. Morton Sobell reibt sich das Kinn, leckt über die Lippen, rümpft die Nase, tuschelt nervös mit seinen Anwälten. David Greenglass und Harry Gold werden aus dem Tombs-Gefängnis gebracht und gestehen, assistiert von Davids Frau Ruth, Spionage, Meineid, Verschwörung und anderes, und zuletzt sagen die Greenglasses aus, daß hinter all dem die Rosenbergs stecken. Zwanzig weitere Zeugen bestätigen belanglose Details dieser Darstellung unter anderem Liz Bentley, die Rote Mata Hari, welche den biederen Vorgängen einen Hauch von Samt und Seide verleiht. Julius und Ethel Rosenberg treten in den Zeugenstand und sagen, daß das alles nicht stimmt. Als man sie fragt, ob sie nicht vielleicht doch Kommunisten seien, verschanzen sie sich hinter ihrem Recht auf Aussageverweigerung. Morton Sobell, der bei der Zeugeneinvernahme ausgiebig übergangen wurde, glaubt, daß man ihn völlig vergessen hat, und hält den Mund. Die Geschworenen, meist Buchhalter und Rechnungsprüfer, ziehen sich zurück und addieren die Zeugenaussagen: 23 zu 2 bei 1 Enthaltung. Sie kommen wieder mit dem Schuldspruch für alle drei, und der Richter sagt: »Meiner Meinung nach ist Ihr Schuldspruch ein korrekter Spruch . . . Die Vorstellung, daß Bürger unseres Landes sich für die Zerstörung ihres eigenen Landes, mittels der gefährlichsten Waffe der Menschheit, hergeben könnten, ist so schockierend, daß mir die Worte fehlen, diese abscheuerregende Tat zu beschreiben! *Gott schütze Sie alle!«* Er geht ab, betet in der Park-Avenue-Synagoge und schlingt im Schnellimbiß einen amerikanischen Käsesandwich runter. TIME schreibt:

es
war eine
abscheuliche und
für amerikaner höchst
unglaubliche geschichte von menschen
so fanatisch daß sie land
und leute vernichten
wollten für eine
trügerische
utop
ie

Die Nationen der freien Welt, die sich mit aller Kraft auf den Holocaust konzentrieren, sind zersplittert und erschöpft. Sogar der kleine robuste Richter Kaufman wirkt plötzlich angegriffen und abgehärmt, über seine Jahre hinaus gealtert, als er die Synagoge verläßt, die drei Stufen zur Richterbank emporsteigt und mit heiserer, ersterbender Stimme, mit an Panik grenzendem Widerwillen, der dichtgedrängten Galerie verkündet: »Diese Angeklagten haben sich der russischen Ideologie geweiht mit ihrer Verleugnung Gottes, ihrer Verneinung der Unantastbarkeit des Individuums, dem Vorsatz der Unterwerfung der freien Menschheit. Ich bin überzeugt, daß ich ein Urteil über die Anführer dieser diabolischen Verschwörung verhängen muß, die sich zum Ziel gesetzt hat, eine gottesfürchtige Nation zu vernichten, ein Urteil, das ein für allemal deutlich macht, daß die Sicherheit dieser Nation unangetastet bleiben muß!« So ist es; die Nation pflichtet bei: »Gottlosigkeit muß überwältigt und restlos ausgerottet werden!« Das erregte Geschrei des gemeinen Volkes findet sein Echo im Gerichtsgebäude am Foley Square. *»Von den Söhnen der Finsternis darf keiner überleben!«* Julius wippt langsam auf den Fußballen; Ethels rechte Hand umklammert die Stuhllehne, die Knöchel treten weiß hervor. Es ist 12

Uhr mittags, die Glocken von St. Andrew wummern, als Richter Kaufman sich den Atomspionen zuwendet, die stumm vor ihm stehen. *»Gemeiner, vorsätzlicher, wohlbedachter Mord verblaßt angesichts der Verbrechen, die Sie begangen haben!«* schnarrt der Benjamin-Richter grimmig, reckt sich, um über die hohe Richterbank blicken zu können, und übertönt jetzt die läutenden Glocken:

Ich glaube, Ihre Tat, mit der Sie den Sowjets die A-Bombe in die Hände spielten, bevor Rußland sie nach Ansicht unserer führenden Wissenschaftler selbst entwickeln konnte, hat bereits die kommunistische Aggression in Korea mit mehr als fünfzigtausend Toten bewirkt. Wer weiß, wie viele Millionen Unschuldiger noch den Preis für Ihren Verrat zahlen müssen. Mit Ihrem Treuebruch
haben Sie zweifellos
den Gang der Geschichte verändert, zum Nachteil unseres Landes!

Die Söhne des Lichts fallen auf die Knie: »Oh, Herr, wie lange müssen wir noch flehen, ehe Du uns erhörst?« Über dem verklingenden Hallen des 12-Uhr-Geläuts kann man das ferne, infernalische Gelächter des Phantoms vernehmen. Die ganze Welt scheint in sich zusammenzufallen, im Saal 110 des Foley Square-Gerichtsgebäudes zu implodieren! Aber dann ermannt sich Richter Kaufman und sagt: »Ich habe es sorgsam erwogen. Es liegt nicht in *meiner* Macht, Julius und Ethel Rosenberg, Ihnen zu vergeben –, nur der Herr kann Gnade gewähren für das, was Sie getan. Das Urteil des Gerichts über Julius und Ethel Rosenberg lautet: *»Sie sind zum Tode verurteilt!«* und dann sagt Uncle Sam: »Wer mir nachfolget, der wird in mein Reich eingehen! Wer aber dem Phantom folgt, dem machen wir Feuer unterm Arsch!« Und dann sagen die Leute: »Gesegnet sei Uncle Sam und alle seine herrlichen Werke!« Und dann wendet sich Julius zu Ethel und singt den Schlachtgesang der Republik. Es ist, als habe man eine große Last vom Gerichtssaal genommen. *»Mine eyes have seen the glory!«* Alle fallen ein. Alle außer Morton Sobell, schon immer der Spielverderber, jetzt in dumpfes Brüten versunken, weil er dreißig Jahre in Alcatraz absitzen soll. *»Glory, glory, hallelujah!«* Anschließend tritt Rabbi William Rosenblum vom New Yorker Tempel Israels vor – der bald als erster der Holy Six in die Geschichte eingehen wird –, und hält eine »Übler denn Mord«-Predigt, in der er erklärt, daß das Todesurteil den Beifall aller anständigen Amerikaner finden wird . . .

Solche Spionagefälle . . . sind immer eine Einladung an unsere Feinde, uns anzugreifen in der Hoffnung, daß sich zahllose andere finden, die allzu leicht bereit sind, uns ans Messer zu liefern! Nicht weniger schuldig als diese Atomspione – obwohl sie kaum je vor Gericht gestellt werden – sind unsere Künstler, Wissenschaftler und Geistlichen, die ständig für eine Beschwichtigung jener fremden Mächte eintreten, von denen jeder Schuljunge weiß, daß sie nur auf eine günstige Gelegenheit warten, mit Waffengewalt über uns herzufallen! Richter Kaufman hat dem amerikanischen Volk einen großen Dienst erwiesen!

Der Benjamin-Richter nimmt die vielen, verdienten Ehrenbezeugungen entgegen, gönnt seiner Frau und J. Edgar Hoover eine flüchtige Umarmung, geht dann mit Thomas Dodd vor Palm Beach angeln, zündet eine Zigarre an, und während der Rest der Nation sich zurücklehnt und des unvermeidbaren Finales harrt, zieht er einen kapitalen Wahoo an Land . . .

Sam spannt den Hahn und Dave wollt schießen,
Das Murmel aber erlegte Joe Nyssen!

Die Kinder juchzen, schreien schrill,
Sie mögen Murmel frisch vom Grill!

Holldrioh-holldrihi-lirum-larum-Löffelstiel . . .!

Erster Teil

MITTWOCH – DONNERSTAG

1. Präsident Eisenhowers Pressekonferenz

Als der alte Querkopf William Douglas, Richter am Obersten Gerichtshof, an diesem Mittwochmorgen im Fall Rosenberg seine Bombe platzen ließ, war ich mit dem Präsidenten auf seiner Pressekonferenz. Alles hatte sich planmäßig entwickelt, die letzten Einspruchsfristen waren verstrichen, Rosenbergs sollten in der nächsten Nacht hingerichtet werden und Eisenhower hatte gestern diese Pressekonferenz ansagen lassen, um die letzten Einzelheiten bekanntzugeben und der Nation in Erinnerung zu rufen: »Ich glaube, auf der ganzen Welt gibt es keinen größeren Feind der kommunistischen Doktrin als mich!« Seit seiner Amtseinführung im Januar hatte sich der General nahezu dreimal monatlich solchen Konfrontationen mit der Presse gestellt, und das beängstigte mich. Sie zehrten sichtlich an seinen Kräften, er schwand geradezu dahin – vom Beginn bis zum Ende der Konferenzen und von einer zur anderen. Vorsichtshalber hatten wir angefangen, ihn zu wiegen – da war er schon runter auf 160 –, aber dafür brauchte man keinen Arzt, das konnte ich selbst sehen. Er wird's nicht überleben, dachte ich. Nicht bei diesem Tempo. Ob das Phantom das mitkriegt? Bin ich bereit, falls es soweit kommt?
Der Präsident sprach inzwischen über den sogenannten Bücherverbrennungs-Skandal; Roy Cohn, Joe McCarthys rechte Hand, eine der Typen, die Irving Saypol in der ersten Instanz behilflich gewesen waren, Rosenbergs in die Todeszelle zu schicken, war mit seinem Busenfreund G. David Schine quer durch Europa geflogen, um die US-Bibliotheken von dem zu säubern, was sie für gefährliche Literatur hielten – Autoren wie Howard Fast, Mrs. Clifton-Fadiman, Theodore White, Bert Andrews und Dashiell Hammet – und prahlten hinterher, im Schlafanzug, mit ihren Taten vor Hotelangestellten und Lokalreportern. Foster Dulles hatte zugeben müssen, daß irgendein Idiot da drüben tatsächlich elf von den verdammten Büchern angezündet hatte – und nun jubelte die Presse das hoch. Der Präsident stand diesem Problem sichtlich verwirrt gegenüber. Außer hin und wieder einen Western las er überhaupt keine Bücher und maß ihnen daher größeren Wert bei als nötig. Und selbst die Western dienten nur dazu, sein Bild von sich als einem Übermenschen zu befestigen. Er las über technische Details von Pferdezucht, Gerichtsverfahren und Goldschürferei, die eigentlich interessanten Sachen, einfach hinweg. Was die Bücherver-

brenner selbst betrifft, nun, Roys Einfälle waren vielleicht krude, aber alles in allem doch nur konsequent, genau wie seine Methoden als Staatsanwalt oder das von ihm für McCarthys Ausschuß inszenierte Melodram von Blut, Spionen und Verrätern. Roy war clever und schon ganz nah am Zentrum der heißen Entscheidungen, aber genau wie Joe fehlte es ihm an echter Gerissenheit. Eine Ironie des Schicksals, denn gerade die wurde den beiden immer wieder vorgeworfen. Sie wirkten bösartig und verschlagen – aber sie übernahmen sich häufig. Vor drei Jahren hatte ich Joe genau davor gewarnt, aber er wollte nicht hören, er war zu schön im Zuge. Zuguterletzt trieben sie es zu toll, brachten sich in Mißkredit und nützten damit noch dem Phantom. Das Risiko jedes heiligen Krieges. Nun ja, ein Jude und ein Katholik – vielleicht haben ihnen, den religiösen Außenseitern, den nicht waschechten Vollblut-Amerikanern, bestimmte Abwehrmechanismen gefehlt, vielleicht fürchteten sie zu sehr, mißverstanden oder reingelegt zu werden. Wahrscheinlich. Außerdem hat Joe dank seiner Insiderinformationen 'ne Menge Kies gemacht – okay! Aber sowas kann man nicht tun und gleichzeitig den Kreuzritter spielen wollen.
Der Präsident sagte gerade: »Keinesfalls spreche ich, wenn ich von Büchern spreche oder über das Recht auf Verbreitung von Wissen, spreche ich dabei über irgendwelche Schriften oder so, mit deren Hilfe versucht wird, Amerika zum Kommunismus zu bekehren oder darauf vorzubereiten, ich spreche also ganz eindeutig nicht über sowas, wenn ich über den freien Zugang zu Wissen spreche.«
Diese Unbeholfenheit, dachte ich bei mir, ist ein Teil seiner Tarnung, seiner Panzerung, eine Art Selbstschutzmechanismus – er wirkt am aufrichtigsten, wenn er völligen Unsinn verzapft. Mir wurde klar, daß ich noch viel zu lernen hatte. Man hielt mich nach wie vor für einen Marktschreier, einen Gebrauchtwarenhändler, einen Winkeladvokaten – ich war eben immer noch zu gewandt, zu eifrig, zu logisch. Ich mußte diese hilflose Verwirrtheit, dieses ungebrochene, stumpfsinnige Grinsen und diese gelegentlich aufflackernde, gutartige Grobheit, an der alle Fragen abprallten, noch genauer studieren. Es ärgerte mich, daß Eisenhower das alles von Natur aus mitbekommen haben sollte. Er hatte nie richtig büffeln müssen, nicht mal für den Krieg. Wer in der ganzen Menschheitsgeschichte ist je der Welt größter lebender Kriegsheld geworden, ohne einen einzigen Schuß abgefeuert zu haben, ohne je verwundet worden zu sein, ohne ein einziges Frontkommando gehabt, ohne je eine Schlacht erlebt zu haben oder auch nur ein einziges ernsthaftes Gefecht, und wenn es nur fünf Minuten gedauert hätte?

Mich hat man nie als Held gefeiert, obwohl ich immerhin in den gottverdammten Süd-Pazifik abkommandiert war, wo ich auf Bougainville einen ganz schön heißen Monat verbringen mußte – während das einzig Schlachtähnliche, was Ike je erlebt hat, das 53er-Köpferollen im Weißen Haus war. Er hatte wirklich das Glück für sich gepachtet. Alle sagten das, und es war so. Alles schien ihm in den Schoß zu fallen. Aber wie soll man sowas nachmachen? Ich fühlte mich geprellt. Mein Leben lang hatte ich gebüffelt und es noch immer nicht so weit gebracht. Ich befürchtete, daß ich nie genug lernen, daß Uncle Sam nie Verwendung für mich haben würde, fürchtete mich schließlich sogar vor meiner eigenen Furcht. Eisenhower, verdammt noch mal, fürchtete nie etwas.

Vielleicht standen Selbstzweifel und Befangenheit meinem Erfolg im Weg. Vielleicht kommt man als aufgeblasenes Nichts bei Uncle Sam am leichtesten vorwärts. Der Präsident jedenfalls riskierte es nie, den reibungslosen Ablauf des Betriebes durch intellektuelle Spielereien zu gefährden. Zeitlebens mußte er sich, ging es ans Denken, an seinen kleinen Bruder Milton halten (für die Republikanische Partei eine Leiche im Schrank, denn Milton war zu Zeiten des New Deal ein guter Freund des alten Henry Wallace gewesen), und was schließlich das Lesen anging: mehr als eine Seite, und er kriegte Sehstörungen. Das einzige Fernseh-Programm, das er sich verbürgtermaßen ansah, war die »Fred Waring Show«, und die hielt er für ein Programm mit klassischer Musik. Hin und wieder führte er sich im White-House-Basement einen Film zu Gemüte, aber meist war nur sein Schnarchen zu vernehmen; nur wenige Filme hielten ihn wach, darunter *12 Uhr Mittags*. Aber ob nun mehr oder weniger wach, wurde auf der Leinwand geküßt, pflegte er endgültig einzudösen (ob er es wohl verübelte, daß die Frau Quäkerin war?), schreckte irgendwann wieder hoch und grunzte: »Wieviel Uhr ist es?«, was soviel heißen sollte wie, ist's schon Mittag? Auf seinem Schreibtisch stand ein schwarzes Holztäfelchen mit dem Spruch SUAVITER IN MODO FORTITER IN RE, was er für Spanisch hielt und wie ein Texaner aussprach. Gewiß, es traf zu, daß er mit dem Malen angefangen hatte; der seinem Schlafzimmer gegenüber liegende Raum war sogar in ein Atelier verwandelt worden. Aber irgendwelche Leute zeichneten die Bilder für ihn, und er trug nur noch die Farben auf, bejammerte jedoch dauernd, daß er von deren Zusammensetzung keine Ahnung habe, fast nichts von Anatomie verstehe (wobei er über mich hinweg irgendeinem alten Freund zublinzelte) und behauptete, er sei seiner Unfähigkeit im technischen Zeichnen wegen fast von der Militärakademie West-Point geflogen. Am wohlsten fühlte er sich im Kreis von acht bis zehn alten Freunden, mit denen er im Solarium auf dem Dach des Weißen Hauses Steaks grillte oder Mais röstete, oder wenn er im Bankettsaal für Busenfreunde einen Herrenabend mit Fasanenessen gab, anschließend mit ihnen im ovalen Arbeitszimmer saß und vom Angeln redete, von Frauen, oder vom Krieg.

Zu diesen Partys wurde ich nicht eingeladen. Er konnte mich nämlich nicht leiden. Ich war ein »Politiker«. Und die amerikanische Spielart des Kampfes um die politische Macht, auf die ich mich verstand, gut verstand, war für Eisenhower nichts anderes als kindisches Gossengezänk: »Wenn man so albern sein muß, um gewählt zu werden, dann sollen sie sich einen anderen für den Job suchen!« Aber ich war es, nicht er, der im letzten Herbst Adlai Stevenson kleingekriegt hatte – Eisenhower konnte gar nicht anders, als die Wahl gewinnen –, aber ich habe Stevenson erledigt. Eisenhowers Parolen, etwa: »Mut, Entschlossenheit und Initiative«, richteten keinen Schaden an – sie machten die Leute schläfrig und dafür mußte man dankbar sein, solange DIE BOMBE über unseren Köpfen schwebte –, nur, die Massen stimmen nicht *für*, sondern *gegen* etwas, wie W. C. Fields sagt. So erinnerten sich die Wähler an meine K^4-Formel und machten ihre Kreuzchen gegen »Korea, Kommunismus, Kontrollen und Korruption«. (Wenn dem einen oder anderen dabei die alte Ku-Klux-Klan Parole »Killt die Juden, Nigger und Katholiken« einfiel, war das nicht unbedingt ein Zufall; Eisenhower war schließlich nicht der einzige Wahlkämpfer, der bei den Wählern wehmütige Erinnerungen an das einfache und sittsame Landleben vergangener Tage zu wecken verstand.) Ike hatte sein feudales Leben in Übersee aufgegeben und begann, heimgekehrt, seinen »Großen Kreuzzug«; ich aber war das arme Schwein, das in den Dreck steigen und gegen die Heiden kämpfen mußte. Er fand ruchlose Politiker offenbar anrüchig und starrte mich immer an, als hätte ich Scheiße im Gesicht. Gleichzeitig aber erwartete er von mir, daß ich die Abgeordneten bei der Stange hielt und war sauer, wenn sie ihn im Stich ließen und im Heimatwahlkreis auf Stimmenfang gingen. Sein Regierungsprogramm kam im Parlament unter Beschuß. Selbst seine Vorlage über die Reorganisierung des Verteidigungsministeriums wurde attackiert – und wenn ein General nichts von Verteidigung versteht, wofür zum Teufel ist er dann überhaupt gut? Dieser »Haufen von Clowns« drüben im Kongreß kümmerte sich nur noch um schlagzeilenträchtige Untersuchungsausschüsse statt um konstruktive Gesetzgebungsarbeit (wie er es zu nennen pflegte) – ein Sachverhalt, der diese lebende Legende in Erstaunen und Bestürzung versetzte: ein Herr, reich von Geburt, der verwundert auf den Dieb blickt. Und irgendwie war das alles meine Schuld. Vielleicht glaubte er sogar, ich hinterginge ihn. Er war ein Superheld, oder? Warum tat man also nicht, was er verlangte? War etwa Sabotage im Spiel? Was ja nur heißt, daß er nicht einmal in der Lage war, seine eigene Rolle zu begreifen. Genau genommen war *ich* der »Old Man« und *er* der kleine Junge. Selbst Stevenson wußte das.

Hier liegt eine Ironie, mit der ich zu leben gelernt habe. Alte Männer, denen ich sympathisch war, neigten zu der paradoxen Annahme, daß ich die Stimmen von Jungwählern und Frauen auf mich ziehen könnte, dem eigentlichen Wählerpotential von unbedarften Schlipsträgern wie Eisenhower – während es im Gegenteil meiner Erfahrung, und nicht etwa der Ikes, zu danken war, daß die Parteimanager, die Macher im Hintergrund im letzten Herbst unsere Nominierung nicht hatten platzen lassen. Im Sommer wurden auf dem Parteikonvent die auf der Hand liegenden Überlegungen angestellt: Eisenhower war der Kandidat des östlichen Establishments, also brauchte man als Gegengewicht einen Mann aus dem Westen. Eisenhower war alt und umgänglich, hatte viel Zeit im Ausland verbracht, also mußte man ihm, wie Herb Brownell mich beschrieb, »einen aggressiven, jungen Mann« zur Seite geben, »der sich zu Hause auskennt. Der Präsident könnte dem Land als jemand präsentiert werden, der in der Lage ist, dem Kommunismus auf internationaler Ebene Einhalt zu gebieten, während Nixon den Kampf an der innenpolitischen Front übernimmt«.

In Wirklichkeit – auch wenn die wenigsten etwas davon begriffen – ging die Sache viel tiefer. Die offenkundige Freundlichkeit des liebenswürdigen Ike und sein permanentes Lächeln hatten eine Menge Stimmen gewonnen, aber einigen Leuten kam der Verdacht, daß er doch ein bißchen einfältig sei. Jeder Normalverbraucher über 30 weiß, daß zur Politik – ob Innen- oder Außenpolitik – mehr gehört als offene Worte und ein freundlicher Händedruck. Es ist eine politische Binsenweisheit: Unaufrichtigkeit bringt Stimmen. Unehrlich währt am längsten. Wir alle wissen: Politik ist ein schmutziger, gefährlicher Raufhandel, nichts, worüber man grinst wie ein vollgepumpter Pavian. Ein geliebter Staatsmann ist überhaupt kein Staatsmann. Man darf sich nicht gemein machen, wenn man ganz oben steht. Kreuzritter begehen immer den gleichen Fehler: Sie verlassen die Heimat, Optimisten kaufen die falschen Gebrauchtwagen – glaubt's einem Mann, der damit gehandelt

hat. Und traut nie einem Mann mit weißer Weste: Der hat sich bestimmt nie vor die Tür getraut, wenn's Scheiße regnet.
So liebte denn jedermann Ike, diesen unpolitischen, grundehrlichen Schussel – mich nannten sie Tricky Dick. Anfangs konnte ich das nicht ausstehen, und ich wehrte mich gegen diesen Spitznamen nach Kräften, bis ich entdeckte, daß er mir Stimmen einbrachte. Wahrscheinlich mochte es Uncle Sam anfangs auch nicht, daß man ihn Yankee Doodle nannte, aber schließlich steckte er sich die Feder an den Hut und fand es wunderbar. Als die Spielchen mit meinem Namen zunehmend obszöner wurden, bekam ich die ersten Stimmen von Frauen und Jungwählern. Mich kümmert nicht die Philosophie, die den Tricks und Strategien zugrunde liegt, sondern einzig deren Effektivität. Nicht der Gehalt zählt, sondern die Wirkung, diese Einstellung macht sich bei Wahlen bezahlt. Ike war so daran gewöhnt, geliebt zu werden, daß Gleichgültigkeit ausreichte, ihn zu beleidigen. Als irgendein Typ aus Racine, Wisconsin, Anleihen bei der 48er Kampagne machte und den Spruch losließ: »Pfui über Eisenhai«, war der General aufrichtig empört und verweigerte tagelang jeden Kontakt mit Tom Dewey. Wären die Demokraten brutal genug mit ihm umgegangen, hätten sie ihn als aufgeplusterten, illoyalen Schwindler hingestellt, als hilflosen Trottel, hätten sie sich über seine alten Kumpane lustig gemacht, und Mammie Eisenhower durch den Dreck gezogen, wie sie's hätten tun sollen, hätte er wahrscheinlich aufgegeben. Und das war auch jetzt noch denkbar, jeden Augenblick, er begann schon, das Interesse zu verlieren.
»Ich bin davon überzeugt«, sagte er gerade, »daß die Vereinigten Staaten stark genug sind, die Vielfalt der bei uns vertretenen Meinungen der Weltöffentlichkeit zu präsentieren, angefangen bei denen, die man fast schon als Sozialisten bezeichnen kann, bis zu denen, die so weit rechts stehen, daß man ein Teleskop braucht, um sie zu erkennen – aber das ist Amerika, und wir sollten uns nicht scheuen, es zu zeigen, vor aller Welt, weil wir glauben, daß diese Regierungsform, diese Art zu denken, diese Kombination von Dingen, die bedeutendste Regierungsform hervorgebracht haben, die die Welt hervorgebracht hat, das ist es, woran wir glauben, das ist es, worüber ich spreche.«
Raymond Brandt vom *St. Louis Post-Dispatch*, eine der Schwachstellen in der amerikanischen Presselandschaft, versuchte gerade hartnäkkig, ihm auf seine miese Tour mit weiteren Fragen zuzusetzen, als der Justizminister Herb Brownell hereinkam, finster und geheimnisvoll dreinblickend. Natürlich fiel das Herb Brownell nicht schwer, mit seinem starren Blick und dem riesigen, birnenförmigen Kopf vermittel-

te er einem immer, selbst im Halbschlaf, den Eindruck, daß es nichts gab, was er nicht wußte – aber heute wirkte er weniger kühl und beherrscht als sonst. Er winkte mich beiseite. Wir steckten die Köpfe zusammen, runzelten bedeutungsvoll die Stirn und wurden dabei von den Presseleuten beobachtet; ich hatte eine üble Vorahnung dabei.
»Pete Brandt versucht, Streit zwischen Ike und Joe anzuzetteln«, flüsterte ich.
Herb schien mich nicht zu hören. Aus der Nähe betrachtet wirkte er sehr erregt. »Es ist aus, Dick!« jammerte er, »Douglas hat alles abgeblasen!«
»Aus?« fragte ich. »Was ist aus, Herb?«
»Die Hinrichtungen! Die Rosenbergs! Das Jubiläum! Morgen Abend!«
Das Herz schlug mir bis zum Hals. Ich hatte Angst, die Reporter würden was merken, aber ich konnte nichts dagegen tun. Seit dem Golfspiel mit Uncle Sam am Sonntag hatte mich diese Sache nicht mehr losgelassen, und ich war mir nicht sicher, ob die neue Lage gut oder schlecht war. Uncle Sam dürfte sie kaum gefallen – wir hatten zwei Jahre daran gearbeitet, am Times Square alles vorbereitet, wir glaubten, daß die letzte Hürde genommen sei: Und nun das! Alles im Eimer. Oder auch nicht . . . Es hatte schon früher Aufschübe gegeben – ursprünglich wollte Uncle Sam die Hinrichtungen kurz vor dem Zeitpunkt vornehmen lassen, an dem auf dem Ball anläßlich der Amtseinführung des Präsidenten im letzten Januar die Luftballons von der Decke herabschwebten –, aber dieses Mal war es schlimmer. Andererseits gewann ich auf diese Weise wenigstens Zeit. Ich hatte mich in diese Sache hineingekniet, in Gedanken alles rekapituliert und noch immer nicht rausgekriegt, was Uncle Sam eigentlich von mir erwartete. Ich hatte mich in Sicherheit gewiegt, denn hatte ich nicht Alger Hiss im Alleingang fertiggemacht, Voorhis und die Rosa Lady mit Schimpf und Schande überhäuft? Doch jetzt fühlte ich mich wieder wunderbar.
»Aber ich . . . ich dachte, der Oberste Gerichtshof hätte sich vertagt!« flüsterte ich.
»*Hat* er auch!« keuchte Herb. »Douglas hat abgewartet, bis alle anderen Richter in Urlaub gefahren sind, und dann den Aufschub der Hinrichtung verfügt! Es ist eine einzige Scheiße!«
»Wir müssen unbedingt den General informieren, bevor einer von diesen Leierfritzen da die falsche Frage stellt«, drängte ich.
»Allgemein gesprochen«, sagte der Präsident gerade, »ist das genau

das, was ich selber glaube. Aber ich betone nachdrücklich, ich brauche nicht an meiner eigenen Selbstzerstörung mitzuwirken, da ist die Grenze, und die andere Grenze, die ich ziehe, ist der Anstand: es gibt gewisse Bücher, die wir vom Postversand ausschließen, und das alles, denke ich, ist völlig angemessen, und ich würde es auch heute wieder anordnen, ich halte nichts davon, in diesen Dingen wesentliche Belange der Menschenwürde zu verletzen. Oder die menschliche Gesittung.«

Ich kritzelte eine Nachricht: ROSENBERG-HINRICHTUNGEN ABGEBLASEN! und schob sie dem Regierungssprecher Jim Hagerty rüber. Hagerty erbleichte, unsicher, was er damit tun sollte. Ich deutete auf den Präsidenten, aber Jim schien wenig gewillt, die Notiz weiterzureichen. Wahrscheinlich hatte er Angst, der Alte würde sie laut vorlesen wie eine Ankündigung. Oder verstört sein und völlig unverständliches Zeug von sich geben. Oder überschnappen.

»Wie viele von Ihnen haben Stalins *Fragen des Leninismus* gelesen?« wandte sich der Präsident an die Reporter. Wir wußten noch nicht mal, daß er den Titel kannte. »Wie viele von Ihnen haben sich gründlich mit Karl Marx auseinandergesetzt und die Evolution der Theorien von Marx bis zu den Formen ihrer gegenwärtigen Anwendung verfolgt?« Jeder hatte »Theorien vom Mars« verstanden, und so erntete er eine Menge Lacher. Das war ein voller Erfolg, die Reporter hatten inzwischen völlig vergessen, was sie ihn gefragt hatten, aber ich dachte: Mein Gott, so würde ich das nie hinkriegen. Ich schrieb einen neuen Zettel: DRINGEND! PRESSEKONFERENZ BEENDEN! und reichte ihn Jim rüber. Jim setzte BITTE und SOBALD WIE MÖGLICH hinzu und schob ihn weiter zum General, der gerade sagte: »Natürlich sollten wir diesen Text keinem kommunistischen Lehrer mit der Aufforderung geben: Los jetzt. Nimm dir deine Schüler und führ sie auf Abwege, genauso wenig wie man ihnen, sagen wir, Al Capones Buch, wie man Gangster wird, geben sollte.« Niemand wußte mehr, von welchem Text er eigentlich sprach.

Als die Pressekonferenz vorbei war und wir alle vor die Tür gesetzt hatten, platzte Herb mit der Neuigkeit raus.

Der Präsident reckte sich – ein hochgewachsener starker Mann immerhin, schon änderte sich seine Miene, Unterkiefer vorgeschoben, die Hände geballt, aber völlig gefaßt und mit vollendetem Gleichmut, sagte er schlicht:

»Freunde, das ist ein Job für Uncle Sam!«

2. *Eine Flut übler Machenschaften*

Ein Richter am Obersten Gerichtshof der USA – übrigens eine der umstrittenen Ernennungen aus den Jahren der Kompromisse – vereitelt die langgeplante Hinrichtung der Atom-Spione und verschwindet.

Zwei Erzfrachter stranden im Schlick von St. Clair, Kanada.

Ein Kaffee-Kartell platzt in Brasilien.

Russische Panzer rollen in Richtung Ost-Berlin.

Aus Korea kommen Schreckensbilder von GIs, die man der Gehirnwäsche unterzogen hat, die erloschen vor sich hin starren, die wie Zombies zucken, während im Süden der Hafen der Hauptstadt bombardiert wird und sich unter der Hand Gerüchte von drohendem Unheil verbreiten, die zu gärender Unruhe in den Kriegsgefangenenlagern führen.

Auf dem Times Square sind über dem Bühneneingang der nachgeäfften Hinrichtungskammer die Buchstaben des RUHE-Schildes durcheinandergeraten und haben sich zu HURE formiert; ein schielender Uncle Sam ist an die Wand darüber geschmiert. Die Neonreklame AMERIKA – GRAL DER WELT hat sich in AMERIKA – GRAB DER WELT verwandelt und jetzt ändern sich vor den staunenden Augen der Passanten weitere Buchstaben:

AMERIKA – BORN DER WELT
AMERIKA – ZORN DER WELT

Was ist da los?!?

Die Zelle 333 der »United Marine Division«, Mitglied der internationalen Dockarbeiter-Gewerkschaft, bestreikt die beiden Fähren, die Touristen nach Bedloes Island übersetzen und installiert, was die *New York Times* einen »eisernen Vorhang um die Freiheitsstatue« nennt.

Dem Richter Irwing Kaufman, in seinem Haus an der Park Avenue Tag und Nacht vom FBI in Zivil und 12 Blauen bewacht, gehen zwei Bombendrohungen zu; völlig Fremde schicken ihm Telegramme: »Deine Kinder sollen im Waisenhaus landen!«

In London wird der englische Außenminister Anthony Eden, designierter Nachfolger von Premierminister Churchill, zur Operation an der Gallenblase ins Krankenhaus eingeliefert; im strategisch bedeutsamen US-Kriegshafen von Whittier, Alaska, bricht Feuer aus.

AMERIKA – RAST DER WELT
AMERIKA – HAST DER WELT

Der nach Thailand geflohene König Sihanouk von Kambodscha schöpft aus überraschenden Auflösungserscheinungen Mut und fordert von Frankreich die völlige Unabhängigkeit für Kambodscha. Die Absicht der Franzosen, standhaft zu bleiben, gerät ins Wanken.
Die phantomisierte Regierung von Guatemala beschlagnahmt die Ländereien von Uncle Sams »United Fruit Company« und gibt sie den dummen und habsüchtigen Bauern zurück.
Francis Kardinal Spellmans unermüdliche Hirtenbriefe bewirken auch nur das Gegenteil, denn Italien, ohne Regierung, rutscht nach links ab; im Wald von Caravete wird die Leiche eines 20jährigen Studenten des Passionisten-Seminars gefunden, sein Schädel ist von einem Stein zertrümmert. In der Klosterbücherei werden Brände gelegt, zwei Wachhunde wurden vergiftet, und alle Fratres und Novizen fanden kürzlich Zyankali in ihrem Morgenespresso. Im Ort wird die kleine Gemeinschaft jüngst konvertierter Protestanten verdächtigt; eine antiamerikanische Stimmung greift um sich.

AMERIKA – LUST DER WELT
AMERIKA – LAST DER WELT

Etwas wie ein kalter, unzeitiger Wind fährt über den Times Square, kippt Polizeigitter um, bläst Löcher ins Bühnenbild, zerrt die weißblauen Flaggen runter auf die Straße, läßt – so ein Busby Berkeley Kommentar – einen zerfransten karmesinroten Stern hinter sich. Derselbe Wind fegt durch Whittier, Alaska, entfacht die Flammen, breitet das Feuer über Docks und Lagerhallen aus, zwingt Hunderte von Schauerleuten zum Rückzug beim Kampf gegen den Feuersturm, zieht dann durch Afrika und entzündet Aufstände in Kenia, Nord-Rhodesien und Südafrika. Er pfeift durch die Synode der Evangelischen Kirchen Italiens, die an Präsident Eisenhower kabelt, »großmütig in seiner Gnade zu sein und das Leben der Rosenbergs zu schonen«, und er streift sogar die Königreiche von Großbritannien und Nepal, die sich wegen der Heldentaten Edmund Hillarys und seines Führers Tensing Norkay in die Haare geraten. Die beiden sind kaum vom Dach der Welt zurück, als die Briten schon melden, daß Hillary den widerstrebenden Sherpa (sie nennen ihn, nach alter Gewohnheit, den »Eingeborenen«) bis zum Gipfel schleifen mußte, während die Nepalesen, die den 29. Mai zum neuen Nationalfeiertag ausrufen – zum Tensing-Tag –, behaupten, daß es in Wirklichkeit ihr Mann war, der den erschöpften weißen Mann auf seinem Rücken nach oben schleppen mußte. Eine internationale Krise entwickelt sich, und Amerika scheint nicht in der Lage, etwas dagegen zu tun.

Woanders schlägt das Phantom noch härter zu, nutzt jede Waffe, von der Hysterie zur Hetze, von Panzern zum Putsch. In Korea greifen unter dem Feuer tausender Artillerie- und Granatwerfersalven Phantom-Truppen auf breiter Front an, erobern Finger Ridge und Capitol Hill, durchbrechen die alliierten Linien beim Vorposten Texas, jagen erschöpfte GIs und ROKs*, die die Hosen voll haben, in alle Winde. »Wenn so der Friede aussehen soll«, brüllt ein verwundeter US-Infanterist, den man auf der Bahre abtransportiert, »dann lob ich mir doch den guten alten Krieg!« TIME, nationaler Poeta Laureatus, zitiert diesen Wunsch nach Unsterblichkeit und ergänzt:

amerikaner konnten korea nicht
  vergessen und es verdarb ihnen
ein wenig den spaß an
  fernsehen und cadillacs

Uncle Sam will um jeden Preis raus aus dem Krieg, aber Syngman Rhee droht, allein weiterzumachen. Er schickt ganze Horden Schulmädchen auf die Straßen, die aus Protest gegen die derzeitigen Waffenstillstands-Verhandlungen die GIs hinterrücks attackieren sollen. Hauptpunkt dieser Verhandlungen sind nordkoreanische Kriegsgefangene in südkoreanischen Lagern, von denen die meisten Anti-Kommunisten sein sollen. »Hoffentlich dreht der Rhee nicht durch«, murmelt ein US-Unterhändler vor sich hin, »und läßt die Gefangenen laufen!«

Gewissermaßen als eine Art Reflex wird in Sing-Sing die Wache für Rosenbergs verdoppelt. Rosenbergs, so heißt es, genießen schadenfroh diese jüngste Aufschiebung ihrer Hinrichtung. Das Phantom inszeniert ihnen zuliebe antiamerikanische Demonstrationen in Mailand, Toronto, Djakarta, Genua, Paris und London, überschwemmt das Weiße Haus mit Protesten – unzählige Briefe, die Eisenhower drängen, das Ehepaar zu verschonen, wandern täglich körbeweise über seinen Tisch. Unterstützt von einer in letzter Minute aufgebotenen Rotte Hilfsadvokaten blättern die Anwälte der Rosenbergs wie wahnsinnig in alten Urteilssammlungen, um einen neuen Dreh zu finden, der Uncle Sam konfus machen könnte.

* ROK = *R*epublic *o*f *K*orea

Um Zeit zu gewinnen, läßt das Phantom seine Terroristen in Malaya und Französisch-Indochina zuschlagen und schickt seine Panzer nach Ost-Berlin. Die russischen T-34 rasseln über das Kopfsteinpflaster, »wummernd und grollend«, wie TIME schreibt, ihre dicken 85er Geschütze bewegen sich wie Zauberstäbe . . .

maschinengewehre und maschinenpistolen
begannen zu knattern die menge zerstob warf
sich in rinnsteine und u-bahn-schächte
um sich vor den kugeln in deckung zu bringen
nicht alle schafften es . . .

Einige rennen, einige stehen, einige sterben, viele sind froh, daß sie zu Hause geblieben sind, die meisten sind verängstigt, und jedermann verdrückt sich, während der Aufstand im Regen verrinnt – und Uncle Sam sitzt mit seinem strapazierten Arsch auf der falschen Seite des Potsdamer Platzes und guckt verdrossen zu. Bald ist in der geteilten Stadt nichts mehr zu hören außer dem sanften Tropfen des Regens, dem Klappern der Messer während des abendlichen Rituals mit Schwarzbrot, Butter, Käse und Wurst, und vereinzelten Salven sowjetischer Erschießungskommandos draußen auf den Feldern . . .

AMERIKA – RAND DER WELT
AMERIKA – TAND DER WELT

es war eine regnerische ruhige nacht
im kriegsgefangenen-lager neun
am fuße eines grünen hügels bei
pusan
es war 2.30 uhr
pfc* willie buhan im bereich der
»höchsten sicherungsstufe« (für gefangene
die belanglose anweisungen mißachtet hatten)
las gerade ein buch
er war nicht sonderlich
beunruhigt aber spürte dumpf
daß seine beiden rok-kumpels vom wachdienst
sich irgendwie »komisch«
verhielten
als nächstes

* pfc = PFC = *Private first class*

war ihm bewußt daß er in die läufe
von zwei karabinern starrte
einem garand-gewehr und einer pistole
alle in den händen der
rok-wachen . . .

Sie hauten ab: runde fünfundzwanzigtausend insgesamt. Flüchteten aufs offene Land, in abgelegene Dörfer, in die Hintergassen von Pusan! Rhee, dieser bockige alte Bastard, hatte Uncle Sam die Strohmatte unterm Hintern weggezogen und seine Gefangenen laufengelassen.

Am Donnerstag waren die Friedenshoffnungen in Korea zunichte, die ostdeutschen Freiheitskämpfer fertiggemacht, und alle Vorbereitungen für das Festival der Atomspione total durcheinander. Der elektrische Stuhl war mit einem Netz von Kabeln umsponnen, in ihm festgeschnallt saß eine Puppe mit Hitler-Schnäuzer, gekleidet wie Uncle Sam. Bombastische Flugblätter, Zettel mit Anweisungen für Gnaden-Vigilien, zerrissene Flaggen und obszöne Bilder von Präsident Eisenhower und seinem gesamten Kabinett in kompromittierenden Situationen übersäen die Straßen.

Das Feuer in Alaska wird schließlich gelöscht, nachdem ein Schaden von mehreren Millionen Dollar an den militärischen Einrichtungen und Versorgungsgütern entstanden ist, aber zur gleichen Zeit geht das neue 3 000 000 Dollar teure Botschaftsgebäude in Rio de Janeiro in Flammen auf. Kleinere Brände brechen wie zufällig an den verschiedensten Ecken von New York City aus – auf der Fourth Avenue, der West Thirteenth in Eldridge und der East Forty-ninth in Manhattan, in Fulton und in der West Eighth in Brooklyn – und bei einem Übungsschießen in Fort Dix explodiert ein Granatmörser, verletzt 16 amerikanische GIs und tötet den Rekruten Frank X. Zirnheld, 20, aus Buffalo. Adlai Stevenson fliegt eigens in die Türkei, um die türkischen Truppen, die in Korea kämpfen, zu feiern, aber seine Worte verhallen in dem Erdbeben von Edirne; er seufzt, mosert etwas von seinem üblichen Glück und geht hoffnungsvoll im Bosporus baden.

Drei Israelis werden von einer jordanischen Streife getötet, und drei Soldaten der Home Guard von Terroristen in Malaya. Die Rotchinesen nehmen die letzten römisch-katholischen Missionen an die Kandare und bringen in Schanghai 11 Priester, in Tientsin 10 und mehr noch in Kanton als überführte Spione hinter Gitter. Bei einem Überfall auf vier Dörfer südlich von Djakarta töten indonesische Terroristen 60 Bewohner und brennen 800 Hütten nieder, 3500 Menschen werden obdachlos. Die Zahl der amerikanischen Verluste in Korea schnellt auf 136 029, während zu Hause in einer Woche 305 neue Fälle von Kinderlähmung gemeldet werden, in diesem Jahr also schon 3124. Diese Zahlen geistern durch die Straßen wie apokalyptische Codes, Signale eines okkulten Zahlenspiels, dessen Ergebnis eine Katastrophe sein könnte. Die Broadway-Buchmacher geben den Rosenbergs jetzt eine fifty-fifty Überlebenschance, bessere Chancen als dem besten Pferd, das an diesem Tag läuft. Die lokalen Bootsführer, die noch immer um eine 35-Cent-Zulage kämpfen, weigern sich weiterhin, Pilger zur Miss Liberty auf Bedloe Island überzusetzen. Begnadigungs-Kolonnen mit Riesenvergrößerungen neuer Dokumente, dreist aus dem Büro der Anwälte des Ehepaars Greenglass gestohlen, die angeblich beweisen, daß die Hauptzeugen der Anklage gegen Rosenbergs gelogen haben, rollen auf den Times Square. Aufgebrachte Loyalisten wollen den Aufmarsch sprengen. Es kommt zum Handgemenge. AMERIKA ROTZ DER WELT lautet die Neonreklame. KOTZ. FOTZ. FUTZ. WUTZ. Was für ein Spiel ist DAS denn?

AMERIKA – WITZ DER WELT

Die Blasphemie des Phantoms kennt keine Grenzen. Es ist, als habe es sich jahrelang totgestellt, ganz wie die listigen Japse in den Weltkrieg-II-Filmen, die im Hinterhalt liegen, platt ausgestreckt, ein Bündel Handgranaten unter ihren gelben Bäuchen. Es ist nicht einmal klar, wer Uncle Sams Freunde sind. Die Franzosen, die gerade der schwersten Krise in der trostlosen Geschichte ihrer Vierten Republik entgegengehen, verlieren in Indochina die Nerven, und jeder, von Präsident Auriol an abwärts, protestiert gegen die Hinrichtung der Rosenbergs. Ebenso die Skandinavier, und nicht mal der Papst erhebt seine Stimme und spornt die Söhne des Lichts an. Churchill hat davon gesprochen, englische Truppen aus Korea abzuziehen, dabei stehen bei dieser sogenannten Hilfsaktion der Vereinten Nationen den 250 000 amerikanischen GIs und 460 000 ROKs ohnehin nur 40 000 Mann der internationalen Friedenstruppe zur Seite. »Vereinte Nationen, mein Arsch!« hört man Uncle Sam knurren, als er längs dem Finger Ridge wieder Fuß zu fassen sucht. »Eher Hal-Luzi-Nationen! In-Subordi-Nationen!« Die Schweiz und Indien drohen sogar an, die Kommission, die die Repatriierung der Kriegsgefangenen in Korea überwacht, zu verlassen, und bestätigen damit Uncle Sams Mißtrauen gegenüber »Neutralen«; überdies bekommt er den Rat – sogar zu Hause, von Amerikanern! –, Rotchina in die Vereinten Nationen aufzunehmen. TIME schreibt:

»IM SCHATTEN DES ROTEN DRACHENS!«
Nicht nur, daß die nordkoreanischen Geiseln aus dem Lager abgehauen sind und wie die jungen Götter in Pusan leben als Helden der lokalen Dongs, sogar Frauen und Kinder gehen auf die Straße und beschimpfen die Amis, weil sie die Wiedervereinigung Koreas nicht zustande bringen, und verstümmelte Kriegsveteranen führen einen unappetitlichen Liegestreik in Pusans Prachtstraße durch. Syngman Rhee lächelt zu Uncle Sams Pleiten. Sagt ein TIME-Fan aus der Armee: »Wir kamen rüber, um ihm zu helfen, und jetzt hat er uns einen Tritt in den Arsch gegeben.«
Es ist ein Skandal, genau wie die Streiks, die steigenden Preise, die Winkelzüge der Advokaten, das unbeständige Wetter, die Gnadengesuche. Polens Rote Marionetten erdreisten sich, den Rosenbergs politisches Asyl anzubieten. Frankreichs *Le Monde* bezeichnet Uncle Sam als »gestört« und klagt ihn an, einen »Ritualmord« zu planen. »Mehr und mehr«, schreibt *Le Monde*, »erscheinen uns die Rosenbergs als die Sühneopfer des Kalten Krieges . . .«
Viele amerikanische Atomwissenschaftler, allen voran der Nobelpreisträger Harold Urey, ergreifen offen für die Spione Partei und behaupten, daß es bei der Atombombe überhaupt kein Geheimnis *gibt* (aber das ist eine Lüge – Harry Truman sagt, daß es ein Geheimnis gab, und dasselbe sagt J. Edgar Hoover), und jetzt schreibt der Erzvater dieser Bande, Albert Einstein, an einen Lehrer, den das städtische Schulamt gerade gefeuert hat, weil er sich weigerte, die Frage nach seinen Beziehungen zum Phantom zu beantworten: »Die reaktionären Politiker haben es geschafft, der Öffentlichkeit jede intellektuelle Betätigung verdächtig zu machen, indem sie ständig Bedrohungen von außerhalb an die Wand malen . . . Jetzt gehen sie daran, die Freiheit der Lehre zu eliminieren und alle aus ihren Stellen zu vertreiben, die sich nicht ducken. Was die Minderheit von Intellektuellen gegen dieses Übel tun sollte? Offen gestanden, ich kann mir nur den revolutionären Weg des passiven Widerstands vorstellen . . .« Ncue Abtrünnige werden gewonnen und Briefe strömen unablässig herein. Von holländischen Frauen, englischen Eisenbahnern, französischen Anwälten und der uruguayischen Deputiertenkammer. Von Klerikern, Schriftstellern, Lehrern und 2200 Frauen aus Melbourne und ausgerechnet von der englischen *Elektriker* Gewerkschaft! Alle schreiben dem Präsidenten, alle ersuchen um Gnade für die Atomspione. Selbst die Rosenbergschen Söhne beteiligen sich – was Präsident Eisenhower veranlaßt, sich wutschnaubend zu beklagen, »daß die noch nicht mal davor

zurückschrecken, junge, unschuldige Kinder für ihre Zwecke zu mißbrauchen«!

Wenn ihn schon die Appelle der Kinder beleidigt hatten, so gerät er vollends in Rage, als Ethel Rosenbergs letzter Brief an ihre beiden Söhne von der Laufschrift am Times Tower herableuchtet. Herr im Himmel, er spürt geradezu, wie die böse Macht des verdammten Phantoms die Menge auf dem Times Square in ihren Bann schlägt . . .

Meine Herzallerliebsten!

Wir müssen dies alles ertragen, und das ist wirklich sehr schwer. Aber wir können uns doch nicht von den Duckmäusern beschämen lassen, die seelenruhig ihren Geschäften nachgehen, obwohl sie Angst haben.

Was soll das mit den Duckmäusern? Die Leute ziehen ihre Köpfe ein und blinzeln irritiert zum Himmel. Sollte etwa . . .?

. . . Vielleicht habt Ihr gedacht, daß mir nicht zum Heulen war, als wir uns umarmten und zum letzten Mal küßten? Nun, ich bin ja nicht mehr zehn, meine Lieblinge, es wäre mir leicht gefallen, ganz leicht . . .

Was ist zu tun? Der Streik der Seemannsgewerkschaft verbreitet sich wie ein Virus, hält Hunderte von Schiffen fest, das Postministerium kündigt einen Anstieg der Paketgebühren um 36 Prozent an. Transparente tauchen auf: NEUES BEWEISMATERIAL ERHÄRTET MEINEIDE!

. . . aber damit hätte ich Euch überhaupt keinen Gefallen getan. Also bin ich den schweren Weg gegangen, und nicht den leichten . . .

Die Roten verlassen die Koreanischen Friedensverhandlungen und bezichtigen Uncle Sam der arglistigen Täuschung. Die Chinesen schlagen nördlich der Hwachon-Talsperre eine Bresche in die Stellungen der ROKs. Sowjetische Besatzungstruppen durchsuchen Arbeiterwohnungen in Ost-Berlin und setzen dreißigtausend ehemalige Wehrmachts-Offiziere auf die Verhaftungslisten.

. . . weil ich Euch mehr liebe als mich selbst, und weil ich weiß, daß Ihr diese Liebe dringender braucht, als ich den Trost meiner Tränen . . .

Mrs. Sarah Brock Dodge, Krankenschwester der US-Armee im Spanisch-Amerikanischen Krieg und später Privatpflegerin von General Douglas MacArthur und der Familie Taft, fällt mausetot um . . .

. . . Wir müssen versuchen, ruhig zu bleiben und nicht in Panik zu geraten, damit wir uns bei der Bewältigung dieser Sache gegenseitig so viel wie möglich helfen können!

. . . und in Japan fällt eine Globemaster der Air Force, mit 129 Soldaten an Bord, glatt vom Himmel, das schlimmste Unglück in der Geschichte der Luftfahrt! Diese verdammten Duckmäuser! »Aus Ost und West«, schreibt die TIME, »von Drinnen und Draußen / brechen schlimme Neuigkeiten über / die USA herein . . .«

120 sekunden lang
hielten sich die reihen
der soldaten fest an
sicherheitsgurten
während die maschine schlingerte
und auf den stützpunkt
zuschwankte
            einige beteten
einer umklammerte seinen
rosenkranz
            ein zweiter motor
fiel aus und die maschine begann
schneller an höhe zu
verlieren
            vier meilen
vor dem rollfeld schlug die globemaster
steil in ein melonenfeld
zerschellte und fing
feuer
schleuderte glühende metall-
teile auf einen entsetzten japanischen bauern
in der nähe
            die meisten wenn nicht gar
alle der männer wurden getötet
durch den aufschlag der so gewaltig war
daß viele körper aus
ihren stiefeln gerissen wurden
            sie waren auf
dem rückflug nach korea um die verbitterten
koreaner vor der großen verschwörung zu schützen
der die rosenbergs dienten . . .

. . . *Alles Liebe und tausend Küsse!*

Mammi

Im hellen Tageslicht zogen Demonstranten mit Transparenten durch die Straßen: DER ELEKTRISCHE STUHL KANN DIE ZWEIFEL IM FALL ROSENBERG NICHT BEGRABEN! In Korea treten ROK-Truppen den größten Rückzug seit zwei Jahren an. Ein anonymer Anrufer meldet der Polizei, daß im nördlichen Teil der Stadt in der Public School 187 eine Bombe liegt und hochgehen wird. Gerüchte wissen von umfassenden internationalen Rüstungskontrollen. Auf der weißgekalkten Wand des Sing-Sing-Todestraktes oberhalb des Informationskioskes liest man: DIE BOURGEOISIE PRODUZIERT VOR ALLEM IHRE EIGENEN TOTENGRÄBER. Dann treibt jemand am Bühnenaufbau Sabotage, und der ganze Laden klappt runter auf die Straße. In Wien drängen sich drei finstere Russen an der Hauswirtin vorbei und holen den tschechischen Flüchtling Jaroslaw Lukas aus seiner Wohnung. Befremdende Perspektiven, lauernde Beobachter, eigentümliche Zithermusik – ein österreichischer Polizist schreitet ein und eine vier Mann starke alliierte Militär-Patrouille (Franzose, Engländer, Amerikaner, Russe) blockiert den Fluchtweg der Entführer, springt aus dem Auto, die Waffen im Anschlag. Aber das Sowjetische Mitglied der FEAR-Patrouille klaut den Streifenwagen, stößt Lukas und seine Entführer rein, springt selbst hinters Steuer, schmeißt den Rückwärtsgang rein, rammt zwei Privatwagen, schaltet in den ersten – um Gottes willen!

FERTIG MACHEN ZUM GROSSEN KNALL!

– Wo bleibt Uncle Sam?

3. Neckische Spielchen: Der fightende Quäker unter Sündern und Heiligen

Bill Knowland, mein alter Kollege aus Kalifornien, sollte seine Bewährungsprobe als neuer Fraktionsführer der Republikaner im Senat ablegen, also unterbrach ich, vom außerplanmäßig einberufenen Treffen des Nationalen Sicherheitsrates kommend, meine Rückfahrt ins Büro und machte am Capitol halt, um gegebenenfalls einspringen zu können, denn Bill hatte Ärger zu erwarten. Hügel und Promenade des Capitols wimmelten von Demonstranten, Gegendemonstranten, Touristen, Bullen, Hunden, Kindern – und überall sah man Zeichen von Aufregung, Trauer, Besorgnis, Verunsicherung. Es hatte zu viele Verzögerungen gegeben. Mitten drin Bill Knowland, der sich entschieden hatte, einen Trick anzuwenden: Obwohl er dem Oppositionsführer Lyndon Johnson versichert hatte, daß nichts Aufregenderes als die übliche Tagesroutine anstünde, wofür die wenigsten Senatoren auch nur zu erscheinen geruhen, plante er, den routinemäßigen Ablauf zu unterbrechen, die nichtsahnenden Demokraten zu überrumpeln und in einem Überraschungsvorstoß unser neues Wirtschafts-Kontrollgesetz vor das Haus zu bringen. Ich wußte nicht recht, ob Bill sich damit einen Gefallen tat, aber ich verstand seine Motive und mußte sie bewundern: Erst vor kurzem war er Nachfolger des kränkelnden Bob Taft geworden und arbeitete hart daran, dem Führungsjob seinen persönlichen Stempel aufzudrücken, sich im Parteienstreit zu profilieren. Es war nicht leicht, Nachfolger einer lebenden Legende wie Taft zu sein, und Bill mußte irgendein Bravourstück bringen, um den Wechsel zu signalisieren und seine Autorität zu festigen. Natürlich, er konnte auch reinfallen, und die Chancen dafür standen so bei fünfzig–fünfzig. Wayne Morse eingerechnet, der inzwischen für die Demokraten stimmte, kamen auf beiden Seiten 48 Stimmen zusammen, und so würde meine Stimme den Ausschlag geben. Ich war erpicht darauf, mich wieder mit dem Fall Rosenberg zu beschäftigen, die Lage war, dank Douglas, völlig chaotisch, und ich wußte nicht, was zum Teufel da vor sich ging oder von mir erwartet wurde, aber Eisenhowers Beziehungen zur Kongreß-Fraktion der Republikaner waren so fragil, daß wir es auf keinen Fall wagen konnten, die in irgendeiner Weise vor den Kopf zu stoßen – mir blieb keine Wahl, als bereit zu stehen und Knowland gegebenenfalls aus der Patsche zu ziehen. Abgesehen davon war das genau die Art politischer Auseinandersetzung, die ich liebte: um die Gesetzesvorlage selbst kümmerte sich niemand einen Scheißdreck, es war ein Machtkampf durch und durch, roh und direkt, wie ein Zug beim Schach.

Auf dem Weg traf ich Bob Taft. Der arme Teufel sah aus wie ein Gespenst. Mister Republican. Der Fightende Bob. Mann der einsamen Entscheidungen. Jetzt war er wirklich einsam: Sterbenskrank, Hüftgelenkkrebs offensichtlich, wahrscheinlich machte er's nicht mal bis zum Jahresende. Schon auf seiten der Engel. Reporter schwirrten um ihn herum, machten verständnisvolle Gesichter, und da Verständnis etwas war, womit mich diese Scheißkerle nur selten beglückten, beschloß ich, daß der Fightende Bob mir davon ruhig ein Quentchen abtreten konnte, er würde es sowieso nicht mehr lange brauchen. »Hallo, Bob«, rief ich beim Reinkommen, »ich hab Neuigkeiten für Sie!« Taft wußte, wo ich an diesem Morgen gewesen war, war informiert über die Korea-, Deutschland- und Rosenberg-Krisen – das ganze Capitol steckte offensichtlich bis zum Hals im Scheiß der üblichen Gerüchte, Prophezeiungen und Panikmachereien – und war daher ganz Ohr. Er ging an Krücken und schien eine Menge Gewicht verloren zu haben (vielleicht resultierte daraus, daß er »ganz Ohr« schien), aber er beugte sich gierig vor, als ob er nach einem Wundermittel greifen wolle. Die Zeitungsfritzen wendeten sich alle mir zu, holten ihre Bleistifte hinter den Ohren hervor und die Fotografen ließen ihre Kameras aufschnappen – ich hob schnell den Kopf und zog die Augenbrauen hoch, wohl bewußt, daß mein strenger Quäkerblick und die dicken Backen mir oft ein unvorteilhaftes, finster-bedrohliches Aussehen gaben, das den Sinn meiner Worte völlig entstellte (ist es nicht fatal, daß das Schicksal eines großen Landes vom Blickwinkel einer Kamera abhängen kann?), und sagte: »Am Sonntag bin ich im Burning Tree beim Golf unter Hundert geblieben, Bob!«

Der Senator fiel in sich zusammen, als sei er plötzlich gealtert, aber er lächelte und gratulierte mir. Ich nahm das Lob in Empfang, grinste bescheiden und versuchte, das Beste daraus zu machen, aber ich bemitleidete ihn plötzlich, fühlte mit ihm wie ein Bruder, bereute meinen kleinen Scherz – hatte er nicht, als er krank wurde, erzählt, daß das erste, was er gemerkt habe, eine große Müdigkeit gewesen sei, kaum daß er im letzten Frühjahr beim Golf wieder »voll losgelegt« habe? Scheiße, ich hatte genau ins Fettnäpfchen getreten. Am liebsten hätte ich ihn mir geschnappt und in die Arme genommen, ihm meine Schulter zur Stütze geboten statt dieser gottverdammten

Krücken, ihn wieder gesund gemacht, ihn zum Präsidenten ernannt oder sowas.
Wir sprachen noch weiter über Golf, er schien milde gestimmt, aber ich fühlte mich zum Kotzen. Ich merkte, daß den Reportern auch das Grinsen vergangen war, daß die meisten von ihnen schon weg waren – man hatte mich wieder einmal mißverstanden. Ich wollte Taft doch bloß ein bißchen aufheitern in diesen trüben Zeiten, hatte nichts Böses beabsichtigt. Schließlich gehörte er zu den wenigen, die mich im letzten Herbst während der Aufregung um meinen Wahlkampf-Fonds nicht im Stich gelassen hatten – auch wenn er es nur deshalb tat, weil er befürchtete, Bill Knowland würde meinen Platz einnehmen. Taft hatte viele Fehler gemacht, aber er hätte immer noch ins Weiße Haus einziehen können, wenn er nicht gegen die NATO und die gemeinsame Verteidigung West-Europas Front gemacht hätte – ach zum Teufel, seien wir doch ehrlich, er wäre allemal hingekommen, wenn ihn nicht ein paar von uns abgesägt hätten, letztes Jahr hätte er gewinnen können, das stand inzwischen fest. Und noch vor ein paar lächerlichen Wochen war er, vom Präsidenten abgesehen, der mächtigste Mann von ganz Amerika – vielleicht der einflußreichste Senator der Geschichte. Kaputt. Im letzten Sommer war er mein Gegner gewesen. Ich war's, der die Einigkeit der kalifornischen Delegation sprengte, und auf diese Weise Eisenhower die Nominierung durch die Partei sicherte, ich selbst hatte ihn bei der Nominierung für die Vizepräsidentschaft aus dem Rennen geworfen. Doch jetzt, als ich ihn so vor mir sah, ausgemergelt, gehalten von diesen Krücken, mutig lächelnd, mit schlackernden Hosen, dachte ich: verflucht noch mal, er ist ein gottverdammter Heiliger! Ich wollte ihm alles erzählen, von der Sitzung des Nationalen Sicherheitsrates, von meinen Gesprächen mit Uncle Sam, von den Maßnahmen, die bald zu treffen waren, von den Rosenberg-Briefen, die sich überall in meinem Büro stapelten, von meinen Hoffnungen, meinen Befürchtungen, dem ganzen Krempel.
Mir fiel der Tag ein, als er in mein Büro kam und mich darum bat, seine Präsidentschaftskandidatur auf dem Parteitag zu unterstützen – mich, den frischgebackenen Senator von Kalifornien –, und ich ihm eine Abfuhr erteilen mußte. Ich glaube, zum Teil verübelte ich ihm, daß er mich darum bat. Mir war, als ob er sich damit erniedrigte. Es war so vertraulich, einfach in mein Büro zu kommen. Das brachte mich in Verlegenheit. Es schmeichelte mir auch, aber vor allem bereitete es mir Unbehagen, und in Zukunft wollte ich nichts mehr mit ihm zu tun haben. Außerdem hätte ich unter ihm nichts werden können. Es muß

für ihn entsetzlich peinlich gewesen sein, ich hätte es nie fertig gebracht, ich könnte niemals jemand bitten, mir zu helfen, Präsident zu werden, genauso wenig wie ich fliegen kann. Ich würde vielleicht jemand anders schicken, aber ich könnte es nie selbst tun. Doch wenn er heute käme, dachte ich, würde ich ja sagen. Jetzt, wo es zu spät war. Er lächelte schwach, aber freundlich, rückte seine helle Hornbrille zurecht, sagte, wir müßten bald wieder mal ein Spiel machen, verlagerte sein Gewicht, hinkte auf den Krücken davon und zeigte mir dabei seine Glatze wie eine Art Heiligenschein. War *er* jetzt dabei, *mich* zu verarschen? Am liebsten hätte ich ihm was nachgerufen, aber ich tat es nicht.

Das ist mir häufig passiert, dieses plötzliche Aufwallen von Wärme, ja sogar Liebe gegenüber Leuten, die ich fertig gemacht hatte. Es hat mir Angst eingejagt, macht mir noch immer Angst. Eines Tages könnte es ins Auge gehen. Vor langer Zeit, als ich noch bei der Marine war, habe ich mir zu diesem Thema etwas aufgeschrieben, den Zettel besitze ich noch heute, ich habe ihn in meine Schreibtischschublade geklebt: HÜTE DICH VOR SPONTANER GROSSZÜGIGKEIT! Aber ich hab's immer wieder vergessen. Eine Schwäche. Einige Leute haben schon beanstandet, daß ich die tragische Seite des Falles Alger Hiss zu sehr herausgestellt hätte, nur weil ich seine Intelligenz, seine Sensibilität, seinen Idealismus nachdrücklich betont hatte, daß ich niemals hätte sagen dürfen, er habe sich in einzigartiger Weise dem Frieden und der Verbesserung des Loses des einfachen Mannes gewidmet, aller Menschen überhaupt, denn dasselbe hätte ich genausogut vom gottverfluchten Phantom behaupten können. Aber als es vorbei war, als ich das verlogene, hochnäsige Schwein erst mal festgenagelt hatte, konnte ich nicht anders. Irgend etwas läßt mich immer ein Happy End herbeisehnen. Die meisten Konflikte sind unauflöslich, das weiß ich, einer gewinnt und einer verliert, einer steht auf der richtigen Seite und einer auf der anderen, und mögliche Lösungen sind reine Gefühlssache, noch dazu im Nachhinein. Ich habe das schon in der siebten Klasse gelernt, als ich in der inzwischen berüchtigten Debatte über Insekten die Mädchen in Grund und Boden redete. Ich glaube nicht an Dialektik, weder an materialistische noch sonst welche, lassen Sie mich das ganz klar sagen, und ich wäre nicht Vizepräsident der Vereinigten Staaten von Amerika, wenn ich es täte, da gibt's, was mich betrifft, nur ein Entweder/Oder, und der beste Mann soll gewinnen, solange ich es bin. Aber ich sehne mich nach emotionaler Entspannung, wenn der Kampf vorüber ist.

Die Leute mißverstehen mich. Sie glauben, das sei reine Rachsucht. Das ist falsch. Persönliche Haßgefühle sind Verschwendung, so einfach ist das. Streitfragen sind alles, selbst wenn sie bedeutungslos sind – alle anderen Dinge wie Gefühle und persönliche Neigungen verwischen nur das Bild, und machen es einem schwierig zu handeln. Aber man fühlt sich gut, wenn man sich ihnen hingeben kann, sobald es keine Rolle mehr spielt. Ich hab's schon oft gesagt, in der Politik hat es nur Sinn, an die Decke zu gehen, wenn es gezielt und mit Nutzen geschieht. Ich lebe nicht immer danach, schließlich bin ich auch nur ein Mensch, aber ich glaube trotzdem daran. Bei Wahlen bin ich ein eiskalter Hund, jeder weiß das inzwischen, man sagt, als Gegner sei ich wie eine Kreissäge, unbarmherzig und skrupellos, man sagt, ich ginge den Leuten an die Gurgel, über Leichen, oder wie Stevenson es ausdrückte, »Nixon kennt nur eines: Zuschlagen, Wegnehmen, Gewinnen um jeden Preis«, und von der Übertreibung aus parteipolitischen Gründen einmal abgesehen trifft das weitgehend zu, denke ich. Man muß gewinnen, oder der ganze Rest ist nichts wert. Ich glaube an das Austragen von Kämpfen, ans Zurückschlagen, man sollte genausoviel austeilen wie man einsteckt, man muß Politiker sein, bevor man Staatsmann wird, ich habe das behauptet und so ist es. Keine Rüschenhemdchen, Glacéhandschuhe, keine Kleckerpolitik für mich. Wie mir Uncle Sam einmal gesagt hat: »Die Politik ist das einzige Spiel, bei dem echtes Blut fließt.« Ich wollte ihm damals nicht glauben, hatte den Wunschtraum, daß Redegewandtheit und Fleiß ausreichen würden, aber tief im Innern war mir klar, daß die Politik selbst in ihren alltäglichsten Formen mit Mord und Verstümmelung liebäugelt, mit Raub und Kannibalismus.
Aber – vielleicht, weil ich das genau wußte – ich habe mich immer auch als Heiler verstanden. Stets habe ich die Kämpfe zwischen meinen Brüdern geschlichtet, sie vor dem Rohrstock meines Vaters bewahrt, in der Schule die erregten Gemüter besänftigt; ich war es auch, der vor zweieinhalb Jahren dem häßlichen Krach zwischen Joe McCarthy und Drew Pearson im Waschraum des Sulgrave Club ein Ende machte. (Viele Leute dachten, ich wäre auf Joes Seite, aber in Wahrheit habe ich Pearson das Leben gerettet: Irgendein Indianer hatte Joe erzählt, daß man jemandem nur hart genug in die Eier treten müsse, um das Blut aus den Augäpfeln spritzen zu sehen, und nun war er scharf drauf, es auszuprobieren.) Ich war es, der in der Republikanischen Partei die Brücke zwischen den Generationen schlug, die feindlichen Flügel für den letztendlichen Sieg im vergangenen Herbst zusammenschweißte, ich war es, der jetzt den Frieden zwischen dem Präsidenten und einem

aufsässigen Kongreß wahrte. Ich war Eisenhowers Klinkenputzer in den Wandelhallen des Parlaments, das war mein Job, ich war der politische Makler zwischen Muttersöhnchen und Neandertalern, mußte die Hitzköpfe abkühlen, die Dickschädel einweichen, die Hinterwäldler und Cowboys bei der Stange halten, die Sauertöpfe und aufgeblasenen Rotznasen tätscheln, ich zog das Feuer auf mich, war der Packesel, mußte die Zäune reparieren und die Wunden verbinden. Ja, wirklich, die Wunden verbinden: In vieler Hinsicht, glaube ich, bin ich wie Lincoln, einerseits freundlich und mitfühlend, andererseits voll Energie und Geltungsdrang. Voorhis zum Beispiel gab ich kein Pardon, als ich ihm 1946 sein Kongreßmandat entriß; ich nannte ihn eine kommunistische Marionette, überschüttete ihn mit Kübeln von Schmutz, anonymen Telefonanrufen, dem ganzen Repertoire, und wenn ich's nicht auf diese Weise angefangen hätte, stünde ich nicht da, wo ich jetzt bin; die Geschichte Amerikas und die der ganzen Welt wäre anders verlaufen, möglicherweise hätte uns das Phantom fertig gemacht, und vielleicht wäre keiner von uns mehr da. Aber hinterher ging ich in das Büro des Lumpen, lächelte und drückte ihm die Hand, verbrachte fast eine Stunde mit ihm und meinte es ernst, als ich sagte, daß es kaum je einen Mann mit höheren Idealen gegeben habe als den guten alten Jerry Voorhis, obwohl er wie Alger Hiss und eine Menge anderer unverschämter Typen, die mir hier über den Weg gelaufen sind, in Yale studiert hat.

Wahrscheinlich habe ich das von meiner Mutter. Mein Vater war ein Kampfhahn, ein Mann von großem Geltungsdrang, streitsüchtig und aggressiv, stritt sich, wo immer er konnte, mit jedermann und bestärkte uns in unserem Geltungsbedürfnis. Wir schulden ihm viel, meine Brüder und ich – auch wenn wir ihn manchmal verabscheuten. Mutter war das genaue Gegenteil, eine Quäkerin, ein Friedensengel, und lehrte uns – demonstrierte uns – Nächstenliebe und Toleranz, und die Notwendigkeit, die Einstellung zu Menschen und die Einstellung zu moralischen Fragen säuberlich auseinanderzuhalten. Menschen sind schwach, natürlich sind sie es, aber das darf nicht dazu führen, daß man aufhört, sie zu lieben, auch wenn man sie bestraft. Wenn das dunkle irische Temperament meines Vaters in Wallung geriet und er nach dem Riemen oder Rohrstock griff, hinderte sie ihn nicht, sie begriff die Notwendigkeit von Geboten und Strafen, stand dabei und sah zu, wie er loslegte. (Jesses, konnte der einem den Arsch versengen, schon früh brachte er mir bei, was 'ne Harke ist und ich lernte bald, wie man Schlägen entgeht, selbst wenn ich lügen oder meine Schuld auf andere abwälzen mußte, aber er gerbte Dons Hintern zu Leder, und ich hatte ständig Angst, er würde Harolds Gesundheit ruinieren und Klein-Arthurs Seele zermalmen, und noch heute habe ich Alpträume davon.) Aber hinterher sorgte sie immer dafür, daß er uns vergab – und es gehörte zu den schönsten Augenblicken im Leben unserer Familie, wenn die Schläge vorbei waren und Mutter uns alle wieder miteinander versöhnt hatte. Vermutlich habe ich von beiden was mitbekommen.

»Der Fightende Quäker« hat mich TIME nach meiner Nominierung im letzten Sommer genannt, und das ist vermutlich der kürzeste und passendste Nenner, auf den man mich je gebracht hat. »Richard M. Nixon: Umsteiger auf den Zug der Zukunft!« Das hatte was, es gefiel mir, versetzte mich zurück in meine Kindheit nach Yorba Linda und identifizierte mich mit dem Zug nach Westen aus Uncle Sams Evangelium. Natürlich konnten auch die obligaten maliziösen Wortspielchen der Demokraten nicht ausbleiben, »Bundes-Expreß zu Schrott gefahren«, kommentierten sie nach dem Zug-Unglück hier in Washington. Eine anonyme Karikatur, die mir kurz darauf mit der Post zuging, machte mich auch nicht gerade glücklich: »Der furzende Quäker« war da unter einem Bild von mir zu lesen, auf dem ich als rückwärts dampfende Lokomotive dargestellt war, die aus allen Löchern pupste – kann ich was dafür, daß ich Verdauungsprobleme habe? Irgend so'n Agent des Phantoms, sagte ich mir, wie alle Pornographen und Ketzer. Ich hatte mich inzwischen dran gewöhnt; soweit ich zurückdenken konnte, hatte man mir schon immer alle möglichen Beinamen gegeben. Auf der High-School führte unsere Latein-Klasse ein Stück auf, das auf Vergils *Aeneas* beruhte, wahrscheinlich die romantischste Sache, die mir je zugestoßen ist – ich war Aeneas und Ola war Königin Dido, und wir trugen weiße Gewänder und verliebten uns – aber selbst damals schon nannte man mich »Anus«, und nicht mal Ola konnte sich das Kichern verkneifen. Jahre später, als ich bei der Marine war, fiel mir ein, daß »Königin *Dido*« ein hübscher Name für sie gewesen wäre, aber damals waren wir noch alle zu grün, um sowas zu wissen. Verwunderlich genug, daß wir schon mal was von Anus gehört hatten.

Ich machte im Plenum halt, aber es tat sich nichts. Bill Langer las eine Namensliste von Ausländern vor, denen eine ständige Aufenthaltsgenehmigung erteilt worden war, während sich George Smathers und der weißhaarige Alte Pat McCarran über die Titti-Namen lustig machten. Als Langer fertig war, ging Smathers nach vorn und verkündete: »Ich möchte den ehrenwerten Senator von North Dakota zu seiner linguistischen Fertigkeit beglückwünschen!« Die Farmer oben auf der Galerie lachten. Smathers machte mir ein Zeichen und ich nickte. Er war der vielleicht beste Freund, den ich hier hatte, auch wenn er Demokrat war. Wir waren im gleichen Jahr in den Senat gekommen. Bei den Frühlings-Vorwahlen in Florida hatte er Senator Claude Pepper damit fertig gemacht, daß er ihn »Red Pepper« und Niggerfreundchen nannte. Ich hatte seine Praktiken studiert und in Kalifornien gegen die Rosa Lady angewendet, eine »brilliante Kampagne«, wie Herb Brownell meinte, die den Grundstein zu dem bundesweiten Erfolg unserer Partei im vergangenen Herbst legte. Offenbar vertrat Smathers heute Lyndon Johnson, den Oppositionsführer im Senat, der dabei war, seine Truppe für die kommende Abstimmung zusammenzutrommeln, er stellte sich recht vielversprechend an. Auch Knowland war abwesend, an seiner Stelle hatte Bob Hendrickson unseren Fraktionsvorsitz übernommen. Alles lief geruhsam ab, aber unter der Oberfläche brodelte es. Trotz der Ebbe im Plenum konnte man den bevorstehenden Kampf riechen. Allein schon meine Gegenwart wirkte elektrisierend.

Ich ließ Bill Purtell, den amtierenden Senatsvorsitzenden, wissen, daß ich in der Nähe bliebe, und schlenderte zum republikanischen Geschäftszimmer zurück. Ev Dirksen – auch er aus meinem Senatorenjahrgang – war da, sah mich, machte einen Buckel und grollte wie ein Löwe. Mit dem gelockten Haar sah er wirklich wie einer aus! Ich schnappte mir einen Stuhl, als ob ich ihn zurücktreiben wolle, und knallte mit einer imaginären Peitsche. Das brachte mir eine Menge Lacher ein (ich habe nicht weniger Humor als andere und frage mich nur, warum manche Leute das bezweifeln). Ev wich zurück und zog eine traurige Grimasse wie der furchtsame Löwe. Darin lag natürlich eine Anspielung auf all die Fotos, die kürzlich in Zeitungen und Magazinen erschienen waren und auf denen ich mit Sheba, der Löwin, im Käfig zu sehen war – Teil der Initiationsriten für den Sünder & Heiligen-Club der Zirkusfans. Durch Mittelsmänner hatte ich meine ehemalige juristische Fakultät an der Duke-Universität wissen lassen, daß dieses Jahr bestens geeignet sei, mir einen Ehrendoktorhut zu verleihen, aber aus irgendeinem Scheißgrund hatten sie mich abgelehnt – mich, den Vizepräsidenten der Vereinigten Staaten! Eine böswillige Intrige vom linken Demokratischen Flügel der Fakultät, nahm ich an. Dem Gerücht zufolge, das mir zu Ohren kam, soll es wegen des Einbruchs ins Dekanat während meines letzten Studienjahres gewesen sein – aber das war nur scheinheiliger Pippikram, jeder Student bricht ins Dekanat ein und stiehlt Examensfragen oder sucht nach seinen

Noten, das ist der älteste Studentenstreich der Weltgeschichte, alles pure Ausreden. In aller Eile arrangierten wir, weil ich damit ein Loch in meinem Fahrplan hatte, meine Aufnahme bei den Sündern & Heiligen. Auch gut. Dadurch hatte ich viel mehr Publicity gekriegt. Obwohl nicht alle Fotos schmeichelhaft waren: als Sheba sich beleidigt fühlte – vielleicht roch sie meinen Hund Checkers – reagierten meine Reflexe ganz schön schnell, und die Fotoreporter hatten diesen Augenblick der Panik bedauerlicherweise festgehalten. Später wollte man mir weismachen, sie habe nur gegähnt, aber daran glaube ich nicht.
»He«, polterte Ev, »wißt ihr schon, daß die Rosenbergs wieder voll auf Draht sind?«
»Ja, wirklich?«
Wir spitzten alle die Ohren.
»Bestimmt! Die Kabel am elektrischen Stuhl sind schon angeschlossen!«
Dirksen machte komische Grimassen und alle reagierten mit Aufstöhnen und Gelächter. Dirksen hatte ein unglaublich ausdrucksvolles Gesicht, es war eine Freude, es anzuschauen, ganz im Gegensatz zu meinem – ein richtiges Clowngesicht –, und er verstand auch, seine Hände zu gebrauchen. Auf unserem Konvent im letzten Sommer hatte er eine der größten Gesten aller Zeiten produziert, als er sich Tim Dewey zuwandte, seinen Finger auf ihn richtete und wie unter Todesqualen ausstieß: *»Wir sind dir einmal gefolgt!«* Der Finger wies in die richtige Richtung, genau auf Dewey, aber er war so schlaff wie eine nasse Nudel, zuckte leicht, als versuche er krampfhaft, aber vergeblich, seine Impotenz zu überwinden. Die versammelten Delegierten hatten eine Menge Zeit, diese abgeschlaffte Eins anzugaffen, und zu buhen oder vor Begeisterung zu johlen, bevor er fortfuhr: *»Und du hast uns in den Abgrund geführt!«* Ich konnte nur hoffen, daß dieser Finger nie auf mich deuten würde.
»Hört mal«, fuhr er jetzt fort, und seine Augen rollten, »wißt ihr, was rauskommt, wenn man Rotkäppchen mit Reineke Fuchs kreuzt?«
»Nee«, lachte Gene Millikin, »was denn, Ev?«
»Ein GANS besessener Kommunist.«
Prusten und Gelächter, dann verdrückte sich Ev in die Waschräume des Senats. Ich merkte, daß ich selber dringend pissen mußte und hätte ihn gern begleitet, aber da drinnen fühlte ich mich deplaziert, denn ich war nie wirklich Mitglied dieses intimen Clubs geworden. (Ich zog oft die erstaunten Blicke anderer Senatoren auf mich, selbst die Hausmeister schienen willkommener zu sein als ich.) Außerdem mußte man, um

hinzukommen, durch den Präsidenten-Saal, wo die Reporter rumlungerten. Der Legende nach waren Senatoren mit »schwacher Blase und festen Ansichten« schon immer die besten Nachrichtenquellen, vor allem, wenn ihre Blasen dank Bourbon vermehrt unter Schwächeanfällen litten. Selbst weibliche Journalisten trieben sich dort herum und lachten, wenn die Senatoren eilig vorbeistürzten und sich dabei den Sack hielten. Ich fand das Ganze einfach entwürdigend, aber die meisten Senatoren schienen sich nicht daran zu stören, genossen sogar das Eindeutige an der Sache. Man erzählte sich, daß Lyndon B. Johnson während der Debatte über das Schelf-Öl-Gesetz einer jungen Gesellschafts-Reporterin in die Finger geriet und einem Interview mit ihr unter der Bedingung zugestimmt habe, daß sie mitkomme und ihm beim Pinkeln den Pimmel halte – was sie allem Anschein nach auch getan hat. Der Knüller der Saison. Oder, wie Lyndon Johnson am Rand des Pißbeckens kommentiert haben soll: »Lady, Sie haben sich soeben eine Ölquelle aufgetan!«

Homer Capehart betrat das Geschäftszimmer und begann lautstark den Zusammenbruch der Arbeiterunruhen in Ost-Berlin zu beklagen. »Erst die Tschechoslowakei, und jetzt das!« stieß er hervor und warf finstere Blicke genau in meine Richtung. Homer wirkte heute gereizter als sonst, aus gutem Grund: Falls Bill Knowland es schaffen sollte, das Wirtschaftskontroll-Gesetz über die Köpfe der Demokraten hinweg heute nachmittag vors Plenum zu bringen, würde es Capeharts Aufgabe sein, die Vorlage zu begründen. »Warum zur Hölle können wir eigentlich aus solchen Ereignissen nie *Kapital* schlagen?«

Ich setzte ein – wie ich hoffte – unergründliches Lächeln auf, um den Eindruck zu erwecken, daß hinter dem VORHANG mehr vor sich ging, als der ahnungslose Zuschauer erkennen konnte, aber in Wirklichkeit war ich selbst ganz schön enttäuscht. Mir fiel jener Tag vor drei Monaten ein, an dem wir erfuhren, daß Stalin einen Schlaganfall erlitten hatte – falls das alles war, was ihm zugestoßen ist – und im Sterben lag. Es war ein naßkalter Tag gewesen, ein grauer Märzmorgen, einer von jenen, die der Hauptstadt das Aussehen einer mitteleuropäischen Kleinstadt verleihen; einige von uns hatten sich schon früh im Büro des Präsidenten eingefunden und warteten auf das Erscheinen des Alten. Er kam mit langen Schritten herein, trug eine khakifarbene Polojacke und einen braunen Hut, die Krempe tief ins Gesicht gezogen, wie ein Marinesoldat auf Strandwache. »Nun«, hatte er geschnauzt, was uns hochfahren ließ, »was glaubt ihr, läßt sich *daraus* machen?« Also hatten wir uns ein paar Sachen einfallen lassen. Und das war nun dabei rausgekommen. Man mußte sich einfach frustriert fühlen. Ich merkte, daß bei einigen der Unseren das Vertrauen erschüttert war. Auch wenn viele von ihnen im Wahlkampf behauptet hatten, Uncle Sam sei durch das Phantom ernstlich gefährdet, hatte doch keiner wirklich daran geglaubt; nun hatten sie's persönlich mit angesehen: selbst Uncle Sam konnte in der eigenen Scheiße sitzen bleiben.

»Gebt uns Zeit«, sagte ich, »es ist ein Spiel mit harten Bandagen. Aber wir haben sie am Haken, das ist der Anfang vom Ende. Die Saat ist ausgesät, sie haben den Duft der Freiheit zu schnuppern bekommen und werden's nicht so schnell vergessen. Aber, wie George Humphrey so richtig sagt: ›Man kann nicht morgens eine Henne aufs Ei setzen und zu Mittag Brathähnchen haben!‹« Was mich daran erinnerte: ich hatte einen Bärenhunger. Homer nickte würdevoll, zuckte mehrdeutig mit den Achseln, blickte weg. Herman Welker, der zu uns getreten war, schien wenig überzeugt und rülpste säuerlich. Er erzählte, daß Don Wheeler drüben im Repräsentantenhaus tobe, weil Richter Douglas »sich die Autorität angemaßt hat, zwei überführte Spione zu amnestieren«, und daß er nun ein Anfechtungs-Verfahren plane; Bourke Hickenlooper, der sich auf einem alten Sofa breitgemacht hatte, um seine Morgenpost durchzugehen, blickte auf und verkündete, er hoffe, man stopfe diesem Hornochsen ein für allemal das Maul. Vielleicht, überlegte ich, könnte ich mich nach einem Saaldiener umsehen und mir ein Sandwich raufholen lassen.

Genau genommen hatte mich Uncle Sam bei unserem letzten Match im Burning Tree Golf Club auf diese Krise vorbereitet, aber ich hatte es nicht begriffen. Hatte nicht alles für bare Münze genommen. Jetzt verstand ich, daß er mir eine Menge Dinge mitgeteilt hatte – über den Lauf der Geschichte, über Schuld und Unschuld, über Tod und Wiedergeburt, über die Sicherheit der ganzen Nation und das Ideal von freien Menschen in aller Welt, doch meine offenkundige Ignoranz hatte mich zu sehr beschämt, meine verpatzten Schläge und die diversen Jubiläen zur gleichen Zeit hatten mich in zu große Verwirrung gestürzt, als daß ich klar hätte denken können. Die einzig zutreffende Beschreibung war, daß ich mich wahrscheinlich in einem akuten Schockstadium befand. Ich hatte einen von Eisenhowers Lieblingsratschlägen mißachtet (an den er sich allerdings selbst selten hielt): »Nimm immer deinen Job, aber nie dich selber ernst.« Selbst seine Anmerkung zum Jubiläum hatte ich mißverstanden – als er sagte, im Grunde ihres Herzens seien

alle Richter Kabbalisten, hatte ich angenommen, er meine Kaufman und nicht Douglas.
Vierzehn. Heute vor vierzehn Jahren wurden Julius Rosenberg und Ethel Greenglass getraut. Das war der gleiche Sommer vor vierzehn Jahren, als Hitler und Stalin ihren Pakt schlossen: wahrlich ein gutes Jahr für Hochzeiten. Hitler hatte die Tschechoslowakei besetzt, Danzig annektiert und war in Polen eingefallen, hatte sich dieses mit Stalin geteilt, derweil England und Frankreich einen eigenen kurzlebigen Ehebund schlossen. Ich machte damals Pat den Hof und konnte an nichts anderes denken, merkte kaum, wie die Welt vor meinen Augen zusammenbrach (wie fern das alles damals schien!), dachte daran, das große Geld in Kuba zu machen, oder nach New York zur Eröffnung der Weltausstellung zu fahren, oder aber Orangensaft einzufrieren und eine Firma zu gründen. Wenn ich nur Pat kriegen würde. Und das war nicht leicht. Sie lachte mich aus, als ich ihr einen Heiratsantrag machte, hielt mich in aller Öffentlichkeit zum Narren, es war zutiefst erniedrigend. Sie war so verdammt überlegen, schien alles zu wissen, und mir blieb nur, mich naiv zu stellen. Sie versuchte, mich loszuwerden, ließ sich von mir nach Los Angeles fahren zu Verabredungen mit anderen, hielt mich zwei Jahre hin, bis sie schließlich einwilligte, – und möglicherweise kapitulierte sie nur, weil sie älter wurde und ich der einzige ernsthafte Interessent war, der noch zur Verfügung stand. Aber das war mir egal, Hauptsache, ich kriegte sie. Ich mußte einfach gewinnen und der Preis war sie. Ich fühlte mich als Champ, wie der braune Bomber persönlich, als er Arturo Godoy vornahm, ihn »blutig fetzte«, wie die Zeitungen schrieben, in der Nacht, bevor wir heirateten. Das war im Juni 1940, genau ein Jahr, nachdem Rosenbergs geheiratet hatten. In der Welt ging eine Menge vor sich, aber wir waren blind dafür – zumindest Pat und ich, für Rosenbergs kann ich nicht sprechen. Freilich, Pat war noch nie interessiert an Neuigkeiten, die einzige Zeitung, die sie je gelesen hat, ist die Schülerzeitung der High-School, an der sie unterrichtete, und bei deren Publikation sie den Schülern half.
Ich dagegen bin immer ein Zeitungsnarr gewesen. Allerdings nicht in jenem Sommer. Wir heirateten in dem wundervoll sentimentalen »Mission Inn« an dem Tag, als die Deutschen in Paris einmarschierten, verbrachten unsere Flitterwochen in Mexiko in dem Sommer, als man da unten Leo Trotzki ermordete, und schließlich verlor ich meine Unschuld in der Nacht, als Harold Stassen, der »Wunderknabe«, die Parteilinie des Republikanischen Konvents verkündete, der dann

Wendell Willkie, den »Einfachen Jungen aus der Wall Street«, zum Präsidentschaftskandidaten nominierte (»Jungen« waren wir damals alle) . . . aber ich kriegte fast nichts davon mit. Es war, als lebte ich in einer anderen Dimension. So ging es ein ganzes Jahr, und noch länger. Hitler griff Rußland an, als wir unseren ersten Hochzeitstag feierten, aber alles, woran ich mich aus dieser Zeit erinnern kann, ist das kleine Apartment, das wir in Whittier über einer Autowerkstatt hatten, sind unsere Fahrten nach San Juan Capistrano und an den Strand von Santa Monica mit Jack und Helene Drown, ist das Erwachen und Aufstehen mit Pat, ist das gemeinsame Badezimmer, sind die gelegentlichen Fahrten nach Los Angeles; um in die Oper und schick essen zu gehen, ist die Organisation von Bürgertreffs in der Stadt, sind ein paar träge Gedanken über meine juristische Karriere, während ich den größten Teil meiner Zeit damit verbrachte, den neuen Zustand zu erkunden, den ich irgendwie als einzigartig auf der Welt empfand. Ich zumindest, sollte ich hinzufügen. Pat mochte nie darüber reden, jedenfalls nicht mit mir, sie ging ihrer Wege, genau wie vorher, was mir meistens auch ganz recht war.

Wir waren ein ideales Paar. Für mich jedenfalls war es eine ideale Partie – Pat war für eine Weile noch etwas ruhelos und unsicher, ich merkte es an der Art, wie sie nörgelte. (Hatte vielleicht was mit der Paarungsgeschichte zu tun, die, wenn ich so daran zurückdenke, am Anfang nicht besonders gut klappte. Ich mußte erst meine Zeit bei der Marine abreißen, bevor ich auf den Trichter kam. Was ne Menge Leute am Sex nicht begreifen: man muß es lernen, genau wie man jede andere Sache lernen muß: Fremdsprachen, Poker, Politik, was auch immer. Ich machte meine Hausaufgaben bei der Navy, und Pat war nicht wenig überrascht, als ich rauskam. Aufs Angenehmste überrascht, würde ich sagen: wir hatten zwei Kinder – whaauuu bääännng! – bevor sie auch nur wußte, was ihr passiert war, und für ein paar Jahre lief's richtig fantastisch.) Aber für mich war es wie ein Nachhausekommen. Pat hat mein Leben vereinfacht, mich mit allem ausgesöhnt. Nicht, daß sie irgend etwas machte. Einfach dadurch, daß sie Pat war und mein. Ohne daß sie ein Wort zu sagen brauchte, wurde sie meine Richterin, mein Publikum, Führer, Vorbild, Ziel. Manchmal glaubte sie, etwas sagen zu müssen, aber meistens war es besser, wenn sie schwieg. Auf Fotos sah sie gut aus. Ich verstand mich selbst besser, wenn ich mir ihre Fotos ansah. Sie war die unberührte Heldin, die ich reich und berühmt machen konnte und die meine ergebene Gefährtin sein würde. Wenn ich mich vor Pat rechtfertigte, wußte ich, daß ich mich vor all dem rechtfertigte, was am Menschen gut ist. Dadurch fiel mir alles leichter. Ich überlegte, ob es Julius Rosenberg wohl ähnlich ergangen war. Hatte auch er auf jemanden gewartet, der ihm möglich machte zu tun, was er tun mußte? Oder war es vielleicht umgekehrt? Alles in allem war es doch Ethel, die gewartet hatte. Julius war nur ein großer Junge, als sie ihn traf.

Das Geschäftszimmer füllte sich in Erwartung von Knowlands großem Auftritt. Nicht alle waren glücklich darüber. Ein Großteil hatte sich darauf eingestellt, gegen Mittag aus der Stadt zu sein. Hendrickson platzte rein und fragte nach Bill, aber niemand wußte, wo er war.

»Meint ihr, er ist betrunken?«

»Doch nicht bei dieser Abstimmung, er hat keinen Tropfen angerührt.«

Irgend jemand sagte, man habe ihn im Tagungsraum des McCarthy-Komitees gesehen, und Hendrickson schickte einen seiner Leute runter, der Knowland fragen sollte, ob es bei zwei Uhr bliebe. Ich warf einen Blick auf meine Uhr: nur noch wenige Minuten. Bob lief ins Plenum zurück, das Gespräch wechselte über zu Joe McCarthys letzter Heldentat. Ich hielt mich da raus. »Heck-Schütze« Joe war bedrohlich für den Frieden um mich her, den zu bewahren meine Aufgabe war – in einer Art Doppelkopf-Solo, kontriert und rekontriert.

»Lieber Gott, da unten ist wirklich der Affe los, der ganze Raum mit Jupiterlampen und Mikrophonen verbarrikadiert, überall Reporter und Fotografen, die unter den Tischen durchkriechen, auf den Knien vor Joes Tisch rumrutschen, auf den Fensterbänken hocken – er hat wirklich was in Gang gebracht. Alles, was recht ist!«

Mein Hauptproblem war, wie ich McCarthy mit der enormen Macht, über die er inzwischen verfügte, hier im Capitol und im ganzen Land, in die Partei integrieren und gleichzeitig davon abhalten konnte, außer Kontrolle zu geraten und uns das Haus über dem Kopf anzustecken. Das war nicht leicht, der gute Joe konnte manchmal ganz schön um sich schlagen, vor allem, wenn er eine Menge Zuhörer um sich geschart, aber keinen richtigen Knüller hatte; er wurde dann zunehmend leichtsinniger und impulsiver und konnte sehr gefährlich werden. »Joe«, riet ich ihm, »angesichts des Argwohns eines großen Teils der Presse und der Öffentlichkeit ist es die beste Taktik, darauf zu achten, daß man jede Aussage, die man über kommunistische Aktivitäten macht, auch beweisen kann.« Aber wenn ich sowas äußerte, blickte er nur an mir vorbei und fixierte irgendeinen Punkt hinter meinem Rücken fern am Horizont. Ike konnte leicht sagen, »Ich werde mich nicht auf Personal-

debatten einlassen«, und sich so seine blütenweiße Weste bewahren, ich konnte das nicht. Und Joe war ein harter Brocken, er hatte Energie im Überfluß, einen Killerinstinkt, Zugang zu Geheimakten und eine Menge Verbündete. Als er auftauchte, beherrschte er die Rolle des begnadeten Sehers noch nicht, und er mußte schwere Zeiten durchstehen, bevor er sich eine Hausmacht schaffen konnte – so hatte er, wie ich, seinen eigenen Club aufgemacht, Abweichler und Außenseiter rangeholt, die übers Land zogen und ihm die Weinberge bestellten, und dafür gesorgt, daß seine Jünger – Typen wie Butler, Welker, Goldwater, Dworshak, Dirksen und dergleichen – in den Kreis der Auserwählten gelangten. Wir hatten noch mehr Dinge gemeinsam. Joe und ich: wir waren beide Kinder armer Leute, schüchtern in unserer Jugend, hatten beide in Lebensmittelläden gearbeitet, kamen beide im Krieg nach Bougainville, kehrten zurück, um im politischen Geschäft – jeglichen Linkstendenzen abgeneigt – Karriere zu machen, und jeder von uns trug zum Ruhm von Wheeling, West Virginia, bei. Außerdem hatten wir beide irisches Blut in den Adern, aber in Wirklichkeit trennte uns das. Und Joe fehlte – genau wie den jungen Eiferern um ihn rum, – »Knüller«-Jackson, Cohn, Kennedy, Schine – meine Geduld, meine Gründlichkeit, mein Sitzfleisch.
»Heute hat er irgend son Dreckschwein da unten, angeblich den Kopf von ner Killertruppe des Phantoms, die ihn umlegen sollte.«
»Ha, ha! Mach keine Witze! Wer sagt das?«
»Ein Typ vom FBI, der als Doppelagent anschaffte.«
»Phantastisch! Wo, zum Teufel, gräbt Joe solche Typen aus?«
»Man muß es ihm lassen, keiner kriegt ne bessere Show hin! Ich meine, schon zu Lebzeiten hat er sich zu ner verdammten Legende gemacht, wer sonst kann das von sich behaupten?«
Genau in diesem Augenblick kam Bill Knowland, der vermißte Mehrheitsführer, wie ein alter Weltkriegs-I-Panzer reingestampft, schnaubte und donnerte los: »Schluß jetzt, verdammt noch mal! Holt die Truppe zusammen! Die Abstimmung ist dran!« Bill schlug mir auf die Schulter, als er vorbeidröhnte: »Nu los, Dick! Die Geschichte ruft!« Und brauste weiter ins Plenum. Ein paar Senatoren hefteten sich an Knowlands Fersen, andere strömten rein, aufgekratzt von Schnaps und Gerüchten. Ich stand am Rand der Aktivitäten, bewegte die Lippen, als zählte ich meine Schäfchen, bloß um den Eindruck zu vermitteln, daß ich ihre Gegenwart wahrnähme, und führte mir die völlige Unscheinbarkeit dieses berühmten »Vorzimmers der Geschichte« vor Augen: nur ein Haufen alter, mit Papieren und Kissen übersäter Sofas,

ein paar Tische, an denen man die Korrespondenz unterschrieb, ein paar alte Schreibmaschinen und auf den Kopf gestellte Flaschen mit Poland-Springs-Mineralwasser – was mich daran erinnerte, daß ich einmal, noch neu und übereifrig wie stets, den Fehler beging, mich an eine der Flaschen ranzumachen, um mir einen Drink zu besorgen, womit ich gegen eine der zahllosen idiotischen Traditionen dieses Platzes verstieß. Um nicht erneut einen Faux-pas zu begehen und um den Spannungen aus dem Weg zu gehen, die entstehen würden, sobald Joe McCarthy hereingestürzt käme, kehrte ich ins Plenum zurück.
Es waren nicht einmal sehr viel mehr Leute anwesend als vorhin, aber die Atmosphäre hatte sich total verändert. Es war phantastisch, wie man es spüren konnte, die Schwingungen eines bevorstehenden Dramas, die Unruhe, die anschwellende Erregung: »King Kong« erwachte. Die Bewegungen wurden hastiger, die Mienen waren weniger stumpf, die Gespräche intensiver. Joe McCarthys Protégé John Marshall Butler, Maryland, stritt sich vorne mit dem Demokraten Pat McCarran über unsere neue Gesetzesvorlage zur Hinrichtung durch den Strang – Richter Irving Kaufmans Idee –, wonach die in Kriegszeiten für Spione vorgesehene Todesstrafe wieder eingeführt werden sollte (McCarran hatte nichts gegen das Gesetz, er wollte es bloß stehlen). Die Washingtoner Korrespondenten hasteten mit gesteigerter Geschäftigkeit durch das Plenum, versuchten, die Tendenz der jeweiligen Rede herauszuhören, und standen ihre Fünfzehn-Minuten-Schicht durch, bevor sie ins Pressezimmer zurückhetzten und ihre Stenogramme auf Diktaphon sprachen. Die Saaldiener waren plötzlich wieder wach, eilten hin und her und brachten Stühle rein, statt sich nur gelangweilt gegenseitig zu triezen, die Stühle hauptsächlich für die Senatsassistenten, die nun in Scharen durch die Schwingtüren hereindrängten – *dieses* Mal füllte sich der Saal, die Flut brach herein.
Ich wartete, bis Purtell die Verlesung der Vorlage angeordnet hatte, und übernahm dann seinen Sitz als amtierender Senatspräsident. Niemand applaudierte bei meinem Erscheinen. Nicht, daß ich das erwartet hätte, aber ich erinnerte mich noch an die Zeit, als ich Senator war, wie freundlich hatte man den guten Alben Barkley stets empfangen, wenn er sich mal blicken ließ. Warum begrüßte man mich nicht genauso? Ich war auch ein Ex-Kollege. Sicher, ich war nicht solange dabei wie Barkley, und ich teilte auch nicht seine kriecherische Bewunderung für diesen Haufen von Suffköppen. Ich war schon immer zu eigen für diesen Ort. Ich hatte das Repräsentantenhaus gemocht, gewußt, wie ich mich dort zu verhalten hatte, und konnte mich nie an

den Senat gewöhnen, hielt mich fern, so oft es ging. Als ich vor zwei Jahren hierher kam, fühlte ich mich genauso verloren wie im Krieg, als ich in die Navy einrückte und nach Ottumwa, Iowa, abkommandiert wurde. Seit meiner Schulzeit habe ich eine Allergie gegen hochgestochene Privatcliquen und Verbindungen, entzog mich den Smoking-Snobs der anderen Clubs und gründete lieber meinen eigenen. Diese Stätte mit ihrer geradezu mittelalterlichen Exklusivität war noch schlimmer als die meisten anderen, denn es gab, trotz oberflächlicher Kameraderie, keine echte Zusammenarbeit, nur sklavischen Gehorsam gegenüber ein paar primitiven, unumstößlichen Regeln und blinde Loyalität gegenüber der Partei. Jeder einzelne von diesen Clowns hat sein Reich für sich, Feudalherren gleich, die sich durch ein Gefolge von Sekretären und Anwälten voneinander abkapseln, ihre Gunst auf dem Markte feilbieten, Wohlstand und Macht anhäufen, treu ergeben nur ihrem eigenen Mandat. Kein Wunder, daß die Präsidenten andauernd Ärger mit dem Senat haben: Aufklärung oder nicht, wir wurzeln noch immer im finstersten Mittelalter.

»Herr Prääásident . . .«

»Dem Senator von Texas werden fünf, ähh, Minuten zugestanden.«

Johnson, das merkte ich, war trotz aller zur Schau getragenen Gelassenheit am Überschnappen. Knowland hatte ihm heute wirklich übel mitgespielt, und Lyndon ließ sich von niemandem gern austricksen. Es war amüsant, den alten Schieber so völlig aus der Fassung gebracht zu sehen. Es hatte ihm ganz schön geschmeichelt, daß sein Konterfei in dieser Woche mit TIME um die ganze Welt gegangen war, und man ihn als alles mögliche, von »Lasso-Lyndon«, über »Stimmenfänger«, bis »General Manager« und »Erdrutsch-Johnson« bezeichnet hatte. Worüber TIME nicht gesprochen hatte, waren all die Kassen, in denen er seine Finger hatte; die Depression war für Lyndon eine wahre Goldgrube gewesen, und auch im Krieg machte er keinen schlechten Schnitt. Wieso eigentlich auch nicht? Über ihm lag ein Hauch von Magnolien, wie man so sagt, Magnolien und Kuhfladen, keine Chance, je Präsident zu werden, also konnte er sich in Ruhe bereichern. Wie auch immer, meinen Strauß mit dem Poeta Laureatus hatte ich als »Fightender Quäker« bereits glänzend bestanden und ich wußte – anders als Johnson – tief in meinem Herzen, daß, wenn ich nur sauber und alert bliebe, mir mehr winken würde. Ich fragte mich, was für Post Lyndon wohl erhalten würde. Mir fielen noch ein paar Alliterationen außer »Lasso-Lyndon« ein, und ein oder zwei nette Wortspielchen auf »Stimmenfänger«. Mit »Erdrutsch-Lyndon« ließ sich auch einiges

anfangen. Vielleicht sollte ich ihm eine Kostprobe zuschicken, überlegte ich. Er würde nie dahinter kommen. Es würde ihn von seinem hohen Roß runterholen.
»Ich gääbe där Mäährheit des Säänats zu bedäänken, daß, wäänn sie auf düüse Waaise Gesäätze zu maachen gedäänkt«, polterte er los und hob seine feiste Pratze, »sie Gesäätzgäbung pär Haandstreich bätreibt! daas ist hochhäärschaftliiche Wiilderei! ohne Voorwarnung! daas ist Gesäätzgäbung päär *Daampfwaalze!*«
Während er geiferte und seine Ausführungen mit schmutzigen texanischen Breitseiten würzte, die sein Stab später geduldig aus dem Protokoll tilgen würde, füllte sich hinter ihm der Saal, die Fraktions-Einpeitscher führten ihre Listen und warteten auf den richtigen Moment, um die Beschlußfähigkeit feststellen zu lassen. Das Getöse steigerte sich noch, und beide Seiten tauschten mehr oder weniger höfliche Beleidigungen aus, ohne vorher ums Wort zu bitten. Wie eine Bande gelangweilter, betrunkener Cowboys, die darauf brennen, den Saloon durch ein bißchen Action aufzumöbeln. Den Zuhörern auf der Galerie zuliebe versuchte ich, einen Anschein von Ordnung aufrechtzuerhalten, und beobachtete die Eingänge (sieben, wie die Zahl der Löcher im Kopf eines Menschen), um einen Überblick zu bekommen, wer kam und wer ging. Über jedem der drei Hauptportale stand eine Statue: »Vaterlandsliebe«, »Weisheit« und »Mut«. Vielleicht wird hier bald auch eine Statue von mir prangen, dachte ich. Nicht bloß eine Büste wie von den anderen Vizepräsidenten, sondern eine richtige Statue. »Der fightende Quäker«. Das paßte. Das Motto über dem östlichen Eingang lautete übersetzt: »Gott hat unsere Unternehmungen begünstigt«, und über dem Südportal stand: »Wir vertrauen in Gott.« Wie maßgeschneidert für mich, nicht anders als das »E Plurisbus Unum« über meinem Kopf. Aber der Slogan, der die Phantasie anregte, stand über dem Westeingang, meinem Teil des Landes, und war dem »Mut« zugeeignet: *Novus Ordo Seclorum*. Ja, das ist es, worauf sich Amerikas ganzes Trachten richtete, dachte ich, das ist die wirkliche Revolution unserer Ära – Umsteigen auf den Zug der Zukunft! – und ich gehörte zu den Glücklichen, die genau in dieser Zeit lebten. Zum ersten Mal hatten wir Rückenwind. Und unser Job war es – *mein* Job würde es sein –, diese neue Ordnung des Zeitalters in die ganze Welt zu tragen. Mein Jugendwunsch, Lokomotivführer zu werden, würde in Erfüllung gehen! Gewiß, ich hatte es noch nicht im Sack, noch immer wurde davon geredet, den Vizepräsidenten über Bord gehen zu lassen, ich wußte, daß ich für meine 1956er-Fahrkarte zu kämpfen haben würde.

Und Freunde waren dünn gesät: meine Hausmacht in der Legislative war dahin, ich war ein einsamer Außenseiter in Eisenhowers Kabinett aus millionenschweren Polit-Dilettanten mit grauen Schläfen – aber letztlich bin ich immer ein einsamer Außenseiter gewesen, das war *meine* Stärke. Nebenbei, in Wirklichkeit half mir Ike dadurch, daß er mich in seiner Abneigung dauernd als »Politiker« abstempelte, als Profi, Mann der Partei, und mich auf diese Weise mit den wahren Machtstrukturen der jeweiligen Nominierungs-Parteitage gleichsetzte. Ja, in Wirklichkeit stellte der alte General nur die Weichen für meinen Auftritt, bahnte der Neuen Ordnung ihren Weg, die der Welt zu bescheren meine und meiner Generation Bestimmung ist! Natürlich, man mußte vorsichtig sein – Revolution, Neue Ordnung, das ist die Sprache, die auch Rosenbergs benutzten, wenn auch in Dunkel und Unwissenheit. Ja, die Wahrheit über das Phantom lautete, daß es *reaktionär* war, den Zug des Fortschritts entgleisen lassen wollte! Ich war ausgesprochen zufrieden mit dieser Einsicht. Vielleicht hat mich Uncle Sam deshalb auf den Fall Rosenberg angesetzt, überlegte ich. Anschauungsunterricht in amerikanischer Dynamik für den Erben am Drücker. Ich zog eine Karteikarte raus und machte mir eine Notiz. Unten schrieb ich hin: JETZT MIT DER 1954ER KAMPAGNE BEGINNEN!

»Wie? Was?« fragte ich. Johnson hatte gerade das Wort an mich gerichtet. Irgendwas von »einem gewissen Senator« hatte er gebrüllt und, daß er ihm »das Maul schon stopfen würde«. Der Protokollführer flüsterte mir zu, daß er einen Antrag auf Überprüfung der Beschlußfähigkeit gestellt habe. »Oh ja . . .«

»Herr Präsident«, unterbrach Knowland, »wäre der Senator bereit, seinen Antrag auf Überprüfung der Beschlußfähigkeit zurückzustellen, um es dem amtierenden Mehrheitsführer zu ermöglichen, eine Erklärung abzugeben?«

»'türlich, Bill . . .«

Knowland ließ nun eine Gegenattacke vom Stapel, erläuterte seine Gründe für die heutige Überraschungsvorlage und stellte klar, daß er Johnson völlig korrekt vorgewarnt habe, also konnte ich mich wieder zurücklehnen. Knowland und ich kannten uns seit meiner allerersten Wahlkampagne im Jahre 1946. Man hätte fast behaupten können, daß wir Freunde seien, wenn es so etwas in der Politik gäbe. Wir hatten in einer Menge politischer Schlachten Seite an Seite gekämpft, zu Hause einer wie der andere unsere Probleme mit Honeybear Warren gehabt, und hier Schulter an Schulter gegen das Östliche Establishment Front gemacht. Als ich in den Senat kam, zeigte Bill mir alle Kniffe, vereidigte mich als Vizepräsident, und die Schulter, die auf jenem berühmten Foto nach der Wahlfonds-Krise zu sehen war, und an der ich mich ausweinte, war die seine gewesen. »Es wird schon wieder werden, Dick«, hatte er mich getröstet, und ich hatte geschluchzt: »Lieber guter Bill!« Andererseits haben wir auch unsere kleinen Differenzen gehabt. Ich hatte ihm Murray Chotiner mehr oder weniger entführt und war mit Murray als meinem Strategen über Bills Kopf hinweg in das Amt des Vizepräsidenten gerutscht, durch einen, wie es ihm erschien, Ausverkauf an die Östlichen Internationalisten, und selbst jetzt war ich noch sein Gegner. Während der Wahlfonds-Krise war es schließlich er gewesen, den man an meine Stelle hatte setzen wollen, und weder er noch ich konnten das über Nacht vergessen. Nun ja, genau wie Nationen weder Freunde noch Feinde haben, sondern nur Interessen, gilt auch die Binsenweisheit, daß Politik nur ewige Treue kennt, wo Privatinteressen im Spiel sind. Uncle Sam brachte mir das bei – vielleicht hab ich's aber auch von der Volksschule. Knowland und ich würden erst wieder richtige Freunde sein, wenn wir was voneinander wollten. Wenn ich erst Präsident war, zum Beispiel, und er und seine Zeitungen die Regierung brauchten.

Knowland fuhr fort, und ich ließ meinen Blick über den Saal wandern: es würde knapp werden. Die Einpeitscher hasteten zwischen Plenum und jeweiligem Geschäftszimmer hin und her, zählten die Köpfe der Gegenseite und schickten ihren Stab auf die Suche nach fehlenden Senatoren. Von meinem marmornen Podest herab blickte ich auf diese senile Geschäftigkeit, spielte mit dem alten, zerbrechlichen Hammer aus Elfenbein mit silbernen Beschlägen, von dem man sich erzählte, daß er seit dem ersten Zusammentreten des Senats, 1789, in Gebrauch sei, und versuchte mir vorzustellen, wie man sich als Inkarnation von Uncle Sam fühlt, welche körperlichen *Empfindungen* man hat, wenn die Verwandlung über einen kommt. Furchteinflößend, meinten einige. Ich war davon überzeugt, daß sich Uncle Sam vorzugsweise Republikaner für diese Metamorphose aussuchte: irgendwie schien er nicht so recht in Demokraten reinzupassen, und eine ganze Reihe von ihnen hatte er in recht jämmerlicher Verfassung zurückgelassen. Wir Republikaner waren Amerikas heiligem Gral näher als die Demokraten, was es in gewisser Weise erleichterte, ein »guter« Republikaner zu sein: der Katechismus war unser. Das gemeine Volk allerdings, das sich nur seiner profanen Alltäglichkeit hingab, stand dem rüden, weltlichen Pragmatismus – Bosse, Bargeld, Buhlerei und Blabla – der Demokraten näher und gab ihnen daher bei Wahlen – außer in Krisenzeiten und bei feierlichen Anlässen – den Vorzug. Wer hört auf die Stimme seines Gewissens, wenn er nicht muß?

Bill stellte einen Antrag auf Überprüfung der Beschlußfähigkeit und ich sagte: »Der Schriftführer wird die Namenslisten aufrufen.« Als man die Liste verlas, wurde mir klar, daß ich vor Spannung fieberte. Wie bei einer Wahl. »Das Haus ist beschlußfähig«, verkündete ich; Knowland beantragte, der Senat möge die Vorlage behandeln. Die Demokraten versuchten, Zeit zu schinden, und das Publikum kriegte eine Menge Sololeistungen zu Füßen gelegt, aber als zur Abstimmung aufgerufen wurde, gab es 39 »Nein« und 39 »Ja«. »Nach der Verfassung« erklärte ich genüßlich, »steht dem Senatspräsidenten im Falle von Stimmengleichheit ein Stimmrecht zu. Ich stimme mit Ja. Damit ist der Antrag, mit der Behandlung der Vorlage zu beginnen, angenommen!«

Knowland signalisierte mir »Sieg« durch ein Daumen-hoch, und das Plenum leerte sich langsam wieder, als Homer Capehart seine Argumente zugunsten der Vorlage darzulegen begann. Die Berufung auf die Verfassung hatte mir eine Idee eingegeben. Ich wollte gerade den Hammer an Bill Purtell zurückreichen und mir eine Notiz machen, als Lyndon Johnson aus dem Demokratischen Geschäftszimmer herbeieilte, Russell Long im Schlepptau, der schrie: »Herr Präsident! Würde der Senator von Indiana wohl gestatten?«

Oh, oh. Ich setzte mich wieder. Knowland beorderte seine Truppen zurück und schickte Hendrickson eiligst in das Republikanische Geschäftszimmer. »Zu welchem Zweck wünscht der Senator von Louisiana das Wort?« wollte Capehart wissen.

»Bei der letzten Abstimmung war es mir unmöglich, im Plenum anwesend zu sein, Sir!« sagte Long. »Soviel ich weiß, gab es ein Patt. Ich möchte daher beantragen, die Abstimmung wiederholen zu lassen!«

»Nun«, sagte ich, »gibt der Senator von Indiana dazu seine Einwilligung?«

»Nein, zur Hölle, ich . . . Herr Präsident, ich verweigere meine Einwilligung!«

»Der Senator von Indiana verweigert seine Einwilligung«, sagte ich und schlug kräftig mit dem Hammer zu. Mir war zwar nicht klar, ob dies der geeignete Anlaß für einen Hammerschlag war, aber mir schien so, als sei es eine gute Sache: PENG! Das klang wie ein Gewehrschuß und Long schreckte zusammen.

»Sooo, ja, nun dann, ähh, Herr Präsident«, sagte er und beäugte mich mißtrauisch, »dann möchte ich, sobald ich das Wort erhalten kann, beantragen, daß die letzte Abstimmung wiederholt wird.«

Capehart beriet sich kurz mit Knowland und fuhr dann in seinen Darlegungen fort, und wieder begann sich das Plenum zu leeren. Ich gab den Hammer an Purtell zurück und machte mich auf den Weg zu den Aufzügen. Der Tag verging wie im Flug, und ich hatte meine Gedanken zum Fall Rosenberg noch immer nicht geordnet. Noch immer war es möglich, daß sie heute abend hingerichtet wurden, und ich mußte auf alles vorbereitet sein. Warum, zum Beispiel, hatte mich Uncle Sam draußen im Burning Tree-Club über die Clark-House-Players ausgefragt? Warum hatte er mit mir über das Ayn-Rand-Stück gesprochen, das ich mir angeschaut hatte? Weil auch Julius Horatio ALGER gelesen hatte, oder war das eine Anspielung auf mein Duell mit Alger Hiss? Kaufmans Verbindungen zu Richter Clark in . . .?
Knowland unterbrach mich, sein dickes Säufergesicht war von all den Anstrengungen gerötet. »Ich fürchte, es ist noch nicht überstanden«, meinte er.
»Sieht nicht so aus, Bill. Wo war Joe McCarthy?«
»Weißichnich, dieser Hurenbock . . . zieht wahrscheinlich seine Show für die Zeitungen ab. Dirksen auch! Wo is der hin?«
»Als ich Ev zuletzt sah, wollt er grad ein Ei legen.«
»Waaas wollt' er? hääh? Ah so, ich versuch ihn aufzugabeln. Capehart ist noch für ne Stunde oder zwei gut, aber geh nich zu weit weg.«
»Ich bin in meinem Büro.«
»Guter Junge. Und . . . hör mal, Dick . . .« Knowland schlang seinen schweren Arm um mich wie ein Affe, wurde einiges gedämpfter, blickte um sich, um sicher zu gehen, daß er nicht belauscht wurde: »Äh, und wenn du, du weißt schon . . . Uncle Sam . . . siehst, sag ihm, ich hoffe, daß ich nichts versaut hab, mit meinem kleinen Spielchen, daß ich bloß mit'm richtgen Fuß aus'n Startlöchern wollte, verstehst du? Daß ich den Auftritt nur richtig arrangieren wollte. Sag ihm . . ., sag ihm, wir legen uns für ihn ins Zeug, und äh . . . wünsch ihm alles Gute, ja, Dick?«
Er wird dir dermaßen ins Arschloch treten, Knowland, daß du dir zum Scheißen den Kragen öffnen mußt, dachte ich mir und blickte Knowland offen in die Augen: »Mach ich, Bill. Du kannst auf mich rechnen.«
Ich zog eine Karteikarte raus und machte mir eine Notiz. Ich ließ ihn glauben, sie beträfe ihn, in Wirklichkeit aber schrieb ich: AUS HIGH-SCHOOL REFERAT ÜBER DIE VERFASSUNG GEEIGNETE STELLE FÜR DAS DENKMAL VOM FIGHTENDEN QUÄKER RAUSSUCHEN.
»Danke, Dick, ich . . . ich hoffe, er ist . . . okay. Sag ihm, wir . . . sag ihm, Dick, wir schließen ihn in unsere Gebete ein!«

4. *Uncle Sam schlägt zurück*

Blechstücke und Glassplitter fliegen nach allen Seiten, Reifen quietschen und Autos krachen, Anwohner hechten in die Keller, der amerikanische Soldat der Wiener FEAR-Patrouille springt auf den anfahrenden Streifenwagen, reißt die Tür auf, packt den flüchtenden russischen Fahrer, das Auto schleudert, kippt und knallt gegen einen zweiten Patrouillenwagen. Die vier Russen greifen zu den Waffen, aber die Yankee-Pistole ist schon draußen: die Russkis, die den kürzeren gezogen haben, werden entwaffnet und mit vorgehaltener Pistole gezwungen, auszusteigen. Der tschechische Flüchtling Jaroslaw Lukas, der Mann, den sie kidnappen wollten, lebt noch. Und ist frei. Eine hagere, abgerissene Figur kriecht mühsam unter den Wracks der kollidierten Patrouillenfahrzeuge hervor, klopft sich ab: *es ist Uncle Sam!* »Jippiiih!« kräht er, etwas atemlos, »noch mal davon gekommen!« Er drückt seine ausgebeulte Angströhre zurecht, klemmt sie fest über die Brauen; auf der anderen Seite der Erdkugel finden sich Hunderte von entflohenen nordkoreanischen Gefangenen hinter südkoreanischem Stacheldraht wieder. »Unser grausam unerbittlicher Feind«, sagt der Superheld mit vorquellenden Augen, »hätt uns fast schändlich blamiert!« GI-Einheiten verstärken – während er das Hemd in die Hose stopft und sie zuknöpft – den Frontabschnitt der ROK nördlich vom Hwachon-Staudamm. Von hagerer Gestalt und grandios ist Uncle Sam, die Leere des Alters im Gesicht, und auf seinem Rücken die Last der Welt. Er schnippt mit den Fingern und Albert Einstein, der gefallene Engel, kriegt die Grippe. Er kratzt sich die Eier und über eine Luftbrücke wird die größte Tonnage des Jahres befördert. »Das eklig Geschmeiß hätt uns bald inne Bredouille gebracht«, erklärt er im guten alten Stil der Heiligen Schrift, während er dem amerikanischen Soldaten der FEAR-Patrouille einen Orden an die Brust heftet, »aber, Kotzbombenelement, noch sind wir nicht raus aus'm Schlammassel – no, Sir! und wenn das Otterngezücht unbedingt nen gediegenen messerblitzenden skalpritzenden Schlagabtausch will, dann, Brüder, möge das Gemetzel angehen!« Fahnen flattern und irgendwo spielt eine Kapelle »Possum Up a Gum Stump«. Hier war, wie es der Prediger Ed Markam so passend ausdrückte, ein Mann, der sich der Welt erwehren konnte, ein Mann, der Bergen und Meeren gewachsen war! Seine Augen glühten martialisch wie die des Magiers Mandrake, eine verklärende Glorie in seinem Busen und eine Prise Kautabak zwischen den Zähnen, strebt er hoch und hinaus, scheint sich zu strecken und zu wachsen, und voll christlicher Nächstenliebe lächelnd schlägt er mit der ganzen Kraft zu, die uns zur Nation schmiedete. »Whuupii-ti-ju-ho! Das ist euer Pech, ihr armen Säcke, und nich meins!« grölt er von oben und – ra-BUMS! dezimiert'n ganzes Reisfeld streitbarer Schlitzaugen. »Vorwärts Jungs! Nur Erobern führt zu Eroberung!« Zack Taylor fällt einem ein, wie er im Sattel von Old Whitey schmierige Chilifresser jagt, oder Andy Jackson, der die heidnischen Creek-Indianer beutelte, wenn man sieht, wie der Yankee-Hausierer, stürmisch und umwölkt wie eine Orkanböe, die Legionen der Superhelden an die koreanische Grenze führt, um Finger-Ridge und Christmas-Hill zurückzuerobern. Seine Jagdbomber nehmen sich die wichtigsten Nachschubwege des Phantoms vor, zerstören Brücken und Fahrräder, machen Wege unpassierbar. Übermut funkelt in Sam Slicks Auge, Hohn kräuselt Sam Slicks Lippen – nicht mehr ist er der nette Junge von nebenan, er schießt jetzt aus der Hüfte! »Ob Lust oder Leid, ob Wohl, ob Wehe«, grollt er, zwar behutsam voranschreitend, doch den dicken Knüppel schwingend, »s' ist das Gesetz unseres Daseins, wir ernten, was wir säen!« Und geht daran, die Brände zu löschen, die Erdbeben zu stillen, die Flugzeuge am Himmel zu halten, dem Unfug ein Ende zu bereiten. Schneidig flattern seine ausgefransten Rockschöße, er wetzt durch die Dritte Welt, streift den Eisernen Vorhang, der ins Flappen gerät, und hin zum Times Square. Was für ein Chaos! Er fegt den Müll des Phantoms weg, baut die Sing-Sing-Bühne wieder auf, wischt die obszönen Sprüche von den Wänden, bändigt den wildgewordenen Verkehr. »Noch regiert Gewalt die Welt«, donnert er, eine launische Höhenbrise bringt seinen Kinnbart zum Erzittern, »hat sie regiert und wird sie regieren – Milde ist schwächlich, mächtig ist prächtig auf dieser abgewirtschafteten Welt, und noch ist Donars Tag!« So gelingt es Uncle Sam, mit willkommener Unterstützung der Propheten, auch dieses dreisteste Manöver des Phantoms als ein Stück seiner eigenen *Weltordnung* erscheinen zu lassen: Donars Tag! Er richtet die stahlblauen Augen auf eine Botschaft an der Werbefläche über der Todeszellenbühne: DER KOMMUNISMUS IST DAS AUFGELÖSTE RÄTSEL DER GESCHICHTE UND ERKENNT SICH ALS DIESE LÖSUNG! Er denkt einen Moment darüber nach, Zweifel und befremdeten Argwohn im sorgenvollen Blick, dann spuckt er voll Abscheu aus. »Diesmal ist das dreckige Phantom zu weit gegangen«, schnaubt er kalt, seine steigende Wut bemeisternd, »ich will verflucht sein, wenn sich dieses tückische, mordgierige Monster eine Hinrichtung nicht sehnlicher herbeiwünscht als ich!« Dann sprengt sein Ärger doch die Fesseln, er reißt die Tafel um und stellt eine neue an ihre Stelle: MITBÜRGER! GOTT REGIERT UND NOCH GIBT ES EINE REGIERUNG IN WASHINGTON! Und damit scheint sich die Luft zu klären, scheint sich ein bösartiges Etwas aufzulösen und die Sonne durchzulassen. Die Neonschrift AMERIKA – WITZ DER WELT beginnt sich erneut zu verwandeln: Uncle Sam repariert mit wenigen sauberen Zügen, was das Phantom mit vielen schmutzigen Tricks angerichtet hatte:

AMERIKA – GRAB DER WELT
AMERIKA – GRAT DER WELT
AMERIKA – GRAL DER WELT

So führt Uncle Sam seinen Kampf gegen diese neue Flut von Finsternis und Perversion, letztlich ausgelöst von einem einzigen Mann, dem Obersten Bundesrichter William O. Douglas, der seinen einsamen Entschluß gegen den Willen und die Bedürfnisse der ganzen Nation faßte. Uncle Sam persönlich hatte ihn in den Hohen Rat der Ältesten berufen, zum Hüter der geheiligten Gesetze und Deuter der Verfassung, hatte ihn als »Bannenträger an die vorderste Front der *Gerechtigkeit* gestellt, wo er weise die tiefen und geheimnisvollen Fragen auslegen wird, ein Prüfstein für die, welche die Wahrheit suchen, ein Maßstab für jene, welche nach Vervollkommnung streben«, und jetzt hat er alles versaut. Traf er arglos seine verderbliche Entscheidung, oder war er vor dem Engel der Finsternis in die Knie gesunken, wissentlich in Sünde und Falschheit, Stolz und Dünkel verfallen? Dies seine Begründung:

Ich zweifle daran, daß das Todesurteil für dieses Verbrechen verhängt werden darf, es sei denn und nur dann, wenn eine Jury es ausdrücklich empfiehlt. Rosenbergs sollten Gelegenheit haben, diesen Gesichtspunkt geltend zu machen . . . Bevor wir Menschenleben auslöschen, muß der letzte, auch der allerletzte Zweifel daran, daß wir im Rahmen der Gesetze handeln, ausgeräumt sein. Wenn wir uns dessen nicht sicher sind, werden verbleibende Zweifel unser Gewissen nach der Vollstreckung nicht zur Ruhe kommen lassen . . .

Eins steht fest, wenn irgendein Gewissen nicht zur Ruhe kommen wird, dann seines, denn mit einem Schlag hat er die zweijährigen sorgfältigen Vorbereitungen, die vorbildliche Angelsächsische Rechtsprechung samt ihrem Zeremoniell zunichte gemacht, hat nicht nur einen Aufschub verfügt, sondern den Fall ans Distriktgericht zurückverwiesen, folglich auch ans Appellationsgericht, womit er den Atomspionen nicht bloß Vollstreckungsaufschub gewährte, vielmehr das Leben selbst, und hat damit Uncle Sam, Richter Kaufman, Edgar Hoover und das ganze US-Anklägerteam zu Hampelmännern gemacht, wohl wissend, daß der Gerichtshof in Ferien und in alle Winde verstreut, die Welt in Aufruhr ist, daß ein A-Bomben-Angriff drohte und daß der Rechtsstandpunkt, den diese fragwürdigen Appellanten einnehmen, so fadenscheinig ist, daß ihn sogar die Anwälte der Rosenbergs nicht vorgetragen haben.

Hatten uns die Pentagon-Patrioten nicht schon davor gewarnt?

Die Pfuscher vom juristischen Pfuhl
Solln sie retten vorm elektrischen Stuhl,
Aber, das merk dir, so'n falscher Knopf
Wird bezahlt mit dem Gold aus dem Höllentopf.
So soll mit den Roten auch er in den Tod,
Die sitzen doch alle im selben Boot!
Und wenn die Richter mit ihnen leiden
Und sie retten vor des Todes Kuß
So werden wir trotzdem schnell entscheiden:
Auf Sing-Sings Stuhl, wer brennen muß!

Wir gerben sein Fell
Mit Zeichen der Schuld
Und verfemen die Tat
Als gemeinen
Verrat!

Wie ein Mann fällt die Freie Presse Amerikas über den »Verrat« des Richters Douglas her, nennt ihn »arrogant . . . heimtückisch . . . zersetzend«. FBI-Agenten, die in der Garage des Gefängnisdirektors versteckt sind, funken ihrem Boss, daß die Journalisten »ganz schön aufgebracht sind wegen dem Aufschub, und daß Denno meint, sie werden Douglas richtig eindecken«. Und sie decken ihn ein. Leslie Gould brandmarkt ihn im *New York Journal-American* als »einen schlagzeilen-geilen Ehrgeizling mit politischen Ambitionen, einen heimatlosen Liberalen, der sein wahres Gesicht gezeigt hat«; und in der *Chicago Tribune* schreibt Walter Trohan:

Douglas, das darf nicht vergessen werden, ist schon immer ein Hätschelkind der Kommunisten gewesen. Durch ein Minderheitsvotum verzögerte er die Verurteilung von 11 Top-Kommunisten. Er plädierte für die Aufnahme Rot-Chinas in die Vereinten Nationen, als die Rotchinesen in Korea amerikanische Jungs abschlachteten . . . Er verglich die komunistischen Aufstände im Fernen Osten mit der Amerikanischen Revolution . . . Douglas trachtet nach der Präsidentschaft. Was mag er noch Böses im Schilde führen?!

Die *Washington Post* lamentiert, »Richter Douglas hat diesen höchst kontroversen und international bedeutsamen Fall in totales Chaos gestürzt«! Der *Philadelphia Inquirer* fragt:

HÖRT RICHTER DOUGLAS NICHT MOSKAUS OVATIONEN . . .?

Wieder einmal hat Richter Douglas seinem Vaterland einen kolossal schlechten Dienst erwiesen . . . nachdem der Gerichtshof sich bis zum Herbst vertagt hatte, legte er die Träger der Höchsten Robe mit einem Meisterstück an juristischer Rot-Haarspalterei aufs Kreuz und stahl sich dann blitzschnell aus Washington davon.

Gegenwärtig vermutet man ihn in Oregon. Manche meinen, daß er sich bald nach Moskau aufmacht, am 1. Juli soll er dort eintreffen. Andere sähen es gerne, wenn er sich nach Tibet scherte, einen Grunzochsen bestiege und dort bliebe. Der finsterste Verrat in der amerikanischen Geschichte darf nicht ungesühnt bleiben.

Es scheint unfaßbar, aber dieser Mann hätte Vizepräsident unter Franklin Roosevelt in dessen vierter Amtsperiode werden können, und damit letztlich die Inkarnation von Uncle Sam selbst! Uncle Sam muß ihn schon damals im Auge gehabt haben – vermutlich hat er deswegen den alten Satyr in all diese skandalöse Sex-Fälle verwickelt. Vielleicht hat der sich bei all den Lustbarkeiten seine Flöte versengt, an syphilitischer Anarchie oder sowas. Und falls das so ist, könnte er das gesamte Hohe Kollegium damit infizieren. »Ein räudiges Schaf steckt die ganze Herde an«, warnt Uncle Sam im Sitzungssaal des Repräsentantenhauses, und der Kongreßabgeordnete W. McD. Wheeler aus Georgia springt auf, als hätte ihm jemand am Arsch gefingert, und bringt den prophylaktischen Antrag ein, »daß William O. Douglas, Richter am Obersten Gerichtshof der Vereinigten Staaten, wegen schwerer Vergehen und Amtsmißbrauch angeklagt werden soll«, woraufhin im Nu ein spezieller Unterausschuß aus fünf Abgeordneten sich im Sinne des Antrags an die Arbeit macht. »Ich seh wahrhaftig kein Grund, häut Männa na K.O.-RHEE-ja zu schicken, Häärr Presse Tänd«, deklamiert der Abgeordnete Wheeler, »wann ah-tommy-sche Spione hier da-

HEIM ruhig leben dürfn! 'n Richta, der sich na kra-kehle-ndn minderhei-tick-en Presser-Gruppen richtet, in dieser unsrer NAZI-on, den kammer nich TOLLer-ieren. Ich kann hier nich in-AKT-ief RUMstehen, in dieser lecki-lasziven Runde hier, nee, ohne was dagägn zu UNTERNEHMEN.« Don Wheller wird von seinen Kollegen aus Georgia mit warmem Beifall bedacht, denn die haben alle schon seit Jahren darauf gelauert, den niggerliebenden New-Deal-Cowboy Douglas so tief in der Hölle zu versenken, wie eine Taube eine Woche lang fliegen muß, und sie glauben jetzt, daß sie ihm endlich einen sauberen Blattschuß verpaßt haben.

Rosenbergs sind natürlich gehobener Stimmung. In letzter Zeit war ihr Mut beträchtlich gesunken: bei seinem nutzlosen, nächtelangen Studium der Prozeßakten hatte Julius sich den Kopf zermartert. Ethel, die unter schweren Migräneanfällen litt, weinte sich in den Schlaf. Der Artikel des Kolumnisten Leonard Lyons, der jüngst in der *New York Post* behauptet hat, sie seien im Grunde ihres Herzens Antisemiten, die nicht mal auf dem Gang zum Schafott einen Rabbi bei sich haben wollten, hat sie wirklich verstört, und seitdem haben sie sich beim Gefängnisgottesdienst heiser gesungen, offensichtlich in der wahnwitzigen Hoffnung, daß sie draußen vor den Toren jemand hören könnte. Julius mußten zwei Zähne gezogen werden (Gefängnisdirektor Denno sorgte in seiner haushälterischen Art dafür, daß er nur einen provisorischen Zahnersatz bekam), und als ihn seine Mutter Sophie besuchte, klagte er, noch vom Schock und vom Novocain benommen: »Mama, mir geht's gar nicht gut. Oh, Mama, wo ist meine Frau? Wo sind die Kinder? Ich bin krank, Mama, wenn ich doch nur zu Hause wäre, und du und Ethel mich pflegen könntet.« Ethel hat offensichtlich ganz aufgehört, ihm zu schreiben. Sie will auch nicht mehr auf den Hof zum Bocciaspiel. Julius hat versucht, sich mit Freiübungen in Form zu halten, aber seine Knie sind butterweich. Als er in der Zelle probierte, Zigarettenkippen ins Klo zu schnippen, traf er daneben und verbrannte sich auch noch die Finger.

Das hat sich nun alles geändert. Ihr glückseliger Gesang, wie sie es nennen, treibt die anderen Insassen die Wände hoch. Ihre Anwälte führen auf der Straße freche Freudentänze auf: wahrlich, ein Durchbruch! Jetzt haben sie mindestens noch bis Oktober Zeit, selbst wenn das Appellationsgericht die neuen Argumente zurückweisen sollte. Zeit, um Hunderte von Fragen zu ersinnen, noch überzeugenderes Beweismaterial auszugraben, noch mehr Unterschriften für Gnadengesuche zu sammeln. Der Koreakrieg könnte zu Ende gehen, die sowjetische Friedensoffensive zur Entspannung führen, das Klima sich radikal ändern. Und behaupten nicht Dr. Urey und andere, es gebe überhaupt kein Geheimnis der Atombombe? Wo ist der Spionagering, um den das FBI so ein Geschrei gemacht hat? Wer zum Teufel ist schließlich Harry Gold, und wo kam er her? Nein, es gibt wirklich *Grund* genug zum Tanzen. Auch das Appellationsgericht könnte die neuen Argumente anerkennen und folgern, daß Rosenbergs tatsächlich auf Grund eines unanwendbaren Gesetzes zum Tode verurteilt wurden. Dann würde die ganze Anklage in sich zusammenbrechen, und Rosenbergs müßten freigelassen werden! Die Regierung müßte erneut Anklage erheben und einen völlig neuen Prozeß einleiten. Dann würde es keine Fehler mehr geben, die Bombenskizzen von Greenglass würden in aller Öffentlichkeit gründlich unter die Lupe genommen, Gold käme ins Kreuzverhör, Morty Sobell müßte aussagen, die verwickelten Finanzverhältnisse der Greenglasses würden gründlich geprüft, er würde gefragt, wer die Liste der potentiellen Geschworenen zusammengestellt habe, und sie könnten sogar Glück haben und einen presbyterianischen Richter bekommen.

Aber ebensowenig wie Richter Douglas, der auf dem Weg in die Wälder ist, haben sie mit Uncle Sams Einfallsreichtum und seinem Kampfgeist gerechnet, damit, daß die Show weitergehen *muß*. Er ruft den Mann, Der Die Eisen aus dem Feuer Holt, Der Reinen Tisch Macht, wie TIME ihn beschreibt, EINEN JURISTISCHEN KOPF & POLITISCHEN VERSTAND, den Justizminister Herbert J. Brownell. »Ruf mir den Gerichtshof zurück, Herb«, sagt er. »Die Hinrichtung muß unbedingt stattfinden.«

»Wird nicht leicht sein. Nur um einen Aufschub zu prüfen, der von einem seiner Mitglieder bewilligt wurde, ist der Oberste Gerichtshof noch nie zu einer Sondersitzung zusammengetreten.«

»So? Nun, neue Situationen verlangen nach neuen Lösungen, mein Junge!« Sein Bart scheint dunkler zu werden, und eine Warze erblüht für einen Moment auf seiner Wange: »Die Lage ist bitter ernst und wir müssen an unseren Schwierigkeiten wachsen! Such Vinson! Mach ihm Feuer unterm Arsch!«

»Okay, okay. Ich werd tun, was ich kann, aber er ist keiner von uns, ich weiß nicht, ob er . . .«

»Meinst du, er ist kein Republikaner? Lieber Himmel, das ist weder Kaufman noch Saypol. Was soll's? Diese Burschen sind Profis, verstehen das Geschäft. Also, mein Junge, allez hopp! Das ist kein politisches Gerangel, das ist eine Mobilmachung!« Seine Zähne blitzten auf, und

eine silberne Zigarettenspitze scheint ihnen zu entwachsen, er reißt sie raus und schmeißt sie aus dem Fenster. »Ich sagte, hau ab, Mister! Mach ihm gefälligst Dampf! *Ich will was ich will wenn ich es will!*«
»Jawohl, Sir!« Der Justizminister schwenkt seinen rotledernen Drehstuhl herum und langt nach dem Telefon. Oberrichter Vinson macht Urlaub, genau wie der Rest des Gerichts, aber Brownell spürt ihn auf. »Hallo, Fred, schaff alle zurück nach hier! Ihr müßt Douglas' vermaledeiten Aufschub annullieren! Sofort! Heute, morgen – auf jeden Fall schnell!«
»Einen Aufschub annullieren? Das gabs noch nie!«
»Ach was, die Lage war auch noch nie so ernst, die Kacke ist wirklich am Dampfen! Uncle Sam macht mir schon die Hölle heiß, Fred! Im Interesse des Justizministeriums und im Interesse der Nation ist es wichtig, daß dieser Fall so prompt wie möglich endgültig entschieden wird!«
Vinson gibt so bereitwillig nach, daß Brownell annimmt, Uncle Sam müsse bereits mit ihm gesprochen haben. Richter Hugo Black wird aus seinem Krankenhausbett gezerrt, die anderen werden an Spieltischen und in Jagdhütten aufgespürt. Richter Douglas wird in Uniontown, Pennsylvania, aufgegriffen, auf den Weg nach Westen und nach Washington zurückexpediert, so schnell, daß seine Füße kaum den Boden berühren. Die mottensicheren Schutzbezüge der Möbel, die einen Tag vorher wegen der Sommerferien übergelegt worden waren, werden von einer Sonderputzkolonne runtergerissen, 350 erregte Vertreter der Öffentlichkeit und der Presse erhalten Zutritt zu dem großen, rotdrapierten, klimatisierten Saal, und am Donnerstag, dem 18. Juni, um 12 Uhr Mittags, stellen sich die neun Weisen – »nervös und gereizt«, wie berichtet wird – unter den Fries der Wahrheit, der dem Leben seinen Spiegel vorhält, und nehmen hinter der langen dunklen Richterbank ihre Plätze ein. Anwälte drängeln herzu, einige von Herb Brownells Assistenten, Mitglieder des ursprünglichen Saypol-Anklageteams, Touristen, Reporter, ausländische Honoratioren auf der Durchreise.
Es ist ein dramatischer Augenblick, einzig in der Geschichte der Vereinigten Staaten, aber Uncle Sam hat keine Zeit, auf Formalitäten Rücksicht zu nehmen. Überall hat das Phantom den hageren Sam Slick mit dem Rücken an die Wand gedrückt. Die Lage in Korea zum Beispiel ist noch äußerst prekär, Unruhen brechen aus, eine neue Invasion droht, angeblich werden atomare Sprengköpfe herangeschafft, Rhee ist so widerspenstig wie eh und je, auf den Straßen Pusans

beschimpfen sogar die Nutten unsere GIs, beißen gleichsam in die Schwänze, die sie füttern. Das Phantom hat dichten Nebel gezaubert, in dessen Schutz die Nordkoreaner Unfug treiben. Unverdrossen schickt Uncle Sam seine Streitkräfte an die schlimmsten Stellen. Sie sind angeschlagen, halten aber die Front. Eine erprobte Kampfgruppe der 187. Luftlandedivision in Regimentsstärke, unter dem Kommando eines draufgängerischen, sieggewohnten Brigadegenerals namens Westmoreland, wird von Japan eingeflogen, um Rhees streunende Gefangene wieder hinter Stacheldraht zu bringen und den Aufruhr zu ersticken. Das sind die Cowboys, die voriges Jahr die Roten Aufstände im Kriegsgefangenenlager auf der Insel Koje niedergeschlagen haben, die lassen sich von niemand anpissen! Uncle Sam will die Waffenstillstandsverhandlungen vorantreiben, er hat das ganze Jo-Jo satt, aber die Roten lehnen ab; Uncle Sam soll die Gefangenen gefälligst in Ruhe lassen. Uncle Sam schnaubt verächtlich; sie sollen sich mit ihren gelben Ärschen gefälligst wieder an den verdammten Verhandlungstisch setzen, sonst wird er sie *wirklich* fertigmachen, aber auf Syngman Rhee ist er immer noch sauer. WARUM HAT ER DAS GETAN? fragen die Zeitungen. ES IST EIN RHEE-TSEL! Rund um die Welt macht Uncle Sam seine Anhänger mobil und die zeigens dem Rhee – das Trommelfeuer von Beschimpfungen und Schmähungen ist ohrenbetäubend. Rhee, unbeeindruckt, reagiert mit einem Telegramm an die *Times* in Ashland, Ohio: die Vereinigten Staaten, behauptet er, lassen sich von europäischen Ländern beeinflussen, »die sich schon der kommunistischen Ideologie verschrieben haben«. Was glaubt der wohl, wer in der Welt das Sagen hat?
In Ost-Berlin ist die Lage sogar noch ernster, genau genommen hoffnungslos, geradezu eine Einladung an das Phantom und seine T-34 Panzer. Ein paar Burschen werfen Steine. Der West-Berliner Oberbürgermeister Ernst Reuter erklärt, »Das ist der Anfang vom Ende des Pankow-Regimes«, Präsident Eisenhower kündigt »mit besonderer Befriedigung« eine zusätzliche 50-Millionen-Dollar-Wirtschaftshilfe für West-Berlin an, ein paar Oberleitungen werden runtergerissen, aber viel mehr kann Uncle Sam nicht tun, seine eigenen Panzer sind zu verdammt weit weg, sein bestes Truppenmaterial ist in Korea gebunden. Der arbeitslose West-Berliner Anstreicher Willi Göttling wird mit Frau und zwei Kindern von den Russen im falschen Teil der Stadt aufgegriffen und beschuldigt, ein professioneller Killer im Dienste Uncle Sams zu sein, und »einer der Rädelsführer bei den Unruhen und Provokationen im sowjetischen Sektor Berlins, der an den verbrecheri-

schen Tumulten, die sich gegen die Staatsorgane richteten, teilgenommen hat«; er wird ins Freie geführt und ohne allen Firlefanz erschossen.
Uncle Sam beschuldigt das Phantom, in »unverantwortlicher Weise auf militärische Mittel zurückgegriffen zu haben«, und jeglicher Phantasie zu ermangeln. Wer wird sich schon in zwanzig Jahren an Willi Göttling erinnern? fragt er schmollend, aber alles, was er zur Antwort bekommt, klingt wie ein fernes höhnisches Kichern. Gereizt schraubt Uncle Sam die Wattzahl der Stimme Amerikas hoch, um neue Aufstände zu provozieren, organisiert eine Demonstration von 200 000 hungernden Arbeitern vor dem Nationalpalast des »Roten Obristen« von Guatemala, läßt durch Herb Brownell als Vergeltungsmaßnahme für die Repressalien des Vorsitzenden Mao gegenüber den römisch-katholischen Missionen 55 Chinesen festnehmen und nach Rot-China deportieren, hält in Litauen den Kessel am Brodeln, wo die Kreml-Bonzen ohnehin schon gezwungen waren, drastische Säuberungen in Partei und Regierung vorzunehmen, und läßt Generalissimo Francisco Franco vier neue Wasserkraftwerke einweihen, die erstaunlicherweise alle zu funktionieren scheinen. »Enge Freunde«, murmelt Sam, während er Franco auf die feisten Wangen küßt und ihm dabei runde 100 Millionen in die Uniformtaschen stopft, »sind einander vorherbestimmt . . . !« Die Radikale Partei Argentiniens fordert telegrafisch von Präsident Eisenhower, Rosenberg zu begnadigen, und prompt verhaftet Präsident Peron, dessen Hamsterbacken erwartungsvoll schwabbeln, sieben Führer der Radikalen. Von einem Ende der Welt zum anderen lauter küssenswerte Männer: General Sir George Erskine zum Beispiel trifft in Nairobi ein, um der »Mau-Mau-Mauschelei« überall das Geschäft zu verderben, und sie in den Augen all derer, die mit ihr in Berührung kommen könnten, »unattraktiv« zu machen. Es handle sich um eine Art Krankheit, und man müsse den Leuten klarmachen, daß sie leicht tödlich ausgehen könne. Um das exemplarisch zu veranschaulichen, soll die britische Royal Air Force den Aufenthalt in bestimmten Sperrgebieten »unbekömmlich« machen. In einem Probelauf greift, unterstützt von englischen Flugzeugen und Weißen Söldnern, eine Truppe von 1200 African-Kenya-Home-Guards die Mau-Mau-Verstecke in den Aberdare-Bergen an, und mindestens 30 Wilde werden allein durch Bombenteppiche und Bordwaffenbeschuß erledigt. Sir George lächelt: »Mit Disziplin und gesundem Menschenverstand werden wir unsere Pflicht erfüllen, mag sie auch noch so unangenehm sein!«

In New York jedoch ärgert der Eiserne Vorhang um die Freiheitsstatue den amerikanischen Superhelden nach wie vor. Er verlegt die Tarifverhandlungen unverzüglich nach Washington und murmelt was von Luftbrücke, falls die Schiffe bis zum großen Thing, anläßlich der Hinrichtung der Atomspione, nicht wieder flott sind. Und wann wird das sein? Den ganzen Tag lang schieben sich die Massen über den Times Square, aber keiner scheint daran zu glauben; die Hinrichtung ist zwar noch immer für heute Nacht um elf Uhr anberaumt, aber niemand prügelt sich um die Plätze in den vordersten Reihen. Uncle Sam trifft sich kurz auf dem Dach des Astor mit Cecil De Mille und Busby Berkeley zu einem kinematographischen Rundblick über die umgebaute Times Square-Arena, bekommt vereinzelte Wölkchen ins Objektiv, die über den Square treiben, sich aber nicht zu einer geschlossenen Gewitterfront auftürmen. Einige dieser Gewitterwolken erkennt er als feindliche, als drohenden Sturm von einer anderen Art. Er beauftragt also Allen Dulles und Edgar Hoover, die Personaldaten dieser sich ballenden Gnade-für-die-Rosenbergs-Demonstranten zu überprüfen, und schickt die Holy Six los, um die Kundgebung durch Gegenkundgebungen zu zerstreuen. Die Sechs – Rabbi William Rosenblum; Pater Joseph Moody; Daniel Pling, der Herausgeber des *Christian Herald*; der frühere Präsidentenberater Sam Rosenman; Clarence Manion, Mystiker und Dekan der Juristischen Fakultät von Notre Dame; sowie »Electric Charly« Wilson, Expräsident der General Electric – haben sich zu einer Art transzendentaler Bruderschaft zusammengeschlossen, mit dem Ziel, die Gnadenkampagne für Rosenbergs in Mißkredit zu bringen, Amerikas christlich-jüdisches Erbe unversehrt zu bewahren, und sich einen eigenen Anteil an der exorzistischen Aktion zu sichern. In bundesweiten Zeitungsanzeigen erklärten sie kürzlich:

> *In typisch kommunistischer Manier wird der Fall der verurteilten Atomspione Julius und Ethel Rosenberg dazu mißbraucht, das Vertrauen in unsere amerikanischen Institutionen zu zerstören. Rassische und religiöse Gruppen können als solche kein spezielles Interesse am Fall Rosenberg haben und sollten sich daher nicht auf Appelle zu ihren Gunsten einlassen. Wer an den organisierten Gnaden-Kampagnen teilnimmt, unterstützt wissentlich oder unwissentlich die kommunistische Propaganda!*

Diese Kampagne hat in der Tat eine Menge Leute wirksam abgeschreckt, aber immer noch setzen viele andere, die schwachen Glaubens sind, ihre Unterschriften unter die Gnadenappelle, und gehen auf die Straße, mit Hetzparolen über ihren Köpfen. Sie verstopfen die

Straßen von New York und der meisten anderen Großstädte. Gerade heute hat ein Begnadigungssonderzug Hunderte solcher Leute in die nächste Umgebung des Obersten Gerichtshofes transportiert – die meisten rotten sich vor den Stufen des Gerichtsgebäudes zusammen, einigen jedoch ist es gelungen, bis zur Galerie des Großen Sitzungssaales durchzuschlüpfen – wo nun der Vorsitzende Richter Fred Vinson mit einem Hammerschlag die Sondersitzung eröffnet. Die Regierung steht vor einer heiklen Aufgabe, ungeachtet der wohlbekannten Sympathien der meisten Richter – es geht nämlich darum, daß die Robenträger keinen Präzedenzfall für ein gegenseitiges Aufeinanderloshakken schaffen wollen. Uncle Sams Bevollmächtigter ist der amtierende Generalstaatsanwalt Robert L. Stern, tadellos gekleidet in gestreifter Hose und schwarzem Cut. Rosenbergs werden von vier lauten streitsüchtigen Außenseitern vertreten (falls man das so nennen kann) – John Finerty, Dan Marshall, Fyke Farmer und Emanuel Bloch –, deren Kleider aussehen, als hätten sie drin geschlafen, und die sich noch nicht mal untereinander zu kennen scheinen. Bob Stern führt aus, daß den Rosenbergs schon viel zu viele Einsprüche erlaubt worden sind, daß der neue Einwand nicht stichhaltig ist, daß weitere Verzögerungen das Rechtssystem zur Farce machen würden, und daß der Aufschub annulliert werden soll. »Die Angeklagten wurden eines äußerst verwerflichen Verbrechens für schuldig befunden«, erinnert er das Gericht (zwei der Richter fangen schon an einzunicken), »nichts Geringerem, als dem Diebstahl der bedeutendsten Waffe der Geschichte und ihrer Weitergabe an die Sowjetunion. Haben die Rosenbergs vor Gericht nicht eine hundertprozentige Chance gehabt, und mehr? Die Rechte und der Schutz der Allgemeinheit sind nicht weniger wert, als die der Rosenbergs. Wir sind nicht der Auffassung, daß diese Rechte noch länger mißachtet werden dürfen!«
Die Anwälte der Rosenbergs stürzen sich auf diese Argumente und versuchen, ihnen die schneidende Schärfe zu nehmen, ziehen die Anwendbarkeit verschiedener Gesetze in Zweifel, und stellen die Notwendigkeit für eine derart hastige und ungeduldige Entscheidung des strittigen Punktes in Frage. Der große schlaksige Dan Marshall packt sogar das Verteidigerpult mit beiden Händen und bringt die gelungene Nachahmung eines Landpredigers, obwohl ihm die Ausstrahlung eines wahren Gottesmannes fehlt, er ruckt vor und zurück und platzt heraus: »Ich bin sicher, daß nicht mal der kleinste Friedensrichter es sich leisten würde, den schäbigsten Zuhälter so kurzfristig vor Gericht zu laden!«
»Na, na«, mahnt der Gerichtsvorsitzende, »nur ruhig Blut!«

Aber erst der alte bärbeißige John Finerty, dessen Verbindungen zum Phantom bis auf Tom Mooney, auf Sacco und Vanzetti zurückgehen, bringt es fertig, die schlummernde Richterbank aufzuschrecken, er zeigt seine wahren Vereinsfarben, oder vielmehr Farbe: er verunglimpft die Sondersitzung als Verletzung der Würde des Gerichts und der Integrität von Richter Douglas, beschuldigt mit äußerster Schärfe Brownell und Vinson einer formaljuristischen Verschwörung, wirft dem Justizministerium vor, Hand in Hand mit Richter Kaufman sich wissentlich auf falsche Zeugenaussagen und faule Beweise zu stützen und krönt dann alles mit einem vehementen Ausfall gegen Irving Saypol, den ursprünglichen US-Hauptankläger im Fall Rosenberg und einen der meist bewunderten Männer Amerikas: »Einen gewissenloseren Staatsanwalt hat New York noch nie gesehen!« Richter Tom Clark, ehedem Justizminister und persönlicher Freund von Kaufman, Saypol und Browning, fühlt sich durch diesen Frontalangriff beleidigt und beugt sich vor, um Einhalt zu gebieten. Selbst Hugo Black zieht bei Finertys Tirade Grimassen, das kann aber auch an Blähungen liegen. »Wenn Sie den Aufschub rückgängig machen«, bellt Finerty, und seine irischen Wangen glühen, »dann gnade Gott den Vereinigten Staaten und diesem Ehrwürdigen Gericht!« Im Verhandlungssaal japst man nach Luft, als das alte Scheusal den Namen des Herrn mißbraucht, und viele beteuern, daß sie ihn sagen hörten: »diesem ehrenrührigen Gericht«.
Die Auseinandersetzung hat sich so zugespitzt, daß Fred Vinson eine Unterbrechung anordnet; die Neun Weisen ziehen sich in ihr privates Konferenzzimmer zurück, wo eine äußerst gereizte Stimmung herrscht. Black und Douglas sind außer sich vor Wut und Vinson weiß nicht, ob er auch nur einen der anderen drei New-Dealer auf seiner Seite hat. Natürlich hilft es ihm, daß sich alle über Douglas geärgert haben, weil er ihnen den Urlaub vermasselt, und mit dieser Sondersitzung einen besorgniserregenden Präzedenzfall geschaffen hat. Andererseits könnte die neue Androhung eines Anfechtungsverfahrens gegen Douglas eine Solidaritätsbekundung provozieren – auch in dieser Richtung will keiner einen Präzedenzfall. Vinson hört ihnen zu, die wie Schulmädchen schnattern, und findet, daß er diesen blöden Job jetzt langsam satt hat. Wenn er nicht bald aufhört, bringts ihn um. Er schickt alle nach Hause, um das Ganze zu überschlafen, und morgen um 12 Uhr Mittags werden sie verkünden, ob der Aufschub annulliert wird oder nicht. In Ordnung, 12 Uhr Mittags, zum Henker, warum auch nicht. Er schickt Burton nach draußen, um Bescheid zu sagen, da dieser

den größten Teil der Verhandlung verschlafen hat und daher viel weniger aufgebracht ist als die meisten.
Das Publikum – das sich nicht nur im Sitzungssaal drängelt, sondern auch in allen Korridoren des Gebäudes, in den Eingängen, in den Treppenhäusern, auf Fensterbänken, die Eingangsstufen runter, auf der Straße und in den Anlagen des Methodist Building und der Library of Congress – nimmt die Nachricht mit gemischten Gefühlen auf. Augenscheinlich waren Rosenbergs Anwälte nicht beredt genug, um das Gericht zu überzeugen, sonst hätten sie etwas verlauten lassen; die Vertagung reicht gerade eben hin, den alten Knaben genügend Zeit zu gönnen, an ihre Entscheidung ein paar elegante Schnörkel anzuhängen, die man später dann in *Bartlett's Quotations* wiederfinden kann. Außerdem, seien wir doch ehrlich, erhöht diese Verzögerung die Spannung, und wenn alles gut ausgeht, ist das ja nur zu begrüßen, es weckt die Lebensgeister. Schön, aber ärgerlich ist es doch, es hätte wirklich einfacher sein sollen. Egal, was morgen passiert, die kommende Nacht hat Uncle Sam schlichtweg an das Phantom verloren! Obwohl der Tag warm ist und die sinkende Sonne noch am Himmel steht, geht ein kaum merkliches Schaudern durch die Menge, als sie vom Gerichtsgebäude abzieht, nicht geschlossen zum Times Square, wie man gehofft und geplant hatte, sondern jeder für sich zu seiner eigenen, privaten Exekution, langsam, aber unausweichlich; unbeachtet. Allein im Dunkeln, heute Nacht zumindest, mit dem Phantom, das frei in der Welt herumläuft. Furchteinflößend . . . Unterdessen taumelt Uncle Sam angeschlagen und verdreckt in den leeren Verhandlungssaal. Die Vorhänge sind aufgezogen, Staub schwebt im Licht der Nachmittagssonne.
Der müde Superheld sinkt schwerfällig in eine Bankreihe am Ende des Saales und legt die Füße hoch. »Nun gut«, stöhnt er, und seine Stimme hallt wie ein hohltönender Wind durch die leeren Marmorhallen, »ohne Schweiß, kein Preis. Wie man so sagt.« Die Sohlen seiner Stiefel sind durchlöchert, seine Wangen eingefallen. »Ein kluger Mann«, murmelt er, stippt seinen Zylinder über die Nase und lehnt den Kopf nach hinten, »hetzt die Geschichte nicht . . .« Seine Augen schließen sich. Er gähnt, gluckst in sich hinein unterm Zylinder. »Alles Menschliche«, seufzt er, »ist zum Erbarmen . . .«
Ein stämmiger, breitschultriger Mann mit hochgeschnürten Wanderstiefeln taucht aus den hinteren Räumen auf, zieht eine Windjacke über seinen alten Sweater. »Wohin Bill!« fragt Uncle Sam kühl unter seinem Hut hervor.
»Spazieren, den Leinpfad am Kanal lang. Kommst du mit?«

»Nee. Zu schlapp. Hab mich fast zu Tode gerackert, du perverser Tünnes. Die Blasen an meinen Hacken sind so dick, daß es weh tut, wenn ich bloß die Arme beuge. Ich fühle mich von Panzern platt gewalzt, hab' nichts gegessen und mein Magen denkt, mir wär die Kehle abgesäbelt!«

»Na, dann komm schon mit. Vielleicht schaffen wir es bis zu der Bude, wo es die guten Würstchen gibt, bevor sie zumacht «

»Dein beschissener Leinpfad – ich bin schon halb entschlossen, den zu betonieren und ne sechsspurige Autobahn drüber zu legen, verdammt noch mal! Ich würd's heut Nacht noch anpacken, wenn ich nicht so arschkaputt wär. Warum haste mir das antun müssen, Bill?«

»Nun, das Gesetz . . .«

»Zum Teufel damit. Die ganze Zeit haste doch mit uns gestimmt, bei dem Prozeß. Der kriegt die Kurve doch noch, hab ich gedacht, warum mußtest du denn noch son Wind machen? Na? Warum haste uns das eingebrockt? Hat Hugo dich mal wieder bearbeitet?«

»Nein . . .«

»Dieses elende tattrige Brechmittel, der kommt nicht drüber weg, über die alten Zeiten, wo er son Radau wegen dem Ku-Klux-Klan veranstaltet hat, damals, als die fleißig ihre Nigger hängten, das ist doch ein unheilbarer Überkompensierer. Laß dich nicht von dem zum Narren machen, Bill!«

»Herrgott, der hat nichts damit zu tun«, sagt Douglas entschieden.

»Dieser überdrehte Hurenbock versucht doch tatsächlich die Hinrichtung zu boykottieren, verdrückt sich einfach ins Spital«, brummte Uncle Sam unter seinem Hut. Er tastet die Jackentaschen nach seiner Maiskolbenpfeife ab. »Wenn er nicht aufpaßt, kanns ihm passieren, daß er nicht mehr raus kommt!«

»Ich sagte dir doch, Sam, es ist eine Sache des Gesetzes . . .«

»Gesetz? Mein Arsch. Damit kommste nich mehr durch, klar?« Douglas seufzt, zuckt mit den Achseln, blickt zu der Uhr, die wie eine altertümliche Zwiebel über der Richterbank pendelt. »Genau wie Mr. Dooley sagt, ›Egal, ob die Verfassung der Fahne folgt oder nicht, der Oberste Gerichtshof folgt der Wahlurne‹. Heut abend hast du uns schon die Schau versaut, aber morgen lassen dich deine Kumpels Scheiße schaufeln!«

»Kann sein . . .«

»Von wegen, kann sein. Wenn die gut Freund mit dir wären, im Prinzip, hätten sies heut gezeigt. Nein, es ist Zahltag. Mach gute Miene zum bösen Spiel, oder sie werden dich morgen niedertrampeln, Billy.«

»Wenn sie das tun, sind sie im Unrecht. Die nackte Wahrheit ist, das Todesurteil darf nicht –«
»Komm mir nicht mit nackigen Wahrheiten, Freundchen . . .« Er hat die Pfeife gefunden, linst schielend unter seinem Zylinder hervor in den Pfeifenkopf.
»– darf nicht für das, was die Rosenbergs taten, verhängt werden, es sei denn, eine Jury empfiehlt das ausdrücklich.«
»Pah!« schnaubt Uncle Sam, nuckelt an seiner leeren Pfeife.
»Wer sagt das?«
»Dieses Gesetz ist so elementar, daß man sich nicht auf Präzedenzfälle berufen muß, Sam. Wenn zwei Paragraphen anwendbar sind, die ein unterschiedliches Strafmaß vorsehen – einmal die Todesstrafe und zum anderen Zuchthaus –, hat das Gericht keine Wahl, es muß die mildere Strafe verhängen.«
»Mein Gericht ist das nicht, von dem du da redest. Verdammt noch mal, Billy, du bist so störrisch,wie dus immer warst!«
»Tief in meinem Herzen weiß ich, daß ich im Sinne des Rechts handele.«
»Tief in deinem Herzen, häh?« Uncle Sam setzt seine Füße runter, richtet sich langsam auf, schiebt den Hut von der Nase, blickt scheel auf Richter Douglas. »Scheiß auf das Recht und dein blutendes Herz! Paß auf, mein Freund, Moral ist ein privater und kostspieliger Luxus. Wie schon dein Komplize Felix sagt: ›Ein Gericht soll sich heutzutage nicht ins politische Dickicht begeben!‹«
»Meister Lampe hätte darauf ne gute Antwort, Sam«, erwidert Douglas mit schiefem Lächeln.
Uncle Sam findet etwas Tabak und stopft die Pfeife.
»Vergiß Meister Lampe und hör die Propheten, mein Junge: ›Es ist nicht gut, mit dem Unausweichlichen zu hadern, die einzig sinnvolle Antwort auf den Ostwind ist ein Mantel.‹« Er kratzt sich hinter den Ohren und holt ein Streichholz hervor. »Ich sags dir mal ganz offen, Mister«, sagt er und hält das Streichholz wie einen Zeigestock hoch, »die zwei Verräter sind auf dem besten Wege . . .« Er reibt das Streichholz an Douglas' Hosenbein, aber es zündet nicht. Er starrt hin, verblüfft. »Was zum Teufel . . .« Er reibt es an seiner eigenen Hose: »Sind auf dem besten Wege . . .« Diesmal bricht der Kopf ab. »Mist. Muß im Hafen von Wonsan feucht geworden . . . ah . . . heh . . . Billy, haste Feuer?«
Douglas wirft ihm ein Paket Sicherheitszündhölzer hin, von dem Smokey Bear den amerikanischen Superhelden warnend anblickt.

»Wenn wir schon von Verrätern sprechen, da gibt es noch eine ganz andere Sache, die mich beunruhigt hat: dies Verschwörergesetz. Ich meine, wenn man das anwendet, um jemand härter zu bestrafen, als man es allein auf Grund seines Verbrechens könnte, oder wenn man damit – «

»Härter bestrafen? Zur Hölle, Mann, das hier ist Verrat!«

»Ja, ich weiß, jeder, vom Richter und Ankläger bis zum FBI und all diesen doofen verknöcherten Inkarnationen von dir, jeder plappert das nach, aber die Verfassung sagt: ›Niemand soll verurteilt werden, es sei denn, auf Grund der Aussage von zwei Zeugen des objektiven Tatherganges, oder auf Grund eines Geständnisses vor Gericht.‹ Kein einziger Tatbestand im ganzen Fall, in den Rosenbergs verwickelt sind, ist durch einen zweiten Zeugen erhärtet worden, Sam, und sie haben *kein* Geständnis abgelegt!«

»Was solls? Jeder weiß das. Deswegen brauchten wir doch das Verschwörergesetz, wir hatten ja gerade *keine* zwei Zeugen für diesen Scheiß, das lag in der Natur der Sache!«

»Ich versteh dich schon, aber wenn du sie auf Grund eines mehr oder weniger dehnbaren Gummiparagraphen *verurteilst*, dann seh ich nicht ein, wie du mittels eines viel härteren, und enger gefaßten Paragraphen ihr Strafmaß festsetzen kannst. Du würdest gut daran tun, darüber nachzudenken, Sam.«

»Mit einem Wort, Alter«, sagt Uncle Sam, zieht an seiner Pfeife und pafft, »un-möglich!« Er richtet drohend seine Pfeife auf Richter Douglas. »›Wenn man die Herzen der Unwissenden mit Zweifeln füllt‹, spricht der Prophet, ›dann wissen sie überhaupt nicht, was sie glauben sollen!‹ Darüber sollten wir uns einigen können, du Schlauberger.«

»Also, ich habe *keine* Zweifel«, schnauzt Douglas, dreht sich um und will den Raum verlassen. »Ich kenne die Antwort, meine Pflicht ist eindeutig. Ich werde dir nicht in den Arsch kriechen, Sam, und wenn du mal ne Nadel in deinen aufgeblasenen Hohlkopf stecken würdest, und fünf Minuten auf deine Protzerei verzichten könntest, dann müßtest du . . .«

»Was? Was!!« röhrt Uncle Sam aufbrausend. »Nu, paß mal auf! Das is *mein* Zirkus, du Schwachkopf! Und ich bins verdammt leid, mir dauernd von dir vornöhlen zu lassen, was für das Land das Rechte ist!«

»Also wenn wir schon mal dabei sind«, antwortet der Richter unbeeindruckt, seine große Hand ruht leicht auf seinem Flachmann, wie auf dem Halfter eines Colts, »meinst du nicht, daß es höchste Zeit ist, von diesem Fimmel mit den Söhnen des Lichts und der Finsternis runter zu kommen? Ich hab genug davon . . .«

»Du hast *natürlich* genug davon«, wettert der aufgebrachte Häuptling. »Du hast mehr Ärger als du denkst, mein Junge! Dies Land will deinen Skalp! Du bist doch so 'n gescheiter Ratgeber, jetzt geb ich *dir* auch mal einen: *Gib's auf!* Tust du's nicht, dann wird dich der Kongreß mir nichts dir nichts rausschmeißen, daß man nur noch 'n Kondensstreifen von dir sieht! Haste mich? Du kannst froh sein, wenn du bei diesem Handel nicht gelyncht wirst! Du – was zum Teufel gibt's da zu lachen?!«

»Gott, Sam, du hast genauso viel Respekt vor diesen einfältigen Südstaaten-Schwafelköppen wie ich, die werden gar nichts machen, und das weißt du. Wenn du Hayden oder Aiken oder Saltonstall auf mich losläßt, fang ich an, mir Gedanken zu machen, aber jetzt mach ich erst mal meinen Spaziergang. Kommst du mit . . .?«

»NEIN!« Uncle Sam platzt. Sein Gesicht erglüht, sein weißer Bocksbart sträubt sich, seine blauen Augen lodern. »Ich . . . ich versprech dir, Mister, dich *kriegen* wir! So oder so, *es wird dir noch leid tun!*«

Richter Douglas starrt einen Moment auf den rasenden Superhelden. »Tja«, seufzt er und schüttelt den Kopf, »das wird es wohl.« Er verläßt den Saal, kollidiert beinahe mit dem Hausmeister, der zum Aufräumen reinkommt.

»Mit wem reden se denn, Chef?« fragt der und glotzt glubschäugig in den leeren Gerichtssaal, »reden se etwa mit sich selbst?«

»Ja«, sagt Douglas, ohne sich umzudrehen, »sieht fast so aus . . .«

5. *Golf mit Uncle Sam*

Ich saß auf dem Fußboden meines Büros, um mich herum jeder Fetzen Papier, den ich zum Fall Rosenberg hatte auftreiben können, fühlte mich verschwitzt und müde, niedergeschlagen, verloren in einem Meer von Details, von einer eindeutigen Einstellung zur Sache weiter entfernt denn je zuvor, als die Glocke zweimal bei mir anschlug: Aufruf zur Abstimmung. Es war spät, verdammt spät, ich hatte angenommen, Lyndon Johnson hätte längst aufgesteckt. Ich wünschte mir sehnlichst, daß ich diese Atomspionageaffäre endlich los wäre und nach Hause könnte – nur, wenn ich die verdammte Geschichte jetzt liegen ließ, mußte ich noch mal von vorne damit anfangen, und wohin würde das führen? Warum zum Teufel hatte mich Uncle Sam auf diesen Fall angesetzt? Nur um mich von der Ungeheuerlichkeit dieses Verbrechens zu überzeugen? Aber ich war doch schon überzeugt. So viele Amerikaner waren auf Grund des Rosenbergschen Verrats schon gestorben, wie viele würden es noch sein? Hätten die Roten sich getraut, in Süd-Korea einzufallen, die Tschechoslowakei zu okkupieren, den Vietminh und den Malayischen Guerillas Unterstützung zu gewähren und die freiheitsdurstigen Arbeiter Ost-Deutschlands zu unterjochen, wenn Rosenbergs ihnen nicht die Bombe verschafft hätten? Wir wären nach dem Zweiten Weltkrieg in eine wahre Ära des Friedens eingetreten, unsere Verfügungsgewalt über die ultimative Waffe und die traditionelle Bereitschaft Amerikas zur Selbstbeschränkung hätten das gewährleistet, und vielleicht hätten wir sogar unserem Freund Tschiang geholfen, aufs chinesische Festland zurückzukehren, wo er hingehört, hätten obendrein die innerrussischen Verhältnisse ein bißchen gelockert, aber Rosenbergs hatten all das vereitelt. Als die Russen 1949 ihre A-Bombe zündeten, gehörte ich zu den ersten, die Trumans Versagen beim Kampf gegen die Roten Spione in den Vereinigten Staaten anprangerten. Und als man dann 1950 in England Fuchs festnahm, verlangte ich vom Kongreß eine rücksichtslose Aufdeckung der Atomspionage, um zu klären, wer in unserem Land mit Fuchs zusammengearbeitet haben könnte. Ich war sofort am Ball, überraschte die meisten Abgeordneten im Schlaf und kriegte die größten Schlagzeilen. Und zwar verdient. Oh nein, Dick Nixon wußte genau, wie der Hase lief, und hatte keine Hemmungen, es offen auszusprechen. Damit hatte ich damals diesen affigen Filmstar mit

Senatsambitionen geschlagen. Und obwohl ich mit dem Fall Rosenberg selbst eigentlich kaum was zu tun hatte, sah ich ihn doch immer irgendwie – zumindest indirekt – als mein Werk an.
Dies um so mehr, als es schließlich meine erfolgreiche Jagd auf Alger Hiss war, die der Nation Mut und Auftrieb gab, den Kommunismus zum vordringlichen Problem machte, Ansehen und Prestige des HUAC* wiederherstellte, den Kurs Amerikas und der Freien Welt grundlegend veränderte, und letztlich diese Hinrichtungen ermöglichte. Whittaker Chambers schrieb in seinem neuen Bestseller *Witness*: »Legt man einen Maßstab an, der lebensnah genug ist, um von jedem nachempfunden werden zu können, und groß genug, um symbolische Bedeutungen zuzulassen, dann sind hier die beiden unvereinbaren Glaubensbekenntnisse unserer Zeit – Kommunismus und Freiheit – in der Verkörperung zweier scharfsinniger und resoluter Männer aufeinander gestoßen . . . Fast von Anfang an war beiden bewußt, daß das Große Ringen nur mit der Vernichtung eines oder beider Beteiligten enden konnte, genauso wie unser gegenwärtiges Zeitalter . . . nur mit der Vernichtung einer oder beider der miteinander ringenden Mächte enden kann!« Und war *ich* nicht der Katalysator, der Whittaker und der Freien Welt zum Sieg verholfen hatte? »McCarthy-Ära«, scheiß drauf! Das ist *meine* Ära!
Ich werde nie den Tag vergessen, als Hiss schwer angeschlagen zum alten Sofa in Zimmer 1400 des New Yorker Commodore Hotels trat und Chambers Backenzähne gründlich musterte: »Würden Sie wohl den Mund etwas weiter öffnen? Ich sagte, öffnen Sie bitte Ihren Mund!« Mitleiderregend! Wenn diese beiden wirklich, wie Whittaker behauptet hat, die momentanen Inkarnationen der miteinander ringenden Mächte des Universums waren, lag etwas abgrundtief Ironisches darin, wie die Macht des Bösen und der Finsternis widerwillig, den Tränen nahe, in den Zahnruinen der Macht des Guten und des Lichts herumstocherte. Er hatte wohl gehofft, daß Whittaker ihn beißen würde, so daß er vor Schmerz hätte weinen können, statt vor Demütigung. Ich hatte die unsichtbaren Bande zwischen den beiden längst erraten, und Algers besessenes Studium der intimen Einzelheiten von Whittakers Mund, voll Fäulnis und Verfall, wurde mir langsam peinlich. Schließlich mußte ich ihn einfach fragen: »Entschuldigen Sie, Mr. Hiss, aber glauben Sie, daß Sie, äh, erst von seinem Zahnarzt hören müssen, was er mit den Zähnen angestellt hat, bevor Sie uns irgend

* HUAC = Hausausschuß für unamerikanische Umtriebe

etwas über den Mann erzählen können?« Das war das Aus für Hiss. Von da ab machte er einen Fehler nach dem anderen. Einen gelungeneren Spaß habe ich in der Politik, außer bei Wahlen, wohl nie erlebt, und als es vorbei war, fühlte ich mich wie ein Auserwählter. Wie Whittaker sagt: »Ich kann nicht sagen, warum Gottes Gnade auf jemand fällt, der ihrer unwürdig erscheint; aber anders kann ich mir nicht erklären, daß jemand wie ich jenen Mächten trotzen konnte, die darauf aus waren, ihn zu vernichten und seine Glaubwürdigkeit zu zerstören.« Was auf mich noch mehr zutrifft, da ich, anders als Chambers, mein Leben lang werde kämpfen müssen. Nicht, daß ich einer der Unwürdigen wäre, nur sind die Mächte, die sich gegen den Guten richten, schrecklich und unermüdlich – wenige nur lassen sich davon nicht unterkriegen. Niederlage und Enttäuschung lauern auf Schritt und Tritt. Wäre der gute Hiss zum Beispiel kein Lügner gewesen – und ein so eifriger noch dazu –, hätte man mich vielleicht aus dem Rennen geworfen, bevor ich auch nur gestartet war. Gott sei Dank zumindest dafür: er gab mir die Kraft, durchzuhalten. Es wurde eine Sternstunde in der Geschichte der Menschheit, die mich ein für alle Mal zum größten Frühwarn-Wächter stempelte.

Kurz, mein Gewissen war rein – warum also hatte Uncle Sam den Fall Rosenberg aufs Tapet gebracht und erst so kurz vor dem Abpfiff? Gewiß, er hatte es nur en passent getan, während er am siebten Abschlag seine Bälle reinigte, aber ich hatte schon längst begriffen, daß bei Uncle Sam nichts der pure Zufall ist, und daß man bei ihm ständig Augen und Ohren aufsperren muß: Der Fall selbst schien unter Dach und Fach: eine routinemäßige FBI-Untersuchung, Geständnisse von Fuchs, Gold und Greenglass, die direkt zu Julius und Ethel Rosenberg führten. Diese leugneten alles, aber das tat Hiss schließlich auch – und in der Tat, ihre Reaktionen glichen sich, mal hochfahrend und anmaßend, mal verletzt und beleidigt; allesamt schlechte Schauspieler. Und die Zeugen, die sie gegen sich hatten, waren bei weitem eindrucksvoller als ein greulicher Fettwanst wie Whittaker Chambers. David Greenglass hatte auch was von einem Fettwanst, zugegeben, und greulich war er auch, aber er war einiges mehr als das: er war vor allem Ethels eigener Bruder. Seine Story von der Anwerbung durch Julius und Ethel, von der Anfertigung der Bombenskizzen und Personallisten und ihrer Weitergabe an Harry Gold, wie er dann mit Rosenbergs darüber gesprochen hatte – eingeflochten einige Details aus dem Familienleben –, und wie Julius schließlich versuchte, ihm zur Flucht zu verhelfen, es klang alles sehr glaubhaft. Die einzige Frage, die wirklich offenblieb,

war: wer sonst, außer Rosenbergs, Greenglasses, Gold und dem Russen Jakowlew, gehörte noch zu dem Spionagering? Um Rosenbergs zum Sprechen zu bringen, ließ Uncle Sam alle nur denkbaren Druckmittel anwenden, weshalb Richter Kaufman ja auch die Todesstrafe verhängte und zugleich durchblicken ließ, daß ein Geständnis ihn milder stimmen könnte. Niemand mußte Kaufman das sagen, er wußte selbst, was er zu tun hatte, auch wenn er Saypol noch eigens nach Washington sandte, um sich zu vergewissern. Während der letzten zwei Jahre war eine Menge Beweismaterial vorgebracht worden, das einzelne Punkte der Rosenberg-Aussagen erhärten, und David Greenglass' Glaubwürdigkeit als Zeuge erschüttern sollte; und nachdem ich nun den Fall studiert hatte, erkannte ich auf seiten der Anklage eine Menge Kulissenschieberei und Aussagemanipulation, was die Authentizität und Beweiskraft des Verfahrens beeinträchtigte, meine felsenfeste Überzeugung, daß Rosenbergs abgrundtief schuldig waren, aber nicht zu erschüttern vermochte. Warum also . . .?
Die Abstimmungsglocke bimmelte. Ich stand auf, schnappte mir meine Jacke, lief aus dem Büro, sprang in den nächsten Wagen der U-Bahn zum Capitol und traf dort, atemlos, mitten in der Abstimmung, ein. »Jesses, Dick, wo in aller Welt haben Sie gesteckt?« jammerte Knowland, die Zähne fest zusammengebissen. Ich eilte nach vorne, löste Purtell ab und zählte die Stimmen aus: es gab wieder ein Patt, diesmal 41 zu 41. Wieder mal spielte ich Zünglein an der Waage, aber dann betrat Dennis Chavez, Demokrat aus Neu Mexiko, das Plenum: »Herr Präsident, aus, äh, unvermeidlichen Umständen . . .« Das war's. Der ganze Aufwand umsonst, dachte ich. Ich fühlte mich noch vom Herhetzen ausgelaugt, verschwitzt – mir fiel ein, daß ich den Lunch völlig vergessen hatte; das Abendessen durfte ich nicht auch noch auslassen, man kann sich am Ende selber krank machen. Wills Robertson, demokratische Promenadenmixtur aus Virginia, verkündete lustlos, fast bedauernd, daß er drei Minuten über die zweifelhaften Vorzüge der Vorlage zu sprechen gedenke und anschließend eine Abstimmung über den Ausschußbericht selbst beantragen wolle, und daß dann einfach zugestimmt, äh, abgestimmt werde . . . es sei denn, der ehrenwerte Senator von Kalifornien wünsche, die Abstimmung auf Montag, drei Uhr nachmittags, zu verschieben, wie es die Demokraten ursprünglich vorgeschlagen hätten.
Ich sah auf Knowlands breitem, gerötetem Gesicht, wie bei ihm der Zusammenbruch einsetzte. Wie ein altes Fort, das in Schutt und Asche sinkt. Ich konnte ihm nicht mehr helfen. Er erhob sich langsam,

schwerfällig wie ein müdes altes Walroß, und machte einen letzten Ausfall: nun gut, verdammt, nicht vor Montag also – aber um zwei Uhr nachmittags, nicht erst um drei. Knowland dachte wohl, die Demokraten würden ihm wenigstens diesen Punkt lassen, um ihm sein Debüt als Fraktionsführer nicht ganz zu vermasseln; aber wenn, dann hätte er's besser wissen sollen. Chavez schlug sogar vor, die Abstimmung auf Dienstag zu verschieben. Knowland, die drohende Niederlage vor Augen, willigte ein, die Abstimmung nicht vor Montag drei Uhr abzuhalten. Johnson grinste wie eine Beutelratte, nickte, und der ganze Spuk war vorbei. Montag! – der Tag schien Lichtjahre fern! Ich war scharf drauf, endlich ins Büro zurückzukommen, um ein paar Gedanken auf Karteikarten festzuhalten, bevor ich sie wieder vergaß – nicht gerade über die Rosenbergs und über ihren elendigen vierzehnten Hochzeitstag: ich wußte, daß ich einen guten Einfall zur Taktik der 54er Wahlkampagne gehabt hatte, aber der war mir schon entfallen, und außerdem war da noch was mit Gerechtigkeit und meiner Generation. Und dann plötzlich, während ich den Elfenbeinhammer runterknallen ließ, ging es mir auf: Elfenbein ist traditionellerweise ein Geschenk zum vierzehnten Hochzeitstag! Ich bin ganz einfach zu alert, sehe die Dinge zu klar. Alte Säufer wie Bill könnte ich glatt beneiden.
Ich nahm den Fahrstuhl zur U-Bahn, quetschte mich zwischen das Personal auf dem Weg zum Büro oder nach Hause; unten angekommen entschied ich mich gegen die U-Bahn, sie war überfüllt und ich würde womöglich mit dem Rücken zur Fahrtrichtung sitzen müssen, was ich schon immer verabscheut habe. Außerdem drängelten sich in dem verdammten Ding an die zwanzig Leute, und ich haßte es, irgend jemandem nahe zu kommen, vor allem wenn ich so schwitzte wie jetzt; also nahm ich den Fußweg neben dem Gleis und blickte von Zeit zu Zeit über die Schulter zurück, wohl wissend, daß man John Bricker hier vor fünf oder sechs Jahren fast meuchlings ermordet hätte. Es war zugig im Tunnel, wie immer, aber heute schien es noch zugiger als sonst, bedrohlich, fast so schlimm wie an jenem Sonntag, draußen im Burning Tree Golfklub. Der Golfklub »Brennender Baum« firmierte im Capitol gelegentlich auch unter »Schwelender Stumpf«, im Augenblick aber lag mir »Brennender Busch« um einiges näher, denn hier draußen hatte Uncle Sam während der letzten Monate am häufigsten seine Maske fallen lassen und mit mir offen über Staatskunst und Inkarnations-Theorie gesprochen, über die Regeln für den Gottesstaat, die Bedeutung des Heiligen in der Gesellschaft von Heute, den Ursprung der magischen Macht des Phantoms, den Nutzen von Rhetorik und Ritual,

die Heilslehre der freien Wirtschaft, über Football, Erweckungsbewegungen, Fünf-Karten-Stud-Poker, Spielfilme, Krieg und Verkaufsgespräche. Und es war hier, am letzten Sonntag, in der relativen Abgeschiedenheit des siebten Abschlags, wo er aus seiner Trottelverkleidung schlüpfte, das Loch in einem Schlag machte und mich auf dem Weg zum Säubern seiner Bälle fragte, was ich über den Fall Rosenberg dächte.

Unter der Wirkung des Schocks nach Uncle Sams Verwandlung ist es schon schwer genug, eine Frage zu hören, geschweige denn, sie zu verstehen oder zu beantworten. Man ist wie von einem inneren Donner gerührt, es ist weniger ein Verlust des Wahrnehmungsvermögens, als vielmehr einer der Wahrnehmungskoordination, eine Lockerung aller Glieder, gleichsam parallel zur Auflösung aller Merkmale von Uncle Sams gegenwärtiger Inkarnation. Ich sagte, er ging rüber, um seine Bälle zu reinigen und fragte mich dabei nach Rosenbergs, doch hat er das womöglich schon viel früher getan, zum Beispiel, als er gelassen die Flugbahn des Balls in Richtung Flaggenstock des sechsten Grüns verfolgte, oder gar während des Rückschwungs irgendwo in jener zeitlosen Spanne zwischen dem ersten Knacken und Knistern der Metamorphose, während Ikes blaue Augen mir einen Blick voll Furcht und Zittern zusandten und der Moment in ihm heranreifte, und meiner schleppenden Erholung von dem furchteinflößenden Blendwerk dieser wunderbaren Verwandlung. Ich kam erst wieder zu mir, als ich sah, wie seine großen, bleichen, sommersprossigen Hände die kleinen weißen Bälle feucht schimmernd aus dem Seifenwasser holten und in die dunklen Falten des Handtuchs klicken ließen. In diesem Augenblick kam mir zu Bewußtsein, daß Uncle Sam, frisch entsprungen dem griesgrämigen, alten General, einen eisernen Fünfer gezückt, den Ball 360 Meter mitten ins Grün geknallt hatte, dabei den Abschlag leerfegte wie der Priester seinen Altar, und mich irgendwann zwischendrin nach meiner Meinung über die Atomspione fragte.

Ich begriff, daß er mir auf den Zahn fühlte, mich prüfte, aber ich wußte nicht so recht, was ich antworten sollte. Hatte es etwas mit Korea zu tun? Stalin? Meiner Checkers-Rede? Dem amerikanischen Rechtssystem? Alger Hiss? Ich durchstöberte mein Gedächtnis nach einem Anhaltspunkt zur Entschlüsselung seiner Gedankengänge. Er hatte sich gegen eine Bank gelehnt, ließ die schimmernden Bälle in der Luft tanzen, jonglierte mit zwei, drei, sieben . . . dreizehn zur gleichen Zeit. Seine weißen Manschetten leuchteten im Sonnenlicht wie Signalflaggen. Natürlich war ich darauf vorbereitet, geprüft zu werden, hatte es erwartet und begrüßte es, wußte, daß es ein Bestandteil des geweihten Lebens war, etwas, was Uncle Sam tun mußte, um seine Macht zu wahren. Und ich traute ihm. Er hatte mich nie mit Glacéhandschuhen angefaßt, war aber auch nie unfreundlich zu mir gewesen, mir schien, daß er mich mochte, und ich war eifrig darauf bedacht, sein Wohlgefallen zu erregen. Vielleicht braucht er nur Bestätigung, dachte ich.

Über die Entwicklung des Falls war ich froh, versteht sich, aber das wußte er schon. Nachdem ich mich 1949 so exponiert hatte, mußte ich mich erleichtert und geschmeichelt fühlen, als J. Edgar Hoover tatsächlich einen Spionagering aufspürte und sprengte. Aber davon einmal abgesehen wußte ich über den Fall Rosenberg nicht allzu viel. Als die Sache 1951 aufkam, hatte ich bereits einen flüchtigen Schimmer von Uncle Sams blauen Rockschößen erhascht und war vollauf beschäftigt, ihnen nachzujagen, kannte daher kaum die Pfade, auf denen Hoover und Saypol wandelten. Gewiß, ich wußte genau, was das Große Problem war, meine ganze politische Karriere basierte darauf. Und ich wußte natürlich, daß Rosenbergs ihren Teil dazu beigetragen hatten, einen beträchtlichen Teil. Im *Reader's Digest* hatte Edgar es als »Verbrechen des Jahrhunderts« bezeichnet, und ich stimmte dem zu, auch wenn ich mir wünschte, daß er dem Meineid von Hiss genauso viel Gewicht beigemessen hätte. Und auch wenn ich der Beweisführung im einzelnen nicht zu folgen vermochte – gesichert erschien mir letztlich nur, daß Fuchs das FBI auf die Spur seines amerikanischen Kuriers Harry Gold gebracht hatte, über den man auf Ethel Rosenbergs Bruder David Greenglass stieß, der alsdann das Beweismaterial der Anklage gegen Rosenbergs beibrachte (Morton Sobell paßte da irgendwie rein, vielleicht war er es, der das Puddingpulver Päckchen aufriß) –, so bewunderte ich doch Irving Saypols dynamische, kompromißlos harte Anklagevertretung, beglückwünschte Richter Kaufman zu seinem Weitblick und Mut, und war ehrlich erleichtert, als der Oberste Gerichtshof – noch immer in gefährlichem Umfang New-Deal-verseucht – die Revision des Falls ablehnte. Andererseits, lassen Sie mich das auch zugeben – und ich scheue es nicht, hier widersprüchlich zu erscheinen – tat es mir ein wenig leid, daß zwei Menschen, Vater und Mutter von zwei kleinen Jungen, sterben sollten. Es macht mich immer traurig, wenn Leute sterben müssen, darin gleiche ich meiner Mutter. Vor allem Frauen und Kinder. Mit wieviel Elend dieser Welt aber soll ein einzelner fertig werden, ganz gleich, wie mitfühlend er sein mag? Ich hatte eigene Probleme und wußte, daß Uncle Sam tun würde, was

richtig und notwendig war; besteh auf deinen Rechten, bleib standhaft im Glauben, erfülle deine Pflichten, achte auf die gute Form und stell' keine dummen Fragen: das schien die beste Taktik zu sein.
Aber vielleicht stimmte das nicht. Vielleicht hatte ich nicht genug getan. Ich suchte einen Ball für den Abschlag raus, fummelte dabei nervös herum, machte mir Gedanken. Alles war ungewöhnlich grün, der Himmel tiefblau, die Bälle blendend weiß: meine Sinne waren noch immer geschärft – Nachwirkung der Transmutation. Uncle Sam balancierte inzwischen einen Putter auf seiner dünnen, scharfkantigen Nase, während er mit den Golfbällen jonglierte. Der leere Abschlag wartete auf mich, den Novizen, der zeigen soll, was er kann. Meine Reputation gründete sich vor allem auf die Gründlichkeit, mit der ich im Fall Hiss vorgegangen war, und vielleicht war ich hier zu lasch rangegangen, hatte was von meinem legendären Eifer verloren und damit auch an Ansehen, vielleicht wollte Uncle Sam darauf hinaus. Irgendwie hatte er seinen alten Zylinder auf die Spitze des Putters gekriegt und wirbelte ihn nun herum. Seine Verspieltheit konnte trügen. Nur keine Mutmaßungen jetzt, dachte ich, halte dich an das, was du weißt. Ich war mir nicht sicher, ob der Anklagepunkt der Verschwörung wirklich nachgewiesen worden war oder nicht – aber seien wir ehrlich, das war sowieso nur eine Formalität, hauptsächlich wegen der Verjährung, möchte ich annehmen, und außerdem weil es in Spionagefällen kaum je zwei Zeugen für irgend etwas gibt. Tatsächlich hatte man sie wegen Landesverrats vor Gericht gestellt, was immer auch die Verfassung sagen mochte, die sowieso schon etwas ältlich ist, und bei solchen Anklagen war J. Edgar Hoovers Wort so gut wie ein Schuldspruch.
»Nun«, sagte ich schließlich und fuhrwerkte wild in meinem Golfsack herum, »nun, ich glaube, sie sind, äh, wahrscheinlich schuldig.«
Uncle Sam zwinkerte vor Erstaunen, fing mit seiner großen Hand die Bälle ein und schnappte sich Putter und Hut aus der Luft, bevor sie herunterfielen. *»Schuldig!«* brach es aus ihm hervor, sein Kinnbart sträubte sich. Während ich beiseite blickte und mich scheinbar ausgiebig mit dem fernen Grün beschäftigte, wurde mir klar, daß Abraham Lincoln, den ich immer bewundert hatte, wahrscheinlich der furchterregendste Mann seines Zeitalters gewesen war. »Ja, zum Kuckuck, ja, sie *sind* schuldig!«
Aus seiner Reaktion schloß ich, daß ich um Meilen am Ziel vorbeigeschossen hatte, aber meine Antwort erschien mir noch immer sinnvoll, und ich ärgerte mich, weil ich eine Falle vermutete. Instinktiv ging ich zum Gegenangriff über: »Nun, natürlich hatte ich keine Gelegenheit,

die Protokolle sorgfältig zu studieren, aber nach dem, äh, was ich gesehen habe, ist der Fall noch nicht eindeutig geklärt . . .«

»Der Fall!« schnaufte er ungläubig. »Geklärt! Gottverdammich, Jüngelchen, jetzt läßt du endlich die Katze aus dem Sack!«

Ich stierte kläglich auf meinen Golfsack, während er mich in Grund und Boden donnerte. Nicht nur, daß ich lauter gottverdammt falsche Antworten gab, ich hatte auch noch Schwierigkeiten bei meinen Schlägen. Ich kann nicht glauben, daß einige Menschen einfach von Natur aus fähig sind, Krisensituationen ruhig, beherzt und entschieden zu meistern, andere dagegen nicht. Also wählte ich ein Zweier-Holz aus, um eine Wende herbeizuführen. Ich wußte, daß das mißlingen mußte, und steckte es zurück. »Es gab . . . es gab keine eindeutigen Beweise«, sagte ich, mit verzweifelter Anstrengung in die Offensive drängend. »Und da Rosenbergs nicht mitspielen wollten, haben wir nichts als die Aussage des Bruders!« Ich war mir nicht sicher, ob das wirklich stimmte. Ich hatte es irgendwo gelesen. Ich dachte: die Chance, dir damit einen Gefallen zu tun, ist kleiner als fünfzig Prozent. »Und um *die* zu bekommen, mußten wir auf den Handel mit ihm und seiner Frau eingehen, die . . .«

»Also war das ganze Gewäsch vor Gericht nur ein einziges Komplott«, blaffte er los – sein Zustand war schreckenerregend, »welcher Prozeß isses nicht?«

»Halt, das habe ich nicht gesagt!« protestierte ich. »Irving Saypol ist ein redlicher Staatsanwalt!« Könnte ich doch nur endlich die Klappe halten! Aber schon immer hatte ich Saypol bewundert, den Größten unter allen antikommunistischen Anklägern, obwohl ich wußte, daß er unbedeutend und mittelmäßig war, ein Kleingeist ohne Format, und obendrein noch ein Tammany-Demokrat. Ich zog meinen Driver raus, ließ ihn ein bißchen durch die Luft sausen. Meine Hände waren dermaßen verschwitzt, daß er mir fast entglitten wäre. »Ich glaube nicht, daß er je . . .«

»– eine Anklage manipulieren würde?« Uncle Sam lachte höhnisch. Ich wußte es natürlich selbst besser, hatte mich zum Narren gemacht. »Herrgott, jede Aussage über Vergangenes is ipso facto und titotaliter eine unverschämte Lüge, oder etwa nich'? Fauler Zauber! Rechtsverdrehung! Das alte Versteckspiel! Wie die Geschichte selbst – alles mehr oder minder Heckmeck, bloßer Schnickschnack, wie Harry Ford zu sagen pflegte, ein weiser, gottesfürchtiger Mann, wie ihn die Nation seitm Goldrausch nich' mehr gesehen hat. Die verhängnisvolle, schiefäugige Nichtsnutzigkeit von Fakten! Alles Schein, mein Junge, bloßer

Schein! Praktische Politik besteht aus Ignorieren von Fakten! *Überzeugungen* regieren letztlich die Welt!«
»Ja, aber . . . ich dachte . . .«
»Du *dachtest*! Sieh dich vor, du Heulsuse, wenn der große Gott einen Denker auf diesen Planeten losläßt, sind wir alle dran! Ich sag dir, Söhnchen, die Vergangenheit ist ein Kübel voll Müll; wühl ihn nur durch und alles, was du kriegst, sind dreckige Pfoten! Eine lausige Lage, aber so sind nu mal, wie man sagt, *die herrschenden Verhältnisse*!«
Ich merkte, wie meine Ohren rot anliefen, versuchte es zu verbergen, beugte mich also vor, konzentrierte mich darauf, den Ball aufs Tee zu bugsieren, grunzte vor mich hin, um Zeit zu schinden. Meine Hand zitterte und der Ball rollte immer wieder herunter. Es war mir, als sähe ich – wie bei den Debattierübungen in der Schule – meinen Vater in der ersten Reihe unten, rot vor Ärger, weil ich mich mit schwachen Einwänden blamiert hatte.
»Und so tauscht ein Prozeß, bedrängt von all diesen flüchtigen Erscheinungen und einer trügerischen Vergangenheit, nur ein Bündel wirrer Trugschlüsse gegen ein andres aus – oder nenns auch Metaffern, Näherungslösungen, alles der selbige Humbug –, und Gottes ewiges Licht fällt auf den betörendsten doppelzüngigen Laffen im Gerichtssaal! Hab ich recht? Erinner dich nur an das Stück von Ayn Rand, in dem du vor Jahren mitgewirkt hast: eine einmalige Chance für Schauspieler!«
Ich wußte nicht, daß er das wußte. Wenn er das wußte, was wußte er dann nicht? Wie soll man dagegen an? Ich fühlte mich wie ein Boxer mit 16-Unzen-Handschuhen, eingeschworen auf die Regeln des Marquis von Queensbury, im Kampf gegen einen brutalen Schläger, der mit bloßen Fäusten drauflos drosch, auf die Augen zielte, mit den Knien stieß und den Füßen trat. Aber das Leben ist für jedermann eine Abfolge von Krisen, nicht nur für dich, ermahnte ich mich, und damit kriegte ich schließlich den Ball auf das Tee. Ich starrte in Richtung aufs siebte Grün, versuchte die Lochflagge zu finden. Sie war rot, soviel wußte ich. Mir war jetzt klar, worum es bei diesem Golfspiel ging, ja, aber noch immer wußte ich nicht, worauf Uncle Sam hinaus wollte. Meinte er vielleicht, Rosenbergs könnten unschuldig sein? Oder ihre Vergehen harmlos? Ich sprach den Ball an. Mein nagelneues Golfhemd war durchgeschwitzt. Ich erinnerte mich noch an meine ersten Zeilen in jenem Stück von Ayn Rand: *Mitglieder der Jury, am sechzehnten Januar, gegen Mitternacht etwa, wirbelt der Körper eines Mannes durch*

die Luft und zerschellt als formlose Masse am Fuße des Faulkner Building. Genauso fühlte ich mich. »Aber Sie haben gesagt – ich meine, Präsident Eisenhower und J. Edgar Hoover, Richter Kaufman und überhaupt alle: es war ein Verbrechen, das das Leben von Millionen gefährdet, vielleicht gar den ganzen Planeten . . .!«
»Verdammt richtig! Noch dazu war es Wahnsinn obendrein, und mehr, nämlich *Sünde* und ein *Greuel*. Aber es geht ja nicht um son läppischen Fall von technologischem Rinderdiebstahl. Obwohl das ausreicht, einen Mann an den Galgen zu bringen. Die Zivilisation basiert auf der Unantastbarkeit des Eigentums, da hatte Carnegie ganz recht, auch wenn wir alle wissen, wie er an seins gekommen ist: nee, nee, ein kleiner gesunder Diebstahl tut niemandem weh. Aber wahre Schuld, wirkliche Sünde . . . hör mal, Söhnchen, leg die rechte Hand da um den Schläger, als wenn du Pfötchen gibst, nicht wie beim Wichsen!«
Ich drehte die Hand am Schläger: der Kopf bewegte sich dabei nach innen, berührte versehentlich den Ball und stieß ihn wieder vom Tee.
»Gott mag Sünden vergeben«, kommentierte Uncle Sam grimmig, »Tölpelhaftigkeit aber findet keine Gnade, weder im Himmel noch auf Erden – das kostet dich einen Schlag.« Gelegentlich konnte er so herzlos sein, wie ein Pfaffe aus Neu-England. »Nein, Schuld, wahre Schuld ist wie Gnade: manchen Menschen wird sie zuteil, anderen nicht. Rosenbergs sind schuldig, durch und durch. Ihre Schuld ist wie die Einsamkeit des Coyoten, oder die Runzeln der Dattel. Sie sind getränkt damit, sie steckt ihnen im Mark, im Lebenssaft, fraglos ein Geschenk des Großen Souffleurs, selbst ihre Organe sind schuldig, ihre Füße sind schuldig, ihre Ohren und Nasen . . .«
»Etwa weil . . . weil sie Juden sind?«
»Juden! Was zum Teufel hat *das* damit zu tun?« Ich hatte wieder daneben getippt. Ich fand mich überhaupt nicht mehr zurecht. Nicht mal das gottverdammte Tee konnte ich finden. »Irving Kaufman ist Jude, oder etwa nicht? Ist *er* vielleicht schuldig? Ist Irving Saypol schuldig? Roy Cohn? Bei Gott, ich selbst hab nen Schuß jüdisches Blut inn Adern, Söhnchen, nicht viel, aber es prickelt ein bißchen, hält mich munter, macht mir Appetit auf Delikatessen, und wer weiß, eines Tages könnte mich sogar einer von denen verkörpern . . .«
Ich blickte auf. Er wirkte ungerührt wie immer, aber in seinen Augen glomm ein mutwilliges Funkeln. Nervös ging ich in meinem Kopf die Möglichkeiten durch. Ich wußte, daß ich einen beruhigenden Vorsprung vor denen hatte, begriff aber auch, daß es mir höllisch nützen würde, wenn mir endlich mal ein passabler Abschlag gelänge. Wenn ich

nur mein Tee finden könnte! »Es steckt unter deinem rechten Fuß«, meinte Uncle Sam trocken.
»Nee, nee, jiddisch sein isses nich, auch wenns ihnen nicht grade geholfen haben wird. Ihre Art Verderbtheit geht tiefer, ist sogar noch schlimmer. Sie zeigt sich nicht so sehr an der Form ihrer Nasen, vielmehr an der Art, wie sie sich rümpfen und schnäuzen. Daran, wie sie schlurfen und kauern, sich krümmen, wie sie prusten und Grimassen schneiden. An ihren lausigen Geschäften, ihrer schmuddligen Wohnung, den Freunden; selbst ihr Geschirr verrät sie, ihre Anwälte, ihre Pyjamas, ihre Krankheiten. Es ist kein Zufall, mein Sohn, daß man sie mittels Puddingpulverpäckchen, Beistelltischchen und braunem Packpapier festnageln konnte – ebensogut hätte es die Doppelbettcouch sein können, auf der sie schliefen, ihr Plattenspieler, ihr Arzneimittelschränkchen oder ihre Unterwäsche. Sie stinken danach, es klebt an allem, was sie berühren, Söhnchen!«
Ich wußte jetzt, was er meinte. Ich hatte das an Alger Hiss wahrgenommen. Andere, nicht so scharfsinnig, hatten es bei Whittaker Chambers verspürt. Damals ging es um Kürbisse, Teppiche, Schreibmaschinen und Zähne. Whittaker, der zeitweise selbst nach Unflat gestunken hatte, ging am Ende nach Balsam duftend wie ein Heiliger daraus hervor. »Hiss' Verbrechen war auch nicht Meineid«, murmelte ich. Ich hatte mehr oder weniger mit mir selbst geredet, aber kaum hatte ich es ausgesprochen, wußte ich, daß ich nun endlich auf der richtigen Fährte war.
»Nein«, stimmte Uncle Sam zu, »sehr wahr.« Ich hob den Blick. Er beobachtete mich scharf, gierig wie ein Tiger und kühl wie eine Gurke, wie es im Gospel heißt, und ließ die Bälle auf seiner gewaltigen Pratze rollen, als böte er sie mir feil, eine Geste von derart symbolischer Kraft, daß ich mir wie über mich selbst erhoben vorkam.
»Es ist . . . es ist also nicht Spionage, nicht einmal falsches Spiel!« Ich hatte es fast . . . »Oh . . .«
»Sie sind den Pfad des Dämons der Verderbtheit gewandelt«, raunte Uncle Sam heiser, beugte sich zu mir wie ein eifriger Lehrer, half mir auf die Sprünge: »Schänder des göttlichen Bundes, Besudler des Allerheiligsten . . .«
»*Söhne der Finsternis*!« schrie ich.
Uncle Sam richtete sich auf und lächelte, kein Lächeln der Selbstzufriedenheit oder Belustigung, sondern ein segnendes, das Lächeln des Versicherungsvertreters, der gerade deine Verhältnisse geordnet hat, oder der Eltern, die deinem Jura-Examen an der Duke Universität

beiwohnen, oder was das betrifft, an irgendeiner anderen Universität, – und schob den Zylinder aus der Stirn. Ich wußte, daß ich die Kurve genommen hatte, und meinte, mir könnte sogar ein passabler Treibschlag gelingen. »Und was ist der Lohn all jener, die auf solchen Wegen wandeln?« Er warf einen Golfball in die Luft und schmetterte ihn in Baseball-Manier außer Sicht. »Eine Unzahl Plagen von allen Engeln des Unheils!« *Wumm!* »Ewige Verdammnis durch den grimmigen Zorn eines rächenden Gottes!« *Flaatsch!* »Unaufhörlicher Schrecken, und Wehklagen ohn' Ende!« *Klatsch!* »Düsternis über den wechselhaften Geschicken dieser und aller nachfolgenden Generationen, schmerzliche Pein, Beulen am Hintern, Schimpf in den Augen der Christenheit, bitteres Mißgeschick und ein schlimmes Ende!« *Radamm*! »Die Schande der endgültigen Vernichtung im . . .« *Paff!* » . . . Feuer!«

Er war sehenswert, oh ja – er hatte als Baseballspieler wirklich Stil, mal diesen, mal jenen, sollte ich wohl besser sagen: eben noch war er Larry Doby, dann Country Slaughter, dann wieder Mel Ott, Hank Greenberg, Johnny Mize, Luke Appling, doch obwohl er Baseball-Messen zelebriert und dem Episkopat präsidiert hatte (seine zerfurchten Züge erinnerten allerdings mehr an Richter Kenesaw Mountain Landis als, sagen wir, an Warren Harding oder Herbert Hoover), gespielt hatte er es effektiv nie. Sein Spiel war Golf, das erste, auf das er sich eingelassen hatte, noch zu Zeiten von William Howard Taft, und es war noch immer das einzige, das er regelmäßig ausübte. Vorher hatte er sich aufs Jagen und Fischen, Reiten, Schwimmen, Kriegsspielen, Billard, auch mal auf den Hahnenkampf beschränkt – in der Tat, noch vor fünfzig Jahren wäre es undenkbar erschienen, daß Uncle Sam seine Zeit mit nutzlosen Spielchen verplemperte. Aber das war das Bezeichnende an der Revolution unsres Jahrhunderts: Spiele wurden zum Lebenselixier und Inhalt der Nation. Tafts Nachfolger, Woody Wilson, gab den verhängnisvollen Anstoß dazu: der war schon früh morgens um fünf auf dem Platz, spielte selbst im eisigsten Winter, benutzte schwarze Golfbälle, um sie im Schnee besser zu finden, bis zu jenem grauenvollen Tag, als sich die Transmutation nicht ganz vollziehen wollte und nur ein halber Wilson funktionsfähig zurückblieb. Seither war Golf Teil der Präsidentschaftspflichten – wäre ich sonst hier draußen? – und jedesmal, wenn Uncle Sam einen Eagle holte oder mit gewaltigem Schwung den Ball aus dem Sandbunker zur Lochfahne schlug, schlotterte das Phantom vor Angst.

Ich grub mein Tee aus, setzte den Ball drauf, schlug zur Probe nach einem Löwenzahn. »Aber wie kann man sich Gewißheit verschaffen?«

fragte ich, und – *zack*! – war der Löwenzahn kopflos. Warum klappte das bei Golfbällen nicht genauso gut? »Ich meine, selbst Foster Dulles hat Hiss vertraut . . .«

»Nun ja, der Pakt mit dem Phantom führt auf seine unselige Weise zu keiner geringeren Weihe, als der Dienst bei mir«, gab Uncle Sam zu, imitierte Stan Musials gewagte Fußstellung und schmetterte einen weiteren Ball über den Horizont. »Frag den Makrelenangler McCarthy, was Gnade ist.« Er warf seinen letzten Ball hoch, knallte ihn senkrecht in die Höhe – wahrlich, er entschwand meinen Blicken. Ich fragte mich, ob er wohl oben bliebe, wenn er nur hoch genug rauf kam? Wo ist die Schwerkraft zu Ende? Aber schließlich kam er wieder runter, ungefähr fünfzehn Meter vor dem siebten Grün, und blieb zwischen den Wurzeln eines Baumes liegen. Er wollte wohl Annäherungsschläge trainieren. Oder er hatte Spaß daran, Bäume zu zerschmettern – Burning Tree, in der Tat! So wie Uncle Sam hier draußen mit der Natur umging, hätte man meinen können, er befände sich in Ben Franklins privatem Blitz-Labor. Nun klemmte er sich den Putter untern Arm, zog seine Maiskolbenpfeife raus und klopfte sie am Absatz seines Schaftstiefels aus. »Die Unreinen sind durch ihren dreisten Kontakt mit dem Heiligen zeitweise gleichermaßen von dessen Kraft durchdrungen wie die Reinen, und man kann sie leicht verwechseln«, sagte er und lehnte sich gegen die Bank zurück, »nicht zuletzt auch, wegen der unverdienten Leiden der Gerechten und der flüchtigen Erfolge der Verderbten . . .« Er blickte mich bedeutsam an . . . aha! also *deshalb* hatte man mir geheime Schmiergeld-Fonds unterstellt! Deshalb mißtrauten viele Leute mir immer noch so, daß sie nicht mal einen Gebrauchtwagen von mir kaufen wollten! Aber die Philister hätten Jesus auch keinen Gebrauchtwagen abgenommen, oder? Die Dinge klärten sich langsam. Ich konzentrierte mich auf den Ball, der unverrückbar wie die Wahrheit selbst auf dem Tee ruhte, machte probehalber einen Rückschwung, dabei bemüht, den Ellbogen gestreckt zu lassen. »Du wirst ihn toppen, Söhnchen«, meinte Uncle Sam düster.

Und so war es. Ich tat mein Bestes, um den Ball hoch zu kriegen, der Schlag war so hart, daß das Tee zersplitterte, aber schon nach zwei Metern plumpste der Ball wieder zu Boden. Mist, dachte ich, ich hasse dieses Scheiß-Spiel.

»Weißt du, Söhnchen, ungeschickter als du mit dieser Höllenrute«, brummte Uncle Sam gereizt und steckte die Pfeife in den Mund, »könnte sich nicht mal Adlai Stevenson mit Hanteln anstellen!«

Das traf mich hart. Ich wäre auch längst ein guter Golfer, wenn ich die

Zeit gehabt hätte, regelmäßig zu spielen, aber man kann sich auf Erden nicht mit allem befassen. Und die versteckte Anspielung beunruhigte mich: Stevenson war der geborene Verlierer. Ich merkte, daß noch immer alles auf der Kippe stand . . .

Uncle Sam sog ein paar Mal an seiner leeren Pfeife, pustete sie durch, griff nach dem Tabak in seiner Hosentasche. »Kriminelle und Könige, Priester und Parias haben etwas gemeinsam«, sagte er, stopfte den Tabak mit seinem langen knochigen Finger fest und linste zu mir rüber, als müsse er über Augengläser hinwegsehen. »Sie mögen sich unterscheiden wie Adler von Klapperschlangen, doch hat jeder von ihnen Teil an jener furchtbaren, geheimnisvollen Kraft, die das Universum in Bewegung hält!« Sprach's und zauberte ein langes Streichholz hinter einem Ohr hervor. »Der Unterschied«, fuhr er fort, »offenbart sich in der Art, sie zu nutzen. Die einen, die aus dem echten Stoff sind, die guten Jungs, schaffen Frieden und Wohlstand damit, sie sind . . .«, er riß den Streichholzkopf mit dem Daumennagel an und es flammte auf: ». . . die Söhne des Lichts!« Mit der hohlen Hand führte er es nun über den Pfeifenkopf und nahm den Faden wieder auf: »Die anderen Komiker, die (*Paff!*) Jungs vom Phantom, nun ja, wenn man (*Paff! Paff!*) nicht acht gibt, kanns passieren, daß sie (*Paff!*) . . .«, er hob den Blick, hielt das brennende Streichholz von sich und zerdrückte es dann in der Faust,

». . . die ganze Bude in Brand stecken!«

Es stimmt, überlege ich, er übertreibt nicht, Rosenbergs gehören nicht mehr in den Normalbereich des Menschlichen, das ist offensichtlich; die Macht, über die sie verfügten, obwohl in Sing-Sing eingesperrt, ließ sich leicht an der überall zunehmenden Unruhe erkennen. In Frankreich wackelte schon die ganze hundsmiserable Regierung. Ich ging zu meinem Ball, legte ihn auf einem Grasballen zum Abschlag bereit und schwankte dabei selbst ein wenig. »Sie meinen, wir richten sie nicht nur hin . . . weil . . .?« Ich tastete mit meinen Fußspitzen nach einem festen Halt.

»Wir gehen nicht zum Times Square, um papierenes Recht durchzusetzen, falls du das meinst«, sagte Uncle Sam. Er blies einen Rauchring, dann noch einen und noch einen, jeden etwas kleiner als den zuvor, zum Schluß eine kleine Rauchwolke als Mittelpunkt. »Wir müssen eine Wandlung vollziehen, mit einer neuen Charta der moralischen und sozialen Ordnung für unsere Westliche Welt, die Voraussetzungen schaffen, die den Frieden in unserem Zeitalter gewährleisten!« Er hustete Rotz, spuckte ihn zwischen die Rauchringe und traf mitten ins

Schwarze . . . »Es soll eine *Fußwaschung* werden, Söhnchen!« Ein Miniaturpilz stieg aus dem Zentrum auf, die Rauchringe verformten sich und breiteten sich aus wie Schockwellen.
Jetzt verstand ich seine Frage. Ich wandte mich wieder dem Ball zu, stemmte die Füße fest in den Boden. Times Square, die Zirkusatmosphäre, die besonderen Zeremonien: Form, *Form*, darauf läuft alles hinaus! Auf die Formalien kommt es an, nicht auf die Moralien, das ist das Wesen der Staatskunst – warum vergaß ich das nur immer wieder? Ich lächelte. »Wäre es denn nicht besser gewesen, Rosenbergs anläßlich unserer Amtseinführung hinrichten zu lassen?« Ich setzte zum Rückschwung an, verlagerte mein Gewicht zuversichtlich auf den rechten Fuß.
»Haben wir ja versucht«, sagte Uncle Sam, »aber wir sind an einem alten Fossil gescheitert. Nun ja, macht nichts, so stehts auch unter guten Aspekten: Mittsommer und Hochzeitsjubiläum . . .«
»Wie . . .?« Ich war so verblüfft, daß mir die Knie einknickten, und der Ball mit einem Slice im Aus landete. »Dem . . . *was*?«
»Donner und Doria, Jungchen! Das sind jetzt schon vier Versuche und du bist immer noch nicht vom Abschlag weg!« brüllte Uncle Sam.
»Ich . . . tut mir leid! Ich dachte, äh, Sie hätten gesagt . . .«
»Mittsommer und Hochzeitsjubiläum, wasch dir die Ohren, Söhnchen!« gab er zornig zurück. Er hatte einen Rauchring produziert, der sich zum Umriß der Vereinigten Staaten formte, und versuchte nun, während dieser sich ausdehnte, die Bundesstaaten einzufügen. »Rosenbergs schlossen ihren dierrbollischen Bund am Achtzehnten, kommenden Donnerstag vor vierzehn Jahren«, brummte er zwischen Paffen und Ziehen. Im Augenblick versuchte er, den Columbiadistrikt in seine Karte zu quetschen, aber das verursachte nur ein großes Tohuwabohu in diesem Bereich. Er war nahe daran, die Geduld zu verlieren. »Ich dachte, du wüßtest das!«
»Ach . . .« Also war es auch der Hochzeitstag von Rosenbergs! Einen Augenblick lang hatte ich geglaubt, er hätte *meinen* Hochzeitstag gemeint! Als Kaufman das große Ereignis schließlich auf die Woche nach dem 15. Juni festsetzte, sah ich, daß es möglicherweise mit meinem und Pats Hochzeitstag – unserem dreizehnten – zusammenfallen würde, dem 21. Juni. Und mir war auch der Mittsommeraspekt keineswegs entgangen: schließlich hatten wir nicht umsonst am 21. geheiratet; es war der Höhepunkt unseres »Die Schöne und das Tier«-Spiels, Ranzzeit des brünstigen Behemoth und all das. Als ich dann noch erfuhr, daß der Vatertag in diesem Jahr ebenfalls auf den 21. Juni

fiel, gingen mit die Augen auf. Ich sagte niemandem was davon, doch beunruhigte es mich. War es Absicht? Sollte es ein Präsent darstellen, eine besondere Erinnerung für Pat und mich? Oder wollte mich da jemand reinlegen? Ich befürchtete letzteres, in der Regel die wahrscheinlichere von zwei Annahmen, wenn man sich politisch betätigt. Aber dann hatte der Vollzugsbeauftragte den 18. bestimmt, und ich vergaß alles wieder . . . bis jetzt. Ich legte einen neuen Ball zum Abschlag bereit, lockerte die Schultern und Handgelenke. Ich durchschaute die Lage jetzt besser, fühlte mich aber keineswegs besser. Ihr Vierzehnter! Und was machen *wir* hier am siebten Abschlag? »Ich . . . ich glaube, ich habe das übersehen«, gab ich freimütig zu.

»Sieht so aus, als hättst du fast alles übersehn!« fauchte Uncle Sam. »Du verstehst nicht mehr von diesem Fall, als nen Gänschen von Stützkorsetts!« Den Versuch mit der Karte hatte er aufgegeben, mit einem Fingerschnappen die kanadische Grenze mitsamt den Großen Seen heruntergezogen und das Ganze erinnerte an eine gigantische Schlinge. »Weißt du eigentlich, nach welchem Paragraphen Rosenbergs verurteilt werden? Weißt du, wer die Clark House Players waren? Wer Sarah O'Ken war, wer Helen Rosenberg? Catherine Slip? Weißt du, warum man David Greenglass ›Little Doovey‹ nannte, oder wie Julius Rosenbergs geheimer Talmud-Name lautet? Warum wurde Julius in Harlem geboren? Wie kommts, daß Roy Cohn für Irving Saypol gearbeitet hat? Was haben Rosenbergs 1943 in Peekskill gemacht, und was Irving Kaufman 1948 in Washington? Heh? Wußtest du wenigstens, daß Ethel Rosenberg an Major Bowes Talent-Show teilnahm, daß Julius Horatio Alger gelesen hat und auch Tom Swift, daß er gegen die National Biscuit Company agitierte? Oder daß Emanuel Blochs Ehe im Eimer ist? Und überhaupt, für wen ist denn dieser Schreihals eigentlich?«

»Ich dachte, Sie . . . Sie hätten gesagt, die Vergangenheit ist nur ein Haufen von Lügen . . .«

»Wir reden jetzt nicht von Prozessen, Söhnchen, wach auf, *wir sprechen über Glaubenswahrheiten!*«

»Verzeihung«, sagte ich und näherte mich dem Ball. Mir war, als hätte ich den ganzen Nachmittag nichts anderes getan, als auf diesen gottverdammten Ball zuzugehen. Roy Cohn erwähnte mal, daß Saypol früher saumäßig beim Golf war, bis er dann schließlich fast alles las, was je darüber geschrieben wurde, und seither hat sich sein Spiel unermeßlich gebessert. Vielleicht sollte ich das auch tun?

Uncle Sam redete unermüdlich weiter über den Fall; meistens hatte ich keine Ahnung, wovon er eigentlich sprach. Ich hätte gern aufmerksam zugehört, wußte, daß es wichtig war, aber die Koinzidenz der Jubiläen und meine alberne Angst, als er darauf zu sprechen kam, machten mir noch immer zu schaffen. »Und was ist mit der 39er Abgangsklasse des CCNY*? Warum wurde J. Parnell Thomas in dasselbe Gefängnis gesteckt wie Ring Lardner Jr. von den ›Hollywood Ten‹? Und was zum Teufel ist ein Annäherungszünder? Sollen wir sie mit Käse und Gerstenfladen päppeln und mit Palmzweigen streicheln? Warum behauptet son russischer Astronom plötzlich, daß die Vegetation aufm Mars blau ist? Eh? Heh?« Natürlich, der Juni, eine Menge Leute heiraten in diesem Monat, Eisenhowers eigener Hochzeitstag lag nur ganze zehn Tage später, nicht wahr? Es war nicht völlig unmöglich. Aber irgendwie hing es alles mit dem Generationsproblem zusammen, das mich in den letzten Tagen so sehr beschäftigte. Wie viele weitere Parallelen mochte es geben? Ich hatte Angst vor der Antwort. Vielleicht lag es daran, daß ich die Vierzig gerade überschritten hatte; solche Sachen passieren wahrscheinlich, wenn man die Vierzig erreicht. Uncle Sam war dabei, mir klarzumachen, warum es ausgerechnet Rosenbergs sein mußten, die Lower East Side, der Gerichtshof am Foley Square (noch eine Verbindung zum Fall Hiss! Mein Sonderausschuß *war hier zusammengetreten,* kurz bevor ich den Bastard endgültig hatte festnageln können), Sing-Sing und nun der Times Square, warum Nelson Eddy und Bernard Baruch dabei sein sollten, Louella Parsons und Dr. Kinsey, warum es ein elektrischer Stuhl sein mußte, statt daß man sie wie in alten Zeiten mit einem lecken Boot ins Meer treiben ließe, und warum gerade jetzt, in dieser Woche . . . »Ich meine, McCarthy hat sich mit dem Arsch so in die Nesseln gesetzt, daß er's nicht mehr lang macht, und wo wir jetzt den heidnischen Schlitzis mit nem A-Bomben-Schlag gedroht haben, werdense eher gestern als heute den Schwanz einrollen, und obendrein nochn toter Stalin: das ganze vermaledeite Weltklima könnte umkippen, dies ist vielleicht unsere letzte Chance, die Beiden noch unter die Erde zu bringen! Und was, wenns Phantom noch nen Extratag schindet? Hast du darüber mal nachgedacht? Dieser Hundsfott hat doch enge Kontakte zur Judesprudenz – was dann? Wenn wir den vierten Juli überstehen müssen ohne Atomspione im Sarg oder wenigstens aufm Stuhl, kann der ganze Laden ausm Leim gehn wien Schweinestall im Oklahoma-Zyklon!«

* CCNY = City College of New York

»Das . . . das ist wahr«, gab ich zu, wobei ich undeutlich spürte, daß ein Wind über Burning Tree aufkam, ohne aber zu bemerken, wie prophetisch seine Worte klangen. Oder wollte er mich auf etwas hinweisen? Hätte ich damals schon Edgar anweisen sollen, ein Auge auf Douglas zu haben? Ich war zu verwirrt, um die Dinge zu durchdenken – nur wenige Tage Spielraum, nur zwei Tage Verspätung, dann konnte es Pat und mich *noch immer* treffen!

»Diese Woche, Söhnchen! Wir müssen uns *rühren!«*

»Yessir!« brüllte ich und vollführte einen wilden Schlag nach dem Ball, toppte ihn wieder und jagte ihn knappe hundert Meter weit ins Gebüsch. Ja, Scheiße, aber wenigstens war ich vom Abschlag weg.

»Verflixt noch mal, Jüngelchen!« schnauzte Uncle Sam, sprang von der Bank auf, schwang seinen Putter wie einen Säbel und schoß dann wie Ulysses Grant aus seinem Zelt. »Ein braver, aber pflichtvergessener Soldat, der die Augen nicht am Ball hat, nützt seinem Land nicht mehr als 'n Feigling, der in der Stunde der Not desertiert! Das Leben ist hart! Es ist keine Posse! Das solltest du langsam begreifen! Setz deinen Steiß endlich in Bewegung!«

»Es tut mir ja leid . . . sieht so aus, als kriegte ich den Dreh nicht . . .«

»Genau das isses! Wir *müssen* den Dreh kriegen! Diese Woche noch müssen wir das Giftgeziefer zertreten oder haben in aller Auge auf ewig verschissen. Dies ist nicht irgend nen Spielchen, mein Freund, wir werden kämpfen müssen für die Renaissance des *wahren Amerika,* werden der Welt letzte und größte Hoffnung ehrenvoll verwirklichen oder schändlich verlieren – nämlich *mich*!«

»Sie . . .?« ächzte ich, »aber Sie . . . Sie sind . . . Sie können nicht . . .!«

»Sterben? Oh, ich bin nicht unsterblich, Söhnchen, schon der Gedanke würde mich schrecken. Nichts währet ewig, Marie, nicht mal die Geschichte selbst, warum also ich? Früher oder später holt uns alle das Phantom!«

Ich war ehrlich erschüttert. Ich ertappte mich dabei, daß ich ihn anstarrte wie meine Mutter, als ich begriffen hatte, daß sie sterben mußte. Plötzlich erschienen alle Dinge zart und zerbrechlich. Brüchig.

»Aber Sie sind so . . . so stark . . .!«

»Denk an die Könige vergangener Tage, Jungchen, die Zeiten ändern sich nicht. Ich bin die Kraft, die diese ganz sündenverseuchte Welt erwecken wird, das wirst du schon noch sehen . . . aber es nagt an mir!«

»Ich . . . ich verstehe nicht . . .?«

»Leb nicht mehr für alle Zeiten/bitt nicht ums Verweilen/die lieblichsten der lieblichen/Sachen auf Erden verzischen am schnellsten. Sieh nur zu, daß du dich unterwegs ordentlich amüsierst. Das ist Poesie, Jungchen! Der Große Xerxes ist gestorben, und wir müssen es, du auch.«
Ich war erschüttert, aber sonderbarerweise fühlte ich mich auch nahe am Zentrum der Dinge. Es hat also doch einen Sinn gehabt, dachte ich. Ich fühlte mich Uncle Sam inniger verbunden denn je.
»Nu, vielleicht, wenn alles vorbei ist, könnte ich wie Christus wiederkehrn, irgendwann, eines Tages . . .« Er seufzte wehmütig, sog an seiner Pfeife und ließ eine Rauchwolke steigen, geformt wie ein Vogel – ein Adler. »Aber es würde nicht dasselbe sein . . .« Er fügte Flügel hinzu; der Adler flatterte zur Sonne empor. Das Licht blendete mich, aber soweit ich es erkennen konnte, verschwand er einfach. Als ich mich wieder Uncle Sam zuwandte, sah er mich ganz eigentümlich an, seine Augen lohten wie von einem inneren Feuer. »Manchmal«, sagte er leise, »manchmal *wünsch* ichs mir geradezu, tot zu sein . . .«
Ein eisiger Schauder durchfuhr mich. Mein Bewußtsein von Uncle Sams Gegenwart trübte sich flüchtig, kaum merklich, wie eine Kerze, die im Windhauch flackert – und für den Bruchteil einer Sekunde schien ich intuitiv zu erfassen, was für Gedanken in Uncle Sams Kopf abliefen. Und dann, genauso plötzlich, war alles vorbei. Mein Kopf schmerzte ein wenig und ich empfand momentan eine Leere, die mir durch und durch ging. Dann gab sich auch das.
»Keine Angst, Söhnchen«, Uncle Sam lachte, »mir brennts nicht, wenn du den kleinen Scherz gestattest – in Wirklichkeit machts mir so viel mehr Spaß.« Er legte mir den Arm um die Schultern und führte mich den Fairway runter zu meinem Ball; seine weißen Haare flogen in der kühlen Brise. Während der letzten Minuten schien er mir kleiner geworden zu sein. »Angst ist, wie der alte Tom Paine immer sagte, manchmal eine ganz nützliche Sache. Seit du noch ein kleiner Hosenmatz zu Haus in Santa Gertrudes warst und Tischgebete runterschnurrtest, haben wir keine so gute Party mehr gehabt wie die, die uns bevorsteht.« Ich fühlte mich wie in einem Strudel von Ängsten und Absencen. Paradox, aber zugleich empfand ich mich behütet und beschützt. Ich hatte so eine Ahnung, als ob zum ersten Mal in der Geschichte Amerikas alles zusammenkommen sollte: unsere Vorherbestimmung würde in Erfüllung gehen . . . »Oh, ich glaube nicht, daß wir das ganze Jahr so leben könnten«, sagte er, »wir würden uns nur selbst zerstören. Aber von Zeit zu Zeit brauchen wir einen kleinen

Höhenflug mit viel Unordnung und Gefahr, damit nicht alles im Sande verläuft, du verstehst?« Ich nickte, dachte an meine eigenen Sternstunden, den Fall Hiss und die Checkers-Rede, die schulischen Glanzleistungen, die Debattensiege, die Romanzen mit Ola und Pat, den Krieg, sogar an den Tod meiner Brüder, und war mir bewußt, wieviel Licht davon ausgehen und alles neu erscheinen lassen konnte; bei Licht und Finsternis, Himmel und Hölle, Tod und Wiedergeburt ging es im Grunde nur darum! »Also dann«, sagte Uncle Sam, steckte seine Maiskolbenpfeife weg und klopfte mir auf die Schulter, »drauf und dran! Auf alles gefaßt, nur weiter, immer voran. Und wäre die Aufgabe noch so schwer. Halt die Ohren steif!«
»Oh ja!« sagte ich, errötete vor Stolz und Freude, brannte darauf, loszulegen, denn soeben hatte er mich unter allen Menschen auserkoren: ein schwaches Echo der Vergangenheit schlug in mir an, mir fiel ein Wort von Longfellow aus dem »Psalm of Life« ein, das Großmama Milhous mir eigenhändig unter ein Foto von Abe Lincoln geschrieben, und zum dreizehnten – *dreizehnten*! – Geburtstag geschenkt hatte! Ich befestigte es an der Wand über meinem Bett und ließ es dort während meiner ganzen Schul- und Collegezeit: *Du mußt lernen, zu arbeiten und abzuwarten!* »Das werde ich!«
»Guter Junge!« sagte er. »Ich drücke dich an mein Herz als getreuen Diener am Großen Werk! Sei auf das Schlimmste gefaßt, denn was dich erwartet, ist eine jener harten Proben, bei denen der Sieg nur unter Einsatz des Lebens errungen wird, mein Sohn, und alles auf dem Spiel steht, was du besitzt. Aber sei tapfer und vergiß keinen Moment die scharfsinnigen Worte deines Namensvetters aus vergangener Zeit, jenes anderen Poor Richard: ›*Dummköpfe bereiten das Festmahl – und die Gescheiten verspeisen es!*‹ Also mach dir *Appetit*!« Er drückte mich an sich, reichte mir dann seinen Schläger und sagte: »Nun hör mal zu. Ein Golfball wird von der Geschwindigkeit vorwärts getrieben, die man mit dem Schlägerkopf auf ihn überträgt – verstehst du, mein Junge, das ist Physik –, und er hält sich in der Luft durch die Gegendrehung, retrospektive den Rückeffet, den ein Luftkissen produziert, das dem Ball den Auftrieb gibt. Um den Rückeffet zu erzeugen, muß sich der Schlägerkopf nach *unten* bewegen, genau druff und trickedipapp und ab *durch die Mitte* vom Ball, und das war's, wo du gepatzt hast. Du glaubst, man muß den Ball regelrecht löffeln, und darum verreißt du den Schlag . . .«
»Äh . . .«
»Genau genommen wird der Auftrieb vom Effet determinifiziert, und

den Effet erzeugt man beim Schlagen durch *Runter* und *Durch*, jetzt alles klar? So, noch ein Problem, deine maximale Geschwindigkeit mußt du fünfzehn Zentimeter vor'm Ball . . .«

Runter und Durch, jetzt hab ich's. Ich holte probehalber zum Schlag aus, meine Augen am Ball, um dann, beim Aufzuschauen zu registrieren, daß ich Zuschauer hatte (Vorsicht! Du darfst deine Deckung nicht so sträflich vernachlässigen), und den Schlag in ein fröhliches Winken zu verwandeln, das einer Wagenladung voll Senatoren galt, die soeben der Subway entstiegen. »Hallo, Dick« »Verpaßt nicht die Vorstellung!« »Nie im Leben!« »Macht's gut!« Runter und ab durch die Mitte. Und raus und hoch, rein ins Büro, weg mit dem Scheißding. Mit maximaler Geschwindigkeit.

6. Die Stunde des Phantoms

Der Vorhang hebt sich: das Büro des Gefängnisdirektors, ein großer alter unfreundlicher Raum, nackter Fußboden und grelle weißgetünchte Wände, nur mit einem einfachen Büroschreibtisch und einem Drehsessel möbliert, einigen Stühlen, einer Wanduhr. Auf dem Schreibtisch ein Telefon, eine Reihe von Klingelknöpfen und ein Stapel von 40 oder 50 Briefen. Im Hintergrund des Zimmers zwei große schwervergitterte Fenster, rechts und links Türen. Der Direktor geht auf die sechzig zu, die Last seiner Verantwortung hat sich wie mit Runen in sein Gesicht gegraben. Bei ihm, aus dem Fenster blickend, ist der Gefängnisgeistliche, er trägt eine leicht schäbige Soutane. Die Miene des Geistlichen, normalerweise ruhig, vergeistigt und Zuversicht einflößend, ist gegenwärtig bedrückt. Der Direktor bläst eine Qualmwolke zur Decke, trommelt auf den Tisch und blickt über seine Schulter zum Geistlichen hin. Er räuspert sich und fragt unvermittelt: »Regnet es schon?« »Ja, es regnet«, sagt der Geistliche, ohne sich umzudrehen. Der Direktor betrachtet wütend seine dünne lange Zigarre und wirft sie ungeduldig beiseite. Er trägt einen dunkelbraunen Anzug, offenes Hemd und eine schwarze Bindfadenkrawatte. »Selbstverständlich muß es heute regnen«, mault er.

In Wirklichkeit regnet es in Sing-Sing heute gar nicht. Es ist ein klarer warmer Abend, etwas drückend, angeblich droht eine Hitzewelle, vielleicht schon am Samstag. Die Justizbeamten, die den Tag über mit den üblichen Hinrichtungsvorbereitungen beschäftigt waren, tragen kurzärmelige Hemden mit offenem Kragen. Erst als Richter Burton um 18.29 Uhr die Vertagung des Obersten Gerichtshofes verkündet, wird die abendliche Todeswache abgesagt, der Elektriker und der Rabbi nach Hause geschickt. Gestern, mitten in der Baseballübertragung – die Dodgers waren in der siebten Runde – erfuhren Rosenbergs über den Zentrallautsprecher die Nachricht vom Aufschub, den Richter Douglas angeordnet hatte, und Direktor Denno berichtete, daß sie »überglücklich« gewesen seien, aber dieses Glück verflog rasch, dank Justizminister Brownells schnellem Gegenzug. Rosenbergs klammern sich nach wie vor an die Hoffnung auf weitere Aufschübe, unter den Profis jedoch ist man allgemein der Ansicht, daß sich Richter Douglas in diesem Fall zu weit vorgewagt hat, man tippt auf Aufhebung des Aufschubs und schnelle Hinrichtung. Dafür gibt es gute Gründe: die

Vorbereitungen auf dem Times Square, weitere bevorstehende Hinrichtungen, der finanzielle Aufwand: allein Ethel kostet den Staat pro Tag 38.60 Dollar, bei Julius sind weitere zahnärztliche Behandlungen fällig, und schließlich kosten auch die 290 Gefängnispolizisten was und fast dieselbe Zahl New Yorker Staatspolizeibeamte, die das Zuchthaus vor den vom Phantom gesteuerten Protestmärschen der Legionen der Finsternis schützen und gegebenfalls einen wahnwitzigen Fluchtversuch vereiteln sollen. (Wer weiß? Die Posten an den MGs auf den Wachtürmen suchen das Umfeld des Gefängnisses ab, dessen Konturen in der jetzt aufkommenden Dämmerung verschwimmen.)
Nicht etwa, daß Rosenbergs sich plötzlich widerborstig zeigten – wenn überhaupt, so schienen sie um so mehr dahin zu welken, je näher der Termin ihrer Eliminierung rückte. Das konnte Taktik sein, die Masche, die Errol Flynn immer in letzter Minute benutzte, um sich zu retten. Es konnte aber auch am Salpeter in ihrem Essen liegen. Dennoch, das wahrscheinlichste war, daß sie seit Jahren wußten, *welche Rolle ihnen das Phantom* zugedacht hatte und sich danach verhielten. Speziell Ethel: schon seit geraumer Zeit begehrt sie nicht mehr auf, hat ihren Part übernommen und sich zu eigen gemacht. *Dagegen scheint Julius* noch immer nicht zu begreifen, daß ihm das alles tatsächlich widerfährt; er macht weiter, er sucht wie irre nach einem juristischen Schlupfloch, durch das er entwischen könnte. »Alles erscheint so unwirklich und verschwommen«, schreibt er, »es ist, als ob wir irgendwo in der Luft schweben, weit weg . . .« Heute ist ihr 14. Hochzeitstag, und als Geschenk von Sing-Sing durften sie an diesem Abend volle neunzig Minuten durch ein Gitter getrennt zusammensein. Nicht, daß sie das richtig ausnutzten – die Hälfte der Zeit saßen sie wie taubstumm da. Worüber kann man denn auch mit einem Menschen, mit dem man 14 Jahre verheiratet war, an einem warmen Juniabend durch ein feines Drahtgitter hindurch sprechen, wenn man sich tagsüber darauf eingestellt hat, zum elektrischen Stuhl zu gehen? Alles ist gesagt. Zu oft. Sie sind der Argumente, Illusionen und Klagen überdrüssig. Sie sind ihrer selbst überdrüssig. Über die Kinder zu reden, bringt sie nur zum Weinen, erbittert oder belastet sie. Natürlich lieben sie sich, mehr denn je – Liebe ist es ja, weswegen sie hier sind. Sie könnten über den Silvesterabend reden, als sie sich auf dem Matrosenball kennenlernten, über die Sonntagsspaziergänge in den Palisades oder über das erste gemeinsame Zimmer in Marcus Pogarskys Wohnung, aber nichts dergleichen scheint noch wirklich zu sein, es ist die Vergangenheit von x-beliebigen anderen, es gehört zu diesen anderen Leuten, deren

Briefe aus der Todeszelle überall auf der Welt gelesen werden, Wie denn auch sei, sie sind von Wärtern und großohrigen FBI-Schnüfflern umringt, warum sollten sie denen einen Nervenkitzel verschaffen? Also reden sie über Sachen, die sie im Knastsender gehört hatten. Wie ihnen das Abendessen bekommen war. Die Demonstrationen. Was sie als nächstes tun wollen, falls Richter Douglas' Aufschub bestehen bleibt. Einen interessanten Zeitschriftenartikel über die Entdeckung der Schriftrollen am Toten Meer. Julius sagte, er habe in LIFE gelesen, daß sich Henry Ford's II persönliches Einkommen im Jahre 1951 nach Abzug der Steuern auf 87 000 000 Dollar belief. Nach Abzug der Steuern! Das ging ihm durch den Kopf, weil er vorhatte, später am Abend ihr gemeinsames Testament aufzusetzen. Ethel wiederholte ihren Wunsch, Arthur Millers Stück *Hexenjagd* zu sehen, das in New York aufgeführt wurde. Sie hatte gehört, daß die Zuschauer applaudierten, wenn ein Darsteller gegen Ende sagt, daß er lieber in der Hölle schmoren als Spitzeldienste leisten möchte. Eine gute Weile saßen sie schweigend da, sahen sich nicht einmal an, als fürchteten sie, was sie im Gesicht des anderen lesen könnten, gleich einem achtzigjährigen Paar vor dem Kamin, das in der eigenen Gesellschaft vertraute Tröstung findet, ab und zu aufblickt, dann mal beiseite, den Zügen nachhorcht, die den Fluß entlang rattern, den Geräuschen, die aus der Stadt hochdringen: Musik, ballspielende Kinder, Lastwagen, die die Steigung heraufdröhnen. Jetzt sind sie getrennt, Julius ringt mit dem Text seines Letzten Willens, Ethel träumt vermutlich von der viele Jahre zurückliegenden Premiere von *The Valiant*, das die Clark House Players in der Rivington Street aufführten, und worin sie die Schwester des Verurteilten spielte, der im Film von Paul Muni dargestellt wurde . . .

»War er ruhig, als Sie ihn verließen?« fragt der Direktor beklommen. »Ja, ja«, sagt der Geistliche, »er war vollkommen ruhig, und ich glaube, er wird es bleiben bis zum bitteren Ende.« Der Direktor zündet sich eine neue Zigarre an. In der Seitenkulisse wartet das junge Mädchen auf sein Stichwort. »Man muß es ihm schon lassen, Pater, sowas von Nerven hab ich mein Lebtag nich gesehen. Das is kein Bluff, keine Apathie, wie bei manch anderem, das sind richtig gute Nerven. Dafür muß man ihn bewundern.« Er schüttelt seinen Kopf in schierer Bewunderung. »Er hat immer noch nicht angedeutet, wer er wirklich ist?« »Nein. Er denkt nicht daran. Er will sein Geheimnis mit ins Grab nehmen.« Was steckt bloß hinter dieser unnatürlichen Halsstarrigkeit? Es ist nicht das Schweigen, nein, Rosenbergs sind selten schweigsam.

Doch was sie sagen, klingt hochtrabend, unverschämt, gereizt, sie lassen nichts verlauten, womit Uncle Sam was anfangen könnte. Direktor Denno hat eine direkte Leitung zum Justizministerium in Washington; Rosenbergs brauchten bloß ans Telefon zu gehen, ein Geständnis in Aussicht zu stellen und diejenigen zu nennen, die mit ihnen kollaboriert haben. Nicht etwa, daß das FBI diese Information wirklich nötig hätte – die Zeitungen schreiben doch seit zwei Jahren fast täglich, daß das FBI den Ring geknackt hat und die restlichen Spione »observiert«. Was jetzt wie eine weltweite Krise aussieht, könnte durch ihr Geständnis zu einem nationalen Triumph, zu einem allgemeinen Freudenfest werden, könnte, wenn auch nur vorübergehend, eine glückliche Familienzusammenführung nach sich ziehen. Aber nein, diese unnatürlichen Eltern bleiben ungerührt. »Wir vertrauen auf die Gerechtigkeit unserer Sache«, hat Julius Rosenberg geschrieben, »und wir werden uns nicht als Werkzeuge im Kampf gegen Frieden, Freiheit und Menschenwürde mißbrauchen lassen.«
Na ja doch, Friede, Freiheit und Menschenwürde – jedermann weiß, was ein Kommunist damit meint, wenn er sich solcher Wörter bedient. Zumal jetzt, wo Uncle Sam sich einer arglistigen sowjetischen »Friedens«-Offensive gegenüber sieht. Sie scheinen fast aufs Sterben versessen zu sein, aus purem Trotz. »Ich werde weder mein eheliches Treuegelöbnis noch das Glück und die Integrität unserer Beziehung in den Dreck ziehen, um für politische Zuhälter die Hure abzugeben«, hat Ethel Rosenberg geäußert, und ihre Ausdrucksweise bestätigte nur, was jedermann schon seit langem über dieses kleine verstockte Früchtchen aus dem Ghetto denkt, diese Magd des Phantoms. Die Welt hat den Tag vor zwanzig Jahren nicht vergessen, als sie und ihresgleichen wie rasende Mänaden über die armen LKW-Fahrer herfielen, ihnen die Hosen runterrissen und mit Lippenstift ICH BIN EIN STREIKBRECHER auf den Arsch schrieben. Und wenn schon von Treue die Rede sein soll, wie steht es dann mit ihrem Treueeid auf die Amerikanische Flagge? »Ich möchte meinen Mann lieber im Tode umarmen, als mit solch einem Gnadenerweis unrühmlich weiterleben.« Dabei bezieht sie sich auf das Gerücht, man wolle Julius hinrichten, ihr Todesurteil aber umwandeln, um womöglich die Spionagegeheimnisse doch noch aus ihr herauszulocken. »Wie teuflisch! Kalte Wut packt mich, und vor Ekel und Abscheu könnte ich kotzen, denn diese Retter schlagen mir ernsthaft vor, eine Gruft zu bauen, in der ich leben soll, ohne zu leben, und sterben, ohne zu sterben . . . Und was ist mit den Kindern? Was ist das für eine Gnade, die einen innigst geliebten Vater tötet und eine

liebende Mutter zu immerwährendem Nichtsein verdammt?« Ronald Colman hat das in *a Tale of Two Cities* wesentlich besser gebracht. Und was die Kinder betrifft, so weiß doch jeder, vom Richter bis zum Präsidenten, daß sie ihre Sache mehr geliebt und ihr die Kinder geopfert haben. Selbst jetzt müssen die Jungen bei allen Begnadigungsveranstaltungen alte weichherzige Damen betören und ihnen das Geld aus der Tasche ziehen, und ihre Rabeneltern benützen sie doch wirklich als Rechtfertigung für ihre Halsstarrigkeit: »Solange wir für unsere Kinder und alle wohlmeinenden Menschen das Rechte tun, vermag uns nichts etwas anzuhaben . . . Die Liebe, die wir unseren beiden Söhnen und uns gegenseitig entgegenbringen, fordert, daß wir an der Wahrheit festhalten bis in den Tod, der unsere kleine Familie zerstören wird. Eines weiß ich gewiß – wenn sie älter sind, werden sie begreifen, daß wir, ihre Eltern, im Recht waren, und sie können stolz auf uns sein.« Stolz, aha, das ist der Schlüssel zu allem.
Und hätten sie auch nicht das Geheimnis der Atombombe gestohlen, diese Großsprecherei, die an die Rhetorik ihrer Studentenzeit erinnert, sowie die unverblümte Provokation internationaler Unruhe – »Die Welt hat den wahren Charakter unseres Prozesses erkannt und die Völker, diese mächtigste Kraft auf Erden, stehen hinter uns und beweisen, daß sie für Frieden und Freiheit kämpfen können« – das allein schon würde die Verurteilung voll rechtfertigen. Denn soviel steht fest: daß die Welt heute abend in einer Krise steckt, daß das Phantom unter selten gewährtem Wohlwollen und mit voller Autorität agiert, verdankt sich weitgehend der permanenten Agitation von Julius und Ethel Rosenberg, die nicht auspacken, aber auch nicht schweigen wollen. Zwanzig Jahre haben sie an ihrer aufrührerischen Rhetorik gefeilt, ihr Gift an Andrew Carnegie und John D. Rockefeller, an Henry Ford und der Standard Oil ausprobiert – sogar gegen Nabisco-Kekse haben sie agitiert. Ethel begann ihre Rednerkarriere nach einem kurzen Gastspiel beim Theater als Gewerkschaftsagitatorin, Julius als Studentenaufwiegler anläßlich der stalinistischen Säuberung dekadenter Trotzkisten. Das FBI beschuldigte sie eines »unzeitigen Antifaschismus«. In ihrer Wohnung fand man eine leere Sammelbüchse mit der Aufschrift: RETTET EIN SPANISCHES REPUBLIKANERKIND, VOLVEREMOS, WIR WERDEN WIEDERKOMMEN! Und jetzt gelangt diese Perversion zur vollen Blüte; Zielscheibe ist das gesamte amerikanische System:

Eines Vorwands bedarf es nicht – die Farce enthüllt sich selbst. Diese drakonische und unmenschliche Entscheidung wurde im Fieberwahn gezeugt/paßt zu den profaschistischen und militanten Aktionen jener, die unser Land beherrschen/ist Klassenjustiz, schamlos, lautstark, zynisch/Die Exekutive als Mordgehilfin/Sie verbirgt ihre Demagogie unter einer Maske aus Patriotismus, wüsten Lügen und Anklagen/ Die Gerichte sind zum bloßen Anhängsel eines autokratischen Polizeistaates verkommen und in politischen Prozessen gelten die Rechte der Angeklagten und der Schutz der Verfassung nichts/ Innenpolitisch kann das nur zum Polizeistaat führen, außenpolitisch zum Krieg/Solange es noch geht, müssen wir diese Vertreter des Bösen daran hindern, unser Hirn zu vernebeln, als Auftakt zur totalen Unterdrückung/Wir müssen uns diesen Faschisten entgegenstellen und sie auf ihre Lügen festnageln/Die Progressiven haben ihren Kampf gegen den McCarthyismus aufgenommen, gegen den Führer der amerikanischen Faschisten/Noch in dieser späten Stunde vertraue ich darauf, daß die Guten in unserem Lande sich in Washington durchsetzen und die Exekution verhindern.

Und wirklich, heute Abend, – der Mond ist aufgegangen, die goldnen Sternlein prangen –, erheben sich die »Guten«, wie auf ein Stichwort, protestieren gegen die Hinrichtungen, greifen Uncle Sam und seine Legion von Superhelden außerhalb der Grenzen an und plagen ihn im Inneren, verstoßen gegen den menschlichen Anstand, drohen der Freien Welt mit Terror und Aufstand, führen brutale Schläge gegen den Glauben, der diese eint. Nicht weiter überraschend, daß Agenten des Phantoms, als Evangelisten verkleidet, an der Spitze der Rebellion stehen; die ganze Woche hindurch strömten Gnadengesuche und fanatische Proteste herein, von Predigern und Theologen aus Chicago, Philadelphia, Detroit, Kalifornien, Lateinamerika, dem Vatikan, aus Frankreich und von der Evangelischen Kirche Italiens. Fast 2300 amerikanische »Geistliche« unterzeichnen einen Appell in letzter Minute und fordern Audienz beim Präsidenten. Verantwortungsloses Geschwätz von »Friede«, »Gerechtigkeit« und »Gnade«. Man könnte meinen, der *Daily Worker* habe das ewige Licht erblickt, so viele Kirchenmänner zieren in diesen Tagen seine Spalten. »Der offenbare Beweis, daß die Engel der Finsternis die wahrhaft Auserwählten hinters Licht führen«, mahnt Herbert Philbrick, getarnter FBI-Agent, »findet sich in der wachsenden Zahl kommunistenfreundlicher Petitionen, die das Imprimatur der Gospel-Geistlichkeit tragen, sowie in der ungewöhnlich hohen Anzahl von Klerikern, die sie unterzeichnen. Nie operieren die Engel der Finsternis ungefährdeter als in der Rolle von Engeln des Lichts!« Zynisch grinsend ziehn die Rosenberg-Streitkräfte in Washington ins »Inspiration House« an der Kalorama Road. Tausende halten eine Protest-Vigilie vor dem Weißen Haus ab: angeblich »beten« sie um Schonung für Rosenbergs. »Ich habe diese Geistlichen in Aktion gesehen«, meldet V-Mann Philbrick vertraulich, »skrupellose kommunistische Anführer locken die christliche Geistlichkeit in den Sumpf von Atheismus und Schande!«

»Die Bibel lehrt uns, daß wir einen gigantischen geistigen Krieg führen«, erläutert Reverend Billy Graham, »und wenn Gott sich in einem Lande zu regen beginnt, so wie Er sich jetzt gewaltiglich in Amerika regt, *beginnt auch Satan sich zu regen!*« Und das nicht nur in Amerika: überall auf der Welt sammeln sich Demonstranten, singen, psalmodieren und verwandeln sich in einen randalierenden Mob, angeführt von Rosenbergs Hetzbriefen. »Unerschütterlich vertrauen wir darauf, daß das Volk machtvoll Alarm schlägt, um diese neue große Gefahr abzuwenden, die Millionen bedroht, auch wenn sie zunächst nur das Leben zweier unschuldiger Amerikaner fordert!« Aus Mexiko, Quebec, Tel Aviv und Kopenhagen hagelt es Proteste. Hunderte hypnotisierter Arbeiter rotten sich vor den US-Konsulaten in Mailand und Genua zusammen. In Paris nennt Jean Paul Sartre die Rosenbergs Opfer »staatlicher Lynchjustiz«: »Wenn Unschuldige getötet werden«, erklärt er, »geht das die ganze Welt an!«

Wenn ihr uns nicht hören wollt, so hört die Stimme der Welt. Hört auf die Großen und auf den einfachen Mann: von Einstein angefangen, dessen Name Legende ist, bis zu den Praktikanten in den Labors von Manchester, von notleidenden Studenten in Grenoble bis zu Oxford-Professoren, von den weltberühmten Filmregisseuren in Rom bis zu den Statisten in London, von den Hafenarbeitern in Lüttich bis zu den Baumwollspinnern in Indien, von den italienischen Bauern bis zu den Philosophen in Israel . . . Lest die Bittschriften, die tonnenweise in euren Registraturen lagern, die Briefe und Postkarten des einfachen und gutwilligen Volkes. Zahlreich wie nie zuvor ziehen sie vor eure Tore, ebenso wie ihre Schwestern und Brüder in London, Paris, Melbourne, Buenos Aires, Ottawa und Rom. Sie flehen euch an, unsere Kinder nicht zu Waisen zu machen. Sie fordern Friede und Brüderlichkeit, damit unser Leben erhalten bleibe.

Hört zum Wohle Amerikas auf die Großen und auf den einfachen Mann.

So rufen Rosenbergs, und in Dublin fliegen zwei Molotow-Cocktails durch die Fenster des amerikanischen Informationsdienstes für Auswanderer. Der englische Premierminister Winston Churchill wird von einem ganzen Autopulk eingekeilt, man beschwört ihn, bei Präsident Eisenhower Fürsprache einzulegen, aber Winnie blieb stur und standhaft: »Es ist weder meine Pflicht noch liegt es in meiner Macht, zu intervenieren.« Boykott und Arbeitsniederlegungen drohen überall. In Europa planen Linksintellektuelle ein Tribunal gegen Ankläger und Richter. In Arthur Millers *Hexenjagd* fallen die Sätze: »Keiner kann länger bezweifeln, daß die Mächte der Finsternis zu einem ungeheuerlichen Angriff angetreten sind. Der Beweise sind zu viele, um es noch zu leugnen.« Auf dem Times Square liegt der elektrische Stuhl, aus den Verankerungen gerissen, in der Gosse und behindert den Verkehr, während eine merkwürdige Botschaft, die man einem Franzmann namens Du Bois zuschreibt, in grellen Niggerfarben auf der Markise des *Criterion* prangt:

WIR SIND MÖRDER, WÜHLEN IM SUD!
SIND HEXENJÄGER UND TRINKEN BLUT!

Der Helm der Nacht hat sich auf den Menschen, diesen Wort-Bosseler, herabgesenkt. *Es ist die Stunde des Phantoms . . .!*
»Ich kann nicht gut abschiednehmen«, schreibt Julius Rosenberg aus der Todeszelle an seinen Anwalt, »und ich glaube, daß das Gute weiterleben wird, das wir bewirkt haben. Meine Liebe zum Leben war nie so groß wie jetzt, da ich erfahren habe, wie schön die Zukunft sein kann. Ich weiß, daß wir in dieser Richtung unseren Teil, so geringfügig er auch sein mag, beigetragen haben,und glaube, daß meine Söhne und Millionen anderer davon profitieren werden.«
»Sein rechtschaffenes Gebaren geht mir entsetzlich auf die Nerven«, sagt der Gefängnisdirektor. »Es kommt mir fast so vor, als müßte ich heut nacht was machen, was genauso kriminell ist, wie was er getan hat. Ich kann nichts dafür. Und wenn ich auf solche Gedanken komme, dann, glaub ich, ist es höchste Zeit, mich pensionieren zu lassen.« Warum haben solche Männer bloß keine Antenne für die simpelsten Dinge, fragt sie sich, als sie den Direktor und den Geistlichen aus der Seitenkulisse beobachtet. Nicht, daß sie zuwenig gelernt haben, eher haben sie zuviel gelernt und sich eine Weltanschauung zurechtgelegt, die die natürlichen menschlichen Regungen blockiert. Als habe sich die Gesellschaft durch ihre formalen Gebote darauf versteift, den Menschen nicht zu veredeln, ihn auf den Weg der Wahrheit und der Kunst zu führen, sondern ihn zu erniedrigen, auf einen Rollenträger aus Pappmaché zu reduzieren, wie die Charaktere in diesem Stück *The*

Valiant. Und je tiefer die Menschen in diese Rollen hineinschlüpfen, desto weniger erinnern sie sich daran, wer sie waren, bevor sie ihre Rollen übernahmen. Aber welche Alternativen gibt es? Bedeutet weiterleben, sich eine Rolle nach der anderen aneignen, wenn es sein muß, sogar die des Rebellen? Sie ist erst sechzehn und glaubt das nicht. Sie hält das für die defaitistische Ansicht alter Leute, die im Leben versagt haben, Leute wie ihre Eltern, ihre Lehrer und die zwei Männer da auf der Bühne. Mit solchen Argumenten hat so einer ihr jüngst zugesetzt, als er sie nach der Party in der Paramount Cafeteria heimbrachte. Nein, sagte sie, es muß noch andere Möglichkeiten geben. Darauf drängte er sie in eine dunkle Einfahrt, zerrte ihr den Rock hoch, stieß sein Knie zwischen ihre Schenkel. Auch ein Argument. »Seine Haltung ist höchst bemerkenswert«, räumt der Geistliche nachdenklich ein, und zwinkert ihr von der Bühne her zu. »Noch vor ein paar Minuten habe ich mich dabei ertappt, sie mit der Seelenstärke zu vergleichen, die die christlichen Märtyrer auf dem Weg in den Tod zeigten, und nun . . .« »Ist er überhaupt eine Spur religiös?«, fragt der Direktor. »Ich fürchte, das ist er nicht«, seufzt der Geistliche. »Er hört mir immer sehr aufmerksam zu, aber . . .«

J. Edgar Hoover vom FBI hat uns oft daran erinnert, daß Atheismus der erste Schritt zum Kommunismus ist, der »Eckpfeiler kommunistischer Philosophie«. Marx, Engels und Lenin haben alle so angefangen. Eine der Spuren, die zur Festnahme von Rosenbergs führte, war deren unkaschierte Gottlosigkeit. Zugunsten von Tom Mooney und eines verfrühten Antifaschismus hatte Julius aufgehört, den Talmud zu lesen. Ethel ging mit ihren Depressionen zum Psychiater, statt zu ihrem Rabbi. In ihrer Wohnung fand das FBI Schallplatten, die das Kol Nidre in den Dreck zogen. Das Phantom, so hat G-man Hoover gewarnt, ist darauf aus, »der spirituellen Kraft der Religion das Mark auszusaugen und sie dann zu vernichten . . . Die Kommunisten haben stets klar und deutlich gesagt, daß Kommunismus der Erbfeind des Christentums, des Judaismus, des Islam und jeder anderen Religion ist, die ein Höchstes Wesen verehrt«.

Hunderte von Briefseiten haben Julius und Ethel Rosenberg sich gegenseitig und der Welt geschrieben, ohne ein Wort über das Höchste Wesen zu verlieren. Nicht ein einziges Mal erwähnen sie das Leben nach dem Tode, die Engel oder die Heilige Dreifaltigkeit. Frieden, Brot und Rosen – das ist alles, worüber sie reden: ihr materialistischer Traum. Selbst Richter Douglas, dieser unsichere Kantonist, muß zugeben, daß »wir eine gottesfürchtige Nation sind, deren Institutionen ein Höheres Wesen voraussetzen«, und würde man ihn ein bißchen in die Zange nehmen, dann fiele ihm auch Sein Name ein. Zwar stimmt es, daß der bewährte Patriot John Adams in einem seiner Anfälle von Mißmut sagte: »Niemand, der am Aufbau der amerikanischen Republik mitwirkte, hat mit den Göttern Zwiesprache gehalten oder war in irgendeiner Weise vom Himmel erleuchtet«, aber seitdem haben die Propheten ihn voll widerlegt – der Herrgott selbst hat in den *Doctrines and Covenants* der in Amerika heimischen Heiligen der Letzten Tage ausdrücklich verlautbart:

Ich gab diesem Land seine Verfassung, legte sie in die Hände weiser Männer, die Ich zu diesem Zwecke ausersehen habe!

Nichts könnte klarer sein als das. Und als Tom Jefferson »jeglicher Art von Tyrannei über den menschlichen Geist ewige Feindschaft« schwor, tat er das »beim Altare Gottes«, jenes himmlischen Baumeisters, der die Welt errichtete, Jesus Christus zeugte und die Bombe zündete, deren Knall man auf dem ganzen Erdenrund vernahm. Ja, selbst Long Tom fragte sich mal in einem theokratischen Anfall: »Kann die Freiheit in einem Land noch als gesichert gelten, wenn wir ihre einzige eherne Grundlage beseitigen, nämlich die im Denken des Volkes verankerte Überzeugung, daß diese Freiheit eine Gabe Gottes ist, daß sie nicht zerstört werden darf, will man nicht seinen Zorn heraufbeschwören?« Derartige Eingebungen haben die Herzen und den Geist aller amerikanischen Superhelden bewegt, von General George Washington angefangen bis hin zu seiner gegenwärtigen Inkarnation, die häufig Visionen von einem Gott hat, der seinen wunderbaren Willen durch die Erfindung Amerikas offenbart. Sein Vizepräsident, der Quäker-Laienprediger und Tempelreiniger, hat oft als sein Echo fungiert und gefordert: »Unser Glaube muß sich mit dem Eifer von Kreuzfahrern verbinden, darauf gerichtet, *die Welt zu verändern!*«

LASST DIE KIRCHE FÜR DEN KAPITALISMUS ZEUGEN!

Denn es gibt, wie der christliche Missionar John Foster Dulles, vormals Vorsitzender der Kommission der Bundessynode der Kirchen für einen gerechten und dauerhaften Frieden (nun US-Außenminister), gesagt hat, »keinen Weg, die großen, verwirrenden internationalen Probleme zu lösen, es sei denn, man setzt die gesamte *Macht des Christentums* zu ihrer Bewältigung ein!

Bleibt uns noch Zeit dafür? Ein junges Mädchen tritt auf. Sie ist gesund

und munter und ziemlich hübsch, doch ihre ganze Art verrät – wie die Autoren vorschreiben – einen gewissen geistigen Vorbehalt gegenüber der hypermodernen Welt, der sie von den Menschen der Großstadt trennt. Sie ist schlicht gekleidet, trägt ein blaues Kostüm mit weißen Aufschlägen und einem gestärkten weißen Matrosenkragen, einen blauen Hut auf ihrem lockigen Haar. Ihr Kleid läßt auf den Geschmack und die Gebote eines altmodischen Elternhauses schließen, die Art Elternhaus vermutlich, die sich Mr. Edgar Hoovers ernsten Rat zu Herzen genommen hätte:

Weil die Kommunisten Feinde Gottes sind, müssen Sie Ihr Kind dazu anhalten, in der Kirche aktiv zu werden . . . Ob Sie es wissen, oder nicht, Ihr Kind gehört zu denen, auf die man es abgesehen hat. Sein Geist ist ein fruchtbringendes Beet, in das der Kommunist den Roten Virus einzupflanzen und eine lebensgefährliche, ansteckende Saat zu ziehen hofft; sind sie genügend infiziert, wird der Rote Rattenfänger seine Flöte blasen. Er lebt für den Tag, an dem er eine ständig wachsende Zahl amerikanischer Teenager ihren Familien und den gesunden Traditionen und Prinzipien, die unser Vaterland bis heute auf seinem Weg durch die Geschichte gelenkt haben, abspenstig machen und in den Dienst der Roten Herren stellen kann!

J. Edgar Hoovers Rat: die anfällige Jugend mit Glauben, Historie, Hiebe und altmodischen Gebeten zu bearbeiten. Das Mädchen auf der Bühne scheint nichts davon zu benötigen. Von unbestechlicher Reinheit ist ihr Charakter. Sie ist weder schüchtern noch herausfordernd. Sie ist sich ihrer Wirkung nicht bewußt, ganz anders als die eher zwielichtigen Männer, der Direktor und der Kaplan. Ihr Gesichtsausdruck ist ausgesprochen ernsthaft, dem derzeitigen Vorhaben angemessen; gewöhnlich zeigt sie – laut Regieanweisung – eine lebhafte Freude am Dasein. Eben hört sie den Direktor in bezug auf den verurteilten Gefangenen sagen: »Ich möchte heute Nacht kein Gebrüll und Gekreisch wie neulich bei dem Griechen!« Als er sie erblickt, erhebt er sich halb von seinem Sessel, äußerst beeindruckt von ihrer Jugend und Unschuld, und bietet ihr mit vollendeter Höflichkeit einen Stuhl an. Das Gelächter des Publikums über den kreischenden Griechen flaut ab. Das junge Mädchen betrachtet vertrauensvoll den Gefängnisdirektor, sie ist eine gute Schauspielerin. Er fragt, sie wolle wohl den Verurteilten sehen? »Ja, Sir. Ich *hoffe,* daß ich nicht . . . zu spät komme . . .«

Möglicherweise doch. Terroristen kriechen aus ihren Verstecken im Dschungel und verwüsten Dörfer in Indonesien, Malaya, Französisch-

Indochina. Eine ganze Kompanie fällt über einen UN-Posten nördlich des Hwachon-Stausees in Korea her; der Versuch der UN-Truppen, Christmas Hill zurückzuerobern, wird von den aufgeputschten Streitkräften des Phantoms zurückgeschlagen. Zweihundert indische Fischer werden vierzig Meilen vor Madras im Golf von Bengalen als vermißt gemeldet. Nach dem Brand durchstochern Polizisten die Asche von Whittier, Alaska, das nach dem Quäkerdichter getauft wurde, der einst prophezeite, »das Böse sprengt die stärkste Pforte/ewig gefeit lebt seine Horde«! Sie stimmen darin überein, daß der wichtige US-Militärhafen jetzt völlig lahmgelegt ist. Der Schaden wird auf 20 000 000 Dollar geschätzt. John Greenleaf Whittier gab seinen Namen auch dem Geburtsort des jungen Vizepräsidenten, und wen würde es wundern, wenn das Phantom eigentlich auf ihn gezielt, ihn aber verfehlt hätte? HUAC eilt mit seinen Dossiers unterm Arm in den Bunker des Kongresses und warnt vor 469 ketzerischen Organisationen, die sich unbehindert auf den Straßen des Landes tummeln, darauf versessen, jede Art Sünde und Übergriff gegen die amerikanische Regierung zu begehen: darunter nicht zuletzt zahllose Komitees für die Begnadigung von Rosenbergs, denen Tausende zuströmen, die alle »eine schockierende Bereitschaft erkennen lassen, dem Landesverrat zur Hand zu gehen«. Kaum sind Namen genannt worden, brechen neue Demonstrationen in London, Chicago, Djakarta und Japan aus. Auf dem Times Square liegt die Bühne ohne den elektrischen Stuhl im Dunkel, ein kühler Wind weht aufgerissene Puddingpulverpackungen durch die Straßen, in den Hauseingängen lauern verdächtige Subjekte. »Die Zeiten sind streng heutzutage, es sind korrekte Zeiten«, sagte der Vizegouverneur Danforth auf der Bühne bei Martin Beck, »nicht länger leben wir im Zwielicht des Nachmittags, als sich das Böse mit dem Guten mischte und die Welt verwirrte. Jetzt ist, durch Gottes Gnade, die Sonne strahlend aufgegangen, und die, die das Licht nicht scheuen, werden es preisen!« Schon recht, nur ist die Sonne nicht aufgegangen. Sie ist untergegangen.

Und als die schlimme Stunde der Mitternacht, wenn alle bösen Geister mächtig sind, über sie kommt, schlüpfen die Kinder Uncle Sams beklommen in ihre Betten, von Alpträumen hartnäckig bedrängt: russische Panzer in Berlin, die toten Brüder verstreut in den Einöden Koreas, anschwellende Pornographie und wuchernder Sozialismus, phantomisierte schwarze und gelbe Völker, die sich in Afrika und Asien so zahlreich erheben, wie nicht mal Lothrop Stoddard es hatte vorhersehen können, dazu Rosenbergs; riesenhaften Kraken gleich, wie Irving Saypol sie gezeichnet, brechen sie aus ihren Zellen, kippen mit ihren Tentakeln die Mauern von Sing-Sing um, fallen über die City her, wie die Bestie aus 10 000 Meter Tiefe. Sie knicken Gebäude um, zerquetschen Automobile unter ihren Körpern, verschlingen Polizisten mit einem Bissen, verheddern sich in einer Achterbahn auf Coney Island. Geschosse halten sie nicht auf. Zu ihnen gesellen sich Walter Ulbricht, der Sargschreiner, der mit seinen Exekutionskommandos an den Strand watet; der Nekrophile John Reginald Halliday Christie, das riesige Gemächt blutig und brandig; ein schwarzer, weißäugiger fetter Riese mit dem Emblem SUPER-MAU-MAU auf zottiger Brust; tausend und abertausend stöhnende Opfer aus Hiroshima und Nagasaki, erblindet, das Fleisch zerfressen; dann der Vorsitzende Mao, von den Schwaden aus den Höhlen des Lasters umnebelt, einem aufgedunsenen, goldzähnigen Fu Man-Chu gleich. Rosenbergs zerkrümeln Synagogen und Kathedralen in ihren monströsen Tentakeln. Super-Mau-Mau zerschmettert die Schaufenster von Supermärkten und Kaufhäusern, läßt Dunkelheit sich ausbreiten. Mit einem Peitschen seines Drachenschwanzes legt Vorsitzender Mao Wall Street in Trümmer. Christie grapscht sich kleine Mädchen aus Sonntagsschulen und Schönheitssalons, schmiert jeweils eine Handvoll von ihnen über seinen schwieligen Schwanz und lacht dabei wie ein Irrer. Als der Rote Rattenfänger zu flöten anfängt, stürzen sich Nero, Pontius Pilatus, Dschingis Khan und die kriegsbemalten Rothäute aus *Ambush at Tomahawk Gap* aus den Filmpalästen und krakelen: *»Die Waffen, mit denen die Bourgeoisie den Feudalismus besiegte, richten sich jetzt gegen die Bourgeoisie selber!«* Die Leute drücken sich in ihre Bettlaken, zittern trotz des warmen Juniwetters, erschauern vor der gellenden Lache des Phantoms, entsetzt von der Aussicht auf eine nie endende Nacht. Wie konnte es soweit kommen? Wo ist sie hin, die gute alte Zeit? Was kam eigentlich raus beim Rendezvous mit dem Schicksal? Aber dann hören sie in der Ferne das aufmunternde Stampfen Nelson Eddy, der »Stout-Hearted Men« und dies übertönend erschallt durch die Tiefe der Nacht die Stimme Uncle Sams, fest, dröhnend, unerschütterlich: »Oh leidende, trauernde Menschheit! Oh ihr Beladenen, die ihr bis zum Halse in Trübsal versunken seid, *illegitimi non carborundum*, oder wie Essig-Joe zu sagen pflegte: Laßt euch von den Bastarden nicht zu Tode ängstigen! Ich weiß, die dustre Nacht liegt vor uns wie ein schwarzer Arsch im Kohlenkeller, aber, beim heulenden Hurrikan, wir sind nicht schlapp, wenn wir richtig nutzen, was Gott Natur uns in die Hosentasche gesteckt hat. Haut zu, Brüder, haut mit Andacht, bis

Jesus Christus kommt und uns zuruft, es ist genug! Brillanten strahlen und wir sind raus aus den Qualen!«

»Aber, oh Uncle Sam«, rufen die Leute, ächzen und krächzen gar kläglich, »der Engel der Finsternis geht um in der Welt, und Frevel bleibt ungesühnt! Immer noch säen sie Zwietracht, öffnen ihre verluderten Mäuler, ihre gleisnerischen Zungen verspritzen ihr Gift wie Vipern, die nicht gebannt werden können! Panik und Verwirrung quälen uns, furchtbare Angst, und Schmerzen wie der Krampf der Wehen!«

»Elender Mist!« seufzt Uncle Sam, »ein Land, worin Verzweiflung Früchte trägt! Ich hör euch quieken, meine lieben Ferkelchen, aber steht nicht geschrieben in Alten Schriften: ›Und wenn sie das Phantom bekämpfen, werden dreimal die Söhne des Lichts siegreich aus dem Blutbad und dem Gemetzel der Schlacht hervorgehen und die Streitmacht des Bösen schlagen, aber dreimal wird sich das Heer des Phantoms ermannen und die Flut zurückdrängen. Doch beim siebenten Male wird Uncle Sams mächtige Hand das Phantom ein für allemal bezwingen, und wahrlich, ER wird die Wahrheit weithin leuchten lassen, und mich hat ER dazu erwählt, Verhängnis zu bringen über die Söhne der Finsternis, wien Sperling über'ne Raupe!‹«

»Ja, sechsmal sind sie vor unseren Richtern erschienen, Männern vertraut mit den Büchern der Weisheit und den Fundamenten des Bundes mit Gott, und jetzt ist es das siebente Mal«, erwidern die Leute. »Du bringst uns große Freude, oh Uncle Sam, inmitten von Kummer und Sorge, du bringst Worte des Friedens inmitten Verwüstung, predigst Festigkeit des Herzens angesichts der Betrübnis!«

»Na also«, posaunt Uncle Sam, »steht auf und frühstückt ordentlich, Freunde! Schreitet voran, der schattenreichen Zukunft entgegen, ohne Furcht, männlich beherzt, denn sie sind nichts als Anathema maranatha, dreckige Straßenköter! Und vergeßt nicht, daß alles, was war und was ist und was sein wird im steten Wandel der Zeit, daß alles in meine Hand gegeben ist. Stürme werden meinen Pfad begleiten, doch werde ich lächeln, denn bald schon sollen darauf Ro-o-sen wachsen! Und so bauen wir auf IHN, der mich begleitet und doch bei euch bleiben kann und der überall ist. Laßt uns der *Maine* gedenken, deckt die Glut ab, und löscht das Licht – Taten am Morgen, Braten am Abend. Huu Haa! Gott segne euch alle!«

»Dein ist die Schlacht«, antworten die Kinder Amerikas. »Von Dir kommt die Kraft, die nicht die unsere ist. Brand legst Du an die üble Gesinnung wie an einen Heuhaufen, einen Brand, der das Böse

verzehrt und nicht endet, bis die Schuld gesühnt ist!« Und stellen den Nachtsender ein, der Frankie Laine's »I Believe« bringt und entschlummern, erlöst von den Schrecken des Phantoms und träumen friedlich von Baseball, Business und brennenden Heuschobern.
Rosenbergs finden nicht so leicht Schlaf. Pflichtbewußt hat Julius seinen Letzten Willen verfaßt, aber ein Henry Ford II ist er nicht. Letztlich kann er seinen beiden Söhnen nur gute Wünsche hinterlassen, drei Kartons voll ziemlich rührenden persönlichen Besitztümern, die das FBI sowieso noch durchackern muß, ein paar tote Motten und sein beispielhaftes Pech. Die Annahme ist berechtigt, daß die Söhne nicht mal seinen Namen erben werden. »Liebe sie von ganzem Herzen und schütze sie, damit sie zu normalen gesunden Männern heranwachsen«, bittet er seinen Anwalt Manny Bloch. »Die Kinder sind unser Augapfel, unser Stolz und unsere wahre Zukunft.« Zuletzt hat er sie vor zwei Tagen gesehen. Bleibt es nicht bei Richter Douglas' Aufschub, dann hat er sie zum letzten Mal gesehen. Sie wurden von ihm fortgezerrt, weinend verwirrt. Er kann den Kindern nichts schreiben. Ethel wird es tun. Er fürchtet, daß sie ihm böse sind. Er fürchtet, daß man ihre Erinnerungen auslöscht. Oder auch nicht. Er fürchtet, daß ihm auf dem Wege zum elektrischen Stuhl die Beine den Dienst versagen und seine Kinder sich deswegen schämen müssen. »Du, Manny, gehörst nicht einfach zu unsrer Familie, sondern Du bist unser einziger Freund. Lieber Freund, steh fest zu uns. *Laß niemand die Wahrheit, daß wir unschuldig waren, verfälschen.* Für den Frieden, für Brot und Rosen werden wir, mit schlichter Würde, vor den Scharfrichter treten, tapfer, voll Vertrauen und Zuversicht, ohne den Glauben zu verlieren. Wie immer, *Dein Julius.*«
Für den Gefangenen im Stück ist es Zeit zu sterben, das junge Mädchen muß Abschied nehmen. Sie müht sich, zu lächeln, die Stimme versagt ihr, und sie bricht fast zusammen. Sie und ihr Bruder haben früher vorm Einschlafen oft Verse von Shakespeare aufgesagt, das war ein Spiel und obwohl der Gefangene deutlich bekundet, daß er überhaupt nicht ihr Bruder ist und Shakespeare nicht von Barney Google unterscheiden kann, wünscht sie jetzt, sie dürfte. ». . . Was ist das?« fragt der Gefangene. »Ich . . . ich hab es früher einmal aufgesagt und du hast es blöd gefunden.« »Tu es nochmal«, sagt sanft der Gefangene. Das Mädchen schluchzt, sieht zu ihm auf. »Nun gute Nacht!« Sie kann ihre Stimme kaum noch beherrschen, ringt mit sich, und denkt: das ist alles, was übrig bleibt. »So süß ist Trennungswehe . . . Ich rief' wohl gute Nacht, bis ich den Morgen sähe.« Sie geht zum Vorzimmer, zögert, hofft

– vergeblich –, daß er die anschließenden Verse zitiert, geht schnell mit unterdrücktem Schluchzen durch die Tür und schließt sie hinter sich. Sekundenlang steht der Gefangene unbewegt, blickt unverwandt auf die Tür, dann, ohne seine Haltung zu ändern oder seinen Gesichtsausdruck – voller Spannung vom Gefängnisdirektor und vom Geistlichen beobachtet – spricht er, die Erinnerung wachrufend, sehr zart:

»Schlaf wohnt auf deinem Aug, Fried in der Brust!
O wär ich Fried und Schlaf und ruht in solcher Lust!«

»P.S. – Ethel will, daß jedermann erfährt, daß wir die ersten Opfer des amerikanischen Faschismus sind.«

7. Ein bißchen erbauliches Theater zu Nutzen und Frommen unserer Generation

Das Stück ist aus. Das Mädchen hat seinen tränenreichen Abgang gehabt, und ihr Bruder, der zum Tode verurteilte Gefangene, hat sich zur Verwunderung von Gefängnisdirektor und Gefängnisgeistlichem an die Gurgel gefaßt und zitiert, was Shakespeare über Todesangst zu sagen hat. Ein Aufseher tritt ein, um den Gefangenen zur Hinrichtung abzuführen, und der Gefangene – hochaufgerichtet wie ein Soldat in Hab-Acht-Stellung – hat sie alle aufmerksam gemustert und leise und gefaßt gesagt: »Gut, gehen wir.« Sie sind gegangen, und das Publikum, so welches anwesend ist, applaudiert jetzt. Sie treten vor den Vorhang. Jetzt lächeln der zum Tode Verurteilte und auch das Mädchen in seinem knappen Matrosenkostüm. Alles bloß So-tun-als-ob. Dann, sehen wir mal nach . . . wischen sie sich . . . hm . . . die Schminke vom Gesicht und legen die Kostüme ab. Hat mir immer gefallen, das mit dem Make-up. Eine Art Verwandlung überkommt einen, ne Art Metamorphose. Als mir ein Mädchen aus meiner Klasse eines Abends das Make-up auflegte, da hab ich geglaubt, sie sei in mich verliebt. Vielleicht war sie es. Ich habs wohl nicht richtig angefangen. Schnee vom letzten Jahr. Wie auch immer, runter mit der Schminke und raus aus dem Kostüm. Anschließend gibt es heute abend eine Party in der Paramount Cafeteria, sie gehen alle hin und beeilen sich, fertig zu werden. Jeder einzelne im Ensemble ist scharf auf die kleine sechzehnjährige Ethel Greenglass, im Stück die Schwester, und während sie sich umzieht, kommt einer nach dem anderen wie zufällig vorbei und steckt seine Nase durch die Tür, aber sie ist noch viel zu sehr mit ihrer Rolle beschäftigt, als daß ihr das auffiele. Sie glaubt, daß Männer in mittleren Jahren, die ihr zuzwinkern und Küßchen zuwerfen, während sie in der Unterwäsche dasteht, einfach zum Theater dazugehören. Außerdem, seien wir ehrlich, ist sie ein abgebrühtes kleines Luder aus den Slums, hat geile Brüder, hier ist wohl kaum Whittier-High-School, sie weiß, was läuft. Anus, Dildos, der ganze Kram. Alles, was es zu sehen gibt, hat die garantiert schon im Treppenhaus der eigenen Mietskaserne mitgekriegt. Da haben oft Huren gewohnt und sind ihrem Gewerbe in den Zimmern neben ihrem Schlafzimmer nachgegangen. Die ist kein Unschuldslamm. Aber ob sie schon mal . . . gebumst hat? Schwer zu sagen. Wahrscheinlich nicht. Ein festes Verhältnis hat sie nicht gehabt.

Nicht, bevor Julius auftauchte. Wahrscheinlich zu idealistisch. Unnahbar. Zu viel mitgekriegt, das macht sie scheu. Sie will mehr vom Leben. Sie träumt davon, aus den Slums rauszukommen. Sie ist jung, klug, hübsch, hat Talent, kann singen und spielen und hat Mut – das ist doch das berühmte Broadway-Rezept für den Erfolg, oder? Im Film ist das so, und alles nur ein paar Straßen weiter. Jeden Abend spielen sie in dieser lausigen kleinen Bruchbude *The Valiant*, und sie denkt: Heute abend werde ich entdeckt! Aber jeden Abend passiert gar nichts. Kommt sie in ihr schäbiges Zimmer in jener stinkenden Slum-Kaserne zurück, keift die ekelhafte alte Hexe von Mutter sie an: »Du schaffstes nie, du neunmalkluger kleiner Idiot! Auf Künstler haben se in dieser Welt grad gewartet.« Vielleicht hat sie nicht gesagt »Du neunmalkluger kleiner Idiot«, das habe ich mir gerade ausgedacht. Klingt dennoch glaubhaft. Kann auch was ähnliches gewesen sein, auf Russisch oder Polnisch, oder woher die alte Dame nun schon stammte. Ethel hatte die Schule verlassen und arbeiten gehen müssen. In einer Reederei auf der West-Thirty-Sixth-Street kriegt sie sieben Dollar die Woche und gibt alles ihrer Mutter. Zwei Dollar bekommt sie für Fahrgeld und Mittagessen zurück. Aber sie geht zu Fuß zur Arbeit und läßt das Mittagessen häufig ausfallen, um für Gesangs- und Klavierstunden in den Carnegie-Hall-Studios zu sparen. In ihrem Job versuchen Linke, sie zur Mitarbeit in der Gewerkschaft rumzukriegen: sie ist nett und besitzt eine Menge Persönlichkeit, aus ihr könnte ne gute Organisatorin werden. Sie genießt die besondere Aufmerksamkeit, die man ihr zuteil werden läßt. Ihr Leben könnte in Richtung Gesetzlosigkeit und Chaos, Streiks, verfrühter Antifaschismus, Daily-Worker-Abonnement, Umsturz, Hochverrat und Tod auf dem Elektrischen Stuhl laufen. Oder das Theater könnte ihre Rettung bedeuten. Wenn sie eine zweite Clara Bow werden würde, wäre ihr Leben und das Tausender von GIs, die in Korea kämpfen, nicht verloren. Und sie brauchte nicht einmal eine zweite Clara Bow zu werden – bloß etwas, das ihre *Träume* vom Erfolg nicht verfliegen ließe. Das Geheimnis besteht doch daraus: laß sie die Hoffnung nicht verlieren. Aber nach der Party in der Paramount Cafeteria bietet ihr einer der Älteren aus dem Ensemble an – son Typ in den Mittvierzigern –, sie nach Hause zu bringen. Hm, die Straßen der Lower East Side sind ziemlich gefährlich, er wird sie wohlbehalten daheim abliefern, so in der Art. Ich wußte nicht, ob in der Paramount Cafeteria Bier ausgeschenkt wurde oder nicht. Wahrscheinlich nicht, außerdem wars noch während der Prohibition. Glaube ich. Der Bursche hatte wahrscheinlich einen Flachmann in der Tasche. Er will

sich drum kümmern, daß sie heil nach Hause kommt, dagegen läßt sich nichts einwenden. Vielleicht wars der zum Tode verurteilte Bruder, das wär ne gute Pointe. Wahrscheinlich aber wohl nicht, weil im Film Paul Muni die Rolle spielte – ein jüngerer Typ. Also könnte es der Gefängnisgeistliche gewesen sein, ein frommer Mann, im Stück vielleicht Katholik mit Keuschheitsgelübde und all dem Kram, obwohl in Wirklichkeit, wie die meisten Theaterleute, wohl Jude oder Atheist. Vielleicht aber auch der Gefängnisdirektor, der Hüter von Gesetz und Ordnung. Wers auch war, sie ist dankbar. Sie fühlt sich noch immer wie im Traum. Gelöst. Sie ist froh, daß sie auf dem Weg nach Haus jemanden hat, mit dem sie reden kann. Worüber? Ihre Hoffnungen, ihre Phantasien. Der alte Knabe ermuntert sie, weiterzusprechen, legt voller Sympathie den Arm um ihre Schulter. Wie ein Vater. Sie öffnet ihm ihr junges Herz. Als Antwort stößt er sie in einen dunklen Hauseingang, zerrt ihr den Rock hoch, reißt sich den Hosenschlitz auf und versucht, ihr den pulsierenden Pimmel zwischen die Beine zu schieben. Sie schreit gellend. Nein, sie kann nicht schreien, nach wem sollte sie denn schreien? Außerdem, hmmm . . . preßt er seinen Mund auf den ihren. Was macht sie jetzt? Vielleicht beißt sie ihn. Stößt ihm das Knie in die Eier. Irgend sowas. Eine ziemlich rohe Szene für ein kleines sechzehnjähriges Mädchen mit verträumtem Blick. Den ganzen Weg nach Hause rennt sie, verstört und aufgelöst, heulend, ihre Träume in Trümmern, mit nur einem Gedanken: Das also ist die Welt des Theaters! Deshalb wird sie Kommunistin und treibt Spionage.
Könnte so gewesen sein. Oder auch nicht. Irgendwie zu glatt. Und die Einzelheiten unklar. Wo lag die Paramount Cafeteria? Welcher dunkle Hauseingang war es? Könnte es ihr eigener gewesen sein? Unter den abblätternden Goldbuchstaben des Namens ihres Vaters? Ich seufzte, richtete mich auf, starrte auf all die Notizen und Aufzeichnungen, die um mich herum über den ganzen Fußboden des Büros verstreut lagen. Es wurde allmählich spät, ich krebste noch immer im Mittelfeld, erreichte nichts. Pat und die Mädchen hatten sich zweifellos gewundert, warum ich zum Abendbrot nicht nach Haus gekommen war. Hätte anrufen sollen. Wahrscheinlich war Pat meinetwegen noch immer auf. Aber ich konnte nicht nach Hause gehen. Noch nicht. Ich mußte diese Überprüfung abschließen, irgendwie einen Sinn reinbringen. Douglas' Aufschub der Hinrichtungen, verknüpft mit dem plötzlichen, weltweiten Auftreten von Spannungen, tauchte den Fall in ein völlig neues Licht. Uncle Sam hatte mich in den Brennpunkt der Dinge beordert, und ich mußte mich bewähren. Zudem würde Pat glauben,

ich nähme an einer Krisensitzung teil, das ging schon klar. Oder ich bereitete eine Rede vor. Sie war meine langen Abende gewöhnt. Während der Hiss-Affäre verbrachte ich achtzehn bis zwanzig Stunden pro Tag in meinem Büro, damals bekamen wir uns kaum noch zu Gesicht. In solchen Fällen weigere ich mich bewußt, mal einen Tag frei zu nehmen, ja überhaupt eine »Pause« zu machen, denn meine Erfahrungen bei der Bewältigung von Krisen haben mich gelehrt, daß meine geistigen Reflexe um so schärfer und präziser werden, je mehr ich arbeite. »Mach mal Pause« fordert im Grunde doch nur zur Flucht aus der harten und zermürbenden Disziplin auf, die für Höchstleistungen absolut erforderlich ist, und Pat hatte es lernen müssen, damit zu leben. Häufig habe ich die Erfahrung gemacht, daß mir die besten Gedanken kommen, wenn ich glaube, keine einzige Minute länger arbeiten zu können, wenn ich mich selbst treten muß, um dran zu bleiben. Schlaflose Nächte bis zu dem Punkt, den der Körper gerade noch aushält, können die kreativen Kräfte des Geistes ungeheuer stimulieren, das hab ich selbst verflucht oft erlebt. Klar, hin und wieder muß man den Gang mal rausnehmen, aber den Motor abstellen und kalt werden lassen, ist sehr unklug, wenn man hinter was her ist. Ich könnte nen ganzes Handbuch drüber schreiben.

Deshalb war ja auch mein Golfspiel für Uncle Sam eine so große Enttäuschung. Es ist nicht bloß das Spiel, es ist das Kommen und Gehen, die Zeit, die man im Klubhaus vergeudet, all diese hohlköpfigen Säufer, die in ihren Golfschuhen rumtrampeln, ein ganzer Tag kann dabei draufgehen. Wenn ich in einer Phase intensiven Studiums oder intensiver Arbeit stecke und die ganze Problematik für einen Tag auf dem Golfplatz liegen lassen muß, dann bedeutet das jedesmal schlicht und einfach, daß ich den größten Teil des nächsten Tages damit verbringen muß, mich wieder auf Touren zu bringen, bis zu dem Grad von Effizienz, den ich bereits erreicht hatte, als ich meine Aufgabe liegen ließ. Letztlich war das auch der Grund, weswegen das Geschwabbel um meine Taille zunahm. Darauf mußte ich achten, das wußte ich – Amerikaner wählen selten dicke Leute zum Präsidenten. Dem alten Taft hat mans nachgesehen, weil er wirklich ein Fettwanst war. Doch bloß dick und untrainiert? Nie im Leben! Da ich noch auf dem Fußboden lag, entschloß ich mich zu etwas Gymnastik. Rumpf heben. Rumpf senken. Nachdem ich ein paarmal hochgekommen war, fühlte ich mich leicht benommen – wahrscheinlich der Hunger – und blieb deshalb ausgestreckt liegen, meinen Kopf auf die Bombenskizzen gebettet. Ich hatte die Zeichnungen bereits eingehend betrachtet, sie

auf etwas Verborgenes hin untersucht, hatte gedacht, daß sie vielleicht eine Art Suchbild darstellen könnten, aber es war nichts dabei rausgekommen. Sie erinnerten an Geschlechtsorgane, aber das war bei Zeichnungen von Bomben wohl natürlich.
Ich lag da und ließ meine Gedanken treiben. Dabei kamen mir oft gute Einfälle. Fühlte mich so auch wohl. Ich dachte über die Namen der Hauptdarsteller dieses Falles nach: alles Farben. Seltsam. Grün, Gold, Rosenrot . . . welches Land hat solch eine Flagge? Ich spielte mit den Straßennamen herum, mit Decknamen, mit den Namen der Anwälte, mit denen der Leute am Rande des Dramas – Perl, Sidorowitsch, Glassman, Urey, Condon, Slack, Golos, Bentley. Mir fiel auf, daß die Anfangsbuchstaben der Angeklagten – Sobell, Rosenberg, Rosenberg und Jakowlew – das Wort SORRY ergäben, wenn nicht ein O fehlte. Gab es noch einen weiteren Geheimagenten des Phantoms, einen bisher nicht verhafteten, dessen Name mit O begann? Oppenheimer? Oatis? Nein, das war unser Mann, wir hatten ihn gerade von den Tschechen zurückbekommen. O'Brian, der vom FBI? Eine wirklich irre Vorstellung! Bobo Olson? OPA, die lächerliche Behörde, die die Preise überwachen sollte? Ich habe die OPA immer gehaßt. Mein erster Job als Politiker. Ich war froh zu erleben, daß sie vor sechs Wochen liquidiert wurde – die Einlösung meines ältesten Wahlversprechens. Diese elenden Schacherer. Dazu der Scheißwitz, der die Runde machte, als ich in die Politik richtig einstieg: Dick Nixon von OPA. Der würde hoffentlich jetzt in Vergessenheit geraten. »Darf ich Sie mit J. Edgar Hoover vom FBI bekanntmachen . . .!« Ja. Obszön. Odiös. Oder vielleicht die Orthogonier – jemand aus meiner alten Studentenverbindung in Whittier? Ein Spießbürger, der ein doppeltes Spielchen trieb? Das würde erklären, warum Uncle Sam mich mit auf den Fall angesetzt hatte. Aber es war kaum vorstellbar. Die meisten waren Football-Spieler, schwerlich der Typ für sowas. Allerdings trugen wir ein dickes »O« auf unseren Trikots. Mir fielen die rituellen Abendessen ein, die wir abzuhalten pflegten, Bohnen und Spaghetti. Würde mir im Augenblick verdammt gut schmecken, scheiß doch auf die Symbolik. Außerdem gab es noch Old Nick, und Ola, und Señor Ortega, eine Rolle, die ich mal in einem Stück gehabt hatte. Nein, jetzt war ich ganz schön von der Fährte abgekommen. Denn fiel mir plötzlich ein, daß Richter William Douglas mit seinem zweiten Vornamen Orville hieß. Mmmm, das paßte, das wars wohl, bestimmt. Mit seinem Aufschub hatte er uns zweifellos einen hübschen Schlag verpaßt, hatte er sich, falls nicht mehr dahintersteckte, absolut respektlos über die Wünsche

und Einsichten der Bürger der Vereinigten Staaten hinweggesetzt. Der heimatlose Linke, der sich selbst entlarvt. So wie Rosenbergs den Koreakrieg verursacht hatten, hatte Douglas es vielleicht den Russen ermöglicht, unseren Aufstand in Ost-Berlin niederzuschlagen. Wieso eigentlich nicht?
Ich spürte, daß ich nah dran war, gleichsam über der Lösung schwebte (obwohl ich in Wirklichkeit flach ausgestreckt dalag), aber sie noch nicht zu packen kriegte. Hatte irgendwas mit Rechtsprechung zu tun. Mit der Zeit. Meiner Generation. Meinem jämmerlichen Golfspiel. Dieser Stadt. Dem Geheimnis, in das Geschichte sich hüllt. Dem Buchstaben »O«. Mit Erwachsenwerden. Gleichgewicht. Bewegung . . . Ich überlegte, ob ich die Reisen Harry Golds auf einer Landkarte nachzeichnen sollte, um zu sehen, ob sich irgendeine Art von Bild herauskristallisierte. Grob betrachtet ergaben sie vor meinem geistigen Auge den Umriß eines halben Käsesandwichs. Mir fiel ein, daß er an einer Stelle ausgesagt hatte, Greenglasses hätten ihn gefragt, wo sie in New Mexiko einen Laden mit koscheren Lebensmitteln finden könnten. Vielleicht aber auch hatte Gold sie das gefragt. Die Bombenzeichnungen, stellte ich fest, ähnelten Käsecrackers, Spiegeleiern, Kohlrouladen. Mein Magen knurrte. Mir wurde klar, daß ich aufhören mußte, ans Essen zu denken.
Statt dessen versuchte ich, mir Gedanken über die Gelder zu machen, die Summen, die den Besitzer gewechselt hatten, wo die geblieben waren. Murray Chotainer hat mich gelehrt: Wenn du deinen Gegner angreifst und auf Skandal aus bist, frag zuerst nach den Finanzen. Aber die Summen, um die es hier ging, waren lächerlich, und selbst dann war die Beweislage dünn. Die einzig wirklich betuchten Leute in dieser ganzen Geschichte waren der Richter und der Ankläger, der Justizminister und der Direktor des FBI. Die Geschworenen hatten nicht allzu üppige, aber ausreichende Gehälter, die meisten Zeugen kamen gerade so hin, während Rosenbergs von allen die ärmsten waren. Was vielleicht die Lösung war: »O« für Null. Sie hatten eine kleine Firma, die mit Verlust arbeitete, und stellten dem Phantom ihre Dienste anscheinend umsonst zur Verfügung – echte Fanatiker. Nun denn, ich konnte das geschäftliche Versagen von Julius nachempfinden: ich selbst war ja einmal mit gefrorenem Orangensaft auf die Schnauze geflogen, und mein Vater hatte uns sein Leben lang mit einer Pleite nach der anderen beglückt. Selbst Rosenbergs unbezahlte Arbeit für das Phantom konnte ich verstehen – ich würde das gleiche für Uncle Sam tun, obwohl ich froh war, daß er es nie von mir verlangt hatte. Wie

könnte er auch? Geld bedeutet Würde, das hatte er mir selbst mal gesagt. Was ich allerdings nicht begreifen konnte, war, daß Rosenbergs arm *blieben*. Richtig arm. In Amerika! Sie besaßen nicht einmal einen Wagen oder einen Fernseher. Mein Gott, ich hatte schon Geld verdient, als ich elf Jahre alt war, hatte bei den Farmern Bohnen gepflückt und im Laden meines Vaters gearbeitet, Benzin gepumpt, Hamburgerfleisch durchgedreht, verfaulte Äpfel und Tomaten aussortiert, Dad hielt mir keine abstrakten Vorlesungen über den American Way of Life, er gab einfach die Gemüseregale unter meine Regie, ließ mich sie füllen, in Ordnung halten, und den Verdienst durfte ich einstecken. Dabei habe ich richtige Arbeit gründlich kennengelernt. Und ihren Lohn. Selbst der unbedarfteste Typ kann Benzin pumpen oder Fleisch durch den Wolf drehen, also kam ich zu dem Schluß, daß Julius Rosenberg die Armut vortäuschte. Sie war nichts als Tarnung. Zweifellos besaßen sie irgendwo ein geheimes Bankkonto – wahrscheinlich in Polen, denn das Land hatte die Dreistigkeit besessen, ihnen politisches Asyl anzubieten. Auch wurde behauptet, Julius habe, als es dem Ende zuging, wie ein Krösus mit Geld um sich geschmissen – ich glaube, diese Behauptung stammt vom FBI –, habe Klamotten gekauft, Fotoapparate, in Luxusrestaurants gespeist. Sollte ich vielleicht an unserem Hochzeitstag mit Pat in ein Luxusrestaurant gehen? Auf der Connecticut gäbe es ein gutes mexikanisches Restaurant, hatte ich gehört. Als ich viele kalifornische Wähler hatte, die das Zeug fraßen, war ich schon mal drauf und dran gewesen, die mexikanische Küche zu probieren. Aber Pat würde wahrscheinlich unten am Fluß Fisch essen wollen, wo es die vielen Mücken gab, sehr romantisch. Ich würde mich wie immer für einen gut durchgebratenen Hamburger entscheiden. Und eine Malzmilch mit Ananas. Oder eine Platte Hüttenkäse. Ich esse sehr oft Hüttenkäse, ich kann ihn reinschlingen, bis er mir aus den Ohren quillt. Möglichst mit Ketchup drüber. Das hab ich von meiner Großmutter gelernt.
Mein Magen knurrte laut. Ich lockerte den Gürtel um ein Loch, rülpste hohl und schluckte eine Magentablette. Du hast dich zu lange mit der Sache abgegeben, dachte ich. Wenn du nicht aufpaßt, machst du dich wieder selbst krank. Wie schaffen es andere Leute bloß, zu erreichen, was sie sind, ohne so zu schuften wie du? Seit ich Sonntag vom Golfplatz zurückgekommen war, hatte ich an der Sache gesessen, hatte mir nicht einmal mehr die Zeit genommen, im Klubhaus zu duschen. (Ich dusche praktisch kaum noch an öffentlich zugänglichen Orten, ich stimme Ulysses Grant darin zu, daß es nicht klug ist, dem Bürger vor

Augen zu führen, wie eine Inkarnation von Uncle Sam ohne Kleider aussieht, auch nicht in Shorts oder im Pyjama. Daß sich Eisenhower jeden Morgen von seinem Diener in die Unterhosen helfen ließ, konnte ich einfach nicht begreifen, mir erschien das als ne Art überflüssiges strategisches Risiko.) Ich war auf kürzestem Wege hergekommen, hatte mich kopfüber in die Überprüfung des Falls Rosenberg gestürzt, samt allen dazugehörigen Details. Bei jedem Projekt, sei es akademischer, politischer, sportlicher oder romantischer Natur, gehe ich so vor: ich spreche stundenlang darüber mit jedem, den ich erwischen kann, verbringe jeden freien Augenblick mit dem Studium von Berichten und Stellungnahmen, trage alles zusammen und versuche, auch den letzten Fetzen einer Information in mich hineinzusaugen, führe Hunderte von Telefongesprächen, lese alles philosophisch, politikwissenschaftlich oder historisch Relevante, das mir bei der Bewältigung meiner Aufgabe nützen könnte. »Eisengesäß« nannten sie mich in der Juristischen Fakultät. Hartes Arbeiten ist Tradition in unserer Familie, speziell in der mütterlichen Linie, bei den Quäkern. Und es hat sich immer bezahlt gemacht.

Ich nahm an, daß es sich auch diesmal auszahlen würde, obwohl ich immer noch nicht ahnte, worin der Lohn bestehen mochte. Die ganze Zeit über hatte ich selbstverständlich nur eines im Kopf, doch schien das noch in ferner Zukunft zu liegen, und ich wußte, wie wichtig es ist, jederzeit die Augen offen zu halten und nichts zu verpassen. Ein einziger Moment der Sorglosigkeit oder Ablenkung kann einen schon straucheln und auf ewig aus dem Blickfeld der Öffentlichkeit verschwinden lassen. Siehe den Wahlkampf-Fonds, den man in Kalifornien für mich eingerichtet hatte. Damals habe ich keine Gedanken daran verschwendet, und dann hats mich fast von der Platte geputzt. Das winzigste Detail kann den großen Erfolg oder das jämmerliche Ende bedeuten. Aber vielleicht machte ich von dieser Sache viel zu viel her? Womöglich war es weiter nichts als ein abschreckendes Lehrstück? Wer konnte schon sagen, was in Uncle Sams Kopf vorging? Auf jeden Fall war es äußerst bühnenwirksam. Ein Bruder, der seine ältere Schwester auf den Elektrischen Stuhl bringt, die Tragödie der Kinder Rosenberg, die als Waisen zurückbleiben würden, das kuriose Schauspiel von Juden, die Juden anklagen und verurteilen und sich anschließend mangelnde Stammesloyalität vorwerfen, fast wagnerianisches Format beim Auftritt der Ankläger, die ungeachtet der Bedeutung für das in Frage stehende Verbrechen die brennenden Probleme unseres Zeitalters aufwarfen und den Eindruck vermittelten, daß hier ganz eindeutig der Kampf zwischen den Mächten des Guten und denen des Bösen ausgetragen wurde, und als Einlage eine hübsche Spionageposse, falls man der Anklage glauben wollte: geheime Decknamen, Erkennungszeichen, tote Briefkästen, Fluchtpläne, Tarnbiographien, persönliche Abrechnungen, Katz- und Mausspiele mit den Observierungsgruppen vom FBI, Intrigen an der mexikanischen Grenze. Doch hinter all dem steckte noch mehr. Nicht nur, daß sich jeder an diesem Prozeß Beteiligte, vom Richter angefangen, ach was, praktisch fast jeder Bürger der USA unter Einschluß der Regierung und auch meiner Person verhielt, als träte er selber in diesem Stück auf, vielmehr waren wir uns alle dessen bewußt, was wir taten und was zu tun wir nicht fähig waren, da wir ja eben einem höheren Zweck verpflichtet waren, einem bedeutenderen Rollenheft, das uns nicht die Wahl ließ, anders zu handeln. Selbst Rosenbergs schienen von diesem Gefühl eines packenden und unwiderstehlichen Dramas mitgerissen worden zu sein, denn sie sprachen in ihren Briefen von »Motiven«, von einem unheilvollen »Handlungsablauf«, der die ganze Welt angehe, davon, daß »die Bühne hergerichtet wird«, daß sie die Rolle, die man ihnen – zu Recht oder Unrecht – zugeteilt habe, »in Ehren und mit allem Anstand« spielen wollten.

Und noch was: nicht nur Rosenbergs, sondern fast jeder, der mit diesem Prozeß zu tun hatte, war etwa *mein* Jahrgang! Richter Kaufman zum Beispiel, der sich in vieler Hinsicht als der eigentliche Star und Held des Prozesses entpuppt hatte, dürfte seine eigene »Jetzt-bin-ich-vierzig-Krise« während des Verfahrens vor zwei Jahren durchgemacht haben. Der Benjamin-Richter; ich mußte ihn bewundern. Ich hatte mich immer für einen Senkrechtstarter gehalten – ich bin in meinem Leben oft der »Jüngste von allen« gewesen – aber für Irving Kaufman war selbst ich kein Rivale. Er war mit sechzehn nach Fordham gegangen, hatte sein Abschlußexamen an der Juristischen Fakultät abgelegt, als er noch zu jung war, um als Anwalt bei Gericht zugelassen zu werden, und während ich in Whittier Tom Bewleys Kanzleibibliothek vom Staube befreite und Trunkenheitsdelikte, Scheidungen und Verkehrskacke bearbeitete, saß er bereits seit mehr als fünf Jahren mitten im Herzen von New York City und schlug sich in den ganz großen Fällen! Er war Gehilfe des Staatsanwalts, assistierte Gangsterjäger Tom Dewey, und wurde berühmt als der »Benjamin-Staatsanwalt«, der Roy Cohn seiner Zeit. Kein Wunder, daß sie sich so gut verstanden. Bevor man mich 1946 aufforderte, für ein Amt zu kandidieren, hatte ich an Politik auf Bundesebene so gut wie gar nicht gedacht, Kaufman hingegen war schon 1939 von F.D.R. persönlich aufgefordert worden, ihm bei der Suche nach einem Bundesrichter behilflich zu sein (das war vor *vierzehn* Jahren!), und während ich als »jüngster Abgeordneter in Washington« mein Debüt gab, war er Sonderbeauftragter von Justizminister Tom Clark, redete Hoover mit Vornamen an und wurde in allen Zeitungen erwähnt. Als ihn Harry Truman 1949 zum Bundesrichter ernannte, war er gerade 39 Jahre alt, der jüngste in Amerika. Und jetzt schacherte man um die Stimmen für seine Wahl in den Obersten Gerichtshof der Vereinigten Staaten. Sein Freund Tom Clark, Trumans bewährter Gedankenlieferant, saß schon drin und tat zweifellos sein bestes, die Sache voranzutreiben. Nun ja, sollte ich jemals in die Lage kommen, jemanden nominieren zu müssen, und hätte Kaufman es bis dahin noch nicht geschafft, dann käme er, vorausgesetzt, der jüdische Stuhl wäre gerade frei, als Kandidat durchaus in Frage. Dazu müßte ich allerdings einen gewissen Widerwillen überwinden, der mich manchmal angesichts der Tatsache packt, daß Kaufman den Krieg in einer privaten Anwaltspraxis absaß und dank betuchter Mandanten wie Milton Berle 100 000 Dollar pro Jahr scheffelte, während ich mich im Südpazifik mit Seekrankheit und Moskitos rumzuschlagen hatte. Dann fiel mir ein, daß solche Anwandlungen wohl mit einem Schlage verschwunden wären, sollte ich wirklich jemals zur echten Inkarnation werden. Auf jeden Fall war er ein Richter nach meinem Geschmack und zugleich ein akzeptabler Kandidat für die Opposition: Papst Kaufman, hundertprozentiger Amerikaner, guter Christ jüdisch-orthodoxen Glaubens, Tammany-Hall-Demokrat, mit einem prominenten republikanischen Partner, hart wie Granit und ein Herz von Gold, »heute radikal«, wie die *New York Post* in einer Titelstory über ihn schrieb, »und morgen reaktionär«, einfach ein Naturtalent. Diese wohlabgewogene Balance: sie war seine eigentliche Stärke. Er konnte als beides erscheinen, strikt und großzügig, gelehrtenhaft und weltgewandt, leidenschaftlich und abgeklärt, progressiv und konservativ. Selbst seine Söhne waren Zwillinge, und er rauchte genau zwei Zigarren pro Tag.

Dieses Talent setzte ihn auch instand, den Rosenberg-Prozeß anscheinend fair und nach den Regeln zu führen, tatsächlich aber den Ablauf nach Gutdünken zu steuern. Geriet Irv Saypol jemals ins Stocken, pflegte Kaufman selbst dem Zeugen die passende Frage zu stellen und brachte so den Staatsanwalt wieder aufs richtige Gleis, während er ungerührt zusah, wenn Bloch von der anderen Seite grobe Schnitzer beging. Stieß aber Bloch doch mal auf etwas, kam er endlich in Fahrt, nahm der Richter ihm mit einer barschen, gelegentlich sogar verächtlichen Bemerkung den Wind aus den Segeln, und Bloch konnte wieder ganz von vorne anfangen. Kaufman wußte, wie man eine Behauptung der Anklage durch eine kurze Verhandlungspause dramatisch akzentuiert, wie man sogar als Jude den Geist des Osterfestes im Gerichtssaal heraufbeschwören kann, und wie man einem aufsässigen Verteidiger über den Mund fährt: »Halten Sie mir keine Vorlesung darüber, was in einem Gerichtssaal üblicherweise zu geschehen hat! Ich führe die Verhandlung so und nicht anders, und ich glaube, daß ich weiß, wie eine Verhandlung geführt wird! Ich möchte von Ihnen kein weiteres Wort darüber hören! »Dann machten Rosenbergs bei der Frage nach ihrer kommunistischen Vergangenheit von ihrem Recht der Aussageverweigerung aufgrund des 5. Verfassungszusatzes Gebrauch. Das erweckte – beim Ausbleiben richterlichen Beistands – schon keinen guten Eindruck, aber ein Stockwerk höher im selben Gebäude beriefen sich zu dieser Zeit Gangster wie Joe Adonis und Frank Costello vor dem Kefauver-Ausschuß zur Bekämpfung des organisierten Verbrechens ebenfalls auf den 5. Verfassungszusatz, und da konnte Kaufman augenscheinlich nicht widerstehen. Er unterbrach die Befragung, ließ den Saal räumen, forderte die Jury zum Bleiben auf und bat den alten Schaumschläger aus New Hampshire, Senator Tobey, nach unten zu kommen. »Ich bin sehr glücklich, hier zu sein und Sie begrüßen zu können«, wandte sich Tobey an alle, während Kaufman vom Richtertisch heruntergekraxelt kam, um ihm die Hand zu geben. »Leute wie Sie könnten wir da oben gebrauchen.« Wer hätte den Zusammenhang übersehen können? Ein anderes Mal, als Saypol bei der Frage Blochs nach Telefonüberwachung in die Patsche geriet, holte Kaufman ihn nicht nur raus – »Das *ist* lächerlich!« –, sondern kriegte es gleichzeitig noch fertig, die Geschworenen daran zu erinnern, daß alles, was ein amerikanischer Staatsanwalt sagt, *de fide* wahr sein muß, und verschleierte so die Tatsache, daß die Frage nicht beantwortet wurde. Bloch hatte in bezug auf die Telefonüberwachung höchstwahrscheinlich recht, aber niemand wollte diesen fulminanten Prozeß mit technischen Haarspaltereien belasten, mag sein, nicht einmal Bloch selber; überdies *schätzte* Kaufman Abhöraktionen: vor dreizehn Jahren hatte er als erster Staatsanwalt sich dieser Möglichkeit in einem von der Bundesregierung angestrengten Prozeß bedient. Die Resultate spielte er auf einem kleinen tragbaren Plattenspieler vor und erregte damit großes Aufsehen im Gerichtssaal, selbst die Angeklagten drängten herzu, um zu sehen, wie das funktionierte. Er war wie der Regisseur eines Stücks,

der es versteht, dem Ego seiner Schauspieler zu schmeicheln, ihnen das Gefühl zu vermitteln, bei der Inszenierung der Aufführung und der Interpretation ihrer Rollen mitzubestimmen, während in Wirklichkeit er die Fäden zieht – eine phantastische Leistung. Selbst Bloch mußte ihm am Ende Beifall zollen.
Applaus, ein Regisseur, Schauspieler, ein Rollenheft: es war – und der Gedanke traf mich wie eine Offenbarung – *ein bißchen erbauliches Theater zu Nutzen und Frommen unserer Generation!* Im Fall Hiss war ich mir wie ein ungestümer Jüngling unter ausgekochten Profis vorgekommen, aber jetzt betrat meine eigene Generation die Bühne – und dies war (jetzt begriff ich endlich die Lektion im Burning Tree Club) unser Initiations-Drama, unser Eintritt in die Weltgeschichte. Mindestens ein Teil davon, denn die Handlung entwickelte sich ja noch. Und in diesem größeren Drama, in dem die Episode Rosenberg nur einen einzelnen Akt darstellte, hatte ich eine Hauptrolle, falls nicht sogar, bevor das Spiel endete, *die* Hauptrolle. In der gegenwärtigen Szene war ich allerdings mehr eine Art Bühnenmeister, ein Assistent der Regie oder der Produktion, dessen Gegenwart eher zu ahnen als wahrzunehmen war. Das traf selbst auf den eigentlichen Prozeß zu: irgendwie fühlte ich mich als dessen Autor – weniger in bezug auf den Text, denn der wurde in gewissem Sinne ja improvisiert, als vielmehr hinsichtlich des *Stils* der einzelnen Auftritte, als ob ich durch mein eigenes öffentliches Auftreten beim Publikum eine Erwartungshaltung erzeugt, die Maßstäbe gesetzt, die Rhetorik strukturiert und die Rollen herausgearbeitet hätte, um die fundamentale Auseinandersetzung unserer Zeit für meine Generation in Form eines Dramas sichtbar zu machen! Natürlich war mir bewußt, daß es dumm wäre, einem Gerichtsprotokoll, und sei es auch nur als didaktischem Theater, zu viel Gewicht beizumessen, davor hatte mich Uncle Sam bereits gewarnt. Was in den Akten fehlt, ist die Atmosphäre des Gerichtssaals: der Ausdruck auf den Gesichtern, Gesten, Änderungen des Tonfalls, Gefühlsausbrüche – kurz alles, was man anderswo schauspielerische Qualität nennt. Doch ebenso gut ließe sich argumentieren, daß ein Gerichtsprotokoll – und hierin ähnelt es der Sammlung wöchentlicher Tabellenstände bei der jährlichen Baseballmeisterschaft –, ein viel zutreffenderes Bild eines Prozesses liefert als die Verhandlung selbst: manche Leute sind bessere Schauspieler als andere, und im Gerichtssaal aufbrechende Gefühle überwältigen die Geschworenen häufig so, daß sie nicht einmal verstehen, was gesagt wird. Geschickte Lügner können belastendes Beweismaterial so verdrehen, daß es ihnen zum

Vorteil gereicht, sie treiben allen Anwesenden Tränen des Mitgefühls in die Augen, wohingegen simplere Gemüter, gewöhnt, zu sagen, was sie für wahr halten, bei einer leichten Übertreibung oder bei einem für sie persönlich peinlichen Punkt ertappt, so durcheinander geraten, daß alles, was sie anschließend sagen, wie lauter Lügen klingt. Manche Anwälte verpulvern ihr bestes Material gleich zu Beginn, so eine Art *ejaculatio praecox*, und haben dann nichts mehr auf Lager, womit sie die Jury, kurz bevor sie sich zur Beratung zurückzieht, zum Orgasmus bringen können, als finden sie sich als Unterlegene wieder, von einem Gegner geschlagen, der nichts anderes bietet als Schwachsinn, Unterstellungen und ein überragendes Gespür für Dramaturgie. Schichtspezifische Identifizierungs- oder Ablehnungsmuster können Juryreaktionen hervorrufen, die mit den Zeugenaussagen rein gar nichts zu tun haben, eine zum richtigen Zeitpunkt aufgeführte Posse wird dankbar aufgenommen, während sie im falschen Moment abstoßend wirkt, und völlig überraschend vorgebrachtes Beweismaterial verschleiert die später offenkundige Tatsache, daß es zu nichts taugt. Die Pointe von *Night of January 16th,* dem Stück von Ayn Rand, in dem ich damals in Whittier mitgespielt habe, bestand zum Beispiel darin, daß es keine zwingende Schlußfolgerung gab, kein »richtig« oder »falsch«, das Beweismaterial war nicht eindeutig, die Zeugenaussagen widersprüchlich, und jeden Abend wurde eine aus dem Publikum gewählte Jury gebeten, ihr eigenes Urteil zu fällen. Je nach der unterschiedlichen Qualität unserer Leistungen fiel der Spruch von einer Aufführung zur anderen unterschiedlich aus. Ich spielte die Rolle des Staatsanwalts und war stolz darauf, an mehr Abenden gewonnen als verloren zu haben; es war eine meiner erfolgreichsten Rollen: als Ankläger war ich ein Naturtalent, hätte eine Tom-Dewey-Karriere draus machen können. Ich wäre allerdings genauso stolz gewesen, hätte ich als Verteidiger gewonnen.

Das Genie von Irving Saypol – damals selbst gerade fünfundvierzig – bestand darin, daß ihm das alles vollkommen klar war, und daß er im Rosenberg-Prozeß damit arbeitete. Er stahl sogar eine meiner Zeilen aus jenem Stück: »Ich werde nicht an Ihr Gefühl appellieren, oder an eine der verborgenen Saiten Ihres Herzens – sondern einzig an Ihren Verstand!« Und irgendwo hat er selbst einmal gesagt: »Ein gut geführter Prozeß ist in Wirklichkeit nichts anderes als ein Bühnenstück.« Damit meinte er nicht bloß, daß Schuldsprüche auf unterhaltsamen dramatischen Effekten beruhen, sondern daß Rechtsprechung und Theater *gleich* zu setzen sind. Seine darstellerische Leistung als

Staatsanwalt zeugte von hohem Talent, seine Manipulationen hinter den Kulissen bewiesen Einfallsreichtum, schöpften alle Möglichkeit aus. Mit einem zur Zusammenarbeit bereiten und verschwiegenen FBI hatte er ein brillantes Drehbuch produziert und seine Hauptzeugen dann wochenlang proben lassen – ja, Harry Gold und David Greenglass wurden einige Monate sogar in dieselbe Zelle gesperrt, im 12. Stock des Tombs-Gefängnisses (das »Gesangsstudio«), damit einer dem anderen die richtigen Stichworte geben konnte, während gleichzeitig die Angeklagten in einem Zustand derartiger Verwirrung gehalten wurden, daß sie nicht einmal mehr klar zu denken vermochten. Man zerstörte ihr Familienleben, isolierte sie voneinander und stürzte sie des Schicksals ihrer beiden Kinder wegen in Verzweiflung. Sie wurden ihrer persönlichen Freiheit und Würde beraubt, ganz zu schweigen von einem normalen Geschlechtsleben, mit ominösen Gerüchten terrorisiert, und Gegenstand einer Hetzkampagne in Presse und Rundfunk; man wiegelte ihre Angehörigen gegen sie auf, hielt sie über die Strategie der Anklage im unklaren, während man durch Unterbindung jeglicher Kommunikation nach draußen und durch FBI-Spitzel, die man in den Nachbarzellen von Julius einquartierte, ihre eigene Strategie ausfindig zu machen suchte. Jeder Fetzen Entlastungsmaterial und alle für sie positiven Nachforschungsergebnisse, die das FBI und andere Regierungsstellen beibrachten, wurden ihnen vorenthalten, womit man sie zwang, sich völlig auf ihre eigenen, begrenzten Möglichkeiten zu verlassen, wohl wissend, daß niemand ihnen zu Hilfe kommen würde, da das für jeden hätte bedeuten können, als Mitglied der »Verschwörung« abgestempelt zu werden. Saypol hatte sogar eine komplette Generalprobe arrangiert – so wie man ein Broadway-Stück erst in New Haven testet –, nämlich den thematisch ähnlichen, aber längst nicht so brisanten Brothman-Moskowitz-Prozeß, der vier Monate früher stattfand und der in praktisch identischer Besetzung – einschließlich des Richters, nur ohne Rosenbergs – durchgespielt wurde. Deshalb hatten Rosenbergs und ihre Anwälte als einzige keinerlei Probenerfahrung und brachten dementsprechend in diesem sorgfältig einstudierten Profi-Drama nur improvisiertes Laienspiel zustande. Kein Wunder, daß sie unbeholfen wirkten, ihrer selbst nicht sicher . . . ein bißchen wie Lügner mit schlechtem Gewissen.

Auch im Gerichtssaal war Saypol einfach umwerfend gut: gerissen, penibel, reaktionsschnell, kaltblütig und in seiner gedämpften, ohne Umschweife aufs Ziel steuernden Art eindringlich genug, um, was sich später als bloße Reihung einander überlappender Fiktionen erweisen mochte, zu einem überzeugendem Abbild historischer Abfolge und logisch begründeter Wahrheit zusammenzustückeln –, ein Abbild, das zumindest so lange Bestand hatte, bis es ihm gelungen war, einer beeindruckten Jury den Schuldspruch zu entreißen. Es stimmt schon, daß er das mehr durch Adjektive und Stil als durch Verben und Substanz schaffte, aber unter den gegebenen Umständen waren das weitere Pluspunkte für ihn. Da er wußte, daß sich die Geschworenen aus dem Mittelstand rekrutierten (die Mehrheit waren Buchhalter und unverhüllt antikommunistisch eingestellt, und auch hier, bei der Auswahl der Geschworenen, hatte Saypol Punkte gesammelt, denn er hatte vollen Zugang zu den Dossiers der Polizei und des FBI, die dem Rosenberg-Team vorenthalten wurden), achtete er darauf, daß alle seine Zeugen anständig gekleidet auftraten und daß ihr Benehmen im Zeugenstand sorgfältig einstudiert wurde, um so die erwünschten unterschwelligen Ströme von Respekt, Einverständnis, Sympathie oder Glaubwürdigkeit zu erzeugen, während er selbst hoch aufgereckt und streng plädierte, ein Lou Gehring oder Randolph Scott, stets mit gedämpfter Stimme sprach, dabei aber einen Knüppel schwang, so dick wie Uncle Sams Unterarm. Der arme alte Manny Bloch hingegen – rundlich, mit hängenden Schultern und Säcken unter den Augen – wirkte nicht ganz geheuer und irgendwie schäbig und seine Mandanten redeten schrill, aufgeblasen, kriecherisch, wirkten verwahrlost und neurotisch. Eine Jury aus Durchschnittsamerikanern, die so sehr meinen Wählern glichen, mußte das befremdlich finden. Ich wußte, in welchen Bahnen Saypols Gedanken liefen: für diese Jury waren Schlampigkeit und Schuld *identisch*.

Bloch behandelte Saypol mit Hochachtung, ja unterwürfig, er räumte ein, daß Saypol in diesem oder jenem Punkt von minderer Bedeutung recht haben könnte, akzeptierte manche seiner Darlegungen widerspruchslos, oder dankte ihm für sein »Entgegenkommen«. Offensichtlich appellierte er an Saypols Mitgefühl oder seinen Sinn für Fairplay, aber zu einer entsprechenden Geste von seiten Saypols kam es nie. Der nahm die Komplimente einfach hin, als habe er sie verdient, und schlug voll zurück, gab keinen Fußbreit Boden preis. Ein geborener Killer. Wie er selbst einmal sagte: »Als Ankläger in einem Strafprozeß hat man einen Panzer wie ein Eisberg.« Jedes seiner Worte zielte darauf ab, den Eindruck zu vertiefen, daß die Angeklagten versuchten, sich um die Wahrheit herumzudrücken oder sie zu verfälschen, daß selbst ihre Anwälte sich schämten, sie zu verteidigen – ein sehr eingleisiges Denken, dessen Gleis geradewegs zum Elektrischen Stuhl führte:

Saypol hatte dessen Existenzberechtigung niemals in Frage gestellt. Und wer nicht eliminiert werden konnte, sollte wenigstens eine Lektion erhalten: »Ich habe mich manchmal gefragt«, sagte er einmal, »ob die Peitsche nicht eine bessere Abschreckung wäre, als alles, was wir jetzt haben.« Der Herr Staatsanwalt. Laut Roy Cohn war Saypol ganz versessen darauf, den Bullen zu spielen, Verdächtige persönlich zu verhören, die Nachforschungen selbst zu betreiben, und schleppte überdies ständig ne Kanone mit sich rum.

So zäh er auch war, ich hätte ihn vom Foley Square bis zum Jenkins Hill und zurück jagen, hätte für Rosenbergs die Kastanien aus dem Feuer holen können, aber das hätte selbstverständlich zu einem Justizirrtum geführt. Rosenberg-Anwalt Bloch war ein Schwachkopf, ein Umfaller – manchmal spielte er auf so naive Weise Saypol die Stiche zu, daß ich den Verdacht hegte, Uncle Sam habe ihm persönlich das Hirn verwirrt, ihm schlechte Träume verpaßt, so daß er nicht mehr schlafen konnte oder was ähnliches. Er duckte sich vor dem Richter, schmeichelte dem Staatsanwalt, stimmte in die Lobeshymnen auf das FBI ein, und das waren doch, anscheinend begriff er das nie, in diesem Prozeß seine Gegner: letzten Endes stand nur ihr Wort gegen seins, und es war sein Job, ihre Glaubwürdigkeit zu untergraben. Aber der Gedanke schien ihm nie zu kommen. Er wußte nicht mal genau, wie das Spiel lief. Er versäumte es, Entlastungszeugen vorzuführen, er lehnte es ab, die Hauptzeugen der Anklage ins Kreuzverhör zu nehmen, versaute die Berufung auf den 5. Verfassungszusatz, schien nur die Hälfte von dem, was gesagt wurde, mitzukriegen. Er äußerte auch keinen Zweifel an der Echtheit der vorgelegten Beweisstücke, von denen eine ganze Menge ziemlich dubios aussah und einer exakten öffentlichen Überprüfung hätte unterzogen werden müssen – schließlich gibt es beim FBI eine Spezialabteilung, die nichts anderes tut, als falsche Dokumente zu produzieren, das ist ihre Aufgabe, das ist Routine bei der Polizei, eine Arbeit, die ich auch gern übernommen hätte, wenn man mir den Job gegeben hätte, ich bewarb mich darum, als ich Duke verließ –, und ein großer Teil der Ware, die Saypol anzubieten hatte, schien aus dieser Fabrik zu kommen. Andererseits, was sollte Saypol machen? Der wirkliche Beweis war in Rußland. Man muß seine Geschicklichkeit anerkennen. Genauso wie man der Verteidigung vorwerfen muß, jedem Druck feigherzig nachgegeben zu haben.

Blochs Gegenattacken waren kaum dazu angetan, ihm in den Annalen der Justiz einen Ehrenplatz zu sichern. Er unterließ zu fragen, ob jemand Greenglass behilflich gewesen sei, die im Prozeß vorgelegten neuen Zeichnungen – angeblich Kopien der Originale – herzustellen, statt dessen stellte er in einem Anfall von patriotischer Effekthascherei, mit der er niemanden täuschen konnte, den Antrag, dieses Material gerichtlich beschlagnahmen zu lassen, womit er die Zeichnungen zu »echten« Dokumenten stempelte, und die folgenden Aussagen von Greenglass über Gebühr dramatisierte. Er dachte nicht daran, die undurchsichtigen Geldverhältnisse von Greenglass unter die Lupe zu nehmen, er versäumte es, nachzuhaken, als Greenglass leicht gespenstisch von »Erinnerungen und Stimmen in meinem Kopf« sprach. Er forderte keine Aufklärung über Details der »Proben«, die die Staatsanwaltschaft in den vergangenen sechs Monaten mit David, Ruth, Harry Gold und anderen veranstaltet hatte. Kurz gesagt, ihm fehlte Kampfgeist. Ich glaube, daß man in der Offensive bleiben, den günstigen Zeitpunkt abwarten und alles nur erdenkliche über den Gegner rausfinden muß, um ihn dann zu vernichten, sei es im Gerichtssaal, bei einer Wahlkampagne oder auf einer Gipfelkonferenz. Saypol hatte ein Kartenhaus errichtet, und Bloch pustete einfach nicht. »Alle, die hier sitzen, sind ehrenwerte Bürger«, sagte Bloch in seinem Schlußplädoyer, »die Vertreter des FBI, Mr. Saypol und seine Mitarbeiter, jeder einzelne von ihnen tut nichts als seine Pflicht.« Saypol muß Mühe gehabt haben, nicht laut loszuprusten.

Der gröbste und erstaunlichste Schnitzer unterlief Bloch, als er es ablehnte, Harry Gold ins Kreuzverhör zu nehmen. Gold war als angeblicher Kurier das Bindeglied zwischen Fuchs, Rosenberg und Greenglass, und wenn er log – oder wenn man das Gericht dazu bringen konnte, das anzunehmen –, dann hätten es Bloch und Rosenbergs geschafft. Gold war, wie die meisten Spione und unglücklicherweise auch unsere eigenen Burschen von der CIA, ein unverbesserlicher Phantast, der während seiner Laufbahn eine Frau erfand, dazu zwei Kinder, ein Apartment, ein Eigenheim, vorübergehende Kinderlähmung bei einem der Kinder, eine Ehescheidung, den Tod seines Bruders und schließlich eine fiktive Liste der »Treffs«, die er mit den Russen gehabt haben wollte, er ließ Freunde und Bekannte an den intimen Stunden dieses geträumten Lebens teilhaben, spielte es der Welt in allen bizarren Einzelheiten vor, während er in Wirklichkeit die ganze Zeit zu Hause bei seiner Mutter gelebt hatte, zumindest, bis sie starb. Die Ehefrau hieß in diesem Märchen Sarah O'Ken, ehemalige Gangsterbraut eines Unterweltlers mit Namen Nigger Nate. Er sagte, er habe sie kennengelernt, als er noch mit einem anderen Mädchen ging, das ein blaues und ein braunes Auge hatte (seine Mutter besaß

solche Augen). John Hamilton, der schon mal im Bundeskomitee der Partei unser Vorsitzender gewesen und irgendwie Gold als Mandanten bekommen hatte, sagte mir, daß er sich manchmal gefragt habe, ob Gold eigentlich ein Spion sei, vielleicht hätte er die Sache auch erfunden, na ja, über die Hilfsmittel verfügte er auf jeden Fall, aber im Keller gut versteckt, genau wie das Zeug, das er angeblich den Russen geliefert hatte, kistenweise, das reinste Rohmaterial für einen Roman. Er sagte mir, Gold habe auch irgendwie was Selbstzerstörerisches an sich, sei ein Mensch, der keinen Sinn für seine eigene Persönlichkeit besäße, und als Junge habe er sich – vielleicht auch jetzt noch, im Gefängnis – mit diesem komischen Baseballspiel vergnügt, das aus einem Packen Spielkarten besteht, dabei habe er sich eine ganze Liga aus acht Mannschaften mit allen ihren Spielern ausgedacht, ganze Spielzeiten durchgespielt, alle Treffer und die jeweiligen Tabellenstände im Kopf gehabt und sich sogar Notizen darüber gemacht, wie einzelne Spieler ausgesehen hätten! Es ist schon ein Wunder, daß keins seiner Schlagmann-Asse bei seiner Zeugenaussage im Prozeß als Verbindungsmann oder sowas in Erscheinung trat. Vielleicht war einer dabei. Oder auch nicht.
Es muß faszinierend gewesen sein, ihn im Zeugenstand zu beobachten, einen Mann, der es so sehr gewohnt war, als diese oder jene Scheinexistenz in imaginären Welten zu leben, daß er sich an sein eigentliches Ich kaum zu erinnern vermochte, der aber äußerlich sehr ruhig und überzeugend wirkte, mit einem genialen Sinn fürs Detail, ein Mann, der in der artifiziellen Welt einer Gerichtsverhandlung zu Hause war. Vielleicht hatte Bloch Angst, solch einem Talent auf den Zahn zu fühlen, bei dem man nicht sagen konnte, was er einem auftischen würde. Golds blasiertes Selbstvertrauen erinnerte mich in gewisser Hinsicht an Alger Hiss, nur daß Gold schmieriger und unterwürfiger war als Hiss, und ungehemmter drauflos reden konnte. Er hatte ein rundes Gesicht mit scharfer Nase und großen, dunklen Augen, trug einen Nadelstreifenanzug mit riesigen Revers und breite, laute Krawatten – er sah aus wie ein Stummfilmkomödiant, der Roy Cohn zu imitieren versucht. Kleinstadt-Harry. Mußte dem FBI wie ein Geschenk des Himmels vorgekommen sein, und so sollte man es eigentlich sehen. Er war der Mann, der angeblich eines Tages in Albuquerque aufgetaucht war, mit nem halben Schnipsel der Rückseite einer Rote-Grütze-Tüte, die zu der Hälfte paßte, die David Greenglass von Julius Rosenberg bekommen hatte. Er sagte zu David: »Ich komme von Julius« und tauschte Geld gegen einige Atombomben-Zeichnungen

und anderes Material ein. Folglich war er das wichtigste Glied, das alle zusammenhielt, die diesen »Spionagering« bildeten. Hamilton erzählte mir, daß Gold während ihrer ersten Gespräche, dies alles vergessen gehabt habe, doch nachdem er ein paar Wochen mit den Leuten vom FBI zu tun gehabt hatte, sei ihm das ganz plötzlich wieder »eingefallen«. Dieses »Ich komme von Julius« zum Beispiel, wohl das Kernstück einer belastenden Zeugenaussage: auf den ersten Blick schien ihm ziemliches Gewicht zuzukommen. Doch in Wirklichkeit war es, sofern es der Wahrheit entsprach, ein überzeugender Beweis dafür, daß Rosenberg *nicht* in die Sache verwickelt war, denn Geheimagenten benutzen immer einen Decknamen und keinen echten, ganz besonders bei Erkennungssätzen. Zudem hatte sich Greenglass nach dem Austausch von Geld und Unterlagen bemüßigt gefühlt, Gold den Namen und die Telefonnummer von Julius Rosenberg zu geben, um sich mit Gold in Verbindung setzen zu können, falls er selber einmal auf Urlaub in New York wäre, also müssen auf jeden Fall beide davon überzeugt gewesen sein, daß Gold ursprünglich einen anderen Julius gemeint hatte. Fuchs zum Beispiel: einer seiner Vornamen lautete Julius. Und Herb Brownell hieß ebenfalls Julius. Hamilton glaubte nicht mal daran, daß dies die Parole war. Er sagte, in den ersten Gesprächen mit Gold sei von Erkennungssätzen keinerlei Rede gewesen – und von Greenglass oder Atombomben-Zeichnungen auch nicht –, das kam alles erst später, als Gold einige Nachhilfestunden beim FBI hinter sich hatte. Aber selbst als Gold angefangen hatte, sich an Greenglass »zu erinnern«, gab es noch immer keine Rote-Grütze-Tüte und keinen Julius, bloß irgendwas wie: »Bob hat mich geschickt«, oder »Benny« oder »John«.
Zugegeben, Bloch wußte damals nicht, was ich jetzt weiß – Gott sei dafür gedankt, Gott und John Hamilton, der seinen Mund gehalten hat –, aber wie zum Teufel soll man was rauskriegen, wenn man keine Fragen stellt? Bloch hat bestimmt das Protokoll des Brothman-Moskowitz-Prozesses gelesen – in dessen Verlauf Gold seine Phantasie-Familie präsentierte; allein schon damit hätte ich dieses Schizo-Bündel halbieren können, mit einem Hieb genau mitten durch diese Null. Der hätte hinterher den Gerichtssaal durch zwei verschiedene Türen verlassen können. Und noch eine Bemerkung über Zeugen, die eine Vorliebe für diese reizenden kleinen zusätzlichen Details haben: stachle sie ununterbrochen an, und sie werden ein Detail zu viel erfinden, das kann man von jedem berühmten Detektiv der klassischen Kriminalromane lernen. Man nehme nur das Baseballspiel mit Spielkarten, ich kann mir gut vorstellen, was ich daraus gemacht hätte.

VERTEIDIGUNG: Apropos, sagen Sie doch mal, dieser Bursche, »John«, Sie wissen schon, Ihr russischer Verbindungsmann – ein älterer Typ, nehme ich an, groß, semmelblond . . .

GOLD: Nein, er war ungefähr einsfünfundsiebzig, hatte eine mittlere Figur, war eher dünn und ungefähr achtundzwanzig bis dreißig Jahre alt . . .

VERTEIDIGUNG: Verstehe! Aber blond und –

GOLD: Nein, er hatte schwarzes oder dunkelbraunes Haar, eine Haarsträhne hing ihm immer in die Stirn, und er strich sie ununterbrochen nach hinten . . .

VERTEIDIGUNG: Ich vermute, er versuchte, sie unter die Kappe zu stopfen . . .

GOLD: Ja, und er hatte ne ziemlich lange Nase und nen hellen Teint und dunkle Augen. Ging ein bißchen nach vorn gebeugt . . .

VERTEIDIGUNG: Wie ein Fänger, meinen Sie. Oder einer vom Außenfeld . . .

GOLD: Nein, der stand meist im Mittelfeld . . .

VERTEIDIGUNG: Nicht zu groß, aber schnell . . .

GOLD: Ja, er hatte ne ganz schöne Reichweite und . . . er . . . hm . . .

VERTEIDIGUNG: Verstehe! Sagen Sie, Harry . . . für welche . . . äh . . . welche Mannschaft spielte John?

GOLD: (*Ein leichtes Zucken in der linken Gesichtshälfte. Seine Finger flattern, als wolle er die Karten neu mischen, und seine Augen irren unsicher hin und her. VERTEIDIGUNG lächelt zum STAATSANWALT hinüber*).

Als ob man einem Säugling den Schnuller klaut. Und da fragt man sich erstaunt, warum Bloch mit Gold seine liebe Not hatte. Er war anscheinend äußerst erpicht darauf, nicht noch mehr zu hören. Es mag auch einfach so gewesen sein, daß Rosenberg vermeiden wollte, noch jemand mit hineinzuziehen, und einem Schwätzer wie Gold war alles zuzutrauen. Gold hatte bislang sehr wenig ausgesagt, was Julius belastete, hatte zugegeben, daß er ihn überhaupt nicht gekannt hatte, doch wer weiß, welche Freunde und Bekannte noch mit reingezogen worden wären, hätte man ihn weiterreden lassen. Mag auch sein, Julius wußte verdammt gut, wer Gold war, und was er erzählen könnte. Laut Edgars Geheimakten war Gold mit Hilfe von einigen Stichworten »eingefallen«, daß er 1950, bei einem fehlgeschlagenen »Treff« mit einem unbekannten Agenten, an einer Straßenecke in Jackson Heights an Julius vorbeigekommen war, an einem Julius, der genauso gekleidet gewesen war wie der auf den späteren Zeitungsfotos, finster blickend und an einer Zigarre lutschend wie Groucho Marx. Eine völlig absurde Geschichte, aber wer weiß? Mehr als einmal hatte das, was wie ein Produkt Goldscher Phantasie ausgesehen hatte, zu Verhaftungen und Geständnissen geführt, es war fast, als ob er durch seine Träume die Welt erschaffen könnte. Vielleicht war *er* der Mann, der hier das Stück schrieb. Und vielleicht fürchteten Rosenbergs, nicht ohne Grund, auf eine Szene festgelegt zu werden. Wie auch immer, die Auswirkungen gingen voll zu ihren Lasten.

Die meisten Fehler, die Bloch unterliefen, deuteten darauf hin, daß er panische Angst hatte, ein falscher Zug könne sie alle ins Verderben stürzen – kurzum er ließ merken, daß er glaubte, Rosenbergs seien wirklich schuldig. Und das waren sie zweifellos. Man brauchte sie sich bloß anzusehen. Wie Uncle Sam gesagt hatte: Sie stanken nach Schuld. Ihre Arroganz, ihre plumpe Lügerei, die Tatsache, daß sie sich hinter Artikel 5 versteckten, die offensichtlichen kommunistischen Verbindungen, die sie nicht zugeben wollten, ihre Unterwürfigkeit, die durchsichtigen Beschwerden über ihre schlechte Gesundheit, die regelmäßigen »Erinnerungslücken« bei einfachsten Fakten, die ganze politische Effekthascherei – aus meiner beträchtlichen Erfahrung mit Zeugen vor Gericht hatte ich gelernt, daß alle, die lügen oder etwas zu vertuschen suchen, generell den gleichen Fehler machen – *sie neigen zur Übertreibung, sie tragen zu stark auf*. Selbst in der Art und Weise, in der sie sich auf Artikel 5 beriefen, unterschieden sie sich grundsätzlich von einem Unschuldigen, der ihn aus Prinzip in Anspruch nimmt. Mit durchsichtiger Falschheit, mit theatralischem Leugnen, mit dem Zur-Schau-Stellen gekränkter Unschuld haben sie sich wie Alger Hiss selbst an den Galgen gebracht.

Zum Teil wirkten ihre Aussagen selbstverständlich deshalb wie Lügen, weil sie sich selbst eine unmögliche Rolle gewählt hatten: das amerikanische Durchschnittsehepaar aus dem Mittelstand, romantisch und fleißig, liebende Eltern, von einem verlogenen widernatürlichen Bruder durch falsche Aussagen überführt, von einer monströsen Staatsbürokratie an die Wand gedrückt, einem gräßlichen Irrtum zum Opfer gefallen. Julius war gut bürgerlich gekleidet. Er befolgte sorgfältig alle Vorschriften. Er hatte niemals ein Gesetz gebrochen, allerdings war er aus einem Job bei der Armee rausgeflogen, weil man ihn für einen Roten hielt. Ethel hatte einen verkniffenen Mund, trug einen Wollmantel wie Pat. Ihre Kinder hatten einen ordentlichen Haarschnitt und gewaschene Gesichter. Julius senkte nie den Blick. Ethel lächelte die

Zeugen an. Sie sagten, sie liebten ihren verwirrten Bruder. Saypols indezente Wortspielereien schockierten sie. Sie hielten Händchen und küßten sich durch den Maschendraht. »Wir haben stets«, schrieb Ethel für die internationale Presse, »ein anständiges, konstruktives Leben geführt . . .« Sehr wahrscheinlich hatten sie sich nach ihrer Inhaftierung ganz mechanisch, und wohl auch gern, in dieses Mittelstandsklischee geflüchtet – ich konnte den Trost und Schutz, den sie darin fanden, gut nachfühlen –, aber es stand ihnen nicht zu Gesicht. Julius bewegte sich in seinem steifen blauen Anzug wie ein käsebleicher Roboter. Die Geschworenen bezeichneten Ethels Gesichtsausdruck vor Gericht als »eisern« und »steinern«. Sie hatten die falschen Freunde, und das half ihnen nicht weiter, lärmende Alt-Linke aus der College-Zeit, mit denen sie seit damals loyal verbunden waren, sie konnten also die Spießer-Tour einfach nicht durchhalten, weil sie wußten, diese Freunde hatten sie voll im Visier, warteten auf Treuebrüche und verachteten alles, was nicht nach reinem Heldentum aussah. Jedesmal, wenn Julius »Sir« sagte, hielt man das für Ironie. Sie wirkten äußerst beeindruckend durch ihre Bereitschaft, in den Zeugenstand zu treten, auch durch ihre unerschrockene Zurückweisung der Anklage, doch daß sie sich bei Fragen nach ihrer Gesinnung hinter Artikel 5 versteckten, machte alles das zunichte, ließ vermuten, daß sie der Partei noch immer loyal ergeben waren, und zudem färbte – wie ein nicht zu löschender Makel – ein unamerikanischer Akzent ihre Stimmen, das verdrossene Gebrabbel von Zwischendeckpassagieren und Rucksackhausierern wurde kaum überdeckt von der pedantisch korrekten Ausdrucksweise zweier Leute, deren Eltern nicht richtig Englisch sprechen konnten. Es braucht nicht eigens betont zu werden, daß sich diejenigen, auf deren Votum es ankam, nicht täuschen ließen.
Aber wer waren denn nun die echten Rosenbergs, die hinter den Schauspielermasken? Das wird man wohl nie erfahren. Die Berichte des FBI deuteten eine Vorliebe für Pornographie und einen Hang zum Theatralischen an. Ihr Apartment war mit billigem Plunder vollgestopft und sie trafen sich mit Freunden, die ein ziemlich unkonventionelles Leben führten. Leute, von denen Pat und ich nicht gewußt hätten, wie man mit ihnen redet. Ihr Leben schien bar jeder Haltung zu sein, völlig unverwurzelt, obwohl sie immer am selben Ort blieben. Ich bin gegenüber dem mexikanischen Ghetto von Jim Town aufgewachsen, deshalb weiß ich, wie es dort aussah, aber ich hätte mir nicht vorstellen können, in einem Ghetto zu *leben*. Ich habe niemals begriffen, warum die Bewohner nicht einfach wegzogen und woanders

hingingen. Mangelnde Phantasie oder so was. Ein schreckliches Leben, auch für Rosenbergs. Die waren beide ganz schön herumgestoßen worden. Ethel, knapp sechzehnjährig, war, als sie sich um einen Job bewerben wollte unterwegs von Feuerwehrschläuchen der Polizei umgepuscht worden. Ihre Ghetto-Vergangenheit verfolgte sie, vereitelte ihre Theaterkarriere genauso, wie meine kalifornische Kleinstadt-Vergangenheit meine Hoffnungen auf eine Anwaltskarriere in New York zerstörte, allerdings ließ ich nicht zu, daß mich das verbitterte. Julius hatte auch eine Menge Prügel einstecken müssen und Schlimmeres gesehen. Auf dem College war er zum Linken geworden, aber von einem Juden aus dem Ghetto *erwartete* man, daß er links stand, besonders zu einer Zeit, als die meisten Rechten sich als Juden-Fresser gebärdeten. In gewisser Beziehung verhielt er sich ebenso konventionell wie ich damals auf dem College in Whittier. Er hatte erlebt, wie jugendliche Schlägerbanden bärtige alte Juden, die im Seward Park Schach spielten, verprügelten, wie Neger bei Pogromen erschossen wurden. Eines Abends hatten ihn, in der Nähe des Union Square, zwei Braunhemden angehalten, ihn gefragt, was CCNY bedeutete. »City College New York«, hatte er geantwortet. »Nee!« hatten sie gelacht und ihn vom Bürgersteig gestoßen. »Es heißt: Christliches College Nun Yiddisch!« Ja, und dann führte eins zum anderen. Sie blieben ihren linken Freunden treu, von denen sie bewundert wurden – sozusagen ihre Wähler –, und das nächste, was sie erlebten, war der Krieg, die Kommunisten waren erstaunlicherweise unsere Verbündeten, Julius arbeitete für die Armee und Ethel hatte einen Bruder beim Atombomben-Projekt, andere ihrer Freunde – Techniker – hatte es auch überallhin verschlagen. Angenommen, das Phantom war mit einem Wunsch an sie herangetreten: wie konnten sie ablehnen? Weg von der offenen Agitation der College-Tage, sich ins Zentrum der Häresie, der sie anhingen, begeben: warum nicht? Ich war schließlich durch eine Kette ähnlicher Umstände Vizepräsident der Vereinigten Staaten geworden, eins ergab sich aus dem anderen, ich war genau wie sie von dem Wunsch getrieben, im Mittelpunkt zu stehen, voll am Leben teilzuhaben.
Vielleicht hatte Julius seine Art, sich zu verhalten von seiner Mutter mitbekommen wie ich. Sophie (seine Mutter) war mit vierzehn in die Vereinigten Staaten eingewandert, hatte täglich elf Stunden gearbeitet, nur sonntags frei, verdiente acht Dollar pro Woche, sparte irgendwie davon noch genug, um ihre Mutter und vier Brüder aus Polen rüberzuholen, hatte dann, mit achtzehn Jahren, Harry Rosenberg, einen jungen Arbeiter, geheiratet. Sie waren fesch, romantisch, in die

polnische Kultur verliebt, aber schrecklich arm, lebten im obersten Stock einer fünfstöckigen Mietskaserne in der Broome Street, deren Dach undicht war, wo im Winter Eiszapfen von Decke und Fensterrahmen hingen. Wie mein Vater hatte auch Harry Rosenberg versucht, ein Geschäft aufzumachen, eine chemische Reinigung, aber er war gescheitert, war in erbärmliche Armut gesunken und hatte sich danach mit harter Arbeit und Zähigkeit durch die Schlangen derer, die nach Brot und Suppe anstanden, gekämpft und es doch noch so weit gebracht, daß er den Seinen ein Apartment mit Zentralheizung bieten konnte. Wie aus einem Heftchenroman, wenn man davon absieht, daß Harry Sozialist war. Samenkörner des Phantoms, aus der Alten Welt herübergebracht wie Läuse in der Krempe eines alten Hutes. Klein-Julius hatte als Junge seinen Glauben sehr ernst genommen – das teilten wir – er hing fest am orthodoxen Judentum. In der Synagoge nannten sie ihn »Jonah«, und er wurde zum Vizepräsidenten des Knabenbundes der Synagoge gewählt. Wie ich beim Christlichen Verein. Er hatte Bibelstunden abgehalten und sogar erwogen, Rabbi zu werden, meine Mutter hatte auch immer geglaubt, ich könnte vielleicht Missionar bei den Quäkern werden. Er war jünger als ich, ungefähr im Alter meines jüngsten Bruders, der starb, als ich zwölf war. Julius war ein kränkliches Kind, mit schlechten Augen, Allergien, plötzlich auftretenden Krankheiten, mit zehn Jahren war er fast an einem durchgebrochenen Blinddarm gestorben, mehr oder weniger ein Jahr, bevor ich diese schlimmen Fieberanfälle bekam, er hatte Asthma gehabt und andere psychosomatische Beschwerden. Das befreite ihn von der Teilnahme am 2. Weltkrieg und machte ihn geeignet, Spionage zu treiben – er wurde Inspektor für elektronische Produkte, die von Privatunternehmen an die Fernmeldetruppe geliefert wurden. Seine Zurückstellung ärgerte mich allerdings: machte er sich überhaupt Gedanken über seine armen Glaubensgenossen in Deutschland? Wessen Krieg war das eigentlich? Ne Menge von dem Zeug, das er beim Prozeß und in seinen Briefen von sich gab, hat mir schlicht gestunken, doch das Schlimmste war wohl, daß er das Wecken mit dem Zapfenstreich verwechselte. Mein Heuschnupfen hat mich nicht davon abgehalten, zur Marine zu gehen. Sein Problem bestand darin, daß er richtig krank war. Das fing wohl an, als er noch klein war und seine Mutter nachts mit ihm zum Klo mußte, um mit einer Kerze zu leuchten – es lag am Ende eines unbeleuchteten Flurs, und er hatte Angst vor der Dunkelheit. Eine übelriechende Örtlichkeit, die jeder auf der Etage benutzte. Ratten raschelten hinter den Wänden, Besoffene lagen in den Korridoren.

Vielleicht saß gerade einer schlafend auf dem Klo. Oder hatte ein Messer in der Hand. Ich höre noch, wie mein Vater mich einmal nachts im Schlafzimmer meiner Eltern »Baby« schimpfte. Ich fürchtete mich, durch die Tür zu gehen, weil ich Angst hatte, direkt dahinter in ein tiefes Loch zu fallen. Mutter drängte, ich solle mich beeilen. Wachs tropfte auf die Klobrille. Ich war verstopft. Unter mir schien sich was zu bewegen. Nichts kam. Ich glaubte, meinen toten Bruder hinter der Mauer weinen zu hören . . .
Mit einem Ruck schoß ich hoch. Wo war ich? Ich sah mich um: das Büro war leer. Nur die Unterlagen überall verstreut. Ach ja, Rosenbergs . . . Ich starrte aus plierigen Augen auf das Durcheinander, überlegte, was Pat wohl zu Hause im Kühlschrank hatte. Was fürn Chaos. Was wäre, wenn jetzt jemand reinkäme und mich so sähe? Wenigstens sollte ich mich gerade hinsetzen, den Eindruck erwecken, als ob ich nachdächte, mich konzentrierte. Spartanische Haltung. Aber ich war viel zu müde. Mein Rücken war steif und mein Hintern tat weh. Ich fragte mich, ob ich vom zu langen Sitzen etwa Blasen kriegen würde? Oder Hämorrhoiden – ist das nicht schon mal einem berühmten Mann passiert? Der alte Arsch iss auch nich mehr der jüngste, feixte ich über mich selbst, als ich auf die Beine kam und rausschwankte, um pinkeln zu gehen. Ich grinste darüber und sagte laut: »Mein alter Arsch iss auch nich mehr der, äh, jüngste . . .« Laut klang es nicht mehr so lustig. Wie Saypols Wortspiele bei der Verhandlung: »Sagten Sie ›russischer Brauch‹ oder ›rosiger Bauch‹?« Sogar Bloch tat so, als ob er sich darüber amüsierte, und Richter Kaufman tadelte: »Versuchen Sie doch nicht, ein zweiter Milton Berle zu sein.« Was wie eine Zurechtweisung klingen sollte, aber in Wirklichkeit war es so etwas wie ein Kompliment, das ein Band der Vertraulichkeit um ihn, den Komiker, und Saypol schlang; es umschlang Richter, Geschworene, Anwälte, Zuschauer, überhaupt alle, ausgenommen die beiden Angeklagten, die plötzlich isolierter dastanden als je zuvor. Gleichzeitig machte er damit auf dezente Weise ein bißchen Werbung für Onkel Miltie – Kaufmans ehemaliger Mandant und ältester Freund – und sich selbst zum Inbegriff von amerikanischem Witz und Humor.
Ich inspizierte erneut den Kühlschrank. Zum vierzigsten Mal. Nichts drin, außer einer leeren Zigarrenkiste, einer leeren Käseschachtel, einer halben Flasche Ketchup, einer Büchse Ahornsirup, fast leer. Ich schraubte den Deckel ab, stülpte sie um. Es dauerte eine Ewigkeit, bis was runtergelaufen war, und alles, was ich dann erwischte, war ein zähflüssiger, verschimmelter Tropfen. Ich warf die Dose in den Papier-

korb, machte ein paar tiefe Kniebeugen, versuchte so, die toten Zellen zu mobilisieren, damit ich hinreichend wach wurde, um die Sache zu Ende zu bringen, den Schlußstrich zu ziehen, aufzuräumen. Spät. Absolute Stille. Wirklich gespenstisch. Von weitem konnte ich Stimmen vernehmen, sie sangen. Ich wußte, das National Gallery Orchestra spielte heute abend irgendwas Modernes zu Ehren des Alten Südens, aber das klang nicht nach »Alles ruhig an den Ufern des Potomac«. Außerdem war's viel zu spät dafür. Vielleicht die Demonstranten. Seit einer Woche unterwanderten sie die Hauptstadt. In der Odd Fellows Hall veranstalteten sie heute abend eine Gnaden-Vigilie. Könnte da draußen gefährlich werden. Sollte nach Haus ins Bett gehen. Morgen, in aller Frühe, Kabinettssitzung. Doch, um ehrlich zu sein, ich blieb *gern* die ganze Nacht auf. Das hatte ich mir auf der High School angewöhnt, als ich mich in den Glockenturm zurückziehen konnte. Nachts war ich immer produktiver, lag wohl am Luftdruck, und ich liebte die Dunkelheit um mich her. Anscheinend ging's Kaufman auch so. Er gab gern damit an, daß er, wenn er unter Streß stand, pro Nacht nur neunzig Minuten schlief. Und mehrere Male am Tag in die Synagoge ging. Wohl für besinnliche Nickerchen. Ich gähnte.

Lieber Gott! Ich stellte fest, daß ich mich wieder langgelegt hatte, diesmal auf die Ledercouch. Ich ärgerte mich, machte mir Vorwürfe, drei schnelle Rumpfbeugen, wanderte wieder hin und her, veranstaltete ein Schattenboxen, mit kurzen, schnellen Hieben, wie Rocky Marciano. Unff!! Unff!! Na schön, bring die Sache zu Ende, sagte ich mir. Irgendwas kratzt dich, aber was? Irgendwas mit den Verbindungsliedern. Wenn man so einfach durch diesen Wald von Fakten marschierte wie die Journalisten, wie alle, die der Aufforderung des FBI dazu folgten, sah die Geschichte wie ein zusammenhängendes Ganzes aus und wirkte so einfach und wahr wie ein Epigramm. Die Sowjets hatten 1949 eine Atombombe gezündet, der plötzliche Beweis dafür, daß sie das Geheimnis von uns gestohlen hatten. Der in England von Scotland Yard verhaftete Kernphysiker Klaus Fuchs hatte den Diebstahl gestanden und das FBI auf die Spur seines Kuriers Harry Gold geführt, der Anatoli Jakowlew als seinen russischen Verbindungsmann nannte. Jakowlew war kurz zuvor mit Frau, zwei Kindern und allen relevanten Geheimdokumenten an Bord der *S. S. America* nach Rußland abgedampft. Die Journalisten neigten dazu, den Namen des Schiffes als Ironie des Schicksals anzusehen. Gold zeigte mit seinem Finger auch auf David Greenglass, einen Mechaniker aus Los Alamos und ehemaligen Kommunisten, Greenglass wiederum belastete, unter

Mithilfe seiner Frau, die eigene Schwester, Ethel und Ethels Mann, Julius Rosenberg, ebenfalls Ex-Kommunisten. Oder vielleicht auch nicht Ex. Andere Zeugen hatten die Anschuldigungen bestätigt und den Kreis um Morton Sobell erweitert, der nach Mexiko geflohen war, aber mit Hilfe der mexikanischen Polizei in die Vereinigten Staaten »zurückverbracht« und dort verhaftet wurde. Zweifellos gab es noch weitere – Rosenbergs und Sobell waren dem Anschein nach bestenfalls zweite Garnitur –, doch bislang hatte keiner der drei ausgesagt, wer hinter ihnen stand. Oder wer – falls Hoover recht hatte, daß Rosenberg der Chefspion sei – die anderen Mitglieder seines Spionagerings wären. Das war der Grund, weshalb man stärksten Druck ausübte, obgleich das FBI faktisch schon ne Menge Beweise gegen die anderen Mitglieder des Verräterrings besaß. Sagten sie.
Okay. So weit, so gut. Das Verbrechen des Jahrhunderts, von J. Edgar Hoover. Doch wenn man die Sache, wie das ein Rechtsanwalt macht, einmal zurückspulte, fiel alles auseinander. Die weniger wichtigen Zeugen bestätigten im Grunde nur: (1) daß es in diesem Land Leute gab, die für die Russen spionierten, was jeder wußte, und (2) daß Julius Rosenberg ein Linker war, wahrscheinlich ein Kommunist, zumindest Sympathisant. Aber zwischen (1) und (2) gab's keine Verbindung, es gab keinen Beweis dafür, daß Rosenbergs selbst Spione waren. Das wichtigste Indiz gegen Sobell war dessen wilde Flucht nach Mexiko. Das war schon recht bezeichnend, aber wer wußte, wovor er tatsächlich geflohen war? Immerhin war er Kommunist gewesen, und das allein stellte schon ein vom Bund zu verfolgendes Verbrechen dar. Dem FBI gelang es aber nicht, ihn mit dem Diebstahl der geheimen Bombenunterlagen in Verbindung zu bringen, nur mit einer Clique von Klassenkameraden aus dem City College, unter ihnen Rosenberg, die ungesunde Ansichten vertraten. Sobell kann man vergessen. Jakowlew befand sich seit Jahren außer Landes und war wohl kaum bereit, in die Staaten zurückzukehren, um die Anschuldigungen des FBI zu widerlegen, und was Harry Gold anging, so war er nicht nur ein notorischer Phantast, sondern seine Aussage belastete Rosenbergs nicht im geringsten, höchstens Greenglass. Und wenn ich auch nach Durchsicht der Akten den Eindruck hatte, daß Gold Jakowlew gut zu kennen schien, so war die Version der FBI-Leute, Fuchs habe sie zu Gold geführt und Gold zu Greenglass, keinesfalls aufrechtzuerhalten. Gold hatte kaum angefangen, vage von einem »unbekannten Typ in Albuquerque« zu sprechen, da wurde Greenglass bereits vom FBI verhört. Wo hatten sie ihn aufgespürt? In den Akten stand darüber nichts. Aber sie besagten, daß

man Gold, als er sich – mit Hilfe des FBI – an diesen Verbindungsmann »erinnerte«, eine Liste mit zwanzig in Frage kommenden Namen vorgelegt hatte, und die enthielt schon Greenglass' Namen. Und auf Gold war das FBI zu einem Zeitpunkt verfallen, als ihm Fuchs noch keinen Hinweis gegeben hatte. Und der hatte im Grunde immer nur behauptet, Gold sei *nicht* sein Kurier gewesen, trotz des von Gold unterzeichneten Geständnisses. Da es sich aber bei den Beamten, die ihn in England bearbeiteten, um ziemlich hartnäckige Burschen handelte, hat er ihnen schließlich wohl, um sie sich vom Hals zu schaffen, doch zugestimmt. Falls überhaupt, dann führte der Weg von Greenglass zu Gold und von dort zu Fuchs.

Und wie verhielt es sich nun mit Greenglasses? Ohne ihre Aussage hatte die Regierung fast nichts in der Hand: ein paar suspekte Verbindungen, Zusammenkünfte, unbewiesene Behauptungen, das Sesam-öffne-Dich »Ich komme von Julius« – das offenkundig von der Staatsanwaltschaft fabriziert worden war –, einen Haufen Fotoausrüstungen sowie die blauäugige Versicherung des FBI, es wisse schon, was es tue. Vielleicht schon. Auf jeden Fall hatte es den Anschein, als ob die Geständnisse von Greenglasses weitgehend der Wahrheit entsprachen, besonders, weil mit ihnen ein Bruder seine eigene Schwester in den Tod und sich selbst ins Zuchthaus schickte, aber etwas merkwürdig war schon, daß Greenglass das alles bereits am ersten Abend, als er vom FBI zu einer vorläufigen Befragung mitgenommen worden war, lachend erzählt hatte. Fast so, als ob es einstudiert worden wäre. Alles, nur keinen Hinweis auf seine Schwester Ethel; er bestand von Anfang an darauf, sie habe nichts damit zu tun. Julius in die Pfanne zu hauen, schien ihm hingegen Vergnügen zu bereiten. Zur Zeit des Prozesses hatte er aufgehört zu lachen, grinste aber immer noch. Dabei sah er aus wie Joe McCarthy. Seine Aussage vor Gericht war, wie die seiner Frau Ruth, glatt und elegant – zu elegant. Sie schienen sich zu bereitwillig an entlegene Fakten zu erinnern, Fakten, die denen glichen, die beim »Probeprozeß« gegen Brothman-Moskowitz so erfolgreich vom Saypol-Team vorgebracht, und von Kaufman anerkannt worden waren. Daneben war zu vieles nicht zur Sprache gebracht, zu viele Informationen waren unterdrückt worden, die die Beweisführung hätten erschweren können, zu vieles hing drohend über den Köpfen der Greenglass'. Nicht nur Diebstahl – vielleicht wußte das FBI wirklich nichts davon –, sondern auch Spionage, kommunistische Umtriebe und möglicherweise noch Meineid: die Briefe, die sie während des Krieges geschrieben hatten, zeigten, daß sie fanatische Parteigänger waren, voller Hingabe für ein »Sozialistisches Amerika« und »Laßt das Rote Banner flattern« eintraten, wobei Ruth bei der Organisierung von Kadern in New York half, während David neue Anhänger unter seinen Freunden in der Armee warb. Sie nannten sich untereinander sogar »Genossen« und unterschrieben ihre Briefe »mit der ganzen Liebe von Marx und der Humanität von Lenin«! Indessen, die große Offenheit dieser Briefe schien gegen eine verschwörerische Mehrdeutigkeit der Texte zu sprechen, und der einzige Hinweis, der auf Ungewöhnliches deutete, stand in einem 1944 von David aus Santa Fe abgeschickten Brief, in dem es hieß, daß »wir spätestens bis 1948 unseren Beitrag leisten sollten, wenigstens einen«. Was ja wohl ungefähr alles bedeuten konnte.

Hätten sie sich also freiwillig der irren Beschuldigung der Atomspionage ausgesetzt? Nein, eher könnte das Gegenteil der Fall sein. Vielleicht hatte das FBI David Greenglass erzählt, daß man bereits belastendes Material über Ethel und Julius habe, schon eine Menge wisse, wovon David nichts ahne, daß man von ihm und Ruth nur die »Bestätigung« einiger Sachverhalte wolle – das FBI arbeitet häufig nach dieser Methode und Greenglasses waren leicht reinzulegen. Und vielleicht *wußte* das FBI doch schon was vom Uran-Diebstahl und benutzte den, um David so unter Druck zu setzen, daß er zur »Mitarbeit« bereit war. Schließlich *mußte* das FBI in diesem Fall den Sieg davontragen – sein guter Ruf hing davon ab, ebenso das Budget und eine Menge Arbeitsplätze. Inklusive der von Hoover: die Demokraten versuchten seit Jahren, ihn abzuschießen, und gab's ne bessere Gelegenheit, dem Altmeister der Kommunistenjagd den Vorwurf heimzuzahlen, »gegenüber den Roten lasch zu sein«? Mit der Verhaftung von Fuchs hatten die Engländer ihn als Tölpel qualifiziert, jetzt mußte er sie übertreffen, um seinen Hals zu retten, und da kein großer Hai in Sicht war, mußte es schon ein riesiges Verschwörernetz sein. Und wenn ein paar Verbindungsglieder abhanden gekommen waren, dann mußte man eben ein paar neue schmieden. Oder David steckte bis zum Hals im Wasser und stürzte sich auf jeden Strohhalm, um seine eigene und Ruths Haut zu retten. In Anbetracht der politischen Neigungen, von denen ihr Briefwechsel während des Krieges zeugt, wirkte ihre plötzliche »Bekehrung« allerdings recht brüsk und zynisch. Eigenartig war auch, daß man David nur zufälligerweise nach Los Alamos abkommandiert hatte – ursprünglich sollte ein anderer Mann aus seiner Einheit dorthin versetzt werden, aber der überschritt seinen Urlaub, und David wurde in letzter Minute sein Ersatzmann. Wer war dieser Soldat, und wußte er

wohl, was er angerichtet hatte? Hätte es diesen pflichtvergessenen unbekannten GI nicht gegeben, gäbe es unter Umständen auch kein Gleichgewicht des Schreckens, und Rosenbergs säßen heute abend zu Hause, würden ihren Hochzeitstag feiern und sich wünschen, daß zur Abwechslung mal was Aufregendes passierte.
Um einen Bruder, der seine Schwester auf den Elektrischen Stuhl schickt, war wohl zuviel Trara gemacht worden. Ähnliches war absolut nicht ungewöhnlich, das geschah ja tagtäglich. Väter warfen ihre Sprößlinge aus dem Fenster ihrer Mietskasernenwohnung, Kinder stießen ihre Großmütter die Treppe hinunter, Bruder und Schwester verpfiffen sich gegenseitig, sobald sie sprechen konnten. Steht man mit dem Rücken zur Wand, gehts ums Überleben, wäre ich nicht sicher, ob ich in derselben Situation meinen scheißeigenen Brüdern trauen würde. Es war übrigens allgemein bekannt, daß die beiden Schwäger sich nicht ausstehen konnten, hauptsächlich, wegen ihrer gemeinsamen Geschäftsgründung nach dem Kriege, die sich als Reinfall erwies, und eins wurde im Verlauf des Prozesses überdeutlich: ging es darum, Rosenbergs in die Pfanne zu hauen, kannte der Eifer der Greenglasses keine Grenzen. Die Akten ließen vermuten, daß David Julius eine Weile erpreßt hatte – als ne Art Beweis der Anklage sah man die Zahlung der letzten 4000 Dollar kurz vor der Verhaftung an, quasi ein verzweifelter Bestechungsversuch, da sich Julius sehr wohl bewußt gewesen sei, daß David sonst quatschen würde, wenn man ihn verhaftete, Ethel und Ruth verstanden sich auch nicht, alte Eifersucht wegen David, und die alte Dame Greenglass zeige offenen Haß gegenüber Ethel und der ganzen Rosenberg-Sippe. Sie schien fast froh darüber zu sein, daß ihre Tochter schmoren sollte, denn sie ließ alle Welt wissen: Falls Julius und Ethel auf dem Elektrischen Stuhl stürben, wolle sie nicht mal zu ihrer Beerdigung gehen. Eine reizende Familie. Jetzt, wo ich darüber nachdenke, glaube ich fast, daß David und Ruth die ganze Zeit über das Todesurteil herbeigesehnt haben, damit hinterher keiner aus ihrer Umgebung sie an das erinnern konnte, was sie getan hatten. Vom Erdboden verschwunden. Ich kannte Typen wie Greenglass. Nicht clever genug, um sich gegenüber der Welt zu behaupten oder zu begreifen, was eigentlich läuft, aber auch nicht doof genug, um sich den üblichen Platz in der Herde zu sichern und sich aus Schwierigkeiten rauszuhalten. Denen kann man alles einreden, sie sind absolut leer und sehnen sich danach, daß man sie auffüllt. Frauen wickeln Burschen seiner Art um den kleinen Finger: seine Mutter Tessie, seine große Schwester Eth, seine abgebrühte, unglückliche Frau. Greenglass hatte

keine wirkliche Beziehung zur Realität. Gestern schrieben ihm Ruth und Ethel vor, was er zu tun hatte, heute waren es Saypol und Cohn – ein Mann, der zu Hause von zänkischen Weibern erzogen wurde und sich draußen folglich gehorsam zeigte.
Was hab ich grade gesagt? Daß das FBI – wohl überzeugt davon, den Spionagering ausfindig gemacht zu haben, oder zumindest ganz kurz davor zu stehen, aber ohne überzeugende Beweise dafür – all diese Leute unter Druck gesetzt habe, eine Verschwörung zum Diebstahl der Bombe zu erfinden? Das war doch ziemlich unwahrscheinlich, obwohl die Reihe der Verbindungsglieder, wenn man sie genau zurückverfolgte (ich kroch jetzt tatsächlich auf allen Vieren und wühlte mich hindurch), sich aufzulösen schien. Nehmen wir zum Beispiel an, Gold war wirklich der Kurier von Fuchs: Würden die Sowjets so blöd gewesen sein, dieses Zusammenspiel zu gefährden, indem sie Gold in die Wohnung von Greenglass schickten? Fuchs war für die Russen wie ein Traum, der wahr wird – er stellte buchstäblich das dar, was sie brauchten. Im Vergleich mit ihm war Greenglass nur ne taube Nuß, ein auf seinen Vorteil versessener Stoppelhopser, der durch pure Dummheit und Übereifer alles hätte verderben können. Und woher sollte man wissen, daß er kein FBI-Spitzel war? Steckte hingegen Julius mit drin, dann hätten sie Gold kaum gebraucht, denn alles, was Greenglass ihnen liefern konnte, hätte auch Julius beschaffen können. Naja, ich wußte, wie sehr man in einer Behörde wie dem FBI unter Druck stehen konnte. Jede Abteilung mußte ihr Budget und die Gehälter rechtfertigen, mußte, wenn es brenzlig wurde, Erfolge servieren, ein jeder mußte an seine eigene Karriere denken: nahm man an, Rosenbergs seien schuldig (und vermutlich hatte von Anfang an keiner vom FBI daran gezweifelt; die Ansichten oder Vermutungen des einen stützten den Glauben des nächsten, genau wie in religiösen Kulten, und das schaukelte sich auf durch die herrschenden Wahnvorstellungen – Furcht-Bullentricks-Ignoranz nannten sie selber das FBI – und den blinden Gehorsam gegenüber dem Chef, der über allem thronte), dann würde der Mann das große Los ziehen, der das beweisen konnte. Belohnung und Strafe: auf diese Art funktioniert das. Am 31. Mai 1950, genau elf Tage nach Beginn des Prozesses, erhielten zum Beispiel Golds Vernehmungsbeamte, T. Scott Miller und Richard Brennan, eine offizielle Belobigung für die »geschickte, einfallsreiche und tatkräftige« Durchführung ihrer Aufgabe und wurden für eine »außerordentliche Gehaltszulage« vorgeschlagen. Ein schönes Vorbild für die ganze Truppe, in der jeder darauf erpicht war, in diesem Fall die Prämie zu

ergattern. Der größte aller Fälle: das Verbrechen des Jahrhunderts. Hoover, der mit »Schreck und Wut« reagierte, brüllte 1949 in die Wechselsprechanlage: »Entlarvt diesen Spionagering!« Und schon schwärmten sie, wie die braven Soldaten Christi, nach allen Seiten aus und entlarvten ihn. Bei der OPA wärs ähnlich gelaufen. Natürlich haben wir bei der OPA nie jemanden auf den Elektrischen Stuhl geschickt.

Und was wäre eigentlich, wenn es gar keinen Spionagering gäbe? überlegte ich. Wenn alle Beteiligten sich das nur *einbildeten* und ihre Rolle auf Grund dieser Annahme spielten, ein ganzer Gerichtssaal voller Spinner? Die meisten, so viel war sicher, besaßen die Begabung, sich selbst zu erfinden – oder, wie man bei der CIA und beim KGB sagen würde, sich die Biographie zu polieren – und hatten vielleicht, ratlos wie sie waren, das alles bloß ausgedacht? Woraufhin Rosenbergs unter dem Eindruck, daß alle Welt verrückt sei, dennoch drauf einstiegen, unentrinnbar in die Rolle der Märtyrer rutschten? Eine Rolle, auf die sie schon sei langem gewartet hatten, erpicht darauf, bewundert und bedauert zu werden, sich gegenüber der gerechten Sache ihrer Freunde als mutig und loyal zu erweisen, weil sie glaubten, daß einige von ihnen (wenn das FBI behauptete, es gebe einen Spionagering, dann mußte es einen geben) Mitglieder dieser angeblichen Verschwörung waren. Von Rosenbergs wußte man, daß sie sich seit 1943 von allen offen kommunistischen Aktivitäten ferngehalten hatten, daß sie das Abonnement des *Daily Worker* kündigten und es ablehnten, noch irgendeine Petition zu unterschreiben. Alles Anzeichen dafür, so Saypols Argument, daß sie in den Untergrund abgetaucht waren, und vielleicht hatte er recht. Vielleicht auch nicht: da war immerhin das neue Baby und Julius gutbezahlter Job bei der Armee, bessere Aussichten denn je, sie mußten sich nur von ihren Freunden trennen, worüber sie sich noch acht Jahre später schämten. In der Zwischenzeit verliert Julius seinen Job, Ethel ist am Rande eines Nervenzusammenbruchs, sie versinken in einen trüben und trostlosen Alltag, und dann plötzlich BINGO! – der Atombomben-Prozeß, die Chance, ihren Stolz zurückzugewinnen, ihrer bedeutungslosen Existenz echten Inhalt zu geben. Sobell versteht inzwischen gar nichts mehr – sind die Faschisten an die Macht gekommen? – und haut voller Angst nach Mexiko ab. Als er vom Rosenbergschen Spionagering hört, glaubt er es höchstwahrscheinlich. Wie die anderen Zeugen: Warum nicht? Möglich wär's . . . Wir glauben es *alle* . . .

Ich liege mit dem Kopf auf dem Boden und starre auf das überall verstreute Papier. Irgendwie hatte ich mich bei all diesen Spekulationen verrannt. Allein auf hoher See. In etwa so wie damals, als ich neben dem Bewässerungskanal in Yorba Linda lag, in den endlosen Himmel starrte, den Wahrheiten nachsah, die vorüberstrichen wie dahinziehende Wolken, nur war die Lage diesmal ernster. Was war Tatsache, was Vorsatz, was war Verpackung und was Inhalt? Seltsam, dieser Ansturm der Geschichte, die Gewalt, die sie über uns besaß, und dennoch alles nur Worte. Meist zufälliges Beiwerk, das den größten Teil der Ereignisse unterschlägt. Wir haben noch nicht mal angefangen, die wahre Macht des Wortes zu ergründen, überlegte ich. Was wäre, wenn wir mit allen Regeln brachen, mit dem Augenschein herumspielten, die Sprache selbst manipulierten, die Geschichte zum Parteigänger machten? Das Phantom war selbstverständlich längst darauf gekommen. Uns wiedermal voraus. Woraus bestanden denn seine dialektischen Machenschaften, wenn nicht aus der Auflösung der natürlichen Grenzen der Sprache, der bewußten Erfindung eines Raumes, eines gespenstischen, künstlichen Niemandslandes zwischen logischen Alternativen? Ich erörtere mit Vorliebe beide Seiten eines Problems, aber der Gedanke an diesen seltsam leeren Raum dazwischen bringt mich zum Schwitzen. Paradoxien waren das einzige, was ich noch mehr als Psychiater und weibliche Journalisten verabscheute. Glücklicherweise würde ich das meiste hiervon vergessen, das wußte ich – schweifende Erkenntnisse pflegten dahinzuschwinden und wurden früher oder später von solideren und *legitimeren* abgelöst. Ich würde schon die richtige Fragestellung finden, Partei ergreifen und wieder über der Sache stehen. Perspektive kriegen. Charakter, Courage und Perspektive: die Rosenberg-Formel. Stand in allen ihren Briefen. Vielleicht hatte sie eine versteckte Bedeutung. Irgendwas mit der kommunistischen Partei. »CCCP«, ich wußte, daß die Russen UdSSR so schrieben. Ich mußte zugeben, daß es irgendwie Ähnlichkeit mit meinem »K^4« – Wahlslogan von 1952 hatte: Korea, Kommunismus, Korruption und Kontrollen. Oder Kosten. Das haben wir nie entscheiden können. Der Große Kreuzzug. Dean Achesons Kredo: Kooperation mit dem Kraken im Kreml. Für Frieden, Brot und Rosen. Dinge, die wir im Hickhack der College-Politik lernten, Julius und ich . . .

Dennoch anders als ich. Schon sein Schnurrbart war ein Beweis dafür. Auf seine Weise ein ekstatischer Heiliger. Naiv, gefühlsbetont. Wir waren eher wie Spiegelbilder, vertraute Gegensätze. Links–Rechts, Gläubig–Ungläubig, Stadt–Land, Angeklagter–Ankläger, Schöpfer –Zerstörer. Ich baute Brücken, er sprengte sie. Mit vierzehn Jahren ein

Talmudfanatiker, mit fünfzehn Parteigänger des Manifests. Er bewegte sich zum Rand hin, während ich mich dem Zentrum näherte. Er war noch ein Junge, als er bereits mit seinem sozialistischen Vater diskutierte, als er half, die Trotzkisten aus der Partei zu entfernen. Wäre er als Katholik oder Lutheraner auf die Welt gekommen, und nicht als Jude, könnte er gut ein Nazi geworden sein. Vielleicht auf sexuellem Gebiet ein wenig abartig, wie die meisten Typen aus dem Ghetto. Zu viele Menschen hockten aufeinander, und man konnte sich leicht ne Menge Kombinationen ausdenken, auf die ein Junge vom Lande nie kommen würde. Als das FBI die Wohnung von Rosenbergs durchsuchte, fand man außer alten Kontoauszügen, die über das trostlose Ende von Julius' Pleitegeschäft Auskunft gaben, nur noch ein Album pornographischer Schallplatten sowie Platten mit Persiflagen auf religiöse Zeremonien, zum Beispiel auf das Kol-Nidre. Was Eisenhower auf seiner gestrigen Pressekonferenz als »Verstoß gegen die menschliche Gesittung« bezeichnete. Saypol glaubte, allein diese Platten würden genügen, sie zu hängen, »ein Hinweis auf ihren Geisteszustand«, wie er zu sagen pflegte.

Nun ja, wenn es stimmte, was ich über ihr erstes Treffen in Sing-Sing gehört hatte, dann störte es sie nicht, wer gerade zusah, dann konnten sie es wie Hunde auf nem Spielplatz miteinander treiben. Seit dem Prozeß hatte man sie voneinander getrennt gehalten, und sie hatten sich förmlich in diese Begegnung hineingesteigert. Als die Tür geöffnet wurde und sie einander erblickten, rissen sie sich von ihren Bewachern los, liefen aufeinander zu, bedeckten ihre Gesichter mit heißen Küssen, fingen an, den anderen wild zu betätscheln, an der Kleidung zu zerren, Julius hatte Ethels Bluse aus- und ihren Rock hochgezogen, sie machte sich an seiner Hose zu schaffen, innerhalb der nächsten fünf Sekunden hätten sie in aller Öffentlichkeit auf dem Fußboden gebumst, wenn Wärterin und Aufseher sich nicht rechtzeitig vom Schock erholt, sie auseinandergerissen und eingesperrt hätten. Sie nannten es Liebe, aber das war doch offensichtlich erheblich gefährlicher. Gefängnisdirektor Denno hatte dann angeordnet, sie fortan nur noch in Handschellen vorzuführen, jeden an ein Ende des zwei Meter langen Konferenztisches zu setzen, sie gut zu bewachen und nicht mehr zu gestatten, daß sie sich anfaßten.

Sie hatten sich 1936 getroffen, auf einem Neujahrsball, dessen Erlös der Internationalen Seemannsgewerkschaft zufloß. Wahrscheinlich ne weitere Tarnorganisation des Phantoms. Eine dieser Seemannsgewerkschaften war gerade jetzt am Streiken, legte Häfen lahm und hatte

einen Eisernen Vorhang um die Freiheitsstatue gezogen. Anscheinend war alles in dieser Stadt Fassade für etwas anderes, es machte mich schon nervös, durch die Straßen zu gehen. Ließ sich nicht mit Yorba Linda oder Whittier vergleichen. Was hatten Großstädte bloß an sich? Als Junge träumte ich manchmal davon, in der Großstadt ein Doppelleben zu führen. Selbst jetzt fühlte ich mich dort freier. Wenn das der richtige Ausdruck ist. Ethel brannte darauf, sich mit »Ciribiribin« hören zu lassen. Das war ihre berühmte Nummer gewesen, aber sie hatte keine Übung mehr. Sie hatte zu viel Zeit damit verbracht, Arbeiter zu organisieren, ihre Bühnenkarriere war praktisch zu Ende ... auch ich hatte meine geheimen Träume von einer Existenz als Schriftsteller und Schauspieler aufgegeben. Julius ging auf sie los und fragte: »Warum sind Sie so nervös?« Was fürn Einstieg! Warum sind Sie so nervös! Ich hätte es zwar auch gedacht. Nur hätte ich wahrscheinlich gesagt: »Warum bin ich so nervös?«
Möglich wäre es durchaus gewesen: An dem Abend hätte auch ich da sein können. Ich war in der Stadt. Ich war aufgekratzt, wußte aber nicht wohin, tat indessen so, als fände ich mich zurecht. Ich hätte irgendwo reinstolpern können. Ich hielt den Kopf gesenkt, vermied es, die Wolkenkratzer anzustarren, marschierte zielstrebig drauflos, obwohl ich nicht mal wußte, wo ich war. Um die Wahrheit zu sagen, New York gefiel mir zwar ganz gut, aber besonders beeindruckt hat es mich nicht. Die Stadt hatte was Heruntergekommenes, sie wirkte auf mich viel zu kalt und zu rastlos, als daß man da leben könnte. Nicht mal typisch amerikanisch – eine Art Hongkong-West. Aber dadurch aufregend. Und herausfordernd. Ne Rennstrecke, noch schneller als Los Angeles. Ein Mann braucht das, selbst wenn er es verabscheut. Jeder Mensch neigt zum Vegetieren, wenn er nicht am Rennen teilnimmt. Man muß schuften, dachte ich, um bei dem Konkurrenzkampf zu überleben, dem aber fühlte ich mich gewachsen. Ich stand kurz vor Abschluß meines Examens an der Juristischen Fakultät in Duke und sah mich nach einer Stellung in einem der großen Rechtsanwaltsbüros um. Ich wußte, daß ich eine kriegen würde. Ich brannte darauf, zur Uni zurückzukommen, um damit anzugeben. In Maßen natürlich. Es der Familie zu schreiben. Ich notierte mir Details, die ich für meine Briefe verwenden konnte. Die Aussicht, damit prahlen zu können, gefiel mir mehr als der Gedanke, hier zu leben. Ich war der Dritte in meiner Klasse, Vorsitzender der Juristischen Studentenverbindung, Mitglied des Ordens für Rechtsgelehrtheit, hatte für *Law Revue* und *Duke Bar Association Journal* gearbeitet, einen bedeutenden Artikel über Autoversicherung

verfaßt und Dekan Horak bei den Recherchen für sein verdammtes Buch geholfen, es war also ne todsichere Sache, und doch kriegte ich keinen Job. Jeder rümpfte die Nase über mich. Ich hatte das Gefühl, als ob mein Anzug nicht richtig säße, meine Haare wie frisch geschnitten aussahen, oder was ähnliches. Womöglich war mein Akzent dran schuld. Ich erwähnte, daß ich auf der Oberschule den Preis des Harvard-Clubs von Kalifornien gewonnen hatte, aber das half auch nichts. Die beiden anderen, die mit mir hergekommen waren, fanden Stellungen, lukrative Stellungen, aber ich nicht. Kam mir wie ein dämliches Arschloch vor. Hätte mich an dem Abend mein Weg auf den Ball der Internationalen Seemannsgewerkschaft verschlagen, anstatt zum Rockefeller Center und Times Square, wäre ich vielleicht Kommunist geworden und hätte den Lauf der Geschichte verändert, sauer genug war ich. Später, als ich mich beruhigt hatte, fiel mir ein, daß ich linksliberale Richter ein bißchen zu oft gelobt, daß ich als Vorsitzender der Juristischen Studentenverbindung einen sehr bekannten New Deal-Kartellknacker für einen Vortrag nach Duke eingeladen hatte, und ich vermutete, daß einige meiner Feinde in der Fakultät das alles ihren Freunden in New York falsch hingestellt hatten. Das erklärte vielleicht auch meinen Reinfall mit dem FBI. Na ja, zur Hölle mit ihnen, ich kaufte mir einen neuen Anzug aus blauem Serge, fuhr zurück nach Whittier und habe meinen Weg alleine gefunden.
Obwohl ich nicht auf den Ball der Seemannsgewerkschaft gegangen war, hatte ich merkwürdigerweise einen sehr plastischen Eindruck vom Saal: ein riesiger glatter Fußboden, stark gebohnert, das Grammophon in der Ecke, eine kleine Bühne, die Küche am anderen Ende. Muffiger Geruch. Sechs-Mann-Kapelle. Luftballons an der Decke. Julius und Ethel verschwanden in einem Raum hinter der Bühne, wo sie ihm vorsingen sollte. Seine Idee. Er versuchte, sie zu erobern. Warum auch nicht? Ich glaube nicht, daß es eine richtige Künstlergarderobe war. Wahrscheinlich nur ein leeres Hinterzimmer, mit ein paar Stühlen und Gekritzel an den cremefarbenen Wänden. Vielleicht gab es auch einen Spiegel. Ich sah, wie sie ihn kläglich anlächelte und einen ersten Versuch wagte: »*Chiiiiri-biiiiri-BIN*!« Dünn. Aber hübsch. So offen und blauäugig. Es stellte sich heraus, daß sie Nachbarn waren – für Julius war Ethel buchstäblich das Mädchen-von-nebenan, wie im Kino, auch wenn sie drei Jahre älter war als er und in einem Puff wohnte. »Vor mehr als zehn Jahren, Weihnachten 1936, traf ich eine junge Dame, hübsch, süß, bescheiden . . .« So anders als alle anderen. Sie hatte keinen festen Freund und nie einen gehabt. Nicht wie Pat. Eher

wie ich. Als Julius sie später nach Haus brachte, erklärte er ihr, daß er wegen seiner studentischen Aktivitäten Ärger mit den Prüfungen am College habe. Diese Aktivitäten am City College waren anders geartet als die am Whittier College, aber ich verstand, wie er da reingeraten war. »Ich werde dir helfen«, sagte sie. So etwas hatte mir noch niemand gesagt. »Ich werde dir helfen.« Natürlich, ich hatte ja auch nie Schwierigkeiten gehabt, weder mit meinen Prüfungen noch mit sonst was. »Ich werde dir helfen . . .«
Abrupt setzte ich mich auf. Ich glaubte sie gehört, ihre Stimme gehört zu haben. Ein Fetzen Papier klebte an meiner Backe. Ich streifte ihn ab. »Licht meines Lebens, Rose meines Herzens, auch wenn man dich von mir getrennt hat, du mein Geliebter, bist du mir das Teuerste auf der Welt. Und wenn ich dein schönes ausdrucksvolles Gesicht sehe, dann weiß ich, daß wir eins sind.« *Galt das mir*? Ach nein, die Rosenberg-Briefe. Richtig. Ich mußte mir die Stimme eingebildet haben. Vielleicht war's meine eigene. Ich war kurz vorm Einnicken. Ich war sehr müde. Es war ein langer Tag gewesen. Krisenstab, internationale Spannungen, der Vorsitz im Senat, die Sorge um Uncle Sam, Telefongespräche, die Rosenberg-Affäre. Ich sollte doch besser das Chaos aufräumen und nach Hause gehen, dachte ich. Vielleicht braucht man mich morgen. Nach Haus zu Pat, zum Kühlschrank, zu den Kindern. Wenn ich das doch bloß alles in die Reihe kriegte. Die Mädchen durften morgen früh auch nicht das Durcheinander hier vorfinden. Mir fiel ein, daß jemand gesagt hatte, Julius habe im Gefängnis *You Can't Go Home Again* von Thomas Wolfe gelesen. Vielleicht hatte er das aber auch selbst in einem seiner Briefe geäußert. Lach ruhig mal, Julius. Ein schönes Heim: »Der ständige Kampf gegen Ratten und Ungeziefer geht mir nicht aus dem Sinn.« Fair bleiben: Damals war er noch ein Kind. Ich stellte mich mühsam auf die Füße, schwankte hinüber zum Drehstuhl, fiel schwerfällig hinein. Ich versuchte, die Überlegungen zu rekonstruieren, die ich zum Prozeß angestellt hatte. Aber sie fielen mir nicht mehr ein. Nur dumpfe Erinnerungen an einen dunklen Flur, meine »K^4«-Wahlparole, irgendwas von Manny Bloch und dem FBI. Daß er ein Geheimagent sei? Nein, unmöglich. Seine Ohren standen zu weit ab. Man konnte keine derart abstehenden Ohren haben und beim FBI eingestellt werden. Auch nicht die richtige Nase. Man mußte groß und athletisch sein, eine volltönende Stimme haben, wie ein junger Unternehmer aussehen, Gabardinemäntel und Hüte mit tief ins Gesicht gezogener Krempe tragen. Als Vorteil erwies sich, wenn man Republikaner war, Katholik

oder Fundamentalist, ehemaliger Offizier oder Rechtsanwalt, und Kaugummi mit geschlossenem Mund kaute. Ich überlegte, ob ich nicht irgendwo im Schreibtisch ein Päckchen Kaugummi hatte. Oder was Süßes. Ich durchwühlte die Schubladen. Zeitweilig hatte ich schon ausschließlich von Süßigkeiten gelebt. Julius Rosenberg mochte ebenfalls Süßigkeiten. Es gab da die Geschichte von ihm, wie er als Vierjähriger zum Haus der Großmutter ging. Er hatte seinem Bruder einen Cent abgebettelt und rannte damit quer über die Straße zu einem Süßwarenladen. Auf dem Weg zurück lief er in ein vorbeifahrendes Taxi. Nachdem man ihn ärztlich behandelt hatte, war er wieder in Ordnung, aber seine Mutter erlitt durch den Schock eine Frühgeburt und das Baby starb. Um Haaresbreite wäre Amerika vor einem Atomspion bewahrt geblieben und hätte seine Geheimnisse hüten können. Wegen Naschsucht!

Diese Episode hatte auf mich tiefen Eindruck gemacht, denn auch ich wäre beinahe sehr jung gestorben, als mich nämlich unser Kindermädchen vom Schoß fallen ließ und ich unter die eisernen Räder unseres Pferdewagens geriet. Sie rissen mir die Kopfhaut auf. Auf schnellstem Wege wurde ich mit dem Auto eines Nachbarn in das fast vierzig Kilometer entfernte Krankenhaus gebracht, und es brauchte elf Nähte, um meinen Kopf wieder zusammenzuflicken. Ich wußte nicht mehr, wie ich aus dem Wagen gefallen bin, wußte nichts mehr vom Krankenhaus und Mutters Entsetzen, das einzige, an das ich mich erinnern konnte, waren die Polster der Autositze. Das Auto gehörte Leuten, die Quigley hießen, und ich glaube, es war das einzige in Yorba Linda. Das hat uns alle unheimlich beeindruckt. Die Narbe habe ich immer noch – von der Stirn bis in den Nacken –, aber man sieht sie fast gar nicht, weil ich an der Stelle den Scheitel trage. Damals dachten alle, ich würde sterben. Statt dessen starben dann später meine Brüder. Wie wäre die Geschichte verlaufen, überlegte ich, wenn meine Brüder lebten und ich gestorben wäre? Ich war nicht in der Lage, mir das vorzustellen. Ebensowenig konnte ich in meinem Schreibtisch was Eßbares finden. »Scheiße«, schimpfte ich, knallte die letzte Schublade zu und plumpste in meinen Sessel. Ich wollte das gerade noch mal mit Nachdruck sagen, als mich plötzlich die Angst überfiel, Uncle Sam könnte irgendwo lauern. Ich hatte noch immer Schwierigkeiten, mich daran zu gewöhnen, aber mir war bewußt, daß ich mich damit abfinden mußte, für den Rest meines Lebens. Das Volk weiß die Opfer nicht zu würdigen, die man bringen muß, wenn man Präsident werden will. Manchmal wünschte ich, es könnte mich glücklich machen, so reich zu werden wie

Smathers, oder Admiral bei der Marine, oder ein berühmter Schriftsteller oder sonstwas.

Im Moment fehlt dir zu deinem Glück nur ne Portion Eis, dachte ich. Ein saftiger Hamburger. Ein Stück Schokoladekuchen. Selbst mit ner dreckigen Dattel, wie sie in Whittier auf den Straßen rumlagen, würde ich mich zufrieden geben. Die anderen Kinder sammelten sie immer auf und aßen sie, aber meine Mutter hatte mir gesagt, es sei eklig, Sachen zu essen, die auf dem Boden gelegen hatten, also tat ich es nie. Sie hatten große Kerne, kaum Fruchtfleisch. Aber jetzt würde ich eine essen. Vielleicht. Ethel Rosenberg kaufte sich als Kind immer für zehn Cent Eiskremsoda, hatte ich gelesen, bei Murchioney's an der Lower East Side. Das FBI sollte den Laden vielleicht mal überwachen. Aber wahrscheinlich gab es den nicht mehr. Ich stellte mir einen dunklen Raum vor, schmutzige Fenster und Küchenschaben, die an den Wänden rauf- und runterkrabbelten. Sicherlich auch lausige Eiskremsodas, lange nicht so kremig und schmackhaft wie in Kalifornien. Die Leute an der Ostküste sind ziemlich arrogant, was das Essen anbelangt, aber sie haben verdammt wenig Ahnung davon. Gewisse Typen machten sich gern über meinen Geschmack lustig und bezeichneten mich als Bauern, aber die Zukunft wird erweisen, daß ich einer der wenigen Amerikaner meiner Zeit war, der wirklich etwas vom Essen verstand.

Ich bin schließlich mit Fressalien groß geworden, zunächst auf der Ranch meines Vaters, der Obst und Gemüse anbaute, und dann in unserem Familiengeschäft, wo ich die Lebensmittel auslieferte, Waren einkaufte und mich mit den Kundinnen über das Essen unterhielt. Als Harold krank wurde, Mutter ihn für etliche Jahre nach Arizona begleitete und den Rest der Familie in Whittier allein ließ, habe ich oft gekocht, zauberte phantastische Menüs aus Chili-, Spaghetti-, Schweinefleisch-mit-Bohnen-Konserven, Tütensuppen und lernte sogar, Bratkartoffeln mit Spiegelei zu machen. Auf der Stelle könnte ich jetzt 'ne ganze Büchse Schweinefleisch mit Bohnen verdrücken – kalt! Mampf-mampf. Eine Omelette mit Mayonnaise. Rote Grütze mit Bananen und Schlagsahne. Geflügelsalat auf gerösteten Marshmallows, literweise Cola. Doch ich hatte nur noch eine Magentablette, also aß ich die.

Mir fiel plötzlich ein, wieviel Aufhebens man im Prozeß darum gemacht hatte, welche Geschmacksrichtung die rote Grütze der zerrissenen Packung gehabt habe, die als Erkennungszeichen zwischen Gold und Greenglass diente: Sauerkirschen. Sauerkirschen? Das war wohl ein Witz für die Eingeweihten vom FBI: Gib ihnen Saures. Die Farbe mußte rot sein, natürlicherweise. Kirschgrütze war auch mein Lieblingsgericht, und ich hoffte nur, daß man nach all dem jetzt die Produktion nicht einstellen würde. Sie gehörte zu den Gerichten, die Pat gut konnte. Auf Apfelkuchen verstand sie sich auch, wie meine Mutter. Als wir damals anfingen, miteinander zu gehen, hat sie meiner Mutter häufig geholfen, Apfelkuchen zu backen, der im Laden verkauft wurde. Manchmal hatte ich den Eindruck, daß sie Mutter lieber mochte als mich, aber das machte mir nichts aus. Ihre eigene Mutter war früh gestorben, und sie mußte, obwohl sie erst dreizehn war, die ganze Last des Haushalts tragen, mußte sich um alles kümmern, bis ihr Vater starb, deswegen fühlte sie sich in der Küche wie zu Hause. Es war schön, ihr und Mama beim Kuchenbacken zuzusehen. Sie erinnerte mich an Tillie, die Fabrikarbeiterin. Und ich war der getreue Mac, bloß ein bißchen smarter.

Ich hatte einen ganzen Haufen Mädchen gekannt, aber nicht besonders gut. Ich half ihnen bei den Hausaufgaben, saß mit ihnen in Komitees, übte mit ihnen im Debattierklub. Vor Pat hatte ich nur eine wirklich feste Freundin gehabt – Ola – und die wußte mich nicht zu würdigen. Nicht etwa, daß ich bei fast allen Mädchen, die ich je kennengelernt habe, nicht den Wunsch verspürte, zum Zug zu kommen. Oh nein, darauf war ich schon scharf, als ich erst acht oder neun Jahre alt war, vielleicht schon früher, und es hat im Laufe der Jahre Augenblicke gegeben, in denen ich mich kaum zurückhalten konnte, die Hand auszustrecken und einem Mädchen an den Hintern zu grapschen, wenn es sich auf dem Schulkorridor über einen Wasserhahn beugte oder mich im Kino streifte, aber ich konnte nicht mal richtig mit ihnen reden, geschweige denn, ihren Hintern betatschen. Ich konnte mich einfach nicht dazu überwinden, all das dämliche Süßholz zu raspeln, das man bringen mußte, bevor sie einen dran ließen, das war mein Problem. Zum Teil lag es natürlich auch an meiner Schüchternheit – ich hatte dieses Milhouse-Gesicht, das mich viel zu ernst und gelehrt aussehen ließ, keinerlei Fröhlichkeit versprach, und ich wußte nicht, wie ich dieses Handicap überwinden sollte. Die Leute merken es nicht, aber ich muß tatsächlich hart arbeiten, körperlich hart, um zu lächeln. Sie amüsieren sich über meine Lächel-Übungen, und darüber kann ich gar nicht lachen. Leute wie Dwight Eisenhower, die breit grinsend geboren wurden, habe ich immer beneidet. Ich sah am Tag meiner Geburt wie ein Prediger aus. Bullenbeißer nannte man mich. Vielleicht kam ich deshalb so gut mit Foster Dulles aus. Und mit Mädchen so schlecht. Sie bewunderten mich wegen meines Verstands und meiner Führungsqualitäten, wollten aber nicht mit mir auf den Rücksitz vom Auto. Wollten nicht mal mit mir im Sarah-B.-Duke-Park spazieren gehen. Manchmal ärgerte mich das, diese Unfähigkeit, bei einem Mädchen mehr als freundliche Anerkennung zu wecken, ich sprang dann über meinen Schatten, bin aber jedesmal enttäuscht worden.

Und dann kam Pat. In Duke hatte ich wie ein Mönch gelebt und zu Hause in Whittier auch nicht besser. Seit Jahren hatte ich kein Mädchen mehr geküßt, als ich an jenem Abend, bei den Proben im Little Theater, Pat traf. Sie stand da, genau wie Jack Drown versprochen hatte: »Ein irre aussehender Rotschopf!« Sie stellte die Inkarnation aller Mädchen dar, von denen ich je geträumt hatte: sie war Waisenkind, Studentin gewesen, Sekretärin in New York, medizinisch-technische Assistentin in einem Krankenhaus, Kellnerin, Bibliothekarin, Statistin beim Film und Verkäuferin, und sie war schön, fleißig, beliebt und obendrein noch Irin: das war das Schicksal. Deshalb machte ich ihr am selben Abend, an dem ich sie traf – verzaubert von Weihnachtsstimmung, der Heimkehr zur Familie und dem kommenden Jahreswechsel – einen Heiratsantrag. Viele Leute haben es kaum fassen können, daß ich diesen Schritt tat, und man fand eine Menge blöder Erklärungen dafür – selbst Pat hielt das Ganze für einen Scherz oder mich für übergeschnappt: »Ich glaube, ich habe ihn nur angestarrt, ich begriff einfach nicht, daß jemand sowas so plötzlich sagen konnte!« Für mich aber war es nur Teil meines Entwicklungsprozesses, meines geplanten Lebens, die natürlichste Sache der Welt. Pat hatte auf einen echten Abenteurertyp gewartet, wie ihr Vater einer war – Walfänger, Zollaufseher, Prospektor und Weltenbummler, der schließlich in Dakota eine arme Witwe mit zwei Kindern heiratete, als Bergarbeiter nach Nevada ging und drei weitere Kinder zeugte, Pat war das jüngste. Sie brauchte eine Weile, bis sie erkannte, daß ich der Abenteurer war, auf den sie gewartet hatte. Nach dem Abend, an dem wir einander begegnet waren, ließ sie sich noch auf etliche Rendezvous' mit anderen Jungen ein, sie kam erst langsam dahinter, während ich wartete und geduldig meine Rolle spielte. Kein hastiger Überfall in den Kulissen, wie bei Ola. Es war nicht nötig, das wußte ich. Ich kannte das Ende des Stücks. Manchmal fuhr ich Pat sogar zu ihren anderen Verabredungen. Machte mir nichts aus, damals nicht, ich wußte ja, was passieren würde. Und schließlich passierte es, nach ein paar Jahren. Am 18. Juni 1940. Anfangs identifizierte sie mich wohl zu sehr mit der Rolle, die ich in dem Stück hatte, aber dann habe ich – am 21. Juni, meine ich. Ich

wollte eigentlich sagen, daß ich es ihr dann bewiesen habe . . . iss ja auch egal.
Ich drehte meinen Sessel, um aus dem offenen Fenster sehen zu können. Es war eine feuchtwarme Nacht, sehr ruhig, Regen lag in der Luft, vermischt mit einem schwachen Schimmer mittsommerlichen Lichtes. Na ja, sie hatten's geschafft, viel Glück zum Hochzeitstag; ich fühlte die Lederriemen, die Elektroden, die Kapuze: ich merkte, wie ich ins Schwitzen geriet, wenn ich an den Elektrischen Stuhl dachte, Hochzeitstag hin, Hochzeitstag her. Und wie feierten sie ihn? Ich fand, daß man ihnen erlauben sollte, in der letzten Nacht miteinander zu schlafen. Falls es die letzte Nacht war – ich zitterte, als mir einfiel: da draußen ist das Phantom! Das war's, was der Nacht diese schwere, bleierne Atmosphäre verlieh. Was hatte Uncle Sam damit gemeint: »Ich wette, daß selbst das Phantom seinen Spaß dran hat . . .?« Ich überlegte, ob ich nicht doch besser im Hellen nach Hause gefahren wäre. Glücklicherweise hatte ich heute meinen eigenen Wagen dabei, es war jetzt viel zu spät, meinen Chauffeur zu belästigen. Nach Mitternacht. Ich holte tief Luft, kratzte mich am Hinterkopf. Falls ich jemals hingerichtet werden sollte, würde meine Narbe sich als Nichtleiter erweisen und mich retten, vielleicht, dachte ich.
Wann waren ein Mann und seine Frau zum letzten Mal am selben Tag hingerichtet worden? Während der Französischen Revolution wahrscheinlich. Den französischen Sinn für Humor unterstellt, hat man sie's gewiß noch mal miteinander treiben lassen, aber durch Gitter hindurch. Natürlich gab's damals noch keine Gnadengesuche, während Rosenbergs noch allerhand passieren könnte – weitere Aufschübe, dann die Schwangerschaft, das könnte sich zu einem echten Chaos ausweiten. Dennoch, es ließ sich eine Art Henkersmahlzeit denken, eine letzte . . . gut, an der Idee war was dran, ohne Risiko einer Schwangerschaft. Ich habe das schon immer mal ausprobieren wollen. Natürlich nicht mit Pat. Wie die mich abkanzelte, wenn ich sowas auch nur erwähnte! Rosenbergs hatten garantiert alles ausprobiert. Vielleicht schon seit ihrer Kindheit im Ghetto, weil sie Juden waren und überhaupt. Ethel war zwei Jahre jünger als ich, ungefähr in Dons Alter, Julius noch jünger. Wir haben wahrscheinlich alle dieselben Filme gesehen, dieselben Schlager gesungen, manchmal die gleichen Bücher gelesen. Wir waren die Generation der Großen Wirtschaftskrise. Heute war ich Vizepräsident der Vereinigten Staaten von Amerika. Sie waren dazu verurteilt, als Verräter den Scheiterhaufen zu besteigen. Was war da schiefgelaufen? Warum war das nötig? Natürlich, sie hatten

Umgang mit dem Phantom gehabt, davon war ich felsenfest überzeugt, sie hatten das Dämonische berührt, und es war in sie eingedrungen: ihr Tod, das wußte ich, würde auch einen Teil des Phantoms sterben lassen. Was für ein Gefühl wäre das wohl, fragte ich mich, vom Phantom besessen zu sein? Manche Leute sagten, es wäre, als ob man einen eisigen Wind verschluckt habe, andere meinten, es wäre wie Feuer, das einem durch die Adern rinnt. Manche glaubten, es dringe durch die Augen ein, wie grelles Licht, das man fühlen könnte, andere, daß es die Genitalien benutze, daß es ficken könne wie ein Mann, aber keinen Samen habe und bei seinen Auserwählten eine Völlegefühl hinterlasse, wie von einem riesigen Rülpser oder Furz, den man nicht ablassen kann. Ich hob eine Arschbacke leicht an. Bei mir funktionierte es noch, keinerlei Schwierigkeiten. Der furzende Quäker. Nimm das, du Schuft! Pffftt! Und das!
Ich saß da, feuerte Salven gegen das Phantom ab, eine Hälfte meines Gehirns suchte einen Plan auszuarbeiten, wie das Büro ordentlich aufgeräumt werden könnte, damit ich nach Hause käme, die andere Hälfte driftete ziellos durch die Zeit zurück, vorbei an der Roten Lady, den Hollywood-Zehn, der Snackbar auf Green Island und Dick Nixon von der OPA, vorbei an Zivilprozessen und Theateraufführungen, Wahlkämpfen und Debattierwettbewerben, bis hin zu meiner Kindheit in Kalifornien, erinnerte sich an das einsame nächtliche Pfeifen eines Zuges, Gebete und Bibelverse beim Frühstück, den Rio Hondo in der Nähe von Jim Town, das Angeln, das mahlende Geräusch beim Ankurbeln des alten Fords, an den Geruch von Ernte und gepflügten Boden und heißem Teer, an das kribblige Gefühl beim Rauchen von Maisstroh, bei dem Vater uns nicht erwischen durfte, an den rostigen Geschmack der Eisstückchen von der Ladefläche des Eiswagens, an den komischen Eindruck, den die unbeholfenen Küsse meines kleinen Bruders auf mich machten, als ich nach langer Abwesenheit wieder nach Hause kam, an den ersten Vortrag eines Gedichts in der achten Klasse, als ich »Raunen des Frühlings« aufsagte. Aber irgendwie waren diese Erinnerungen mit anderen Bildern vermischt, die zwar ebenso lebendig, mir aber fremd waren. Ich schien mich an Dinge zu erinnern, die ich nie erlebt hatte, an Orte, an denen ich nie gewesen war, an Freunde und Bekannte, die ich nie getroffen hatte, die in einer Sprache redeten, die ich nicht verstand. Ich erinnerte mich an enge Straßen voller Lastwagen, gesäumt von Marktständen, Stapeln von Hosen, Hemden und Unterwäsche. Hühnerfedern in der Gosse. Ich erinnerte mich ganz besonders an eine Art hölzernes Kreuz mit Haken, an denen

Arbeitshandschuhe hingen, über das Krawatten drapiert waren, dahinter ein Haufen Pullover und Unterhosen, an kleine fette Männer mit Brillen und Schirmmützen. Sie feilschten mit Frauen, die in lange, abgetragene schwarze Kleider gehüllt waren und glockenförmige Hüte trugen, die ihnen bis über die Ohren reichten. Ein handgemaltes Schild zeigte den Unterkörper eines Mannes, darüber die Aufschrift: HOSENÄNDERUNG. Ein weißes Pony, das vor einen Wagen mit Holzrädern gespannt war, zweieinhalb Meter hohe Waagen, Fässer mit Fischen, Männer in Overalls, die kleingehacktes Eis aus Holzkisten schaufelten. Ein schmuddeliger Raum, ohne Vorhänge an den Fenstern, bloß ein Rollo, eine Art Topf, eine alte Frau, die in fremder Sprache brabbelte, draußen der Lärm von Lastwagen und Zügen.
He – woher kamen mir diese Erinnerungen? Mir, einem Farmerssohn, geboren in Yorba Linda, Kalifornien, das erste Kind, das dort zur Welt kam – das war so ungewöhnlich gewesen, daß es am nächsten Tag eine Sonnenfinsternis gab. Ich lebte ganz allein mit Mutter und Vater und drei Brüdern auf einer Zitronenplantage und träumte davon, Lokomotivführer auf der Santa Fe zu werden. Als ich schulpflichtig wurde, zogen wir nach Whittier, wo Großmutter lebte – »Die Freundliche Stadt«, wo die Leute an »Schlichtes Leben und Edle Gedanken« glaubten – praktisch ne Wiese mit verstreuten Häusern, die die Quäker sich als Platz zum Siedeln wählten, weil er so weit entfernt war von der verderbten Urbanität des Ostens: was wußte *ich* vom Gestank der Werkstätten, die keine Gewerkschaft kennt, der Fischmärkte und der Bruchbuden im vierten Stock einer Mietskaserne? Und dennoch, als ich in meinem Drehstuhl dasaß, völlig verschwitzt, und benommen aus dem Fenster in die Nacht starrte, konnte ich sie riechen, konnte ich sie sehen, das war merkwürdig. Und irgendwie auch wohltuend. Ich fühlte mich bereichert. Junge Mädchen, in einfachen Tuchmänteln und mit zu Knoten gebundenen Haaren, die ihre abgewetzten Handtaschen an den flachen Busen preßten, schienen auf mich zuzukommen, Absätze klapperten auf den heißen Gehsteigen der Stadt, und Männer in Westen und staubigen Hosen warfen ihnen bewundernde Blicke zu. Eine dicke Zigeunerin in geblümter Bluse griff nach einem Stück Stoff, breitete es aus, und ein alter Mann erhob sich mühselig, um seinen kleinen Haufen Kostbarkeiten zu schützen. Ich sah die Männer, die mit koscherem lebendigem Geflügel handelten, auf der Delancey Street, unter der Williamsburg Bridge, sie hielten ihre gackernden Vögel hoch, die die Hälse verrenkten, deren Flügel wie verrückt flatterten, sah Puppenwagen auf Holzkisten, Männer, die sich über die Seitenklappen

von Lieferwagen beugten, sah auf dem Gehsteig der Canalstreet, unter der Hochbahn, riesige Rollen Zeitungspapier gestapelt, sah Kinder, die Fangen spielten, hörte, wie eine Fensterscheibe zerbrach – ich duckte mich: nein, sie war noch ganz. Sie haben mich aufgespürt, dachte ich. Von Sing-Sing bis hierher verfolgt! Mein Herz hämmerte wild. In der Leere des Zimmers, in der Tiefe der Nacht, in der Stille der Dunkelheit konnte ich es schlagen hören. Ich saß wie angewurzelt in meinem Sessel, versuchte meine Gedanken auf Whittier zu konzentrieren, auf Yorba Linda . . . die Picknicks, die sonntäglichen Zeichentrickfilme, die Palmen, das Ballspielen auf dem Spielplatz, das Durchdrehen von Hamburgerfleisch im Laden, das Spitzen von Bleistiften in der Schule.

Und dann hatte ich plötzlich das beklemmende Bild der kleinen sechsjährigen Ethel Greenglass vor mir, sie stand nackt neben dem Kohleofen in der Küche, zog sich ein weißes Baumwollhöschen an, wurde heimlich von ihren Brüdern beobachtet, die Mutter keifte vom Küchentisch her alle drei an, deckte dabei eine Art Frühstück auf. Sah aus wie Brot. Auf dem Tisch lag eine Wachstuchdecke. Ihr geschwollener Leib drückte gegen die Tischkante.

Ich versuchte das Bild abzuschütteln. Aber der Ofen blieb. Auf dem Fußboden lag Linoleum. Ich konnte das Frühstück riechen und spürte die Unruhe des frühen Morgens, wenn man sich für die Schule fertigmacht. Dann fiel mir ein, daß meine Brüder und ich uns beim Anziehen in Yorba Linda auch immer so um den Küchenofen gedrängelt hatten, der Blick aus dem Fenster zeigte mir die gleiche mittwinterliche Fahlheit, nur daß es hier verwahrloste Backsteingebäude gab, keine Zitronenbäume. Dazu das seltsame Gefühl, daß Mama – Mrs. Greenglass meine ich – schwanger war, ich hatte die Rundung ihres geschwollenen Bauches genau in Augenhöhe vor mir. War es, als auch meine Mutter . . .? Und Ethels erstaunlicher Popo: wir hatten keine Schwestern. Nur Dienstmädchen . . .

Ich sprang hoch, griff mein Jackett, knipste die Lichter aus, betete inbrünstig: »Oh mein Gott, bring mich heil nach Haus!«, entfloh dem Büro und wagte nicht einmal mehr, einen Blick über die Schulter zu werfen, geschweige denn den Laden aufzuräumen. Als ich den Korridor im alten Verwaltungsgebäude des Senats hinunter rannte, in Richtung Fahrstuhl, und meine Schritte von den leeren, marmorverkleideten Wänden dieses alten Gemäuers widerhallten, glaubte ich überall Ratten zu sehen und anderes Gezücht, glaubte mahlenden Verkehrslärm zu hören, fühlte, wie die Gewalt und die Einsamkeit der

Mietskasernen von allen Seiten auf mich eindrangen, gleichzeitig aber spürte ich im Magen die Erregung eines Football-Spiels zur Schulzeit, eines öffentlichen Klavierspiels, einer Verabredung zum Tanzen, meine Nasenflügel zuckten in wirrer dunkler Erinnerung an gechlorte Schwimmbäder, Chorhemden, Mädchenhaare, Apfelkuchenkruste, Schminke. Ich war wütend auf mich, weil ich mich von Panik hatte überrumpeln lassen, das war so, als ob man sich bei einem wichtigen Football-Spiel davonstehlen würde, ich versuchte, mich zu bremsen, aber es gelang nicht – ich hörte Schritte, direkt hinter oder neben mir, hörte jemanden atmen, das Treppenhaus war in tiefste Finsternis getaucht, Türen schienen gähnend weit offen zu stehen. Beim Fahrstuhl blieb ich stehen, versuchte Luft zu kriegen, mein Herz hämmerte, ich – *was*? Irgendwas raschelte im Dunkel hinter dem Fahrstuhl! Ich wollte schreien, wieder zurücklaufen, aber ich war fest entschlossen, Fassung zu bewahren, keine Angst angesichts des Phantoms zu zeigen, jedenfalls nicht mehr, als ich schon gehabt hatte. Ich wußte, daß ich etwas Unerwartetes tun mußte. Ich drehte mich seitwärts und marschierte direkt auf den Schatten hinter dem Fahrstuhl zu. »Feigling!« keuchte ich und knirschte mit den Zähnen. Hinter dem Fahrstuhl war eine Wand, und ich rannte mit dem Gesicht voll dagegen.
Ich taumelte zurück, halb blind vom Schlag, fühlte mich verwundet und allein. Ich fand den Fahrstuhlknopf, lehnte mich dagegen und dachte an das Kindermädchen, das mich aus dem Wagen hatte fallen gelassen, der mich überfuhr, erinnerte mich an ihren breiten Schoß, breit in meinen Augen, aber nicht breit genug. Ich konnte sie förmlich riechen, wie sie kam, um uns richtig zuzudecken, direkt nach dem Waschen. Um unseren Gebeten zuzuhören. Um uns was von James Whitcomb Riley vorzulesen: »Jetzt hört mal zu, Jungs . . .« – die Fahrstuhltür stand weit offen: ein riesiges Maul. Es versetzte mich in solchen Schrecken, daß ich durchs Treppenhaus runterlief, immer drei Stufen auf einmal – » . . . ich werd euch jetzt was erzählen« . . .

**»Die Kobolde wern euch fressn
wenner nich acht gebt!«**

[illegible] von allen Seiten [illegible] mich [illegible] [illegible] [illegible] [illegible] [illegible] [illegible] [illegible] [illegible] [illegible] [illegible]

Fußball [illegible] eine Wand, und ich rannte mit dem Gesicht dagegen.

[illegible] [illegible] [illegible] [illegible] [illegible] [illegible] [illegible] [illegible] [illegible] [illegible] [illegible] [illegible] [illegible] [illegible]

Die Kolonie [illegible]

[illegible]

INTERMEZZO

Der Krieg zwischen den Söhnen des Lichts und den Söhnen der Finsternis

Die Vision des Dwight D. Eisenhower
(Aus öffentlichen Vorträgen des Präsidenten in der
Zeit vom 20. Januar bis zum 19. Juni 1953)

Heute abend, da Sie
überall im Lande daheim zusammensitzen,
möchte ich mit Ihnen über eine Sache sprechen,
die unser aller Dasein berührt – die Frage,
die das Herz jedes normalen Menschen aufwühlt:

Wie weit sind wir gekommen auf der langen Pilgerfahrt
des Menschen aus der Dunkelheit zum Licht?
Nähern wir uns dem Licht –
dem Tag des Friedens und der Freiheit für die
gesamte Menschheit?
Oder senken sich die Schatten einer neuen
Nacht auf uns herab?

Seit Anbeginn des Jahrhunderts
scheint ein Zeitalter der Stürme die Kontinente
dieser Erde heimzusuchen – die Großmächte Europas
haben ihre blutigsten Kriege ausgefochten, Throne stürzten,
riesige Imperien sind versunken. Die Furcht wirft
längere Schatten auf die Welt.
Mit all unseren Sinnen spüren wir, daß die Mächte
des Guten wie des Bösen sich sammeln, sich
bewaffnen, einander gegenübertreten wie
nie zuvor in der Geschichte.

Kein einziges Prinzip, kein kostbarer
Besitz, der uns zu eigen ist – vom spirituellen Wissens-
gebäude unserer freien Schulen und
Kirchen bis zur schöpferischen Zauberkraft von freier
Arbeit und freiem Kapital – nichts
ist geschützt, liegt

außerhalb des Kampfbereichs.
Und man muß sich fragen, ob
es überhaupt klug ist, die Dinge beim Namen zu nennen,
denn alles, was ein Mann in meiner Position
sagen könnte, ließe sich dazu
benutzen, die Lage noch zu
verschlimmern.

Aber bekämpft man Krebs, indem
man vorgibt, er existiere nicht?
Wir müssen erkennen, deutlich und auf Dauer,
worin die Gefahr besteht, die vor uns liegt,
denn es ist mehr als nur eine militärische Bedrohung.
Die Kräfte, die diesen Kontinent bedrohen, zielen
direkt auf den Glauben
unserer Väter und das Leben unserer Söhne,
auf die Ideale, nach denen
unser Volk lebt!

Freiheit steht gegen Sklaverei,
Licht gegen Dunkelheit!

Hier also vermittelt kein Argument
zwischen beliebigen Philosophien,
hier wird eine Auseinandersetzung geführt,
bei der es nicht um Land geht, noch
um Brot, noch um Macht
– sondern um die Seele des Menschen selbst!

Wir sind christliche Nationen, sind uns
voll bewußt, daß das Fundament
jeglicher Freiheit im religiösen Glauben liegt:
wir vertrauen der gnädigen Vorsehung Gottes,
dessen Bild – in jeder Menschenseele –
der Quell und innere Kern der Würde
und der Freiheit des Einzelnen ist.
Dieser Glaube bestimmt unsere Art zu leben –
wir leben durch ihn, wir suchen, ihn zu verwirklichen.

Ich denke, daß dies im Falle Amerikas
nicht schwer zu beweisen ist: als wir jenen Wendepunkt
in der Geschichte erreichten, an dem wir
uns entschieden, einen Staat
für freie Menschen zu gründen, uns eine
Unabhängigkeitserklärung und eine Verfassung
zu geben, um ihm Dauer
zu verleihen, da mußten wir,
um solch ein System zu erklären, sagen:
»Wir glauben, daß jeder Mensch von seinem Schöpfer
begnadet ist«
– und legten so ein für allemal fest, daß unsere
Kultur und unser Staat tief im religiösen Glauben
eingebettet sind.
In der Tat empfanden jene Männer, daß,
wenn die Verbindung zwischen unserer Staatsform
und dem Glauben nicht anerkannt ist,
diese Staatsform ohne Sinn bleibt!

Heute ist das die Richtschnur der Regierung.
Ganz gewiß ist es die Richtschnur für die Republikanische Partei
und ihre Führer im Kongreß.

Der Glaube, der uns beseelt,
ist nicht der unsere allein, sondern der
aller freien Menschen auf der Welt.
Dieses gemeinsame Band
verbindet den Reisbauern in Burma
und den Weizenfarmer in Iowa,
den Schafhirten in Süditalien und
den Bergbewohner der Anden,
den französischen Soldaten, der in Indochina stirbt,
den britischen Soldaten, der seinen Tod
in Malaya findet, den amerikanischen
Soldaten, der sein Leben in Korea gibt.
Wir sind im Glauben.

Die Feinde dieses Glaubens kennen keinen anderen
Gott als die Gewalt, keine andere Religion als die Anwendung
von Gewalt, sie unterweisen

Menschen im Verrat; sie suchen nicht,
die Armut und ihre Ursachen zu beseitigen, sondern sie benutzen
die Armut und beuten jene aus, die an ihr leiden,
sie leben vom Hunger der anderen.
Diese Mächte suchen die Völker nicht
durch Vertrauen zusammenzuschließen, sondern durch Furcht,
was ihnen entgegensteht, verstümmeln sie,
zuerst die Wahrheit. Gegen diese Mächte bietet auch
der weiteste Ozean keinen sicheren Schutz.

Wir leben in einer Zeit der Gefahr.
Dies ist einer jener Momente in der Geschichte der Völker,
in dem ernstere Entscheidungen
getroffen werden müssen – ein Augenblick, in dem
des Menschen Fähigkeit, Gutes zu schaffen
oder Böses heraufzubeschwören
die leuchtendsten Hoffnungen oder die finstersten
Befürchtungen aller Zeiten
übersteigt. Das Schlimmste, was zu befürchten
steht, und das Beste, was man erwarten kann, können wir
einfach formulieren:
Das Schlimmste ist Atomkrieg . . . das Beste: Leben
in immerwährender Furcht und Spannung.
Wir müssen handeln, nachdem uns eine Lehre erteilt wurde,
für die wir sehr viel bezahlt haben:
um unserer begründeten Hoffnung auf das Beste
zu dienen, müssen wir standhaft
bereit sein, dem Schlimmsten zu begegnen.

Solche simplen und grausamen Wahrheiten
beschreiben die Gefahr und den Hoffnungsschimmer,
die sich in diesem Frühling des Jahres
1953 vor uns auftun . . .

Die Welt braucht sich wenigstens nicht mehr
darum zu streiten, wer die Menschheit
zu diesem Schicksal verdammt hat – wir alle
kennen zumindest Teile der langen Abfolge
vorsätzlicher, geplanter kommunistischer Aggressionen!
Die sowjetischen Führer haben kalt kalkuliert;

sie geben sich der Hoffnung hin, durch ihre militärische Drohung
Amerika und der freien Welt
so unerträgliche Verteidigungslasten aufzubürden,
daß eine wirtschaftliche Katastrophe unausweichlich wird!
Sie haben offen verkündet, daß freie Völker
nicht in der Lage sind, ihren Lebensstandard zu bewahren
und gleichzeitig riesige militärische Ausgaben auf sich
zu nehmen – so gesehen richten sich die kommunistischen Kanonen
ebensogut auf ein wirtschaftliches wie auf ein
militärisches Ziel: langanhaltende Inflation könnte
eine wirklich freie Wirtschaft
ebenso vernichten wie Giftgas
eine Armee im Felde!

Unter denen von uns, die frei und furchtlos
geblieben sind, suchen sie tödliche Zwietracht
zu säen: Klasse gegen Klasse,
Volk gegen Volk, Nation gegen Nation –
wir können den Folgen dieser Angriffe
nicht ausweichen, nicht der völligen Gleichgültigkeit gegenüber
dem menschlichen Leben und dem Individuum.
Offenkundig ist es Bestandteil dieses kalkulierten Angriffs,
daß der Aggressor gleichzeitig Druck
in Indochina und Malaya ausübt, und
die Insel Formosa fest umklammert hält.
Sein Ziel ist die *Vernichtung der Freiheit auf der ganzen Welt!*

Wir stehen, Freunde, in einer geistigen Auseinandersetzung.
Und in diesem Zeitpunkt der Geschichte müssen wir, die wir
frei sind, erneut unseren Glauben verkünden, sind wir
im Angesicht der Welt als Volk aufgerufen, Zeugnis
für unseren Glauben abzulegen, daß die Zukunft
den freien Menschen gehört!
Niemals hat die Geschichte längere Zeit
die Sorge für die Freiheit Schwächlingen oder Zauderern
anvertraut – wir müssen bereit sein,
alles für unser Land zu wagen!
Die Freiheit des Menschen und die Freiheit der Nation
müssen die kommunistische Aggression überstehen,

die die Würde des Menschen mit Füßen tritt.
Auf all unseren Völkern und Nationen
lastet die Pflicht, dem Glauben, den wir
besitzen, und der Freiheit, die wir schätzen, – das heißt doch:
der freien Wirtschaft – würdig zu dienen.

Niemand soll bezweifeln,
daß wir freie Menschen sind.

Ich liebe das Wort »Zwang« nicht,
ich bin gegen das Wort »sozialisiert«.
Alles an solchen Worten scheint mir
ein Schritt auf jenen Zustand hin zu sein, den
zu verhindern wir Milliarden ausgeben –
die Unterjochung unseres Landes durch eine
Kraft, Macht oder Idee, die uns
dahin bringen könnte, unser traditionelles
System des freien Unternehmertums aufzugeben.
Privates Wagnis ist der stärkste Stimulus
für die Wirtschaftsentwicklung innerhalb unserer
Hemisphäre gewesen: dies ist der wahre Weg der beiden Amerika
– der freie Weg – der Menschen zum
gemeinsamen Wohl verbindet.

Man sollte sich keinem Irrtum hingeben:
Wir sind überall auf der Welt
präsent, um amerikanische Interessen zu schützen, wo immer
sie gefährdet oder gefährdet sein
könnten. Wir tun alles, was in unserer Macht
steht, die Interessen der Vereinigten Staaten an jeder Stelle
des Globus zu schützen – der Friede, den wir
anstreben, ist nichts Geringeres als die Ausübung und
Erfüllung unseres Glaubens!
Derart simple Tatsachen sind es, meine Damen und Herren, auf
denen unsere Außenpolitik beruht, erfolgreich
gestaltet, und fortgeführt wird.
Ich weiß, daß diese Tatsachen, diese einfachen Ideale
nicht neu sind, daß diese Vorstellung von
einer gerechten und friedfertigen Welt weder neu

noch ungewöhnlich für uns ist – all das entspringt dem
wohlverstandenen Eigeninteresse
der Vereinigten Staaten von Amerika.

Aber um frei zu sein und frei zu bleiben,
müssen wir stark sein – müssen wir stark bleiben!

Wir werden niemals versuchen, einen Angreifer
zu versöhnen, indem wir
in unehrlichen und unsauberen Pakten
Ehre für Sicherheit eintauschen.
Falls wir zuließen, daß irgendein Teil der Welt,
der für uns durch das, was er uns liefert
lebensnotwendig ist – man denke an Mangan, Uran oder
Kobalt, an irgend etwas, das wir benötigen –
falls wir also zuließen, daß solche
Länder einer Regierungsform anheimfielen,
die uns feindlich gesonnen ist, die die Freiheit
auf Erden unterdrücken möchte, dann wären wir in
ernsthaften Schwierigkeiten!

Es ist notwendig, daß wir gewissenhaft
jeder Spur des Kommunismus an jedem Ort, wo er
das Leben unserer Nation beeinträchtigen kann,
nachgehen und sie auslöschen,
damit jeder von uns durch vereinte
Hingabe und Ergebenheit die Gnadenerweise verdient,
die der Allmächtige diesem unseren Land
hat zukommen lassen!
Es ist Pflicht eines jeden Amerikaners, sich
bewußt zu werden, daß er eine ganz persönliche
Verantwortung für den Schutz
dieser Reichtümer trägt – sie gehören
den Menschen, die nach Seinem Bilde erschaffen wurden:
und die müssen um jeden Preis gerüstet bleiben, stark
und bereit zum Risiko des Krieges!
Nur auf diesem Weg können wir immer wieder
streben, ein freies, unabhängiges und
mächtiges Volk zu bleiben, das
demütig im Angesicht Gottes lebt –

geht es hart auf hart, wiegt das Gepäck des
Soldaten leichter, als die Ketten des Gefangenen . . .

Aber die Sicherheit einer freien Nation beruht
nicht allein auf dem Schwert.

Sicherheit muß aus dem Herzen und dem Hirn
freier Menschen kommen –
Unser Schutz, unser einziger Schutz ist unser
eigener Mut und unser eigener Wille!
Wenn wir darüber einen Augenblick nachdenken, sehen wir,
daß dies im Grunde den Schutz
jener geistigen und moralischen Werte bedeutet, die
Generationen von Amerikanern geliebt haben
– der wahre Schatz unseres Volkes.
Dieser Hort des Geistes muß vor allem
mit den Waffen des Geistes verteidigt werden:
unserem Patriotismus,
unserer Hingabe,
unserer Bereitschaft zum Opfer.
Was Amerika auch hofft, daß in der
Welt geschehen möge, es muß zuerst in den
Herzen der Amerikaner geschehen.
Der richtige Weg, den Kommunismus in diesem Lande
auszumerzen, ist der, zu verstehen,
was Freiheit ist, und so eine unübersteigbare
Mauer zu bauen, die kein kommunistischer
Gedanke zu überwinden vermag.
Und wir müssen
in unseren Kirchen, in unseren
Schulen, in unserem alltäglichen Leben
die Klarheit des Geistes und die Stärke
des Herzens erstreben, die unsere Chancen sichert,
in Freiheit zu leben.

Ich weiß nicht, was ich hinzufügen könnte,
um die ehrlichen Absichten der Vereinigten Staaten
noch unmißverständlicher auszudrücken.

Jedem von Ihnen spreche ich
meinen Dank für Ihre Gebete aus, denn
Ihre Gebete, die für mich göttliche Führung erbitten,
sind das größte Geschenk überhaupt, das Sie
mir machen konnten. Heutzutage, so glaube ich, ist das
Gebet ganz einfach eine Notwendigkeit, wir
alle haben in diesen Tagen und Wochen das Bedürfnis
nach Hilfe, die von außerhalb unserer selbst kommt,
im Angesicht so vieler Probleme
die Bestandteile einer verwirrenden Situation
sind – und wenn wir ein wenig Abstand von unseren Problemen gewinnen
und uns auf eine Macht
verlassen können, die größer ist als wir, dann, so glaube ich,
beginnen wir, diese Probleme genauer zu erfassen.

Auf unserer Suche nach Erleuchtung
erflehen wir Gottes Führung.
Wir tun das, weil wir einzusehen beginnen,
daß
jede freie Regierung in tief empfundenem
religiösen Glauben wurzelt.
Wenn wir das begreifen, wird es keinen
Kommunismus geben.
Das, so scheint mir, sollte heute unser
aller Gebet sein:
daß wir frei sein mögen, daß man uns niemals
des einen todeswürdigen Verbrechens gegen die Freiheit für schuldig
befindet, des Mangels an festem
Glauben . . .

So sehe ich die Dinge.
Ich danke Ihnen, meine Freunde, für Ihr
Zuhören. Gute Nacht.

Gott segne Sie.

Zweiter Teil

FREITAG MORGEN

verkündet die Leuchtschrift auf dem Dach des Astor Hotels, von wo aus man den ganzen Times Square überblickt. Die Sonne geht auf, schickt ihre prophylaktischen Strahlen tief in die Häuserschluchten, verscheucht nicht nur das Phantom und alle seine Legionen, sondern auch jeden Gedanken daran. Der Oberste Gerichtshof tritt erst in ein paar Stunden zusammen, doch schon liegt mit dem diesigen Schimmer des ersten Sonnenlichts eine frische Gewißheit und Zuversicht in der Luft, Buchmacher nehmen keine neuen Wetten mehr an, die Hinrichtung scheint sicher, die Vorbereitungen laufen wieder. Noch einmal bricht der Verkehr zusammen, Zimmerleute und Elektriker kümmern sich um die ramponierte Bühne, des Phantoms schmutzige Schmähschriften wurden von der Straßenreinigung beseitigt. Der Stolz ist wieder hergestellt, selbst die Taxifahrer verzichten auf ihr Gehupe, als der Verkehr sich an allen Ecken und Kanten verfilzt. Die Temperatur ist schon über einundzwanzig Grad und steigt noch, die Luftfeuchtigkeit nimmt ab, ein wunderschöner Tag steht bevor. Es ist herrlich, aufzustehen und auf die Straße zu gehen.

Ausgenommen wohl für die Straßenreiniger – das Phantom hat ihnen an diesem Morgen eine Unmenge Arbeit aufgehalst: die Bühne ist zertrümmert, die Requisiten sind zerbrochen und über ganze Straßenzüge verstreut, Kabel sind herausgerissen und verknäult, die Fahne hängt in Fetzen, und die Massen herumliegender pornographischer und propagandistischer Schmähschriften sind schlimmer als Schneefall im dicksten Winter. Stadtreinigung in New York ist keine Kleinigkeit: 10 000 Kilometer Straße sind zu säubern, zu spritzen und instand zu halten, über 24 000 Tonnen Müll pro Tag sind zu sammeln und wegzukarren, man muß mit den Darmausscheidungen von 12 000 000 Tauben fertig werden sowie mit 5 000 Tonnen Hundekot am Tag – unwahrscheinlich, daß die Müll-Crews dankbare Fans eines Flugblätter und Trümmerhaufen hinterlassenden Phantoms sind. Heute morgen werden sie bei einer schwierigen Mission am Times Square von Freiwilligentrupps der Feuerwehr und der städtischen Verkehrsbetriebe unterstützt, dazu kommt ein stattlicher Anteil der 19 000 städtischen Polizisten und die Mehrzahl von 200 000 Tauben.

Die Fähigkeit dieses Stadtbezirks, solche Massen zu schlucken, ist eine seiner zahlreichen und berühmten magischen Eigenschaften: für über

50 000 Menschen ein Zuhause, Tausenden und Abertausenden von Durchreisenden aller Klassen eine Herberge. Jetzt rappeln sie sich hoch, kratzen sich, gähnen, blinzeln hinaus auf die muntere Betriebsamkeit, beobachten, wie Räumkommandos parkende Autos hochhieven. Arbeiter im Overall fegen die Schundblätter zusammen, rupfen die Begnadigungs-Aufkleber von Parkverbotsschildern und zugepappten Ampeln, schrubben Graffiti von den kreideweißen Statuen vor dem Bekleidungshaus Bond. Etwa 357 750 Pendler beginnen ins Zentrum zu strömen, dicht gefolgt von zig-tausend Kauflustigen, Trickdieben und emsigen Touristen.

Die Alt-Inkarnation und seine First Lady sind mit dabei: Harry und Bess Truman, jetzt nur noch das, was die Presse gemeinhin als stinknormales, amerikanisches Touristenpärchen bezeichnet, sind noch vor Morgengrauen aufgestanden – zu Hause in Independence, Missouri, dem Geburtsort der Reformierten Kirche der Heiligen der Letzten Tage und voraussichtlich Sitz des Neuen Jerusalem –, und in einem brandneuen Automobil zur großen Stadt aufgebrochen, um die Show und ihre Tochter Margaret zu sehen. Was Harry von diesen Veranstaltungen hält, hat er nicht gesagt, aber es war sein eigener Justizminister, der den Fall so hochgespielt hat. Und als sich Harry im vergangenen Januar die Gelegenheit bot, einem Begnadigungsgesuch von Rosenberg zu entsprechen, hat er den Vorgang einfach liegen gelassen, ihn kommentarlos seinem Nachfolger übergeben und statt dessen seinem alten Intimus J. Parnell Thomas Amnestie und Vergebung aller Sünden zugesichert, diesem HUAC-Frühwarn-Wächter, den man einlochte, weil er bei den Gehältern seiner Mitarbeiter abgesahnt hatte. Manche behaupten, daß Harry die Verantwortung für den Fall Rosenberg nur abschob, um dem neuen Präsidenten das Leben schwer zu machen. Andere meinen, es sei ein Akt der Bescheidenheit und Großmut gewesen, typisch für Harry Truman: gönn dem neuen Mann die Schlagzeilen. Viele aber glauben, daß er schon den Kontakt mit Uncle Sam verloren hatte und kein Risiko mehr eingehen wollte.

Was den neuen Mann betrifft, so wandelt er an diesem Morgen munter im Pyjama durchs Weiße Haus, übt sich in sprachlicher Unbeholfenheit und überrascht den Mitarbeiterstab mit Eisenhoppern – kleinen Plastikgrashüpfern mit federnden Metallbeinen und Gummisaugnäpfen am Bauch, die ihm von seinem alten Spezi Louis Marx verehrt wurden, dem Spielzeughersteller, nicht zu verwechseln mit dem Martialischen Theoretiker. Reporter tauften die Dinger zur Weihnachtszeit »Eisenhopper«, und seitdem gehen sie weg wie warme Semmeln. Selbst unter

Insidern wundert man sich, wie und wann sich Uncle Sam welche Verkleidung aussucht. Der Nationale Poeta Laureatus hat Dwight David Eisenhower zum »Mann der Vorsehung« ernannt, und sicherlich gab es wenige Inkarnationen, deren Zustandekommen rätselhafter (wie Harry schon sagte: »Was denn, dieser Kerl, dieser Klotz versteht doch nicht mehr von Politik als ein Schwein vom Sonntag!«) und dennoch unvermeidlicher gewesen wäre, als dieser verlegen grienende Bauerntölpel, der durch West Point und durch mexikanische Grenzstreitigkeiten kasperte, nur um sich plötzlich als Obersten Befehlshaber der Allied Expeditionary Forces wiederzufinden, und, ohne einen Schuß abzufeuern, als Superheld Nummer Eins des Zweiten Weltkrieges. Und dennoch, man kann es nicht leugnen, *alle* amerikanischen Superchefs sind »Männer der Vorsehung«. Da nur wenige dieses Amt wirklich anstreben, sollte es leicht fallen, es zu kriegen, wenn man nur will; und doch scheint kein offenkundiger Zusammenhang zu bestehen zwischen der Größe ihres Interesses am Kniefall und dem tatsächlichen Amtsantritt – in der Tat, oft geschieht es gerade dann, wenn sie resignieren und sich nach was anderem umsehen, daß ihnen der berühmte Zylinderhut aus heiterem Himmel über die Ohren gestülpt wird. Wie kann das sein? Warum gerade ihnen? Bereitet Uncle Sam seine Inkarnationen schon von Geburt an darauf vor, oder handelt er eher impulsiv, paßt sich überraschenden Wendungen an? Stellt er sich eine Rangliste von Wunschkandidaten zusammen und kritzelt grübelnd daran herum, oder sind diese scheinbaren Alternativen bloße Illustrationen ausrangierter Möglichkeiten? Und was ist mit den Reservisten: gelten für den Vizepräsidenten die gleichen Spielregeln, oder ist der eine Art Joker, der mit Uncle Sams Erlaubnis alle zwanzig Jahre oder so von der Welt ausgespielt werden darf, bloß um Leben in das Spiel zu bringen? Und schließlich, wenn sich ein Kandidat herausgeschält hat (oder erwählt wurde), bricht dann die Inkarnation wie eine Tonne Ziegelsteine über ihn herein – ein plötzliches, brutales Eindringen ihrer Präsenz – oder reift sie langsam in ihm heran? Handelt der Wähler, der an die Wahlurne tritt, aus freien Stücken oder ist er nur Gefangener einer höheren Macht – und wenn letzteres zutrifft, übt dann Uncle Sam seine Macht direkt aus oder, subtiler, mittels einer Art Kraftfeld, das nicht mal der Amerikanische Superheld total unter Kontrolle hat? Kurz, sind politische Parteien so etwas wie lebendige Organismen, Abstraktionen, Lösungsmittel, Katalysatoren, lebensfähige Alternativen oder bloß die anschauliche Form des Paradoxen in der Welt?
Nun ja, nur Uncle Sam weiß, warum gerade dieses oder jenes Gefäß

auserwählt wird, die Hostie zu bewahren, aber eins ist sicher: Uncle Sam erkor Dwight Eisenhower mit größerer Überzeugung und mehr Wohlwollen, als je eine andere Inkarnation seit dem Urlandesvater selbst. Verpackt und verkauft wurde der neue Präsident von B. B. D. & O.: »Ein Absolut Unbestechlicher Mann mit Blütenreiner Weste, der Nach Korea Geht und Das Vertrauen In Gott und Unser Land Wiederherstellt und Zum Kreuzzug Aufbricht gegen Schleichenden Sozialismus, Fünf-Prozenter und Die Mißwirtschaft in Washington, gegen Betrüger, Vetternwirtschaft, Nerzmäntel, Tiefkühltruhen und Wachsende Inflation.« Doch die wahre Quelle seiner Macht wurde auf dem großen Anstecker, den Uncle Sam vergangenen Herbst am blauen Revers trug, viel simpler ausgedrückt: I LIKE IKE. Uncle Sam schien Eisenhower herbeizusehnen wie ein Kind die Glückseligkeit. Vielleicht weil er den alten Zeiten nachtrauerte: seiner Kindheit, als das Leben noch einfach und die Verhältnisse durchschaubar waren; den Freiwilligen im Unabhängigkeitskrieg und vor Bunker Hill; den Zwieback-Fässern, den Heuwagen und der wahren Frömmigkeit. Eisenhower nannte seinen Wahlkampf einen »Kreuzzug« und erzählte Anekdoten von seinem Onkel Abraham Lincoln Eisenhower, der mit seinem dämlichen Betwagen im Galopp durch Präriedörfer jagte und rief: »Hier lang geht's zum Himmel!«, erzählte, wie er heiße Klopse verkaufte, drei fürn Nickel, mit seinem Bruder Ed auf dem Floß eine Flut überstand und dabei »Marching through Georgia« sang, lernte, wie man alte Vorderlader lud und abfeuerte, und wie er später in der Texas Street in Abilene ein richtiges Cowboy-Duell gesehen hatte. Er beschwor das Knistern der Lagerfeuer herauf, den Geschmack von Brathähnchen und üppigem Kartoffelsalat, Kirchspielpicknicks, das Geklirr und Geklinge beim Hufeisenspiel, beklagte das Verschwinden der alten Kramläden und entsann sich der Zeit des Spanisch-Amerikanischen Krieges, als die ganze Stadt auf die Straße stürzte und schrie: »Ein spanisches Luftschiff über Abilene!« – es war aber nur ein Kastendrachen, der für Strohhüte Reklame machte. Strohhüte! Kastendrachen! Luftschiffe! Wau, es tut ja so gut, sich an solche Dinge zu erinnern! Die frühen 50er Jahre waren eine Zeit großen nationalen Wohlstandes, aber auch eine Zeit großen nationalen Mißstandes: irgendwas schien schiefgegangen zu sein. Uncle Sam hatte die halbe Welt unter seinen Fittichen, dem Rest fiel schon das Herz in die Hose, aber das war gar nicht so einfach und längst nicht so spaßig, wie die Leute sich das immer vorgestellt hatten. Vielleicht wollte Uncle Sam gerade deshalb den alten Erinnerungen nachhängen, noch einmal die trockene Hitze eines trägen Sommertages in der Prärie auskosten, die Aufregung, wenn der Zirkus C. W. Parker durch die Hauptstraße paradierte, die Wochenendromanze eines unbekümmerten Offiziers in einer mexikanischen Grenzstadt, oder den schmerzenden Hintern nach einer altmodischen Tracht Prügel mit dem Rohrstock. Vielleicht. »Hinter schäbigen Wänden, auf engstem Raum«, deklamiert nun sein Mann der Vorsehung, »und ohne frische Luft, oh, da gibt es Tausende von Familien, würde ich sagen, in denen elterliche Liebe und Sorge glüht, so prachtvoll, so, so intensiv wie . . .« Er linst zur persönlichen Sekretärin seiner Frau, drückt einen Eisenhopper fest auf ihren Tisch, stößelt seinen Finger ins Ohr, als wolle er es, wie abwesend, säubern. »Wie in den Familien von, ah, Abilene . . .« Sie tut überrascht, als das Ding hochgeht, und Eisenhower wiehert vor Vergnügen. Mamie schlurft verschlafen aus dem Schlafzimmer, fingert zittrig nach der Morgenlulle und fragt ihn, was zum Teufel am frühen Morgen so lustig, was in ihn gefahren ist? Er grient, dieses unbeschwerte leutselige Grienen, das ihn so weit nach oben gebracht hat. (Was in ihn gefahren ist? Also, erstmal, er wachte auf, vor einem kleinen Weilchen, mit dem handgreiflichsten Ständer seit Jahren, er hatte von seiner alten irischen WAC*-Freundin geträumt, beide tollten, völlig nackt, durch Frankreich, irgendwo mitten im Krieg, er wußte nicht genau, auf welcher Seite der Front und wer dabei war, zu gewinnen oder zu verlieren, auf jeden Fall trieben sie es ziemlich phantastisch, auf offenem Feld, in Zelten und Biwaks, auf Dorfstraßen, im Schlamm der Schützengräben, und das einzige, was ihm ein bißchen den Spaß verdarb, war ein sonderbarer kleiner rotznäsiger Soldat – er sah fremdartig aus, vielleicht jüdisch oder sonstwie – der immer mal wieder vorbeikam, elend aussah und sie zu verpetzen drohte . . . aber irgendwie gab sogar das einen Kitzel eigener Art). Er sagte: »Hör mal, Mamie, was hältst du davon: Eingeschlossen von Mauern und, ahem, von Mauerwerk, welches an schmale Gassen grenzt, Jungs, laßt euch sagen, in New York genausogut wie in Kansas haben sie Mittel und Wege gefunden, sich zu amüsieren, ohne das Eigentum anzutasten oder ihre Eltern zu kränken. Bauernburschen und Großstadtbengel sind sich, ahem, letztlich im Herzen gleich. Das ists, worauf ich hinaus will.« Er lächelt. Seine Frau starrt ihn für einen Augenblick aus verkniffenen Augen scheel an. Dann brummt sie, zuckt die Schultern und schlappt zurück ins Schlafzimmer. »Ich will sagen, oder euch erinnern . . .« ruft er ihr nach, »daß

* WAC = Woman's Army Corps

heißt natürlich nicht, daß wir die bettäuerlischen, ahem, be-DAUERlichen Umstände, die erwachsen, vergessen können – unter denen viele junge Läus – Leute aufwachsen, voll Vertrauen, daß das Gute, ahem, wird erblühen aus dem Bösen! Das ist zumindest meine Meinung!« Inzwischen hat er noch einen Eisenhopper runtergedrückt, da er seine eigene Sekretärin hinter sich zur Tür reinkommen gesehen hat: der Hopper hüpft mit lautem BO-I-I-ING!, die Sekretärin quiekt, Ike krümmt sich vor Lachen.
Der Gehilfe des Präsidenten, Sherman (»Der Abscheuliche Neinsager«) Adams, legt im ovalen Arbeitszimmer die Tagesordnung des Präsidenten aus, die eine Kabinettssitzung, eine Therapiestunde mit dem leidgeprüften Bob Taft und eine mögliche Ansprache an die Nation im Anschluß an die 12-Uhr-Sitzung des Obersten Gerichtshofes vorsieht. Adams, der das ganze Gekreisch und Gegacker mitkriegt und den Präsidenten im Pyjama auf Harrys Balkon hinausspazieren sieht, möchte zu gern wissen, ob Eisenhower zufällig heute morgen genau wie er in einem Zustand absonderlich beunruhigender Erregung aufgewacht ist. Natürlich ist es für Sherman Adams unmöglich, das herauszufinden, aber wenn er eine Umfrage machen könnte, würde er feststellen, daß nicht nur er und der Präsident, sondern auch der weitaus größere Teil des Kongresses, der Oberste Gerichtshof, untergeordnete Gerichte und Kommissionen, die Vierte Gewalt, Cecil B. De Mille und Kardinal Spellman, die Holy Six, der Vizepräsident, der abgeschlafft auf seiner Wohnzimmercouch lag, sowie das gesamte Kabinett – selbst der alte Ezra Taft Benson vom Rat der Zwölf Apostel – daß sie heute morgen alle aus schwülen Wallungen ungewohnt schlüpfriger Träume mit riesigen Erektionen und entflammten Löchern erwachten. Manche, wie Irving Saypol, haben ihre Witzchen darüber gerissen. Andere, wie Foster Dulles, haben sich peinlich berührt und schuldig gefühlt. Joe McCarthy wurde brutal und rücksichtslos, Felix Frankfurter verwirrt, der Benjamin-Richter gereizt, und Emily Post lüstern. Edgar Hoover hat ein kaltes Bad genommen. Aber merkwürdigerweise hat keiner seinen oder ihren erwachten Sexualtrieb am Partner ausgelassen, so als ob der irgendwie nicht das wäre, was er zu sein schien, und alle blieben in einem Zustand unaufgelöster Erregung zurück, fühlten sich kribbelig und leicht enthemmt, übermütig und benebelt und doch unbefriedigt, irgendwie entrückt und isoliert, aber zugleich auch kontaktfreudig, und verspüren jetzt einen ungewohnten Drang nach Risiko und Laster. Was sie nervös macht. Huu-iii! nimms heut leicht, sonst gehts schief. Nur wenige können ihren Finger auf das legen, was sie beunru-

higt. Einer, der keine solchen Schwierigkeiten hat, ist der Sing-Sing-Scharfrichter Joseph Francel. In seinem Badezimmer in Cairo, New York, putzt sich Joe die Zähne, schreckt im Spiegel vor sich selbst zurück (seiner tut ihm geradezu weh) und sagt: »Hmmf. (Spuckt.) Sollte heutmorgen besser zum Times Square gehen.«

Times Square, Treffpunkt der Welt: Man sagt, daß zu jeder Tageszeit die Hälfte der Leute auf der Straße und auf dem Broadway von außerhalb kommt – die andere Hälfte sind Armenier. Schäbig am Tag, leuchtend bei Nacht, ist er der widersprüchlichste Platz ganz Amerikas, und also der heiligste. Manche Historiker meinen, daß alles, was in der westlichen Welt passiert, am Times Square seinen Anfang nimmt, und wenn man nach den Souvenirläden, den Auktionshäusern, dem Müll und den Bettlern geht, findet es auch hier sein Ende. Herz und Schwanz des Landes nennt man ihn. Sündenbabel der USA. Amerikas Vergnügungszentrum. Die Vereinigten Staaten sind die erste Elektro-Nation der Welt und hier ist ihr leuchtender Nabel. Die Diamantnadel an New Yorks Hemdbrust. Die hellsten zehn Straßenzüge der Welt. Pilger kommen hierher, um die heiligen Steine zu küssen, die verachteten Zweitgeborenen aller Länder, um ihr Glück zu machen, und Mystiker, um auf dem Großen Weg des Lichts zu wandeln.

Das hat schon Tradition. Nomadisierende Stämme streiften jahrhundertelang über die Insel; und Mobilität ist das wesentlichste Element der amerikanischen Mentalität. Der Broadway selbst ist, wie die Legende berichtet, ein alter Indianerpfad – das könnte wohl seinen sich schlängelnden, nach dem Polarstern ausgerichteten Verlauf über die ganze Insel erklären. Es heißt, der Mana-hatta-Stamm sei der letzte gewesen, der ihn benutzte und auf ihm verschwand, nachdem man den einfältigen alten Peter Minuit, den ersten Touristen-Gimpel, um 24 Dollar geprellt hatte. Italiener sind massenweise hierher gekommen, mehr als es Italiener in Italien gibt; der erste aber war ein Seefahrer namens Verrazano, der die Insel für Frankreich in Anspruch nahm. Als nächster kam ein Engländer mit Namen Henry Hudson, im Auftrag der Holländer, der nannte die Insel Niew Nederland und begann mit der Besiedlung. Die Engländer jagten sie im Auftrag des Duke of York den Holländern ab und verloren sie dann ein Jahrhundert später an ihre rebellischen Kolonisten. (Schon damals hielten sich die Bewohner von Medcef Edens Feldern, wo letztlich der Times Square entstehen sollte, aus allem raus, stellten sich mit beiden Seiten gut, und schlugen soviel Profit aus der Revolution wie möglich.) Als New York Hauptstadt der Vereinigten Staaten von Amerika wurde und in seinen Straßen die

Inkarnation General George Washington als Superchief I. sah, bevölkerten mehr als dreißigtausend Menschen die Außenbezirke, fast lauter Einwanderer, und noch einmal halb so viel die benachbarten Ansiedlungen Breukelen, Broncks Land, Queens und Staaten Eylandt.
Jetzt, etwas über anderthalb Jahrhunderte später, leben siebeneinhalb Millionen Menschen in den 116 Stadtteilen um den Times Square, die von weiteren 574 Randbezirken mit einigen Millionen Einwohnern umgeben sind. Die Hälfte der Bewohner ist selbst im Ausland geboren, oder zumindest ein Elternteil. Die zusammengepferchten Massen, die sich danach sehnen, frei zu atmen, diese elend Gestrandeten, werden nun in Uncle Sams Schmelztiegel auf ihr Schicksal vorbereitet. Litauer, Siamesen, Perser und Jamaikaner: hier ist der Platz, wo sie zu Amerikanern geweiht werden, den Großen Weißen Weg betreten. Die größten Wanderwellen westwärts kamen aus Italien und Rußland, aber auch tausend und abertausend Deutsche, Tschechen, Iren, Österreicher und Ungarn, Engländer und Walliser zogen mit. Und diese Müden, Armen und Umgetriebenen, die sich für amerikanischer halten als die Amerikaner selber, empfangen jedes Jahr den sommerlichen Schwarm der Provinzler, der in das Mekka des Ostens einfällt wie Fliegen auf den Mist.
Aus Flugzeugen und Autos, Zügen, Schiffen und Bussen ergießen sie sich in die City, ein atemloser, immer breiter werdender Strom, kreischen vor Bewunderung und Verärgerung, knipsen, wälzen sich in karierten Freizeithemden und J.C.-Penny-Kleidern wie blinde verängstigte Ameisen durch enge Straßen, eifrig auf der Suche nach dem Unbekannten. Dicht gedrängt stehen sie auf der Rockefeller Plaza, in Greenwich Village, der Fifth Avenue, krebsen übereinander, gehen dahin, wo andere hingehen, sehen, was andere sehen. Die Battery. Die Vereinten Nationen. Das Waldorf Astoria. Trippeln umher, jagen Versuchungen nach, glotzen nach oben, fragen nach Wegen, rempeln sich an, lassen Päckchen fallen, machen Bustouren, geraten an Kreuzungen in Panik und gehen verloren. Manche finden sich in der U-Bahn wieder, obwohl sie auf die Toilette wollten. Andere möchten vom Empire State Building springen oder die Stripteaseshow fotografieren, manch einer steigt an der falschen Haltestelle der Hochbahn aus und verpaßt alles. Sie vertilgen beängstigende Mengen von Eiersemmeln, Schisch-Kebab, französischen Crépes, ungarischem Goulasch, Fischsuppen und Pizzen, lecken an abermillionen Briefmarken, trampeln Hotelteppiche kaputt, zerknittern, beflecken und versengen Bettla-

ken, mit denen man das ganze Land überdachen könnte. Sie werden von Huren animiert, von Taxifahrern angeschnauzt, am Union Square belehrt, in Coney Island gebräunt und im Central Park vergewaltigt. Aber wohin sie auch gehen, früher oder später landen sie alle am Times Square. Heute rechnet man fest mit ihnen – sogar die New Yorker werden abends da sein –, doch auch ohne öffentliche Hinrichtung würden sie hierherkommen. Denn hier gibt es auch Sex: es ist die Stätte der Nackttänzerinnen und Rabattnutten, der schmutzigen Bücher und schlüpfrigen Platten, der Schlafzimmerkomödien und billigen Kondome. Man kennt ihn gut, den amerikanischen Touristen – und das weit über die Landesgrenzen hinaus –, als das geilste Geschöpf diesseits vom Bronx Zoo. Egal, was er braucht, hier kann ers finden, den Blick aus dem Parkett in die Unterwäsche berühmter Filmstars, das fixfertige Schwanzlutschen am U-Bahnklo; aber das ist nicht das einzige, was ihn hierherzieht. Weil Sex schmutzig ist, ist er dort, wo er am schmutzigsten ist, reinigend, wenn er befleckt, dann läutert er auch; der wahre Grund für den Drang zum Times Square, dem Platz der Feste, Spektakel und Mirakel, besteht darin, daß er das kultische Zentrum der westlichen Welt ist.

Ist hier wirklich der Grund und Boden, den die sagenumwobenen Ahnen betraten? Ist das wirklich der Platz, wo Peter Minuit mit vierundzwanzig Dollar den American Way of Life ausheckte? Ist jenes Loch, heute ein U-Bahneingang, wirklich das, dem Uncle Sam in all seiner Glorie aus dem Mutterschoß der Erde in voller Größe entsprang, kostümiert und spitzbärtig? Wer weiß? Ist auch egal. Die Tradition hats geheiligt und die Kapitalanlagen habens bezeugt. Hier werden die nationalen Dramen aufgeführt, ihre Wahrheiten werden hier getestet und ausgewählt, die Wahlergebnisse werden hier bestätigt, das Sakrament des Materialismus ausgeteilt. Wer hat nicht in Ehrfurcht vor der berühmten Wrigley-Kaugummi-Reklame gestanden, vor den riesigen Rauchringen und Wasserfällen, vor der Whiskey-Flasche, die immer einschenkt und niemals leer wird. Mit den Worten des Heiligen Augustinus: *et inhorresco, et inardesco*! Hier ist die Stelle, wo man mit dem Yankee Doodle Boy, George M. Cohan, im Knickerbocker Hotel hätte übernachten, mit Florenz Ziegfeld auf dem New Amsterdam Roof sich besaufen, Sarah Bernhardt die Hand küssen und danach bei Father Duffy, dem Kämpfenden Kaplan, in die Holy Cross Church auf der 42. Straße zur Beichte gehen können. Und noch heute kann man mit Milton Berle und Phil Silvers bei Lindy's in der Tin Pan Alley Brot brechen, mit Rosalind Russell hinterm Winter Garden ein schnelles

Pfeifchen rauchen. Dies ist der Platz mit der größten Silvester-Party der Welt, wo sich Hunderttausende sammeln, um den Erdball auf den Times Tower sinken zu sehen und den jährlichen Zauber gegen Tod und Entropie zu wirken. Das Orakel: »wer den Times Square umkreist, fällt selbst hinein« schraubt bei den Leuten Ehrfurcht und Begierde nur noch höher: »Wir fliehen nicht, nein, wir nähern uns . . .!« Das Amerikanische Schaufenster, Phantasialand USA, Elektrische Straße der Träume – es war unvermeidlich, daß Uncle Sam diesen Platz aussuchte, um die Atomspione hinzurichten.
Von allen Hotels und von der Spitze des Times Tower läßt man jetzt Fahnen wehen, riesige Figuren Uncle Sams, wie er Bär und Drachen stranguliert, werden unter den sterngeschmückten Uhren auf dem Paramount Building angebracht, und dazu Eisenhowers unsterbliche D-Day Parole:

ICH RUFE ALLE AUF, DIE DIE FREIHEIT LIEBEN, JETZT ZU UNS ZU STEHEN!

Dem großen Ereignis wird dadurch nicht nur eine schaurige Würde verliehen (D-Day kam immerhin der Wiederkunft Christi am nächsten, und bis die sich wirklich ereignet, wird die Menschheit kaum ähnliches erleben), sondern überdies eine unwiderstehliche Atmosphäre von Rechtschaffenheit und endlichem Triumph. Manche nennen den Tag bereits H-Day, Hinrichtungstag, andere bevorzugen D-Day II: Doppelmord, Drama, Desaster. Der kleine Mann auf der Johnnie Walker-Flasche, der weithin sichtbar über dem Whelandrugstore steht, hat heute einen auffälligen rotweißblauen Zylinder auf, die Müllmänner tragen kleine Abzeichen: DIE GROSSE AUFGABE IST DIE EINZIGE DIE WIR ANPACKEN KÖNNEN. Eine Flagge, blauweißorange, wie sie die Niederländer um 1626 hatten, mit dem Siegel der Stadt New York in Blau auf weißem Grund weht an der Fassade des Times Tower, die fünf Sterne über dem Siegel zeigen an, daß Bürgermeister Vincent Impelliteri auf dem Square ist oder in Kürze eintrifft. Es ist noch früh, aber schon füllt sich der Platz. Die Cafeterias sind längst gerappelt voll und unterm Eveready-Schild vor Elpine Drinks stehen sie Schlange. Arbeiter, Leute vom Theater, Jungmanager, Typen in Sporthemden mit Fotoapparaten vorm Bauch, Frauen in langen Faltenröcken und ärmellosen Blusen mit Stehkragen. Auch Zimmerleute und Elektriker, knapp am Rande der Verzweiflung wegen der scheinbar unlösbaren Aufgabe, die ihnen heute morgen hier gestellt wird. Junge Farbige kehren die Theaterfoyers, blinzeln in die Sonne, tänzeln um ihre Besen wie der neulich verstorbene Bojangles Robinson, zwinkern allen vorbeischlendernden Mädchen zu. Weiter im Norden, jenseits des Central Park, stehen schon die Kastendrachen am Himmel.

Der Polizeichef, der mit dem Troß der Stadtreinigung die Operation am Times Square überwacht, inspiziert das Denkmal von Father Duffy. Verwichne Nacht ist es mit einem Kübel roter Farbe übergossen worden, die inzwischen von den Reinigungsmannschaften abgewaschen wurde; unklar bleibt, ob das eine Aktion des Phantoms war oder der Protest eines loyalen Bürgers gegen die steigende Flut von Verrat unter amerikanischen Geistlichen, Wissenschaftlern, Lehrern und Richtern. Zwar hat jemand Omar Bradleys berühmte Zeilen auf das Trottoir gepinselt: WIR HABEN DAS GEHEIMNIS DER ATOMBOMBE AN UNS GERISSEN UND DIE BERGPREDIGT VERWORFEN! Doch auf dem Bronzehintern Father Duffy's finden sich die Worte: DIE ABSCHAFFUNG DER RELIGION ALS DES ILLUSORISCHEN GLÜCKS DES VOLKES IST DIE VORBEDINGUNG SEINES WIRKLICHEN GLÜCKS – der Streit bleibt, wie gehabt.

»Das sind Zeiten, George«, seufzt der oberste Müllkutscher, »in denen die Seelen der Menschen geprüft werden.«

»Ja, Andy, der Ruf zu den Waffen und der Appell an den Herrn der Heerscharen ist das einzige, was uns noch hilft.«

Präsident Eisenhower hat immer gemeint, »die Kirche, die von der Existenz des Allmächtigen Gottes Zeugnis ablegt, dürfte wirklich die letzte Instanz sein, wie mir scheint, die den Kommunismus predigt, lehrt oder auch nur toleriert«, aber sogar der Präsident scheint, wie es heißt, heute morgen daran zu zweifeln. Zunächst einmal hat er den G-men von Edgar Hoover die Namen von 2300 Geistlichen ausgehändigt, die ein »Besonderes Gnadengesuch für Rosenbergs« unterschrieben haben, dazu eine Liste von 104 Unterzeichnern einer Nachhake-Petition, bei denen es sich wahrscheinlich um hartgesottene KomSymp-Prediger handelt. »Die Rosenberg-Kampagne«, warnen Harold Veldes Früh-Warn-Hunde, war »für die kommunistische Weltverschwörung ein willkommener Anlaß, die seit langem geplante Invasion der Kirchen Amerikas wieder anzukurbeln!« Herbert Philbrick, Geheimagent des FBI, glaubt, daß etliche der 2300 einfach Gefoppte sind, »naive Opfer«, die von den verschlagenen Engeln der Finsternis reingelegt wurden; Joe Zack Kornfeder, Überläufer und weiland großes Tier im kommunistischen Politbüro Amerikas, ist allerdings anderer Meinung:

GORDON SCHERER, REPORTER, OHIO: Gibt es unter den zweitausend Geistlichen nicht auch Pazifisten und Idealisten? JOE ZACK KORNFEDER: Glaub ich nicht. Ich glaube vielmehr, daß die zweitausend verdammt nahe am Apparat sind.

Demonstranten, die an diesem Morgen am Weißen Haus vorbei zum Obersten Gerichtshof ziehen, führen vergrößerte Poster des Sohnes Gottes mit sich, und der Text lautet:

BELOHNUNG

für jeden Hinweis, der zur Festnahme Jesu Christi führt . . .
Er wird gesucht wegen Volksverhetzung, Gotteslästerung, Landstreicherei und Bildung einer kriminellen Vereinigung zum Sturz der bestehenden Regierung . . .
Seine Kleidung ist ärmlich . . . er hat visionäre Ideen, macht sich gemein mit der arbeitenden Bevölkerung, mit Arbeitslosen und Trebegängern . . . Ausländer, vermutlich Jude . . . Roter Bart, hat Stigmata an Händen und Füßen, es handelt sich dabei um Wunden, die ihm ein wütender Mob unter Führung respektabler Bürger und Vertreter des Rechts zugefügt hat.
»Eine der infamsten Propagandaparolen, der sich die Kommunisten je bedient haben!« heulen die Früh-Warn-Hunde, die immer noch von den Träumen der letzten Nacht erregt sind und auf irgendeine Art der Erfüllung warten. »In der Vergangenheit brauchten sich die Kommunisten nie der Kirchen zu bedienen, sie verfügten über andere subversive Kanäle«, warnt G-man Philbrick und hustet ein bißchen Morgenschleim aus: »Jetzt aber benötigen sie die Kirchen unbedingt, *sie werden sich fantastisch für diese Kirchen einsetzen!«*
Und für alles andere, was sie kriegen können: Uncle Sam hat den ganzen Morgen schon überall gegen Gangster, Bolschewiken und feige Drückeberger gekämpft. Eben wurde er nach Coney Island gerufen, um den Bericht über ein Monster zu prüfen, das sich in der Achterbahn verfangen haben soll, aber das stellt sich als metaphorischer Alarm heraus. Weniger fabulös ist die Leiche von Steve Franse, dem vormaligen Besitzer des Howdy Club unten im Village, den man brutal zusammengeschlagen, Gesicht nach unten, auf dem Rücksitz seines

Autos, direkt südlich vom Times Square, gefunden hat; auch nicht der zynische nächtliche Einbruch in die Muscular Dystrophy Association am Brodway: mindestens neun Riesen sind weg, nur das Phantom bringt sowas fertig. »Wenn ich bloß dran denke«, scherzt Uncle Sam, »wackeln mir die Knie!« Da kommt schon ein Anruf vom anderen Ende der Straße: soeben hat ein Bube einer Sekretärin im Greystone Hotel die Pistole in den Rücken gedrückt und 3660 Dollar Lohngelder geraubt. Uncle Sam strafft sich, blickt streng in Richtung dieses allerneuesten Frevels, seine blauen Augen glitzern in der Morgensonne, seinen berühmten Zylinder hat er angriffslustig in die Stirn gezogen, die Schultern gestählt und die hageren Kiefer mahlen vor gebremster Wut, ganz »rohe Kraft und strahlende Schönheit«, die die große amerikanische Prophetin Sarah Hale so sehr an ihm bewundert, und allzeit bereit zu »stiller Plackerei und gottesfürchtiger Pflichtausübung«, aber zugleich auch ganz schön genervt. Er sieht aus wie Grover Cleveland angesichts der Wahlergebnisse von 1888.

»Zaudere nicht!« ruft das Volk, das sich vor den ausgeraubten Büros der Muscular Dystrophy besorgt um den Superhelden schart, »die Gunst der Stunde vergeht!«

Uncle Sam blickt gerührt auf all diese einfachen Leute hinab, die der HERR und sorgloses Ficken so überaus zahlreich geschaffen haben; er rafft seine Rockschöße wie Abe Lincoln und erklärt: »Klar, Leute, der Fackt kann länger nich geleugnet wer'n, daß ne Krüsis über unsern Köpfen kreißt. Heh Leute, 'n Politiker is kein Plumpsack, und Rost nich das Los des Mannes. Die reifste Pflaume hängt zuhöchst am Baume im rauhen Raume der Freiheit! Ja, gebt dem die Ehre, der wirklich in die Arena steigt und sich die Visage versaut mit Schweiß und Staub und Blauen Augen, schießt also, wenn ihr wollt, auf dies ergraute Haupt. Weibisches Gebaren ist das beste Mittel, euch alle in die Irre zu führen! Ist Vernichtung der Preis für häuslichen Frieden, eine Neue Grenze und volle Teller, dann müssen wir sie eben selbst in Gang setzen und die Arbeit, die wir begonnen, erst beenden, wenn der letzte Blutstropfen aus euren aufblickenden Gesichtern gewichen ist!« Anscheinend kann heute morgen niemand die Poeten und Propheten in Ruhe lassen, am wenigsten der amerikanische Superheld, der wie üblich mit der Erhabenheit einer Nation von Reimeschmieden parliert, von Davy Crockett bis Longfellow, den Carnegies und Cranes bis zu Hank Williams und den Whittier-Poeten: »Der Baum, dessen Säfte stocken, liebe Freunde, hat ein Perzent Inspiration und neunundneunzig Perzent Transpiration; oder wie das verschwitzte alte Nigger-

Großmaul Ira Aldridge immer sagte: ›Den Bogen gespannt, ein Pfeil zischt ab, / Der geflügelte Pfeil des Geschicks!‹« Und ab die Post – WUSCH! – den Broadway rauf nach Norden.

Unterwegs macht Uncle Sam am Times Square halt, inspiziert die Aufräumarbeiten und den Wiederaufbau der Todeszelle, gewahrt die Elektriker, die am Zustand des elektrischen Stuhls verzweifeln, der rausgerissen und zerstört in der Gosse liegt, ausstaffiert mit einer zerbrochenen Uncle-Sam-Puppe samt Hitler-Schnäuzer. Arbeiter überpinseln die Parole an der Südfassade des Claridge Hotels: DIE TRADITION ALLER VERGANGENEN GENERATIONEN LIEGT WIE EIN SCHWERER ALPTRAUM AUF DEM GEIST DER LEBENDEN. Uncle Sam streift der Puppe Perücke, Anzug und Schnäuzer ab, aber was darunter zum Vorschein kommt, ist nicht die Kopie seiner selbst – dies gestrenge puritanische Antlitz und der geschmeidig kraftvolle Körper –, sondern ein Etwas, das aussieht wie eine Kreuzung aus Bischof Fulton Sheen, Everett Dirksen und Unserer Miss Brooks, und so geschlechtslos ist wie Christine Jorgenson. Unten nur so ein Höcker, ein glänzender Wulst, wie ein Tumor, und glatt wie Ikes kahle Glatze. Uncle Sam legt das Männchen übers Knie, als wolle er es versohlen, in Wirklichkeit aber kritzelt er ihm Henry Adams Diktum auf den Hosenboden: *»Im Grunde genommen ist Politik heute kein Kampf der Männer, sondern der Mächte«,* und befiehlt, was vom Männchen übrig bleibt, am nächsten Fahnenmast aufzuhängen, als altmodische Broadway-Allegorie auf das Wesen von Wirklichkeit und Illusion.

Problematischer erscheint, was man mit dem elektrischen Stuhl anfangen soll: der ist wirklich in schlechter Verfassung. Alle Kabel sind abgerissen, die Beine zerbrochen, die Bolzen verbogen, die Lederriemen zerfetzt und die Elektroden geklaut. Der Hilfsgenerator wurde in seine Bestandteile zerlegt und abtransportiert: nur der nackte Betonsockel blieb zurück, und ein schützender Maschendraht. Rheostaten und Voltmeter sind auch weg, und oben auf der Bühne hat irgendwer die Schalttafel mit dem Vorschlaghammer bearbeitet. Direktor Denno, Cecil B. De Mille, der Scharfrichter Francel, Electric Charlie Wilson, Rube Goldberg und andere, die auf dem Times Square zusammenkamen, um die Dinge wieder ins Lot zu bringen, sind abgrundtief erschüttert. Elektrische Stühle sind relativ rar, keine Chance so kurz vor Abpfiff noch schnell einen neuen herzukriegen, und der hier scheint wirklich irreparabel –.

Irrtum! Mit großen Augen verfolgen sie, wie Uncle Sam mit einer

flüchtigen Handbewegung den kaputten Stuhl aus der Gosse hebt, mühelos, als wärs eine Streichholzschachtel, das gesplitterte Holz zusammenfügt, und ihn mit gewaltigen Hammerschlägen seiner Fäuste auf dem Betonsockel befestigt! Waaauuu! Eine imposante Figur, dieser Uncle Sam; die Massen drängen auf den Times Square, staunen ihn an, klatschen Beifall, preisen ihn andächtig und erkennen in ihrem Superhelden ihre besten Eigenschaften. Nachdenklich zupft er am weißen Spitzbart, mustert die abgerissenen Kabel und demolierten Schalter; man fühlt sich an Tom Jefferson gemahnt, wie er, zerfurcht und hager, über den Bauplänen für das Weiße Haus brütet oder mit dem kniffligen Polygraphen-Apparat kämpft; oder auch an den Schönen Frank Pierce, wie er an den metaphysischen Obskuritäten in den Büchern seines Freundes Nat Hawthorne rumpuzzelt. Wenn man gestern, als er der hemmungslosen Orgie des Phantoms Einhalt gebot, an Old Hickory denken mußte, wie er nach Horseshoe Bend galoppiert, oder an T.R., wie er Stiere mit dem Lasso fängt, auch an Abe Lincoln, wie er Bahnschwellen behaut, so vermeint man jetzt George Washington zu sehen, der den Delaware überquert, oder Franklin Roosevelt, der die Vier Freiheiten mit einfachen Worten verkündet, ganz wie Uncle Sam jetzt die Arbeiter bei der Reparatur des elektrischen Systems anleitet und sie losschickt, Ersatzteile aus der Pitt Machine Products Company zu holen, drüben an der Synagoge auf der East Hudson Street.
»Wir sollen die Sachen da einfach wegnehmen . . .?« Er gibt ihnen den Schlüssel und sieht dabei aus wie Ulysses Grant, als er sein Manuskript dem Verleger überreichte. »Schon geschehen«, sagte er gelassen, in Silent Cal's ruhigem, freundlichen Ton. »Der Laden hat mal Julius Rosenberg gehört.«
Mit Uncle Sam hat es so seine besondere Bewandtnis: es ist, als ob jede seiner vielen Metamorphosen, von den Anfängen als staatlicher Aufkäufer, in geheimnisvoller Weise Spuren hinterlassen hat. Man entdeckt an ihm Old Tip Harrisons lange Nase, dann Klein Jemmy Madisons struwweliges Weißhaar (oder stammt es etwa von Old Zack oder Little Van? Jedenfalls hat er Zack Taylors kantige Backenknochen und seine harten, aber effektiven Methoden geerbt), Willie (Big Lub genannt) Tafts goldene Uhrkette, und Old Jim Monroes Spitzarsch in den schon damals aus der Mode gekommenen Hosen. Defekte wurden abgelegt und dem Museum vermacht oder gar nicht erst übernommen (gerade Thema einer aktuellen Titelgeschichte): Washingtons falsches Gebiß und seine Pockennarben, F.D.R.'s Kümmerbeinchen, Clevelands vulkanisierter Gummikiefer. Abe's Warzen und

Jim Polks Darmkrämpfe. Statt dessen wurden Tugenden und Vorzüge aufgelegt, dicker und dicker aufgetragen, und das mehr als einmal: die hagere Männlichkeit von Monroe, Jackson und »Stud« Tyler; stetig vermehrt im Durchgang durch Männer wie Long Abe, Doc Wilson und Ike; sodann das energische kantige Kinn, ausgebildet bei jeder Inkarnation, angefangen vom »Alaska- oder Krieg«-Polk bis hin zum Prediger Garfield, zum Häßlichen Ehrenwerten Grover Cleveland und den Roosevelt-Jungens, ganz zu schweigen von den sonderbar subtilen Einflüssen eines Hamilton und Burr, Clay und Calhoun, Bill Borah, Harry Hopkins und sogar Ed Stettinius; der erhabene Stolz von Seiner Rundlichkeit John Adams, die Verschlagenheit des Rotfuchses aus Kinderhook, Van Buren, der griechische Mund von Millard Fillmore, und die eine Hand, schwielig von den Wahlkampfgewohnheiten aller, von Matty Van Buren und Chet Arthur, dem Gentleman Boss, bis hin zum leutseligen Warren Harding, der mal in fünf Stunden 6756 Leuten die Hand geschüttelt hat. Neigt er den Kopf nach Papageienart etwas seitlich, erinnert er an Old Buck Buchanan, der ein nah- und ein weitsichtiges Auge hatte – das allein genügt, um ihn als Inkarnation Uncle Sams zu qualifizieren. Und jetzt, wie er da Leitungen legt, Kabel verlötet, Schalttafeln zurechtbiegt, das elektrische System repariert und mit gesammelter Aufmerksamkeit durch eine altertümliche Nikkelbrille blickt, die ihm mitten auf der Yankee-Nase sitzt, kann man nicht anders, da muß man einfach an den Bürger Ben Franklin denken, der bei Kerzenlicht seine wissenschaftlichen Notizen macht, nachdem er den Wolken mit einer Drachenschnur elektrischen Strom abgezapft hat. Oder an den alten Rauhen Reiter persönlich, Teddy Roosevelt, der die Lider zusammenkneift, um das linke blinde Auge zu verbergen. An Abe Lincoln, der im matten Licht des Ford-Theaters sein Programm zu entziffern sucht: »Es mag noch andere Mittel und Wege geben«, sagt Uncle Sam und blickt zu diesen Erscheinungen hoch, während seine Finger Funken sprühen, »aber so gehts auf keinen Fall schief!« *Essst! Zisch! Plopp!* »Wie Amerikas größter Prophet einstmals sagt: ›Es gibt immer einen optimalen Weg für alles . . .‹« Die Lampen an den Markisen dippen, auf der Bühne knistert es, ein schwaches Glimmen und: es ist vollbracht, der Stuhl ist parat! »Und wenn nur ein Ei zu kochen wär!« Heißa, jauchzt die Menge, die versammelten Funktionäre grinsen breit und drängen sich ganz nahe an Uncle Sam. Die Arbeiter stellen sich auf, singen »Hail to the Chief«, und verbrennen zur Probe sechs oder sieben Schimpansen auf dem Stuhl. Und hoch über dem Times Square, hinter Father Duffy, da wo gewöhnlich die

Chevy-Reklame zu sehen war: die Schlagzeilen des *Newton Kansan* vom 19. Juni 1873, heute genau vor achtzig Jahren:

PATRIOTEN HALTET EUCH BEREIT, EURE PFLICHT FÜR UNCLE SAM UND SEINEN KAHLKÖPFIGEN ADLER ZU TUN!

9. *Der Bart des Vizepräsidenten*

Als ich mich an jenem Morgen rasierte, dachte ich: du bist hundert Jahre zu spät geboren. Wenn ich die verdammten Haare wachsen lassen könnte, würde ich wie Ulysses S. Grant aussehen. Dann wäre Schluß mit diesem Gerede vom abgefeimten Winkeladvokaten, vom Gebrauchtwarenhändler. Ich könnte sagen, was mir paßte, finster aus meinem Vollbart funkeln, und jedermann würde mir zuhören. Schwarz und buschig wie St. Petrus oder Heinrich VIII. oder Whit Wie-hieß-er-noch? Walt Whitman. Die Schrammen auf Nase und Stirn gaben mir heute morgen ein besonders wildes Aussehen. Ich knurrte mich im Badezimmerspiegel an: *G-r-r-r-wau-wuff!* Die Schöne und das Tier, das Spielchen, das ich mit Pat immer machte, bevor wir heirateten, mein anderes Ich. Sie fand das komisch, sie begriff gar nichts. Die Haare durcheinander bringen, mit den Augen rollen, die Backen schwabbeln lassen. Einen Lacher brachte das damals immer ein, und wenn ich dran gearbeitet hätte, wäre ich vielleicht ein zweiter Jack Benny geworden.

Damals habe ich tatsächlich ein paarmal angefangen, mir einen Bart stehen zu lassen, aber jedesmal wurde es mir peinlich, und ich habe ihn wegrasiert, bevor man es bemerkte. Frei und offen wollte ich in die Welt sehen können, ich wünschte mir um jeden Preis das Wohlwollen der alten Herren. Und fürchtete, mich wirklich in diesen stoppelhaarigen, unverantwortlichen, rotäugigen Penner zu verwandeln, dem ich nach ein bis zwei Tagen ohne Rasur glich. Mit Bart wurde von einem erwartet, daß man sich anders bewegte, daß man andere Sachen sagte, zynischer wurde, gleichgültiger; ich wurde mir meiner Hände bewußt, meiner Augenbrauen, meiner Lippen. So durfte ich aussehen, wenn ich Sonntag abends über juristischen Lehrbüchern saß, aber nicht Montag morgens im Hörsaal. Ehe ich's mich versah, war ich Staatsanwalt, mußte im Bezirk mit gutem Beispiel vorangehen, dann, im Krieg, erst bei der OPA und bald als Offizier bei der Marine, die Haare mehr verabscheut als einen Tripper, es sei denn, man hat sie auf der Brust, und bevor ich noch richtig von der Marine entlassen war, kandidierte ich für den Kongreß. Damit war mein Aussehen in der Öffentlichkeit festgelegt. Es zu verändern, hätte mich Stimmen gekostet. Ich war nicht mehr mein eigener Herr. Wie ein Kandidat aussieht, ist viel wichtiger, als was er sagt, am wichtigsten ist, daß er einem vertraut

vorkommt. Selbst unsere seltenen Ferien gestalteten sich zu öffentlichen Auftritten. Ich schlug mir den Gedanken aus dem Kopf. Mit gelegentlichen Ausnahmen, wenn ich mich morgens rasierte. Vielleicht eines Tages, wenn ich Präsident bin. Wie Lincoln. Würde ein Kind an mich schreiben und mir das vorschlagen lassen. Damit wäre auch das Problem mit der Schminkerei im Fernsehen gelöst; ich kann mich dreißig Sekunden, ehe ich vor die Kamera trete, rasieren und habe, wenn ich keinen Puder auflege, noch immer einen derartigen Schatten, daß die Leute mir deswegen Briefe schreiben. Der 5-Uhr-Blaubart. Meine Feinde schrecken vor nichts zurück.
Wie schon befürchtet, hatte ich eine schlaflose Nacht gehabt, womöglich gar nicht übel, das konnte an einem Tag wie diesem stimulierend sein, das wußte ich, aber im Augenblick fühlte ich mich groggy, ich konnte nicht sehen, wie tief ich ausrasierte, mußte mich auf mein Gefühl verlassen. Ich war zu hart rangegangen, hatte meine Reserven verausgabt, mich selbst verwundbar gemacht. All diese lästigen Schemen, diese Bilder aus einem Leben, das nicht das meine war . . . als wäre in der letzten Nacht irgendwas in mich eingedrungen, ein fremdes Gen etwa, und mir hatte die Kraft gefehlt, es abzuwehren. Plötzlich und zum ersten Mal begriff ich selber mein ganzes Frühwarn-Gerede von der »Aushöhlung von innen«. Es war ziemlich blöd, mit dem Kopf derart gegen die Wand zu rennen, aber es hatte auch seine gute Seite. Es hatte meinen Verstand geklärt, und als ich zu meinem Wagen kam, war die Erinnerung an den gedunsenen Bauch der alten Frau Greenglass, an Brathähnchen und den Verkehr auf der Delancey Street schon fast weg. Draußen war eine laue Sommernacht, Mondsichel über meiner Schulter: ich kurbelte die Scheiben runter, drehte das Autoradio an und suchte mir einen Sender, der alte Melodien wie »Heartaches« und »Whispering Hope« brachte, fuhr die Independenc entlang und nahm den weiteren Heimweg, wollte mich unterwegs entspannen und rief mir die Zuversicht einflößenden Bilder meiner Vergangenheit in Erinnerung, meine Jugend flimmerte in mir wie ein alter Film: der Graben in Yorba Linda, in dem ich rumwatete; Ostereier und Maikörbe; die Abenteuer der Gumps; Großmutters großes karges Haus zu Weihnachten und »Joy to the World«, vom Turm des Gemeindehauses geblasen; Lindberghs Flug und all der Krimskrams, den wir im Zusammenhang damit sammelten; ein Buch, in dem ein mißhandelter Hund sein Leben erzählte; hängende Körbe voller Steckwinden auf sonnendurchglühten Veranden; der Four Square Gospel Temple und Ken Maynard, der sich im Film vom Pferd runterrollte . . . Verdammt

noch mal! Ich dachte: Was für ein wundervolles Leben hast du gelebt! Ich erinnerte mich daran, wie ich Lokheizer spielte, wie ich lernte, die Fahne vor der Schule zu grüßen und »Old Black Joe« zu singen, wie ich meine Nase in das Hausbuch des Wissens steckte, Verse aus »Snowbound« auswendig lernte und mich auf dem Klavier von Tante Jane mit »In a Persian Market Place« abplagte, wie ich in der Sommerhitze von Tucson schwitzte, als ich für Mutter Quetschkartoffeln stampfte. Ich konnte das gut, wie ich überhaupt in allem gut war, und Mutter zeigte sich stets zufrieden, nie fanden sich Kartoffelstückchen drin, ich machte das mit einer peitschenden Bewegung, anstatt bloß rauf und runter zu stampfen, wie es die anderen Jungen taten. Ich erinnerte mich an dieses Kartoffelstampfen – ich war am Smithsonian vorbei und umrundete gerade den Washington Obelisk –, und es wirkte auf mich wie eine Art göttlicher Offenbarung.

Ich fühlte mich wie an jenem Morgen im Whittier College, als ich fast drei Tage nicht zum Schlafen gekommen war und mir alles so unglaublich schön erschien – oder wie damals (solange ist's gar nicht her), als ich in einem schäbigen Schaukelstuhl auf der Veranda von Whittaker Chambers in Maryland saß und mich ein wohliger Schauer durchlief, weil ich spürte: jetzt paßt alles zusammen.

Es war überzeugend, dieses Gefühl, ich sträubte mich keinen Moment dagegen. Die Geschichte hat in ihrer unerbittlichen, aber freundlichen Art immer alles für mich arrangiert. Als mein Bruder erkrankte, schickte meine von Arbeit und Sorgen völlig überlastete Mutter mich für ein halbes Jahr auf Besuch zu Tante Jane. Das paßte mir überhaupt nicht und ich fühlte mich irgendwie benachteiligt. Das war nur natürlich. Tante Jane mochte ich auch nicht. Aber weil ich mir da so verlassen vorkam, lernte ich Klavierspielen, und das wurde für mein weiteres Leben bedeutsam. Ähnlich erging es mir, als ich mit meiner Mutter nach Arizona mußte. Sie hatte Harold dort in ein Sanatorium gebracht und bezahlte einen Teil der Krankenhausrechnungen, indem sie im Sanatorium kochte und putzte. Ich bekam Schuldgefühle, weil ich mich als nutzloses Anhängsel empfand, also besorgte ich mir einen Job beim Prescott Rodeo und mistete Ställe aus. Das machte ich so gründlich, wie alles, was ich tat, deshalb fragte man mich, ob ich nicht Anreißer für das Glücksrad werden wolle. Dieses diente, wie ich wußte, als Tarnung für Würfelspiel und Poker in den Hinterzimmern, aber alles, was vorne lief, wo sie mich hinstellten, war legal, die Preise waren echte Speckseiten und echte Schinken, und ich verdiente einen Dollar pro Stunde und wurde von den alten Herren wegen meiner

glänzenden Leistungen gelobt. In vieler Hinsicht ist es trotz des Geldes der mieseste Job gewesen, den ich je gehabt habe. Schon Stunden, bevor es losging, war ich nervös, fürchtete mich zu Tode vor gewissen Leuten in der Menge. Die reinste Zeitverschwendung, dachte ich . . . aber ohne diese Erfahrung hätte ich im letzten Herbst nie die Torturen meiner Politkampagne durch die Dörfer überstanden, als der sogenannte Geheimfonds plötzlich von der Presse hochgespielt wurde. Mein Vater beschloß 1922 eine Tankstelle zu eröffnen. Er hätte ein Gelände in Santa Fe Springs haben können, aber er entschied sich für eins in East Whittier. Im nächsten Jahr fand man Öl – viel Öl auf dem Grundstück in Santa Fe Springs, wir wären Millionäre gewesen. Meinem Vater bescherte das blühende Magengeschwüre; aber mir? Was hätte es mir schon bedeutet, Millionär zu sein? Im Mittelpunkt stehen, war alles, was ich wollte und das hieß, nichts Überflüssiges besitzen, was einen aus dem Gleichgewicht hätte werfen können. Nichts außer Macht, Macht, das war mir klar, existierte im Universum wie Elektrizität. Es gab keinen Grund, Leiter zu sein. Es gab keinen Grund, keiner zu sein.
Ich war am Tidal Basin vorbei und in Richtung Lincol Memorial abgebogen, dann den Potomac langgefahren, nach Rock Creek, und hörte den alten Schlagern im Radio zu – »Have You Ever Seen a Dream Walking« . . . »Me and My Shadow« – das rief die alten Gefühle in mir wach, die alten Erlebnisse, die alten Träume ohne bestimmtes Muster, bloß ein süßes erinnerungsträchtiges Davon-Getragen-Werden . . . die Kirchen-Picknicks mit selbstgemachter Eiskreme . . . der intensive Geruch im Inneren meines Geigenkastens . . . Tunney and Dempsey und der Aufstand der Iren (Wie mein Vater dagegen wetterte! »Aber sind wir nicht auch Iren?« fragte ich ihn. »Nicht von der Sorte!« bellte er zurück) . . . ein wunderschöner Druck, der bei uns zu Hause hing, ich glaube, es war eine Reklame für Edison-Glühbirnen, der »Das strahlende Licht« hieß und auf dem in einer Landschaft aus verwaschenem Rosa und Grün auf einem purpurnen Felsen ein Knabe saß; er blickte zu einer elektrischen Birne empor, die in der Krone eines vollbelaubten Baumes leuchtete, er suchte Gott dort oben, nahm ich an, so wie ich es auch immer machte, wenn ich zu den wandernden Wolken hinaufsah . . . vielleicht war es aber auch ein Mädchen, so genau wußte ich das nicht mehr. Ich fuhr gerade an den Schleusen vorbei, »The Sweetheart of Sigma Chi«, das der ferne Sender spielte, kam mal stärker, mal schwächer rein, und plötzlich stand mir Frederic Marchs Verwandlung von Dr. Jekyll zu Mr. Hyde vor Augen, dazu die

Rückverwandlung, aber da hinein mischten sich irgendwie *Die besten Jahre unseres Lebens*, wohl der schönste Film, den ich je gesehen habe, obwohl ich mich jetzt nicht mehr an allzuviel erinnere. Ja, so war das gelaufen: Die Parade am Tag des Waffenstillstands 1918 und ein Zirkus, in »Gasoline Alley« findet Wallet ein Baby vor seiner Haustür, der Grand Canyon durch das Stereoskop betrachtet, die Angst vor dem Bolschewismus, das eigenartige Licht bei der Andacht sonntagsabends, die World Series von 1924 und ich war da gerade vierzehn. Hauptsächlich aber Erinnerung aus der Schulzeit: Ballspiel, Mädchen, Klubs, Fahrradtouren und all die Ereignisse daheim. Vaters knotige Hand an der Benzinpumpe, die Art, wie ihm die Ohren abstanden, wenn er seinen guten Anzug trug, Mutters Lächeln, wenn ich was aus der Schule mitbrachte, die Prügeleien mit meinem Bruder Donald, Harolds unbestimmtes Grinsen, und Vater, der uns eines Tages erzählte, drüben im Krankenhaus wäre ein Püppchen für uns, ein richtig lebendiges Bübchen – armer kleiner Arthur, der so jung gestorben ist. Einmal habe ich einen Schulaufsatz über ihn geschrieben, eine Art Elegie ... »Und wenn ich dann müde bin und bedrückt und den Versuch fast aufgebe, so zu leben, wie ich es eigentlich sollte, dann blicke ich auf und sehe das Bild eines kleinen Jungen mit glänzenden Augen und lockigem Haar; ich erinnere mich an das kindliche Gebet – Wenn ich sterben sollte, bevor ich wieder erwache, dann bitte ich Dich, oh Herr, daß Du dich meiner Seele erbarmst – und ich bete darum, daß es sich für mich ebenso bewahrheitet wie für meinen Bruder Arthur ...« Ich kriegte eine Eins dafür. Armer kleiner Arthur.
Ich hatte die einsame Parkallee verlassen und die Schnellstraße nach Massachusetts genommen, besser beleuchtet und genauso leer, meine Finger trommelten auf dem Lenkrad, und als ich im Radio ein gutes Stück gefunden hatte – Count Basies »One O'Clock Jump« –, fiel mir ein, daß ich auch ein großer Jazzpianist hätte werden können, zumindest ein guter, wenn ich dafür Zeit gehabt hätte. Dies war der längste Teil des Heimwegs, an Washington Cathedral und der American University vorbei, fast bis nach Maryland. Nicht die ganze Strecke. Als wir zuerst hierher kamen, wohnten wir in Alexandria. Aber heute könnte man mir das ganze Montgomery County schenken, ich würde nie mehr außerhalb des District of Columbia leben wollen. Ich befand mich, das war mir plötzlich zu Bewußtsein gekommen, in gefährlicher Nähe des Inspiration House, des Hauptquartiers der Pro-Rosenberg-Bewegung, und als ich das Marine-Observatorium passiert hatte, sah ich plötzlich wieder Ethels nackten Hintern neben dem Küchenherd,

doch ich schob dieses Bild weg, bevor mir der ganze Mietskasernenmief bewußt werden konnte, und konzentrierte mich statt dessen auf die breiten, ungepflasterten Straßen von Yorba Linda, auf die verstreuten einstöckigen Holzhäuser, die entfernten Berge, den straff gewickelten Dutt auf Großmutters Kopf, die Wahlen, die ich gewonnen hatte, die erste Fahrt allein in einem Lastwagen, die Dinge, über die ich nachdachte, als ich Bademeister im Schwimmbad war. »Meine wilde irische Rose«. Die angetrunkenen Mexikanerinnen drüben in Jim Town. Die Weintrauben klauten. Annäherungsversuche machten. Die unter der großen Lampe an der Ecke Greenleaf und Philadelphia standen, bis spät in die Nacht mit irgendwelchen Kerlen quatschten. Den Vollmond, der sich aus einer Straßenlaterne zu lösen schien, als ich unter ihr vorbeikam; es ist Gott, hatte ich gedacht, das ist der Beweis, und dann das Fenster eines Mädchens, erleuchtet: aber sie war noch angezogen, und als sie mit der einen Hand ihre Bluse aufknöpfte, zog sie mit der anderen das Rollo herunter. Meine Augen hatten sich einen Moment verengt, nahmen ihren Umriß wahr – und ich fuhr fast den Wagen zu Schrott, zwei Straßenecken vor unserem Haus, genau am Wesley Circle. Sachte, Junge. Immer auf dem Quivive bleiben.

Checkers begrüßte mich und drohte, jeden im Haus aufzuwecken. Ich tätschelte ihn rauh und gab ihm eins über die Nase, damit er Ruhe gäbe. Seit Roosevelts Fala wohl der berühmteste Hund der Nation. Das verdammte Gästezimmer quoll noch immer über von Hundehalsbändern, handgewebten Hundedecken, Hundehütten und -körben und genügend Hundefutter, um ganz Südostasien zu ernähren, alles von Leuten geschickt, die entweder Hunde liebten oder sonstwie einsam waren. Einige von ihnen hatten wahrhaftig geglaubt, meine Checkers-Rede sei ein Appell an ihre Mildtätigkeit gewesen. Also: noch ein Beruf, falls alles übrige schief ginge. Im Kühlschrank fand ich für Checkers ein Rippchen und für mich eine Schüssel Vanillepudding, drei überreife Tomatenscheiben, einen frittierten Hähnchenrücken, eine Minidose Corned Beef, einen Teller Schokoladenpudding, Krautsalat, eine Flasche Dr. Pepper, Gewürzgurken, eine Pfirsichhälfte in Sirup und einen kalten Hamburger – etwa in dieser Reihenfolge entdeckt und runtergeschlungen. Ich war sehr hungrig, und mir schmeckte alles. Dann war da noch ein Rest Roter Grütze: ich konnte nicht sagen, von welcher Geschmacksrichtung, aber ich aß sie trotzdem auf und dachte: Wer weiß? Vielleicht ist das deine letzte. Danach machte ich mich über ein angebrochenes Glas Apfelmus her, über eine

Flasche Magermilch, eine Schüssel Tapioka und eine Dose kalter Bohnen. Dem folgten Kaviar und Erdbeereis und zum Schluß die Pfeife gestopft mit Rum-und-Maple. Ich ließ mich in einen Sessel fallen, um zu verdauen.

Booch. Ich hatte viel zu hastig gegessen. Ich fühlte mich hundsmiserabel. Andererseits hat man die besten Ideen, wenn einem unbehaglich ist, das wußte ich. Ich versuchte, den Fall nochmals zu durchdenken, hier zu Hause alles zusammenzufassen, alle Rätsel zu lösen. Was bedeutete es, daß man das fehlende Wandtischchen gefunden hatte, daß der Fotograf Schneider im Einverständnis mit dem FBI einen Meineid geschworen hatte, daß Greenglass und Harry Gold sechs Monate im Tombs-Gefängnis zusammen gewesen waren, wo sie ihre Aussagen aufeinander abstimmten? Nichts. Das Tischchen konnte ein x-beliebiges Tischchen sein, der Schneider unterstellte Meineid war ein akademisches Problem, Zeugen werden immer präpariert. Ich rülpste säuerlich, veränderte meine Lage im Sessel, klopfte die Pfeife aus (Warum rauche ich überhaupt? Ich hasse das verdammte Zeugs!) und erinnerte mich daran, daß in einer der vertraulichen Aktennotizen, die man aus dem Büro ihres Anwalts gestohlen hatte, von Ruth Greenglass gesagt wurde, sie habe zugegeben, daß ihr Mann David »zu Hysterie neige«: »Eines Tages, als er die Grippe hatte, ist er nackt auf den Flur gerannt und hat etwas von ›Elephanten‹ und ›Blei-Hosen‹ gebrüllt.« Blei-Hosen? Vielleicht hatte er von der geheimen Entwicklung schrapnellsicherer Unterwäsche für die Marine gehört. Mir wurde klar, daß ich mich im Kreise drehte, also jagte ich Checkers ins Körbchen und ging zu Bett.

Im Schlafzimmer stellte ich fest, daß Pat die Decken völlig zerwühlt hatte, ihr Hintern lag bloß: wollte sie mir damit etwas andeuten? Ein schmaler, blasser, etwas knochiger Rücken, der Hintern schlaff und dennoch einladend. Calvinistin, aber karitativ. Grunzend stieg ich in den Pyjama, schob mich ins Bett. Ich fühlte mich sehr schwer. Und heiß – eine Klimaanlage könnte ich mir jetzt doch leisten, warum hatte ich keine gekauft? Überbleibsel dieser verdammten Verleumdungskampagne. Pat bräuchte auch einen neuen Mantel, aber ich konnte es immer noch nicht riskieren. Natürlich, dreizehnter Hochzeitstag: das angemessene Geschenk dafür sind Pelze und Textilien, oder? Könnte der geeignete Anlaß sein. Dann, als ich ruhig lag, fing mein Gesicht wieder an weh zu tun, wo ich gegen die Wand geknallt war, und gleichzeitig spürte ich ein pulsierendes Stechen im Kreuz vom langen Sitzen auf dem Fußboden in meinem Büro. Mir fiel ein, daß Ethel

Rosenberg ihr ganzes Leben lang unter Rückenschmerzen gelitten hat, wegen einer rachitischen Rückgratverkrümmung. Sowas könnte 'ne Menge erklären. Ich begriff jedenfalls, daß es einen ganz schön reizbar machen kann. Ich fand keine bequeme Lage, warf mich herum, schwitzte, Pats Hintern ging mir nicht aus dem Sinn. Ich dachte an die Zeit, als ich Hilfsarbeiter in einer Konservenfabrik war und wegen chronischen Brechreizes den Job quittieren mußte. Was für eine elende Arbeit. Es war eine Art Seekrankheit gewesen, all das Fleisch, das ganze Gerüttel und Gehämmer – ich war zu feige gewesen, direkt zu kündigen und hatte es sechzehn Wochen lang ausgehalten, die schlimmste Zeit meines Lebens. Zu verbissen und zu beharrlich, um aufzugeben, denke ich. Oh Mann, warum zum Teufel habe ich den ganzen Dreck gefressen? In der Navy hatte mich diese Kotzerei auch ein paarmal böse erwischt, ebenfalls im Auto. So ungefähr das einzige, wovor ich Angst hatte, falls ich Präsident würde, war, daß ich dann hin und wieder mit der Präsidentenjacht in See stechen müßte. Pat klagte leise im Schlaf, und ich stand auf, öffnete mir eine Flasche Bier und verzog mich auf eine Couch.

Als ich mich ausstreckte, dachte ich: Mach es wie immer, geh ganz kühl von den häßlichen Vermutungen aus und analysiere die Lage. Statt dessen döste ich ein, und mir war so, als läge ich mit einem Typen, der in Duke mein Zimmerkumpel war, zusammen im Bett. Vom eifrigen Studieren hatte er Blasen am Hintern und wollte mir die jetzt zeigen. Seltsamerweise hatte er einen dünnen schwarzen Schnurrbart, trug eine Nickelbrille, ein zweireihiges Jackett, weißes Hemd, Schlips. »Keine falsche Scham«, sagte ich, als ich seine Arschbacken auseinanderdrückte, um zu sehen, was los war. Wir hatten keinen Strom im Zimmer, es war dunkel, als ich ihn aber aus allernächster Nähe inspizierte, konnte ich feststellen, daß der ganze Bereich eiterte und schwer entzündet war. Es war fast so, als ob man ihn mit einem Hackebeilchen bearbeitet hätte. Ich spürte Brechreiz und bedauerte, was ich getan hatte. Ich wollte ihn trösten, fürchtete aber die Folgen, die das haben könnte. Vater kam rein und empfahl ein heißes Senfpflaster. Er schien das Problem nicht zu begreifen. Ich heulte: »Laster, kein Pflaster!« Er war äußerst bestürzt und schämte sich. Ich schämte mich auch, weil er keinen Schulabschluß hatte. Pat lag nackt auf dem Bett, mit geschlossenen Augen leise klagend, buchstäblich »das strahlende Licht«. Ich stand am Spülbecken. Vielleicht hatte ich abgewaschen, ich konnte mich aber auch übergeben haben. »The Sweetheart of Sigma Chi«, sagte mein Vater feierlich, »ja, das ist sie«. Er war zum Kirchgang

angezogen, seine Ohren standen ab. Ich ging nach draußen und dachte: Wissen die nicht, daß auch *ich* hätte sterben können?
Ich wachte auf, erinnerte mich vage an eine sonnige Gegend, sehr reizvoll und beruhigend, wie aus einem Landschaftsbild: grüne Hügel, ein Bach, das Haus im Hintergrund . . . Während ich erneut wegdämmerte, versuchte ich, das Bild wieder einzufangen, statt dessen fand ich mich als Fremdenführer auf Coney Island, wo ich mürrischen alten Männern mit flachen Strohhüten und roten Hosenträgern die Strandpromenade zeigte. Vorher war da noch was im Zusammenhang mit Scheiße. Vielleicht bezog sich das auf das Ausmisten der Ställe im Prescott Rodeo. Nur daß die Scheiße von Leuten stammte, die Angst hatten, oder die das Karussellfahren krank gemacht hatte. Ich trug noch immer meinen Pyjama, und eine alte Frau mit einer billigen Brille kam auf mich zu, um den Stoff anzufassen. Mein Hosenstall stand weit offen, und mein Schwanz rutschte immer wieder raus. Die alte Frau war Jüdin, und aus ihren Nasenlöchern wuchsen Haare. Mein Schwanz schien sie nicht zu interessieren, nur mein Pyjama. Ihre Fingernägel waren lang und kratzten über meine Haut. Ich hatte Angst, die alten Männer könnten weggehen. Ich wußte, daß von ihnen alles abhing. Ich versuchte, sie zu einer Fahrt in der Schiffsschaukel zu überreden und machte einen Witz, daß man besser hochkäme, anstatt sich immer im Kreis zu drehen, aber die Reaktion war gleich null. Sie wurden wütend und brummelten in irgendeiner fremden Sprache. Die alte Frau – mein Gott, wurde mir klar, das ist ja Bob Taft – sah mich von unten herauf an und zwinkerte mir zu, dann schrumpfte sie zusammen. Weil ich nämlich größer wurde. Zudem stellte ich fest, daß sich mein Gesicht veränderte – struppige Haarbüschel sprossen mir auf Stirn und Nase. Ich fühlte mich hölzern und häßlich. Ich roch schlecht. Augenscheinlich hatte ich mich in der Achterbahn verheddert. Ich hatte Angst vor den Drahtseilen. Ich erwachte und entdeckte Checkers, der zu mir hochgekrochen war und mit seinem Kopf auf meinem Bauch schlief. Ich schien mich an eine Schießbude zu erinnern, nahebei eine Frau, die einen Sonnenschirm trug und eine weiße Handtasche, Mädchen mit gestreiften bonbonfarbenen Badeanzügen lagen am Strand. Das Schwimmbad war geschlossen, und ich fegte die Umkleideräume der Mädchen: Geruch von Chlor und feuchter Wolle. Ich überlegte, wo ich mich hier drin verstecken könnte, um die Mädchen beim Umziehen zu beobachten. Ich träumte beim Fegen davon, geheimnisvolle Dinge zu entdecken, aber alles, was ich je fand, war ein nasses Paar Baumwollsocken. Einmal pißte ich in die Mädchentoilette und bekam einen ziemlichen

Schrecken, als ich mein Gesicht in einem Spiegel entdeckte. Ich wurde wieder wach. Hatte ich eigentlich geschlafen? Ich hatte eine Erektion und mußte ins Bad. Beim Pinkeln wurde mir klar, daß die Szene in der Mädchentoilette des Schwimmbads überhaupt kein Traum war, sondern wirkliche Erinnerung an einen Job, den ich auf der High-School hatte. Das Fegen, der Spiegel, das Schuldgefühl. Ich hatte die Socken in das Fundbüro gebracht und kam mir rechtschaffen vor. Aber was war mit der Schießbude auf Coney Island? Ich blickte in den Spiegel und sah, daß ich meinem Gesicht an jener Wand einen hübschen Schlag verpaßt hatte. Ich rieb etwas Hautcreme drauf. Ich wirkte gedunsen und haarig, fast erkannte ich mich nicht mehr, sone Art Monster. Mir schien, als ob ich Uncle Sams Gesicht hinter mir sähe, seine blauen Augen glitzerten vor Vergnügen. Oder vor Wut. Ich kann nur mein Bestes geben, dachte ich. Was will er denn sonst noch von mir? Später träumte ich von Tomaten, die mit dicken dunklen Flecken übersät waren. Im ganzen Haufen konnte ich keine gut finden. Das schien das alte Sprichwort zu bestätigen: Ein Unglück kommt selten allein. Ich hatte Mühe, mich an das Sprichwort zu erinnern – anfänglich fiel mir nichts anderes ein als: Im Unglück ist jeder ein Schwein. Ich dachte, das beste, was ich aus der Sache machen kann, ist Tomatensaft produzieren und damit einen Handel anfangen. Ich brachte die verfaulten Tomaten zu einem Hifi-Geschäft. Auf dem Schild über der Tür las ich: OPTIMO-ZIGARREN. Taxis fuhren vorbei, Ersatzreifen neben dem rechten Kotflügel. Ich dachte: Sowas kann ins Auge gehen! Der Mann im Zigarrenladen sagte: »Ich versteh ganz und gar nichts von Tomatenpresserei, Mister, mein Geschäft sind Unterwäschemaschinen.« Er schien verängstigt. Da waren auch Kinder. Sie drängten sich an einen Heizkörper, der wie eine Schlange zischte. »Ich komme von Julius Caesar«, sagte ich. Eine Frau legte Brot auf den Tisch. Die Kinder schienen mich nicht zu mögen. Ich war hellwach, träumte überhaupt nicht. »David gab mir Ihre Nummer«, erklärte ich hilflos. Ich dachte, ich werde verrückt.

Jetzt, im grellen Licht des Tages, während ich die Stoppeln meiner vierzig Jahre alten Kehle abrasierte, frisch shamponiert und geduscht, wo der Schweiß der gestrigen Feuerprobe ein für allemal den Abfluß runtergespült worden war, jetzt konnte ich erkennen, daß die meisten Assoziationen der letzten Nacht viel harmloser waren, als es vorher geschienen hatte. Ich war einfach zu hart rangegangen, zu wenig Schlaf, zu wenig Essen, da waren im Gedächtnisspeicher vorübergehend ein paar Sicherungen durchgebrannt, das war alles. Die Schleusen geöffnet und die Syntaxbahnen überflutet. Das könnte sogar Spaß machen, wenn man es nicht zu häufig tut. Nimmt man zum Beispiel das lebensnahe Bild von Pat, wie sie ausgestreckt auf dem Bett liegt, so wird mir jetzt klar, daß sie irgendwie auch mein kleiner Bruder Arthur war. Und Mutter war die ganze Zeit anwesend, obwohl mir nicht einfällt wo. Außerdem war noch eine Art Satire auf Rosenbergs mit reingemischt, denn als ich Pat beobachtete, wie sie sich im Bett rumwälzte, hatte ich zu mir gesagt: »Für Moses, Frieden und Natürliches Stillen.«

Außerdem wurde mir jetzt klar, woher einige der New Yorker Bilder stammten, die in der vergangenen Nacht so rätselhaft erschienen. Zum Beispiel fuhr ich, als ich in unserem Laden arbeitete, regelmäßig morgens in aller Herrgottsfrühe einen Kleintransporter zum Großmarkt nach Los Angeles, um rechtzeitig mit dem frischen Obst und Gemüse wieder im Laden zurück zu sein und alles zum Verkauf vorbereitet zu haben, wenn wir um acht Uhr öffneten. Nicht daß L. A. New York ist, aber damals entsprachen auch meine Vorstellungen von New York nicht New York. In jenen Tagen war New York für junge Burschen aus der Provinz wie mich eine Art Jerusalem, ein El Dorado. Es gab Bildbände und Zeitungsfotos, Wochenschauen, Stereoskope und später die True-Vue-Filme, dazu all jene Filme über die riesige »Empire City« – aber wer weiß? Jene Skylines in meinem Hirn hätten auch in den nur wenige Meilen entfernten Hollywoodstudios gemalt sein können. Die sogenannte Große Milchstraße: wahrscheinlich eine Erfindung der Warner Brothers. Washington Square. Die Battery. Das Chrysler Building und das Astor House. Und die Lower East Side: das geheimnisvolle Ghetto mit seinen Schwärmen farbenfreudiger Einwanderer, der Ort, wo es im Schmelztiegel blubberte. Ja, wir sind alle dagewesen. Für einen Jungen, der wie ich Baseball liebte, war es eine echte Traumstadt, dort lebten Babe und Lou und Burleigh und Red Ruffing, John McGraw und Zack Wheat. Drei große Teams, alle in derselben Stadt. Als ich ein Junge war, spielten praktisch jedes Jahr entweder die Yanks oder die Giants in der World Series mit, und meistens gehörten beide dazu. An den Straßenecken redeten wir über New York. »The Sidewalks of New York« war eins der ersten Stücke, das ich auf dem Klavier herunterhämmern konnte, und selbst heute spiele ich es noch immer gern und rufe mir die Stadt meiner Träume in Erinnerung. Dazu las ich eine Menge Bücher über die Stadt, eins war, glaube ich, von Horatio Alger, und New York kam im Titel vor, irgendwas von einem armen Jungen, dessen richtiger Vater sich schließlich als Millionär entpuppt, und das passierte da, wo Wall Street war und die Wirtschaftskrise und die Brot-Schlangen, von denen man las. Richtig, absolut keine Notwendigkeit, sich über etwas aufzuregen, was heute nacht wie telepathische Botschaften aus dem Todestrakt von Sing-Sing klang, sagte ich mir und zog meine Backe nach vorn über die Kinnlade, um die verborgenen Bartstoppeln in Augenschein zu nehmen. »Er verfehlt seine Schönheit um Haaresbreite«, hatte TIME gesagt. Verfehlt um Haaresbreite! Wenn ich Präsident werde, dachte ich, schick ich diesen Schwulen in den Urwald und geb den Lorbeer an *Reader's Digest*, der ihn ohnehin verdient.

Alles hatte, so fiel mir ein, mit dieser unerklärbaren »Erinnerung« an den gemieteten Saal in der Delancey Street angefangen, wo Julius und Ethel sich auf einem Gewerkschaftsfest zum ersten Mal trafen, und jetzt wurde mir klar, während alte Pianomelodien in meinem Hinterkopf klimperten, woher dieser riesige glänzend gewachste Boden stammte: das Haus des Women's Club in Whittier, gegenüber vom Bailey Street Park. Mutter und Vater hatten dort geheiratet. Ich war da ein- und ausgegangen, all die Jahre meiner Jugend. Richtig, das alte Victrola in der Ecke, die Küche . . . einige der späteren Landschaftsbilder mögen sogar mit den Grünanlagen davor zu tun haben. Und die Kinder, die sich um den Herd gedrängt anzogen: In einem FBI-Bericht hatte ich gelesen, daß er die einzige Wärmequelle war, die Barnett und Tessie Greenglass in ihrer Wohnung in der Sheriff Street hatten; an kalten Nachmittagen hockte die ganze Familie drum herum, morgens zogen sie sich davor an. In jenem Bericht sollte das zeigen, wie arm sie waren und herausstellen, daß Armut und Ungerechtigkeit die »Väter revolutionärer Ideale« sind – mit anderen Worten: den verbitterten Armen ist nicht zu trauen und wenn es Ärger gibt, sollte man sich die als erste vornehmen. Natürlich hatte mich das an den Küchenherd erinnert, vor dem wir uns in Yorba Linda angezogen, Mutter mit kugelrundem Bauch, in dem der kleine Arthur war. Sam und Bernie Greenglass, wie sie mir im Traum erschienen, hätten auch für meine eigenen Brüder Harold und Donald durchgehen können, und was Ethels nackten Hintern anbelangt, nun ja, um ehrlich zu sein, er sah dem meiner Tochter Tricia verdammt ähnlich.

Wies ich den FBI-Bericht zurück, weil er unterstellte, auch ich könnte verdächtig erscheinen, weil ich mich an Wintermorgen vor einem Küchenherd anziehen mußte? Vielleicht. Dennoch war es nicht dasselbe. Wir lebten im frostreichen Yorba Linda, immerhin dort, wo es zum erstenmal in Kalifornien gelang, Avocados zu kultivieren, Heizung brauchten wir praktisch nicht. Und wenn wir auch nicht reich waren, bei uns herrschte keine Verbitterung. Wir haben eben an uns selbst gearbeitet. »Selbstachtung, Selbstbeherrschung, Selbstverantwortung und Selbstverwirklichung!« pflegte meine Mutter uns einzutrichtern. Eigenartig, daß ich mich noch an den Küchenherd erinnere, das ist so lange her. Kein Wunder, daß es so traumhaft wirkte! Wenn man bedenkt, welche Veränderungen dieses Land in den wenigen Jahren seit meiner Kindheit gesehen hat. Man muß sich bloß die tollen Apparate angucken, die Pat heute in ihrer Küche hat: Wer würde etwas daran verändern wollen? Die Kommunisten waren verrückt. Jedesmal, wenn ich einen Schalter knipste, einen Thermostat einstellte, ein Auto startete, in ein Flugzeug stieg, durch automatische Türen ging, eine Toilettenspülung drückte oder beobachtete, wie eine Platte auf den Plattenteller fiel, wuchs meine Liebe zu Amerika. Und nicht nur wegen seines materiellen Fortschritts, nein, genauso wegen seiner großartigen Traditionen. Wie Thanksgiving-Truthähne und Weihnachtsbäume. Kirchen-Picknicks und die Schüssel mit dem Rosenmuster. Das jährliche Baseballspiel des Kongresses. Das Sommerfeuer des Whittier-College. Manchem mag es an den Haaren herbeigezogen scheinen, aber während Julius Rosenberg im Alter von fünfzehn Jahren mit einem Gnadengesuch für Tom Mooney von Tür zu Tür lief, war ich, knapp sechs Jahre älter, für das jährliche Sommerfeuer auf dem Fire Hill verantwortlich und stellte einen nie erreichten Rekord auf, indem ich die Spitze des Holzstoßes nicht mit dem traditionellen Einsitzer-Plumpsklo krönte, sondern mit einem veritablen Viersitzer, einem Sammlerstück - die »heißeste Sache, die je in Whittier lief«, wie man gesagt hat –, und jeder, der auch nur etwas vom amerikanischen Lebensgefühl versteht, der weiß, daß 1933 ein Tom Mooney Randfigur, daß ein scheißhausgekröntes Sommerfeuer das Gelbe vom Ei war. Heute, zwanzig Jahre später, war Julius Rosenberg nach wie vor Außenseiter, mehr denn je, während ich mit Uncle Sam Golf spielte. Nun, er versuchte es noch immer. Identifizierte sich mit den Vätern der Verfassung, mit schwarzen Märtyrern und dem, was er als »das Volk« zu bezeichnen pflegte. Aber selbst die vergilbte Zeitungskopie der Unabhängigkeitserklärung, die er an seine Zellenwand geklebt hatte, wohl um seine durch nichts zu erschütternde Vaterlandsliebe zu demonstrieren, war nur ein weiteres Symptom seiner Entfremdung: die Erklärung ist nämlich nie Bestandteil des amerikanischen Lebensgefühls geworden.

An der Wand meines Büros hingegen hing das Gebet, das Präsident

Eisenhower bei seiner Amtseinführung gesprochen hatte, gerahmt und unter Glas: »Gib uns, so bitten wir Dich, die Kraft, das Richtige vom Falschen zu unterscheiden.« Wie ich vor der American Legion sagte: »Zu den unschätzbaren Privilegien, deren wir teilhaftig sind, gehört auch das Privileg, Präsident Eisenhower zu Beginn seiner Amtseinführung beten zu hören. Auf der anderen Hälfte der Welt ist so etwas heutzutage unmöglich!« Es war wirklich ein Genuß, ihm zuzuhören, wie seine Stimme überschnappend gegen die Kälte ankämpfte, gegen das Befremdende, gegen die unübersehbare Menschenmenge, irgendwie barsch, militärisch, verkrampft, zeitweilig etwas monoton, ein bißchen stockend und bemüht, das zu überwinden. »LIEBE FREUNDE!« Er bellte das so raus, daß es uns alle durchzuckte. Ein Wunder, daß keiner von uns anfing zu kichern, aber dafür war das alles neu, und wir hatten Angst davor, unsere Rollen zu vergessen, oder einem Attentat zum Opfer zu fallen, oder vor sonstwas. »Äh, BEvor ich beginne . . . JEne Worte . . . zum Ausdruck . . . zu bringen . . . von denen ich glaube, daß sie diesem . . . äh, ANlaß ANgemessen sind . . . erlauben Sie mir bitte, ein kleines, von mir verfaßtes Gebet zu sprechen . . . und ich fordere Sie auf, den Kopf zu neigen!« Das erstaunte, denn für Dwight David Eisenhower war Religion etwas, das als Unterhaltungsprogramm für die Truppe organisiert wurde. Als Heranwachsender durfte er ihrethalben sonntags nicht dem Würfelspiel frönen, und einmal raus aus Abilene, ließ er sich nur noch selten durch sie stören. Er stellte keine Fragen und brauchte daher nicht unter Antworten zu leiden. Für Ike war Jesus eine Art Verlierer, attraktiv für alte Frauen. Beugte man den Kopf zum Gebet, wirkte man größer und grimmiger, wenn man ihn wieder hob. Gerede von Religion, eine Tröstung für Sterbende, das konnte für einen Soldaten ein böses Omen sein – je weniger man darüber sprach, desto besser. Aber plötzlich erwies sich dieser Mann in seiner Amtseinführungsrede als erleuchteter Visionär, ohne Zweifel jemand, der ins Allerheiligste vorgedrungen war und es erblickt hatte. Man sah das an den Schweißtropfen auf seiner Stirn, hörte es an der belegten Stimme, dem »Glaube«, »Freiheit«, »Gut« und »Böse«, die wie mit Donnergetöse von seinen Lippen kamen. **»Allmächtiger GOOAATTT!«**

Er ging wieder regelmäßig zur Kirche. Er trat der Gemeinde der National Presbyterian Church in Washington bei. Die Kirchenstühle im Seitenschiff, auf denen Jackson, Pierce, Polk, Buchanan, Grant und Cleveland gesessen hatten, lehnte er ab und bestand darauf, »in der Mitte und vorne« zu sitzen. Ständig hielt er uns Vorlesungen über amerikanische Geschichte und führte dabei unsere Abstammung direkt auf Gott zurück. Jeffersons Ausspruch: »Wir sind der Meinung, daß jeder Mensch von seinem Schöpfer mit gewissen, unveräußerlichen Rechten ausgestattet wurde«, entwickelte sich bei ihm zu einer Art Tick, kam immer wieder über seine Lippen. Aber es waren nicht die unveräußerlichen Rechte, für die er sich interessierte, sondern die Tatsache, daß man etwas von seinem Schöpfer erhalten hatte. »Därr SchÖÖpfäär!« Es war, als habe er nie wirklich an Gott geglaubt, bevor er IHN in der Unabhängigkeitserklärung entdeckte. Vielleicht hat er sie zum erstenmal gelesen, als er für die 52er Wahl paukte. »Die Unabhängigkeitserklärung«, pflegte er zu sagen, »hat ein für allemal bewirkt, daß unsere Kultur und unsere Regierungsform tief im religiösen Glauben verankert sind. Wenn wir diese Beziehungen zwischen Glauben und Regierungsform leugneten, dann wäre – davon waren jene Männer damals fest überzeugt – unsere Regierungsform sinnlos.« Nun ja, wenn ein alter Soldat der profanen Welt den Rücken kehrt und sich dem heiligen Herzen seines Volkes zuwendet, wenn er über Nacht – ohne sich dessen bewußt zu sein – zur Alltagsbleibe des Heiligen Geistes seiner Art wird, darf man solche Verlautbarungen erwarten. Im Grunde war die Bekehrung Dwight David Eisenhowers ebensosehr Beweis für die Immanenz und die Unwandelbarkeit Uncle Sams, wie das erneute Predigen der Jünger nach der karfreitäglichen Verzweiflung und Zerstreuung Beweis für Christi Wiederauferstehung war. Selbst Ethel Rosenberg war dahin gekommen, in ihm »einen sensiblen Künstler und tiefreligiösen Menschen« zu sehen. Wie unbeholfen er sich auch anstellte, man wußte, er war derjenige welcher.

Den Instinkt hatte ich immer gehabt, ich wußte immer, wer »es« hatte, ob es in der Schule war in Whittier oder in Washington. Ich lernte sogleich wichtige Dinge mir Dr. Dexter zu besprechen, dem Präsidenten des College, mit Dekan Horack in Duke, mit Herman Perry, dem Manager der Bank of America in Whittier, mit Herbert Hoover und Murray Chotiner, Karl Mundt und Christian Herter, Tom Dewey, Foster Dulles und seinem Bruder. Sie hatten die gewisse Ausstrahlung und ich spürte das. Und mit wem hockte Julius Rosenberg zusammen? Mit ewigen Verlierern wie Morton Sobell und Max Elitcher und William Perl und Joel Barr. Er sammelte Gelder für die Roten im Spanischen Bürgerkrieg und Unterschriften für die Scottsboro-Jungs. Er organisierte studentische Friedensstreiks. Anstatt seinen Lehrern und Dekanen zu erzählen, wie sehr er sie bewunderte, beleidigte er sie. Während des Rosenberg-Prozesses vor zwei Jahren hatte man viel Zeit darauf verwendet, ihre Aktivitäten in den Jugendjahren darzustellen, das, was man als »verfrühten Antifaschismus« bezeichnete. Die Verteidigung erhob Einspruch, es wurde aber als relevant angesehen; es sollte keine »Motivierungen« aufdecken, wie Richter Kaufman ausführte, sondern enthülle die verborgenen Strukturen eines sich entwickelnden Irrglaubens.

Im College von Whittier half ich als erstes, eine neue Studentenverbindung zu gründen, die Orthogonier (unter uns nannten wir uns einfach die »Winkelrechten«), die eine Brücke zwischen den angestaubten »Franklins« mit ihrer Kleideretikette und ihrem reaktionären Gehabe und den zwar offeneren, aber unorganisierten und apathischen unabhängigen Studenten bildete. Obwohl größtenteils Sportler, die Jungs von Trainer Newman, waren wir auch auf der politischen und gesellschaftlichen Ebene aktiv. Traditionell tafen wir uns einmal im Monat in Sander's Cafe zu unserem symbolischen Gemeinschaftsmahl, manchmal nahm ich die ganze Verbindung auch mit zu Großmutter, wo diese und Mutter uns mit gebackenen Bohnen und Spaghetti verwöhnten. In der Hinsicht bin ich seit je großzügig. Einerseits waren die Winkelrechten eine echte Studentenverbindung mit dem üblichen Trallala und Blödsinn und der Campus-Politik, andererseits haben wir Neuerungen eingeführt. Klar, wir hatten »geheime« Symbole – den Kopf eines Ebers und ein Quadrat mit »Birne, Bizeps, Bauch und Bohnen« an den vier Ecken – und Losungen und eine besondere Art Händedruck und ich hatte für uns ein Verbindungslied komponiert: »Man preist dich, starker Eber, weit und breit, du bist uns Schutzpatron zu jeder Zeit!« Gleichzeitig aber haben wir den Abendanzug abgeschafft, uns gegen Snobismus gewendet, sogar einen farbigen Football-Star aufgenommen und den ganzen Campus mit unseren gewagten kabarettistischen Parodien und Sketchen schockiert, von denen ich den größten Teil selbst schrieb; ich machte es zur Tugend, ein guter Typ zu sein, anstatt ein reicher Typ. Seit damals habe ich immer zwischen Traditionalisten und Neuerern Brücken geschlagen. In gewisser Weise landete Julius Rosenberg auf dem Elektrischen Stuhl, weil er im Alter von sechzehn Jahren aufs City College in New York ging und der American Students Union beitrat. Wäre er statt dessen nach Whittier gegangen und meinen »Winkelrechten« beigetreten, hätte er wie wir alle ausgeleierte Pullover und offene Hemdkragen getragen, wäre ihm das nicht passiert. So einfach ist das.

Tricia und Julie rannten kreischend die Treppe hoch und runter, und ich konnte hören, wie Pat sie zu Tisch rief. Das Frühstück brutzelte. Ich

hatte heute morgen mit einem verkorksten Magen gerechnet, statt dessen war ich schlicht hungrig. Hoffentlich hatte Pat begriffen, daß ich mitten in einer größeren Krise steckte, und mir haschiertes Corned Beef mit einem Spiegelei drauf gemacht. Daß ich die ganze Nacht nicht ins Bett gekommen war, daß ich im Anzug auf der Couch im Wohnzimmer geschlafen hatte, sollte eigentlich als Hinweis genügen. Oder wohl doch nicht. Sie konnte ganz schön dickfellig sein.
Als ich mein Gesicht gründlich inspizierte, entdeckte ich, daß mir unterm Kinn ein Büschel Stoppeln entgangen war. Immer noch nicht wach genug. Schwierigkeiten beim Konzentrieren. Was heute nacht passiert war, hatte ich noch nicht ganz abgeschüttelt. Zum Beispiel war ich mit einer Erektion aufgewacht – glücklicherweise war Pat runtergekommen, um mich zu wecken, bevor die Mädchen es sahen –, und die war immer noch nicht weg. Ich stöpselte den Rasierer wieder ein und schnitt meinem Gesicht eine Grimasse. Na ja, TIME hat schon recht, mußte ich zugeben, hob meine »Hamsterbacken« und blickte nach unten, an meiner »Entenschnabelnase« vorbei, es stimmt, ein verdammter Millard Fillmore bin ich nicht. Aber was zum Teufel solls, Abe Lincoln wars auch nicht. Einmal kam ein kleines Mädchen mit einem Zeitungsfoto von mir und wollte ein Autogramm. Nachdem ich unterschrieben hatte, bedankte es sich und sagte: »Es ist ein unheimlich schönes Foto. Aber es sieht Ihnen überhaupt nicht ähnlich.« Später fragte ich mich, ob ihr das irgend jemand gesteckt hatte. Die Leute zeigen häufig ein gewisses Erstaunen, wenn sie mir zum ersten Mal persönlich begegnen. Sie neigen dazu, meine Nase anzustarren, als ob sie ihre Breite messen müßten, bleiben da hängen und sind nicht in der Lage, mir wieder ins Auge zu blicken. Also hab ich mir oft gesagt, mit deinem Gesicht kann man nicht viel anfangen. In der Beziehung bin ich mein strengster Kritiker: es ist nicht vollkommmen und wird nie vollkommen sein.
Für Karikaturisten ist es das reine Honigschlecken. Nicht einmal Julius Rosenberg, der eine wirklich finstere Visage hat, mit fliehendem Kinn, spitzer Nase und strichförmigem Zuhälterschnäuzer, war derartigen Prügeln ausgesetzt, wie ich sie wöchentlich von Herblock und den anderen bezog. Picasso hatte Burschen sogar schön aussehen lassen, sehr angelsächsisch, wohingegen Herblock mich ständig als Ganoven zeigte, mit feisten Backen, wirrem Haar und zusammengekniffenen Augen, gewöhnlich in Gesellschaft von McCarthy und Jenners, und andeutete, ich hätte einen unangenehmen Geruch an mir, wie ein kleiner Junge, der gerade in die Hosen gemacht hat, oder sonstwas.

Seitdem wir an der Regierung waren, seit Januar also, hatte er keinen von uns auch nur einen einzigen Tag in Ruhe gelassen, man hätte glauben können, wir wären über das Land hergefallen wie mongolische Horden, wir sahen nicht aus wie amerikanische Mitbürger. Sein karikierter Ike hatte ne Menge Ähnlichkeit mit dem Jiggs aus »Bringing Up Father«, er sah nur noch bescheuerter aus; Herb Brownell zeichnete er als eine Art Dracula, und Joe McCarthy als haarigen, verschwitzten, ein Metzgermesser schleifenden Strolch. Karikaturisten haben an meinem Gesicht immer Spaß gehabt. Schon damals auf dem College in Whittier haben sie mich genüßlich mit einigen knappen Strichen festgehalten: ein schwarzer Balken als Augenbrauen (keine Augen), ein gestrecktes S als Nase, ein schmales, säuerlich heruntergezogenes Komma als Mund, alles eingerahmt von eckig geschnittenem lockigen schwarzen Haar, zwei kleinen Klammern als Ohren, tablettgroßen Backen, steifem Hals – nur die drei wesentlichen Charakteristika und ein schwarzer Rahmen. Mir machte das nichts aus. Das ist eine der Konsequenzen, wenn man Macht besitzt. Falls nicht überhaupt eine Vorbedingung: vielleicht brauchen Politiker solche Gesichter, um kenntlich zu sein. Irgendwas, wodurch man sich absondert: die Leute respektieren die fast magische Kraft von Archetypen, ganz gleich welchen, und wie sie dazu geworden sind. Vielleicht war auch die Karikatur zuerst da, und das Gesicht kam später . . .?

»Dick!« rief Pat vom Fuß der Treppe. Das Mädchen hatte den Staubsauger im Wohnzimmer laufen, und ich roch den Schinken, der auf dem Küchenherd brutzelte. Mit haschiertem Corned Beef war wohl nichts. »Dein Wagen ist da!«

»Was –!« Ich sah auf meine Uhr: verdammte Scheiße! fast acht! zu dieser verfluchten Kabinettssitzung würde ich zu spät kommen! Wütend schrubbte ich mein Gesicht – es schmerzte, wo ich gestern abend gegen die Wand gebumst war, aber das geschieht einem recht bei all diesem Selbstgeschwafel –, nahm Talkum und Deoderant, humpelte ins Schlafzimmer, um mir ein frisches weißes Hemd zu holen, babbelte verwirrt und atemlos vor mich hin. Gewöhnlich bin ich sehr pünktlich; jeden Morgen um sieben beim Frühstück (Obst, Toast, eine Tasse Kaffee mit einem halben Teelöffel Zucker und einem Tropfen Sahne), schlichte den Zank der Mädchen, überfliege die Zeitungen, durchblättere den *Congressional Record*, werde kurz vor acht von John abgeholt, lese auf dem Weg in die Stadt die *New York Times* und bin in meinem Büro an der Arbeit, bevor der größte Teil meiner Mitarbeiter erscheint. Daß ich heute morgen fast eine Stunde zu spät dran war, das war nur ein weiteres Anzeichen dafür, wie sehr mich der ganze Kram mitgenommen hatte. *Ich muß ins Büro*, dachte ich, leicht beunruhigt, lief staksig die Treppe runter, knotete beim Laufen meinen Schlips, faltete ein weißes Taschentuch für die Brusttasche meines Jacketts, stolperte über Julies Puppe Tiny, nahm zuerst drei Stufen auf einmal, *räumt den Laden hier gefälligst mal auf!*

10. Wallfahrt zur New York Times

Nach alter Gewohnheit sammeln sich die Pendler, die am Freitag Morgen ins Zentrum kommen, vor dem Denkmal des Großbürgertums, vor ihrer *New York Times*, um dort die letzten Transaktionen des »Weltgeistes« in sich aufzunehmen, der sich in den Taten und Worten lebender und sterbender Männer manifestiert – den zum Druck geeigneten. Auf großen Tafeln aus Stein, Blei und Zink erscheinen und verschwinden Worte und Bilder, täglich neu, neu und doch irgendwie beruhigend vertraut. Es ist – die Tafeln scheinen es zu sagen –, als ob eine gewisse Beharrlichkeit die Absichten des Geistes motiviert, denn selbst wenn er ins Perverse abgleitet, bringt er doch eine gewisse episodische Kontinuität in den täglichen Müll menschlicher Unternehmungen, die »Mittelspur«, wie sie das auf der Großen Milchstraße nennen, obwohl nicht klar ist, ob man das dem Weltgeist oder der monumentalen Schlagzeigen-Sprache der *New York Times* verdankt. TÜRKEN DRÄNGEN GRIECHEN/BALKANBÜNDNIS BESCHLEUNIGT ZU RATIFIZIEREN. PANAMA UND M. FRANK/ MACHEN FILM MIT KAYE. KEINE KORRUPTION/IM WESTHANDEL. Es ist eine Art Jagdmagie, ein Talisman gegen die schreckliche Flut: Menschen fürchten vor allem Überraschungen. HOLY NAME PARADIERT IN BROOKLYN.

Einige haben schon gefrühstückt, andere holen es jetzt vor dem Monument nach. Symbolische Nahrung, die zur festlichen Gelegenheit paßt: Eier, Rauchfleisch, Keimlinge, harnsaure Beugel und Krapfen, Nährkraft aus prallen Eutern. SENATSAUSSCHUSS IST FÜR MARGARINE IN DER NAVY. Englische Mädchen holen auf. PRODUZENTEN REISSEN SICH UM MARY MARTIN. Das zeremonielle Stöhnen der Räder auf den Schienen, klickende Drehkreuze, respektvolles Gemurmel und Geraschel, durch abrupte Pfiffe und Signalhörner rhythmisch in Takte zerlegt, das Zischen der Luftbremsen, Nasenschneuzen, Geschirrklappern und Türenknallen, ein Mann fragt nach Fahrkarten. CHINESISCHE VORSTÖSSE AN 6 VERSCHIEDENEN PUNKTEN. Der Milchmann kommt seltener. ÖFFENTLICHE UNTERSTÜTZUNG FÜR RELGIOUS FREEDOM WEEK. EXEKUTIERTER WESTBERLINER/EIN ARBEITSLOSER ANSTREICHER. Planmäßig überfliegen die Andächtigen die Tafeln, brechen Brot und schlürfen heiße Getränke, murmeln

die traditionellen Antworten, schnaufend und furzend, verheddern sich manchmal, und schlucken die rituell festgelegten Metaphern, die der Erde die Schwerkraft einen weiteren Tag sichern und ihre eigene Panik aufhalten werden. FABRIKANLAGEN AUSGELAGERT/ UM BOMBENANGRIFFEN ZU ENTGEHEN. BRONXER PFARRERSOHN ERHÄLT HOHES KIRCHENAMT. Heiraten, Morde, Fusionen, Rummel. Kuren und Huren, Baseballtabellen und Buchbesprechungen. Der Kalte Krieg zwischen Uncle Sam und seinen Feinden. Heißer Krieg im Busch. Bedenklich: der Welt gefällt es, heute *Die Kunst des Schachspiels* zu veröffentlichen, und *Frankenstein*, künden die Tafeln, wird neu aufgelegt. Neu aufgelegt: VOR KURZEM WURDEN 19 EXEMPLARE DIESES BUCHES BUCHSTÄBLICH VERBRANNT. Schatten ziehen herauf und umwölken die Gesichter der Pilger: sie lesen, daß das französische Weltkrieg-I-As, das mit seinem alten Spad-Doppeldecker 75 Boches abschoß, gestorben ist, aber einen Augenblick später sind die Schatten wieder vertrieben durch die Eröffnung, daß Ruth Hussey nach zwei Söhnen eine Tochter bekommen hat. Martha Raye wird von Nick Condos wegen seelischer Grausamkeit geschieden. Die Kommunikanten versuchen sich diese Grausamkeit vorzustellen und wüßten gern, ob sie heute abend auf dem Times Square etwas Derartiges geboten bekommen.
Oder ein andermal. Falls überhaupt. Heute morgen herrscht hier, vor dem Monument, allgemeines Unbehagen, es ist etwas faul, alle Verantwortlichen des Landes haben nachhaltig versichert, daß die Hinrichtungen gestern Nacht stattfinden sollten, aber das geschah nicht. Und jetzt muß selbst die *New York Times,* die ansonsten in ihrer Erhabenheit für gewöhnliche Ängste unempfänglich ist, einräumen, daß die Nation diese Toten braucht, sie bald braucht, denn Arthur Krock, der mit dem Labyrinth der Machtstrukturen wohl vertraut ist, schreibt:

In den Vereinigten Staaten ist es immer irgendwie möglich, den Lauf der Gerechtigkeit durch übermäßige Verzögerungen aufzuhalten, und die Kommunisten haben den Fall Rosenberg bereits weidlich dazu genutzt, den Ruf unseres Rechtssystems bei unseren ausländischen Freunden zu verunglimpfen und daneben wirkungsvoll antiamerikanische Propaganda zu machen. Richter Douglas' Aufschub und seine Begründung dafür liefern unseren Feinden das Material, uns noch mehr zu beschmutzen . . .

Infolge von Richter Douglas' Handlungsweise, so lesen sie, hat der Oberste Gerichtshof für heute eilends eine Sondersitzung anberaumt – FALL AUF DER KIPPE – und sie lesen weiter, daß einer der

Verteidiger der Atomspione vom New Yorker Oberrichter Irving Saypol gesagt hat, »in New York hat es niemals einen gewissenloseren, korrupteren Distriktsanwalt gegeben als den, der den Fall Rosenberg verhandelt hat«! Hoffnungsvoll schließen sie daraus, daß sich das Phantom damit wohl übernommen hat. ROSENBERGS KÖNNEN SCHULDSPRUCH/ANFECHTEN FALLS TODES/STRAFE NICHT VOLLSTRECKT WIRD. Umrahmt werden diese Spekulationen von einer Anzeige der B. Altman & Co., die einen schwitzenden Mann hinter Gittern darstellt (»Droht ihnen eine 90tägige Haftstrafe?«); von einer Filmkritik über *Devil's Plot*, und dem von unten geschossenen Foto einer Frau (direkt unter den Rock), die auf dem Flug nach Kanada in einer Maschine der Colonial Airlines sitzt. Vatertags-Reklame für brutzelnde Steaks. »Mighty Atom« ist tot. TONIGHT AT 8:30. »Für jeden Geschmack etwas.«
Das bedeutet: Information ist eine Sache, die *New York Times* eine andere. Daten macht man sich kaum in Trance zu eigen. Das Abendmahl ist eine Sache des Gefühls, nicht der Erkenntnis, eine Begegnung des Lebens mit dem Leben. Was bei diesen Pilgerfahrten die Aufmerksamkeit weckt und die Quellen der Weissagung sprudeln läßt, ist ja weder die Meldung, daß die kleine Arlene Riddett, 15, aus Yonkers die 28. Meisterschaft der Damen im Glasklicker-Turnier in Asbury Park, New Jersey, gewann, noch das Bild zweier Ostberliner Demonstranten, die auf dem Leipziger Platz Steine gegen russische Panzer werfen, sondern die Tatsache, daß diese Dinge miteinander in Zusammenhang gebracht werden. Reihenfolgen, aber keine Ursachen, Zusammenstellungen, aber keine Verbindungen. Die argentinische Regierung ordnet die Preissenkung der Theaterkarten um 25% an und dem Präsidenten der Vereinigten Staaten wird eine große Spielzeugpuppe von Smokey Bear überreicht. Die Erschießung eines arbeitslosen Anstreichers gerät neben die Meldung, daß die neue Kollektion von Duschvorhängen und Wanddekorationen den Hausfrauen, die ihr Badezimmer ausstaffieren wollen, große Auswahl bietet: BADEZIMMER TAPETEN/SIND LEICHT ZU REINIGEN. »Panorama« heißt eines der Tapetenmuster und besteht aus impressionistischen Landschaftsbildern, im Hintergrund abstrakte Motive, die an altertümliche Kalligraphien erinnern. Design als Spiel. Beliebigkeit als Design. Ironisch offenbart Design Beliebigkeit. Willkür als Prinzip erlaubt, Tragisches zu verlachen. Wie im Traum existiert ein ungeheures Maß an Verdichtung auf der einen, und Detailfreude auf der anderen Seite. Logische Verkettung entfällt, enthüllt sich aber durch Verschiebung. Duschvorhänge, auf denen

Katzen abgebildet sind, die mit dem Schwanz Regenschirme halten. Die Frau des Anstreichers sagt, daß ihr Mann an diesem verregneten Morgen nur aus dem Haus ging, um das Stempelgeld zu holen. Er war schlimm erkältet und wollte gleich wiederkommen. *Richtiges Mädchen für alles.* »Mit einem Schuß Humor und Leidenschaft . . .« Inserate für Klimaanlagen, Sommermäntel und Regenschirme ergeben die Kulisse für den Absturz der Globemaster IN FLAMMEN BEI TOKYO ABGETRUDELT. Kühl und lind wie eine Brise. APARTE VORSCHLÄGE FÜR KALTE SUPPEN. Daß WIEDER 905 GEFANGENE/AUS LAGERN ENTFLOHEN sind steht neben der Annonce für UNITED HUNTS. *Lassen Sie ihre Kleinen auch im Ferienlager gut aussehen: bestens frisiert nach einem Besuch im Kindersalon Best.* Manche kommunizieren direkt mit Worten, kosten sie träge mit verhangenen Augen oder schlucken sie wie Natronpulver, sie lehnen sich an Tafeln, um sich vor einem möglichen Beben der Erde zu schützen, bezweifeln aber, daß sie mehr repräsentieren als sich selbst. Andere suchen verspielt zwischen den Zeilen, nehmen diese kryptischen Grenzsteine als Schlüssel für das tägliche Kreuzworträtsel (und was gibts heute? Erste Frage, 1 Waagerecht: *Sportart in Burning Tree*), als Signale eines geordneten Labyrinths, eines mehr oder weniger geordneten Labyrinths. Und vielleicht hat man gerade deshalb – zäher Glaube an einen Rest von Sprachmagie – dieses Denkmal errichtet: jeden dahinfliehenden Tag in Wort und Bild zu rekonstruieren, in der Hoffnung, eine Ordnung, einen Zusammenhang, einen sinnvollen Dialog mit der Zeit zu entdecken. Aber das ist ein so gewaltiger Schrein, eine so riesige Aufgabe, allein die Übersetzung von Gesten in Sprache in Fluß zu halten, daß jeglicher Gedanke an eine Suche nach Transzendenz schon längst vergessen und verschwunden sein muß, und alle visionären Spekulationen den vorbeiziehenden Pilgern überlassen bleiben. Noch der extravaganteste Zuwachs an Daten suggeriert ein System, die dünnste Druckzeile projiziert Metaphysik. »Objektivität« ist, sich selbst zum Trotz, eine willfährige Methode, Meinungen anzuhäufen; Fakten entwickeln sich nicht aus dem Leben, sondern aus der Offenbarung, verzerrt wie je dank uralter Mißtöne, und voll von libidinöser Energie. Gewollt oder nicht, die Bildnerei der *New York Times* funktioniert wie eine Charta der moralischen und sozialen Ordnung, erzeugt ein politisches Kraftfeld, definiert wichtige Vorgänge durch bloßes Aufzeigen, verleiht denen, die sie erwähnt, eine besondere Aura, schafft ein Existenzniveau, das erstrebenswert scheint. Und warum nicht? Wie soll man sonst mit der Entropie fertig werden?

TRABERSIEG IN WESTBURY/GING AN MIGHTY GRATTAN. *Direktoren der New Yorker Lebensversicherung neu benannt.* WASHINGTON VERÄRGERT. Falscher Bombenalarm in Schule. HAUS FÜR ARBEITERINNEN/ERWORBEN.

Sie kommen oft hierher, die Arbeiterinnen, durchforsten die Kleinanzeigen, suchen eine gute Fee, den fliegenden Teppich, den geheimen Namen des goldspinnenden Rumpelstilzchens. Bombenleger schleichen umher, lammfromm und freundlich, auf der Suche nach Zielen. Auch Politiker, Rentner und durchreisende Touristen. Uncle Sam kommt auch von Zeit zu Zeit, meistens um anzugeben. Und das Phantom, das nie sein wahres Gesicht zeigt, kann man oft im düstren Schatten hinter den Tafeln erspähen, wo es sein Hinterteil entblößt und muffig furzt. Richter Irving Kaufman kommt, wie so viele, in seiner Freizeit hierher, hat keine Antenne für die Schamlosigkeit des Phantoms und sucht hier das, was er für eine ausgewogene Meinung hält. Ein Auge auf New York, das andere auf die Welt gerichtet. Tammany Hall ist für ihn das symbolische Bindeglied, genau wie für Irving Saypol. Gouverneur Tom Dewey, der Beziehungen zum republikanischen Establishment der Ostküste unterhält, jenen internationalen Bankiers, die Dwight David Eisenhower ins Weiße Haus gehievt haben, saust täglich hier vorbei, Schultern wie ein Bulle, die Fäuste geballt, kaut am Bart, kampfeslüstern, guckt der Nase nach zum Himmel oder zu Boden, auf angstgebeutelte Gestalten wie Bürgermeister Vincent Impellitteri oder Mother Luce (deren Sohn TIME hier vorbeiflitzt wie ein Dieb in der Nacht). Eisenhower grunzt nur amüsiert ob all dieser deplazierten Frömmelei und hält sich fern – man könne ganze Stunden vergeuden mit solchem Quatsch; sein Vizepräsident aber, Richard Nixon, kommt oft hierher, rümpft scheinbar die Nase (na schön, das ist also das berühmte Organ des neuenglischen Establishments, *so* groß ist es auch wieder nicht), ist aber nicht völlig ohne Scheu und zeigt eine gewisse demonstrative Zurückhaltung. Schließlich ist er hier so etwas wie ein Fremder und akzeptiert und respektiert die Normen als Gast im fremden Land. Nicht so Joe McCarthy. Der stolziert hier wie ein Pfau herum, protzt mit seinen Orden und stupst seine Wurstfinger voller Rage auf jedes Anzeichen rosa Schmutzes, der auf dem Denkmal liegt (manche behaupten, daß die merkwürdigen Flecken vom Blut Unschuldiger stammen, andere wieder, daß Roy Cohn und David Shine nachts umgehen und sie dranspritzen, aber die meisten sind überzeugt, daß der Senator sehr wohl weiß, wovon er spricht).

Sogar Rosenbergs kreuzen auf. Verächtlich, verängstigt, aber doch begierig. Ein Zeichen möglicherweise . . .? Ethel geleitet traumverloren über den Unterhaltungsteil, schürzt mißbilligend ihre Lippen bei den Modeanzeigen, verfällt vor den Briefen an den Herausgeber in ruhige Trance. Julius, viel gewissenhafter – ein pünktlicher Steuerzahler –, stellt sich jeden Morgen um zehn Uhr vor der ersten Seite auf, drückt seine Nase an den großen Schaukästen platt, schaut mißbilligend durch seinen Kneifer auf all diese irrelevanten Geschichten und weint still vor sich hin ob all der monumentalen Ehrerbietung, die man einer so irren Welt erweist. Bittere Tränen trüben seine schwache Sehkraft und ihm bleibt nur das vage Gefühl einer großen grauen Bedrohung, irgendwie entrückt und undurchdringlich, und darum desto angsteinflößender. Oft genug hat er sich selbst, unter Tränen, in den Tafeln wiedergefunden, oder jedenfalls jemanden, den man so nannte (man bezeichnete ihn als »Roten«, aber die Worte verschwammen und verschmolzen und er las immer vom »Toten«). Doch sein eigenes Abbild hat er nicht erkannt, er ist gigantisch angeschwollen, ausgeschlachtet, blind: als blicke man in ein verhextes Spiegelkabinett, das den Körper so dünn macht, daß man glatt hindurchsehen kann. Er glaubte, daß alles in Ordnung käme, wenn er sich in den Tafeln entdeckte, aber jetzt weiß er, daß das unmöglich ist: nie erscheint hier was Lebendiges, nur Vorurteile halten täglich neu verpackt, das riesige, komplizierte und immer auch statistische Tableau intakt – die schönste Erfindung der *New York Times* –, worin ein plausibles und geordnetes Bild des Lebens vorgestellt werden kann. Egal, wie verrückt es ist.

Nun ja, er soll sich nicht so anstellen, schließlich ist er Marxist und hat für die bürgerliche Kapitalistenpresse nur Verachtung übrig. Paradox, aber er ist auch so was wie ein amerikanischer Patriot, einer, der an Wissenschaft und Fortschritt, Freiheit und Vernunft glaubt. Und es bringt ihn schier zur Verzweiflung, Grausamkeit so artig in Daten versteckt zu sehen, Wahnwitz einfach so hinnehmen und dann bejubeln zu müssen, die Wahrheit begraben und unter redaktionellen Platitüden verrotten zu sehen – hilf Himmel! Irgend etwas Schreckliches steht bevor und die haben Zeit, über Schnauzbärte zu faseln, rosa Zigaretten für Hochzeiten anzupreisen und über einen entflogenen Wellensittich zu schreiben! Manchmal möchte er den gottverdammten Kasten am liebsten in hemmungsloser frontaler Attacke mit seinem Schädel einrennen, diese sogenannte Geschichte zerfetzen, damit die Geschichte neu beginnen kann. Aber selbst wenn er sich so zum Märtyrer macht, was bringt das schon? Einen Tropfen auf einen heißen Stein, ein

Rädchen mehr im ewigen Weltgetriebe, eine putzige Parabel für Reklamechefs, zur eigenen Erheiterung und um ein paar Bücher und Zeitschriften mehr abzusetzen. Soviel zu den schlimmen Ereignissen und guten Absichten. Vor zwei Jahren kam er hierher und stahl am vierten Juli eine Kopie der Unabhängigkeitserklärung. Sie war ziemlich schwer. Vielleicht ließ sich damit die Zellenwand einschlagen. Aber obwohl er sie solange an den Körper preßte, bis sein Angstschweiß sie völlig bedeckte, begriff er nicht, was sie besagte. Er gab vor, sie zu verstehen, ging aber hoffnungslos in die Irre. »Es ist interessant, gerade jetzt die Sätze zu lesen«, schrieb er tapfer an Ethel, »die die Freiheit der Rede, der Presse und der Religionsausübung betreffen. Rechte, für die die Väter unseres Landes gestorben sind, können dem Volk nicht genommen werden, weder vom Kongreß noch von den Gerichten.« Vielleicht, so dachte er oft, wenn er hilflos auf die schnörkelige Schrift blinzelte, brauch ich 'ne neue Brille.

Heute jedenfalls ist er nicht hier, sind beide nicht hier. Ihre Zellen wurden gefilzt, sie selbst ebenfalls und auf die Zwischenstation verlegt, wo sie dem Spektakel auf dem Times Square und anschließend – was ihnen vermutlich entgehen wird – ihrer großen Stunde auf den riesigen Tafeln entgegenharren dürfen. Ethel trägt jetzt Frotteeslipper und ein billiges grünes Kleid mit weißen Tupfen, das wie ein schlechter Abklatsch des Modells auf Seite 25 wirkt. Julius hat man in ein weißes T-Shirt, lederfarbene Slipper und saubere Khakihosen gesteckt. Rosenbergs haben die Hoffnung immer noch nicht aufgegeben; im Gegenteil, sie glauben, die Schlacht gewonnen zu haben, und halten die Vorbereitungsrituale zur Hinrichtung für den allerletzten Versuch der Regierung, ein Geständnis aus ihnen herauszupressen. Aber das wird nicht klappen.

Wenn Rosenbergs heute morgen nicht dabei sind, vermißt man sie nicht. Niemand wird hier vermißt. Oder erkannt. Denn es ist schon sonderbar: die gleichen Tafeln, die die Wallfahrer allmorgendlich zu Versenkung und Staunen zusammenführen, und damit einen gemeinsamen Boden an Übereinstimmung und Erwartung schaffen, isolieren sie irgendwie voneinander. Die Aufgabe, vor die die Tafeln den Gläubigen stellen, ist buchstäblich monumental, und oft erlebt er die »Illusion«, welche die Mystiker aller Jahrhunderte durchlitten haben: der Geist, der die Realität verkündet, verdrängte sie, und die greifbare Welt schmilzt dahin, noch während sie verkündet wird. So kann man morgen hier lesen, welche bedeutenden Ereignisse sich gerade jetzt hinter den Tafeln abspielen, vor denen man steht. Die Leute drücken die Nasen gegen Anzeigen zum Vatertag und gegen Krisenstatistiken und ahnen nicht, daß soeben Menschen aus den Fenstern springen, Mädchen auf U-Bahnsteigen vergewaltigt werden und der Straßenverkehr zusammenbricht. Begierig lesen sie, daß Rosenbergs sich über den Hinrichtungsaufschub freuen, verschlingen die Glosse über Schnauzbärte (der von Julius wurde abrasiert), können aber weder die Ansammlung vor dem Obersten Gerichtshof noch die Beschriftung der U-Bahnwände wahrnehmen: VERDINGLICHUNG IST DIE PRAXIS DER ENTFREMDUNG!

Ah, diese seltsam wechselvolle Weltgeschichte, Zeugin der Zeiten, Licht der Wahrheit und Netz von Verbrechen, wahre Dichtung, Destillation des Gerüchts, Hohn auf Menschendinge, Karte und Kompaß, schrullige Prophetin mit rückwärts gewandtem Blick, die von den Sitten und Taten, von den Völkern und den Schlachten der Menschengeschlechter singt. »Betroffen stand ich da«, so schrieb einst Pope, obwohl er die *New York Times* nicht kannte, *»ein Monument des Leids!«* BAHN-ARBEITER-FÜHRER/ATTACKIEREN ANGESTELLTE. Griechen vertreiben 3000, MARIE NICHT ZUM FRANZÖSISCHEN/PRÄSIDENTEN GEWÄHLT. Rhee verprellt Eisenhower. SITTICH ENTKOMMT EICHELHÄHERN. POLO GROUNDERS/SCHLAGEN REDLEGS. USA VON ROTEN BESCHULDIGT. Zweifache Gefahr. FBI SCHALTET SICH EIN. DAVID UND GOLIATH: Ein Wunder an Chic und Charme. *Und denken Sie daran, in Hitler-Deutschland hat es mit dem Bücherverbrennen auf der Straße angefangen . . . und mit dem Verbrennen von Menschen in den Gaskammern von Buchenwald geendet.* »Wunschdenken« kritisiert. SOWJETISCHE GEWEHRE/BEFRIEDETER SEKTOR . . .

Dann ein Atom-Thriller

Schildert anschaulich, was alles hätte passieren können, wenn die Russen die Absicht gehabt hätten, während der Krönungs-Flottenparade, die am vergangenen Montag in Spithead stattfand, eine Atombombe zu zünden . . .

Spithead, Goliath, Frankenstein, Eternal Son: wie immer sind es Namen, die für die nötige Resonanz bei den Wallfahrern sorgen. Guilmartin, Frauenglass, Finerty und Krock. Kirk, Ike. Braque. Bortz, Bricker und Bobo Olson. Wenn auf den Tafeln etwas heilig ist, dann sind es diese Namen. Eine alte Stammesweisheit: Zerstörst du den Namen, dann zerstörst du den Menschen. Auch dann, wenn er schon tot ist. Wenn man in grauer Vorzeit, noch vor der *New York Times*, einen Menschen vernichten wollte, schrieb man seinen Namen auf einen Tonkrug und zerbrach ihn. Oder man stach eine Nadel in eine Tonfigur. Heutzutage bringt man den Namen mit Sünde in Verbindung und druckt das. Ein derartiger Akt steht jenseits von bloßer Verleumdung oder Information, ist vielmehr ein magischer Eingriff in die Weltgeschichte. Eine heilige Handlung und gleichzeitig ein Akt der Schändung. Er kann Frieden und Wohlstand bringen, aber auch Wahnsinn und Unglück. Ist Alger Hiss ein Kommunist? Joe McCarthy ein Faschist? Richter Douglas ein Verräter? Richard Nixon ein furzender Quäker, der davon träumt, Pyjamas auf Coney Island zu verkaufen? Es kommt darauf an, wo solche Fragen gestellt werden. Die wesentliche Erfahrung des zwanzigsten Jahrhunderts bestand ja gerade darin, die objektive Realität von Zeit und Fortschritt zu akzeptieren – Geschichte wiederholt sich nicht, das Universum steht nicht still, Festes löst sich auf und gleitet durch die Finger, Prophetie ist nicht möglich – und wenn alles fließt, dann können alle Behauptungen wahr, falsch, unerheblich oder alles gleichzeitig sein. So etwas sagt man jeden Tag, Wunder folgen daraus nicht. Die *New York Times* jedoch transformiert diesen Zeitprozeß in etwas Festes und – für einen Augenblick jedenfalls – Beständiges; so, als hätte man die Tafeln, diese großen steinernen Tafeln, hinausgeschleudert in den Zeitstrom, um den Fluß fortwährend zu nötigen, um sie herum zu wirbeln und zu strudeln. Darin liegt die Gefahr. Man weiß, daß Magier ihrem eigenen Zauber zum Opfer fielen. Die Herren von der *New York Times* sind zwar fasziniert von den Möglichkeiten, aber zugleich vorsichtig, sie wagen sich nicht oft auf dieses furchterregende Terrain. Ike's Morgenständer ist heute nicht dabei. Statt dessen heißt es, daß Dutch Schoch sich noch Hoffnung macht. Universal-International möchte, daß Ruth Roman das abenteuerliche Leben mit James Stewart in »The Far Country« teilt. Timothy J. Doddy meldet Konkurs an. Der Präsident empfing Bridges, Dirksen, Magnuson und Dodge zum Frühstück. HAMMERSKJÖLD PRANGERT RHEE AN. Die Herren von der *New York Times* bevorzugen eine Welt, wo der Gemeinplatz blüht, eine Welt der Freiheit und des Wohlstandes, der Sorglosigkeit und Sicherheit, eine Welt des mehr oder weniger Wahrscheinlichen. Sie bejubeln die Namen – Sinclair Weeks! Virgil Trucks! Bojangles Robinson und Jabbo Jablonski! –, aber sie meiden die Hexerei, den schrecklichen Mahlstrom, die Gratwanderung. Louis Applebaum wird heute beerdigt. Okay. Barfield, Bluhm und Carrie Batt auch. BERKMAN – Joseph. Du bist immer bei uns. Jeremiah Troup. Teresa Love, Eva Roller und Kathryn Ripberger.

Heiliger Kram, gewiß, aber ritualisiert. MISS SWIFTS SCHNELLSTART. Nimm Ma Perkins um 1 : 15 Uhr. Keine ausbrechende Wildheit, keine fürchterlichen Beschwörungen, nur das sanfte Totengeläut der Namen in stiller Parade. General Withers Burress. Coach Callow. Nero. Ifu-de.! MISS BAREA LAMB/VERLOBT SICH. Marie Trotzki. Corliss Lamont und Licurgo Costa. Leo Tolstoi. Walt Dropo. Sugarfoot.
Wie Gongs im Kopf, im unendlichen Widerhall, Namen, Namen und Zahlen: Sarah Dougherty verkauft das 4stöckige 1-Familienhaus, Carroll Street 825, an Mrs. Rudolphine Dick. General Van Fleet erlegt einen 1950 Pfund schweren Kodiak-Bären, und die Profitrate der Kaufhäuser im Jahre 1952 war die zweitschlechteste in 19 Jahren. *Mangrum schafft 69.* Große Zahlen kommen vor, wie Auslandskredite von 4 998 732 500 Dollar, kleine Zahlen, wie die 5 Tonnen Sand und Kies, die Jimmy Willis, Lambertsville, unter sich begruben. Das 6 : 2 Ergebnis von Vinegar Bend Mizell. *The 5000 Fingers of Dr. T.* von Dr. Seuss – Diesen Film müssen Sie sehen: ein Klavier mit 480 000 Tasten entfesselt atomares Getöse! IN STEREO! Allison Choate aus Apawamis gewinnt mit 77 Schlag, 55 Chinesen werden ausgewiesen, Eleanor Hortense Almond stirbt mit 103. An der New Yorker Börse fällt der Tagesumsatz auf 1 010 000 Aktien. Der Präsident wird von 100 Schülern besucht, der Vizepräsident sagt zu Senator Taft: »Sonntag bin ich im Burning Tree beim Golf unter 100 geblieben, Bob!« Eine Art Rechenschaftsbericht, allerdings ohne unwiderrufliche Konsequenzen, der gelegentlich sachte den Zeitstrom aufrührt, aber ihn nie veranlaßt, über die Ufer zu treten. Die Red Sox verzeichneten den Rekord von 17 Runs in einem Inning; Melonen zu 19 Cents das Pfund gehandelt. Selbst die Zahlenkolonnen wirken meist vertraut, erinnern an die Inflationsspirale und an Countdowns: Achtes Rennen: Perón verhaftet 7 Radikale, 4-Nationen-Verfolgungsjagd bringt 6 Diebe hinter Gitter, Französische Krise in der 5. Woche, Nick Condos war Martha Rayes 4. Ehemann, Willi Göttling, der 3. Angehörige hinterläßt, wird von den Russen zwischen seine 2 Augen geschossen und verliert sein 1 Leben. 37 aus: *Zero.* NIL.
Trotz dieses Bemühens um Weltlichkeit fühlen sich einige Gläubige durch solche Litaneien irritiert und entdecken in ihnen Hinweise auf die schrecklichen Abgründe jenseits der Tafeln. Die ganze Riesenhaftigkeit des Denkmals, anfangs ausgesprochen angenehm, beginnt auf ihnen zu lasten. Ein paar verdrücken sich. Andere verziehen sich in eine heimelige Ecke, bescheiden sich mit ein oder zwei Zeitrubriken

und behalten einen klaren Kopf. Viele verlieren allerdings die Kontrolle. Zucken, taumeln vor, stoßen zurück, hetzen nach vorn, hocken sich hin, rennen im Kreis und hasten voll Panik durch das Allerheiligste, als wären sie im Zirkus oder in einer kultischen Schlachtstätte verirrt. *Prinz Karl Rudolph heiratet.*
MANCHE HOFFNUNG AUF UN/ZU HOCH GESCHRAUBT. Mühe am Ersten Loch. SO KÖNNEN SIE ES SCHAFFEN (wenn Sie's wirklich wollen . . .): *Die trägerlose Göttin in feinstem Weiß* trägt Kassetten für Kameras. DULLES VERWAHRT SICH ENTSCHIEDEN: versäumen Sie nicht auszugleiten FALSCHE Flüssigkeit hilft Ihnen mit wachsenden Anforderungen ebenso fertig zu werden wie mit Wetterumschwung Klar und etwas wärmer heute Höchsttemperatur bei 23 980 Einsendungen zu McCalls' Kleiden Sie sich vorteilhaft *Kandidatin für die schlechtestgekleidete Frau* mit schwarzen Punkten gemusterter ROTES KOMPLOTT! »Was ist los? Wo bin ich?« schreien sie, fegen wie von der Tarantel gestochen durch den Schrein, zwängen sich durch die Pilgerschar, knallen gegen die Schaukästen: »Laßt mich *raus*!« Aber Papagos sieht mittlerweile Anlaß zur Eile und CLARK WIRD ÜBER RHEE'S SICHT UNTERRICHTET, *alle Nähte gesteppt:* APOTHEKER WÄHLEN Michigan Meuchelmörder zum ›Blinden Vater des Jahres 53‹ und nach brutaler Avance mit jener unbezahlten *Amerikanischen Qualität*-FRISCHE! 19 KOPIEN VOM *erfolgreichen Geschäftsmann* halten Schritt mit FAILLE LASTEX ERWÜNSCHT IN Mr. Divine's phantastischem atombombigen Badeanzug und BH-Farben* (T-T) TIMES-Test! Churchill bekundet Schock STEAK ZUM VATERTAG für die Sonne installiert wird Weltraumhelme zurück zum Mars schießen und alle Cowboyhüte aufs Weideland werfen SCHWEINE mäßig belebt. WIE KOMMT IHNEN DAS VOR? Präsentiert das Gewehr. *Margret Truman geht vorüber.* »Wie lange ists her . . .?«

11. Wie man mit blutrünstigem Pöbel umgeht

Mir wurde leicht schwindelig, als ich auf dem Weg in die Stadt versuchte, die *New York Times* zu lesen. Im Grunde fühlte ich mich mit einer Zeitung in der Hand sauwohl, Zeitungslektüre ist eine uralte Gewohnheit von mir. Seit meiner Kindheit war ich ganz versessen darauf, es grenzte schon ans Exzentrische. Nur – auf dem Rücksitz eines fahrenden Autos bin ich nicht in der Lage, auch nur *eine* Zeile zu lesen. Und von allen Zeitungen ist die *Times* die schlimmste. Die Schrift zu klein und zu unregelmäßig, zu grau, viel zu viel auf eine Seite gequetscht – was zum Teufel sollen wir überhaupt mit all dem hochgestochenen Geschwätz? Ich mußte mich trotzdem durchquälen, man wußte ja nie, was man auf einer Kabinettssitzung brauchen würde. Diesmal wußte ich jedoch, was ich brauchen würde. Also nahm ich mir den Sportteil vor: früher oder später würde mein Chauffeur mich nämlich nach den gestrigen Spielergebnissen fragen, oder danach, wen man heute abend als Werfer aufstellen würde. Auf wen setzen Sie heute abend, Mr. Nixon? Er war Neger, und deshalb war ich immer bemüht, was Gutes über Jackie Robinson oder Roy Campanella von den Dodgers zu sagen. Gewöhnlich fiel das nicht schwer, denn die beiden Schokoladenboys hatten ne irre Saison, sie waren heiß, ihr Team war heiß – gestern abend allerdings nicht: mit stiller Freude las ich, daß keiner von beiden auch nur einen Punkt gemacht hatte, und daß die Cardinals ihnen 12 : 4 den Arsch aufgerissen hatten. Andererseits hatte meine Mannschaft, die Washington Senators, gegen die White Sox verloren und mußte wieder zurück in die 2. Liga, schändlich zur Sau gemacht von den Bostoner Red Sox.

Einen Moment lehnte ich den Kopf zurück, dann riß ich mich zusammen und ging die ersten Zeitungsseiten noch einmal durch. Voll von Berlin, Rosenbergs, Korea, der Regierungskrise in Frankreich, dem Streit im Kongreß um das Auslandshilfegesetz, dem Streik der Hafenarbeitergewerkschaft. Beim Überfliegen suchte ich nach meinem Namen und stellte fest, daß Joe McCarthy noch immer ne Menge Schlagzeilen bekam. Die von FBI-Agenten ausgebrütete Ente eines geheimen »Killer-Kommandos«, das Joe ermorden sollte, diente allen Zeitungen heute morgen als Aufmacher, daneben zitierte man ausgiebig seinen regierungsfeindlichen Beifall für Rhee, der die Kriegsgefangenen in Korea freigelassen hatte, und wieder einmal ausführlich über einen neuen Mitarbeiter seines Stabes berichtet, einen »erfahrenen Kommunistenjäger«. Gewiß, solche Presse hatte ich derzeit nicht, aber das war vielleicht gut so. In den nächsten drei Jahren würde ich für kein Amt kandidieren, und wenn ich dann den Eindruck einer unter Volldampf stehenden Lokomotive erzeugen wollte, durfte ich nicht schon lange vorher Dampf machen. Übrigens war meine gestrige Arbeit im Senat nicht unerwähnt geblieben, wenn auch weiter hinten im Mittelteil, sogar meine zufällige Begegnung mit Bob Taft hatte Aufmerksamkeit erregt: »Wenn schon sonst nichts, so gelingt es der Regierung Eisenhower, in gemeinsamer Anstrengung ihre Golfresultate zu verbessern.« Auf den ersten Blick fühlte ich mich geschmeichelt, fragte mich dann aber, ob das nicht ne Art indirekter Verunglimpfung war. Sollte das heißen, wir trieben uns auf dem Golfplatz rum, anstatt uns mit den Problemen der Nation auseinanderzusetzen . . .? Mich kümmerte es nicht, wenn sie das von Eisenhower behaupteten, aber mir sowas zu unterstellen, war unfair, ich tat nichts weiter als meine verdammte Pflicht. Und über das Ergebnis machten sie offenkundig ihre Witze: »›Sonntag habe ich in Burning Tree 100 geschafft‹, verkündete Nixon und nahm erfreut Senator Tafts Glückwünsche entgegen. Taft bewegt sich an Krücken und hat sichtlich Gewicht verloren, aber er sprach in ›warmen‹ Worten, als er sich mit Nixon über Golf unterhielt.« Warm? Vielleicht war es ein Fehler, sich mit einem sterbenden Mann abzugeben. »Bob, ich hab Neuigkeiten für Sie . . .«

Ich seufzte, Neuigkeiten und noch mehr Neuigkeiten. Ich las, daß New York City eine dem »Atomzeitalter« gemäße Stadtbeleuchtung installierte, die sich per Funk einschalten ließ; daß man dort, augenscheinlich als Vergeltungsschlag gegen Einstein, etliche Lehrer rausgeschmissen hatte; daß Trotzkis Mörder freigelassen werden sollten – Gott sei Dank, bin ich nicht paranoid, sonst hätte ich mich gefragt, ob das auch ein Geschenk zu meinem Hochzeitstag sein sollte. Früher einmal hatte ich tatsächlich erwogen, Journalist zu werden, und belegte im College einschlägige Kurse, aber ich fand es scheußlich: Mehr als »ausreichend« kriegte ich während meiner Studienzeit nie. Ein Ereignis zu beobachten ist eine Sache, eine andere ist es, was darüber zu schreiben. Wie dem auch sei, wenn etwas wert ist, daß man dabei zusieht, lohnt es auch, sich einzumischen; ich konnte nicht bloß blöd beiseite stehen und mir Notizen machen, es drängte mich unwiderstehlich, eine Rolle dabei zu spielen. Mitzumischen. Und wenn ich mich dabei zufällig umblickte und sah, wie diese zynischen Typen mich beobachteten, grinsten, alles notierten, sich daran mästeten, mich wie die Kannibalen ausschlachteten, mir das Mark aussogen, mir mittels heimtückisch verkürzter Berichte und schmutziger Unterstellungen schadeten, konnte man wohl kaum von mir erwarten, daß ich sie respektierte oder gar bewunderte. Abgesehen davon: Während die meisten Verleger wohl Republikaner sind, sind die meisten Journalisten Demokraten oder Schlimmeres – man lese doch nur nach, wie sie mich zum Beispiel im letzten Herbst wegen dieser wahrheitswidrigen, zusammengeschusterten »Geheimfonds-Krise« begeiferten, meine Gegendarstellungen ignorierten. Verurteilung per Presse, darauf lief es hinaus, nicht einmal *Tass* hätte gewagt, unserem nationalen Prestige hier und in der ganzen Welt derartigen Schaden zuzufügen – zum Teufel mit ihnen.

Pat hatte da mehr Glück, zu ihr war man netter. Ist es immer gewesen. »Patricia Ryan spielte als Daphne Martin eine Rolle, die Temperament erforderte. Hatte sie es? Mehr als genug. Sie erwies sich als begabte Schauspielerin, wenn sie auftrat, durchs Zimmer wirbelte, voll von kaum gebändigter Leidenschaft. Richard Nixon spielte einen kleinen Part und löste seine Aufgabe gut.« Keine kleinere Rolle, verdammt noch mal. Das stammt aus den *Whittier News*, aus der Kritik von *The Dark Tower*, in dem wir mitspielten, dem Stück, in dem wir uns zum ersten Mal begegneten. Es handelt von Schauspielern in der Großstadt. Von einem jungen Mädchen, das einem bösen Mann verfallen ist. Von Mord. Ich spielte den Dramatiker Barry Jones, »ein bläßlich-akademischer, leicht errötender Jüngling von 24«, einen Provinzler, Außenseiter unter all diesen aufgeblasenen Talmitypen aus dem Osten, eine seltene Rolle für mich, der ich auf alte Männer festgelegt war. Pat spielte Daphne Martin, »eine hochgewachsene, dunkelhaarige schmollende Schönheit von 20, äußerst elegant gekleidet, in eine Aura permanenter Gereiztheit eingehüllt«, kurz gesagt Jungschauspielerin mit heißen Höschen, zielstrebig und absolut tödlich. Das Stück endete damit, daß wir abgingen, um zu heiraten, aber das war nur als zynischer Scherz gemeint. »Jones & Martin – Glücksspiel und Sex Appeal«. Keine sehr angenehme Rolle. Während des ganzen Stückes machten sie mich lächerlich, ob ich nun auf der Bühne war oder nicht, spotteten über mein freimütiges Selbstvertrauen, meine Naivität, meine Jugend, meinen Namen, mein Klavierspiel, mein Schreibtalent, meinen Geschmack. Wahrscheinlich hatte Pat sich deshalb monatelang geweigert, mit mir auszugehen. Als wir unseren letzten Abgang hatten, schlüpfte sie doch tatsächlich noch einmal auf die Bühne zurück, um dem wirklichen Helden zu sagen: »Hör zu – sobald ich ihn gewickelt und ins Körbchen gebracht hab, ruf ich dich an!« Aber eins haben sie alle vergessen. Ich war Autor des Stücks, das dem Stück den Titel gab, das Bühnenspiel im Bühnenspiel . . . anders gesagt des Textes, der für alles andere das Skelett abgab. *The Dark Tower* gehörte mir, und sie alle lebten darin . . .

»Ja, was war mit Stole?«

»Stole als zweiter, Mr. Nixon. So haben der und Sammy White Punkte gemacht, während Umphlett . . .«

»O ja, verstehe . . .« Ich begriff, daß John schon seit geraumer Zeit mit mir sprach. Daß er versuchte, mir den Ablauf des Spiels zu erklären. »Sehr gerissen . . .«

Während John weiterredete, nahm ich mir den Unterhaltungsteil vor, ich suchte irgendwas, wohin wir am Sonntag, an unserem Hochzeitstag, gehen könnten. Washington fiel flach, das *National* war geschlossen, dort waren sie bei den letzten Proben für *Guys and Dolls*, ansonsten lief außer *Man and Superman* und *Show Boat* nichts. Es gab wohl ein paar gute Boxkämpfe, aber dafür würde Pat sich höchstwahrscheinlich nicht erwärmen können. Vielleicht das neue *Cinerama* oder einen von diesen 3-D-Filmen wie *House of Wax*. Allerdings komme ich mir mit der Pappbrille auf der Nase blöd vor.

». . . ja, dann hattense alle Male besetzt, Jim Pinsall schaffte das 1. Mal und Dick Gernert den vollen Lauf, damit hattense schon sieben Läufe eingesackt . . .«

»Ach nee . . .?« Ich lächelte. Der direkte Kontakt von Mensch zu Mensch ist meine eigentliche Stärke.

»Ein neuer Werfer, wieder bis zum 1. Mal, und die ganze Chose noch mal von vorn. Sammy White . . .«

In New York hatte ein neuer Dr. Seuss-Film Premiere, er handelte von einem Jungen, der seine Klavierstunden haßte, aber das Ganze wirkte irgendwie albern. Obwohl Mary Healy so aussah, als ob sie stramme Titten hätte. Dann ein neuer Film mit Silvana Pampanini, er hieß *O. K., Nero* – war das nicht der Typ, der Leichen als Fackeln benutzte? Für den Anlaß wohl doch ein bißchen zu schwere Kost. Um ehrlich zu sein, langweilte mich schon allein der Gedanke, ins Kino zu gehen, Busen hin, Busen her. Ich erinnerte mich an die Zeit, als ich im HUAC die oberen Zehntausend von Hollywood unter die Lupe nahm, als ich die Stars aus allernächster Nähe erlebte; ich war ehrlich überrascht, wie durchschnittlich sie wirkten. Bogart und Bacall wurden vorgeladen, Marionetten in den Händen der Roten. Cooper war ein hoffnungsloser Trottel. Obwohl er auf unserer Seite stand, hab ichs danach nicht mehr geschafft, mir einen seiner Filme ganz anzusehen, und Typen wie

Menjou und Disney und McCarey waren keinen Deut besser. Und dazu noch die kleinen Denunzianten, Burschen wie Parks – baaah ... Machte mich irgendwie sauer. Wenn man sein ganzes Leben in der Nähe von Hollywood verbracht, eigentlich sogar in die Branche eingeheiratet hat, ist es ganz normal, von einem Filmstar nicht so beeindruckt zu sein wie andere Leute. Dazu hatte mein Vater die verrückte Angewohnheit, alle seine Kühe nach Filmstars zu benennen – und wenn man Lillian Gish gemolken und Bemerkungen über ihre blau geschwollenen Zitzen gemacht, wenn man Greta Garbo einen über den Arsch gezogen und Mary Pickfords Scheiße weggeschaufelt hatte, dann fiel es schon schwer, Filmstars romantisch zu sehen.
»Das gibts doch nicht!« sagte ich, da John in seiner Geschichte eine Pause gemacht zu haben schien.
»War aber so, und dann holse nen anderen Werfer, den dritten in dieser Runde – und *der* wirft laufend daneben! Also der erste wieder rein, dann kommt Gernert und so schaffen die den nächsten Lauf! Und dann kommt der Werfer einmal groß raus, und wieder ...!«
Nach New York zu fahren und Arthur Millers *»Hexenjagd«* zu sehen, dazu hätte ich schon Lust, nach allem, was ich darüber gehört hatte, aber wir konnten es nicht riskieren, dem Stück auch nur den Anflug von offizieller Billigung zu geben. Abgesehen davon würde Edgar höchstwahrscheinlich die Theaterbesucher für sein Archiv fotografieren lassen. Man könnte natürlich hingehen und es anschließend öffentlich zur Sau machen. Müßte eigentlich Schlagzeilen bringen. Von der Washingtoner Etikette her gesehen wäre es das einzig vernünftige, mit ihr in den Film über die britischen Krönungsfeierlichkeiten zu gehen, der unerwartet ein absoluter Kassenschlager geworden war. Die Engländer hatten fünfeinhalb Millionen Dollar verpulvert, um die Königin zu krönen, und jetzt kriegen sie jeden Cent in Form von Filmtantiemen zurück. Wer Geschichte macht, macht auch Kies ...
»Sagen Sie mal, John, geht das noch lange so weiter?«
»Iss irre, nich wahr, Mr. Nixon?« lachte er. Ich raschelte ungeduldig mit der Zeitung. »Ja dann schaffts Gene Stephens bis zum 1. Mal, und das zum drittenmal in dieser Runde, neuer Weltrekord. Umphlett kommt rein, und *der* schaffts auch bis zum 1. Mal, und Sammy White kommt rein und holt als persönlichen Rekord seinen dritten Lauf. Der nächste ...«
»Unglaublich! Ja, John, meiner Meinung nach ...«
»Aber zuletzt schlägt Kell einen Hochball ins Aus, und es gibt Seitenwechsel.«

»Ahaa! Na, der hat sich bestimmt gelangweilt und es absichtlich gemacht.«
»Wie darf ich das verstehen, Mr. Nixon?«
»Ich sagte, daß der Ball rund ist, John, wir müssen alle mit unseren Siegen und mit unseren Niederlagen leben, nur ein Team, das an sich glaubt, vermag an den Herausforderungen zu wachsen.«
»Aah, jaa, jetzt begreif ich, wasse meinen, Mr. Nixon.«
Im Hotel New Yorker gab es noch das Sommergastspiel einer Eisrevue, *Scents and Nonsense*, stellte ich fest. Das könnte Pat gefallen, vor unserer Heirat war sie auf Schlittschuhlaufen richtig scharf, und mehr als einmal bin ich bei dem Versuch, mit ihr Schritt zu halten, auf die Schnauze gefallen, es hat mir nie wirklich Spaß gemacht. Sie war eine richtige Partyratte, Tanzen, Schlittschuhlaufen, Ausgehen, es war schon ne Erleichterung, zu heiraten, und mit solcher Zeitverschwendung Schluß zu machen. Die Eisrevue sollte man besser vergessen, womöglich könnte ihre alte Liebe wieder erwachen. Mir wurde bewußt, daß ich jetzt fast dreizehn Jahre lang mit Pat zusammenlebte, dreizehn Jahre am kommenden Sonntag, und dennoch war sie für mich irgendwie unwirklich geblieben. Wirklich wurde sie für mich bloß, wenn sie mich anmaulte, aber die übrige Zeit . . . ja, es war fast, als hätte ich einen Teil von mir selbst geheiratet, und Pat sei nur zufällig die Inkarnation jenes Teils. Machen wir das alle? Bedeutet Verheiratetsein bloß, die fleischliche Verkörperung unseres geisthaften Selbst zu finden, ein Ganzes aus uns zu machen?
Heute morgen beim Frühstück war sie aus irgendeinem Grund ziemlich mürrisch. Sie fühlte sich wohl vernachlässigt. Mir fiel ein, wie ich sie gestern abend vorgefunden hatte. Meine Wilde Irische Kartoffel. Man weiß, wie ungewöhnlich gut ich mich in Menschen einfühlen kann, die allen Mut verloren haben, aber Pat ist dauernd mutlos, das macht mich bloß gereizt.
Julie begrüßte mich an der Küchentür mit einem klebrigen Marmeladenkuß, zog ihr Näschen kraus und klagte: »Oh, Daddy, dein *Bart*!«
»Sei nicht albern«, sagte ich unwirsch. »Ich hab mich gerade rasiert.«
Für die Mädchen war das zum allmorgendlichen Spaß geworden, aber ich war ihn allmählich leid. Was geschähe wohl, wenn Tricia und Julie erwachsen sein, die Rosenberg-Söhne treffen und sich in die verlieben würden? Vielleicht bereitete das auch Pat Sorgen. Als ich sie dann im Morgenrock am Herd stehen und Speck brutzeln sah, hatte sie viel Ähnlichkeit mit jenen sauber gewaschenen Leuten aus den Provinznestern Kaliforniens, die mich, als ich ihr Senator war, im Juli und August

«Wer Geschichte macht…

... macht auch Kies.»
Da aber nicht jeder – und auch nicht unentwegt – Krönungsfeierlichkeiten arrangieren und mit einem Film darüber viel Kies machen kann, muß sich die Mehrzahl von uns nach anderen Möglichkeiten umschauen, ihr Geld sicher anzulegen und zu vermehren ...

zu besuchen pflegten, mir die Hände schüttelten, ein Autogramm bekamen, vom Wetter daheim sprachen, über den Zustand der Straßen redeten oder ihre Stammtischtheorien über die Rote Gefahr zum besten gaben. Aufrechte, einfache Leute, nicht besonders intelligent, nicht besonders gut informiert, aber nett und vor allem Wähler. Die auf meiner Seite waren. Pat war Wählerin. Sie war auch auf meiner Seite. Aber sie war mehr als das, sie war von mir erwählt worden, verschaffte mir Vertrauen, brachte mir Stimmen ein. Was interessieren den gewöhnlichen Wähler Probleme der Küstengewässer oder Kriege in Asien? Für ihn ist wichtig, wen man geheiratet hat, wie man lebt, welche Sorte Kinder man hat. Ich hatte Pat geheiratet, enthüllte vor der Welt einen Teil meines Selbst, und wurde so Vizepräsident der Vereinigten Staaten von Amerika.
»Setz dich, Dick, und iß dein Frühstück«, hatte sie gleichgültig gemurmelt und Toast gemampft. »Ich hab John gesagt, daß du erst in ein paar Minuten kommst. Was ist denn mit deinem Gesicht los?«
»Wie? Nichts. Ein Unfall.« Irritiert ließ ich mich in den Stuhl fallen, duckte meinen Kopf hinter den *Congressional Record*. Wie kommt es bloß, daß ich mich immer, wenn ich zu Hause bin, schuldig fühle?
»Ein Unfall?« Was ich unter anderem an Pat nicht ausstehen kann, ist die Art, wie ihre Kiefer arbeiten, wenn sie einen löchert.
»Ich, na ja, ich . . . ich bin mit . . . mit ein paar Demonstranten aneinandergeraten, gestern Abend. In der Nähe des Obersten Gerichtshofes.« Vielleicht ist das die Wahrheit, dachte ich. Letztlich ist Geschichte nie buchstäblich wahr. Wäre sie es, würden wir überhaupt keine Strukturen erkennen, wären wir alle verloren. »Sie, äh . . . einer von ihnen traf mich mit einer Transparentstange. Nicht der Rede wert.«
Sie sah mich so an, wie es Mutter tat, wenn ich vom Football auf einem Schlammplatz nach Hause kam. »Oh, Dick«, platzte die immer los. Ich hatte festgestellt, daß es sie entspannte, wenn sie mich wegen irgendwas runterputzen konnte.
Während ich mein Frühstück reinschaufelte und mir dauernd bewußt war, daß mein Chauffeur draußen wartete, besprachen wir, wo und wie wir uns treffen könnten, falls die Todesurteile auf dem Times Square heute abend vollstreckt würden. Ich erwähnte, daß ich anschließend drüben in New Jersey an einem Wahlkampf-Dinner der Republikaner teilnähme, sagte, daß ich ihr den Wagen überlassen würde. Sie antwortete, sie habe eigentlich keine Lust, die Vollstreckung der Todesurteile zu sehen, und ich erwiderte, daß ihr keine Wahl bliebe.
»Daddy, was sind Todes-verteile?« fragte Tricia.

»Das wirst du heute abend schon erfahren«, antwortete ich knapp und schob den Stuhl zurück. Zu anderer Zeit hätte ihre Frage putzig sein können, aber in der Stimmung war ich nicht. »Julie, verdammt noch mal, hör auf, bei Tisch in der Nase zu bohren!«

Pat wandte sich seufzend der Speckpfanne zu. Ich wußte, sie verabscheute jedes öffentliche Auftreten, ich hätte nicht gereizt reagieren dürfen, doch war mir so, als habe sie gerade meine Pläne für unseren Hochzeitstag in Bausch und Bogen abgelehnt. Als ich sie so am Herd sah und mir die Schnürbänder band, fragte ich mich, ob ihr Morgenrock wohl brennbar sei. Ruth Greenglass hatte sich einmal verbrannt, als sie im Nachthemd zu nahe beim Herd stand. Sie wäre beinahe dabei draufgegangen. War damals im sechsten Monat schwanger. Erst gestern hatten wir in diesem Zusammenhang im Senat eine Gesetzesvorlage verabschiedet, die sogenannte »Feuer-Pullover«-Vorlage, für die mindestens fünf Senatoren gestimmt hatten, weil sie glaubten, es handele sich um ein Anti-Pornographie-Gesetz. Ruth hatte wochenlang Fieber gehabt, ihr Körper war gräßlich zugerichtet – wie ein Vorgeschmack vom Elektrischen Stuhl. Das passierte, kurz bevor das FBI David schnappte. Der hatte sich beim Versuch, Ruths Flammen zu ersticken, ebenfalls verbrannt. In dem Fall war schon ne Menge Feuer. Vom Greenglass'schen Küchenherd angefangen bis zum Gerede über atomaren Holocaust. Holocaust: totale Verbrennung. Dem sich Rosenbergs gegenübersahen. »Entflammte Rote«, nannten die Zeitungen sie. »Diese infernalische Verschwörung.« Die heiße Nachrichtenstory des Tages: »Jetzt legen wir ihre Füße mal ans Feuer.« Draußen in Burning Tree hatte mir Uncle Sam gesagt: »Auf der ganzen Welt ham die ne Menge Leidenschaften entfacht, jezz wolln wer ihre eigenen ein bißchen anwärmen.« Mein Traum gestern Nacht – Pats buschiges Wäldchen stand in Flammen – hatte wohl auch damit zu tun . . .

»Bis heute abend denn« , bellte ich barsch, trat aus dem Haus in die Sonne, versuchte, mein Gesicht in die richtigen Falten zu legen. Wir haben neugierige Nachbarn. Es macht mich sauer, daß Pat mir an der Haustür keinen Abschiedskuß mehr gibt.

Und was wäre, wenn sie stürbe, fragte ich mich: Bist du darauf vorbereitet? Wäre natürlich hart. Ohne Pat wäre ich verloren. Würde allerdings auch ne Menge Stimmen kriegen. Die Leute würden möglicherweise einmal *für* mich stimmen, anstatt gegen meinen Konkurrenten. Und dann vielleicht, später einmal, falls ich damit fertig geworden wäre, eine Hochzeit im Weißen Haus, wie Grover Cleveland eine hatte. Das Blaue Zimmer, die kleine Frances Folsom, gerade dreiundzwanzig Jahre alt. Tyler hatte das sehr richtig gemacht; nach dem Tod seiner Frau wartete er zwei Jahre, heiratete dann eine Vierundzwanzigjährige. Auch Woodrow Wilson, es gab ne Menge Präzedenzfälle. Uncle Sam schien das sogar zu mögen, ein Quell der Energie und Erneuerung: es hielt den Pimmel der Inkarnation aufrecht. Jung bleiben: das war das einzige, wovon er besessen war. Gesperrte Grenzen, das waren für ihn verhärtete Arterien; zuviel Bürokratie, zuviel Systematik, zuviel politische Theorie, das war für ihn ne Art Senilität. Dafür haßte er die Sozialisten: »Nischt alsn Haufen dreckiger Zombies! Krepiert, bevorse geboren sind!« Manchmal erschreckte mich die Vehemenz, mit der er das Thema anging. »Wenn diese Wühlmäuse je ihre Weltrevolution kriegen, sindse am Ende!« offenbarte er mir eines Tages draußen in Burning Tree. Es muß bei einer unserer frühesten Golfpartien gewesen sein. »Nichts als sterile Aufgeregtheit, mein Sohn, innen drin nichts als Schimmel und Pilz. Die lernen unter Tränen, was in unserem Wilden Westen los war, der Aufruhr und die Metzeleien und die ständige Ungewißheit. Zwei Brüllaffen liefern sich auf der staubigen Hauptstraße ne Schießerei wegen ner Satteltasche voll Gold: ja, solche Typen sind so lebendig, wies irgendn Menschen *je* sein wird! Die Sozis ham Schiß davor, die wollns in Kästchen sortiert, schön und logisch, und alles ruhig wie vor der Sintflut, das heißt, die wolln, daß nischt *passiert*! Lohnt sichs etwa, in soner Welt zu leben, frag ich dich – wenn diese schwule Bande dein Schicksal von vorn bis hinten bestimmt? Nee, die Erde gehört den Lebenden, mein Junge, nicht diesen Stockfischen! Was nich still steht, kann man nich zähmen, und in diesem Universum steht nischt still! Einstein hat das schon vor ner ganzen Weile erkannt – jaja, der iss seit neustem 'n bißchen wunderlich, ich weiß, aber der wußte, was das heißt: Amerika! Laß kein Gras unter deinen Füßen wachsen! Rauf auf den Gaul, immer weiter geritten, alles kann passieren! Weißte früher dachten die Leute, Zeit ist so ne Art scharfes Messer, das quer durchs Universum schneidet, aber das war bloß, weil sie irgendwo in Europa eingesperrt inn Zimmer hockten und nich merkten, was sich hier zusammenbraute! Amerika war in Bewegung – nich nur zu Pferde, auch auf Planwagen, in Eisenbahnen, auf Dampfern und in Autos, ja sogar in der Luft. Einstein sah das. Und als er die Augen aufriß, um rauszukriegen, was das bedeutet, da fällt ihm plötzlich auf, daß ne Uhr, die man bewegt, nachzugehen scheint, verglichen *mit ner* Uhr, die am Ort bleibt, und daß – bin ich zu schnell für dich, Söhnchen?«

»Nein. Nein, ich . . .«

»Körper in Bewegung altern einfach nich so schnell, des isses, woraufs hinausläuft. Dadurch, daß es nich aufm Arsch hocken blieb, hat sich Amerika jung erhalten! Kein Wunder, daß Albert hier leben wollte, als er die Chance kriegte! Das hier issn Land der Anfänge, der Projekte, der großen Entwürfe und der großen Erwartungen. Es hat keine Vergangenheit, der Blick iss nach vorn, auf die Zukunft gerichtet! Der Jungbrunnen! Sieh mich an!« rief er, legte ein paar Saltos hin, setzte mit einer Flanke über den Golfkarren und machte auf dem Schläger einen Handstand. Dabei knallte er die Absätze zusammen, daß die Funken sprühten.

»Was ist los, John?« fragte ich.

»Ich sagte, daß man hier heute insgesamt zwölftausend erwartet, Mr. Nixon«, antwortete mein Chauffeur.

Ich stellte fest, daß wir uns nur noch im Kriechtempo bewegten und daß wir vor uns, am Dupont Circle, einen dicken Verkehrsstau hatten. Meine Faust krampfte sich um die Zeitung. »Zwölftausend was?«

»Demonstranten. Sie wissen doch, die Atomspione . . .«

Jetzt sah ich sie auch, wie sie sich die Connecticut Avenue entlangbewegten, Richtung Weißes Haus.

»Können wir – können wir irgendwas machen –?«

»Ich kann versuchen, nach Norden auszuweichen, Richtung Howard University, und dann runter zum Kapitol . . .«

Howard ist eine schwarze Universität, dort gab es viele Sympathisanten von Rosenbergs. Ich spürte eine plötzliche Aufwallung von Mißtrauen: Lockte John mich in eine Falle? »Fürs Büro haben wir jetzt keine Zeit mehr«, meinte ich knapp, »wir fahren am besten direkt zum Weißen Haus!«

»Jawohl, Sir. Ich versuch, zur Mall durchzukommen.«

Aber beim Washington Circle auf der Pennsylvania Avenue, sieben Straßenblocks vom Weißen Haus entfernt, war Schluß: eine kompakte Masse aus Fahrzeugen, Menschen, Transparenten und Fotografen. John nahm die Fahrspur weiter links, auch noch die nächste, doch die Wagen standen Stoßstange an Stoßstange und auf der Fahrbahn liefen Leute rum. Ich war nervös und beschloß, um mich abzulenken, mir das Kreuzworträtsel der *Times* vorzunehmen. Ich fand es auf der letzten Seite, inmitten von Buchanzeigen. Mein Auge fiel auf die erste Frage, 1 Waagerecht: das ist leicht, dachte ich, und ein leichter Schauder überfiel mich: TROTTEL. Plötzlich sah ich das Rätsel als eine Art Matrix an, ein Spielfeld, das die Struktur der Zeitung und die Geschichte selbst spiegelte, der paradigmatische Bereich von »Nachrichten« und

Möglichkeiten, den der reale »Zeitpfeil des Ereignisstrangs« kreuzt. Ich fühlte mich verloren wie Alice auf ihrem Schachbrett. Wozu das ganze Getue um Theateraufführungen, Karikaturisten, Ratten, Gott, Frauen und Kosmetika? AHAB war da, SANKT ANTONIUS, NEGER und PENNER. 23 Senkrecht: BULLE. Ich riß meine Augen vom Kreuzworträtsel los, sah die Buchrezension: sie handelte von einem Atom-Thriller: *Atom at Spithead*. Bevor ich sie gesehen hatte, wußte ich, daß ich sowas finden würde. Adlai Stevensons *Reden im Wahlkampf* wurden angezeigt, daneben ein Roman mit dem Titel *The Singer Not the Song*! »Er konnte nicht widerstehen, das Mädchen als seine letzte teuflische Waffe zu benutzen . . .« Von überall sprangen mir Wörter entgegen: SOZIALISMUS . . . BUCHENWALD . . . EISENHOWER . . . FRANKENSTEIN . . . BLUT . . . MIETSKASERNE . . . SCHACHMATT – wir standen still. »Ich laufe, John!« rief ich. Ich riß das Kreuzworträtsel raus, stopfte es in meine Tasche, sprang aus der Limousine.

Zu Fuß kam ich wesentlich leichter voran. Nicht so viele Menschen, wie es aus dem Wageninnern geschienen hatte. Gerade genug – zusammen mit den Touristen –, um den Verkehr an den Kreuzungen zu verstopfen und es schlimmer aussehen zu lassen, als es war. Günstig war auch, daß sich die meisten in dieselbe Richtung bewegten. Anfangs glaubte ich, daß sie es auf das Weiße Haus abgesehen hätten, und ich beschloß, sie von hinten zu umgehen, am Schatzamt vorbei und dann rein in den Ostflügel, aber sobald ich die Rückseite des Lafayette Square erreicht hatte, konnte ich erkennen, daß sich alles weiter in Richtung Osten schob. Angst überkam mich, bis ich feststellte, daß ihr Ziel nicht das Senatsgebäude, sondern nur der Oberste Gerichtshof war. Aber obwohl mich das erleichterte, mußte ich mir eingestehen, daß das Schlimmste noch vor mir lag: durch den aufsässigen Pöbel den Park zu überqueren und über die Pennsylvania Avenue zum Tor des Weißen Hauses zu gelangen. Schon bereute ich, so impulsiv aus dem Wagen gesprungen zu sein.

Der Mob, muß man wissen, handelt nicht vernünftig. Die Leute, aus denen er sich zusammensetzt, denken nicht jeder für sich. Sie denken nicht vernünftig. Sie neigen zu unsinnigen Aktionen, wenden sich sogar gegen ihre Anführer. Als Individuum ist jeder einzelne in einem Mob ein Feigling, nur im Kollektiv – von einem Führer angestachelt – kann der Pöbel anscheinend mutig handeln. Der Pöbel ist blutrünstig. Schon ein Tröpfchen Blut weckt das Verlangen nach mehr Gewalt, nach mehr Blut. Man darf nichts unternehmen, was diese Neigung ver-

stärken könnte. Der Mob ist kollektiv außer sich geraten. Wer sich als einzelner mit ihm auseinandersetzen muß, darf nie die Selbstbeherrschung verlieren, andernfalls sinkt er auf das Niveau des Pöbels und wird dessen leichte Beute. Er muß kalt bleiben, wenn die Menge kocht, muß so beherrscht sein, wie der Pöbel unbeherrscht, muß sich ganz auf das Problem konzentrieren, dem er konfrontiert ist, muß sich selbst vergessen, sich auf Kampf gefaßt machen, darf nicht nervös werden. Da der Pöbel sich aus Feiglingen zusammensetzt, muß man jeden Anflug von Angst durch einen bewußten Akt des Willens abblocken. Da der Pöbel stupide ist, ist es wichtig, ihn mit unerwarteten Manövern zu übertölpeln; geh zum Angriff über, gerate nicht in Panik, verwirre ihn, aber tu nichts Unüberlegtes. Das wußte ich alles. Dennoch hatte ich grenzenlosen Schiß und konnte kaum denken.
Intuitiv hatte ich mich ständig weiterbewegt. Die US-Handelskammer hatte ich bereits im Rücken, wie einen Großen Bruder, und stürmte schnurstracks weiter, in den Park hinein, in Richtung Weißes Haus. Ich sah und wußte sofort: diese Menschenmenge ist feindselig – das Phantom hat sie berührt, ist in jeden einzelnen eingedrungen, sie sind allesamt vergiftet, wir müssen sie davon befreien, wie wirs mit Rosenbergs gemacht haben. Ich hielt meinen Kopf weiterhin eingezogen und stapfte zuversichtlich vorwärts – bis jetzt hatte mich keiner erkannt. Bloß noch einen Straßenblock, dann dieser verdammte Platz, aber er schien endlos. Mir war, ich müßte quer über das Schlachtfeld von Gettysburg. Ich betete zu Gott, er möge mich sicher geleiten. Ich betete zu Uncle Sam. Ich betete zu Pat. »Im Namen Jesu Christi!« Ich pfiff leise durch die zusammengebissenen Zähne. Was mir am meisten Sorgen machte, war der blinde Haß in den Gesichtern: dieser Pöbel, erkannte ich, ist ein mordlüsterner Pöbel! Ich vermutete, daß einige unter Drogen standen, und hatte Angst, sie könnten gänzlich außer Kontrolle geraten, falls sie mich erkannten. Sie trugen Transparente, schrien und schienen sich nach Wurfgeschossen zu bücken. Es bereitete mir geradezu physische Pein, den fanatischen Wahnsinn in den Augen dieser Teenager zu sehen. Jedenfalls irgend etwas machte mir übel. Ich empfand nichts als Haß auf die brutalen kommunistischen Agitatoren, die auch Kinder in einen wahnwitzigen Zustand versetzen, und ich wollte sie anschreien, oder losbrüllen, sie beißen, oder sonstwas, aber irgendwie blieb ich beherrscht, wußte, daß ich vor allem meine Gefühle kontrollieren und eiskalt denken mußte. Den Führer erkennt man, laut Kipling daran, daß er den Kopf behält, wenn andere ihn verlieren. Ich

lief jetzt bereits, die Schultern vorgedrückt wie beim Football, und schnaufte verzweifelt.
Ich verringerte mein Tempo, denn ich erregte bereits Aufmerksamkeit. Wenn ich bloß keinen Herzinfarkt kriegte. Oder sonst einen Anfall, ich konnte kaum noch pusten. Der Pöbel wendete sich mir zu, umringte mich. Kam darauf an, in einem Anlauf zu durchbrechen. Machte ich jetzt kehrt, hätte man nicht nur Richard Nixon ausgetrickst, nein, die Vereinigten Staaten persönlich hätten den Schwanz eingekniffen und wären vor einer Bande kommunistischer Halsabschneider davongerannt. Mir schoß der Gedanke durch den Sinn: *die könnten dich umbringen*, dann war er weg und mein Verstand auch. Sie hatten mich beinahe. Ich stoppte abrupt. Dann warf ich mich vorwärts. Alle müssen überrascht gewesen sein: als ich vorwärtsstürmte, selbst erstaunt ob meines eigenen Ungetüms, wich der Pöbel zurück. Von höherer Warte betrachtet stellte dies eine weitere Runde in dem Kampf dar, der seit Anbeginn der Zeiten zwischen denen geführt wurde, die an das Recht der freien Meinungsäußerung glauben, und jenen, die die Herrschaft des Pöbels befürworten und praktizieren, um eben dieses Recht zu leugnen. Bei diesem Gedanken wäre vielleicht mein Seelenfrieden wiedergekehrt, doch schon vertrat mir einer der Rädelsführer, ein hartgesottener typischer kommunistischer Funktionär, den Weg, kalten Haß in den Augen. Und mir wurde bewußt, daß sich hier die Rücksichtslosigkeit, die Entschlossenheit und der Fanatismus des Feindes zeigten, dem wir gegenüberstanden! Das war es, was ich in seinem Gesicht erkannte. Kommunismus reinsten Wassers. Er öffnete den Mund – ich fühlte mich wie damals, mit Sheba zusammen im Löwenkäfig. *Oh mein Gott* –!
»Entschuldigen Sie, Mr. Nixon«, sagte er, der Rest schloß sich hinter ihm zusammen, zwang mich, stehen zu bleiben. »Könnte ich ein Autogramm von Ihnen haben?«
»Was?« brüllte ich. Das verblüffte sie, und sie wichen einen Schritt zurück. Dann sah ich zum erstenmal, was auf den Transparenten stand, die sie bei sich hatten: TOD DEN JÜDISCHEN VERRÄTERN! und DEN HEISSEN STUHL FÜR ROSENBERGS – BRUTZELT SIE! Mir wurde bewußt, daß es sich hier um meine eigenen Anhänger handelte. Ausmaß und Perspektiven dieses kritischen Augenblicks begannen sich zu einem Muster zu ordnen. *»Ob Sie von mir ein Autogramm bekommen können?«* brachte ich mit überschnappender Stimme raus, wobei ich durch die Wiederholung seiner Frage Zeit zum Nachdenken gewinnen wollte und gleichzeitig hoffte, daß das Zittern

meiner Hände aufhörte. Ich suchte nach Worten, nach einem Satz, nach irgendwas, das unnachgiebig und schroff klingen und mir einen guten Abgang ermöglichen sollte. Ich wollte mehr als nur simple und mundgerechte Platitüden von mir geben, aber mein Gehirn war total blockiert, wie der Verkehr am Washington Circle. Alles, was mir einfiel, war: jeder Politiker weiß doch, daß der Vizepräsident nicht den Kurs bestimmt, dafür kann doch ich nichts! Sie starrten mich an, irgendwie erstaunt. Ein junger Student mit freundlichem Lächeln trug ein großes Bild des Elektrischen Stuhls, darunter stand: BÜRGERLICHE KÜCHE – GARANTIERT KOSCHER! Daneben trug ein Priester ein Transparent: ROSENBERGS SIND DIE TODFEINDE DER GANZEN MENSCHHEIT! Ich spürte, daß uns ein weiterer heißer Tag bevorstand. Ich schwitzte wie ein Affe. »Wichtiger als ein Autogramm von mir«, sagte ich schließlich und beugte mich ein wenig vor, wie ein Trainer, der zu den ihn umdrängenden Spielern spricht, *»ist doch wohl das Überleben der Nation!«* Ich schaute mit einem bedeutungsvollen Blick um mich und die paar, die noch lächelten, sahen plötzlich verständnislos drein, ihre Kinnladen klappten runter. Für den Bruchteil einer Sekunde hatte ich ihnen allen eine Spur von dem vermittelt, was man fühlt, wenn man im Zentrum sitzt, hatte sie an den Beratungen der höchsten Gremien teilhaben lassen, sie an den Rand des Abgrundes geführt. Dann lächelte ich, nickte, klopfte jemand auf die Schulter, winkte einem anderen weiter hinten zu, als hätte ich ihn erkannt, und setzte mich mit einem Ruck in Bewegung. Voller Erstaunen teilte sich die Menge. Das hat ja außerordentlich gut geklappt, dachte ich.

Bis auf die berittene Park-Polizei, einige haltende Busse und ein paar Red Top-Taxis, die es irgendwie geschafft hatten, durch den Verkehrsstau weiter oberhalb zu kommen, war die Pennsylvania Avenue leer, als ich sie überquerte. Ein weiter Weg bis zur anderen Seite, ich fühlte mich unerhört befangen. Dann, zu meiner Rechten, erblickte ich sie: die echten Demonstranten, sie marschierten auf mich zu, in Siebenerreihe, die Pennsylvania Avenue runter, in Richtung Oberster Gerichtshof. Was jetzt? fragte ich mich und blieb wie angewurzelt stehen: sollte ich sie anhalten und mich mit ihnen auseinandersetzen? – und wurde fast von einer Straßenbahn überfahren, die hinter mir tutete. Herr im Himmel, dachte ich, riß mich zusammen und überquerte hastig den Rest der verdammten Straße, das scheint ja ein Scheiß-Tag zu werden. Vom Tor des Weißen Hauses blickte ich – noch immer eiligen Schrittes – über die Schulter zurück zur Menge auf dem Lafayette Square, und dachte: in soner Lage muß man immer alles genau überlegen und rannte ein Kind um, das dort auf dem Bürgersteig stand. Ich sah mich um. Glücklicherweise hatte das kein Photograph beobachtet. Ich stellte den Jungen wieder auf die Beine, klopfte ihn sauber, ein mageres kleines Bürschchen, ungefähr im Alter meiner Töchter, große dunkle Augen und sackartige Hosen. Wie eins der verwahrlosten Kinder aus den Romanen Horatio Algers. Sehr berührend und irgendwie sogar geheimnisvoll. Ich hatte ihm einen Mordsschlag versetzt, und er weinte nicht einmal. Er blickte zu mir hoch, als ob er verlassen sei, als ob er einen Freund oder einen Vater suche, und ich dachte: es ist wunderschön, das Kind! Er erinnerte mich an all die Plakate, die zu Geldspenden für notleidende Kinder aufriefen. Ich wollte ihn in den Arm nehmen, um ihn vor allem zu schützen, wollte ihn küssen, wollte in meine Tasche greifen, um ihm etwas zu geben. »Hab keine Angst, Söhnchen«, flüsterte ich. Seine Nase lief. Ich putzte sie ihm mit meinem Taschentuch. »Jetzt ist alles gut.« Mit seinen seelenvollen Augen sah er zu mir hoch, der kleine Mund öffnete sich – ich *kenne* dieses Kind, dachte ich. Aus einem Traum, einem wunderbaren Traum. Vage erinnerte ich mich an grüne Hügel, einen murmelnden Bach, eine Holzhütte und drinnen – und dann wurde mir bewußt, wem er ähnelte. Verstört stieß ich den Jungen von mir, wischte mir nervös die Hände an den Hosen ab und eilte zitternd weiter durchs Tor des Weißen Hauses. Das Gesicht, das mich verfolgte, gehörte Ethel Rosenberg!

Die Sondersitzung des Obersten Gerichtshofes wird *die* Touristenattraktion des Sommers. Tausende stehen Schlange nach den 350 Sitzplätzen, um ja dem Spektakulum der höchsten Staatsrichter beizuwohnen, die von Golfplätzen und Anglerbooten zurück auf den Richterstuhl beordert wurden und über Nacht entscheiden sollen, ob die »Rädelsführer einer teuflischen Verschwörung«, wie sie Richter Kaufman nannte, »mit dem Ziel der Zerstörung einer gottesfürchtigen Nation« unverzüglich hinzurichten seien oder nicht.

Das war ein dramatischer Schachzug. Offenbar sind Uncle Sam und seine Regierung in Washington entschlossen, Ethel und Julius Rosenberg jetzt so schnell wie möglich auszumerzen, nachdem das an ihrem vierzehnten Hochzeitstag leider nicht geklappt hat. Und das nicht bloß aus Bosheit: die nervöse Hast, mit der Uncle Sam die Ältesten im Hauptquartier zusammengetrommelt hat, spricht dafür, daß er in Not sein könnte. Die Spannung in der Welt wächst, beide Seiten rüsten auf, ein nuklearer Schlagabtausch droht, aber das allein ist es nicht, – die Hinrichtungen selbst haben eine andere Qualität angenommen, rühren schon an den Kern der Dinge, die Entwicklung ist zu weit vorangeschritten, hat bereits eine Eigenbeschleunigung gewonnen, mit der man nicht mehr spielen darf, die ganze Nation fordert unerbittlich die feierliche Teufelsaustreibung, der Schauplatz ist bereitet, der Geist ist aus der Flasche, Schrecken und Erregung gehen um. Wenn die Spione nicht sterben, wenn sie nicht bald sterben, könnte Gräßliches passieren, der Lauf der Welt sich ändern. – Seht doch! Überall bröckeln die Grenzen, und wer ins Zentrum zurückweicht, um neue Kräfte zu sammeln, findet gerade da, wo die Achse der Welt sein sollte, gähnende Leere, ein großes schwarzes Loch, in das man fallen und für immer verlorengehen könnte. Manche Leute glauben tatsächlich schon, daß die Hinrichtungen ursprünglich überhaupt nicht von Uncle Sam beabsichtigt waren, sondern ein gerissen berechneter Schachzug des Phantoms sind, das Uncle Sam entweder von militärischen Aktionen außerhalb seiner Grenzen abhalten oder gar . . . jedermann zum Times Square locken und dann zuschlagen will! Dreht Uncle Sam deswegen so auf? Hat Herbert Brownell deswegen so schnell und mit so offenkundiger Angst gehandelt? Kein Wunder, daß der Gerichtssaal gerammelt voll ist!

Klar, manche spotten über diesen Einfall. Sie tun, als sähen sie das

schwarze Loch nicht, und reagieren nicht auf die apokalyptische Panikmache. Für was 'nen Trottel halten die Neo-Freigeister eigentlich den Sam Slick? fragen sie und schließen nicht aus, daß der amerikanische Superheld den Richter Douglas nur zu einem kurzfristigen Aufschub überredet hat, um die Dramatik zu erhöhen und mehr Publikum anzulocken. Also, ist nun Uncle Sam der Macher und der Lenker der Welt, oder issers nicht? Genauso gut könnte er die Grenzstreitigkeiten angezettelt oder das Phantom dazu verführt haben, sich überall auf der Welt zu demaskieren, könnte er selbst Streiks und Boykotte provoziert und ein paar Markisen und Anschlagbretter verändert haben, bloß um das Feuer mit ermunternden »Pfiii-Pfuii-Pfoo-Pfums« zu schüren. Einige Skeptiker beargwöhnen den ganzen Jubiläumsrummel, andere meinen, daß Uncle Sam den Aufschub einfach brauchte, um die Bühne fix und fertig aufzubauen. Oder um die Beseitigung des »Eisernen Vorhangs« um die Freiheitsstatue auszuhandeln. Oder um Geständnisse aus Rosenbergs herauszuquetschen, indem er sie ihr letztes Stündlein wieder und wieder durchleben läßt.
Jedenfalls kann man nicht leugnen – egal, ob Uncle Sam und/oder das Phantom es darauf angelegt haben oder nicht –, daß Rosenbergs urplötzlich ungeheuer populär geworden sind, über Nacht haben sie jede Show im Lande abgehängt und in der City wird ihre Hinrichtung schon als der größte Schlager seit Erfindung aller Elektrospektakel am Broadway gepriesen. Zugegeben, große Konkurrenz gibt es nicht in dieser Sauregurkenzeit, die Theater machen Sommerpause und das Fernsehen bringt Wiederholungen, aber abgesehen von der Wiederkunft von Harry Houdini aus der anderen Welt (und wo könnte er auftreten? Das alte Hippodrom existiert nicht mehr . . .), läßt sich kaum vorstellen, daß irgendein Tamtam die Rosenberg-Nummer ausstechen könnte. Und das nicht nur, weil sie sterben müssen, täglich stirbt ja wer – man denke an den armen unbeweinten und ungefeierten Willi Göttling, der in Ost-Berlin exekutiert wurde; er spielte seinen Part vor ein paar Schweinen auf einem leeren Feld – nein, es ist die Art und Weise, wie man sie mit Archetypen in Verbindung bringt, was übrigens für jeden Kassenschlager seit den Tagen des Römischen Zirkus gilt. Irving Saypol und Richter Kaufman haben ihnen dazu verholfen. Ebenso Uncle Sam, der Kongreß, die Presse, das FBI. Sie selber haben schwer daran gearbeitet, wenn sie auch nicht ganz das Bild von sich geben konnten, das ihnen vorschwebte. Und jetzt sind sie nicht anders als Valentino oder die Garbo, Caruso und die Bernhardt, die Barrymores und die Bumsteads, Rin Tin Tin und Trigger richtige Stars

geworden, ihr Auftritt wird für immer ins amerikanische Gedächtnis eingegraben, ihr Ruhm kommenden Geschlechtern geläufig sein. Eher wird die Nation Walter Pigeon und Greer Garson vergessen als Julius und Ethel Rosenberg.

Die Massen auf der Mall erwarten die Ankunft des Gerichts, sie tauschen Gerüchte aus, knipsen sich gegenseitig mit Baby Brownies, kaufen Popcorn und Eis von fliegenden Händlern, sonnen sich auf der Grünfläche, hören Nachrichten aus Kofferradios. Das Justizministerium, heißt es, arbeitet schon Alternativpläne aus, falls heute morgen etwas schiefgehen sollte, aber es gibt kaum Zweifel, wie das Gericht entscheiden wird. Weniger gewiß ist das ebenfalls heute fällige Urteil bei einem anderen Prozeß in Hawai gegen sechs Hafenarbeiter – die sogenannte »Aloha-Shirt-Gruppe« –, angeklagt wegen kommunistischer Umtriebe. Das Verfahren dauert schon siebeneinhalb Monate, dreiundachtzig Zeugen haben mehr als dreieinhalb Millionen Worte ausgesagt, und jetzt sind die Geschworenen – lauter amerikanische Staatsbürger, wenn auch chinesischer, japanischer, hawaianischer und europäischer Herkunft, ein wahrhaft irrer Zoo in den Augen der meisten Festlandamerikaner – seit über hundert Stunden eingeschlossen, um ein Urteil zu finden. Sie sind ganz schön nervös, da ihnen klar ist, daß das Ergebnis Hawais künftige Mitgliedschaft als Staat innerhalb der USA beeinflussen wird.

So bietet sich dieser Vormittag dar: nirgendwo eindeutig Siege. Fünftausend rote Demonstranten greifen eine Pro-Mossadegh-Versammlung in Teheran an, werden aber zurückgeschlagen; – Mossadegh ist allerdings, genau wie Rhee, Uncle Sam ein Dorn im Auge. In Quezon City werden Wachen und der Anführer einer Huk-Rebellenformation, die Manilas Wasserversorgung sabotieren wollten, erschossen, bevor Schaden angerichtet werden konnte (bravo!), doch in Indochina ist das größte Kraftstoff-Depot der französischen Armee nach einem dreisten Nachtangriff der Vietminh in die Luft geflogen und brennt immer noch (Mist!). Das viermannstarke Vietminh-Selbstmordkommando hat das französische Maschinengewehrfeuer einfach nicht zur Kenntnis genommen und Brandbomben auf die stählernen Tanks in Haiphong geschleudert. Die explodierten genau wie im Film; große orangefarbene Feuerbälle bersten am Himmel, tausende Gallonen brennenden Öls ergießen sich über die Landstraße, – hunderte französische Soldaten und Freiwillige verhindern, daß die Brände sich ausbreiten. Amtlicherseits verlautet, daß ». . . mindestens einer der Angreifer getötet wurde«. Möglicherweise.

In Malaya ordnet Sir Gerald Templer Hausdurchsuchungen an und läßt allen Reis, der den Bedarf einer Woche übersteigt, konfiszieren, damit die Dörfler keine Terroristen füttern (»Das ist keine Bestrafung! Ihr könnt den Terroristen jetzt wahrheitsgemäß sagen, daß ihr keinen Reis für sie übrig habt!«). Von den kitzligen Burma-China-Verhandlungen in Thailand werden Fortschritte gemeldet, aber während die Legion der Superhelden sich darum zankt, was mit den reichen Öllagern der Royal Dutch Shell in Sumatra geschehen soll, brechen Guerillahorden aus ihren Bergverstecken südlich Djakarta hervor und ermorden sechzig Dorfbewohner. Wie Uncle Sam schon oft gesagt hat, durch seinen elastischen Gummikiefer brummelnd, den Daumen unter den Sheriffstern gehakt: »Es ist ein Zustand, mit dem wir es zu tun haben, keine Theorie!« WELTNACHRICHTEN LASSEN BÖRSENKURSE SINKEN, hat heute morgen die *New York Times* geoffenbart. Die Instabilität der Welt wirkt beängstigend. Ebenso die sowjetische »Friedensoffensive« und die Drohung der Koreaner mit einem Waffenstillstand. Die Umsätze an der Börse erreichen den tiefsten Punkt seit neun Monaten und laufen heute morgen noch zäher an. A-Bomben-Aktien von Dupont notieren niedriger. General Motors, American Telephone, US-Steel, General Electric: alles geht in den Keller. Streiks brechen aus, neue Steuern werden verhängt, Preise steigen, darunter die von Rohöl, Stahl, Zigaretten und Linoleum. Dem Einzelhandel geht es schlecht, die Profitrate ist auf dem tiefsten Stand seit neunzehn Jahren. Unverblümt redet man von baldiger Rezession. Der Amerikanische Unternehmerverband bekommt im Hotel Statler zu hören, daß sich die »amerikanische Industrie darauf einstellen muß, eine wirtschaftliche Rezession zu bewältigen, um etwaigen staatlichen Eingriffen zuvorzukommen«. Den Unternehmen wird empfohlen, unerwünschtes Personal jetzt abzustoßen. »Entdecken Sie es nicht erst, wenn Sie mitten in der Depression die Kosten senken wollen!«
Um diese Befürchtungen zu zerstreuen, hat Finanzminister George Humphrey wissen lassen, daß »kein Anlaß besteht, den Frieden zu fürchten, denn die amerikanischen Militärausgaben bleiben weiterhin notwendig, egal, ob Waffenstillstand in Korea oder nicht«. Verteidigungsminister Charlie Wilson hat ihn dabei mit seinen Äußerungen über den Rüstungswettlauf und den massenhaften Bedarf an neuartigen Waffensystemen kräftig unterstützt, und General Gruenther vom SHAPE will Europa mit neuen Atomwaffen und nur geringen Landstreitkräften verteidigen: täglich erwartet man dort den Angriff eines russischen Satellitenstaates – einen Stellvertreterkrieg – und dabei wird

eine Menge Aufrüstung zum Teufel gehen. Heute morgen schickt man – eine weitere Vorsichtsmaßnahme – zwei US-Admirale, Combs und Oftsie, in die Arena: vor einem Bewilligungsunterausschuß des Senats drängen sie nachdrücklich darauf, Ikes Forderung nach 115 000 000 Dollar zusätzlicher Mittel für ferngelenkte Raketen und Flugzeuge, die »kleine« Atombomben tragen können, zu bewilligen, und der hagere, reizbare Admiral Oftsie, der für weitere neue Superflugzeugträger wie die *Forrestal* eintritt, erklärt: »Kleine Atomwaffen haben den Marinefliegern unbegrenzte Möglichkeiten eröffnet«, weil es viele Ziele gibt, gegen die »die kleine Bombe vorzuziehen ist«. Das ermuntert die First National Bank of Boston zu folgender Stellungnahme:

Der Pessimismus in manchen Kreisen, der auf dem Glauben beruht, ein Waffenstillstand in Korea könnte einen ungünstigen Einfluß auf die Wirtschaftsentwicklung haben, erweist sich als unbegründet . . . Es ist deutlich zum Ausdruck gebracht worden, daß es in der Zielsetzung der Sowjets keine grundsätzliche Wandlung gegeben hat und daß wir ein starkes Verteidigungsprogramm beibehalten müssen. Man wird zwar manches Überflüssige einsparen, doch an eine straffe Kürzung des Militärhaushaltes ist in absehbarer Zeit nicht gedacht.

Auch anderes spricht heute morgen gegen den Pessimismus der Börse. Die Fernsehgeräteproduktion ist zum Beispiel um 70 Prozent gestiegen, noch kräftiger als Pornographie und Raketen. Die Geburtenrate übertrifft nach wie vor die Sterbefälle um zwei zu eins, bietet also Gewähr für einen expandierenden Markt. Nicht zu vergessen Amerikas Einfallsreichtum: In diesem Jahr wurden bereits Plastikteppiche, Schneezäune aus Papier, Blindenstöcke, die im Dunkeln leuchten, Cockpit-Kopfhörer, 3-D-Filme, Propangas-Lokomotiven, Chlorophyll-Zigaretten und Eisenhopper auf den Markt gebracht. Der Reingewinn von General Foods ist von 196 Millionen Dollar im Jahre 1942 auf 701 Millionen Dollar gesteigen, und zwar hauptsächlich, wie behauptet wird, dank Forschung und Verpackung. Eine Fleischkonservenfabrik hat einen neuen Hautabzieher entwickelt, ein drehbares Sicherheitsmesser, das hydraulisch den Kadaver aus seinem Geburtskleid schält, ohne Kleid oder Fleisch zu verletzen, ein echter Durchbruch, während in Chicago ein Foto von Marilyn Monroe, noch in ihrer Haut, aber in sonst nichts, von einem geilen jungen Karikaturisten zutage gefördert wird, der, wenn er nur ein Magazin darum herum kreiren kann, den publizistischen Überraschungscoup des Jahres damit landen könnte.

Der sensationslüsterne Trend in den Magazinen der Staaten ärgert natürlich einige Leute. Sex und Gewalt wird von jedermann beanstandet, angefangen vom *Daily Worker* des Phantoms – der sich von »Strip-Comics«, »Haßkampagnen« und »Sex-Reports« beleidigt und von Geschichten wie »Mädchenbanden« und »Liebesherbst im Blut« schockiert fühlt – bis hin zum Abgeordneten Ezekiel C. Gathings, dessen Kongreßausschuß obszöne Taschenbücher, Comics und Pin-up-Magazine unter die Lupe nimmt. Er meint, das Verlagsgewerbe sei »zum Medium für die Verbreitung raffinierter Appelle an Sinnlichkeit, Unmoral, Schmutz, Perversion und Entartung degeneriert«. Die miese Pornographie von Leuten wie Steinbeck, Farrell, Caldwell und Moravia wird von Gathings Komitee im gleichen Atemzug mit schamlosen Kiosk-Rennern wie *Whisper, Keyhole, Foo, Nifty, Zip* und *Wham* genannt, während der *Worker* über *Flirt, Titter, Wink* und *Climax* ebenso herfällt wie über die *Saturday Evening Post* und *GI Joe Comics*. Aber sogar Zeke Gathings muß zugeben: »Pornographie ist Big Business.« Und in Zeiten wie diesen darf man eben, wie das Sprichwort sagt, einem geschenkten Gaul nicht in den Unaussprechlichen sehen. »Mach Geld«, hat Mamma Luce gesagt, »und sei stolz darauf; mach noch mehr Geld, und sei noch stolzer darauf! Übt für die lange Schlacht um die Freiheit in diesem Land!« Kann man also, wenn es sich gut verkauft, den amerikanischen Verlegern verübeln, daß sie Mädchen in Reizwäsche, blutüberströmte Soldaten und geschändete Jungfrauen zeigen und mit passenden Histörchen wie »Die Braut und der Henker«, »Die Liebesnacht: Ende mit Schrecken« oder »Wir prahlten und zahlten: die Wahrheit über zwei, die es sich leicht machten«, aktuell sein wollen?

Ähnlich die Manager der Filmpaläste. Im Kampf gegen den harten Fernsehboom, der andere erfreut, setzen sie ebenfalls auf den neuen Blut-und-Titten-Trend, was bleibt ihnen übrig? Und am kommenden Wochenende haben sie – zumindest in der näheren Umgebung des Times Square – einschlägige Filme wie *High Treason, A Slight Case of Larceny, Devil's Plot, Three Sinners* und *The Atomic City* (ein Streifen über V-Männer, die auf H-Bomben-Spione Jagd machen) im Programm. Sie machen sich natürlich nicht die Illusion, auch nur einen der nächtlichen Kunden vom Scheiterhaufen auf dem Times Square wegzulocken. Aber bis jetzt ist ja noch nicht einmal klar, wann genau die Show beginnt, vielleicht zieht sich das noch Wochen hin, und inzwischen füllen sich die Straßen mit rast- und ziellosen Massen, und die Sommersonne steht am Himmel. Man kann es ihnen wahrlich nicht verdenken, daß sie zumindest ein paar von den Popcornfressern anlocken und ausnehmen wollen. Wenn sie es nicht tun, erledigen es die Taschendiebe. Tatsächlich tun sie Uncle Sam einen Gefallen, wenn sie diesen leicht entflammbaren und ziellosen Mob von der Straße fernhalten, und zwar vollklimatisiert, während er im Obersten Gerichtshof und in der Kabinettssitzung des Präsidenten Ordnung schafft. So spielen einige Sex-Eck, andere Hinrichtung, und viele probieren beides gleichzeitig. Im Rivoli tanzt zum Beispiel in *Salome* Rita Hayworth um den Kopf des Täufers, und im Paradies spukt in *Man in the Dark* »Schrecken in 3 Dimensionen über die Leinwand«. 3-D-»THRILLER, die SIE schier ANPACKEN«, sind heute überall in der Stadt zu sehen, aber nur vor *House of Wax* steht eine Schlange. Von einem einäugigen Mann produziert, handelt der Film von Wirklichkeit und Illusion und von berühmten Leuten, die in Flammen aufgehen. Julius Rosenberg und sein Sohn haben in ihrer Ghettowohnung eine Art Baseball gespielt, mit Schlägern und einem Ball am elastischen Band, und *House of Wax* zollt dem Tribut mit einer phänomenalen Schlagball-Szene, die die Leute aus den Stühlen reißt. Im Fox läuft *Invasion USA*, »Der Schocker des Jahres«, und im Globe *O. K. Nero!*, »Ein frivoler Schwank aus römischer Zeit«. *Murder Without Crime* im Beekman läuft gleichzeitig mit dem phantasievollen *Double Confession*, in der Hauptrolle Peter (der »glupschäugige Filmbösewicht«, wie TIMES ihn nennt) Lorre, dessen Frau Karen diese Woche in Las Vegas weilt und die Scheidung einreicht. Das Grande zeigt einen FBI-Thriller, angeblich die Geschichte der originalen Murmeltier-Hatz, *Walk East on Beacon*, und im Roxy mit seinen 6000 Plätzen, dem wahrhaft königlichen Palast aus den Glanzzeiten des Films in den Zwanziger Jahren, wird *Titanic* von *Pickup on South Street* verdrängt: »Der knallhärteste Knüller des Jahres! Dopelläufig, schußgewaltig, Kaliber 45: EIN SUPERBRENNER!« Ein veritables Paradigma der Zeiten! TIME resümiert scharfsinnig:

ein taschentieb (richard wid
mark) haut früherer tingel
tangeltante (jean
peters) aufs maul
verpaßt ihr mit seiner rechten
einen kinnhaken und kippt ihr
zur belebung ne flasche bier ins gesicht

die bardame nicht faul
zerschlägt die nächste bierflasche

auf seinem schädel ein kommunistischer
spitzel (richard kiley) legt los
schießt aufs mädchen gibt bullen
mit pistole eins auf die birne
und killt eine alte exzentrische krawatten

hausiererin (thelma ritter) der taschen
dieb erledigt den spitzel: knallt
ihn mit dem kopf an die wand
prügelt sich weiter mit ihm auf sub
way bahnsteig und auf den gleisen
vor dem einlaufenden zug
die keilerei kam ingang als

der taschendieb mikrofilme mit
militärischen geheimnissen
im portemonnaie entdeckt das er
aus der handtasche der bardame gefischt hat
in der schlußszene
haben dieb und dame
wahre liebe gefunden und agenten
der regierung mithilfe des diebs einen
roten
spionage
ring
ausgehoben.

Ja, es gibt noch Happy-Ends, aber die Welt ist rauh und du mußt hart dafür arbeiten. Niemand weiß das besser als Uncle Sam, der den ganzen Morgen durch die Welt geflogen ist und die nächtlichen Streiche des Phantoms ausgebügelt, die Straßen der Freien Welt von Aufwieglern gesäubert, in Ost-Berlin russische Panzer verflucht, in Süd-Korea Kriegsgefangene eingefangen hat. In einer der glänzenden pyrotechnischen Veranstaltungen des Krieges haben an der Front im Norden Transportflugzeuge die Nacht zum Tag gemacht, haben stundenlang millionenwattstarke Leuchtbomben in kurzen Intervallen niedergehen lassen, die Schlitzaugen bei ihren nächtlichen Bosheiten überrascht und ihnen eine Art Vorschau auf die Apokalypse geboten, bevor sie sie abschossen. Im Frührot des Morgens haben Kriegsschiffe unter Führung des Schlachtschiffs *New Jersey* und des Kreuzers *Bremerton* die koreanische Ostküste beschossen, die Westküste wurde vom Geschwader Polkadot, Mutterschiff U.S.S. *Bairoko*, angegriffen. Im Verlauf der täglichen Luftschlacht erlegt Major Jimmy Jabara, Flieger-As aus Wichita, seinen zwölften MIG. Angeblich holen die Yankees für jeden verlorenen Sabre Jet fünfzehn feindliche MIG-15 runter . . .

als die migs sich in größerer Zahl der
schlacht stellten (schreibt *TIMES*) wurden sie
abgeballert wie Schnepfen
im schottischen Moor

ein kühner pilot schnaubte grimmig
man solle die Mindestanforderung für
»Flieger-Asse« auf zehn abschüsse
erhöhen und sagte dann noch

»zehn, ach was, macht fünfzehn draus
oder zwanzig und packt noch hundert
kohlköpfe in den rumpf
als handicap!«

Die Wallstreeter hätten sicher kleinere Quoten vorgezogen, immerhin muß man wenigstens einen neuen Sabre Jet für je fünfzehn abgeschossene MIGs bauen, und die Ersatzanforderungen scheinen sowieso aus irgendeinem Grunde noch höher zu liegen. In der Heimat wurde mittlerweile das Kabinett des Präsidenten zur Morgensitzung zusammengerufen, die Sing-Sing-Gefängniswärter und die Times Square-Programmausschüsse stehen in Bereitschaft, die Neun Weisen sind im Obersten Gerichtshof eingetroffen. Um ja nichts vom Geschehen zu verpassen, legt der Senat heute eine Pause ein, das Repräsentantenhaus ist hingegen mit wichtigen Gesetzesvorlagen überaus beschäftigt und die herrschende Stimmung wird als »besorgt und angespannt« bezeichnet. Zwischen den Abstimmungen verbringen die Kongreßabgeordneten eine Menge Zeit an ihren Telefonen. Vorm Weißen Haus bilden sich bereits Besucherschlangen, die auf das Öffnen der Türen warten, und die Wachen sind nervös: fast zehntausend Touristen sind heute morgen hier, was wäre, wenn einer davon . . .? »Treu erfüllte Pflicht läßt Spöttern keine Chance!« ermahnt Uncle Sam sie mit ehernen Quäker-Sprüchen und beobachtet aus dem Augenwinkel, wie der Vizepräsident vom Lafayette Square über die Pennsylvania Avenue wetzt. »Kopf hoch, Brust raus, Leute, Disziplin ist die Seele der Armee, und sollte irgendein fremdes Früchtchen unsere amerikanische Flagge runterholen, knallt ihn ab auf der Stelle!« Er schmunzelt gedankenvoll, als der Vize über ein kleines Kind stolpert; dann schlüpft er durch einen Hintereingang ins Weiße Haus und meditiert dabei über Moe's Bemerkung in *Pickup on South Street:* »Er ist wetterwendisch wie Rauch, aber ich liebe ihn trotzdem!«

Im Obersten Gerichtshof nimmt Oberrichter Fred Vinson unter der Uhr seinen Platz vor den hohen griechischen Säulen und roten Plüschvorhängen ein, erledigt routiniert das Eröffnungsritual und bekundet abrupt: »Wir halten die Frage nicht für wesentlich. Weitere Rechtsmittel gegen das Urteil sind nicht vorhanden. Folglich heben wir den Aufschub, der von Richter Douglas am 17. Juni 1953 angeordnet wurde, auf.«

Einen Augenblick herrscht absolute Stille im vollbesetzten Gerichtssaal – das kam so schnell, hat jeden überrascht, manche hatten noch nicht mal ihre Plätze eingenommen –, aber dann brachen Jubel und Buhrufe los. Die Verteidiger, rot vor Wut, springen auf, werfen Stühle um, drängeln zur Richterbank – aber Richter Robert Jackson verbittet sich dieses »unmanierliche Verhalten« der neuen Anwälte in diesem Prozeß und weist sie an, sich anderswo schlecht zu benehmen. Richter Tom Clark merkt an, daß das Gericht diesen Fall nun siebenmal verhandelt hat, und Schrecken erfaßt den Gerichtssaal – *das siebte Mal!*

Richter Hugo Black hingegen, einer der Abweicher beim 6 : 2-Mehrheitsbeschluß, bezweifelt nicht nur unüberhörbar, daß der Gerichtshof überhaupt das Recht habe, den von einem Richter gewährten Aufschub aufzuheben (»Soweit ich weiß, gibt es hierfür keinen Präzedenzfall . . .«), sondern sagt verstockt, »es ist nötig, darauf aufmerksam zu machen, daß dieser Gerichtshof niemals die Rechtmäßigkeit der Prozeßführung anerkannt hat«! Der kann es doch nicht lassen! »Was ist Black und weiß und gleichzeitig ganz und gar rot?« murren die Leute. Richter William Douglas, der einer möglichen Anklage wegen Amtsmißbrauch entgegensieht, beharrt unverblümt: »Die schlichte Wahrheit ist, daß ein Todesurteil für Rosenbergs Straftaten nicht verhängt werden darf, es sei denn, eine Jury empfiehlt das ausdrücklich«, aber bevor er das alles losgeworden ist, springt Manny Block auf und beantragt Vertagung, um ein neues Gnadengesuch zu verfassen, da die Bedenken dreier Richter (Frankfurter hat sich gerade unbemerkt davongeschlichen) »gewichtig genug sind, eine Gnadenpetition neu zu überdenken«. Er trägt einen brandneuen Anzug, weil er seinen alten heute morgen mit Kaffee bekleckert hat: Der Sünder soll keine Ruhe finden, spricht der HERR. Der Stellvertretende US-Justizminister Bob

Stern ärgert sich über dieses Argument, aber Richter Black, streitsüchtig wie immer, macht klar, daß auch die mehrheitliche Entscheidung des Gerichtes dem Präsidenten eine Begnadigung förmlich nahelegt, denn es heißt da unmißverständlich: »Die Annullierung des Aufschubs darf nicht so verstanden werden, als hielte das Gericht im vorliegenden Fall das Todesurteil für richtig und angemessen.« Stern, der genau wie Black weiß, daß es sich dabei schlichtweg um eine Schutzmaßnahme des Gerichts handelt, das Vermutung oder Nachweis eines Irrtums vermeiden will, sagt kurz angebunden, daß man genug Zeit verschwendet hat, und der Oberste Gerichtshof, der fünfzehn Minuten darüber nachdenkt (die Bühne ist schließlich aufgebaut und die Show soll weitergehen), pflichtet ihm bei. Kein Verzug mehr. Sogar Douglas gibt auf und stimmt mit der Mehrheit, läßt den verprellten Black mit seiner abweichenden Meinung allein. Reporter, Gerichtsbesucher und Stammgäste rennen aus dem Saal und verbreiten das Urteil unter den Tausenden draußen, die jetzt ihre Kinder und Fotoapparate hochheben und zum Weißen Haus hetzen: *Bald ist High Noon, und jetzt steht allein Präsident Dwight D. Eisenhower zwischen den Atomspionen und dem Tod.*

13. Kabinettssitzung

Die Stirn runzelnd, die blauen Augen in gespieltem Erstaunen vorquellen lassend, unterbrach der Präsident Foster Dulles und sagte: »Die Sache ist so blöd, daß sie schon grotesk ist!«

Mein Kopf zuckte hoch. Wovon sprach er überhaupt? Vom Aufschub der Rosenberg-Hinrichtung, von Rhee, von Berlin? Von Zweireihern? Er kaute auf den Lippen, ein schlechtes Zeichen, und kritzelte auf seinen kleinen Schreibblock so was wie ein Gesicht mit einem struppigen schwarzen Bart. Mit schlechtem Gewissen strich ich mir über die Backen: schon wieder leicht borstig und dabei wars noch nicht mal Mittag. Ich war noch immer nervös und abgekämpft vom Spießrutenlaufen draußen – hatte es knapp geschafft, rechtzeitig zum Eröffnungsgebet ins Weiße Haus zu kommen, war gerade noch durch die Tür geschlüpft, als Jerry Persons sie schließen wollte, und konnte mich folglich nur mit halber Kraft auf die Kabinettssitzung einfahren, aber das langte wie gewöhnlich, denn meistens lief doch nichts anderes als weitschweifiges, zielloses Geschwätz. Wir saßen an dem langen, sargähnlichen Tisch in Ledersesseln mit hohen Rückenlehnen, mitfühlend die Häupter schüttelnd, Rauch ausstoßend, das Frühstück verdauend, bemüht, wach genug zu bleiben, um nach Abschluß der Sitzung den unausbleiblichen Attacken der Reporter standhalten zu können, und auch um dem General in allem, was er sagte, beizupflichten. Möglich, daß er sich nur bei Foster beschweren wollte, weil der ihn gestern um zwei Uhr nachts geweckt hatte, um ihm zu berichten, daß Rhee die Gefangenen freigelassen habe. Dulles machte selten Fehler, aber das war einer. Den würde er jedenfalls nie wieder machen.

Vorher hatte der alte General – nach der üblichen Schweigeminute für das Gebet – feierlich den Kopf gehoben, an seiner Zigarette gesogen und uns erzählt, daß die letzten 48 Stunden überaus anstrengend für ihn gewesen seien. Das wußten zwar alle, trotzdem hörten wir aufmerksam zu. In Süd-Korea, sagte er, habe Präsident Syngman Rhees befehlswidrige Freilassung der 26 000 Kriegsgefangenen die amerikanischen Waffenstillstandsverhandlungen praktisch zunichte gemacht und ernsthafte Zweifel an der Befehlshierarchie der Freien Welt ausgelöst. Zudem habe der von Bundesrichter Douglas in letzter Minute verkündete Aufschub der Hinrichtung von Rosenbergs alle in dieser Woche getroffenen aufwendigen Vorbereitungen zum Gespött gemacht und so

den ganzen Fall in eine neue Krise geführt – verdammt noch mal, am Dienstag habe er seinem Sohn John einen wichtigen Brief über Rosenbergs geschrieben, am Mittwoch habe er Gene Autry versichert, alles sei fertig, sie würden schmoren, gestern habe er dann wie geplant den nächsten Schritt getan und die vorsorgliche »Verordnung zwecks Verhütung von Waldbränden« erlassen, und jetzt stehe er da wie ein ausgestopfter Kasper. Und zuguterletzt, als ob das nicht reichte, habe ihm jemand gestern abend geraten, keine Zweireiher mehr zu tragen! Trübsinnig starrte er zunächst an die getäfelte Decke, dann auf den alten Ezra vom Konzil der zwölf Apostel und bemerkte, daß ihm kein Augenblick in seinem Leben einfiele, in dem er dringender auf die Hilfe von jemandem, der stärker sei als er, angewiesen gewesen wäre. Beifällig nickten wir, tauschten verzweifelte Blicke, spürten den eisigen Hauch, der die Gegenwart des Widersachers anzeigte, seine Macht und seine Bösartigkeit: einem zuverlässigen Alliierten den Sinn zu verwirren, den höchsten Gerichtshof des Landes zu unterwandern, sich über Uncle Sams Aufzug zu mokieren: wo würde er als nächstes zuschlagen?
Über welche Krise auch immer der Präsident gerade gesprochen hatte, Foster fuhr jetzt mit seinem Vortrag über die Korea-Krise fort und erklärte, seit die Kommunisten am 25. Juni 1950 die Republik angegriffen hätten, sei die Lage dort noch nie so ernst gewesen. Das wußten wir zwar alle, aber so, wie Dulles es uns beibrachte, klang es richtig glaubwürdig. Seine Ausführungen wurden jedoch laufend von Eilboten aus dem Außenministerium unterbrochen, die mit neuen und augenscheinlich alarmierenden Kommuniqués herübergerannt kamen. Es war schwer, zu erraten, was die enthielten, aber jedes einzelne ließ seinen Kopf hochzucken und die Brille auf die Nase runterrutschen. John Foster Dulles. Der Graue Beagle vom Pausenamt. Äußerlich rauh bis störrisch, in Wahrheit aber ein gefühlsbetonter und ambivalenter Mensch, ein getarnter Manisch-Depressiver, dem die innere Überzeugung mangelte, der schwankend in seinen Prinzipien war: die typischen Schwächen eines Protestanten der High-Church. Aber wir saßen da und hörten ihm zu, während er seine schmerzlichen Lagebeurteilungen von sich gab, nickten in düsterer Zustimmung. Gräßliche Situation. Dieser verdammte Rhee – was glaubte der eigentlich, wer er war? Am Tisch flüsterte man schon von den Vorzügen eines netten altmodischen Meuchelmordes: Ike selbst hatte oft genug gesagt, er wünsche innigst, daß die Koreaner diesen »Affen« stürzen würden, und eben der dazugehörige Ausdruck zeigte sich jetzt in seinem Gesicht,

und wir ahmten den Ausdruck nach – tief im Innern aber hatten wir alle für Rhees Handeln Verständnis. Wie hatte doch Joe McCarthy gestern gesagt: »Alle freiheitsliebenden Völker dieser Welt sollten der Aktion Syngman Rhees ihren Beifall zollen.« Und jeder von uns liebte die Freiheit genauso wie eine gute Büffeljagd oder unsern Nächsten. Die Advokaten in uns waren bestürzt: aus dem Szenario, das wir nach Ikes Korea-Trip im letzten Herbst gezimmert hatten, klaute unser eigener Mandant alle Requisiten. Ike hatte Führungsstärke gemimt, hatte die Roten unter der Hand wissen lassen, entweder ihr verhandelt, oder Pjöngjang ist unser nächstes Testgelände für Wasserstoffbomben, und jetzt hatte sein eigener Strohmann den Bluff aufgedeckt.
»In den fünf Jahren, die ich da drüben bei der Armee gedient habe«, sagte Präsident Eisenhower, und schüttelte verblüfft den Kopf, »hab ich eins gelernt: wir werden nie begreifen, wie ein asiatisches Gehirn funktioniert!«
Foster starrte den Präsidenten einen Augenblick lang ausdruckslos über den Rand seiner Brillengläser hinweg an, dann kam er auf sein letztes Kommuniqué zurück, während andere am Tisch sich des Themas der fernöstlichen Unergründlichheit annahmen. Wie gewöhnlich beteiligte ich mich an diesen Diskussionen, brachte Details betreffende Beobachtungen an, scharf und pointiert, vermied Verallgemeinerungen und Geschwafel – und wahrte so meinen guten Ruf, doch meine Gedanken waren bei der Unruhe draußen, bei Demonstranten und Gegendemonstranten, beim Obersten Bundesgericht – es würde jetzt oder gleich zusammentreten –, beim Prozeß und den Hinrichtungen, bei den Träumen der vergangenen Nacht, jenen Erinnerungen an eine nicht gelebte Jugend, die in mir ein Gefühl gereizter Unruhe erzeugt hatten. Die Fähigkeit, etwas zu sagen oder zu tun und gleichzeitig an ganz andere Dinge zu denken, hatte ich vor langer Zeit entwickelt. Sie gehört zum Handwerkszeug eines Politikers, genauso wie jene, eine Frage anscheinend klar und deutlich zu beantworten, während man in Wirklichkeit den Kern der Frage umgeht, oder die Fähigkeit, Zurufe aus dem Saal wortwörtlich zu wiederholen, um dadurch Zeit zu gewinnen, sich Antworten auszudenken. Ich beugte mich vor und erklärte, daß die Dinge, so schlecht sie auch stünden, die heutige Annahme unserer Auslandshilfevorlage durch den Kongreß fast garantierten, dachte aber gleichzeitig: Was machen nur alle diese Leute da draußen? Warum hat Uncle Sam es soweit kommen lassen? Was sind das für obszöne Bilder, über die sie jetzt Witze reißen? Warum lacht George Humphrey so laut – spüren die anderen, was ich

spüre? Warum sitzt der alte Foster so krumm da, warum hat sich Ovetas Hals so gerötet, was macht Ezra Benson mit seinen Händen im Schoß? Warum summt der Präsident »One Dozen Roses«? »Wir dürfen nicht vergessen«, sagte ich, »daß der Hauptfeind in Korea nach wie vor der Kommunismus ist.« Der General sah mich scharf an. Ich begriff, daß er das gerade selbst gesagt hatte. »Wie der Präsident eben bemerkte«, fügte ich hinzu. Rund um den Tisch nickten die anderen ernst. Charlie Wilson, der neben dem Präsidenten saß, starrte mich an, er schielte vor Müdigkeit.

Der Präsident erinnerte uns daran – »Halten Sie sich das immer vor Augen«, er gestikulierte warnend mit dem Zeigefinger –, daß südkoreanische Streitkräfte gegenwärtig zwei Drittel der Front der Vereinten Nationen in Korea hielten. Falls Rhee einen Angriff befahl, könnten wir daran nichts ändern. Wie sollten wir verhindern, daß die fast abgeschlossenen Waffenstillstandsverhandlungen platzen und die Kampfhandlungen in vollem Umfang wieder aufgenommen würden? Wir könnten ihnen zwar Munition vorenthalten, aber das würde nur dazu führen, daß der Angriff zusammenbrechen, daß die unausbleibliche Gegenoffensive der Kommunisten die US-Truppen überrennen würde. Falls Rhee hingegen seine Truppen gänzlich aus der Front zöge, könnte der Rest der UN-Verbände die Stellungen nicht mehr halten. Rhee mußte unbedingt wieder an die Kandare genommen werden. Etliches davon war auf mich gemünzt. Den ganzen Winter über hatte ich mich bemühen müssen, die asiatischen »Falken« für den Gedanken eines Waffenstillstandes zu gewinnen – sie nannten das nach wie vor einen »Unehrenhaften Frieden« –, und somit hatte Rhee auch mich in die Tinte geritten.

Ich spielte den Enttäuschten. Jeder wußte, daß ich mich öffentlich zu denen bekannt hatte, die die versklavten Nationen Europas befreien, die die demokratischen Kräfte Tschiangkaischeks auf das chinesische Festland loslassen wollten, die mit aller Macht auf einen totalen Sieg in Korea drängten, falls nötig, unter Anwendung aller verfügbaren Waffen –, innerlich war ich aber, um die Wahrheit zu sagen, erleichtert, daß mir als Eisenhowers Vizepräsident Grenzen gezogen waren. Einem Wort wie »Befreiung« konnte ich beliebig viele Schattierungen unterlegen, ich bin Rhetoriker, kein General, und für mich bedeutet das Macht. Heute war Düsterkeit am Platz, die mir tatsächlich am besten zu Gesicht stand, also konnte es auch niemanden in der Runde überraschen, daß ich sie zur Schau stellte.

»Als Politiker lernt man«, sagte ich grimmig, »daß jene, die man für die

besten Freunde hält, sich häufig als das schwerste Kreuz erweisen, das man tragen muß.« Köpfe wurden gehoben, man starrte mich mißtrauisch an. Ich blickte fest zurück. Wer würde mich herausfordern, wer sich mir in den Weg stellen? Man kommt nicht an die Spitze, ohne über Freundschaft und Loyalität sehr realistisch zu denken; in der Politik gibt es keine verläßliche Loyalität, es sei denn, sie wäre an persönliche Interessen gebunden. »Was auch immer irgendwo in der Welt geschieht, es tangiert unsere Freiheit«, sagte ich, »womöglich auch den Frieden. Ich bin davon überzeugt, daß wir unsere Freiheit behaupten, daß wir den Kampf gegen die Sklaverei und für die Freiheit auf der ganzen Welt gewinnen können. Und der einzige Weg, den Frieden zu bewahren, besteht meines Erachtens darin, stark zu bleiben und darauf vorbereitet zu sein, sich denen zu widersetzen, die den Frieden bedrohen.« Wunderbarerweise hörten sie sich das an, ohne mit der Wimper zu zucken. Ich wünschte, ich hätte einen Freund, dachte ich. Einen einzigen richtigen Freund. Ich zog mein Taschentuch und wischte mir über die Stirn. Dann wurde mir mit Schaudern klar, daß ich es bereits benutzt hatte, um dem Gör den Rotz abzuwischen, und ich stopfte es in die Jackentasche zurück. Von der Konfrontation mit dem Pöbel war ich noch immer verschwitzt und mitgenommen – ECHAUFFIERT, wie es im TIMES-Kreuzworträtsel hieß: AUFS ÄUSSERSTE ERHITZT. So hatte ich mich nur einmal gefühlt, fiel mir ein, nämlich damals, als Pat und ich in der Menschenmenge eingekeilt waren, die 1945 auf dem Times Square den Sieg feierte.
Jetzt hatten sie doch tatsächlich in der Kabinettssitzung angefangen, vom Times Square zu reden. Ich wußte nicht, wie sie darauf verfallen waren, so liefen eben unsere Sitzungen. Sinclair Weeks beklagte sich über das dortige Chaos. Ich versuchte, mich auf das Thema zu konzentrieren, denn ich wußte, daß man in einer Krise am besten ist, wenn man nicht an sich selbst, sondern an das vorgegebene Problem denkt. Weeks vorgegebenes Problem bestand darin, daß sein Sohn heute abend heiraten sollte; es gehörte zu Uncle Sams intensiven Bemühungen, angesichts des vom Phantom verursachten Durcheinanders die Unversehrtheit der sozialen Ordnung unter Beweis zu stellen. Folglich war er todunglücklich über den augenblicklichen Stand der Dinge: Konnten wir die Bühne halten oder nicht? Wir alle hatten Weeks gleich nach dem Morgengebet zu dieser taktischen Heirat gratuliert, und einen Augenblick hatte ich mir gewünscht, ich hätte eine Tochter, die alt genug wäre, sie ebenfalls darzubringen. Weeks war kahlköpfig wie die meisten hier am Tisch. LIFE hatte ganz recht: »Ike

liebt Kahlköpfe.« Benson. Brownell. Humphrey. Als der General George zum ersten Mal sah, umarmte er ihn und rief: »Ich sehe, daß Sie den Scheitel genau wie ich tragen.« Mich hatte er nie so begrüßt. Ich saß am Kabinettstisch zwischen Brownell und Humphrey und kam mir vor wie der »Behaarte Affe«. Ich fuhr mit der Hand durch mein volles Haar, fand die Narbe und fragte mich erstaunt: Wie komme ich eigentlich auf Glatzen? Das Bild der leuchtenden Glatze von Bob Taft, als er sich gestern im Kapitol beim Weggehen umdrehte, stand mir plötzlich vor Augen. Das hatten wohl alle Präsidentschaftskandidaten der letzten Zeit gemein, selbst Adlai, wie mir einfiel. War das persönliche Eitelkeit von seiten Uncle Sams? Oder gestaltete es die Transformation irgendwie leichter? Nun, einerlei, Uncle Sam wußte sicherlich, daß ich sie mir einzeln ausreißen würde, falls es notwendig wäre. Natürlich stand Weeks Sohn mit seinem Unternehmen heute abend nicht allein – buchstäblich Tausende der Söhne und Töchter Amerikas waren willens, diesen volksverbindenden Weiheakt zu vollziehen, selbst der Sohn eines verstorbenen republikanischen Abgeordneten, der eine Urenkelin von John D. Rockefeller zu ehelichen gedachte.
»Danken wir Gott für unsere Jugend!« sagte ich, und Eisenhower fügte hinzu: »AMEN!«
»Sag mal, Dick, was um Himmels willen haben Sie mit Ihrer Nase angestellt?« fragte Charlie Wilson, und riß die Augen lang genug auf, um mich ins Blickfeld zu kriegen.
»Ich, ähm, einige Demonstranten draußen hatten Transparentstangen und, es, ähm, es ist nichts . . .«
Zum ersten Mal nahm Eisenhower jetzt Notiz von mir und ich glaubte schon, ich könnte ein paar Punkte sammeln, aber gerade in diesem Moment dröhnte Cabot Lodge, wie sehr er die »Springflut von Propaganda anstelle sachlicher Information im Fall Rosenbergs« bedauere, und beschwerte sich darüber, daß allüberall linke Gruppen die Fakten verzerrten, feindselige Stimmung gegen die Vereinigten Staaten erzeugten, die ganze Affäre zu einem Beispiel von offiziellem Antisemitismus aufbauschten. Warum setzte man die Stimme Amerikas nicht wirkungsvoller ein? Na ja, Lodge stand wegen der Angelegenheit in der UNO gewaltig unter Druck. Er war sehr brauchbar, ein bißchen zu jungenhaft, zu simpel vielleicht, aber als Politiker hatte er was. Soeben war er zum »Vater des Jahres« erkoren worden, das ging vermutlich schon auf Konto Stimmenfang. Ich wußte, daß er in Washington und auch hier am Tisch zu den Favoriten zählte, er war

wohl der Mann, der mich herausfordern könnte – vielleicht schon in drei Jahren. Eines war gewiß, meine Hauptaufgabe bestand darin, auch 1956 noch zur Mannschaft zu gehören. Die Chancen, daß der General vor 1960 das Zeitliche segnete, standen gut, aber selbst wenn er es nicht tat, würde dann jeder in der Partei, der mich kippen wollte, gegen den Wind segeln müssen. Die übrigen in dieser Runde waren viel zu antiquiert: spitzbäuchige Senilokraten. Lodge hatte im Senat gewöhnlich neben mir gesessen – seine Art zu atmen, zu schnauben, sich zu bewegen, rumzuschnüffeln und Däumchen zu drehen war mir vertraut. Im letzten Herbst hatte er hart für Eisenhower gearbeitet, hatte sich so ins Zeug gelegt, wie es ein Politiker niemals tun sollte: er vernachlässigte seinen eigenen Wahlkreis und verlor seinen Senatssitz an Jack Kennedy. Andererseits war das womöglich unvermeidlich gewesen, und inzwischen hatte er überall im Lande massenhaft Punkte gesammelt, Ike hatte ihm mit dem UNO-Posten ein landesweites Forum zugeschanzt, und schon heute umgab ihn die Aura eines »Was-wenn«-Präsidenten: Hätte Taft beim Republikanischen Wahlkonvent Eisenhower ausgebootet, wäre Lodge der logische Kandidat für die Vizepräsidentschaft gewesen, er hätte die Kraft gehabt, die Partei unter einen Hut zu bringen, und jetzt, wo Taft am Sterben war, hätte er sich darauf vorbereitet, das höchste Amt zu übernehmen. Ich fing an, mir über seine eindeutig zweideutige Vergangenheit Gedanken zu machen, über die schnieken dreiteiligen Anzüge, die er trug. Diese eleganten schmalen Krawatten: in Kalifornien kriegte man solche Schlipse nicht mal zu kaufen!

»Wir müssen eine gewaltige ideologische Offensive starten«, sagte ich, »die allen Völkern demonstriert, daß die Hoffnung der Welt nicht darin besteht, sich der Diktatur gleich welcher Couleur zuzuwenden, sondern in der Entwicklung einer starken, einer freien und intelligenten Demokratie.«

Nicht jeder war hierüber erfreut. Ich redete selten bei diesen Sitzungen und wenn, dann nur über Taktik. Warum tönte ich jetzt so rum? Falls ich vorgehabt hätte, den Verlauf der Sitzung zu beschleunigen, war das mißlungen. Ich lehnte mich zurück, ließ meine Blicke durch die hohen Glastüren schweifen, weiter über die sanfte Rasenböschung des Weißen Hauses, war fest entschlossen, nichts mehr zu sagen, was diese gottverdammte Sitzung irgendwie in die Länge ziehen könnte. Sie waren einfach gräßlich, diese Kabinettssitzungen, Ergebnis von Ikes »Team-Konzept«: bring die »Besten Köpfe des Landes« an einen Tisch, und es kommt ein inspirierter Konsens dabei raus. Das dauerte

ewig, endete auf dem kleinsten gemeinsamen Nenner politischen Handelns und mit einer erschreckenden Verwässerung der politischen Macht. Den Eindruck hatte ich zumindest jedesmal, wenn ich teilnahm. Vielleicht alles nur Mache, denn unsere Schläfrigkeit dürfte dem amerikanischen Volk zusätzliches Vertrauen eingeflößt haben: Der Glaube schwindet, wenn Priester nervös werden. Als ich vor ein paar Monaten mein Amt übernahm und sofort darauf drängte, die nächste Wahlkampagne schon jetzt vorzubereiten, habe ich damit bloß den Kahn ins Schaukeln gebracht.
Ich seufzte, fischte das Kreuzworträtsel aus meiner Tasche und tat, als läse ich eine Statistik. Senkrecht und waagrecht, von *Beliebte Sportart in Burning Tree* bis *»In den Stiefeln . . .«*, nichts als ein quälendes Labyrinth. Sinnlos, blöd sogar – doch warum ließ es mich wieder an meine Träume denken! Ich fand: ANNAHME, BESÄNFTIGUNG, MANIPULATION, STOP und GEDONNER. Sodann wurde gefragt, welches Regierungsamt Arthur Summerfield innehabe. Ein wenig verlegen sah ich zu ihm rüber, aber er schien zu schlafen. Als ich mich im letzten Herbst in die Nesseln setzte, war Art der einzige bedeutende Politiker in Eisenhowers Gefolge, der offen verlangte, daß ich in der Mannschaft bleiben, mit allen Mitteln gehalten werden solle. Natürlich fand sich jeder von uns in diesen Rätseln wieder (ich würde gern wissen, ob VAUPE – für Vizepräsident – nicht eine Erfindung der Kreuzworträtselschreiber ist), aber warum hatte man heute Art gewählt? 53 senkrecht: *Gejagter Mitspieler*. HELD? GELD? Und wer war *Träger einer Narrenkappe, Das Gegenteil von Feuchtigkeit, Hardys Heldin, Kandidatin für »Die am schlechtesten gekleidete Frau des Jahres«?* Die hatte fünf Buchstaben, doch glücklicherweise begann sie mit F – aber andererseits 61 waagerecht: *Unsympathischer Mensch*, und dafür hatte ich schon ein paar Buchstaben: E– –EL!
Neben mir sprach Herb Brownell gerade von der Möglichkeit, ein »Weißbuch« im Fall Rosenberg herauszugeben, unterbrach sich aber, um trocken zu fragen, ob das Kreuzworträtsel, an dem ich arbeitete, als nächster Punkt der Tagesordnung zu behandeln sei.
Ich war tief in Gedanken, probierte T und H in den freien Stellen aus, und seine Frage schreckte mich auf. Aber ich war darauf gefaßt. »Nein, Herb, nicht das Rätsel«, antwortete ich und lehnte mich vor, um die anderen in der Runde anzusehen, »aber die Anzeige daneben.« Die anderen wandten sich erwartungsvoll zu mir; Brownell, der sich verärgert auf die Lippen biß, war von der Bühne verschwunden. »Sie wirbt für ein Buch über angebliche *Kultur in der Sowjetunion*«, sagte

ich, »aber in Wirklichkeit ist es ein maskiertes Plädoyer für ›Ko-Existenz‹ – und jeder von uns weiß wohl, wer *so* redet! Es wird von einem Laden in New York verlegt, der sich ›Philosophische Bibliothek‹ nennt, und nicht nur drauf aus ist, dieses Propagandageschmier zu verramschen, sondern sogar versucht, eine neue Brieflawine an den Präsidenten anzuleiern!«
»Um Gotteswillen«, ächzte der Präsident. »Ich dachte, wenn diese Rosenberg-Sache ausgestanden ist, könnte ich – was glauben die denn, was ich bin, 'n Scheiß-Briefkasten?« Bei dieser Anspielung auf sein eigenes Ministeramt wachte Summerfield auf und sah sich verstört um, als ich die Anzeige rumgehen ließ. »Könnten wir die Briefe nicht als obszöne Postsendung deklarieren? Wer liest denn schon den ganzen Quatsch, niemand könnte es, selbst wenn er wollte, wir können diese Briefe bloß wiegen und verbrennen, aber die Papierverbrennungsanlage ist bereits proppenvoll!«
Summerfield schnaufte und hustete und grapschte sich den Zeitungsfetzen, um endlich zu erfahren, wovon die Rede war. Er las mit verschwommenem Blick, irgendwie erstaunt. »Ob ich was?« fragte er schließlich.
Unser Gelächter wurde von einem Boten des Obersten Bundesgerichts unterbrochen: alle neun Richter waren eingetroffen und das Gericht war zusammengetreten. Der Justizminister sah kühl auf die Uhr und sagte: »Oberrichter Vinson wird in ein paar Minuten verkünden, daß das Oberste Bundesgericht Douglas' Aufschub annulliert. So schnell wie möglich muß anschließend der Präsident die endgültige Ablehnung des Gnadengesuches bekanntgeben – wir haben sie bereits konzipiert – und danach verlautbart das Justizministerium, daß Rosenbergs spätestens morgen Abend hingerichtet werden.«
Jemand warf ein, daß dann Sabbat wäre.
»An einem Sonntag wird nicht hingerichtet«, sagte der Präsident mit erhobener Stimme, sein Blick löste sich vom gedankenlosen Gekritzel, die blauen Augen blitzten.
»Nein, General, das ist der *jüdische* Sabbat«, erklärte Herb ihm.
»Diese Leute sind nämlich Juden.«
»Na gut, dann meinetwegen«, sagte der Präsident.
Das war alles scherzhaft gemeint, sollte zur Beruhigung dienen.
Der Justizminister grübelte noch einen Augenblick über das Problem nach und sagte dann: »Wenn das so ist, bringen wir es besser heute abend über die Bühne. Wir legen den Termin fest, sobald das Gericht die Sitzung beendet.«

»Vor Sonnenuntergang«, sagte jemand. »Der Sabbat beginnt mit Sonnenuntergang.«
»Richtig. Sonnenuntergang. Danke.«
Freitag. Sonnenuntergang. Die beiden Diebe. Juden von Juden verurteilt. Einiges hatte sich dank des Aufschubs über Nacht verflüchtigt, das stimmte, doch anderes nahm Gestalt an. Ganz ungnädig kann Uncle Sam eigentlich nicht sein, dachte ich. Doch der Präsident rülpste unwirsch und rückte in seinem Sessel hin und her. Er sagte, er verstehe immer noch nicht, worum es heute im Obersten Gerichtshof gehe, und bislang habe er nicht begriffen, wie es zu diesem Aufschub gekommen sei. Wären Rosenbergs schuldig, müßten sie bestraft werden, wenn nicht, sollte man sie laufen lassen. Sein Redenschreiber, Emmett Hughes, einst im Gefolge des Poeta Laureatus der Nation, kritzelte fleißig mit gerunzelten schwarzen Augenbrauen, er zeichnete alles für die Nachwelt auf – absolut nicht der Job, für den man ihn bezahlte, aber diese Schmarotzer erkennt man schon auf weite Entfernung. Einerlei, wie sehr man aufpaßt, überlegte ich, solche Kerle schleichen sich immer irgendwie ein. »Ich muß gestehen, daß die aufrichtigen Zweifel, die in den Briefen geäußert werden, die ich gelesen habe, mich tief beeindruckt haben«, sagte der Präsident. Stimmte das? War er wirklich unfähig, ein simples juristisches Faktum zu kapieren, oder war das auch Teil seiner Maske? Der schlichte Soldat, offen und wahrheitsliebend, der Krieger, zu redlich, um den raffinierten Intellektuellen zu begreifen? Manchmal sind einfache Leute ungleich mysteriöser als wir komplizierteren.
Herb erklärte noch einmal das Spionagegesetz von 1917 und das Atomenergiegesetz von 1946. Als er sagte, der Verhandlungsgegenstand der heutigen Sitzung sei rein prozeßrechtlicher Natur, dachte ich: jetzt hat er alles verspielt, jetzt hat er zugegeben, daß Douglas recht hatte. Genauso wie rein juristisch gesehen auch Don Wheeler recht hatte, der für die Absetzung von Douglas plädierte. Aber ich wußte auch, daß Eisenhower das überhaupt nicht verstehen, oder sich jedenfalls diesen Anschein geben würde. Stellte er uns etwa auf die Probe, fragte ich mich. Ich erinnerte mich an seine Aufforderung – besser, seine Herausforderung –, den Prozeß jederzeit vor der Urteilsvollstrekkung neu aufzurollen, falls einer von uns glaubte, daß es dem Wohl der Vereinigten Staaten dienlich wäre. So hatte er jeden von uns an der Angel.
»Nun, der Beweis dafür, daß dies kein abgekartetes Spiel ist«, sagte ich, »ist das völlige Schweigen der vom Phantom kontrollierten Presse in

der Sowjetunion und anderswo. Ganz offenbar erwartet man dort, daß die Rosenbergs gestehen, und will sich nicht zum Narren machen. Und noch was möchte ich Ihnen berichten. Morton Sobells Frau sagte neulich in Far Rockaway etwas recht Seltsames, nämlich: ›Julius und Ethel könnten ihre Haut retten, wenn sie reden würden, aber Julius und Ethel würden niemals ihre Freunde verraten.‹ Ich meine, das spricht doch für sich, nicht wahr?« Na ja, ich hatte das von jemandem erfahren, der bei dieser Versammlung Prügel bezogen hatte und deswegen voreingenommen war, zudem noch rechtsgewirkter Jude, den die Welle von Antisemitismus, den Rosenbergs hervorrufen konnten, ziemlich nervös machte, aber das war nicht das Entscheidende, ich hatte die prinzipielle Wahrheit der Aussage erkannt, und den anderen am Tisch ging es nicht anders.
Mit Ausnahme wohl des Präsidenten. Er machte ein finsteres Gesicht und wickelte eine Zigarre aus. »Wenn«, sagte er, »das Oberste Bundesgericht mit, sagen wir mal, fünf zu vier oder gar sechs zu drei entscheidet, dann *wird* der Durchschnittsbürger Zweifel haben – dann ist das für ihn nicht nur ein prozeßrechtliches Detail.« Er war selbst jener Durchschnittsbürger, von dem er gesprochen hatte, das war klar. Das war das Geheimnis seines Erfolges. Er war wirklich durchschnittlich, ein fröhlicher phantasiearmer Bursche aus Abilene, und dennoch war er der Mann, der den Zweiten Weltkrieg gewonnen hatte, was wohl hinlänglich demonstrierte, wozu ein Durchschnittsbürger fähig ist. Wenn er Amerikaner ist. Uncle Sam hat schon immer seine Verkleidungen so gewählt, daß sie der Zeit entsprachen.
»Wer soll denn nun entscheiden«, widersprach Brownell, »Pressure Groups oder das Oberste Bundesgericht? Die Kompetenz unserer Gerichte sollte für uns das Hauptanliegen sein. Sieht man es unter dem Gesichtspunkt der nationalen Sicherheit, dann sind die Kommunisten doch bloß darauf aus, zu beweisen, daß sie auf die oder jene Art soviel Druck ausüben können, daß jemand wegen Spionage nicht mehr belangt wird. Ich habe Sie schon oft gebeten, einen Blick in die Unterlagen zu werfen, die wir vor Gericht nicht benutzen durften, die aber zeigen, daß Rosenbergs der Kopf und das Zentrum eines Spionageringes sind, der in *direktem* Kontakt mit den Russen arbeitet – der *wichtigste* Spionagering im Lande überhaupt!«
Der Präsident sah Brownell mit ausdruckslosen Augen an, dann gab er seiner Zigarre Feuer. »Mich interessiert einzig der hochpolitische Aspekt«, sagte er. »Die Konsequenzen dieser Aktion.« Er begriff durchaus; als habe er Brownells Aufforderung, sich das geheime

Beweismaterial anzusehen, nicht einmal gehört. Falls das Material überhaupt existierte. Sonderbar, daß keiner bei Brownell nachhakte, obwohl doch niemand das Material je zu Gesicht bekommen hatte, insbesondere Eisenhower nicht. Ich betrachtete diesen reizbaren alten Mann, Uncle Sams neueste Verkörperung und dachte: Vor allem muß Raum genug da sein, damit die Inkarnation stattfinden kann. Man kann nicht gleichzeitig fester Kern und Maske sein. Ja, Abbild – darüber wußte ich alles. Macht ist ihrem Wesen nach das Paradoxe, das Zweideutige. Damit zu leben lernen, ist das schwierigste – ich war noch zu genau, zu selbstkritisch, zu sehr darauf bedacht, allen Dingen auf den Grund zu gehen. Während ich mir Gedanken machte und über jeden Satz brütete, lehnte Eisenhower sich einfach zurück und legte los. »Hohe Politik . . . Auswirkungen dieser Aktion . . .«

Ich befürchtete, daß ich nie fähig sein würde, derartige Moralpredigten mit so treuherziger Aufrichtigkeit von mir zu geben. »Ich plage mich beständig mit dem Auf-der-Hand-liegenden«, sagte er, aber das fiel ihm vermutlich leicht. Man denke nur an »AUFGEKLÄRTER Eigennutz«, die Maxime, die er George Washington gestohlen hatte und die nach wie vor zu seinen Lieblingsvokabeln zählte. Uncle Sam hatte mir das mal erklärt. Er sagte, man habe schon vor langer Zeit erkannt, daß Eigennutz quasi eine Sünde sei, ein Produkt des Teufels, wie Geld die Quelle allen Übels – die Griechen hätten das gewußt und natürlich auch die Manna-hatta-Indianer. Eigennutz sei irrational und die Menschheit habe lange von einem rationalen Utopia geträumt, frei von Eigennutz. Die Ratio aber galt ebenfalls als Quelle allen Übels. Die Aufklärung hat keine Erleuchtung gebracht, sondern noch mehr Finsternis verbreitet. Der Traum von Utopia macht die Menschen unglücklich, zum einen, weil sie mit ihrer unvollkommenen Existenz nicht zufrieden sind, zum anderen, weil sie auf der Jagd nach dem rationalen und folglich unerreichbaren Ideal Grausamkeiten aneinander begehen. So waren »Aufklärung« und »Eigennutz« die zwei Seiten einer Münze, und an dem Bösen unserer Welt waren wir selber schuld, weil wir nicht beide Seiten gleichzeitig sahen. »Aufgeklärter Eigennutz« war die stoische Formel der Hinnahme, Teil der geschichtlichen Tragödie. Aber für Eisenhower bedeutete sie: Laß dir keinen falschen Fuffziger andrehen.

Dieser Mann hatte die Welt bereist, nun führte er sie, aber über das schlichte Niveau der Tischgespräche seines Heimatkaffs war er nicht hinausgekommen. In seinem Kuhdorf konnte er Ausdrücke wie »Instinkt« und »Freiheit« und »Aufrichtigkeit« und »Anstand« benutzen und davon ausgehen, daß jeder verdammte Narr wußte, was er damit meinte, und wer das nicht tat, war entweder ein störrischer Rechthaber oder ein Einfaltspinsel. Freie Marktwirtschaft war eine Offenbarung Gottes, nichts anderes, das war so klar, wie daß zweimal zwei vier sind, und er hatte sich gedacht, wenn du den Sowjets die Fakten zeigst, dann werden sie mit dir übereinstimmen, sie müssens einfach. So sagte er auch, als er nach Stalins Tod den Allmächtigen bat, sich der Kommunisten anzunehmen: »Sie sind Kinder desselben Gottes, der der Vater aller Menschen ist.« So einfach gehts. »Lassen Sie uns jetzt mal miteinander reden«, forderte er. »Und lassen Sie uns das, was wir zu sagen haben, so sagen, daß es jeder Mensch auf dieser Erde verstehen kann. Lassen Sie uns ohne Umschweife reden: *kein* doppelzüngiges Palaver, *keine* hochgestochenen politischen Formeln, *keine* schmierigen Propagandasprüche. Klare, eindeutige Worte.« Und er begriff nicht, warum das nicht klappte: »Wir wollen die Welt mit gewissen wesentlichen Tatsachen bekanntmachen, wollen offen sagen, welche Ziele wir verfolgen, daß wir keine Imperialisten sind, daß wir eine Welt schaffen wollen, in der freie Menschen anständig leben können. Aber das alles hat man nicht verstanden. Wir haben versucht zu helfen, und man hat uns dafür verunglimpft!« Er schien sogar mir irgendwie die Schuld zuzuschieben, wenn etwas schiefgegangen war, als wäre ich derjenige, der die Sprache so korrumpierte, daß alle seine augenfälligen Wahrheiten unverstanden blieben. Er meinte, fast jedes Problem könne gelöst werden, wenn Amerika, wie er zu sagen pflegte, nur mit ganzem Herzen bei der Sache sei und das Richtige tue. »Mut, Zielstrebigkeit und Fleiß.« Er schätzte alte Sprüche vom Schönen Leben, vom Bettelmann zum Billionär, hielt den Ersten Weltkrieg für ruhmreicher als den Zweiten, *glaubte* fest an die Vorherbestimmung des Schicksals. Er angelte und jagte wirklich gern! *Erinnerte sich sogar noch an Alamo!* Unternehmer waren für ihn einfach nur Menschen, die wußten, wie man Probleme löst und Geld verdient, also bestückte er sein Kabinett mit solchen Leuten und ermahnte sie, den *kleinen* Mann nicht zu vergessen – mein Gott, mußte man ihn nicht *gern* haben? Arbeiter waren die Infanterie beim Vormarsch der Freien Marktwirtschaft, und vom schleichenden Sozialismus sprach er wie von einem Maulwurf, der den Golfplatz ruiniert. »Bevor ich jemanden auf eine wichtige Position berufe, zitiere ich ihn zu mir und frage nach seiner Lebensphilosophie«, pflegte er mit grundehrlichem Gesicht zu sagen. Es ist erstaunlich, eine wie geringe Kenntnis der Welt, in der wir leben, manche Leute haben, selbst auf der simpelsten Ebene!

Durch Grunzen und Nicken schienen wir halbwegs Übereinstimmung darüber erzielt zu haben, daß es keines Weißbuchs bedurfte; statt dessen sollte die Ablehnung des Gnadengesuchs durch den Präsidenten, für die der Justizminister einen Rohentwurf gefertigt hatte, etwas ausführlicher werden, auf die weltweite »Besorgnis«, die der Fall ausgelöst hatte, eingehen, die vom Phantom angezettelten Krawalle mit einer wortstarken Bewertung des Rosenberg-Verbrechens (Millionen unschuldiger Menschen könnten sterben etc.) beantworten, und ein mit Eigenlob angereichertes Loblied auf das großzügige und humane System der amerikanischen Rechtsprechung anstimmen. Ich sagte, im Prozeß seien 23 Eingaben an die verschiedenen Gerichte gemacht und von 112 Richtern geprüft worden, aber kein Richter habe je daran gezweifelt, daß Rosenbergs tatsächlich Spione der Russen gewesen seien. Natürlich wußte ich auch, daß sie sich diese Frage überhaupt nicht gestellt hatten, daß es also gar keinen Grund gab, sie zu beantworten, sie hatten sich auf prozessuale Spitzfindigkeiten beschränkt, auf Fragen zur Tat verzichtet, hatten peinlich jede Meinungsäußerung in bezug auf »Schuld« oder »Unschuld« vermieden, was sie natürlich auch mußten, aber ich rechnete damit, daß der General unser Berufungsverfahren nicht kannte, und tatsächlich, er schmunzelte und sagte: »Bring das mit rein, Herb: ›Kein Richter hat je daran gezweifelt . . .‹«
Die Unterhaltung wechselte jetzt zu den abendlichen Zeremonien auf dem Times Square, zu Sitzordnungen, Sonderveranstaltungen, dem Protokoll der Hinrichtungen, und Innenminister Doug McKay berichtete kurz über Sicherheitsprobleme und den Wiederaufbau der Bühne, entschuldigte sich auch etwas kleinlaut dafür, daß es ihm nicht gelungen sei, den Fährenstreik zur Freiheitsstatue zu beenden. Je länger sich das hinschleppte, desto unruhiger und ärgerlicher wurde ich. Inzwischen mußten meine Mitarbeiter eingetroffen sein und den Rosenberg-Schlamassel in meinem Büro entdeckt haben. Das machte mich besorgt, besorgt, weil sie alles sehen und im ganzen Senatsgebäude herumtratschen würden, was sie gesehen hätten, oder schlimmer noch, um mir einen Gefallen zu tun, würden sie das Büro aufräumen. Sie wußten, daß ich aufgeräumte Zimmer liebe. Mein Schreibtisch ist immer aufgeräumt. Man darf keine Unordnung im Kopf zulassen, davon bin ich überzeugt, man muß wie ein Spartaner leben, entbehrungsreich und sauber, jederzeit topfit sein, physisch und psychisch diszipliniert, um abgewogene Entscheidungen fällen zu können. Leute, die ständig von Unordnung umgeben sind, zeichnen sich auch durch

einen ungeordneten Geist aus. Hierzu habe ich mir für mich selbst mal was notiert. Und ausgerechnet jetzt war mein Büro ein gottverdammtes Schlachtfeld, die Rosenberg-Briefe flogen überall rum, Verhandlungsprotokolle, geheime FBI-Berichte, eigene Aufzeichnungen, Bücher auf dem Fußboden – wenn jemand, der mich gut kannte, das sähe, dächte der bestimmt, der gute alte Dick Nixon ist dabei, total überzuschnappen. Oder daß jemand, der mich nicht leiden kann, um sich an mir zu rächen, in meiner Abwesenheit eingebrochen hätte. Aber vor Ende der Sitzung konnte ich nichts unternehmen, und wenn es so weiterging, durfte ich froh sein, noch rüberzukommen, bevor es Zeit war, auf dem Times Square aufzukreuzen. Die dämliche Rasur heute morgen hat mir alles verkorkst, dachte ich irritiert, während ich Ike beobachtete, wie er an dem schwarzbärtigen Penner weiterkritzelte. Zieht er das extra in die Länge? überlegte ich, treibt Uncle Sam sein Spielchen mit mir?

Verteidigungsminister Charlie Wilson schlug jetzt vor, eine Stunde vor den Hinrichtungen den Bezirk um den Times Square durch Panzer mit Atomgranaten abriegeln zu lassen, die er zur Verfügung stellen zu können glaubte. Joe Dodge, für Haushaltsfragen zuständig, bezweifelte, ob das wirtschaftlich vertretbar sei. Wilson meinte, er hätte den Vorschlag ja nur gemacht, damit er von uns diktiert würde. Ich betrachtete dieses Laientheater und dachte: nur Uncle Sam ist ein Professioneller, dem sagt keiner ein. Das ist aber auch nicht einfach für ihn, denn er kann auf niemand hören als auf sich selbst. Sein eigener und einziger Zuschauer, Herb Brownell informierte uns darüber, daß man dabei sei, den alten *Look-Ahead-Neighbor-Sonderzug* für die VIP-Transporte nach New York auf Hochglanz zu bringen, und Handelsminister Sinclair Weeks sagte, die New Yorker U-Bahn müsse uns schnellen und sicheren Zugang zum Zentrum und wieder heraus garantieren. Oveta Culp Hobby drückte ihre Befriedigung hierüber aus. Bedachte man, daß das ganze Kabinett gemeinsam in der Öffentlichkeit erschien, ganz zu schweigen von Kongreß, Bundesgerichtshof, FBI, den Stabschefs und dem besseren Teil Amerikas, dann waren wir ziemlich verwundbar, und das Phantom könnte womöglich mit dem ganz dicken Ding nach uns schmeißen. Foster Dulles verneinte mit düsterem Gesicht die Wahrscheinlichkeit, und Lewis Strauss, der Vorsitzende der Atomenergie-Kommission, lächelte und meinte, deswegen brauchten wir uns keine Sorgen zu machen.

Anschließend entschuldigte sich der Präsident und verlas, um unsere Zustimmung einzuholen, die Ansprache, die er abends bei den Hin-

richtungen halten wollte. Sie war in Ordnung, der übliche Stil, unzusammenhängend, weitschweifig, aber schlicht und aufrichtig, und als er fertig war, klatschte ich zusammen mit den übrigen Beifall. Währenddessen überlegte ich, wie ich die Diskussion zurück auf meine Verletzung lenken könnte. »Eigentlich habe ich sie mehr für Ihren Rotstift vorgelesen«, sagte er, als ob ihm das wirklich peinlich wäre, »und nicht so sehr um des Applauses willen.« Wie kommt es, daß die Leute *mich* für einen unaufrichtigen und gerissenen Typ halten? »Denn bei unserem Versuch, die Philosophie unserer Regierung zu formulieren, haben wir unsere alltägliche Existenz zu wenig berücksichtigt. Einer der Gründe, weswegen ich die Rede jetzt verlesen habe, ist der, daß Sie darüber nachdenken möchten und nicht zögern sollten, sie in Grund und Boden zu kritisieren.«
»Ich finde Sie wundervoll«, sagte Charlie Wilson, »ich bin dafür, Flagge zu zeigen.«
»Ich auch«, dröhnte Eisenhower und knallte seine Linke auf Wilsons Schulter. Art Summerfield erwachte und schoß so ruckartig hoch, daß er fast rücklings mit seinem Sessel umgekippt wäre. »Am liebsten würde ich rausgehen und es laut rausschreien, aber diese Grundprinzipien muß man einfach lebensnah bringen, denn die Sache hier geht vermutlich vor das größte Publikum, das jemals einer Rede zugehört hat. Das wandert in die Zeitungen, da stehen Tausende vor einem. Und man möchte doch, daß jeder, der da ist, die Überzeugung mit heimträgt, daß er was tun kann.« So Eisenhower.
»Eine freie Gesellschaft stimuliert die Leistungsfähigkeit von Millionen«, sagte Wilson. Engine Charlie erschnupperte das Ende der Sitzung und blickte wieder geradeaus. Ich erschnupperte es auch, ich lehnte mich vor, um meine Unterlagen zu ordnen. »Wir sollten darauf hinwirken, daß wir mit gleichem Aufwand mehr erreichen, zum Wohle aller!« Wieder Eisenhower.
»Die Rede hat hohes Niveau und ist dem Anlaß außerordentlich angemessen«, erklärte Ezra Benson, der Wilsons Bemerkungen als Kritik aufgefaßt hatte. Ezra sollte am heutigen Abend das Gebet sprechen und Gott bitten, Rosenbergs ihre Sünden zu vergeben, ein Akt der Nächstenliebe, den wir alle guthießen. »Ich finde sie wundervoll.«
»Unsere Mahnungen sollten weitmöglichst ein hohes spirituelles Niveau aufweisen«, sagte Ike und gestikulierte lebhaft, »gleichzeitig haben wir aber auch versucht, sie in Bezug zu unserer alltäglichen Existenz zu setzen.«

»Mir fällt nichts ein, was ich ändern würde«, sagte Wilson. Ich wollte gerade aufstehen, als Cabot Lodge den Satz beanstandete, der Moskau als früheres Zentrum der Autokratie und heutiges Zentrum der Revolution bezeichnete. Er sagte, das impliziere seiner Meinung nach, daß die russische Regierung nicht mehr autokratisch sei, und Revolution sei schließlich ein Wort, das auf eine große Zahl unterdrückter Bewohner dieser Welt anziehend wirke. »Despotismus?« schlug Eisenhower vor. »Sie haben recht.« Der Einwurf von Lodge schien ihm zu gefallen, und mir warf er einen kurzen, eigenartigen Blick zu. Mit meinem Entschluß, das Maul zu halten, hatte ich es Lodge ermöglicht, mir einen Punkt zu klauen.
»Dieser Salto von Autokratie zum Despotismus«, tönte Wilson, »der ist wirklich besser.« Jetzt, wo Charlie wach war, schien nichts mehr sein Quasseln bremsen zu können.
Plötzlich wurde mir bewußt, worin mein Problem bestand: ich hatte zuviel Zeit damit verbracht, den Prozeß durchzuarbeiten, und für was anderes war mir keine geblieben. Hatte Uncle Sam mich nicht davor gewarnt? Nichts war bewiesen worden. Mit Brownell hätte ich mich wegen des zurückgehaltenen Beweismaterials anlegen können, zum Beispiel, aber irgendwie hatte ich auch gespürt, daß das nicht mehr relevant war – vor einer Woche wars das gewesen, oder sogar noch gestern, aber heute wars das nicht mehr. Warum hatte ich so lange gebraucht, das zu erkennen? Warum hatte ich mich überhaupt erst jetzt mit dem Prozeß beschäftigt? Ich war nicht mehr der einfache Kongreßabgeordnete von Süd-Kalifornien, nur um Haaresbreite war ich von der Inkarnation entfernt! Jetzt war alles wichtig. Dort liegt überhaupt das Kernproblem für den, der auf der Stufenleiter nationaler Macht höhersteigt: Wie läßt sich die Grundlagendiskussion auch weiterhin eingrenzen, ja überhaupt noch definieren, wie bewahrt man sie vor Weitschweifigkeit und Paradoxien? Ich habe gerade erst begonnen, dachte ich. Ich werde immer unter Zeitdruck stehen! Ich mußte die Briefe nochmal lesen, die Lebensläufe, die verborgenen Leitmotive aufspüren, einen allumfassenden Überblick gewinnen, irgendwie, und dann *eine Rede ausarbeiten*! Das wäre der Clou: ich müßte mich heute Abend vors Volk stellen und eine gewaltige Philippika loslassen, Fakten unter die Leute bringen, der Wahrheit eine Gasse bahnen, allen dazu verhelfen, über sich selbst hinauszuwachsen, Stolz zu empfinden, daß man Amerikaner ist! *Das* wars, was Uncle Sam von mir erwartete. Das wars, wofür die Sprache da war: aus Verwirrungen herausführen, neuen Mut einflößen, die Gesellschaft erneut for-

mieren! Vor mir lag, das wußte ich, ein Tag voll fast übermenschlicher Anstrengung.

»Persönlich habe ich was dagegen«, sagte der Präsident, »mich einer Ausdrucksweise zu bedienen, als wären wir Schulmeister. Mit einer Ausnahme: der große Lincoln sagte nicht: ›Vor sieben*und*achtzig Jahren‹. Er sagte: ›Vor vier mal zwanzig und sieben Jahren.‹ Schon zu Beginn seiner Rede umgab ihn die Aura des Staatsmannes. Er bediente sich nicht jener Ausdrucksweise, die er besser beherrschte als andere – Sie können mal eine der Geschichten lesen, die er erzählte. Sie dürfen mich gerne korrigieren, aber in meiner Ansprache habe ich ganz bewußt versucht, mich auf einer Sprachebene zu bewegen, die am Quai d'Orsay ebenso ankommt wie in der Downing Street, mich jedoch besonders darum bemüht, die Worte so zu wählen, daß sie auch dem Mann mit der Hacke eingehen.«

Wilson strahlte (wir alle strahlten): »Sie haben Flagge gezeigt! Ich finde das wundervoll!«

»Äh, meine Nase . . .«, setzte ich an.

Aber genau in dem Moment stürzte Sherman Adams mit Neuigkeiten herein: Das Gericht hat gesprochen! Der Hinrichtungsaufschub ist aufgehoben! Die Menschenmassen auf dem Hill und in der Mall haben sich in Bewegung gesetzt – *sie marschieren jetzt hierher!*

14. High Noon

Da kommen sie schon, strömen die Mall herauf zum Weißen Haus, angeführt von *TIME* persönlich, Amerikas lorbeerbekränztem Balladensänger. Er trägt ein riesiges Photo von Gary Cooper, der mit dem Schlachtruf »ANGSTSCHWEISS, BLUT UND SPANNUNG« eine Tür einrennt und singt einen selbstverfaßten Text zu der bekannten Melodie:

high noon united artists schleichen
nach hadleyville pop vier null null
eines heißen sonntags morgen kommt
  der augenblick der krise
  einer krise für die kleine
für die kleine wehe – stern stadt

desperado fra – hank miller dem
die haft erlassen wurde
durch politkuhhandel
  kommt heut mit'm mittagszu – hug

und der marshall ist kein held, s'ist
g cooper der mit frau grace kelly
abreist einen laden aufzumachen
    aber er kehrt wieder uhu – hum
    denn daheim gibts viel zu tuhu –hun
rä – hecht und oho – hordnung stehen auf'm spiel

  und die guten hadleyviller bürger
  wetten daß der marshall tot ist
  fünf minuten später wenn frank miller aussteigt
    aussteigt aus'm mittagszu –hug

ganz alleingelassen von den leuten die
furchtgelähmt moralbankrott
muß der marshall naßgeschwitzet
  sich f. miller und den drei
  dreien seiner spießgesellen
spießgesellen ganz alleine stellen

die szene steigert sich zum mittagshöhepunkt
tickend das crescendo vieler uhu –huren
gleise ziehen weit sich hin und eben
stillverla –hassene straßen

die ganze zeit erklingt tiomkins
traurig klagende high noon ballade
das gericht das kommende kehrt melodisch immer wieder
hitze spannung
steigen schonungslos
bis zur zwölf uhr mittags krisi – hiss . . .

Der Poet hat keinen schmählichen Schiß wie Lloyd Bridges, sondern schreitet flott fürbaß, ein stolzer und ehrgeiziger Sheriff, der wie Jack Palance grinst und sich zu Dmitri Tiomkins dumpfdröhnender Musik wie Smiley Burnette in den Hüften wiegt, die Leute immer hinterdrein. Das Gesetz hat obsiegt. Das Gesetz und der Geist. Fred Vinsons Gericht hat zum letzten Mal gesprochen, die subversiven Elemente Douglas und Black sind abgeschossen, Juden-Richter Frankfurter, von Zweifeln zerrissen, hat zum letzten Mal gesprochen. Das Leben der A-Bomben-Räuber liegt nun in den Händen des schlanken, drahtigen Generals Ike (dem Schweden) Eisenhower, der zu seiner Zeit massenhaft Grenzscharmützel erlebt hat, liegt in den Händen Eisenhowers, und hängt an den Zeigern der alten Uhr an der Wand. Im Repräsentantenhaus springt Demokrat Frank Chelf aus Kentucky auf, reckt sich wie Tom Mix auf seinem Roß Tony, und unterbricht erregt die Debatte über das Auslandshilfegesetz mit der Meldung, daß der »Oberste Gerichtshof gerade entschieden hat, den Aufschub der Hinrichtung außer Kraft zu setzen. *Lobet den Herren, der uns mit Wohltaten überhäuft! Wir danken dem Hohen Gericht«!*
Nicht etwa, daß alles überstanden wäre. Nein, schon rotten sich die Horden des Phantoms zusammen, zum letzten Gefecht. Ein stetes Rinnsal übel aussehender Statisten sickert aus dem Inspiration House in der Kalorama Road in Richtung Pennsylvania Avenue, wie Miller und seine Gang, aus dem Mittagszug, Transparente tauchen auf: WIR SIND UNSCHULDIG! WIR TAUSCHEN MENSCHENWÜRDE & WAHRHEIT NICHT GEGEN UNSER LEBEN EIN! ROSENBERGS DÜRFEN NICHT AUFGRUND DER AUSSAGE EINES LÜGNERS STERBEN! Die Luft ist drückend wie in Hadleyville, geladen mit der lastenden Drohung von Zeit und schwarzer Ungewiß-

heit. Irgendwas ist noch nicht ganz sauber. »Nie hätt 'ch geglaubt, das ma' zu erläbn, was isch erläbt hab in WasSINGton in'n letztn paa' Taachen.« Die Massen, unterwegs zum Weißen Haus, halten an, um dem demokratischen Abgeordneten E. L. Forrester aus Georgia zu lauschen, dessen altmodisch elegante Rhetorik aus dem Kapitol dringt wie durch die schwingenden Türen des Western Saloon . . .

Am letzten Sonntag habe ich sechs- oder siebentausend Kläffer gesehen, die das Weiße Haus umlagerten, Transparente schwangen, unserer Regierung vorwarfen, Zeugen bestochen zu haben. Die forderten, zwei bestimmte Kinder nicht zu Waisen zu machen. Nicht einen einzigen in dieser Menge kümmerten die Witwen und Waisen unserer tapferen jungen Männer, die in Korea, dem Kommunismus trotzend, gefallen sind. Gestern noch drängten sich Hunderte vor dem Kapitol, die nichts anderes im Sinn haben, als unser Land zu zerstören oder gar die Regierungsgewalt zu übernehmen. Als ich heute in mein Büro ging, sah ich den Abschaum, der den Präsidenten der Vereinigten Staaten bedrängt! . . . Herr Vorsitzender, ich verabscheue den Kommunismus! . . . Jedermann soll wissen, daß der Wahlbezirk, aus dem ich komme – ein Bezirk, in dem es keine Kommunisten gibt – freudig zu jedem Opfer bereit ist, jede Gefahr auf sich nehmen und nicht ruhen wird, bis diese Geißel der Menschheit ein für alle mal unschädlich gemacht ist!

Markige Worte, seiner Vorgänger Johnny Mack Brown und Tim McCoy würdig; selbst der träge alte Obertürschließer Fishbait Miller ist jetzt auf den Beinen: los, schnallt eure Schießeisen um, Jungs, und geht dem Sheriff zur Hand! Doch sogar hier, im Versammlungsraum der Bürger, gehen Feigheit und Unentschlossenheit um, vielleicht gar Verrat, sonst würde der aufgebrachte Mann aus Georgia die Anwesenden nicht mit soviel heißer Rhetorik überschütten. Gewisse Leute sind nicht anwesend, sie verdrücken sich, wenn es Zeit ist, aufzustehen und abzustimmen. Zudem sieht die Gesetzesvorlage über die Auslandshilfe, die heute morgen zur Debatte steht, eine Belohnung für den kommunistischen Verbrecher Tito in Jugoslawien vor, und Alvin O'Konski, Abgeordneter aus Wisconsin, strampelt mit Händen und Füßen, weil er ans Rednerpult will, um dem Haus so richtig einzuheizen: *Brrr! Was für'n Kongreß ist das bloß?* Der Abgeordnete Forrester räumt schließlich das Rednerpult, aber nicht, ohne vorher die Schuld an den Straßenschlachten, die heute drohen, voll und ganz Richter Douglas und dem »Bürgerrechtskongreß« anzulasten: »Zu VIEHle sin vawIRRt wordn durch de SSogenanntn BiercherRächte, 'n ko-mmuh-mistischer Dauer-

BRENN:er, un disse SUppaKlaSSe von Leutn iss höxt vaantwORDlich für diesn SUpprunsinn!« O'Konski nimmt heute vormittag die »kommunistischen Teufel« aufs Korn, die den »Bürgerkrieg in Spanien angezettelt und angeführt haben«, speziell aber den »unerträglichen kommunistischen Horror und Terror« des Priester-und-Nonnen-Schlächters Tito, der eine schöne Ladung Kies von der Auslandshilfe zu erwarten hat. Und während die Massen verschreckt in Richtung Weißes Haus rennen, an der Loyalität und dem Rückgrat der führenden Bürger zweifeln, klingen ihnen Alvins zürnende Worte in den Ohren . . .

Ich möchte wissen, wie man sich fühlt, wenn man dem Kommunismus in die Hände spielt und mithilft, freiheitsliebende Menschen zu töten? Ich möchte gerne wissen, ob dieser Kongreß überhaupt Herz und Gewissen besitzt?

Und als sie sich dann auf dem Rasen des Weißen Hauses sammeln, sich unter die Touristen mischen, die gerade eine Führung hinter sich haben, ist plötzlich eine ungeheure Erregung da, ein Gefühl des Überwältigtwerdens, von einer Kraft, die der eigenen überlegen ist, der etwas Göttliches und Majestätisches zu eigen ist, jenseits aller Geschichte, und die daherstampft wie der Mittagszug. Die Menschen blicken einander an, nervös, aufgewühlt, lächeln verständnisinnig, ihre Herzen schlagen vor Stolz und Erregung nach kaum hörbaren Trommelwirbeln, dem Rattata – rattata von Eisenbahnrädern, galoppierenden Hufen – ja, es ist, als ob das Grenzland ins Zentrum zurückkehrt, Wildheit und Gefahr bringt, die Fährnis und den Taumel weiter, offener Räume, als träte anstelle von Systematik der Zufall, anstelle des Gesetzes der Poker. Während sie sich unter dem Balkon des Weißen Hauses hin- und herschieben, fühlen sie sich mit Wesley Ruggles nach *Arizona* versetzt, schließen sie sich Roy Rogers Banditenjagd in *Bells of Rosarita* an, marschieren mit Barbara Pepper und Patsy Montana die Straße des Western-Städtchens hinunter, um für Sheriff Autry zu stimmen, reiten mit John Wayne auf dem *Big Trail*. Etwas Großes geht vor. Ja, das spürt jeder. So als ob sie mit Sam Houston am San Jacinto wären oder mit dem Alten Rauhbein in Resaca de la Palma. Sie trinken mit freien Trappern am Snake River Büffelblut, schlagen sich mit Sam Brannons Vigilanten, massakrieren Komantschen am Plum Creek, Kiowas im Palo Duro Canyon, Pueblos in der Missionskirche von Taos. Ein großer Tag für Amerika, ein Stück Vergangenheit, das die Zukunft beflügelt, inspiriert von Waghalsigkeit und Vorbestimmung. Andererseits könnte es aber auch ein schrecklicher Tag werden . . .

Alles hängt von Ike ab.
Und wie steht's mit dem Präsidenten? Ist er immer noch der Mann, für den man ihn hält, oder hat das Phantom ihn ebenso eingewickelt wie den Rest, wie Truman und Acheson und Alger Hiss, all die Leute, die vom Vizepräsidenten höchstpersönlich als Helfershelfer und Parteigänger der kommunistischen Verschwörung gebrandmarkt wurden? Senator Joe McCarthy hat gesagt: »Die freiheitsliebenden Menschen der ganzen Welt sollten Syngman Rhees Aktion Beifall spenden!« Ja, warum spendet der Präsident ihr keinen Beifall? Und warum will er dieser Balkanratte Tito Geld geben? Kann man andererseits zwei so finsteren und haarigen Gesellen wie Joe McCarthy und Dick Nixon überhaupt trauen? Geben sie einem das Gefühl, es mit einem Buck Jones oder Sunset Carson zu tun zu haben? Kaum. Der Präsident ist schließlich kein Rowdy von den Marines, kein Winkeladvokat von der Navy – er ist Infanterist, Revolverschütze, ein großer, liebenswerter blauäugiger Mann des Westens, der Billy Boyd sehr ähnelt. Oder Harry Carey. Oder Randolph Scott in *Frontier Marshall.* Er ist der Mann, der in Indianapolis gesagt hat: »Kein Amerikaner kann abseits stehen, wenn sein Land die Beute von Panikmachern, Quacksalbern und unverfrorenen Plünderern wird! Er steht nicht da und dreht Däumchen, wenn sein Garten von einer Horde Vandalen verwüstet und sein Haus von einer Räuberbande überfallen wird! Er tut was dagegen!« Man hört die Türen des Saloons förmlich knarren. »Kein kluger, kein tapferer Mann«, verkündet er in Cincinnati, »legt sich auf die Schienen der Geschichte und läßt sich vom Zug der Zukunft überrollen!«
Es ist der Mann, *der den Krieg gewann,* aber er ist auch ein Mann des Volkes, geboren und aufgewachsen in der einsamen Prärie, ein Mann, der weiß, was es heißt, unter den Sternen zu schlafen und das Heulen der Coyoten und das Brüllen junger Kälber zu hören, die nach der Mutter suchen, ein Mann, der reiten und schießen und die Fäuste gebrauchen kann, ein Mann, der durch ganze Felder hingemähter Soldaten schritt, und nicht den Mut verlor. »Wir leben«, hat er just letzte Woche in Minneapolis gesagt, »nicht in einem Augenblick der Gefahr, sondern in einem Zeitalter der Gefahr – in einer Zeit der Spannung und Wachsamkeit«, und seine Antwort an das Phantom heißt Kraft: »Die Hand des Aggressors wird durch Kraft gebändigt – nur durch Kraft allein!« Als Junge hat er in Abilene die Kerle verdroschen, die die Schwächeren terrorisierten, hat einem Schußwechsel auf den staubigen Straßen dieses Westernnestes zugesehen und bekam in St. Louis selbst eine Pistole zwischen die Rippen. Ein alter

Trapper, Bob Davis mit Namen, stoppelbärtig wie Chill Wills, hat ihm gezeigt, wie man mit einer doppelläufigen Flinte auf einen Schlag zwei Enten erlegt, wie man ein Flachbootpaddel abschert, wie man beim Poker gewinnt, wie man eine Bisamratte fängt . . .

»Na Kleiner, wie fängste ne Bisamratte?«

»Weiß nich, Bob . . .«

»Na gut, dann verrat ich's dir, du gehst los und suchst ihre Spur im Ufersand, legst deine Falle anne kurze Kette, verstehste, und dann ersäuft se sich . . .«

»Donnerwetter, Bob . . .«

Er packte seinen einzigen Sonntagsanzug ein und ging nach West Point, wo er der Trottel-Schwadron und dem Viecher-Block zugeteilt wurde – tolpatschig wie der alte Coop persönlich. Er kasperte rum, bekam Ärger, ein einfältiger, lustiger Western-Junge unter geschniegelten Südstaaten-Gecken. Der Blödel-Drill ruinierte sein verletztes Knie gänzlich, seine Noten wurden schlechter, er rauchte selbstgedrehte stinkende Zigaretten, stellte den Mädchen nach, wurde vom Sergeanten zum gemeinen Soldaten degradiert und wäre weggejagt worden, hätte nicht Major Poppy Bell rechtzeitig eingegriffen. Er war drauf und dran, leichtsinnig zu werden wie Doc Holliday, sich diesen liebenswerten Halunken zum Vorbild zu nehmen, hätte man ihn jetzt ausgebootet. Er erwog bereits, als Gaucho in den argentinischen Pampas Vieh zu hüten, doch dann bekam er sein Offizierspatent für die Infanterie und wurde an die mexikanische Grenze versetzt, zu General Pershing, der auf Geheiß von Superchief Woodrow Wilson zusammen mit den Carranzistas eine »Strafexpedition« unternahm, ein kleines moralisches Lehrstück, um die Leute in Trab zu halten, bis ein richtiger Krieg losginge.

Nun ja, er war zwar schon ein ausgewachsenes Mannsbild, aber das hätte keiner gedacht, nach wie vor war er derselbe ungestüme Ike, ein kecker frischgebackener Leutnant mit dem sprichwörtlichen Feuer im Arsch – doch dann begegnete er im guten alten San Antonio der Mamie Doud, in jenen Tagen ganz die kesse und kühle Schönheit, wie sie der Westen seit Blanche Sweet nicht mehr gesehen. Schluß mit dem Würfelspiel, Schluß mit dem ewigen Rumhuren, Schluß mit dem Krakeelen in Kneipen, es war wie die Wandlung des Bösewichts Bill Hart, als er zum erstenmal Eva Novak oder Clara Williams oder Bessie Love erblickte. »Der Schuft«, lautete der Untertitel, als der liebeskranke Bösewicht sich zum Heiligen mauserte, »begegnet zum erstenmal dem Guten.« Nicht etwa, daß Bill Hart oder Ike jemals wirklich böse waren, gottbewahre – mit dem gleichen Recht könnte man behaupten, Amerika selber sei böse. Was beide erfuhren, war eigentlich jene beispielhafte Verwandlung – in Taten und in Schönheit – der ungezähmten Natur eines tapferen Mannes und das ist es, was den Wilden Westen ausmacht. Am Valentinstag 1916 schenkte Ike seiner Mamie den Klassenring, und ein Jahr später hat ihn der Blitz getroffen.

Jetzt – während die Uhr unerbittlich auf die Zwölf zugeht – kommt über Lautsprecher das freundlich rollende, aber auch grollende Tremolo von Tex Ritter, dem texanischen Cowboy:

Ich weiß nicht, welche Dinge mir bevorsteh'n
Ich weiß nur, ich muß tapfer sein,
Dem, der mich haßt, muß ich entgegen geh'n
Oder feige ruh'n
Klein und feige ruh'n
Oder feige ruh'n im Grabe mein . . .!

Ein befremdlicher, aufwühlender Trommelwirbel untermalt den Song, vielleicht hat man den schon die ganze Zeit über gehört. Die Menge wird unruhig wie das Kinopublikum, während die dritte Spule abläuft. Die Männer tasten ihr Kinn nach Bartstoppeln ab, klopfen sich auf die Hüften, als wollten sie den Colt ziehen. Die Frauen drücken die Kinder an die Röcke. Aber dasselbe ist es natürlich nicht. Sie gleichen nicht den feigen Schafsköpfen im Saloon von Hadleyville, ganz und gar nicht! Der Präsident ist im Gegensatz zu Gary Cooper nicht allein – nein, die ganze Nation steht bereit, die ganze verdammte Stadt wird heute nacht hinter Uncle Sam und Ike und Dick und Edgar und Joe und Irwing und den übrigen die Main Street hinuntermarschieren, keiner läßt den anderen im Stich, oh my darling, diesmal sind wir alle dabei, jeder, vom Obersten Gericht, dem Kongreß und dem Kabinett, bis zur einfachen Hausfrau, dem Gossenputzer, dem Mann auf der Straße, auf einen Stinker mehr oder weniger kommt's dabei nicht an. Mit dem wird man fertig. HUAC hat sich schon drangemacht, alle diejenigen zu überprüfen, die gegen die Hinrichtung protestieren, und festgestellt, daß »sich nirgendwo sonst die feige Heuchelei des Kommunismus so eindrucksvoll gezeigt hat wie in der monströsen Kampagne, die für die beiden Atomspione Julius und Ethel Rosenberg organisiert wurde«! Wahrlich, die Protestler sind genauso schlimm wie Billy the Kid, der »Lynchjustiz« schrie, als man ihn wegen Mordes an 21 Personen zum Tod durch den Strang verurteilte. Die phantomistische Kampagne, sagt HUAC – und alarmiert damit die Steuerfahndung –, ist nichts als Lug und Trug, »ein Betrug zu finsteren Zwecken und mit spektakulärem Profit, der den Namen Amerikas auf der ganzen Welt zu verunglimpfen sucht, und dem amerikanischen Volke dabei eine runde halbe Million Dollars abluchst«! Die Fesseln der beiden Giftschlangen haben sie damit nicht gelöst. Im Gegenteil. *The Commonweal* berichtet:

Sie haben den Präsidenten in eine Situation manövriert, in der, würde er den Aufschub gewähren, dies überall als Nachgiebigkeit gegenüber dem kommunistischen Druck im eigenen Lande und dem Druck der kommunistischen Propaganda im Ausland verstanden werden müßte – genau das, was die Vereinigten Staaten sich zu diesem Zeitpunkt nicht leisten können . . .

Nein, das können sie nicht. Die amerikanische Presse ist einhellig der Meinung: »Der Schalter muß gedreht werden!« Die Bürger, so zeigt eine Umfrage, sind derselben Ansicht. »Der Wille, sie hinzurichten«, so der Wortlaut des katholischen Wochenblattes *America*, »demonstriert die Absicht Amerikas – dieser Stimme der Menschheit – zu überleben . . . Verschwörer gegen die Menschheit müssen entweder sterben oder bereuen, wenn die Menschheit leben soll!« Eisenhower weiß das. Er stimmt voll damit überein, das hat er gesagt. Warum also dieser seltsame Kitzel, diese eigenartige Angst, diese immer wiederkehrende Melodie von droho-hohenden Gericht, das einen zum Kichern reizt, oder zum Jucken der Klöten? Gewiß, es gibt Präzedenzfälle einer Begnadigung in letzter Minute. Während des Bürgerkrieges geschah es zum Beispiel, daß General William Tecumseh Sherman, der nie viel Federlesens machte, einen von Horace Greeleys Korrespondenten einlochte, ihn der Spionage bezichtigte und drauf und dran war, ihn zu erschießen, als Abraham Lincoln einschritt und das Leben des Reporters rettete. Allerdings, Abe wurde kurz darauf selbst erschossen – *die* Lehre sollte also klar sein. Nein, da ist noch was anderes . . . tja, die Frau vielleicht! Und die Kinder, die beiden Jungen . . .

Der Fall Rosenberg zeigt es noch einmal klar und deutlich, daß der Kommunismus ein ernst zu nehmendes geistiges und psychologisches Übel ist, nicht nur eine konspirative und militärische Macht . . . »Wer seinen Sohn oder seine Tochter mehr liebt denn mich, ist meiner nicht würdig.« Der Kommunismus hat bewiesen, daß er eine verrottete Karikatur des Christentums darstellt. Rosenbergs, die sich dazu hergaben, ihr Land, ihr Volk und die Menschheit schlechthin zu verraten, sind bereit, ihre Kinder zu Waisen zu machen . . .

Ja, der *Commonweal* hat recht, es ist so infam, daß es kein anständiger Bürger verstehen kann: wer begreift eine so perverse Mentalität, die Jesus auf den Kopf stellt, böswillig an den Fundamenten der Familie rüttelt, in einem Atemzug das Heilige und den Gesellschaftsvertrag schmäht? Diese zwei Buben, die man in den letzten Wochen so schäbig zur Schau gestellt hat, rühren jetzt noch an die Gemüter . . . und der Präsident selbst ist – wie man weiß – ja auch Vater und Großvater, ein liebevoller Mann, der auf tragische Weise seinen erstgeborenen Sohn verlor; und gerade vor ein oder zwei Tagen gab es diese rührende Szene mit Smokey Bear, und schließlich ist am kommenden Sonntag auch noch Vatertag – wer in dieser Menge könnte ehrlich sagen, er oder sie wollte diesen Kindern die Eltern nehmen, dieser Familie die ersehnte Vereinigung versagen? Und wer wäre nicht gleichzeitig von Furcht und Erregung gepackt bei der Betrachtung dieses mitten aus dem Leben gegriffenen Dramas, seines voraussehbar tragischen Endes, das sich unabwendbar vor aller Augen anbahnt? Ja mehr noch: der Präsident muß nicht nur diese beiden Kinder zu Waisen machen, nein, er – der tapfere Liebhaber aus den Tagen der Grenzkriege – er soll kaltblütig eine Frau töten. Hätte ein Bill Hart die kleine Eva aufhängen können – oder auch nur die letzte Saloon-Nutte? Hätten der alte Lafe McKee oder Bill Farnum so den Stab über eine Dame brechen können, und wäre es Belle Starr persönlich gewesen? Gewiß, eine Menge Frauen starben im Wilden Westen, und nicht alle in ihren Betten, aber in den meisten Fällen war es ein Unfall, eine verirrte Kugel oder die impulsive Selbstaufopferung einer Hure. Nicht mal Böslinge wie Walter Miller oder Arthur Kennedy schleiften sie unter einen Ast und hauten dann dem Pferd eins auf die Kruppe. Bisher gab es nur eine einzige Frau in der amerikanischen Geschichte, die jemals von der amerikanischen Rechtsprechung in den Tod geschickt wurde, und das war Mary Suratt, die der Beihilfe an einem Präsidentenmord schuldig war. Und das war wohl, wie der Richter sagte, ein »Verbrechen schlimmer denn Mord« . . . Doch immer noch gibt es eine gewisse Sanftmut tief im Innersten der amerikanischen Seele, die geprüft, gezwickt und gepatscht wird . . .

Zerrissen zwischen Pflicht und Liebe
Voll Furcht, ob mir mein Goldkind bliebe,
Seh ich den großen Zeiger rücken:
  Auf zwölf Uhr mittag zu . . .!

Und dann tritt er auf: Der Präsident der Vereinigten Staaten von Amerika. Hoch auf dem Balkon des Weißen Hauses, umgeben von Familie und Freunden. Groß, edel, freundlich, bescheiden, die blauen Augen blitzend.

Zuerst ist sie still, die Menge, sekundenlang gebannt, Eisenbahnräder

rattern in ihren Köpfen, dann schütteln sie den seltsamen Bann ab und brechen in tosenden Jubel aus.
»WE LIKE IKE!« »WE LIKE IKE!«
In der Ferne läuten bereits die Glocken.
»Leg deine Falle an ne kurze Kette, Ike!«
»Besteig den Zug der Zukunft!«
»Hui! Huh!«
Der Präsident lächelt, hebt seine Arme. »Freunde . . .«
Die Menge verstummt. Erwartungsvoll.
TIME schreibt: »Im Zentrum des Orkans / wich Dwight Eisenhower keinen Schritt . . .«

INTERMEZZO

Die Gnadenappelle

Ein dramatischer Dialog zwischen Ethel Rosenberg und Dwight Eisenhower.

Eine leere Bühne. Undeutlich sichtbar im Hintergrund ein Abbild der Justitia. Entferntes leises Summen des niemals endenden Verkehrs der Welt. Während des Dialogs wendet sich der PRÄSIDENT kein einziges Mal an die GEFANGENE, er nimmt ihre Anwesenheit auf derselben Bühne überhaupt nicht zur Kenntnis. Die GEFANGENE, die sich dessen bewußt ist, spricht ihn zwar manchmal direkt an, häufiger aber hat es den Anschein, als ob sie ihn durch das Echo aus dem Zuschauerraum zu erreichen suche:

GEF: (liturgisch) Die Petentin bittet ergebenst darum, daß man ihr aus folgenden Gründen entweder Begnadigung oder Strafmilderung gewährt: ERSTENS . . .

PRÄS: (räuspert sich) Ich habe ernsthaft erwogen . . .

GEF: (eindringlich) ERSTENS: weil wir unschuldig sind.

PRÄS: Ich habe diesen Fall . . .

GEF: Unschuldig, was wir seit dem Tag unserer Verhaftung beteuert haben.

PRÄS: . . . sehr sorgfältig . . . geprüft . . .

GEF: Unschuldig. Das ist die ganze Wahrheit.

PRÄS: Und bin zu dem Ergebnis gekommen . . .

GEF: Beschmutzen Sie nicht die Ehre Amerikas, Mr. President, indem Sie unser Recht, weiterzuleben, mit der Aufforderung verknüpfen, uns eines Verbrechens schuldig zu bekennen, das wir nicht begangen haben.

PRÄS: Ich bin überzeugt . . .

GEF: Wir haben Ihnen die Wahrheit gesagt: wir sind unschuldig. Wahrheit bleibt wahr.

PRÄS: Ich zweifle nicht daran . . .

GEF: Immer wieder hat man uns gesagt, bis es uns schließlich krank gemacht hat . . .

PRÄS: Kein Richter hat je bezweifelt . . .

GEF: daß die stolze Behauptung unserer Unschuld nicht stolz sei, sondern anmaßend, daß unser Wunsch nicht . . .

PRÄS: Die Schlußfolgerung, die man hieraus ziehen muß . . .

GEF: ... sei nicht, die eigene Integrität zu wahren ... sondern, daß wir nach dem zweifelhaften »Ruhm« eines nicht näher beschriebenen »Martyriums« streben.

PRÄS: ... ist die, daß Rosenbergs in den Genuß aller Schutzvorkehrungen gekommen sind ...

GEF: Das stimmt nicht.

PRÄS: ... welche die amerikanische Justiz vorsieht.

GEF: Wir sind weder Märtyrer noch Helden und wollen es auch nicht sein.

PRÄS: Alle Schutzvorkehrungen ...

GEF: Wir wollen nicht sterben. Wir sind jung, zu jung für den Tod.

PRÄS: Jegliche Möglichkeit ...

GEF: Wir möchten leben. Ja, wir möchten leben ...

PRÄS: Das größtmögliche Maß an Gerechtigkeit und ein ordentliches Gerichtsverfahren ...

GEF: ... und zwar in der schlichten Würde, die nur jenen zukommt, die sich selbst und ihren Mitmenschen gegenüber aufrichtig gewesen sind. Deshalb können wir in aller Aufrichtigkeit nur erklären ...

PRÄS: ... das Ihnen zustehende volle Maß an Gerechtigkeit ...

GEF: ... daß wir dieses Verbrechens **nicht** schuldig sind.

PRÄS: ... wie es der ehrwürdigen Tradition amerikanischer Justiz entspricht.

GEF: ZWEITENS: Wir verstehen jedoch, daß der Präsident sich dem Schuldspruch der Jury verpflichtet glaubt, obwohl aufgrund der Beweislage eine gegenteilige Entscheidung ebenso zulässig gewesen wäre.

PRÄS: Da nun ...

GEF: Aber häufig hat man sich in der Vergangenheit ohne langes Zögern auf den Schuldspruch des Augenblicks verlassen und den Tod erst bedauert, wenn die Wahrheit, wie es ihr eigen ist, an den Tag gekommen und es zu spät war, noch etwas zu ändern.

PRÄS: (mit fester Stimme) Da nun die Tribunale der Vereinigten Staaten Sie in feierlichem Urteil für schuldig und das Strafmaß für angemessen befunden haben, werde ich in dieser Sache nicht eingreifen.

GEF: Sie mögen uns nicht glauben, aber schon im Verlauf der wenigen Monate, seit wir unser letztes Gnadengesuch an Sie richteten, hat sich unsere Vorhersage bestätigt, daß das unerbittliche Wirken der Zeit und des Gewissens die Wahrheit unserer Unschuldsbeteuerungen offenbar machen wird.

PRÄS: (ohne Umschweife) Ich werde nicht eingreifen.

GEF: (nach einem Moment des Zögerns) DRITTENS . . .

PRÄS: Und ich habe beschlossen, daß es meine Pflicht ist . . .

GEF: (sammelt Mut) DRITTENS: Die Anklage . . .

PRÄS: Meine Pflicht gegenüber den Bürgern der Vereinigten Staaten . . .

GEF: (erscheint plötzlich schwach, wendet sich an den PRÄSIDENTEN) Die Anklage . . .

PRÄS: . . . gebietet mir, den Urteilsspruch ihrer Repräsentanten nicht umzustoßen.

GEF: (weich, zum PRÄSIDENTEN) Es ist ja hauptsächlich das Todesurteil, das zu überprüfen ich Sie anflehe.

PRÄS: (wie zu sich selbst) Ich muß zugeben, daß es mir gegen den Strich geht, nicht einzugreifen, wenn an einer Frau die Todesstrafe vollzogen werden soll.

GEF: (sanft) Immer wieder überkam mich im Verlauf der zwei langen und bitteren Jahre, die ich im Todesblock von Sing-Sing verbrachte, die Anwandlung, mich direkt an den Präsidenten der Vereinigten Staaten zu wenden.

PRÄS: (wieder gefaßt) Dagegen sprechen allerdings ein oder zwei Tatsachen von wesentlicher Bedeutung. Zum einen . . .

GEF: (verträumt) Bevor Dwight D. Eisenhower »Präsident« wurde, war er der »Befreier« von Millionen.

PRÄS: Zum einen ist es im vorliegenden Fall die Frau, die den starken und aufsässigen Charakter zeigt . . .

GEF: Am Ende war es eine gewisse, natürliche Scheu . . .

PRÄS: Der Ehemann ist der schwächere.

GEF: . . . eine Verlegenheit, die jener gleicht, die ein gewöhnlicher Mensch in Gegenwart großer oder berühmter Persönlichkeiten empfindet . . .

PRÄS: Ganz offenkundig ist sie bei allem, was man in diesem Spionagering trieb, die Anführerin gewesen.

GEF: (seufzt und wendet sich ab) Es stimmt schon, bis jetzt haben Sie es nicht für nötig gehalten, unser Leben zu retten.

PRÄS: Zum anderen würden die Sowjets – wollten wir nur die Strafe der Frau und nicht die des Mannes umwandeln – nur noch Frauen als Spione rekrutieren.

GEF: (sich an den PRÄSIDENTEN wendend, fester) Das mag sein oder nicht, ich bin in aller Bescheidenheit der Meinung, die Bürde Ihres Amtes und die Erfordernisse der Zeit haben Ihnen bisher keine Gelegenheit gegeben, sich persönlich eine Meinung zu bilden.

PRÄS: Die Hinrichtung zweier Menschen ist eine schwerwiegende Angelegenheit.

GEF: Aber jetzt frage ich diesen Mann, dessen Name eins ist mit dem Worte Ruhm . . .

PRÄS: Eine schwerwiegende Angelegenheit.

GEF: . . . welcher Ruhm wäre größer als der, durch einen einfachen Akt des Mitgefühls Gott ein Opfer darzubringen!

PRÄS: Aber noch schwerer wiegt der Gedanke an die Millionen Toten, deren Tod direkt dem zuzuschreiben wäre, was diese Spione angerichtet haben.

GEF: (wütend) Niemand – abgesehen vom Richter – hat jemals auch nur unterstellt, daß das Atombombenmaterial, das angeblich im Zuge einer Verschwörung weitergegeben sein soll, für die Sowjetunion von irgendwelchem Wert gewesen wäre!

PRÄS: Das Verbrechen, dessen sie schuldig befunden und für das sie verurteilt worden sind, übertrifft bei weitem eines, durch das einem anderen Mitbürger das Leben genommen wird. Es ist vorsätzlicher Verrat an unserer ganzen Nation und kann wohl den Tod von vielen Tausenden unschuldiger Bürger zur Folge haben.

GEF: Speziell in bezug auf dieses Verfahren hat die Regierung nach dem Prozeß selbst zugegeben, daß die »Qualität der Greenglass-Skizzen weit übertrieben worden ist« und daß Greenglass, weil er kein Naturwissenschaftler war, »nur wenig wert gewesen sein kann«.

PRÄS: Indem sie die Chancen eines Atomkrieges ungeheuer vergrößerten, könnten Rosenbergs Dutzende von Millionen unschuldiger Menschen auf der ganzen Welt zum Tode verurteilt haben.

GEF: Es ist völlig klar, daß derart wertlose Informationen wohl kaum den »Russen die Atombombe in die Hand gespielt haben«, selbst wenn diese das »Geheimnis« noch nicht gekannt hätten!

PRÄS: Durch ihre Handlungen haben diese beiden Individuen ebenfalls die Sache der Freiheit verraten, für die in dieser Stunde freie Männer kämpfen und sterben.

GEF: (leicht verzweifelt) Wir haben den schriftlichen Beweis dafür geliefert, daß David Greenglass, der sich durch seine eigenen Vergehen in der Falle sah, aus hysterischer Angst um sein Leben und das von Ruth, seinem lebenslangen Hang zum Lügen wieder anheimfiel und – angestachelt von seiner gerissenen und gleichfalls schuldigen Frau – Stück für Stück eine monströse Geschichte fabrizierte, die uns, **sein eigen Fleisch und Blut**, auf den langen schrecklichen Weg zum Schafott geschickt hat!

PRÄS: (der diesem Ausbruch keine Beachtung schenkt) Wenn Feinde der Demokratie . . .

GEF: Wir bitten Sie, Mr. President, den gebildeten Führer einer Kulturnation, unser Gesuch mit Vernunft und Menschlichkeit zu beurteilen – und denken Sie daran, wir sind **ein Vater und eine Mutter**!

PRÄS: (nachdrücklicher) Wenn Feinde der Demokratie eines so gräßlichen Verbrechens für schuldig befunden werden wie jenes, für das Rosenbergs verurteilt wurden . . .

GEF: (steigert sich zu einem totalen Ausbruch) Unsere Urteile verletzen die Wahrheit und die Grundregeln zivilisierter Menschlichkeit! Mitfühlende Menschen sehen uns als Opfer, die sich im schrecklichen Räderwerk aufeinanderprallender Ideologien und wütenden internationalen Hasses verfangen haben. Als Oberkommandierendem auf dem europäischen Kriegsschauplatz hat sich Ihnen oft die Möglichkeit geboten, Zeuge der unbarmherzigen und grausigen Qualen zu sein, die eine Politik der Rache unzählbaren schuldlosen Opfern auferlegte. Und heute – während jene gräßlichen Massenschlächter, jene obszönen Rassisten dankbar die Wohltat der Begnadigung empfangen und in vielen Fällen erneut öffentliche Ämter bekleiden – planen die großen demokratischen USA die barbarische Ausrottung einer kleinen harmlosen jüdischen Familie, deren Schuld im Norden und Süden, Osten und Westen der zivilisierten Welt ernsthaft in Zweifel gezogen wird! Wir appellieren an Ihren Verstand und an Ihr Gewissen, Mr. President, die Argumente, die für uns sprechen, zu prüfen und die tiefsten menschlichen Empfindungen sprechen zu lassen, die das Leben heilig halten und verbieten, es auszulöschen. **Unser Prozeß hat das Gewissen der gesamten zivilisierten Welt aufgerüttelt!**

PRÄS: (momentan Schwäche zeigend) Meine einzige Sorge gilt . . . dem Bereich der Politik. Die Auswirkungen meines Handelns . . .

GEF: (greift das auf) Wenn Sie nicht auf unsere Stimmen hören wollen, dann hören Sie doch auf die Stimmen der Welt! Hören Sie doch – zum Wohle Amerikas – auf die Stimmen der Großen wie auf die des einfachen Mannes!

STIM: (werden im Hintergrund der letzten Worte der GEFANGENEN vernehmbar, überlagern sich gegenseitig, nehmen langsam an Lautstärke zu, werden dann, als der PRÄSIDENT unterbricht, immer schwächer) Wir, die unterzeichnenden Rabbis des Heiligen Landes... Gegenwärtig setzt sich unser Komitee aus Männern zusammen, die, wie Sie wissen, Mr. President, von untadeligem Charakter sind... Ich, ein orthodoxer Rabbi... Ich hatte die Ehre, in der amerikanischen Armee zu kämpfen... religiöse und kirchliche Führer der verschiedenen Konfessionen... Ist es üblich, Spione mit Armbanduhren und Wandtischchen zu bezahlen?... ungewöhnliches Mißverhältnis, für ein solches Vergehen dieses Ehepaar mit zwei kleinen Kindern zum Tode... erschreckendes und drohendes Anzeichen für Faschismus und einen neuen Weltkrieg... Mr. President, wir, die wir alle Geistliche... feindseliger Druck von seiten der Antisemiten und Niggerhasser... hoffe so, der Ehre und dem Andenken meines Bruders Bartolomeo Vanzetti zu dienen, der vor seinem Tode sagte... Es ist wirklich bedauerlich... tief bewegt durch das Todesurteil, das man über Ethel und ihren Mann verhängt... die extreme Schärfe... ein tragisches Ereignis, für alle die... läßt man so etwas in einem Klima der Angst und der Verdächtigungen geschehen, das wiederum rücksichtslose und unverantwortliche Handlungen erzeugt... etwas anderes als das zu beklagen... Mein Gewissen zwingt mich... kein Präzedenzfall in der westlichen Welt... Ich bete zum Herren und hoffe, daß das verkündete grausame Urteil... denke mit Schrecken... das in einer Zeit zunehmender Hysterie durchgepeitscht wurde... niemals zuvor auferlegt... Zusammen mit fast 2300 anderen Männern der Kirche... im Extrem grausam, unmenschlich und barbarisch... im Namen Gottes und der Barmherzigkeit... Ihr tiefes religiöses Empfinden und Ihr Bewußtsein vom Geist des Guten in Ihnen... im Namen des gemeinsamen Ideals der Gerechtigkeit und der Güte, die wir aus der Bibel herleiten... politischer Mord... die Macht zu nutzen, die die Verfassung der Vereinigten Staaten Ihnen einräumt... fordere ich Sie eindringlich auf, die Strafe umzuwandeln... im Geist der Liebe, die die Furcht verjagt... Ihr Vorrecht, Gnade zu gewähren... wäre es nicht skandalös, wenn nach der Exekution der Rosenbergs bewiesen werden könnte, daß...

PRÄS: (unterbricht vehement, die STIMMEN verstummen langsam)

Mir ist die Tatsache nicht entgangen, daß durch diesen Fall in den Köpfen ernstzunehmender Menschen – sowohl hier wie im Ausland – schwerwiegende Bedenken geweckt worden sind.

GEF: (zum PRÄSIDENTEN, versucht den günstigen Moment zu nutzen) Das Schuldig in unserem Verfahren trifft – falls wir sterben – Amerika! Die Schande wird – falls wir sterben – die jetzige Generation entehren!

PRÄS: (als ob er den STIMMEN von eben nachriefe) Was Ihnen allerdings nicht in den Sinn kam, war die Notwendigkeit, auf die bekannte Überzeugung kommunistischer Führer hinzuweisen, derzufolge freie Regierungen – insbesondere die amerikanische – notorisch schwach und ängstlich sind . . .

GEF: Mr. President . . .

PRÄS: . . . und daß man darum subversive und andere gegen sie gerichtete Unternehmen ohne Furcht vor einer strengen Bestrafung der Täter durchführen kann.

GEF: (inständig, fast liebevoll) Holen Sie den Rat Ihrer lieben Gattin ein, der Politiker waren es genug, sie sind überflüssig.

PRÄS: Natürlich ist es für die Kommunisten wichtig, diese Behauptung gerechtfertigt zu sehen.

GEF: Beraten Sie sich mit der Mutter Ihres einzigen Sohnes. Deren Herz meine Trauer versteht und die Sehnsucht, meine Söhne zu Männern heranwachsen zu sehen, so wie sie ihren eigenen sah . . .

PRÄS: Im gegebenen Fall haben Sie sich nicht geschämt, kleine unschuldige Kinder mit hineinzuzerren, um ihre Ziele zu fördern!

GEF: . . . mit einem liebenden Ehemann an meiner Seite, so wie Sie an ihrer!

PRÄS: Die Taten dieser Menschen haben buchstäblich Millionen unserer Mitbürger einer größeren Gefahr ausgesetzt.

GEF: Das Herz Ihrer Frau müßte mein Anliegen mit Wohlwollen und Freundlichkeit vertreten!

PRÄS: In den vergangenen zwei Tagen hat der Oberste Gerichtshof im Verlauf einer Sondersitzung über die Zulässigkeit eines möglichen Einspruchs beraten, von dem einer der Richter glaubte, Rosenbergs hätten die Chance haben sollen, ihn geltend zu machen.

GEF: (auf den Knien, bittend) Mein Flehen richtet sich einzig an Ihre Barmherzigkeit . . .

PRÄS: (weicht zurück) Heute morgen hat der Oberste Gerichtshof entschieden, daß solch ein Einspruch nicht zulässig sei.

GEF: . . . lassen Sie sich nur von diesem Gefühl lenken, nicht aber von engherzigen juristischen Bedenken, die doch nur in den Bereich der Gerichtssäle gehören.

PRÄS: Um das Leben der verurteilten Spione zu schützen, sind die Rechtsmittel, die eine Demokratie vorsieht, bis zum Äußersten ausgeschöpft worden.

GEF: Es ist der liebevolle Großvater in Ihnen . . .

PRÄS: Dementsprechend . . .

GEF: . . . der empfindsame Künstler, der tief religiöse Mensch . . .

PRÄS: Dementsprechend könnten nur die außergewöhnlichsten . . .

GEF: . . . an den ich mich wende. Diesen Mann frage ich . . .

PRÄS: Nur die außergewöhnlichsten Umstände könnten ein Eingreifen der Exekutive in diesem Fall rechtfertigen.

GEF: Diesen Mann, dem humanistische Bildung nicht fremd ist, frage ich, kennt die Geschichte einen Großen, dessen Größe nicht am Maßstab seiner Güte gemessen wurde? Wahrlich . . .

PRÄS: Sollte eine andersgeartete Situation entstehen, die das Ganze als Frage der hohen Politik erscheinen lassen würde, möge man die Sache erneut an mich herantragen. Gegenwärtig . . .

GEF: Wahrlich, man begegnet bei Christus, Moses, Gandhi mehr an schier Wunderbarem, mehr an geistigem Reichtum als bei allen Eroberungen eines Napoleon!

PRÄS: Gegenwärtig beruht meine Entscheidung ausschließlich auf dem, was die Gerichte in ausführlichen Erörterungen ausfindig gemacht haben.

GEF: Wir wollen nicht sterben!

PRÄS: Wir sind eine Nation, die sich Gesetze gegeben hat und unsere Angelegenheiten unterliegen der gerechten Anwendung dieser Gesetze.

GEF: Wir sind zu jung für den Tod. Wir wollen leben!

PRÄS: Die Gerichte haben für diese Leute alles, was möglich war, getan.

GEF: Wir haben Ihnen die Wahrheit gesagt! Wir sind dieses Verbrechens nicht schuldig.

PRÄS: Man hat Sie für schuldig befunden und ein gerechtes Urteil gefällt.

GEF: **Unschuldig!**

PRÄS: Ihnen ist jedes Recht gewährt worden.

GEF: Bitte . . .!

PRÄS: Ich werde in dieser Sache nicht eingreifen.

GEF: **Wir wollen nicht sterben!**

PRÄS: Ich werde nicht eingreifen.

Dritter Teil

FREITAG ABEND

15. Eisensteiß wird noch mal verleumdet

Ich verließ den Präsidenten, der von Harrys Balkon aus den sonnengebräunten Strohhutmassen zu seinen Füßen die »Weigerung, zugunsten von Julius und Ethel Rosenberg zu intervenieren«, verlas, um zu meinem Büro zurückzukehren, wobei ich mir einen kleinen Umweg durch das Weiße Haus gestattete, den ich gerade noch hätte begründen können – wann würde der Präsident mich hier endlich mal rumführen? fragte ich mich. Das, was ich bis jetzt vom Weißen Haus zu sehen bekommen hatte, gefiel mir: es war geräumig und bequem, wenn auch etwas zu sehr auf Repräsentation zugeschnitten, immerhin gab es interessante Winkel. Der Lincoln-Salon gefiel mir besonders. Ich besaß einen alten Sessel, der da gut reinpassen würde. Im Solarium oben, wo Ike seine Herrenabende veranstaltete, war ich noch nie gewesen, aber ich hoffte, es würde meinem alten Glockenturm aus Whittier ähneln, bloß luxuriöser.

Unterwegs kam ich an Eisenhowers Diener vorbei, der die Schläger des Präsidenten für einen Nachmittag auf dem Golfplatz wienerte, oder auch nur für ein paar Übungsschläge auf dem Rasen des Weißen Hauses, sobald die Massen weg wären. Ein gewohnter Anblick in diesem Frühjahr: der Mann des Schicksals, in weißem Sporthemd, brauner Kappe, grauer Hose, der Golfbälle durch die Gegend feuert wie Popcorn oder schneeweiße Eisenhopper, während sein getreuer, ehemaliger Bursche, jetzt sein Leibdiener, mit einem gelben Beutel hinterher wetzt, was alte Hasen an Woodrow Wilsons Schäfer erinnert, der auf dem Rasen des Weißen Hauses säckeweise verstreute Wollbäuschchen und Schafdung für den Gemüsegarten zusammenklaubte. Sein Diener machte alles für ihn: half ihm beim Ankleiden, drückte Zahnpasta auf seine Zahnbürste, knöpfte ihm den Hosenstall zu, bügelte ihm die Schnürbänder und wischte ihm wahrscheinlich auch den Arsch, wenn er geschissen hatte, falls er das überhaupt noch selbst machte.

Ein ungeheurer Beifallssturm brach auf den Rasenflächen des Weißen Hauses los. Er war beim Hauptteil angelangt. Das wars, dachte ich, was Eisenhower so bedeutend machte, weswegen er unser Präsident war: er verstand sich aufs Töten. Er wußte, wie man mit Dienern und Ordonnanzen umgeht, und er wußte, wie man tötet. »Meine Sorge gilt der Staatspolitik . . .« Einfach den Schalter drehen, wie ein Affe grinsen, rausgehen und ein paar Bälle schmettern. Das war wohl leicht für jemanden, der aus einem Ort stammte, wo Wild Bill Hickok Sheriff gewesen war, ihm lag das wahrscheinlich im Blut. Und ich hatte natürlich seine Situation schon einmal für mich durchgespielt: wäre *ich* fähig gewesen, das Gnadengesuch abzulehnen? Ich war meiner nicht sicher. Über die vorherrschende Meinung im Lande war ich mir schon im klaren, und ihr widersetzte ich mich nur selten, aber dann hatte ich Großmama Milhous vor Augen, wie sie in ihrem Schaukelstuhl feierlich das dunkle Haupt schüttelte, sah ich Mutter, die mich von einem anderen Zimmer wehmütig anblickte, mein Herz erweichte. Doch als ich ihnen gerade die Versöhnungshand entgegenstreckte, erschien Vater mit zornrotem Gesicht, den Lederriemen in der Hand. Eins war gewiß: gleich welche Entscheidung ich träfe, sie würde mich vorher und hinterher lange quälen und deprimieren. Eisenhower wog bloß die Auswirkungen ab, die Rosenbergs Tod auf die übrige Welt haben könnte (vornehmlich positive, nahm er an: zeig ihnen, daß wirs ernst meinen), lehnte es liebenswürdig ab, zu intervenieren, und machte sich auf den Weg zum Golfplatz. Nichts ist schwieriger, als die Entfernung bis zum nächsten Loch zu schätzen und dafür den richtigen Schläger zu wählen. Und alle Welt liebte ihn deswegen. Selbst Ethel Rosenberg, die doch im Begriff stand, von diesem abgestumpften Scheißkerl ans Stromnetz angeschlossen und ausgelöscht zu werden, sah in ihm einen »liebevollen Großvater« und »sensiblen Künstler«. Das Oberste Bundesgericht hatte ihn eben erst gewarnt, ich hatte es selbst gelesen: »Die Annullierung des Aufschubs darf nicht so verstanden werden, als hielte das Gericht im vorliegenden Fall die Todesstrafe für richtig und angemessen« – praktisch eine Aufforderung, Gnade walten zu lassen, doch der sensible Künstler hatte sie mit blöd-zufriedenem Grinsen ignoriert. Wahrscheinlich hatte er das nicht einmal gelesen. Hm. Er war ja mal selber vom Blitz getroffen worden, vielleicht unterschätzte er die Auswirkungen.

Ich traf den General zum ersten Mal 1950 in Bohemian Grove in der Nähe von San Francisco, kurz nachdem ich von den Republikanern in Kalifornien für den Senat aufgestellt worden war, und hatte ihn instinktiv beim ersten Handschlag eingeordnet: Beliebtester Schüler, Star seiner Mannschaft, verhalten grinsender Beschäler, der lässige Typ, der sich ständig in amüsante Schwierigkeiten verstrickte, vor denen ich zurückscheute, um die ich ihn aber beneidete, der Streiche machte, über die die Älterern schmunzelnd den Kopf schüttelten, einer, der bei jedermann ankam, der geborene Führer. Ein Führer war ich natürlich auch. Nahm ich an Wahlen teil, gewann ich sie meist, weil ich mich wie blöd abrackerte. Aber ein Votum bedeutet nicht Liebe, eine Wahl ist keine Umarmung. Die Mädchen himmelten mich an, wenn ich aber wie die anderen Burschen mit ihnen lachen und rumalbern wollte, wurden sie verwirrt, gerieten aus der Fassung, stießen mich weg. Es war so, als ob wir in einem Theaterstück spielten, als ob sie bereits wüßten, wie es ausginge, als ob sie fürchteten, ich könnte den Handlungsablauf ändern. Als Heranwachsender tat ich mich schwer. Daß Eisenhower und ich manches gemeinsam hatten, merkte ich natürlich bald – wir stammten beide aus Provinznestern des Westens, hatten nur Brüder, träumten davon, Lokführer zu werden oder in Südamerika Abenteuer zu bestehen, liebten Football, litten unter nervösen Magenbeschwerden, wurden Offiziere, spielten Poker, hatten beide eine typische Horatio-Alger-Karriere gemacht. Aber da gab es einen wesentlichen Unterschied. Ich träumte davon, Lokführer zu werden, weil ich meinte, dies sei meine Bestimmung – Eisenhower hingegen hätte sein Leben mit Vergnügen auf einem blödsinnigen Zug vergeudet. Oder in Amerika Rinder gehütet. Nach Kuba wollte ich bloß, um da Geld zu machen und in Washington und New York akzeptiert zu werden. Zudem hatte ich damals Schwierigkeiten mit einem Richter und wurde in Whittier von einem wütenden Mandanten verklagt, weil ich meinen ersten großen Prozeß versaut hatte, also wollte ich irgendwohin, wo die Regeln weniger streng sind. Und zwar schnellstens. Das wäre Eisenhower nie passiert, dazu war er zu blöd. Was Football anbelangt, saß ich auf der Reservebank und brüllte, bis meine Lungen weh taten, und machmal hieß es, ohne mein Gebrüll hätte die Mannschaft nicht gewonnen, doch stand mein Name am nächsten Tag nicht in der Zeitung und man trug mich nicht auf den Schultern vom Platz, wie man es mit Ike machte. Die einzige Aktivität, an der ich teilnahm, war das Training; da benutzte man mich als Kanonenfutter, eine vorwärtsstürmende Doofnuß auf Beinchen. Nicht mal den Mannschaftsdreß wollten sie mich tragen lassen, diese Säue. So stand ich denn also an jenem Tage in San Francisco an der Schwelle zu Ruhm und Ehren, von denen kaum ein junger Mann zu träumen wagt, und dennoch völlig eingeschüchtert von diesem keineswegs scharfsinnigen alten Mann. – *Er ist erwählt!* dachte ich, obwohl ich mich selber damals nur selten als Präsident sah.

Wir waren an jenem Tage zum Lunch beim ehemaligen Präsidenten Herbert Hoover eingeladen, der, obwohl ziemlich geschrumpft, nach wie vor einen Rest der alten Macht ausstrahlte. Wie ein Glimmen hinter den Augen. Er mochte mich, wie die meisten alten Männer, zudem waren wir beide ja auch kalifornische Quäker, glaubten an die vier Wesenheiten. Mit seiner Frau hatte ich vor Jahren in direkter Korrespondenz gestanden, als ich Studentensprecher des Whittier Colleges war, ihrer Alma Mater; und als sich erstmals die Gelegenheit bot, ihn zu treffen, habe ich vorher alles durchgelesen, was er geschrieben hatte, und konnte seine Lieblingswendungen zitieren, »unbeugsamer Individualismus« zum Beispiel, und »ökonomische Freiheit«; das brachte mir zwar die permanente Unterstützung des Alten ein, ich fürchtete aber auch, daß die sich eines Tages als hinderlich erweisen könnte. Wir wurden so vertraut miteinander, daß er mir schilderte, wie er sich an jenem schrecklichen Tage 1932 gefühlt hatte, als er zum ersten Mal spürte, wie ihm die Macht entglitt. Die befremdliche Leere, das schmerzhafte Vakuum, die Kopfschmerzen, Rückenbeschwerden . . .

. . . Ich wollte natürlich alles wissen, wie man sich fühlt, wenn die Inkarnation stattfindet, woran man merkte, daß sie sich ereignet hat, die Möglichkeiten . . .

»Was passiert eigentlich mit einem, Mr. Hoover . . . beim ersten Mal?«

Sehr eigenartig hatte er mich damals angesehen, mitleidig vielleicht, oder aber neidisch, ich wußte es nicht, mir schien es für einen ehemaligen Präsidenten der Vereinigten Staaten jedenfalls irgendwie unpassend. »Darüber, äh . . . möchte ich lieber nicht sprechen, mein Junge«, sage er nur.

Auf jeden Fall stellte er mich damals in Bohemian Grove mit Vergnügen vor, empfahl mich Eisenhower mit ein paar mir wohlvertrauten Superlativen, erklärte, meine Wahl in den Senat »ist das Beste, was unserem Lande widerfahren kann«, doch ich glaube nicht, daß der General mich beim Händeschütteln überhaupt auch nur ansah. Ein strahlend freundliches Zwinkern der blauen Augen, doch die waren ruhelos, nahmen gleichzeitig alles auf und nichts. Was suchte er? Kameradschaft? Einen Ausgang? Er lachte so bereitwillig. Alles, was er sagte, war töricht, aber irgendwie charmant. Auch schien er Politiker förmlich mit Ehrfurcht zu betrachten, verzichtete auf liederliche Ausdrücke, als befände er sich unter Priestern, scherzte über seine politische Ignoranz. »Was weiß ein alter Soldat schon von solchen Sachen?«, grinste er. Gegen so einen beim Pokern zu gewinnen, dürfte verflucht schwer fallen, dachte ich.

Genaugenommen hatte ich ihn – wenn auch auf Distanz – schon fünf

Jahre früher gesehen, und damals machte er auf mich denselben Eindruck wie auf alle Amerikaner: er war nicht nur der große Kriegsheld, sondern auch ein wirklich netter Kerl, in der besten Tradition des echten Amerikas. Es war kurz nach dem Kriegsende in Europa, und ich feierte noch immer mein eigenes Überleben: ich konnte mich nicht beklagen, schließlich hatte ich auch im Pazifik ne halbwegs ruhige Kugel geschoben – zuweilen war es sogar vergnüglich, absolut frei von den Zwängen daheim; jetzt stand ich da, heil und gesund, die Taschen voller Pokergewinne, gerade zweiunddreißig Jahre alt, sollte zum ersten Mal Vater werden, und die ganze weite Welt lag mir zu Füßen. Mein Dienst bei der Navy bestand darin, im Bureau of Aeronautics in New York die Abwicklung gekündigter Rüstungsaufträge auszuhandeln, und ich sah von einem Fenster im 20. Stock dieses trostlosen Gebäudes, wie General Eisenhower unten vorbeifuhr. Er stand im Fond des Wagens, beide Arme hoch über den Kopf erhoben. Unwillkürlich riß ich selber die Arme hoch: Das tat mir gut. Eine irre Geste, hatte ich damals gedacht. Churchill reckt zwei Stummelfinger in die Luft, ein Texaner beide Arme. Doch selbst aus der Entfernung konnte ich erkennen, daß der Mann intellektuell kein Riese war. Niemand, der sich über irgend etwas ernsthaft Gedanken macht, kann so grinsen. In den letzten anderthalb Jahren, seit meinem historischen Besuch in seinem Dienstzimmer im Oberkommando der Alliierten Streitkräfte (SHAPE) in Paris, hatte ich ihn erheblich besser kennengelernt, wir standen schließlich gemeinsam einen erbarmungslosen Wahlkampf durch, hatten gesiegt und führten heute beide das Land, waren ein Team. Und doch waren bei jenem Lunch damals in San Francisco der Ton und die Regeln unserer Beziehung offenbar ein für allemal festgelegt worden: Er war mein General, ich der ehrerbietige junge Leutnant, ich war der professionelle Anwalt und Politiker, er der zurückhaltende Amateur, der mein Wissen zwar anerkannte, dessen Quellen er aber skeptisch gegenüber stand, er war der Alte, ich der Sohn, der ihn mit sonntäglichen Besuchen zum Dinner überraschte. Er hatte seine Kumpane, alte und neue, Leute wie General Clay und George Humphrey, mit ihnen lachte und schwatzte er, mit mir nicht. Näherte ich mich ihnen, erstarb ihr Gelächter, brach ihre Unterhaltung ab, sie rückten auseinander, wandten sich voller Aufmerksamkeit mir zu und verbargen dabei kaum Abneigung und Ungeduld. Eisenhower sah gern Leute um sich, die zuversichtlich und heiter waren, und beides zugleich war ich nie. Ärgerlich war, daß die meisten dieser selbstzufriedenen Spezis von Tuten und Blasen keine Ahnung hatten. Politik ist eine Wissenschaft, eine Kunstfertigkeit, und ich war einer der besten Profis in der Branche. Doch um meine Ansichten schien er sich einen Dreck zu scheren, fragte nur danach, weil man ihm das beim Militär beigebracht hatte: Hör dir deine Untergebenen an, damit sie nicht aufsässig werden. Jeder hatte stets bewundert, wie hart ich arbeitete, Eisenhower jedoch nahm das als selbstverständlich hin, wie er alles hinnahm: Er taxierte meine Arbeitskraft und nahm sie als ein Faktum hin, mit dem er rechnen konnte. In den ersten Wochen im Amt versuchte ich in typischem Übereifer, überall mitzumischen, und setzte mir Maßstäbe, denen ich, wenn ich nicht krepieren wollte, auf Dauer nicht gewachsen war. War ich überarbeitet, dann brauchte ich Lob oder Mitgefühl, um weitermachen zu können, doch ich lernte recht früh, das nicht vom Alten zu erwarten – nichts machte ihn schneller sauer. Also ging ich statt dessen zu Bill Rogers oder Bert Andrews oder Pat. Ich lernte, mich am Außenrand seines Blickfeldes zu bewegen, im Profil sozusagen: selbstsicher, konzentriert, engagiert, kühl-geschäftlich. Er beobachtete mich wie aus der Ferne, immer ein wenig belustigt.

Hätte ich es nur riskiert, ich hätte ihm vielleicht dieses abschätzige Gehabe abgewöhnen, mich mit ihm auf einer anderen, intimeren Ebene verständigen können, aber das ging nicht; riskieren durfte ich jetzt überhaupt nichts, nicht im Augenblick: Ich wartete auf *die* Chance und wollte mir nichts verderben. Manche Leute wollen sich der Inkarnation nicht ausliefern, nicht von Uncle Sam besessen sein, nicht von ihm benutzt und angetrieben werden, wollen seine Gegenwart nicht spüren, die aus ihren eigenen Gesichtszügen hervordrängt, sie verzerrt, sie dem ausdruckslosen Antlitz der Welt aufprägt. Diese Leute fürchten jene Kräfte, die ihren Fingerspitzen entströmen, haben Angst vor dem Druck im Schädel, dem Krampf in der Leistengegend. Ich darf versichern: Zu denen habe ich nie gehört. Es stimmt zwar, manchmal habe ich diese Leute beneidet: Sie sind frei von jenen Zwängen, von denen auch ich einmal frei gewesen bin, sie können fluchen und sich einen Bart stehen lassen, Frauen austauschen und Nerzmäntel schenken, sich besaufen und herrlich inkonsequent sein – das ist eben das Paradoxon der Macht: Eine Nation von freien Menschen führen heißt, von allen der unfreieste sein. Jefferson hat einmal gesagt, wer für das öffentliche Wohl Verantwortung trägt, muß sich auch als öffentliches Eigentum betrachten. Eigentum! Jefferson wußte schon, wie er die Worte zu setzen hatte. Eine Nation freier Privatunternehmer führen bedeutet, deren gemeinschaftliches, soziali-

siertes Eigentum sein. Doch genau das wollte ich, und insofern war ich frei; waren das Ketten, dann selbstgewählte.
Eisenhower, der sich selbst als frei betrachtete, war im Grunde ein echter Gefangener, in viel größerem Maße Opfer, als ich es an seiner Stelle je sein würde. Weil er – und das ist die Wahrheit über Dwight Eisenhower, die man bei der Beurteilung seiner historischen Rolle berücksichtigen muß, weit mehr als seine Verschlagenheit, seinen Mangel an Intellekt, seine Unfähigkeit, allein zu sein, seinen Egoismus, seine Tölpelhaftigkeit, seinen berechnenden Ehrgeiz – keine Ahnung hatte. Ja doch, clever war er, ganz und gar nicht blöd – unser bester Historiker und Mathematiker hatten seine Klassenkameraden in der Abilene High School ihn 1909 genannt, trotz seiner schlechten Zensuren –, aber in einem weiteren Sinne hatte er keine Ahnung. Er wußte nicht, was lief. Und vielleicht mochten ihn deswegen alle so gerne. Er war der festen Überzeugung, daß er seine Pflicht gegenüber Gott, dem Staat und Abilene voll erfüllt, daß er den Krieg in Europa für die guten Menschen gewonnen habe, daß er seine Untergebenen und seine Frau Mamie gut und fair behandele, und jetzt sein Volk als Präsident führe, indem er wöchentlich seine Männerrunde im Kabinettszimmer um sich versammelte, wo er Chef und Stimmungskanone in einer Person war. Er glaubte sogar daran, daß man ihm zuhörte und tat, was er anregte. Er saß im Präsidentenzimmer, unterzeichnete Gesetze, empfing Minister, stellte das Barometer nach, arbeitete auf, was ihm auf den Schreibtisch kam und begriff nicht im geringsten, was er da tat; man mußte es ihm erklären. Wann immer Uncle Sam in den General fuhr, pflegte er zu blinzeln, erstaunt um sich zu blicken, die Achseln zu zucken und sowas zu sagen wie: »Ach Leute, wie oft soll ichs noch wiederholen, daß ich den Kram hier nicht mag.«
Als Zeuge habe ich diese gelegentlichen Transformationen ein paar Mal miterlebt, habe mit angesehen, wie der strenge alte Superheld mit Zylinderhut und stählernen Fäusten in Dwight D. Eisenhower fuhr: jedesmal verbreiterte sich auf ganz bestimmte Art die Nase, die Mundlinien wurden weich, die Haare fielen aus, die Ohren verlängerten sich, die Schultern sackten nach vorn. Und dann dasselbe zurück. Es sah ganz leicht aus, und Eisenhower schien – soweit ich es beurteilen kann – auch nicht darunter zu leiden, obwohl er dabei jedesmal merklich alterte. Ich habe es selbst probiert, zu Hause, allein – wenn man von Checkers absieht, der, wie mir schien, dichter dran war, es zu schaffen, als ich – aber nie hat sich was ergeben. Seit der Checkers-Rede habe ich das Gefühl, daß ich es könnte, wenn ich mich nur genug

anstrengte, ich übte es vor dem Badezimmerspiegel, grunzte und drückte, aber das einzige, was je passierte, war, daß Checkers durchdrehte, sich die Kehle aus dem Hals bellte, und das ganze Haus weckte. »Was machst du mit dem Hund, Dick?« nörgelte Pat verschlafen aus dem Schlafzimmer. Ich habe mich oft gefragt, ob es nicht Pech bedeutete, in einer Straße zu wohnen, die nach Sam Tilden hieß. Kefauver und Sparkman waren hier auch vom Pech verfolgt worden . . . darüber mußte ich noch nachdenken.

Anlagen und Straßen rund um das Weiße Haus waren voll von lärmenden Menschen, hauptsächlich Touristen, wahrscheinlich freundlich gesonnen, und an einem normalen Tage hätte ich es genossen, aus einer wichtigen Sitzung zu kommen, noch in die Aura gehüllt, die jene umgibt, die im Zentrum der Macht sitzen, Zugang zu geheimen Informationen haben, aus erster Hand unterrichtet sind, hätte mich kühn unter die Menge gemischt, Hände geschüttelt, ein paar Worte gewechselt. Emotional bin ich für die Probleme derer, die ich als die einfachen Leute bezeichne, ungeheuer aufgeschlossen. Ich habe zum Beispiel Arbeitslose kennengelernt und weiß, was sie für Probleme haben. Und was das Händeschütteln anlangt, ich mags einfach – es bringt Glanz in das Leben von Menschen, die mit einer berühmten Persönlichkeit zusammentreffen, und abgesehen davon versteh ich mich wirklich darauf. Ich bin in der Lage, jeden Menschen als Individuum zu behandeln. Ich hab sogar schon Kommunisten die Hand gedrückt. Doch heute war ich in Eile: der nahe Termin der Hinrichtungen ließ mir den Kopf summen, ich wußte, daß ich mich beeilen mußte, um alles auf die Reihe zu bringen. Und davon abgesehen hatte ich von schreckeneinflößenden Begegnungen mit dem Pöbel für heute genug. Es gibt da einige Tricks, wie man mit einer Menschenmenge umgeht; wenn sie mir zu nahe auf den Pelz rückt, sehe ich mich nach einer Stelle um, wo es nicht ganz so gedrängt ist, und trete durch die Lücke den Rückzug an, in Richtung Auto. Meinen eigenen Wagen sah ich nirgends, augenscheinlich hatte John es nicht geschafft, durchzukommen, also schlüpfte ich durch eine Lücke im Pöbel, die die berittene Parkpolizei geschaffen hatte, hinter den Hintern zweier Pferde durch, an den Farmern vorbei, die sich für ein Andenkenfoto in Positur gestellt hatten, an den Typen mit den karierten Mützen, die ihnen Busfahrten andrehten, und schnappte mir ein verbeultes altes Coastline-Taxi, das gerade vorbeiklapperte. Klasse! Der Rummel hier gab mir ungeheuren Auftrieb, ich hatte ein echtes »Stimmungshoch«, alles war positiv, endlich schien aus dem Tag doch noch was zu werden, ein

wichtiger Tag: er könnte für mich die Präsidentschaft bedeuten, oder auch nicht! »Senatsgebäude«, befahl ich, als ich reinsprang, »und treten Sie ein bißchen drauf!« Wie in einem der alten George-Raft-Filme. Dieser glückliche Zufall und mein selbstsicheres Auftreten taten mir wohl, das Timing war perfekt, jetzt fehlte nur ne dicke schwarze Zigarre, alles klappte wie am Schnürchen, vielleicht konnte ich sogar noch was aus dem Taxifahrer rausholen, sozusagen den Puls der Nation fühlen – noch acht Stunden, und die wollte ich nach Kräften nutzen. Das einzige, was meine irre Stimmung trübte, waren die Pferdeäpfel, in die ich augenscheinlich getreten war, als ich an den berittenen Polizisten vorbeihastete.
»Auf *was* soll ich treten, Mista?« knurrte der Taxifahrer und wälzte sich herum, um mich mißmutig anzustarren. Häßlicher Mann, unfreundlich, sah unamerikanisch aus. Picklig, unrasiert, dicke dreckige Brillengläser, Wulstlippen.
Ich starrte zurück, bewahrte meine Gelassenheit, zog dann die Tür zu, aber deren Scharniere waren locker, und sie schlug bloß krachend gegen den Rahmen und schwang dann wieder auf. Leute hatten sich rumgedreht und blickten zu uns rüber, einige schienen mich zu erkennen, sie bewegten sich in Richtung auf das Taxi. Ich griff mit beiden Händen nach der Tür und wuchtete sie mit voller Kraft zu – sie knallte mit einem knirschenden Schlag ins Schloß, und das Fenster rutschte eine Handbreit runter, von einem Sprung durchzogen, der an die Bleistiftzeichnung eines Baums erinnerte.
»Das fängt ja gut an, Sie Supermacker«, sagte der Fahrer trocken. »Die habense kaputt gemacht. Kostet nen Fünfer.« Er streckte mir seine Hand rüber, kurze, knubbelige Finger. »Und zwar gleich, oder wir fahrn *nirgends* hin.«
Ich schluckte verstört. Ein Trickfenster, dachte ich, und jetzt will der Kerl mich ausnehmen, aber was sollte ich dagegen machen? Ein anderes Taxi war nicht in Sicht, und vor all diesen Leuten da draußen wollte ich auch nicht wieder aussteigen. Ich langte nach meinem Portemonnaie in der Tasche, zog einen Fünf-Dollar-Schein raus. Der Raft-Film war zu Ende, und ich war in ner Lage, die mir bekannter vorkam.
Mit einem Grinsen riß er mir den Schein aus der Hand, hatte sich schon halb wieder rumgeschwungen, drehte sich dann aber nochmal zurück, schnüffelte, zuckte zusammen: »Sind *Sie* das, was so stinkt, Chef?«
»Ich . . . ich bin . . . in was reingetreten«, erklärte ich.

»Jaa? Na, das macht nochn Fünfer«, sagte er und zog blitzschnell einen weiteren Schein aus meiner Geldbörse – der sah aus wie ein Zehner.
»He, warten Sie mal«, sagte ich, aber er hatte sich bereits herumgeworfen, schaltete, ließ den Motor aufheulen, hupte und fuhr ohne große Rücksicht in die Menschenmenge rein. Zum Teufel mit ihm. Schreibs ab. Wahrscheinlich könnte ich es aus dem Spesenfonds meines Büros zurückkriegen.
»Sagense mal, was machen denn die Bonzen da drinne?«, fragte er, blickte finster und drohte der Menschenmenge, die die Straßen verstopfte, mit der Faust, »gebense Freibier aus?«
»Die Atomspione«, antwortete ich steif. »Der Präsident hat ein Statement ver . . .«
»Meinense Eisenhower?« büllte er über die Schulter zurück. »He, Sie, ich hab gehört, Mamie hat die Scheidung eingereicht!«
»Die Scheidung . . .? Nein, ich . . .«
»Jaa, sie sagt, sie hätts jetzt endgültig satt, daß er nur noch das Land aufs Kreuz legt! Hah-Hah-Hah!«
Ach, scheiß doch der Hund auf den Puls der Nation, dachte ich, lehnte mich zurück und streifte an der Rückseite des Vordersitzes den Pferdemist vom Schuh ab. Das Taxi schob sich langsam vorwärts, die Ellipse lang, links von mir riß General Sherman den Gaul hoch, als ob seine Hosen in Flammen stünden, der Obelisk ragte zur Rechten. Washington hatte seinen Obelisken gekriegt, Jefferson die Kuppel und den Circle, Lincoln seinen Klotz, was blieb da noch für mich? fragte ich mich. Vielleicht eine Pyramide. Allerdings wäre was Modernes, das auch den Westen verkörperte, wohl angemessener, aber das einzige, was mir einfiel, waren die Scheinfassaden der Western-Nester.
»He, wo wir gerade von Pferdemist reden«, brüllte der Fahrer, während er sich vorschießend und abbremsend durch die trägen Massen bewegte, »Harry Truman hat deswegen mit seiner Tochter Ärger gehabt! Margaret hat sich bei ihrer Alten beschwert, weil Harry bei der Preisverteilung im Blumenzüchterinnenverein ›Mist‹ gesagt hat statt ›Dünger‹. ›Na, wenn schon‹, sagt Bess, ›dreißig Jahre lang hat er immer bloß ›Scheiße‹ gesagt.«
Mein hm-hm war doppeldeutig. Ein idiotischer Witz, aber er genügte, mich daran zu erinnern, daß ich über meine Rede nachdenken mußte: Sollte ich eine anspruchsvolle oder eine einfachere Form wählen? Im Geiste spulte ich ein paar Sätze ab: äh, der Friede auf der Welt . . . die Gefahr verringern . . . ich kann nicht und ich werde nicht, äh, ich habe

beschlossen, daß, bin zu der Entscheidung gelangt . . . äh, mit Hilfe der mobilisierten Meinung der Öffentlichkeit . . . was ich also vorschlage, und hierbei handelt es sich zunächst nur um eine hypothetische Skizze, bedeutet, daß, äh, eine bestimmte bittere Medizin . . . mit offenem Visier in die Arena hinabsteigen . . . steil nach oben streben . . .
»Bess, wissense, hat beschlossen, Modell zu werden! Jaa, jetzt, wo der Harry ohne Job iss, willse als Modell für Mutti-Moden arbeiten, verstehnse? Ihre Freundin denkt an den fetten Hintern von Bess und fragt: ›Aber meine Liebe, wo steckst de denn solange deinen Allerwertesten hin?‹ Und Bess sagt: ›Ach, den laß ich einfach auf der Farm, der hat da soviel zu tun.‹ Hah-Hah-Hah!«
Viele unserer treuesten Parteifreunde . . . viele ehrbare, äh, ehrbare Amerikaner . . . die hier zusammengekommen sind . . . in etwa also, Moment mal, wir müssen deshalb, äh, wir müssen deshalb den Augenblick beim Schopfe packen, ja, nicht bloß Kosmetik betreiben, sondern . . . äh, am Rande des Abgrunds, ja, wären wir meines Erachtens alles andere als aufrichtig, würden wir nicht gleichzeitig eingestehen . . .
»Wissense, ich hab drei kleine Mädchen – na ja, so klein sind se auch nich mehr, haben nämlich grad neulich geheiratet. Alle am selben Tag, gute Idee, nich!«
»Oh? Ja . . . ja, das ist ne . . .« Ich könnte es natürlich noch geschraubter bringen. Aber die Leute kennen mich zu lange, als daß ich plötzlich wie Adlai Stevenson reden dürfte. Wenn ich Leute überzeugen will, dann tue ich es mit schlichten Sätzen, mit der Kraft der Fakten.
»Jaa, und die Hochzeitsnacht habense alle bei mir zu Haus verbracht, wissense? Als se am nächsten Morgen zum Frühstück runterkommen, frag ich se, ich sag: ›Na, Engelchen, was haltet ihr denn so vom Eheleben?‹ Die erste, die sagt: ›Ach Daddy, mein Mann, der is genau wie Winston Churchill, lauter Blut, Schweiß und Tränen!‹ Und die zweite, die sagt: ›Mein Alter, der war wie Roosevelt, ich dacht, der geht nie mehr raus – vier Mal, bis er schließlich auf mir krepiert iss!«
Roosevelt hatte wirklich viel Stil, dachte ich, während das Taxi ruckweise vorwärts kam und sich durch die Massen schlängelte. Ich überlegte, ob ich mir für heute abend was bei ihm ausborgen könnte. Vielleicht eine Variante seiner Vier-Freiheiten-Doktrin – die Freiheit, die eine moderne Hausfrau heutzutage besaß, zum Beispiel, oder die Freiheit, Ike am Tage seiner Amtseinführung beim Gebet zuhören zu dürfen, die Freiheit, die das Fernsehen vermittelte, und so weiter.

Möglicherweise ließen sich Rosenbergs auch irgendwie mit einbauen. Das Wichtigste war allerdings: es knapp halten, ohne Schnörkel, ein oder zwei Warnungen mit einflechten und ihnen erzählen, was sie hören wollen. Meine größte Schwäche ist, daß ich bei meinen Reden zu intellektuell klinge. Ich bin als Machertyp und Organisationstalent nur zu bekannt, aber einige Leute behaupten, ich gehöre zu den Denkern in der Republikanischen Partei. Das stimmt, ich stehe weit mehr auf seiten des Geistes als auf seiten der Tat – in der Hinsicht bin ich wie Wilson, bloß daß er es ständig übertrieben hat. Ich kann die intellektuellen Dillingers genauso leicht zähmen und hätscheln, wie ich mit den Eierköpfen fertig werde . . .

»Also hab ich die dritte gefragt: ›Nun, wie war's denn bei dir, Engelchen?‹ Und sie sagt: ›Nun, meiner, der war wie Harry Truman, Daddy. Er wollte raus, bevor er drin war, und als er dann drin war, wußte er nich, was er da sollte. Zuletzt hat er sich rumgerollt und aufgehört, und als ich ihn frag, warum, sagt er: ›Jetzt iss aber Schluß mit son Schweinskram, junge Frau!‹ Hah-Hah-Hah!«

Wenigstens keiner über mich, dachte ich. Mein Schuh schien sich unter dem Vordersitz verfangen zu haben. Wohl der Schnürsenkel, der sich festgehakt hatte. Als ich ihn hin- und herdrehte, um ihn wieder freizukriegen, fiel mir plötzlich ein, daß die Achterbahn in meinem Traum heute nacht überhaupt keine Achterbahn gewesen war, sondern eins von diesen Dingern, die Oktopus heißen, und daß auf dem Wagen ein Schild gewesen war mit der Aufschrift MOSAIK DER GESCHICHTE. Komisch, wie sich Träume immer weiter entwickeln, nachdem man sie geträumt hat . . . Ebenso glaubte ich mich daran zu erinnern, daß die kleine Ethel ein »A« auf der Brust trug. Und daß sie meiner ersten Freundin aus Whittier unheimlich ähnlich sah. Wahrscheinlich wegen der Sheriff Street . . . der Alte von meiner Freundin war der Chef der örtlichen Polizei . . . Unter Dauergehupe bahnte sich das Taxi den Weg um einen Bus herum, durch eine neue Welle von Nachzüglern, die sich vom Hill herab ergoß, und plötzlich waren wir frei, schossen die Straße hoch in Richtung Willard Hotel. »Na, Kumpel!« schrie er über die Schulter nach hinten: »Tret ich nich drauf? Tret ich nich schön drauf?«

Ich zwang mich zu einem Lächeln. Ich überlegte, ob ich den Fuß nicht aus dem Schuh ziehen sollte, um den Schuh frei zu kriegen.

»Hörnse, ich hab noch nen guten über den Vizepräsidenten gehört«, brüllte er nach hinten.

»Was –!?«

»Im Krieg, wissense, als er versucht hat, sich vom Wehrdienst zu drücken, da hat er für die OPA gearbeitet. Und während er da war, da hat er ne Schickse aufgegabelt, und mit der isser zum alten Steinbruch rausgefahren, und hat da geparkt. Und dann sagt er zu ihr: ›Ich hoff, es stört Sie nich, wenn wir hier nen bißchen parken – Sie brauchen keine Angst zu haben, ich bin Dick Nixon von der OPA!‹ Und sie sagt: ›Nun ja, normalerweise tu ich sowas ja nich, aber ich glaub, ich brauch keine Angst zu haben, wenn Sie wirklich Dick Nixon von der OPA sind . . .!«

»Sie, hörnse mal . . .«

»Dann legt er seinen Arm um sie, wissense, und sagt: ›Ich hoff, es stört Sie nich, wenn ich meinen Arm so um Sie leg, Sie brauchen keine Angst zu haben, ich *bin* Dick Nixon von der OPA!‹ Und sie sagt: ›Nun ja, normalerweise erlaub ich nich‹ . . .!«

»He Sie, hörnse mal, den kenn ich schon . . .«

»Wartense doch mal ab! Es kommt noch besser! Er legt seine andere Hand auf ihr Knie, wissense, und . . .«

»Ich hab Ihnen gesagt, daß ich den kenne!« Oh Gott, wie ich solche läppischen Unterhaltungen hasse. *»Wissen Sie eigentlich nicht, wer ich bin?«*

»Gut, gut, werdense doch nich gleich sauer! Hab doch bloß versucht, Sie nen bißchen aufzuheitern. Jesses . . .!« Im Rückspiegel schnitt er mir Grimassen und achtete dabei nicht auf die Straße. Kreuz und quer liefen Leute über die Fahrbahn, und ich hatte Angst, daß er jemand überfahren würde. Mir fiel Mrs. Fillmore ein, die Frau des Präsidenten, die im Willard Hotel gestorben war, zu der Zeit hatte Uncle Sam allerdings schon Schluß mit ihr gemacht.

Plötzlich entdeckte der Taxifahrer auf der Straße ein Paar kopulierender Hunde – »Wuuppiiieh!« brüllte er, nahm sie aufs Korn und schoß vorwärts. Ich wurde, verankert durch meinen eingeklemmten Fuß, gegen die harte rostige Federung der ausgesessenen Rücksitzpolster geschleudert. Der Wagen besaß praktisch keine Stoßdämpfer mehr. Es war wie die Jeep-Fahrt durchs Artilleriefeuer, die ich bei Bougainville mitgemacht hatte, nur daß der Jeep in besserem Zustand gewesen war. Die Hunde sahen uns kommen, wanden sich wie verrückt bei dem Versuch, sich voneinander zu lösen, und sprangen schließlich in sechsfüßiger Panik quer über die breite Avenue, in Richtung des fernen Gehwegs, völlig hilflos aneinander geklammert. Und während der Taxifahrer wie ein wildgewordener Indianer heulte und quer zum Verkehr den Hunden nachraste, bemerkte ich, daß wir uns in der Nähe

des FBI-Gebäudes befanden, und hoffte nur, daß man mich nicht erkennen würde.
Ich brüllte was, aber ich weiß nicht mehr, was es war, es spielte auch keine Rolle, bei dem Gejohle des Taxifahrers konnte ich mein eigenes Wort nicht verstehen. Mit einer Hand hielt ich mich an der Tür fest, mit der anderen am Sitz, und als ich zum Rückspiegel hinblickte, sah ich, daß ich wie blöd grinste. Eigenartigerweise blickte der Taxifahrer mich an, sah nicht auf die Straße. Busse und Autos kreuzten vor uns auf und verschwanden wieder, wie die wildgewordenen Kisten in den alten Keystone-Filmen, die Hunde stolperten blind zwischen quietschenden Reifen umher, suchten kläglich strampelnd festen Boden unter den Beinen. Manche Leute fahren ständig Taxi. Sie behaupten, daß sie es gern tun. Sie schätzen den Kontakt mit dem Mann auf der Straße, sagen sie. Die müssen verrückt sein.
Wir arbeiteten uns an die Hunde ran. Den oberen hatte es inzwischen halb herumgedreht, an der einen Seite des unteren Hundes berührte er mit beiden Vorderpfoten das Pflaster, sein linkes Hinterbein ragte jedoch senkrecht in die Luft. Augenscheinlich versuchten sie, in zwei verschiedene Richtungen wegzulaufen, und jedesmal, wenn der obere Hund losrannte, grätschten die Hinterbeine des unteren Hundes einfach weg. Ich beobachtete sie völlig entgeistert, als wir uns näherten. Ich wußte nicht einmal mehr, in welche Richtung wir fuhren. Ich hatte Angst, ich würde autokrank werden. Wir kreuzten den Weg eines Trollybusses, drängten einen offenen Streifenwagen ab und erwischten die Hunde, als sie gerade den Bordstein erreichten, knallten dem oberen gegen den Arsch und schleuderten beide, noch miteinander verhakt, mit verrenkten Beinen und wild jaulend, genau in den Eingang des Nationaltheaters. Geschlossen, las ich. *Guys and Dolls*. Premiere am 29. Juni. In Originalbesetzung. Unterbrechung der sensationellen Erfolgsserie in New York. *»Tooor!«* brüllte der Taxifahrer.
Er hatte das Taxi scharf herumgerissen und dann gestoppt. In kalten Schweiß gebadet lehnte ich mich zurück. Die Tür zu öffnen und auszusteigen, war ich zu schwach. »Heheheheh!« gluckste der Fahrer glücklich, lehnte sich über den Sitz zurück und schlug mir aufs Knie. »Den Fick werden die beiden Scheißköter so schnell nicht vergessen!« Bei der Berührung war ich zusammengezuckt, ich bin kein Blümchen-rühr-mich-nicht-an, beileibe nicht, ich bin ein *zoon politikon*, ich weiß, was es bedeutet, in der Arena zu stehen – aber ich kann nicht losgehen und Menschen betatzen und sie umarmen und so weiter, und ich mag es nicht, wenn man mich betatzt. Besonders an den Schenkeln. Es geht

mir einfach gegen den Strich, auf Kumpel zu machen, und schon gar mit Taxifahrern. Er zwinkerte und drückte mein Knie. Reflexartig riß ich den rechten Fuß aus dem eingeklemmten Schuh.
»Jaa, ich weiß genau, wer du bist, Nick«, sagte er.
»Nick . . .?« quietschte ich. Niemand hatte mich in den letzten acht oder neun Jahren mehr so genannt. Seit der Navy, seit dem Süd-Pazifik . . .
»Green Island, erinnerste dich?« grinste er. Er drehte sich um und startete den Motor neu. »Nehm an, du bist jetzt Commander Nick, stimmts? Hah-Hah! Hab gerade von deiner Beförderung gelesen!«
Wie betäubt starrte ich ihn im Spiegel an, versuchte, ihn einzuordnen. Einer der Jungs, die ich damals beim Poker ausgenommen hatte? War er das, hatte er all die Jahre auf der Lauer gelegen? Ich versuchte, ein schwaches Lächeln hinzukriegen. »Habe ich, äh . . .?«
Rücksichtslos bahnte er sich durch den Gegenverkehr seinen Weg zurück zur rechen Straßenseite. »Hah-Hah, Nixons Hamburger-Bude, mein Gott, erinnerste dich? Du bist damals ganz schön im Geschäft gewesen, Nick! Schöne Scheiß-Insel, dies Green Island, aber mal im Ernst – du mußt doch bedauert haben, daß der Krieg zu Ende ging!«
»Was meinen Sie damit?« Ich hatte ein Gefühl der Beklemmung in der Brust. Ein bißchen kam ich mir vor wie der Kerl, der sich vor dem Bundesarchiv, an dem wir gerade vorbeigekommen waren, bemühte, seinen Gaul wieder unter Kontrolle zu kriegen. »So war das gar nicht . . . es gab gar kein . . .«
»Alles gabs, von Fotzen und Whisky bis zu Beutegewehren von den Japsen, Napfkuchen und 'n Draht nach oben, du hast schon ein dolles Menü aufgetischt, Nick! Eine lebende Legende!
Sollst ja auf deiner Tour satte hundert Riesen eingesackt haben!«
»*Zehn*-Tausend waren es nur«, protestierte ich, aber er schien nur noch lauter zu lachen als sonst. »Die stammten übrigens . . . nur aus Pokergewinnen.«
»Na *klar*, Nick! Na *klar*! Hah-Hah! Und wo kam all das prima Hackfleisch her, was de so verhökert hast? Das meiste davon war doch wohl für die armen Säue draußen auf See im Kampfgebiet bestimmt? Und der Schnaps für den Schützen Arsch, nich wahr? Na, Comander?«
»Ja, nun, wenn ich nicht . . . hätte, wer anders . . .«
»Hah-Hah! Stimmt genau! Ich *glaub* dir doch, Nick! Ich bin doch auf *deiner* Seite! Du warst verdammt noch mal der einzige echte Scheiß-*Kriegsheld* Amerikas, Nick, das mein ich *ehrlich*! Dick der Haarige, der

Hamburger-King vom Südpazifik! Der große Bonze von Green Island! Der Sultan – dir hättense nen *Orden* geben solln, Nick!«
»Das stimmt alles überhaupt nicht . . .!« Warum ließ ich mich eigentlich auf eine Diskussion mit ihm ein? Ich wußte doch, daß man gegen eine ausgeklügelte Verleumdungskampagne nicht ankommt. Jemand, der im politischen Leben steht, muß darauf gefaßt sein, verleumdet zu werden, muß lernen, daß es gewöhnlich besser ist, sowas einfach zu ignorieren – in der Hoffnung, daß sich alles im Sande verläuft. »Ich habe bloß meine . . .«
»Pflicht getan! Stimmt doch? Ja, ich weiß es, und du konnst gar nich *aufhörn*, sie zu tun! Und kaum fingen die Japse an zu winseln, da warste schon wieder zurück in diesem beschissenen Los Angeles, rausgeputzt mit deinem goldbetreßten Affenanzug und ner Medaille für gute Führung, und schon an öffentlichen Titten genuckelt, hast den Tölpeln zu Haus erzählt, wie man sich so vorkommt in som Scheiß-Schützen-*loch*! Der offene saubere, junge Amerikaner, der im stinkenden Schlamm und in den stinkenden Dschungeln der Salomonen gekämpft hat, um sein Vaterland zu verteidigen! Oh-Hah! Mann, Nick, du bringst mich um! Du bist schon nen Scheiß-Genie, ne echte Mordstype – du hättst ins *Show*-Business gehn solln!«
»Nun hören Sie mir mal zu . . .!«
»Autsch, Commander, schiel – Hah-Hah – schiel mich bloß nich so an! Heb dir das für deinen blöden Köter auf!« Er schien sich an irgendwas zu erinnern und brach in weiteres Gelächter aus. Wahrscheinlich an die beiden Hunde, die wir zur Strecke gebracht hatten. Mir fiel ein, daß da hinten, gegenüber vom Willard Hotel, ein Drugstore war und daß ich noch Magentabletten brauchte. Aber es war schon zu spät, nochmal umzukehren. Mußte ich später erledigen. Ich kochte, wußte aber, daß ich es mir nicht erlauben durfte, vor Zeugen die Fassung zu verlieren. Die Belastungen überwiegen manchmal im Leben die Freuden, aber davon darf man sich nicht unterkriegen lassen, macht einen schlechten Eindruck auf die Öffentlichkeit. Schließlich ist Kampf (sagte ich mir) für mich Elixier, und er findet statt, wohin ich auch immer gehe. Und ich werde wohl häufiger in Auseinandersetzungen verwickelt als andere, weil das so meine Art ist. Abgesehen davon war das hier bald vorbei, wir fuhren schon auf die Constitution Avenue zu. War ne Menge los da hinten, in Richtung Kapitol . . . »Und jetzt biste, dem Schwanz vom lieben Onkel Jesus sei es gedankt, der Vize-Scheiß-Generaldirektor vom ganzen – WAUUUHHH!«
Er kurvte plötzlich zum Fußweg rüber, wo eine Frau Flugblätter

verteilte. Sie sah aus wie eine dieser Zeugen-Jehovas-Typen. Das war meine Chance rauszukommen. Ich bückte mich und zerrte an meinem Schuh. Aber er rollte an ihr vorbei, griff sich im Fahren eins ihrer Flugblätter, wodurch sie ein paar Stolper-Schritte weit mitgezogen wurde, und brauste dann weiter. »Was . . . was gibts denn?« fragte ich. Er starrte das Papier an, hielt es sich unter die Nase. »Ach, iss nix«, brummelte er. Er reichte es mir über den Sitz nach hinten. Es war Ethel Rosenbergs letztes Gnadengesuch, darüber zwei Porträtskizzen, eine von ihr, die andere von Julius, mit der Signatur Picassos. Ich hatte es schon vorher gesehen. Picasso war ein berüchtigter Roter, und Rosenbergs schadeten ihrer Sache bloß mit derart provozierenden Verbündeten, aber so hatten sie sich ja schon immer verhalten. »Hättst mal die sehn solln, die se gestern abend verteilt haben! Hah! 'N paar lustige von dir waren auch dabei, Nick! Und auf den Pimmel, den se dir angemalt hatten, hättste stolz sein können!« Er zwinkerte mir im Rückspiegel zu und breitete seine Hände aus, als wolle er einen dicken Fisch abmessen. »Ich will damit allerdings nich behaupten, daß er *optimale* Verwendung fand! R-Rah-Hah-Hah-Hah!«

»Nun, das geht, äh, aber ein bißchen . . .!«

»Sachte, Nick, Hah-Hah, nimm dir das nich zu Herzen! Ich mein, da warn auch welche, wo sogar dein Gesicht mit Scheiße beschmiert war. Oder wie du sie gefressen hast – ich muß zugeben, daß die Scheiße dir gut stand, Nick, würdst nen irren Präsidenten abgeben! Jah-Hah-Hah!« Vor Lachen krümmte er sich über das Lenkrad. »Du, weißte? Die Frau vorhin hab ich schon mal gesehen. Die war am Weißen Haus und hat versucht, reinzukommen!«

»Ins Weiße Haus . . .?«

»Jaa, sie hat gesagt, sie wollt mitm Präsidenten verkehren!«

»Sie meinen, ihn bekehren . . .«

»Jaa, das wars, was der Posten auch gesagt hat, aber *sie* hat gesagt: ›Nee, ich mein verkehren! Ich möcht gern mal die Typen sehn, die das Land regieren!‹ Hah-Hah!«

Wir hatten hinter einem Touristenbus angehalten, und ich wollte rausspringen, aber es gelang mir nicht, meinen verdammten Schuh unter dem Sitz freizukriegen. Er drehte sich plötzlich rum und bohrte mir eine dicke Zigarre fast ins Gesicht. »Hoppla! Entschuldige, Nick! Was machste da eigentlich aufn Boden? Hier haste ne Zigarre, und sei mir nich bös! Ich erinner mich noch, daß de auf Green Island solche Dinger gern gepafft hast, ich hab se für dich aufgehoben!«

»Oh, danke, aber ich . . .«

Der Bus fuhr an. Der Taxifahrer drückte mir die Zigarre in die Hand, drehte sich um und fuhr an.
Ich lehnte mich zurück, ich mußte nachdenken, ich mußte einen kühlen Kopf behalten. Auf jeden Fall wäre es idiotisch gewesen, dort auszusteigen, der Platz wimmelte von Demonstranten. Und diesmal gabs keinen Irrtum: Sie trugen Bilder von Rosenbergs und Transparente, die ihre Begnadigung forderten. Schon lange war mir etwas an diesen Pro-Rosenberg-Leuten aufgefallen, aber ich hatte nicht sagen können, was es war; nun plötzlich kam mir die Erleuchtung: *sie waren alle in mittleren Jahren!* Unter ihnen gab es praktisch keine Jugendlichen, die Jungen standen alle auf der anderen Seite, auf *meiner* Seite, die Rosenberg-Leute waren . . . ja . . . in meinem Alter . . .
»Du Nick, du kannst es glauben oder nicht«, sagte der Taxifahrer, »aber die Schickse da auf all den Plakaten, die kenn ich.«
»Wen, Sie meinen . . .?«
»Jaa, die Rosenblatt, die Atomspionin. Mit der bin ich auf dieselbe Scheiß-Schule gegangen!«
»Sie meinen, äh, Rosenberg . . .?«
»Jaa, die hat bei mir gerad um die Ecke gewohnt, auf der Wie-heißt-se-noch-Straße . . .«
»Sheriff?«
»Genau! Sheriff Street! Iss das nich zum Lachen, Nick? Zeigt einem mal wieder, daß die Wahrheit viel komischer iss als die Dichtung, iss doch so? Sheriff Street! Jesses Maria, das sag ich dir, die hatte vielleicht nen knackigen Arsch, Nick! Wir haben uns immer inn Hinterhof da geschlichen und durch ihr Fenster gelinst . . .«
»Aber sie schlief doch im ersten Stock, oder? Das habe ich, glaube ich, gelesen . . .«
»Wir haben Leitern genommen, Nick! Wir sind auf die Bäume geklettert! Da gabs auch ne Feuerleiter. Ich hatte nen Freund im Haus hinter ihrem – echt, wir haben *alles* gesehn!«
»Auch die anderen Zimmer?«
»Welche andern Zimmer, Nick?«
»Da sollen gelegentlich äh, Prostituierte gewohnt haben . . .«
»Stimmt, Nick! Das war ne Art Puff! Hab ich vergessen, das zu erwähnen? Da hat se wohl auch ihr Handwerk gelernt, nich wahr? Hör mal, Junge, als die fünfzehn war, da wußte die mit ner Banane mehr anzufangen, als du und ich uns unser Lebtag mit unsern Pimmeln! Die hat all den Jungs das eine oder andere beigebracht – ich mein, ich bin

heilfroh, daß ich überhaupt nochn Schwanz hab, Nick, die hat son verdammtes Ding glatt zerfetzt!«
»Wirklich? Aber es ist doch immer wieder gesagt worden, sie hätte keinen Freund gehabt, bevor sie . . .«
»Glaub doch sowas nich, Nick! Die war nen heißes kleines Fötzchen – sind die Roten doch alle, weißte das nich! Gehört mit zu ihrm Glauben! Heiliger Bimbam, die konnt doch ihr Höschen nie anbehalten! Ich mein, aus der Sache iss dann Ernst geworden, sie wurd ne Berühmtheit, iss durch die ganze Scheiß-Stadt getingelt und hats in jedem Kinosaal gemacht!«
»Sie meinen Major, äh, Bowes Amateur-Abende . . .?«
Hah-Hah! Amateur am Arsch, Nick!«
»Ich . . . ich glaubte, sie hätte da immer nur ›Ciribiribin‹ gesungen . . .«
»Das hat se nich *gesungen*, Nick – das hat se gemacht! Oh Gott im scheiß-sternbannerigen Himmel, die war ne Sensation! Für die mustense schließlich ne Varieté-Tournee veranstalten, um mit dem Massenandrang fertig zu werden, war schlimmer als vorhin da vorm Weißen Haus! Wir haben uns ihre Nummer immer samstags abends angesehn. Wir warn ganz schön blöd, darfste uns aber nicht vorwerfen, Nick, für uns war das ganz *harmlos* – verstehste, einfach son Porno, Titten zwirbeln, mit der Fotze Münzen aufschlappern, und so Sachen. Uns iss ja nich klar gewesen, daß se ne Menge mehr aufgeschlappert hat als bloß Fuffziger, was se dann direkt nach Rußland gespuckt hat! Du hast das sicher gelesen, Nick: die hat ihre Möse voll mit Atombomben gehabt, mit Rote-Grütze-Packungen, Finten, Paßfotos, Klaus Ficks, dem 5. Amendement – ehrlich, die hätt wahrscheinlich nen ganzen P-38 in ihrm Loch unterbringen können und hätt genug Platz gehabt, das Yucca-Flat-Testgelände und die 6. Flotte hinterher zu stopfen! Angeblich hat se im Bauchnabel ne Strahlenpistole gehabt, im Slip nen Walkie-Talkie, im Arsch versteckt ne Kamera – wenn se dann vor uns die Backen spreizte, haben wir immer dieses Klicken gehört und gedacht, sie würd uns Küßchen zufurzen! Was sind wir doch für Deppen gewesen, Nick! Aber nie wieder, nich? Ich mein, jetzt sind wir erwachsen, nich wahr, Nick? An ner Russentitte wien Baby nuckeln, das haben wir hinter uns, nich? Wir sind nich mehr auf Green Island . . .!«
»Ich glaube nicht, äh, daß das was . . .!«
»Du wirst es ihnen schon beibringen, Nick! Du wirst es ihnen bei Gott beibringen! Erinnerste dich an den Staatsanwalt – wie hieß der noch?«
»Saypol?«

»Genau! Saypol! ›Stellen se sichn Rad vor‹, hat er gesagt, ›und der Mittelpunkt, das iss die Rosenblatt, die ihre Tentakel ausstreckt wien Oktopus . . .‹«

»Äh, Rosenberg . . .«

Stimmt! Du, der alte Hurensack wußte, wovon er geredet hat, Nick, der muß die Nummer gekannt haben! Sie war wie Plastik-Mann, und ich erzähl keinen Scheiß! Ihre Haare ringelten sich dir entgegen wie Schlangen, wickelten dich ein, kitzelten dich im Ohr, krochen dir ins Hemd rein, und ihre Füße tanzten vor jedem einzelnen gleichzeitig, sie zwickte dir mit ihren Fingernägeln, die so lang und schlank waren wie Schilf, in die Vorhaut und schleckerte dir ihren Kitzler übers Maul!«

Mit meinem Vetter bin ich in Los Angeles oft in Striplokale gegangen. Wir müssen die falschen besucht haben. »Was für ne Nummer! Ihre Titten knallten dir entgegen und blinkten wie Leuchttürme: einmal kurz für den, der zu Lande kam, zweimal für den, der von See kam – und das will ich dir sagen, das war nich die einzige Möglichkeit, auf die Julie angewiesen war, nich bei *den* Titten! Aufm Rücken machte die den Geilen Krebs und morste gleichzeitig mit ihren Arschbacken Spionagemeldungen, und dann . . .«

»Haben Sie Julie gesagt . . .?«

»Na klar, Juliet, Juliet Rosen –«

»*Er* heißt Julie. Sie heißt, äh, *Ethel*.«

»Ach . . .?« Er sah verwirrt aus, geknickt, aber um seine Mundwinkel zuckte ein leichtes Grinsen. »Dann muß es wohl ne andere Juliet Rosenblatt gewesen sei . . .« Mir wurde bewußt, daß wir schon eine Zeitlang vor dem Senatsgebäude hielten. Ich langte in die Tasche, um etwas Geld rauszuholen, und stellte zu spät fest, daß meine Hand mit Pferdemist beschmiert war.

»Vergiß es, Commander. Geht auf Rechnung des Hauses. Auf Konto gute alte Zeiten. Lichte die Anker, Nick. Eh wirs vergessen . . .«

»Ach. Na dann . . .« Irgendein vager Verdacht regte sich in mir. Als ich mich bückte, um meinen Schuh loszumachen, sah ich zum erstenmal das Etikett auf der Zigarre, die er mir gegeben hatte: OPTIMO! Bestürzt blickte ich auf. Er sah mich an, das Grinsen war weg, seine Augen waren dunkel, hatten einen Anflug von Müdigkeit, einen Anflug von Resignation, als ob . . . als ob er zu viel wüßte. Ich muß jetzt unbedingt ruhig bleiben, ermahnte ich mich. Und ich muß hier blitzartig raus.

»Hör mal zu«, sagte er, und seine Stimme wurde sanfter, verlor den grellen Ton, »können wir all diese abgedroschenen Rituale, all diese

blöden Scheiß-Reflexe eigentlich nie überwinden?« Es hätte gar keinen Sinn, ihn zu packen, das wußte ich. Das Phantom ist nicht zu packen. Es ist nicht aus fester Materie gemacht, die Hand würde glatt hindurchfahren, wahrscheinlich bis in alle Ewigkeit leprös sein. »Mit dem Leben haben sie nichts zu tun, das weißt du auch, Leben ist ständig neu und im Wandel begriffen, warum versauen wir es uns also mit all solchem Scheiß wie Sündenbock und Opfer und Initiation und Saturnalien . . .?«
»Ich weiß, wer du bist«, krächzte ich. Ich konnte mich kaum selbst hören. »Das Spiel ist aus!«
Ich riß mich zusammen. Ich erwartete, er würde voller Wut zurückschlagen, ich erwartete, dämonische Funken aus seinen Augen sprühen zu sehen, Feuer aus seinem halbgeöffneten Mund, irgendwas Gewalttätiges und Verblüffendes. Ich war bereit zu sterben. Aber er seufzte bloß, »Jaa«, sagte er, »ich bin nurn lausiger Taxifahrer. Scheiß, ich weiß nich alles. Aber ich glaub, du bist aufm falschen Dampfer. Oster-Prozeß, Brennender Dornbusch, Erbauungs-Theater und Western-Nest-Vendettas – das Leben iss viel zu groß, da läßt sich kein handliches Päckchen draus machen.«
Im Kampf gegen das Phantom ist kein Sieg je endgültig, solange es noch zu kämpfen vermag. Man darf nie verschnaufen, nie in seiner Wachsamkeit erlahmen. Wie hatte ich nur meinen Schuh unter seinem Sitz verlieren können?
»Ich hab das Theater gesehn, das ihr da aufm Times Square aufgebaut habt. Das iss frivol, Nick! Da oben würdste besser Connie Mack und Sonja Henie schmoren. Oder Native Dancer und Elsa Maxwell . . .«
Ich sollte ständig eine Pistole in der Gesäßtasche haben, wie Irving Saypol, dachte ich. Aber erschießen könnte man ihn auch nicht, Kugeln gehen einfach durch ihn durch. Mit allen Kräften bemühte ich mich, meinen Schuh freizukriegen – ob er ihn irgendwie festhielt?
»Hör zu, es iss noch nicht zu spät, Nick, es iss noch immer Zeit zur Umkehr – vergiß den blöden Zirkus, mach irgendwas . . .«
Der Schuh war los! Ich warf mich mit der Schulter gegen die Tür und fiel raus. »Das werden Sie noch schwer bereuen!« schrie ich und drohte ihm mit dem Schuh. Ich wußte nicht, was ich damit meinte, aber bei all den Leuten auf der Straße mußte ich irgendwas sagen, und das war der erste Satz, der mir einfiel. Ich sprang auf und klopfte mich ab. Trainer Newman wäre stolz auf mich gewesen. Er pflegte zu sagen, daß ich mich bei jedem Kampf um den Ball so engagierte, als stünde der Titel auf dem Spiel, und das tat er jetzt, im wahrsten Sinne des Wortes. Meine Schulter schmerzte allerdings wie verrückt.

Er schrie mir nach, irgendwas von Not und Nutte, vielleicht brüllte er aber nur, ich solle die Tür zumachen, ich wetzte jedoch in Richtung Gebäude und platzte prompt in eine Horde Journalisten, die gerade herauskamen: Drew Pearson, Westbrook Pegler, Walter Winchell, Elmer Davis, Bob Considine, Gabriel Heatter, die ganze, beschissene Vierte Gewalt.

»Hallo, was ist denn los, Dick?« fragte Pearson.

»Das Phantom!« keuchte ich. »Es wollte mich fertigmachen!«

»Welches Phantom, Dick?« fragte Pegler. »Wo?«

»Der Fahrer da, paßt auf –!« Aber das Taxi war weg. Ich schluckte und bemühte mich, nicht mehr nach Luft zu schnappen. Konnte es mir nicht leisten, den Typen einen falschen Eindruck zu vermitteln. »Das Taxi war eben noch . . .«

»Was hat er denn gewollt«, fragte Pearson, »Ihnen den Schuh stehlen?« Er unterdrückte ein Grinsen, ließ die Augen vorquellen. Machte sich lustig. War das der Dank dafür, daß ich ihm das Leben gerettet hatte, als Joe McCarthy ihn erledigen wollte?

»Hmmmm«, sage Winchell, nahm mir den Schuh aus der Hand und beschnüffelte ihn. »Es scheint, als hätte er ihn für seine Notdurft benutzen wollen.«

»Ich halte das für eine ziemlich ernste Angelegenheit«, sagte feierlich-ironisch Elmer Davis. »Vielleicht sollten wir Louella davon in Kenntnis setzen.« Alle brüllten vor Lachen.

»Ihr Zeitungsfritzen seid doch alle vom gleichen Kaliber«, sagte ich und riß den Schuh wieder an mich. Ihr zynisches, billiges Gelächter ekelte mich an. Ich dachte dabei nicht an mich, sondern an die Nation. Begriffen sie denn nicht, daß der Vizepräsident der Vereinigten Staaten soeben dem Phantom im Nahkampf gegenübergestanden hatte? Daß die Sicherheit des ganzen Landes und das Schicksal aller freien Menschen auf dem Spiel gestanden hatten? Sie waren krank vor Selbstüberheblichkeit – mir war klar, daß ich sie sofort attackieren, daß ich sie beschämen mußte. »Sie halten sich für die großen Helden der Öffentlichkeit, doch im Grunde sind Sie die Hampelmänner des Phantoms!« brüllte ich. »Was wissen Sie von Wahrheit? Die Ihre besteht aus Sensationsmache, billigen Skandalen und unverantwortlicher Gerüchtekocherei, und das im Namen einer freien Presse!« All die Wut und Frustration, die sich während der Fahrt hierher in mir aufgestaut hatten, ließ ich an ihnen aus. »Sympathisanten von Ihrer Sorte haben uns das Schlamassel in den Vierziger Jahren beschert! Aber warten Sie nur ab! Allmählich bekommen die Bürger dieses

Landes von Schleimern wie Sie die Schnauze voll! Der Tag der Abrechnung ist nicht mehr fern –!«
»Hören Sie, Dick«, sagte Pegler. »Wenn Sie noch weitere Rundumschläge austeilen wollen, dann nehmen Sie doch bitte die saubere Hand!«
Sein Witz löste vereinzeltes beschämtes Kichern aus, doch die Zuhörer, die sich inzwischen um uns versammelt hatten, waren da, um *mir* zuzuhören. Meinungsmacher, Leute aus allen sozialen Schichten . . .
»Die Pentagon Patriots haben für Zeitgenossen wie Sie das wahre Etikett gefunden«, sagte ich mit Betonung. »Priester der Lüge, Propheten der Täuschung, Verstümmler der Wahrheit . . .!«
»Hört mal«, sagte Winchell und schnüffelte, »hat schon mal jemand die Möglichkeit erwogen, das Phantom könnte ein Pferd sein?«
»Roß-Täuscher Dick?«
»Dick Gerne-GRoß?«
»Roß-Land!«
»Wohl eher ein Esel«, sagte Heatter trocken. »Eine Maske, in der das Phantom häufiger auftritt . . .«
»Könnt Ihr Mistkerle denn überhaupt nichts ernst nehmen?« kreischte ich. »Ich sage Ihnen, das Phantom ist drauf und dran, die Sache heute abend kaputtzumachen! Der Teufel ist los! Schauen Sie sich um, was überall auf der Welt passiert: Deutschland, Korea, Afrika – Sie haben gesehen, was es gestern Nacht auf dem Times Square angerichtet hat! Wir hier kommen vielleicht als nächste dran! Das Phantom schreckt vor nichts zurück! Wir stehen vor dem Kampf unseres Lebens! Ich hatte Glück, daß ich ihm vorhin gerade noch entkommen bin – und das Phantom hat es nicht nur auf mich abgesehen! Wir alle stehen auf der Liste! Es . . . wollte sich sogar Sonja Henie schnappen!«
»Bah, das ist ja grauenhaft, Dick«, sagte Pearson und zwinkerte den anderen zu.
»Vielleicht möchte es auch in ihren Schlittschuh scheißen«, sagte Winchell.
»Ach, geht doch zur Hölle!« murmelte ich und schob mich an ihnen vorbei. Ich bewegte mich schnell und plante meinen nächsten Zug. Ich war mehr als gereizt, das gebe ich zu, und meine Schulter quälte mich, aber noch hatte ich mich in der Gewalt. Das, was ich auszustehen gehabt hatte, war verdammt schwer zu verkraften, andererseits wußte ich, daß man keinen größeren Fehler machen konnte, als den Kopf zu verlieren. Unter Verleumdungen habe ich in der Vergangenheit zu leiden gehabt und werde das auch in Zukunft müssen. Aber die

einfachen Menschen, die standen auf meiner Seite. Einige klatschten, als ich davonhastete, leicht humpelnd, weil ich nur einen Schuh anhatte, aber meiner selbst sicher, zufrieden mit mir, weil ich Punkte gesammelt hatte. Vielleicht sollte ich ihnen noch ein Zitat von Lincoln an den Kopf knallen, dachte ich.
Doch bevor mir ein gutes einfiel, trieb Bob Considine die Dinge auf die Spitze: »Herr Vizepräsident!« rief er hinter mir her. »Geben Sie uns einen Tip! Wer steckt hinter Rosenbergs?«
Ich drehte mich im Eingang um. »Ich weiß es nicht«, sagte ich mit Nachdruck, »aber eines weiß ich: Leute wie Sie haben sich schon so tief in ihrem journalistischen Märchenwald verirrt«, eine gute Formulierung, dachte ich, eine verdammt gute Formulierung, »daß sie ihn nicht erkennen würden, selbst wenn er hier, direkt vor Ihnen, stünde, unübersehbar wie King Kong!«
»Dürfen wir das als Hinweis verstehen, Dick?« fragte Winchell.
»Direkt vom hohen Roß!« sagte Gabriel Heatter.
»Na das erklärt zumindest, warum man King Kong den 5-Uhr-Blaubart nennt«, bemerkte Pearson.
Nun ging ich doch in die Luft. Das war mehr, als ich schlucken konnte. Diese gemeinen Ehrabschneider, dieses hirnlose linke Pack, diese idiotischen Arschlöcher! Aber selbst als mir die Sicherungen durchbrannten, die Schaltkreise schmorten, blieb ich mir treu, klammerte ich mich an die bewährte Debatten-Disziplin, biß mir auf die Zunge, behielt meine Bewegungen unter Kontrolle, so gut ich vermochte. Grinsen und Düsterkeit wechselten in meiner Miene, schneller als mir lieb war. Obwohl meine Schulter scheußlich schmerzte, stieß ich den Zeigefinger in Richtung Pearson und überschrie das häßliche Gelächter: »Schon gut, meine Herren, all diese törichten Sticheleien machen Ihnen gewiß Vergnügen, wenn aber mal die Kacke am Dampfen ist, dann . . . Merken Sie sich eins: Mich können Sie ruhig verleumden, ich kann mich meiner Haut wehren, und Sie haben das Recht, die Dinge so zu nennen, wie Sie sie sehen, geben Sie sich dabei aber keinem Irrtum hin, Sie verleumden nicht *mich*, sondern den gesamten American Way of Life!« Ich wollte lächeln, blickte statt dessen finster drein, lächelte dann wirklich. »Keinesfalls möchte ich Sie als Hochverräter bezeichnen, was ich hingegen zum Ausdruck bringen möchte, ist, daß ich nicht umsonst dafür bekannt bin, Ratten auszuräuchern, und wenn man auf Rattenjagd geht, seien Sie dessen eingedenk, und entdeckt, daß das Ei faul ist, *dann ist es Zeit, zum Hackebeil zu greifen*!«
Ich ließ das wirken, nicht ganz sicher, was ich überhaupt gesagt hatte,

aber meinen Reflexen vertrauend, ließ meinem Arm abrupt sinken, schnitt damit jegliche Erwiderung, die man mir an den Kopf hätte werfen können, ab (die Burschen schienen jedoch tatsächlich sprachlos zu sein – na ja, sie hatten es herausgefordert und ihr Teil gekriegt), drehte mich scharf auf meinem Sockenfuß um und trat ab. Ein, besser gesagt. Eine weitere Prüfung. Glücklicherweise tut mir sowas gut.

16. 3-D

Es geht weiter. Rosenbergs sollen nun also doch sterben. Die Fernsehanstalten unterbrechen ihre laufenden Programme mit der Meldung: »Präsident Eisenhower und der Oberste Gerichtshof der Vereinigten Staaten von Amerika haben es abgelehnt, das Leben der beiden Atomspione Julius und Ethel Rosenberg zu schonen.« In Toms River, New Jersey, im Hause von Bernard Bach, sieht ein zehnjähriger Junge auf Kanal 11 das Baseballspiel zwischen den New York Yankees und den Detroit Tigers, als die Nachricht durchkommt. Es steht 0 : 0, aber Joe Collins hat gerade, in der Mitte der vierten Runde, einen Schlapperball geschlagen. Ein sonniger Tag, und der Junge möchte eigentlich mit Freunden aus der Nachbarschaft draußen Baseball spielen. Auch Sonia Bach möchte das, aber das Fernsehen fasziniert ihn, er kann sich nicht losreißen. Der Nachrichtensprecher sagt, daß die Hinrichtung für heute abend angesetzt ist. Er sieht dabei äußerst entschlossen und ernst drein. Der Junge sucht an ihm vorbei wieder auf das Spiel zu achten, aber der Sprecher geht und geht nicht weg. »Meine Mami und mein Papi«, wispert der Junge, und er meint, daß irgendwer oder irgendwas ihn beobachtet. Er weiß nicht, was er tun soll. Beten? Entscheidung in der siebten Runde? Im Stadion scheint keiner die Durchsage gehört zu haben. Während der Unterbrechung hatten die Yankees Gene Woodling als Schlagmann eingesetzt, und der sieht jetzt dem Ball nach. Das Fernsehen hat etwas Magisches an sich, alles scheint gleichzeitig zu passieren, das Nahe und das Ferne, das Lustige und das Traurige, das Wirkliche und das Unwirkliche. Heute Abend! Collins, der gewaltig vom ersten Mal losspurtet, denkt darüber nicht nach. Das interessiert ihn nicht. Ein billiger Erfolg, dafür verabscheut ihn der Junge. Das sieht ihnen ähnlich, den Yankees. Seine Mami und sein Papi sind für die Brooklyn Dodgers; die New York Yankees sind die Mannschaft von Richter Kaufman. Richter Kaufman ist reich, er wohnt in der Park Avenue und nimmt seine Söhne mit ins Stadion. Der Junge spürt, wie der scheußliche Kloß im Magen wieder dicker wird. Sein kleiner Bruder ist draußen mit Leo auf der Veranda, malt mit Wasserfarben eine Karte zum Vatertag. Am Sonntag ist Vatertag, noch lang bis dahin. »Das war ihre letzte Chance«, sagt sich der Junge und versucht, sich diese neue Endgültigkeit genauso zu vergegenwärtigen, wie er den Werfer der Tiger sich recken, Collins abschätzen, den Ball werfen sieht: *zweiter Ball*! Ob die anderen Jungen aus der Nachbarschaft dem Spiel zusehen, ob sie die Meldung gehört haben? Seine Mama und sein Papa haben ihm gesagt, daß es unmännlich ist, sich zu fürchten, aber er fürchtet sich, er kann nicht anders. Es kommt ihm so vor, als gäbe es ihn gleich zweimal auf der Welt, der eine spielt gern mit Freunden Baseball und kommt dann nach Hause zu Mama und Papa und schubst auch schon mal seinen kleinen Bruder rum, der andere ist im Fernsehen und in den Zeitungen und droht, den ersten aufzufressen. Der, der frißt, und der, der aufgefressen wird, beide haben Angst, beide glauben nicht, daß die Welt verrückt ist, wie wäre das möglich? Aber warum macht man trotzdem solche irrwitzigen Sachen? Warum tötet man Mama und Papa einfach so, und warum sind alle Menschen so aufgeregt, und was will man eigentlich von ihm, einem harmlosen Jungen von zehn Jahren, der noch das Bruchrechnen übt und nicht mal weiß, wie man einen Fernsehapparat repariert oder einen richtigen Wurf mit Effet hinkriegt. »Warum spielst du nicht mit Steve Nachlaufen?« fragt ihn Sonia freundlich. Sie ist viel zu lieb zu ihm. Wie alle in letzter Zeit, sogar Mr. Bloch. Manchmal möchte er sie anbrüllen: Haut doch ab! Woodling schlägt zwei Bälle weit übers Spielfeld raus, die Yankees führen 2 : 0. Die Leute jubeln und winken in die Kamera und amüsieren sich großartig. Wenn sich die Menschen gegenseitig wirklich liebten, überlegt er, würde die Welt dann so aussehen? Arme Mama! An was sie wohl denkt? Wie wird ihr zumute sein? Was bedeutet Liebe in einer Welt, in der sich die Menschen so benehmen, als ob das alles ganz normal wäre? Woodling umrundet das Mal. Sein kleiner Bruder kommt rein, er trägt ein T-Shirt der Brooklyn Dodgers, ganz mit Farbe beschmiert, und möchte von Sonia ein Glas Milch. »Das wärs«, sagt der Junge. »Ade, ade.« Niemand hört zu.

Manny Bloch, der Anwalt der Eltern, macht die gleiche Erfahrung: Er und die anderen Verteidiger stürzen sich wie wild auf jeden Richter, den sie zu Hause oder im Gericht aufstöbern können, aber die scheinen sich entweder in Luft aufgelöst zu haben oder taub geworden zu sein. Eine Mauer aus Granit. Manny schickt ein Blitztelegramm an Präsident Eisenhower, beruft sich auf die Erklärung von Hugo Black, daß der Fall dem Obersten Gerichtshof überhaupt nicht zur Revision vorgelegen hat – aber sein Telegramm wird vom Sonderbeauftragten Bernie Shanley abgefangen und »ans Justizministerium weitergeleitet«; Eisenhower bekommt es nie zu Gesicht. Bloch, der wider alle Regeln seines Berufs die Rosenbergfamilie liebgewonnen hat, verliert allmählich den Gleichmut des Juristen, bekommt selbstzerstörerische Wutausbrüche, wenn man ihm die Tür vor der Nase zuschlägt. Er und die anderen plädieren für einen Aufschub der Hinrichtungen, die heute um 23.00 Uhr stattfinden sollen, wegen des jüdischen Sabbatfestes, das nach Sonnenuntergang beginnt. Kaufman läßt sich nicht in die Karten gucken, er sagt, daß er bereits mit Justizminister Brownell darüber gesprochen habe: Die Hinrichtung wird nicht am Sabbat vollzogen. Die Anwälte schließen daraus auf einen Aufschub, wenigstens bis Anfang nächster Woche, und verschnaufen ein Weilchen; im Justizministerium werden wissende Blicke gewechselt.

Rosenbergs, eingeschlosssen in die Stille der Sing-Sing-Todeszellen, hören von diesen geräuschvollen Manövern nichts, wissen aber, was vorgeht. Eines steht für sie fest: sie sind nicht allein in dieser Welt. Julius klammert sich sogar an die irre Hoffnung, daß die Gerechtigkeit siegen, daß man sie rehabilitieren wird, daß die Mauern einstürzen, daß sie auf den Schultern ihrer Freunde, des Volkes, hinausgetragen werden, Ethel hingegen, obwohl stärker und gelassener denn je, teilt die düstere Resignation ihres jüngsten Sohnes: Das wärs, ade, ade. Sie sitzt Julius gegenüber, durch ein Maschendrahtgitter getrennt, und schreibt einen Abschiedsbrief an die beiden Kinder. Die will sie auf jeden Fall vor Zynismus und Verzweiflung bewahren, deshalb spricht sie davon, daß Trauer und Kampf verschwistert sind, und von dem Preis, der gezahlt werden muß, damit es sich lohnt, auf Erden zu leben. Julius sieht ihr zu und nickt zustimmend, ergriffen von der Ruhe, die sie ausstrahlt . . .

Euer Papa ist in der letzten ernsten Stunde bei mir, er schenkt seinen über alles geliebten Jungen sein ganzes Herz und seine ganze Liebe, die darinnen ist. Vergeßt nie, daß wir unschuldig waren und unser Gewissen nicht verraten konnten. Wir umarmen Euch und küssen Euch mit all unserer Kraft.

In Liebe,
Papi und Mami
Julius Ethel

Inzwischen taucht Sophie Rosenberg, die Mutter von Julius, vor dem Portal des Weißen Hauses auf und verlangt, den Präsidenten zu sprechen, man läßt sie aber nicht rein – ihr unkontrolliertes Verhalten ist nur zu bekannt, zudem erfreut sie sich nicht gerade bester Gesundheit, und Leute, mit denen es zu Ende geht, sind schließlich zu allem fähig –, also muß sie ihre Schau auf der Straße abziehen. Draußen ist enorm was los. In Washington, New York, überall auf der Welt sammeln sich Demonstrationszüge. Man erwartet Krawalle, und überall steht die Polizei in Alarmbereitschaft. Bloch beschuldigt Richter Kaufman, für diese Unruhen mit seiner gnadenlosen Unnachgiebigkeit verantwortlich zu sein: »Dutzend und aberdutzend Millionen Menschen in unserem Land, in Europa und in Asien sind mit dem Fall vertraut.« Der Benjamin-Richter bleibt ungerührt: »Ich werde rücksichtslos verfolgt, von Verleumdern und Erpressern unter Druck gesetzt –, ich glaube, daß es kein bloßer Zufall ist, wenn sich gewisse Leute in diesen Ländern wie wild gebärden. *Ich glaube vielmehr, daß das geplant war*!« Auf dem Banner aus Kreppapier, das über der Republic-Chop-Suey-Imbißstube am Times Square aufgespannt ist, steht Senator Frank Brandegees unsterbliche Antwort an Woody Wilson:

ICH WERDE DOCH NICHT IRGENDWELCHEM SALBUNGSVOLLEN GEQUASSEL ÜBER »HUMANITÄT« UND »DIE GANZE MENSCHHEIT« AUF DEN LEIM KRIECHEN

Es wird zunehmend heißer auf dem Times Square: über dreißig Grad, und das Thermometer klettert. Die Massen, die auf den Platz strömen, ziehen einfach nicht weiter, ballen sich im Zentrum. Eine merkwürdige, ungewohnte Verwegenheit liegt in der Luft, Überbleibsel der schlaflosen Nacht, und viele Ladenbesitzer schließen ihre Geschäfte vorzeitig; sie fürchten, daß man sich am heutigen Nachmittag nicht so auf die amerikanische Geschäfts- und Konsumentenmoral verlassen kann, wie man eigentlich sollte. Die meisten, die jetzt eintrudeln, sind jung, ihre Eltern müssen den restlichen Arbeitstag noch hinter sich bringen, ehe sie aufkreuzen. Burschen in Jeans mit Bürstenhaarschnitt, Mädchen mit Pferdeschwänzen und Perlen von Woolworth: die Jugend Amerikas, kaut Kaugummi mit blitzenden gesunden Zähnen, rempelt sich angriffslustig an, kratzt sich zwischen den Beinen, ist bemüht, die Träger von BH nicht unter den weißen Sommerblusen hervorgucken zu lassen. Sie tragen Kofferradios, aus denen Nat King Cole »I 'm Never Satisfied« singt, unterbrochen von Durchsagen, daß amerikanische Sabre Jets in Korea weitere sechs MIGs abgeschossen, daß die Atomspione immer noch kein Geständnis abgelegt und daß B-29 Superforts jetzt Pjöngjang bombardiert haben.

Weiter vorn, am Times Tower, geben Arbeiter dem Todestrakt den letzten Schliff, renovieren die Nische des Scharfrichters, polieren die Messingknöpfe im Lederpolster des Elektrischen Stuhls. Die Requisiteure haben einen alten Mahagonitisch mit Schublade und gedrechselten Beinen aufgetrieben, für den freien Raum rechts an der hinteren Wand, genau so einen, wie der im echten Todestrakt von Sing-Sing – aber die meisten hier auf dem Times Square halten ihn für das berüchtigte Rosenbergsche Wandtischchen, das als Anmachholz dienen soll. Die Bühne hat natürlich keine Decke, da aber das verdreckte Dachfenster über dem Elektrischen Stuhl eines der wichtigsten Merkmale im Hinrichtungsraum von Sing-Sing ist, hat man es wahrhaft ingeniös durch eine schwebende Glasglocke angedeutet, die an Drähten baumelt und, für die Zuschauer unsichtbar, die Bühnenscheinwerfer enthält. Das falsche Oberlicht wird witzigerweise eben jene Schwaden aufhalten, die durch das echte in Sing-Sing abziehen, dorch wird nach Einbruch der Dunkelheit der Eindruck genau umgekehrt sein. Und nur das zählt letzten Endes, erklärt Cecil B. De Mille geduldig dem verwirrten Direktor Denno, einem praktisch denkenden Mann, der mit dem Klamauk des Show Business nicht vertraut ist. »Sehen Sie, das Leben und das, woraus sich Leben zusammensetzt, ist nicht immer dasselbe, eins folgt nicht notwendig aus dem andern, verstehen Sie? Manchmal müssen Sie zum Beispiel, damit eine Story richtig ankommt, das eine oder andere ändern, ein paar Tricks einbauen und das Ganze mit einem Schuß Theatralik aufmotzen – ich meine, Theater, was ist das denn eigentlich? Das ist ne Art *Vision*, meinen Sie nicht?« Wie ja auch Matty Burke sagt, einer der Hauptdarsteller in dem 3-D-Streifen *House of Wax*, drüben im Trans-Lux. Er ist der Partner von Professor Jarrod, dem Künstler des Wachsfigurenkabinetts, und verabscheut dessen Arbeitsweise.

Zu zahm, zu niedlich. Er will eine Schreckenskammer. Jarrod, der von Vincent Price gespielt wird, wendet ein: »Manche Leute lieben das Schöne.« »Stimmt«, blafft Burke, »aber die meisten sind scharf auf Sensationen.«

In allen Straßen um den Times Square ziehen rasch zusammengezimmerte Schaubuden die Sensationslüsternen und Schaulustigen an. Ein Zelt voller Mißgeburten aus Hiroshima; die Kakerlaken, die Rosenbergs im Knast gesammelt haben; eine Ikonographie J. Edgar Hoovers – selbst der aus der Mode gekommene Flohzirkus aus dem Hubert-Museum feiert Auferstehung. Die Flöhe tragen vorübergehend die Namen der Hauptdarsteller des Rosenberg-Dramas. Die Szene der Urteilsverkündung im Gerichtssaal ist ebenfalls zu besichtigen, die damals alle von den Stühlen riß. In einem anderen Veranstaltungszelt, dicht bei der Bühne, stellt man, zwischen russischen T-34-Panzermo-

dellen aus Ost-Berlin, angesengten und bepißten Plakaten aus der Tschechoslowakei sowie den abgeschnittenen Ohren eines Roten Richters aus Brandenburg den Leichnam aus, der dem Westberliner Arbeitslosen Willy Göttling gehören soll, den die Russen wegen angeblicher Provozierung des Aufstands in Ost-Berlin erschossen haben, einige Besucher bezweifeln allerdings die Echtheit des Leichnams; schäbig und ordinär finden sie den. Irgendwie, na ja, profan. Skeptiker gibts überall. Es gibt eben Leute, die an der Echtheit von bärtigen Damen und Kannibalen aus Borneo zweifeln und allen Ernstes meinen, Levitation sei ein Spiegeltrick.
Der Genius hinter all den Shows und Verkaufsbuden ist der Großmeister des Vergnügungskarussells: Walt Disney! Bedarf es da der Erwähnung, daß er und seine Mannen aus Disneyland sich eine erkleckliche Zahl bevorzugter Ecken für die Spezialitäten ihrer Mickey-Mouse-Fabrik reserviert haben: ein ruckelndes Modell von Steamboat-Willies Zuber, das Gehöft der Sieben Zwerge, den Bauch des Riesenwals und – nur für Erwachsene – aus *Fantasia* die Schau mit den weiblichen Zentauren, die nippellose Brüste und seltsam aufreizende Stutensteiße zeigen. Die Idee ist nicht auf Walts eigenem Mist gewachsen, nein, er hat den Trick vom Altmeister der Branche, von J. Edgar Hoover vom FBI. Aber erst der fast analphabetische Zeichner Walt Disney, der keine gerade Linie ziehen und kaum kolorieren kann, griff die Erfindung des G-man mit dem Mut der Verzweiflung eines ertrinkenden Bibers auf, und machte daraus über Nacht einen der gewaltigsten Erfolge der westlichen Welt – schon damals, während der Weltwirtschaftskrise, gab er zu, daß die Bruttoumsätze der Disney-Produkte sich auf mehr als 300 000 000 Dollar beliefen, und in Afrika soll es Stämme geben, die sich von ihren Missionsärzten nur Seife schenken lassen, die eine eingepreßte Mickey Mouse zeigt. Hier auf dem Times Square bringt man heute die ganze Palette seiner Niedlichen Tierchen-Shows, angefangen von politischen Dramen wie »Die drei kleinen Schweinchen« bis zum guten alten typisch amerikanischen Volksstück, wo Donald Duck *Turkey in the Straw* spielt. Mickey Mouse hingegen dirigiert für Liebhaber die Ouvertüre zu *Wilhelm Tell*. Disney hat auch ein Modell vom Zuchthaus Sing-Sing aufgebaut und benutzt dabei all die kleinen kreischenden Schulschwänzer aus *Pinocchio* als Häftlinge. Ferner zeigt er das komplizierte, nur in dessen Phantasie stattfindende Liebesleben des Harry Gold unter Verwendung lebensgroßer Modelle mit beweglichen Augäpfeln. Vielleicht ein bißchen weit hergeholt, aber wie bereits Professor Jarrod sagt: »Man muß schon ne kleine Macke

haben, um ein echter Showmaster zu sein.« Manche Leute halten ihn für einen Volksverdummer, dem es nur aufs leichtverdiente Geld ankommt, aber das besagt schlicht, daß Walt Disney mit sich selbst im reinen ist. Die Lust, andere über den Löffel zu barbieren, ist dem Menschen angeboren; unterdrückt man sie, kommt (wie der alte Yankee-Hausierer Uncle Sam zu sagen pflegt, wenn er mal wieder erklärt, was am Sozialismus stinkt) dasselbe raus, wie wenn man Sex unterdrückt.

Während Walt vom Maul des Walfisches aus das Todestrakt-Modell beobachtet und neue Neuheiten erträumt, während Matty Burke Professor Jarrods Wachsfigurenkabinett niederbrennt, um die Feuerversicherung zu kassieren (»Alles wasde brauchst, issn Streichholz, und die Chose läuft!« frohlockt er), bezieht die New Yorker Staatspolizei hinter Barrikaden und Straßensperren Stellung, um den Times Square vor Protestmärschen zu schützen. Polizeichef Georg Monaghan befiehlt seinen City-Polypen Alarmstufe Eins, die Leiter der Polizeireviere und alle Kriminalpolizisten haben Order, bis Mitternacht im Dienst zu bleiben. Die Kameramänner der Tagesschauen postieren ihre Kameras und Scheinwerfer, die Generatoren des Fernsehens fahren auf, ehe die anschwellende Menschenmenge das Durchkommen verhindert. Im Central Park wird ein Konzert arrangiert – die Goldman Band eröffnet ihre nunmehr sechsunddreißigste Saison mit Honeggers »Sturm auf die Bastille« – um einen Teil des Menschenstroms abzuleiten. Schon stoßen die Massen nach Norden bis in den Park vor, im Osten und Westen bis zu den Flüssen, im Süden bis zum Kaufhaus Macy, das heute mit Leuten vollgestopft ist, die nach den neuen »Dr.-T.-Kappen« mit den fünf Gummifingern obendrauf fragen, in Mode gekommen durch Dr. Seuss' neuesten Film, der am Nachmittag im Criterion Premiere hat. Für die jungen Burschen sind die Kappen bereits Anlaß für allerhand Witzchen und zotiges Gekasper, was die Mädchen aufstöhnen und ihre Pferdeschwänze schütteln läßt, sie tuscheln verschwörerisch miteinander, fächeln mit Filmmagazinen und zupfen an ihren Röcken: Jeh, is das warm! Die Jungen nicken, so haben sie es gern. Sie wissen zwar nicht genau, was heute abend noch alles passieren wird, aber wie sich das hier zusammendrängt, können sie es kaum abwarten. Sie haben Knallfrösche und Schlagringe in der Tasche, tragen Spruchbänder wie ZWEI GEGRILLTE ROSENBERGERS BITTE! und WER DIE HITZE NICHT VERTRÄGT, SOLL SICH AUS DER KÜCHE SCHEREN!

Genau, was die Heldin Sue Allen (Phyllis Kirk) aus *House of Wax* gern tun möchte . . . sie kann bloß nicht. Von Professor Jarrod nackt ausgezogen, ist sie gerade auf dem Weg in ein Bad mit kochendem Wachs: *»Es gibt einen Schmerz jenseits aller Schmerzen, meine Liebe, eine Agonie so intensiv, daß sie jede Vorstellung übersteigt!«* Jarrod weiß, wovon er spricht. Als sein Partner im Wachsfigurenkabinett Feuer legte, versuchte er, seine schönen Schöpfungen zu retten und wurde dabei von der Feuersbrunst gräßlich verstümmelt: sein Fleisch schmolz buchstäblich dahin. So viel zum Idealismus. Weil er seine Hände nicht mehr gebrauchen kann, kam er auf die Idee, seine Modelle umzubringen und in einem Wachsbad zu fixieren, und jetzt ist es sein Herzenswunsch, Sue Allen in Marie Antoinette zu verwandeln. Ihr Geliebter, noch ungewachst, liegt bewußtlos auf der Guillotine, mit der ihn der wahnsinnige Assistent des Professors in Scheibchen schneiden soll. Die Bullen kommen und bereiten dem ein Ende, vorher aber dürfen sie noch einen wüsten Tumult entfesseln, bei dem – dank der Natürlichen Vision in Drei Dimensionen – alles außer Sues Scham dem Publikum ins Gesicht fliegt. Ohne diese Szene mit dem klotzigen Juppiheidi auf der letzten Spule wäre das Ganze Lärm um Nichts. Natürlich werden Sue und ihr Freund im Finale gerettet, wie es sich gehört, Professor Jarrod krepiert in seinem Zuber mit kochendem Wachs, sein irrer Assistent wird eingelocht. Leutnant Brennan (Frank Lovejoy) hebt eine steinerne Büste von Jarrods Assistenten hoch und sagt schief grinsend zu einem seiner Leute: »Kannste glauben, Shane, wenn die Type wieder aus Sing-Sing rauskommt, dann hat der Kopp hier'n langen Bart!«

Das Kino öffnet sich, die Zuschauer ergießen sich auf die Straße, ziehen *en masse* zum Times Square hin. Die Sonne knallt hernieder, sie kriegen kaum Luft nach dem klimatisierten Kaltbad im Trans-Lux. Ein Mann – noch immer verfolgt von den Bildern berühmter historischer Persönlichkeiten, die in Flammen aufgingen, deren wächserne Gesichter schrecklich dahinschmolzen und deren steife Leiber ihm in den Schoß fielen – wird vom neuen Bilderwirbel draußen auf der Straße völlig verwirrt. Er stolpert vorwärts, weicht manchmal zur Seite aus oder zuckt zurück. Da hilft nichts, er hat das Pappgestell mit der 3-D-Brille vergessen abzunehmen und sieht alles durch den augenstrapazierenden Polarisator, ein Dunstschleier aus Alkohol und Jodtinktur. Vom Fußgängerstrom mitgerissen, wirbelt er herum und strauchelt, fühlt sich wie Vincent Price, als der aus seinem Rollstuhl taumelt. Im Kino konnte er mühelos die beiden Filmbilder vereinen, er hat zwar jetzt noch Schmerzen in der Stirn und im Nacken, weil er versucht hat,

nicht mit der Wimper zu zucken, als der Kerl mit dem Schlagholz ihm den Ball genau zwischen die Augen knallte, jetzt aber, als er hier draußen durch die Straßen purzelt, kommt es ihm vor, als sähe er zwei getrennte und nicht angleichungsfähige Bilder, jedes kurios gefärbt. Alles wirkt flach, Entfernungen täuschen, er prallt wiederholt gegen Leute, steckt verärgerte, argwöhnische Blicke ein. Ein Ellbogen, der doch mindestens acht Kinoreihen von ihm weg ist, knallt ihm dennoch gegen die Nase. Es kommt ihm vor, als ob ihm ein Bart von der Stirn herunterwüchse. Irgendwo singt Julius LaRosa »Anywhere I Wander«, und er wüßte gern, ob es möglich ist, daß die Welt nach einem tückischen Plan auf den Kopf gestellt wurde.
Die Szene rechts scheint jetzt eine Straße mit lachenden und rufenden Menschen zu zeigen, und die Tonspur bestätigt das, die Szene links besteht aus einer Flucht von Gebäuden mit breiten Ladentüren und Schaufenstern voll blitzender Reflexe. Er wendet sich nach links und wird wieder genarrt: er stolpert unerwartet einen Bordstein runter, rein in dcn Trampelpfad des Pöbels: jetzt bin ich John Wilkes Booth, der mit wegschmelzenden Fußgelenken vornüber plumpst, denkt er, und zieht aus irgendeinem Grund mehr Aufmerksamkeit auf sich als sonst, es gefällt ihm nicht, daß er seine eigenen Extremitäten und die Füße, die über ihn dahinstampfen, nicht ins gleiche Bild kriegt. Hand über Hand kraucht er mühsam zwischen der Stampede durch, er erinnert sich an die Szene, ziemlich zu Anfang des Films, in der das Wachsfigurenkabinett in lodernden Flammen steht, in der wächserne Köpfe schmelzen und bizarr auf zusammenbrechende Schultern sinken, Glasaugen vorquellen und rausfallen, Fingernägel herabtropfen, und inmitten der Feuersbrunst rutscht Vincent Price mühselig über den Fußboden, vorbei an der kleinen Tafel mit der Aufschrift MUTTERLIEBE. Und dann fliegt der ganze Laden in die Luft und besprenkelt das Publikum mit brennendem Schutt. Er erreicht – seine Kleider qualmen, er fühlt sich wie einer, den man im Hochofen einschmilzt, getroffen vom geflügelten Pfeil des Geschicks, überfahren auf der Rollbahn der Geschichte – einen Bordstein: er schiebt sich hoch und rüber, robbt weiter, bis er gegen ein Gemäuer stößt, das in keinem Brillenglas zu sehen war, aber jetzt im rechten auftaucht. Er sinkt in sich zusammen und denkt: Gott hat meine Wege nicht gesegnet, etwas an diesem Zustand ist nicht in Ordnung.
Er steht auf, sobald ers kann, lehnt sich links an, schabt mit der Schulter immer an der Wand entlang, um ja nicht noch mal zwischen die Menge zu geraten, bewegt sich weiter die Straße entlang. Er setzt eine sehr

ernste und nachdenkliche Miene auf, damit die Leute ihn nicht für betrunken halten, er tut sein Bestes, so zu gehen wie jeder normale und selbstbewußte Amrikaner, hält aber mit der linken Schulter weiterhin Kontakt mit den Hausmauern. Er klabastert dahin, reißt das Schulterpolster seines New-Look-Sportjacketts ab und denkt an die Heldin im Film, wie sie auf nebligen Straßen vom Künstler-Monster verfolgt wird, er kommt zu einem Laden mit frischem Obst und Gemüse. Da er glaubt, im Laden zu sein, kauft er sechs goldene Orangen und bemerkt freundlich, daß die ja so groß wie Pampelmusen sind. Der Obsthändler blickt ihn verwundert an, vielleicht auch nur, weil er jetzt in einer Kiste reifer Tomaten zu stehen scheint, und sagt: »Das *sind* Pampelmusen, Chef!« Die Leute sehen ihn an, als ob seine Stirn das Brandmal Kains trüge. Das erinnert ihn an die Guillotine in *House of Wax*, und er – sssschwomp! – schließt daraus, als er die Pampelmusen und die Tomaten bezahlt, daß er der nette Kerl sein muß, der immer als letzter durchs Ziel geht.

Als er im Begriff ist, eine Schaufensterscheibe als Ausgang zu benutzen, packt ihn der Obsthändler am Kragen und schiebt ihn barsch durch das, was vermutlich die Tür ist, und tunkt ihn in das Herz des Mahlstroms zurück, er wirbelt an einem Zeitungsbüdchen vorbei, wo er Halt sucht, er kauft ein paar Zeitungen und Magazine und schlingert dann, obwohl das gar nicht seiner Absicht entsprach, weiter in einen U-Bahneingang. Er hampelt die Stufen hinunter, hält Zeitungen und Pampelmusen krampfhaft fest, das eine Glas zeigt ihm ein Plakat von *Dangerous When Wet* mit Esther Williams im Badeanzug, sie hat einen Schnäuzer unter der Nase und zwischen den Schenkeln einen Bart à la Ulysses S. Grant, mit der anderen Linse überfliegt er im Zeitraffer die Verkehrsstruktur auf dem Bahnsteig der U-Bahn. Er hockt sich auf den Fußboden und macht Pause, um darüber nachzudenken, ob das »Gleichgewicht des Schreckens« eine ansteckende Krankheit ist, die ihn irgendwie erwischt hat, dann versucht er – ohne Erfolg – sich im Spiegel eines Kaugummiautomaten zu lokalisieren. Er sieht aber bloß Abraham Lincoln, dessen Bart in Flammen steht. Ein Zug läuft ein, in jedem Brillenglas kommt er aus einer anderen Richtung, und er läßt sich zusammen mit der Menschenmenge hineindrücken. Vielleicht will er den Zug auch nehmen, das kann er nicht genau sagen. Er erspäht einen freien Platz, aber als er sich setzen will, ist der Platz weg. Dafür platzt seine Papiertüte, und die Pampelmusen rollen über den Boden. Er will sie wieder einsammeln, aber sie sind einfach nicht dort, wo – oder das, was sie zu sein scheinen. Manchmal verändern sie direkt vor

seinen Augen die Farbe, verwandeln sich in Menschenfüße, die ihn stoßen oder auf die Finger treten, rollen an einer Haltestelle durch die sich öffnenden Türen und kommen in der nächsten retour. Warum suche ich eigentlich auf dem Fußboden einer U-Bahn Pampelmusen, fragte er sich? Ich *mag* doch gar keine Pampelmusen! Er steht auf, vertieft sich wieder lässig in die Lektüre seiner Zeitungen und Magazine und überläßt, als der Zug weiterrollt, die Pampelmusen ihrem Schicksal. Mit dem einen Auge erfährt er, daß Präsident Eisenhower nichts gegen die Lektüre von Marx und Stalin einzuwenden hat, im Gegenteil, und daß ein jecker Kunstprofessor in Rom das Grabmal des heiligen Petrus entdeckt hat, mit dem anderen liest er von einem Komplott, Senator McCarthy zu liquidieren. Liquidieren! Vielleicht möchte man seinen Leichnam als Modell für Jeanne d'Arc benutzen? Dann ein paar Artikel über den Elektrischen Stuhl, schleichenden Sozialismus, tiefgefrorenen Zuchtbullensamen und über »Nächtliche Liebe endet mit Wecken«. »Schrecken« vermutlich. Es ist ihm unmöglich, sich auf die Nachrichten über die Atomspione zu konzentrieren, ständig entsteht ein zusammengesetztes Bild der beiden: eine kleine dunkle Frau, Brille mit Goldrand, Schnurrbart, imitierter Pelzkragen, die ihn aus irgendeinem unerfindlichen Grunde an die Marie Antoinette mit schwarzer Schleife erinnert, wie sie sich im fettigen Qualm auflöst. Das machen wohl die Kreise um die Augen, der Goldrand. Der Mantel, stellt er fest, ist aus gutem republikanischem Stoff, wenn auch das T-Shirt darunter für die Brooklyn Dodgers wirbt.
Die Türen öffnen sich, er wird aus der Bahn geschoben, fällt über eine renitente Pampelmuse, schlägt gegen einen Doppel-T-Träger mit dem Hinweisschild GLEIS 3, und taumelt dann die Treppe hoch in etwas, das sich als der große Innenhof eines Bundesgefängnisses entpuppt, falls er seinem linken Auge trauen darf, oder sogar als das Neue Jerusalem. Polizisten schützen ein Gebilde, das dem oder jenem Zweck dienen mag, vor der andenkenhungrigen Gier der Sommertouristen. Was ist es? Sieht aus wie eine Bühne mit einem Elektrischen Stuhl. Oder wie das Foyer eines Kinos, mit Sägespänen auf dem Fußboden. Über seinem Kopf scheint ein Anschlag zu besagen: GLAUBT MIR, LEUTE, POLITIK IST KÄSE, aber er traut seinen Augen nicht mehr. Ich bin durch den 3-D-Film gegangen, überlegt er, und in einer anderen Welt rausgekommen. Er glaubt nicht wirklich daran, es ist nur ein Scherz, um seinen sinkenden Mut ein bißchen aufzupäppeln. Sinkend, weil sich jetzt alles – stampfende Massen, schleichender Sozialismus und explodierende Wachsfiguren, die Rollbahn der Geschichte und die

Zeitrafferbilder – zu dem einen Bild zusammenfügt, das ihn während seiner schlaflosen Nächte verfolgt hat, der anschwellende Succubus, der schon seit neun Monaten in ihm wächst, täglich, seit den neuen Wasserstoffbomben-Tests in Eniwetok: tja, das Endspiel, der eine und einzige atomare Holocaust, dem schenkt er jetzt das Leben. Wir werden jetzt alle einen grausigen Feuertod erleiden wie der irre Puppenmacher, dagegen ist nichts zu machen, wir können nur tun, was im Drehbuch steht, im tiefgefrorenen Samen, im Wachs der MUTTERLIEBE. Was bedeutet es schon, daß Shakespeare *Julius Caesar* schrieb und Edison die Glühbirne erfand? Nichts, es ist alles vorbei, die menschliche Rasse schafft sich selber ab, sie hat eine krankhafte Schwäche für die Leere und Nichtigkeit, wir haben zuviel Hirn entwickelt und kriegen es nicht in den Griff, alles vertan, mein ganzes Leben vertan! So beklagt er sein Leben und das Shakespeares. Auf der Theaterreklame über ihm steht: IN DER DUNKELHEIT GEHT MANCHES UM, NICHT NUR DER NIKOLAUS.
Im Foyer fühlt er sich sicherer. Hier drinnen ist es längst nicht so hell, sind die Dinge nicht so scharf. Er entdeckt riesige Vergrößerungen an der Wand, die er für Seiten aus dem Buch des Wissens hält, die sich aber als Typoskripte des Oster-Prozesses erweisen. Er wendet sich ihnen voller Aufmerksamkeit zu und denkt: Zu guter Letzt fang ich mit meinem Leben noch was an! Auf Seite 493 erklärt jemand, der als ZEUGE bezeichnet wird: »Er sagte, es gäbe spaltbares Material an einem Ende eines Würfels und am anderen Ende des Würfels sei ein gleitender Klotz, der ebenfalls aus spaltbarem Material bestünde, und wenn man diese beiden unter hohem Druck zusammenschöbe, ergäbe das . . .« Die Seite 494 findet er nicht. Aber er weiß es, er weiß es, er spürt seinen Körper, angefüllt mit Würfeln und gleitenden Klötzen. Das HOHE GERICHT erkundigt sich nach den Rote-Grütze-Packungen. Künstlicher Himbeergeschmack! Zeugen sagen über Pockenimpfungen, Implosionslinsen und Geld aus, das im Klo runtergespült wurde. Die Statue des Kolumbus. *Sagen Sie es, wenn Sie den schon kennen.* Und Doris Day singt »I Didn't Slip, I Wasn't Pushed, I Fell«. Irgendwie gibt das alles einen Sinn. Das HOHE GERICHT erklärt: »Es ist außerordentlich schwierig, den Leuten klarzumachen, daß sich unser Land im Kampf auf Leben und Tod mit einem völlig andersartigen System befindet!« Er blinzelt. Ihm dämmert, daß er auf eine fundamentale Wahrheit gestoßen ist. Mit einem Auge, wenigstens. Aber das HOHE GERICHT erklärt weiter: »Und dennoch zogen sie es vor, sich der russischen Ideologie der Gottlosigkeit in die Arme zu

werfen, die Unverletzlichkeit des Individuums zu leugnen, einen Anschlag auf die freiheitsliebenden Menschen der ganzen Welt zu unternehmen, anstatt der Sache der Freiheit und der Unabhängigkeit zu dienen.« Das versteht er ganz und gar nicht. Schuld der Würfel und gleitenden Klötze vermutlich. Er fühlt sich leicht im Kopf. Die Wände scheinen voller Murmeltier-Löcher zu sein. Die Klimaanlage des Theaters ist abgestellt, die Eingangshalle stickig. Er wankt wieder auf die Straße hinaus, schnappt nach Luft, verfolgt von einem immer wiederkehrenden Ton des Jüngsten Gerichts.

Die Gegend ist vollgestopft mit Leuten, die drängeln und schieben. Vielleicht sind es Schauspieler, die die Knackis im Gefängnishof spielen. Fliegende Händler verhökern Kirsch-Vanille-Eis und Miniatur-Atombomben, die einen eßbaren Atompilz erzeugen. Er probiert das Eis, aber als er richtig hineinbeißt, sagt ihm sein rechtes Auge, daß das die linke Brustwarze der Marie Antoinette aus dem Wachsfigurenkabinett sei – er weiß nicht, welchem Auge er trauen soll, es schmeckt milchig und gleichzeitig nach Wachs. Einige Leute tragen Transparente, sein rechtes Auge liest die Aufschriften: RETTET ROSENBERGS! und HEIL EISENHOWER!, sein linkes BOMBARDIERT CHINA JETZT! und ETHEL ROSENBERG VERHEXTE MEIN BABY! Diese optischen Umkehrungen können ihn längst nicht mehr überraschen, nein, sein Verstand ist außerordentlich klar, und das wiederum ist der Hauptgrund für seine Panik. Ihm kommt plötzlich der Gedanke, daß er vielleicht der einzige vernünftige Mensch auf Gottes Erdboden ist. Gottes Erdböden, denn er sieht noch immer zwei. Er stürzt vorwärts, hinein in die Gemeinschaft Gottes, überklettert eine Barriere mit der Aufschrift PACKEN WIRS AN, DAMIT NEW YORK WÄCHST und dann schlägt ihn die Präambel zur Verfassung der Vereinigten Staaten zu Boden. *»Ich wars!«* schreit er und bäumt sich auf, sein Gesicht beschmiert mit den blutigen Resten des Kirsch-Vanille-Eises. *»Ein Verbrechen schlimmer denn Mord! Ich habe den Lauf der Welt geändert!«* Er weiß, daß das wahr ist, er weiß, daß er das getan hat, denn er hat es erkannt: Geistige Gesundheit ist Mord. *»Ich habe den Holocaust verursacht!«* Er rappelt sich hoch, prallt gegen die Bühne und klimmt hinauf. Ein Auge zeigt ihm weit in der Ferne einen Polizisten, die Arme ausgebreitet, gefangen in einem Netz konzentrischer Kreise, durchschnitten von Meridianen, die das Verhältnis der Planeten zum menschlichen Mikrokosmos aufzeigen. Vor dem anderen Auge der Elektrische Stuhl, den ein kleines Messingschild aus dem Nationalpark als DER BAUM DER FREIHEIT bezeichnet, er

kommt auf ihn zu und ist weg, wie ein Flitschball. Er stellt fest, daß ihm ein Schnurrbart gewachsen ist, daß er einen falschen Pelzkragen anhat und eine Brille. *»Seid ohne Furcht!«* ruft er im Weitertorkeln und sucht den Stuhl. *»Das Hohe Gericht ist unschuldig! Doris Day ist unschuldig! Gehet nach Hause zu euren Kindern!«* Troz aller Bravour kommt er sich wie ein abscheulicher Vagabund vor, wie der letzte Paria, das geschorene Schaf, Ziel einer Strafexpedition, Opfer der Martiallschen Theorie, die Zunge hängt heraus, er ist bis zum äußersten erschöpft, sein Menschsein ist verletzt, seine Menschlichkeit wurde mit Füßen getreten – nur die Schöne ist es, die ihn so ernsten Sinnes in der schaukelnden Todeszelle herumtorkeln läßt. *»Ich werde meine Pflicht tun, gleichgültig, wie schrecklich sie auch sei. Ich werde Euch alle erlösen!«* Der Stuhl trifft ihn in den Kniekehlen, er fällt hinein, wie in einem Bottich mit kochendem Wachs, paßt wie angegossen, ein Wunder an Eleganz. Ich bin ein Feigling, der viele Tode stirbt, wimmert er, als die Polizisten mit schwingenden Gummiknüppeln und auf wackligen Beinen vorstürmen, Sterne und Planeten wie kleine Luftballons im Schlepptau. *»Der Präsident hat es gesagt: ›Das einzige Kapitalverbrechen besteht darin, daß man die Festigkeit des Glaubens verliert!‹ LEGT DEN SCHALTER UM!«*
Aber sie zerren ihn dort weg, schlagen und stoßen ihn mit ihren Knüppeln, schieben ihn in ein langes weißes Auto. »HÜTET EUCH VOR DEM IRREN PUPPENMACHER!« jault er, aber sie lachen nur.
»Jesus, das iss der zweiundreißigste Knallkopp, der sich in den Elektrischen Stuhl gepflanzt hat«, sagte einer der Polizisten und schiebt die Mütze ins Genick.
»Hoffentlich tauchen keine mehr auf. Das iss die letzte Fuhre zur Klapsmühle, nochmal kommen wir nicht durch!«
»Die räumen den Walfischbauch für uns aus, und sobald das Theater anfängt, können wir sie da drin verstauen.«
»Heeh! Hamse schon die komische Pappbrille gesehen, Chef?« fragt ein anderer. »Der sieht wie die doofe Nuß mit der großen Brille in den Witzen von Herblock aus, der, der immer so blöde Fragen stellt!«
»Jaa, kenn ich. Glaubt wohl, er iss Albert Einstein. Der vorige hielt sich für John Wilkes Booth und wollte sich selbst anzünden, und der davor hatte Hörner, einen Schwanz und die Visage von Leo Trotzki auf den Arsch gepinselt. Okay Jungs, ab mit ihm!«
Sie stechen ihm eine Nadel in den Arm, er sackt weg und denkt noch: Ja, das bringts. Ich hab getan, was ich konnte, und was bringts am

Ende? Ein paar Prellungen. Ein paar Lacher für die Verdammten. Ein verpfuschter Freitag, eine seltsame Episode auf dem Weg nach Armageddon, nichts weiter.

17. Das Auge am Himmel

Ich mußte auf meinem Weg ins Büro in der Toilette Halt machen, um mich zu säubern, konnte meinem Stab ja nicht so vor Augen treten. Ich stürzte durch die Pendeltür, noch ganz aufgedreht und streitlustig, doch war kein Mensch zu sehen. Diese gottverdammten Schwätzer da draußen machten mich immer stocksauer, besonders Pearson. Winchell war nicht so schlimm, er war schließlich nie über die Grundschule rausgekommen, las niemals ein Buch, wahrscheinlich konnte ers nicht mal, das mußte man ihm nachsehen. Er kannte seine Rolle ganz genau: ein Witzbold. Damit kam man zurecht. Wir waren beide Reserveoffiziere, er stand auch zur Beförderung an. Scheiße. Sollte ich nicht lieber der Politik Adieu sagen und wieder zur Navy gehen? Der Koreakrieg war ja fast vorbei, war wohl auch nicht mehr so gefährlich, das würde bestimmt einfacher sein als dies hier. Ich erinnerte mich immer gern an die Zeit bei der Marine, da war ich erwachsen geworden, hatte alles ausprobiert, wovor ich bis dahin Angst hatte. Was für ein Spießer war ich doch gewesen, ein dummer kleiner Betbruder aus der Sonntagsschule, der sich über so widerliche Laster wie Tabak, Alkohol und Glücksspiel aufregte, der niemals was Schlimmeres als »Mist« oder »Verdammt« in den Mund nahm, der vor Frauen Angst hatte, der es nie mit ner Hure getrieben hatte. Das würde jetzt ganz anders sein, Commander Nixon von der US-Navy. Noch war ich jung genug, um Karriere zu machen, warum also nicht? Immerhin – die Seekrankheit . . . und die viele Zeit, die man totschlagen, die Leute, denen man in den Arsch kriechen mußte, Leute, die jetzt mir in den Arsch krochen – nein, das wäre eine Degradierung, hier war ich doch besser aufgehoben, mittendrin, egal, wie stürmisch es auch zugehen mochte: wenn man Formel-I-Rennen gewohnt ist, wenn man schon in der Bundesliga ist, was ja nun mal bei mir der Fall war, kann man sich wirklich nicht mehr damit zufriedengeben, kleine Brötchen zu backen. Ich bin am besten in Form, wenn es am schlimmsten zugeht, da zeigt sich, was in einem steckt. Irgendwann hab ich mir mal einen Satz aufgeschrieben, hab ihn mir selbst ausgedacht, muß ihn noch irgendwo haben: »Lebe so, daß du jedem ins Gesicht sehen und ihm sagen kannst, er soll sich zur Hölle scheren!« Ich inspizierte mich im Spiegel: »Scher dich zur Hölle!« schrie ich.

Ich stellte fest, daß ich noch immer ziemlich durcheinander war. Und dazu noch dreckig. Mein Hemd durchgeschwitzt, Gesicht und Hände mit Pferdemist beschmiert, auch auf dem Anzug, die Schulter meines Jacketts aufgescheuert und an der Naht geplatzt, die Backen schon wieder mit dunklen Stoppeln überzogen, das Gesicht grün und blau. Ich habe immer sehr auf mein Äußeres geachtet, schon als kleiner Junge. Das ist mir ein echtes Bedürfnis. An Schultagen stand ich im Schnitt eine halbe Stunde früher auf, so daß ich viel Zeit hatte, meine Mutter machte sich darüber immer lustig. Ich putzte jeden Zahn einzeln nach allen Richtungen, gurgelte gewissenhaft, ließ Mutter meinen Atem riechen, um sicher zu sein, daß ich niemandem im Bus belästigen würde. Davor hatte ich immer Angst, war wohl auch Teil meines Problems mit Mädchen. Ich konnte mich einfach nie dazu überwinden, sie auf den Mund zu küssen – ich glaubte, meinen eigenen Atem zu riechen und fürchtete, sie könnten es auch. Sogar in Duke, wo wir kein fließendes Wasser in unserer Bude hatten und wo eine gewisse Ungepflegtheit zum guten Ton gehörte – ein Student ist angeblich viel zu sehr mit Lernen beschäftigt, als daß er sich um sein Äußeres kümmern könnte –, hielt ich mich proper. Die andern dachten, wenn ich morgens früh aus dem Bett schlüpfte, das Feuer für sie anmachte und verschwand, ich säße schon über den Büchern, aber in Wirklichkeit war ich in der Turnhalle unter der Dusche. Hatte den ganzen Raum für mich, mir gefiel es, wie ein wildes Tier im Dämmerlicht herumzustreichen, es war ein guter Start für den langen Tag in der juristischen Bibliothek. Tatsächlich habe ich vor den Toilettenspiegeln der Turnhalle, im Grau der Morgendämmerung, jene Gesten bekannter Strafverteidiger ausprobiert, die später mein Markenzeichen als Politiker wurden.

Ich wusch mich so gründlich wie möglich, kämmte mir die Haare, zog die Krawatte gerade, rieb meinen Anzug mit Toilettenpapier ab. Ich fand mein Taschentuch, das ich in eine Jackentasche gestopft hatte, dachte daran, wo es an diesem Tag schon überall gewesen war und spülte es ins Klo. Komisch, als es durch den Abfluß verschwand, war mir, als ob ich ein Kind schreien hörte – ich merkte, daß meine Phantasie Überstunden machte, als wäre ich noch nicht am Ende dieser verdammten Träume angekommen. Muß mal Urlaub machen, wenn diese Sache vorbei ist. Ich putzte meinen Schuh mit Wasser und Seife. Das Schnürband war schmutzverkrustet und war gerissen, als ich den Schuh unter dem Taxisitz hervorgezerrt hatte, ich konnte es bloß noch wegschmeißen. Um in die Naht zwischen Sohle und Oberteil des Schuhs zu kommen, wickelte ich Toilettenpapier um eine Bleistiftspitze, ein alter Trick, den ich an jenen langen heißen Abenden gelernt hatte, als ich die Pferdeställe beim Prescott Rodeo ausmistete. Früher oder später würden natürlich meine Feinde von der Presse versuchen, auch diesen Job beim Rodeo gegen mich auszuspielen – er begann sein Leben mit beiden Beinen in der Scheiße, werden sie sagen. Genauso wie sie behaupten werden, daß ich alles, was ich von Politik verstehe, gelernt habe, als die Bosse von meiner guten Arbeit Notiz nahmen und mich zum Anreißer für das Glücksrad beförderten. Nun, das ist faires Spiel, in der Politik muß man was wegstecken können, aber sie werden sich wie gewöhnlich irren. In den Ställen lernte ich Disziplin und Schweigen – Charakter zeigt sich weniger darin, wie gut man die Sachen erledigt, die man gern tut, sondern die, die man ungern tut –, während das Glücksrad mich Risiken einschätzen lehrte und elementare Massenpsychologie. Da draußen lernte ich, auf völlig fremde Leute Eindruck zu machen, die ganz anders lebten als ich, und gleichzeitig nie davon zu reden. Diese Rodeo-Szene mit ihrem Pionierzeitklima vermittelte mir ein besonderes Verständnis für die Legende des amerikanischen Westens und machte ein für alle mal Schluß mit dem Abscheu vor der ungeschminkten Seite des Lebens, den ich vielleicht in mir hatte. Blut, Scheiße, Leichen, Schlägereien, Tragödien schrecken mich nicht. In einem Konzentrationslager würde ich nicht nur überleben, sondern wahrscheinlich sogar Karriere machen. Und deshalb konnte Uncle Sam bei den Hinrichtungen heute abend auf mich zählen, wo andere vielleicht die Farbe verlieren würden, wenn nicht sogar den Mut und das Abendbrot dazu. Heut abend! Pfaah, es schien kaum möglich, daß das schließlich doch noch stattfinden sollte, in ein paar Stunden. Freute ich mich eigentlich darauf oder nicht? Ich kam mir vor, wie vor einem Examen, auf das ich nicht vorbereitet war. Au verflucht! Ich mußte die Rede noch ausarbeiten! Ich stürzte raus und hoch in mein Büro. Die Mädchen begrüßten mich wie gewöhnlich, aber es klang etwas gekünstelt, sie zogen die Köpfe ein, sahen sich gegenseitig an, hantierten nervös mit den Infos und Broschüren für die Touristen. Hatten die so schnell meinen schnürbandlosen Schuh entdeckt? Was geschnuppert? Oder – aah! Ich hatte gestern abend vergessen, die Tür zu meinem Privatbüro abzuschließen, sie waren Zeuge des Durcheinanders da drin geworden. Mit so viel Chaos in meinem sonst so ordentlichen Büro konfrontiert zu werden, muß für sie genauso ein Schock gewesen sein, als hätten sie in Foster Dulles Büro Dutzende leerer Ginflaschen oder in Kardinal Spellmans Wohnung verstreute Spitzenhöschen entdeckt. Vielleicht wars besser, sie rauszuschmeißen, überlegte ich. Ich stand

unter Zeitdruck, und gerade jetzt waren sie keinerlei Hilfe. Genaugenommen waren sie lästig.
Ich ging die Post durch, unterzeichnete ein paar Briefe, machte ne nette Bemerkung über eine komisch aussehende Mütze, aus der fünf Finger ragten, die eine von ihnen für ihren Neffen gekauft hatte, bat um eine Tasse Kaffee, sah das Vorausexemplar einer über mich erscheinenden Reportage in der Wochenendausgabe der *Washington Post* durch, entschuldigte mich lachend für das Tohuwabohu im andern Zimmer, sah auf den Terminkalender. »Ich habe gestern bis spät in die Nacht an einem Bericht für den Präsidenten gearbeitet und ehrlich gesagt, äh, bin ich hinterher nicht mehr dazu gekommen, aufzuräumen«, sagte ich locker lachend. Aus irgendeinem Grund erkannte ich keinen einzigen der Namen auf dem Terminkalender. »Diese Rosenberg-Sache, wissen Sie – der Präsident wünschte alle, äh, Tatsachen zu erfahren, bevor er eine endgültige – sechzehn Stunden hab ich gestern darüber gebrütet – eine endgültige Entscheidung über ihr Gnadengesuch fällt.«
»Was passiert denn jetzt, Mr. Nixon? Ist es wieder verschoben worden? Wir haben das Gebrüll da draußen gehört!«
»Nein, der Gerichtshof ist fest geblieben, und der Präsident hat das Gnadengesuch abgelehnt. Ist alles in Ordnung. Soweit ich weiß, werden sie heute abend hingerichtet, gegen acht, wenn alles, äh, gutgeht.« Es war kalt hier drinnen, die Mädchen hatten die Klimaanlage eingeschaltet, und mein Hemd klebte vor Feuchtigkeit auf der Haut. Ich hoffte, daß ich irgendwo in meinem Büro noch ein frisches hatte. Aber ich wollte da jetzt nicht rein. Ein Blick, und der Alptraum der vergangenen Nacht wurde wieder lebendig. Beim bloßen Gedanken daran fing mein Hintern an, weh zu tun. Ich ließ mich in einen der hohen, schwarzen Lehnsessel fallen, die bei den Mädchen standen.
»Es ist schon traurig«, sagte eins der Mädchen. »Die beiden kleinen Jungen . . .«
»Nun, da sollten wir uns nichts vormachen, daran hätten sie denken müssen, bevor sie anfingen, fürs Phantom zu arbeiten«, sagte ich lächelnd. Ich lehnte mich ernst nach vorn. »Wir können glücklich sein, daß wir einen Präsidenten haben, der kein Dummkopf ist und sich auch nicht dazu machen läßt. Ich glaube, der einzige Mensch, der Amerika retten kann, ist Dwight, äh, Eisenhower.«
»Mag schon sein«, sagte das Mädchen und reichte mir eine Tasse heißen Kaffee, »aber es würde doch reichen, wenn sie den Mann hinrichten und den Kindern die Mutter lassen würden, man könnte ihr vielleicht einen Arm abhacken oder die Zunge rausreißen oder so – ich

meine, es war doch wohl mehr seine Schuld, Frauen machen doch immer, was die Männer wollen. ICH jedenfalls!«
Ich lachte jovial. »Das ist wirklich lustig«, sagte ich und stand auf. »Ich habe immer geglaubt, äh, das wär genau umgekehrt!«
Die Mädchen kicherten. »Oh, diese Männer!« sagte die eine.
Ich war mit mir selbst zufrieden. Ich setzte mich wieder. Gewöhnlich hatte ich keinen Erfolg mit meinen neckischen Bemerkungen. Vielleicht hatte mich die Begegnung mit dem Phantom und den Reportern so gelockert: ein guter Kampf erhitzt das Blut. Und anderes. Jedenfalls waren wir jetzt alle in heiterer, man könnte fast sagen in Ferienstimmung, und die Beklommenheit, die ich verspürt hatte, als ich reinkam, war wie weggeblasen.
»Nun ja«, grinste ich leutselig, »wenn der Krebs aus Korruption und Kommunismus, der sich seit sieben Jahren in unser Gemeinwesen gefressen hat, nur mit dem Messer entfernt werden kann, sollten wir uns nicht scheuen, nach dem Messer zu rufen.«
Das kam weniger gut an. »Hilf Himmel!« sagte eins der Mädchen, und brach damit das Schweigen. »Um acht, sagten Sie? Das ist ja in sieben Stunden!« Ich stand auf und sah auf meine Armbanduhr. »Und alle rennen schon jetzt hin, um die besten Plätze zu ergattern!«
»In Ordnung«, lachte ich nachgiebig, »ich hab den Wink mit dem Zaunpfahl verstanden! Streichen Sie für heute nachmittag einfach alle Termine und nehmen Sie sich den Rest des Tages, äh, frei.« Die Sache ließ sich besser an, als ich zu hoffen gewagt hatte. Jetzt fühlte ich mich schon viel freier, ich würde allein sein, und allein könnte ich garantiert mit dem ganzen Kram fertig werden, könnte eine Art Plädoyer erarbeiten, die passenden Worte für die abendliche Veranstaltung finden. Ich setzte mich. Aber das wollte ich eigentlich gar nicht. Ich stand wieder auf. Ich lachte in mich hinein. Ich probierte die Mütze mit den fünf Fingern auf, gab sie aber gleich wieder zurück. Quietschvergnügt schritt ich mit hoch erhobenem Kopf in das chaotische Durcheinander meines Büros, riß die schweren roten Vorhänge zur Seite, ging auf den Krempel los, wie der Trainer auf seine Spieler – sie hinken, sind außer Atem, entmutigt, aber noch nicht geschlagen – nach der siebenten Runde, vor dem Abgrund. Schon gut, Jungs, alle beobachten uns jetzt, es gibt viel zu tun, fangen wir an.
Während die Mädchen in den Vorzimmern hin und her huschten, ihre Schreibtische aufräumten, das Make-up auffrischten, die unvermeidlichen Telefonate führten, tat ich so, als ob auch ich mein Büro aufräumte, sammelte nachlässig Schriftstücke von Fußboden und

Sesseln auf, stapelte sie mehr oder weniger chronologisch, warf einen Teil von ihnen anscheinend sorglos in den Papierkorb. »Früh schon läßt des Lebens mächtiges Wehen das Herz der Jugend erbeben«, sinnierte ich, dabei fiel mir ein, daß dieses Whittier-Zitat über dem Kamin vor dem Büro des College-Präsidenten hing, »mit tiefem, eindringlichen Flehen . . . wo zum Teufel ist denn bloß –?«

»Soll ich Ihren Papierkorb leeren, Sir, bevor ich gehe?«

»Was? *Nein!* Hmm, ich meine, nein, danke schön, Rose, das ist sehr freundlich von Ihnen, aber ich machs schon selbst.« Ich sah sie väterlich an. »Sie können ruhig gehen und sich, äh, amüsieren.«

»Nun, wenn Sie meinen . . .«

»Natürlich meine ich das.« Ich zwang mich zu einem Lächeln und machte eine lockere Handbewegung – der falsche Arm, das war die Schulter, mit der ich gegen die Taxitür gedonnert war. Ich zuckte zusammen.

»Ach, Mr. Nixon«, seufzte sie, »Sie sind schon wieder dabei, sich völlig kaputt zu machen!«

»Wer an gewisse Arbeitsprinzipien glaubt«, sagte ich sehr ernsthaft – mir fiel ein, daß ich das irgendwann schon mal zu meiner Mutter gesagt hatte –, »muß auch bereit sein, sich notfalls dafür aufzuopfern.«

Sie sah mich an. Der Kaffee schmeckte bitter, dennoch nippte ich nervös an der Tasse. In den Vorzimmern wurden Schubladen rausgezogen und reingeschoben, Aktenschränke fielen klickend ins Schloß, leises unterdrücktes Gelächter. »Und, äh, überhaupt . . .« Sie hatte das Zimmer bereits verlassen. Naja, solln sie ruhig kichern. Wir alle haben unsere Schwächen, dachte ich. Ich wußte, daß ich bei einem Beliebtheitswettbewerb nicht gewinnen würde. Public-Relations-Experten hatten mir geraten, Rhetorikkurse zu nehmen, öfters geistreiche Bemerkungen anzubringen, aber genau wie Lincoln komme ich am besten an, wenn ich mich der Sprache des Volkes bediene. Leider waren die Menschen nicht mehr die gleichen wie zu seiner Zeit, die sind fast alle auf dem College gewesen. Auch liegts mir nicht, wie Lincoln auf einen Höhepunkt hinzusteuern. Ich hasse alles Bombastische, diese verschnörkelten Kaskaden. Und wenn wir einmal in der Klemme stecken sollten, wenn es wirklich unangenehm würde, wenn die Entscheidung über Krieg oder Frieden nicht nur für uns, sondern auch für kommende Generationen gefällt werden muß, halten sich die Leute ohnehin an jemand, der gelassen und objektiv bleibt, der einige Erfahrung hat wie ich, und fallen nicht auf so windige Typen wie Adlai Stevenson oder dessen Gag-Lieferanten

rein. Und das gilt für meine gottverdammten Sekretärinnen genauso wie für jeden anderen.
Charisma – ich glaube, die meisten Intellektuellen behaupten das – ist letztlich Stil und meiner ist robust, intelligent, entschieden, artikuliert, aggressiv, nüchtern, gründlich, fleißig, gewissenhaft, mutig und gelassen. Das ist nicht nur meine Ansicht, das haben auch andere von mir behauptet. Ich habe mir eine Regel zu eigen gemacht, die ich im politischen Leben immer befolgt habe: versuche niemals, dich selbst zu beurteilen. Dieser unreifen Selbstanalyse habe ich nie gefrönt. Ich glaube nämlich, daß man das lieber anderen überlassen sollte. Man betrachte nur die Reportage in der Wochenendausgabe der POST, die als Geschenk an Pat und mich zum Hochzeitstag gedacht war: hervorgehoben wurde darin meine lange Arbeitszeit, meine Gelassenheit unter Druck, meine Beliebtheit als öffentlicher Redner, meine Bescheidenheit und meine Fähigkeit, die von Ikes Amateuren begangenen Patzer wieder auszubügeln: »Er fängt die gegen die Regierung geschossenen Außenfeld- und Foul-Bälle so schnell ab, daß nur wenige überhaupt bemerken, daß er auf dem Spielfeld war.« Besonders die Arbeitszeit, die Disziplin: es gibt keinen Werbetrick, der in der Schule, in der Politik, ja einfach beim Erwachsenwerden, hartes Arbeiten ersetzt. Wer ein Examen machen oder eine Entscheidung fällen will, muß sich auf seine vier Buchstaben setzen und sich in die Bücher vergraben. Darin gleiche ich Stevenson: er ist ein Intellektueller und braucht Zeit zum Nachdenken. Den Leuten gefiel dieser »bequeme, aber ausgelatschte Schuh«-Aspekt an ihm – mit der durchlöcherten Sohle –, weil sie das mit dem aufgescheuerten Hintern in Verbindung brachten, den man sich vom fleißigen und gewissenhaften Sitzen holt. Aber da war kein Eisen, unter der harten ledernen Haut hatte Stevenson einen Arsch aus Kork, einen Arsch aus Schaumgummi, aus warmem Grießbrei, insgesamt war er nichts als Lack, substanzlos, ein Mann, der von Unschlüssigkeit geplagt wurde, der wunderschön reden, aber nicht entschlossen handeln konnte. Ich konnte beides und wenn ich auch nicht so wohltönend redete wie Stevenson, redete ich auch weniger Schmus: und das brachte mir Stimmen ein. Seit meiner Grundschulzeit und noch an der Universität hatte ich mich im freien Vortrag und als Debattenredner geübt, hatte so manchen Sieg erstritten und tat das immer noch.
Darüber sollte man nicht witzeln. Ich hatte ne Menge aus diesen Debatten und auch aus den Theaterstücken gelernt, in denen ich mitspielte. Man hat keinen »Charakter« von Geburt an, den entwickelt

man erst im Laufe seines Lebens, und Rollen in Theaterstücken spielen, hilft einem, alternative Optionen zu erkennen – die meisten Menschen begreifen das nicht, und deshalb bekommen sie am Ende eine so erbärmliche Rolle zugeteilt. Von früher Jugend an sind wir uns des Publikums bewußt – aber das Rampenlicht zwischen ihm und uns bemerken wir nicht immer. Beim freien Vortrag lernte ich Reaktionsschnelligkeit, Gelassenheit in kritischen Situationen, und wie man mehrdeutige Phrasen benutzt, wenn man die Fakten nicht kennt oder nicht mal sicher weiß, um was es überhaupt geht. In den Debatten lernte ich, daß das Thema einen Scheißdreck zählt, das entscheidende ist die Strategie, Strategie und Vorbereitung: stell dir die Fakten zusammen, eine Armee von Fakten, präsentiere sie pyramidal, um den Feind zu überwältigen, unterhöhle seine Pyramide mit vernichtenden Angriffen auf seine Fakten und Argumente, bring, falls möglich, zum Schluß was völlig Überraschendes und vergiß dann, nach Sieg oder Niederlage, schleunigst alles und jedes, um am nächsten Morgen wieder von vorn anzufangen. Voorhis und Douglas hatten keine Chance gegen mich. Auch die Republikaner nicht, als man mich eingeladen hatte, als Hauptredner bei ihrem Wahlkampfspenden-Dinner im Waldorf Astoria vor einem Jahr aufzutreten. *Unser* Dinner, sollte ich lieber sagen. Ich wußte, was auf dem Spiel stand. Dewey hatte ein Auge auf mich geworfen. Ich investierte ne ganze Woche, um die Rede auszuarbeiten und sie entpuppte sich dann auch tatsächlich als eine meiner erfolgreicheren. Als ich endete, sprang das Publikum auf und spendete mir tosenden Beifall. Als ich mich setzte, griff der alte Königsmacher Tom Dewey nach meiner Hand und sagte: »Das war eine großartige Rede. Versprechen Sie mir nur eins: kein Fett ansetzen, nicht den Eifer verlieren. Dann können Sie eines Tages Präsident werden.«

Ich und meinen Eifer verlieren? Eifer *ist* mein Charisma. Coolidge sagte gern: »Vier Fünftel aller Schwierigkeiten unseres Lebens würden verschwinden, wenn wir uns bloß *hinsetzten* und uns still verhielten.« Ich hab nie begriffen, wie überhaupt jemand *wollen kann*, daß sie verschwinden. Da bin ich genau wie Teddy Roosevelt, ich will unten in der Arena stehen. Von Roosevelt hieß es: »Wenn Theodor auf ner Hochzeit ist, will er die Braut sein, und auf ner Beerdigung die Leiche.« Das gefällt mir. Und was noch wichtiger ist, ich habe den Glauben: ich glaube an den Amerikanischen Traum, ich glaube daran, weil ich gesehen habe, daß er sich in meinem eigenen Leben verwirklicht hat. *TIME* hat behauptet, ich hätte eine »Horatio-Alger-Karriere« gemacht, aber nicht einmal ein Horatio Alger hätte sich ein so amerikanisches – im besten Sinne des Wortes – Leben wie meins erträumen können.

Junge, Junge, wenn ich bloß daran dachte, platzte ich schon vor Energie. Kaum waren die Mädchen aus dem Büro, verschloß ich die Tür, schaltete die Klimaanlage aus, riß die Fenster auf, leerte die Taschen meines Jacketts, hängte es ordentlich auf, legte die Zigarre in den Kühlschrank, lockerte meinen Schlips, machte die Manschettenknöpfe ab und krempelte die Hemdsärmel hoch, schnallte den Gürtel auf, angelte die Unterlagen und Briefe wieder aus dem Papierkorb, verteilte erneut den ganzen Kram um mich her und setzte mich dann, um alles in Ruhe zu überdenken. Draußen, wußte ich, stieg die Spannung. Die Straßen füllten sich in Windeseile. Das Inspiration House warf Demonstranten aus, wie heimtückische Viren, die Stadt war zu einem Dickicht drohender Plakate geworden, ein Wald von Hetzschriften –, heute die City zu erreichen, war wie die Durchquerung eines schrecklichen Todesstreifens, und mein eigenes Heim draußen in Spring Valley schien jetzt unendlich weit weg zu sein, jenseits des unpassierbaren Niemandslandes. Tal der Rache. Das gab es nicht nur hier in der Hauptstadt, wie ich wohl wußte, das wand sich schlangengleich durch die ganze Welt, rollte sich um die Landesgrenzen, schlängelte sich Gift spuckend durch die verwundbaren Stellen der Freien Welt, bedrohte jetzt genau unser Herz. Uncle Sams Gegenschläge waren dramatisch und wirkungsvoll gewesen, geradezu gewaltig, aber noch war das Phantom gefährlich – in die Ecke getrieben vielleicht sogar noch gefährlicher denn je. Dies war ein dickerer Brocken, als irgendwer vermutet hatte, vielleicht auch ein taktischer Fehler, aber wir waren jetzt festgelegt, es gab kein Zurück mehr. Genau die Art von verzweifelter Lage, für die ich mich bestens eigne. Ich fing an zu begreifen, daß Uncle Sam mich bis vor wenigen Wochen aus der Sache rausgehalten, mich erstmals in diese Schlüsselstellung hineinmanövriert hatte, daß er mich jetzt aber brauchte, daß er meine Kenntnisse und Fähigkeiten brauchte, meine Rhetorik – er würde heute abend was von mir verlangen, was nur ich ihm geben konnte.

Ein kalter Schauer durchrieselte mich: War Eisenhowers Leben gefährdet? Sollte die Inkarnation schon früher als erwartet auf mich zukommen? Für einen Augenblick saß ich da, in einer durch den Schock bedingten Art Geistesabwesenheit, starrte ausdruckslos in die Luft, konnte an nichts anderes als an das Zeremoniell der Amtseinführung denken, Pat neben mir, Mutter in der ersten Reihe, meine Hand auf der

Familienbibel, das grelle Licht . . . und dann kam ich langsam wieder zu mir. Das war wohl kaum die richtige Art, anzufangen. Ich rief mir ins Gedächtnis, daß ich im Hinblick auf die Politik immer Fatalist gewesen war, das durfte ich nicht vergessen. Vorsichtig richtete ich meine Aufmerksamkeit auf die Rosenberg-Akten, auf meine Rede anläßlich des Festaktes. Ich nahm einen Brief von Julius an Ethel zur Hand. Ich las: »Irgendwann, vor Urzeiten, führte ich ein ganz normales Leben mit einer süßen Frau und zwei netten Kindern, und jetzt ist alles vorbei, und wir sehen dem Tod entgegen . . .«

Ich stand auf, reckte mich, ging, um aus dem geöffneten Fenster zu sehen, meine Gedanken zu ordnen. Ich wußte, daß es sinnlos war, zu versuchen, Uncle Sam auszutricksen. Jetzt kam es darauf an, hier meine Pflicht zu erfüllen, vorbereitet zu sein, die Fakten zu kennen, die richtigen Formulierungen zu finden. Mir fiel mein Schulaufsatz über die Verfassung ein: »Es gibt Menschen, die unter dem Deckmantel von Rede- und Pressefreiheit Krawalle anzetteln, unsern Patriotismus schwächen, die Verfassung verraten . . .« Ja, das sollte ich noch mal nachschlagen, man muß bis zu den Ursprüngen zurückgehen – und ich sollte die Briefe von Rosenbergs noch mal lesen, diesmal intensiver, und auch die FBI-Dossiers, die letzten Zeitungsausschnitte. Ein Mosaik zusammensetzen, eine schlagende Widerlegung ausdenken, vielleicht etwas von Gehirnwäsche andeuten (unten sah ich gerade die Demonstranten), »Die tödliche Gefahr einer Propaganda, die den Geist verwirrt . . . den Willen eines Volkes untergräbt, sich gegen die Tyrannei zu wehren . . .«. Es galt, den Prozeß unter einem neuen Blickwinkel noch mal zu überdenken, mehr über Vergangenes zu erfahren, die Jahre in der Todeszelle zu durchforsten, einen Überblick zu gewinnen. Warum, zum Beispiel, war die Kampagne zur Rettung der Rosenbergs von den Agenten des Phantoms so aufgezogen worden, daß sie im Grunde genommen nur ihren Tod garantierte? Was hatte das Phantom vor? War das eine Falle?

Die Leute da unten machten anscheinend Picknick, hörten Musik aus ihren Kofferradios, lutschten Eis, aßen belegte Brote, spielten Dame, sonnten sich. Manche trugen Plakate, auf denen gegen die Hinrichtung protestiert wurde. Waren sie alle geleimt worden? Und Rosenbergs? Wer steckte hinter ihnen? Waren sie wirklich so durchschaubar, wie es den Anschein hatte? Oder gabs da noch unbekannte Strukturen von Verworfenheit, die sich hinter dem Mittelstandsklischee ihrer Aussagen vor Gericht versteckten, gab es Geheimbotschaften, die in den Banalitäten ihrer Briefe aus der Todeszelle verborgen waren? Wie hatte es ihr Sohn geschafft, in der fünften Klasse zum Klassensprecher gewählt zu werden, ausgerechnet jetzt, und was hatte das zu bedeuten? War auch er auf dem besten Weg, eine Horatio-Alger-artige Karriere zu machen? All diese Fragen: Warum fühlte ich mich bemüßigt, sie zu stellen? Warum mußte ich dieses Material immer wieder rastlos durchgehen? Ich fühlte mich auf einer endlosen Suche begriffen, ein Märtyrer der Pflicht . . . aber einer Pflicht wem gegenüber? Mir selber vielleicht, meiner eigenen Vervollkommnung, meinem Bedürfnis, zu zeigen, daß ich hatte, was gefordert wurde, daß ich *verdiente*, was ich bekam, einerlei was . . .

Diese beharrliche Zielstrebigkeit, diese Überzeugung, daß ein leichter Sieg keiner ist, steckte hinter dem größten Teil meiner Schwierigkeiten mit Mädchen, erkannte ich plötzlich. Das Problem bestand darin, daß alle Mädchen, die ich in meiner Jugend getroffen hatte, ein Leben zu führen schienen, das nicht mit meinem zusammenpaßte. Asynchron, sagt man wohl im Filmgeschäft. Sie waren auf einer anderen Ebene, bewegten sich in eine andere Richtung. Nicht, daß ich so genau wußte, wohin es mich trieb, das gebe ich zu. Ich hatte mir zum Beispiel nie Gedanken über Innenpolitik auf Bundesebene gemacht, war nicht mal zur Wahl gegangen, als ich alt genug dazu war, obschon ich das in Schulaufsätzen zu diesem Thema dringend forderte, hatte ich nicht die geringste Vorstellung davon, einmal dort zu sein, wo ich heute bin, noch den Ehrgeiz, hier zu stehen. Allerdings wußte ich instinktiv, daß jene Mädchen nicht in meine Richtung gingen. Mich zog es zum Mittelpunkt hin, sie drehten sich in irgendeinem Karussell am Rand. Und darum hatte ich Angst davor, mit ihnen zu intim zu werden, mehr Angst als sie, Angst davor, mich in einem Labyrinth von Gefühlen zu verstricken, die Selbstkontrolle zu verlieren, Angst vor . . . Angst vor dem Exil. Aus mir selbst auswandern zu müssen. Obwohl ich so großes Verlangen hatte, mich zu ergeben, darauf brannte, von meinem übertriebenen Sendungsbewußtsein befreit zu werden. Die langen einsamen Nächte im Glockenturm, mit schweren und gefährlichen Träumen . . .

Meine Schwäche, das war mir bewußt, war die extreme Empfänglichkeit für Liebe, für Leidenschaft. Das ist zwar nicht offensichtlich, aber es ist wahr. Ein Politiker darf seine Gefühle nicht in der Öffentlichkeit enthüllen, das gehört zu seinem Job. Noch kann er sich den Luxus intimer persönlicher Freundschaften leisten. Man darf niemandem völlig vertrauen. Man darf nicht zu viel über die eigenen Pläne reden, die eigenen Gefühle. Man darf nur mit sich selbst zu Rate gehen. Es ist, als ob man eine Rüstung trüge – öffnet man das Visier, fühlt man sich nackt. Trotzdem sehnte ich mich nach solcher Entblößung. Mein Testgelände war Ola, die einzige ständige Freundin, die ich vor Pat hatte. Sie war hübsch, lebhaft, aufregend, bei ihr kam meine leichtsinnige Ader zum Vorschein, ich liebte sie wirklich, aber sie wollte von dem Karussell nicht runter, und ich konnte nicht rauf. Ich brauchte volle sechs Jahre, bis mir das klar wurde – wir waren, mit Unterbrechungen, während meines letzten Jahres in der High School, die vier Jahre auf dem College und das erste Jahr in Duke zusammen –, vielleicht aber war es mir während der ganzen Zeit bewußt, vielleicht zählten die sechs Jahre für was anderes . . .

Ola war die Tochter unseres Polizeichefs und vielleicht war das der Grund, warum ich mit ihr ging. Wieweit wirs auch treiben würden, irgendwie wärs schon legal, dachte ich. Unter den schützenden Händen des Gesetzes. Gleichzeitig wars gefährlich, mit der Tochter eines Polypen zu gehen, und eine Herausforderung, die einem Klassensprecher und Primus wohl anstand. Manchmal stolzierte ich in der Schule rum und kam mir dabei fast wie Douglas Fairbanks vor, der sich in den Harem des Kalifen einschleicht. Ich gebe ehrlich zu, daß ich nichts von Mädchen wußte, ich hatte nur Brüder. Ich wußte nicht mal, wie sie untenrum aussahen oder was man machen müßte, wenn man bis dahin vordrang. »Menstruation« war ein vages Gerücht. Ich vermutete Löcher verschiedener Art, aber ich wußte nicht genau wie viele – in den Varietés sah man nur Brüste und Hintern und wir waren viel zu ängstlich, um uns in die vorderen Reihen zu setzen. Erst als ich jahrelang verheiratet war, hab ich erfahren, was ne Klitoris ist. Ich weiß jetzt noch nicht, ob ich eine erkennen würde, wenn ich sie zu Gesicht bekäme. Ola hatte keine Brüder, vielleicht fingen wir unter gleichen Voraussetzungen an, aber ich glaubte, daß sie schon alles wisse, sie war niedlich und beliebt und sehr selbstbewußt. Und außerdem Demokratin, was mich damals einiges vermuten ließ. Zudem gefiel ihr alles »Verruchte« – das waren damals die Filme, in denen »Jazz-Babys« und »Glutvolle Mütter« vorkamen, dazu Strandpartys und Tanzen. Ich stellte mich verteufelt ungeschickt beim Tanzen an, aber es machte mich jedesmal ganz verrückt, ich konnte mir gut vorstellen, warum Wilde darauf so versessen waren.

Am Anfang war es wirklich irre. Wir spielten die romantischen Hauptrollen in *Dido und Aeneas* mit dem Lateinkurs der High School. Und das Stück enthielt mehr als ein Omen: Dido wurde von Aeneas verlassen und beging Selbstmord. Es lag Ola durchaus nicht, sich selbst

umzubringen, weit gefehlt – aber sie heiratete einen Jungen, der sie auf ewig in jene Kleinstadt verbannte, auch ne Art Selbstmord, und ich bin immer der Meinung gewesen, sie habe das getan, um mich zu ärgern. Andererseits, um die Wahrheit zu sagen, war sie es, die mich verließ. Aber erst Jahre später, das Ende kam schleichend. Das Stück damals verhalf mir zu einem Wortschatz, der von meinem völlig verschieden war und den ich lange Zeit mit großem Erfolg benutzte. Und dann diese weißen Togen, sie waren wie dünne Nachthemden, wie Bettlaken – ich mußte ein Suspensorium tragen, um nicht unangenehm aufzufallen. Diese verdammten Griechen und Römer, die müssen immer nur das *eine* im Kopf gehabt haben. Ich kriegte mein tägliches Appetithäppchen, wenn ich mich zum Schluß über Königin Didos Bahre warf, die beste Rolle, die ich je hatte. Alles war großartig – aber nur so lange, wie das Stück aufgeführt wurde. Danach zeigte sie mir gegenüber die gleichen Vorurteile wie andere Mädchen. Vielleicht hatten die zu viel ausgeplaudert. Ich kämpfte dagegen an, gebärdete mich aber entweder zu blöd, zu laut, zu kokett oder zu streitsüchtig. Damals haßte ich mich selbst. Ich spielte den Pascha, wo immer wir uns sehen ließen, es sollte aussehen, als wären wir schon halb verheiratet, ich hoffte, sie würde mitmachen, sich jenseits der Schallmauer wiederfinden, ohne recht zu wissen, wann sie sie durchbrochen hatte. Sie sah zu mir auf, mehr als jedes andere Mädchen, sogar mehr als Pat, sie folgte mir überall hin, sagte, ich sei ein Mann von Welt und sie fühle sich so dumm neben mir, manchmal beinahe verängstigt, aber in einem gab sie nicht nach, sie hörte nicht auf, sich frivol zu geben, anstatt nur für mich da zu sein. Sie war weiß Gott noch sturer als ich.
Wir hatten Auseinandersetzungen. Über Religion, Politik, Freunde, darüber, was wir unternehmen wollten. Aber über das wirkliche Problem diskutierten wir nicht. Wir erwähnten es nicht mal. Ich versuchte alles mögliche. Als mein Bruder Harold starb, ging ich soweit, davon zu sprechen, daß ich wahrscheinlich auch Tbc kriegen, daß ich wohl bald tot sein würde . . . Doch damit hatte ich noch weniger Erfolg als mit politischen Diskussionen. Mit jedem Tag verringerten sich die Chancen. Ich hatte schlechte Laune und Depressionen – und stand unter dem Eindruck, sie wisse genau, was los sei und mache sich darüber lustig. Dabei wollte ich sie wirklich nicht entjungfern, nein, davor hatte ich sogar Angst – was ich wollte, war ihre Hingabe. Ich wollte, daß sie sich mir *auslieferte*, vorbehaltlos, unterwürfig und irrsinnig vor Verlangen. Das war alles. Sie hatte nichts zu befürchten. Und vielleicht viel zu gewinnen. Unsere politischen Dis-

kussionen waren oberflächliche Manifestationen dieses tiefen Gegensatzes. Ich glaubte, ich könnte ihr Selbstbewußtsein so sehr brechen, daß aus ihr eine Republikanerin würde. Alles andere würde von allein kommen. Aber sie verstand die Bedeutung meiner Argumente nicht. Sie machte sich darüber lustig, spottete über meinen Ernst. Ich wurde dann wütend und kläffte sie an. Sie fing an zu weinen. Dabei war ich gar nicht besonders verbohrt, wir Quäker waren 1932 alle für Hoover, das war nur zu natürlich, aber dann kriegte ich noch nicht mal mit, daß Roosevelt ihn in jenem Herbst zur Schnecke machte. Wir waren mitten in den letzten Proben für *Bird-in-Hand*, und bei der Premiere hatte ich den erfolgreichsten Auftritt meines Lebens, das war genau zwei Tage nach der Wahl (ich muß zugeben, daß ich ein fast perverses Vergnügen aus jenem Satz zog, der meine Art, konservativ zu sein, so gut ausdrückte: »Man regiert Menschen, die nicht fähig sind, sich selbst zu regieren.«). Und eine Woche später feierte ich dann mit meiner ganzen Verbindung bei Grandma Milhous. Die gesamte Footballmannschaft gehörte der Verbindung an, und wir feierten den Sieg über Loyola, vierzig Mann hoch – was zum Teufel kümmerte uns Politik? Konnte Ola das nicht kapieren?

Im Frühjahr spielten wir sogar die romantischen Hauptrollen in einem revolutionären Stück über das elende Leben schottischer Bergarbeiter, es hieß *The Price of Coal*. Ich hoffte, ja tatsächlich glaubte ich, die Stimmung von *Dido und Aeneas* ließe sich neu beleben, doch die ging bei den Schwierigkeiten mit dem schottischen Dialekt glatt baden. Dazu war die Beleuchtung saumäßig, es wurde eine Katastrophe. Wie üblich fand die Aufführung in Founders Hall statt. Mit diesem Bau war irgendwas faul, meine ganze Liebesgeschichte war mit ihm verknüpft, es gab tausend Stellen, um sich zu verkrümeln, aber es kam zu nichts, wir blieben in den Korridoren oder auf den Bänken, die an den Treppenabsätzen aufgestellt waren – ich war bereits eine Persönlichkeit des öffentlichen Lebens. Ich war überall dabei, arrangierte Picknicks, brachte Theaterstücke zur Aufführung, organisierte Bands für den Campus, gewann Debatten und Schulauszeichnungen, hielt die Verbindung zusammen, war Mitglied in zahlreichen Clubs, bemühte mich um Ämter, rannte mir buchstäblich die Hacken ab, doch alles das entlockte Ola nur ein fröhliches Lachen und sie verabredete sich mit anderen. Ich weiß noch, wie ich auf der winzigen Bühne im ersten Stock auf und ab lief – es war während des Freitag-Morgen-Gottesdienstes und alle waren noch halb im Schlaf oder langweilten sich zu Tode – und mir sagte: Verdammt, sie hat keinerlei Gefühl für *Werte*: Jock, der

Bergmann oder Aeneas, Vater der Römer, für sie ist da kein Unterschied, sie ist einfach zu flatterhaft, ich kann sie nie heiraten. Aber nach wie vor wollte ich sie kleinkriegen, wollte ihr beweisen, daß sie mich brauchte. Und dann würde ich sie vielleicht doch heiraten. Hinter den Kulissen, unter verwischter Schminke, erregt durch den muffigen Geruch der Kostüme, warf ich ihr lange, innige Blicke zu. Sie beschwerte sich nur über die Beleuchter oder sah einfach an mir vorbei und winkte ihren Freundinnen.
Und dann hatten wir eines Abends beim Tanzen eine richtige Auseinandersetzung. Ich ließ sie stehen. Ich erwartete, daß sie mir nachlaufen würde. Sie tat es nicht. Sie ließ sich von ihren Eltern abholen. Das hätte eigentlich das Ende sein müssen, aber ich versuchte es weiter. So leicht gebe ich nicht auf. Und plötzlich erlebten wir den schönsten Abend, den wir jemals zusammen verbrachten. Ich hatte gerade erfahren, daß ich ein Stipendium für Duke bekommen hatte. Ich fühlte mich so toll, daß ich überhaupt nicht versuchte, mein Ziel zu erreichen – und dann hätte ichs fast. Ich besaß einen alten 30er Ford, und wir kutschierten die ganze Nacht darin herum. Ich glaubte, in jener Nacht war sie wirklich in mich verliebt. Aber ich war so sehr in mich selbst verliebt, daß ich es nicht merkte, bevor es zu spät war. Wir hatten da schon stundenlang gefeiert, sie war müde, wollte nach Hause. Ich wollte nichts kaputtmachen, wir waren beide glücklich, es gab ja immer ein Morgen – aber das gabs nicht. Von Duke aus schrieb ich ihr jede Woche, in den Ferien fuhr ich immer nach Hause, um sie zu besuchen. Quer durchs ganze Land. Sie ging mit anderen. Ich war verzweifelt und versuchte, es zu verdrängen. Aber als sie nicht mal mehr wollte, daß ich sie besuchte, verlor ich die Geduld und machte Schluß. Als ich den Telefonhörer hinknallte, glaubte ich, ihr Kichern zu hören. Trotzdem war ich erleichtert. Ich war gerettet. Mir kam zum Bewußtsein, daß ich hinter meiner Leidenschaft hergejagt war wie hinter einer Karriere – ich hatte sogar überlegt, die Juristerei sausen zu lassen und ein für alle Mal nach Whittier zurückzugehen! Von jetzt ab würde ich meine verdrängten Gefühle als Antrieb benutzen, als Jurist Karriere machen. Nein, ich zweifelte nie daran, daß ich eines Tages heiraten, eine Frau an meiner Seite haben, Kinder bekommen würde, ich war ja normal – aber das juristische Examen, das wußte ich, dieses potente Aphrodisiakum, war nur durch Abstinenz zu erlangen. Ich erinnerte mich an das Historienbuch, das Tante Edith mir gab, als ich zehn Jahre alt war: Advokaten beherrschten die Welt. Und folglich auch jedes Individuum, auf das sie es abgesehen hatten – glaubte ich. Selbst in der gräßlich düsteren Bude

im Whippoorwill Manor, ohne Toilette und fließendes Wasser, wo wir zerknüllte Zeitungen in dem alten Kanonenofen verbrannten, um warm zu haben, wo ich das Zwei-Etagen-Bett mit dem guten alten Bill »Boop-Boop« Perdue teilte, Brownie und Freddie in der anderen Doppelkoje zuhörte, die geile Geschichten über ihre Flirts und Eroberungen zum besten gaben, als ich über die nächsten Prüfungen grübelte, fror, elend und noch ärmer war als Jock der Bergarbeiter, selbst da wußte ich, daß die Zeit der Brunst auch mir zuteil würde. Und sie kam. In *The Dark Tower*. Nicht mit Ola natürlich, aber vergessen hatte ich sie nicht. Jahre später, auf Green Island, schrieb ich mir auf: »Es gibt eine Liebe, die beständig ist. Und eine andere, die ist prickelnder Champagner und Mondschein. Sie ist nicht für die Ewigkeit bestimmt, kann aber etwas sein, an das man sich sein Leben lang erinnert . . .«
Ich gähnte. Ich war schon wieder abgeschweift. Draußen war ein wundervoller Tag, klar und warm, einer von den Tagen, an denen man die guten alten Handschuhe anziehen und Baseball spielen sollte. Das täte meiner wehen Schulter bestimmt gut. Saudämlich, so gegen die Tür zu stoßen. Ja, rausgehen und sich ein bißchen bewegen, der Außenfeldspieler des Kapitols. Julius und Ethel Rosenberg hattens oft so gemacht: stiegen aufs Dach des Todeszellentraktes und spielten Ball. Nicht beide gleichzeitig natürlich – gib ihnen die kleinste Chance und sie fallen wie Tiere übereinander her. Vielleicht war gerade einer von ihnen oben . . . lief sich im Kittchen warm, Lockerungsübungen sozusagen für den großen Knall. »Mittags«, schrieb Ethel einmal, »ging der vielversprechende Starathlet des Baus aufs Dach und schaffte drei volle Läufe. Es ist herrlich, den Ball zu schlagen, loszurennen und Wind und Sonne zu genießen.« Ich nahm an, daß man einen Lauf jedesmal dann schaffte, wenn man den Ball übers Dach hinausschlug. Der Platz war schon gefährlich, wenn man bloß ner Fliege nachjagte, da ließen sich bestimmt ne Menge Läufe einsacken. Die Wärterinnen, die mit ihr spielten, dürften ein bißchen sauer auf das aggressive kleine Biest gewesen sein, das den verdammten Ball immer so weit weg schlug. »Aber aber, Mrs. Rosenberg, etwas sanfter bitte.«
Rosenbergs waren Fans der Brookly Dodgers. Oder taten zumindest so. Sie sprachen in ihren Briefen davon. Natürlich verstand ich den emotionalen und politischen Hintergrund, rhetorisch stimmte auch alles, ich bediente mich weitgehend derselben Technik – aber es war ganz eindeutig, daß sie von Baseball nicht das geringste verstanden, daß sie überhaupt kein Gefühl dafür hatten. Die Dodgers hatten in den

vergangenen sechs Jahren drei Meisterschaften gewonnen, waren bis jetzt in diesem Jahr ziemlich starker Zweiter, doch Rosenbergs sahen weiter nichts, als daß die Rassenschranken beseitigt wurden, als Jackie Robinson und Roy Campanella engagiert worden waren. So schrieb Ethel, nachdem sie bei einer langweiligen 10 : 0-Partie angeblich »alle Fingernägel abgeknabbert hatte«: »Es ist vor allen Dingen ihrem hervorragenden Beitrag zur Ausrottung der Rassenvorurteile zu verdanken, daß sie so rühmlich dastehen.« Nun, da muß man sich doch fragen, was für ne Baseballsprache ist denn das? Vielleicht nannten sie es jetzt »Beisboll«, weil die Russen behaupteten, sie hätten das Spiel erfunden. Das war doch bloß ein Teil ihrer Verteidigung. Der *National Guardian* hatte argumentiert, die Russen hätten – weil sie ja alles zuerst erfunden haben, einschließlich Baseball – von Anfang an gewußt, wie man Atomwaffen herstellt, doch humanitäre Überlegungen hätten sie davon abgehalten, es zu tun.
Dasselbe hatten einige unserer eigenen Eierköpfe auch schon behauptet, Harold Urey zum Beispiel: daß es nämlich kein Geheimnis um die Atombombe gegeben habe, und daß die Russen mehr aus einem Flash-Gordon-Comic-Strip hätten herausholen können als aus Greenglass' berühmten Zeichnungen. Es war Ureys Behauptung und die einiger anderer abartiger Wissenschaftler vom selben Typ, daß jedermann austüfteln könne, wie man die Bombe baut, entscheidend sei das nötige Kleingeld, um das Wissen in die Tat umzusetzen. Die Russen wären wohl deshalb so langsam mit der Entwicklung ihrer Atombombe vorangekommen, weil ihr Industriepotential durch den Zweiten Weltkrieg zerstört worden war. Nun, Urey mochte Nobelpreisträger sein und sonst noch alles mögliche, aber er hatte schweres Wasser im Kopf. Und selbst wenn er die Wahrheit sagte, dann wars doch interessant, daß er bis jetzt damit gewartet hatte, uns einzuweihen – er und seine Kumpane hatten sich ne einträgliche und recht private Pfründe geschaffen, weil man die ganze Zeit geglaubt hatte, daß es ein Geheimnis *gäbe*. Selbst ihre gottverdammten Budgets waren dermaßen geheim, daß wir im Kongreß kaum wußten, wofür wir ihnen die Scheine hinblätterten. Durchaus möglich, daß wir ihnen die Ruhestands-Villen in Odessa bezahlten. Aber es war unwahrscheinlich, daß Urey die Wahrheit sagte. J. Edgar Hoover hatte erklärt, es gäbe ein Geheimnis, dasselbe hatte Truman gesagt und Eisenhower, das war aktenkundig. Selbst Rosenbergs und deren Anwälte waren der Meinung, daß es dies Geheimnis gab, soviel hatten sie tatsächlich gestanden. Ich erinnerte mich aus der Zeit bei HUAC, daß Urey lange Zeit Beziehungen zu

Tarnorganisationen des Phantoms pflegte, einigen von ihnen den Start überhaupt erst ermöglichte. Vielleicht war er einer der mysteriösen Spione, die hinter Rosenbergs steckten. Zusammen mit Dashiell Hammett und Albert Einstein. Paul Robeson. Den Oberen Zehntausend von Hollywood. Ich starrte auf die Demonstranten da unten, die in der Sonne vorbeimarschierten. Vor ein paar Jahren gab es noch 1 157 172 Menschen in diesem Land, die willens waren, Henry Wallace zu wählen. Wer waren diese Leute? Wo standen sie jetzt? Warum hatten wir nichts für sie unternommen? Der gute alte Wallace . . . hätte Präsident werden können. Aber dazu reichte es nicht. Geriet zu nah ans heilige Feuer und rannte Amok. Ein Risiko bei diesem Spiel . . .

Ich wandte mich vom Fenster ab. Kam mir vor wie ein austrocknendes Rinnsal. Sehr schläfrig. Wärs nach meinen Wünschen gegangen, hätte ich mich einfach hingehauen, aber es ging ja nicht um das, was mir persönlich am liebsten gewesen wäre, sondern um das Wohl der Partei und ebenso um das der Nation. Ich blickte auf all die Dokumente und Unterlagen, die im Raum verstreut waren und versuchte, mir einen Überblick zu verschaffen. Was für ein Chaos. Ich wußte ja nicht mal, wo ich anfangen sollte. Trotzdem mußte ich weitermachen. Selbstvertrauen in kritischen Situationen beruhte, wie ich wohl wußte, zum größten Teil auf ausreichender Vorbereitung – sofern Vorbereitung möglich war. Die Pfadfinder hatten das sehr richtig erkannt. Und ich hatte selbst die Erfahrung gemacht: War erst die Endphase intensiver Kampfvorbereitungen erreicht, dann war es nicht mehr ratsam, sie abzubrechen. Ich brauchte immer ne gewisse Zeit zum »Warmlaufen«, bis zu dem Punkt, wo mein Gehirn funktionierte, und es war wichtig, die Gehirnströme in Bewegung zu halten. Man möchte unwillkürlich bremsen, Körper und Geist wehren sich dagegen, längere Zeit zu schärferer Gangart als gewöhnlich angetrieben zu werden, wie jetzt zum Beispiel. Aber im Kampf gegen unseren kommunistischen Widersacher darf man sich keine Minute ungestraft gehen lassen. Sie wollen um jeden Preis gewinnen, und eine ihrer Taktiken besteht darin, den Druck nicht zu mildern. Sie wollen uns zermürben. Um ihnen den Sieg zu entreißen, müssen wir das bessere Stehvermögen zeigen und zielstrebiger sein als sie. Ich verkniff mir ein Gähnen und lehnte den Kopf zurück. Ich merkte, daß ich schon wieder im Sessel zusammengesackt war.

Mühsam raffte ich mich auf, hüpfte ein bißchen herum, rüttelte mich selbst wach. Mir blieben kaum noch sieben Stunden, der Tag war irre schnell vergangen, ich mußte mich auf diese Sache konzentrieren, was war denn mit mir los? Ich dachte an den Fall Hiss, wie ich den geknackt hatte. Was hatte ich damals gemacht, woran ich bisher nicht gedacht hatte? Nun, einmal waren die Konturen nicht so verschwommen gewesen: Chambers war ein ehrenhafter Quäker, Hiss einer der superschlauen Typen der Ivy League, ich wußte genau, was ich zu tun hatte. Greenglass war genauso fett wie Chambers und noch weniger stabil, Rosenberg war so dürr wie Hiss, aber Greenglass fehlten die Intelligenz und der Wortschatz von Chambers – Checkers war vermutlich weitaus aufgeweckter – und Rosenberg war arm, wie ich, hatte Formulierungsschwierigkeiten und war zehn Jahre hinter der Mode zurück. Hiss glich dem sauertöpfischen Millionär der Horatio-Alger-Stories, oder dem bösen Neffen, der dem reichen Onkel das Erbe des Vetters abluchsen möchte, dem gemeinen Verräter, der den redlichen fleißigen Unternehmer um seinen gerechten Profit betrügt. Rosenberg stammte dagegen aus einer wirklichen Horatio-Alger-Familie, arm, aber ehrbar, eigentlich hätte er ein Vermögen machen sollen. Er hatte während der Wirtschaftskrise Bonbons auf der Straße verkauft und dabei rund achtzig Cents pro Tag verdient. Aber irgendwie lief irgendwas schief. Die Sonne durchbrach nicht die Wolken. Der Mäzen, der gern naschte, stellte sich nicht ein. Es gab kein Happy-End.

Wie sollte ich da noch durchsteigen? Und Ethel Rosenberg, wo paßte die rein, was konnte ich mit der anfangen? Eisenhower meinte, sie sei die eigentliche Initiatorin, aber laut Zeugenaussagen bestand ihr Verschulden vornehmlich darin, daß sie die Aufzeichnungen abtippte. Irving Saypol hatte daraus soviel Profit wie möglich geschlagen: »Diese Beschreibung der Atombombe, die dazu bestimmt war, an die Sowjets geliefert zu werden, wurde von der Angeklagten Ethel Rosenberg an jenem Nachmittag in ihrem Apartment in der Monroe Street Nr. 10 mit der Schreibmaschine geschrieben. Und genauso hat sie bei zahllosen anderen Gelegenheiten an der Schreibmaschine gesessen und auf die Tasten gehämmert, Anschlag um Anschlag gegen ihr eigenes Land, im Interesse der Sowjets.« Anschlag um Anschlag. Das ganze Argument erinnerte mich ein bißchen zu sehr an meine High-School-Debatte: »Damit ist bewiesen: Mädchen taugen nichts.« Aber vielleicht wußten Saypol und der Präsident was, was ich nicht wußte.

Sie *war* ein verdammt zähes Luder, das stimmt! Mit knapp neunzehn Jahren führte sie 150 Arbeitskolleginnen zu einem Streik, der die National Shipping lahmlegte. Es war während der Wirtschaftskrise, und die Gesellschaft kämpfte ums Überleben, so war es nur natürlich, daß sie eine neue Mannschaft anheuerten und versuchten, das Geschäft am Laufen zu halten. Aber Ethel stachelte die Mädchen zu einer illegalen Demonstration an, wodurch sie die nichtorganisierten Mädchen so einschüchterten, daß der Betrieb trotz umfangreicher Schutzmaßnahmen der gesamten New Yorker Polizei erneut die Tore schloß. Als ein Lieferwagen die Linie der Streikposten zu durchbrechen versuchte, zerrten Ethel und die Mädchen den Fahrer von seinem Sitz, rissen ihm die Kleider vom Leib und schrieben ihm mit Lippenstift quer über den Arsch: ICH BIN EIN STREIKBRECHER. Schon beim bloßen Gedanken daran fängt mein Hintern an zu kribbeln. Als mehrere Lastwagen anrollten, verbarrikadierten sie die Straßen, warfen sich vor die Räder, schlitzten die Ladung auf und schmissen alles in die Gosse. Später im Krieg hatte sie einen Job im Census Bureau in Washington, zur selben Zeit, als ich bei der OPA war. Wir hätten uns begegnen können. Julius war in New York. »Iss schon in Ordnung, Miss – nebenbei, ich *bin* Dick Nixon von der OPA . . .« Ich grinste. Trotzdem dürfe sie jenen Leuten weitgehend geglichen haben, die ich damals dort so haßte – dieser Haufe skrupelloser, selbstsüchtiger, hochmütiger, zynischer und raffinierter Typen, dieser altbekannte, gewalttätige, großstädtische New-Deal-Klüngel – wir bemühen uns immer noch, dieses Gesindel loszuwerden. Alle dachten nur an die eigene Karriere, machten ungeheuer viel Wind um ihre lausigen kleinen Jobs. Ich merkte bald, daß ich die Arbeit der OPA ganz allein hätte erledigen und dabei immer noch lange Wochenenden hätte machen können, doch als ich versuchte, rationellere Arbeitsmethoden einzuführen, behandelten sie mich wie einen Aussätzigen. Wenn mich irgendwas zum Konservativen werden ließ, dann bestimmt diese sechs Monate bei der OPA. Vielleicht war die Ähnlichkeit zwischen Ethel und Hiss doch am stärksten . . . Andererseits blieb sie auch nicht lange dabei, vielleicht war sie ebenso unglücklich wie ich. Jetzt weint sie sich nachts in den Schlaf, drückt ihr Kopfkissen so fest an sich, daß sie einen Krampf im Arm kriegt, hat Angst vor Mäusen, braucht kalte Kompressen, um ihre Migräneanfälle zu lindern. Arme Ethel . . .

Ich sah mißmutig auf die Papiere, die auf dem Fußboden meines Büros verstreut waren. Was zählt denn nun wirklich, überlegte ich, das Papier oder der Mensch? In wenigen Stunden würden Ethel und Julius Rosenberg tot sein, ihre sterblichen Überreste weniger wert als die Pferdeäpfel, in die ich getreten war, und auch die Papiere könnte man verbrennen, doch was draufstand, würde überleben. Oder könnte überleben, das war Glückssache. Glück und menschliches Bedürfnis:

die Sucht nach Vorbildern. Nach Geschichten. Eben davon waren Rosenbergs verführt worden. Hätten sie es fertiggebracht zu sagen, zum Teufel mit der Geschichte, wären sie längst auf freiem Fuß. Diese armen, verdammten Narren. Vielleicht lag das aber auch daran, daß sie in der Großstadt aufgewachsen waren. Einer der ersten Schocks, den der Junge vom Lande kriegt, der von zu Hause weggegangen ist, ist die Entdeckung, daß niemand die tollen Geschichten aufzeichnet, die ihm widerfahren sind. Bevor er sich nicht in das urbane Spektakel stürzte, könnte er genau so gut nicht gelebt haben, zumindest, was die Geschichten angeht. Ehrlich, ein Teil des Vergnügens, berühmt zu werden, besteht darin, den Scheinwerfer rückwärts auf das gute alte Heimatstädtchen zu richten und die Leute mit ihrer eigenen, unscheinbaren Realität zu konfrontieren, Typen wie Gail Jobe und Tom Bewley aufzurütteln. Deshalb wußte ich, was Rosenbergs empfanden, ich hatte es selbst so empfunden.
Der selbstmörderische Verdacht der Rosenbergs, daß sie von einem übermenschlichen Wesen beobachtet würden, stellte sich schon früh ein, wahrscheinlich schon vor Jahren, im College oder vielleicht, als Julius seine Mutter verlor, ganz sicher aber – und dann in voller Stärke – unmittelbar nach ihrer Verhaftung. In vieler Hinsicht waren die frühen Briefe der beiden die besten von allen: ruhig, bescheiden, hastig hingeschrieben, häufig die Personalpronomina auslassend und voller Abkürzungen, größtenteils normale Sätze, die ans Herz gingen: »Bin eben erst fertig mit Wäscheaufhängen, weil Mike nicht vor halb zwölf eingeschlafen ist . . .«
Doch dann kam das Todesurteil, und was danach in ihren Briefen am meisten auffällt, ist das fast völlige Fehlen konkreter Realität, der Einbezug alltäglichen Lebens – alles ist Übertreibung, Empörung, politisches Klischee, Abstraktion. Oh doch, sie enthalten durchaus eindrucksvolle politische Rhetorik, und obgleich ich es nicht beurteilen kann, dürfte Ethels Gedicht auf seine Art ein Klassiker sein. Hin und wieder unternahmen sie den zaghaften Versuch, etwas aus ihrem Leben im Gefängnis zu beschreiben, den Stumpfsinn, das Töten der Schaben, die jüdischen Gottesdienste, Schachspiel oder Boccia, doch wirkte das so, als entsprächen sie damit nur den Regieanweisungen ihrer Anwälte oder der Partei: »Liebste Ethel, soll ich Dir meine Gefängniszelle beschreiben? Sie ist drei Schritt breit, vier Schritte lang und sieben Fuß hoch . . .« Und Julius arbeitete gelegentlich mit Eifer daran, für sich selbst eine ansprechende Vergangenheit zu konstruieren: »Ich war nicht nur ein guter Student, ich nahm auch die Kultur

meines Volkes in mich auf, seinen Kampf um die Befreiung von der ägyptischen Sklaverei. Darum war es für mich als amerikanischer Jude ganz selbstverständlich, daß ich der Überlieferung folgend versuchte, das Los des einfachen Mannes zu bessern . . .« Das war schon beachtlich, ich hätte unter Umständen dieselben Sätze angebracht (»der Überlieferung folgend«: das notierte ich mir), aber diese halbherzigen Bemühungen endeten in den meisten Fällen mit rührseligem Selbstmitleid: »Ethel, mein Liebling, Du bist wahrhaftig eine großartige, würdevolle und liebe Frau. Bei dem Versuch, meine Gefühle zu Papier zu bringen, steigen mir Tränen in die Augen . . . Unsere Erziehung, unser beider Lebensinhalte, die eine echte Verschmelzung unseres amerikanischen und unseres jüdischen Erbes fordern, was für uns Freiheit, Kultur und Menschenwürde bedeutet, hat uns zu den Menschen gemacht, die wir sind. All der Dreck, die Lügen und die Verleumdungen dieser grotesken Intrige werden uns nicht im geringsten abhalten, sondern uns anspornen, bis wir völlig . . .« Und so weiter und so fort. Des Betruges schuldig, klagt er andere des gleichen Deliktes an! Wer sich so in Szene setzt, der muß ja für schuldig gehalten werden. Für was hielt er eigentlich die Geschichte, eine Veranstaltung für Trottel? Ein bißchen phantasielos vielleicht, ja, und exzentrisch, puritanisch, pedantisch und roh – aber schwachsinnig? Wohl kaum.
Möglicherweise hatte Julius schon seit seiner häufig erwähnten Begegnung mit dem Straßenagitator Tom Mooney das vage Gefühl, irgendwas oder irgendwer beobachte ihn, so wie ich nach der Lektüre von Tante Ediths Geschichtsbuch, aber vage Gefühle sind eines, echte Erkenntnis ein anderes. Vage Gefühle überkommen einen wie schleichender Temperaturwechsel, echte Erkenntnis haut einen um wie ein Blitzschlag. Bevor es mich erwischte, hatte ich während der HUAC-Untersuchung des Hiss-Falles auf höchst dramatische Weise miterlebt, wie solches Erkennen bei anderen einschlug, und das war sehr eindrucksvoll. Es war, als ob die Welt zum Stillstand gekommen wäre, um auf das unglaubliche Duell zwischen Hiss und Chambers zu starren, und als die beiden das AUGE über sich gewahrten, wurden sie fast wahnsinnig. Der arme alte Whittaker versuchte sogar, Selbstmord zu begehen. Obwohl ich von diesem AUGE gestreift wurde und mir ein erster kurzer Anblick Uncle Sams aus der Nähe vergönnt war, wurde ich nicht direkt getroffen, hat es mich nicht versengt. Erst im vergangenen Herbst, als der Schmiergeldskandal losbrach, habe ich zum erstenmal in meinem Leben seine volle Stärke verspürt. Damit verglichen war die Verurteilung von Julius und Ethel Rosenberg eine Lappalie.

Ich hockte in meinem Wahlkampf-Zug, dem Nixon-Spezial, und klapperte ein Nest nach dem anderen ab, im Norden von Ponoma, Kalifornien, in Richtung Oregon und Washington – *Steigen Sie um in den Zug der Zukunft!* – als ich ins Blickfeld geriet. NIXONS GEHEIMFONDS. Ich versuchte, das zu ignorieren, konzentrierte mich statt dessen auf technische Probleme wie Mikrophone und Terminplanung, informierte mich über die örtlichen Gegebenheiten, hofierte Lokalpolitiker, die an einer Station zu- und bei der nächsten wieder ausstiegen. Ich gab mich der sonderbaren Illusion hin, daß wir dem schon davonfahren könnten, wenn wir bloß ein bißchen mehr Dampf aufmachten: statt dessen schienen wir uns dem heißen Zentrum mehr und mehr zu nähern. TREUHAND-FONDS DER MILLIONÄRE ERLAUBT NIXON EIN LEBEN IN SAUS UND BRAUS! Ich wollte mich herauswinden. Ich machte darüber Witze. Ich brüllte und rannte weg. Aber das nutzte alles nichts. Diese Schmiergeldaffäre wurde zur Sensation, die die ganze Nation bewegte. Wohl oder übel betrat ich die Arena.

Ich entschied mich für den Gegenangriff, die einzig mögliche Verteidigung im Falle einer Verleumdung, besonders, wenn sie größtenteils auf Wahrheit beruht. »Man hat mir gedroht«, brüllte ich von der Plattform meines Wahlkampf-Zuges, »daß die Roten und die Gauner in der jetzigen Regierung mir was anhängen würden, falls ich sie weiterhin angriffe! Seitdem ich gegen die Kommunisten hierzulande vorgehe, sind die Linken vor keiner Verunglimpfung zurückgeschreckt!« Aber man lachte nur darüber, und wohin wir kamen, die Zwischenrufe mehrten sich. PSSST! JEDER, DER VON 16 000 DOLLAR SPRICHT, IST EIN KOMMUNIST! Es sah übel aus. Nicht nur die Demokraten, auch Republikaner forderten meinen Skalp. Eisenhower kehrte mir den Rücken. Dabei saß ich seinetwegen in der Tinte. Ich hatte beim Wahlkonvent Earl Warren und seinen Anhang aufs Kreuz legen müssen, um die kalifornische Delegation zu spalten und so die Nominierung Eisenhowers zu bewerkstelligen, und einige von diesen Neidhammeln hatten über den Fonds gequatscht – und er kehrte mir den Rücken! Er sagte, er kenne mich gut genug, und falls ich ein ehrenwerter Mann sei, dann solle ich es beweisen. »Zu welchem Nutzen gereicht es uns, den Kreuzzug gegen die Geschäftemacher in Washington weiterzuführen, wenn wir selber keine reine Weste haben?« Ich kam mir vor wie der kleine Junge, den man mit Marmeladeresten um den Mund erwischt hat. Stassen und Dewey rieten mir, mich aus der Kandidatenliste streichen zu lassen. Freunde waren nicht zu

Hause, wenn ich sie anrief. Knowland wurde von Sherman Adams aus Hawaii herbeizitiert, um meinen Platz einzunehmen. Einmal auf der Fährte, wollte die Meute Blut sehen. Mir war, als hätte mich ne Luftmine getroffen, ich war am Boden und fragte mich, wieviel weitere Schläge von diesem Kaliber ich noch verkraften könne. War denn die ganze Nation in der Gewalt des Phantoms? In Portland bewarfen sie mich mit Kleingeld. KEINE NERZMÄNTEL FÜR NIXON, BARGELD LACHT!

Ich wußte, daß der Moment gekommen war. Entweder mußte ich es ausfechten oder aufstecken. In einer Krise muß man kämpfen oder weglaufen, aber etwas muß man machen. Nicht wissen, wie man handeln soll, oder nicht fähig sein, zu handeln, das zerreißt einen innerlich. Schon bemerkte ich die unausbleiblichen Symptome an mir. Es war nicht mehr mit mir auszukommen, meinen Stab behandelte ich gereizt. Ich verlor jegliches Interesse am Essen und ließ Mahlzeiten ausfallen, ohne es überhaupt wahrzunehmen. Ich bereitete mich, das war mir klar, auf die Entscheidungsschlacht vor. Es ging nicht darum, wer hier im Recht war, es war nur eine Frage des Willens, der Entschlossenheit und des Durchhaltevermögens, der Bereitschaft, alles für den Sieg zu riskieren. Nachts warf ich mich schlaflos hin und her, rammte Pat Ellenbogen und Knie in die Seite, bis sie weinte, lag mit mir selbst im Kampf. Ich hatte nicht die Absicht, aufzugeben. Aber völlig zur Sau machen wollte ich mich auch nicht. Im Juli mußte ich Pat einen ganzen Abend lang mit Murray Chotiner in einem Hotelzimmer in Chicago einschließen, damit er ihr ausredete, mich zu verlassen, wenn ich weiterhin für den Posten des Vizepräsidenten kandidierte. Er erzählte mir, sie sei eine richtige Tigerin gewesen. Von ihr durfte ich kein Mitgefühl erwarten. Sie wurde dünn und hager und mein Frühstück wurde ungenießbar. Doch Jack Brown redete mir unermüdlich zu, Bert Andrews hielt mir eine Standpauke, und einige meiner ehemaligen Lehrer schrieben aufmunternde Briefe. Ich fühlte mich schon besser. »Du bist der Blitzableiter«, sagte Chotiner, »und wenn du aus der Mannschaft aussteigst, hat Eisenhower im November ne Chance wien Schneeball in der Hölle.« Der Blitzableiter. Da wußte ich: Was du tust, hat nicht nur Folgen für dich allein, sondern für die Zukunft deines Landes, ja den Frieden und die Freiheit auf der ganzen Welt. Es war eine Krise von ungeheuer schwerwiegenden Ausmaßen. Ich wollte an das AUGE nicht glauben. Ich wollte mich darüber lustig machen. Aber ich wollte auch das Phantom bezwingen. Und Vizepräsident werden. Wenn Eisenhower mir nicht helfen wollte, mußte ich mir

eben selber helfen. Die quälende Seelenforschung war vorbei. »General«, sagte ich ihm, als er mich von seinem *Look-Ahead-Neighbor-Sonderzug* aus anrief, »für jeden kommt die Stunde, wo er entweder kacken oder vom Scheißhaus runter muß!«
Schon das gesagt zu haben, erleichterte mich. Jetzt wußte ich, was ich zu tun hatte. Ich entschied, dem AUGE in seiner nacktesten Form entgegenzutreten: der Fernsehkamera. Das war kein Phantasiegebilde, da war es deutlich sichtbar hart und glänzend, schwarz, herzlos, es blinzelte nicht. Ich würde davor hintreten. Mich vor der ganzen Nation entblößen, meine Seele und mein Bankkonto. Ich wollte eigentlich nur meine Seele entblößen, aber Ike bestand darauf, das Bankkonto mit einzubeziehen, und da er die Sendung bezahlte, stimmte ich zu. Aus meinen Erfahrungen in der Hiss-Affäre hatte ich die Lehre gezogen, daß die Fähigkeit, gelassen und objektiv zu bleiben, wenn andere Gemüter sich erhitzen, über Erfolg und Mißerfolg bei der Bewältigung einer Krise entscheidet. Diese Erkenntnis kam mir jetzt zustatten. Ich stellte fest, daß ich fast automatisch dachte, daß ich Entscheidungen schnell, rationell und emotionslos traf. Als meine Berater mich nervös bedrängten, zum Sendetermin den Montagabend zu wählen, nach der »Ich liebe Lucy«-Show, lehnte ich den Vorschlag kühl ab. »Nein«, sagte ich, »Dienstagabend.« Dienstag –? »Richtig. Nach Milton Berle.«
Im Flugzeug nach Hollywood, wo ich meine Ansprache halten sollte, kritzelte ich ein paar Gedächtnishilfen auf Ansichtskarten, die ich in der Tasche der Rückenlehne vor mir fand. Dabei dachte ich natürlich an Abe Lincoln, der sich im Zug nach Gettysburg Aufzeichnungen machte. Wie sich zeigte, waren meine Notizen wertlos, ich konnte sie wegschmeißen, aber die Legende – jetzt meine – lebt weiter. Mir fiel dazu ein, daß Lincoln mal was über den einfachen Mann gesagt hat, und ich bat einen meiner alten Professoren aus Whittier darum, es mir rauszusuchen. Roosevelt hatte die Löwin Fala geschickt eingesetzt, und ich beschloß meinen Hund Checkers irgendwie mit einzubauen. Pats Tuchmantel gegen Trumans Nerzmantel-Skandal auszuspielen. Alles Geld anzugeben, das ich je verdient hatte: das bot Gelegenheit, ne Menge attraktiver Bilder aus der Kindheit anzubringen. Wie arm wir waren und den ganzen Kram. Ich war froh, daß ich mich von Smeathers und seinem alten Schulkumpel Bebe Rebozo nicht in deren Immobilienspekulationen hatte verwickeln lassen. Ich wollte verlangen, daß jeder andere der am Wahlkampf Beteiligten ebenso wie ich seine Finanzen aufdeckte, Eisenhower eingeschlossen. Ihm würde das stinken, das wußte ich. Ich wollte ihn einfach piesacken, wollte den

unkameradschaftlichen Scheißkerl auch mal spüren lassen, wie sowas ist – mein Gott, war ich sauer auf ihn! Auf ihn und all die naiven Klugscheißer um ihn herum. Ich freute mich drauf, zuzusehen, wie sie sich wanden. – Bei Gott, ich würde *nicht* zu ihm gekrochen kommen, mich nicht wie ein kleiner Junge in den Holzschuppen sperren und nach erlittener Strafe wieder in die Familie aufnehmen lassen, von solchem Scheiß hatte ich seit meinem Alten die Schnauze voll. Diesmal würde ich gewinnen! Ich überlegte, ob ich nicht noch George Washington, Nathan Hale, Lou Gehrig, Annie das Waisenkind und Sergeant York irgendwie mit einflechten könnte. Die Sendung mußte ein absoluter Volltreffer werden, sie sollte den Leuten unter die Haut gehen, sie dazu bringen, mich voller Begeisterung aktiv zu unterstützen.
Ich hätte Rosenbergs eine Kopie der Rede zuschicken sollen. Ich hielt sie genau vier Tage vor Ethels Geburtstag – und vielleicht hat sie sie im Gefängnisradio gehört. Allerdings wohl doch nicht, sonst hätte sie sie in ihren Briefen erwähnt. Zu schade. Ich hätte ihnen behilflich sein können, ihre letzten Worte zu formulieren. Im Grunde waren unsere Ziele ziemlich ähnlich: eine in sturem Mißtrauen befangene amerikanische Öffentlichkeit – unsere Richter – von unserer Unschuld zu überzeugen. Und wir *waren* unschuldig. In ihrem roten Wahn sahen sich Rosenbergs ebensowenig als Verräter wie Hiss, Acheson oder Stevenson. Und in bezug auf den Fonds war die Presse im Unrecht – ich wollte nicht das Geld, sondern die Leute, die es gaben, fünf Cent hätten schon genügt, ich wollte ihre Namen, wollte, daß sie sich zu mir bekannten. Was bedeutete mir schon Geld? Natürlich, wie jeder amerikanische Junge, wie ganz zweifellos auch Julius Rosenberg, als er seine billigen Bonbons verkaufte, habe auch ich davon geträumt, den großzügigen Millionär zu retten, den ein Räuber gerade ausplündern und ermorden will, und dafür tausend Dollar Belohnung zu erhalten, die mich zu Ruhm und Reichtum katapultiert hätten, im Testament des reichen Mannes bedacht zu werden, vielleicht sogar seine Tochter zu heiraten, die als armes Mädchen verkleidet an der Straßenecke Äpfel verkaufte. Heute jedoch hatte ich sowas hinter mir. Nicht etwa, daß ich das Geld nicht gut angelegt hätte, damit haben wir schließlich das Haus in Spring Valley kaufen können, aber ich habe seitdem kaum wieder an Geld gedacht, es sei denn, wenn Rechnungen bezahlt werden mußten. Das ist die Wahrheit. Man hat mir Mangel an Geschmack vorgeworfen, aber das stimmt nicht, es ist ganz schlicht ein Mangel an Wünschen. Das einzige, was ich mir überhaupt kaufen würde, wenn ich reich wäre, wäre die Präsidentschaft.

Und so präsentierten wir der Öffentlichkeit die Fakten, Rosenbergs und ich, jeder in dem Medium, das ihm zur Verfügung stand – doch wo Rosenbergs zum übertriebenen Gestus der Selbstgerechtigkeit und der verfolgten Unschuld gegriffen hatten, blieb ich bescheiden und ehrlich. Und objektiv. Während sie ihre Briefe aus der Todeszelle mit belehrenden Allerweltsweisheiten und vagen schwärmerischen Hinweisen auf ihr gemeinsames Leben würzten, ein Leben, das eitel Sonnenschein und Zärtlichkeit gewesen war (»Zwölf herrliche Jahre haben wir miteinander verlebt, haben die Freuden des Lebens gemeinsam gesucht und miteinander geteilt . . .«), hatte ich Namen und Örtlichkeiten und Daten genannt, bestimmte Unterredungen, Augenblicke des Zweifels und kritische Momente erwähnt, alles, was ich besaß und schuldete, aufgezählt – nicht nur ein Auto, sondern ein *50er Oldsmobile,* nicht eine Bankschuld, sondern einen *4500-Dollar-Kredit bei der Riggs National Bank, Washington* – das kam bei den Leuten an, als sie mich den Namen aussprechen hörten: *Riggs National Bank, Washington.* Ich sagte, wie alt Tricia ist, erwähnte die Hiss-Affäre, Abraham Lincoln, den einfachen Mann auf der Straße, Pats Mädchennamen und ihren soliden Republikanischen Tuchmantel – sie saß mir gegenüber und führte ihn für mich vor, sie sah großartig aus, selbst ihre erschrekkende Magerkeit und die dunklen Ringe unter den Augen waren Pluspunkte für mich – und als ich auf Checkers zu sprechen kam, erzählte ich haarklein, wie der Hund in einer Holzkiste an der Union Station in Baltimore eingetroffen war – ich sagte wirklich: *Union Station in Baltimore.* »Und die Kinder, wie Kinder nun mal sind, hatten sich sofort in den Hund verliebt, und ich versichere ihnen hier und jetzt, einerlei, was man darüber reden mag, wir werden ihn behalten!« Na ja, das haute voll ins Gemüt, brachte selbst mich dazu, ein bißchen zu schlucken und machte mich zu einem der berühmtesten Kandidaten für die Vizeprädidentschaft in der Geschichte der USA – und danach hatten wirs in der Tasche, egal, ob mit oder ohne den alten Kriegshelden an der Spitze.

Darryel Zannuck, der Filmmagnat, rief mich hinterher an, um mir zu sagen, das sei »die tollste Vorstellung gewesen, die ich je gesehen habe«! Ich hatte um Zuschriften zu meiner Unterstützung gebeten, und mehr als 300 000 Briefe gingen in der republikanischen Parteizentrale in Washington ein – sie wurden in Whittier untergebracht, in einer Kiste, die jetzt mit der Aufschrift versehen ist: »Die Schriftrollen vom Toten Meer«. Ike gab klein bei und bezeichnete mich als »tapferen Kerl«. Wir gründeten den »Orden der Reine-Weste-Träger«, schmissen ne Party. Später in Wheeling nahm mich der General in den Arm, nannte mich »mein Junge« und ließ mich zu seiner Rechten gehen. Ich hatte das Gefühl, Liebe und Tod seien ganz nahe, und erinnerte mich an einen längst vergangenen Augenblick, als ich nach Hause kam und der kleine Arthur mich küßte, der bald sterben sollte – ich konnte nicht anders, ich mußte heulen. »Mein lieber alter Bill!« hatte ich losgeschluchzt und war Knowland um den Hals gefallen, aber eigentlich wollte ich sagen: »Mama! Es ist doch dein gutes Hündchen Richard! Ich bin wieder zu Haus!« Mit weißer Weste. Dank Checkers. Dreißig Jahre ist es her, seit ich Mama den Brief schrieb, in dem ich so tat, als sei ich ein mißhandelter Hund – nicht etwa, als ob sich die Dinge dieser Welt wiederholen, aber in einem Universum des Zufalls erscheinen auch gewisse Strukturen und wirken als solche auf die Welt ein . . .

Liebes Frauchen!
Die beiden Jungs, bei denen Du mich zurückgelassen hast, sind sehr böse zu mir. Ihr Hund Jim ist sehr alt und will nicht mit mir sprechen und auch nicht mit mir spielen.
Am Samstag sind die Jungs auf Jagd gegangen. Jim und ich gingen mit. Im Wald stolperte der eine Junge und fiel auf mich. Ich wurde wütend und biß ihn. Er gab mir einen Fußtritt in die Seite, und wir liefen weiter. Während wir so dahinmarschierten, sah ich im Gebüsch ein schwarzes rundes Etwas. Ich schlug mit der Pfote danach. Ein Schwarm dunkler Dinger kam heraus. Es hat überall weh getan. Ich rannte weg, aber weil meine Augen ganz zugeschwollen waren, bin ich in einen Teich gefallen. Ich möchte, daß Du jetzt schnell nach Hause kommst.

Dein liebes Hündchen
Richard

Dieser Brief geht mir noch heute an die Nieren – warum Rosenbergs solchen Gefühlen nicht in ihren Briefen Ausdruck geben? Dieser »Schwarm dunkler Dinger« war doch viel furchteinflößender als alles, was sie an Selbstmitleid angesichts des Elektrischen Stuhls in mehr als zwei Jahren von sich gegeben hatten. »Es ist unvorstellbar«, schrieb Ethel anläßlich ihres zwölften Hochzeitstages, des ersten, den sie im Gefängnis verbrachten, an Julius, »daß ich nach zwölf Jahren eines von Prinzipien getragenen, aufbauenden und gesunden gemeinsamen Lebens, wie wir es verwirklichten, jetzt in der Zelle von Sing-Sing sitze und auf meine legale Ermordung warte.« Für mich war es allerdings noch

unvorstellbarer, daß sie sich augenscheinlich an keinen einzigen Tag, an kein einziges Erlebnis aus diesen zwölf von Prinzipien und so weiter getragenen Jahren zu erinnern vermochte, das der Erwähnung wert gewesen wäre. In all ihren Briefen taucht nur ein einziges Mal ein Bild aus der Vergangenheit auf: daß ihr jüngster Sohn eine bestimmte Sorte Eiskrem »Kirsch-Oonilla« nannte. Gerade das einmalige Auftreten solch eines Bildes ließ es um so ergreifender wirken. Sah man sich Julius' Erinnerungen an, so lasen sie sich wie Nachrufe in einem Provinz-Käseblatt. Selbst ihr idyllischer Urlaub 1943, den sie in einem gemieteten Blockhaus in Peekskill verbrachten, wo sie allem Anschein nach badeten und Spaziergänge machten, Holz hackten und in einer Hängematte vor all ihren Freunden bumsten, fand mit keiner Silbe Erwähnung. Gleich danach haben sie dann ja ihre offene Agitation eingestellt; vielleicht war das dort in Wirklichkeit ein Trainingsprogramm für Spione, das Geturtel bloß Tarnung . . .
Trotzdem schienen diese Briefe, so pedantisch und außen geleitet sie auch waren, der einzig bedeutsame Kontakt zu sein, den Julius und Ethel miteinander hatten. Vielleicht war es die Gefängnisatmosphäre, die sie einander entfremdete. Vielleicht hatten sie Angst vor dem, was jeder vom anderen wußte. Am Anfang war behauptet worden, sie hätten sich durch den Maschendraht hindurch geküßt, aber das muß seinen Reiz wohl ziemlich schnell verloren haben, und vielleicht ist es sowieso eine Lüge gewesen. Hatten sie einander oder die Jungen gesehen, waren ihre Briefe anschließend voll von Entschuldigungen wegen der Tränen, der schlechten Laune oder des mürrischen Schweigens. Es fiel ihnen leichter, sich gegenseitig zu schreiben, als miteinander zu sprechen. Und aus all ihren Zeilen schimmerte auch etwas Konkretes: im Falle von Julius war es eine Sucht, zu gefallen und bewundert zu werden, nicht nur von der Welt, sondern auch von Ethel, bei Ethel waren es ihre Einsamkeit und ihre Liebe. »Liebster Julius, ich halte Dein geliebtes Gesicht in meinen Händen, so, wie ich es vor langer Zeit so oft getan habe, und küsse Dich mit ganzem Herzen . . . Jeden Abend vor dem Einschlafen spreche ich mit Dir und weine, weil Du mich nicht hören kannst . . . Ich sehe Dein abgehärmtes Gesicht, Deine flehenden Augen, Deinen schlanken, jungenhaften Körper und Deinen unverhüllten Schmerz . . . Ach, was soll ich bloß tun? Halt mich heute abend fest in Deinen Armen, ich bin so einsam . . .«
Nun ja, ich wußte aus eigener Erfahrung, wie Liebe, so lästig sie auch in körperlicher Beziehung sein mochte, auf dem Papier blühen kann. Heute noch schreibe ich abends oft Briefe an Pat, die sie morgens lesen

soll. Das gibt einem die Möglichkeit, mit Sachen fertig zu werden, sich selbst zu ergründen – und plötzlich war mir klar, was doch eigentlich die ganze Zeit über hätte sichtbar sein sollen: sie liebte ihn nicht. Sie hatte es nie getan. Sie brauchte ihn, aber sie hatte ihn nie geliebt. »Du Papi, ich hab noch nie gesehen, daß du und Mami euch einen Kuß gebt.« Sie hatte geliebt, ja, sie war zur Liebe fähig, aber das geeignete Objekt für ihre Liebe hatte sie nicht gefunden. Das verstand ich. Sie benutzte seinen schlanken, jungenhaften Körper so, wie ich Pats Tuchmantel: es sollte strafmildernd wirken. Sie hatte Julius geheiratet, um etwas in sich zum Abschluß zu bringen, immer dieselbe Geschichte, etwas vielleicht, das sie seit jenem längst vergangenen Tage quälte, als die Wasserwerfer der Polizei sie in der Bleeker Street umwarfen, sie hatte einen Teil ihres Willens geheiratet, nicht einen Liebhaber. »Julie, Liebster, ich habe solch ungeheuren Respekt und solche Achtung vor Dir, Du weißt über alles so gut Bescheid. Nimm mich in Deine Arme und gib mir etwas von Deiner noblen Gesinnung ab!« Ja, eine perfekte Ehe, und er hatte sie nicht enttäuscht, der junge Aktivist, bis jetzt jedenfalls nicht, aber sie konnte sich an rein gar nichts aus ihrer gemeinsamen Vergangenheit erinnern – oder wollte es nicht –, zeigte sich verlegen und übellaunig, wenn sie sich trafen, hatte im vergangenen Jahr sogar ihren Hochzeitstag vergessen, obwohl sie sich im Gefängnis doch praktisch um nichts anderes Gedanken zu machen brauchte, hatte in den letzten Monaten augenscheinlich aufgehört, weitere Briefe an Julius zu schreiben, als ob er keine Ohren mehr habe, um zuzuhören, oder das sowieso nie getan hätte. Und so richtete sich die tiefe Sehnsucht dieser Briefe an die Welt: »Liebster, ich schließe Dich fest in meine liebenden Arme und wärme Dich mit meiner Glut.« Das hätte ebenso gut mir gelten können.

Ich seufzte und lehnte mich im Sessel zurück. Die Briefe, Protokolle, Notizen und Dokumente lagen noch immer überall im Zimmer herum, aber sie störten mich nicht länger, ja ich erkannte in ihnen sogar eine gewisse Ordnung – wie ein Abbild der Zeit, dachte ich, wußte aber nicht genau, was ich damit meinte, außer, daß ab morgen wieder Ordnung in meinem Büro herrschen würde, und zweifellos auch in mir. Durch das offene Fenster wehte der ganz besondere Duft dieses lauen Sommertages, der mich an Kalifornien erinnerte, an das alte Kalifornien, das den Mittelpunkt der Welt darstellte, nicht an das heutige, weit entfernte, das nur aus der Statistik und durch seine alten Leute bekannte, das am anderen Ende eines Kontinents von Wählern lag, und ich hörte von der Straße einen Song, den ich kannte: »Among my Souvenirs« – einer der wenigen, die Rosenbergs in ihren Briefen erwähnten. Gedanken wie die von gestern abend brachen wieder über mich herein, jetzt allerdings nicht so sehr als einzelne, aneinandergereihte Erinnerungen, sondern eher als eine geballte Masse aus Gefühl und abstrakten Bildern, die sich ausdehnte und zusammenzog, im Rhythmus eines langsam schlagenden Herzens. Die Bilder sollten stehenbleiben, ich wollte sie prüfen, mich in sie versenken, mir schien, als läge die Lösung des ganzen Problems darin verborgen, alles, auch meine Ansprache, als läge es mir auf der Zunge, befände sich am Rande meines Blickfeldes – aber es entglitt mir immer wieder. Und jedesmal, wenn ich mich zurücklehnte, überflutete es mich erneut. Es war sehr merkwürdig, sehr wohltuend, ich konnte es fast schmecken, riechen, fühlen, wie es meine Lungen füllte, sich in meinen Gliedern ausbreitete, es war warm und staubig und kompakt, wie die Mitte eines Gartens, wie das Herz einer Stadt, aus Beton und zugleich dicht belaubt. Ein sommerlich-staubiger Ballspielplatz der Seele. Fast schien es zu schön, zu erhaben, um wirkliche Erinnerung zu sein, es war mehr wie . . . wie die Erinnerung an einen Tagtraum, und nicht an den Traum selbst, sondern an die Erregung beim Träumen.

Auf meinem Schreibtisch lag das Picasso-Gekritzel, das Rosenbergs darstellen sollte. Julius erinnerte an Ronald Colman, sah nur ein bißchen gelehrter aus, während Ethel eher Little Annie Rooney glich – dem verirrten Waisenkind. Sie sah wie jemand aus, mit dem man reden kann. Trotz allem, was uns trennt, überlegte ich, haben wir eine Menge gemeinsam. Wir waren beide zweite Kinder, hatten beide einen älteren und jüngere Brüder, hatten beide altmodische Mütter, deren Leben sich auf die Küche beschränkte, und schwer arbeitende Väter, die im Leben versagten, waren beide schüchtern und neigten zum Kränkeln, das läßt sich nicht leugnen, wir zogen es beide vor, uns abseits zu halten, es sei denn, wir produzierten uns in aller Öffentlichkeit auf der Bühne, fanden beide unsere Zuflucht in Büchern, Schulaufgaben und Musik, waren beide Stipendiatsstudenten, gehörten zu denen, die aktiv sind und Dinge organisieren, begeisterten uns für Theater und Rhetorik, schufteten uns für unsere Eltern ab, hatten nur wenige Freunde, kaum Beziehungen zum anderen Geschlecht und heirateten spät. Hatten beide Träume. Ethel träumte von einer glanzvollen Karriere, als Sängerin vielleicht, oder Schauspielerin. Eines Abends nahm sie an einem Amateurwettbewerb in Loew's Delancey Street Theater teil und gewann mit »Chiribiribin« den zweiten Preis. Einer von Major Bowes Talentsuchern entdeckte sie, ließ sie regelmäßig bei »Amateurwettbewerben« auftreten, und im Alter von 17 verdiente sie damit praktisch

ihren Unterhalt. Sie nahm Gesang- und Klavierstunden in der Carnegie Hall und bezahlte mit dem Geld, das eigentlich fürs Mittagessen bestimmt war, kaufte sich ein gebrauchtes Klavier und kriegte es auch irgendwie ins Haus – ihre Finanzlage war besser als meine, sie sorgte für ihren eigenen Unterhalt und für den ihrer Familie und wußte dazu noch, wie man Geld gut anlegt. Sie lebte streng nach einem Tagesplan, den sie am Vorabend niederschrieb, führte über ihr Befinden Buch, wachte jeden Morgen um sechs auf, übte eine Stunde, ging zur Arbeit, lernte in der Mittagspause Noten, hatte abends ihre Stunden – genau wie ich, wenn ich den Stundenplan am College ausarbeitete oder mich auf eine Wahlkampagne vorbereitete.
Sie sang an der Metropolitan Opera für die Schola Cantorum vor und wurde angenommen, die jüngste Stimme, die der Chor je hatte, es sah so aus, als ob ihre Träume sich verwirklichen würden. Aber sie konnte nicht mit auf Tournee gehen, weil sie auf ihren Job nicht verzichten konnte, also ließ man sie fallen. Ihre Mutter sagte: »Wenn Gott wollte, daß du Stunden nimmst, dann würde Gott es dir ermöglichen!« Sie war wie eine der Heldinnen so vieler Musicals, die hungern und leiden, ohne daß es jemand zur Kenntnis nimmt, bis eines Abends der Star heiser ist, nicht weitersingen kann, und wider die bessere Einsicht des fetten, Zigarren kauenden Managers übernimmt die Heldin den Part, gewinnt das Herz von Millionen. Nur daß Ethel nie einspringen durfte. Sie war nicht da, wenn der Star heiser wurde. Statt dessen heiratete sie Julius Rosenberg, tippte Spionageberichte und wurde zum Elektrischen Stuhl verurteilt. Was uns im Leben widerfährt, scheint im Nachhinein unvermeidlich gewesen zu sein. Das gilt für sehr vieles, auf jeden Fall für die Grundtendenzen. Und dennoch stecken wir voller Möglichkeiten, haben wir die unterschiedlichsten Optionen, gibt es die entscheidenden Augenblicke im Leben, in denen wir die Wahl haben, welchen Teil unseres Ichs wir verwirklichen wollen. Was wäre, wenn ich ihr vor Jahren begegnet wäre? Ich hätte sie für ein Stipendium in Whittier vorschlagen können, vielleicht hätte sie Musik studiert, wie Ola, vielleicht wären sie sogar Freundinnen geworden, und wir wären in den Theaterstücken gemeinsam aufgetreten. Sie war bloß ein Jahr unter mir, hatte ein Jahr übersprungen, sie war außerordentlich klug, ich managte praktisch Whittier seit meinem ersten Studienjahr, es wäre sehr einfach gewesen – Dr. Dexter hätte den Vorschlag, ein armes Mädchen aus den Ghettos des Ostens in die saubere Luft und den warmen Sonnenschein Südkaliforniens zu holen, freudig aufgenommen, und mir hätte es wahrscheinlich, weil ich es arrangiert hatte, ein

Sonderlob im Jahresbericht eingebracht. Wir wären zusammen spazieren gegangen und hätten über alle meine studentischen Aktivitäten gesprochen: Verbindung, Football, Debattier-Club und Theater, Politik – sie hätte mir beim Studium helfen können, ich brauchte zwar eigentlich keine Hilfe, aber irgendwie deprimierte es mich, und sie hätte mich aufmuntern können.

Tief atmete ich die Juniluft ein und spürte, wie sich die Campus-Palmen über meinem Kopf wiegten, ich fragte mich, ob Ethel, die ja genauso verträumt war wie ich, die gleiche Luft atmete, der gleichen Stimmung unterworfen war, sich dem Trancezustand der Zeitlosigkeit ähnlich hingegeben hatte, an diesem letzten Tage ihrer irdischen Existenz, ob sich sich in das Leben wieder verliebt hatte, oder zumindest in den Traum vom Leben? »Ich knie vor einer Spalte im Beton, die mit Erde gefüllt ist, die ich mühselig von der Unterseite von Moosstückchen abgestreift habe, kleine samtene Krumen, die sich in die kühle feuchte Stelle des Gefängnishofes, wohin selten ein Sonnenstrahl dringt, einschmiegen. In der Spalte sprießt tapfer ein Apfelkern, den ich dort eingepflanzt und geduldig begossen habe. Ich liebe Dich, Liebster.« Genau das richtige, um Wurzeln zu bilden und den Beton zu sprengen, dachte ich, das muß die Gefängnisverwaltung so richtig gerne haben.

In den Horatio-Alger-Geschichten werden die Heldinnen gegen Ende ausnahmslos von reichen Onkels gerettet. Ethel hatte keinen reichen Onkel. Ich auch nicht, solange ich jung war; sieht man einmal vom Geld des Großvaters Milhous ab, das mir ermöglichte, die Oberschule zu besuchen, waren wir genauso arm wie jede andere Kleinbürgerfamilie – aber später wurde ich adoptiert. Von Lehrern, Unternehmern, von Herbert Hoover und schließlich von Uncle Sam. Ich hatte bei alten Herren Erfolg, sie nicht. War das am Ende der Schlüssel? War das der Grund, warum man diesem ernsthaften kleinen lockenköpfigen Mädchen, das im Gefängnishof einen Apfelkern begoß, heute abend 2000 Volt durchs Gehirn jagen wollte? Ein Schauspieler, der nicht auftrat, eine abhanden gekommene Schlußszene? Oder hatte die Handlung irgendwo eine falsche Wendung genommen, sie der Reichweite der reichen Onkel entzogen? Zum Beispiel in jener Nacht, als dieser ältliche Typ aus dem Ensemble, das *The Valiant* spielte, über sie herfiel, oder an jenem Tage, als sie in der Bleeker Street von den Feuerwehrschläuchen umgeworfen wurde?

Was hätte ich getan, fragte ich mich – was wäre aus mir geworden, wenn man mich mit diesen Schläuchen umgepustet hätte? Ethel war knapp

sechzehn, ein empfindsames kleines Mädchen mit hübscher Stimme und großen dunklen Augen, vertrauensvoll, unschuldig, klug und lebhaft. Sie wollte die Welt nicht verändern, sie wollte sie lieben, für sie singen, sich ihr hingeben. Genau wie ich. Aber wir hatten 1931, die Arbeitslosen veranstalteten ihren Marsch nach Washington, ihre Familie war erbärmlich arm, und es gab einen Job, der zu besetzen war: die Stelle einer Bürokraft in einer Kartonagenfabrik. »Aus dir wird nie was Ordentliches«, hatte ihre Mutter gekrischen und sie aus der Wohnung gedrängt, »fürn Künstler iss kein Platz im Leben!« Schon gut, sie würde sich einen Job besorgen, das Gehalt mit der Familie teilen und auch noch was auf die Seite legen, genug, um Musikunterricht zu nehmen, vielleicht sogar genug, um zur Universität zu gehen, Schauspielerin zu werden – im Kino kam sowas tagtäglich vor. Als sie aber bei der Fabrik ankam, standen bereits tausend Leute Schlange um denselben Job. Ich weiß, wie sie sich da gefühlt hat, ich hatte damals in New York zu Weihnachten ähnliches mitgemacht, als ich mich bemühte, bei einer Anwaltsfirma zu landen. In ihrem Fall aber gab es nicht mal ein Einstellungsgespräch, es kam nur zum Krawall. Man rief die Polizei, und die Menge wurde mit Feuerwehrschläuchen auseinandergetrieben, Ethel zweimal zu Boden geschleudert.
Ich versuchte, mir die Szene vorzustellen, aber ich kam nicht klar. Ich dachte an eine eher schmale Straße mit kleinen Restaurants und Kinos, aber ich wußte, daß es weiter nach Osten hin, in der Nähe von Lafayette Street und der Bowery, überhaupt nicht so aussah. Reihe um Reihe schmutziger Backsteingebäude, fünf oder sechs Stockwerke hoch, dachte ich, und überall Feuerleitern, Balkone, Abflußrohre, grüne Farbe. Die Straße von Lastwagen verstopft, ganz zu schweigen vom tobenden Pöbel, dennoch spürte ich so etwas wie Bäume um mich herum, blauen Himmel, Raum zum Laufen. Ich konnte die Polizisten sehen, wie sie aus ihren Streifenwagen springen, wachsame Gesichter, hochblickend, von der Sonne beschienen, die Hand am Knüppel oder am Koppel, angespannt und voller Vorfreude, wie Football-Spieler, die aufs Feld laufen, konnte sehen, wie die Schläuche von den Löschzügen abgerollt an die Hydranten angeschlossen wurden, die wie dickstummelige beschnittene Pimmel aussahen, konnte spüren, wie die Schläuche plötzlich von gurgelndem Wasser anschwollen, fühlte die Erregung der Menge, meistens Männer, robust und wütend, daneben kräftige Frauen – wo war Ethel? Ich entdeckte sie, zierlich, völlig verloren in der riesigen Menge, ein verunsichertes Kind, das weglaufen will, das es aber dennoch gehorsam in Richtung Job zieht, um den sie

sich bewerben soll, so bewegt sie sich weder mit der Menge noch gegen sie, isoliert sich, ein verlockendes Ziel, eingerahmt vom dicken Torbogen eines schmuddelig-gelben Backsteinbaus, eine Art Lagerhaus oder sowas – und der Kerl mit dem Schlauch, der bisher die dicken Weiber und die schwerfälligen alten Männer unter Beschuß genommen hat, erspäht sie jetzt, wie sie dasteht, mit gespreizten Beinen, weit aufgerissenen Augen, die Handtasche vor die schmächtige Brust gedrückt, und ganz langsam dreht er seine dicke graue Schlange – ich rase auf sie zu: »Ethel! Paß auf!« Sie blickt hoch – aber zu spät, das Wasser trifft sie voll ins Gesicht, sie geht zu Boden, strampelt mit den Beinen gegen den Schwall an, der Strahl reißt ihren Rock hoch, treibt sie auf dem Rücken schlitternd gegen die Wand – ich werfe mich vor sie, fange die volle Wucht des Strahls ab. Er schlägt mir hart gegen den Arsch, den Kopf, ich werde gegen sie geschleudert, zusammen taumeln wir im prasselnden Guß, sie greift nach mir, sucht Halt, ich falle zwischen ihre Beine, schaffe es aber, den Rücken gegen den Strahl zu richten, und so geschützt gelingt es ihr, auf die Beine zu kommen. »Lauf!« sage ich. »Hau ab, so schnell du kannst!« Sie packt meine Hand. »Komm!« Ihre Stimme ist hoch, fast krächzend. Irgendwie entkommen wir den Wassermassen und rennen ungehindert durch die wogende, wütende Menschenmenge, vorbei an fahrenden Autos – plötzlich trifft es uns wieder, wohl aus einer anderen Richtung, schlägt uns die Füße weg, sie liegt und ist verletzt, der Rock bis zur Taille hochgerutscht, ich hebe sie auf, stürze mich vorwärts durch die prasselnde Gischt, ducke mich hinter ein Auto, dann noch um eine Ecke: gerettet.
Ich setze sie ab, streife ihren nassen Rock herunter. Einen Augenblick lang starren wir uns gegenseitig an, die Gesichter bleich vor Schreck und Anstrengung: und dann lachen wir. Sie wischt sich ein paar Locken aus der Stirn, stellt fest, daß auch meine Haare lockig sind. Wir sehen an unseren nassen Kleidern herunter, die am Körper kleben. Sie nimmt meine Hand: »Mein Bruder Sam hat ein paar Sachen, die dir passen werden«, sagt sie. Ihre Stimme ist jetzt sanft und melodisch. Wir gehen die Bowery nach Süden runter, vorbei an verrammelten Türeingängen, an Fenstern, hinter denen Müllberge sichtbar werden, oder die mit Pappe vernagelt sind, die Sonne strahlt. Es scheint gar nicht weit. Ich fühle mich in ihrer Gegenwart wohl: offensichtlich wirkt die Stadt auf sie entspannend. Ich finde es unheimlich toll, wie sie sich bewegt, so selbstsicher. Ich erzähle ihr von meinem Stück *The Little Accident*, und sie lacht fröhlich und drückt meine Hand. Unsere Verbindung, die »Winkelrechten«, hatte es im April aufgeführt, in Whittier sprach man

von einem »irren Schocker« – es handelte von einem Football-Star, der auf die Reservebank mußte, weil er sein Mädchen abends nach acht noch mit auf sein Zimmer genommen hatte. Es enthielt ne ganze Menge gewagter Szenen, wie die, in der Trainer Newman seinem Star einen Gutenachtkuß gibt, als er ihn richtig zudeckt. Das Außerordentliche daran war, daß alle Rollen wirkliche Menschen zum Vorbild hatten und daß die Handlung, auch wenn sie ausgefallen schien, fast der Wahrheit entsprach, Ethel meint, so etwas sei richtiges Experimentiertheater. Ich erzähle ihr, wie ich die Rolle des Joe Sweeney gespielt habe, im wirklichen Leben mein Partner im Debattier-Club. *Whittier News* hatte geschrieben, daß »das Stück zu den besten Satiren des Jahres gehört«. Sie amüsiert sich köstlich, als ich ihr vom Höhepunkt des Stückes erzähle, wenn der Star der Mannschaft schließlich doch noch am Spiel teilnehmen darf, aber bei seinem letzten wilden Bemühen, das Spiel zu gewinnen, kurz vor dem Tor auf die Fresse knallt. »Wirklich! Ach, mach dir jetzt keine Gedanken mehr«, sagte sie lachend und zieht mich weiter. Sie erzählt mir von Laienspielgruppen und meint, ich solle doch mal was für die schreiben. Warum nicht? denke ich. Das könnte mein großer Durchbruch sein. Sie lehnt sich an mich. Im Rinnstein läuft Wasser von dem Tumult, der jetzt schon weit hinter uns liegt. Als wir in die Nähe ihrer Wohnung kommen, läßt sie mich stehen und warten. »Alles in Ordnung«, sagt sie, als sie zurückkommt. »Meine Mutter kauft ein, mein Vater arbeitet in der Werkstatt, und meine Brüder sind auch nicht da.«
Das große Schaufenster zeigt den Namen ihres Vaters in abblätternden Goldbuchstaben: BARNETT GREENGLASS. Zwei Türen: eine führt in die Reparaturwerkstatt für Nähmaschinen, wir nehmen die andere und klettern eine steile Stiege hoch. Ihr nasser Körper hebt sich gegen das von oben einfallende gedämpfte Licht so ab, als wäre er nackt. Ihr Zimmer ist von den anderen getrennt und geht direkt vom Flur ab. Es ist einfach, aber sauber, ein Bett, eine Kommode, ein paar Zeitschriften und Bücher, Noten, Aschenbecher, ein Holzstuhl. Sofort möchte ich ihr etwas fürs Zimmer kaufen, vielleicht Blumen, oder ein Kuscheltier. »Zieh deine Sachen aus«, sagte sie, »ich hol dir inzwischen ein Handtuch.« Mir fällt der Film ein, in dem Clark Gable und Claudette Colbert nach einem verregneten Abend zusammen in einem Hotelzimmer sind, zwischen sich ein Bettlaken aufgespannt wie die Mauer von Jericho. Ich versuche, mich so gelassen auszuziehen, wie Clark Gable das gemacht hat, aber ich komme mir doch eher vor wie Claudette Colbert. Mein Hemd und meine Hose sind schwer, und da,

wo ich gestanden habe, ist jetzt ein kleiner See. Ich lege sie übers Fensterbrett.
Sie kommt mit einem Handtuch und einigen Kleidungsstücken zurück. Ein heißes Bad würde jetzt gut tun, aber mir fällt ein, daß die einzige Badewanne, ein riesiges emailliertes Ungetüm mit einem schweren Holzdeckel, unten in der Küche neben dem Herd steht. Das Wasser wird auf dem Herd warm gemacht, genau so, wie für die große Zinkbadewanne, die Millard Fillmore vor hundert Jahren im Weißen Haus installieren ließ. Sie hat ihre Bluse aufgeknöpft und ausgezogen und schlenkert jetzt die Schuhe von den Füßen. Ich stehe in der Unterwäsche beim Fenster und habe die Hände vor mir verschränkt, bin aber nicht imstande, die durch die Erregung verursachte Ausbeulung wegzudrücken. Sie breitet die Sachen ihres Bruders auf dem Bett aus und dreht sich mit dem Handtuch fragend zu mir um. Ich ziehe mein Unterhemd über den Kopf, fühle mich vollkommen ungeschützt. Sie sieht mich an, als bewundere sie mich. Dann rubbelt sie mir mit dem Handtuch kräftig Rücken und Brust ab. Ich weiß, daß es für jüdische Mädchen keine religiösen Vorschriften gibt, die ihnen verbieten, mit . . . bis zum letzten zu gehen. Sie streift mir die Unterhose runter, kniet sich dabei vor mich hin. Mein befreiter Penis springt steif nach vorn, streift ihre Wange. »Laß mich dir die nassen Sachen ausziehen«, sage ich heiser, und versuche Clark Gables Stimme nachzuahmen. Ihre Hände zittern, als sie den Rockverschluß aufmacht. Die Träger ihres Büstenhalters gleiten von den schmalen Schultern. »Richard«, flüstert sie, »ich habe noch nie . . . noch nie . . .« »Ich habe auch noch nie«, sagte ich sanft. In dem kahlen Zimmer blicken wir uns in die Augen. Eine warme sommerliche Brise weht durch das Fenster herein, ein Lied aus irgendeinem Radio. Wir küssen uns. Ich streife das nasse Höschen über ihren kühlen feuchten Po, sehe für einen Augenblick das schwarze runde Ding, mein Herz hämmert wild. Sie streichelt mich zärtlich. »Ich schließe dich fest in meine liebenden Arme und wärme dich mit meiner Glut.« Sieh zieht –
»Der gute alte Fahnenmast steht ja noch, wie man sieht«, sagte jemand. Es war nicht Douglas MacArthur, es war Uncle Sam, der soeben durch das offene Fenster hereingeschwebt kam. »Du weißt doch, Söhnchen, wenn man an sich rumspielt, wird man blind«, sagte er. »Davon kann man Haarausfall kriegen, oder sogar Hirnfäule!«

18. Der Poeta Laureatus der Nation macht sich über die Kunst der Offenbarung Gedanken

Der Streik der Bootsführer ist zu Ende. Der Eiserne Vorhang um die Freiheitsstatue ist gefallen, die Besucherfähre wieder in Betrieb. Der Verkehr am Südende des Times Square kommt eine Weile zum Erliegen, als die Menschenmenge zur Battery strömt, um in den sonnengelben Fährbooten die traditionelle Geburtsreise nach Bedloe's Island zu machen, dort in die Mächtige Lady hineinzusteigen und zum Taufbecken der Freiheit zu gelangen: »Oh Mutter der Verbannten, Du Gnadenreiche und Holde, Zuflucht der Sturmgepeitschten und Trost der unglücklich Gestrandeten, empfangen ohne den Makel der Sünde, voller Anmut in trutzigem Kupfer, erlauchte Bleibe der drei Regierungsgewalten, vollendete Brandfackel der Göttlichen Liebe, deren Flamme der gebändigte Blitz ist, oh, behüte uns!« Der Times Square füllt sich aber bald wieder, als Tausende von Neuankömmlingen eintreffen, die ins Zentrum drängen, wo das Festkomitee gerade eine Sonderankündigung verbreitet: um dem Sabbat zuvorzukommen und weiteren Verschiebungen aus dem Wege zu gehen, wird die Hinrichtung von elf Uhr abends auf acht vorverlegt – und der Federal-Expreß ist nicht nur pünktlich, er kommt sogar drei Stunden früher! Die Verteidiger der Rosenbergs – ohnehin von wilder Verzweiflung gepeinigt – explodieren in einem Anfall unverstehbarer Klagerufe und stürmen selbstmörderisch den Times Square; es wird ihnen gestattet, den Platz zu überqueren, ein einziges Mal, von einem Ende zum anderen, es ist ein Spießrutenlaufen, man verlacht sie, bombardiert sie mit gutmütigen Beschimpfungen, als sie zum Zentrum wetzen und wieder hinaus, kreischend, als ob man ihre Schwänze angezündet hätte, hinweg in ein wohlverdientes Nirgendwo. Jedenfalls hoffen das alle.

Der nationale Poeta Laureatus beobachtet ihren Abgang, lächelt ob all der hintergründigen Ironie, und streift dann unauffällig durch den Bezirk, sammelt Eindrücke, experimentiert mit verschiedenen Formen und Versmaßen, sucht nach dem metaphorischen Rahmen, in dem man die nächtliche Staatsaktion fassen und nachschaffen kann (». . . letzter Akt . . . siebenter Entscheid . . . Tanz nach seiner wilden Melodie . . . Geheul des Anathema . . . als die Uhr weitertickte . . .«), um getreu dem hauseigenen Motto zu erreichen, daß sie »im Kopf des Lesers noch einmal abläuft«. Darin besteht seine Kunst, das meint seine Mutter, wenn sie sagt: »Wir sind zum Dienst an der Wahrheit aufgerufen.« Es genügt nicht, bloße Fakten aufzuzählen – es muß *was passieren,* in Raum und Zeit, etwas, das man mit Phantasie und mit Herz beobachtet, etwas, das dem Leser, für den er schreibt, verständlich ist und ihn dennoch erleuchtet, den Gentleman aus Indiana zum Beispiel. Rohe Daten paralysieren sind ein wahrer Alptraum, es gibt einfach zu viele davon, und der menschliche Verstand wird zu schnell unter ihnen begraben. Poesie ist die Kunst, Fakten der Phantasie unterzuordnen, ihnen Gehalt und Anschaulichkeit zu verleihen, sie *persönlich* sein zu lassen. Wie Mutter Luce sagt, ist es ein »Flunkern aus Treue zur Wahrheit«. Eine Art deutender Neuinzenierung des überbordenden Stroms der Ereignisse, »ein wirkungsintensives Mosaik«, das sich aus den »fragmentarischen Dokumenten« des Lebens zusammensetzt, das man mit kühnen Bildern und erlesener, origineller Prosodie beflügelt: »Die Nase für Neuigkeiten hat ihren Platz zwischen musikalischen Ohren.« Da möchte mancher behaupten, daß ein so tiefgehendes persönliches Engagement, daß derartig metaphorische Verdichtung, daß ein solches Vertrauen auf Innenschau und »Quellen« der Phantasie jegliche Objektivität unmöglich mache – TIME würde ihm beipflichten, aber jeden schlicht als Analphabeten ansehen, der daraus schließen wollte, TIME wäre nicht der Wahrheit verpflichtet. Mehr noch: TIME würde behaupten, daß Objektivität eine nie faßbare Fata Morgana sei, ein »phantastischer Anspruch« (in diesen Tagen liegt dem Poeten öfter das Wort »gnostisch« auf der Zunge), und als Ideal vielleicht sogar unmoralisch, daß *ausschließlich* durch die unverhohlen tendenziöse und entstellende Brille der Kunst überhaupt ein wirkliches Begreifen der Fakten – ganz zu schweigen von der letzten Wahrheit – möglich sei, und das auch nur annähernd.

Während er so beklommen mit sich debattiert, gar nicht so selbstsicher, wie ihn seine Leser kennen oder es von ihm erwarten, windet er sich durch die Menschenmassen auf dem Times Square, seine Aufgabe stets vor Augen, doch nachdenklichen Gemüts, besorgt, er könnte irgendwie die Spur verloren haben, die eigene Macht fürchtend, deren Schwinden ihn gleichwohl ängstigt, ein junger Mann auf der Höhe des Erfolges, in der Blüte seines Lebens, der eigenen Sterblichkeit bewußt: hatte nicht Mutter Luce seinen Tod schon 1936 vorausgesagt? Er und seine Brüder müssen garantiert sterben, denn sie sagte damals: »Ich glaube kaum, daß wir den Zeitpunkt, an dem sie sanft entschlafen, bestimmen können . . . Aber gegenwärtig ließe sich immerhin sagen, daß die beiden wohl noch zwanzig Jahre vor sich haben . . .« Er war

damals erst dreizehn, und es hatte ihm Angst eingeflößt, daran zu denken, daß er wie Jesus Christus nur dreiunddreißig Jahre auf dieser Erde wandeln sollte. Und das war möglich, nur allzusehr. Nicht nur, daß die Sterbetafeln einem Dichter wie ihm Schlimmes verhießen, war nicht auch sein Vater vor der Zeit, im Alter von einunddreißig Jahren, verblichen? Ein plötzlicher und scheußlicher Tod in der Nacht zum sechsten Geburtstag des jungen TIME – das hat er sein Lebtag nicht verwunden. Fast so, als ob der Papa ihm damit was sagen wollte. Auf ziemlich rauhe Weise. Obwohl TIME die Mutter liebt und häufig von ihr inspiriert wird, ist es doch der Geist des unglücklichen Vaters, das weiß er, den er im Dichterbusen trägt. Und jetzt sind bereits dreißig von den zugestandenen dreiundreißig Jahren ins Land gegangen, nur drei sind ihm noch verblieben, drei kurze Jahre, um alles zu ordnen, irgendwie den Weg zum Jungbrunnen zu finden, die entropische Attacke, die die Welt gegen ihn führt, abzuschlagen, bevor es zu spät ist. Und in dem Punkt, das weiß er, ist sein Schicksal mit dem Amerikas verbunden: er und Amerika, sie beide scheinen, wie seine Mutter sagt, »das Gespür für die Zukunft, das Vertrauen auf das Immer-Größer und Immer-Besser und den Geist des ›Das war doch gar nichts‹ verloren zu haben, oder sollte heute abend etwa . . .«?
Schon zweimal hatte er geglaubt, hinter das Geheimnis gekommen zu sein: einmal unmittelbar vor Ausbruch des Zweiten Weltkrieges, als er den Traum vom »Amerikanischen Jahrhundert« verkündete (»Wir müssen jetzt dazu übergehen, der gute Samariter für die ganze Welt zu sein . . . der dynamische Anführer des Welthandels . . das Kraftwerk, das die Ideale [der Westlichen Zivilisation] an die gesamte Welt liefert . . .«), und danach noch einmal vor drei Jahren, beim Ausbruch der Feindseligkeiten in Korea, mit seiner Vision vom Ewigen Krieg: »Eins der großen, beständigen Themen neben Liebe und Tod«. Eigentlich war das die Vision seiner Mutter, aber er wurde ja immer von ihr inspiriert. »In den nächsten paar Jahren werden die Amerikaner mit dem Krieg leben müssen, in einer Weise, wie sie es seit den Tagen der ersten Siedler und der Freiwilligen im Unabhängigkeitskrieg nicht mehr gewohnt waren . . . Kriege hat es schon immer gegeben, sie sind und werden Teil des menschlichen Schicksals sein, bis der Messias kommt . . . Keinesfalls werden *wir* den Krieg beenden, bevor wir ihn nicht noch eine Weile geführt – und mit ihm gelebt haben . . . Wenn sich ›Koexistenz‹ mit dem jetzigen sowjetisch-kommunistischen System als unmöglich erweist, ist dann der totale Krieg ›unvermeidbar‹? Vielleicht, vielleicht auch nicht, aber keinem Menschen ist das Recht

gegeben, zu behaupten, daß wir *mit* diesem ungeheuren Übel glücklich und in Frieden leben könnten . . . Der sowjetische Herrschaftsbereich würde weiterhin expandieren, wenn wir uns dem nicht mit aller Kraft widersetzten, und das erfordert eine entschlossene, ruhige und ständige Inkaufnahme des Risikos eines weltweiten Krieges . . . *Dem Uneinsichtigen muß die Wahrheit eingebläut werden.*«
Inzwischen sind beide Träume sauer geworden. Die Freie Welt außerhalb Amerikas, die die karitativen Intentionen des Landes falsch interpretierte, nahm seinen Anspruch auf das ganze Zwanzigste Jahrhundert unnötigerweise übel – und sogar den Landsleuten selbst schien die Phantasie zu fehlen, »die Gewalt des Schicksals zu akzeptieren« und daranzugehen, die Welt zu managen und »das Erste Große Amerikanische Jahrhundert zu schaffen«. War es ihnen egal? Was war schief gegangen? »Ich glaube, daß dieses Land, weit entfernt davon, in der Rechtfertigung seines innen- und außenpolitischen Handelns den Geist eines George Washington spüren zu lassen, sich im Grunde seiner selbst nicht mehr sicher ist, daß sein ›Herz‹ uneins und verwirrt ist, daß es ihm an einer grundlegenden und realistischen Ausformulierung seiner ›Ziele‹ angesichts der heutigen Weltlage fast völlig mangelt!«
Der Krieg in Korea schien einiges und mehr zu versprechen, das tut der Krieg immer – besonders, als General Eisenhower, vornehmlich aufgrund von TIMEs inspirierender Fürsprache, zum Oberbefehlshaber ernannt wurde –, das ließ sie wieder auferstehen, die halkyonischen Tage vom Weltkrieg II (die Bezifferung von Kriegen wie die von Königen war TIMEs ureigenste Erfindung), die Zeuge wurden, wie sich fast über Nacht das junge *Enfant terrible,* dieser halbstarke amerikanische Marktschreier in einen kraftvollen und ernstzunehmenden Dichter und – noch bevor der Krieg beendet war – zum Poeta Laureatus der Nation wandelte. Wie könnte er den Krieg nicht lieben? Ja, er liebte sogar die Japaner, die ihn möglich machten. Mutter Luce schrieb damals an seinen Bruder LIFE, der den Angriff auf Pearl Harbor recherchierte: »Das ist der Tag des Zorns. Und es ist der Tag der Hoffnung . . . Um dieser Stunde willen wurde Amerika geschaffen!« Plötzlich verspürte er Scham ob seiner »feigen« Jugend, die er mit der seines Landes identifizierte: »Es ist nicht einmal möglich, die vergangenen Jahre als tragisch zu bezeichnen, denn Tragödie impliziert zumindest Würde des Schicksals. Aber in den vergangenen Jahren gab es keine Würde, und keinerlei Schicksal, das wir uns nicht selbst auferlegten. Die Epoche, die jetzt zu Ende geht, war eher beschämend denn tragisch . . .« Er fühlte sich wie Paulus, niedergestreckt auf der

Straße nach Damaskus, wie Dwight Eisenhower, vom Blitz getroffen in Texas: er war ein neues Wesen, ein neuer Dichter, reingewaschen von einer Vergangenheit voller Oberflächlichkeit. Seinen Lesern wird der Unterschied wohl kaum aufgefallen sein, aber im Innersten wußte er, daß es einen gab. Für TIME endete im Jahre 1941 eine ganze Ära, und eine neue nahm ihren Anfang. Dann, vor drei Jahren, hatte er das Gefühl, als ob ihm das gleiche noch einmal passiere, die Auferstehung alter Hoffnung und Freude, der glorreiche Kampf – vielleicht könnte er sogar Poeta Laureatus der ganzen Welt werden! Er forderte einen »unzweideutigen Sieg« über die Roten, prophezeite den unmittelbar bevorstehenden Ausbruch von Weltkrieg III, krakeelte herum wie ein besoffener Cowboy, und hastete nach Korea an die Front, den Federkiel in der Hand.

Und was nun? Es ist nichts dabei rausgekommen. Ein mickriges Patt. Und ein katastrophaler Waffenstillstand in Aussicht. Er hat General MacArthur geliebt und verteidigt, und selbst heute abend ist er noch voll und ganz von der Notwendigkeit überzeugt, daß man den Krieg ins chinesische Mutterland tragen müsse, er hat in den letzten Monaten darum gekämpft, daß General Van Fleets Aufruf zum »totalen Sieg« den Leuten nicht aus dem Sinn ging, aber er weiß, daß er auf verlorenem Posten steht. Das spürt er. Er kann nicht mal mehr ein anständiges Poem darüber fabrizieren. Sein »Nacht über Old Harry«, in der letzten Nummer, mit dem »häßlichen, wurstartig geformten Gebirgskamm«, seinen »besprenkelten Hängen« und den »zerbröselnden Gräben«, gehört zwar mit zum besten, was er seit seiner frühen Kriegslyrik gemacht hat, aber das rührt wahrscheinlich daher, daß es darum geht, verzweifelt eine völlig sinnlose Stellung zu halten, es entspricht seinem gegenwärtigen unglücklichen Zustand. Hätte es besser »Gute Nacht, Old Harry« genannt . . .

. . . ein Bunker nach dem anderen
brach zusammen und bedeckte
amerikanische und chinesische
Körper mit Sand und Staub
die Stellung wurde ausgebaut
und wieder griffen die Roten an
in der Nacht
explodierten zwanzigtausend
Granaten in einem Kampfgebiet
kleiner als der Times Square

aber der Hügel blieb
in den Händen der US
der Hügel blieb

Obwohl das gar nicht mal schlecht ist, bleibt es nichts als ein Abklatsch von – sagen wir mal – seinem Bericht über den Angriff auf No Name Ridge, oder über die Einnahme von Pjöngjang (». . . das Ende des Krieges zeigt sich so unzweideutig wie der Schnauzbart in Stalins Gesicht . . .«), es erinnert an die klassischen Depeschen aus Weltkrieg II. Was ist aus all dem geworden? Das möchte er wissen, als er sich über den Times Square drängelt, während die Menschen, denen er sich zunehmend entfremdet fühlt, ihn von allen Seiten einkeilen. Der Gentleman aus Indiana, klagt er, ist tot. Dreißig Jahre lang teilte er seine Träume mit ihm, und jetzt hat der alte Knabe sie mit ins Grab genommen. Und dennoch hat er, tief im Innern, in einer unerforschten Ecke, den Glauben an die zwei Träume noch nicht verloren, obwohl nichts aus ihnen wurde. Er glaubt nach wie vor, daß »einzig Amerika die Weichen der Zukunft stellen kann . . . (und) der ältere Bruder unter den Nationen in der Bruderschaft der Menschheit sein muß«. Und er glaubt immer noch an den Krieg.

Die intensive lyrische Verbundenheit mit dem Krieg ist vermutlich angeboren, wohl die Folge davon, daß er in einer Kaserne im Jahre 1918 von zwei zwar minderjährigen, aber ausgemachten Hitzköpfen, Brit und Luce mit Namen, gezeugt wurde, zwei jener Yale-Romantiker, die sich danach verzehrten, wie Luce meinte, »Offizier in der Armee der Vereinigten Staaten zu werden, an die Front zu kommen und auf den Feind zu schießen«. Obwohl sie das Vergnügen nie hatte, schaffte sie es, quasi indirekt am Krieg teilzunehmen, und wenn sich das Erlebnis auch nicht als besonders heroisch erwies, so stellte es immerhin einen Beitrag dar. Wie das so geht, traf sie eines Abends eine Gruppe frischgebackener Soldaten, die so ihre Zweifel äußerten, wofür sie zum Teufel eigentlich kämpfen sollten, sie entzündete in ihnen – später bezeichnete sie es als »einen der größten Erfolge meines Lebens« – mit ihrem Bericht von der Versenkung der *Lusitania* loderndes patriotisches Feuer, führte sie »Over there« singend zum Bahnhof, und verabschiedete sie mit »Auf Wiedersehen und viel Glück«! Der Zug brachte die wild jubelnde Schar zu den Docks, wo sie an Bord des Truppentransporters *Ticonderoga* gingen und halbwegs über den Atlantik von einem deutschen Torpedo versenkt wurden. Brit war genauso begeistert wie Luce. Er schrieb seiner Mama: »Ich brenne darauf, als Batteriechef oder Generalmajor oder sonstwie nach Europa geschickt zu werden, um dort an der großen 19er Frühjahrsoffensive teilzunehmen, die den Krieg beendet und Kaiser Willi aus dem Sattel hebt!« Statt dessen wurden sie beide nach Yale zurückgeschickt. Allerdings nicht vor jenem »unerträglich heißen« Abend draußen am Rande des Kasernengeländes, an den sich TIMEs Mutter viele Jahre später, anläßlich der zwanzigsten Geburtstagsfeier ihres Sohnes, erneut erinnerte: »Eines Abends gingen Brit und ich durch den weit auseinandergezogenen Kasernenbereich zu unserem Block zurück. Bei jedem Schritt versanken unsere Füße knöcheltief im Schlamm. Ich glaube, bei diesem Spaziergang entstand TIME. Zu diesem Zeitpunkt, der Wendemarke unseres Lebens, gehörte alles, was wir hatten, uns gemeinsam. Stundenlang latschten wir weiter . . .«

Das Kind wurde ausgetragen, fast fünf Jahre lang. Aber bei einem Genie ist das nicht ungewöhnlich. Nach einer stürmischen, aber liebevollen Heute-ja-morgen-nein-Romanze, bei der Brit den rastlosen Odysseus mimte und Luce die geduldige, aber fingerfertige Penelope, fanden beide Elternteile schließlich doch zusammen, die Schwangerschaft, an der man vorher hätte zweifeln können, war jetzt offiziell. TIME kam in einem alten umgebauten, vage an italienischen Stil erinnernden Haus zur Welt, nicht weit von hier, in der East Seventeenth Street Nr. 141. Wie die Hebamme Culbreth Sudler es mal beschrieb: »Man stolperte von der Straße eine Stufe runter ins fensterlose Eßzimmer im Parterre und kletterte dann zum Wohnzimmer rauf, das die ganze Hausfront einnahm. Die Farbschichten an Türen und Fenstern waren so dick, daß sie an Schnittkäse erinnerten. Hier haben wir unsere Tische aufgebaut, Bretter auf Böcken.« Und auf diesen Tischen geschah es, in einer frostigen Nacht im Februar 1923, kurz nach Mitternacht, daß Mutter Luce, von kaltem Schweiß durchnäßt, sich streckte und ihre Schenkel spreizte – der Vater mit seinem grünen Augenschirm stand ihr hilfreich zur Seite – und Baby TIME das Leben schenkte (so wurde es getauft, weil seine Mutter von einer Schlagzeile erschreckt worden war: »Zeit, in Pension zu gehen«? – oder hieß es »Zeit, mal was anderes zu machen«? Hinterher fiel es ihr nicht mehr ein, und das läßt ihr noch heute keine Ruhe). Das Baby war dünn, blaß, ungesund und süß wie alle Babys, doch weit weniger attraktiv als seine Eltern erhofft hatten. Die Leute sagten, es sehe Uncle Joe Cannon sehr ähnlich. Die wenigsten glaubten, daß es lange leben würde.

Doch TIME war, wenn auch kränkelnd, mit einem starken Willen zum

Überleben geboren, und im Alter von vier, nach ein paar erholsamen Jahren drunten in Cleveland (die fast seinen Vater umgebracht und [die Ehe hätten scheitern lassen]), bekamen seine Wangen ein bißchen Farbe. Und wenn auch seine frühen Verse häufig hochnäsig, hergeholt, leichtfertig und oberflächlich, nachempfunden und selbstverständlich kindlich waren, zeigte er früh schon Zeichen des gewaltigen Talentes, das ihn eines Tages über alle Rivalen erheben sollte, sogar über die mächtige Franklineske *Saturday Evening Post*, den Poeta Laureatus jener Tage . . .

> Sie vernahm ein leichtes Kratzen
> Über ihrem Kopf an der Decke,
> Sie hob ihre Augen rechtzeitig, um
> Ein spitzgraues Gesicht zu erkennen,
> Das sie aus einem Loch
> Im Putz anstarrte. Das Loch
>
> weitete sich, der dünne Mörtel
> bröckelte und eine riesige
> Schwarze Ratte fiel zu ihr ins
> Badewasser, planschte vergnügt,
> Kraulte sie mit klammen
> Pfoten und machte frechverliebte Augen . . .

Die augenscheinliche Diskrepanz von schwarzer Ratte und grauem Gesicht zog erhebliche literarische Kontroversen nach sich, selbstredend, und akademischen Puristen sträubten sich die Haare, aber die Kontroversen an sich legten Zeugnis ab von der wachsenden Erkenntnis: hier ist ein junger Dichter, mit dem muß man rechnen. Seine Verse waren unverbraucht, eindringlich epigrammatisch, aufrichtig, selbst wenn sie zur Beleidigung ausartete, gelegentlich aufrüttelnd, immer provokativ. Zu viel Höflichkeit in jungen Jahren hat noch keinem Dichter zur Größe verholfen: das hatte ihn sein Vater gelehrt. Und so war er es selten. Alles physisch oder psychisch Übertriebene erregte gleichermaßen seinen Zorn. Fanatiker wie Leisetreter, beide ließ er es spüren: »Zeigefinger-Typ, zwei Fingerbreit Verstand / sechsmal höhnisches Grinsen und ein Vorschlag.« Er haßte das Bombastische und das Verzagte, die Gedanken von gestern und die Mode von morgen, Salonlöwen und Betschwestern, Babbit-Typen und Bolschewisten. Und er erledigte sie stilvoll. Als Leo Trotzki erkrankte, schrieb er heiter:

Links von ihm kritik
rechts von ihm feindschaft
vor ihm eifersucht
hinter ihm die rote armee
in ihm hohes fieber
alles will ihn verderben

er entschied sich zu einer reise in den kaukasus

Ja, ein freimütig eingestandenes, ehrliches Paket von Vorurteilen, essentiell für seinen Genius. Neulich warnte seine Mutter die Haushaltshilfe vor dem Hinweis auf die »Aloha Shirt«-Bande, die just an jenem Nachmittag unter dem Smith Act einer kommunistischen Verschwörung zum Sturz der Regierung für schuldig befunden wurde:

Hiermit erklären wir ohne jeden Vorbehalt . . . TIME steht zu 100% hinter den Grundeigentümern, Kapitalisten und Großunternehmen in Hawaii und ist zu 100% gegen Harry Bridges und jeden anderen, der auf gleiche Weise mit ihm verbunden ist. (Sollte es für »Grundeigentümer« oder »Kapitalisten« noch schlimmere Namen geben, z. B. »Reaktionäre« – gegen die haben wir auch nichts.)

»Business«, pflegte seine Mutter zu sagen, »es ist das Wesen unserer Zivilisation.« Sie nannte es »die intelligenteste und allumfassende Beschäftigung Amerikas . . . der größe Planet unseres Sonnensystems«. In der Vergangenheit hat man TIME wegen seiner positiven Einstellung zum Big Business häufig und nicht ohne schmerzliche Folgen angegriffen, aber heutzutage würden die wenigsten eine solche Herausforderung wagen. Sie heißen ihn zwar noch einen Gelegenheitsdieb, einen Tintenkleckser, der von jedem klaut, aber das bedeutet nur, daß er sich in der besten Gesellschaft amerikanischer Literaten befindet, denn die meisten waren doch große Eklektiker, Sammler und Vergolder von Abfällen aus dem vorbeifließenden Müll, Collgagen-Bastler – und was heißt schon opportunistisch? Er selbst schrieb damals, als T. S. Eliot's *Waste Land* als Schwindel »entlarvt« wurde: darauf kommt es nicht an, »Literatur besteht nicht aus Absichten, sondern aus Erfolg«. Und wer will seinen eigenen Erfolg leugnen? TIME ist die Nummer Eins, »nicht nur an der Kasse, sondern auch . . . in den Köpfen eines großen Teils der Menschheit«.

Worte der Mutter. Sie liebte solches Lob, den Reichtum, die Macht. Der Vater schwärmte eher für das Dichterleben als für dessen Lohn, liebte Auseinandersetzungen, liebte Stil. Wahres Genie, erklärte er einst dem jungen Sohn, bleibt seinem Stil treu, schöpft aber kompromißlos alle Möglichkeiten aus, die er bietet – so wie man sein ganzes Leben lang mit nur einer Frau schläft. Das hat er vielleicht von Ernest Hemingway. Oder umgekehrt. TIME hat jedenfalls den Rat seines Vaters befolgt, hat die stilistischen Bizarrerien, die sein Frühwerk zierten, die seit jenen Tagen die einzige echte Leidenschaft waren, der er sich hingab, weiterentwickelt: Wortspiele, trockene Pointen, Sätze mit Inversion, Berufscharakterisierungen, homerische Epitheta und Rhythmen, Komposita, verschlüsselte Schlagzeilen, Ausschreibung des zweiten Vornamens, Spitznamen in Klammern, unbarmherzige Hinweise auf körperliche Details, besonders wenn diese leicht anstößig waren, gedehnte Metaphern (»langsam entrollte sich das Band seiner Stimme / hatte hier und da einen Webfehler . . .«), Alliteration, grobe Verben und höhnende Adjektive, ganz zu schweigen von TIMEs hauseigenem Vokabular mit Wortprägungen wie »Ruhmredner« und »Panditen« und »Montanbonze« und Hunderten anderer, die in die Wörterbücher eingingen. Den Football-Spieler Red Grange machte er zum »aalhüftigen Ausreißer« und G. K. Chesterton zum »Paradochsen«, noch bevor die meisten Kinder seines Alters »Susi« buchstabieren lernten. Ein Charly-Chaplin-Film war ein »prächtig-witziges Pudding-Ding«, und als die spanische Königinmutter starb, und er die ursprüngliche Namensbedeutung des Escorial, wo sie beigesetzt werden sollte, nachschlug, schrieb er munter: »Man trug sie zur Müllkippe.« Er war eben ein junger Dachs, konnte sowas sagen, ohne groß anzuecken, selbst die Königinmutter hätte vielleicht geschmunzelt. Und wenn er seinen Witz mal überstrapazierte und über das Ziel hinausschoß (»Um einen Friedhof unweit von Paris strich einst ein galliger Geist. Drang in die Familiengrüfte, die Leichen zu fleddern . . .«), wenn die Neu-Prägungen manchmal zur Selbstparodie ausarteten und »sich die Sätze wanden, bis den Kopf sie räderten«, dann war man der Ansicht, daß derartige Eskapaden zu den notwendigen Schwächen jedes großen Poeten gehören: man muß sich die Hörner abstoßen, solange man jung ist – der Greis, der sich plötzlich, spät im Leben, zur Kühnheit entschließt, ist ein Tor.

TIME war seinem Vater innig zugetan und betrauerte tief dessen plötzliches Dahinscheiden – tiefer als Mutter Luce vermutlich, die schon wieder schwanger ging und so genug mit sich zu tun hatte –, und obwohl er seine Gefühle weitgehend für sich behielt, konnte man von jenem Tage an die rastlose, unbewußte Suche nach dem verlorenen Vater spüren. Vielleicht – er zwang sich zu diesem Zugeständnis –, vielleicht brauchte er den Tod seines Vaters, brauchte er die Suche, die unaussprechliche Sehnsucht, damit er die emotionale Tiefe und Reife, die für einen Meister Voraussetzung sind, erlangte (im Klartext: den Einfluß seines Vaters zeichnete immer etwas Jungstudentenhaftes und Nihilistisches aus, liebend und beschützend, war er zugleich in gewisser Beziehung ein Wichtigtuer und unheilbarer Säufer), vielleicht mußte es im Leben jedes großen Dichters solche Tragödien in jungen Jahren geben – und das war eben die seine. Obwohl die Mutter immer stärker mit anderen Kindern beschäftigt war, förderte sie eine Weile seine Entwicklung, und wenngleich die prägenden Jahre hinter ihm lagen, impfte sie ihm striktere Disziplin ein, mehr Urbanität und größere Achtsamkeit für die wesentlichen Details. Zunehmender Zynismus und eine gewisse Abgeklärtheit waren jedoch auf eigenem Mist gewachsen.

Schwester FORTUNE kam in der Woche seines siebenten Geburtstags zur Welt, ein schönes Kind, fein ausstaffiert, letztlich ungleich brillanter und weltklüger als er, erzogen von Verseschmieden und geliebt von den Reichen, und wenn sie ihn auch so manches Mal hänselte und ihn einmal sogar »Faschist« titulierte (zugegeben, er flirtete damals mit der äußersten Rechten, unterstützte Franco in Spanien und Mussolini in Italien, charakterisierte Haile Selassie als jemanden, der »um Schutz winsele« für sein »plärrendes Abessinien«, verketzerte Juden und Sozialisten – aber das bewies schließlich nur, daß er um einiges schlauer war, als Julius und Ethel Rosenberg, die gleichzeitig mit ihm aufwuchsen), sah FORTUNE ihn immer als ihren großen Bruder an, auf den sie sich verlassen konnte, eine Art Vaterersatz, als Lehrer und Beschützer. So auch sein kleiner Bruder LIFE, obwohl der in der Welt der bildenden Kunst gleiche Erfolge errang, wie TIME in der Welt der Literatur, des Radios und des Films. Im Laufe der Zeit gab es noch weitere Kinder, einige adopiert, andere totgeboren, wieder andere vernachlässigt und dem Tode überantwortet, selbst ein Wechselbalg war unter ihnen, HIGH TIME, das augenscheinlich während eines Alptraums mit dem PHANTOM gezeugt wurde und das man, als die Wahrheit rauskam, schleunigst beseitigte, aber der Stolz von Mutter Luce und der gesamten Nation blieben die drei bemerkenswerten und einander eng verbundenen Wunderkinder TIME, LIFE und FORTUNE . . . Bis jetzt wenigstens. Die alte Dame gibt sich letzthin wieder einmal recht kapriziös, scheint das Interesse an den Künsten zu verlieren, errötet bei Baseball und Boxkämpfen wie ein junges Ding. Just vor ein paar Tagen gabs eine Riesenfete, jeder war high wie ein

Zeppelin, man ließ sich total gehen, und TIME ist sich ziemlich sicher, daß man sie mal wieder flott geschwängert hat.
Er ist nicht eifersüchtig – warum sollte er? Obwohl manche Leute glauben, daß sie versucht, seinen Nachfolger zur Welt zu bringen, weil sie um sein Leben fürchtet, was er jedoch bezweifelt: *ein* Poeta Laureatus ist alles, was sich eine Mutter erhoffen kann. Was ihn trotzdem aufregt, ist die Tatsache, daß sie sich ihm entzieht, es ist genau wie damals, als sein Vater starb. Er fühlt sein Selbstvertrauen dahinschwinden. Das Geschehen von heute abend zum Beispiel: wie wird er das in den Griff kriegen? MUTTERLOSE KINDER HABENS SCHWER, WENN MAMI TOT IST – vorhin hat er jemanden gesehen, der solch ein Transparent trug, und wo er hätte lachen sollen, da hat es ihn geschaudert. Hat er seinen Weg verloren? Dieses Schauspiel flößt ihm, selbst wenn es ihn fasziniert, Furcht ein mit seinen Herausforderungen an die Phantasie, mit seinen Drohungen, seinen Andeutungen verborgener Zusammenhänge, dem Bewußtwerden, daß dem Absoluten keine feste Gestalt zu eigen ist, mit seinem Geflecht gefährlicher Abstraktionen, die seine Verse irgendwie bedeutungslos werden lassen, dem Anlaß unangemessen, lächerlich sogar. Wer hierher gekommen ist, scheint sich verjüngt zu fühlen, er aber fühlt sich um Jahre gealtert, Sein Instinkt rät ihm, zu fliehen, das alles zu vergessen – seine Aufgabe sei es nicht, »den Großen Zweifel auszutreiben, der in die Westliche Welt gefahren ist«, hat seine Mutter ihm gesagt, sondern am Leben zu bleiben – aber er ist Dichter (besinnt er sich), er kann gar nicht weglaufen. Kunst ist keine eitle Pose, sie ist feierliche Berufung, Selbstkasteiung, die männliche Hingabe an etwas hinter der profanen Welt der Football-Spiele und Filmrezensionen. Der Dichter ist nicht bloß Entertainer, obwohl das ein bequemer Ausweg wäre, nicht bloß Verfasser von Lobeshymnen auf sein Zeitalter, er ist auch Verkünder religiöser Wahrheit, Neuschöpfer verschütteter tribaler Denkstrukturen und somit »auf verrückte, absurde und groteske Weise, ohne Hoffnung, aber mit ganzer Seele«, der Offenbarung verpflichtet. »Die ZEIT wird alles offenbaren«, weissagte Euripides. »Sie ist ein Schwätzer, redet selbst dann, wenn sie nicht gefragt ist.«
Also ist, obwohl Zirkus und Theater ihn höchst selten einmal mitreißen, obwohl er in Massen auftretendem Pöbel mißtraut und auch hinsichtlich der Wahl des Times Square für die Hinrichtungen Vorbehalte hat (wie Mutter Luce sagt: »New York liegt Amerika im Blut, und Amerikas heißes Blut fließt durch New York. Aber New York, das ist

nicht Amerika, mein Sohn . . . New York, das ist die Faszination Amerikas – wo Laster leicht zu Tugenden werden, und Tugenden zu Laster . . .«), also ist dies heute abend der Ort, wo er sich aufzuhalten hat. Es ist, wie seine Mutter zu sagen pflegt, seine »erklärte Pflicht«. Aber ganz ohne Schutz ist er nicht. Im schlimmsten Fall wird er tun, was er immer getan hat. Sollte er die Haut der Äußerlichkeiten durchstoßen und die Vorgänge im Innersten begreifen, wird er sie besingen, sollten sie ihn überwältigen, wird er sie lächerlich machen. Schließlich ist er Profi.

19. *Bitte einsteigen in den Look-Ahead-Neighbor-Sonderzug*

»Ich schufte mich ab wien einarmiger Tapezierer, der die Krätze hat«, tobte Uncle Sam, »ich muß mich mit Unruhn und Krieg rumschlagen, mit Lohngeldraub und Totschlag und gewiß-loser Sabotage! Diese Froschfresser, die noch nich mal ne Regierung auf die Beine kriegen, nehmen unsere Botschaft auseinander, die Bolschewiki sammeln sich in München, um den Aufstand zu proben, mir droht die Gefahr einer Invasion von außen, die Erschütterungen im Lande wühlen mich so auf, also ob ich ein kleines Erdbeben im Bauch hätte, die Zeit verrinnt, ich bin drauf angewiesen, daß mir jede Hand, die kraftvoll und mit männlicher Entschlossenheit zupacken kann, zur Verfügung steht – und Himmelkreuzdonnerwetter noch mal! Womit find ich *dich* beschäftigt?!«

Ich stand, ihm den Rücken zugekehrt, am Marmorkamin, mit Schamröte übergossen, hatte sogar Angst davor, aufzublicken und mir im Spiegel ins Gesicht zu sehen, und versuchte, den eingeklemmten Reißverschuß meines Hosenstalls wieder in Ordnung zu bringen – er hatte mir einen derartigen Schrecken eingejagt, daß ich wie ein Eisenhopper aus meinem Drehstuhl rausgesprungen war, mich an der Schreibtischecke fast kastriert hatte, als ich an ihr vorbeistürzte und einen Zipfel meines Oberhemds im Reißverschluß einklemmte, als ich verzweifelt versuchte, meinen Hosenstall mit einem Ruck zuzumachen.

»Denk dran, du magst der Lust nachjagen, oder du magst nach der Macht greifen«, mahnte Uncle Sam, »niemals aber wirst du mit derselben Hand beides packen! Wiederholter Abusus solcher Art, und dererlei Handstreich, sind weder edles Exemplum noch würdig als Gelegenheit, Flagge zu zeigen! Das reuet schnell ein jedermann: Mit geilen Weibern rackern, zur gleichen Zeit noch ackern!«

Völlig verzweifelt kämpfte ich mit dem widerspenstigen Reißverschluß, versuchte erst gar nicht, herauszufinden, wessen Stimme jeweils aus ihm sprach, genaugenommen konnte ich ihn kaum hören, alle meine Sinne schienen irgendwie blockiert – ich wußte bloß, daß er da war, allgegenwärtig da war, jede Zimmerecke ausfüllte. Ich hatte Sehnsucht nach der Abgeschiedenheit des alten Glockenturms über unserem Laden in Whittier, wo sowas wie hier nie hätte passieren

können. Meine Schwierigkeiten, dachte ich, liegen einfach darin, daß ich als introvertierter Mensch einen extravertierten Job habe.
»Was ist los, Söhnchen? Ist Pat wieder schwanger?«
»Nein! Nein, ich weiß . . . ich weiß nicht«, flüsterte ich heiser, »es ist so, als ob . . . als ob ich rückwärts gegangen wäre . . . tut mir leid . . . ist schon komisch – in der Zeit rückwärts! Es ist schwer, das zu erklären . . .«
»Soso«, sinnierte Uncle Sam, »auf der Zeitachse zurück, so wars also?« Ich erblickte ihn flüchtig über meiner Schulter im Spiegel. Sein Gesicht lag im Schatten, er stand mit dem Rücken zum Fenster. Er mochte mich mit einem Ausdruck tiefsten Abscheus mustern. Genauso gut mochte er grinsen. Wie auch immer, ich wußte, daß jetzt der Ofen erstmal aus war. Dabei war mir doch, seitdem ich Mitglied des Komitees zur Bekämpfung unamerikanischer Umtriebe geworden war, besonders aber nach meiner Mitarbeit im Hiss-Fall, klar gewesen, wie außerordentlich wichtig es für mich sein würde, mein Privatleben auf einem Niveau zu führen, das über jegliche Kritik erhaben sei, und jetzt – auau, ich hatte in meinem Leben schon etlichen Problemen gegenübergestanden, vielleicht sogar schwierigeren als diesem hier, aber unter dem Gesichtspunkt der persönlichen Betroffenheit und der Peinlichkeit kam keins diesem gleich. »Klingt nach Vierzigstem-Geburtstags-Blues«, meinte er.
»Oh . . .« Klang das nach Vergebung? Hörte sich eigentlich nicht so an. »Der war vor fünf, äh, fünf Monaten, ich glaub aber nicht . . .«
»Damals warst du beschäftigt, die Amtseinführung und all das, normalerweise erwischts einen auch erst ein paar Monate später . . . Sag mal, soll ich dir beim Ziehen an dem Dinge da nicht mal helfen?«
»Nein!« schrie ich. »Nein, ich . . . ich habs schon . . . ich habs fast . . .!« Gar nichts hatte ich. Ich konnte das Scheißding nicht mal erkennen, alles war verschwommen, und meine Hände zitterten. Das Herz hämmerte an die neunzig. Die Krise hier ist ja noch schlimmer als die mit den Schmiergeldern, dachte ich. »Ist nicht mein . . . ist bloß der Hemdzipfel . . .«
»Zweifellos«, schnaubte Uncle Sam. Die Hände in den Taschen, stampfte er ohne Rücksicht auf die überall verstreuten Akten und Aufzeichnungen quer durchs Zimmer. »Ich werd dir mal was sagen, du Grünschnabel, auf der Zeitachse zurück, das iss ne Richtung, in dien Amerikaner nie geht, Midlife-Krise oder nicht! Herbert Hoover ist als Waise aufgewachsen, hatte keinen roten Heller, aber der hat nicht nach rückwärts gesehen, und als er vierzig war, da war er seine vier Millionen

Eier wert – und da war er noch nicht mal Präsident! Nun ja, später iss er ziemlich unberechenbar geworden und hat schließlich doch mal nach rückwärts geblickt – und dafür hat er auch fürstlich bezahlt! Weißte, was Hernry Ford gemacht hat, als er vierzig wurde? Da hat er seinen Saftladen von Autowerkstatt aufgegeben und die verdammte Ford Motor Company gegründet, so rum gehts! Vierzig, ja, der war genau vierzig! Und heute macht sein Sohn, der noch nich mal so alt wie du iss, pro Jahr bis zu hundert Millionen Piepen, nich unflott für son Bürschchen, und für nen Teil zahlt der sogar Steuern, bloß um zu zeigen, daß er das Herz aufn rechten Fleck hat!« Er hob eine der Greenglass'schen Skizzen auf, drehte sie in eine Richtung, dann in eine andere, zuckte schließlich die Achseln und schmiß sie wieder auf den Boden. »›Im Alter von zwanzig regiert der Wille, mit dreißig der Verstand, mit vierzig das gesunde Abwägen‹ – das schrieb der alte Ben Franklin, und als der selbst über die vierzig kam, da hat er seine Druckerei verkauft und diesen Elektrospielkram-Laden von Dr. Spence übernommen – und wär er nicht auf den Zug aufgestiegen, dann stünden wir heute nich da, wo wir sind! Als Paul Revere vierzig war und losritt, die verschlafenen Dörfer und Farmen zu warnen, da wurden nicht nur die Männer, sondern vor allem die Weiber hellwach, und Ulysses Grant benutzte *seinen* vierzigsten dazu, mit eisernem Griff Vicksburg einzuschließen, und das iss beileibe nich noch nen Wort für Pimmel! Was wär wohl passiert, wenn *diese* Typen einfach ihren Hosenstall aufgemacht, den Piephahn rausgeholt und nach rückwärts geblickt hätten? *Heh*? Nein, mein Lieber, ruf dir die Bücher der Propheten in Erinnerung: Blick nicht traurig in die Vergangenheit, sie kehret nimmer wieder!«

»Eigentlich wars gar nicht . . . nicht meine eigene Vergangenheit . . . eigentlich mehr die . . .« Ach scheiß drauf. Machte die Sache nur noch schlimmer. Ich versuchte krampfhaft, mich an das Shakespearezitat zu erinnern, das, in dem Herz und Hölle vorkommen, das ich mir vor Jahren aufgeschrieben habe, als ich in der Navy war, von dem ich wußte, daß ich es mal brauchen würde. Damals, als ich von Pat schon ne ganze Weile getrennt war . . . Aber es fiel mir nicht ein. Woran ich mich statt dessen plötzlich wieder erinnerte, war der Titel jenes alten Clark-Gable-Films: *It Happened One Night.* Aber ne Szene wie diese hier kam da drin nicht vor.

»Ich muß dir allerdings zugute halten, daß du dich dabei wesentlich gelehriger anstellst als beim Golfspiel oder in der Politik – wenn du dich in der Öffentlichkeit genauso unverkrampft zeigen könntest, dann

wäre die Sachlage mit einem Schlage völlig anders! Und zu Hause hättest du wohl auch weniger Probleme am Hals . . .«
»Ich habe keine Probleme!« protestierte ich. Wußte er was von Pat und mir? Politiker leben im Glashaus, das war mir bekannt, aber es gab doch wohl eine Grenze des Anstands . . . vielleicht aber auch nicht – richtig unter das AUGE war ich ja erst vor neun Monaten getreten, und noch ertaste ich mir den Weg. »Das hat . . . das hat nichts damit zu tun . . .«
»Nein?« Uncle Sams weiße Locken ringelten sich über seine Schultern, er starrte mich an, als ob er über den Rand von Benjamin Franklins Lesebrille blicke. »Vielleicht nicht. Doch vergiß nicht, sei wacker im Bett, dann iss das Frauchen nett, ich mein – mit einem Wort, denk nicht nur an dich selbst, nimm sie bei der Hand und zeig ihr den Weg, 'n Schlüssel, den man benutzt, der glänzt auch im Dunkeln!« Seine Stimme hatte sich zu einem heiseren Gebrummel abgeschwächt – sie glich der von Raymond Massey in der Rolle von Abraham Lincoln. Dieses spielerische Leiserwerden hatte mich etwas beruhigt, und ich hatte es sogar geschafft, ein oder zwei Zähne des Reißverschlusses aus dem Stoff zu lösen, aber der Rest war nicht zu bewegen. »Hör mal, das Problem da macht dir wohl zu schaffen, Söhnchen«, sagte er und beugte sich zu mir, als ob er mir helfen wolle.
»Ich habs!« schrie ich voller Angst und zerrte wie ein Verrückter am Reißverschluß: er teilte sich, und mein Hemdzipfel war endlich frei! Mein Hosenstall würde sich allerdings auch nie wieder schließen lassen. Meine Schultern entkrampften sich – ich spürte, wie die Spannung anfing, nachzulassen. Ich fühlte mich gleichzeitig geschlagen und erleichtert. »Das keuscheste Herz trägt einen Hauch des Höllenfeuers in sich.« Das war das Zitat. Wahrscheinlich nicht von Shakespeare. Und auch nicht passend.
»Was hat denn *das* damit zu tun?« fragte Uncle Sam. Ich hatte überhaupt nicht bemerkt, daß ich laut zitierte. Ich war sehr müde. Und deprimiert. Scheiße, dachte ich. Schöne Schweinerei. Vielleicht sollte ich krank werden. »Bloß . . . ich hab bloß was . . .«
»Heiliger Schwanzasius«, fluchte Uncle Sam, während er durch die auf dem Boden herumliegenden Akten stampfte, »soviel aufgestapelten Mist hab ich nich mehr auf einem Haufen gesehen, seit wir Harry Golds Keller ausgeräumt haben! Weißt du, ich glaub, dein Problem iss, daß du zuviel hier drinnen hockst. Ich weiß, was dein berühmter »Eisensteiss« für dich bedeutet, und ich erkenne auch an, daß er dir mehr Stimmen einbringt als deine Visage, aber du willst doch nich nur an

einer Stelle Muskelpakete haben, während der ganze Rest verkümmert! Und gegessen und getrunken und geschissen und gebadet und gebrüllt und geschlafen, wie du es solltest, haste wahrscheinlich auch nich – du solltest dich an die Zehn Gebote des Dr. Calver halten, Jungchen! Du siehst ja schlimmer aus als John Browns schimmelige Leiche!«

Das stammte vielleicht von Napoleon. Oder auch von Mark Twain. Ich überlegte, wie ich noch rechtzeitig vor heute abend nach Hause kommen könnte, um ne neue Hose anzuziehen – mußte mir unter Umständen einen ganzen neuen Anzug kaufen . . .

Uncle Sam hob einen meiner großen liniierten gelben Notizblöcke auf, blickte an seiner langen weißen Nase vorbei nach unten und fing an zu lesen: »›Ich bin nicht in der Lage, über das Leben anderer Menschen eine Aussage zu machen, mich dünkt jedoch, daß mein eigenes stets auf ein Ziel gerichtet war, und so sind dann auch Ereignisse, die für andere wie Zufall und willkürliche Entscheidungen ausgesehen haben können‹ – was iss denn das, zum Teufel noch mal?«

»Das ist ein . . . ein Positionspapier . . .«

»Schöne Position, konturlos kritzelig und windet sich wien Aal! Solch elende Schreibkünste in hohem Amt hab ich seit den Tagen der ersten Eisenbahn-Barone nicht mehr zu sehen gekriegt! Ich muß zwar einräumen, daß die ›t‹s echt Spitze sind, alles übrige aber ist dünnfaserig, kaum lesbar, unausgewogen! Und wieso kommt es, Freundchen, daß du, wenn ich dich dransetze, über den Prozeß nachzudenken, nur an *dich* denkst?«

»Nein . . . nicht *nur* . . .«

»Weswegen zappelst du eigentlich so rum? Haste nen Veitstanz? Und sieh *mich* an, wenn ich mit dir red!«

»Ich . . . ich kanns nicht . . .!«

»Du bist wirklich in schlechter Verfassung, Bürschchen! *Festen* Boden unter die Füße, das brauchste!« Was ich im Augenblick brauchte, war eher ein Platz zum Hinlegen, aber er versperrte mir den Weg zum Sofa. Ein Mann sollte nach den Entscheidungen beurteilt werden, die er gefällt hat oder nicht, dachte ich und hatte leichte Schwindelgefühle, aber nicht danach, wie er beim ›i‹ den Punkt setzt, oder beim ›t‹ den Querstrich zieht. »Die Welt der *Gegenwart*! Den *gesunden Menschenverstand! Kontakt! Kontakt!* Es gibt Zeiten im Laufe der menschlichen Begebenheiten, wo man die tote Vergangenheit ihre Toten begraben lassen und selbst handeln muß – handeln in einer lebendigen Gegenwart! Keine Abschweifungen

mehr, Söhnchen, jetzt heißts: raus ins Freie, sich krummlegen oder krepieren!«
Ich drehte mich um und starrte mißmutig durchs Fenster in den milden Junitag. Vielleicht hat er recht, dachte ich. Ich könnte auf Vortragstournee gehen, Amerika kennenlernen. Alles besser als dies hier. Auf einem Streifen Grün, weit weg, konnte ich eine Gruppe Menschen erkennen. Sie schienen Crocket zu spielen. Oder Schnappschüsse vom Kapitol zu machen. Oder Protestplakate zu tragen. Warum behält denn in Amerika nichts seine Gestalt, überlegte ich? Alles ist fließend, nichts bleibt sich gleich, nicht mal Uncle Sam. Natürlich, das *war* es, was sich gleich blieb . . . »Machen wir von der Sache nicht zu viel Aufhebens?« fragte ich und bemühte mich, meine Stimme nicht kippen zu lassen. Vielleicht war es dreist, aber ich kannte die Regeln: bleib grundsätzlich der Angreifer, finde den schwachen Punkt deines Gegners und hacke auf ihm rum, sollte er hingegen dich angreifen, antworte nicht, geh nicht in die Defensive. Dennoch hatte ich Angst. Ich wußte nicht mehr, wie und wo ich mit ihm dran war. Ich versuchte, mich an die Argumente des Phantoms zu erinnern, die es mir gegenüber gebraucht hatte, aber alles, was mir einfiel, war Ethel Rosenberg, wie sie die Nummer des Geilen Krebses brachte und mit den Pobacken auf den Bühnenboden klatschte, sowie die Sache mit Native Dancer und Sonja Henie. Ich knirschte mit den Zähnen. »Das sind doch alles alte Hüte . . . wir haben doch ausreichend demonstriert . . .«
»Im Kampf gegen das Phantom«, sagte Uncle Sam unheilvoll, »ist ein Sieg nie endgültig, solange der Gegner noch zu kämpfen vermag!« Das kam mir bekannt vor. Irgendwo hatte ich es schon einmal gehört. Ich drehte mich, um ihn anzusehen: er starrte mich düster an. Ich wußte, was als nächstes kommen würde, es war so, als ob wir in einem Theaterstück spielten, ich hatte das Gefühl, ich sei in einen Fluß gefallen, würde hilflos fortgerissen: nie gibt es einen Augenblick . . .
»Den Augenblick, an dem man sich gefahrlos entspannen oder die Rüstung ablegen kann, den gibt es nicht!«
»Nein«, sagte ich, während ich nach meinem Text suchte, nach meiner Rolle. »Nein . . . aber was kann das Phantom denn *machen?* Hier, wo – wie Sie gesagt haben – wir zu Hause sind, auf unserem eigenen Spielplatz . . .«
»Jaa, das gilt auch für die zweite Amtseinführung von Grant, aber sieh dir an, was dieser elende Schweinehund dabei angerichtet hat!« antwortete Uncle Sam.
»Grant?« Ungläubig schnappte ich nach Luft. Ich wußte nicht, ob ich

schon wieder Grund unter den Füßen hatte oder ein drittes Mal untergehen würde. »Meinen Sie . . . daß das das *Phantom* war? Schon *damals* . . .?«
»Darauf kannste einen lassen! Es hat uns mit einer derart frechen Finsternis überzogen, daß alles zu Stein wurde und die Thermometer von dem Frost platzten, war die kälteste Amtseinführung in der Geschichte unseres Landes, Grant iss nie drüber weggekommen! Hat uns damals ganz schön zum Zittern gebracht, dieser elende Wurm, ich hab noch nie so gräßlich gefroren – außer als ich mich in Warren Harding manifestieren wollte und nich gemerkt hatte, daß der schon tot war! Und huuuiii! Was fürn Windchen! Das heulte mit Höllengetöse von Norden her ran, so kräftig wie alles, was aus der freien Natur kommt, und von Minute zu Minute wurde es finsterer – sah so aus, als wollt es den ganzen Grund und Boden vom District of Columbia rüber ins Prince George County pusten! Peitschte kübelweise eisige Nässe in die Parade, als ob man Scheiße durchs Trompetenrohr verspritzt, fegte Dekorationen, Kleider, Pferde, Weiber, und selbst das Sternenbanner hinweg – Grants Tochter Nelly blies es bis nach England rüber, und ihm brachs das Herz! Jedermann hats zerrissen! Und die Kälte? Der Champagner auf dem Ball, der gefror zum Klumpen wie der Fels von Gibraltar, ganz zu schweigen von den armen zwitschernden Kanarienvögeln und dem aufgeblasenen blueskröppigen Niggerpersonal! Und das schwör ich dir bei Gott, hätten wir nicht ein höllenheißes Tänzchen auf die Bretter gelegt, hätte er es wohl hingekriegt, den ganzen Tempel in Eiskristalle zu verwandeln, die mit seinem Tornado zu zermalmen und den Staub von der Erdoberfläche wegzupusten! Neenee, Söhnchen, mit dem Phantom soll man nich rumspielen!«
»Aber . . . meinen Sie das wirklich . . .? Wir haben jetzt doch Mitte Juni . . .!«
»Klar haben wir Mitte Juni!« brüllte Uncle Sam. »Bei Gott, es fällt einem gar nich schwer zu begreifen, warum du als Gebrauchtwagenhändler und Orangensaft-Zar baden gegangen bist, für alles, was schneller als Politik iss, fehlt dir einfach die *Grütze*! Hiermit warne ich dich, Bürschchen, bereite dich lieber aufn gewaltiges Gemetzel vor, auf ne teuflische Stunde, die erfüllt iss von Finsternis und Unheil und körperlicher Gefährnis, aufn allergräßlichstes zusammenverschlungenes Vexierspiel, das die ganze Erde zerreißen wird, wie dieser Worchester-Tornado, und fürchterlich anzusehen, wien krebsiges Geschwür!« Ungestüm durchschritt er den Raum, hager und langbeinig, stampfte durch meinen Papierwust wie durch eine Schneewehe, einen

Haufen trockenen Laubes, die Hände umfaßten die blauen Revers, von Zeit zu Zeit wirbelte er zu mir herum und nagelte mich mit wildem Blick fest – fürchterlich waren diese Augen: man konnte die Blitze erkennen, die sich in ihrem Hintergrund sammelten, bereit, hervorzuschießen, jene unvorstellbare Macht . . . die mein sein könnte . . . falls ich nur . . . »Ums zusammenzufassen, Sir, wir kämpfen gegen den Erzfeind der gesamten Menschheit, den niederträchtigsten Sohn einer streunenden Wildkatze, der sich auf der Oberfläche unseres goldenen Globus herumtreibt, der aus nichts als aus heißem Schwefel besteht, bis auf den Kopf, und *der* ist aus Aqua fortis!«

»Aqua fortis . . .?«

»Schweres Wasser, Junge! Reinstes Hexengebräu und gefährlich wie nen Mississippi-Alligator, der nen Bandwurm hat! Er heißt auch ›Der Plötzliche Tod‹ oder ›Die Große Verwüstung‹, er ist Halbvetter der Cholera und Pate der Apokalypse! Er ist das, was zum schieren Wahnsinn treibt und bis ins Mark quält, das, was den Schlamm der Dinge aufwühlt, das, was die Kräfte ermatten läßt und den Geist zermürbt, er ist das unterschwellige Giftig-Dämonische des Lebens und des Denkens, jene geheimnisvolle, furchteinflößende Kraft, die seit undenklichen Zeiten den Frieden und die Sicherheit des Menschen bedroht und die Hoffnungen der Heiligen zunichte macht, der Schöpfer des . . .«

»Ich . . . ich habe aber immer geglaubt, äh, Schweres Wasser sei . . .«

»Du hältst die Klappe, während ich rede, Bürschchen!« brüllte Uncle Sam und drehte sich wütend nach mir um, *»oder du wirst dir die Radieschen von unten besehen!«* Gleich, dachte ich, zieht er wie Andy Jackson seinen Sechsschüsser und knallt mich ab. Mir kam der Gedanke, daß ich aus dem Fenster springen sollte, um mich zu retten, aber ich konnte mich kein bißchen bewegen. »Ich sagte, daß er der ›Schöpfer der Zweideutigkeit‹ ist, drauf und dran, die Welt zu erobern, sie nach seinem eigenen feigen Abbild abzuwandeln, sie seinen utopischen Zielen entsprechend zu versklaven! Ein Zauberer ist er, ein Hexenmeister, ein Herr der Stürme und der Meere, halb Wildpferd und halb schielender Puma, und der Rest besteht aus tückischen Schlangen und weißglühenden Schnappschildkröten! Verstehste mich? Das Abschlachten isolierter Grüppchen ist sein müßiger Zeitvertreib, die Zerstörung ganzer Nationen das wahre Anliegen seines Lebens! Warum reden Rosenbergs nicht? Wer hat ihren Mund versiegelt? Warum spielt die ganze Welt verrückt? Was brachte dich dazu, deinen Wichs-

stengel anzupacken anstelle der Probleme, die auf der Hand liegen? Es ist das *Phantom*, mein Junge, unser natürlicher und ewiger Feind, die gemeine, giftige Gestalt . . .«

»Aber . . .«

»Schnauze, Bürschchen, und hör zu! Wenn du nix sagst, verlangt auch keiner von dir, daß dus wiederholst! Ich sag dir, und das iss so wahr wie unser Evangelium, daß er sich in der gemeinen, giftigen Gestalt nebeligen Regens zeigt und in der Dunkelheit, die gefährlich ist und formlos, er ist mager, ausgezehrt, wild, einer, der gegen alles ist, einer, der nur Wüste hinter sich läßt, der scheeläugige Vorbote jeglicher Zerstörung, dessen Art und Weise, Krieg zu führen, bekanntlich darin besteht, jedermann ohne Rücksicht auf Alter, Geschlecht, ob krank oder gesund, umzubringen! Der Schweinsaugen-Mann! Der Erzschurke! Der uns in jeder Hinsicht fremd ist – von den Gewohnheiten her, den Hoffnungen, ja selbst vom Blut –, der alles, Literatur, Kunst, Glauben, Unterhaltung, das demokratische System und die freie Marktwirtschaft, mit seinem Pesthauch infiziert – du mußt dir das alles merken, mein Sohn, eines Tages wirst du es vielleicht gebrauchen können –, mit dem Pesthauch seiner finsteren, teuflischen Beeinflussung! Ja, selbst unsere Entscheidung, die beiden Linken auf dem Times Square hinüberschmoren zu lassen, ist unter Umständen gar nicht unsere eigene, sondern seine! Eine Falle! Dieses Schlitzohr ist einfach zu allem fähig!«

»Glauben . . . glauben Sie, daß die Möglichkeit besteht«, fragte ich und rang nach Luft, »daß das Phantom die Sache, äh, wirklich zum Platzen bringen kann?«

»Jaa, ich sags dir doch, Söhnchen, wir stehen am Abgrund, das iss ne verdammt beschissene Situation, der wir uns gegenüber sehen, und wenn wir nicht höllisch aufpassen, sind wir schneller atomisiert, als nen Alligator braucht, ne Hundewelpe zu verspeisen!«

»Sie meinen also . . .?!«

»Ich meine, was ich sage!« Ominös starrte Uncle Sam mich durch den Wirbel aus Notizen und Dokumenten an, die jetzt langsam zu Boden flatterten, dann machte er auf dem Absatz kehrt, um mein Privatklo zu benutzen.

Ich war völlig perplex. Um das gings also? Ich wußte natürlich, daß es passieren konnte, wir alle wußten, daß es jeden Tag passieren konnte, ständig sprachen wir darüber, Rockefeller ließ sein Atomschutzbunker-Programm auf Hochtouren laufen, wir hatten bereits jenen seligen Rest kalkuliert, der nicht aufgenommen werden konnte – doch jetzt

schon, so nah, so plötzlich? Das war also jene beschissene Situation, der Kampf auf Leben und Tod, die Stunde des Bösen? Aber Uncle Sam hatte doch früher einmal stürmische Tumulte prophezeit, und eine Epoche voller Drangsal, danach jedoch Erlösung, die bis in alle Ewigkeit dauern würde? War das hier mehr als symbolische Sühne? Waren Rosenbergs in Wirklichkeit der Auslöser – lebende Brenngläser sozusagen – eines endgültigen Holocausts? War es *das*, woran Uncle Sam mich beteiligt sehen wollte? Das tosende Rauschen seiner Pisse übertönte meine Gedanken – hier in unserem Gebäude hatte er mit seinem gewaltigen Niagara schon mehr als eins der schweren marmornen Klobecken demoliert, und ich war immer leicht beunruhigt, wenn er meins benutzte. Wie diese Feuerwehrschläuche in der Bleeker Street, dachte ich, mich erwischts auch immer. »Uff«, grunzte er da drinnen, »was Schöneres gibts auf der Welt nich!« Es hieß, daß er mit seinen Fluten genügend Strom erzeugen könne, um ganz Lateinamerika zu beleuchten, zumindest so lange, wie die am Gestank keinen Anstoß nehmen würden, und daß er einmal, nur um zu beweisen, daß er die Zeit still stehen lassen konnte, den Leibhaftigen in sein Höllenloch zurückgepißt habe, auf die Weise seien die Heißen Quellen von Arkansas entstanden. Etwas, auf das man sich für die Zeit der Inkarnation freuen konnte . . . falls ich überhaupt überlebte . . .
Uncle Sam tauchte wieder auf, wirkte sehr selbstzufrieden, knöpfte sich die Hose zu. »Ich hab dir nen Tag voll wüster Verheerungen versprochen, Freundchen, und dieser Tag iss noch nicht zu Ende! Neenee, Sir, tut mir leid, ich weiß, von was ich geredet habe, heute abend wirds in der Stadt 'n hübsch-hitziges Gerangel geben, also wärm dich schon mal an – denn wenn der Herr Jesus kommt und jeden von uns aufruft, dann iss da kein Platz mehr für Stinker und Maulaffen! Wir werden uns einem schrecklichen Gegrumpel und Gegrolle und Gebrülle stellen müssen, einer furchteinflößenden, gräßlichen Massierung der entsetzlichsten Zustände, also halt dich eng an die Prozession, sonst gehste auf ewig verloren!« Das Pinkeln hatte ihm wohl gut getan, er wirkte wieder lockerer und zu Späßchen aufgelegt. Ich spürte, wie die Hoffnung in mir wuchs. Aber dann steckte er seine Nase in meinen Kühlschrank und zog ein langes Gesicht. Drinnen war nichts außer einer leeren Käseschachtel und einer Flasche mit angeschimmeltem Ketchup. »Ach verflucht, um deine Küche ist es ja noch trauriger bestellt als um die des Yankee-Geizknochens Coolidge – das einzige, was ich bei dem je abgestaubt habe, war nen Stück Apfelkuchen von seiner Frau, und der schmeckte wie nen explodierendes Schrapnell,

war aber wohl doch noch bekömmlicher als – halloh! Was haben wir denn hier! Hör mal, seit vor der letzten Wirtschaftskrise hab ich keine Optimo mehr geraucht!« Er roch an ihr, pellte das Zellophan runter, biß das Ende ab. »Du gestattest doch?«

»Ja, nein, aber . . .«

»Bei mir doch kein ›aber‹, Söhnchen, 'n bißchen *abzugeben*, mußte schon lernen!« mahnte er und schob sich die Zigarre in die Backe. »Also, wie ich gesagt habe, iss das da heute abend auf dem Times Square alles andere als ne lokale Angelegenheit, hörste mir überhaupt zu? Die ganze Dreckswelt hat sich da mit reingehängt, von Anfang an. Es iss, und ich erzähl da keinen Scheiß, der unüberbrückbare Konflikt zwischen den Mächten der Dauer und ihren Widersachern! Schon von den gefallenen Engeln heißt es ja – und das iss sehr lange her, Söhnchen, das war vor deiner Zeit, sogar von Grants Zeit – heißt es, daß ihr Fall auf ihre unnatürlichen Gelüste zurückzuführen iss, und auf den Verrat der ›Ewigen Geheimnisse, die im Himmel bewahrt sind‹. Verstehste? Schon damals! Und weißte auch, was das für Geheimnisse waren?« Er fummelte hinter seinem Ohr, nahm den Zylinder ab, untersuchte das innere Hutband, schlug mit den Händen auf die Hosentaschen. Er fegte die Aktenstapel von meinem Schreibtisch und fand schließlich ein unter ihnen vergrabenes Feuerzeug, das Pat mir irgendwann mal zum Geburtstag geschenkt hatte. »Nun komm schon, Jungchen, ich hab dich was gefragt, steh nich so blöd da wien toter Nigger im Ascheneimer! Du weißt doch wohl, was das für Geheimnisse waren, die die Engel verrieten?«

»N-nein, Sir!« antwortete ich aufgeschreckt.

»Sie lehrten die Menschen, *wie man Waffen herstellt*!« sagte Uncle Sam feierlich.

»Ach . . .!«

»Woraufhin Gott seinen kleinen Finger ausstreckte . . .!« Bedeutungsvoll ließ er das Feuerzeug aufschnappen, aber es passierte nichts. »Warum zum Teufel . . .?« Er probierte es noch ein paarmal, aber es zündete nicht. Ich wußte, daß das so kommen würde; seitdem Pat es mir schenkte, hatte es nicht ein einziges Mal funktioniert. »Die Scheißwelt geht noch vor die Hunde«, murmelte er gereizt, »iss 'n dreckspockennarbiges, unfähiges Gelichter, diese Japse«, und zündete es wie ein Streichholz am Hosenboden an. »Na ja . . . da streckte er sein Fingerchen aus, und dann verschmorten die Verräter-Engel . . .« – langsam näherte er die Flamme der Zigarre – »im *(Paff! Paff!)* . . .« – er blickte auf, als der Rauch zwischen seinen Lippen hervorzuquellen

begann, und schmiß das Feuerzeug aus dem Fenster – ». . . FEUER!« Die Zigarre explodierte in seinem Gesicht.
Mir stockte der Atem. Ungläubig glotzte ich ihn an. Seine Augen quollen raus, schielten voller Erstaunen quer über die Nase, das Gesicht war mit Ruß überzogen, die weißen Augenbrauen tanzten wie bei einem Blödelsänger auf und ab, der zerfetzte Zigarrenstummel zitterte in seinen gespitzten Lippen wie ein schwarzgewordenes Gänseblümchen. Alles ist verloren, jammerte ich. Nie werde ich Präsident sein!
»BEI GOTT!« brüllte er. Die paar Papiere, die noch auf meinem Schreibtisch gelegen hatten, wirbelten hoch, senkten sich wieder, Ikes gerahmtes Gebet polterte von der Wand. »WAS ZUM TEUFEL IST HIER LOS!?!?«
»Ent . . . Entschuldigung!« schrie ich. »Dafür kann ich wirklich . . .«
»ACH! DUMMHEIT IST EIN WÜTEND RASEN DER GEFÜHLE, WENN DER, DER SEINER ZEIT EIN LEUCHTEND VORBILD WÄR' GEWESEN, ZURÜCKFÄLLT IN DIE FINSTERNIS!« donnerte er – der Kronleuchter splitterte und krachte runter, die Kühlschranktür schlug auf und löste sich aus ihren Angeln. Er war von wirklich fürchterlichem Zorn erfüllt, sein Gesicht gedunsen und fast abstoßend, wie ein cholerischer John Adams oder Teddy Roosevelt, und obendrein noch pechschwarz. Angsterfüllt krallte ich die Hände in meine Brust. Es ist kein schöner Anblick, wenn man zusehen muß, wie eine brillante Karriere zunichte wird, dachte ich und Tränen rannen mir über die Backen, besonders, wenns die eigene ist! Meine Knie waren wie Rote Grütze – wie Pudding richtiger gesagt – und mein . . .
Urplötzlich schoß sein Zeigefinger nach vorn und schwankte dicht vor meiner Nase – es war genau wie in diesen neuen 3-D-Filmen, er schien sich keinen Millimeter bewegt zu haben, aber der ausgestreckte Zeigefinger war blitzartig vor mir aufgetaucht –, und mich riß das glatt aus den Schuhen, selbst aus dem, der noch das Schnürband hatte, und warf mich rücklings gegen die Wand. »HÖR MIR ZU, BÜRSCHCHEN!« brüllte er donnernd, so daß der Spiegel über dem Kamin sich mit Sprüngen überzog, und nagelte mich mit einem Blick an die Wand, desgleichen weder der gemeinste Demokrat noch der bösartigste, verstockteste Agent des Phantoms mir jemals zugeworfen hatte. Ich spürte, wie die Wand hinter mir erbebte – aber vielleicht war es auch nur meine eigene Furcht. »DU HAST NOCH GENAU SECHS STUNDEN ZEIT, UM DICH WIEDER IN DEN GRIFF ZU KRIEGEN, SONST . . .!«

»Ach, bitte . . .!« japste ich. Turmhoch ragte er jetzt vor mir auf – ach, was für ein gewaltiger und schrecklicher Anblick war er doch! Ich konnte nachempfinden, wie den armen Verbrechern zumute gewesen sein muß, als Grover Cleveland kam, um sie zu hängen. Er schleuderte die zerfetzte Zigarre an meinem linken Ohr vorbei aus dem Fenster – sie pfiff dahin wie eine niedergehende Mörsergranate, und tief im Innern meines Kopfes schien etwas aufzuplatzen. »Ich möchte es erklären . . .!«
»SCHEISS AUF ERKLÄRUNGEN! DIE NOTWENDIGKEIT, BEREIT ZU SEIN, WIRD ZUNEHMEND DRINGLICHER! KÜMMER DICH!«
»Ich . . . ich hab doch bloß versucht, das zu tun, was Sie . . .!«
Aber er war weg. Ich war in meinem Büro allein. Schrecklich allein: früher hatte Uncle Sam jedesmal etwas zurückgelassen, wenn er sich verabschiedete, eine Art statischer Elektrizität, sowas wie Energie, die ich in mich aufnehmen konnte, die ich benutzte, bis ihr Summen aufhörte, doch diesmal nichts. Die Leere war so drückend, daß sie fast einem Vakuum gleichkam. Anscheinend hatte er sogar die Schwerkraft des Zimmers aufgesogen und mit sich genommen: Dokumente, die durcheinandergebrachten roten Vorhänge, Fetzen der explodierten Zigarre und Fragmente des Kronleuchters, alles schwebte, ohne zu Boden zu fallen. Ich bewegte mich, trieb, auf Strümpfen, schwamm durch meine Schuld und meine Scham in Richtung meines Sessels, sank schwerfällig zu ihm hin. Überall hingen Trümmer herum, Spiegelbild des gräßlichen Wirrwarrs in meinem Kopf. Dann, ganz allmählich, kehrte die Schwerkraft zurück. Die Vorhänge senkten sich, die Dokumente flatterten zu Boden, ich sackte in den Sessel. Ich konnte mich kaum bewegen. Ich fühlte mich ausgelutscht, von Bedeutungslosigkeit bedroht, im Stich gelassen. Das Kinn sank mir auf die Brust, wunden Herzens starrte ich auf den sperrangelweit klaffenden Hosenstall. Seitdem Mutter nach Arizona abgefahren war, hatte ich mich nie wieder so elend gefühlt. Wie hatte es nur dazu kommen können? Ich hatte alles verspielt! Alles, wofür ich gearbeitet hatte, seit ich zehn war. Der Geruch des Schießpulvers hing mir in der Nase, leicht beizend, leicht süß . . . wie Sperma. Ein allerletzter Rüffel.
Ich schnaubte mir die Nase.
Ich mußte weitermachen, das wußte ich. Hier konnte ich nicht länger bleiben.
Vorwärts, hatte er gesagt. Raus ins Freie. Times Square, den hatte er

gemeint. Mit dem gesamten Rest der Nation. Mir graute davor, so viele Scheißmenschen . . . .
Ich drehte den Stuhl und zog mit einem Fuß die Schuhe heran. Wahrscheinlich würde ich nicht mehr in der ersten Reihe sitzen dürfen. War wohl bloß noch Reserverad, wie der ganze Rest. Heute oben, morgen weg vom Fenster. Trübsinnig zwängte ich meinen Fuß in den Schuh mit dem Schnürband, trat dabei den Hacken nieder, kümmerte mich nicht drum, zog den anderen an und verschnürte ihn mit einem Stück Bindfaden aus meinem Papierkorb. Feuchten Auges starrte ich auf das irre Durcheinander und fragte mich: Warum mußte Uncle Sam mir das antun? Warum war ich immer der Prügelknabe? Wer hat ihn gegen mich aufgehetzt?
Ich hievte mich aus dem Stuhl hoch, zog mir das Jackett über und schlurfte gebeugt aus dem verwüsteten Büro, knirschende Glassplitter unter den Sohlen. Sollte für heute abend einen neuen Anzug anziehen, aber was spielte das noch für eine Rolle? In einer von Roses Schubladen fand ich eine Sicherheitsnadel für meinen Hosenstall. Ach, arme Rose, womit war sie wohl gerade beschäftigt? Es tat mir leid um alle meine Sekretärinnen und Assistenten. Es tat mir leid um all die Menschen, die mich gewählt hatten. Und um meine armen kleinen Töchter. Es tat mir leid um das ganze Land. Das schien einfach unfair. Ich stach mich an der Sicherheitsnadel und empfand fast Wohlgefühl. Ich saugte an meinem Daumen und verlangte zu wissen: Wieviel muß ich denn geben? Was kann er noch von mir verlangen? Ich hatte alles getan, was man von einem Menschen erwarten darf, ohne ihn auf die Knie zu zwingen, mehr würde ich nicht verkraften! Ich wußte jetzt, die Männer an der Spitze sind grundsätzlich jeder menschlichen Schwäche ausgeliefert: sie verlieren die Beherrschung, leiden unter Depressionen, zeigen alle Symptome der Überlastung. Starke Männer weinen sogar manchmal. Wie ich: ich heulte mir die gottverdammten Augen aus dem Kopf. Einfach über Bord geschmissen! Mitm Stein am Bein! Alles vorbei! Alles hatte ich durchmachen müssen: Ich war das unerwünschte Kind gewesen, der unerwünschte Freund, der unerwünschte Ehemann, der unerwünschte Rechtsanwalt, der unerwünschte Kandidat für die Vizepräsidentschaft, der unerwünschte Führer der Republikaner – und jetzt die unerwünschte Inkarnation!
Nach einer Weile, als ich aufgehört hatte zu weinen, dachte ich: vielleicht ist es ganz gut so. Schließlich sollte man auch bedenken, wie viele der mißbrauchten armen Schweine durch die Inkarnation physisch zugrunde gerichtet worden sind: einen Roosevelt hatte es auf

die Knie gezwungen, einen anderen ließ es erblinden, Grant und Cleveland wurden innerlich zerfressen, auf fast jeden waren Attentate verübt worden, einige hatten ihre Amtszeit gar nicht erst durchgestanden, während andere – Jackson, zum Beispiel, und Coolidge – hinterher leicht plemplem waren. Hoover hatte ich aus der Nähe gesehen, und etwas in seinen Augen irritierte mich ebenfalls. Ach was, zum Teufel, sagte ich mir, nimm es doch, wie es kommt, gib doch nicht auf halber Strecke auf. Schließlich war ich kein Drückeberger, ich mußte den Kelch bis zur Neige leeren, vielleicht sah alles anders aus, sobald die Hinrichtungen vorüber waren. Ich wischte mir das Gesicht mit dem Ärmel ab, setzte eine Sonnenbrille auf, um meine roten Augen zu verstecken – es war schon schlimm genug, und die Presse-Ärsche sollten mich nicht nochmals »Der Flenner« nennen. Was würde man heute abend tragen? Wahrscheinlich einen Homburg, die waren schon früher gut angekommen. Ich fand meinen schließlich auf einem Holzstuhl hinter dem Hutständer direkt neben der Kaffeeküche meiner Sekretärinnen. Er war voller Radiergummifussel und Kaffeespritzer und augenscheinlich hatte jemand darauf gesessen. Mittlerweile konnte mich gar nichts mehr erschüttern. Recht unzart beulte ich ihn mit der Faust aus, haute ihn gegen mein Hosenbein, um den Staub abzuklopfen, und verließ das Büro.

Draußen war ein warmer Junitag, strahlend trotz meiner Sonnebrille – viel zu schön eigentlich, erwartet hätte man, daß es an einem Tag wie diesem regnen würde und donnern und blitzen und stürmen. Sollte der Sonnenschein ein Vorzeichen sein? Nein, es gab keine Vorzeichen, *keine* Vorzeichen. Auf dem kurzen Weg durch den Park zur Union Station dachte ich: irgendwas ist komisch an Uncle Sam. Als Superchef in dieser Zeit unaufhörlicher Veränderungen macht er sich Gedanken über ganz was anderes – über Beständigkeit, Spielregeln, das Drehbuch . . . er will um jeden Preis feste Strukturen erkennen. Oder er macht mir was vor, verschweigt mir was . . . .

Vor mir, zu meiner Linken, wanderten verstreute Gruppen verdrießlich wirkender Demonstranten herum. Auf ihren Transparenten las ich: SIE DÜRFEN NICHT STERBEN! und DIE ERSTEN OPFER DES ARMERIKANISCHEN FASCHISMUS! Rechts hinter mir bewegten sich ganze Knäuel fröhlicher junger Männer, und deren Plakate besagten: TOD DEN LINKEN! und HELFT MIT, DIE STADT VOM ROTEN ABSCHAUM ZU BEFREIEN! und HÄNGT SIE UND SCHICKT SIE DANN PER NACHNAHME NACH RUSSLAND! Im Vergleich zu den sauber gedruckten Pro-Rosenberg-Sprüchen waren diese recht unbeholfen hingepinselt, aber sie zeugten wenigstens von echten Gefühlen. Die von Profis hergestellte Pro-Rosenberg-Propaganda verstärkte hingegen den Verdacht eines Komplotts. Ich ging genau in der Mitte zwischen beiden Gruppen, da, wo Kinder spielten und dachte: in gewisser Beziehung sind Rosenbergs gut dran – sie wissen zumindest, was sie zu tun haben. Nicht zu wissen, was man tun soll, das kehrt einem das Innere nach außen.

Als ich mich dem Bahnhof näherte, sah ich, daß ich nicht allein war, gleichzeitig mit mir kamen massenhaft Leute. Taxis und Busse fuhren vor und spuckten ihre Passagiere aus, alle Straßen waren gerammelt voll von falsch geparkten Wagen. Die gesamte Stadt schien sich zu leeren und in Richtung Times Square unterwegs zu sein. Menschen, die ich kannte, ging ich aus dem Weg, was leichter war als sonst. Machte vielleicht die Sonnenbrille. Oder aber der Homburg – niemand sonst trug einen. Doch dann fuhr eine Limousine voller Leute von der *Washington Post* vor – und ich duckte mich hinter dem Columbus-Brunnen, tat so, als ob ich die Inschrift auf der Westseite des Bahnhofsgebäudes studierte. Sie handelte von Feuer. Und Elektrizität . . .

TRÄGER DES LICHTES & DER ENERGIE. EILIGER WANDERER DURCH RAUM & ZEIT. MITTLER DES WORTES ÜBER LAND & SEE. GRÖSSTER ALLER DIENER DES MENSCHEN. SICH SELBST EIN RÄTSEL.

....

DU HAST IHM ALLES UNTERTAN GEMACHT.

Was sollte man eigentlich mit solchen Gratisbotschaften anfangen? Nichts. Die Welt war voll davon. Und Union Station war die reinste Zitatensammlung in Stein. DIE WAHRHEIT WIRD DICH BEFREIEN, hieß es woanders. WÜSTE SOLL JAUCHZEN UND ERBLÜHN WIE DIE ROSEN. Kannste vergessen. Wie SÄUBERT UNSER LAND VON DEN RATTEN! und RETTET ROSENBERGS VOR DEM MCCARTHYISMUS! Wenn man sowas ernst nahm, war man verloren.

Ich wartete, bis die *Post*-Reporter durch die Eingangsbögen verschwunden waren, zog den Kopf ein und bahnte mir den Weg durch die Menge in den Bahnhof. Dort drängten sich Massen von Menschen, die versuchten, Anschlüsse zu kriegen, Plätze zu ergattern oder Reporter

zu bestechen. Es gab haufenweise Sonderzüge nach New York, die meisten würden es also letzten Endes schaffen, und dennoch lag eine nervöse, fast verzweifelte Stimmung in der Luft – als ob dies etwas sei, was man auf gar keinen Fall verpassen dürfe, und das nicht bloß, weil man dabei gewesen sein, dies miterlebt haben mußte, nein da steckte noch was dahinter: *es könnte ja sein, daß der Times Square heute abend der einzig sichere Ort auf der ganzen Welt wäre!* Zugegeben, ich teilte ihre Befürchtungen, aber ich hatte keine Angst. Verglichen mit dem, was ich im Moment durchmachte, hätte die Bombe sogar ne hübsche Abwechslung sein können. Ich folgte den Hinweistafeln zum *Look-Ahead-Neighbor-Sonderzug*, zückte meinen Ausweis an der militärischen Absperrung, man salutierte und ließ mich durch – allerdings nicht, ohne mich wegen meines derangierten Zustands argwöhnisch ein zweites Mal gemustert zu haben. Ich machte mir Sorgen, ich könnte jemand wie General Pearsons oder Sherman Adams treffen, hatte aber Glück: später wurde noch ein weiterer Zug eingesetzt, und augenscheinlich würde die Prominenz den nehmen. In diesem nichts als zweite Garnitur, verdammt, ich hatte mich mal wieder selbst degradiert. Ich kam an Jack Kennedy vorbei, der mit einer langbeinigen Brünetten auf dem Bahnsteig stand – wo trieb der bloß die Schicksen immer auf? Das war nicht nur sein sogenannter irischer Charme, ich war genauso irisch wie er. Wahrscheinlich sein Geld. Dem würde man weiß Gott nie eine Schmiergeldaffäre anhängen, sein unerschöpflicher Fonds war Papa, und das war auch keineswegs geheim. Seine Freundin wollte augenscheinlich Aufnahmen von den Hinrichtungen machen. Sie kam mir irgendwie bekannt vor. Ähnelte ein bißchen einer dieser Reporterinnen, die im President's Room, in der Nähe der Senatstoiletten, rumhingen. Wahrheinlich hatte sie Kennedy da aufgegabelt. Sie waren von einer Gruppe umgeben, alle lächelten und strahlten, und als ich mich an ihnen vorbeidrückte und in den nächsten Wagen schlüpfte, hörte ich Kennedy leise lachend sagen: »Der Sozialismus ist immer noch besser als das verfluchte Phantom – jedenfalls hat Uncle Sam sich mal in diesem Sinn zu mir, ah, geäußert!«
Das war beunruhigend. Nicht, was er über das Phantom sagte, sondern die Sache mit Uncle Sam. Kennedy, wußte ich, war Skeptiker und Freidenker, ja, er glaubte nicht einmal an Uncle Sam, und Umgang würde er noch viel weniger mit ihm pflegen – das hatte er mir mal auf einer langen Zugfahrt erzählt, vor sechs Jahren. Zynisch hatte er sich damals über meine schlichte »Bibelgläubigkeit« mokiert und mich als einfältigen Hollywood-Primitiven hingestellt. Und jetzt – ! Es stand

offensichtlich schlimmer, als ich vermutet hatte – und Kennedy war womöglich nicht der einzige. Mir wurde bewußt, daß ne Menge Typen in jüngster Zeit wie frisch lackiert aussahen. Mein Honigmond mit Sam Slick war vorbei und dahin. Aber Kennedy? Was war los mit Uncle Sam? Vielleicht wäre es angebracht, den politischen Hinterwäldlern und den Organisationen zum Schutze Amerikas 'n bißchen neues Leben einzuhauchen, um solch schädlichen Anwandlungen Einhalt zu gebieten, dachte ich säuerlich, Tür zu, scheiß auf die Unterdrückten der ganzen Welt, laßt uns den alten Burschen wieder aufmöbeln. Von weitem hörte ich, wie jemand »die OPA« erwähnte. Kennedy lachte. Das Mädchen kicherte. Dieser Scheißkerl. Ich hoffte, daß er diesmal wenigstens in einem anderen Wagen sitzen würde.
Das andere Mal war im Frühjahr 1947. Wir hatten beide kurz zuvor die Offiziersuniform ausgezogen (ich bekleidete einen höheren Rang als er) und waren neu ins Repräsentantenhaus gewählt worden, wir saßen beide im Ausschuß für Erziehung und Arbeit, und Frank Buchanan hatte uns nach McKeesport bei Pittsburgh eingeladen, um über das damals heiße Eisen im Kongreß zu diskutieren: das Taft-Hartley-Gesetz. Ich war dafür, Kennedy dagegen. Ich gewann. Kennedy hatte im Grunde genommen kein Stehvermögen. Das Publikum bestand selbstverständlich aus Arbeitgebern, ich konnte also gar nicht verlieren, aber ich hätte ihn überall schlagen können. Vielleicht war Kennedy deshalb so stocksauer und gab sich so ungewöhnlich sarkastisch. Anschließend fuhren wir im Schlafwagen von Pittsburgh zurück in die Hauptstadt. Im Verlauf der langen, schlingernden Fahrt sprachen wir über Außenpolitik, über die Möglichkeiten, der kommunistischen Gefahr im Lande und in Übersee zu begegnen, und über Religion: wohin Amerika trieb und was das alles bedeutete. Ich konnte mich nicht mehr an Details erinnern – außer, daß er immer wieder von Weibern quatschte und daß er einmal sagte, ich hätte Vorstellungen wie ein Bauer, als ich Alf Landon über die »Neue Grenze« zitierte. Eines wußte ich allerdings genau: Nur ich hatte den rechten Glauben. Nicht, daß ich dafür konkrete Beweise gehabt hätte, ich war Uncle Sam ebenso wenig begegnet wie Jesus, aber mein Instinkt trog mich nicht. Kennedy lag falsch.
Damals hatte ich gedacht: wahrscheinlich steht ihm sein Katholizismus im Weg. Aber ein großer Katholik schien er auch nicht zu sein – nicht wie Charlie Kersten, zum Beispiel, der mit uns im Ausschuß saß, oder Monsignore Sheen oder mein Freund Pater Cronin – zum Henker, in mancher Beziehung war *ich* ein besserer Katholik als er! Schließlich

wurde mir auch klar, daß es vornehmlich sein Geld und sein gutes Aussehen waren, die ihn zum Agnostiker hatten werden lassen: er hatte niemals um etwas kämpfen, niemals peinliche Fragen stellen müssen. War sicher auch in Harvard nicht auf Dornenpfaden gewandelt. Und daß er Lodge von dessen Senatssitz vertreiben konnte, war einzig möglich, weil sein Alter Herr mit einer halben Million Dollar die pro-Lodge-eingestellte *Boston Post* gekauft hatte. Lodge auf diese Weise loszuwerden, war mir damals als eine weitere glückliche historische Fügung erschienen, aber jetzt war ich mir dessen nicht mehr so sicher. Vor Geld hatte Uncle Sam ziemlich viel Respekt, das wußte ich – hatte er mir darüber nicht gerade einen Vortrag gehalten? Aber Kennedy war zu frivol, zu hochnäsig, ein verwöhnter, schnoddriger Typ, dessen Interesse ausschließlich darauf gerichtet war, unter einen Rock zu langen – nicht umsonst hatten sie ihn bei der Navy »Ständer« genannt –, und wenn mein Steiß aus Eisen war, dann bestand seiner aus Erdnußkrümeln. Wie mein Bruder Harold hatte er einen gewissen unbekümmerten Charme, aber keinerlei Disziplin, keinerlei Stehvermögen. Ich hatte ihn nie ernst genommen und war der Meinung, Uncle Sam täte es auch nicht – Uncle Sam gehörte der Episkopalkirche an, aß jeden Freitagabend die ganze Hälfte eines maisgemästeten Nebraskarindes und würde jederzeit lieber einen papistischen Iren statt eines Niggers auspeitschen. Eines Farbigen, mein ich. Nicht eine seiner Präsidenten-Inkarnationen hatte je in einer Antrittsrede den Namen *Jesus* ausgesprochen, ganz zu schweigen der von den römischen Katholiken abgöttisch verehrten Mutter. Ein einziges Mal nur habe ich Uncle Sam die Jungfrau erwähnen hören, nämlich 1948, als er meine Karibik-Kreuzfahrt unterbrach und mich zu Whittaker Chambers in seinen Kürbisgarten fliegen ließ. Da traf ich Uncle Sam zum zweiten Mal. Er kannte mich damals noch nicht sehr gut und fragte mich in der Turnhalle der *Panama,* in die wir uns zurückgezogen hatten über mein Leben aus, wobei er sich an der Rudermaschine betätigte. Ich fing wie immer mit dem Tag meiner Geburt an, aber er unterbrach mich mit der Frage, wann ich denn meine Unschuld verloren habe? Ich stotterte was von Flitterwochen mit Pat in Mexiko und er lachte sein rasselndes Hausiererlachen. Dann sang er zum Takt der Ruderschläge:

Maria zog nach Mexiko,
dort zwickte sie ein dicker Floh!
Kehrt die Jungfrau dann zurück,
fällt sie hin, bricht sich's Genick!

Irische Jungfrau aus fernem Land,
ein böses End das Mädchen fand! *Rums!*

Er sagte, die Indios hätten es ihm beigebracht.

Nicht etwa, daß Uncle Sam ein Freidenker war – wie sollte er wohl? Schließlich war er doch Uncle Sam. Ohne Glaube keine Inkarnation, die hätte anders nicht stattfinden können – »nicht ohne eine tiefempfundene religiöse Bindung«, wie Eisenhower gern sagte, »und es ist mir vollkommen gleichgültig, welche«. Das stimmte, nach dem Buchstaben des *Bundes* war jede geeignet, nur zeigte Uncle Sam für Juden, Moslems, Hindus, Buddhisten, Voodoo-Gläubige oder Katholiken keine besondere Vorliebe. Sollte er überhaupt Favoriten haben, dann dürften sie unter Leuten wie Ezra Bensons Mormonen zu finden sein, oder unter den Anhängern exzentrischer, evangelisch-fundamentalistischer Sekten, die auf seinem Boden blühten, und hier vor allem die der Adventisten, Shakers, Zeugen Jehovas, Szientisten, Fundamental-Baptisten, Church of Christers, Four Square Gospelers . . . ja, *und* die der Quäker. Deshalb hatten mich weder Jack Kennedys Blindheit noch seine lästerlichen Bemerkungen verwundert, und wie üblich in solchen Fällen hielt ich mich zurück. Manche Menschen sind zu Großem geboren, andere nicht, und es ist sinnlos, denen auf die Sprünge zu helfen, die zu langsam sind. Insbesondere nicht einem scheiß-reichen Efeu-Uni-Brahmanen wie Kennedy – ich habe diese Typen immer gehaßt, nicht persönlich, sondern weil sie einfach nicht fair spielen, weil sie mit ihrem bankkontobeschleunigten Frühstart den Amerikanischen Traum kaputt machten: die brauchten keine Dauerlutscher zu verkaufen, keine Millionäre zu retten wie wir anderen, sollten sie doch zur Hölle fahren. Ich war stets der Meinung gewesen, daß Uncle Sam die Dinge ebenso sähe, bei seinem Enthusiasmus für den Start aus dem Hinterwäldler-Blockhaus, und jetzt plötzlich dieser totale Wandel? Das konnte nur eins bedeuten. Trübsinnig sackte ich in meinem Sitz zusammen, als der Zug anfuhr. Eingehüllt in meine zerknitterten Klamotten, erschnupperte ich die ätzende Verbitterung meiner Vorväter an mir: der einzige gute Papist ist ein toter Papist. Pfüüüh. Ich brauchte dringend ein frisches Hemd und ein Deoderant, ich stank ja schlimmer als die Löwin Sheba. Ach scheiß drauf, es kam schon nicht mehr drauf an.

Der Wagen hatte sich mit fröhlichen, festlich gestimmten Leuten gefüllt, die Lieder anstimmten, Taschenflaschen entkorkten, Mundharmonikas und Kartenspiele zum Vorschein brachten, Zigarren ansteckten . . . aber niemand setzte sich neben mich. Nicht, daß es mich groß kümmerte, mein Hang zur Anonymität ist kein Gag, im Schulbus, bei den Chorproben, auf der Reservebank beim Football, bei Familienausflügen, stets hielt ich mich abseits, ich war von Natur aus der Einsame Wolf und wollte einer sein, aber was dies bedeutete, behagte mir nicht, ich saß da, wie ein Hampelmann, dem man anmerkt, daß er einer ist, und keiner will ihm nahe kommen und sich der Ansteckung aussetzen. Es war die gleiche totale Isolierung, die ich seit der Wahlfonds-Krise empfand, so als ob Checkers mich mit Tollwut oder so was infiziert hätte, als ob die letzten zwölf Jahre nicht gewesen wären und ich wieder in Washington bei der OPA, wo mich City-Juden und New Dealer mit Yale-Abschluß zur Sau machten. Ob ich wohl töten könnte, fragte ich mich? Wenn es sich so ergäbe, könnte ich jemand töten? Nicht jemand wie Rosenbergs, das wäre zu einfach, sondern diese Typen hier . . . wenn sie mir in die Quere kämen? Warum nicht? Töten war genauso sinnlos wie alles andere. Die Frage war, ob man dabei Gefahr lief, selbst getötet zu werden – und gerade das könnte ein weiterer Grund sein, es zu riskieren. Nicht etwa, daß ich zum Selbstmord neige. Mein ganzes Leben lang habe ich Angst vorm Sterben gehabt, und ich habe sie noch. Aber mit dem Tod konfrontiert zu sein, war mir ständiges Bedürfnis. Das vermittelte mir Energie, solange ich ihn nicht beim Namen nannte. Obwohl mich seine Drohung lähmte, fühlte ich mich nie lebendiger, als wenn ich davon bedroht wurde. So wurde das bloße Überleben zum wichtigsten Prinzip meines Lebens. Es formte mein Gesicht. Es machte mich waghalsig. Ich wollte eintauchen und auf der anderen Seite wieder herauskommen, immer von neuem. Es lehrte mich, daß das Selbst, obwohl nichts, dennoch alles ist. Es zerrte mich an jenem Abend in Los Angeles, als Vater uns Jungs zu einem von Dr. Raders Erweckungsgottesdiensten mitgenommen hatte, durch den Mittelgang nach vorne. Was für ein Abend! Das war nicht der »Begegnungskreis der Freunde« im ruhigen, nüchternen Whittier. Das hier war die verdammte Wahrheit. Furchteinflößend und elementar. Hier gab es keine gespielte Frömmigkeit, kein »Freude Dir, Du Welt«, es galt, eine schreckliche Wahl zu treffen, nichts als Entweder-Oder. Eins machte uns Dr. Rader deutlich: Wahrheit, das war Unbehagen. Ich war dafür unerhört empfänglich, – am Tage vorher hatte ich mit der High School angefangen und *wollte* bluten. Zu Hunderten gelobten wir uns an jenem Abend Christus an und seinem Dienst. Vielleicht war das auch eine Formel für eine Verwandlung, die tiefer ging als ein Gelöbnis. Ich erinnere mich an die Tränen. Daran, wie verwundbar mein Vater aussah. Jesus war eine strahlende, Liebe verströmende Wolke, durch die man aus dem Tode hervorschritt, dem Fortschritt, der wirklichen Freiheit entgegen. Ich *glaubte.* Ich dachte: *Sowas kann nur in Amerika geschehen!*

Die Vororte von Baltimore glitten vorüber. Der Zug gewann wieder Fahrt, und als ich spürte, wie schnell wir New York entgegeneilten, sagte ich mir in Erinnerung an jenen Abend in Los Angeles: egal, was passieren wird, jetzt kannst du kaum noch was dran machen – geh den Mittelgang runter, es gibt kein Zurück. Das ist nun einmal so, der Strom der Ereignisse hat eine ungeheure Gewalt. Gelangt jemand in eine bedeutende Führungsposition – wie ich jetzt –, kann man zwar Wellen machen, den Strom aber nicht umkehren. Um mich herum sangen die anderen »Go Get the Axe« und »Tea for Two« und, indem sie den Text leicht abänderten, um den Elektrischen Stuhl ins Spiel zu bringen, »On Top of Old Smokey«. Ich sang nicht mit, weniger und weniger fühlte ich mich ihnen zugehörig. Ich saß allein, in die Fensterecke gedrängt, mit Homburg und Sonnenbrille, erinnerte mich an die Amtseinführung: wie ich über die steinerne Balustrade hinweg auf all die fremden Menschen blickte. Nach der Predigt des Generals war ein Pfeifkonzert losgebrochen: Man pfiff, wie man Mädchen hinterherpfeift, als wären es Eisenhowers Beine gewesen, die man bewunderte, und nicht seine Ansprache. Etliche klatschten auch, aber es war das schrille, brutale Pfeifen, das man bei dem kalten Wind da draußen am deutlichsten vernahm. Die meisten Menschen, habe ich festgestellt, sind absolute Schwachköpfe – deswegen ist es auch so leicht, Karriere zu machen, unter denen da gab es einfach keine Konkurrenten . . .

Wir donnerten jetzt durch offenes Land, und die Erregung schien sich zu steigern, je näher wir New York kamen. Die Luft war ein stickiges Gemisch aus Rauch, Gesang, lautem Gerede und dem Gestank von Schnaps, der mir übel machte. Niemand bot mir von den kreisenden Flaschen an, und das war schon gut so. Ich lockerte den Kragen und legte den Kopf nach hinten. Verdammt, jetzt fehlte nur noch, daß ich mich übergeben mußte. Und nichts im Bauch, was ich hätte rauskotzen können, das wußte ich. »Hohl, hohl – wie die Anklage gegen Rosenbergs.« Den Lunch hatte ich wieder verpaßt, seit dem Frühstück nichts mehr gegessen, und obwohl ich mich nicht daran erinnern konnte, was ich morgens zu mir genommen hatte, war ich sicher, daß es nicht viel gewesen war. Kein haschiertes Corned Beef, nichts, was mir *geholfen* haben würde. Mir fiel nur ein, daß ich beim Frühstück mit den Mädchen geschimpft und Pat angebrüllt hatte, was ich bedauerte,

obwohl sie es verdient hatte. Sie verstand mich nicht mehr, zum Teufel noch mal. Ich mußte dieses dicke Ding über die Bühne bringen, und sie schenkte dem keinerlei Beachtung. Sie hatte das Interesse verloren. Sie sagte, Politik sei ihr zuwider – aber *ich* war es, der ihr zuwider war! Ich konnte nie auf sie zählen, wenn ich mal richtig am Boden war. Beispielsweise an dem Wahltag vor zwei Jahren, als ich gegen Helen Douglas kandidierte: Ich war überzeugt, daß ich verloren hatte, ich wußte, daß meine ganze politische Karriere zu Ende war, aber das wollte ich nicht zeigen, es sollte so aussehen, als mache es mir nichts aus. Also entschied ich, daß wir alle zusammen ans Meer fuhren. Auch die Kinder, alle mußten mit. Es war ein scheußlicher Tag, das gebe ich zu, kalt und grau, mit rauhem Wind, der von See her kam – alles schien meine schlimmsten Ahnungen zu bestätigen, und ich genoß die Strafe in vollen Zügen. Die Mädchen weinten und wollten nach Hause. Ich hätte sie am liebsten verprügelt. Statt dessen lächelte ich und sagte, sie sollten gefälligst im Sand buddeln und den Mund halten. Am schlimmsten aber war, daß Pat mich überhaupt nicht verstand. Sie saß im Sand, in eine Wolldecke gehüllt, mißmutig nörgelnd, bis ich zu guter Letzt aufgab und alle nach Haus brachte. Ich war so verärgert, daß ich nur kurz am Straßenrand anhielt, die ganze Bagage rausschmiß und dann allein ins Kino fuhr. Und jetzt, bei Gott, beschwerte sie sich bereits in aller Öffentlichkeit darüber, daß ich mich im Bett hin- und herwälzte, mitten in der Nacht aufsprang, um mir Notizen zu machen, sie mit meinen Angst- und Begeisterungsausbrüchen weckte. Durch mich war sie zur Zweiten Dame des Landes geworden, glaubte sie vielleicht, man kriegte sowas für nichts?
Eine Frau kam in unseren Wagen, setze sich auf die Armlehne des freien Sitzes neben mir und sang, von den anderen dazu aufgefordert »I'd Rather Die Young«, augenscheinlich ein brandneuer Hit. Ich glotzte ihren Hintern an, der sich über die Armlehne wölbte, und dachte dabei: du bist der einzige treue Ehemann unter allen Politikern in Washington, und was hat dir das eingebracht? Gestrandet inmitten einer Wagenladung besoffener Irrer, der schnapsseligen Gemeinde Gottes. Ungebrochene Gemüter.
»Heh, was haltet ihr von ›Down the Trail of Achin' Hearts‹!«
»›Doggie in the Window‹!«
»›Changing Partners‹!«
Da saß ich, in all dem Qualm und Krawall, verbittert, überarbeitet, hockte zusammengekrümmt über meinem kaputten Hosenstall wie über den juristischen Lehrbüchern in Durham, wünschte, daß die

ganze Sache irgendwie abgeblasen würde. Die wahre Krise des heutigen Amerikas ist die Krise des Geistes, dachte ich mürrisch. Ich hatte versäumt, die Manschetten zuzuknöpfen, und jetzt knäulten sich die Ärmel im Jackett. Ich hätte einfach aufstehen und mein Jackett ausziehen sollen, aber ich wollte die Aufmerksamkeit nicht auf mich lenken. Außerdem war mir viel zu übel. Der dicke Rauch, der Lärm, der Staub aus den alten Wagenpolstern machten mir zu schaffen. Ich hatte Angst, ich könnte einen Anfall von Heuschnupfen kriegen. Ich lehnte meinen Kopf wieder zurück und las unter dem Rand meines Homburgs hinweg die vergrößerten Kopien der Briefe, die man an das Rosenberg-Gnadenkomitee geschrieben hatte und die wie Reklame an den Fenstern und an jedem Wagenende hingen . . .

An das Komitee! Alles, was ich sage, ist, warum man soviel Zeit verschwendet hat, wenn die Regierung doch weiß, wie schuldig sie sind! . . . Solche Verräter wie diese menschlichen Schlangen sind es, die die Kriege verursachen. Ich sage, daß man sie töten soll, bevor unsere dumme Regierung sie frei läßt, damit sie weiter unseren Söhnen die Hölle, Verrat und Qualen bereiten. Bloß weil sie Juden sind wie Sie, wollen Sie sie aus purem Eigennutz freilassen. Ihr habt doch schon fast die ganzen USA in euerer Gewalt, ihr undankbaren Hunde. Wenn euere Freunde freigelassen werden, bin ich nicht länger Amerikaner.

Die Ablenkung half, aber nicht viel. Immer noch sah ich Uncle Sams Zeigefinger vorschießen und direkt vor meiner Nase zittern. Irgendwo zerbrach Glas und eine Frau quiekte.

Baut in Sing-Sing eine dicke Klagemauer und setzt dann das liebe kleine Mamale Rosenberg und das liebe kleine Papale Rosenberg davor und laßt sie dann klagen und klagen und klagen. Was gibt uns eigentlich der Jude dafür, daß wir ihm gestatten, in den USA zu leben? Immer erweist er sich als Spion, Saboteur, Bolschewik, Linker, Unterwanderer, als jemand, der nur Haß versprüht und nichts als Probleme schafft, ganz zu schweigen von seinem verrückten Zionismus, der Hitler wie einen Anfänger aussehen läßt.
Diese 2 Ratten hätte man schon längst aufhängen sollen & euch auch.

Ein guter Amerikaner

Es gab noch mehr, der ganze Scheiß-Wagen war damit bepflastert, aber mir war zu kotzelend, um weiter zu lesen. Der Zug schien seine Geschwindigkeit zu steigern – wir rasten jetzt durch Industriegebiet, mußten schon in New Jersey sein, Slums und Fabriken huschten so schnell vorbei, daß man sie kaum erkennen konnte, blitzten auf wie die Bilder eines Buches, dessen Seiten man über den Daumen schnurren läßt. Irgendwo schrillte ein Pfiff, die Räder rumpelten und dröhnten, mein Kopf schlug gegen das Fenster, und der Homburg fiel runter! Ich hob ihn wieder auf und zog ihn mir über die Ohren. Die Besoffenen im Wagen sangen jetzt aus voller Kehle Lieder von Eisenbahnunfällen, die jedoch im donnernden Rattata-Rattata des wild hin- und herschlingernden *Look-Ahead-Neighbor-Sonderzugs* völlig untergingen. Ich mag Wahlkampf-Sonderzüge und bin alles andere als ein Stubenhocker, aber das hier war verdammt noch mal zu viel! In einer Zitatensammlung hatte ich einmal gelesen, daß jemand von Politikern gesagt habe, sie seien »Monstren an Selbstbeherrschung«. Na ja, so gelackt mögen wir gelegentlich nach außen hin wirken, doch der Aufruhr im Innern konnte auch unerträglich werden und so stand es im Augenblick um mich, und gelackt sah ich weiß Gott nicht aus! Ich war unheimlich am Schwitzen, fühlte mich klebrig, hatte mich mit beiden Händen am Sitz festgekrallt. Mein Leben lang war es meine Überzeugung gewesen, daß ein Mann physischen Leiden Widerstand entgegensetzen, daß er dagegen ankämpfen, daß er lernen müsse, unter Druck zu leben und sich durch ihn stimulieren zu lassen – genau das hatte ich damals zu Bob Taft gesagt, um ihn aufzumuntern, als er an Krebs erkrankte –, doch jetzt, die Augen vor der drohenden Katastrophe fest zusammengekniffen, mit ausgedörrtem Mund, einem Knoten im Magen, nach Schweiß stinkend, hatte ich nur noch einen Gedanken: Ich gebe auf! Laßt mich bloß raus hier!

20. *Hurra, der liebe Gott ist mit von der Partie*

Die Sonne senkt sich auf die Spitzen der Wolkenkratzer, die Temperatur hat ihren Höhepunkt von 30 Grad erreicht und beginnt in den Außenbezirken schon zu fallen, die Luftfeuchtigkeit nimmt zu: in den Vororten draußen spürt man die Kühle sich ausbreitenden Schattens – zu zehntausenden drängen die Menschen zum Times Square, zum Zentrum, wo die Hitze noch steigt. Lautsprecher werden eingeschaltet und getestet, aus Kalifornien hat man einen Bebop-quatschenden Diskjockey geholt, der für Stimmung sorgen soll: Rosemary Clooney, Johnny Ray, Harry Belafonte . . . »He, Mann, das ist Klasse!« kreischen seine Fans – so drücken die heutigen Grünschnäbel das »Kolossal« der älteren Generation aus –, und ihre Körper fangen an zu swingen und zu zucken, senden massive Wellen durch die dichter werdende Menschenmenge, wie Wind über die Weizenfelder von Kansas. Ein paar Freaks tauchen auf, Anhänger des Diskjockeys aus Frisco, mit grünen Haaren und Purpurlippen, sie werden absorbiert (dieser Platz kann alles absorbieren), aber keiner ahmt sie nach.

Zwischen den einzelnen Nummern steigt der Diskjockey mit seinem »scharfen Mikro« unters Volk und befragt Würdenträger, Ausgeflippte und gewöhnliche Sterbliche, wer von den beiden Spionen zuerst schmoren soll. Von den ersten tausend Befragten sind 438 für Julius und 417 für Ethel, einige aber auch für Bürgermeister Impellitteri, die Dragon Lady, Jackie Robinson, Alber Hiss, Kilroy, Syngman Rhee, Richter Douglas und Clifton Fadiman u. a., je eine Stimme für Mr. und Mrs. Nixon, zwei kann Harold Stassen verbuchen. Bobo Olsen und Paddy Young, die mit ihrem über fünfzehn Runden gehenden Titelkampf im Mittelgewicht den Rosenbergs im heutigen Programm folgen, schnappt man sich, als sie gerade in Jack Dempseys Restaurant verschwinden wollen, um sich an einigen Vorrunden-Steaks gütlich zu tun: sportlich-fair stimmt jeder für den anderen.

An der Rückseite des Gebäudes stochert ein alter Pennbruder in Dempseys Abfall. Er hat den Bezirk schon abgegrast, als der noch Indianisches Territorium war – sicherlich lange genug, um zu wissen, daß drüben in Al and Dick's Steak House das Fleisch besser ist, also bis auf die Knochen abgeknabbert wird – deshalb ist es viel einfacher, hinten bei Dempsey's an eine komplette Mahlzeit zu kommen. Auf seine Art ist dieser Alte genauso clever wie Ford oder Rockefeller, die das Kleingeld der Nation einsammelten – er ist allerdings seit der Jahrhundertwende ein wenig heruntergekommen. Als er jetzt mechanisch den Broadway hinuntertrottet und an seinem Kotelett lutscht, stößt er auf die versammelten Millionen. Er blinzelt, wirft einen irritierten Blick auf die Uhr am Times Square, zieht ungläubig die Brauen hoch, zuckt die Achseln, schiebt den Kotelettknochen in die Tasche, hoppelt hastig zu seinem Kellerloch, um Mütze und Mantel zu holen.

Inzwischen beginnen unter der Erde, auf der Times Square-U-Bahnstation, die jetzt für den öffentlichen Verkehr gesperrt ist und von G-men, Verkehrs- und Sittenpolizei bewacht wird, die Wagenladungen mit Honoratioren einzulaufen. Als erste kommen die frischgewählten Kongreßabgeordneten mit ihren Ehefrauen an, untere Chargen der Ministerialbürokratie, Bundesrichter aus entlegenen Distrikten, Delegationen aus Hawaii, Puerto Rico, Formosa und Alaska, sowie der Beirat (er ist dienstlich hier) für Kulturhistorische Denkmäler, Gebäude und Monumente – aber die mit höherem Dienstrang erscheinen nicht viel später. Man schüttelt Hände, rempelt mit den Ellenbogen, rotiert über den weiten Untergrundkomplex, zeigt sich von der besten Seite, um einander zu beeindrucken und ein paar neue Namen aufzuschnappen. Die provisorisch aufgeschlagenen Erfrischungsstände sind kaum frequentiert, die Hitze hier unten und die aufgestaute Erregung könnten dazu verführen, zu früh zu viel zu trinken.

Der eine und andere huscht nach oben, linst aus den Kulissen in die Massen, die rapide den Platz füllen – es dauert noch Stunden und dennoch ist das Geschiebe und Gerangel fürchterlich! Sie würden ja gern mal ne Minute rausschlüpfen und Walts Rahmenveranstaltungen besuchen, aber es steht zu befürchten, daß man den Rückweg durchs Gewimmel zu den speziell reservierten Plätzen in den Prominentenlogen nicht mehr schafft, nicht pünktlich zur Hauptveranstaltung zurück ist. Auf alle Fälle wird es eine irre Show – Bands, Chöre und Prediger tummeln sich in den Kulissen, die Pentagon Patriots sind eingetroffen und packen ihre Instrumente aus, Gene Autry stimmt die Saiten und Nelson Eddy gurgelt mit Zitronenwasser – aber was jeder sieht, wenn er hinausblickt, ist die kahle Bühne im Zwielicht mit dem antiken Schaustück, festgepflockt in der Mitte. Der Stuhl. Zwei Menschen werden in ihm sterben. Ohne sie liefe hier heute gar nichts. Die beiden sind für das Programm, was die Seele für den Körper ist: der innere Mechanismus, der ihn zusammenhält und ihm einen Sinn gibt. Inmitten des Herzens der Westlichen Welt steht dieser leere Stuhl: und nur

Rosenbergs können seine Leere füllen. Nicht die Nazi-Kriegsverbrecher, noch die abtrünnigen Gewerkschaftsagitatoren oder die Mörder aus Reader's Digest, ja nicht einmal der gräßlich-nekrophile John Reginald Halliday Christie könnten heute Abend diesen Platz einnehmen. Einzig Rosenbergs haben getan, was keinem, nicht einmal jenen Bösewichtern, im Traum eingefallen wäre. Sie haben Uncle Sam geleugnet, die gesamte Legion der Superhelden geschmäht, dem Phantom gehuldigt, und Unschuldige in seinen gottlosen Bann gezogen, sie haben den Söhnen des Lichts ihr heiligstes Geheimnis entrissen: die Transmutation der Elemente. Das ist kein bloßer Diebstahl, kein gewöhnlicher Verrat, und ein »einfacher, vorsätzlicher und geplanter Mord ist«, wie es der junge Richter Kaufman ausgedrückt hat, »damit verglichen eine Lappalie« – denn sie haben nichts Geringeres angestrebt als Uncle Sams Allerhöchste Impotenz!

Wen allerdings Furcht und Abscheu erfüllen, in dem steckt auch ein guter Teil Ehrfurcht. Sie haben etwas getan, das die Welt verändert hat. Und wer von den politischen Hinterbänklern, die jetzt ihre Nasen durch die Kulissen stecken und das »Kiss of Fire« vernehmen, das Georgia Gibbs ins Mikro singt, hätte nicht auch davon geträumt, sowas zu erreichen? Aber sich gescheut, den Preis zu zahlen? Rosenbergs haben es gewagt. Sie haben sich in solcher Berserkerwut ins Zentrum katapultiert, daß nicht einmal ein Uncle Sam verhindern könnte, das sie geopfert werden, und indem sie es taten, scheinen sie sogar die Weltgeschichte einen Augenblick lang wieder zum Leben erweckt zu haben – vielleicht gerade durch die Drohung, sie zu beenden! Selbst ihre armselige Kindheit in der Lower East Side, ihre linkische Liebesgeschichte, ihre verlassenen Kinder, ihre deprimierende, isolierte Existenz im Solde des Feindes nehmen monströse Proportionen an, so als seien durch ihren Verrat neue und gräßliche Archetypen ins Leben gerufen, um die Behagen erzeugenden Gemeinplätze von »Stella Dallas« und »Young Widder Brown« zu verdrängen, die am Nachmittag vor der NBC im ganzen Land ausgestrahlt wurden. Alles, was sie berührt haben, scheint fortan von einer seltsamen dunklen Kraft durchdrungen: dieses Buch oder Kleidungsstück, jene Konsole oder diese Armbanduhr. Jahrelang stand in ihrem Regal eine Sammelbüchse mit der Aufschrift: RETTET EIN SPANISCHES REPUBLIKANER-KIND. Um welches Kind handelte es sich, und für wen wurde es gerettet? Nachbildungen dieser Büchse kann man heute hier auf dem Times Square zu Dutzenden kaufen, aber in denen steckt keine Magie – wo ist das Original, möchte jeder wissen, wo seine Kraft?

Selbst Julius' Talmudname »Jonah«, die mysteriöse »Madame« für Ethel in den Studios der Carnegie Hall, die perversen Assoziationen, die sich zwischen Amerikas historischem Erbe und der Lage ihres Zweizimmerappartements in der Lower East Side herstellen lassen – Monroe Street und Knickerbocker Village – scheinen auf ungeknackte Codes, auf unaufgedeckte Verschwörungen hinzudeuten.
Der Diskjockey räumt das Feld für die Fünfuhr-Nachrichten: Immer noch kein Geständnis. Rosenbergs treiben ihr Spiel bis zum bitteren Ende. Das Phantom soll in Mailand und Genua, in Paris, London und Teheran aktiv sein, doch das kommt einem sehr weit entfernt vor. Keine entscheidende Veränderung der Lage in Korea oder Berlin – falls überhaupt, verschlechtert sie sich – und in Fort Sill, Oklahoma, wurde eine Hausfrau, während sie zu Hause im Bett lag, von der verirrten Granate aus einer Atomkanone verletzt. Zack. Fatal, aber dieser irre Tatendrang, dieses letzte Aufbäumen des Phantoms, stand zu erwarten, je näher die Stunde der Hinrichtung rückt. Oben in Queens stürzt ein vierzigjähriger Fensterputzer aus seinem Sicherheitsgurt zu Tode, in Bombay gibt es Überschwemmungen, irgendwen hat man in Chicago umgelegt. Der Wetterbericht: eine Hitzewelle ist angesagt. Na klar.
Soweit das der alte Penner beurteilen kann, ist sie schon da. Er ist wieder am Times Square angelangt, jetzt aber in Zipfelmütze und Wintermantel gehüllt, um die in seinen alten Latschen steckenden Füße hat er Zeitungspapier gewickelt. Schwitzend arbeitet er sich durch eine lange Schlange von Touristen, die offensichtlich anstehen, um in einen Film oder sonstwas zu gehen. Jeder will ihn fotografieren, das geht klar, daran ist er gewöhnt – oft genug hat er aus schierem Narzißmus in Abfallkübeln gewühlt, oder sich mit Zeitungen zugedeckt auf eine Parkbank gelegt – sowas macht die Provinzler freigebiger. Die dummen Touristen haben sich alle zu dünn angezogen, stellt er fest und wischt sich mit den fransigen Enden seines zerrissenen Schals übers Gesicht. Und nicht alle sind nett: etliche stolzieren düster blickend rum, schreien nach Gerechtigkeit und haben provokante Plakate geschultert. Und nicht nur, daß er von diesen Typen keinen einzigen Nickel kriegt, in gewisser Weise versauen sie ihm auch das Geschäft. Aber Gott sei Dank werden sie von der Polizei in die Zange genommen und nach Süden abgedrängt. Fast hätte sich der alte Penner auch in diesem Netz verfangen, denn irgend jemand drückte ihm auf der Flucht ein Transparent in die Hand, aber glücklicherweise steht OH CHRISTUS BEWAHRE UNS VOR SOLCHEM TODE drauf, und

die Polizei mutmaßt, daß der alte Mann eine wandelnde Reklame für die Anonymen Alkoholiker ist. »Son verdammt heißes Silvester hab ich mein Lebtag nich gesehn!« hört man ihn brummeln, als er dick verpackt weiterzottelt. Was Gutes hats aber dennoch: die Leute sind enorm großzügig heute. Überbleibsel des alten Aberglaubens am Jahresende: man verschleudert seine Besitztümer, um sich ein fettes Jahr zu sichern. Die Taschen beulen sich von klingender Münze, er hofft bloß, lange genug zu leben, um sie auszugeben.
Der Diskjockey bremst sein Bebop-Kauderwelsch, wendet sich der Mitte zu, schlüpft in seine sentimentale Ländlerrolle, verrät ein Rezept für Krebspastete, macht Witze über ein Mädchen, das vom Zug der Geschichte überrollt wurde (»Auf den Schienen lag Fett, und fett war auch Annett!«), und bestückt seine Drehscheibe mit den neusten Hillbilly-Hits vom großen toten Hank Williams; »I'll Never Get Out of This World Alive« und »I'm a Long Gone Daddy« oder »Sundown and Sorrow« und

Hallo, du Schöne,
Haste auch Töne?
Wie wärs mit'm tollen Duett?

sind dem Anlaß wirklich angemessen. Williams starb, erst neunundzwanzigjährig, an einem Silvesterabend unter mysteriösen Umständen – Rosenbergs war gerade als Resultat der Gnadenappelle der Hinrichtungsaufschub zugesichert worden –, und manch einer argwöhnte, sein Tod auf dem Rücksitz eines der Cadillac-Superkabrios Uncle Sams sei ein seit langem geplanter Gegenschlag des Phantoms gewesen, der vorzeitig losging. »Seit dem Tage, da der Friedefürst zur Erde herniederstieg, war auch Friede in unser Tal eingekehrt!« sprach am Grabe Baptistenprediger Montgomery neben einem riesigen weißen Kranz mit der Aufschrift ICH HABE DAS LICHT GESEHEN, und die meisten Zuhörer nahmen an, er spräche von Hank Williams. Als er verstarb, war er schließlich jünger gewesen als Jesus. Jetzt fließt seine hauchzarte, geisterhafte Stimme dahin, sanft und süß, aus Hunderten von Verstärkern, ergießt sich in die warmen Straßen, singt von Sonnenuntergang und zieht mit seiner schmerzlichen Botschaft aus einer anderen Welt den Times Square und schlechterdings jeden Provinzler Amerikas in eine Art hypnotischen Bann . . . »Wer wird denn weinen heut nacht«, singt er. »Dideldumdei . . .!«
Der Bann wird durch das unvermittelte Eintreffen von Bürgermeister Impellitteri und einem Schwall guter Nachrichten gebrochen: soeben

hat er mit seiner Unterschrift eine Verordnung in Kraft gesetzt, die den Verkauf alkoholischer Getränke in Theaterfoyers erlaubt, und augenblicklich wird – da man den Times Square samt umliegendem Gebiet zu einem solchen erklärt – *der Schnapshahn aufgedreht*! Unter Stürmen der Begeisterung bauen die Jungs vom Rathaus provisorische Schankstände auf. Flaschen werden ausgepackt, Bestellungen entgegengenommen. Den ganzen Tag über war die Spannung gestiegen, jetzt kann fast jeder einen kräftigen Schluck oder zwei vertragen. Es ist unmöglich, mit einem Auto oder Lastwagen näher als drei Kilometer an den Times Square heranzukommen, also müssen Eis und Pappbecher per Hubschrauber angeliefert werden. Die Whiskeyvorräte ergänzt eine Art Eimerkette von der Peripherie her, und in der jubelnden und verschwenderischen Stimmung des Augenblicks bedarf es auch keines Wachhundes für die Vorräte: die einen bedienen sich gratis, dafür zahlen die anderen freudig das Doppelte. Der Penner traut seinem Glück nicht. Nicht nur, daß er sich bald wie die Bank von Amerika vorkommt, nein, die Leute bieten ihm die Schnäpse schneller an, als er sie kippen kann. »Dank dir, mein Junge! Kann schon einen brauchen, um den alten (*rülps!*) Magen aufzuwärmen, nich leicht, im Schneesturm nachts draußen zu schlafen, nich in meinem Alter. *Vergelts Gott!*« Immer dieselbe alte Leier, die Schneestürme soll der Henker holen, außerdem schwitzt er wie ein Bär, sein Pelz wiegt ne Tonne und scheuert die arme Haut, und allmählich kommt ihm der Gedanke, daß da einer drauf und dran ist, ihn reinzulegen und ihm die Lebenszeit zu halbieren. Er ist im Begriff, sich die Uhr eines Touristen zu angeln, entscheidet sich dann aber, erst nach der Uhrzeit zu fragen, und sie anschließend zu klauen. »Wat denn? Gerade Fünfe durch? Hmmm, dank Euch, Sir! Wünsche langes Leben!« Soso, also noch sechs Stunden, bevor es richtig losgeht – wenn er sich nicht vorher vollaufen läßt und damit alles vermasselt, könnte er von hier als reicher Mann weggehen. Die Uhr ist aus Gold, aber superleicht – die machense auch nich mehr so wie früher. Der Tourist spendiert ihm einen Whiskey. »Auf dein Spezielles, mein Junge!« gluckst er und zwinkert dem Barkeeper verstohlen zu (von denen wird jeden Tag einer geboren, stimmt doch, oder?) und gießt ihn sich hinter die Binde. Um die Bar rum ist ein ziemliches Gedrängel, und jemand aus der zweiten Reihe hinter ihm gibt ihm noch einen aus. Der Barkeeper sucht nach ner neuen Flasche. »Na, mein Guter, fast sieben Stunden haste noch vor dir!« sagte der Alte gutgelaunt. »Da wirste mit deinem Fusel (*rumps!*) wohl kaum auskommen!«

Der Barmixer sieht auf seine Taschenuhr. »Nee, nur noch drei Stunden, Alterchen, dann isses vorbei.«
»Wa-?!« Jetzt ist er sicher, daß sie ihn abservieren wollen. Scheißkerle, grad jetzt, wo er auf die Goldader gestoßen ist! Er stürzt den Drink runter, stopft den Pappbecher in die Tasche und beschließt, sich einen Weg ungefähr in Richtung seines Kellerloches zu bahnen, so daß er zumindest im eigenen Bett sterben kann, wie ein Gentleman. Falls er überhaupt durchkommt – oje! seine Taschen sind so schwer, daß er sich kaum bewegen kann, und er stellt sich verwirrt die Frage, ob man ihm eine häßliche Lektion über die Akkumulation des Kapitals erteilen möchte. So bös hat man ihm noch nie mitgespielt!
Wahrhaftig, sie kommen jetzt zuhauf, und alle quetschen sich zusammen, alt und jung, groß und klein, alle Religionen, Rassen und Geschlechter, Schulter an Schulter und Arsch an Arsch, Missionare werden an Mafiosi gepreßt, Jazzfans an Hottentotten, Klatschtanten an Presseagenten und Klempner an Fummelbrüder – es ist eine Ansammlung von so gigantischen Ausmaßen, daß nur ein Weltwunder wie der Times Square sie aufzunehmen vermag! Und jede Minute kommen weitere hinzu: Arbeiter im Overall, Millionäre im Smoking, Piloten, Football-Spieler, Seeleute, Hotelpagen in Uniform, Makler mit Melone, Bäcker mit weißen Schürzen vorm nackten Bauch. Hier sollte man gewesen sein, und ist man wer, dann ist man hier: jeder Kassenmagnet und jeder Oscar-Gewinner, die Creme des Films, Champions und Rekordhalter, Gewinner der Heisman Trophäe und Pulitzer-Preisträger, die, die das Blaue Band haben, und die, die Goldmedaillen haben, Träger des Purple Heart und Träger des Silver Star, die Großmeister des Ku-Klux-Klan, die Spitzen der Hitparade und die aus der Halle des Ruhms, Königinnen und Zelebritäten. Sämtliche Sieger im Bart-Wettstreit der Kleinstädte aus Anlaß der Hundertjahrfeier sind gekommen, die Redner der Neujahrsansprachen und die Redner der Schulabschlußfeiern, Quiz-Show-Gewinner, die Oberen Zehntausend und das Sekretariat von Rotary International. Das Sweetheart von Sigma Chi. Yehudi Menuhin, Punjab, Dick Button, wer ist nicht da? Gary Cooper läßt sich auf dem Balkon des Claridge sehen, schwingt seinen funkelnagelneuen Oscar, den er für High Noon bekommen hat, und zeigt den Verehrern das überaus beliebte, zähnebleckende Was-solls-denn-Grinsen des Jungen aus Montana. Verehrer hat er sowohl im Ausschuß gegen unamerikanische Umtriebe wie auch außerhalb. Seit dreizehn Jahren ist er einer der zehn größten Kassenmagneten – nur Bing Crosby war ebenso lange wohlgelitten. Für den heutigen Abend hat ihm Uncle

Sam als besonders gutes Eckchen ein Fenster im zweiten Stock des Hotels Claridge besorgt, das beides möglich macht, zuzusehen und sich sehen zu lassen. Seine Gesellschaft sind andere Hollywood-Größen, die sich in den letzten Jahren den Bemühungen der HUAC, das Filmland zu säubern, als aufgeschlossen erwiesen – amerikanische Patrioten wie Jack Warner, Elia Kazan, Bob Taylor, Ronnie Reagan und Larry Parks, Budd Schulberg, Ginger Rogers, George Murphy, Adolphe Menjou. Andere, die leicht verdächtigen Typen, wie Bogart und Bacall, Lionel Stander, Zero Mostel und Eward G. Robinson (in Wirklichkeit heißt er ja auch Emanuel Goldberg und stammt aus Bukarest!), hat man zum Rand hin abgeschoben, und die können froh sein, wenn sie, auf Zehenspitzen, noch ein paar Funken fliegen sehen. Harry James trifft ein, schleust seine Band durch die dichter werdende Menschenmenge zum Hotel Astor, wo sie auf dem Dach eine Jamsession veranstalten sollen – ihre Neubearbeitung von »Ciribiribin« soll heute abend während der Hinrichtung Ethel Rosenberg dargeboten werden. Paulette Goddard ist in der Menge, ebenso José Iturbi und Consuelo Vanderbilt, John L. Lewis und George Mikan. Esther Williams erscheint im Badeanzug, Hand in Hand mit dem Katz-und-Maus-Team, den Oscar-Preisträgern Tom und Jerry – die gute alte Mickey Mouse ist auch mit von der Partie, feiert ihren fünfundzwanzigsten Geburtstag und bahnt mit Ellenbogen für Minnie, Goffy, Horace und den Rest der alten Truppe einen Weg durch die Massen. Auch die Eastern Airlines begehen heuer den fünfundzwanzigsten Geburtstag, und Captain Eddie Rickenbacker hat zur Feier viertausend Angestellte zum Times Square eingeladen. Der Diskjockey erspäht von seiner Warte aus den berühmten Kahlkopf von John Reginald Hallyday Christie, des höflichen, bebrillten Nekrophilen, den man aus London hergebracht hat, um ihn im Wachsfigurenkabinett zu modellieren, bevor er im nächsten Monat (das Mutterland hinkt in puncto Elektrizität hinterher) gehängt wird – und spielt ihm zu Ehren den »Lovesick Blues« und »I Can't Help It« von Hank Williams. Man erzählt, daß Christie – er hat, seine eigene Frau Ethel mitgezählt, mindestens sieben Frauen auf dem Gewissen, hat mit ihren Leichen Verkehr gehabt, hat einst einen unschuldigen Mann an den Galgen gebracht und erhielt als Mitglied der Police War Reserve zwei Orden für »erfolgreiche Bekämpfung von Verbrechen« – im Ersten Weltkrieg schwer gelitten hat, und zwar, genau wie der Staatshenker des heutigen Abends, Joseph Francel, durch Gelbkreuz. Überall Zusammenhänge. Klein Reggie, den zwei englische Bobbys über den Times Square führen, mustert all die Frauen mit sanftem Blick und hinterläßt eine Welle schäumender Erregung. Einige Frauen sind verängstigt, andere lächeln, einige fallen in Ohnmacht, andere haben einen Orgasmus. Man vermutet, daß Dr. Alfred Kinsey, den man aufgefordert hat, heute abend seine berühmten Forschungen durch eine Untersuchung über die Auswirkung des Todes durch elektrischen Strom auf die erogenen Zonen abzurunden, ganz in der Nähe sein dürfte.

In einer derartig verkeilten Masse ist der Drang nach allem, was kühl und flüssig ist, nur zu natürlich. Den Bars in der Nähe des Zentrums ist der Schnaps ausgegangen – die Eimerketten trocknen aus, ehe sie den Weg bis dahin geschafft haben, so groß ist weiter draußen noch immer die Nachfrage –, und man spricht davon, daß Eddie Rickenbacker überredet werden soll, den nötigen Nachschub einzufliegen. Die Eiskremverkäufer werden umlagert, und niemand fragt mehr, ob es noch Kirsch-Oonilla gibt oder nicht. Schlägereien brechen aus, Eiskrem klatscht in Gesichter, Flaschen zerklirren, die Leute stechen mit den ICH HAB NICHTS GEGEN JUDEN Ansteckknöpfen aufeinander ein. An den Markisen liest man DER MENSCH DREHT SICH IM KREISE und DAS FEGEFEUER DAS WIR DURCHSCHREITEN WIRD UNS BIS INS LETZTE GLIED ZU EHREN ODER ZU UNEHREN LEUCHTEN, rings um den Times Tower laufen Leuchtschriften mit den Aussprüchen des amerikanischen Propheten Gil Imlay . . .

> **Hier macht alles Freude . . . sanfte Zephyre führen einen Hauch von Süße mit sich und die Luft die man atmet erzeugt ein wollüstiges Glühen von Gesundheit und Vitalität das unsere vergifteten Sinne zu entzücken scheint . . . nichts liegt uns ferner als den Menschen ob seiner Schlechtigkeit oder seiner Sittenlosigkeit zu verachten, wir empfinden die Würde die die Natur uns vom Augenblick der Schöpfung an verliehen hat . . .**

Hinter dem Vorhang beobachtet Uncle Sam, gerade von den Beschwichtigungs-Exerzitien in einer sich abwendenden Welt zurück, all die Verzückung und Feierlichkeit durch ein Guckloch, das man eigens für diesen Zweck in die Kulisse gebohrt hat, und seine Gesichtsmuskeln zucken gar weltlich vor Lachen, und kreuzfidel funkeln seine stahlblauen Augen. »Prächtiges Feuerwerk!« johlt er. »Wahrhaftig, das iss das beste Rambazamba seit der Entdeckung der Ölquellen in Titusville!« Bei ihm sind einige der Hauptdarsteller des Abends, die jeden Augenblick für das Anfangsprogramm der Show auf die Bühne müssen, sowie

etliche Topbonzen, die aus dem VIP-Unterstand in der U-Bahn hochgekommen sind, um einen lüsternden Blick auf die versammelte Mitmenschlichkeit zu werfen. Die vor lauter Glut und Vitalität leicht aus den Fugen gerät. Man scheint da draußen von einer gewissen Beklemmung befallen worden zu sein, von einer gewissen Überspanntheit, jetzt, da die Sonne hinter den Wolkenkratzern verschwunden ist, vom Schwindelgefühl, am Rande eines schrecklichen Abgrunds zu stehen – wie beim Striptease, beim Aussetzen der Schwerkraft oder bei der Invasion vom Mars. Kreischen und Gerufe, und lautes Gelächter. Die Leute drängen sich in die Rahmenveranstaltungen, nicht so sehr, um sie zu sehen, sondern um dabei zu sein. Antialkoholiker kämpfen sich wie Wahnsinnige zu den Schankständen durch, schüchterne Angestellte kneifen in Frauenhintern und reißen Zoten, Touristen denken nicht mehr an ihre Fotoapparate, Geschäftsleute reißen sich die Jacketts vom Leibe, leeren ihre Taschen. Die Polizei ist nach wie vor bemüht, einen Anschein von Ordnung aufrechtzuerhalten und kann wirklich nichts dafür, daß auch sie ein bißchen Feuer fängt – gleichviel, wohin sie sich wendet, wie schnell sie rotiert, immer steht jemand hinter ihr, den sie nicht sehen kann, und macht mit einem Elektroschocker an ihrem Arsch rum.
Der Landwirtschaftsminister, der raufgekommen ist, um einen Blick auf die Festvorbereitungen zu erhaschen, erhebt angesichts des Sündenbabels frommen Einspruch. »Pfff! Brauchen wir, Ex-Sex iss der beste Zunder«, kontert Uncle Sam. »Man mußn Acker tief aufpflügen, bevor man auf ihm was wachsen lassn kann – warum, zum Henker, gäbs sonst die Landwirtschaft, mein Guter?«
Von der U-Bahnstation kommen Boten mit Anwesenheitslisten rauf: der Oberste Gerichtshof ist fast vollzählig eingetroffen, ebenso Hunderte von Kongreßabgeordneten, die Gouverneure der Bundesstaaten, die Mitglieder des HUAC, der Senatsunterausschuß für Innere Sicherheit, die Vertreter der Anklage im Fall Rosenberg, die Geschworenen, J. Edgar Hoover und seine Mannen, der Scharfrichter und die Festredner. »Sir, bei Gott und seinen Kinnern, ich glaub, die Stunde hat geschlagen«, feixt Uncle Sam und prüft flüchtig die Listen, »Laßt die Brandeisen glühn, reißt die Gatter auf, los gehts mit dem Roodeeeoo! Jawooohl, Sirrr! Mein Verstand sagt ja zu der Sache, mein Herz ist voll dabei! *Ich befehle jedwelchen ehrenwerten Mann, jedwelchen Patrioten und jedwelchen Spitzbuben, der von der Zukunft was erwartet, an meine Seite!*«
Das aufgeregte Lärmen und Schwärmen hinter den Kulissen schlägt

Wellen bis hinunter in die U-Bahnstation: Krawatten glätten, Hosen zuknöpfen, Becher leeren und Haare kämmen, am Sack zupfen, Lippen lecken und nervös die Stirn abtrocknen. Das wärs.

»Hee, Moment mal!« ruft jemand laut. »Wo steckt denn Dick Nixon?«

21. Etwas wirklich Gefährliches

Die Sonne rutschte zum westlichen Horizont und senkte sich auf die Catskills, als ich aus dem leeren Zug stieg und die Straßen von Ossining betrat. Ich kam mir vor wie einer jener bärtigen Desperados, die in einem verstaubten Hollywood-Westernnest eintreffen, um eine letzte Rechnung zu begleichen. Andererseits war es, als ob ich nach Hause käme. Das bezog sich selbstverständlich nicht auf Sing-Sing, das zu meiner Rechten auf den Klippen lag, wie eine unzugängliche mittelalterliche Festung, umgeben von hohen, turmbewehrten Wällen (oder auch wie ein Komplex freundlicher Schulgebäude aus rotem Backstein inmitten eines sonnenüberfluteten Freigeländes – alles erschien mir so doppelgesichtig, seitdem ich mich derart plötzlich entschieden hatte, herzukommen, gleichzeitig verheißungsvoll und gefährlich), sondern auf die vertraute vorstädtische Main Street mit ihren gedrungenen zweistöckigen Häusern, den regellos geparkten verbeulten Fords und Chevies, den Läden und Reklametafeln, die für alle gängigen Produkte warben. Ich wußte nicht, ob der Sheriff oder Vater und Mutter mich abholen würden. Noch, welche Aussicht bedrohlicher wäre. Gerade das Anheimelnde dieser Örtlichkeit mochte ein Köder sein, eine raffinierte Falle. Möglicherweise war *Mutter* der Sheriff. Natürlich nicht im wörtlichen Sinne, aber sie war es gewesen, vor der ich vorhin in der Penn Station weggelaufen war, und falls mich jetzt einer der beiden begleitete, dann der rebellische, hitzköpfige Alte, nicht sie. Die Menschen, die an mir vorbei zu den Schaltern der nach Süden fahrenden Züge drängten, hätte man genauso gut in den Straßen von Whittier treffen können: Männer mittleren Alters in Hemdsärmeln und Hosenträgern, Frauen in unmodernen Sommerkleidern, dreiviertellang und kurzärmelig, ein einsamer Neger – wohl ein Freigänger –, der träge den Bahnhof fegte. In Whittier hatten wir auch einen Neger. Bei uns gab es allerdings nicht so viele Bullen – überall, an jeder Ecke standen sie rum, das Ganze hatte verdammte Ähnlichkeit mit einer militärischen Besetzung. In gewisser Beziehung war so ein Schutz beruhigend. Doch gleichzeitig nervenaufreibend, bedachte man, weswegen ich hier war. Nicht alle mochten der Meinung sein, daß ich auf ihrer Seite stand. In der Nähe der Bahngleise spielten einige Jungen Murmeln. Genau damit, fiel mir ein, war Tyler beschäftigt gewesen, als er zur Inkarnation wurde: er spielte Murmeln. Ja, alles konnte passie-

ren. Oder auch gar nichts. Ziemlich erschreckend, aber es gab kein Zurück. Mut und Zuversicht, sagte ich mir. Der Tapfere schreckt nicht, usw. Die Wahl ist getroffen, jetzt gilt es, damit zu leben.
Ich war keineswegs in aller Ruhe zu meinem Entschluß gekommen, sondern ganz im Gegenteil, gerade in dem Moment, als das Tohuwabohu im *Look-Ahead-Neighbor-Sonderzug* seinem Höhepunkt zustrebte; eben da kam mir die Erleuchtung. Und das war nicht überraschend: eine Krisensituation ist kein Zuckerschlecken, und ich hatte meine besten Einfälle häufig erst gehabt, wenn es hart auf hart ging. Der Zug war nicht entgleist, wie ich befürchtet hatte, fuhr aber auch nicht langsamer, eher noch schneller als vorher, und je mehr wir uns New York näherten, um so kränker fühlte ich mich, und um so turbulenter wurde es um mich herum. Das Gegröle wurde immer obszöner, das Lachen immer lauter, man wanderte umher, tauschte Flachmänner, trieb kesse Späßchen. Am anderen Ende des Wagens hatte sich zwischen zwei jungen Assessoren eine Keilerei entwickelt, und augenscheinlich war niemand willens gewesen einzuschreiten. Die jungen Frauen quietschten ausgelassen. Ein feister, gezierter, offensichtlich schwuler Bursche vom Bundesrechnungshof, der mit zerknautschter Mütze, Sonnenbrille und Maiskolbenpfeife im Gang auf und ab stolzierte und dabei »Old Soldiers Never Die, They Just Fly Away« sang, war in einer Alkoholpfütze ausgeglitten und in den Armen von TIMES jüngerem Showbusiness-Bruder LIFE gelandet, mit dem er nun auf widerwärtige Weise anzubändeln suchte. Hauptsache, LIFE war beschäftigt. Dieser Mistbock hatte unentwegt geknipst, wahrscheinlich für so ein Ethno-Feature »LIFE war dabei«, und das Blitzlicht hatte mich verdammt nervös gemacht. Die paar Besoffenen, die noch bei Stimme waren, sangen »Ach, roll dich doch rüber . . .«

»Und wärens tausend Weiber, die die Bombe klemmen,
als Heißer Stuhl würd ich ihnen gern die Löcher sengen!
Ach roll dich doch rüber, roll dich doch rum!
Biste ne Lesbe, oder biste bloß dumm?«

Was sollte ich nur machen? Ich mußte nachdenken! Falls ich jetzt nicht zurückstecken wollte, mußte ich einen Gegenangriff starten – aber wie? Und gegen wen? Was ich brauchte, war ein Einfall, nichts als ein guter Einfall – wenn man so in der Patsche sitzt, dann muß einem was einfallen, dann muß man sich auf den *Einfall* konzentrieren, nicht auf sich selbst – ich angelte mal wieder mit viel zu kurzer Schnur, ich mußte eine längere nehmen, sie auswerfen und beten! Ja, vielleicht war es das, vielleicht sollte ich wirklich *beten*! Mein Quäkertum und die religiösen

Erfahrungen, die ich meinen Quäkerfreunden verdankte, hatten mir schon früher aus manch böser Klemme geholfen, vielleicht waren sie auch jetzt was nütze! Aber bei dem höllischen Lärm hier konnte ich nicht mal richtig denken.
Die jungen Frauen taumelten durch den Wagen wie von dem wahnsinnigen Gerüttel des Zuges hin- und hergeworfen, wackelten mit den Titten und landeten bei den Kerlen auf dem Schoß, wo sie nach allem grapschten, was sie dort fanden. Mich hatte man dabei übergangen, nicht allerdings bei dem Bombardement mit Fressalien und dem Spritzen mit Limonade aus kräftig geschüttelten Flaschen . . . wie aus Feuerwehrschläuchen . . . *Ach, Scheiße, was ich da angestellt habe, tut mir leid*, dachte ich und spürte, wie mir auf das Stichwort hin Tränen in die Augen schossen. Das war aus jenem Stück, in dem ich gelernt hatte zu weinen, *Bird-in-Hand*. Ich hatte den alten Gastwirt gespielt – und die Zeilen des Textes fielen mir jetzt wieder ein wie ein uraltes Verdammungsurteil: armes altes Schwein! Ich wußte, daß Kaltblütigkeit in der Schlacht – Gelassenheit wäre wohl ein besserer Ausdruck – ein Produkt des Glaubens ist, aber das war mehr, als ich verdauen konnte. Und alles, weil ich dem amerikanischen Ideal nacheiferte, mein Bestes zu geben, wieder und wieder zu versuchen, allerorten Gutes zu tun, für den Frieden in aller Welt einzutreten! *Ja, ich weiß, ich habe mich so benommen, daß ich mich dafür schämen sollte*, sagte ich unter Tränen, diesmal sogar ohne Stichwort, als ein Eiersalat-Sandwich neben mir ans Fenster klatschte und meine Hose bekleckerte – *aber das alles hat mir fast das Herz gebrochen . . .*

»An Bühnenfieber einst das Rote Flittchen litt,
heut nacht am Broadway ist sie heißer Hit!
Ach roll dich doch rüber, roll dich doch rum . . .!«

Aber Moment mal, einen Moment mal – was hat es eigentlich mit all diesen Theaterstücken auf sich? fragte ich mich. Jeder von uns hatte darin mitgespielt, selbst Eisenhower während seiner High-School-Zeit um die Jahrhundertwende – er war der jüdische Hanswurst in einer Parodie des *Kaufmanns von Venedig* gewesen und hatte allen anderen die Show gestohlen: »Dwight D. Eisenhower als Lancelot Gobbo, der Diener Shylocks«, hatte die örtliche Zeitung geschrieben »war bei weitem der beste Laienkomiker, den unsere Generation auf der Bühne Abilenes zu sehen bekommen hat!« Es war so, als habe man uns allen vor Jahrzehnten Rollen zugeteilt, die wir noch heute spielten, auf ständig sich vergrößernder Bühne. Tragischer Liebhaber, junger Autor, Sportler, Wirt, Vater und Geschäftsmann – all diese Rollen habe ich gespielt und spielte sie nach wie vor . . .

»Ach kämen doch alle Weiber aus dem Ghetto,
ich als ihr Richter hätt den Prügel schon in petto!
Ach roll dich doch rüber . . .«

Ja, und auch einen Penner, eine meiner besten Rollen, in George M. Cohans *Tavern*, dem letzten Stück vor Abschluß der Schule – und einen Staatsanwalt: als ich während der Wahlfondskrise im vergangenen Herbst dem amerikanischen Volk meinen Fall darlegte und die Nation aufforderte, ihr Urteil zu sprechen, schuldig oder nicht schuldig, brachte ich genau besehen die dramatischen Höhepunkte aus *Night of January 16th*. Im Moment jedoch erschien mir am bedeutendsten meine Hauptrolle in *Bird-in-Hand!* In diesem Stück ging es um den Konflikt zwischen politischen Parteien und darum, wie Liebe den Abgrund zwischen den Ideologien zu überbrücken vermag. Ich gab selbstverständlich nicht den Liebhaber, solche Rollen lagen längst hinter mir, sondern den alten Thomas Greenleaf, den Vater des Mädchens, der sich sperrte: *»Aber überleg doch mal, Töchterchen, die Oberen Zehntausend sind die Oberen Zehntausend, in unseren Kreisen hat man immer gewußt, wer wer ist und welcher Deckel auf welchen Topf paßt!«* Als Schurke war ich jedoch gleichzeitig der Held, der den Brückenschlag über den Abgrund in seinem Innern vollzog, und seit damals bin ich immer derjenige gewesen, der Sprünge kittet, der die Partei einigt, der Urkonservative, der den leisesten Wandel spürt, der unerbittlich linientreue, der aber auch zu weinen versteht . . .

»Ach wären doch alle Weiber Rote, die mich lieben,
ich als Joe Stalin ließ sie dicke Bäuche kriegen!
Ach roll dich doch rüber, roll dich doch rum . . .

Und dann wurde mir bewußt, was mir eigentlich zu schaffen machte: die Ahnung, daß alles, was passiert, unvermeidlich ist, so als habe man das Drehbuch im voraus verfaßt. Aber das war doch Scheiße! Es gab keine Drehbücher, keine zwangsläufigen Handlungsschemata, keine Schlußszenen, es kam einzig auf *Taten* an, *Taten* und nochmals *Taten*! In Rußland mochte die Geschichte vielleicht nach Plan ablaufen, weil man ihr einen Plan oktroyierte, aber nicht bei uns – *das war es, woraus*

Freiheit im Grunde bestand! Das war es, was Uncle Sam mir beizubringen versucht hatte: *Handeln – handeln in der lebendigen Gegenwart!* Ich hatte dagesessen und auf Eingebungen gewartet, auf eine Glückssträhne, ein zufälliges Ereignis, hatte alles vergessen, was das Leben mich gelehrt hatte! Wie an jenem Abend in Los Angeles, als ich mich Jesus angelobte, mußte dich aufstehen und meinen Arsch *in Bewegung setzen*, mußte den Mittelgang hinunterschreiten – nicht den hier natürlich (ich bremste mich und setzte mich wieder), dort standen viel zu viele Bekloppte, aber ich mußte mich zu etwas entschließen und dementsprechend *handeln*! Taten, keine Worte: das war Eisenhowers Parole, aber ich mußte sie mir jetzt zu eigen machen, wollte ich nicht buchstäblich auf der Strecke bleiben!
Das also wurde von mir gefordert: zu akzeptieren, was ich bereits wußte. Daß es keinen Autor und keinen Regisseur gibt, daß die Zuschauer kein Erinnerungsvermögen besitzen – für die ist alles jeden Tag wieder neu! Ich dachte: vielleicht gibt es nicht einmal den Krieg zwischen den Söhnen des Lichts und den Söhnen der Finsternis! Vielleicht bilden wir uns das alles nur ein! Ich war ziemlich erstaunt über mich, weil mir solche Gedanken kamen. Jahrelang Polemik und Oppositionspolitik hatten in mir den Glauben an bühnengerechte Auflösungen befestigt, und damit den Glauben an Ursache und Wirkung. Ein gegebener Sachverhalt, die Entwicklung der Handlung, Belohnung und Strafe, inszeniertes Dasein. Aber hatte Geschichte mir je etwas bedeutet? Ich führte nie Tagebuch, bewahrte keine alten Briefe, Schulhefte oder Schriftsätze auf, und hatte zu oft mit Erfolg sowohl das Pro wie das Contra in einer Debatte vertreten, um nicht zu wissen, welche Leere sich hinter sogenannten Anliegen verbirgt. Das alles bestätigte nur meine Überzeugung, daß jeder Mensch jeden Standpunkt vertreten kann, den rechten und den linken, den des Gläubigen und den des Atheisten, den staatsbejahenden und den anarchistischen, den monadischen und den pluralistischen; und nur die artifizielle Festlegung – man mag es auch die politische nennen – bringt einen dazu, sich an bestimmte Positionen zu klammern. Wozu aber sich festlegen in einer Welt, in der überhaupt nichts feststeht? Konsequentes Beharren auf einer Position in einer Welt, die keinerlei Gesetze kennt, kann Macht verleihen, doch das gilt auch für total unberechenbares Verhalten. Ich ließ die Armlehnen los, furzte ausgiebig und fühlte mich schon viel besser, obwohl ich gleichzeitig ein gewisses Unbehagen verspürte, weil ich nämlich etwas wirklich Gefährliches begriffen hatte, vergleichbar dem Geheimnis der Atombombe – das

war keine Konstruktionszeichnung, keine chemische Formel, sondern eher ein spirituelles Loch, das Nichtvorhandensein von Motiven. Und damit erkannte ich die wirkliche Bedeutung des Kampfes gegen das Phantom: *es war ein Krieg gegen die Lüge von der Finalität!*
Auf dem Wege zur Toilette war eine Sekretärin den Mittelgang entlang getorkelt, und drei Typen und eine Frau hatten sie mit dem Ruf »ÜBERFALL! HÖSCHEN RUNTER!« gepackt und wollten ihr den Rock vom Leib zerren. Sie plumpste auf den leeren Sitz neben mir und verpaßte mir dabei einen üblen Stoß, den ich aber kaum wahrnahm. Sie hätte mich verletzen können, doch ließ ich den Gedanken, daß ich in Gefahr war, gar nicht erst aufkommen, nicht weil ich ein »tapferer« Mensch war, sondern weil derartige Überlegungen angesichts der bedeutenden Dinge, um die es gegenwärtig ging, unangebracht gewesen wären. Ich dachte, das ganze Land ist dabei, auf die Schnauze zu fallen, meine eigene Karriere welkt nur so dahin, bloß eine irre, absolut beispiellose Tat kann sie noch retten, kann das Land noch retten, kann die Sachen wieder ins Lot bringen! Aber welche!
Als die angesäuselte Frau vom Sitz gezerrt und am Ende des Wagens platt auf den Boden gelegt wurde, fiel mir plötzlich ein, was ich zu tun hatte! Ich mußte einschreiten und das Drehbuch ändern! Es war gefährlich, das wußte ich, politisch konnte es für mich der Kuß des Todes sein, aber es war eine Möglichkeit, wenn auch eine riskante, und ich hatte doch stets nach dem Grundsatz gehandelt: heul nicht mit den Wölfen, tu nicht, was politisch opportun ist, sondern das, von dem dein Instinkt dir sagt, daß es richtig ist! Hatte nicht Uncle Sam mir eingeschärft: Der einzelne, der unbeirrbar auf seinen Instinkt baut und daran festhält, wird die ganze Welt zu seiner Ansicht bekehren, und mein Instinkt sagte mir jetzt, als die Sekretärin am anderen Ende des Wagens laut kreischte, die Menge Beifall brüllte, der *Look-Ahead-Neighbor-Sonderzug* in den Tunnel schoß und allmählich die Geschwindigkeit drosselte: Du mußt nach Sing-Sing! Du mußt an Rosenbergs herankommen! Versprich ihnen alles – Erster-Klasse-Tickets nach Moskau, Sendezeit im Fernsehen nach Belieben, Logenplätze bei den Spielen ihres Baseball-Clubs, einen Ministersessel, was auch immer! Aber entreiß ihnen ein Geständnis! Stoppt die Hinrichtungen! Laß die Show heute abend nicht über die Bühne gehen! *Beeil dich!*
Auf der Pennsylvania-Station sprangen die anderen – nachdem sie sich hastig gekämmt, Blut und Kotze abgewischt hatten – aus dem Zug und beeilten sich, den Pfeilen zu folgen, die zu den U-Bahnen in Richtung Times Square wiesen, ich aber stahl mich davon, fand eine Telefonzelle

und rief den Zuchthausdirektor in Sing-Sing an: »Hallo, Direktion? Hier spricht der Vizepräsident, äh, Richard Nixon! Sind die Atomspione noch immer in Ihrem Gewahrsam?«

»Jawohl, Sir, wir behalten sie solange es möglich ist bei uns.«

»Gut. Ich werde, äh, sofort kommen, um mit ihnen zu sprechen.«

»Sie wollen . . .?«

»Ich nehme den nächsten Zug.«

»Ich verstehe . . . äh . . . bedeutet das Begnadigung, Mr. Nixon?« fragte er hoffnungsvoll.

»Ein neues Angebot«, antwortete ich.

»Himmel! Ihr Jungs setzt die aber ganz schön unter Druck, das kann man wohl sagen!«

»Druck?«

»Nun ja, ich meine, seitdem Sie vor ein paar Wochen Bennet herschickten, haben Sie doch praktisch nicht mehr aufgehört.«

»Bennet?«

»Der Direktor des Bundesaufsichtsamtes für Haftanstalten . . .«

»Ach.« Davon wußte ich nichts. »Wir, äh, haben ein paar neue Informationen erhalten. Hören Sie mal, bestehen irgendwelche Schwierigkeiten, reinzukommen?«

»Es ist zwar alles abgesperrt, aber Sie werden keine Mühe haben, die Sperren zu passieren.«

»Ja, das ist mir schon klar, aber, äh, es ist wichtig, daß ich so wenig Aufmerksamkeit wie möglich auf mich ziehe. Wissen Sie, für den Fall, daß, äh, dem Ganzen kein Erfolg beschieden ist . . .«

»Ach ja!«

»Könnten Sie es so arrangieren, daß ich unter einem anderen Namen durchgelassen werde?«

»Ja, das könnte ich tun. Unter welchem . . .?«

»Äh . . . Greenleaf. Thomas Greenleaf.«

»Greenleaf. Wie der Dichter . . .«

»Genau.«

»Jawohl, Sir, ich werde das arrangieren.«

Auf dem Weg durch die glasüberdachte Bahnhofshalle in New York hatte ich einen Kuriositätenladen entdeckt, und mir war der Gedanke gekommen, daß ich mich vielleicht tarnen sollte, am besten mit einem Bart, wie Thomas Greenleaf einen trug, in *Bird-in-Hand*. Der Laden führte keine Vollbärte – das einzige, was ich fand, war ein billiger Schnauzbart. Am Fahrkartenschalter der New Yorker Central fragte der Typ mich: »Wollen Sie wirklich den Zug nehmen? Der soll eigentlich bloß eine Fuhre aus Albany holen und unterwegs gar nicht halten.« Das wären dann Tom Dewey und seine Horden! Und wenn nun was nicht klappte und ich eine weitere Scheiß-Zugfahrt über mich ergehen lassen müßte, diesmal mit Dewey und seinen Gorillas? Und womöglich seiner menschenfressenden Dänischen Dogge? »Jaa, beeilen Sie sich. Ich will den Zug nicht verpassen!« Ich hoffte inständig, daß ich in Sing-Sing Erfolg haben würde.

Während ich zum Zug hastete, ganz allein gegen die Flut der Ankömmlinge, schnüffelte ich kurz an meinen Achselhöhlen und wünschte mir, dieses Gebäude wäre wirklich eins der römischen Bäder, nach deren Vorbild es gebaut war. Es war heiß, und ich fühlte mich klebrig und häßlich. Warum schwitzte ich nur immer so? »Doch, du strengst dich schon mächtig an, um eine gute Suppe anzurühren«, hatte Uncle Sam mir mal gesagt, »aber die Leute *sehen* die Anstrengung, die sehen auch, wie dein Schweiß in die Brühe tropft.« Na ja, das war nicht zu ändern, man muß mit seinen Mängeln leben. Zudem brauchte ich dringend eine frische Rasur und einen sauberen Anzug – ich würde ein verdammt riskantes Blatt spielen und dabei mehr einem Penner als einem strahlenden Helden gleichen, aber es mußte auch so klappen. Seit dem Frühstück hatte ich nichts mehr gegessen, mein Magen knurrte, die Kehle war ausgedörrt, doch ich sah in solchen Symptomen nur natürliche und gesunde Hinweise darauf, daß ich körperlich auf Kampf gestimmt war. Wenn man einmal eine Krise durchgestanden hat, dann weiß man, daß angespannte Muskeln, schnelles Atmen, vibrierende Nerven und unmotiviertes Aufbrausen keineswegs Grund zur Besorgnis sind – ja, anstatt sich Sorgen zu machen, wenn sowas passiert, sollte man sich lieber Gedanken machen, wenn das nicht der Fall ist. Zudem verspürte ich etwas wie Erregung, Erleichterung, Beschwingtheit. Das Schlimmste, beruhigte ich mich, ist vorbei. Der Entschluß, sich einer Krise zu stellen, ist viel schwerer, als die Krise zu überstehen. Und ich hatte meinen getroffen: ich war in den Zug in Richtung Zukunft umgestiegen! Ich wußte zwar nicht genau, was ich unternehmen würde, aber ich spürte, daß ich endlich wieder in guter Form war. Ich verstand Rosenbergs besser als sonstwer auf dieser Welt – besser als ihre Verwandten, ihre Kinder, ihre Mitverschwörer, das FBI, besser, als sie sich selbst verstanden. Und dank dessen konnte ich eine Wahrheit hervorlocken, die die ganze Welt vor Staunen das Maul aufreißen lassen würde: daß nämlich nichts vorhersagbar ist, daß wirklich alles passieren kann.

Ich hatte den Zug erreicht und war eingestiegen, doch plötzlich packte

mich ein kalter Schauder und ich stieg wieder aus: machte ich einen Fehler? Der Zug war völlig leer, ich würde ganz allein sein. Ich sah Leute aus den einfahrenden Zügen springen und ungeduldig zu den U-Bahnen in Richtung Zentrum hasten und verlor beinahe den Mut. Amerikaner sind sehr sprunghafte Menschen. Mit einem einzigen großen Schachzug kann man sie emotional für sich gewinnen, schlägt der jedoch fehl, wenden sie sich genauso schnell von einem ab. Ich hatte schon immer ein schlechtes Gewissen, wenn ich mich von der Mehrheit entfernte, und jetzt sonderte ich mich auch noch von dem Gefolge des Präsidenten ab! Aber gab es eine Alternative? Es war die typische Friß-oder-Stirb-Situation: die garantierte Pleite, wenn auch vielleicht nicht ganz so spektakulär und endgültig wie auf dem Times Square – oder ein ungewisser, aber nicht ausgeschlossener Durchbruch in Sing-Sing, so riskant das auch sein mochte. Vielleicht sollte ich Pat anrufen, überlegte ich, vielleicht könnte sie mir bei der Entscheidung helfen. Aber was sollte ich ihr erzählen? Außerdem war sie wahrscheinlich schon von zu Hause losgefahren – ja, es war nicht auszuschließen, daß sie und die Kinder genau jetzt hier irgendwo in der Pennsylvania-Station waren! So wie ich aussah, durfte ich mich nicht von ihr erwischen lassen, sie würde das nie begreifen. Heilige oder nicht, sie hatte eine verflucht scharfe Zunge, wenn sie jemanden runterputzte, und das würde ich jetzt nicht verkraften, in der Öffentlichkeit schon gar nicht! Sie war wie die gute Fee, durchaus brauchbar dort, wo sie hingehört –, die einen einfach nicht in Ruhe ließ! Abgesehen davon, rief ich mir in Erinnerung, war die Wahl längst getroffen, die Entscheidung gefallen. War sie gefallen? *War sie es nicht?* Die Lokomotive pfiff und ich sprang in den leeren Zug und dachte dabei: Mein Gott! Jetzt muß ich schon wieder alles allein machen!
Kaum rollten wir aus dem Bahnhof in Richtung Norden, begann ich mich besser zu fühlen. Bewegung hilft immer. Irgendwie setzte sie mich in Verbindung zur Zeit, gab mir den Eindruck, daß die Dinge wie Zahnräder ineinander griffen. Wie damals, als ich aus der Karibik zurückgeflogen kam, und all die Mikrofilme in Whittaker Chambers Kürbisgarten fand. Oder an meinem Hochzeitstag, als Pat und ich nach Mexiko City flogen, als die weite, phantastische Welt vor uns lag, zeitlos, grenzenlos, reif und golden wie das undefinierte Glück, das all die armen, aber ehrlichen Burschen im Märchen suchen. Jegliche Fortbewegung – selbst zielloses Umherstreifen – ließ mich der Realität näher sein, Gott näher sein. Nicht etwa, daß ich je besonders viel über Gott nachgedacht hätte – aber ich wußte, wovon ich redete. Frag den

Mann auf der Straße, und er antwortet dir, daß Gott ein »Höchstes Wesen« ist. »Wesen« ist jedoch nur der allen vertraute Aspekt Gottes – sein transzendenter Aspekt ist *Bewegung*. Einsiedler auf ihren Bergspitzen sind alles andere als religiöse Denker, sondern müßige Tagträumer. Davon verstehe ich etwas, ich habe oft und lange hinter unserem Haus gelegen und in die Unendlichkeit gestarrt, dabei ist mir jedoch stets bewußt geblieben, daß man sich bewegen muß, wenn man rausfinden will, wer man ist und um was es in der Welt eigentlich geht. Eben deshalb habe ich seit je Eisenbahnzüge geliebt – nicht, um darin nach Ost oder West oder in eine andere Richtung zu flüchten, sondern um den Illusionen fester Plätze zu entgehen, und am wirklichen Leben teilzuhaben. Hätte ich genügend Zeit auf Theologie verwandt, ich hätte womöglich den ganzen Laden umgekrempelt.
Es kam mir schon gespenstisch vor, so allein im Zug zu sitzen – die widerhallende Leere betonte noch, so schien es, die für eine bedeutende Entscheidung notwendige Einsamkeit, isolierte mich auf angsterregende Weise, dennoch war ich dankbar dafür, weil ich Gelegenheit fand, mich zu entspannen, Hut und Sonnenbrille abzusetzen, die Schuhe auszuziehen, die Hose aufzuknöpfen, mich ein bißchen langzulegen, ohne mir groß Gedanken machen zu müssen, was andere Leute darüber dächten. Ich probierte den Schnurrbart aus. Er fühlte sich komisch an. Steif. Kitzelnd. Ich stopfte ihn in die Tasche. Es ging nicht an, das Stück mit *einem* Gesicht zu eröffnen, und sich ein zweites für den Fall des Mißlingens aufzuheben. Wenn ich die Sache überhaupt durchziehen wollte, dann als Richard Nixon – ja nicht einmal als Richard Nixon, denn der war längst, nach meiner eigenen Einschätzung, jemand anderer als ich, sondern schlicht als . . . ich selbst. Es war mir klar geworden, daß ich mich auf unerfindliche Weise durch den Kontakt mit Rosenbergs – auch wenn dieser nur auf Distanz und unbeabsichtigt erfolgt war – infiziert hatte, so als ob ein uralter Fluch mich getroffen hätte.
Obwohl ich von solchem Hokuspokus nicht viel halte, habe ich mich von gewissen Dingen schon immer fesseln lassen, seien es nun die Geschichten, die uns die Kindermädchen zu erzählen pflegten, oder die verloren pfeifenden Lokomotiven, oder die Tagträume – Kontemplation sollte man besser sagen. Mit einem Wort: ich saß ganz schön in der Patsche und würde drin bleiben, wenn es mir nicht gelänge, den Kontakt zu absorbieren, zu intensivieren, letztlich in einem Vorteil für mich zu verwandeln. In gewisser Hinsicht war ich genauso wenig frei wie Rosenbergs. Wir waren alle drei in ein dramatisches Geschehen

verwickelt, das sich abseits vom Dasein der normalen Sterblichen ereignete; unterscheiden ließen sich Rosenbergs nur durch ihre Unbesonnenheit, ihr ganz allgemein schlechtes Urteilsvermögen – aber einen Augenblick mal: wenn dem so war, müßte eigentlich mein Ausbruch auch im Drehbuch vorgesehen sein. Au Scheiße – doch dann hatte ich keine Lust mehr, darüber nachzugrübeln, verdrängte diesen Gedanken, zwang mich statt dessen, mich auf Rosenbergs zu konzentrieren, darauf, wie ich an sie rankommen, welche Strategie ich am besten anwenden könnte, was ich eigentlich aus ihnen rausbekommen wollte.

Julius war der schwächere, das wußte ich. Ich würde mit ihm anfangen, und falls ich ihn knacken könnte, hätte Ethel keinerlei Wahl. Das ist ja das Schöne an einer Verschwörung: man pickt ein kleines Loch, und ein ganzer Schwall von Beschuldigungen und Gegenbeschuldigungen kommt einem entgegen. Wahrscheinlich würde das ihre Ehe zerstören, aber das wäre ihr Problem. Vielleicht suchten sie schon längst einen guten Vorwand. Und jedenfalls würden sie am Leben bleiben. Wenn der Sturm sich gelegt hätte, würden sie mir wahrscheinlich sogar noch dafür danken. Einfach dürfte es allerdings nicht werden. Schwach oder nicht, Rosenberg hatte zwei Jahre Zeit gehabt, seine Stellung zu befestigen – mit seinen für die Öffentlichkeit bestimmten Erklärungen hatte er eine wahre Burgmauer aufgetürmt. Logische Argumente prallten daran ab, ebenso Drohungen und Überredungsversuche. Einen frontalen Angriff würde er abschmettern, ich mußte heimlich über die Mauer, ihn überraschend von hinten packen.

Welcher Trick ließe sich also anwenden? Rosenbergs gegenüber zugeben, daß der Prozeß eine Falle war, zusammengekleisterter Schwindel? Ihnen anvertrauen, daß ich selbst das Opfer von Verleumdungskampagnen gewesen sei, daß ich verstünde, womit sie es zu tun hatten? Wenn das klappen sollte, müßten sie mir voll vertrauen, mir alles bekennen. Sollten sie tatsächlich sein, was sie nach den Behauptungen des FBI waren, konnte nichts dabei rauskommen. Und waren sie wirklich so unschuldig, wie sie sagten, stand ich ebenfalls vor einem Problem – *irgendwas* mußte ich heute abend auf dem Times Square vorweisen können. Indessen war ich davon überzeugt, daß die Wahrheit irgendwo in der Mitte lag: Rosenbergs hatten sich ganz bestimmt schuldig gemacht, aber eben nicht dessen, was man ihnen vorwarf. Und wenn sie ihren Teil lieferten, könnte ich sicherlich auch meinen liefern. Das FBI hatte immer wieder behauptet, es halte belastendes Material gegen Rosenbergs unter Verschluß, doch gerade das war in hohem

Maße verdächtig. So zum Beispiel ließ sich Rosenbergs Abbestellung des *Daily Worker* so oder auch anders interpretieren. Die Burschen vom FBI waren den Tagen der Großen Gangster-Hatz und der Jung-Bullen-Clubs noch immer nicht entwachsen; in jenem Goldenen Zeitalter hatten sie sich selbst ein tolles Image geschaffen, und jetzt hatten sie Angst, jemand könnte sie dabei erwischen, wie sie Scheiße bauten. Ich kannte eine ganze Menge von ihnen persönlich, hatte jahrelang meine Insider-Infos von ihnen bezogen, aber ich muß gestehen, daß die meisten von ihnen sich ganz hübsch weit von der Realität entfernt hatten. Das Verkleiden und Rumschnüffeln im Leben anderer Menschen ließ sie glauben, alle anderen täten dasselbe, nur besser, besonders die Kollegen; sie leiden an Verfolgungswahn, und ihre Archive mit all den weitschweifigen Dossiers, die stets mit anderen verknüpft sind, haben sie stärker der Welt entfremdet als die Mönche im Mittelalter. Und trotz all ihrer Akten und Schnüffeleien und Kriminallabors und dem bevorrechtigten Zugang zu allem, knacken sie nach wie vor die meisten Fälle dadurch, daß ein Typ den anderen verpfeift, praktisch also das FBI nur benutzt, oder daß irgendein Agent mal eine Glückssträhne hat. Unter Umständen nur deswegen, weil ein Typ wie ein Ganove *aussieht*. Oder wie ein Linker. Das stimmt. Die glauben nämlich nach wie vor, daß sich kriminelle Veranlagung anhand der Gesichtsknochen feststellen läßt – das Bureau veranstaltet immer noch regelmäßig Seminare über die Totenmaske von John Dillinger! Und Julius Rosenberg hatte mit seinem Gesicht ausgesprochenes Pech. Er sah aus wie ein Polizeispitzel, ein Streikbrecher, eine der unsympathischen Gestalten, die gleich anfangs in alten Gangsterfilmen auftreten. Ein Blick auf ihn, und jede weitere Überlegung erübrigte sich. Und dann wuchs das Dossier und wuchs. Wie Pinocchios Nase.

Eins wurde dadurch ganz gewiß klar. Den Kern dieses weltumspannenden Konfliktes und dieser Krise bildete die Frage: Wer sagt die Wahrheit, das Federal Bureau of Investigation oder zwei erklärte Linke? Im Prozeß, in der Presse und in den Berufungsverhandlungen stand das nicht zur Debatte: welche Chance hätten Rosenbergs auch gehabt? Kaufman wußte es von vornherein: jeder Geschworene des Osterprozesses hatte auf seinen Eid nehmen müssen, daß er den Aussagen eines FBI-Agenten gleiches Gewicht wie denen eines Mitglieds der Kommunistischen Partei beimessen würde. Natürlich war das ausgemachter Blödsinn, man hätte niemals zwölf unbescholtene Amerikaner gefunden, die einem Linken soviel Glauben schenken würden, wie einem G-man; es war einmal Kaufmans Methode, Revisionsgründe zu vermeiden und dem Staatsanwalt eine Jury zu liefern, die gewillt war, ein bißchen zu mogeln; zum anderen zeigte sich darin deutlich, daß Kaufman wußte, worauf es letzten Endes im Prozeß ankam.

Saypol, den solche Gedanken nicht beschwerten, konnte das ganze Gewicht der FBI-Legende gegen diese Ghetto-Aussätzigen in die Waagschale werfen: »Es kam jedoch der Tag, an dem ein wachsames Federal Bureau of Investigation das Dunkel um jenes heimtückische Treiben aufhellte . . .« Er überhäufte das FBI mit Lob. Dasselbe tat Kaufman. Dasselbe taten der Präsident, die Presse, das Radio, der Justizminister, die Bürgervereinigungen, die führenden Politiker . . . und nicht zuletzt ich. Dasselbe tat das FBI in seinen regelmäßigen und populären Pressemitteilungen. Ja, nicht einmal Rosenbergs eigener Rechtsanwalt konnte sich dessen enthalten! Was glaubten Kaufman und Saypol wirklich? Vermutlich, daß Rosenbergs tatsächlich schuldig waren. Warum? Weil das FBI es behauptete. Hoover persönlich hatte in der Presse des Landes schlicht die Schuld von Rosenbergs verkündet, wer wollte da widersprechen? Edgar, der in seinem Allerheiligsten die übereifrigen Berichte ehrgeiziger Agenten las und sich durch Inventarlisten und Vernehmungsprotokolle, Observierungsergebnisse und unterschriebene Geständnisse hindurchwühlte, glaubte womöglich selbst daran. Streckenweise las sich der vom FBI zum Prozeß zusammengetragene Aktenberg wie ein auf seltsame Distanz geführter Dialog zwischen Gold und Hoover – ein Sprecher, der nach der Wahrheit tastet, ein Zuhörer, der jede Enthüllung heiligt: ein Sünder und sein ferner Gott. Während der Verhandlung berichtete die Presse immer wieder, daß »das Federal Bureau of Investigation inzwischen Hinweisen auf Spionage während des 2. Weltkrieges« nachgeht. Saypol deutete an, daß es eine ganze Menge FBI-Material gäbe, das er nicht benutzen dürfe, weil die Untersuchungen noch andauerten (vermutlich, um nicht einen neuen Herbert Philbrick unter den Agenten zu enttarnen), andernfalls könnte er damit Rosenbergs mehrfach das Maul stopfen, und wer im Gerichtssaal und im ganzen Land hätte das wohl bezweifelt. Unter tausend Amerikanern gab es wahrscheinlich kaum einen, dem auch nur eine Sekunde Bedenken kamen. Nein, wenn Irving Saypol mit einem Packen FBI-Berichte in der erhobenen Hand tönte, man möge sich vorstellen, daß Julius Rosenberg »wie ein Krake mit seinen Fangarmen operiert hat«, dann sah ein jeder bereitwillig einen Kraken vor sich und war höchstens erstaunt, daß dieser einen Schnurrbart hatte und einen Zweireiher trug.

Vielleicht aber waren alle einem Irrtum erlegen. Vielleicht war die Anklage gegen Rosenbergs schlichtweg fabriziert, von Anfang bis Ende, vielleicht war Greenglass in Wahrheit der Herbert Philbrick dieser Untersuchung gewesen und hatte alles versaut, hatte sich dann gezwungen gesehen, das erfundene Treffen mit Gold als wahr hinzustellen, um viele Jahre sonst fruchtlosen Aufwands zu rechtfertigen, um den Stuhl des Alten zu retten. Oder schlimmer noch: vielleicht wußte selbst das FBI nicht, was passiert war. Vielleicht war der gesamte Prozeß nichts anderes gewesen als ein künstlicher Nebelschleier, den das Phantom erzeugt hatte, um den wirklichen Spionagering zu decken. Möglicherweise hatte Gold, tückischer als irgend jemand sich vorzustellen vermochte, bloß die Waffen gestreckt, um das FBI von der Spur abzubringen, hatten Rosenbergs, zwar nicht der Spionage schuldig, aber in das Täuschungsmanöver eingeweiht, eine so zähe Verteidigung aufgebaut, um Uncle Sams Energien verpuffen zu lassen, um das FBI in eine Sackgasse zu locken. Vielleicht war vorgesehen gewesen, daß sie sich schuldig bekennen sollten, wovor sie dann allerdings in letzter Sekunde zurückschreckten – ja, das würde erklären, weswegen die kommunistische Presse sie bis vor wenigen Monaten völlig ignoriert hatte, weswegen ihre Freunde aus der linken Szene sie im Stich gelassen hatten. War es also kalkulierte Ablenkung? Ein bißchen abwegig vielleicht – Psychotöpferei, wie TIME es ausdrücken würde –, aber hatten nicht selbst die Clowns vom FBI bei Rosenberg eine Art »donquichotteriges Verhalten« registriert, nachdem sie sich ihm zu erkennen gaben und ihn wissen ließen, daß sie ihm auf den Fersen waren: sie berichteten, daß er genau mit den Typen weiterhin Umgang pflegte, die später zusammen mit ihm verhaftet wurden, daß er lächerlich sorgfältige Fluchtvorbereitungen für andere Leute traf, während er selbst keinerlei derartige Anstalten machte, daß er ein in jeder Beziehung konspiratives und verdachterregendes Benehmen an den Tag legte, gleichzeitig aber vor völlig Fremden offen mit seinen Untergrundaktionen prahlte. Das FBI hatte Spitzel zu ihm in die Zelle gelegt, sowohl nach der Verhaftung wie auch nach der Verurteilung, und selbst da hatte er ungehemmt weitergequatscht. War er tatsächlich der Mann, den sie suchten, dann konnte er nur verrückt sein. Vielleicht war er es. Daß er angeblich dem Paßfotografen erzählt hatte, Ethel habe in Frankreich Grundbesitz geerbt, war schließlich ganz hübsch von der Realität entfernt, fast so schön wie Harry Golds erdichtete Familie. Falls Rosenberg das wirklich gesagt hatte. Auch das FBI besaß eine blühende Phantasie. Mir kam das ganze »donquichotteriges Verhalten«

eher wie die Masche eines Gaunerpärchens vor: zwei talentierte Schauspieler lenkten die Aufmerksamkeit übereifriger G-men (und später die des ganzen Landes) vom Kern der Sache ab.
Kurz es schien so, als ob sie das Ganze für jemand anderes ausbadeten. Ja, davon war ich jetzt überzeugt. Vielleicht wußten sie, wer jener andere war, vielleicht wußten sie es auch nicht, und eben das mußte ich ausfindig machen. Ich konnte nur mutmaßen. Vielleicht hatten Sobell und Greenglass sie dazu überredet. Vielleicht war ihre Abneigung gegen Greenglass nur gespielt, schließlich fiel ihm der tragische Part zu. Vielleicht hatte man ihnen nur eingeredet, ein Spionagering existiere, und sie badeten das alles für gar niemanden aus, Bauern in einem Kalten Krieg-Manöver, von dem nur Uncle Sam und/oder das Phantom Kenntnis hatten. Vielleicht wurden sie von ihrem eigenen Anwalt manipuliert – Bloch, das wußte ich, stand etlichen Vorhaben der radikalen Linken sehr nahe, er hatte mitgeholfen, in der Roten Presse dem Fall Publicity zu verschaffen, vielleicht war *er* der Kopf, der hinter allem steckte. Wie auch immer, von zwei Punkten hatten Rosenbergs mich überzeugt: sie waren nicht die oder das, für die das FBI sie ausgab, aber sie wußten etwas, selbst wenn sie es, wie ich, nur durch einen kurzen Blick aus der Kulisse entdeckt hatten. Und da mußte ich einhaken. Bloßstellung des FBI im Austausch für ihr Geständnis, Partnerschaft beim Bildersturm. Ich hatte eine Menge Kontakte zum FBI, ich wußte, welch irres und gefährliches Terrain das war – Hoover war in vieler Hinsicht komplett verrückt, ein Despot in seiner Machtfülle, gehätschelt wie ein Cäsar, und wenn der sich eines schönen Tages ein Spionagenetz zusammenträumte, dann *existierte* es, bei Gott. Zweifel gab es keine. Aufgabe eines Agenten war es, die »statistische Leistung« des FBI zu verbessern und »durch persönlichen Außeneinsatz ›größere Fälle‹ zu einem erfolgreichen Abschluß zu bringen«, und niemals die Weisheit des entrückten Direktors in Frage stellen. Wenn wir nur schnell genug handelten, bevor das FBI in seiner Verwirrung Zeit fand, gründlich aufzuräumen, könnten wir, so nahm ich an, genügend Irrtümer und Manipulationen entdecken, um den Fall wie eine Bombe hochgehen zu lassen. Rosenbergs würden das zu bedenken haben, ich war ihre letzte Hoffnung. Viele ihrer Freunde dürften allerdings in Schwulitäten geraten, doch es mußte sein, von ihrem Standpunkt aus betrachtet, ging es um ein höheres Ziel, war somit alles gerechtfertigt. Und wenn es klappte, wenn sie redeten, wenn wir dem FBI und dem Justizministerium auf die Finger klopften, was dann? Würde das amerikanische Volk dies schlucken können? Die Unbe-

stechlichkeit amerikanischer Behörden und Institutionen – vor allem die des FBI – war hierzulande ein Glaubensartikel: würden die Leute eine Erschütterung dieses Glaubens verkraften? Würden sie überhaupt zuhören? Nun, es würde riskant sein, wie jeder große Machtkampf, könnte die ganze Nation in eine gefährliche Paranoia stürzen, doch wenn es klappte, hätte ich alle in der Hand. An irgendwas würden sie glauben müssen, und ich wäre der einzige, der ihnen bliebe, nicht einmal Joe McCarthy und seine Angriffe gegen die Armee und das Außenministerium könnten da mithalten. Selbst Uncle Sam würde spurten müssen, verdammt noch mal! Und wenn ich es tat, dann nicht für mich selbst, und auch nicht nur für unser Land. Man sollte sich doch nichts vormachen, das Überleben der ganzen beschissenen Welt hing von uns ab, und ich war der einzige Mensch in Amerika, der es garantieren konnte. Und das würde ich auch, alles, was in meiner Macht stand, würde ich da reinstecken. Die Regierung würde wieder funktionieren, richtig funktionieren, zum erstenmal seit dem achtzehnten Jahrhundert. Wer könnte uns dann noch aufhalten? Wir könnten Gutes tun, wo immer Gutes getan werden mußte.

Das waren keine müßigen Träume: ich wußte, daß ich es schaffen konnte. Ich spürte, wie meine Kraft den ganzen Erdball umspannte. Ich sah Denkmäler von mir in Berlin, Seoul, Prag, Peking und Pretoria. Eine weltweite Verehrung des hartnäckigen und zugleich warmherzigen Mannes, der den Frieden brachte, des Fightenden Quäkers. Vielleicht hoch zu Roß (ich fühlte förmlich ein Pferd unter mir) – oder besser noch: im Fond einer Limousine, aufrecht stehend, die Arme zu einem großen V erhoben. Alles aus schwarzem Marmor gehauen. Preise, Orden, Titel, spezielle Amtseinführungszeremonien, diesen ganzen Scheiß – völlig bedeutunglos, doch das Volk braucht das Zeremoniell, wie es Proteine braucht, und wie in jeder anderen würde ich auch in dieser Hinsicht meiner Pflicht Genüge tun, besser als jeder andere Mann meiner Generation, denn ich kannte des Volkes kindliches Gemüt. Dazu die Doktorhüte ehrenhalber, von Oxford und der Sorbonne, von Harvard und Heidelberg – und die verkalkten Zwerge aus Duke könnten mich mal am Arsche lecken. Ich würde Sorge tragen, daß Krieg und Aufruhr schon rein physisch nicht mehr machbar wären, und der Welthandel würde mit einem Elan und in einer Pracht erblühen, wie man es seit den Tagen, als die Handelsrouten nach China geöffnet wurden, nicht gesehen hatte. Natürlich würde ich geliebt werden. Man würde mich mit unbezahlbaren Kostbarkeiten überhäufen, aber ich würde sie höflich zurückweisen: was bedeuteten mir die

Schätze der Welt, wenn es mir um deren Wohlergehen ging? Na ja, ein kleines Schlößchen vielleicht, nicht für mich natürlich, sondern für Mutter und Vater, ein Geschenk der Völker vieler Länder. Ich konnte es in weiter Ferne vor mir sehen, hoch erhob es sich auf einer Klippe, oberhalb eines trägen Flusses, turmbewehrt, im Sonnenlicht glänzend. In etwa erinnerte es an das Mission Inn in Riverside (wir hatten die besten Architekten genommen), war nur viel schöner. Ich schien tatsächlich auf einem Pferd zu sitzen, mit einer silbernen Rüstung angetan, zweifellos ging es um eine spezielle Zeremonie, ja, ich kehrte heim, es gab ein Fest zu meinen Ehren, Musikkapellen spielten, die Leute strömten auf die Straßen, sangen Lieder zu meinem Lobe – aber komisch, die Trophäe, die ich ihnen brachte, war eine gigantische Gummizigarre (oder war es der Sattelknauf), und hoch über mir sah ich, als ich darunter her ritt, einen geheimnisvollen dunklen Turm, weiche Haarsträhnen flossen daran herab, blutgetränkt . . .

Mit einem Ruck kam ich zu mir: es war das Zuchthaus von Sing-Sing, zu dem ich emporgestarrt hatte! Mein Gott, wo war die Zeit geblieben? Ich mußte gedöst haben! Nur einen Augenblick lang hatte ich den Gebäudekomplex vor Augen gehabt, bevor wir unter ihm durchfuhren, hoch aufragend im Schein der Nachmittagssonne, viel näher und weitaus gewöhnlicher, als ich erwartet hatte, die stark bemannten Wachtürme wie kleine gelbe und grüne Spielzeugburgen aussehend, mit dicken kurzen Kanonen bewehrt (keine Kanonen natürlich, sondern Suchscheinwerfer) – und dann schossen wir in einen Tunnel durch eine Art Graben und kamen unter dem Kreischen von Stahlrädern im Bahnhof von Ossining an. Keine Zeit mehr, sich frisch zu machen oder zu pissen, wie ich geplant hatte – tatsächlich fand ich gerade noch Zeit, meine Füße in die Schuhe zu schieben, mir die Klamotten zu schnappen, die Hosen festzuhalten und rauszuspringen, bevor der Zug in Richtung Norden weiterfuhr. Ich holte tief Luft, schnallte den Gürtel zu (das war der Augenblick, als mich das Gefühl überkam, ein Western-Desperado zu sein), drückte den Homburg auf die Ohren, setzte die Sonnenbrille auf die Nase, quetschte mich durch die hereinströmende Menge und betrat diesen Ort, den man – etwas abgeflachter und ein paar Pfeffer-, Kampfer- und Mispelbäume dazwischengestreut – auch für Whittier, Kalifornien, hätte halten können.

Einen Augenblick blieb ich vor dem Bahnhof stehen, orientierte mich und blickte die Straße lang, von der ich annahm, es sei die Main Street. Ein bißchen schäbig, ruhig, schläfrig-heiter – ohne all die Bullen wäre es ein hübsches Plätzchen, ganz der Ort, in den, einhundert Jahre zurückdatiert, der gute alte Rip hätte heimkehren können. Dennoch besaß es keinen dörflichen Charakter mehr, hatte auch nicht mehr den einer Kleinstadt, sondern zeigte bereits etwas Neues: man glaubte es fast zu spüren, wie der Ort nach Süden gezogen wurde, wie der Manhattan-Orbit ihn in sich einsog. Solche Orte waren mir vertraut. Dasselbe war mit Whittier passiert: aus einem »netten kleinen Städtchen« war ich zur Navy gegangen, und kam drei Jahre später in ein Stück Los Angeles zurück. Überall in Amerika fanden sich die Menschen, die ihr Leben in solchen Städtchen und Dörfern verbracht hatten, von denen jedes seinen eigenen Charakter und seine eigene Struktur besaß, urplötzlich von einst fernen urbanen Zentren annektiert, an die Geschicke der expandierenden City geknüpft, mit all ihren Lastern, ihrer Korruption, ihren fremden Gesichtern. Und ihrem Wohlstand: da fiel es schwer, zu widerstehen. Wir, meine Generation, hatten eine Revolution mitgemacht, und jetzt, in der Mitte unseres Lebens, taumelten wir hilflos zwischen den extremen Standpunkten eines uralten Disputes, der von einer Generation geführt wurde, die nicht die unsere war. Ike's Bande. Ike und ich waren beide in kleinen Gemeinden aufgewachsen, kannten den Geruch von Weide und Kuhmist, das Gefühl, die Heimat zu verlassen, um in die »Weite Welt« zu gehen, das Feindselige und Perverse der Großstädte, doch sein Abilene war eine einfache, altmodische Siedlung von Präriebauern gewesen, die »Rinder-Metropole der Welt« mit ihren legendären Cowboy-Schießereien, ihren sonntäglichen Saufgelagen und den Würfelspiel-Schuppen am Rande des Städtchens, hinter denen die leere Weite begann. Für Eisenhower war alles Ländliche natürlich, alles Städtische wider die Natur, meine Generation war sich jedoch, trotz nostalgischer Gefühle, die wir gelegentlich für derart simple Auffassungen empfinden mochten, bewußt, daß irgend etwas an dieser Schwarz-Weiß-Ansicht nicht stimmte, ebensowenig wie an der entgegengesetzten Auffassung, die von Großstadt-Gurus und Ghetto-Provinzlern vertreten wurde, daß nämlich nur die Großstädte zivilisiert seien, das Land hingegen in Unkultur und Barbarei verharre. Was fehlte, war das Element der Mitte, der Ort zwischen den Extremen, wo sich wirklich was bewegte, seit es die alte Grenze nicht mehr gab: die Suburbs, die Rastplätze für Durchreisende und somit das echte Amerika. Mein Amerika. Dwight Eisenhower und Julius Rosenberg würden einander nie verstehen, aber ich konnte beide begreifen – in mir waren sie eins. Sollte das meine Rolle sein? Das Land zu urbanisieren und die Wildnis

in die Stadt zurückzubringen? Die Neue Revolution anzuführen? Aus ganz Amerika ein einziges Suburbia zu machen?
Darüber grübelte ich nach, während ich in das Städtchen hineinmarschierte und mich nach dem günstigsten Weg zum Zuchthaus umsah. Überall hatte man Barrieren errichtet, selbst längs des Schienenstranges der New York Central, alle Eingänge wurden von der Städtischen Polizei Ossinnings und der New Yorker Staatspolizei bewacht. Und alle gaben sich verdammt bärbeißig, besonders die Ortsbullen, die Jungs von Chief Purdy. Ich konnte nur hoffen, daß Direktor Denno die Anweisung durchgegeben hatte. Spencer Purdy war ein Typ, der nicht mit sich spaßen ließ. Als letzte Weihnachten achthundert Leute aus New York hergekommen waren, um für Rosenbergs Weihnachtslieder zu singen, hatte Purdy sämtliche Straßen, die zum Zuchthaus führten, absperren lassen, hatte die Weihnachtssänger auf dem Bahnhofsgelände festgehalten, fünfhundert Ortspolypen, Sheriffs und Staatspolizisten in einer nahegelegenen, ehemaligen Kabelfabrik samt einem ganzen Fuhrpark von Autobussen versteckt, um sie überall verfügbar zu halten, hatte die Demonstranten so lange als möglich im Freien stehen lassen, im bitterkalten Eisregen. Schließlich hatte er sechsen von ihnen erlaubt, auf dem Parkplatz des Zuchthauses ein Blumengebinde niederzulegen, das die Widmung trug »FÜR JULIE UND ETHEL ROSENBERG MIT HERZLICHEN GRÜSSEN. DAS AMERIKANISCHE VOLK«, hatte die Blumen jedoch, sobald sie wieder gegangen waren, von einem Müllwagen zur städtischen Deponie befördern lassen. Aber das alles war bloß ein bescheidenes kleines Vorspiel gewesen, verglichen mit dem, was heute ablief. Der Ort ähnelte einem waffenstarrenden Feldlager. An jeder Ecke Streifenwagen, Hunderte von schwitzenden Bullen, und über den Köpfen knatterten Hubschrauber der Küstenwache. Ich konnte sie zwar nicht sehen, aber ich nahm an, daß oben in den Bergen Nationalgarde lag, daß Schnellboote den Fluß kontrollierten. Und das Ganze machte mich verflucht nervös. Darum entschloß ich mich doch noch, das Bärtchen zu tragen, auch wenn es durch die lange Reise in meiner Tasche recht unansehnlich geworden war – eine Seite bog sich immer wieder vom Gesicht weg.
Eine Weile ging ich so durch die Straßen, erwog Alternativen, Perspektiven, übte mein Thomas-Greenleaf-Sprüchlein, um durch die Sperren zu kommen (wenn sie mich fragten, würde ich sagen, ich sei Verkäufer, Handlungsreisender – was letztlich ja stimmte: unser erfolgreichster Verkäufer von Anti-Sozialismus, pflegte die Partei mich nicht so zu

nennen?), und rief mir mühsam in Erinnerung, welche Strategie ich gegenüber den Rosenbergs anwenden wollte. Irgendwas mit FBI, eine Konfrontation . . . Die Einheimischen musterten mich prüfend. Ich hoffte, sie würden mich für einen Bullen halten, oder für einen Journalisten. Diejenigen, die nicht zu den Zügen hasteten, standen in der Junihitze vor ihren Häusern und hörten Autoradio. Irgendwas über Rosenbergs. Ich versuchte es aufzuschnappen: ». . . Rosenbergs gestanden. Für den Kongreß, der sich mit wichtigen Gesetzesvorlagen zu beschäftigen hatte, war es ein Tag voller Spannung . . .«
Was . . .? Hatten sie etwa ausgepackt? War es vorbei? Das macht mir alles kaputt, dachte ich. Vergiß es. Kehr sofort um, dann kannst du gerade noch rechtzeitig zu den Feierlichkeiten auf dem Times Square erscheinen. Ich wirbelte herum und rannte den Berg wieder runter. Doch dann kam ich zu Verstand: wenn sie gestanden hatten, was suchten dann die Polypen hier noch? Für das Phantom wären die beiden doch jetzt nutzlos. Ich versuchte, den Satz zu rekonstruieren. Massenhaft Möglichkeiten: *falls* Rosenbergs gestanden, *hätten* Rosenbergs gestanden, *sobald* Rosenbergs gestanden – ich drehte mich auf dem Absatz um und ging zurück. Der Schnurrbart löste sich, und ich mußte ihn wieder festdrücken. Die Leute starrten mich jetzt an. Ich versuchte, ruhiger zu werden. Ich wußte, daß dies die schwierigste Phase in einer Krise ist, diese Phase des Unentschlossenseins: soll man kämpfen oder kneifen? Wichtig ist, sich nicht unwiderruflich auf *eine* Art des Handelns festzulegen, jedenfalls nicht, bevor man dazu gezwungen wird. Sonst schießt man bloß von der Hüfte, kann das Ziel verfehlen, verliert den Kampf aus lauter Leichtsinn. Aber diese Phase hatte ich doch schon hinter mir, oder? Vorhin im Büro? Im *Look-Ahead-Neighbor-Sonderzug?* In der Pennsylvania Station? In welcher Phase steckte ich eigentlich? Ich war verdammt gereizt und geladen und hatte Angst, ich würde platzen, einen Koller kriegen oder so was. Ich dachte an meinen Alten, der immer alles falsch gemacht, der vergeblich gegen die Welt gewütet hatte: ich bin nicht besser als er! Wenn ich nicht so unter Druck stünde, versuchte ich mir einzureden, wäre ich weder geistig noch emotional auf die von mir liegende Auseinandersetzung vorbereitet, aber solche Sprüche halfen mir jetzt nicht. In meinem Magen brodelte es, die Nase triefte vom Heuschnupfen und ich mußte dringend aufs Klosett.
Wieder auf der Main Street entdeckte ich einen Drugstore und ging rüber, um mir Magentabletten zu besorgen. Vielleicht gab es da auch ein Klo. Als ich jedoch kurz hineinsah, entdeckte ich, daß der Laden

voll von Staatsbullen war, die in ihren zackigen, aber furchteinflößenden grauen und schwarzen Uniformen dort rumlungerten. Ich steckte die Nase in einen Drehständer mit Postkarten, der vor der Tür stand: kolorierte Bildchen von der Calvary Baptist Church, den Restaurants Jug Tavern und Half Moon, einem Grabstein vom Sparta Cemetery, den eine Kanonenkugel durchschlagen hatte. Ich versuchte zu denken, aber mein Hirn war leer. »Ossining ist ein Wort aus der Sprache der Sint-Sinck-Indianer und bedeutet ›Stein auf Stein‹«, stand auf einer Postkarte, die die ersten Sträflinge beim Bau des allerersten marmornen Zellenblocks zeigte, von dem es hieß, er stehe noch. Vielleicht waren Rosenbergs da drin? Nein, hier war der neue Todestrakt. Es gab Postkarten mit den Porträts der lokalen Helden des Unabhängigkeitskrieges und der Opfer des Todestraktes, inklusive ihrer letzten Worte. Und mit Zeichnungen – makabre Witze über den Elektrischen Stuhl, über Henkersmahlzeiten und angekettete Häftlinge, die davon träumen, auf ihre Wärter zu pissen, oder die man mit halbnackten Mädchen quält: »Okay, Miss Ladoo, das langt für heute!« Auf der einen Seite des Trenngitters zog sich ein Gefangener die Hosen runter, während eine Besucherin auf der anderen Seite ihr Röckchen hob, und ein Wärter schreit: »Hört ihr wohl auf, ihr Racker!«
Drinnen nuckelten die Bullen an ihren Milchshakes und machten die Oberschülerin hinter dem Sodaautomaten an, stießen einander verstohlen den Ellenbogen in die Rippen, wirkten gleichzeitig gelangweilt und geil. Ich erkannte sie. Oberligaspieler. In Hochform. Ein bißchen Rumalbern, ein bißchen Hinterntätscheln, das war bloßes Warmlaufen, ein paar Dribblings vor dem großen Spiel, dahinter steckte keine böse Absicht, da lag keine Vergewaltigung in der Luft. Einer spielte am Flipper, der die Aufschrift RUND GEHT'S trug, und die Musikbox jaulte »I Dreamed About Mama Last Night«. Vielleicht sollte ich's doch riskieren, dachte ich. Sie würden mein Kommen und Gehen nicht einmal bemerken. Ein Karamel-Milchshake wäre genau das, was ich brauchte, besser noch als Magentabletten. Oder vielleicht Ananas. Ich drückte mein Bärtchen zurecht und marschierte los, fühlte mich dabei unbehaglich, auf der falschen Seite – wie damals, als ich in den Drugstore ging und meine ersten Präservative kaufen wollte, und mich einem Mann gegenüber sah, der meiner Großmutter glich. Vor Schreck hatte ich damals ein Mittel gegen Fußpilz gekauft. Heute war es eine alte Frau, die wie Herb Brownell aussah. Sie kam mir in der Tür entgegen und fragte: »Was soll es sein, Mister?«
»Äääåh . . . diese hier!« krächzte ich, langte ohne hinzusehen hinter

mich und griff mir eine Postkarte. Ich suchte nach Kleingeld. »Und . . . äöh . . . wie komme ich am besten zum Zuchthaus?«

Sie sah mich mißtrauisch an und zeigte mit dem Finger: »Da drüben, ääh, dort: ääh, Hunter Street.« Wollte sie mich auf den Arm nehmen? Hinter ihr hatten die Bullen aufgehört, mit dem Sodamädchen rumzuflachsen, und blickten mich ausdruckslos an. Ich steckte die Karte ein, gab der alten Frau eine Münze und haute ab, knallte dabei fast gegen die Seite eines vorüberfahrenden Taxis. Hinter mir hörte ich röhrendes Gelächter, was bei mir einen Magenkrampf auslöste und die Knie zum Zittern brachte. Immerhin befand ich mich auf dem richtigen Weg.

Am Eingang der Hunter Street wurde ich jedoch aufgehalten. »Tut mir leid, Freundchen, Besuchszeit ist vorbei.« Ein großer, dickbäuchiger, grauhaariger Bulle in kurzärmeligem blauen Hemd, das unter den Achseln naß war.

»Direktor Denno erwartet mich«, sagte ich so schroff und kühl wie möglich. »Greenleaf . . . ääh, Thomas . . .«

»Klar erwartet der Sie, kann's gar nicht abwarten«, sagte der Bulle mürrisch und starrte geistesabwesend direkt über meinen Kopf hinweg, als ob ich zu unbedeutend sei, um angeschaut zu werden. Er hatte eine dicke Nase, aus der Haare sprossen, und kleine, wäßrige Augen: deutscher Abstammung, nahm ich an.

»Hören Sie mal«, sagte ich, »Sie können mir glauben . . .«

Doch der Bulle beschäftigte sich bereits mit zwei Typen hinter mir, sie trugen tief ins Gesicht gezogene Strohhüte, hatten die Schlipse aufgeknotet und Kameras umgehängt. Die zückten nur kurz eine Art Paß, Presseausweise vermutlich, und der Bulle ließ sie passieren. Ich hatte keinen. Doch der nächste Typ hatte einen und kam trotzdem nicht durch. »Tut mir leid, Junge, aber bei uns isses total überfüllt.« Der Mann zuckte die Achseln, und wir wechselten das Lächeln von Leidensgenossen.

»He Sie, kennen Sie den Typ?« fauchte der fette Bulle, sah mich voller Argwohn an, eine Hand am Pistolengriff.

»Waaa –? N-nein!« keuchte ich. Ich fühlte mich, wie ich mir stets in Gegenwart von Olas Vater vorgekommen war: schäbig, unterwürfig, voller Schuld.

»Wer war das?« fragte ein anderer Bulle mit einem Walkie-Talkie.

»Scheiß-Reporter vom *Daily Worker*. Der hat vielleicht 'nen Nerv!«

»Ich bin verdammt früh, wenn der ganze Kram vorbei iss«, seufzte der Bulle mit dem Walkie-Talkie.

Der fette Bulle zuckte schwerfällig die Achseln und wischte sich die Stirn. »Job iss Job.«
»Jaa, so lange dieses du-weißt-schon hier nich auftaucht«, sagte der andere.
»Das Phantom? Scheiß doch drauf, ich wollt, das Stinktier käme endlich«, knurrte der fette Bulle und rückte den Gürtel mit dem Schießeisen zurecht. »Würd liebend gern mal dieser schmierigen Tunte die Hammelbeine langziehn. Wetten, das iss nicht halb so schlimm, wie es immer heißt!«
»Ne Hälfte reicht«, sagte der andere und warf mir einen langen, prüfenden Blick zu. »Wer issn der Onkel da mit dem Schnäuzer und der Opahose?«
»Der will sich reinschummeln. Grünlieb heißt er angeblich.«
»Greenleaf«, verbesserte ich, aber ich wußte, daß es hoffnungslos war. Oben auf dem Berg, am Ende der Straße, konnte ich das Zuchthaus sehen, so nah und doch so fern.
»Thomas Greenleaf?« fragte der Bulle mit dem Walkie-Talkie. »Das geht in Ordnung, Frank. Der Alte hat gesagt, wir sollten ihn durchlassen. Der Direktor erwartet ihn.«
Frank zuckte die Achseln und winkte mich durch, hielt dann einen anderen Typ fest, der mir folgen wollte. Geschafft! Ich reckte mich und schritt an ihnen vorbei – doch dann, genau in dem Moment, als ich vorbeiging, packte mich der Bulle mit dem Walkie-Talkie: »Moment mal, Freund!«
»Äh? Was –? Sie sagten doch, ich könnte . . .«
»Ihr Bart«, sagte er, beugte sich vor und flüsterte mir ins Ohr: »Er sitzt falsch rum!«
»Oh! Ähh, gut . . .!« Das war mir ganz recht. Er fing nämlich an, zu jucken, und beim Umdrehen hatte ich Gelegenheit, mich zu kratzen. Auf das Gelächter der Bullen hätte ich allerdings gut und gerne verzichten können.
Je weiter ich den Berg hoch kam, um so voller wurde es. Es gab noch weitere Sperren, aber sie waren leichter zu passieren als die erste: der wunde Punkt aller Sicherheitssysteme. Hatte man die Peripherie geschafft, wurde der Rest zum Kinderspiel. Ganz so leicht war es allerdings doch nicht. Auf dem Parkplatz des Zuchthauses stieß ich auf mindestens hundertfünfzig Reporter und Kameramänner, von denen ich etliche erkannte, und fast die gleiche Zahl von Polizisten, unter ihnen der Sheriff vom Westchester County, augenscheinlich ein Ehrengast in der Kavalkade, die Rosenbergs zum Times Square begleiten

sollte. »Rührt sich da unten was, Sheriff?« fragte ihn einer von der Staatspolizei.
»Nee, alles ruhig«, antwortete er. »Da unten gibts nur Republikaner.«
Alle lachten. Selbst ich lachte, wie eine Marionette, an deren Schnüren gezogen wird.
»Es heißt, in der City braut sich einiges zusammen«, sagte ein Reporter.
Irgendwie mußte ich an diesen Typen vorbei, ohne erkannt zu werden. Einen Zugang gab es nur durch das Tor im Maschendrahtzaun hinter all diesen Leuten. Dort waren weitere Wachen, dann kam noch ein massives Tor in einer dicken Mauer und jenseits davon das Zuchthaus. Ich hatte graue Marmorblöcke erwartet – Stein auf Stein – wie bei einer alten Burg, tatsächlich zeigte sich jetzt, daß ein Großteil der Mauern und Gebäude aus Backstein bestand. Aus Backstein und Beton. Es war groß, doch von unten hatte es größer gewirkt. Und trotzdem unbezwingbar. Und archetypisch: wahrscheinlich waren es die so vertrauten sechseckigen Wachtürme mit den spitzen Giebelchen, die einem diesen Eindruck vermittelten. Genau wie in den Cagney- und Raft-Filmen. Man könnte für diese Örtlichkeit romantische Gefühle entwickeln, wenn man nur lange genug dabliebe. Die Wachen auf den Türmen waren bewaffnet und trugen dunkle Sonnenbrillen. Sie wirkten völlig locker. Sie erinnerten mich an die Kapitäne der Schiffe, auf denen ich gefahren war. Neben der Nordmauer zog sich zwischen Granitbrocken eine Art Pfad den Abhang hoch: vielleicht gab es von der Rückseite her noch einen Zugang. Doch da, wo der Fußweg anfing, erhob sich einer der Wachtürme, von dem eine Anzahl Bullen grinsend runterblickte. Keine Chance.
Einige Augenblicke lang stand ich unschlüssig am Rande des Parkplatzes in der Sonne, in der Nähe einer Reihe von Telefonboxen, die an einem Zaun aufgehängt waren. Ich überlegte: wenn plötzlich jemand auf mich zukäme, könnte ich meinen Kopf über eins der Telefone beugen und irgendwen anrufen. Wahrscheinlich Pat. Ich schwitzte wie blöd, und ständig rutschte mir der Schnurrbart weg. Die Sonne senkte sich zum Fluß hin: die Zeit verrann. Jetzt oder nie. Ein paar Reporter kamen auf mich zu, wollten augenscheinlich telefonieren. Kurz entschlossen betrat ich den Parkplatz, als ob ich zu meinem Wagen wollte, drehte mich dann auf dem Absatz rum und marschierte direkt auf das Tor zu. Der Bart fiel runter: ich bekam ihn zu fassen und umklammerte ihn mit der Faust. Mein Herz schlug bis zum Hals, doch äußerlich blieb ich kühl. Mut – oder, um es exakter auszudrücken, mangelnde Angst –

ist eine Frage der Disziplin. Wenn jemand behauptet, niemals Angst gekannt zu haben, dann ist er entweder ein Lügner oder ein Schwachkopf. Ich hatte Angst, das stimmte, ich wußte, daß sehr viel auf dem Spiel stand, doch ich hatte mich entschlossen, und jetzt mußte ich es durchstehen. Für diese Fähigkeit, mich unbeirrt durchzuboxen, war ich bekannt, jedem war sie aufgefallen, angefangen bei meiner Mutter bis zu Uncle Sam, wahrscheinlich konnte ich gar nicht anders. Aber ich fühlte mich, wie ich mich gefühlt hatte, als ich zur Löwin Sheba in den Käfig stieg. Am Tor hing ein Schild:

SACK-
H A L T
GASSE

Ich spürte, wie alles um mich herum in Bewegung geriet, als ich losstürmte. Die Leute drehten sich um und starrten mich an. Reporter rissen die Kameras hoch. Wachen liefen auf das Tor zu. Oh verdammt, dachte ich und hatte Angst, zu den Türmen hochzublicken, am Ende werden sie dich noch erschießen! Mir fiel nicht ein, wer ich vorgeblich war. Erinnern konnte ich mich nur an Greenglass, aber der war ich nicht. Ich blickte auf und sah, daß auf der anderen Seite des Zaunes ein Typ direkt auf mich zuschoß, eine Zeitschrift vor dem Gesicht wie eine Maske. Schreckerfüllt glaubte ich, daß ich mich selbst sah! Daß ich geradewegs auf einen Spiegel zustürmte! Daß ich die ganze Zeit drinnen gewesen war und nun raus wollte! Aber es gab gar kein »Draußen!« Wenn das Leben ein frei dahinfließender Strom ist, überlegte ich und wappnete mich für diesen erstaunlichen Zusammenprall, wie kann dann so was passieren? Wenn aber nicht, was zum Teufel mache ich dann hier?

INTERMEZZO

Ihr Mund blieb versiegelt, sie ziehen den Ruhm vor, der ihnen, wie sie glauben, ein Martyrium beschert, das ihnen jene auferlegt haben, die sie für diese teuflische Verschwörung rekrutierten und die allergrößtes Interesse daran haben, daß sie weiterhin schweigen.

Richter Irving R. Kaufman

Wir werden niemals versuchen, einen Aggressor zu versöhnen, indem wir in unehrlichen und unsauberen Pakten Ehre für Sicherheit eintauschen.

Dwight David Eisenhower,
Antrittsrede, 20. Januar 1953

Die Würde des Menschen ist keine Ware

Sing-Sing-Oper in einem
(letzten) Akt
von
Julius und Ethel Rosenberg

Personen

Julius Rosenberg, Gefangener (Tenor)
Ethel Rosenberg, Gefangene (Sopran)
James V. Bennett, Direktor des Bundesaufsichtsamtes für Haftanstalten (Bariton)
Zuchthausdirektor (Baß)
Schließer
Wärterin
Choreinlagen aus Kongreß-Protokollen unter der
Leitung der ehrenwerten Herren
Hale Boggs, Paul Shafer, Edward Martin,
Overton Brooks, Frank Bow, Clarence Kilburn,
Morgan Moulder u. a.

Erster Auftritt

Das Anwaltszimmer von Sing-Sing, am Dienstag, dem 2. Juni 1953, um 11 Uhr vormittag. JAMES *steht an der rückwärtigen Wand unter der riesigen überlebensgroßen Darstellung eines elektrischen Stuhls mit seinem diversen Zubehör: Generator, Erregungsstromgeber, Regelwiderstand, Volt- und Amperemeter, Schalter, Steckdosen und so weiter. Alles ist verdrahtet und mit Bezeichnungen und Bedienungsanleitungen versehen. Ein* SCHLIESSER *führt* JULIUS *in den Raum und geht dann wieder ab, wobei er die Tür hinter sich zumacht. Nachdem der* SCHLIESSER *verschwunden ist, blickt* JULIUS *sich neugierig um, denn zum ersten Mal geschieht es, daß er mit jemanden alleingelassen wird, daß Polizisten oder die Leute von Sing-Sing nicht dabei sind.* JAMES *läßt* JULIUS *Zeit, sich auf der Bühne ein paarmal ängstlich umzudrehen, dann tritt er vor und beginnt mit der Ouvertüre:*

JAMES

(Ouvertüre) Justizminister Brownell hat mich beauftragt,
Sie zu besuchen, denn er möchte Sie wissen lassen,
daß Sie sich an mich wenden können, falls Sie
den Wunsch verspüren, mit der Regierung zusammenzuarbeiten.
Könnten Sie, Julius, nämlich
die Regierungsvertreter davon überzeugen,
daß Sie vorbehaltlos mit der Regierung zusammengearbeitet
haben, dann hätte diese einen Grund,
Ihre Begnadigung zu empfehlen!

JULIUS

(sichtlich schockiert, kämpft um Selbstbeherrschung und Haltung)
Zuerst einmal
sind wir unschuldig!
Das ist die volle Wahrheit,
und deshalb wissen wir nichts,
was dem Begriff »Zusammenarbeiten«
einen Sinn geben könnte!

(Duetto angoscioso)

JULIUS

Unnötig ist es,
mich mit Stöcken
zu prügeln, doch
dieser Vorschlag, der
gleicht mittelalterlichem
Brauch! Der ist so
wie Daumenschrauben
und Folter!

JAMES

Können Sie sich vorstellen,
daß ich die letzte Nacht keinen
Schlaf fand, nachdem man mir sagte,
daß ich Sie und Ethel
am Morgen aufzusuchen habe, um
mit Ihnen die Sache
zu besprechen? Es hat mich
schrecklich gequält!

JULIUS

Was glauben Sie eigentlich, was wir empfinden, die wir zwei Jahre lang hier sitzen und auf den Tod warten, obwohl wir unschuldig sind?

(Arie) Meine Familie hat schweres Leid getragen!
Die Schwester erlitt einen Zusammenbruch!
Die kranke alte Mutter, wie sie sich quält und sorgt!
Unsäglicher geistiger und seelischer Schmerz lastet auf unsern Kindern!
Und dann kommen Sie uns so?
Bedenken Sie doch, Mr. Bennett, wir lieben unser Land!
Es ist unsere Heimat, das Land unserer Kinder
und unserer Familie!
Daß sein guter Name entehrt werde, das wollen wir nicht!
Und nach Recht und Moral
sollte man uns am Leben lassen,
um unsere Unschuld zu beweisen!

JAMES

Nein – kein neues Verfahren. Nur wenn Sie mit uns zusammenarbeiten, läßt sich ein Grund für die Umwandlung der Strafe finden. Bedenken Sie doch, Julius, nie haben Sie wirklich bestritten, daß Sie etwas von dieser Spionagesache wissen.

JULIUS

Aber gewiß habe ich es bestritten, haben Sie überhaupt die Prozeßakten gelesen, Sir?

JAMES

Nein, habe ich nicht, aber Sie, Sie haben mit Elizabeth Bentley in Verbindung gestanden.

JULIUS

Das habe ich nicht, und sie sagte im Zeugenstand aus – das könnten Sie im Protokoll nachlesen –, daß sie mich nicht gekannt habe und mir nie begegnet sei.

JAMES

Aber Sie hatten doch Verbindung zu Gold, oder?

JULIUS

Die hatte ich natürlich auch nicht. Auch Gold sagte im Zeugenstand aus, daß er mir nie begegnet sei, noch mich je gekannt habe. Sie hätten die Akten lesen sollen, um die Fakten zu kennen.

JAMES

Ich habe die Berichte der Zeitungen gelesen.

JULIUS

(beiseite, ins Publikum)

Es ist wirklich bemerkenswert,
wie Sie Ihren eigenen Lügen
zum Opfer fallen
und sich nicht mehr an die
Akten des Verfahrens halten!

JAMES

Hören Sie, Julius, mich hat man einfach herbeordert, doch wenn Sie einverstanden sind, lasse ich jemand kommen, der mit dem Fall gründlich vertraut ist, und Sie könnten versuchen, ihn davon zu überzeugen, daß Sie mit der Regierung zusammengearbeitet haben . . .

(Duett)

JULIUS	JAMES
Das also haben Sie vor! Er soll mich überzeugen, daß ich schuldig bin, obwohl ich es nicht bin! Er soll mir bestimmte Ideen suggerieren! Und Sie werden nur zufrieden gestellt sein, wenn ich das sage, was Sie von mir hören wollen. Doch ich werde mir dafür keine Lüge ausdenken!	Hören Sie, Julius, Gordon Dean, der Direktor der Atomic Energy Commission, ist ein sehr guter Freund von mir und sollte er überzeugt sein, daß Sie voll und ganz mit uns zusammengearbeitet und alles, was Sie über die Spionageaffäre wissen, gesagt haben, dann wird er zum Präsidenten gehen und das Gnadengesuch befürworten!

JULIUS

(Arie) Unser Land sollte um seinen Ruf
auf der Welt besorgt sein,
denn viele seiner Freunde sind schockiert
über das barbarische Urteil
und den Mangel an
Rechtlichkeit,
den dieser Fall erweist!

JAMES

Ich weiß, der Prozeß hat viel Publicity gehabt, doch das ist hier nicht von Belang . . .

JULIUS

(Arie) Sie selbst, Mr. Bennett, Direktor des Bundesaufsichtsamtes für Haftanstalten,
Sie wissen,
daß Greenglass und Gold neun Monate lang
im Tombs-Gefängnis zusammen waren und den Fall absprachen,
Aufzeichnungen aus einem dicken Loseblatt-Dossier studierten,
die Zeugenaussage übten,
mit FBI-Agenten sprachen, mit der Anklagevertretung
und ihrem Anwalt!
Sie wissen das,
weil die Akten des Tombs-Gefängnisses es beweisen,
und dennoch verweigert Ihr Amt uns
die Möglichkeit, diese Akten als Beweise
heranzuziehen!
Sie wissen,
wie man Greenglass die Aussage zur Bombenskizze
eingetrichtert hat,
und zwar mündlich und schriftlich!
Sie wissen,
daß die Anklagevertretung über entlastendes Material verfügt,
das sie dem Gericht vorenthält!
Kurz, wir haben keinen fairen Prozeß bekommen,
wir wurden reingelegt!
Und jetzt erwarten Sie von uns,
daß wir die Riesenlüge als Wahrheit ausgeben!
Niemals werden wir so was tun!

Einerseits diese Tradition unseres Landes, Kriegsverbrecher, Nazis und Faschisten davonkommen zu lassen, Verräter und Spione nicht hinzurichten, und andererseits, zum ersten Male, die Rosenbergs als schlimmste Verbrecher in unserer gesamten Geschichte hinzustellen – daß das nicht richtig ist, das wissen Sie!

JAMES

Aber, Julius, ich gebe Ihnen doch Gelegenheit zur Zusammenarbeit!

JULIUS

Sicherlich! Richter Kaufman hat mit seinem Wahnsinnsurteil einen üblen Fehler gemacht, und jetzt hat er den Stier am Schwanz gepackt und kann ihn nicht mehr loslassen!

JAMES

(während der Chor *hinter ihm auftritt)*

Das stimmt, Julius! Er benötigt Ihre Hilfe, um das Urteil zu ändern, und die können Sie ihm geben, indem Sie alles sagen, was Sie wissen!

CHOR

Voller Stil und Würde hat Richter Kaufman seine Pflicht erfüllt!

Durch Geburt ist Richter Kaufman Jude, durch Zugehörigkeit zur jüdischen Gemeinde, durch Glauben und durch fromme Werke!

Dennoch hat – in unserem bewundernswürdigen Lande – der Richter jüdischen Glaubens über zwei Spione jüdischer Abstammung ob ihres Verrats sein Urteil gesprochen!

Denn die Liebe zu Amerika hat obsiegt!

Nicht einmal der unversöhnlichste Antisemit kann übersehen, wie sehr der Fall dem Herzen des Richters naheging!

Und dennoch hat man ihn – wie er es nennt – »geprügelt und gescholten«!

Nie zuvor ward ein Richter an einem amerikanischen Gericht derartigem Druck organisierter Massen ausgesetzt!

Auch das Leben dieses weisen und so couragierten Juristen war Gefahren ausgesetzt!

Das Leben Richter Kaufmans, das seiner Frau und das seiner Kinder!

Derart riesige Stöße an Schmähbriefen schickte man ihm, daß er aufhören mußte, sie zu lesen!

Tag und Nacht ward er ans Telefon gerufen, bis er die Anrufe nicht mehr annahm, selbst nicht mehr die seiner engeren Freunde!

Und seitens der Linken war er permanent bitterer Kränkung und Verunglimpfung ausgeliefert!

Die den Richter Irving Kaufman als menschenfressendes Scheusal anzusehen schienen.

JULIUS

(kraftvoll den Chor *unterbrechend)*

Die Verantwortung für seinen Fehler vermag ich ihm nicht abnehmen, denn vor Gericht hätte man uns niemals bringen dürfen!

(Duett) JULIUS

Grausam ist der Druck, der
auf uns lastet,
unzumutbar!
Anständig wäre einzig,
Mr. Brownell aufzufordern,
das Gnaden-
gesuch zu befürworten.

JAMES

Der einzig gangbare Weg für Sie
ist die Zusammenarbeit, die
die Leute in Washington
überzeugt!
Dann wäre ein Grund
gegeben, das Gnaden-
gesuch zu unterstützen.

(Sie werden jäh durch das Schrillen der Gefängnisglocke unterbrochen, die die Mittagsstunde anzeigt. JAMES *geht abrupt ab. Der* SCHLIESSER *tritt ein und führt* JULIUS *hinaus.)*

CHOR

Anstatt zu versuchen, ihr Leben zu retten, indem sie ihr Gewissen entlasten, belieben die Rosenbergs Toleranz zu fordern, wenn sie um ihr Leben bitten!
Wie kommt es, daß man von uns, den loyalen Amerikanern,
immer wieder den Nachweis verlangt, tolerant zu sein?
Warum diese Hetzkampagnen im Falle Rosenberg?
Zu viele gewaltsame Demonstrationen gegen die amerikanische Justiz sind hingenommen worden!
Die Zeit, solch bösartige Gesinnung in die Schranken zu weisen, ist längst gekommen!
Das Interesse unseres Landes erfordert, daß alle anderen Saboteure sich der Vorstellung entschlagen,
Spionage berge kaum ein Risiko, oder daß kommunistischer Druck ihnen Immunität verleihen könne!
Jedes Land besitzt das unveräußerliche Recht, sich und seine Bevölkerung vor gewaltsamem Umsturz zu bewahren!
Ein jeder, der an Verschwörung teil hat, muß darauf gefaßt sein, durch sie umzukommen!
Mit Verrätern schließt man keinen Kompromiß!

Zweiter Auftritt

Zwölf Uhr, derselbe Tag, dasselbe Bühnenbild wie vorher, bis auf ein Schild, das besagt, daß es jetzt zur Frauenabteilung gehört. Mit einem Blechteller voll Essen in der Hand geht ETHEL *auf und ab und betrachtet ruhig die vergrößerte Zeichnung des Elektrischen Stuhls.* JAMES *tritt auf und stellt sich vor. Der* SCHLIESSER, *der ihn hereingelassen hat, und die* WÄRTERIN, *die bei* ETHEL *war, gehen beiseite und postieren sich diskret an der Gittertür, die zum Korridor führt.* JAMES *wiederholt das Thema der Ouvertüre:*

JAMES

Lassen Sie mich gleich zur Sache kommen, Mrs. Rosenberg!
Justizminister Brownell Jun. hat mich beauftragt, Sie in Kenntnis zu setzen, daß er Ihnen jeden beliebigen Regierungsbeamten zur Verfügung stellt, dem Sie alle Spionagegeheimnisse zu enthüllen gewillt wären, die Sie bislang zurückgehalten haben!
Sollten Sie sich diesbezüglich kooperativ verhalten, ist die Regierung bereit, die Todesstrafe aufzuheben!
Ich war eine Stunde lang mit Julius zusammen, und jetzt bin ich gespannt, Ihren Standpunkt kennenzulernen!

ETHEL

(Arie, kurz und melodisch)
Ich bin unschuldig,
mein Mann ist unschuldig,
keiner von uns weiß
irgendwas von Spionage!
Und würde der Justizminister
eine hochgestellte Persönlichkeit
zu mir schicken,
könnte ich schlicht nur wiederholen,
was ich eben vorgetragen habe,
und darauf drängen, daß Gnade man
befürworte, um einen
schlimmen Mißstand zu beheben!

JAMES

(höflich, einschmeichelnd)
Lassen Sie sich zur Zusammenarbeit bewegen!

Es ist der einzige Weg, wie Sie sich selber helfen können!
Sie wissen doch bestimmt etwas!

ETHEL

Nein, wie könnte ich das, wenn ich doch in nichts verwickelt war? Um so zu kooperieren, wie Sie es wollen, müßte ich absichtlich einen Berg Lügen ersinnen und falsche Anschuldigungen gegen unbescholtete Bürger erheben!

(Duett) ETHEL	JAMES
(gelassen)	(völlig entsetzt)
Also das ist es, was	Um Himmelswillen, nein!
die Regierung von mir	Natürlich wollen wir nicht, daß
will – Lügen?	Sie lügen!
Also das ist es, was	Um Himmelswillen, nein,
die Regierung usw. . . .	usw. . . .

CHOR

(zornig auf die Bühne kommend)

Dies ist die Geschichte der zwei Arten von Gerechtigkeit – russischer und amerikanischer!
In Rußland, ja in jedem Land jenseits des Eisernen Vorhangs,
hätte man diese Angeklagten längst erschossen!
In Sowjetrußland hätte man Rosenbergs exekutiert,
sobald das Verbrechen entdeckt war!
Und sobald man sie mit raffinierter Folter dazu gebracht hätte, alle Komplizen zu benennen!
Um russische Justiz zu illustrieren, sollte man einmal zeigen, was mit Willy Göttling in Berlin geschah!
Wann wird Willy Göttling vor Gericht gestellt?
Und darf er Berufung einlegen, wenn man ihn für schuldig befindet?
Und erneute Untersuchung verlangen, oder Aufschub der Hinrichtung?
Macht euch nichts vor
Sie stellten den Tor,
den armen Willy, vors Hinrichtungskommando und schossen ihn tot!
Das ist die Praxis sowjetischer Justiz!
Hat man Rosenbergs rausgeschleppt und erschossen, so wie man in Rußland mit ihnen verfahren wäre?
Sie wissen, daß man das nicht tat!
Und dabei besteht bezüglich der Schuld von Rosenbergs auch nicht die Spur eines Zweifels!

Gerechtigkeit mag hart erscheinen, aber in den fast drei Jahren seit Erhebung der Anklage ist Rosenbergs mehr von ihr zuteil geworden, als ein totalitärer Staat sich je leisten könnte! Muß man sich da nicht wundern, wenn sich ein amerikanischer Bürger, ausgestattet mit allen Rechten und Privilegien, die uns teuer sind, dem Kommunismus in die Arme wirft?

(ETHEL *hat dem* CHOR *keinerlei Aufmerksamkeit geschenkt und wie beiläufig die Mahlzeit auf dem Blechteller gegessen. Jetzt übergibt sie mit einer meisterhaft-selbstsicheren Geste den Teller der* WÄRTERIN, *tritt nach vorn an die Rampe und wiederholt mit hellklingender Stimme ihre Koloratur-Arie, wie ein da capo.)*

JAMES

(unterbricht die Arie)

Ethel, die Regierung behauptet, Dokumente und Aussagen in den Händen zu haben, die das widerlegen würden. Also zeigen Sie sich doch willens, mit uns zusammenzuarbeiten, dann gäbe es vielleicht einen Grund, die Strafe umzuwandeln!

ETHEL

(völlig unbeeindruckt)

Wenn das, was sie hat, so schwerwiegend ist, warum braucht sie dann noch zur Bestätigung mich, jetzt, im letzten Moment? Lassen Sie mich Ihnen unverhohlen sagen:

(Aria aspro) Die mächtigste Regierung auf Erden
hat ihren Repräsentanten geschickt,
um uns einen schamlosen
Vorschlag zu unterbreiten,
denn sie ist sich völlig bewußt,
daß die Urteile
rechtswidrig zustande kamen,
daß die Strafe ein Racheakt ist!
Und bevor sie riskiert, ihren Anteil
an diesem miesen Betrug zu gestehen,
und bevor sie in wenigen Tagen mit
einer Doppelhinrichtung, die
auszuführen sie scheut,
konfrontiert ist,
besitzt sie die Dreistigkeit, zu versuchen,
uns gewaltsam ein falsches Geständnis abzupressen,
indem man uns das Leben als Köder hinwirft,
wie einem glücklosen Fisch den Wurm!

Zahlt den Preis, den wir fordern,
oder verwirkt euer Leben!

JAMES

(beeilt sich, die steigende Flut ihrer Abscheu einzudämmen)

Aber, aber, dergleichen habe ich nicht gesagt, Sie verstehen mich völlig falsch!

ETHEL

Ganz im Gegenteil, ich habe Sie viel zu gut verstanden. Hier haben Sie unsere Antwort:

(Aria nobile) Die Drohung mit dem Elektrischen Stuhl
schüchtert uns nicht soweit ein,
daß die ihr Gesicht bewahren!
Auch werden wir nicht den wachsenden Einsatz
von undemokratischen Polizeistaat-Methoden ermutigen,
indem wir ein schäbiges,
niederträchtig kleinliches Geschäft akzeptieren,
anstelle von Gerechtigkeit,
die uns als Bürgern zusteht!
Das mag zu einem Hitler-Deutschland passen,
nicht aber zu einem Land der Freiheit!
Eine wahrhaft große, eine wahrhaft rühmliche Nation
hat die Verpflichtung, Mißstände zu beseitigen,
hat nicht Tribut zu fordern
von einem, den man ins Unrecht setzt,
indem man widerwillig sein Leben verschont
– ein Leben, das von vornherein
nie hätte in Frage gestellt werden dürfen!

(JAMES *gerät jetzt ernstlich aus dem Gleichgewicht, die Maske nonchalanter Autorität fällt, er zeigt wirklich echtes Unbehagen.)*

JAMES

Aber wir versuchen doch, Ihnen zu helfen, indem wir Sie um Ihre Mitarbeit ersuchen!

ETHEL

(ungerührt)

Sagen Sie, was Sie wollen,
veschleiern Sie es,
preisen Sie es an,
beschönigen Sie es,
ganz wie es Ihnen gefällt,

und doch ist es Zwang,
ist es Druck,
ist es Folter!

(Sie deutet auf die Uhr, die munter ihr Leben vertickt.)

Lassen Sie mich Ihnen das in aller Nüchternheit sagen: Sie können mich am Donnerstag, dem 18. Juni, abends um zehn vor elf aufsuchen, und am Tatbestand meiner Unschuld wird sich nicht ein Deut geändert haben!

(Beide beiseite)

JAMES

Sie muß verrückt sein,
das Leben wegzuwerfen,
wo es darauf ankommt,
es zu
gewinnen!
Ah – ahem!
– natürlich für einen
gewissen Preis!
Dennoch
muß man
ihren Standpunkt
respektieren!

ETHEL

Er tut mir leid!
Auch nur ein Rädchen
im Getriebe,
er hat einen miesen
undankbaren Job!
Will mich so verzweifelt
überzeugen, daß er unparteiisch
ist, und findet es
zunehmend schwieriger, eine
unhaltbare Position zu
behaupten gegenüber unbeugsamer
opferwilliger Redlichkeit!

JAMES

(schlägt voller Verzweiflung die Hände über den Kopf und ruft dem SCHLIESSER *zu:)*

Bringen Sie bitte Mr. Rosenberg herein!

CHOR

(während man JULIUS *Auftritt abwartet)*

Alles spielte sich in einem Klima ab, das frei war von Hysterie und Unmenschlichkeit!

Alles ist eine kühle juristische Suche nach der richtigen Antwort gewesen!

Das erste Problem bestand darin, ob Landesverrat in Kriegszeiten entschuldbar sein könne!

Rosenbergs verrieten ihr Land in allerniederträchtigster Weise!

Ihr Verbrechen war eines der abscheulichsten in der Geschichte Amerikas!

Mrs. Rosenberg bat um Schonung für ihr Leben,
damit sie ihre Söhne zu Männern aufwachsen sehe!

Diese Bitte brachte Mrs. Rosenberg angesichts der Tatsache vor,

daß Sie durch ihr Verbrechen die Söhne vieler amerikanischer Mütter in Korea in den Tod geschickt hat,
bevor sie die volle Blüte ihres Lebens erreichen konnten!
In Korea sind 24 214 Amerikaner gefallen, und sie starben vornehmlich wegen Rosenbergs!
Ohne das Geheimnis der amerikanischen Bombe zu kennen, wären die Kommunisten nie das Risiko eines Krieges im Fernen Osten eingegangen!
Dazu besteht stets und ständig die Möglichkeit,
daß Sowjetrußland einen
atomaren Überraschungsangriff auf die USA beginnt,
um Hunderttausende von Menschen auszulöschen
und unser militärisches Potential zu zerstören!
Rosenbergs haben ein ungeheures Verbrechen an 150 Millionen Bürgern der Vereinigten Staaten begangen!
– Faktisch an allen freien Menschen!
Wir empfinden Mitleid mit den jungen Söhnen von Julius und Ethel Rosenberg!
Aber wir weinen ihren Eltern keine Träne nach!
Sie hätten bereits vor Monaten sterben sollen!

(Es ist 12 Uhr 30, als der SCHLIESSER JULIUS *hereinführt. Die Ouvertüre wird noch einmal gespielt, als ob sie durch einen Hallraum liefe . . .)*

JAMES

Ich möchte Sie jetzt noch einmal dringend um Ihre Zusammenarbeit ersuchen! Ich verspreche Ihnen auch die Hilfe meines guten Freundes Gordon Dean, des Vorsitzenden der Atomic Energy Commission!

JULIUS

(sehr ausgewogen und offen)

(Arie) Wie kann Amerika sich zu solcher Taktik nur erniedrigen
und gleichzeitig hoffen, des immerwährenden Respekts
und der Zuneigung und der Hilfe unserer Freunde sicher zu sein!
Das ist einfach unvorstellbar!
Wie kann diese Nation es sich leisten,
derartige Schurkereien unwidersprochen hinzunehmen
und unauslöschbar aufgezeichnet zu wissen
als ewige Schande
für künftige Generationen!
Stellen Sie sich doch das einmal vor!
Und selbst wenn es wahr wäre, und das ist es nicht,
dann erwartet meine Frau ein furchtbares Ende,

nur weil sie ein paar Notizen getippt hat!
Ein scheußliches Verbrechen, »schlimmer denn Mord«, zweifellos!
Das höchste Strafe verdient!
Und gleichzeitig werden die grausamsten und unmenschlichsten Mörder,
die unsere Zivilisation gekannt hat,
die Nazi-Kriegsverbrecher,
Tag um Tag freigelassen!

(Ensemble)

JAMES
Was Sie sagen, das ist hier nicht von Belang! Wenn Sie doch bitte nur zur Mitarbeit bereit wären, dann ließe sich bestimmt was machen! Jeder andere Weg ist ausgeschlossen!
(Wiederholung)

ETHEL
Natürlich, eine Verhandlung aufgrund neuer Beweise, das ist hier nicht von Belang! Denn wir könnten ja wirklich in der Lage sein, unsere Behauptungen zu beweisen! Aber für die Regierung einer großen Nation ist es von Belang, zwei hilflose Menschen zu opfern, bloß weil ihretwegen weltweite Kontroverse entstanden ist – und ihnen letztlich mitzuteilen: »Unterwerft euch oder krepiert!«

JULIUS
Wäre es nicht viel opportuner für die USA, uns am Leben zu lassen? Zeigt nicht Ihr heutiger Besuch auf Geheiß des Justizministers, daß die Art, wie dieser Prozeß geführt wurde, uns ein gut Teil unsres Ansehens bei den anderen Völkern gekostet hat? Ganz offensichtlich wäre es doch weniger kostspielig, uns die Möglichkeit zu geben, unsere Unschuld zu beweisen!

(JAMES *wendet sich erschöpft ab, während der ZUCHTHAUS-DIREKTOR eintritt. Es ist jetzt 13 Uhr.)*

DIREKTOR
Um was geht es hier eigentlich?

JULIUS
Mrs. Brownell hat Mr. Bennett geschickt, um uns mitzuteilen, daß er, falls wir mit der Regierung zusammenarbeiten, das Gnadengesuch beim Präsidenten befürworten werde.

(Zum Publikum) Sie werden auch bemerkt haben, daß der Direktor nicht anwesend war, als das Angebot gemacht wurde!

JAMES

(zum Direktor)

Bitte leiten Sie jede Botschaft, die Rosenbergs mir gegebenenfalls zukommen lassen möchten, schnellstens an mich weiter!

(Arie) Auf Wiedersehen, Julius!

Auf Wiedersehen, Mrs. Rosenberg!

(Wendet sich zum Gehen)

ETHEL

(Aria da capo) Garantieren Sie uns einen Gerichtstermin, Mr. Bennett!

Lassen Sie uns am Leben, damit wir unsere Unschuld beweisen können!

Das wäre der anständige Weg, der amerikanische Weg!

(JULIUS *wird ein Stück beiseite geführt.* JAMES *beobachtet einen Augenblick lang* ETHEL, *folgt dann* JULIUS, *bis sie beide für* ETHEL *außer Hörweite sind.)*

JAMES

(im Bühnenflüsterton)

Ihre einzige Chance, Julius, liegt in der Zusammenarbeit! Lassen Sie mich einige Leute herbringen, die mit dem Fall vertraut sind und denen Sie Fragen über das, worüber Sie Bescheid wissen, beantworten können!

JULIUS

Aber das kommt doch einer »Gehirnwäsche« gleich, Mr. Bennett!

JAMES

(zaghaft)

Hmm, könnte ich – möchten Sie, daß ich ein andermal wiederkomme?

JULIUS

(prononciert)

Ja, wenn Sie mir was Gutes erzählen können!

(JAMES *tritt ab.* JULIUS *geht zu einem letzten Duett zu* ETHEL *hinüber. Der* DIREKTOR, *der* SCHLIESSER *und die* WÄRTERIN *bilden ein stummes Trio im Hintergrund.)*

JULIUS

Hier geht es um unser Leben und unsere teuersten Prinzipien, und ich bin froh, daß wir die Prüfung gut bestanden haben!

Ich bin fest davon überzeugt, daß es unsere heilige Pflicht ist, die

Polizeistaat-Methoden, die man praktiziert, aller Welt bekanntzumachen!
Und weil wir für eine gerechte Sache kämpfen, sind wir guten Mutes,
doch gleichzeitig schwebt unser Leben in höchster Gefahr!
Natürlich werden die Stürme rauher,
doch ich bin gewiß, daß wir jegliches Unwetter mit Anstand überstehen!

JULIUS
Deswegen, Du Liebstes,
muß ich Dich einfach bewundern,
muß ich Dir stets wieder sagen,
welch großartige und
noble Frau Du bist – denn
das bist Du – und welch
liebreizendes Wesen dazu!
Ich glaube, ich gehe nicht fehl,
wenn ich Dir sage, daß ich Dich
tausendfach liebe!
Deswegen, Du Liebstes, usw.

ETHEL
Allerliebster, ach Allerliebster!
Tausendfältig liebe ich Dich!
Und wie sehr
sehne ich mich, all die
hohen Tugenden zu haben, die
Du in mir siehst,
all dessen würdig zu sein,
was du selber bist!
Allerliebster, ach Allerliebster,
usw.

JULIUS

(Rezitativ) Unser Land schwebt in großer Gefahr, wenn dem faschistischen Treiben nicht bald ein Ende gemacht wird! Das große Problem ist, daß man durch die Kontrolle der Informationspolitik in den Massenmedien Leser und Hörer unaufhörlich und unmerklich einer »Gehirnwäsche« unterzieht und so die Öffentlichkeit über unseren Prozeß falsch informiert!

ETHEL
Die lahmen Versuche
des Justizministeriums,
die Öffentlichkeit in einer
Frage zu hintergehen,
die seit zwei Jahren den
wunden Punkt
eines scheußlichen Refrains
bildet, erinnert mich
an Jagos zynische Worte:
»Die Bosheit wird durch Tat
erst ganz gestaltet!«

JULIUS
Wie dick kann eine Lüge werden,
zu wieviel Betrug mögen
sie fähig sein?
Die Ereignisse vollziehen sich
in wachsendem Tempo,
und wir müssen
aneinander denken, um die Kraft
und den Mut zu haben, gegen
den Terror zu bestehen!
Und vereint in Liebe und Denken
wird es uns gelingen!

ETHEL

Du mußt ihnen sagen, Julie, daß wir die ersten Opfer des amerikanischen Faschismus sind!

JULIUS

(Appassionato) Gericht sind bloße Helfershelfer
einer selbstherrlichen Polizeigewalt!
Rechte der Angeklagten
und Schutz der Verfassung
gelten nichts mehr!
Das sind schlichte Fakten!
Und das geschieht hier!

Gestern sind die US-Marshals gekommen, um uns den Beschluß zuzustellen, der als Hinrichtungstermin unseren vierzehnten Hochzeitstag festsetzt, den 18. Juni, 11 Uhr abends.

JULIUS

Zum Tode
gräßlich vereint werden
sollen meine Frau und ich
genau am Tage
unseres größten Glücks,
an unserem Hochzeitstag!
Wann, oh wann
wird die Qual vorüber sein,
wie bald werden wir
Tageslicht sehen?

ETHEL

Das ist
ganz eindeutig
politische Verfolgung,
schamlos, kraß und zynisch!
Doch das darf kein
Grund zum Pessimismus sein!
Der unbarmherzige Kampf,
das Leben zu leben,
der ist es,
der den Tod besiegt!

JULIUS

(zärtlich)

Allerliebster Schatz, die Sonntagsausgabe der *New York Times* brachte
einen ausgezeichneten Artikel über die Vorzüge des Monats Juni,
dabei wurde die sinnliche Schönheit des saftigen Grüns,
das uns umgibt, besonders betont! Das war unser Monat!
Denn damals wurden wir als Mann und Frau vereint
und fanden grenzenlose Freude in dieser aufblühenden Verbindung!
Allerteuerstes vortrefflichstes Weib, auch wenn das Ende naht, ich bin Dir
ganz und gar ergeben!

ETHEL

Mein liebster Mann!

(Sie wollen sich umarmen, werden aber von den Gefängnisbeamten getrennt. Quälendes Schweigen.)

JULIUS

(zum Publikum, mit unvermittelter Heftigkeit)

WAS WIRD AMERIKA ZU ALL DEM SAGEN?

(JULIUS *und* ETHEL *werden vom* SCHLIESSER *beziehungsweise der* WÄRTERIN *durch separate Ausgänge hinausgeführt. Der* DIREKTOR *betrachtet einen Augenblick lang die Zeichnung, vergleicht dann seine Uhr mit der Wanduhr. Während das Licht ausblendet, geht er durch eine Tür ab, über der ein Schild hängt. Ein einsamer Spotscheinwerfer verharrt kurz auf der Beschriftung, die lautet:* RUHE.)

VORHANG

Vierter Teil

FREITAGNACHT

22. *Für Stimmung sorgen: Die Pentagon Patriots*

»Zwischen Dämmerlicht und Tagesrunde,
Eh leis die volle Nacht anbricht
Kommt nach des Tages Müh und Pflicht
Sandmännchens frohe Abendstunde . . .«

singen die Massen, die sich auf dem Times Square zusammenballen – sie haben ihre helle Freude an dem altmodischen Refrain, den Oliver Allstorm und seine Pentagon Patriots anstimmen, einen der klassischen Hits des Showbussineß, dem Anlaß zu Ehren und Auftakt zum heutigen Abendprogramm. »Ganz Amerika hör ich singen, allerlei Lob- und Preisgesang hör ich«, jubelt Uncle Sam und blickt aus den Kulissen auf die Söhne des Lichts. »Kolossal! Bombig! Der bloße Anblick adelt!« Die Pentagon Patriots sind in vollen Wichs erschienen, in funkelnden sternenbesetzten Yankee-Doodle-Kostümen, vervollständigt durch Makkaronilitzen und blutige Verbände, alles in allem erinnert es an Nelson Eddys Uniform im Film *The Chocolate Soldier*, oder an die von George Washington im Krieg gegen Franzosen und Indianer, oder schließlich an die von Bojangles Robinson beim Tanz mit Shirley Temple. Vielleicht ein bißchen sehr weit hergeholt, wie die Patriots auch, und ganz und gar nicht die Montur, an deren Anblick sich die Amerikaner in Nachtclubs und Kirchen gewöhnt haben – Percy Faith and His Orchestra würde man nie mit so viel Pomp und Flitter sehen –, aber augenscheinlich gefällt es den Massen, sie scheinen die fiebrige Erregung zu genießen, die die Patriots schüren, alle fallen ein, mit sichtlicher Begeisterung, aus voller Brust und übervollem Herzen . . .

In Neuyoohk, da gibts'n Haus
Mit mehr als zehn Geschossen
In jedem Stockwerk von dem Haus
Wird Frikassee genossen . . .

Die gestreiften, bestirnten und gestiefelten Patrioten hüpfen mit ihren Pfeifen und Trommeln ausgelassen über die Bühne mit der nachgebauten Hinrichtungskammer, wie die Hofmusikanten vor einem König,der sich noch nicht auf seinem Thron niedergelassen hat, und führen die jauchzende Bürgerschaft durch die guten alten Songs von anno dazumal, Lieder, die ihre Mütter sie lehrten – und die Hand der Erinnerung knüpft selige Träume aus längst verschollener Zeit. Helden und Henker leben wieder auf, Segen und Gram, Verräter und Lügner und blutige Schlachten, Lichter der Großstadt und purpurne Schatten. Sie sind in Extase und auch schon ganz schön angesoffen. Das Phantom haben sie aber nicht vergessen – gerade jetzt machen Gerüchte die Runde, von Aufruhr und Aufständen in aller Welt –, doch irgendwie verschwindet der Rest der Welt in weite Ferne, man hat das Gefühl, als ob alles sich *hier* ereigne, hier auf der Straße, wo alle Welt sich trifft, der Boulevard, den ich dir zeigen will, die Forty-second Street . . .

Mitten rein, mitten rein –
Ins Herz von Alt-New York,
Da laufen alle Leute hin!
Mitten drin, mitten drin –
Das Blut von Alt-New York,
das strömt zum Times Square hin . . .!

Die Sonne hat sich auf ihrem Weg nach Hoboken hinter dem Paramount-Building versteckt, aber obwohl anderswo lange Schatten fallen, und die Bäume sich Gute Nacht zuflüstern, scheint sich hier der Tag zurückzuwenden, sich zu einem neuen 12-Uhr-Mittag aufzuhellen, so voller Sternenglanz erstrahlt der Große Weiße Weg. Ein Ausbruch alten Glitzerruhmes. Die Bühne, auf der die Pentagon Patriots sich abmühen (jetzt dicht beieinander, wie beim Ständchen eines Schützenvereins, stimmen sie die schönen Schnulzen von früher an, und wieder fallen alle ein . . . »No Is The Hour« . . . »The Farmer Comes to Town« . . . »Let The Rest of the World Go By« . . .), wird von Spotscheinwerfern angestrahlt, lichtüberflutet wie ein Fußballstadion liegen die noch leeren Prominentenlogen. Blitzlichter der Reporter wetterleuchten wie das Feuerwerk zum vierten Juli; ununterbrochen schießen vielfarbige Lichtpfeile auf die in Helligkeit getauchten Theater und Hotels zu, riesige Neonreklamen bieten alles an, von Planters' Peanuts bis zu Patriotismus, von Wahlparolen bis zu Kleenex: ein simpler und gleißender Beweis der schieren *Macht* von Uncle Sam und seinen Legionen des Lichts. Der Name des Times Square strahlt sogar zweimal in Leuchtbuchstaben hoch oben am Times Tower, einmal in altenglischer Antiqua, um die Herkunft der Nation zu dokumentieren, und einmal, um den Fortschritt zu demonstrieren, in moderner Grotesk. Und überall, straßauf, straßab, soweit das Auge zu blicken vermag, leuchten Markisen und Plakatwände mit den Weisheiten der Propheten und Altvordern . . .

**FREUET EUCH, DAS SCHLIMMSTE KOMMT NOCH!
WAS DIE PURITANER DER WELT BRACHTEN,
WAR HANDELN, NICHT DENKEN
SIC SEMPER TYRANNIS!**

**DIESE WELT IST NICHTS ANDERES ALS
MALERLEINWAND FÜR UNSERE FANTASIE!**

Am Paramount Building hat man die Fassaden mit der vollelektrifizierten Flagge der USA geschmückt, und zusammen mit ihr erscheint die sternenziffrige Uhr auf blauem Grund wie ein Stück Himmel. Das erinnert die ältere Generation an die Monduhr, in der Al Jolson und Ruby Keeler saßen, als er ihr »About a Quarter to Nine« vorsang. Und drüben in der Forty-sixth Street, über der Theke im Elpine Drinks, strahlt eine riesige Taschenlampe mit Eveready-Batterien – »die Batterie mit neun Leben« – eine Kodak-Reklame an, auf der es heißt: »Sie knipsen, wir erledigen den Rest!«

**MAN KANN ÜBER ALLES LACHEN,
HAUPTSACHE ES TRIFFT EINEN ANDEREN!**

Die Landkarte der USA, die sich zwischen den beiden vier Stock hohen Figuren auf dem Kaufhaus Bond spannt (heute mit Feigenblättern: der Dixie-Monatsbinde für die Frau, und dem »Vergiß-mein-nicht«-Kondom um das Geschlecht des Mannes), ist von Küste zu Küste mit funkelnden rotweißblauen Glühbirnen, wie mit Juwelen bestückt, und vermittelt so den Eindruck, als ob die gesamte Nation vor Erregung überkoche. Finstere Winkel gibt es nicht. Die dem Gesang verfallenen feierlichen Massen schwelgen in Erinnerungen an vergangene Erwekkungsgottesdienste, Landpartien, Lagerfeuer und Zechgelage, die stehen in schimmernden Schatten, als ob sie unbeweglich in einem Fluß aus Licht dahintrieben, während über ihren Köpfen Scheinwerfer den verblassenden Himmel absuchen, Leuchtfeuer eines sich versammelnden Stammes, traditionelles Lichtsignal einer Broadway-Premiere, einer Teufelsaustreibung, eines hochkarätigen Staatsbesuchs, einer Konzerttournee, einer Nacht Unter Sternen . . .

»Das Waldhorn her, ein neues Lied wir singen,
Singt voller Schmiß, das wird die Welt dann weiter bringen,
Singt, wie die Alten sungen, als Unser Fünfzigtausend gingen
Ins weite Land von Georgia . . .!«

Sie schreien sich das Herz aus dem Leibe, stürzen Hals über Kopf vorwärts, Hand in Hand mit Oliver und den Patriots die Straße der Erinnerung lang – und die wiederum ist, von einem glitzernden Meer zum andern, nichts als ein wunderbares und unendliches Labyrinth: durch die Straßen von Laredo, über den breiten Missouri und rauf zum Springfield Mountain, über den Old Chisholm Trail zur Sonnenseite einer Winderwunderlandschaft, rein und raus aus Chattanooga, Detroit City, Jazzkaschemmenparadies und Durant-Knast, die Brazos hoch, den Eriesee lang und den alten Mühlenbach runter, immer auf Trapp, ein fröhliches Lied auf den Lippen, Arm in Arm . . .

»Manch einer mag sagen, dafür biste nich gut,
Ich werd nie seßhaft, dazu fehlt mir der Mut,
Denn hör ich den lockenden Ruf der Straße, dann muß ich gehn,
Denn hinter den blauen Bergen, da gibts was zu sehn,
Nicht immer ists leicht, aber das mußte verstehn:
Als Gott mich schuf, schuf er den Wandersmann . . .!«

So reich ihn mir, den Wanderstab, und laß uns endlich ziehen, wir zwei zusammen, du und ich, über den Sonnenuntergang hinaus, den Fluß und die Bläue, hin zu den Krabbenhöhlen an den Wassern von Cayuga, weiterwandern auf gleichem Kurs, vom endlosen Pazifik zu den breiten Stränden am Atlantik, über Berg und Tal, einen trägen Fluß hinauf, die Straßen entlang, fußkrank, mit dem Fahrrad durch Schnee, das Tandem tretend, den Nachtzug nach Memphis zu kriegen, auf Flügeln und mit einem Gebet den Berg umrundend, und Klabaster! Klabaster! Klabaster! Raus aus dem Tal des Red River, weiß vor Schaum, Kings Highway lang in Richtung Moonlight Bay, um Gold zu suchen und zu schürfen . . .

»Vielen Gefahren, Mühen und Plagen
Bin ich schon einmal entronnen,
Die Gnade des Herrn war wohl mir gesonnen
Und wird einst heimwärts mich tragen . . .«

. . . wo Büffel weiden und weit weg am Swanee River Lerchen singen, unbeschwert, dann dreht man rechts (ein jeder Pfad hat seine Biegung), ein weißes Lichtlein dort, auf geht es nach Montana, längs der vorbeigleitenden Ufer des Sacramento, den Surwood Mountain hoch, über den Regenbogen, rund um den Rosenbusch und Hitlers Grabmal, inmitten von Palästen und Lustbarkeiten gelegen, runter zur St. James Infirmary, den Pfad der einsamen Föhre lang, und zurück nach Ole Virginny im Staate Arkansas, das tanzende Städtchen im Sonnenschein, wo Blau zu Gold wird im Schatten unterm alten Apfelbaum und dann wumm dada! Mach das Golden Gate auf, Mann! Fest im Sattel sitzen wir wieder, streifen über die Fluren, wo noch der Tau auf den Rosenblättern liegt, mit dem Grill hoch zum Blueberry Hill, weiter über die gottverlassene Prärie, heim dann ins Gelobte Land . . .

»Ich war im Osten, ich war im Westen,
Ich hab die ganze Welt gesehn
Ich war am Flusse, ich ward getauft
Jetzt muß ich unterm Galgen stehn
Jetzt muß ich unterm Galgen stehn, oh Mann . . .!«

Und unter dem stehn sie hier alle, die geborenen Vaganten, die Handlungsreisenden, die unsteten Cowboys, die Ritter der Landstraße und die kühnen Ingenieure, unbehauste Glücksspieler, Easy Riders, ins Paradies entrückte Wanderer, sie alle, so eng gepackt wie Ölsardinen, schunkeln unisono (sie haben Rhythmus im Blut), Schulter an Schulter, Bauch an Arsch, im stampfenden Rhythmus der Pentagon Patriots. Sie sehen, wie die Uhren die letzten Stunden der Rosenbergs auf Erden wegticken, und spüren, wie die Stimmen lauter werden, wie die Hitze zunimmt, das Licht heller wird, der Puls sich beschleunigt. Die Größen aus der Politik lassen sich noch nicht sehen, aber Prominente, Prediger, Kriegshelden und Millionäre kommen jetzt allerorten zum Vorschein, werden von wandernden Spotscheinwerfern der Kamerateams herausgepickt und mit tumultösem demokratischem Beifall begrüßt: der auch! Ja selbst der ist ja heute Abend hier! Dale Carnegie! Ty Cobb! Gordon Dean! Admiral Bill Halsey und Hank DuPont! Ezio Pinza, Connie Mack, Cole Porter – und Amerikas Antwort auf Michelangelo: James Montgomery Flagg! Einige ducken sich, sehen weg, wenn die Kamera sie entdeckt, einige winken, und andere machen auf der Bühne eine Runde lang bei den Patriots mit, die jetzt für einen der Höhepunkte ihres Hinrichtungs-Sonderprogramms den Auftakt spielen nämlich Lu Ann Simms' neuesten Superhit: »It's the End of the Line«. Sie schmetterten das »Alles geht hinüber, bis auf den Blues«, und der ganze Platz steht kopf.

Im Untergrund, auf der abgesperrten U-Bahnstation am Times Square,

ist Uncle Sam inzwischen fleißig dabei, die offiziellen Festteilnehmer zu sortieren und für die Prozession in Reih und Glied aufzustellen: Zuerst die Vertreter der Legislative, die einst die zur Anwendung gekommenen Gesetze verabschiedeten, dann die Repräsentanten der Justiz, die das Urteil fällten, und drittens Männer der Exekutive, die heute abend am Drücker ist: aber selbst in den tollen Stunden solch eines grandiosen nationalen Festivals läßt Uncle Sam nicht die Gelegenheit aus, eine kleine Lektion in Staatsbürgerkunde zu erteilen. Ungeduldig blickt er sich nach dem Vizepräsidenten um, den er vermißt. »So horchet doch! Auf seine Stimme lausche ich, ihr gilt mein Sehnen, es wird spät, und mein Junge kehret nicht zurück!«
»Meine Informationen deuten darauf hin, daß er im Nachmittagszug war«, meldet J. Edgar Hoover vom FBI, und Allen Dulles von der CIA fügt hinzu: »Vielleicht hat der Gimpel sich in der U-Bahn verirrt!«
»Schockschwerenot!« grollt Uncle Sam. »Die Natur macht niemals einen Schnitzer, macht sie einen Narren, hat sies gewollt!« Er ist voller Zorn, sonderbarerweise aber zeigt sich ein frostiges Zwinkern in seinem Auge. Dann zieht er den Zylinder drohend über die Augenbrauen, wie ein Marinekorporal, dreht sich um und schnauzt den FBI-Boß an: »Gott verdamm mich, du Hampel, worauf warteste denn noch? Spute dich und *such* mir den taugenixon jungen Luftikus, schlepp ihn an, und zwar ein bißchen dalli, oder ich will verflucht sein, wenn ich aus deinem Putzi-Futzi-Arsch nicht blaue Funken prügle! Ich kann zwar in die Stiefel fahrn und den Lauf der Erde stoppen, ein, zwei Speichen lang, aber sie hat ene verdammt glitschige Achse, ganz zum Stillestehen krieg ich sie nicht! Also steck schon dein Rüssel in den Dreck, du Trüffelschwein, und wühl! Sind wir nicht, eh die Sonne untergeht, am Drücker, dann geb ich keinen Pfifferling, daß aus *uns* noch mal was wird!«
»Ich seh nicht gern die Abendsonne sinken, den Tag sich seinem Ende neigen, wenn alle Menschen trüb und traurig sind«, tönt wie auf Bestellung der Wechselgesang der Massen auf dem Times Square, trüb und traurig ist dabei allerdings niemand, vielmehr sind sie ganz aus dem Häuschen vor lauter Lust und Vorfreude, erwarten mit solch wilder Gier den Höhepunkt der Festivität – Himmel! Das is ein Abend, was Maude! – daß die Minuten wie Stunden dahinzuschleichen scheinen. Im dicken Gewühl ists schwer sich zu rühren, also lassen die Jungs vom Rathaus die gemeinsame Flasche reihauf reihab gehen, wie die Küster bei ener Kollekte. Eisenhopper hopsen und fiepen, elektrische Spielzeugstühle qualmen, Feuerwerkskörper krachen, wie am vierten Juli.

»John Brown hat mal gesagt«, verkündet Uncle Sam, der von unten hochgekommen ist, um den Stand der Vorbereitungen zu prüfen, »dies ist *wirklich* ein schönes Land! *Ubi libido ibi patria!*« Es gibt das Signal, und Oliver Allstorm and His Pentagon Patriots, geisterhaft illuminiert von roten und blauen und weißen Scheinwerfern und verstärkt durch die Radio City Rockettes, fetzen auf die Bühne und bringen die Leute mit der großen letzten Nummer ihres heutigen Auftritts auf Hochtouren, mit dem Hit, der die Patriots berühmt gemacht hat und ihnen ewige Unsterblichkeit garantiert: »Julius und Ethel Rosenberg, Vaterlandsverräter, müssen sterben . . .«

»Dieser Mann und diese Frau,
Beide müssen sterben heuer,
Gerichtet stirbt das schuld'ge Paar,
Verdammt zum ewgen Feuer!
Und sie solln sterben für Verrat und Schuld und Schande,
Und ihr, vergeßt die Namen nie in unserm Lande –
Denn Julius Rosenberg
Und Ethel Rosenberg
sind beide verschworen:
Amerika soll
In der Hölle schmoren . . .«

Zwischen Würdenträgern, Komödianten, Musikern, Predigern und den hinter den Kulissen postierten Sonderkommandos der Polizei sucht sie sich jetzt ihren Weg, in dunklem Kostüm mit Spitzenkrause, ein frisches weißes Taschentuch in der Brusttasche, das graumelierte Haar ordentlich, aber nicht zu streng, nach hinten gekämmt: General Mills hochgerühmte Tochter Betty Crocker, die Hosteß der späteren VIP-Prozession. Uncle Sam begrüßt sie überschwenglich, schwenkt seinen sternenbesetzten Chapeau claque – »Laß unsre Oma durch!« ruft er – und lädt sie ein, das Guckloch mit ihm zu teilen.

Steif beugt sie sich vor und späht hinaus, und was sie draußen sieht, ist fürchterliche Erregung, eindrucksvolle Bewegung: tausend und abertausend Menschen singen sich die Lunge aus dem Hals, die meisten weit davon entfernt, noch nüchtern oder schüchtern zu sein, aufgepeitscht von einer lärmenden Musikgruppe, aufdringlicher und wüster als je Rudy Vallee und seine Connecticut Yankees – und obwohl sie von »Kochen« und »Braten« singen, kommt ihr nicht in den Sinn, es könne ein Rezept aus dem Betty-Crocker-Kochbuch sein! Du liebe Güte! Hier und da brechen Keilereien aus in der zusammengepreßten, aufgeheizten Menge, Schnaps wird kostenlos herumgereicht, Mädchen werfen ihre nackten Beine hoch in die Luft, und an rüdem Benehmen herrscht wahrlich kein Mangel – doch es findet sich auch *positive* Erregung da draußen. Sie sieht Flaggen, die man überall entrollt, vaterländische Lichterarrangements und Feuerwerk, die Leute vom Roten Kreuz hetzen mit Beruhigungsmitteln durchs Gewimmel, die Filmteams schweben an Drehkränen und auf Hebebühnen, und konservieren alles für die Nachwelt, an die auch Betty, wie jeder Amerikaner, fest glaubt. Jedes Fenster in jedem Gebäude, dessen Fassade zum Times Square zeigt, ist vollgepfropft mit johlenden Zuschauern, sogar auf den Dächern hocken sie, und die Anschlagtafeln und Kinomarkisen künden aufwühlende Botschaften wie: NEW YORK, DEIN NAME SEI DELIRIUM! Oder: LASST KEINEN SCHULDIGEN ENTWISCHEN! Und: WAS FÜR EINE BOMBENSTIMMUNG! »Um Gottes willen«, sagt sie und blinzelt durch das Guckloch, »geht das nicht alles ein bißchen zu weit?«

»Sicher, Schätzchen«, lacht Uncle Sam, »dassn Mischmasch aus Würde und Majestät und Sublimität, von dieser letzten Nummer der Patriots bin ich ganz weg! Seit anderthalb Jahren nicht mal ein einziges lausiges Gelynche in diesem Land der Hoffnung und des Ruhms, da muß einem doch der Magen knurren! Gehts dir nicht auch so? Tja, mein Herz beginnt sich zu erquicken beim Ticken dieser Uhr . . .!«

». . . Das möcht dem saub'ren Paar wohl gelingen,
Dem Tod von der Schippe zu springen!
Ein empörtes Volk aber wird johlen,
Sie aus der Todeszelle holen:
  Schickt sie schnelle
  Zur Hölle,
  Sie baumeln am Strang
  Und sterben
  Ewig lang . . .!«

»Aber ist das nicht ein kleines bißchen . . . na ja . . . übertrieben?«

»Ach was«, Uncle Sam lächelt und streichelt ihre teigig-fetten Schenkel. »Das ist ihre große Stunde, aber die hält nicht lange vor.«

». . . Wenn dann die Geier schlemmend feiern,
Das rosarote Fleisch mit Lust verschlingen,
Und beide hoch am Galgen schwingen,
Dann solln die Unsern kräftig singen
Und Freiheitsrufe schwellen an,
Mit Echoklängen, alles ist . . .«

»Gut«, zitiert Uncle Sam, als die Pentagon Patriots die letzte Strophe anstimmen, »da an der Wand, der alte Wecker zum Jüngsten Gericht sagt mir, die Schicksalsstunde naht, die letzte Ölung steht bevor, voran also, ihr Schreihälse – raus aus der Mühsal des Schaffens, und rinn in den Frieden des Geschaffenen!« Neben all den Predigern, Komikern und Politikern, die Uncle Sam hinter der Bühne umdrängen, gibts haufenweise Schauspieler, die sich als amerikanische Patrioten und Präsidenten, Pilger und Pioniere, Kriegshelden, Cowboys, Propheten, Goldsucher und Eisenbahnbarone maskiert haben, alle Teilnehmer am vorgesehenen historischen Umzug. »Meine lieben Kinder, die Ihr darangeht, zu einem großen Kreuzzug aufzubrechen, auf den wir Monde lang hingearbeitet haben, schauet jetzt nach, ob der Hosenstall zu ist und die Strumpfnaht sitzt! Ich will heut abend nen hübschen Rummel sehn – und wird euer Name aufgerufen, dann setzt euch gefälligst in *Bewegung*! Nieder mit dem inneren Schweinehund, ölt gründlich die Maschinen der Rache, *denn der langersehnte Tag ist gekommen*!«

». . . Und sind die beiden endlich tot
Bestattet im schönsten Kreml-Rot:
Warnung an alle, die uns verraten,
Sie werden im Stuhle zu Tode gebraten . . .«

23. Der Zuchthausdirektor zeigt sein Reich

Der Direktor führte mich einen Pfad lang, durch einen Garten, vorbei an einem Haus. Augenscheinlich seins, sehr hübsch. Die Sonne stand tief über dem Hudson, es war jetzt nicht mehr so heiß, und vom Fluß her kam etwas Wind. Die Wachtürme waren im Moment nicht zu sehen, statt dessen erblickte ich zwischen den Bäumen, in Richtung Fluß, ein Baseballfeld. Daneben stieß ein hoher Schornstein Rauch in den fahlblauen Himmel. In den Bäumen saßen unzählige Vögel. Das Zuchthaus habe sogar eine Ornithologische Gesellschaft, erzählte mir der Direktor. Hilly und Dilly Hiss hätte es hier bestimmt gefallen, auch Whittaker, John McDowell, all diesen vogelkundlichen Irren.

»Haben Sie schon mal einen Orangesänger gesehen?« fragte ich.

»Einen was?«

Mein Magen war noch immer wie verknotet, aber jenes Gefühl, abserviert zu sein, war weg, seitdem ich es geschafft hatte, hier reinzukommen. Alles in allem war es gar kein so abschreckender Ort, wie ich erwartet hatte. Auf seine Art sogar anheimelnd. Ich hatte schon immer Zellen gemocht, ob es nun Turmstuben, Arbeitsplätze in der Bibliothek oder Chefzimmer waren. Überall roch es nach schwitzenden Leibern, doch nach einer Weile würde man sich gewiß an den Geruch gewöhnen. Ihn vielleicht sogar mögen. Wie den der Umkleidekabinen in Whittier, der Turnhalle in Duke. Hier drinnen hatte ich das Gefühl, den Gefahren und Unberechenbarkeiten der Welt draußen entflohen zu sein, in einer Zeit der Spannung und Turbulenz ein friedliches Eckchen gefunden zu haben. Andererseits war ich doch recht abrupt in meine Rolle als Vizepräsident zurückgeschlüpft und hatte deswegen angefangen, über mein Vorhaben noch einmal nachzudenken. Wollte ich wirklich die totale Konfrontation mit dem FBI? Was wußten die dort über mich?

»Ja, aus Marmor, aus dem Zuchthaussteinbruch . . .«

»Aha . . .«

Als wir weitergingen, sprach der Direktor über das Alter und die speziellen architektonischen Eigenheiten der einzelnen Gebäude, die durchgeführten baulichen Verbesserungen, Belegungskapazitäten, Freizeiteinrichtungen und religiöse Betreuung, herausragende Ereignisse und berühmte Strafgefangene der Vergangenheit, Gefängniswerkstätten, Krankenversorgung, Zukunftspläne. Ich hörte mir alles an, lächelte oder runzelte die Stirn, wie es angebracht schien, stellte gelegentlich Fragen, überlegte mir aber unterdessen, wie ich Rosenbergs kleinkriegen und gleichzeitig mich selbst absichern könnte. »Es ist viel größer, als ich mir vorgestellt hatte«, sagte ich, gerade als mir der rettende Ausweg einfiel: falls alles andere schiefging, könnte ich mich der Polizeieskorte zum Times Square anschließen und so den Eindruck erwecken, als würde ich Rosenbergs quasi höchstpersönlich der Gerechtigkeit zuführen.

Überall waren Wachen – an den Toren, oben auf den Türmen, längs des Steinwalls, der sich nach Osten hin den Berg hochzog, auf Patrouille innerhalb der Anlagen. Die meisten trugen kurzärmlige Hemden, Krawatten, aber keine Jacken, waren weit weniger aufgeputzt als Purdys Leute oder die Staatspolizei, gaben sich aber genauso unfreundlich. Das Phantom dürfte eine teuflisch gute Tarnung benötigen, um dieses Aufgebot zu überwinden, dachte ich. Mir waren am Eingang fast schon wieder die Nerven durchgegangen, da ich mehr oder weniger befürchtet hatte, irgendwen könnte der Abzugsfinger so jucken, daß er mich abknallte, doch statt dessen brachte man mich in Windeseile geradewegs zum Direktor, Türen öffneten sich und schlossen sich dröhnend hinter mir, als klatschten sie Beifall. Ein Kinderspiel. Bloß ein paar Gesten, das passende Wort, ein Nicken – man arbeitete hier mit einer Art Subsprache, knapp unter dem Wörterniveau angesiedelt, die Wächter und Bewachte gleichermaßen beherrschten, und wenn man den Code kannte, war das Leben hier relativ einfach. Dazu hatte ich das Glück gehabt, der Aufmerksamkeit der Pressefritzen entkommen zu sein. Ein ganzer Haufen von denen da draußen kannte mich, aber sie waren durch den Typ abgelenkt worden, der mir entgegenkam, als ich reinging, der die Zeitschrift vor seinen Filzhut hielt: es hatte sich herausgestellt, daß es David Rosenberg gewesen war, Julius' Bruder. Er war hergekommen, um den Abschiedsbesuch zu machen, jedoch zu spät: die Besuchszeit war vorbei, sie hatten ihn nicht mehr zugelassen. Und nachdem man ihn hinauskomplimentiert hatte, fielen die Reporter und Photographen über ihn her und vergaßen mich darüber. Solche Augenblicke sind es, die mich überzeugen, daß mein Leben von Feen beschützt wird, obwohl ich an solche Sachen nicht glaube.

»Ich habe so die Befürchtung, daß Rosenbergs Briefe ihnen nicht gerecht werden«, sagte ich, als wir die Eisenbahngleise überquerten, auf denen ich gerade aus der Stadt hergekommen war. Wir gingen in Richtung Fluß, der Trakt der zum Tode Verurteilten lag dort, fast am Ufer. Warum hatten Rosenbergs nie den Fluß in ihren Briefen er-

wähnt? Die Geräusche, die Gerüche, die Bilder der Freiheit, die er vermittelte? »Ich nehme an, daß Sie ganz froh sind, die beiden loszuwerden.«
»Nicht auf diese Weise«, sagte der Direktor knapp, aber bestimmt, und ich spürte, wie mir das Blut in den Nacken schoß. Er konnte sehr direkt sein, wenn er wollte. Wie Grandma Milhous.
»Ich meine, das Lästige, den, äh, ständigen Druck . . .«
»Wir können uns nicht beklagen. Sie haben sich im großen und ganzen kooperationswillig gezeigt, haben auf ihre Weise versucht, etwas zum Leben in der Anstalt beizusteuern. Augenscheinlich sind es Menschen, denen vor allem daran liegt, akzeptiert zu werden, die sich überdies durch einen ausgeprägten Gemeinschaftssinn auszeichnen. Sie fügen sich natürlich nicht ganz ein, aber sie bemühen sich sehr darum. Sie haben ihre Zellen in Ordnung gehalten, beinahe als ob sie zu Hause wären, und waren fast übereifrig bemüht, nicht anzuecken. Das einzig wirkliche Problem mit ihnen bestand darin, . . . na ja, es war was, womit wir noch keine große Erfahrung hatten.«
»Die Ausdrucksweise. Das Bücherwissen . . .«
»Wie? Bücherwissen? Nein, ich weiß zwar nicht, was sie darüber in ihren Briefen schreiben, aber lesen tun sie nicht sehr viel. Viel weniger als die meisten unserer Gefangenen, um bei der Wahrheit zu bleiben. Wir haben sie mit ganzen Stapeln von Büchern und Zeitschriften versorgt, aber es sieht nicht so aus, als ob sie viel lesen. Im Grunde beschäftigen sie sich mit keiner Sache besonders lange, aber das ist typisch für die meisten der zum Tode Verurteilten hier.« Wir schienen uns jetzt in einer Art Hof oder Exerzierplatz zu befinden, der von hohen Gebäuden umgeben war. Es gab Bäume, Blumen, Spalierrosen, eine große Vogeltränke, Gefangene, die in Zweierreihen herummarschierten, sich miteinander unterhielten, lachten, gelangweilt wirkten. Die meisten waren Neger. J. Edgar Hoovers Kriminalstatistik kam mir in den Sinn. »Nein«, seufzte der Direktor, »das Problem besteht in dem, was sie vermutlich als eine Art symbolisches Verhalten ansehen, sie gebärden sich, als ob sie historische Figuren oder Vorbilder oder so was abgeben wollten. Sehr eigenartig, manchmal. Damit haben sie uns mehr als einmal dumm aussehen lassen, und wir haben auch nicht immer reagiert, wie wir es hätten tun sollen. An einem Ort wie diesem hält man nicht viel von Geschichte, ideologischen Konflikten und weitgesponnenen Gedanken über die Bestimmung des Menschen. Wir sind bloß einfache Leute, die ihre Arbeit tun, wir schaffen es immer nur gerade von einem Tag zum anderen. So gerieten sie anfangs in gewisse

Schwierigkeiten, öfter vermutlich als sie verdienten, weil sie Sachen machten, die wir einfach nicht verstanden. Aber das meiste haben wir inzwischen begriffen, und so schlimm ist das Ganze gar nicht. Im Grunde läßt sich vieles schon vorher absehen . . .«
»Ja, ich weiß . . .« Das ist der Unterschied zwischen uns und den Sozialisten, dachte ich. Unser Zentralmotiv ist es, in einer Situation, deren Ausgang offen ist, rauszukriegen, welche Kräfte am Werke sind, ihres besteht darin, zu fragen, was in einem universellen und determinierten Geschichtsablauf notwendig ist. Freies, individuelles Handeln hier, vorbestimmte Strukturen und Eingriffe ins Sozialgefüge dort. Sicherlich konnte man Rosenbergs solchen Quatsch ausreden. Ich versuchte, mich an die Argumente zu erinnern, die Uncle Sam mal mir gegenüber gebraucht hatte. Die Reinigung der Politik, hatte er gesagt, ist ein schillernder Traum. *Die Regierung ist* – »Was? Wie . . .!?«
»Ich sagte, als wenn sie auf einer Bühne stünden, oder so.«
»Ach.«
»Ich meine, die Art, wie sie sich geben, die Sachen, die sie sagen – oder eher, wie sie es sagen . . .«
»Jaa. Jaa. Ähnliches habe ich auch gerade gedacht . . .«
»Ich weiß noch, wie sie herkamen. Wenn ein Gefangener ankommt, fragen wir ihn immer, was ihn dazu gebracht hat, sein Verbrechen zu begehen. Die meisten zucken bloß die Schultern oder sagen, wir sollen sie am Arsch lecken – entschuldigen Sie den Ausdruck –, oder daß sie hier gelandet sind, weil sie jemand reingelegt hat. Rosenbergs jedoch gaben so formelle oder so komische Antworten, als sprächen sie vor einem Saal voller Zuhörer, obwohl bloß acht oder neun von uns da rumstanden und kaum richtig zuhörten. Mrs. Rosenberg war die erste. Es hieß, sie sei während der Fahrt hierher richtig fröhlich gewesen und habe über das Frühlingswetter und weiß der Himmel was noch geredet. Sie trug eine rosa Bluse und einen karierten Rock, einen leichten Mantel mit einem Pelzkragen, einen schwarzen Hut – sie sah aus wie die meisten Frauen hier in den Straßen von Ossining. Aber im Verwaltungsgebäude änderte sich ihr Auftreten völlig. Damals hatte ich zum ersten Mal den Eindruck, daß sie sich wie auf einer Bühne bewegte; als sie aus dem Wagen stieg, war das so, als ob sie aus den, na Sie wissen schon, träte – wie heißt das doch gleich?«
»Kulissen.«
»Ja. Wir stellen unsere übliche Frage und sie faltet die Hände und antwortete mit einer Spur von Lächeln: ›Ich bestreite jegliche Schuld.‹ Ulkig, dieses Lächeln. Ich kann mich noch genau daran erinnern.

Augenscheinlich versuchte sie damit auszudrücken, daß sie uns das, was wir ihr zu Unrecht antaten, verzieh. Sie wirkte stolz und selbstsicher, gleichzeitig auch verängstigt und blinzelte, als ob man sie geradewegs aus dem Licht in die Finsternis gebracht hätte.«
»Sie hat 'ne ganze Menge Talent.«
»Mr. Rosenberg wurde danach vorgeführt. Er sah schon mehr kostümiert aus. Ich erinnere mich an eine rote Krawatte mit einer Art Blättermuster drauf, und in der Brusttasche seines Anzugs hatte er ein blütenweißes, flott gefaltetes Taschentuch. Ein neuer Anzug, dachte ich. Wir fragten ihn: ›Worauf führen Sie Ihr verbrecherisches Handeln zurück?‹ Und er stand vollkommen steif da, wie ein strammstehender Soldat, gleichzeitig aber auch in gewisser Weise respektlos – das absurde weiße Taschentuch in der Brusttasche ließ sich einfach nicht übersehen: ›Weder ich noch meine Frau sind schuldig‹, sagte er. Genau so.«
»Wahrscheinlich hat ihnen das ihr Anwalt suggeriert.«
»Hmm-hm. Also wenn der das war, hat er seinen Job gut gemacht. Ich habe hier massenhaft Strafgefangene ankommen sehen, aber ich glaube, ich kann mich an keinen Zugang besser erinnern, als an den der beiden.«
»Vielleicht waren Sie einfach gespannt, hatten darauf gewartet, der ganze Presserummel . . .«
»Kann sein. Ich erinnere mich nicht mehr daran. Ich weiß allerdings, daß ich überhaupt nichts dergleichen empfand, bevor sie durchs Tor kamen. Es schien so, als ob sie irgend etwas, was draußen war, mit hereingebracht hätten. Und es stimmt, das haben sie. Ich bin nicht der einzige, der sich an das erinnert, was sie sagten. Das ist überall wiederholt worden und jetzt schon Geschichte.«
Er seufzte und blickte zum Fluß hin, der nun genau vor uns lag, in der Sonne glänzend. Wir blickten direkt in dieses Glänzen, es ließ die fernen Catskills verschwommen, fast wie eine Fata Morgana erscheinen. Am Flußufer stand ein großes Treibhaus hinter einem festen Drahtzaun, ein Wachturm mit Maschinengewehr ragte halb verdeckt dahinter auf, als spielte er Verstecken. Das Treibhaus erinnerte mich daran, daß ich die Absicht gehabt hatte, mir für meine Wahlbesuche im Mittleren Westen landwirtschaftliche Anbaumethoden einzupauken.
»Ist doch komisch, nicht wahr, Mr. Nixon?«
»Was meinen Sie?«
»Daß täglich Milliarden und Milliarden Worte gesprochen werden, wie die, die wir auf dem Weg hierher gesprochen haben zum Beispiel, und

aus irgendeinem Grund – oder vielleicht auch aus gar keinem Grund – bleiben ein paar davon hängen, und sind hinterher von allem, was passiert, das einzige, was uns bleibt. Sie sind natürlich viel mehr daran gewöhnt als ich, Sie denken sicher immer dran, welcher bleibende Eindruck entsteht . . .«
»Was? Aber ja, natürlich!« Ein wörtliches Zitat. Machte er sich über mich lustig? »Das gehört zum Leben in der Öffentlichkeit, Mr. Donno. Man gewöhnt sich daran.«
»Ich glaube nicht, daß ich das je könnte. Ich kann mir nicht vorstellen, daß ich jemals was sagen würde, an das man sich später noch erinnert. Oder daß ich gewollt hätte, daß man sich daran erinnert. Rosenbergs waren genau das Gegenteil davon. Haben geredet und agiert wie Personen aus Äsops Fabeln oder so was.«
»Weil sie wußten, daß ein Äsop da ist, um alles aufzuschreiben, meinen Sie?«
»Ja«, lachte der Direktor, »stimmt . . .«
Wir bogen nach links ab. »Sagen Sie, ist da was . . . äh, zwischen den beiden?«
»Eine Art intimer Beziehung, meinen Sie?«
»Ja, etwa. In der Richtung. Ich habe manchmal den Eindruck, daß all dieses, äh, herzzerreißende Getue ganz schlicht ein Teil derselben Show ist, verstehen Sie. Ein Public-Relations-Trick, könnte man sagen . . .«
»Wahrscheinlich. Das meiste schon. Warum fragen Sie?«
»Äh . . . oh, ich suche einen Punkt zum Einhaken . . .«
»Mmh.« Er dachte darüber nach. Mir kam es vor, als habe er sich angewöhnt, Sätze nicht nur in einer Richtung auszulegen. »Es gibt schon was zwischen den beiden, von dem ich nicht weiß, wie Sie es nennen würden. Verzweiflung, nehme ich an. Selbst in den hoffnungsvollsten Überlegungen schwingt sie mit. Glücklich macht sie das nicht, schafft zwischen ihnen aber eine Art Bindung. Vielleicht wollen sie auch gar nicht glücklich sein, ich weiß es nicht. Mrs. Rosenberg scheint es stärker zu empfinden als ihr Mann. Er hat immer noch Mut, aber sie . . . sie hat sozusagen aufgegeben. Sie hat sich . . . sehr in sich zurückgezogen.«
»Äh . . . hat sie durchgedreht?«
»Nein, das nicht. Nur . . . naja, Sie werden es gleich selbst sehen . . .«
An seinem Ton merkte ich, daß wir den Todestrakt erreicht hatten, und blickte auf. Aha. Ja, das war er also. Völlig verschieden von den

anderen Baulichkeiten innerhalb des Campus. Der Strafanstalt, meine ich. Wir waren an massiven Zellenblöcken vorbeigekommen, mindestens fünf Stockwerke hoch, mit großen dunklen Fensterreihen, alles von gigantischem Zuschnitt. Im Gegensatz dazu wirkte dieser kleine saubere Ziegelbau in seinen Dimensionen viel zu menschlich. Vor dem Haupteingang gab es ein hübsches halbkreisförmiges Gärtchen mit geschnittenen Hecken, gestutzten Bäumen und Blumenrabatten, aber die zweigeschossige rote Ziegelwand, die in der Nachmittagssonne aufleuchtete, hatte keine Fenster. Ich blieb am Rand des gepflasterten Weges, der zum stark gesicherten Vordereingang führte, stehen. Er erinnerte mich an den mit gelben Ziegelsteinen gepflasterten Weg in *The Wizard of Oz*. »So, das ist er also«, sagte ich. Alle Argumente, die ich mir inzwischen zurechtgelegt hatte, waren wie weggeblasen. Na wenn schon, Improvisieren lag mir sowieso mehr.
»Ja«, sagte der Direktor. »Das ist er. Kommen Sie. Ich bringe Sie durch den Hintereingang.«
Wir gingen den gepflasterten Weg zwischen Todestrakt und Fluß entlang, und die heiße Junisonne brannte auf uns herab. An der Ecke gab es einen Rasenstreifen mit einer Vogeltränke in der Mitte. Allerdings ohne Vögel. »Das ist also der Trakt mit den Zellen für die Todeskandidaten . . .?«
»Ja, richtig, Mr. Nixon. Vierundzwanzig für Männer, drei für Frauen. Aber Rosenbergs sind nicht mehr da drin. Sie sind heute morgen in die speziellen Todeszellen gebracht worden.«
»Spezielle Todeszellen?«
»In der Mitte des Komplexes. Eine Art Zwischenstation, getrennt von den anderen zum Tode Verurteilten. Da bereiten wir sie vor.«
»Ah, ich verstehe, . . . vorbereiten . . .« Über uns ragte drohend ein Wachturm auf, die Wachen lächelten zu uns runter. Der Direktor winkte und sie nickten, die Waffen im Arm. Vom Turm war es nur noch ein Katzensprung bis zum Fluß, 15 Meter, mehr oder weniger. Aber weit zu schwimmen. »Gibt es hier eine . . . eine Toilette . . .?«
»So, da sind wir!« Der Direktor führte mich durch eine Tür an der Südseite des Gebäudes in einen kahlen Raum mit graubraunen Wänden, ein paar Stühlen, einem Tisch. Es war düster und muffig, drückend heiß. Meiner Ansicht nach mußten wir uns mitten im Zentrum des Gefängnisses befinden, in dem Bereich, der für die in Einzelhaft gehaltenen Sträflinge reserviert war, aber der Direktor erklärte, daß es der Raum sei, in dem sich die Reporter und Hinrichtungszeugen versammelten. »Hier wird es voll werden, sobald wir

Rosenbergs abtransportieren. Es ist wahrscheinlich nicht der geeignetste Raum.«
»Der geeignetste Raum?«
»Sie sagten doch, daß Sie ungestört mit Rosenbergs zusammen sein wollten, irgendwo, wo die sich nicht beobachtet fühlen.«
»Ach ja, stimmt«, sagte ich und wischte mir mit dem Jackettärmel die Stirn (wo hatte ich bloß mein Taschentuch gelassen?). Ich blickte zur Uhr an der Wand: schon 18.30 vorbei! Wieviel Zeit hatte ich? Fünfzehn Minuten? Dreißig?
»Die Uhr geht acht Minuten vor«, erklärte der Direktor mit entschuldigendem Lächeln.
»Ja, verstehe . . .« Doch ich verstand gar nichts! An der Wand hing ein Kalender, der SAMSTAG, 20. JUNI anzeigte. Als ob es jeder hier überaus eilig habe. »Ich hoffe, es ist nicht grade Abendbrotzeit, oder?« fragte ich verwirrt.
»Das geht schon klar«, sagte der Direktor, »es gibt sowieso nur Rührei.«
»Rührei?«
»Leider hatten wir nicht genug Zeit, eine anständige Henkersmahlzeit vorzubereiten. Das Ganze kam für uns so überraschend . . .«
»Das ist doch nicht Ihre Schuld«, sagte ich. So schlecht fand ich Rührei nun wieder auch nicht. Mir fiel ein, daß ich seit dem Frühstück nichts gegessen hatte. »Wohin führt diese Tür?« fragte ich und überlegte, ob es vielleicht die Herrentoilette sei.
»In den Hinrichtungsraum.« Der Direktor machte die Tür auf. Ich bereute es, daß ich gefragt hatte.
»Schon gut«, sagte ich, und während er gerade nicht hersah, trocknete ich mit der Krawatte meinen Hals unter dem Kragen. Ich stellte fest, daß ich noch immer die Sonnenbrille trug. Ich steckte sie in die Tasche.
»Tut mir leid, aber wir haben hier keine Klimaanlage«, sagte er. Er knipste einen Schalter neben der Tür an, und der anschließende Raum wurde in blendendes Licht getaucht. Die weißgetünchten Wände verstärkten wahrscheinlich die Grelle des Lichts, obwohl schon die Lampen selbst sehr hell waren. Mußte ein böser Schock sein, aus der dunklen Zelle da rein zu gehen. Aber wie würde Uncle Sam sagen: Das iss der Lauf der Welt, nich? »Kommen Sie, Sie sollten sich die Anlage mal ansehen, die wir hier haben. Drüben im Presseraum können Sie sowieso nicht bleiben, wenn Sie allein sein wollen – da werden gleich eine Menge Leute auftauchen.«

»Ach so.« Zögernd folgte ich ihm in den Hinrichtungsraum. Die Tür erinnerte mich in gewisser Weise an die Tür des vom Wohnzimmer abgehenden Parterreschlafzimmers in meinem Elternhaus. »Ich, äh, habe nicht viel Zeit . . .« Wegen meiner Brüder, dachte ich. Die man dort aufgebahrt hatte.

»Wissen Sie, New York hat als erster Bundesstaat den Elektrischen Stuhl eingeführt«, sagte der Direktor. »Der erste, der drauf saß, war ein Mann namens William Kemmler, im Auburn Gefängnis, 1890. War damals eine recht häßliche Sache, und hat einer Menge Leute einen ziemlichen Schock eingejagt, wenn Sie den Ausdruck gestatten . . .« Der Direktor gluckste unverhohlen über seinen Witz, und ich lächelte leicht gequält, starrte auf den kirschfarbenen eichenen Stuhl mit seinen Lederschlaufen und Kabeln, war erstaunt wegen des weiten Raums ringsum. Ich hatte wohl eher eine kleine, intime, verglaste Kammer erwartet, ähnlich wie die Gaskammern, die wir in Kalifornien hatten. Irgendwas Unheimliches ging von dieser Großräumigkeit aus. »Doch im Laufe der Jahre haben wir eine ganze Anzahl Verbesserungen entwickelt, und es ist nicht mehr so grauenhaft. Für den Betroffenen ist der Elektrotod, wie wir ihn früher nannten, wahrscheinlich die beste Art, umgebracht zu werden – viel schneller als Gas, Garotte oder Hängen, sicherer als Erschießen. Soweit wir wissen, sind sie auf der Stelle hin – der Strom zerkocht das Gehirn so schnell, daß das Nervensystem kaum noch die Zeit hat, Schmerz zu registrieren.« Es ist doch nicht der Schock, der den Schmerz verursacht, dachte ich, verdammt noch mal, mein eigenes Gehirn summte nun auch schon, es ist die Angst davor. »Natürlich«, lächelte der Direktor, »wissen wir es nicht hundertprozentig, bisher ist nämlich noch keiner zurückgekommen, um uns zu erzählen, wie es wirklich war.«

»Sie sind also der Ansicht, daß . . . daß es immer . . .«

»Nicht mal die Guillotine hat eine bessere Erfolgsquote, Mr. Nixon.« Er sah aus wie ein ganz normaler, hochlehniger Eßzimmerstuhl mit Lederpolsterung und Messingnägeln, von der Sorte, die man in einem Antiquitätengeschäft oder auf dem Dachboden findet. Wenn man von der speziellen Nackenstütze, den dicken Kabeln und einem breiten Mittelsteg, der vorne rausragte, ähnlich der Fußstütze eines Liegestuhls, einmal absah. Der brennende Dornbusch. Vielleicht war mit Burning Tree im Kreuzworträtsel gar nicht GOLFPLATZ gemeint gewesen . . . »Die einzige Panne, die wir erlebten, passierte in Auburn, heute vor genau sechzig Jahren, als der Stuhl beim ersten Stromstoß kaputt ging. Man brauchte über eine Stunde für die Repara-

tur, und in der Zwischenzeit mußte der Häftling, der noch halb bei Bewußtsein war, unter Chloroform und Morphium gehalten werden. Die arme Sau. Man fragt sich, was für Träume der wohl dabei hatte. Aber hier in Sing-Sing lief es bisher wie am Schnürchen!«
An der Decke befand sich ein großes Oberlicht, die Scheiben waren rußgeschwärzt. Von innen? Die Deckenlampen waren wie Blumen geformt. »Ist es die erste Frau, die Sie . . . der Sie . . .«
»Hinüberhelfen?« Der Direktor schien sich über die Formulierung zu amüsieren. »Oh nein, sie ist die neunte. Falls das Urteil vollstreckt wird.« Er machte eine Pause. »Die erste, die wir hier hatten, war eine Frau namens Martha Place. Damals war Teddy Roosevelt Gouverneur. Sie hatte ein Gnadengesuch an ihn gerichtet und als er es ablehnte, sagte sie: ›Dieser Militarist liebt das Töten, also tötet er auch mich!‹ Womit sie nicht unrecht hatte . . .« Was wollte der Direktor damit andeuten? Falls er uns was vorzuwerfen hatte, warum rückte er nicht direkt mit der Sprache raus? »In der Stadt kann man von ihr Bildpostkarten kaufen.«
Der Direktor trat in eine Nische links neben dem Elektrischen Stuhl, und schaltete einen überdimensionalen Spotscheinwerfer an. »Hier arbeitet unser Elektriker«, sagte er. Der Schalter bestand aus einem langen Hebel mit dickem Knauf am Ende, wie der Schalthebel eines alten Ford. Vom Stuhl aus war er voll sichtbar, illuminiert wie das Prunkstück einer Ausstellung. Dem Opfer wurde nichts erspart.
»Muß schwer sein, jemanden zu finden, der den Job übernimmt«, sagte ich.
»Als die Stelle zuletzt zu besetzen war«, sagte der Direktor, »gab es über siebenhundert Bewerber. Damals stellten wir Mr. Francel ein.«
Das schien etwas zu bestätigen, an das ich schon immer geglaubt hatte, obwohl ich mich nicht mehr genau daran erinnern konnte, was es war. Der Direktor stand in der Nische, sprach von Volt, Hertz und Ampere, Regelwiderständen und Generatoren, doch ich dachte dabei: die alten Legenden über den Tod kamen der Wahrheit doch näher als die, die wir heute haben – er war eine greifbare Realität, eine Art Person, ein aktiver Eingriff in den endlosen Prozeß des Lebens. »Der Strom tritt durch eine Metallelektrode in den Körper ein, die in einem nassen Schwamm steckt und am Hinterkopf plaziert wird, wo man die Haare abrasiert, um einen guten Kontakt zu gewährleisten.«
»Ah, ja . . .«
»Er verläßt den Körper durch eine gleichartige Elektrode, die an die Wade des linken Beins gebunden wird. Der Fleischwiderstand bei so

starkem Stromdurchgang erzeugt enorme Wärme und läßt die Körpertemperatur auf rund sechzig Grad hochschnellen – was schon allein genommen ausreicht, die meisten lebenswichtigen Organe funktionsunfähig zu machen.« Die Kabel wanden sich unter dem Stuhl wie Schlangen hervor, wie dicke Kotwürste, und verschwanden dann im Fußboden. Für die Zeugen gab es geschmackvoll getäfelte Bänke und in der Nähe eigenartigerweise ein Waschbecken – um sich die Hände zu waschen? Aber wer –? Nein, dachte ich: um reinkotzen zu können. »Der Körper windet sich in wahnsinnigen Zuckungen in den Gurten des Stuhls – das kann einem ganz schön an die Nieren gehen, wenn man zusieht, aber es heißt, daß es sich dabei um unwillkürliche Muskelkrämpfe handelt, die durch den Strom ausgelöst werden.«

»Aha . . .« Das hatten sie auch vom kleinen Arthur behauptet, als er mit seiner Hirnhautentzündung im Todeskampf lag. Ich überlegte mir, ob der Direktor vorhatte, während des Interviews dabei zu sein. Vielleicht machte er nur so viel Umstände, um herauszufinden, was es mit den neuen Erkenntnissen auf sich habe, die ich vorhin als Grund für meinen Besuch hier erwähnt hatte. »Wohin geht diese Tür –?«

»Das ist der Korridor, der zu den Todeszellen führt«, sagte der Direktor. Über der Tür hing ein Schild mit der Aufschrift RUHE. »Wir könnten ihn für Sie frei halten.«

»In . . . in Ordnung . . .«

»Wollen Sie beide zusammen sehen?«

»Nein! Äh . . . nein, nur einen . . .« Ich finde, daß die Anwesenheit eines Dritten ablenkend wirkt, weil der eine ständig überlegt, wie der *andere* reagiert. Manche Leute neigen auch dazu, in Gegenwart eines Dritten eine Show abzuziehen. Ist man aber nur zu zweit . . .

»Wen . . .?«

»Einerlei. Äh, die Frau.« Während ich noch darüber nachdachte, warum ich mich unvermittelt für Ethel entschieden hatte, führte mich der Direktor in den Korridor und befahl einem dort postierten Wächter »C.C. 110.150« holen zu lassen. Mir wurde klar, daß ich die ganze Zeit über geplant hatte, zuerst mit ihr zu sprechen, bereits im *Look-Ahead-Neighbor-Sonderzug*, vielleicht sogar schon früher. Vor allen Fenstern waren schwarze Vorhänge angebracht, die den Eindruck erweckten, als würde der weißgetünchte Korridor von innen heraus erhellt. Glimmend. Leer, bis auf die alten Dampfradiatoren. »Die Letzte Meile«. Ich mußte an den Flur im Hotel Ambassador in Los Angeles denken, an jenen Abend, als ich meine Checkers-Rede gehalten hatte. »Das sieht hier alles so, äh, . . . gewienert aus . . .«

»Die Sträflinge nennen es den ›Tanzboden‹«, grinste der Direktor, die lange Zigarre im Mund.
»Den was –!?«
Der Direktor betrachtete mich einen Augenblick, als ob er mich fragen wolle: »Warum sind Sie bloß so nervös? – Dann sagte er: »Ich glaube, sie kommen.« Und ging von mir weg den Korridor runter, um sie reinzulassen.
Er hatte die Tür zum Hinrichtungsraum offen gelassen, und jetzt war es zu spät, sie zuzumachen. Ich sah hinein, auf den Elektrischen Stuhl, die gewundenen Kabel, das weiße Wägelchen, den langen schwarzen Hebel, und dachte: Das ist es also. Plötzlich hatte ich ein Gefühl, als ob ich weglaufen sollte, aber meine Füße schienen am Boden zu haften. Ich sah mich wie von oben und erblickte den Vizepräsidenten der Vereinigten Staaten von Amerika, angsterstarrt, auf dem »Tanzboden« von Sing-Sing die Ankunft der berüchtigten Meisterspionin, Mrs. Ethel Rosenberg erwartend, und ich fühlte mich genau so, wie ich mich vor der Checkers-Rede gefühlt hatte: Ich glaube einfach nicht, daß ich das hier durchstehen kann, hatte ich zu Pat gesagt. Natürlich kannst du es, hatte sie fest und zuversichtlich geantwortet. Natürlich kannst du es . . .
Ich straffte die Schultern und wendete mich der Tür am anderen Ende der »Letzten Meile« zu (Die Welt steckt voller Herausforderungen, jawohl! sagte ich mir, und versuchte, das Zittern meiner Knie zu bezwingen – doch wie erregend ist es, gerade jetzt zu leben!), als Ethel Rosenberg hereintrat, flankiert von zwei Wärterinnen. Ich nickte dem Direktor und den beiden Wärterinnen zu, und sie gingen hinaus, zogen die Tür hinter sich zu. Wir waren allein.
»Es . . . es ist alles in Ordnung«, sagte ich. »Sie brauchen keine Angst zu haben. Ich bin es bloß, Richard Nixon.«

24. *Vorhang auf: Die Sam Slick Show!*

»Oh allmächtiger Gott, Gott unserer Väter und Vorväter, gepriesen sei Dein Name für und für, denn wir sind die Erben Deines Reiches! Du hast vor nahezu zwei Jahrhunderten mit unseren Vätern einen Bund geschlossen, Du hast ihn bekräftigt und hast ihn gemeinsam mit ihrem Samen in all den erleuchteten Jahren immer wieder ergänzt. Du hast uns zu Deinem erwählten Volk gemacht, Du hast uns dazu bestimmt, im Angesicht Deines ewigen Lichtes zu leben, auf daß wir Zeugnis ablegen für Deine Wahrheit, und Du hast uns von Alters her unseren Erzengel des Lichts gesandt, unseren Uncle Sam, auf daß er uns zur Seite stehe. In seinen Händen liegen die Werke der Gerechtigkeit, und dem Geiste der Wahrheit ist er Schirm und Schutz. Für die Verderbnis aber hast Du das Phantom geschaffen, den Erzengel des Bösen. Sein Reich ist die Finsternis, und sein Wille ist, Gottlosigkeit und Schuld über uns zu bringen. Und alle Geister, die sich ihm zugesellt haben, sind nichts als Engel der Zerstörung. Wir aber – wir stehen im Angesicht Deiner Wahrheit!«

Und für die Söhne und Töchter des Sam Slick, des Yankee-Hausierers, ist es auf dem Times Square jetzt an der Zeit, demütig das Knie zu beugen, Hosianna zu brüllen und vorm Altar um Beistand zu flehen. Oben auf der Bühne mit dem Hinrichtungsraum ist das fieberhafte Remmidemmi der Pentagon Patriots und der Radio City Rocketts von dem Singing-Saints-of-the-Mormon-Tabernacle-Chor abgelöst worden, denn dessen Augen haben die Herrlichkeit erblickt, und der Geist der Gemeinschaftlichkeit hat sich, als ob Halbzeit in einem großen Footballspiel wäre, über die zusammengeströmten Massen ergossen. Damit ist der Augenblick für ein stilles Gebet gekommen (soweit man bei derart brodelndem Trubel auf Stille hoffen kann), zum Gedenken an den kürzlich verstorbenen Master Sergeant der US Army John C. Woods, den weltberühmten Henker von Nürnberg. Dann hat Reverend Bob Jones Senior seine neue Predigt »Laßt Jesus auf die Menschen los« gehalten. Dekan Clarence Manion von der Juristischen Fakultät von Notre Dame, einer der Holy Six, hat die sogenannten Intellektuellen der USA ob ihrer ketzerischen »Allergie gegenüber dem Absoluten« und ihres Widerwillens, die grundlegenden Beweise der Existenz Gottes sowie des göttlichen Ursprungs der Rechte und Pflichten Amerikas zu akzeptieren, heftig kritisiert:

». . . Für die rein politische Hypothesenbildung macht es kaum einen Unterschied, ob der Mensch ein Geschöpf Gottes oder ein x-beliebiges Abfallprodukt ist. Aber für die amerikanische Freiheit, die sich dem Kampf auf Leben und Tod mit dem Kommunismus gegenübersieht, stellt das den Unterschied schlechthin dar!«

Seine Kollegen von den Holy Six – Rabbi Bill Rosenblum, der Verleger Dan Poling, Father Joe Moody, der Präsidentenberater Sam Rosenman und der Großindustrielle Electric Charlie Wilson – gehen mit ihm auf die Bühne, um noch einmal ihrem berechtigten Zorn gegenüber den verantwortungslosen Sympathisanten des Komitees zur Begnadigung von Rosenbergs Luft zu machen, die »wissentlich oder unwissentlich der kommunistischen Propaganda Hilfestellung leisten . . .«

. . . Verschlagene Männer sind es,
haben niedrige Gedanken,
suchen Dich mit gespaltener Seele,
sind im Glauben an Dich nicht fest!
Mit Gestammel
und barbarischer Rede
sprechen sie zu Deinem Volke,
suchen arglistig
ihr Tun zu verbergen!

UND ICH SAGE EUCH, DIE WAHRE UND DAUERNDE GRÖSSE DIESES LANDES MUSS SEIN GLAUBE SEIN! verkündet Wrigleys' Kaugummi-Reklame, und rund um den Times Tower läuft in elektrischen Lettern Reverend Philip Brooks' frohe Botschaft: ». . . In Deinen dunklen Straßen leuchtet das ewige Licht, Zuversicht und Ängste aller Jahre sind in dieser Abendstunde auf Dich gerichtet.« Sollten die Hymnen – obwohl sie doch von den Singing Saints majestätisch vorgetragen werden, unverkennbar die alten amerikanischen Lieblingsweisen wie »It Is No Secret«, »The Christian Warfare« und »No One Ever Cared for Me Like Jesus« –, heute abend wie Tanzmusik klingen, sollte das Blut Christi fast wie Old Grandad Whiskey schmekken und der Pfahl des Fleisches näher zur Hand sein als der Rosenkranz, dann weist das nicht darauf hin, daß der Glaube wankend geworden ist, daß alles dem Reich der Finsternis entgegentreibt – nein, ganz und gar nicht, eher scheint es, als ob alles, was heute abend zusammenkommt, magisch ineinander aufgeht, als ob die Welt des Heiligen mit der Welt des Profanen zur Einheit verschmelze, wie zwei Bilder im 3-D-Film, so daß jegliches Ineinanderfließen nicht nur möglich, sondern sogar notwendig ist. Man besichtigt die Show der Hiroshima-Monster und den Bauch des Walfisches, als ob man die Vierzehn Stationen des Kreuzweges abschritte, hütet geklaute Schlüpfer wie die Reliquien vom Heiligen Kreuz, wechselt schmutzige Witze wie die Passagen aus dem Sender Haggadah, denn man weiß ja, daß jeder Akt heilig ist, weil es – solange man nur Gott die Ehre gibt – gar nicht anders sein kann, und daß, wie der Präsident gesagt hat, »DER ALLMÄCHTIGE ÜBER DIE VÖLKER ALLER NATIONEN WACHT«. Und eine Wahl trifft.

Kate Smith singt »God Bless America«, und anschließend kommt Schwester Emma Bennett Fowler auf die Bühne, der Stolz von Perryton, Texas. Sie strafft die zarten Schultern, wirft sich in die Brust und legt los: »God bless America, hallt es durch die Korridore der Zeit, hallt es seit jenem Tage, da die *Mayflower* den Weg zu unseren Küsten fand! Und in diesem Geiste begannen unsere Ahnen aufzubauen, sie suchten ihren Weg und zugleich die Wahrheit ihres Glaubens! Isaac Watts hat die Dampfmaschine erfunden, und die hat ja das Reisen verändert, und natürlich die Industrie!« Sie tastet sich rüber zum Elektrischen Stuhl. »Eli Whitney hat die Baumwoll-Pflückmaschine erfunden, und die schafft die Arbeit von fünfzig Mann! Und Seth Thomas und sein Partner Eli Terry haben rausgekriegt, daß Massenproduktion die Kosten von einer *Uhr* kolossal verringert, und viel mehr Leute konnten eine kaufen, und sie selbst habn nen Haufen Geld gemacht.«

»Die ham das Licht gesehen!«

»Die hatten den heiligen Geist!«

»Sags ihnen, wies war, Emma!«

»Und so gings Jahr um Jahr! Amerikaner haben tausende Maschinen erfunden, den Menschen die Arbeit abgenommen, und sich selbst und die Nation reich gemacht! Und jeder soll *sehen*, daß das von Gott kommt«, schreit Emma, »deshalb haben wir das ›In God We Trust‹ auf unsern Münzen stehen, und auf den Dollarnoten eine Pyramide unter dem alles sehenden ›Auge Gottes‹.«

»O ja, Emma, der hat uns ja die grünen Weiden zu Füßen gelegt!«

»Das Auge Gottes!«

»Soll weiter scheinen!«

»Aber!« gellt sie, und abrupt ändert sich ihre Haltung. Man zischt um Ruhe. Jetzt kommt der Clou. »Nach dem Ersten Weltkrieg haben die Kommies unsre Regierung, unsere Schulen und Kirchen zu verseuchen begonnen. Sie hängen dem Irrglauben an, den sie, Besessene, Schüler

Satans, fanatisch verbreiten. Und mit missionarischem Eifer haben sie ihr Gift über die ganze Welt verspritzt.«
Die Leute murren und knirschen mit den Zähnen, Frauen kreischen, Kinder plärren. Alle amüsieren sich großartig.
»Wir haben uns geweigert, Gott zu gehorchen, jetzt müssen wir der Regierung gehorchen!« übertönt Emma das Getöse. Die Toningenieure geben mehr Saft auf die Lautsprecher, damit Emma so viel Power wie nötig bekommt, um den Radau zu übertrumpfen. »Wir haben uns geweigert, Gott für unser täglich Brot zu danken, jetzt ist es ungeheuer teuer geworden! Wir haben uns geweigert, an Gott den Zehnten zu entrichten, jetzt müssen wir hohe Steuern bezahlen! Nicht genug, daß wir reihenweise Verräter in der eigenen Regierung haben, tricksen uns unsere Alliierten aus, verkaufen Waren und Waffen an den Feind und machen uns in den Augen der ganzen Welt lächerlich!«
»Eine Schande, die zum Himmel stinkt!«
»Allmächtiger, laß das nicht zu!«
»Schmeißt die Halunken raus!«
»Wir können doch nicht übersehen, daß es unsere Jungs sind, die Greueltaten erleiden, wie sie nur ein Satan zu ersinnen vermag«, schrillt Emma, »und daß sich Millionen Rote auf der ganzen Welt tummeln!«
»Schaff sie uns vom Hals, Herr! Schick sie um Himmels willen zum Teufel!«
»Unsere Welt ist heute in zwei Lager gespalten«, kreischt Emma: »In Kommunisten mit Hammer und Sichel, und in Amerikaner und Christen mit dem Kruzifix. Aber wir haben uns selbst zuzuschreiben, daß wir spirituell nicht mehr wachsen! Christus steht draußen vor der Tür und klopft an mit seiner vom Nagel durchbohrten Hand!«
»Oh Gott, ich hör ihn!«
»Ich hör ihn klopfen!«
Es klopft tatsächlich jemand. Es ist Uncle Sam, der hinter den Kulissen mit den Fingern trommelt, damit Emma sich beeilt.
Sie breitet ihre Arme dem Volke entgegen. »So möge denn der Segen Gottes reichlich über unser Land kommen! Amen!«
»Amen!« erwidert das Volk und schaut auf die Uhr. *»Amen!«*
»Ganz meine Meinung«, bekräftigt Uncle Sam und stakst hinaus auf die Bühne, lüpft seinen Zylinder, streckt bedrohlich fordernd den Zeigefinger aus, eine Geste, die von allen Amerikanern geliebt wird, von Wehrpflichtigen einmal abgesehen. Die Massen, die den Times Square

dicht bevölkern, begrüßen ihn mit donnerndem Applaus. »Dank, Freunde und Nachbarn! Vielen herzlichen –!«
»Der Herr lass' Sein Antlitz über dir leuchten«, brüllen die Leute, lobpreisend und bittend erheben sie ihre Hände, wie Bankkassierer beim Überfall kühner und edler Bandidos, »und empfange den süßen Wohlgeruch deiner Opfergaben!«
»Danke, Danke! Ich bin sicher, Er –«
»Der Herr erhebe Sein Banner –«
»Schon gut, jetzt reichts, die Schatten der Nacht –«
». . . und entscheide die Schlacht für dich an der Spitze deiner Heerscharen gegen diese verrottete Generation! Der Herr lasse Sein –«
»HALTET DIE KLAPPE, IHR HÜBSCHEN, SONST RETIRIER ICH UND KNALL EUCH NEN FAULIGEN RÜLPSER IN DIE FRESSE, DER SO SCHARF ISS', DASS MAN NEN SCHWEIN DRAN AUFSPIESSEN KANN!« Uncle Sams stahlblaue Augen funkeln, die rote Schleife ist verrutscht, und er bleckt grinsend die Zähne, weiß wie Rauhreif. »Herrrjeeeh! Mir iss egal, wieviel einer schwatzt, Hauptsache er tut's kurz und bündig. Wie schon der Affe zum Elefanten sagte, als er ihm den Korken ins Arschloch steckte: *»Das bißchen Scheiße hat einen weiten Weg!* HÖRT MICH AN! Wißt ihr eigentlich, daß in dieser Welt alle wichtigen Dinge von mir erledigt werden. Seht mich an und zittert, ihr Kümmerlinge! Das Recht, zu besteuern, gibt auch das Recht, zu zerstören, dessen seid stets eingedenk! Ich bin der Donnerer, der Rächende Richter, dem Keuchhusten von Mutterseite verwandt, ein Halbbruder des scheußlichen Schneemenschen, ein Wunder, ein Monument und ein *Wehe!* Herrrjeeeh! Ich meins ernst! Ich red nich mit gespaltener Zunge – Ich werde nichts entschuldigen – Ich werde keinen Zentimeter weichen, und *ich wünsche gehört zu werden*!«
Einen Moment lang herrscht ehrfürchtiges Schweigen – dann bricht die Menge in orkanartigen wahnwitzigen Beifall aus, in Pfeifen und wildes Johlen.
Uncle Sam griemelt, steckt die Hände in die rückseitigen Taschen, wippt auf den Fußballen, würdigt den Applaus und winkt Leuten zu, die er erkennt. »Iss schon gut«, brüllt er, und dämpft so den Tumult, »legt eurm Temperament nen Maulkorb an, ihr Krähling! Ich weiß, daß ohne Begeisterung noch nie was Großes erreicht wurde, das sagen auch die Propheten, aber jetzt ist der Tag zu Ende, und Finsternis fällt von den Fittichen der Nacht, wie ne Feder vom Adler im Fluch – im Flug, wollt ich sagen – herniedersinkt, alsdann, auf sie mit Gebrüll,

liebe Kinners! Heimlich still und leise blasen wir erst die Flöte und dann die Trompete, runter mitm Vorhang, die Herzen der Menschen erwarten uns, Menschenleben liegen auf der Waagschale – *verstanden*? Wir müssen mit dem Freudenfeuerfest beginnen, bevor noch die Sonne hinter den Bergen versinkt, und Sternlein um Sternlein herniederblinkt!« Uncle Sam klemmt die Maiskolbenpfeife zwischen die Zähne, holt ein Zündholz hinterm Ohr hervor und hält es zwischen die beiden Elektroden des Elektrischen Stuhls – Funken stieben und zünden das Streichholz, das er über den Pfeifenkopf hält. »Das Gesetz«, brüllt er und pafft blaue Wolken: »hat uns respektiert, respektieren wir es auf unsre Weise!«

»Jaa-WOOHL!«

»Denen hastes aber gegeben, Uncle Sam!«

»Ab mit ihnen, wose hingehörn!«

Wirklich großartig, daß ihr euch heute abend so zahlreich hier versammelt habt!« Uncle Sam strahlt. »Das iss der größte Zuschauerhaufen seit den Hinrichtungen am Mount Holly, damals Acht-und-dreißig! Und laßt mich das hier und jetzt nochmal sagen, ihr einfachen Leute seids, die dieses Schauspiel heute abend ermöglicht haben! Wenn ich an dieser Stelle unsern unauffindbaren Vizepräsidenten zitieren darf, möcht wissen, wo der sich rumtreibt, der Waldschrat . . .« – bei dieser Neuigkeit, wenns denn eine ist, breitet sich Verblüffung aus – »Gott muß die einfachen Menschen sehr geliebt haben, sonst hätter nich so viele davon gemacht! Dem möcht ich nur hinzufügen, daß Er anständige Arbeit geleistet hat!«

Die Leute spenden sich selbst enthusiastisch Beifall, Uncle Sam fällt ein. Sein Händeklatschen knallt und schallt wie Musketensalven durch die Straßen der City.

»Und ich seh auchn Haufn Leute, die nen bißchen weniger einfach sind! Ja, da, dahinten steht Vince Astor! Und Charlie Merrill! Jack Rockefeller – hallo Junior! Wink mal schön den Leuten zu – wo bleibt der Scheinwerfer? Ohne ihn stünden wir nicht hier! Laßt Jack Rockefeller hochleben! Uncle Sam verstummt, der Beifall prasselt, er winkt anderen zu, die er erkennt, zieht vor den Damen den Hut (darunter trägt er eine von diesen Dr.-T-Kappen aus dem Film von Dr. Seuss, und als er seinen Hut zieht, wackeln die gelben Gummifinger unzüchtig vor den Damen auf und ab): »Ha-lloh, Dinah! Duke! Dottie! Nett, daß ihr gekommen seid: Da sind ja auch Johnny Wainwright und Old Man Tosc und Artie Sulzberger – und hollaa! Da seh ich ja auch Billy Faulkner, unsern mythomanen Nobelpreisträger! Wie gehts denn so, Bill?«

»Juut, Sör, un Euch?«

»Wie wärs denn, haste nich n paar von deinen unsterblichen Sprüchen für uns auf Lager, zur Feier des Tages, alter Faselkopp?«
»Mit Vergnügen, Sör! Un was? Vom Suff oder Puff oder –?«
»Von Gott, lieber Bill! Von Gott, vom Phantom und vom erwählten Volke!«
»Tjaaa, also . . . Im Anfang, puuh . . . schuf Gott die Erde . . .«
»Nicht schlecht . . .«
»Dann schuf Er den Menschen, der war komplett ausgerüstet, um die Erde inn Griff zu kriegen . . . Dann hörte Gott auf.«
»Er hörte auf?«
»Iss wahr, Söör, Gott hat zum Menschen kein Zutraun gehabt, die Sorte *kannte* Er. Schließlich muster ja wissen, daß nem Menschn ne Seele zusteht, weil er doch seine Seele retten kann – und nich nur seine Seele, sondern sichschelbst . . .«
»Sich selbst?«
»Jaa, Söör! Schließlich muster ja wissn, daß der Mensch fähig iss, sich selbst Schibillysation beizubringen. Denn das iss nich nur vom Menschen die hohe Beschtimmung, sonnern auchn Beweis seiner Unschterblichkeit, daßer die Wahl hat, die Welt zu Enne zu bringen . . . oder se zu vollennen!«
»Ah ja! Ein wahres Meisterstück faselophiler Hüpfothesen, das du uns auftischst, Billy – wie aber stehts mit dem Phantom?«
»Das finster Unverbesserliche, was die Selbstherrlichkeit und die Arroganz besaß, Forderungen zu stelln, und die Verwegenheit, Einwände zu erheben, und den Ehrgeiz, eine Schstelle einzunehmen . . . in der langen Liste von ruchlosen Avatara – Dschingis und Caesar und Stalin und Bonaparte und Huey Long –«
Der Name des Gouverneurs von Florida bringt ihm donnernden Applaus ein. »Das hab ich gemeint, okay«, sagt Uncle Sam und stopft sich die Maiskolbenpfeife. »Aber was machen wir mit ihm, Billy? Was machen wir mit dem gottverdammten Phantom?«
»Die Antwort iss ganz einfach, Sör«, sagt Faulkner und streicht sich den Schnurrbart. »Leicht isses nicht, mein ich, aber einfach . . . Es fängt zu Haus an.«
»Zu Haus?« Uncle Sam bläst einen Rauchring, der treibt davon und schwebt über dem Kopf des Nobel-Laureaten wie ein Heiligenschein.
»So isses. Zuerst müssen wir mal dran denken, wie wir die Einheit erhalten, die wir Heim nennen: nich wo *ich* leb iss wichtich, sondern wo *wir* leben: erst Tausende, dann Zehntausende von kleinen Einheiten, weit verstreut und besser befestigt und uneinnehmbarer und fester als

alle Berge und Burgen der Welt, so daß die rücksichtslosen und ehrsüchtigen Gefolgsleute des Fürsten der Finsternis aufmerken und sagen: ›Hier gibts nix für uns zu holen . . . die Menschheit – einfache, unerschrockene und unbesiegbare Männer und Frauen – hat uns besiegt!‹«

»Heiliger Bimbam, Bill! Das iss abern schöner, hochgestochener, ratschlagender Schwall! Wenn ich an das majestätische Godudol bloß denke, flimmerts mir schon vor Augen! Und das mit der Einheit iss wirklichn Hammer! Klatscht maln bißchen, Leute, er iss doch noch immer ein guter alter Junge! Und reicht ihm ne Schnapspulle rüber! Jaja – auf Kosten des Hauses, für den alten Mischischippi-Schreihals ist mir nichts zu schade – der Bursche nimmts mit den härtesten Brüdern auf. Und dann die kleinen Einheiten, die überall rumschwärmen. JOHOOOO! Im Sumpf solltet ihr geboren werden und aufwachsen, um auf solche Sächelchen zu kommen!« Er pafft noch einmal, und der heiligenscheinige Rauchring über Faulkners Kopf zerfällt mit leisem Klirren zu einem Sprühregen aus Goldstaub.

Während Uncle Sam vorn auf der Bühne mit Hilfe der wandernden Spotscheinwerfer weitere Prominenz rauspickt und an all jene, die das heutige Abendprogramm ermöglichten, voller Anerkennung ellenlange Zigarren verschenkt, wächst hinter den Kulissen die Bestürzung über den abwesenden Vize. Einige Leute meinen, er könnte ermordet worden sein. Andere, daß er entführt worden ist oder einfach verschlafen hat. Oder, daß er als Penner eingelocht worden ist, wer ihn im Zug sah, erzählt, daß er ziemlich abgerissen aussah. Hat gar das Phantom ihn sich gekrallt! Und während sie, aus den Kulissen heraus und aus der U-Bahnstation heraufgekommen – mit Uncle Sam und den Singing Saints und allen Bürgern da draußen auf dem Square an diesem 19. Juni der Prinzessin von Dreamland, Bessie Wallis Warfield aus Blue Ridge Summit, Pensylvania, ein Geburtstagsständchen darbringen, denken sie: Einer muß gegebenenfalls an seine Stelle rücken. Vielleicht ich?

Uncle Sam drückt die Geburtstagsmaid an seine Brust, ihre Füßchen zappeln hoch über den Bühnenbrettern (die Prinzessin sträubt sich, lächelt kokett und versucht den Rock über die Knie herunterzuziehen, während sich unten in der Menge der Prinz, inmitten seiner krakeelenden und johlenden Verwandtschaft, peinlich berührt zeigt), dann stellt er sie wieder hin, struwwelt liebevoll ihr Haar und macht ihr einen von Betty Crockers gigantischen Geburtstagskuchen zum Präsent. Mitten im schönsten Juchhei und herzlichstem Gegratuliere lenkt Uncle Sam

den Scheinwerfer auf den Britischen Premierminister Sir Winston Churchill und überredet Winnie, der von Amerikanern ja oft mit W. C. Fields verwechselt wird, auf die Bühne zu kommen und ein paar Döntjes aus dem Goldenen Zeitalter der Bewährung vom Stapel zu lassen. Der P. M. strafft die Schultern, zwinkert mit boshaften Äuglein, drückt das feiste Kinn auf die Brust, schnauft wie ein Bulle, scharrt den Boden mit gestiefelten Hufen, springt in die Höhe, knallt die Absätze aneinander und schnarrt, ganz rosenwangige Größe, wie ein echter Aristokrat: »Hols der Kuckuck! Die Krise ist über uns gekommen, auf den weiten sonnigen Gefilden ist ein Eiserner Vorhang niedergegangen, und wie der Mississippi hört er nicht auf, über den weichen Unterleib von Raum und Zeit hinweg zu rollen! In früherer Zeit hatten wir ein Licht, das flackerte nur, heute« – dabei rappelt er mit seinem Spazierstock am Elektrischen Stuhl und zückt eine neue Zigarre – »haben wir ein Licht, dessen Flamme lodert, sprechen wir also nicht von dunkleren Tagen, von Tod und Sorge, vom zitternden und zagenden Lebensnerv des Friedens, von Blut, Schweiß und Tränen, Teufel auch, God save the Queen, *von der jetzigen Schlacht hängt das Überleben der Christlichen Zivilisation ab!* SEID UNERSCHRÖCKLICH! Wenn man einen Menschen töten muß, dann kann man das auch höflich tun, aber in der Kürze liegt die Würze! Nein, das ist noch nicht das Ende, für jeden schlägt einmal die Stunde, bei manchem dauerts nur länger, nein, das ist noch nicht mal der Anfang vom Ende . . .«
Während er so rumschwadroniert, hat Uncle Sam im hinteren Bühnenteil und in den versteckten Ecken der Prominentenlogen Minutemen und Green Mountain Boys postiert; plötzlich springen die vor und zielen mit ihren Musketen auf Winnie: »Wir halten für unumstößlich wahr«, schreien sie, spucken Priemsaft und lassen Eimer mit Teer und Federn sehen, »daß alle Menschen gleich geboren, vom Schöpfer mit bestimmten unveräußerlichen Rechten ausgestattet sind, zu denen das Recht auf Leben, Freiheit und Streben nach Glück gehören; daß zum Zweck der Sicherung dieser Rechte Regierungen für die Menschen eingerichtet wurden, deren gerechte Macht auf der Zustimmung der Regierten basiert; daß das Volk, sollte eine Regierung diesen Zweck mißachten, das Recht besitzt, sie zu ändern oder sie abzusetzen *und eine neue Regierung einzusetzen!*«
»Was denn? Was?« dröhnt Churchill. Steckt zwei Finger in den Mund und stößt einen ohrenbetäubenden Pfiff aus. Die Leute hören den Marschtritt von Soldaten, die den »Yankee Doodle« singen, sie machen eine Gasse, aber Moment mal! das sind ja überhaupt keine

Amerikaner, das sind britische Rotröcke! Ein Patriot läuft hüpfend vor ihnen her, klopft sich gegen die Hüfte, hopp, hopp hopp, imaginäres Pferdchen lauf Galopp: Paul Revere! Er warnt die Minutemen, die gehen vor den Angreifern in Stellung. »Stellung halten! Erst schießen, wenn sie auf euch feuern – wenn die unbedingt Krieg wollen, dann sollen sie ihn hier haben!« Schüsse! Geschrei! Acht Minutemen sind gefallen! Die Rotröcke marschieren zur Mitte vor, sie stehen unter dem Kommando von Skalpjäger Hamilton, Gentleman Johnny Burgoyne und Lord Cornwallis, der sich wie ein Geck gebärdet! George Washington organisiert seine Streitkräfte und eine wilde Keilerei geht los. Zitate fliegen durch die Luft wie Musketenkugeln: »Die Würfel sind gefallen«, brüllt Churchill, vor lauter Aufregung quellen seine Augen vor, und alle Welt hält ihn für den leibhaftigen John Bull, »Kolonien müssen parieren oder triumphieren!«
»Es ist doch völlig absurd zu glauben, ein ganzer Kontinent könnte auf ewig von einer Insel aus regiert werden!« schnaubt Uncle Sam verächtlich. »Auf, marsch marsch, Jungs! Laßt die Hörner des Verrats erschallen, von Ost bis West, jetzt gehts um die Wurst! Gekommen ist die Hohe Zeit, den Kontinent zu einen, die Zeit des Glaubens, des Geklirrs gekreuzter Waffen, die ächte amerikanische Rewohluzzihon! Ich weiß nicht, welches Liedlein andere singen, was mich anlangt, mach einer Squaw nen Schlitz ins Kleid und nenn sie deine Maid! Juppheidi! Ich muß mich prügeln, sonst krieg ich Krätze – und gebrannter Wein hilft da allein schon gar nicht! Auf, ihr Otterngezücht, je härter der Konflikt, desto ruhmreicher das Massaker! Entspannung ohne Rausch ist reine Tyrannei, also langt mir Molly Stark mal rüber, sonst geht die Freiheit flöten!«
Überall spritzt Blut. Washingtons zerlumpte Bataillone schrumpfen zu einer zitternden Handvoll Soldaten. Aber der Kirchenälteste von Truro Parish sammelt sie in einer Schein-Arche, und, die göttliche Vorsehung anrufend, paddeln sie durch den Mittelgang der Prominentenlogen und überwältigen die zechenden Eindringlinge im Handstreich. »Eine Bande von Zuchthäuslern, ein Haufe Schurken, Sir!« wütet Churchill. »Das ist ne Meute lumpiger Kerls. Im ganzen Regiment gibts garantiert nicht einen Portepeeträger. An den Galgen mit ihnen!« Aber dazu kommt es nicht: die Moorfüchse und die Hinterwäldler verteilen sich im Hain der Ehrenplätze, greifen sich Rotröcke wie überwinternde Waschbären, erteilen Burgoyne und Cornwallis eine Anfängerlektion in Guerillakrieg und sparen nicht an Schrotkugeln für flüchtige Hinterteile. »Also gut, Leute«, sagt der Premier,

langt in seinen Luftschutzanzug und kratzt sich die ehrenwerten Hoden, »man hat uns bezwungen.«
Ungeheurer Jubel bricht auf dem Times Square und in den angrenzenden Straßen aus, als Uncle Sam die Steinernen Gesetzestafeln enthüllt, es sollen dieselben sein, die George Washington vom Bunkum Hill mitbrachte. Alle »toten« Soldaten stehen auf und singen zusammen den »Yankee Doodle«, treten dann wieder zurück, um das Umfeld der Prominentenzone zu bewachen. Uncle Sam und Winston Churchill leeren sich gekonnt gegenseitig die Taschen, dann darf Winnie unter tosendem Beifall abtreten, auf dem Kopf trägt er Uncle Sams Dr.T.-Kappe, deren gelbe Gummifinger das berühmte V für Victory bilden.
Dann klopft George Washington – man nennt ihn auch den amerikanischen Fabius – sich den Staub von den Kleidern und führt alle folgenden Präsidenten vor. Wenn sie mit ihren glänzenden Köpfen aus Pappmaché auftauchen, die nach den offiziellen Porträts modelliert wurden, bilden Ikonen jener Epoche, die sie repräsentieren, Spalier: Pilgerväter, Piraten, Pflanzer und Pioniere, Kaufleute aus Boston, Rhetoren aus Virginia, Erfinder, Südstaaten-Gentlemen samt ihren Mulatten, Kanalschiffer, Bodenspekulanten, Sprengmeister und kühne Ingenieure, Reiter vom Pony-Express, Bibelfeste Kansasleute, Grobschmiede und Goldgräber, Flößer und Farmer, Reisende Glücksspieler, Holzfäller, Scheißkonföderierte und Sauyankees, Schafhirten und Rinderbarone, River Boat Kapitäne, Wüstenratten, Millionäre, Walfänger, Cowboys und Indianer und die US-Kavallerie, Glücksritter und Ku-Klux-Klaner, Country-Geiger, Grubenarbeiter, Ölmagnaten und Gesetzlose, Aristokraten und Bauerntölpel, Wallstreet-Bankiers, Suffragetten, Rough Riders, Automobilisten, Filmstars und Schwarzbrenner, Börsianer, Baseballspieler und Handlungsreisende, FBI-Agenten, Footballspieler, Schlagerkomponisten, Privatdetektive, Selfmademen und so weiter, sie alle machen ihre Späße, singen Lieder, tanzen Ringelreihen, spielen das hehre Drame von der Gründung einer Nation und von der Eroberung der Welt. Ein Teil der Darsteller agiert ebenso steifbeinig und selbstbewußt wie Bürger, die bei der Jahrhundertfeier ihres Heimatortes mitmachen – viele von ihnen sind verkleidete Secret-Service-Agenten oder ehrgeizige Amateure mit einflußreichen Verwandten –, aber die einzelnen Aufzüge kommen in derart rascher Folge und gehen so schnell ineinander über, daß man gar keine Zeit hat, das alles wahrzunehmen, und ein jeder wird vom rastlos erfinderischen und unkalkulierbaren Uncle Sam überwacht, der auf der Bühne eine wahre Orgie aus Banküberfällen, ruhmvollen Parlaments-

debatten, Lynchjustiz, Prügeleien und Sandstürmen inszeniert, der fortlaufend Yankee-Sprüche und Prophezeiungen ausspuckt, während im Hintergrund die Singing Saints ihre Gospel Songs summen.
»Uff!« japst Uncle Sam und verschwindet für eine Sekunde hinter den Kulissen, als die Schlacht von Gettysburg tobt, »nichts schätz ich mehr als richtige *Schaugaukelei*!« Mit dem rotweißblauen Taschentuch wischt er sich die buschigen Augenbrauen und führt dann einen hastigen Anwesenheitsappell durch. Etliche Senatoren und Richter sind inzwischen schon zu betrunken, um ihren eigenen Namen noch zu kennen, doch das fällt kaum auf. Was den alten Superhelden hingegen wurmt, ist die anhaltende Abwesenheit der Nummer Zwei. »Weil ich auch bloß ein glotzäugiger Christenmensch bin«, blafft er, »wirds dieses verpißte nesthäkliche krötigrauchende entenschnablige Muttersöhnchen einer unzugerittenen Seepferdin schon noch schaffen, daß mir der Geduldsfaden reißt und daß ich dann einen Tanz veranstalte, bei dem ich nicht nur meinen unvergleichlichen Großmut offenbare!« Er blickt auf die Taschenuhr. Sonnenuntergang ist heute abend um 20 Uhr 31, bis es soweit ist, dauerts noch ein paar Stündchen, der jüdische Sabbat beginnt allerdings schon 18 Minuten früher, »Stunde der Erwartung« nennt man diesen Zeitunterschied. Jeweils fünf oder sechs Minuten wird er brauchen, um die beiden Diebe hinüberzuschmoren, das Maximum an Spielraum für die Rede seines jugendlichen Schwänzers sollte, sagen wir, zwölf Minuten sein. »O.K., ihr obeinig doppelkinnigen Bandidos! Eine Minute nach acht ist Stunde Null – da hatt er noch gut 60 Minuten, ums zu schaffen. Nun spult mal schön die Epistel-Nummern ab! Den Wettbewerb ziehn wir bis zur letzten Minute hin, iss der Affe bis 20 Uhr 01 noch immer nich da, fangen wir ohne ihn an!«
Die Ankündigung des Briefeverlesens löst in den Kulissen erneutes Gerangel aus: die lustigsten, traurigsten und beklemmendsten (usw.) *Sketche und Lesungen* aus Briefen, die Rosenbergs in der Todeszelle schrieben, wird Uncle Sam mit Silberdollar-Jackpots und neuen Beliebtheitslisten belohnen, und schon drängelt sich alles nach vorn, jeder Schauspieler der Stadt, geil auf solchen Gewinn, ganz zu schweigen von der Chance, vor solch phantastischem Hause auftreten zu dürfen. Denn das Publikum hier ist einfach *traumhaft*!
Zugegeben, ziemlich trübseliger Stoff, diese Briefe aus dem Knast, aber ein echter Profi läßt sich durch ein kümmerliches Drehbuch nicht entmutigen. Fred Astair und Ginger Rogers gestalten zum Beispiel jeweils einen Satz aus den Briefen der beiden zu einer virtuosen Tanznummer . . .

JULIUS: Liebling, ich war so reserviert und verschlossen, als ich Dich durch das Gitter ansah, die ganze Zeit über wollte ich Dich in meine Arme schließen, Dich mit Küssen bedecken, Dich mehr als man es mit bloßen Worten vermag, meine verzehrende Liebe zu Dir fühlen lassen!

ETHEL: Was für schamlose Gedanken kamen mir doch, als ich Dein Gesicht hinter der doppelten Barriere aus Gitter und Maschendraht glänzen sah!

. . . . in der sie ein Maschendrahtgitter zwischen sich hochhalten und sich eine zärtliche und liebevolle Zukunft ausmalen, obwohl sie schon dem Elektrischen Stuhl entgegentanzen. Bud Abbott und Lou Costello bauen ihre Nummer, wenn auch ungleich grobschlächtiger, auf fast demselben Thema auf und beziehen ihre Gags aus der Frage, wer wem den Vortritt läßt. Fibber McGee und Molly benutzen die Briefe als Material für eine ihrer berühmten Familienszenen (wenn McGees Kammertür aufgeht, knallt eine greinende Kakophonie Rosenbergscher Lamentos heraus, und Mollys geflügelter Satz – »Nich ma' im Spaß, McGee!« – erhält einen unerwarteten moralischen Unterton), während Andy Devine und Majorie Main ein echtes Drama fabrizieren, wobei sie den erotischen Passagen besonderes Gewicht verleihen. Archie aus Duffy's Tavern plant eine Solonummer mit dem Telefon, ebenso Red Skelton mit einer Handvoll Hüte. Im Gegensatz dazu bringen Ozzie und Harriet die ganze Nelson-Familie auf die Bühne, indem sie die regelmäßigen Gefängnisbesuche der beiden Rosenberg-Jungen zum Aufhänger nehmen. Und One Man's Family möchte sie noch übertrumpfen, indem sie einen umfangreichen Ausschnitt aus der verwirrenden Greenglass-Rosenberg-Familiensaga darstellt.

Zwischen all diesen Typen steht wie ein Wichtelmännchen Irving Kaufman und schaut dem fahrenden Volk aufs Maul. Er und Irving Saypol sind gebeten worden, sozusagen als Aufreißer für den Wettbewerb, ein paar Szenen aus dem Prozeß nachzuspielen, und obwohl er und Saypol sonst blendend zusammenzuarbeiten verstehen, hat er jetzt doch ein bißchen Lampenfieber. Indem er die Voraussetzung für das heutige Abendspektakel schuf und es jetzt vor dem Durchfallen bewahrt, ist er ein großes Risiko eingegangen – vielleicht ein zu großes – und der Streß macht sich allmählich bemerkbar. Als sein alter Freund und früherer Mandant Milton Berle ihn in diesem Zustand hinter der Bühne inmitten der restlichen Wettbewerbsteilnehmer vorfindet, mahnt er ihn: »Paß bloß auf, Irving, sonst verspielst du alles!«

Kaufman lächelt verlegen, entblößt die Lücke zwischen den Schneide-

zähnen und seufzt tief. »Die Verantwortung lastet schwer auf mir«, ist alles, was er laut sagt, im Grunde aber quält ihn, daß er manchmal, wie jetzt (gerade hat man den Richter des Obersten Gerichtes William Douglas auf die Bühne gezerrt, um ihm in aller Öffentlichkeit »spontan« den Hintern zu versohlen – »Das einzige, was an diesem Lumpenkerl noch nich rot iss«, hat Uncle Sam gerufen, »iss sein *Arsch*!« Und dann hebt das große Klatschen an: jeder, scheint es, möchte mit seinen Händen oder einer anderen Waffe ans Hinterteil des Richters Douglas gelangen, und das hätte, mutmaßt Irving, unter anderen Umständen *ihm* passieren können!), das Gefühl nicht los wird, daß man ihn schlicht benutzt hat, daß er genauso ein Opfer ist wie Rosenbergs. Auch wenn man ihn derzeit als Helden der Nation feiert . . .
Der Kongreßabgeordnete Don Wheeler drängt sich an ihm vorbei, stürzt auf die Bühne, um zu verkünden, daß er nach wie vor ein Impeachment-Verfahren gegen Richter Douglas befürworte sowie das Ausreisevisum nach Moskau –, biegt dann seinen Körper zurück wie Babe Ruth, wenn der den Ball übers gesamte Feld treiben will, und verpaßt ihm einen derartigen Schlag, daß es aussieht, als wolle er ihn eigenhändig nach Phantomland hinüberbefördern. Andere kommen auf die Bühne und kreischen, während sie auf ihn eindreschen, laut über die »Arroganz« des Richters, den »Verrat« und den «schurkischen Ehrgeiz«, einige wettern sogar gegen sein Liebesleben. »Im Mai letzten Jahres, und zwar am einundzwanzigsten, hat Douglas auf der Tagung des American Law Institute behauptet«, schreit kräftig zuhauend Walt Trohan von der *Chicago Tribune*, »daß Amerika seinen Anspruch auf moralische Führerschaft verloren habe – *und das muß man sich von einem Manne gefallen lassen, der wochenlang mit der Frau eines anderen Urlaub machte!*« Lautes Pfeifen und Zischen kommt von unten aus der Menge, gewaltige Erregung macht sich breit. »Und das von einem Manne, der sich vor ein paar Jahren in seinem Amt als Oberster Richter soweit erniedrigte, gereimte Obszönitäten zum besten zu geben, die einen ausgesuchten Kreis von Amerikanern, unter ihnen zwei Präsidenten, ein Mitglied des Obersten Gerichtes, Admiräle der Navy, Generäle der Army, Senatoren, Gouverneure und weniger bedeutende Persönlichkeiten, mich eingeschlossen, zutiefst schockierten! *Ich war dabei, als dieser Pseudoliberale seinen Schmutz verspritzte!*«
Douglas, der inmitten des allgemeinen Tumults die Prügel geduldig über sich ergehen läßt, kann sich die Bemerkung nicht verkneifen, daß Uncle Sam, über dessen Knie man ihn gelegt hat, dabei sei, als Superhero verdammt schnell zu degenerieren. »Nich mein Fehler«,

sagt Uncle Sam mit schüchternem Augenzwinkern, »ich gab dir die Chance, mich zu retten, Billy, aber du hast mir nen Korb gegeben!«

»Baah!« klagt der Justizminister, der drauf und dran ist, mit bloßer Hand der ruchlosen Rückseite des Richters einen gerechten Schlag zu versetzen, »das ist ja, als ob man gegen ein altes verwittertes Brett haut!«

»Holz, aus dem man Präsidenten schnitzt, Herb«, grinst Uncle Sam.

Richter Kaufman begreift natürlich, daß jedes Urteil eine Art Ehe stiftet, daß er und Rosenbergs sich gegenseitig brauchten, um sich selbst zu vollenden, daß sie sich noch immer gegenseitig brauchen – Richter und Gerichtete: zwei Seiten einer Medaille . . . aber was für einer Medaille? Ihm fällt das Hochgefühl wieder ein, das er damals hatte, als sie zueinander kamen – unausweichlich, wie es schien – anläßlich des mittlerweile klassischen Passah-Prozesses vor etwas mehr als zwei Jahren, das Gefühl, *auserwählt* (und das war er, ja, heute war er ein bedeutender Mann) und *bereit* zu sein. Er denkt an die Meisterhaftigkeit, die künstlerische Vollkommenheit, mit der er den Prozeß geführt hat, die wohl unvermeidlichen Schuldsprüche und das Todesstrafen-Drama, das über allem dräute . . . und dennoch hätte er sich nie träumen lassen, daß es einmal so enden würde. Und war es wirklich unvermeidlich gewesen? Tief im Herzen fühlte er, daß er das Richtige und Notwendige getan hatte – aber durfte er seinem Herzen trauen? Wären sie keine Juden gewesen, hätte er dann ebenso gehandelt? Es gab Leute, die ihm dafür dankten, daß er die beiden schmoren ließ – aber wer ließ eigentlich wen schmoren? Das wüßte er gern, jetzt, da er zusieht, wie Bob, Bing und Dottie einen Sketch aufführen, den sie »Der Weg zur Strahlenden Erleuchtung« nennen. Offensichtlich mimt Crosby in diesem Sketch einen Priester, der mit munterem Augenzwinkern »Goin' My Way?« singt und Bob und Dottie zum Elektrischen Stuhl geleitet, während Hope, der verzweifelt versucht, sich in Dotties Sarong zu verstecken, plötzlich weg ist, aber nur um wie ein Sektkorken floppend, wieder hervorzukommen, als sie Dottie unter Strom setzen, und – *boing! boing! boing!* – singend über die Bühne zu hüpfen: »Thanks for the Memory«. Er denkt weiter: vielleicht hatten die alten Priester in Fordham doch recht, wenn sie von unüberwindlicher Ignoranz sprachen. Damals hatte sich Irving verbissen mit ihnen herumgestritten, weil er annahm, daß sie sein Judentum als Entschuldigung für ihn anführten (es bedurfte keiner Entschuldigung!), jetzt aber kommt ihm plötzlich, während er über die beiden Seiten der Medaille nachsinnt, der Einfall, daß das einzige, was man niemals verstehen wird, eben das ist, worin man selbst zutiefst verstrickt ist. Identität, so hatten sie ihn belehrt (d. h. sie hatten es versucht), macht modale und virtuelle Unterscheidungen unmöglich. Oder sowas ähnliches. Wäre er nicht der, der er war, auf der Vorderseite der Medaille, wäre er bloß ein schlichter Bürger da draußen in der gesichtslosen Masse, dann hätte er vielleicht einen besseren Überblick über das Ganze, aber so –

»Heh, Irving«, summt ihm Onkel Miltie süß ins richterliche Ohr, kitzelt ihn unterm Doppelkinn und legt den Arm um ihn, *»Leben, das issn Lutschbombum . . .«!*

Er nickt. Was soll er dagegen schon machen? Er kann nur sein, der er ist: Berufung ist vorab erwiesene Gnade. Ob er will oder nicht, er ist eingebunden in ein Mysterium. Er legt den kurzgeratenen Arm Onkel Miltie um die Hüfte, hofft, daß alles viel leichter geht, wenn er erst mal ans Oberste Gericht berufen wird, und singt im schmachtenden Duett mit dem Komiker *»Nimms leicht, es issn Mysterium . . .«!*

Von der Masse hier hat er jedenfalls nichts zu befürchten: als er auftritt, von George Sobolsky von der *Washington Times-Herald* angekündigt (». . . In den Ruhmeshallen der Großen Amerikanischen Richter mag nun ein weiterer Name eingemeißelt werden: Irving Kaufman, der treue Diener des Gesetzes!«), sprengen die anhaltenden Ovationen den Applausmesser. Die technische Panne versetzt das Publikum einen Augenblick in Unruhe (die Messung ist das, woraufs ankommt!), doch die Kitzel, Tränen und Lacher der folgenden Nummern lassen das bald in Vergessenheit geraten: ein jeder tritt auf, angefangen mit Veronica Lake und dem Duke von Paducah bis hin zu Yogi Berra und der Dragon Lady. Boris Karloff und Elsa Lanchester bringen eine Frankenstein-Nummer mit allem elektrischen Brimborium, dann zieht Dean (Ethel) Martin den Jerry (Julius) Lewis am Kinn hinter sich her rund um die Todeszellen-Kulisse und singt dabei in trunkenem Falsett »Eines Tages sehen wir« aus *Madame Butterfly*. Amos 'n' Andy funktionieren alles zum »Kabarett der Negerköppe« um, der Hauptmacker spielt den Part des Rechtsanwalts, sehr gerissen, verstümpert aber alles wie gewöhnlich, und dann kommen auch schon Jimmy Durante und Garry Moore auf die Bühne und machen in Pathos, wobei sie aus den Briefen an die Kinder zitieren. Unten blickt das Publikum zur Paramount-Uhr hoch, und aller Augen sind tränenerfüllt vom Lachen oder von unverhohlener Rührseligkeit, als Jimmy und Garry zum Höhepunkt ihrer Nummer kommen: Jimmy sitzt mit Lockenperücke im Elektrischen Stuhl, spielt Piano und singt: »Ja, wer wird denn bei dir sein, wenn ich ferne bin, fern von dir?«

25. Aroma einer großen Stadt

»Ich weiß«, sagte Ethel Rosenberg ruhig, nachdem sich die Tür am anderen Ende der »Letzten Meile« hinter ihr geschlossen hatte. Sie stand da, die Hände in die Hüften gestützt, äußerst gelassen, ungebrochen. Eine starke Frau, dazu tapfer, doch gleichzeitig war da eine gewisse Härte, die Fähigkeit zu taktieren: sie kam mir vor wie eine Karrierefrau, wie eins jener spröden, unverblümt redenden, kettenrauchenden Mädchen, die ich von der OPA her kannte. »Ich habe Sie erwartet.«

Das schmiß mich fast um. Mich erwartet? Ich starrte sie an, wußte nicht, was ich sagen sollte. Hatte sie überhaupt begriffen, wer ich war? Oder lebte sie bereits in einer anderen Welt? Sie wirkte ein bißchen seltsam, als sei sie ihrer körperlichen Hülle schon zum Teil entschlüpft. Vielleicht etwas verwirrt. Das konnte ich allerdings verstehen, ich hatte bloß ein paar Tage mit diesem Gedanken gespielt, und das hatte mich schon ganz hübsch durcheinander gebracht. »So? Nun, Mrs. Rosenberg«, sagte ich, »ich möchte eigentlich . . . bloß mit Ihnen reden.«

»Natürlich«, antwortete sie, lächelte schwach, als wollte sie sagen, daß sie mir verziehen habe, und schritt langsam durch den weißglimmenden Korridor auf mich zu. Sie war kleiner, als ich mir vorgestellt hatte, etwas rundlicher. Auch älter. Sie trug ein einfaches Baumwollkleid von undefinierbarer Farbe, bei dem ein paar Nähte aufgeplatzt waren, und dessen Rock an der linken Seite entweder eingerissen oder aufgeschlitzt war. Die Oberschenkel, die ich zu übersehen suchte, waren nackt und ziemlich kräftig. Die Haare waren ungekämmt, zerzaust, als habe sie versucht, sie sich auszuraufen, das Gesicht wirkte konturlos, ohne Ausdruck. Vielleicht aber machte das nur die Entfernung, die eigenartige Beleuchtung in diesem schwarz-verhängten, weiß-getünchten Gang, denn als sie auf mich zukam, sich so gelassen bewegte, hochmütig und dennoch träumerisch, als sei sie allem entrückt, als sie in ihren Filzpantoffeln daher schlurfte und sich auf dem gebohnerten Fußboden nicht wie ein Körper, sondern wie ein sich bewegendes, schimmerndes Licht spiegelte, schien sie zu wachsen, schienen die Jahre von ihr abzufallen. Sie bewegte sich wie ein guter Politiker, tat würdig, selbstsicher, bescheiden. Probte wohl schon für den letzten Gang, der ja bevorstand. Noch während ich mir dieses Urteil bildete,

empfand ich bereits Schuldgefühle. Ich hielt mich doch selber für aufrichtig und absolut integer – was die wenigsten zu würdigen wußten –, warum also gestand ich anderen diese Eigenschaften nicht zu? »Das ist sinnlos, Mr. Nixon. Es gibt nichts mehr zu sagen.«
Ihr Blick wanderte über meine Schulter, und plötzlich erstarrte sie. »Das . . . das ist ein schlechter Scherz . . .!« flüsterte sie.
»Was . . . ?« Nervös blickte ich mich um, aber sie hatte bloß den Stuhl gesehen. »Oh, das, äh, tut mir leid«, sagte ich. »Dafür kann ich nichts. Der Direktor hat die Tür offengelassen. Möchten Sie, daß ich . . .?«
»Sie brauchen mir nichts weiter vorzumachen, Mr. Nixon. Die Farce ist durchschaut. Die Exekutive hat sich – mit Ihnen als ihrem Sprecher – zum Mord entschlossen. Und jetzt wollen Sie uns so schnell wie möglich unter die Erde bringen, bevor die Wahrheit über dieses ruchlose Komplott herauskommt!«
»Jetzt aber langsam«, mahnte ich nachdrücklich und freute mich insgeheim über die Bedeutung, die mir in ihren Augen zukam, »das sollte man wohl etwas fairer sehen!«
»Fair!« höhnte sie. »Das nennen Sie fair? Das ist Erpressung! Nazi-Barbarei!«
Ich fühlte, wie mein Blut in Wallung geriet, doch ich wußte, falls ich hier ein Kaninchen aus dem Hut zaubern wollte, mußte ich vor allem die Fassung bewahren. A propos Hut: ich nahm den Homburg ab und hielt ihn an der Krempe neben meinen linken Oberschenkel, schob den rechten Fuß vor und neigte den Kopf leicht zur Seite, als sollte ich fotografiert werden. Im Grunde erwartete ich jedoch nichts dergleichen, sondern hatte mich nur an bestimmte Fotos erinnert, auf denen diese Pose mich alert, vital und klarblickend erscheinen ließ. (Aber die war doch keine Fotografin, sie war Stenotypistin, – warum also dachte ich jetzt an Kameras? Wohl wegen der Striptease-Geschichten, die mir der verdammte Taxifahrer erzählt hatte.) »Glauben Sie mir, Mrs. Rosenberg, ich kann Ihre Gefühle verstehen«, sagte ich, indem ich meiner Stimme den Tonfall von Reverend Peale gab und den Geilen Krebs vergessen zu machen suchte, »wissen Sie, ich habe selbst viel unter Verleumdungen zu leiden gehabt!«
Sie lachte nur höhnisch, was ihr nicht besonders gut stand. Ich spürte, wie sehr sie mich verachtete und das schmerzte mich: bedeutete es ihr nichts, daß der Vizepräsident der Vereinigten Staaten sich persönlich für ihren Fall interessierte? Wie konnte sie meine Macht zugleich anerkennen und ignorieren? »Ich habe es bereits Mr. Bennett erklärt: auch wenn der Justizminister eine hochgestellte Persönlichkeit zu mir

schickte, und geschähe dies selbst zehn Minuten vor meiner Hinrichtung, es würde nicht das Geringste an der simplen Tatsache ändern, daß ich unschuldig bin.« Sie versuchte, ihre Stimme am Überschnappen zu hindern. »Allerdings habe ich nicht geglaubt, daß man grausam genug wäre, genau das zu tun!«
»Ich habe nichts mit Mr. Bennett zu schaffen! Es war mein eigener Entschluß herzukommen. Ich kam, weil ich Ihnen ein Angebot machen wollte . . .«
»Mit Ihren faschistischen Methoden werden Sie uns nicht einschüchtern, Mr. Nixon!« stieß sie hervor. Ihre Worte klangen hart, aber ihre Verzweiflung konnte sie nicht verbergen. »Wir haben kein Unrecht begangen, und wenn wir deswegen sterben müssen, dann werden wir deswegen sterben!«
»Wenn Sie überhaupt sterben, dann nur, weil Sie und Ihr Mann es *wollen*! Man hat Ihnen ein faires Angebot gemacht und das gilt auch jetzt noch! Sie tun das alles doch nur um des verdammten Ruhmes willen!«
»Oh nein! Wir wollen *keine* Märtyrer und *keine* Helden sein, Mr. Nixon! Wir wollen nicht sterben!« rief sie und ihre Stimme klang dünn und abwehrend. »Aber wir werden auch nicht lügen, um am Leben zu bleiben!«
»Wer verlangt denn, daß Sie lügen? Hören Sie, ich habe ein neues . . .!«
»Wir sind nicht die ersten Opfer der Tyrannei!« tobt sie. Ich sah, wie Tränen in die Winkel ihrer dunklen Augen schossen und ihre Lippen bebten. Ich wußte, daß ich sie mit Angriffen und Gegenangriffen kleinkriegen würde, aber es dürfte nicht ganz problemlos sein. Hatte es nicht ihr eigener Anwalt gesagt? »Sie ist zweifellos ein besserer Anwalt als ich!« Mit ihr verglichen war die Rote Lady ein leichter Gegner gewesen. »Sechs Millionen unserer Glaubensgenossen und Millionen andere Opfer des Faschismus sind vor uns in die Gaskammern gegangen!«
»Das ganze Geschwätz von Faschismus ist doch reinster Humbug, das wissen Sie genau!« schrie ich und stieß mit dem Homburg in ihre Richtung. »Die einzigen Massenhinrichtungen finden heutzutage auf der anderen Seite des Eisernen Vorhangs statt!«
»Das ist nicht wahr!«
»Oh, nein? Was war mit Stalins Säuberungen? Den Todeslagern in Sibirien? Den Massakern in Polen? Was letzten Herbst in Prag mit Rudolph Slansky? He? Mit ihm und zehn weiteren Ihrer ›Glaubensge-

nossen‹, wie sie sie zu nennen belieben! Oder mit der Ärzte-Verschwörung – eine feine Sache! Und erst gestern drüben in Ost-Berlin? Der arme Willi Göttling, ohne jedes Verfahren einfach weggeschleppt und erschossen! Und andere werden in diesem Augenblick hingeschlachtet!«
»Spione«, kreischte sie, versuchte, mich zu übertönen.
»Ach«, sagte ich ruhig und ließ die Hand mit dem Homburg wieder sinken. »Das rechtfertigt wohl alles, oder?« Sie errötete, saß in der Falle. Ich bohrte weiter: »Unser Land hingegen hat ein Jahrhundert lang seine Tore geöffnet – seine Tore und sein Herz –, für alle, gleich welcher Hautfarbe, die vor den Tyrannen flohen. Ihre eigenen Eltern gehörten auch dazu!«
»Ja, das stimmt«, antwortete sie überraschend geistesgegenwärtig, »bis *Sie* kamen – Sie und all die anderen superpatriotischen Demagogen und bigotten Fanatiker, die die Macht hier im Land an sich gerissen haben!«
»Moment mal, nennen Sie *mich* nicht bigott!« tobte ich. »Ich habe massenhaft jüdische Freunde! Ich wette, mehr als Sie! Auch katholische und schwarze – hören Sie, als ich auf dem College war, habe ich mit dafür gesorgt, daß ein Neger in unsere Verbindung aufgenommen wurde!« Das schien sie zu verblüffen – ich nutzte den Vorteil und setzte ihr weiter zu: »Zudem bin ich auch progressiv, das sollten Sie wissen – man darf nicht alles glauben, was Herblocks Karikaturen sagen! Meine Vorfahren kämpften mit Cromwell in Irland und mit George Washington in New Jersey, sie kämpften gegen die Indianer, spionierten bei den Engländern, betrieben am Nordufer des Ohio eine geheime Station für entflohene Südstaaten-Sklaven und wurden in Gettysburg begraben! Ich habe immer an die Freiheit geglaubt! Ich habe mich persönlich dafür eingesetzt, daß das Whittier College Tanzveranstaltungen auf dem Campus erlaubte, habe mich für die Abschaffung des Pflichtgottesdienstes engagiert! Wenn Sie es mir nicht glauben, kann ich es Ihnen im Jahrbuch zeigen! Ich habe in einer Kommune gewohnt, für das New Deal und die OPA gearbeitet und gegen die Achsenmächte im Süd-Pazifik gekämpft! Ich war auf Bougainville! *Ich hätte fallen können*!«
Mein Gott, ich merkte, daß ich richtig in Fahrt gekommen war. Sie starrte ich mit leicht geöffnetem Mund an. Ich wußte nicht, ob sie mich verstand, oder ob sie nur verblüfft war. Sie war noch immer sehr blaß. Augen wie ein Reh. Verletzlich. Ich konnte mir vorstellen, daß sie in der Rolle der Schwester des zum Tode Verurteilten einfach umwerfend gewesen sein mußte. Sie sah wie Ella Cinders aus. Ihre sanften dunklen

Augen wurden immer schmaler. Ich sah, wie sich dahinter ein Einwand formte, also kam ich ihr zuvor: »Oh, ich weiß, was die Leute über mich reden, man stellt mich als den Schurken im Cowboy-Film hin, beschimpft mich nach Strich und Faden – aber das ist doch nicht meine Schuld! Nur weil ich Wahlkämpfe führen, Gesetzesvorlagen vertreten muß. Eine Menge Dinge machen mich ebenso wenig glücklich wie Sie, aber so ist das in der Politik – mit einem Wahlkampf-Menü aus Abwaschwasser und Milchbrötchen ist noch keiner ins Amt gewählt worden, und landesweit bekannt wird man nicht dadurch, daß man sich für einen blauen Himmel über Los Angeles stark macht! Auf dem Weg nach oben – wo man schließlich vielleicht doch was für die Welt *tun* kann – wird eine Menge Blut vergossen, und zwangsläufig ist es meistens das eigene! Blut und dazu Dreck: Man hat mir alles vorgeworfen – Bigamie, Urkundenfälschen, Trunkenheit, Geisteskrankheit, Diebstahl, Antisemitismus, Meineid, die ganze Skala von Vergehen im öffentlichen Amt, von unkorrektem Verhalten bis zu ausgesprochen kriminellen Handlungen, doch *niemanden* hat es bislang gekümmert, wer ich wirklich bin! *Sie* müßten das begreifen, Mrs. Rosenberg, Sie haben ja auch einiges davon abgekriegt! Fanatikerin hat man Sie genannt, Antisemitin, miserable Mutter, sogar eine Verrückte! Wenn Sie also glauben, Sie hätten gelitten, dann stellen Sie sich mal vor, wie es *mir* ergangen ist!«
Jetzt hätte sie wieder höhnisch lachen können, aber sie tat es nicht. Sie sah mich auf eine ganz neue Art an, musterte mich neugierig. Ein bißchen ähnelte sie dabei Claudette Colbert, dachte ich. Nur sanfter, eher wie eine der italienischen Schauspielerinnen. Ihr Kleid fiel locker herab und vermittelte einem den Eindruck, es sei alles, was sie anhabe. Abwesend tastete sie in der Rocktasche nach Zigaretten, sah mich die ganze Zeit über nachdenklich an. Sie schnippte die Zigarette nicht aus der Packung, sondern fuhr vorsichtig mit den Fingerspitzen hinein, zog eine heraus und steckte sie zwischen die Lippen. Beim Anzünden zitterte ihre Hand ganz leicht.
»Es . . . äh, es ist verboten«, sagte ich nervös und blickte zum Schild an der Wand: RAUCHEN VERBOTEN.
»Ja? Und was meinen Sie, Mr. Nixon, welche Folgen wird das für mich haben?« fragte sie trocken und stieß eine ganze Wolke Rauch aus. Fast schien es, als ob sie mich bedauere. Ich wehrte mich nicht dagegen. Ich wußte nicht mehr genau, was ich hier eigentlich wollte, doch es war bestimmt das Richtige und irgendwie wußte ich auch, daß ich Erfolg haben würde. Sie stand jetzt dicht vor mir, klein, zierlich, fast schon

zerbrechlich. Mir wurde klar, daß ich wirklich nicht wollte, daß sie starb.
»Mrs. Rosenberg«, sagte ich so sanft ich konnte und versuchte ein Lächeln, merkte aber, daß es schon im Ansatz mißlang. »Mrs. Rosenberg, wir wollen, äh, Ihnen helfen, ich will Ihnen helfen, Pat und ich . . .«
»Sie verschwenden Ihre Zeit«, sagte sie schlicht. »Ich bin unschuldig. Mein Mann ist unschuldig. Über irgendwelche Spionageaffären können wir nichts aussagen.« Sie ließ den Kopf nicht sinken, aber augenscheinlich war sie den Tränen nahe. Die Stimme zitterte ein wenig. Wieviel Zeit zum Leben blieb ihr noch – siebzig Minuten? Achtzig? Sie nahm einen weiteren tiefen Zug aus der Zigarette, warf sie dann auf den Boden und zertrat sie mit ihrem Filzpantoffel, wodurch inmitten all des Wachsgeglänzes ein häßlicher Fleck entstand. Langsam stieß sie den Rauch aus, blickte dann wieder zu mir auf. Ihre Kraft und Abgeklärtheit beeindruckten mich sehr.
»Wir verstehen diese verzweifelten Aktionen«, sagte sie. »Sie haben einen Fehler gemacht und jetzt versuchen Sie, sich aus der Klemme zu ziehen.«
»Aber, Mrs. Rosenberg – Ethel! Sie verstehen nicht!« Sie schien überrascht, daß ich sie beim Vornamen nannte, noch dazu so gefühlvoll. Sie war sprachlos. Ich war selbst verblüfft. »Ich sage Ihnen, Ethel, dies alles hat nichts mit den Behörden zu tun – ich bin aus meinem Büro weggelaufen! Glauben Sie mir, *Sie* sind es, die mir am Herzen liegt, können Sie das nicht begreifen?« Sie schien erschreckt und verstört, ungläubig. Ich konnte es ja auch kaum glauben, es war reinster Wahnsinn, doch jetzt konnte ich mich nicht mehr bremsen, es gab keinen Weg zurück. Außerdem sagte mir mein Instinkt, daß ich richtig handelte. »Ich bin gekommen, um Sie zu retten, ich weiß zwar nicht wie, aber ich muß Sie hier rausholen!« Was meinte ich damit? Daß ich sie in die Arme reißen und sie und mich in Sicherheit bringen wollte? Mit ihr die Kleidung tauschen wollte, wie im Kino? Vielleicht war es auch die absolute Unmöglichkeit solcher Unternehmungen, die mich vorantrieb – sie ließen sich nicht realisieren, und um so verbissener konnte ich darauf beharren, daß es doch möglich sein müsse. Das erinnerte mich an meine großen Momente mit Ola. »Ich will kein Geständnis von Ihnen, Ethel! Die Vergangenheit kümmert mich nicht, nur das Jetzt zählt!«
»Das . . . das kann nicht Ihr Ernst sein!« flüsterte sie.
»Aber es ist mein Ernst!« Nicht mein Ernst? Meine Ernsthaftigkeit

in Frage stellen, war so, als würde man Ikes Lächeln in Frage stellen. »Ich glaube Ihnen! Ich habe alles sorgfältig geprüft, ich . . . *ich will nicht, daß du stirbst!*«
Obwohl sie kleiner war als ich, hatte ich die ganze Zeit über das Gefühl gehabt, sie sähe auf mich herab. Jetzt schienen wir auf gleicher Höhe zu stehen, Auge in Auge. Wir waren uns sehr nahe. Mein Herz schlug wie wild. Ich dachte: es gibt nur noch uns beide! Ich spürte, wie ihre Augen, dunkel vor Qual und Ungewißheit, die meinen suchten. Ich kämpfte mit den Augen, gegen ihr Mißtrauen. Mir war, als hätte ich solche Intensität seit meiner Schulzeit nicht mehr verspürt. Ich wollte weinen, um sie ganz zu überzeugen, und versuchte, mich an die Verse aus *Birdin-Hand* zu erinnern: *Ich hab doch immer nur ein einziges Kind gehabt, und das ist sie* . . . Dann schien sie plötzlich fast zusammenzubrechen, ihre Knie gaben nach, – ich packte ihren Arm. Sie wehrte sich nicht.
»Gut«, sagte sie schwach. »Gut. Wo ist Julius?«
»Julius?«
Sie wich zurück, hielt eine Hand vor das Gesicht, als wollte sie einen üblen Mundgeruch von sich fernhalten. »Hatten Sie etwa vor, mich zu retten und Julius sterben zu lassen . . .?«
»Aber . . . aber, Ethel . . .!« Warum erwarteten Frauen immer so etwas von mir?
»So ist das also! Mein Leben im Tausch gegen seins! Ich brauche bloß das Tau zu packen, das man mir so galant zugeworfen hat, und lasse ihn ertrinken, ohne auch nur einen Blick zurückzuwerfen!«
Das Zitat verriet sie. »Du verstellst dich nur, Ethel«, sagte ich kühl. »Du schauspielerst!«
»Wie teuflisch! Ich könnte kotzen vor Ekel und Abscheu. Sie schlagen vor, ein Grab zu errichten, in dem ich weiterleben soll, ohne zu leben, und verrecken soll, ohne zu sterben!« Das klang bekannt. Wie aus einem Rührstück zitiert. Ich wurde zwar intensiv an *Dido und Aeneas* erinnert, doch das war absurd. Vielleicht ein Horatio-Alger-Roman. »Wieder und wieder werde ich ein letztes, herzzerreißendes, gebrochenes Adieu hinausschluchzen und taumelnd . . .«
»Verdammt nochmal, Ethel, hör auf damit!«
»Und was wird mit unseren Kindern!« Ich hatte die Kinder völlig vergessen. Ja, und jetzt fiel mir auch wieder ein, was mit meinem Taschentuch passiert war . . . »Was ist das für eine Barmherzigkeit, die einen vergötterten Vater abschlachtet und eine geliebte Mutter ewiger Leere überantwortet?«
Vielleicht, dachte ich, sollte ich hier einfach verschwinden, so lange

noch Zeit war. Aber *hatte* ich noch Zeit? In dem Zustand, in dem sie sich derzeit befand, würde sie höchstwahrscheinlich heute abend auf dem Times Square alles hinausbrüllen, so laut sie konnte, angesichts der ganzen verdammten Welt. Und wie wollte ich *das* wohl Montagmorgen auf der Kabinettssitzung erklären?

Ich konnte schon den alten Foster sehen, wie er die Nase rümpfte, Ike, wie er mich über die Brille hinweg anstarrte, Lodge, wie er sich die Lippen leckte. Ich überlegte, was Abraham Lincoln in dieser Situation getan hätte . . .

»Eher würde ich meinen Mann im Tode umarmen, als um solcher Belohnung willen ein schändliches Leben führen!« tobte Ethel weiter. »Weder werde ich mein eheliches Gelübde noch das Glück und die Reinheit der Bindung, die zwischen uns besteht, in den Dreck zerren, nur um für politische Zuhälter die Rolle einer Hure zu spielen!«

Politische Zuhälter . . .! Das machte mich stocksauer. *»Quatsch! Du liebst ihn nicht, verdammt noch mal, und du hast es nie getan!«* Ihre Augen glühten vor Wut, die Adern am Hals traten hervor, sie ballte die Hände und öffnete sie wieder. Ich glaubte, sie würde mich anfallen, mir die Augen auskratzen, gellende Schreie ausstoßen oder so was, aber ich hatte keine Angst mehr – ich hatte vor *nichts* mehr Angst. Das Schlimmste an der Krise, das wußte ich, war vorbei! Dies hier jetzt war die kreative Phase! »Es ist alles nur Masche gewesen, Ethel, und du weißt es genau! Teil deiner Strategie!«

»Was . . . was sagen Sie da . . .?«

»Wen, glaubst du eigentlich, kannst du zum Narren halten? Im letzten Jahr hast du doch selbst deinen Hochzeitstag vergessen!«

Sie zitterte. Ich war ihr haushoch überlegen. »Das . . . das sagen Sie nur, um uns auseinander zu bringen! Reicht es nicht, daß wir sterben müssen . . .«

»Gib es doch zu, Ethel! Dein ganzes Leben lang hast du von Liebe geträumt! Selbst jetzt träumst du davon! Ich weiß es, denn ich träume auch davon! Aber du hast sie nie kennengelernt, du hast dich ihm nie völlig hingegeben, du hast dich keinem Menschen jemals völlig hingegeben!« Mein Gott! Ich war ja irre gut!

»Ich . . . ich glaube nicht an bourgeoise Romanzen«, sagte sie rauh, aber überzeugend klang das nicht. »Solche Liebe ist krank, ist selbstsüchtig, wir sollten nicht . . .«

»Ach, verdammt, das weißt du doch viel besser! Du bist Künstlerin, Ethel, eine Dichterin! Du weißt, was Liebe ist, was sie sein könnte! Alles andere ist Lüge!«

Ihr Widerstand bröckelte. So offensichtlich, daß es mich überraschte. Sie drehte sich weg, senkte den Kopf. Kaum hörbar flüsterte sie: »Ich achte ihn so sehr . . .«
»Ja, und du brauchst ihn, das weiß ich – als du ihn kennenlerntest, fühltest du dich mißbraucht und allein, und er war freundlich und sympathisch. Ich weiß über alles Bescheid, über deine Krankheiten und dein Pech. Über das Schwein, das versuchte, dir Gewalt anzutun, über deine Familie, die deine schönsten Träume zunichte machte, dich nicht im geringsten verstand, und dann die Wirtschaftskrise – welch elende Zukunft lag vor dir! Und du dachtest, Julius könnte dich davor bewahren, du dachtest – weißt du eigentlich, was du damals dachtest?«
»Bitte . . . hören Sie auf . . .«
»Du dachtest, er könnte dich vor einem sinnlosen Martyrium retten!«
Sie gab ein klägliches, angstvolles Stöhnen von sich. Ich glaubte, sie würde umfallen. Ich packte sie an den Schultern und drehte ihr Gesicht zu mir. »Wir sind beide das Opfer der gleichen Lüge geworden, Ethel! Es gibt *keinen* Sinn, es gibt *keine* gute Sache, das denken wir uns nur aus, um diese Dreckswelt zusammenzuhalten. Wir haben weiter nichts, als das Jetzt und Hier, daß wir am Leben sind! *Wirf es nicht weg, Ethel!«* Ihre Lippen öffneten sich. Als sie zu mir aufblickte, sah ich, wie ihr eine dicke Träne ins Auge stieg. »Ethel! Oh, mein Gott! Ich . . . ich . . .« Ich küßte sie. Sie wurde völlig überrascht. Ich auch. Ich hatte es nicht vorgehabt. Sie versuchte zu schreien, doch mein Mund erstickte jeglichen Laut, gleichzeitig behielt ich die Tür am anderen Ende des Ganges im Auge. Sie wand sich unter meinem Griff, kämpfte, trommelte mit den Fäusten auf mir herum, doch ich ließ nicht locker. In einem Anflug von Schwäche überkamen mich Schuldgefühle, weil ich sie mit Gewalt nahm, ich war drauf und dran, sie loszulassen und mich zu entschuldigen – aber nein, verdammt noch mal, das war seit je mein Fehler gewesen! Ich wußte zwar nicht, was ich tat, doch ich wußte, daß Schluß war mit der Höflichkeit, Schluß mit dem »Netten Jungen«, daß ich keine Lust mehr hatte, durch Argumente zu überzeugen, weder Frauen noch Männer, Uncle Sam eingeschlossen, zum Teufel mit Achtung und Rücksichtnahme, so blöd war ich nicht länger. Wenn ich etwas in meinen sieben Jahren als Politiker gelernt hatte, dann, daß man nie erreichte, was man wollte, wenn man aus Schwäche höflich war. Die Sanftmütigen erwartet auf dieser Welt nichts als Reue und Mißerfolg. Und ich kämpfte schließlich um meine politische Existenz, oder? Und um mehr! Gott weiß, um was ich alles kämpfte! Immer noch preßte ich meine Lippen auf die ihren, teils aus wilder Entschlossenheit, mein Ziel

zu erreichen, teils aus der Angst vor dem, was sie tun würde, sobald ich sie losließe, und teils einfach des Gefühls wegen, weil ich solche Wildheit nicht mehr erfahren hatte, seit ich mit der Tochter des Polizeichefs ging. Und dies war anders, ganz anders, dieser Kuß hatte nichts Frivoles und Kindisches, er schmeckte nach Blut, Grausamkeit, Gefahr! Der Löwin Shebas weit aufgerissener Rachen war verglichen damit wie der gespitzte Mund von Tante Jane . . . Es lag auch Abweisung darin, weiß Gott, ich schmeckte die Verachtung, den Ekel, den Hohn der Großstädterin, doch zum ersten Mal in meinem Leben fühlte ich mich nicht mehr unzulänglich, tölpelhaft, ich hatte die Sache in der Hand, ich genoß den Kuß, er tat mir wohl. Nicht süß – nein, eher beißend, bitter, in ihm lag das herbe Aroma von verstopften Straßen und muffigen Korridoren, von überladenen Fahrstühlen, Schweiß, Dampf, asphaltierten Spielplätzen, Einsamkeit, Straßenschlachten und plötzlichen Todesfällen – aber es gefiel mir! Es war wirklich irre! Ich schob meine Zunge zwischen ihre Lippen, während sie hilflos in meinem Armen zuckte und zappelte – ich war froh, daß ich mich nicht rasiert hatte, es machte mich glücklich, daß sie das Gekratze spüren mußte! Ich kam mir so brutal und klobig vor wie ein Bär (wohl auch wegen der noch immer unter dem Jackett nach oben geschobenen Hemdsärmel), doch gleichzeitig auch ungeheuer erotisch. Verdammt noch mal, dachte ich. *Das* war es, was ich die ganze Zeit über geplant hatte! Scheiß doch auf die scheinheiligen Vorwände, *das* war der Grund, weswegen ich die lange Reise hierher unternommen hatte, auf diesen Clinch war ich versessen gewesen, seitdem ich aus der Hauptstadt geflohen war, vielleicht schon vorher, vielleicht bereits seit gestern abend, oder seit Burning Tree – was für ein Abgrund, was für ein Körper, was für ein Mund! Und es war ein kalter Mund, den ich küßte, ein unbarmherziger Mund, ein aufreizender Mund, nicht zu vergleichen mit dem damals in Whittier, Kalifornien – ich spürte, daß ich weitermachen mußte, bloß um am Leben zu bleiben! In manchen Augenblicken hatte ich das Gefühl, verschlungen zu werden, mich zu verlieren, ohne Orientierung zu sein, ja, an Verfolgungswahn zu leiden – und Angst zu haben: was würde mir jetzt zustoßen? Wohin führte dieser Weg? Was sollte ich Pat sagen? Wie hoch war der Einsatz? Doch ich preßte sie nur noch stärker an mich, fuhr mit der Zunge an ihren Zähnen entlang, drängte, suchte, hämmerte an die Tore ihrer verborgenen Seele! Und allmählich öffnete sich der Mund, der Widerstand ließ nach, das unterdrückte Klagen wandelte sich in leichtes Stöhnen, ihre Zunge berührte meine Zunge, ihre Hand griff nach meiner

Schulter, glitt höher, legte sich um meinen Nacken, ihr Körper schmiegte sich zärtlich an mich, ihre Zunge glitt zwischen meine Lippen, meine Zähne – und jetzt war ein neuer Geschmack da, ein viel intensiverer Geschmack, die Angst war verflogen, der Widerwille, die Verachtung, ihre Lippen wurden weicher, ihr Mund öffnete sich, neue Ingredienzien kamen hinzu, exotische, eigenartige, in unvorstellbarer Vielfalt, die alle miteinander konkurrierten, viele davon unbekannt, doch nicht unangenehm. Und in ihrer Mannigfaltigkeit waren sie alle gleich schön. Der herbe Beigeschmack der Gefahr war noch da, die Bitterkeit des Einsamseins und der Unbarmherzigkeit, doch sie hatten sich jetzt mit der Zartheit der Unschuld, der Würze des Unerwarteten, der pikanten Zugabe von Ausgelassensein, der Zärtlichkeit des ersten Mals vermischt, in jedem Winkel ihres Mundes entdeckte ich Neuland, unter ihrer Zunge, hinter ihren Zähnen, die Möglichkeiten schienen unerschöpflich, und ich genoß sie allesamt! Ich streifte durch die Straßen und Gassen ihres Mundes, durchquerte den Tunnel unter ihrer Zunge, erklomm die Klippen des Vordergaumens, schlüpfte über verschwiegene Pfade, fuhr den hinteren Gaumen lang, war wahnsinnig vor Wonne! Die Erregung, die ich verspürte, entsprach jenem Gefühl, das ich empfunden hatte, als ich damals auf der High School Maltafieber gekriegt hatte. Hemmungslos erkundete jetzt ihre Zunge meinen Mund: ich öffnete mich ihr wie noch keiner Frau zuvor in meinem Leben. Eine ihrer Hände umfaßte meinen Nacken, kraulte die kurzen Stoppeln des Haaransatzes, die andere kroch unter meine Jacke, zerrte an meinem Hemd – ich kam mir vor, als würde ich mit Stumpf und Stiel verschlungen! Ich ließ den Homburg fallen und erkundete ihren Rücken, die Brüste, die Hüften (mit der fehlenden Unterwäsche hatte ich recht gehabt, gehörte das mit zu den Prozeduren bei einer Hinrichtung auf dem Elektrischen Stuhl?), suchte nach dem Schlitz an der linken Rockseite. Ich war außer Atem, war verzweifelt bemüht, tief Luft zu holen. Ich wollte mich losmachen, aber jetzt war sie es, die sich an mich klammerte, ihre Zunge schoß und zuckte in meinem Mund herum, ihre Lippen sogen sich an meinen fest. Ich schnüffelte, schnupperte an ihren Haaren, ein lieblicher Geruch, frisch gewaschen – sie hatte sich für die Hinrichtung die Haare gewaschen! – und sah hinter ihrem Kopf (wie hatten wir uns bloß gedreht?) den Elektrischen Stuhl, leer, wartend, für Männer konstruiert, die doppelt so breit waren wie sie, grell erleuchtet in seinem hellen weißen Raum stehen. Mir schien es, als würden schon die Funken von den Elektroden sprühen, aber das konnten auch ihre Haare sein, die sie ungebändigt umwehten und mir in die Augen gerieten. Wie spät war es? Ich konnte es nicht erkennen, aber ich hatte den Eindruck, als ob ich die Zeit irgendwie anhalten könnte, wenn meine Arme sie nicht losließen. Ich schloß die Augen: mein Bewußtsein schien sich zu erweitern, es war, als ob ihre Hand es formte, dehnte, ihre Zunge an seinen Rändern leckte, während die andere Hand tief unten jetzt seine Wurzel ausgrub. Ach, welch ein Bewußtsein! Ich kannte es kaum wieder! Es war voll verborgener Erinnerungen, erstaunlicher Gedanken, nie hatte ich sowas bisher gesehen, unendliche wabernde Finsternis und gleißend aufblitzende Bilder, neu und fremd, hervorgerufen durch das hitzige Forschen unserer Münder und Hände. Etliche waren furchteinflößend: Mädchen, die unter dem Schwall aus Feuerwehrschläuchen zu Boden gingen, Männer, die in Gräben vergast, von Polizisten auf galoppierenden Pferden umgeritten wurden, Dorfbewohner, die unter Bombentrümmern begraben lagen, Leben, das an Krankheit und Armut zugrunde ging, Kinder, die durch Strahlung monströs entstellt waren oder von Ungeziefer zerfressen wurden – dennoch war alles auf irgendeine Weise erregend, ich weidete mich an all diesem Erleben und wußte, es war gut. Ich packte Ethels Hintern, ich sah das Gesicht eines Kindes. Es schien in einer großen Stadt zu leben. Ich war nicht in der Lage, zu sagen, ob es weiß oder schwarz war, mexikanisch, italienisch oder polnisch, aber das war auch egal. Ich teilte seine Träume: es war Dichter, Wissenschaftler, großer Lehrer, stolzer Handwerker. Es verkörperte Amerika, alles, was wir seit Urzeiten zu sein hofften, alles, was wir in unseren kühnsten Träumen zu sein wagten. Aber es erwachte – wir beide erwachten – in einen Alptraum aus Armut, Vernachlässigung und Verzweiflung. Es versagte in der Schule. Es landete bei der Wohlfahrt. Es wurde einberufen und fiel in Korea. Das alles sah ich vor mir, während meine Zunge hinter Ethels Schneidezähnen wanderte. Ich weinte, aber wohl aus Freude, denn ich sah auch Großmutter Milhous, die mich lächelnd anblickte. Warum bist du so nervös? schien sie zu fragen. Ethel krallte sich in die Haare meiner Brust. Das Kind wurde wiedergeboren. Frieden. Mein Frieden und Großmutters Frieden. Ich versuchte, beide Brüste Ethels mit einer Hand zu fassen. Ich sah, wie Dörfer aufgebaut wurden, wie sich die Unterdrückten erhoben. Ich roch Mamas warme Apfelkuchen, ich fühlte, wie meine Hände brillant über Orgeltasten glitten und »My Rosary« spielten, hörte durch die Nacht den magischen Ruf weit entfernter Lokomotivpfeifen, die süßeste Musik, die ich je gehört hatte. Ich sah, wie die Ketten der Sklaven fielen, wie die Mauern zwischen den Völkern einstürzten (einen Augenblick lang hielt ich beide in einer Hand, weich und fest und prall, dann ließ ich sie los, um die Hand nach ihrem Gesicht auszustrecken), wie sich die Bewohner der Mietskasernen in den Slums auf grünen Wiesen sonnten. Ich leckte fieberhaft an Ethels wunden Lippen und schmeckte frisches warmes Brot, streichelte ihren Hals und roch den Duft von Rosen, erkundete den Spalt ihres Pos und empfand so viel Frieden, Wärme und ein Gefühl der Brüderlichkeit, wie ich es nicht mehr erlebt hatte, seit wir uns morgens um den Küchenofen in Yorba Linda drängten, als alle noch am Leben waren. Ich fühlte, daß ich zu einer neuen Ebene des Erfahrens, des Bewußtseins aufgestiegen war, nichts würde mehr so sein wie früher – weder für mich noch für sonstwen. Wie glücklich war ich, daß ich hergekommen war! Mit einem Ruck riß ich sie an mich, ihre Hand war zwischen unseren Körpern gefangen: ich wollte ihr Herz und Seele in den Mund pressen, um meine Zunge in ihnen zu baden. Ich konnte sie nicht mehr erkennen, ich konnte nicht einmal mehr die Augen öffnen, doch sie war ungewöhnlich schön geworden, eine Erscheinung fast wie aus dem Mittelalter mit ihrer Reinheit und Vollkommenheit – selbst ihr Kleid, das sich unter meinem Griff knitterte, erschien weich und locker fallend wie ein griechisches Gewand. Die Frau, die in den Korridor eingetreten war, an die konnte ich mich nicht einmal mehr erinnern. Die echte Ethel Greenglass, kindlich und von exquisitem Liebreiz – wie Audrey Hepburn, dachte ich, die ich gerade auf dem Titelblatt einer Illustrierten gesehen hatte, doch Ethels Po hatte weichere Rundungen –, war zum Vorschein gekommen und hatte alle anderen Bilder in sich aufgenommen (zeigte sich hier das, was in etwa der Dialektik der Geschichte entsprach? überlegte ich), und ich war es gewesen, der sie dazu gebracht hatte, ich, Richard Milhous Nixon, der dieses Wunder geschaffen hatte, mein Gott! Vor lauter Verzückung war ich völlig aus dem Häuschen! Mein Kopf war voll von Poesie und Gerechtigkeit und unglaublichen Schlußszenen. Ich sah, wie Millionen Menschen auf mich zuliefen, mich zu umarmen. Ich dachte: *Heute abend mache ich Geschichte, nicht für mich allein, sondern für alle Zeiten!*

Dann kamen wir zu uns, nach Atem ringend, ächzend, die malträtierten Lippen leckend, uns verzweifelt aneinander klammernd. Sie vergrub ihren Kopf an meiner Schulter und knabberte wie verrückt an meinem Hals. »Oh, Richard«, stöhnte sie. »Du bist so stark, so kräftig!« Sie wühlte mit ihren Fingern in den dichten Haaren meiner Brust. »Ich fühle mich so schwach!«

Ich rang nach Atem, ich befürchtete, einen Anfall von Heuschnupfen

zu kriegen (Frauenhaare lösen den häufig bei mir aus), alles in allem aber fühlte ich mich wohl, womit ich allerdings nicht sagen will, ich hätte mich niemals wohler gefühlt in meinem Leben, denn ich fing schon an, mir Sorgen zu machen, wie zum Teufel noch mal ich hier rauskommen sollte und möglicherweise auch sie mit rauskriegen könnte, trotzdem aber fühlte ich mich wohl. Daß sie mich Richard und nicht Dick genannt hatte, rührte mich zutiefst. Ich dachte: wenn ich diesen direkten Weg öfter genommen hätte, wäre mein Leben sicher vergnüglicher verlaufen!
Mein Mund war nahe bei ihrem Ohr. Ich merkte, daß sie darauf wartete, daß ich ihr was sagen würde. Alles, was mir einfiel, waren einige Zeilen aus einem Stück, in dem ich mitgespielt hatte, vor Jahren: *Meine Herren Geschworenen! In wenigen Augenblicken werden Sie dazu aufgefordert, über das Schicksal einer Frau zu entscheiden. Sind Sie überhaupt in der Lage, sie zu verstehen? Sind Sie in der Lage, den Mann zu verstehen, den sie geliebt hat? Wer wird in diesem Prozeß wirklich angeklagt?* Und das waren noch nicht mal Sätze aus meiner Rolle. »Ich habe . . . ich habe Richter Brandeis immer bewundert!« keuchte ich. Mein Gott, was zum Teufel ließ mich jetzt auf solche Gedanken kommen, überlegte ich erstaunt.
»Und Richter, äh, Cardazo!«
»Oh, Richard!« rief sie und küßte mich erneut. Augenscheinlich konnte ich nichts falsch machen. Wieder gingen unsere Hände auf Wanderschaft, wieder spielten unsere Zungen. Ich fing an, mich in ihrem Mund zu Haus zu fühlen, entdeckte einige Köstlichkeiten zum zweiten Mal und stellte fest, daß ich es noch intensiver als beim ersten Mal genoß. Ihr Atem strich keuchend in meinen Kragen, sie zerrte an meinem Hemd und meiner Hose, riß Knöpfe und Sicherheitsnadel ab, zerfetzte, was noch nicht zerfetzt war. Ich hatte den Schlitz an ihrem Kleid gefunden. Selbst in einem Kampf, der so klare Fronten zeigt, wie der zwischen Tyrannei und Freiheit, dachte ich, gibt es Grauzonen.
»Oh, Richard! Du weißt nicht, was diese zwei Jahre hier für mich bedeutet haben . . . und . . . die Jahre vorher . . .«
Sie preßte sich eng an mich, rieb ihren Körper rhythmisch an meinem, so, als wolle sie des Taxifahrers Geschichte wahrmachen. »Ich bin sonst nicht so. Du wirst es nicht glauben, aber ich habe in meinem Leben keinen anderen Mann geküßt außer Julius! Nicht richtig!«
»Ich glaube dir«, flüsterte ich. »Ich . . . ich auch nicht!« Ich zog sie fest an mich. »Eine Frau geküßt, meine ich.«
»Oh, Richard! Was ist bloß in uns gefahren?«

Ich erinnerte mich, wie ich einen Schritt in Richtung Kulisse machte, mich dann wieder den Geschworenen zuwandte. Das war weder *The Trysting Place* noch *The Dark Tower*. Es war auch nicht *The Little Accident*. Es war *The Night of January 16th*, und ich war der Staatsanwalt, sympathisch aussehend, aber bösartig. In den Kulissen stand Pat und beobachtete mich. *Vor ein paar Monaten hielt jener allen bekannte Mann noch Nationen und Königreiche in einer Hand und eine Peitsche in der anderen. Warum sollte er Selbstmord begehen?*
»Es ist so seltsam . . . auf den Tod zu warten«, sagte Ethel leise. Es war unglaublich, dieses beiderseitige Verstehen, dieses perfekt gespiegelte Bild, es ließ mir Schauer über den Rücken laufen. Aber vielleicht war das auch nur ihr Fingernagel. *Doch es gibt einen anderen, einen, den das Schicksal ihm sandte, um ihn zu erlösen.* »Ich habe mir niemals träumen lassen . . . sowas wie diese . . .«
»Hör zu, Ethel, vielleicht können wir noch . . .«
»Hast du jemals geglaubt, daß du eines Tages Vizepräsident der Vereinigten Staaten sein würdest?«
»Was?«
»Als du ein kleiner Junge warst, was hast du geglaubt, was du werden würdest, wenn du erwachsen bist?«
»Äh, . . . Lokomotivführer. Aber, Ethel, . . .«
»Ich glaubte, ich würde Sängerin werden. Eine berühmte Sängerin. Ich war wirklich davon überzeugt!«
»Ja, ich weiß«, sagte ich.
»Das weißt du?«
»Ja. Später wollte ich Anwalt in New York werden, und ich war in New York an dem Abend, als du Julius kennengelernt hast. Ich suchte einen Job. An jenem Abend hätten wir einander begegnen können. Dann wäre vielleicht alles anders gelaufen.«
»Ich würde nicht wollen, daß du anders wärst als du bist, Richard! Ich beneide dich um deine Kraft. Deine Würde. Du bist ein bedeutender Mann und ich . . .«
»Eigentlich wollte ich immer frei sein. Am liebsten wäre ich ein Landstreicher geworden.«
»Ich wollte eine große Künstlerin sein. Ich träumte davon, nach Hollywood zu gehen. Ich hätte zu kämpfen gehabt, hätte in Milchbars arbeiten, kleine Rollen annehmen müssen – aber am Ende wäre ich jedermanns Liebling gewesen. Wir hätten uns dort treffen, ich hätte einen Job in deiner Heimatstadt bekommen können.«
»Ich . . . ich habe in Hollywood mal eine Rede gehalten. Darryl

Zanuck sagte damals, es sei der tollste Auftritt gewesen, den er je erlebt habe.«

»Ja, ich weiß«, sage sie.

»Das weißt du?«

»Mich hatte man an der Schola Cantorum angenommen. Ich war die jüngste Chorsängerin, die dort je war. Aber ich konnte nicht mit auf Tournee gehen, weil ich meine Stellung nicht aufgeben durfte, meine Mutter wollte es nicht . . .« Plötzlich brach sie in Tränen aus, begann hilflos an meiner Schulter zu weinen.

»Ethel! Mein Gott! *Was ist*?«

»Heute . . . heute kam jemand . . .« Sie konnte es kaum rausbringen, ihre verzweifelten Versuche brachen mir fast das Herz: ». . . um meine Maße aufzunehmen!«

»Was? Deine Maße . . .?«

»Sie sagten . . . *sie sagten, es sei für ein Wachsfigurenkabinett! Oh, Richard!*« Jetzt schluchzte sie völlig unkontrolliert, bebte am ganzen Körper.

»Ethel . . . das ist . . . das ist ja fürchterlich!« Und dann kamen mir auch die Tränen. Richtige Tränen!

»Ich will nicht . . . *ich will nicht sterben!*«

»Ich will auch nicht, daß du stirbst, Ethel!« schluchzte ich. Es war wie ein Dammbruch, es schoß nur so aus mir heraus. Verzweifelt klammerten wir uns aneinander, völlig in Tränen aufgelöst. Ich hatte keine Ahnung,wie wir uns auf den Beinen hielten.

»Es ist fürchterlich. Den bloßen Gedanken daran halte ich nicht aus!« Sie preßte mich noch fester an sich. »Du wirst nicht sterben, Richard! Hab keine Angst!«

»Zwei meiner Brüder sind gestorben!« jammerte ich. »Ich hab immer gedacht . . . ich bin der *nächste!*«

»Neiiin!« wimmerte sie. »Brüder! Erzähl mir nichts von Brüdern!«

»Meine Mutter hat sich fast umgebracht, um meinen Bruder am Leben zu halten! Und dann ist er doch gestorben!«

»*Meine* hat sich über mich lustig gemacht! Sie sagte, Künstler hätten auf dieser Welt keinen Platz! Sie hat mich gezwungen, arbeiten zu gehen!«

»Sie war grausam zu dir!«

»Sie hat mir mein Geld abgenommen! Sie haßte mich!«

»*Meine* Mutter hat mich zu meiner Tante geschickt, ich mußte bei der wohnen! Sie . . . sie wollte mich nicht!«

»Oh, Richard!«

»Einmal bin ich bis nach Arizona gefahren, und hab da Pferdeställe ausgemistet, nur weil ich bei ihr sein wollte, aber sie hat das überhaupt nicht anerkannt!«

»Meine Mutter wollte mich keinen Musikunterricht nehmen lassen!«

»Ich bin fast an Lungenentzündung gestorben!«

»Ich habe immer schreckliche Rückenschmerzen!«

»Ich kriege im September Heuschnupfen!« Wir blickten einander an. Tränen strömten unsere Backen runter. »Ach, Ethel! Du hast so . . . soviel Verständnis!«

»Nimm mich in die Arme, Richard! Mir ist kalt! Wärme mich mit deiner Wärme!«

Wir küßten uns wieder. Diesmal gierig, zielstrebig, intensiv. Das süße Salz der Tränen mischte sich in den schon vertrauten Geschmack unserer Lippen. Ich dachte: Stärke besteht im Geben, nicht im Nehmen. Ich wollte demütig sein. Wir hielten uns an den Händen. Während dieser langen keuschen Umarmung verspürte ich eine unglaubliche neue Kraft, ein Gefühl neuer Freiheit. Woher kam es? Von Uncle Sam? Dem Phantom? Beiden gleichzeitig? Von keinem der beiden, nahm ich an. Es gab nichts mehr, was über mir schwebte, ich war beiden entkommen! Ich stand außerhalb der gemessenen Zeit! Endlich war ich mein eigener Herr! Ich hätte vor Freude schreien können!

Wir lösten uns voneinander. Unter Tränen blickten wir uns an. Wir lachten. Wir umarmten uns, sahen uns an, lachten wieder. Verspielt schmatzten wir uns Serien kleiner Küßchen auf den Mund. Tätschelten unsere Hintern. Rieben die Nasen aneinander. Ihre Nase war ziemlich groß. Natürlich. Mir gefiel sie trotzdem: so anders als die von Pat.

Sie legte ihren Kopf leicht zur Seite und lächelte: »Du hast eine lustige Nase«, sagte sie. Wir lachten und lachten.

»Bis heute habe ich noch nie jemandem mein Herz ausgeschüttet«, sagte ich. Ich leckte ihre Lippen, küßte Augen, Wangen, Hals, streichelte zart die Brüste. »Ich habe immer Angst gehabt, man könnte das spießig finden. Aber bei dir ist das ganz anders . . . ich habe das Gefühl, daß ich mit dir über alles reden kann!«

»Ja«, sagte sie und drückte mich glücklich an sich. »Ich habe immer Angst gehabt, man würde glauben, ich sei schwach. Warum können die Menschen andere nicht so sein lassen, wie sie sind?«

»Die Menschen schuften sich nur für ihr eigenes Image ab, anstatt andere zu lieben. Warum können wir nicht alle miteinander reden, einfach sagen, was wir empfinden?«

Sie küßte meinen Hals, knabberte am Ohrläppchen. »Du bist so ernsthaft, so aufrichtig, Richard, ich könnte dich fressen, so verrückt bin ich nach dir!« flüsterte sie heiser.
Wieder küßten wir uns. Leidenschaftlich diesmal und dann fuhr der Zug wieder durch Yorba Linda, oder noch immer pfeifend bis in alle Ewigkeit, es war wundervoll, es löste ein warmes, wehmütiges Gefühl in mir aus, ich winkte ihm zu, der Lokomotivführer lächelte und winkte zurück, es war Herbert Hoover, dann war ich Lokomotivführer, lächelnd und winkend lenkte ich meinen Zug durch Landschaften, die ganz neu waren, exotisch, grün und endlos, stetig ruhte meine Hand auf dem Dampfhebel. Wo ich hinkam, riefen und winkten begeisterte Menschen. Und ich konnte ihre Bravorufe *richtig* hören! Tante Edith. Tom Dewey. Trainer Newman. Foster und Allen und Moneybags Wunder: ich sah sie, während wir pfeifend an ihnen vorbeifuhren! Ratata – ta! Ratata – alles war in Bewegung . . . Was würde ich . . .?
»Ethel!« keuchte ich, riß mich los, schmiegte meinen Kopf hinter ihr Ohr, versuchte krampfhaft, zu Atem zu kommen. »Wir müssen hier irgendwie raus! Wir müssen uns was ausdenken, was wir dem Direktor erzählen!«
Zitternd umarmte sie mich, schüttelte den Kopf. »Nein«, sagte sie atemlos. »Die würden mich jetzt nicht mehr gehen lassen. Halt mich doch noch ein paar Minuten im Arm. Ich bin so einsam gewesen. Jetzt fühle ich mich nicht mehr einsam.«
»Aber, Ethel, wir könnten doch was erfinden, du könntest ihnen erzählen, man hätte dich unter Drogen gesetzt oder einer Gehirnwäsche unterzogen. Oder daß man deine Kinder umgebracht haben würde, wenn du nicht . . .«
»Haben dir meine Briefe gefallen?« fragte sie verträumt.
»Was? Was?«
»Hast du sie denn nicht gelesen . . .?«
»Doch! Doch, sie waren wundervoll, Ethel! Wie alles an dir!« Sollten wir den Direktor als Geisel nehmen? Oder ihm einfach sagen, sie hätte gestanden, und rausmarschieren? Uns irgendwo verstecken, bis das Gewitter abgezogen war? Ich blickte mich kurz um, aber alles war kahl und nackt. »Und, äh . . . deine Gedichte! Deine Gedichte haben mir auch gefallen!«
»Magst du Gedichte?« flüsterte sie und drängte sich an mich.
»Ich habe . . . ich habe für Literatur immer was übrig gehabt«, sagte ich. Ich wußte, daß ich weiter nachdenken mußte, aber mit ihrer Zunge im Ohr fiel mir das Denken schwer. »Vor allem für Theaterstücke. Ich

habe einige geschrieben. Äh . . . eins oder zwei . . . und gestern abend ist mir die Idee zu einem neuen gekommen! Das war . . .«
»Du könntest Stücke schreiben und ich würde darin auftreten! Ich könnte sogar Gesangsrollen übernehmen!«
»Ja! Ja! Es ist noch nicht zu spät!« rief ich.« Wir sind noch jung, Ethel!« Ein neues gewaltiges Panorama schien sich vor meinen Augen aufzutun. Wir konnten weggehen! Nach Mexiko! – in den Süd-Pazifik! Warum nicht? Wir sahen uns an, unsere Gesichter begannen sich zu verziehen – und wir brachen erneut in Tränen aus. Jetzt schluchzten wir beide haltlos, klammerten uns aneinander, als ob es um unser Leben ginge. »Ach, Ethel!« weinte ich. »Wir müssen . . . wir müssen doch was unternehmen!«
»Es hat keinen Zweck!« heulte sie. Tief im Innern wußte ich, daß sie recht hatte, aber keinesfalls wollte ich den Anschein erwecken, als glaubte ich das. »Es ist . . . es ist doch noch Zeit . . .!«
Sie weinte, als ob sie niemals mehr aufhören könnte, wie eine Flut rannen mir ihre Tränen den Hals herunter. Ihre Hand war unter meinem Hemd und versuchte, sich an meinem Gürtel vorbeizuzwängen. Ich schluchzte in ihre Haare, krallte mich mit einer Hand in ihnen fest (ein Stück Glatze! nein, *ausrasiert*! für die Elektrode! mein Gott!), während die andere auf ihrem Hintern lag. Ich fühlte mich wie Aeneas, als er sich über Didos Totenbahre warf. Ich zog meinen Bauch ein, damit ihre Hand sich ein paar Zentimeter weiter vorschieben konnte.
»Ach, Ethel! Für dich würde ich alles tun!« schluchzte ich. »Wenn wir doch nur . . .!«
»Richard!« keuchte sie und löste sich von mir, ihre dunklen Augen blitzten unter den Tränen. »Bitte, Richard! Du *kannst* was tun! Du *mußt* es!«
»Ja! Ja, ich . . .!«
»Du mußt es! Ich will, daß du mich liebst! Hier!«
»Was-was?«
»Jetzt! Bevor ich sterbe! Laß mich nicht im Stich! *Das* eine kannst du noch für mich tun!«
»Aber . . . aber . . . *hier* . . .?«
»Schnell! Wir haben nur ein paar Minuten!«
»Aber wenn der Direktor . . .«
»Wir haben noch Zeit! Er sagte dreißig Minuten!«
»Hat er das gesagt?«
»Beeil dich!« keuchte sie. »Los!« Sie zerrte an meinem Gürtel. *»Ich helfe dir!«* flüsterte sie, und das jagte mir neue Schauer über den

Rücken. Ich versuchte mitzuhelfen, weil ich nicht wußte, was ich sonst hätte machen sollen. Natürlich war ich bereit, falls es wirklich dazu kommen sollte, und falls ich schnell genug war . . . das war ich eigentlich immer . . . würde es nie jemand erfahren . . . »Zwei Jahre, Richard! Zwei Jahre lang!«
Unsere Finger hatten sich hoffnungslos an der Schnalle verheddert.
»Versuch . . . versuch, dich zu beeilen . . .«, sagte ich, hastig atmend.
Dann sprang er aus meinem aufgeplatzten Hosenschlitz hervor, so dick, wie ich ihn noch nie gesehen hatte, pulsierte wie der Brustkorb eines verwundeten Vogels. Ich erkannte ihn kaum wieder. Spielerisch schlug sie meine Finger von der Schnalle, öffnete sie, riß den Gürtel raus, zerrte mir die Hose bis zu den Knöcheln herab. Sie versuchte, sie mir über die Füße zu ziehen, aber die Hosenbeine verhedderten sich.
»Wir dürfen keine Minute verlieren!« schrie sie und blickte besorgt über meine Schulter. »Beeil dich! Zieh sie aus!«
»Aber, aber . . .!«
»Du machst alles so langsam, Richard! Zieh sie aus!«
»S-sie hat sich in meinen Schuhen verhakt!« rief ich. Verdammt noch mal, ich strampelte mich doch ab wie ein Irrer! Ich glaubte meine Mutter zu hören, die mich für die Schule zurecht machte. Du kommst noch zu spät!
Ethel versuchte zu helfen, aber die Hose hatte sich hoffnungslos verknäult. Wir torkelten herum, klatschten gegen die Wände und Heizkörper (glücklicherweise waren sie abgestellt), aber die verdammte Hose wollte sich nicht ausziehen lassen. Ich setzte mich hin. Der nackte, gebohnerte Fußboden gab meinem Hintern ein Gefühl von Kälte und Feindseligkeit. Aber nach wie vor war ich wahnsinnig erregt. Ich wollte, daß sie es noch einmal so machte wie eben. »Zieh kräftig!« schrie ich.
»Das schaffen wir nie!« wimmerte sie, riß wie irre an der Hose, stülpte das Innere nach außen, zerrte mich auf dem Steißbein in einer quietschenden, radierenden Rutschpartie im Gang hin und her.
»Heh, Ethel! Auuuh!« Ich kam mir vor wie auf einem teuflischen Karussell. Ich hatte Angst, ich würde Blasen kriegen. »Du tust mir weh . . .!«
Plötzlich stockte ihr Atem, sie drehte sich hastig zur Tür.
»Es ist zu spät!« keuchte sie.
»Oh, nein!« rief ich. »Was ist denn?«
»Hörst du nicht?« Es klang wie fernes Kettenrasseln. »Das sind die

anderen Gefangenen, die mit ihren Blechnäpfen an die Gitterstäbe schlagen! Sie kommen! Sie kommen, um mich zu holen!«
Ungelenk kam ich auf die Beine – die Füße hatten sich im Hosenknäuel irgendwie überkreuzt, und ich kippte immer wieder nach vorn. »Hilf mir, Ethel! *Was soll ich denn bloß machen!*«
»Schnell«, flüsterte sie. »Mach dir keine Gedanken um mich! Du mußt dich retten.« Sie packte meinen Arm, blickte sich hastig um und erspähte die offene Tür. »Da rein!« rief sie und schubste mich zum Hinrichtungsraum. »Das ist die einzige Chance!«
Ich machte keine Einwände, ich hörte, wie das Rasseln lauter wurde, ich hüpfte und stolperte mit ihr zur Tür hin und zerrte dabei an der Hose. »Wenn, wenn . . . es nicht im Interesse unseres Landes wäre . . .!« stammelte ich. Sie rieb irgendwas auf meinen Hintern.
»Was machst du denn . . .?«
»Dein Po ist völlig dreckig«, erklärte sie außer Atem. »Ich hab ihn nur abgewischt – jetzt beeil dich! Ich werde versuchen, sie aufzuhalten!« Sie hob meinen zerbeulten Homburg auf und stülpte ihn mir über die Ohren. Anscheinend hatte sie draufgetreten. Ich sah das Schild über der Tür zum Hinrichtungsraum: TRITT EIN, UM AN WEISHEIT ZU GEWINNEN. GEH HINÜBER, UM DEINEM LAND UND DER MENSCHHEIT ZU DIENEN.
Das Licht wurde plötzlich dunkler. »Oh, mein Gott! Was . . .!?«
»Sie testen die Generatoren!« rief sie. Sie wirbelte mich herum, warf die Arme um mich, drückte mich fest an sich. »Vergiß . . . vergiß mich nicht, Richard!« keuchte sie.
»Ethel, ich weiß nicht, was ich . . .« Ich konnte kaum denken, der Lärm hatte sich verstärkt. Jetzt konnte ich schon die Schritte hören, die auf die Tür am anderen Ende zumarschierten. »Du bist . . . es war ganz toll – dich kennenzulernen, meine ich!«
Sie nahm mein Gesicht in beide Hände, küßte es. Ich versuchte, nicht in Panik zu geraten.
»Du wirst ein bedeutender Mann sein«, sagte sie zärtlich, sprach so, als habe sie alle Zeit der Welt. »Ich glaube an dich, du wirst das Land einigen und der Menschheit Frieden bringen. Doch vor allem soll man von dir sagen: Richard Nixon war ein großer Liebhaber!« Sie küßte mich wieder, lange und leidenschaftlich. »Du mußt dich rasieren«, sagte sie mit einem scheuen Lächeln und kniff zärtlich meinen Pimmel. In ihrem Auge stand eine Träne.
»Ethel!« Ich hatte Angst, daß ich wieder zu weinen anfangen würde. Ich versuchte, mich an die Verse des Stückes zu erinnern, in dem sie

mitgespielt hatte: »Ethel, denke daran, Helden sterben viele – ich meine, der Held, äh, erlebt den Tod – verdammt, ich habs vergessen!« Ich hörte, wie man am anderen Ende des Ganges Schlüssel in die Schlüssellöcher steckte. Der Obduktionsraum dachte ich! Da kann ich mich verstecken!

»Feiglinge erleiden viele Tode, bevor sie sterben«, sagte sie, »der Tapfere stirbt nur einmal.« Klang ihre Stimme etwa sarkastisch? Sie drang zu mir wie durch einen Hallraum. Ich fühlte mich hundselend, weil ich den Text vermasselt hatte.

»Ethel, verzeih mir!« bat ich inständig und ging dabei rückwärts. Gleichzeitig war mir heiß und kalt und in meinen Ohren dröhnte es. Ich hatte die seltsame Vorstellung, daß auf dem Boden des Hinrichtungsraums ein Körper läge, aber ich konnte mich nicht überwinden, hinzuschauen. Hinter Ethel öffnete sich die Tür!

Ich hatte Angst, sie würde die Arme ausstrecken, mich zurückhalten, würde versuchen, mich erneut zu küssen – sie konnte wohl einfach nicht genug kriegen! Doch statt dessen lächelte sie nur hilflos und blinzelte mir zu. »Ich werde an dich denken, Richard«, sagte sie. Sie traten hinter ihr ein. Ich duckte mich weg, bewegte mich rückwärts außer Sicht, und überlegte, daß ein Mann, der sich nie einer Sache hingegeben hat, die bedeutender ist als er, eines der Schlüsselerlebnisse des Lebens verpaßt hat: nur indem man sich selbst verliert, findet man sich.

26. Bereitet dem Herrn ein rühmliches Mahl

JACK: Also laß doch mal gucken, da muß doch was in den Briefen stehen, was ich für den Wettbewerb gebrauchen kann . . .
(Begrüßungsapplaus)
JACK: Tausend Dollar als 1. Preis! Ich muß was finden, was – ah ja, hier, genau das, was ich suche: »Eine Ewigkeit an Zeit kriecht dahin, und es scheint, als ob wir in einem bodenlosen Abgrund leben, ohne jede Berührung mit der Realität . . .« Hmmm . . .
DENNIS: Hallo, Mr. Benny! Hamse mal wieder in Ihren alten Liebesbriefen gekramt?
JACK: Ah, hallo Dennis . . .
(Lachen und Begrüßungsapplaus)
JACK: Nee, ich hab nich in meinen alten Liebesbriefen gekramt, nein, ich prob gerade meine Rolle für . . . Dennis! Warum um Himmelswillen spazierst du wie ein Cowboy rum? Und was machste mit som komischen Hut aufn Kopf?
DENNIS: Hut?
JACK: Ja, mit dieser . . . mit dieser Kirsche oben drauf!
(Lachen)
DENNIS: Aber das ist doch gar kein Hut, Mr. Benny! Das ist ne ungefüllte Pastete! Ich nehm nämlich an einem Wettbewerb teil!
JACK: Was fürn Wettbewerb?
DENNIS: Ein Tom-Mix-Pastetenwettbewerb!
(Lachen)
JACK: Ein Tom-Mix-Pastetenwettbewerb! Alle Wetter, ich hätte nie . . .
DENNIS: Peng, Peng, Mampf, Mampf, Mr. Benny!
(Lachen, Pfiffe, Begeisterungssturm)
DENNIS: Gehen Sie auch zum Wettbewerb. Mr. Benny?
JACK: Hm, tja . . . ja sicher, tu ich, Dennis. Aber ich werd was mehr Dramatisch-Klassisches *lesen, so auf die Art von John Barrymore . . .*
DENNIS: Um die Leute zum Lachen zu bringen, wa?
(Lachen und Applaus)
JACK: Nun laß mal gut sein, Dennis, das langt . . .!
DENNIS: Jaja, muß jetzt sowieso weiter, Mr. Benny! Betty Crocker wartet auf mich . . .

JACK: Betty Crocker –!

DENNIS: Jaa, die soll mir bei der Pastete helfen, Mr. Benny. Oben isse ja flocker-lockig, aber untenrum isse arg matschig . . .

JACK: Dennis!

(Lachen, Pfiffe, anhaltender Applaus)

DENNIS: Bis später, Mr. Benny! Ich seh Sie dann beim Wettbewerb!

(Ab unter Beifall)

JACK: Iss schon nen Bürschchen! Eine Tom-Mix-Pastete, das iss das dämlichste, was ich je gehört habe! Aber ein süßes Kostümchen wars *schon . . .*

(Vereinzeltes Lachen)

Vielleicht sollt ich auch . . . hmm . . . aber was ziehen Spione eigentlich an, möcht ich gern wissen . . .? Ja, Rochester! Wo steckt denn –? Rochester!

ROCHESTER: Was gibts, Boss?

(Begrüßungsapplaus)

JACK: Rochester . . . Rochester, geh und hol mir die alte Nickelbrille, die schwarzen Handschuhe und . . . ja was noch . . . ne schwarze Augenklappe, und meinen alten Trenchcoat!

ROCHESTER: Trenchcoat? Se ham aber gar keinn Trennchcoat, Boss!

JACK: Doch-doch! Den, den ich im Krieg getragen hab!

ROCHESTER: Im Spanisch-Amerikanischen Krieg ham se aber noch gar keine Trenchcoats gehabt, Boss!

(Lachen)

JACK: Nun hör mit dem Quatsch auf, Rochester, und hol den Trenchcoat! Der Spanisch-Amerikanische Krieg . . .!

MARY: Um was fürn Mantel gehts denn, Jack?

JACK: Grüß dich, Mary . . .

(Begrüßungsapplaus)

Du weißt doch, den, den ich im Krieg getragen hab, Mary . . .

MARY: Den mit den goldenen Knöpfen und dem Lametta auf den Schultern?

JACK: Genau den. Na Rochester, glaubstes jetzt? Mary erinnert sich an den Mantel! Also, geh und . . .

MARY: Den, wo »Vae Victis« auf den Kragen gestickt ist . . .

(Vereinzeltes Lachen)

JACK: Ja, den – was iss damit?

MARY: Oh, Jack, den Mantel hab ich während der Großen Wirtschaftskrise einem armen alten Mann geschenkt!

JACK: Du . . . du hast ihn einfach weggegeben?
(Lachen)
MARY: Ja, hab ich . . . aber sieh mal da, iss das da nicht dein Mantel, der, den der alte Penner da anhat?
JACK: Hmmm . . . jaa. Sieht wahrhaftig wie mein Mantel aus, wahrhaftig . . .
(Lachen) . . .
Du, Rochester!
ROCHESTER: Ja, Boss?
JACK: Rochester, geh und gib dem Alten nen viertel Dollar und laß dir meinen Mantel wiedergeben!
ROCHESTER: Gleich nen viertel Dollar, Boss? Sie schmeißen aber mitm Geld nur so rum!
(Lachen)
JACK: Es lohnt sich, Rochester, ich bin 100 Prozent *sicher, daß ich die tausend Dollar gewinne, wenn ich den Mantel anhab!*
Rochester: Ja, wenns so iss, Boss . . .
JACK: Und, Rochester . . . Rochester, sag dem Alten, wenn ich den ersten Preis kriege, dann kriegt er von mir . . . hmm . . . dann kriegt er den Mantel zurück!
(Lachen)
ROCHESTER: Dassn Wort Boss!
JACK: Vorausgesetzt . . .
ROCHESTER: Was, Boss?
JACK: Vorausgesetzt, daß er mir den viertel Dollar wiedergibt!

Unten, vor der Bühne, sperren sich hundert Millionen Mäuler auf, hundert Millionen Gebisse blitzen wie auf einer Dental-Messe, hundert Millionen Bäuche beben und hundert Millionen Kehlen glucksen, krampfen, jappen und keuchen: Amerika lacht. Es sind fast immer dieselben Sachen, über die jedermann allerorten lacht: Sex, Tod, Gefahr, der Feind, das Unausweichliche, alles, was weh tut, wenn man erwachsen wird – und das ist etwas, was Amerikaner ganz speziell verabscheuen, besonders jetzt, da sie plötzlich die ganze Welt unter der Fuchtel haben. Was sie aber am meisten lachen läßt, sind Witze über sexuelle Unzulänglichkeit – die Einbuße an Kraft – und je primitiver, desto besser, denn gerade das Primitive läßt in ihnen die eigene Kindheit neu erstehen: das Goldene Zeitalter. Wenn Grandpa Jones in wohlgesetzten Worten zur Cousine Minnie Pearl von aufgestauten Leidenschaften spricht, dann wiehern sie schon los. Das schafft auch Stan Laurel, wenn er Oliver Hardy (der mit todernster Miene im Elektrischen Stuhl sitzt, in Hut und Mantel und einen von Ethels Röcken, der an einer Seite lächerlich aufgeplatzt ist, über den fetten Bauch gezwängt) mit sanfter Singsang-Stimme ins Ohr flüstert: »Dein Lächeln, mein Häschen, deine heißen Küsse, deine süße Stimme und dein liebendes Herz sind mein ein und alles!« (Oliver zuckt zusammen und schaut Stan gereizt an, als er diesen letzten Satz hört, gedankenvoll hebt er sein Haupt, läßt noch einmal diese Worte in seinem Munde zergehen und nimmt dann seine ursprüngliche Haltung wieder ein . . .) Oder die freche kleine Puppe Charlie McCarthy, die nur einen kleinen polierten Knubbel zwischen den hölzernen Beinen hat und davon träumt, mit Marilyn Monroe zusammen eine Rosenberg-Nummer zu machen, in der er nachts als Gefängnisgeistlicher verkleidet in ihre Zelle schlüpft (Mortimer Snerd, der alte Trottel, spielt natürlich den Ehemann) . . .

BERGEN: Ich seh überhaupt keinen einzigen Grund, warum Marilyn Monroe mit in unsere Nummer soll, Charlie . . .
CHARLIE: Also ich seh jedenfalls zwei hübsche dicke, Bergen!
BERGEN: (in das Lachen) Aber Charlie . . .!
CHARLIE: Sag mal, Bergen . . .?
BERGEN: Was denn, Charlie?
CHARLIE: Dieser Stuhl da, der funktioniert doch elektrisch, nich?
BERGEN: Ja.
CHARLIE: Gut, aber was passiert, wenn der Strom se nich erledigt? Früher hamse zwar schön dynamisch gesungen, aber seitm Knast sindse nich mehr auf Draht . . .
(Lachen und leichter Applaus)
BERGEN: (locker glucksend) Na schön, ich glaub nicht, daß du dir darüber den Kopf zerbrechen mußt, Charlie. Und wenn die den Stuhl wirklich überleben sollten, dann gibts noch ganz andere Mittel und Wege . . .
CHARLIE: Du meinst also, es gibt mehr als eine Art, ne Sau zu sengen, ich mein, Pack zu backen . . .!
(Lachen und anerkennender Applaus)
BERGEN: Ja, Charlie, nur in sechsundzwanzig Bundesstaaten wird die Hinrichtung durch den Elektrischen Stuhl vollzogen. Dreizehn bevorzugen den Galgen, acht verwenden Gas.
CHARLIE: Jetzt hab ichs, Bergen, erst werdense heiß flambiert, dann kalt stranguliert und schließlich garstig serviert.
(Anhaltendes Lachen und Riesenapplaus)

BERGEN: Ja, genau so, Charlie, Ich muß dir aber gestehen, daß es mich ziemlich deprimiert, über sowas zu reden. Seitdem ich nämlich meinen vierzigsten Geburtstag hinter mir hab, bin ich . . .
CHARLIE: Vierzig! Das letzte Mal, als du gerade vierzig geworden warst, da hat man noch mit römischen Zahlen gerechnet!
BERGEN: (in das Lachen) Aber Charlie . . .!
CHARLIE: Laß man, Bergen, Kopf hoch, jeder von uns muß mal abtreten.
BERGEN: Ja, nehm ich auch an . . .
CHARLIE: Erde zu Erde, Asche zu Asche, Holzwolle zu Holzwolle . . .
BERGEN: (in das vereinzelte Lachen) Ja dann . . .
CHARLIE: Wenn ich mal dran bin, Bergen, hoff ich, daß man mir die Wahl läßt. Wenn ich mich schon verabschieden muß, dann möcht ich weder erhängt, versengt, ertränkt noch zu Tode gesteinigt werden!
BERGEN: Nicht? Wie denn . . .?
CHARLIE: Ich möcht süß zu Tode gepeinigt werden, Bergen – von Marilyn Monroe!
BERGEN: (durch den Beifallsorkan) Aber Charlie –!

Der unartige Knabe, der ungeschoren davonkommt, der alte Mann, ders gar nicht erst zu versuchen braucht, das törichte Weibsbild, das nicht weiß, was ihr geschah, als es geschah, dazu ein wenig Gefahr, je ein Häppchen Gewalt, Vorfreude und Überraschung: das sind die Sachen, die den Schlund des Walfisches öffnen. Das schafft auch Buster Keaton, der wie ein Ölgötze im Elektrischen Stuhl hockt, sich ruhig umdreht und dem Scharfrichter eine Sahnetorte ins Gesicht schleudert, genau in dem Moment, als dieser den Schalter umlegen will: PLATSCH! Etliche Leute sind der Meinung, daß es Amerikas Vorliebe für die Tortenschlacht war, die die Nation dazu brachte, die Atombombe zu entwickeln. Das mag stimmen, muß aber nicht, gewiß aber hilft es, die im Lande herrschende Angst vor einer möglichen Weitergabe der Bombe an nicht befreundete Nationen zu erklären: es gehört zu den Grundregeln dieser Nummer, daß eine Torte die andere nach sich zieht, und wer eine wirft, muß früher oder später damit rechnen, daß von der Gegenseite auch eine kommt. Was genau in diesem Augenblick Buster Keaton widerfährt, obwohl der nicht daran zu denken scheint. Der Scharfrichter vergißt sein hohes Amt und hat sich eine zweite Torte gegrapscht, er holt weit aus, um sie auf Keaton zu schleudern. Der hat sich inzwischen in seinem Stuhl zurückgelehnt und wartet, total versteinert, auf die Hinrichtung. Einer seiner Füße hat sich jedoch aus dem Ledergurt gelöst, und nachdem Keaton einen Augenblick über diesen Fuß nachgegrübelt hat, beugt er sich vor, um ihn wieder anzuschnallen – genau in dem Moment, in dem ihn die Torte getroffen hätte: statt dessen trifft sie den Gefängnisgeistlichen. Buster, dem offensichtlich nicht bewußt ist, was rechts und links von ihm passiert, zeigt sich sehr zufrieden, daß sein Fuß fest an den Stuhl geschnallt ist, lehnt sich dann erneut zurück, wie ein geduldiger Bräutigam, um den Schock zu erwarten. Jetzt aber hat sich der Geistliche eine Torte geschnappt . . .

Während das so weiter geht, hat der Countdown eingesetzt – 55 Minuten bis zur Stunde Null . . . 54 . . . 53 – und hinter den Kulissen kommt es zu wildem Hin- und Hergeschiebe, als Betty Crocker, die Suppenkelle schwingend, alle Bonzen zur Großen Prozession aufstellt. All die Top-Chargen, die, gemäß den Statuten vom Toten Meer, gehalten sind, »dem Brandopfer und anderen Opfern beizuwohnen, das Räucherwerk des ›süßen Geruches‹ so zu richten, daß es dem Herrn gefällig ist, die Gebräuche des Sühneopfers um seiner Gemeinde willen zu erfüllen, und die des weiteren dauernd die fette Asche fortzukehren haben, die vor ihm auf der Tafel des Ruhmes liegt«, müssen vorgestellt und zu ihren Plätzen geführt werden – und wer könnte die Tafel besser bereiten denn Amerikas himmlische Herrin des Herdes? Betty – vollentwickelt und bis zum Halse zugeknöpft im Jahre 1936 dem fetten fruchtbaren Haupte des Generals Mills entsprungen – weist einfach alles auf, was man sich bei einer ehrwürdigen Mutter wünschen kann: sie ist realistisch, tüchtig, altmodisch, gut beleumdet, mildtätig und die einzige unumstrittene Jungfrau ganz Amerikas (man hat sogar gemunkelt, seit 1936 habe sie ihr Korsett nicht ein einziges Mal gewechselt), sie ist so schutzgewährend wie Pallas Athene, so segens- und gnadenreich wie Maria, so zupakkend wie die Pionierfrauen, die Amerika urbar machten – sie ist, das läßt sich kaum leugnen, deren aller Reinkarnation. Ihr Name, der wie das Grunzen der Ochsenfrösche in lauen Prärienächten klingt, läßt an Krockett denken, an Kroketten, Grog und Krokant. »Betty« – das ist die Hausfrauenversion alttradierter Majestät, die ländlich-sittliche Koseform für des Engellandes größte Monarchin und auch für seine jetzige. Eine Torte, die von der Bühne in die Kulisse geflogen kommt, klatscht nur Zentimeter von ihrem Gesicht entfernt gegen die Wand, und läßt Kabinettsmitglieder und deren Frauen aufkreischen und in

Deckung gehen, Betty aber, unerschrocken, schaut sie sich nur mit kühlen, unbeirrbaren blauen Augen an, stippt einen Finger hinein und kostet die Füllung: mm, wie nicht anders zu erwarten, viel zu viel Maisstärke.

Praktisch jede bedeutende politische Persönlichkeit des Landes hat sich heute abend hier hinter den Kulissen eingefunden, bereit, alles mitzumachen, bereit, uneingeschränkte Begeisterung für Uncle Sams Fegefeuer-Spektakel zu demonstrieren . . . alle, bis auf ein paar Ausnahmen, wie der Richter am Obersten Bundesgerichtshof Hugo Black und Vizepräsident Richard M. Nixon. Black, der die Show auf dem Krankenlager boykottiert, ist eben ein lausiger Verlierer, den jedermann schon längst abgeschrieben hat, aber das Fehlen des alten fäusteschwingenden Phantomfighters und Frühwarn-Wächters Dick Nixon ist schon eine heikle Sache. Sogar Uncle Sam, der sich während des Auftritts von Mickey Rooney und Judy Garland einen Augenblick hinter der Bühne aufhält, hört man vornehmlich murren: »Hätt ich dochn Waggon Schleimscheißer an seiner Stelle!« Auf so was hat Harold Stassen nur gewartet: »Ich meine, den sollten wir fallen lassen, dieses Arschloch! Den mag sowieso keiner leiden, der macht uns alle unmöglich! Ich will natürlich nichts für mich rausschlagen – ich überleg nur, was für unser Land am besten ist . . .« Das provoziert rauhnervöse Lacher, und als die nächste Torte in die Kulissen geflogen kommt, ducken sich alle und lassen sie Stassen aufs Maul klatschen.

Vorn auf der Bühne hat inzwischen eine ganze Menge berühmter Leute an der Jagd auf den ersten Preis teilgenommen, doch die Akteure, die jedermann die Schau stehlen (und auch sonst alles, was ihnen in die Finger gerät), das sind die irren Marx Brothers. Zum einen liegt das an ihrer Nummer, die die Stimmung des heutigen Abends einfängt, zum anderen liegt es an der tiefen Sympathie, die man diesen Lokalhelden entgegenbringt, diesen untergebutterten Stadtjuden, den Rosenbergs vergleichbar, aber ohne deren nervtötendes Gebarme, schließlich ist es ganz einfach die karikaturenhafte Ähnlichkeit von Groucho und Harpo mit Julius und Ethel – sie geht soweit, daß einige Leute nach Luft schnappen, als die beiden auf der Bühne erscheinen: Harpo (Ethel) sitzt im Elektrischen Stuhl und schreibt verzweifelte Briefe an Groucho (Julius), die dann Chico (der Scharfrichter) mit seinem jiddischen Akzent laut vorliest, während Croucho unermüdlich auf der Bühne umherstakst, die Knie zum berühmten Krauchgang geknickt, eine Zigarre pafft und die Augenbrauen hoch- und runterrutschen läßt . . .

CHICO: »Kenne mer vergesse jemals de Turbulenze und de Kampf, de Freid und de scheene Tach, wie mer noch ware jung un du hoscht gemacht mir de Hof?«

GROUCHO: Keine Ahnung, wir könnens aber versuchen . . .

CHICO: »Mer ginge zesamme de Antworte durch, de schainbar unlesbare Rätsele, wo ne komplexe und schrundige Gesellschaft nu bietet.«

GROUCHO: Die Antwort issn Kolumbus Ei.

CHICO: »Es iss so, wail mer nich habe gezeegert, ze posaune de richtige Antwort, un nu sitze mer hier deswege aingemauert in Sing-Sing!«

GROUCHO: Plappermaul . . .

CHICO: »Es iss nich ze glaube, daß ich amol sitze hier in de Zell von Sing-Sing, un warte auf de Toit, nach all de zwölwer Jor grindlicher un konstruktiver un nitzlicher Maloche, de mer habn getan!«

GROUCHO: Das iss »ze glaube« – das iss nämlich der Grund!

CHICO: »Was ich welt sagen, de Doktor von de Klinik hat letzt Woch mei Rückgrat untersucht, un das Gutachten hat er geschickt an de Doktor far de Nerven!«

GROUCHO: Yeah, genau das richtige für dich, nen Doktor, en de nerven kannst!

Die Handlung ihrer Nummer – falls man bei dem, was die Marx Brothers machen, überhaupt jemals von Handlung reden kann – dreht sich um das Angebot der amerikanischen Regierung, im Austausch gegen Informationen über den Spionagering das Todesurteil aufzuheben. Harpo *kann nicht* sprechen, natürlich nicht, denn er ist ja stumm, also fesselt man ihn an den Elektrischen Stuhl, Groucho aber springt auf das Angebot:

GROUCHO: Ich verpfeif jeden. Meine Mutter, meinen Agenten, selbst meine Geliebte!

CHICO: Was redste fürn Zeug? Hoscht doch gar kei Liebche! Hoscht noch nich ma ne Konkuh-biene!

GROUCHO: Die verpfeif ich auch!

CHICO: Wie willste die denn nenne?

GROUCHO: (singt, die Augen rollend) *Ich glaub, ich nenne sie »Vergißmeinnicht« . . .*

CHICO: Dich soll man besser vergesse!

GROUCHO: (weiter) . . . *wail se so scheen ner edlen Rose gleicht!*

CHICO: Ahaa! Nen rosarotes Röschen, was? Was hoscht denn sonst noch so im Döschen?
GROUCHO: Ihr Döschen, kennstes etwa auch?
CHICO: Das iss *also de Schikse, de geschtoln hat das Dingsbombstallera?*
GROUCHO: Die hat das nich geklaut, die iss damit geboren worden!
CHICO: Und dennoch hot se dragelasse de Russische?
GROUCHO: Die hat jeden drangelassen!
CHICO: Wosser Umglik! Woi! Dagege iss Mord a Kinderspiel!
GROUCHO: Kinder hat se auch drangelassen!
CHICO: Dafür wird se kriegen a Faier unterm Arsch!
GROUCHO: Taugt nichts.
CHICO: Taugt nix?
GROUCHO: Sie hat schon genug Feuer im Arsch!
CHICO: Also her amal, waißt was? Ich glaub, du versuchst was zu verbergen!
GROUCHO: Je nu, zugegeben, aber das iss grad kein Ruhmesblatt für mich.
CHICO: Wennse nich sofort reden, Herr Röstiburger dann kriegense den Stuhl!
GROUCHO: Also gut, einpacken brauchense ihn nich, ich bin mitm Wagen da.
CHICO: Den Stuhl da, hob ich gesogt, auf dem da here se singe de Malech!
GROUCHO: Die Englein singen! Heißt das deswegen hier Sing-Sing?
CHICO: Ich hob gesogt ze Ihne? Se welt here singe de Malech!

Harpo hat inzwischen all dem mit glupschäugigem Staunen zugehört, das Gerede über Musik aber hat seine Neugier geweckt. Er fummelt am Stuhl rum und findet zwei lose Kabel. Erwartungsvoll hält er das eine an sein Ohr: er hört nichts. Dann probiert er das andere: noch immer nichts. Er runzelt die Stirn und rollt die Augen. Er bringt die zwei Kabelenden bis auf wenige Zentimeter zusammen, da fliegen die Funken. Er denkt eine Minute darüber nach, grinst dann idiotisch und steckt sich gleichzeitig in jedes Ohr ein Kabelende. Es gibt ein summend-knisterndes Geräusch, und Harpos Grinsen wird breiter. Seine Augen rollen in Kreisen, die Wimpern flattern. Langsam scheint er aus dem Stuhl emporzuschweben, der Körper glüht. Chico, der Scharfrichter, blickt erschrocken auf. »He, was machste denn?« schreit er, rast zum Schalter, dreht den Strom ab. Harpo rutscht in den Stuhl zurück. Croucho und Chico heben ihn heraus und stellen ihn auf die Füße. Er grinst noch immer selig, der Kopf rutscht hin und her, und die Augen kullern und rollen, als hätten sie nichts miteinander zu tun, die Füße berühren kaum den Boden. Er macht mit den Händen kleine Flatterbewegungen, als wolle er andeuten, daß er Musik hört. Chico legt sein Ohr an Harpos Brust, um die Herztöne zu hören: »Das iss die Duvorscheckige Sümpfhohnie der Neuen Wehold!« schreit er erstaunt. »Das iss was?« sagt Groucho. »Na dann steck ihm noch ne Münze rein, vielleicht gibts auf der B-Seite die Alte!« Er legt seinen Kopf unter den von Chico, um auch etwas zu hören, aber Harpo kippt vornüber: seine Arme und Beine zucken, werden von Krämpfen geschüttelt, dann kollabiert er. »Muß der letzte Satz gewesen sein«, meint Chico. »Mich hats mehr an Madame Butterfly erinnert!« sagt Croucho und läßt die Augenbrauen auf- und abhüpfen.

CHICO: Nee, ich mein, daß der den Löffel abgegeben hat!
GROUCHO: Löffel? Was für'n Löffel?
CHICO: (späht nach allen Seiten) *Gibts denn hier keinen einzigen Löffel mehr?*
GROUCHO: Nee! Komm, laß uns abhaun, bevor die glauben, wir hätten ihnen auch noch die silbernen Löffel geklaut!

43 . . . 42 . . . Uncle Sam kommt herausgeschossen, läßt die strengen weißen Augenbrauen sprechen, imitiert Grouchos berühmtes steifrükkiges, fast den Boden kehrendes Watscheln, um das letzte Aufbranden von Gelächter und Applaus für sich zu kassieren, und läßt dann knisterndfrische Banknoten wie Konfetti auf die vielen Preisgewinner herabregnen, wobei seine gütige Freigebigkeit alle Anwesenden noch einmal an Amerikas größten Aktivposten erinnert: das bodenlose Portemonnaie. Anschließend aber richtet er sich kerzengerade auf und donnert: »Freunde und Mitbürger, die Stunde ist gekommen! Schluß mit dem Affentheater! *Wir stehen vor Armaggedon und fechten für den Herrn*!« Und mit einem großen Schwenk seines rotweißblauen Zylinders zaubert er die Marschkapelle einer texanischen High School auf die Bühne – Tambourstöcke fliegen, Beine schwingen, Trommeln wirbeln, Helmbüsche wehen –, die das »Star-Spangled Banner« anstimmt. Die Leute unten grölen mit, inzwischen betrunken genug, um sich auch an die hohen Töne zu wagen, Tränen der Verzückung schießen ihnen aus den Augen, die Herzen schlagen höher . . . gleich gehts los . . . 40 . . . Bei der Strophe mit dem elegischen »say, does that

star-spangled banner yet wave«, schleudert Uncle Sam blitzartig seinen Hut hoch in die Lüfte, weit außer Sicht, stürmt dann hinter die Bühne und ruft Betty Crocker zu: »Okay, dann bring deine süßen Rosinenwecken mal ans Tageslicht, Dickerchen, und richte mir ein Mahl im Angesicht meiner Feinde!« Als er davonjagt, klatscht er ihr liebevoll eins auf den korsettierten Arsch, was die ganze Rüstung einbeult und die Oldtimer hinter der Bühne an den Klaps erinnert, den Teddy Roosevelt seiner Lieblingsnichte Eleanor mit auf den Weg gab, als er sie in den heiligen Stand der Ehe mit dem großen Hoppla-hier-bin-ich entließ, oder an den bärbeißigen Zack Taylor, wenn er Old Whitey einen über die Kruppe zog und ihm zum Weiden auf den Rasen des Weißen Hauses trieb. Und als nächstes sieht man ihn, wie er von weit hinten durch die Menschenmassen herangeritten kommt – direkt aus Disneys Zirkuszelt – rittlings auf dem gigantischen Partei-Elefanten, auf dessen rotweißblauer Krone die Sterne so angeordnet sind, daß man sie als Long Tom Jeffersons Glaubensartikel lesen muß: WIR SIND ALLE REPUBLIKANER!

Und als »What is that which the breeze . . . half conceals, half discloses« gesungen wird, langt Uncle Sam hoch hinaus in den dunklen Äther und schnappt sich seinen Zylinderhut, der gerade heruntergetrudelt kommt . . .

»›This star-spangled banner: O, Long may it wave
O'er the land of the free and the home of the brave!«

Uncle Sam klackt sich wieder den Hut auf den Kopf, aber der bleibt dort nicht sitzen, er federt immer wieder hoch und runter, und es scheint so, als ob zwei Füßchen aus ihm hervorkämen. Er nimmt ihn ab und blickt hinein, und holt mit einem erstaunten Ausdruck im Gesicht etwas heraus: eine Taube! Die Friedenstaube! Er läßt sie frei – nein, es ist doch keine richtige Taube, es ist der bekannte Zaubertrickvogel: da zieht er hin, fliegt schwingenschlagend retour über die Menge, krächzt heiser und streut Schwanzfedern auf Anschlagtafeln und Wolkenkratzer. Die Leute bejubeln den Vogel, schicken ihn in die Irre und prügeln sich um die Münzen, die aus Uncle Sams Hosentaschen zu Boden prasseln, als dieser auf dem Elefantenkopf einen Handstand macht. Der Esel – das Maskottchen der Demokraten – trottet hinterdrein. All das patriotische Juhei hat ihn augenscheinlich erregt, und so demonstriert er – außer dem vertrauten Slogan NOCH NIE GINGS EUCH SO GUT WIE HEUTE, der auf die Satteldecke gestickt ist – auch seinen voll ausgefahrenen Pimmel, der in seinen Abmessungen Mickey Mantles Baseballschläger gleicht. Als sie sich der Bühne nähern, wird er vom Republikanischen Elefanten fast verschüttet, der genau den Augenblick wählt, als sie direkt davor stehen, um sich vom Inhalt seiner nicht unbeträchtlichen Gedärme zu befreien, wobei derart pfeifend-platschende Geräusche entstehen, daß die Marschkapelle kaum noch zu hören ist, die jetzt »The Stars and Stripes Forever« spielt.

HEIL DIR, DU WESTLICHE WELT! VOM HIMMEL AUSERSEHN EINER NEUEN MENSCHHEIT LEUCHTEND VORANZUGEHN!

flimmert die Leuchtschrift am Loew's State, und die Straße weiter runter verkündet das Roxy:

EINE GRENZENLOSE VISION ERGREIFT VON UNS BESITZ . . .

Uncle Sam postiert Elefant und Esel auf je einer Seite der Sing-Sing-Bühne und gibt der Disney-Menagerie ein Zeichen. Mickey und Minnie, Goofy, Horace und der Rest nehmen in den Gängen vorher verabredete Positionen ein, um den Secret-Service-Agenten (die noch immer in Pappmachéköpfen stecken) zu assistieren und den VIPs den Weg zu zeigen. Andere Pappmasken stellen sich an den Außenseiten der Prominentenzone auf, die Filmteams schwenken ihre Kameras, um den Haupteingang auf der linken Bühnenseite vor der Linse zu haben, stellen die Objekte ein, die Kapelle intoniert »Essen fassen«. Das ist das Stichwort für Betty Crocker: sie taucht auf, adrett und matronenhaft, wischt mit den Händen über die Schürze und beginnt, als ob sie die Zutaten eines ihrer weitgerühmten gefüllten Turkeys' aufzähle, all die Very Important People vorzustellen, die heute abend hierher gekommen sind, um der öffentlichen Verbrennung von Julius und Ethel Rosenberg beizuwohnen.

Und während Uncle Sam sich seiner Maiskolbenpfeife als Taktstock bedient und die Kapelle dirigiert, die »When the Saints Go Marchin' in« spielt, kommen sie heraus, nicht im Marschtritt, sondern locker trabend, wie ins Stadion einlaufende Spieler. Jeder, der was darstellt in den obersten Gefilden der amerikanischen Machthierarchie, wird von Bettys leicht zittriger Altfrauenstimme vorgestellt (dazu muß man allerdings sagen, daß sie mit jedem Tag jünger wird), und mit dem tosenden »Das-ist-unser-Mann«-Gebrüll begrüßt, den der Applaus-Einpeitscher der Indiana University anstimmt. Die ersten, die über die

Bühne kommen, halten einen kurzen Augenblick vor dem Berg aus Elefantenkot inne, da aber kein Weg drumherum führt und es keinen Weg zurück gibt, setzen sie ihr bleckendes Wahlkampflächeln auf, recken sich und stampfen mühselig hindurch – und sobald erst einmal ein Pfad gebahnt ist, gibt es keine weiteren Stockungen mehr. Unterhalb der Bühne steht ein alter Penner, eingewickelt in einen dicken wollenen Wintermantel – wie eine altertümliche Schaufensterpuppe aus der Zeit der großen Wirtschaftskrise – und hat, so scheint es, an Ort und Stelle Wurzeln geschlagen, er stellt quasi ein Hindernis dar, aber die vorbeitrabenden VIPs halten ihn schlicht für eine Art Drehkreuz (der kann überhaupt nicht echt sein, doch nicht im prosperierenden Nachkriegs-Amerika) und stecken im Vorbeihasten Vierteldollarmünzen rein.

Der VIP-Bereich ist in drei Sektionen unterteilt, für jede der drei Regierungsgewalten, die gemeinsam die Hinrichtung ermöglicht haben, wobei der Ehrenplatz am heutigen Abend den Vertretern der Justiz zufiel, ihnen zur Linken die Legislative, die Exekutive zur Rechten. Eine Anzahl Sonderlogen, die mit Flaggen, Wimpeln und Beweisstücken aus dem Prozeß geschmückt sind, befinden sich – besonders abgegrenzt – genau vor der Bühne, sie sind für diejenigen bestimmt, die direkt mit dem Fall Rosenberg zu tun hatten: für den FBI-Direktor und die Agenten, die den Fall geknackt haben, für den Richter, die Geschworenen, die Anklagevertreter, die Zeugen und den Justizminister, sowie – Ringplatz Mitte – für Präsident Eisenhower, der sich nie mit einem Sitz im Seitenschiff begnügt hätte. Die rückwärtigen Reihen der drei Sektionen sind der bundesstaatlichen und kommunalen Creme des Landes vorbehalten – Abgeordnete, Richter, Verwaltungsmanager, Bürgermeister, Offiziere der National Guard, Steuereintreiber, Vizegouverneure, Sheriffs und dergleichen – und sie sind die ersten, die zum Vorschein kommen, gefolgt von den Hilfskräften, die den drei Gewalten zur Seite stehen, all den Agencies, Bureaus, Departments, Kommissionen, Instituten, Stiftungen, Gremien, Ausschüssen, Gesellschaften, Ämtern, Appellations- und Kassationsgerichten, Fonds, Organisationen, Banken, Diensten, Ständigen Konferenzen, Komitees, National Centers, Kanzleien und Beauftragten, dazu deren gesamtes Personal mit Beratern, Sekretären, Leitern, Direktoren, Sachbearbeitern, Schatzmeistern, Personalchefs, Privatsekretären, Managern, Regierungsbevollmächtigten, Revisoren, Registratoren, Gutachtern, Herausgebern, Superintendenten, Geschäftsführern, Militär-Attachés, Frühstücksdirektoren, Kustoden und Parlamentariern. Dann erscheinen die Spitzen der Hauptabteilungen der

Exekutive, die den Kabinettsmitgliedern direkt unterstehen, die Richter der Bundesgerichts-Distrikte, die Chef-Richter vom Appellationsgericht sowie alle 435 Mitglieder des Repräsentantenhauses der Vereinigten Staaten. Wahrlich, eine illustre Schar, und selbst die sonst einfach sorglos drauflos redende Betty Crocker empfindet ein gewisses prickelndes Vergnügen beim Ausrufen all der Namen: Laurie Battle! Porque Patten! Zeke Gathings! Rubie Scudder! Jimmie Utt! J. Edgar Chenoweth! Prince H. Preston, Jr.! Gracie Pfost! Hamer Budge! Runt Bishop! Shepard Crumpacker! Errett P. Scrivener! Hale Boggs! Tip O'Neill! Richard B. Wigglesworth! Thaddeus M. Machrowicz! Kit Clardy! Elford A. Cederberg! Dewey Short! Morgan M. Moulder! Norris Cotton! T. Millet Hand! Jack Dempsey! Stuyvesant Wainwright! Franklin D. Roosevelt, Jr.! Jake Javits! Usher Burdick! James G. Polk! Page Belcher! Sam Coon! Homer D. Angell! Wally Mumma! L. Mendel Rivers und Gerry Ford! Percy Priest! Olin E. Teague! Homer Thornberry! Winston Prouty! Thor C. Tollefson! Harley Staggers! Clem Zablocki!

»Gubser! Gubser! das ist unser Mann!
Wenn der nicht kann, kommt Hillings dran!
Hillings! Hillings! das ist unser Mann!
Wenn der nicht kann, kommt Yorty dran!
Yorty! Yorty! . . .«

»Jippii-juchhe!«, lacht Uncle Sam, als er seine Herde zusammentreibt, »die ganze Regierungs-Mischpoke der US iss ja heut abend hier in einem Pferch, wie ich seh, jeder, vom Versuchskarnikel außer Gesundheitsvorsorge bis zum Kaffeeboy ausm Pentagon! Nen echtes Schmorgasbroed! Hier tritt nich 'n Verein irgendeiner Partei an, mitnichten, das sind die Heerscharen der Humanität, und das iss schon nen appetitlicher Haufe!« Doch plötzlich fährt er hoch und blickt zum Himmel, der sich hinter den strahlenden Lichtern und dem schwelenden Smog des Times Square verliert. »Gott *verfluche* das verdammte Phantom, wenn das heute abend einen rüberschickt!«, murmelt er und ein kollektives Schnappen nach Luft schüttelt den Times Square. Wärs möglich? »Was red ich fürn Quatsch? Was das Phantom kann, kann ich besser! Ich bin so stark wien Wind, der die dicksten Stämme umlegt, also los, weitergemacht, Dickerchen, tisch auf! Wenn das Eis beim Schlittschuhlaufen dünn wird, iss Tempo unsre einzige Rettung!«

Die Bedeutung des richtigen Timings beim Servieren eines großen Diners ist wohl niemandem klarer als Betty Crocker, also drückt sie aufs Tempo, als sie die sechsundneunzig Senatoren samt Frauen und

Kindern auf die Bühne bringt: Lister Hill und John Sparkman aus Alabama, Carl Hayden und Barry Goldwater aus Arizona, John McClellan und J. William Fulbright aus Arkansas, William Knowland und Thomas Kuchel aus Kalifornien, Edwin Johnson und Eugene Millikin aus Colorado, Prescott Bush und William Purtell aus Connecticut, John J. Williams und J. Allen Frear aus Delaware, Spessard Holland und George Smathers aus Florida, Walter George und Richard B. Russell aus Georgia, Henry Dworshak und Herman Welker aus Idaho, Paul Douglas und Everett McKinley Dirksen aus Illinois, Homer Capeheart und William Jenner aus Indiana, Bourke Hickenlooper und Guy Gillette aus Iowa, Andrew Schoeppel und Frank Carlson aus Kansas, Earle Clements und John Sherman Cooper aus Kentucky, Allen Ellender und Russel B. Long aus Louisiana, Margaret Chase Smith und Frederick Payne aus Maine, John Butler und J. Glenn Beall aus Maryland, Leverett Saltonstall und John F. Kennedy aus Massachusetts, Homer Ferguson und Charles Potter aus Michigan, Edward J. Thye und Hubert H. Humphrey aus Minnesota, James Eastland und John Stennis aus Mississippi, Thomas Hennings und Stuart Symington aus Missouri, James Murray und Mike Mansfield aus Montana, Hugh Butler und Dwight Griswold aus Nebraska, Pat McCarran und George Malone aus Nevada, Styles Bridges und Charles Tobey aus New Hampshire, H. Alexander Smith und Robert Hendrickson aus New Jersey, Dennis Chavez und Clinton Anderson aus New Mexiko, Irving Ives und Herber Lehman aus New York, Clyde Hoey und Willis Smith aus North Carolina, William Langer und Milton Young aus North Dakota, Robert Taft und John Bricker aus Ohio, Robert Kerr und Mike Monroney aus Oklahoma, Guy Cordon und Wayne Morse aus Oregon, Edward Martin und James Duff aus Pennsylvania, Theodore Francis Green und John Pastore aus Rhode Island, Burnet Maybank und Olin Johnston aus South Carolina, Karl Mundt und Francis Case aus South Dakota, Estes Kefauver und Albert Gore aus Tennessee, Lyndon B. Johnson und Price Daniel aus Texas, Arthur Watkins und Wallace Bennett aus Utah, George Aiken und Ralph Flanders aus Vermont, Harry Byrd und Willis Robertson aus Virginia, Warren Magnuson und Henry Jackson aus Washington, Harley Kilgore und Matthew Neely aus West Virginia, Alexander Wiley und Joseph McCarthy aus Wisconsin, und Lester Hund und Frank Barrett aus Wyoming.

»Oh, when the saints go marchin' in,
When the saints go marchin' in,

Oh, I want to be in that number,
When the saints go marchin' in . . .«

Mit der gesamten Wählerschaft vor sich, die sich als aufmerksames Auditorium erweist, giert natürlich jeder dieser ansehnlichen Kreischhälse danach, einen markigen Satz ins Mikrofon zu sprechen, wenn er geschwollen über die Bühne geschritten kommt, am Elektrischen Stuhl vorbei und dann – *plumps! plitsch!* – runter in den Elefantenfladen, doch Styles Bridges, Pro-Tempore-Präsident und Hüter geheiligter Traditionen, beschränkt das Privileg eines patriotischen Jiipiiis auf die Führer und die Sprecher der Regierungs- und der Oppositionspartei, gewährt den Senatsältesten George, Hayden, Russel, Byrd und McCarran je eine Kußhand mit Segensspruch. Nur den vorlauten Junior-Senator aus Wisconsin kann er nicht bremsen – Joe McCarthy schert sich nicht nur einen Dreck ums Protokoll, er nimmt Bridges auch das Mikro aus der Hand (einige sagen, Bridges habe es ihm gegeben) und läßt einen wüsten Schwall altbackener, geifernder und grobgewirkter Drolligkeiten los: »Ich lasse mich nicht beiseiteschubsen!« kreischt er, und Bridges zwinkert, als wolle er sagen: Das nehmt euch nur zu Herzen! »Ich werd niemals das Feld räumen, solange es gilt, Linke, New Dealers, Radikale und Rote, Pseudoliberale, Kommies und Tunten zu entlarven! Dieser Kampf wird niemals enden, ehe wir nicht den Krieg gewonnen haben oder unsere Zivilisation zugrunde gegangen ist!« Er verspricht die Aufdeckung »einer Verschwörung, die sich durch so abgründige Infamie auszeichnet, daß – wenn sie endgültig aufgeklärt ist – alle Rädelsführer ein für allemal der Ächtung jedes ehrsamen Bürgers anheimfallen werden«, und kündigt dann Hunderte von Untersuchungen an, die er noch vor Jahresende eröffnen will – im Außenministerium, das vor »scharwenzelnden Hofnarren des Moskauer Parteitheaters nur so wimmelt«, bei den Informations- und Lehrer-Austausch-Programmen, beim Ost-West-Handel, in der Staatsdruckerei, in der Rüstungsindustrie, im Fernmeldekorps der US-Army (der Rosenbergsche Spionageroman ist noch nicht zu Ende! deutet er dunkel an) und sogar in der Army selbst: »Ich schlag jedem das Hirn aus dem Schädel, der Kommunisten in Schutz nimmt!« Die anderen Senatoren werden grün vor Neid und gleichzeitig rot vor Wut angesichts dieser hohlen Rhetorik, aber die Massen lieben das, und selbst Uncle Sam zögert, ihm das Maul zu verbieten. Endlich verweist Joe selbst auf die hier heute abend sinnlos vertane Zeit und fordert, daß es weitergeht: »Es ist ein schmutziger, übler, unerfreulicher und anrüchiger Job, aber er muß getan werden! Knall-

harter Fight ist der einzige Kampf, den Kommunisten kapieren!« Heiter springt er hinunter in die Scheiße und erhält tobenden Beifall – das gibt dem Ganzen richtig Auftrieb, ohne ihn wär die Show wohl abgeschlafft.
Aber inzwischen ist die Zeit unerbittlich vorangeschritten: nur noch eine knappe halbe Stunde bis 20.01 Uhr. Die noch geplanten Reden müssen unter den Tisch fallen und, außer den Ehrengästen werden die restlichen VIPs – darunter die Spitzen des New Yorker Magistrats, die hohen Tiere der Army, die 48 Gouverneure der Bundesstaaten sowie das offizielle und die nichtoffiziellen, die Küchen-, Golf-, Poker- und Schlafzimmerkabinette, samt Familien und Hunden –, mit doppelter Geschwindigkeit auf die Bühne katapultiert, und Betty Crocker rattert die Namen runter, daß es klingt, als ob eine dieser neumodischen 33-Platten auf einen der üblichen 78-Plattenteller gelegt wird. Nur Foster Dulles darf noch einen Augenblick ans Mikrophon, um ein paar melancholische Epigramme aus den Lehren vom »Massiven Vergeltungsschlag« und der »Befreiung der versklavten Völker« sowie dem Glauben an Jesus Christus und an die »Zukunft menschlicher Freiheit« loszuwerden, einmal, um die Mitbürger daran zu erinnern, worum es bei den Hinrichtungen heute abend eigentlich geht, und zum anderen, um Uncle Sam Zeit zu geben, sich davonzustehlen und sich, Hokuspokus, zum Präsidenten zu wandeln. Alle anderen zischen vorbei wie Leuchtspurgeschosse. Betty Crockers Stimme nimmt den Ton eines schrillen Sirrens an, wie ein elektrisches Rührwerk, das sich durch schnell dicker werdenden Kuchenteig wühlt, als sie jetzt en masse herausschießen, rutschend und flutschend, rempelnd und schubsend, über die arme Betty hinwegdonnern, und sich wie irre um die Plätze prügeln, vor lauter Angst, jemand könnte sie ihnen wegnehmen. Die meisten von ihnen nimmt diese Gymnastik ganz schön mit, sie sind es nicht gewohnt, sich so schnell zu bewegen, besonders die Richter, die überdies durch ihre langen Roben behindert sind, die sie sich an den Türrahmen aufschlitzen, wenn sie aus den Kulissen hervorpreschen, über die sie stolpern und fallen, die sie wie Abendkleider lüpfen müssen, um in vollem Galopp auf Zehenspitzen durch den Elefantenhaufen zu staksen. Als dann der alte Fred Vinson, der Vorsitzende Richter des Obersten Gerichtshofs, in die Scheiße tritt, ist sie durch das Wahnsinnsgerenne bereits so warm geworden, daß sie glitschig ist wie eine fettige Pfanne: Wumms! Da liegt er am Boden! Hastig rappelt er sich hoch und – *sssitt! flaatsch!* – knallt er wieder hin. Das nächste Mal geht er methodischer vor, zieht erst einen Fuß ran, dann den anderen,

steht ganz langsam auf . . . und ganz langsam rutschen die Beine auseinander, er fuchtelt, um die Balance zu halten, stellt die Füße nebeneinander, sie gleiten auseinander, er schwankt, bringt sich wieder ins Gleichgewicht, er läuft auf der Stelle, ringt nach Luft, steht auf einem Bein, dem andern, keinem von beiden – PLATSCH! Sein alter Kumpel, Richter Tom Clark, eilt ihm zur Hilfe, gerät dabei aber selbst ins Schlittern, Schleudern und Taumeln und landet mit einem gewaltigen – *Paß auf, Fred*! – kraWUMM! auf dem ergrauten Haupt des Vorsitzenden Richters, gerade als sich der alte Mann auf Händen und Knien aus dem Fladenberg hochstemmt. »Dieser dämliche Trottel aus Texas«, lacht Harry Truman. Da Ehre und Würde des Obersten Gerichts der USA auf dem Spiel stehen, eilen die Richter Robert Jackson und Sherman Minton zur Rettung herbei, und als Clark und Vinson, aneinandergeklammert, Kopf an Kopf, wie in inniger Umarmung, die Hintern rausgestreckt, um das Gleichgewicht zu halten, sich behutsam aufrichten und ihre Plätze suchen, sehen sie Jackson und Minton mit kalkweißen Gesichtern und wie wahnsinnig bremsend auf sie draufknallen – kraWUMMS! Alle am Boden. Sie drehen sich in der Scheiße wie Brummkreisel und liegen schließlich zuhauf unterhalb der Bühne. Trübe sehen sie einander an, zählen ab, erblassen und ducken sich – und siehe, da kommen sie schon: Stanley Reed und Harold Burton. Beine fliegen, Roben flattern, Arme fuchteln und grapschen ins Leere – WUMM! PLATSCH! KaLAATSCH! Als sich die Scheiße legt, erkennt man die sechs Richter: erschöpft und blind vor Dreck kriechen sie ziellos auf Händen und Knien umher. Dwight Eisenhower, der aus den Kulissen linst, stößt einen kurzen Schrei aus: »Heiliger Christus vom Ölberg! Was machen die Affen da bloß?« – und verschwindet wieder.

Während er hinter den Kulissen steht, mit Frau und Söhnen, und auf das dreimalige zeremonielle Pochen wartet, das seinen zweiten (offiziellen) Auftritt als spezieller Ehrengast ankündigen soll, denkt Richter Kaufman über den Lohn der Tugend und des hohen Amtes nach. Das Gesetz, so beruhigt er sich, ist seinem Wesen nach und notwendigerweise göttlichen Ursprungs. Als er die Szene da unten betrachtet, und einen der Gefängnisärzte einen Text für den späteren Teil der Show memorieren hört (Ich erkläre diesen Mann für tot . . . Ich erkläre diese Frau für tot . . . Ich erkläre . . .), kommt ihm der Gedanke, daß es ihm wohl anstünde, bei der Rettungsaktion da unten mitzumachen, denn selbst wenn er keinen Erfolg haben und sich denen da unten im Dreck zugesellen sollte, wäre das kaum das Ärgste, das ihm je passiert ist. Als

er aber, unangekündigt, gerade auf die Bühne getreten ist, hört er, wie jemand weit draußen in der Menschenmenge seinen Namen ruft. *Heh* –? Der Mann zwängt sich behend durch das Gewühl, passiert die Disney-Menagerie und die historischen Pappmachéköpfe (es ist der Wilde Westen, den er da durchbricht), und platzt mitten hinein in den VIP-Bereich. Der Mann – das ist doch dieser verdammte, aufdringliche Strafverteidiger Dan Marshall aus Nashville, der mal wieder einen seiner Tricks versucht! – stürmt den Mittelgang lang, geradewegs auf die Rampe zu: *»Berufung auf den Habeas Corpus Act!«* schreit er. *»Hören Sie meine Begründung!«*
Der Benjamin-Richter, unsicher, wessen Korpus er in Bälde gehabt haben soll, dreht sich um und will in die Kulissen zurück, dort sieht er aber Justizminister Herb Brownell, der wie verrückt gestikuliert und nervös über die Schulter zurückblickt: er bedeutet Kaufman, das Ganze hinzuziehen, bis Uncle Sam zurück ist. »Bitte«, sagt Kaufman, und sucht das Schlottern seiner Knie zu unterdrücken, »beeilen Sie sich mit der Begründung, wir haben nicht mehr viel Zeit!«
»Lassen Sie die Hinrichtung aufschieben, bis ich meine Bewährung vorgetragen habe«, schreit Marshall. »Es wäre furchtbar, wenn ich euer Ehren überzeugen könnte, dem Ersuchen zuzustimmen, und es dann zu spät wäre!« Kaufman durchschaut die plumpe Taktik: Verschleppung bis nach Sonnenuntergang und die Hinrichtungen wären nicht nur auf Montag verschoben, sondern müßten völlig neu terminiert werden. Was der Verteidigung Zeit geben würde, neue Gnadengesuche zu fabrizieren, und wer weiß, in der Verfassung, in der sich das Oberste Gericht derzeit befindet, könnte es zu groggy sein, in den kommenden 12 Monaten überhaupt eine Sitzung anzuberaumen! »Es ist unfair, einem Richter eine derartige Last aufzubürden«, jammert er. »Die Tragik der Umstände ist mir nicht entgangen. Fangen Sie endlich an!«
Während er Marshalls desparaten Ausbruch zu dämpfen sucht, sieht er, wie andere Verteidiger durch das Loch in der Absperrung in die VIP-Zone drängen – »Wir sind die Anwälte von Rosenbergs! Wir müssen durch! Es ist eine Ausnahmesituation!« –, sich in die Sessel für die VIPs werfen und etliche Richter vom Appellationsgericht belästigen. Emanuel Bloch hat Herb Brownell erspäht, der gerade seinen Kopf durch die Kulissen steckt, und schon versucht er, die Bühne zu erklettern, stellt sich aber viel zu ungeschickt dabei an und erntet für seine Mühen nichts als Holzsplitter. Brownell, den Bloch einmal zu oft geärgert hat, tut so, als ob er dessen Gegenwart gar nicht bemerke,

schlendert an die Bühnenkante, blickt über Blochs Kopf hinweg in die Runde und tritt ihm kräftig auf die Finger. Einige Pro-Rosenberg-Demonstranten sind ebenfalls eingesickert. Richter Kaufmans Haß galt seit je quasi-legalen Pressure-Groups, und zu seinen größten Verdiensten zählen die Ermittlungen gegen die Lobby für Tom Clark, als dieser noch Justizminister war; jetzt spürt er diesen Haß wieder in sich aufwallen. Die Demonstranten rennen in der VIP-Zone rum, tricksen Disneys Menagerie und die Secret-Service-Agenten aus, verteilen Handzettel, die »Fakten« aufzählen oder Gnadengesuche enthalten, beschuldigen Uncle Sam des vorsätzlichen Mordes und skandieren aufrührerische Parolen wie »*Es gibt kein Geheimnis der Atombombe*!« und »Das *politische Klima hat sie schuldig gesprochen, nicht die Beweismaterie*«!

Letzteres ist die allgemein bekannte Ansicht des Richters am Obersten Gerichtshof Felix Frankfurter über den Sacco-Vanzetti-Prozeß, und vielleicht ist es dieses schmeichelhafte Zitat, das Frankfurter veranlaßt, vom Rand des Elefantenhaufens zurückzutreten, in den er sich gerade auf Zehenspitzen hineinbegeben wollte, um den sechs Kollegen Hilfe zu leisten. Er tritt, wenn auch verspätet, den beiden Richtern Douglas und Black bei, die gestern gegen den Beschluß, den Hinrichtungsaufschub zu annullieren, ihr Minderheitsvotum abgaben, indem er fragt: »Darf man behaupten, daß der Zeitaufwand für das Verfahren dem bei solchen Entscheidungen Üblichen entsprach?« Eine rhetorische Frage, doch was solls, sie bewahrt ihn vor einem häßlichen Sturz. Weiter hinten, auf den Ehrenplätzen für das Repräsentantenhaus, läßt Pennsylvania-Demokrat Francis Walter im Kreis einiger Kollegen beiläufig die Bemerkung fallen, er glaube, dem Obersten Gericht sei gestern ein Irrtum unterlaufen, es habe eine Entscheidung gefällt, »ohne daß ein rechtserheblicher Sachverhalt vorlag«. Der von Richter Douglas erlassene Aufschub sei bindend, wolle man also nach dem Gesetz handeln, müsse der Fall jetzt an ein untergeordnetes Gericht zurückgegeben werden, von wo er erst wieder via Distrikt- und Appellationsgericht vors Oberste Gericht kommen könne. Walter glaubt, er spräche nicht ins Mikrophon, aber eine Laune des akustischen Verstärkersystems trägt seine Stimme weithin über die Massen, bis rauf zum Central Park: »Das Gerichtsverfassungsgesetz von 1925 enthält absolut nichts, was dem Obersten Gericht das Recht gäbe, die Entscheidung eines seiner Richter zu revidieren, der gemäß den Statuten tätig geworden ist!«

Das Publikum wird langsam gereizt. Anfangs hat man dies alles für einen Teil der Show gehalten, hat über die Verteidiger gelacht, und sie

für verkleidete Clowns gehalten, aber jetzt ist klar, daß da was nicht stimmt. Wo ist der Präsident? Wo ist Uncle Sam? Wo der Vizepräsident? Wo J. Edgar Hoover oder Cecil B. DeMille? Da oben herrscht nichts als Verwirrung – selbst Richter Kaufman (was hat der eigentlich da oben auf der Bühne zu suchen?) scheint seine Selbstsicherheit verloren zu haben. Immer mehr Demonstranten drängeln sich in den Prominenten-Sektor, andere mischen sich unter das gemeine Volk – wie haben die bloß die Absperrungen so einfach durchbrechen können? Sollte Monaghan nicht dafür sorgen, daß dieses Gesindel draußen in einem der Ghettos festgehalten wurde? Wo steckt die Army? Wo die Nationalgarde? Warum sitzt Betty Crocker oben auf der Bühne platt auf ihrem Allerwertesten? »Die Stunde der Scham hat in diesem Land geschlagen!« kreischt irgendein Typ. »Kein Staat überbietet den Rekord an gesetzlich sanktionierten Morden, den die Regierung der USA innerhalb der letzten sieben Jahre aufgestellt hat!« Gerüchte von FBI-Fälschungen im Prozeß gegen die Atomspione, von abgekartetem Spiel, von meineidigen Zeugen gehen um. »Wir sagen laut und unmißverständlich, daß die Hinrichtung von Rosenbergs der brutalste Mord wäre, der je in Amerika begangen wurde!« zetern sie und schnappen sich die Mikrophone. »Sie sind keine Verräter! Diejenigen, die sie töten wollen, die sind es, die Amerika verraten!«
Entfernt, draußen am Rande, ist ein seltsames, klackendes Geräusch zu hören, zuerst ganz leise, dann immer lauter: was ist das? Die Strafgefangenen trommeln mit ihren Blechbechern gegen die Gitter, rütteln voller Protest an den Türen ihrer Käfige! Den verängstigten Massen auf dem Times Square, die sich in der Mitte zusammendrängen, klingt es, als rassle das leibhaftige Phantom mit seinen Todesketten! Sein geisterhaftes Abbild zeigt sich nicht nur auf Türklopfern wie der Schemen des alten Morley in *A Christmas Carol*, sondern wo immer man auch hinblickt: in den Fenstern der Wolkenkratzer, im Schatten hinter den grellen Lichtern, unter der Bühne, auf der Flasche, aus der man trinkt! Das wütende Rasseln wird durch schwere, von weither kommende *Wumms* untermalt: Atombombentests fremder Mächte! Wie die Pest verbreitet es sich über die Erde! Nachrichten knattern gegen die Menschenmassen wie Maschinengewehrsalven: Krawalle in Liverpool, Toronto und Turin! Sturm auf die Amerikanischen Botschaften in Rom, Paris und Ottawa! Hafenarbeiterstreik in Genua, aus Protest gegen die Hinrichtung! Exekutionskommandos in Ost-Berlin! Bittgottesdienste für Rosenbergs in Island und Israel! Flugzeugabstürze und Gefallene! Zehntausend Kommunisten massieren sich in Mün-

chen zu Tumulten! »Mord!« brüllende, Amok laufende Unruhestifter in den Straßen von Melbourne und London! Kopenhagen und Birmingham! Mau-Mau, Vietminh, Kanaken und Araber sind dabei vom Rand der Welt her bei uns einzudringen! Uns wegzunehmen, was wir haben! »Ihr habt Angst vor dem Schatten eurer eigenen Bombe!«, übertönt eine französisch sprechende Stimme alles andere. Jean Paul Sartre! »Aberglaube, Hexenjagd, Autodafés, Menschenopfer: Euer Land ist krank vor Angst! Seid nicht überrascht, wenn wir von einem Ende Europas bis zum andern rufen: Seid wachsam! In Amerika geht die Tollwut um! Zerschneidet alle Bande, die uns an dieses Land knüpfen, sonst werden wir auch noch tollwütig!« Die Franzosen scheinen tatsächlich übergeschnappt zu sein: von knisterndem Rauschen überlagerte Direktreportagen des Rundfunks melden, daß sie wie Wahnsinnige durch die Straßen von Paris rennen und riesige Plakate mitschleppen, auf denen Eisenhower sein berühmtes Grinsen zeigt, jeder Zahn ein Elektrischer Stuhl! »Wir stecken mitten in einem kalten Krieg«, bemerkt Bernard Baruch trocken zu den beiden neben ihm sitzenden Präsidenten, eine Hand in der Hosentasche ruht auf dem Geldbeutel wie auf dem Schaft eines Colts, »der allmählich heißer wird . . .«

Eine neue Type, abgerissen, und mit wildem Blick, stürmt in den Prominentenblock, springt auf eine Betonbalustrade und legt los: »*Wer sich über das Schicksal der Rosenbergs freut, ist bis ins Mark verrottet!*« Es ist der in Rußland geborene und in Los Angeles lebende Rote Zigeuner, der für den Aufschub des Todestermins verantwortlich ist: J. J. Edelman! Die Leute lachen ihn aus und werfen mit leeren Flaschen, aber sie haben zugleich Angst!

Sophie Rosenberg, Julius alte, bebrillte Mutter, torkelt in sprachloser Qual umher. Andere Frauen fallen auf die Knie, schluchzen, beten und schlagen sich an die Brust!

Angstvoll blicken die Menschen zur Uhr am Paramount Building hoch: 19.41 Uhr! Bloß noch zwanzig Minuten bis zur Stunde Null!

Die Historiendarsteller versuchen, die Situation zu retten, verstricken sich dann aber in endlose Diskussionen, darüber, wer von ihnen Geheimbulle ist und wer nicht! Und etliche Schauspieler, die die Hinterwäldler, Milizen, Landpächter aus den Südstaaten und Prohibitionisten spielen, drohen sogar ausfällig zu werden!

In dieser allgemeinen Verwirrung hat es das Nationale Rosenberg-Komitee irgendwie geschafft, einen kompletten Demonstrationswagen durch die Massen und in die Prominenten-Zone zu schleusen –

vielleicht haben sie aber auch die Einzelteile reingeschmuggelt und ihn hier erst montiert! Jetzt jedenfalls rollt er auf die Bühne zu, zeigt Riesenfotos von unterschlagenen Gegenbeweisen, Transparente, die die Unschuld der Rosenbergs behaupten, Bilder der bald verwaisten Söhne und Plakate, auf denen ABGEKARTETES SPIEL! und GNADE, MR. PRESIDENT! zu lesen ist. Die Leute schließen die Augen, blicken weg, rufen nach der Polizei, oder genehmigen sich einen kräftigen, benebelnden Schluck aus den Schnapsflaschen, die noch immer rumgehen, möchten diese Störung ignorieren.
General Douglas MacArthur, wie aus dem Ei gepellt in Uniform, mit Schirmmütze, Sonnenbrille und Orden, findet, was zuviel ist, ist zuviel, und marschiert los, um das Kommando zu übernehmen und diese Gesellschaft wieder auf Vordermann zu bringen, aber vor der Elefantenscheiße zögert er: die Richter suhlen sich noch immer darin, stecken bis zu Hüften und Ellbogen im Dreck, sehen nicht, wohin sie gehen, rempeln sich gegenseitig wie Schweine am Futtertrog, es ist wahrlich kein schöner Anblick. Der General steht da, sozusagen am Ufer, raucht seine Maiskolbenpfeife und meditiert über den Mangel an Eleganz in der Demokratie. Harry Truman beobachtet ihn und lacht, was den General über beide Ohren erröten läßt.
Hinter seinem Rücken tauchen, lorbeerbekränzt und sanft dahingleitend wie Statuen auf Rädern, die abtrünnigen Wissenschaftler Albert Einstein und Harold Urey auf, zerfetzen das Dogma von der »Geheimwaffe« und zweifeln die Rechtmäßigkeit des Urteils an. Der rote Pfarrer Dr. Bernard Loomer springt mit einer Gnadenpetition durch die sich auflösenden Absperrungen und ruft: »Das in diesem Prozeß verhängte Todesurteil ist ein Zeichen der Schwäche unseres Landes, nicht eins unserer Stärke! Es ist Ausfluß unserer zunehmenden eigenen Hysterie, Angst und Unsicherheit!« Eine Salem-Hexe schlägt ihn mit einer toten Katze nieder, und eine Horde angesoffener Patentamt-Inspektoren stopft ihn in einen offenen Kanalschacht, doch kaum hat man ihn in die Tiefe getunkt, kommt sein Prediger-Kumpan, Reverend Henry Hitt Crain von der Methodistenkirche Detroit, hochgeschossen: »Es stellt des weiteren eine absolut unwürdige Kapitulation vor dem hysterischen Zeitgeist dar und entlarvt die erbärmliche Bereitschaft, zum ›Sündenbock‹-System Zuflucht zu nehmen, um die mörderischen Instinkte des Massenwahns zu befriedigen!« Um Gottes willen, schreien die Leute, wer hat diese Bekloppten bloß reingelassen? Was macht denn Herbert Philbrick? Wo steckt Norman Vincent Peale, jetzt, wo man ihn braucht?

Noch 18 Minuten! General MacArthur seufzt wehmütig, klopft die Asche aus der Maiskolbenpfeife, dreht sich um und zieht von dannen, wobei er im Vorbeigehen Truman gegen das Schienbein tritt. »Dummes Arschloch!« jault Harry.
Verteidiger Manny Bloch hält den stellvertretenden Pressesprecher des Weißen Hauses am Schlafittchen: »Hat der Präsident die letzte Entscheidung des Gerichts oder Ethels Brief *persönlich* gelesen?« fragt er.
»Es . . . es gehört nicht zu meinen Aufgaben, darüber Auskunft zu erteilen«, stammelt Snyder.
»Verflucht nochmal!« bellt Bloch, rot vor Wut, »es geht um zwei *Menschenleben*!« 17 Minuten . . . »Dann mach es gefälligst zu deiner Aufgabe!«
Unheilschwanger verfinstern sich plötzlich auf dem ganzen Times Square die Lichter!
Die Tambour-Majoretten des texanischen Spielmannszuges quietschen schrill vor Angst, werfen sich den Burschen in die Arme und umhalsen sie!
Snyder zieht sich vor Schreck zurück!
Whiskeyflaschen fallen zu Boden und zersplittern!
Die zusammengepreßte Menge erbebt, ihr entfährt ein jämmerlicher Wehlaut aus Ächzen, Stöhnen, Furzen, Fluchen, Kreischen, Rülpsen und Greinen gemischt.
Richter Kaufman werden die Knie weich wie warmer Wackelpeter – doch glücklicherweise trägt er seine Richterrobe, und alles, was man wahrnehmen kann, ist, daß er mit den Lichtern dahinzuschwinden scheint. Er blickt in die Kulissen – *endlich! Da kommt Uncle Sam!*
Der Benjamin-Richter reckt sich zur vollen Größe seiner 165 cm, wirft einen kurzen Blick zur Paramount-Uhr, deren Zeiger soeben die letzte Viertelstunde ankünden, weist Dan Marshalls Antrag rundweg ab und zieht sich dann zum Verschnaufen hinter die Kulissen zurück. Am liebsten möchte er sich von irgend jemandem in die Arme nehmen lassen, aber seine Frau Helen besieht sich gerade die Nase im Spiegel der Puderdose, und außerdem hätte er jede Menge Zuschauer hier, Anwälte, Geschworene, Zeugen, Geheimagenten. Sie starren ihn an, bleiben auf Distanz. Die lassen mich nie wieder aus der Sache raus, denkt er und starrt sie ebenfalls an, beneidet sie um ihre Anonymität. Der Prozeß ist zu Ende, und ich habe hier *nichts* mehr verloren, zudem widerspricht es allen Grundsätzen amerikanischer Rechtsauffassung . . . aber die halten mich hier fest, bis ich krepiere.

Uncle Sam stürmt hinaus auf die Bühne mit dem Hinrichtungs-Set, brüllt und schnaubt wie ein wildgewordener Hengst, dem eine Biene ins Arschloch gekrochen ist. »Da bin ich wieder! Und mit dem Beistand des Allmächtigen werde ich den Laden hier umpflügen und ein hübsches Tohuwabohu veranstalten, wenn ich nicht sofort mehr hingebungsvollen Eifer bei der Bewahrung des Heiligen Feuers vom Baum der Freiheit finde und nicht bloß faule Feierabendpatrioten sehe! Herrjemineh! Kaum iss man mal ne Minute weg, und schon läuft hier 'n Trauerspiel! In Paris mußten wir einem grünen Jungen 'ne Ladung Blei verpassen, auf der ganzen Welt haben wir Hunderte von Wirrköpfen eingelocht – und den paar unerlaubt rumhüpfenden Wichtigtuern hier werden wir die Hammelbeine auch noch langziehn, wenn mit dem Veitstanz nicht sofort Schluß iss!«
Die Menschen auf dem Times Square johlen und pfeifen und schreien, Uncle Sam sei Lob und Preis. Die Singing Saints gruppieren sich erneut und singen »Oh Tochter Zions, Eile Deinem Hohen Ziel Entgegen«. Und das wiederum ermutigt die Sicherheitsorgane, geballt gegen die Agenten des Phantoms vorzugehen. Holzfäller zerhacken mit ihren Äxten den Demonstrationswagen, und Disneys Menagerie reorganisiert ihre Absperrketten. Der Ku-Klux-Klan, das unsichtbare Imperium des Südens, verlautbart, er habe Nashville einen Besuch abgestattet, Kinder jagen Dan Marshall zum Schlund des Walfisches und krähen ihm das Spottlied vom »Marienkäfer« hinterdrein:

Rechtsverdreher! Rechtsverdreher!
Tu nach Hause rennen!
Denn in deinem Garten
Ist das Kreuz am Brennen!

Die obersten Richter stecken noch immer tief im Schlamassel, aber Bill Douglas hört nun auf, amüsiert über sie zu lächeln, die hilflos im Dreck waten, kommt ihnen, da er als einziger vorausschauend genug war, schwere Stiefel und Gamaschen anzuziehen, zu Hilfe und führt sie zu ihren Plätzen, wo Oveta Culp Hobby, die von Amts wegen für Gesundheit und Wohlfahrt zuständig ist, sie mit einem feuchten Lappen erwartet, um ihnen das Gesicht abzuwischen. Während man die Anträge und Schriftsätze der Verteidiger zu Papierflugzeugen faltet und losfliegen läßt, werden die Anwälte selbst, gemeinsam mit den Organisatoren des Rosenberg-Komitees, zusammengetrieben, der Reihe nach in eine Zwangsjacke gesteckt, oder einfach k. o. geschlagen, und hinüber zu Walt Disneys Riesenwal geschleift, dessen Bauch schon seit geraumer Zeit der Öffentlichkeit nicht mehr zugänglich ist

und als Behelfsgefängnis für Verrückte, Besoffene und Taschendiebe dient.
»Jau«, lacht Uncle Sam, »ein lustig Stück, wo Werkeln, Spiel und Lachen gemeinsam ihren Charme entfalten und uns gar köstlich unterhalten!« 19.46 Uhr . . . »Jungs, das war des Phantoms letzter Streich!« ruft er und beugt sich herab, um seiner zu Boden gegangenen Zeremonien-Meisterin beizustehen. »Wir haben die verdammten Barbaren bei den Hörnern gepackt, jetzt kann nichts mehr passieren –!«
Doch just in dem Moment bricht auf dem Times Square erneuter Aufruhr aus!
Rückwärts gehend kommt mit nacktem Hintern ein Mann aus dem den Todeskandidaten vorbehaltenen Eingang auf die Bühne, die Hosen um die Knöchel zu einem Knäuel verheddert, einen verbeulten Homburg auf den Ohren, »ICH BIN EIN HALUNKE« mit Lippenstift auf den Hintern geschrieben. Der Mann dreht sich um, hoppelt auf einem Fuß, blinzelt voller Erstaunen – nanu, das ist doch –!

27. Die Rückkehr des verlorenen Sohnes

Ist es möglich, in Krisensituationen überhaupt Vernunft zu bewahren? Spricht der Anschein dafür, daß Krisen sich in vielem ähneln? Darf man davon ausgehen, daß die Beteiligten von einer Krise zur nächsten dazulernen? Lauter interessante Fragen, die ich mir sehr wohl gestellt haben könnte, doch als ich mich unverhofft auf der Bühne mitten auf dem Times Square fand, auf ein unermeßliches Meer von Gesichtern starrte, die zurück starrten, das Oberhemd bis zu den Achseln hochgerutscht und die Hosen um die Knöchel zu einem Knäuel verheddert, als der arme Po nach der Rutschpartie auf dem »Tanzboden« wie Feuer brannte, die Schulter schmerzte, das Gesicht weh tat, der Magen knurrte, die schweißnassen Hände den noch erregten, aber schnell schrumpelnden Pimmel umklammerten, Uncle Sam ungeheuer erstaunt zu meiner Linken auftauchte, eine Frau leblos wie ein toter Hering zu meinen Füßen lag, und der Elektrische Stuhl – seitdem ich ihn zum letzten Mal gesehen hatte, war er aus irgendeinem Grund mit irgend etwas, was wie Pudding aussah, bekleckert worden – von Spots angestrahlt und heiß von den ihm innewohnenden Energien zu meiner Rechten stand, Blitzlichter knallten und Kameras mit riesigen, glimmenden Objektiven auf mich zufuhren, irgendwo eine Band »Happy Days Are Here Again« spielte, begleitet von etwas, das wie der verdammte Mormon-Tabernacle-Chor klang, und ein durchdringender Geruch nach Exkrementen in der Luft lag, von denen ich befürchtete, es könnten meine eigenen sein, in diesem Augenblick also fand ich keine anderen Worte als: »*Oh mein Gott!* LASST UNS BETEN!« Was sich als schlechthin genial erwies: es stopfte ihnen das Maul und verschaffte mir sechzig kostbare Sekunden für die Hosen, während alle ihre Köpfe gesenkt hielten. Vielleicht, dachte ich, hatten sie bei all der Aufregung auch gar nichts bemerkt, sodann ich fortfuhr, wobei ich mich mühte, die Stimme aus der falsettigen Kreischlage wieder runter zu kriegen: »*Laßt mich, äh, euch sagen, äh, liebe Mitbürger, äh, den Kopf neigen – laßt uns den Kopf neigen für eine Minute stillen Gebets, das wir sprechen wollen im Gedenken an, äh, unsere kämpfenden Jungs in, äh, wo immer sie auch sind, und für den Glauben an, äh – und für unseren Präsidenten, gewissermaßen – und auch für die Opfer des Kommunismus auf der ganzen Welt.*«

Während ich mich mit dem Hosenbein-Knäuel an den Füßen abmühte

und wie verrückt im heißen Scheinwerferlicht schwitzte – Jesus, Maria, was für ein Durcheinander, ich konnte nicht mal die Hosenaufschläge finden, und der Gürtel schien unentwirrbar verknotet zu sein! –, versuchte ich, die Ansprache zusammenzukriegen, die ich halten sollte und an der ich diese Woche Tag und Nacht gearbeitet hatte, die ich aber, wie mir gerade bewußt geworden war, völlig vergessen hatte. Ich war jedoch viel zu verwirrt – all die Träume, Ethels Mund, die unter mir dahinratternden Wagenräder, noch immer roch ich den berauschenden Duft neugefundener Freiheit, eines neuen Anfangs (Was war es? Ach ja! Ihr Haar-Shampoo – plötzlich fühlte ich mich hintergangen, von allen Seiten gleichzeitig!) – Hilf Himmel! In einer Anwandlung dumpfen Entsetzens dachte ich: *ich kann mich ja nicht mal mehr an meinen Namen erinnern!* Verzweifelt kämpfte ich darum, diesen Namen wieder zu finden, mein Ich, während ich mich mit der Hose quälte, elendiglich auf der Stelle hüpfte, ich kämpfte darum, mit mir selbst wieder eins zu werden, mit meinem alten, Sicherheit bietenden Ich, das – wer weiß das schon? – vielleicht überhaupt gar kein Ich war, mein ausgelaugtes Hirn tastete nach alten Schlüsselwörtern, nach den Kodewörtern des Metiers, doch das Ergebnis war null. Ich sollte aufgeben, das wußte ich, aber ich konnte es nicht. Ich wußte nicht, wie. Ich wußte ja bloß, wie man voranstürmt: ungeachtet aller Konsequenzen – beim College-Football war es die Strafbank, aber jetzt, dachte ich, weiß nur Gott, was mir blüht! Wobei mir einfiel, daß ich eigentlich beten sollte, daß die Gnadenminute rasend schnell zu Ende ging. Äh . . . finanzpolitische Integrität! Frage von allerhöchster Bedeutung! Ja . . . äh . . . man sollte sich in diesem Punkt keiner Täuschung hingeben! Was unser Land braucht, ist . . . äh . . . daß man nicht um den heißen Brei herumredet! Einen neuen Anfang! Labiler Individualismus – stabiler, mein' ich (»Sag die Wahrheit, Söhnchen«, ich hörte direkt Uncle Sams Worte, »oder spiel Trumpf – aber mach den Stich!) – ja, es war an der Zeit, ne Pinkelpause einzulegen oder die Köder sausen zu lassen, Zeit, den Ball zu halten, die Handschuhe auszuziehen und dem Land die Wunden zu verbinden – aber die Handschuhe *hatte* ich bereits abgelegt (was hatte ich nicht abgelegt?), und wenn man meine Wunden noch fester verbinden würde, wäre ich nicht mehr imstande, zu atmen (Ich *war* schon nicht mehr imstande zu atmen!).
Und gleichzeitig kam ich mir plötzlich sehr luftig vor und entblößt, als ob ein böser Wind mir die Beine hochgefahren wäre, wie ein Zungenkuß an der falschen Stelle. Ich blickte auf und sah, daß mich immer noch jeder auf dem verdammten Times Square beobachtete, in der

ganzen Masse war nicht ein einziges Arschloch, das gläubigen Respekt bezeigte, die ganze Zeit über hatten sie mich nicht aus den Augen gelassen, alle außer Pat, die ich jetzt entdeckte, sie war die einzige, die ihren Kopf geneigt hatte – sogar meine Töchter starrten mich an, mit blödem Grinsen im Gesicht. Es sah aus, als ob jeder lachte, aber ich konnte es nicht hören, bei dem Wummern meines Herzens, das mir in den Ohren dröhnte (Oh mein Gott, ich konnte in der Öffentlichkeit doch noch nicht einmal die *Maske* fallen lassen, um wieviel weniger die Hose! Das war ja noch schlimmer als damals in dem Jeep auf Bougainville, als ich Durchfall kriegte!). Welchen Blödsinn wir auch immer anstellen, dachte ich, während ich auf der Bühne umhertorkelte, grunzend und keuchend vor Angst, geblendet von dem gleißenden Licht, in die Hocke ging und auf und ab hüpfte, alles in einem letzten, verzweifelten Versuch, die Hose hochzuziehen – am besten ist es, das wußte ich, etwas völlig Unerwartetes zu tun, solange man damit durchkommt, doch diesmal, verdammte Scheiße, hatte ich mich übernommen. Ich hatte alles vergessen, was Mutter mir beigebracht hatte: Halt dich nicht selbst zum Narren, Richard, dränge dich nicht in den Vordergrund, gib dich nicht selbst preis, stell dich nicht selbst bloß! Was war es denn, was mich dorthin geführt, mich hierher gebracht hatte? Mir fiel die Frage des Fahrkartenverkäufers ein: »Willste wirklich den Zug nehmen, Kumpel?« Die Bullen an den Sperren in der Hunter Street, die abschreckende Meute der Zeitungsfritzen, des Direktors eigenartige Vorträge über die Geschichte des Zuchthauses, der aufreibende Kampf: alles Warnungen, die ich in den Wind geschlagen hatte – und doch war ich sicher, daß ich richtig gehandelt hatte. »Groß sein«, hatte Ethel gesagt (ich glaube, es war Ethel – war es Ethel?), »heißt, unverstanden sein.« Ich wußte, daß sie dahinten war, irgendwo hinter den Kulissen stand, man hatte ihr den Kopf für die Elektroden rasiert, das Herz schlug so wild in ihrer kleinen Brust, daß man es durch das häßliche, abgetragene Kleid sehen konnte, und ich spürte den plötzlichen Impuls, nach hinten zu spurten, sie in meine Arme zu reißen und sie und mich in Sicherheit zu bringen. Doch ich hielt mich zurück, vielleicht war es auch meine Hose, und erinnerte mich daran (und der Gedanke half mir sehr, meinen Mut wiederzufinden), daß ich auch die Auswirkungen bedenken müsse, die mein Handeln auf die nächste Generation haben könnte und auf die Zukunft von Frieden und Freiheit in Amerika und auf der ganzen Welt. Ethel würde das auch so wollen. Mut, Zutrauen und die Zukunft im Auge behalten. Das bedeutete, daß ich bis zum Ende durchzuhalten hatte, gleich, welch persönliches Leid damit verbunden sein würde – ich mußte zurückschlagen! Kein Kneifen, kein Gewinsel und Gewimmer, kein Gekrieche – wer nur die Defensive kennt, ist letzten Endes stets der Verlierer, das dürfen Sie mir abnehmen – nein, sie hatten es so gewollt, und sie würden ihren Teil kriegen! Ich bin Pessimist, aber wenn ich mir einbilde, ich hätte eine Chance, dann kämpfe ich, und ich bilde mir *immer* ein, eine Chance zu haben – das ist meiner Ansicht nach das Typische meiner politischen Karriere. In der Hinsicht bin ich optimo. *Optimist*, wollte ich sagen! (Toll!) Aber wie sollte ich es anfangen? Na ja, ich bin Pokerspieler, einer der besten, und ein guter Pokerspieler weiß, daß es zwar wichtig ist, gute Karten zu bekommen, daß die meisten großen Pötte aber durch Bluff gewonnen werden. Ja, ich mußte wirklich alle Register ziehen, alles vernebeln und, wie Uncle Sam sagen würde, Finsternis verbreiten (»Machs wie der Tintenfisch, Söhnchen! Wenn du se nich überzeugen kannst, verwirr se!«) – woraufhin ich, aufgrund dieser Überlegungen zu völlig neuen Entschlüssen gelangt, über den Körper der alten Frau stolperte (Hilf Himmel, das war ja Betty Crocker!), mich mit den Händen abstützte, um nicht kopfüber hinzufallen, und einen gewaltigen Furz knallen ließ. »AMEN, BRÜDERCHEN!« brüllte irgendein Tropf, und dann *hörte* ich sie, Jesus, die schrien sich die Lungen aus dem Hals!

Was tun? Düster starrte ich auf den bekleckerten Elektrischen Stuhl, diesen berühmten heißen Ofen aus Sing-Sing – mein Hintern brannte vor Scham und von der unsanften Rutschpartie auf dem Fußboden – und lauschte auf den Pöbel hinter mir auf dem Times Square. Die Tür zum »Tanzboden« war jetzt geschlossen, darüber ein Schild mit der Aufschrift RUHE. Ich überlegte, ob das eine Botschaft für mich sein könnte. Ich wußte, daß die einzige Verteidigung, die mir blieb, im Angriff lag, daß ich mich irgendwie aus dieser entwürdigenden Situation rausreden müßte, ohne auch nur einen einzigen Fehler zuzugeben, doch wie sollte ich das anfangen, wenn ich es noch nicht mal fertigbrachte, mir die Hosen über die Knöchel hochzuziehen? Hinter dem Stuhl stand das weiße Wägelchen und sah sehr bequem, sehr einladend aus. Mir wurde bewußt, daß ich nahe daran war, zusammenzubrechen – jeder ist nur bis zu einem gewissen Maße belastbar! – und daß es *jetzt* hieß, oder *nie*. Doch wenn *jetzt*, wie? Ich wußte nicht, ob ich Stolz hervorkehren, Bestürzung durchblicken oder einfach meinen Arsch für mich sprechen lassen sollte. Die Bühne selbst bot da keinerlei Hilfe, nur ernüchternde, tödliche Fakten. Ich hatte Angst, zu Uncle Sam rüberzublicken. Ich versuchte, meine Lage strategisch zu analysieren, sie auf ein System von Konstanten zu reduzieren, mit denen ich hätte arbeiten können, doch alles, was mir einfiel, war jener Tag, als mein Vater mich erwischte, wie ich im Bewässerungsgraben badete. Bei der Gelegenheit hatte er mich einfach am Kragen gepackt und mich in den Graben zurückgeworfen – so gehts: Feuer um Feuer, Graben um Graben!

»Na schön«, schrie ich, als ich mich endlich dem Pöbel zuwandte. Ich war dabei, mich wieder zu fangen. *»Sie werden sich sicherlich fragen, was ich hier oben mit, äh, runtergelassenen Hosen treibe! Lassen Sie mich dazu nur eins sagen! Wir hier in Amerika, wir, die wir in einer freien Welt leben, wir, die wir uns hier heute abend versammelt haben – lassen Sie mich das in aller Deutlichkeit sagen – jeden von uns, uns ALLE hat man ohne Hosen erwischt!«* Ein genialer rhetorischer Schachzug, der in Hunderten von Debatten Wunder gewirkt hatte, ganz zu schweigen von meiner berühmten Krisen-Rede im vergangenen Herbst, und der eigentlich auch hier hätte wirken sollen, aber er tat es nicht – im Gegenteil, sie waren jetzt rüpelhafter als vorher. Alle waren da, ich erkannte sie jetzt, eng um die Bühne geschart, nach vorne drängelnd, vom Reklamegeflimmer des Broadway beleuchtet: Mitglieder des Kongresses und Richter, Gouverneure und Honoratioren, Republikaner und Demokraten, alle Arten seltsamer Typen, die ulkige Kostüme trugen und Köpfe aus Pappmaché, kleine Kinder, alte Damen, alle machten ungeheueren Radau und lachten auf Teufel komm raus. *»Was gibt es hier denn zu lachen«*, brüllte ich gegen das Lärmen an (ich sah Harold Stassen, der prustete und wild gestikulierte, Cabot Lodge, der sich wie ein Schneekönig freute, Bill Knowland und Lyndon Johnson, die sich im Mittelgang kugelten – selbst Bob Taft hielt sich vor lauter Lachen den kranken Leib), *»in unserem Kampf steht die Seele des Menschen auf dem Spiel!«* Was zum Henker war denn daran komisch? Was war bloß in die Leute gefahren? Waren sie verrückt? In meinen Augen waren sie schlicht Idioten! *»Wir befinden uns an einem jener kritischen Punkte der Geschichte, der den Lauf der Welt zu ändern vermag, deshalb benötigen wir Ihre Hilfe, deshalb bin ich hier heute abend so, wie ich bin, vor Ihnen erschienen – in der Geschichte amerikanischer Politik findet sich dafür kein weiteres Beispiel, das nur am Rande – deshalb bin ich so, wie ich bin, vor Ihnen erschienen, um eindringlich vorzuführen, woraus die Gefahr besteht, eine tödliche Gefahr, der wir alle gegenüberstehen!«*

»WEITER, DICK, MACH SIE FERTIG!« schrien sie zurück. »DU HAST DOCH MUMM GENUG!«

»Ich sage, daß wir an einem Abgrund stehen!« schrie ich – ich *mußte* schreien: der Tumult auf dem Platz war ohrenbetäubend, dazu plärrten Radios, spielten Bands, summten Generatoren, ratterten Hubschrauber über der Menge, die Aufnahmen machten und Schnapspakete abwarfen. *»Nehmen Sie Korea!«* brüllte ich. *»Nehmen Sie China! Osteuropa! Unser eigenes Außenministerium! Selbst das Oberste Bundesgericht! Von allen Seiten sind wir diesem schleichenden Übel ausgesetzt! Dieser finsteren Verschwörung! Dieser tödlichen Infektion! Seien Sie versichert: das Phantom schläft nicht! Wie gehabt ist es dabei, Böses auszuhecken, ist es an der Arbeit, kämpft es!«* Ich versuchte, mich an den Vortrag zu erinnern, den Uncle Sam mir über den scheeläugigen Vorboten gehalten hatte, der nach Christenblut lechzt, aber ich war zu erschöpft, hatte Angst, Mist zu bauen – ich hatte schon genug Probleme mit den von mir fabrizierten Beruhigungspillen. *»Uns obliegt die heilige Pflicht, nicht nur gegenüber unserem eigenen Volk, sondern gegenüber den freien Völkern überall, auf beiden Seiten des Eisernen Vorhangs, diese rote Flut einzudämmen, die alles, was vor ihr lag, überschwemmt hat! Ein zweites München können wir uns nicht erlauben!«* Das war nicht übel, eine Spur vom alten Nixon jedenfalls – allmählich schien ich wieder festen Boden unter die Füße zu kriegen! Sie waren noch immer am Lachen, das stimmte schon, aber sie schienen doch ein wenig aufmerksamer. *»Es fällt . . ., es fällt mir nicht leicht, hier so zu erscheinen«,* fuhr ich fort und schluckte ein paarmal, um zu demonstrieren, daß auch ich verletzbar war, daß ich ebenso ein Mensch war, wie jeder andere, oder auch, weil ich es gar nicht verhindern konnte – *»ich bin nämlich Quäker!«* Was aus irgendeinem Grund den Topf erneut zum Überkochen brachte, sie schnaubten und prusteten und fielen von den Stühlen – John Foster Dulles, dessen Presbyter-Antlitz nun wahrlich nicht zum Lachen geschaffen war, sah aus, als habe irgend jemand sich seines Gesichts angenommen und wringe es aus wie einen alten Scheuerlappen: Mein Gott! Ich werde ihn umbringen! *»Doch wie schon Abraham Lincoln gesagt hat: ›Vielleicht hätten auch andere Wege Erfolg verheißen, dieser mußte zum Ziel führen!‹«* Das tat mir gut, vor allem, weil ich auf das Zitat ganz allein gekommen war – Lincoln half immer, wenn man in der Klemme saß, war besser noch als Jesus oder Dale Carnegie, und ich hatte gedacht, daß er mich auch diesmal retten würde, aber ich hätte genausogut den Mann im Mond zitieren können. Selbst Douglas MacArthur lag völlig ausgepumpt da, die Sonnenbrille auf der Nasenspitze, und Oveta Hobby hatte sich in ihren Stuhl so weit zurückgelehnt und lachte so heftig, daß man ihren khakifarbenen

Schlüpfer sah. *»Ferner . . . ferner hat er gesagt, daß die Welt nicht viel von dem behält, was hier geredet wird«*, brüllte ich verzweifelt, *»aber lassen Sie mich sagen, daß die Welt niemals vergessen wird, was die gegenwärtige Regierung heute abend hier geleistet hat!«*
Aber sie hörten nicht einmal mehr zu. Abwesend schob ich meine Hand in die Jackentasche, die Lincoln-Zitate hatten mich an den so erfolgreichen Checkers-Trick erinnert (». . . ah, hier ist es – ich hab es mir notiert – lassen Sie es mich Ihnen vorlesen . . .«), und entdeckte dort eine Postkarte. Obwohl mich das Gefühl, am Ertrinken zu sein, ganz überwältigt hatte, fischte ich sie genau wie damals aus der Tasche, versuchte dabei so geheimnisvoll wie möglich auszusehen. Es war die Postkarte, die ich mir aus dem Regal in Ossining gegriffen hatte. Darauf stand: SCHÖNE GRÜSSE AUS SING-SING! Darunter zwei Polizisten, die neben einem Elektrischen Stuhl standen, der ein Plumpskloloch und einen hochgestellten Toilettendeckel hatte. Und der eine sagt zum anderen: »Der muß reingefallen sein!« Düster starrte ich auf das schwarze Loch und dachte: sollen doch alle zum Teufel gehen, das ist es nicht wert. Diese ganze Idiotie. Ich hatte die Schnauze voll, Stassen konnte den Job haben. Pat betete nicht mehr, stellte ich fest, falls sie gebetet hatte. Sie lachte zwar nicht wie all die anderen, aber das ermutigte mich auch nicht unbedingt. Sie sah zu mir her, mit zusammengekniffenen, traurigen Augen, es war, als starre sie genau auf einen Punkt hinter meinem linken Ohr, ihre schmalen weißen Hände zuckten im Schoß, krampften sich ineinander. Ich dachte daran, wie Ethels große dunkle Augen, so direkt, so eindringlich, so vertrauensvoll in meine geblickt hatten – fast so, als wolle sie den Grund meiner Seele ausloten, ja man könnte fast sagen, als ob sie sie wiederentdecken wolle – als sie sagte: »Ich beneide dich um deine Kraft, Richard. Um deine Würde. Du bist ein großer Mann!« Ich spürte, wie es mich in ihre leidenschaftliche, Leben verheißende Umarmung zurücktrieb, wo alles noch einmal möglich schien, wo alles, was möglich war, gut erschien. »Ich glaube an dich, Richard! Du wirst das Land einigen und der Menschheit Frieden bringen . . .!« Ja, Glaube – nicht Loyalität, sondern *Glaube!* Das war es, was ich brauchte! Keine Pflichtküßchen auf die Wange, sondern schwellende, feste, vertrauende Lippen, die sich gegen meine preßten, keine mageren, nervösen Hüften, sondern ein weiches, hingebungsvolles Gesäß, keine dünnen, feuchten, eiskalten Finger, sondern eine warme Hand, die mir durchs Haar fuhr, mich drückte . . .
Ich schüttelte das ab. Mein Gott, ich wurde ja schon wieder scharf. Ich

zog das Oberhemd vorne runter und hob die Arme (das bewährte sich übrigens nicht) und schaute mich gleichzeitig nach etwas um, womit ich meine Blöße decken konnte. Wen ich entdeckte, war Uncle Sam, der aussah, als habe er soeben seine Maiskolbenpfeife verschluckt und versuche, sie wieder rauszuhusten. Er deutete wild gestikulierend zum Times Tower hoch, wo unterhalb der Zeit- und Wetteranzeige, die mir sagten, daß es fast zehn Minuten vor acht und 27 Grad heiß war (Puuuhh! mir kam es mindestens doppelt so warm vor!), der Welt die neuesten Nachrichten verkündet wurden, unter anderem: LASSET UNS DANACH STREBEN, DAS WERK ZU VOLLENDEN, DAS WIR . . .! Na dann, dachte ich, kann ich mich ja noch nicht allzuweit verirrt haben. *»Die Frage lautet«*, brüllte ich, mich dem Pöbel auf dem Platz zuwendend, und meinem Gesicht einen Ausdruck von tödlichem Ernst gebend (dabei fiel mir aus irgendeinem Grund jener Abend in Duke ein, als ich beim Saufkonvent der Senioren auf einen Tisch gestiegen war und mit todernstem Gesicht einen Vortrag über »Soziale Unsicherheit« parodiert hatte. Was hatte ich damals gesagt? Konnte ich jetzt was davon gebrauchen?) – *»Die Frage lautet, ganz knapp formuliert: wessen Hand . . .«* – und dabei streckte ich meine Hand mit einer Geste aus, von der ich wußte, daß sie äußerst wirkungsvoll war – *»wessen Hand die nächsten Kapitel der Menschheitsgeschichte schreiben wird!«* Und dann sah ich zum erstenmal das Blut auf meiner Hand: mein Gott, sie war ja völlig blutverschmiert! Von meinem Hintern! Es kam von meinem Hintern! O Gott! *»Wir . . . wir sollten uns nichts vormachen!«* Ich schnappte nach Luft, hatte jetzt richtig Angst: was war los? *»Die Stunde hat geschlagen! Der Kampf um unser Leben ist eingeläutet! Wir haben bereits Blut fließen gesehen . . . und es wird noch einiges Blut vergossen werden, bis alles vorbei ist!«* Nein, kein Blut: Lippenstift! Ach Scheiße, dachte ich, als ich mir den Schweiß von der Stirn wischte und blindlings den Faden weiterspann: *»Auch weiß ich, daß man uns erneut mit Schmutz bewerfen wird!«* Unnötig zu sagen, daß ich mir gerade – fast zwanghaft – den Schweiß mit der lippenstiftverschmierten Hand aus dem Gesicht gewischt hatte, eine hübsche Sauerei, aber ich hatte mich nicht bremsen können . . . *»Und man hat mich gewarnt, daß man mich weiterhin durch den Dreck ziehen würde, falls ich fortführe, die Kommunisten und Gangster in unserem Lande anzugreifen, und trotz meiner Erklärung heute abend wird man mich wieder mit Schmutz bewerfen!«* Wenn man unter Beschuß steht, zählt nicht, wie die Fakten sind, sondern nur, wie sie zu sein scheinen, dachte ich, als die Kaskaden des Gelächters auf mich niederprasselten.

Irgendein glotzäugiger Clown versuchte direkt vor mir, auf die Bühne zu krabbeln . . . kam mir bekannt vor, aber ich konnte ihn nicht einordnen. War wohl aus irgendeinem Gangsterfilm. Wie der ganze Scheiß-Pöbel hier. Ich spürte, daß es in der entfesselten Hysterie da draußen einen fixen Orientierungspunkt gab, zu dem mein Blick immer wieder zurückkehrte: ein alter, bärtiger Penner stand bewegungslos in einem der VIP-Gänge, mit Schlapphut und zerlumptem alten Mantel, die Arme vom Körper abgespreizt wie eine ausgestopfte, billige Puppe. Ein Teddybär. Seine Knopfaugen, die unecht aussahen, und die Rote-Bete-Bäckchen vermittelten den Eindruck, als ob er geweint habe. Er stand da wie angewurzelt, als ob man seine alten Stiefel in das Pflaster gerammt habe, wie eine fette Vogelscheuche . . . oder eine Botschaft. Der Aufruhr des Platzes umbrandete ihn, aber der alte Penner blieb davon unberührt. Ich kannte ihn. Ich hatte ihn in meinem Spiegel gesehen. Ich fühlte mich zurückversetzt in den *Look-Ahead-Neighbor-Sonderzug*, ratterte in Richtung Norden, den großen Entdeckungen entgegen – über das Leben, über mich selbst –, den Hinweisen, wie man dem Todestrakt aus Politik und Eigentum entfliehen könne, der Möglichkeit eines neuen Anfangs, eines neuen Lebens voller Liebe und Abenteuer anstelle all der Heuchelei . . . und einen Augenblick lang glaubte ich, daß ich vielleicht nur träumte, daß ich gleich wieder im VIP-Sonderzug aufwachen würde (und diesmal wollte ich mit den anderen mitmachen, mich nicht mehr abseits halten), oder in meinem Büro, oder zu Hause, oder sogar weit früher, auf dem Kostümfest in Whittier, zusammen mit Ola – doch dann knallte etwas – *pitsch!* – gegen mein linkes Ei, und als ich meine Klöten mit beiden Händen umklammerte und mich vor Schmerzen krümmte, bloß um – *platsch!* – einen zweiten Treffer auf meinem armen, überempfindlichen Arsch zu kassieren, da wußte ich, daß ich da war, wo ich immer gewesen war: Mitte-vorn auf der Bühne menschlicher Geschichte, wie brutal oder lächerlich diese auch immer sein mochte, Opfer des eigenen Genius und der gottgegebenen Fähigkeiten, und keine andere Möglichkeit, als weiterzumachen . . . weiterzumachen und weiterzumachen . . .

Nun, zum Teufel noch mal, das konnte ich und das würde ich. Ich halte Geschichte für eine Art Tragödie – aber nicht meine eigene. Ich drehte mich zu Uncle Sam rüber, der seine Pfeife doch noch rausgewürgt und ihr Mundstück zum Pusterohr umfunktioniert hatte, und sah, wie er auf mich zuschritt, um meinen Auftritt zu beenden, aber ich gab ihm keine Chance. Inspiriert durch einen flüchtigen Blick auf die mit Flaggen-Feigenblättern geschmückten Statuen des Bekleidungshauses Bond, die kalkweiß über mir aufragten, eine Bronzetafel mit der Inschrift EXCELSIOR zwischen sich, hielt ich ihm kaltblütig die andere Backe hin, hüpfte zur gegenüberliegenden Seite der Bühne, schnappte mir den erstbesten Dekorationsfetzen, den ich erwischen konnte (es stellte sich heraus, daß es eine Flagge war, die erste, die mit dem Kreis aus dreizehn Sternen), wickelte mich hinein und wirbelte dann voller Schwung zu diesem hirnlosen, besoffenen, im Grunde aber gefügigen Dreckshaufen herum (was infolge der Fußfesselung nicht so leicht war, wie es klingt: am Ende stand ich mit gekreuzten Beinen da, in Gefahr, mich zu verlieren, bevor ich hatte anfangen können): *»Meine amerikanischen Mitbürger!«* Uncle Sam bremste ab und beäugte mich neugierig. Herb Brownell, der gerade mit den Programmnotizen aus der Kulisse getreten war, blinzelte kurz und machte kehrt, wobei er Richter Kaufman den Ellenbogen ins rechte Auge rammte. Der Zuchthausdirektor stand auch dahinten, registrierte ich, er murmelte etwas ins Ohr des Anstaltsgeistlichen, der ein Käppchen trug, und kaute gedankenverloren an seiner langen schwarzen Zigarre, und ganz vorn entdeckte ich jetzt meinen Alten, er saß auf der Kante seines Stuhles, glühend vor Aufregung, genau wie früher während meiner Schuldebatten – in jenen Jahren war es ein irrer Ansporn für mich, das Funkeln in seinen Augen zu sehen, wenn ich meine Gegner erledigte, und ich würde ihn, zum Teufel noch mal, heute nicht enttäuschen. Auch Mama nicht, die ruhig neben ihm saß, die Hände im Schoß gefaltet, eine wahre Heilige! *»Wir leben in einem Zeitalter der Anarchie!«* Die Massen, die sich in ihrer Trunkenheit untereinander mit Beifall bedacht hatten, brachen in erneutes, gemeinsames Gelächter aus, doch darunter waren auch Bravorufe und Pfiffe. Laß sie lachen, dachte ich. Es ist eine Generation, die lachen will, eine Generation, die unterhalten werden will, Film und Fernsehen seis gedankt – ein Meer an Passivität, doch um so besser für uns Schwimmer. Ich blickte sie unerschrocken an, den Pöbel und die Kameras, ich spürte, daß ich die Dinge wieder im Griff hatte, kam mir weiser vor als bisher . . . *»Wir erleben hirnlose Attacken auf die großen Institutionen, die im Verlauf der letzten fünfhundert Jahre von freien und zivilisierten Menschen geschaffen wurden!«*

Jetzt hörten sie zu, auch wenn sie noch weiterhin Rabatz machten. Man hat oft auf meinen besonderen »Verkaufskanonen-Charme« hingewiesen, und mit dem wickelte ich sie jetzt ein, lächelte, machte ein ernstes Gesicht, hielt mit einer Hand die eng um mich geschlungene Flagge fest (es war reine Handarbeit, und die Nähte scheuerten ganz schön) und hämmerte ihnen mit der anderen meine Argumente ein – nicht umsonst hatte ein Dick Nixon vor vielen Jahren den Reader's Digest Wettbewerb in Freier Rede (Sektion Süd) gewonnen. Ich begann mit einem wirklich enthüllenden, bombastischen, die Haare zu Berge treibenden Vortrag über die Weltgeschichte (Geschichte hat mich grundsätzlich seit eh und je fasziniert): über den Aufstieg, die Entwicklung und den – wie manche meinen – partiellen Zerfall jener Philosophie, die man als »Liberalismus« bezeichnet, über das parallele Entstehen einer liberalen Irrlehre, die man Kommunismus nennt, über die von zwei Supermächten beanspruchte Führungsrolle auf der Welt, Amerika und Rußland, die sich konkurrierenden Glaubensrichtungen verschrieben haben, und schließlich über die heutige Konfrontation beider Lehren und beider Mächte in jedem Winkel unserer Erde. *»Gegenwärtig ist Amerika praktisch das einzige Bollwerk zwischen dem Kommunismus und den freien Nationen der Welt!«* Damit wandte ich mich an alle hier auf dem Platz, an die, die sich aus den Fenstern der Hotels und Bürogebäude lehnten, an die anonyme Masse in den entfernten Straßen und Avenuen bis hin zum Central Park, und Gott sei Dank war ich gut bei Stimme. *»Wenn man die Vereinigten Staaten ganz realiter von unserem Globus entfernen könnte, müßte der Rest der Welt in schierer Furcht weiterleben!«* Ja, das war mein großer Auftritt, und angestachelt vom Grinsen und den Grimassen meines Vaters, kam ich jetzt auf volle Touren. Ich sagte, daß wir die Kräfte des Phantoms zurückdrängen, daß wir die negative, zu keinerlei Ergebnissen führende und dazu unmoralische Politik der Abgrenzung aufgeben müßten, die unzählige Menschen der Tyrannei und gottloser Schreckensherrschaft ausgeliefert habe, daß wir uns augenblicklich daran machen sollten, die unterjochten Völker zu befreien. *»Alles, was wir brauchen, ist der Wille zum Sieg – und der Mut, unsere Machtmittel einzusetzen – JEDES unserer Machtmittel – JETZT!«* Der verrückte Clown, der noch immer versuchte, über die Rampe zu krabbeln, schnappte nach Luft und rutschte zurück, konnte sich nur noch mit den Fingerspitzen an der Kante festhalten. Ich wurde der Kameras gewahr, die voll auf mich gerichtet waren, brachte ein breites Lächeln und forderte von den Russen, den Eisernen Vorhang niederzureißen, die Satelliten freizugeben, Deutschland wiederzuvereinigen und freie Wahlen zuzulassen. Ich verlangte nach einem totalen Sieg in Korea: *»Es gibt nur eine Möglichkeit, den Krieg zu beenden, nämlich den Sieg auf dem Schlachtfeld!«* und ließ keinen Zweifel daran, daß wir die chinesischen Kommunisten warnen sollten, *»daß wir, falls der chinesische Angriff auf Korea nicht bis zu einem bestimmten Datum aufgehört hat, unseren Komman-*

deuren an der Front Vollmacht geben, die Nachschubbasen in der Mandschurei zu bombardieren! Die Geschichte lehrt uns, daß wir auf der richtigen Seite stehen! Der Mensch braucht Gott, und Kommunismus ist gottlos, aus diesem Grunde müssen wir wie Amerikaner handeln und dürfen nicht den Schwanz zwischen die Beine klemmen und jedesmal wegrennen, wenn so ein schlitzäugiges Großmaul uns zu bluffen sucht!« Junge, Junge, ich war wirklich in Fahrt! Mir fielen Sachen ein, an die ich nie vorher gedacht hatte! Ich plädierte für die Seeblockade Rotchinas, eine massive Invasion in Südostasien und, falls notwendig, einen Präventivschlag gegen das chinesische Festland selbst: *»Wir brauchen doch bloß einen Blick auf die Karte zu werfen, um zu erkennen, daß nach dem Fall Formosas die kalifornische Küste das nächste Ziel darstellen würde!«* Ich hopste vorwärts, mein Kleingeld und die Gürtelschnalle klimperten auf dem Bühnenboden, und brüllte, daß wir nicht davor zurückschrecken dürften – ganz gleich, wo und wann – das gesamte uns zur Verfügung stehende massive mobile Vergeltungspotential zum Einsatz zu bringen! *»Denkt daran, daß es um eine Sache geht, die wichtiger ist als jeder einzelne von uns! Es geht darum, diese unsere Nation zur größten auf der Welt zu machen – zum Führer der Welt – denn ohne unsere Führung wird die Welt in den kommenden Jahren nichts als Krieg kennen, außerdem Hunger oder Schlimmeres! Unter unserer Führung aber wird sie Frieden kennen, wird sie Überfluß . . .!«*

»Was ist das doch für ein elendes, lügnerisches Schlitzohr!« protestierte jemand in der ersten Reihe. Ich erkannte das säuerliche Südstaaten-Genäsel. »Ich begreife nicht, warum die Leute dem überhaupt zuhören!«

Das löste bei der Meute weiteres Hohngelächter aus, mir aber kam die Herausforderung gelegen, und ich drehte mich, um ihr zu begegnen: *»Ohne mich in persönliche Polemik zu verstricken«*, schrie ich, *»möchte ich Mr. Truman beschuldigen, daß er ein Verräter an den hohen Prinzipien seiner eigenen Partei ist! Ich behaupte, daß Dokumente, die unter Verschluß gehalten werden, beweisen könnten, daß er und seine Komplizen, sei es aus Dummheit oder aus politischem Kalkül, an allererster Stelle für das ungehemmte Wachsen des kommunistischen Komplotts innerhalb der Vereinigten Staaten verantwortlich zu machen sind – des Komplotts, das uns auch das historische Ereignis hier heute abend beschert hat!«* Die Menge belohnte das mit Beifall, und Truman verbeugte sich ironisch, aber ich bahnte mir den Weg weiter, zuversichtlich jetzt, wieder am Zug und in den Schoß der Gemeinde zurückgekehrt, und spürte, wie die Stärke in meinem Inneren wuchs.

Vater zog zwar noch immer ein mürrisches Gesicht, schien sich jedoch zu freuen. Ich fing Darryl Zanucks Blick auf, sah, wie er mir den hochgestreckten Daumen zeigte. Truman war anscheinend nicht so angeschlagen, wie ich gewünscht hätte, andererseits hegte ich auch gar keinen Groll gegen ihn, im Gegenteil, im Grunde war ich ihm dankbar, daß er mir ein Stichwort geliefert hatte. *»Hätten im Verlauf der siebenjährigen Epoche des Trumanismus in unserem Außenministerium Russen das Sagen gehabt, dann hätten sie vom sowjetischen Standpunkt aus keine bessere Asienpolitik entwickeln können! Ich bin der Ansicht, daß wir uns mit dem Kommunismus als Idee hart, aber fair auseinandersetzen sollten, daß wir mit seinen Agenten hingegen wie mit ERZVERRÄTERN umgehen müssen!«* Mittendrin hatte ein verdammter Esel angefangen zu schreien, und ein Teil der Menschenmassen war in das Iiiiiaaaaaahh-Gebrüll eingefallen, und zu ihnen gehörte (ich konnte es nicht glauben!) mein eigener Vater, doch ich schrie sie nieder: *»Als unsere Regierung am 20. Januar ihre Arbeit in Washington aufnahm, fanden wir in den Akten einen Entwurf für die Sozialisierung Amerikas! Dieses gefährliche und aalglatte Machwerk forderte Verstaatlichung der medizinischen Versorgung, Verstaatlichung des Wohnungsbaus, Verstaatlichung der Landwirtschaft, Verstaatlichung der Energie- und Wasserwirtschaft, und, wohl am erschreckendsten, die Verstaatlichung von Amerikas bedeutendster Energiequelle, der Atomenergie! Zum ersten Mal in der Geschichte Amerikas war damit die Sicherheit der Nation direkt und unmittelbar bedroht!«* Uncle Sam hüpfte noch immer auf und ab und zeigte wie verrückt auf die Uhr, doch ich hatte überhaupt keine Lust, jetzt aufzuhören. Ich war auf dem Weg nach Hause, das spürte ich, nach langem Exil bei meiner Tante endlich wieder zu Hause angekommen, wurde an der Haustür von Klein-Arthur abgeküßt, der ein paar Monate später starb, betrat aus dem Krieg zurückgekehrt in weißer Marineuniform amerikanischen Boden, um in Pats und Mutters Arme zu sinken, wurde wieder in den Schoß der Partei aufgenommen und erlebte Ikes großväterliche Umarmung in Wheeling – alles *meinetwegen*, dachte ich: *alles geschieht meinetwegen*! Und als sich mein Verstand schließlich klärte, verpufften auch die bösen Träume wie abgebranntes Feuerwerk, hatte ich die altvertrauten Formeln wieder parat: Geist des Wettbewerbs; Wert der Moral; endgültiges Urteil der Geschichte; Rote abknallen wie Ratten. *»Wenn ein Ei faul ist, wirft man es weg!«* Ich beschwor Tom Paine, der die Seelen auf die Probe stellte, Hardings und das gottgewollte Schicksal unserer Republik, ich erinnerte an Teddy Roosevelts Schlag gegen die Berufspazifisten, die unser

Land chinafizieren wollten, an Wilson, der an alle aufrechten Menschen appellierte, und an unseren eigenen Großen Kreuzzug, Ikes und meinem . . . *»Bis in alle Ewigkeit wird das amerikanische Volk der Eisenhower-Regierung dafür Dank zollen, daß sie zu Tausenden Kommunisten, Sympathisanten und Sexperverse aus dem öffentlichen Dienst entfernt hat! Das kommunistische Komplott, dem sich Julius und Ethel Rosenberg mit solch blindem Fanatismus ergeben haben, wird von dieser Regierung zerschlagen!«* Um das zu unterstreichen, klatschte ich mit meiner freien Hand auf den Elektrischen Stuhl (zum Glück stand er nicht unter Strom) und blickte beifallheischend zu Uncle Sam rüber: der mußte doch endlich – doch der gebärdete sich wie eine Furie, die blauen Augen loderten, Ellenbogen und Rockschöße standen wie gestärkt vom Körper ab, er stampfte mit den Füßen und hielt acht Finger hoch, die alle vor Wut zitterten . . . und das Erstaunliche dabei war, daß er sie alle an einer Hand zu haben schien!

Was war falsch? Was wollte er mir bedeuten? Die Paramount-Uhr zeigte 7:53 Uhr, alles, was mir im Augenblick einfiel, war die 8-Minuten-Frist auf der Uhr des Jüngsten Gerichts, dann brach mir der kalte Schweiß aus – und ich dachte dabei nicht an irgendeine scheißinternationale Apokalypse, an die ich ohnehin nur halb glaubte, sondern an meine eigene: *ich* stand am Rande der Klippe! Es hieß: schwimmen oder untergehen, mach was oder krepier! *»Liebe Mitbürger!«*, keuchte ich, versuchte, mich zu sammeln, die Sätze (irgendwas über Freiheit, unvergleichliche Verfassung und Zaghaftigkeit) daran zu hindern, sich im Mund aufzulösen. Wollte er mich ohrfeigen? *»Wir müssen den Augenblick beim Schopf packen! Selbstzufriedenheit ist gefährlich! Folglich, äh, müssen wir die Beine in die Hand nehmen und uns an die Arbeit machen. Dabei fällt mir meine Mutter ein, die jeden Morgen um fünf aufstand und Kuchen backte, und . . . und . . . was ich damit zum Ausdruck bringen will, das, was Amerika auszeichnet, ist, daß harte Arbeit großgeschrieben wird! Oder anders ausgedrückt . . .«* Ich fühlte, wie im Innern alles zusammenbrach, als ob Kabel schmölzen, an den Kontakten wegschmorten, Birnen durchbrannten: warum mußte mir das immer passieren? Warum konnte ich ihn nie zufriedenstellen, egal, was ich machte? *»Das und ein gewisses inneres Bemühen und die Kraft des Gebets und moralisches Rückgrat und, äh, moralischer . . . Adel! Nein, Schicklichkeit!«* War es so richtig?

In meinem Kopf zischte und brodelte es. Vor der Bühne schrien die Leute: »LAUTER SPRECHEN! WIR VERSTEHEN NICHTS!« In der VIP-Zone war es zu einer Schlägerei zwischen ein paar Geschäftsleuten (Anwälten?) und etlichen der überlebensgroßen Suffragetten gekommen, die augenscheinlich versuchten, die armen Schweine wegzuzerren, hin zu einem gestrandeten Wal, ein paar Häuserblöcke weiter. Harold Stassen grinste jetzt unverhohlen und stieß Bob Bliss bedeutungsvoll in die Rippen, und hinten, in den Kulissen, standen Brownell, Kaufman, Saypol und der Rest mit vor Schreck kalkweißen Gesichtern, und das hatte, so weit ich es beurteilen konnte, was mit dem glotzäugigen Kerl zu tun, der noch immer versuchte, direkt vor mir auf die Bühne zu klettern – jetzt hatte er bereits einen Ellenbogen auf der Rampe und tastete herum, um für die andere Hand festen Halt zu finden.

»Es gilt, diese Fakten allgemein bekanntzumachen und den Amerikanischen Traum zu bewahren, denn er ist eng verknüpft mit dem innersten Streben der ganzen Welt!« schrie ich verzweifelt. *»Und ich kann Ihnen versprechen, daß wir ein Zeitalter unvorstellbaren Wohlstands einleiten werden, in dem in jeder Garage drei Fernsehgeräte stehen – Autos mein ich! Kein . . .«* Wovon, zum Teufel nochmal, redete ich überhaupt? Um *was* ging es eigentlich? Und Rose, wo war die – warum holte sie mich hier nicht raus?

»Diese Leute haben anstelle des Herzens einen *Stein*«, jammerte der Typ, der auf die Rampe zu klettern versuchte, heiser, rang nach Luft und linste zu mir hoch. »Und die Seelen von *Mördern*!«

Aha. Jetzt begriff ich, wer es war. Der Rosenbergsche Winkeladvokat Manny Bloch! Ich hüpfte vorwärts, um ihm ins Gesicht zu treten. Aber meine Füße und Hosenbeine verwickelten sich in der Flagge, und dann lag ich platt auf dem Boden, in einem Wirrwarr aus Stars und Stripes und Säumen, umbraust von tosendem Gelächter, und stellte mir die Frage, ob ich wohl je wieder, wie die WAHRHEIT, auferstehen könnte. Genau wie das Sackhüpfen auf den Picknicks der Quäker, dachte ich: mein Kopf war immer schneller als die Füße. Ich hatte alles gegeben, was ich geben konnte, und es war alles umsonst gewesen, es war zu wenig gewesen und zu spät und jetzt – und dann fiel mir ein, was ich tun mußte! Trotz des Mangels an Schlaf, ja auch nur einer Pause im Verlauf der letzten sechs Tage, trotz der Strapazen, die ich meinen Nerven und meinem Körper zugemutet hatte – irgendwie, auf ganz bestimmte Weise verfügt ein Mensch im Augenblick der großen Krise über physische, geistige und emotionale Kräfte, von denen er nicht weiß, daß er sie besitzt. Was ich jetzt tat, vermochte ich nur, weil die Stunden und Tage der Vorbereitung auf diesen Augenblick hin angelegt waren, und als ich mich aufrappelte und mich nackt einer neuen

Krise stellte (oder war es die gleiche, niemals endende Krise, der ich mich immer von neuem stellte?), da bot ich alle Kraft auf. Ich wußte, was ich sagen wollte, und ich sagte es aus tiefstem Herzen: *»Und jetzt, liebe Freunde, möchte ich Ihnen einen Vorschlag machen – und dabei muß ich Sie um Ihre Mithilfe bitten! Wir sind im Krieg und sitzen alle in einem Boot! Deshalb möchte ich unter den gegebenen Verhältnissen vorschlagen, daß ein jeder, der heute abend hier anwesend ist, vor das amerikanische Volk hintritt und sich so entblößt, wie ich es getan habe!«* Es entstand ein Augenblick verblüfften Schweigens. Offensichtlich hatte man mich nicht ganz verstanden. Ich war natürlich selbst erschrocken, doch im Grunde bin ich, wenn es um Politik geht, Fatalist. Es mag zum Schlimmsten kommen, oder auch nicht. Nur keine Angst jetzt, redete ich mir zu, mach weiter so. Es wird schon klappen. Du mußt sie nur dazu bringen, daß sie durch den Mittelgang nach vorn kommen! *»Ich möchte Ihnen meinen Standpunkt ganz klar darstellen! Wir haben nichts zu verbergen! Und wir können auf vieles stolz sein! Denn wir behaupten, daß es unter den 167 Millionen Amerikanern keinen gibt, der gering wäre! Es erhebt sich nur die Frage, ob wir uns unserer Verantwortung vor der Welt stellen, ob wir den Glauben haben, den Patriotismus und die Bereitschaft, in dieser kritischen Zeit die Führungsrolle zu übernehmen! Es ist meiner Meinung nach in diesem Lande an der Zeit, erneut das Gefühl echter Hingabe zu demonstrieren! Ich erbitte Ihre Unterstützung bei dem Versuch, den Geist der Nation wieder erblühen zu lassen sowie den Glauben, den wir benötigen, um unserer großen Verantwortung vor der Welt gerecht zu werden! Es ist ein hohes Ziel! Und um es zu erreichen, fordere ich jeden hier heute abend auf, vorzutreten – jetzt sofort! – und für Amerika die Hosen runterzulassen!«*

Diese allerletzte Steigerung – der sich aufbauende Rhythmus, die Wiederholungen, das »jetzt sofort!« evangelistischer Herausforderung – dies alles entstammte direkt Dr. Raders erinnerungswerter Predigt in Los Angeles, also hielt ich nach geistlichen Freunden Ausschau, nach Billy Graham, Dr. Peale, Pater Sheen, Ezra Benson, und suchte deren Hilfe und Ermunterung: ja vielleicht könnte ich sogar einen von ihnen zu mir auf die Bühne holen! Doch der einzige Mensch inmitten all des Pöbels vor der Bühne, der meinen Blick auf sich zog, war mein eigener Vater: er sah aus, als habe ihm jemand soeben einen Schlag zwischen die Augen versetzt. Er blinzelte zweimal, blickte sich voller Erstaunen um, sprang von seinem Stuhl und schrie, während er mit den Daumen die elastischen Hosenträger abstreifte: *»Gib's ihnen, Söhnchen!«* Dann fiel seine abgetragene Hose, unter der er lange weiße Liebestöter trug (solche Flanellunterwäsche ist in ihrer guten alten Hausmacherart nicht ohne Reiz, sie machte mir Mut, obwohl ich spürte, daß ich in Wirklichkeit sämtliche Farben des Regenbogens annahm, so sehr schämte ich mich für ihn und für mich), und während er an den großen weißen Knöpfen fummelte, begannen andere, seinem guten Beispiel zu folgen – oder seinem schlechten: zuerst Freunde wie Bill Rogers und Bert Andrews, Mundt und O'Konski, dann Bill Jenner, Tom Dewey, meine Brüder Donald und Edward, Homer Capehart, Strom Thurmond, George Smathers, und dann auch einige Demokraten, Kerle wie Stennis und Rivers, Don Wheeler, Jimmy Byrnes . . .

»DIE KARTEN AUF DEN TISCH!«, schrien sie.

»HOSEN RUNTER FÜR GOTT UND VATERLAND!«

»HOSEN RUNTER FÜR JESUS CHRISTUS!«

»JUUUUUCHUUUHH!«

»FÜR DEN MANN AUF DER STRASSE!«

»TATEN, KEINE WORTE!«

»HOSEN RUNTER FÜR DICK!«

Jetzt breitete es sich aus, verbreitete sich wie ein Lauffeuer, erfaßte einige der überlebensgroßen Cowboys, die sich ihrer ledernen Chaparejos entledigten, erfaßte Pilgerväter, Riverboat-Spieler und Weltkrieg-I-Soldaten, Richter und Gouverneure, Sekretäre und Bürokraten, und griff auf die Massen dahinter über: ich sah, wie die Hosen des alten Joe Kennedy in Sekundenschnelle runter kamen, auch die von Herbert Philbrick, die von Yehudi Menuhin und Hopalong Cassidy, Rocky Marciano, Sumner Pike, ja, es steckte selbst einige Radikale vom linken Flügel an, Humphrey Bogart, Dean Acheson, Walter Lippmann und Herbert Lehman, Ralph Bunche, John L. Lewis. Der Lärm, den die zu Boden fallenden Gürtelschnallen und das Aufziehen der Reißverschlüsse verursachten, war ohrenbetäubend! Und die Frauen machten auch mit – Elsa Maxwell, Teresa Wright, Bess Truman, die Damen vom Mormon-Tabernacle-Chor – alle hakten die Röcke auf, zogen Schlüpfer aus, Korsetts, Strumpfhalter, und was sie sonst noch hatten! Ein paar pedantischere Typen zogen die Hosen völlig aus, doch die Mehrzahl ließ sie nur auf die Füße fallen, wo sie einen Kleiderhaufen bildeten, und hoppelte im Kreis herum, um die anderen anzufeuern und um nachzuschauen, was am Nachbarn denn so dran war! Es kam zwar zu vereinzeltem Protestgeschrei von seiten einiger Angsthasen, zu ein paar häßlichen Gewalttätigkeiten in den Reihen der Unzurechnungsfähigen, zu verschiedenen kleinen Keilereien in der unmittelbaren Umgebung von Mikey Mantle, Marilyn Monroe, Captain Video und Eleonor Roosevelt, und etwas größerer Aufruhr entstand, als die Schlüpfer Christine Jorgensens fielen, der gefeierten ersten Transsexuellen dieser Welt, doch im Grunde war es ein Riesenerfolg, ein echtes Vertrauensvotum! Nicht etwa, daß es kein traumatisches Erlebnis gewesen wäre, Mutter zu sehen, deren Unterwäsche sich zu ihren Füßen blähte. Vater, der in einem Anfall von schwarzer irischer Wut noch immer in den Liebestötern steckte, oder Pat, deren schmales trauriges Gesicht die Anstrengung widerspiegelte, mit der sie sich bemühte, die Tränen zurückzuhalten, während sie mit stoischer Ruhe den bedruckten Baumwollrock hob und an ihrem Strumpfhalter nestelte, dennoch wußte ich, daß ich diesen Tag – mochte der Preis auch noch so hoch sein – für mich verbuchen konnte, daß der Sieg mein war!

»Ich bin zutiefst davon überzeugt«, schrie ich, *»daß so bezeugter Patriotismus, daß eine so bezeugte Liebe zu unserem Land und unserem amerikanischen Traum nie aus den Augen verlieren läßt! Und in solchem Geiste werden wir diesen Traum zur Wirklichkeit machen! Und hiermit gelobe ich Ihnen heute abend, daß ich . . .«*

»Haha, daß iss mein Jungchen da, was sowas bringt!« lachte Uncle Sam eiskalt und stakste heran, um mich endgültig zum Schweigen zu bringen. Hinter ihm sah ich Herb Brownell und Irving Kaufman, die Hosen auf Halbmast, sie wußten wohl nicht, wie sie sich entscheiden sollten. »Seht mal, wie der drängelt und drückt, gönnt der Menge weder Rast noch Hose! Jungchen, Jungchen! Man muß den Brand schon lange schüren, um dem gesunden Menschenverstand soviel Asche ins Auge streuen zu können!« Nach außen hin wirkte er fröhlich, doch sein gekünsteltes Lachen ließ klar erkennen, daß er in Wirklichkeit kochte – und das aus gutem Grund: stimmte nämlich meine Annahme, daß dicses genze Demütigungs-Ritual von ihm manipuliert worden war, mir zum Schaden, dann hatte ich den Spieß umgedreht, und dem alten Tölpel obendrein den Fahrplan versaut!

Kühl sah ich zur Uhr hinauf: *»Wa . . .?!«* Es war noch immer sieben Minuten vor acht! *»Lassen . . . lassen Sie mich noch ein abschließendes Wort hinzufügen!«*, stotterte ich. *»Unbeschadet dessen, was geschehen mag, ich . . . ich werde diesen Kampf fortsetzen! Ich werde . . .!«*

»Allmächtiger Balthasar!«, tobte Uncle Sam, und packte mich am Kragen und hielt mich in die Luft, während der Ballast aus Flagge und Hose meine baumelnden Füße schwer nach unten zog. »Noch ein einziges Wort aus deinem Mund, Bübchen, und *ich* sag dir, was du wirst: du wirst dich auf deinem dummen Gesäß am Arsch der Welt wiederfinden! Die Luft iss raus, Jüngelchen, jeder Regenmacher wird 'gen Ende langweilig, also zügle dein Zünglein! In Zeiten wie den gegenwärtigen sollte man nichts ausspucken, für das man nicht willens ist, auch die Verantwortung übernehmen, und zwar von hier bis in alle Ewigkeit und zurück – und du bist nicht der einzige Kieselstein am Strand! Wir haben nämlich noch ein paar *brennende* Probleme auf der Tagesordnung des heutigen Abends, wir müssen ein paar *hitzigen* Roten, *glühende Scheite* des *infernalischen* Phantoms, dabei behilflich sein, den Weg zum *Licht* zu finden, und dafür sind dein Pfeifen und Trompeten und dein ganz allgemein wirres *Gesabbel* nicht vonnöten!«

Ich hätte mir seine Warnung schon zu Herzen genommen – Glück hat nicht, wer gute Karten bekommt, sondern der, der weiß, wann es Zeit wird, aufzustehen und nach Haus zu gehen; Green Island hatte mich das gelehrt, und Uncle Sam hatte es mir ja mit seinen Worten zu verstehen gegeben –, wenn er nicht meinen Hemdzipfel gelüftet hätte. »Ja, was ist denn das«, fragte er mit lauter Stimme, »was ein günstig Lüftlein halb verbirgt und halb enthüllt?«, schnalzte bekümmert mit der Zunge und bemerkte gedankenvoll, während alle Kameras sich auf uns richteten:

»Ach, wohin ist sie verschwunden, die alte Pracht!«

»Moment mal!«, brüllte ich durch den frisch entfesselten Höllenlärm höhnischen Gelächters. *»Einen Moment mal!«* Einen Augenblick lang ebbte das Gelächter ab, einen Augenblick lang herrschte grinsende Stille, die förmlich darauf wartete, ausgefüllt zu werden. Und obgleich er mich noch immer baumelnd am Genick gepackt hielt, nahm ich das voll wahr: »MEINE Hosen sind unten! EURE Hosen sind unten! JEDERMANNS Hosen in ganz Amerika sind unten! Jedermanns – AUSSER SEINEN!« Das schockte den Platz. Tödliches Schweigen legte sich auf jeden einzelnen. Das, dachte ich, nennt man wohl einen krönenden Abschluß . . .

»Du Narr!« keuchte Uncle Sam und ließ mich auf den Bühnenboden zurückfallen. Besorgt blickte er zum Abendhimmel hoch, der dunkel war und sternenlos. *»Du bist zu weit gegangen!«*

Ich war erschrocken (wieso war es so schnell so dunkel geworden?), aber ich befand mich bereits jenseits des Punktes, von dem aus ein Zurück noch möglich gewesen wäre – es war wie, wenn man bei einem Football-Spiel haushoch am Verlieren ist, wenn man sieht, wie alles baden geht und doch das Spiel zu Ende spielen muß, egal, wie beschämend und sinnlos das auch ist: *»Die Karten liegen auf dem Tisch!*

Wenn Sie nicht mitmachen, sind Sie gegen uns!«, brüllte ich. *»Und solange die Fakten nicht bekannt sind, ist Zweifel angebracht!«*
Mit meiner unerwarteten Herausforderung hatte ich alle geschockt, doch jetzt kam ein Sprechchor auf, langsam, aber stetig, dehnte sich über den ganzen Platz aus: »HOSEN RUNTER! HOSEN RUNTER! HOSEN RUNTER!« Er wurde lauter und lauter, verbreitete sich, schwoll an, wurde drängender und drängender, wurde jetzt von den Cheerleaders angeführt, die ein großes rotes »I« auf den weißen Pullovern trugen (ihre Bewegungen waren langsam, traumhaft, als ob der Anlaß ihnen Ehrfurcht geböte), während die Drummer der Bands hinter ihnen einen schweren Rhythmus zur Untermalung schlugen. »HOSEN RUNTER! HOSEN RUNTER!«
»Solch ein Plan *iss* heller Wahn, denn ausgelacht iss totgelacht!«, bemerkte Uncle Sam bitter, ganz klar überrumpelt durch diesen spontanen Ausbruch – es gibt nichts Furchteinflößenderes, das wußte ich, als des aufgepeitschten Volkes Stimme. Während sie brüllten, sah er sich langsam um, als ob er vor der Schwelle einer Tür stünde, und zuletzt fiel sein blauer Blick auf mich. Milde schien sich über ihn zu legen, eine gewisse Traurigkeit – ich bedauerte, was ich getan hatte, und wollte es zurücknehmen, aber das Herz klopfte mir bis zum Hals, und ich konnte nicht sprechen –, und dann schien er fast zu grinsen. »Okay, Söhnchen«, sagte er, oder schien er zu sagen, während er auf den Hacken wippte: »Erfahrung ist eine sauere Schule, aber Narren, so sagt man, lernen in keiner anderen.«
Ich stand wie angewurzelt auf dem Bühnenboden, versteinert vor Schreck und Erwartung, die Augen hilflos auf die kräftigen, bleichen Hände geheftet, welche die himmelblauen Rockschöße zurückschlugen, die Hosenträger lösten und den Hosenstall aufknöpften, zum Bund der rot-weiß gestreiften Hose griffen und sie nach unten schoben.
Es gab einen blendenden Lichtblitz, gleichzeitig krachte ohrenbetäubender Donner, und danach

BLACKOUT!!

28. Der Freiheit Heiliges Licht: Die Verbrennung von Julius und Ethel Rosenberg

Panik breitet sich aus, jemand schreit: »UNCLE SAM IST TOT!«
»TOT!« gellt das Echo, und Schrecken fegt wie schwarzer Steppenbrand über den erblindeten Times Square, eine brodelnde Flamme des Anti-Lichts, die das Gemeinwesen schier implodieren läßt. »LASST MICH HIER RAUS!«
Raus! Die Leute wollen raus! – aber wo ist draußen? Die Leere hat vom Rande her das Herz überflutet, das Zentrum ist futsch, der Strom ausgefallen, es gibt keinen Weg rein, keinen raus.
»DAS ISS DAS ENDE DER WELT!«
»DER VIZEPRÄSIDENT IST SCHULD!«
»HEULIGER KREISCHTOFFOLUS!«
Es ist der schiere Wahnsinn, ausbrechen zu wollen, noch größerer, da zu bleiben – die Kommunikanten, instinktiv den Pfad einschlagend, den ihnen die Altvorderen trampelten, wie eh und je besessen von der amerikanischen Manie des Weiter-immer-weiter, stürzen rücksichtslos und alle gleichzeitig in die verschiedensten Richtungen, behindert von Angst und Unterwäsche, schlagen wie rasend um sich und beziehen dergestalt Dresche von einem, wie es diese unnatürliche Finsternis, diese Nacht-Zeit des Volkes glauben macht, hundertarmigen hirnlosen Monster! Von einem schwarzen Wald aus amputierten Tausendfüßlerbeinen! OH BARMHERZIGKEIT!
»UNCLE SAM IST TOT!«
»WER KANN UNS JETZT NOCH RETTEN?«
Und in dieser Nacht des Volkes herrscht großes Heulen und Zähneklappern wie in alten Tagen, ein Weh- und Ach-Geheul aus Millionen Kehlen, schrecklicher denn das Gebrüll von Behemoth! Das Volk ruft Gott an, Christus, Ike, das Elektrizitätswerk, den Papst – jeden, der Ohren hat zu hören, der Hilfe bringen könnte –, die Vorväter, das FBI, Bernard Baruch, die lebenden Lieben und die Verstorbenen – es fürchtet gar jene, die es anfleht – Wyatt Earp, die Freiheitsstatue . . .
»MADRE MIA! IST DIES DAS GELOBTE LAND DER HÜ-Ü-ÜLFE!«
In dieser Nacht-Zeit des Volkes ist alles in Bewegung, und nichts, woran man sich halten kann. Selbst der Asphalt scheint sich in ein schwappendes Moor zu verwandeln, trügerisch und voll gurgelnder

Löcher, es zieht die kreischenden Bürger an ihren durch Hosenbündel gefesselten Knöcheln tief ins Innere der Erde! Oder ist es umgekehrt die gewalttätige Rastlosigkeit der gefesselten Füße, die die Eingeweide der Erde freilegt – wenn keiner was sieht, wer vermag es zu sagen?
»WARUM IST ES SO DUNKEL?«
»SIE HABEN DEN GANZEN KOSMOS AUSGESCHALTET!«
»ACH HÄTTEN SIE DOCH NIE DIE SCHALLMAUER DURCHBROCHEN!«
Ungezügelt ist das Unausgewogene, menschliche Würde wird mit Füßen getreten in dieser Nacht-Zeit des Volkes. Kostümträger stoßen zusammen, ihre Riesenköpfe zerplatzen wie reife Melonen! Ängste trippeln wie Ungeziefer, Kanaldeckel klappern beim Drauftreten, Schaufensterglas zerspringt und splittert, und hinter all dem Geschrei und Geheul und Gekrache und dem schaurigen Ticken, das nur von der Uhr des Jüngsten Gerichts stammen kann, hört man das hohle, höllische Gelächter von Uncle Sams rachsüchtigem Feind seit Nimrod Wilfire . . .
»OH NEIN!«
»DAS ISS DAS PHANTOM!«
»DAS PHANTOM HAT UNCLE SAM GEKILLT!«
»HAT DAS LICHT GESTOHLEN!«
»HAT DIE SPIONE BEFREIT!«
»UND JETZT –!«
»– ISSES HINTER UNS HER!«
Fast scheinen in dieser Nacht-Zeit des Volkes die Ängste feste Gestalt anzunehmen, wie greifbare Nebel aus den geschundenen Herzen der Massen aufzusteigen und sich zu ungesehenen, aber feucht netzenden Gebilden zu ringeln, wolkig, bizarr, aber um nichts weniger konkret als das Schicksal in sonnigeren Tagen: Angst vor den russischen Bolschewiki, vor Rotchinesen, Kabbalisten und Salonkommunisten, Kanaken, Japsen, Hunnen und Huks, Angst vor Hottentotten und Systemveränderern, MIGs und Mau-Mau, Existentialisten, Krebsgeschwüren, Pusan-Huren und peinlichen Wahrheiten!
»AUUU! MICH HAT EINER ERWISCHT!«
»DAS KRIEGSTE WIEDER, DU SCHWEIN!«
»ICH KRIEG KEINE LUFT MEHR!«
»AA-AACH-URRG!«
So kämpft, in dieser Nacht-Zeit des Volkes, jeder mit seinen Ängsten und seinen Nachbarn, ohne zu wissen, ob das, was er zu packen kriegt, ein krankhafter Ausfluß des marxistischen Virus, Nigger Nate's Eier,

das Chaos in Washington oder die eigene Großmutter ist! Im Grunde ist es die überraschende, nie zuvor erlebte Hilflosigkeit, die den Schrecken auslöst; manchmal hat die Angst den Modergeruch von Kommunismus und Verderbnis, dann wiederum riecht sie wie ein Güterwagen voller Schleimscheißer oder das Ungeheuer aus 10 000 Meter Tiefe!

»BRRRH! DAS STINKT!«

»ES ISS ÜBERALL BEHAART!«

»ES HAT EINEN SCHNURRBART!«

Man glaubt sich inmitten von mausgrauen, winzigen Maschinisten, räudigen Schafen, Pornomagazinen und Totschlägern, doch wenn man hinfaßt, packen will, was einen quält, lösen sich die Erscheinungen auf, verwandeln sich, und man steht da, verrinnende Zeit in den Armen, schweres Wasser bis zur Schnauze, schwitzige Schamhaare und zerfetzte Rotegrütze-Packungen in den Händen . . .

»MEIN GOTT! DAS ISS JA'N VERKAPPTER SOZI!«

»EIN ABSAHNER!«

»DIE FÜNFTE KOLONNE!«

»GIII – EEE – K!«

»DIE STIMME DER GOSSE!«

»DAS MUSS ALGER HISS SEIN!«

»DER ANTICHRIST!«

»HEILIGES KANONENROHR!«

»OH, HERR, GIB UNS DAS LICHT ZURÜCK!«

»LICHT!«

Aber das kehrt nicht wieder, und in der sich immer mehr verfinsternden Nacht-Zeit des Volkes quellen die Schatten der Ängste aus immer tieferen Schächten empor, mischen sich hochgespülte Visionen von einem verschobenen Gleichgewicht des Schreckens mit den Schemen halbvergessener Alpträume aus Kindertagen: V-2-Raketen und Gaskammern und Kamikazes, das Unwetter, das dem Unternehmen »Overlord« in die Quere kam, der Holocaust am Cocoanut Grove, Kobolde und paradierende Hunnen, Malaria, untreue Ehefrauen, Hunger auf Guadalcanal, deutsche U-Boot-Rudel, japanische Heckenschützen und Bomber über Pearl Harbor, Vampire und streikende Arbeiter, Landstreicher, Kinderlähmung, Brot-Schlangen, Bankenkräche, gekündigte Hypotheken und Sandstürme, King Kong und Narbengesicht-Al, Gewerkschaftler, Werwölfe, Anarchisten, Bolschewiki und Alkoholschmuggler, philippinische Guerilleros und mexikanische Bandidos, das Tweed-Kartell, Erdbeben! Sie trudeln an in irratio-

naler Panik, während Spukgestalten vergangener Schrecken aufsteigen. Chinesenfreunde! Meuchelmörder! The Wild Bunch! Vieh-Barone und geraubte Rinder: Nigger! Black Jack Ketchum, Butcher Weyler und Rattlesnake Dick! Du Bois! Debütantinnen! Daltons und Darwin und die weltweite Prärie! Amelia Bloomer! Maria Monk! Die Grangers und die Youngers und Molly Maguires! Flammende Kreuze! Hakenwürmer! Apachen! Glücksritter! Booth und Buckshot und Billy the Kid! Shermans Gesindel! Amputationen! Blutbeflecktes Kansas! Dead Man's Gap und Gelbfieber! Die Humboldt Wüste! Alamo!
»JETZT FÄLLTS MIR WIEDER EIN!«
»DAS ISS JA SANTY ANNY!«
»ALLMÄCHTIGER GOTT, SIE SIND ÜBERALL!«
»SKLAVENBEFREIER!«
»KOMANCHEN!«
»ICH HALT'S NICH AUS!«
»DIE ROTRÖCKE!«
»SIE HABEN WASHINGTON ANGEZÜNDET!«
»PASST AUF!«
Das Geschrei prasselt und knistert wie Funken durch den nächtlichen Äther, als ob die eigene Angst Rettung bringen könne, doch die Funken erzeugen nur lichtloses Licht wie die blechernen Feuerrädchen der Kinder am Unabhängigkeitstag, stiften mehr Verwirrung denn Erleuchtung, brennen in den Augen, reizen die Haut, stoßen die Menge immer tiefer hinab in den dunklen Schaft der Erinnerungen und inneren Stimmen; es ergeht ihr wie einem alten Mann, der in seinen Träumen noch einmal die Schrecken der Kindheit durchleiden muß, die Nacht im Wald, die erste Verwundung, den Schmerz der Geburt, die unbegreifliche Leere, das kalt-glitschige Handgemenge mit geisterhaften Rotröcken, dunkeltrübe Teiche, Zwangsdelikte, Pocken, Läuse und erbarmungslose hessische Söldner! Der stockfinstere Wald aus wirbelnden Armen, in dem sie sich finden, ist von Drachen und Grenadieren bevölkert, von Hexen und Wölfen, Hunger, Pachtzins, Meuterern, Mastodonen und – obszön, nackt und bunt bemalt –, Geschöpfen der Hölle, dunkelhäutig, abscheulich anzusehen und grauslig widerwärtig grinsend! Der blutrünstige Wilde, der Urfeind, den Furien der Hölle gleich, Abbild des Herrn der Finsternis –
»GLÜHENDE AUGEN!«
»DAS GESICHT SCHWARZ WIE RUSS!«
»ZWEI MÄCHTIGE HÖRNER –«
»– UND EINEN PFERDEFUSS!«

»LABBERNDE LURCHE!«
»WIR WERDEN ALLESAMT UMGEBRACHT!«
»OOH – AA – AA – AHH!«
Im Martin-Beck-Theater hat man unterdessen Kerzen angezündet, und das Ensemble von *Hexenjagd* spielt wie immer, heute abend allerdings nur vor einem einzigen Zuschauer: dem Autor, der düster blickend in der hintersten Reihe sitzt, die langen Beine auf dem Sitz vor sich. Zweifellos möchte er den Horden besoffener Wahnsinniger da draußen sagen, was Proctor, eine seiner Figuren, vor ein paar Augenblicken der Dienstmagd Mary Warren sagte, der Hexenriecherin, die »mal sehen möchte«, wie sie sagt, »was sich Großes tut in dieser Welt«: *»Ich geb dir nächster Tage was Rechtes auf deinen Arsch!«* Nun ja, die Kunst ist weniger tödlich als man gehofft hat . . . Oben auf der Bühne hat Elizabeth, Proctors Frau, soeben von Mary erfahren (»Der Teufel geht um in Salem, Mr. Proctor, wir müssen rauskriegen, wo er sich versteckt!«), daß vor Gericht auch ihr Name »irgendwie gefallen« sei, und als Mary gegangen ist, sagt sie leise, ohne sich direkt an jemanden zu wenden: »Oh, die Schlinge, die Schlinge ist bereit!« Ihr Mann, der sich optimistisch gibt, bestreitet das, aber er hat unrecht, und tief im Innern wissen es beide, obschon sie sich nichts anmerken lassen wollen. Vizegouverneur Danforth ist im Besitz der Wahrheit (wirklich, sie gehört ihm): *»Wir brennen hier ein großes Feuer, das jegliche Tarnung bald zum Schmelzen bringt!«* Ja, Mister, ungeheure Schuld liegt auf diesem Lande – die ganze Stadt wartet am Schafott, und wer die Hexen beweint, weint um Verderbnis. Der Autor seufzt bekümmert, er weiß, daß jene Menschen in Salem es nicht leicht hatten, denn nahe lag der Rand schrecklicher Wildnis, geheimnisvoll, finster und bedrohlich, des Teufels letztes Reservat, wie sie es nannten, Heimstatt und Feste seines Widerstands: ihrer ehrlichen Überzeugung nach war dieser amerikanische Wald, der hinter ihrem Rücken anfing und sich endlos nach Westen erstreckte, der letzte Ort auf Erden, wo man Gott nicht huldigte. Und das, so überlegt er – faltet die Hände feierlich vor seinem Gesicht und wünscht sich, nur für heute abend den Ausgang des Stückes umschreiben zu können (worin besteht denn die Macht eines Autors, Jesusmariaundjosef, wenn ihm selbst das verwehrt ist?) – stimmt heute noch . . .
»AUFHÖRN!«
»SIE SIND ÜBERALL! ICH WERD SE NICH MEHR LOS!«
»NAI – III – IN!«
»PASS AUF! DAS ISS . . . GUURRGGG!«

Hu, wüster denn je geht es jetzt zu in dieser Teufelsküche da draußen, die die enggepreßten Massen, die Brust noch immer erfüllt von wildem Wahn, abwechselnd für Valley Forge, Little Bighorn, Transsylvanien oder die Alptraumstraße halten: die geisterhaften Wesen, die sich aus den Gedärmen der entblößten Festteilnehmer ringeln, haben sich monströs vermehrt – eine Art unbeschreiblicher Parodie auf den gegenwärtigen Baby-Boom –, haben unsichtbare, aber faßliche Gestalt angenommen, die ihnen tiefere Angst einjagt als alles Vorangegangene, denn in dieser Nacht-Zeit des Volkes haben die Leute die gewöhnlichen Schrecknisse durchschritten und das entdeckt, was sie am stärksten fürchten: sich selbst! Begleitet von einem Crescendo tickender Uhren, diabolisch-irrem Gelache, splitterndem Glas und der immer wiederkehrenden Melodie vom drohenden Gericht erheben sich jetzt die Phantasmen von Squattern und Spitzbuben, College-Clowns und Wanderarbeitern, Puritanern, Populisten und gehirngewaschenen Veteranen, um sich unter die Phantasmen von Sargschreinern und Feiglingen, Desperados und Deserteuren zu mischen! Was ist Wahrheit? Was ist Perversion? In der Nacht-Zeit des Volkes ist alles eins! Und flößen diese finsteren Phantasmen von Terroristen und Verrätern Schrecken ein, schrecklicher noch sind – weil man sie liebt, oder das zumindest glaubt –, die der Gründerväter, der Kartellknacker, der First Ladies und der Dorfschmiede! Und da sie nicht einmal mehr um Hilfe rufen können (denn wen könnten sie jetzt noch anrufen, in diesem Zustand totaler Auflösung?), taumeln die Leute wie ein einziges schweißnasses Knäuel umher, klatschen Körper gegen furchtsame Körper, schurren und krachen Stühle, zerbrechen Kameras, als über und mitten unter ihnen die aufgeblähten Trugbilder von Jakobinern und Rotariern zucken, von Scheiß-Yankees und Isolationisten, Klan-Mitgliedern und abstrakten Malern, Prädestinationisten (Die-zwei-Samenkörner-des Geistes), Atheisten, Lynchjustizlern und Handelsreisenden! Da ist Ethan Allen! Black Bart! Tom Swift! Bird und Duke und Sitting Bull! Sergeant York! Punjab! Sojourner Truth und Bet-a-Million Gates! Ein jeder groß wie ein Wolkenkratzer und schreckenerregend wie die Hölle! Gelynchte Neger, noch immer mit gewaltigem Leib an ihren Stricken baumelnd, wie aufgequollene exotische Früchte, vermengen sich mit gigantischen Gespenstern von Hinterwäldlern und strahlenverseuchten Japsen! Oh mein Gott, ist das furchtbar! Hilflos inmitten solchen Horrors hauen die Leute um sich, moduliert sich ihr vielfältiges Angstgeheul zu einem einzigen grausigen Klagelaut, als die ruhelosen Schatten von Glenn Miller und Joe Hill sich vor ihren Augen winden,

sich grotesk verweben mit den Schatten von Sacco und Vanzetti, Dillinger, Slovik, Stonewall Jackson.
»Oh, welch abscheulicher Anblick ist doch dieser, den rastlos schweifenden Imagination, oder etwas, dem Höhere Natur zu eigen, mir präsentiert, und mir das Blut gefrieren läßt! Seh ich doch buntscheck'ge Truppen und bemalte Wilde Verwüstung übers Land ausbreiten, den Freigeborenen das Erbe nehmend, das sie empfingen von Altvorderen, seh ich doch, daß ihnen dieses väterliche Erbgut entrissen wird von Leuten, die nie gewußt, was Eigentum bedeutet, es sei denn, daß sie es anderen raubten, im Dienste ihres nimmersatten Herrn – und das hier, *wo einstens Satans Thron gestanden*!« Das könnte der Schatten des Reverend Jonathan Mayhew, Poet und Patriot, mit Fug und Recht hinausschreien, wenn er mit Röntgenaugen herunterblicken, die Finsternis durchdringen und einen Blick auf die Leute werfen könnte, die zum blind verzweifelten Kampf gegen die eigenen bösen Ängste und gegen jedermann sonst angetreten sind, die Glieder ineinander verschlungen und das Haar gesträubt, den Mund aufgerissen wie zum Schrei, und vielleicht sogar schreiend, nicht länger voneinander unterscheidbar, nicht mehr Sinclair Weeks, Patti Page, sondern alle zu einer einzigen hirnlosen, brodelnden Masse zusammengeknetet, die zuckt und sich schüttelt, als würden in unregelmäßigen Abständen Stromstöße hindurchgejagt. Er würde hier unten weniger wilde Unordnung entdecken, sondern eher eine wahngetränkte Balance, sehr ähnlich einem mikroskopischen Teich voll erregter Amöben, Atome, die in einer Vakuumkammer freigesetzt sind, Bingokugeln in einem rotierenden Drahtkäfig, Bewegung also, die tumultös ist und unendlich variiert, die aber gleichzeitig, aufgrund der Zufallstheorie, rhythmisch und vorhersagbar ist, und so die im Universum enthaltenen Bewegungen widerspiegelt.
Und unvermeidlich findet inmitten des hysterischen Gekreischs ringsum Fleisch zu Fleisch, Mund zu Mund, Lust zu Lust, und die Säfte, würde Satchel Paige sagen, sind am Schießen. Die Qualen der Verwirrung und Panik, der Ängste und Schmerzen, Geburtswehen vergleichbar, haben nicht im geringsten nachgelassen, doch plötzlich sind die Leute heiß wie Feuerwerkskörper – vielleicht aber gar nicht so plötzlich, vielleicht ist es bloß die Kulmination dieser befremdlichen geilen Unruhe, die sie den ganzen Tag über gespürt haben, seitdem sie heute morgen in einem persönlich jeweils unterschiedlichen Zustand angestauter Erregung erwachten. Und jetzt, in eine viel tiefere Nacht-Zeit getaucht als jene, aus der sie heute früh erwachten (oder vielmehr zu

erwachen glaubten), suchen sie mit aufgewühlten Herzen und hitzigen Lenden einen allerletzten Kontakt, eine Art endzeitlicher letzter Ernte, die Implosion eines ganzen Stammes, die sie entweder von der unendlichen Finsternis und den schmerzlichen Kümmernissen befreit, oder sie ein für allemal auslöscht und dem Elend ein Ende macht. »Welch Schmach ward dorten den Müttern geboten! Und hiererorts den Jungfrauen! Welch entehrender! würdeloser! fluchwürdiger Anblick!« Es ist erstaunlich, wie viele Löcher, große und kleine, und wie viele diesen angepaßte Ausstülpungen, weiche und harte, der menschliche Körper besitzt, und das gilt um so mehr, wenn deren Zahl in die gute Potenz erhoben wird, indem man zigtausende solcher Körper auf begrenztem Raum zusammenballt und sie machen läßt, was sie wollen! Auch sind sie in derartig feuchter und jämmerlicher Nacht-Zeit – faktisch aller Sinne beraubt bis auf einen, wie Wahnsinnige gebend, mit jeder Spalte, jeder Öffnung nehmend, das Hirn durch Schrecken, Schnaps und Wahn und den nahenden Orgasmen paralysiert –, nicht auf andere Menschen beschränkt: nein, hier gilt die Strategie des totalen Austauschs, jedes Tier, jede Pflanze, jedes Artefakt, jede unregelmäßige Oberfläche tut es auch! Iss die Köchin ausm Haus, tanzen die Mäuse aufn Tisch! »Wo! In welchem Land! In welcher Welt bin ich! Ist es Einbildung (unser eigener fleißiger Folterknecht)? Oder ist es was mehr Göttliches? Ich will nicht, ich kann nicht Glauben schenken prophetischer Vision von solcher Art, noch denken, daß Gott uns so verlassen hat –!«
»WARTE MAL!«
»WAS ISS DENN –?«
»DA DRAUSSEN ISS NIX, BRUDER!«
»DAS ISS DAS ENDE!«
»MEIN GOTT, ICH BIN AM –!«
»NEIN, SIEH MAL –!«
»AH –!«
»WAA –?!«
»DURCH ZIEHENDE NEBEL!«
»OH!«
»HE, ICH SEHE WAS –!«
»DER TEUFEL SOLL MICH HOLN –!«
»EIN LICHT!«
»EIN LICHT IM WESTEN!«
»DA ISSES!«
»GOTT SEI DANK!«

»ABER WAS . . .?«
»DAS ISS NE FLIEGENDE UNTERTASSE!«
»'N VOGEL!«
»'N FLUGZEUCH!«
»NEE, DAS ISS . . . DAS ISS UNCLE SAM!«

Ja, es ist Uncle Sam: wie der Dämmrung frühes Licht auch den tiefsten Schlaf durchbricht, so kommt er jetzt, der mächtige Yankee-Hausierer, bohrt ein gleißendhelles Loch in die Schwärze des Westhimmels, kehrt nicht etwa aus der Unterwelt zurück, sondern vom Rande eines Versuchsgeländes: aus Yucca Flat, Nevada, dort, wo der Westen anfängt, und trägt in den hager-sehnigen Händen eine Neugeburt der Freiheit, den weißglühenden Kern des Schicksals schlechthin: einen Funken von dem Heiligen Feuer! Näher kommt er heran und zersengt den gefallenen Vorhang der Nacht wie eine brennende Zigarette, die sich durch Seidenpapier frißt, zieht eine glühende Spur hinter sich her, die auch, wenn sie zu Asche zerfällt, noch einen Schimmer Licht abzusondern scheint – aber vielleicht ist das eine Illusion, ein Nachbild, welches nicht in den Himmel gebrannt ist, sondern in die lichthungrige Netzhaut der Leute, die sich in dieser Nacht-Zeit des Volkes auf dem Times Square suhlen! Der Schock ist da, dazu brennender Schmerz – es ist eine Sache, davon zu singen, man habe den Glanz der Herrlichkeit erschaut, samt den dazugehörigen Heiligen, eine andere, sich von dem verdammten Zeug die Augäpfel grillen zu lassen! Einen Augenblick scheint Uncle Sam flackernd über ihnen zu schweben, makaber beleuchtet das feurige Glimmen, das er in gebauchten Händen trägt, von unten her sein gefurchtes Gesicht, schwarz flattern die Rockschöße hinter ihm – dann stürzt er plötzlich wie ein Meteor auf sie herab! Die Leute, herausgerissen aus den hirnzerstäubenden Krämpfen eines womöglich letzten orgasmischen Verschmelzens, und bei weitem noch nicht imstande, die neue Lage zu begreifen, schreien auf, halten Hände vor die Augen, fallen zurück in glitschige Verwirrung, lösen sich aus einer Umschlingung und taumeln in eine andere, reduzieren sich aber im großen und ganzen wieder auf ihr vertrautes, isoliertes, angsterfülltes Ich. Als sich ihre Augen erneut öffnen, sehen sie ihren sternenbannerigen Superhelden, wie er steif und feierlich oben auf der Bühne mit dem Hinrichtungstrakt steht, der Freiheit Heiliges Licht in seinen ausgestreckten Händen wiegt und auf sie herunterblickt, mit glitzernden Augen, die tief in den umschatteten Höhlen liegen – komisch, das Licht das er trägt: grell genug, den zu blenden, der direkt hineinstarrt, sendet es doch keinerlei Strahlen aus, illuminiert nichts als Uncle Sams

Gesicht und Hände, so als ob es praktisch all seine Helligkeit auf sich selbst konzentriere. Sie können die großen Gebäude, die sie überragen, nur ahnen, ebenso die dunkel gewordenen Markisen, die bedrohlich an ihren dünnen Ketten schwingen, und auch die Statuen von dem Kleiderhaus Bond, die – unbekleidet – gefährlich zueinander hinkippen, eine monumentale Befummelei, die erschreckend an den berüchtigten Vorfall in Sing-Sing – diesen Ausbruch enthemmter Leidenschaft bei Rosenbergs – erinnert, aber richtig sehen können sie nichts, nichts außer der geisterhaft schattenweichen Blässe in Uncle Sams hagerem Gesicht und der Feuerkugel in seinen Händen. Sein Mund öffnet sich: sie schnappen nach Luft und erstarren . . .

»In Nomine Domini«, tönt Uncle Sam voller Würde in die plötzliche atemlose Stille, *»Maisbrot et Homini, Schnutzelifutzeliputzeli Küchli vom Maaiiis! Haste dann Grütze, hau ihm die Mütze, auf, ihr wühligen Wühlmäuschen, trotz Schweiß und Verschleiß! Eene, meene, muh mein Stock hast du, ibben dippen dabb, die Ehr ist ab! Sui filiquirich flackerndes Himmelsgeflammel, ite ad nieder mitm Höllengejammel! Ruhe im Richtsaal! Der Richter muß mal! Das Spiel ist aus: du – bist – RAUS!«*

Und langsam öffnet er die großen Hände und läßt den gleißenden Feuerball frei!

»Philosophen haben die Welt interpretiert«, schreit er, *»es kommt darauf an, sie zu VERÄNDERN! Also haltet die Ohren steif, Leute, denn wie euch schon der mummelgreisliche Sterngucker und Prophet Nate Ames richtich proffzeit hat, so vor zweihunnert Jahre ungrad, wird ein Himmlisches Licht vom Finger Gottes hergesandt, die lange! lange! Nacht der Heidnischen Finsternis zu vertreiben! Ich meine es ernst! Tretet zurück! Das ist das LICHT der neuen Aufklärung!«*

Der kleine Ball aus blendender Helle schwebt einen Augenblick über seinem Handteller, nimmt langsam an Umfang zu, pulsiert wie ein lebendiges Herz, ist so grell, daß die Leute ihn sogar mit fest zusammengekniffenen Augen sehen – schießt dann plötzlich weg, rasiert wie ein flammendes Sonnen-Schwert über den Times Square, überschwemmt die Straßen und die ganze Stadt, das Land und die Ozeane dahinter mit gleißendem Licht, mit Weißglut, wie eine Art Superblitzlicht, und schrumpft dann ebenso plötzlich in sich zurück, packt die Leute an Kopf und Knie und Ellbogen und fegt in einem orangenen Wirbelsturm in Richtung Bühne, und dann – HUUIISCH – geht die Dunkelheit auf dem Times Square hoch wie eine gigantische Pilzwolke, steigt hinauf in den heller werdenden Himmel, saugt alle Ängste und

Phantasmen aus der Nacht-Zeit des Volkes auf und mit sich fort – nebenbei auch noch etliche Leute, mindestens ein oder zwei Fuß hoch, bevor sie sie wieder fallen läßt in den ausgelaugten nacktärschigen Haufen, der den schweißnassen Asphalt bedeckt. *»Juppiii!«* dröhnt Uncle Sam fröhlich, seine blauen Rockschöße werden für einen Augenblick von der Wolke mit hochgerissen, klatschen und knattern im reinigenden Sturmgebraus wie wild über seinem Kopf: *»Dies Licht hier soll rein gen Himmel steigen – es wird seine Strahlen über die Meere werfen, und in der Finsternis leuchten, es wird verborgene Wünsche wecken und Repfuilotionen und Umwälzungen produzieren, bis die Welt so frei ist, wie wirs sind! Und wir brauchen sie dann nur noch zu kassieren und sie, mit den Worten von Billy McKinley, aufzurichten, zu zivviehlisieren oder sonstwie zu verpestern, bis wir von unsern Palisaden aus nichts anderes als liebevolle Christenmenschen, leere Einkaufswagen und jede Menge freie Parkplätze sehen! Ich singe euch vom neuen Imperium, und haben wir Yankees uns erst mal ner Sache mit Leib und Seele verschrieben, dann haben wirs, also los Jungs, schirrt meine Zebras an, das Geschenk des nubischen Königs: freie Bahn ist alles, was ich brauch, erspart mir eure Hilfe, und laßt ab von eurer Unzucht. Und irgendwer soll mal den Esel und den Elefanten da auseinander bringen! Was treiben die denn? Das ist ja schlicht widerlich!«*

Die auf dem Times Square wieder angegangenen Lichter bescheinen, wie die Leute jetzt entdecken, ein weites Panorama des Massenwahns, der Ausschweifungen, des Fiebers, die unschöne Zurschaustellung allgemeiner Sittenlosigkeit und Zerstörung, Verderbnis, Gotteslästerung und Sodomie, verbogene Mikrophonständer, Todsünden, eingeschlagene Scheinwerfer und zerfetzte Brautschleier, umgekippte und demolierte Bänke und Stühle, Inzest, Schändung, verschlungene Körper, zügellosen Nihilismus, Perversität, Monstrositäten-Shows, liederliche Liebe und trügerische Herzen, Volltrunkenheit, Schwanzlutschen und andere gefährlich unsaubere Abnormitäten, und alles reichlich mit Ruß, Rotz und Taubendreck bekleckert – wahrlich nicht Cotton Mathers Vision von der Theopolis Americana! Was für ein Chaos! Da, wo sie sich gewälzt haben, ist alles voll von Blut und Whiskey, mit Glasscherben gemischt, ganz abgesehen von Schweiß und Tränen und den Pfützen aus Schleim, Kotze und den zermanschten Kürbisköpfen der Historiendarsteller!

Na schön, ein »gar schröcklich onantierlich und forchbarer Anblick«, wie Sain't Sut wohl sagen würde, dazu stellt sich heraus – als ob die Dinge nicht auch so schon ernst genug wären –, daß während Polizei und Geheimdienst die Hosen unten hatten, alle Pro-Rosenberg-Anwälte und -Demonstranten entkommen sind: Walt Disneys Wal hat sie klumpenweise auf den Times Square zurückgespuckt, wo die Lumpen irgendwie die Transparente und Akten wieder an sich gebracht und den Demonstrationswagen fast wieder zusammengebaut haben. Uncle Sam hat sie jedoch bereits entdeckt, schleudert seinen Hut hoch in die Luft, zieht, als der wieder runtergekommen ist, einen amerikanischen Seeadler daraus hervor: *»Pack sie, los!«* schreit er, und der Adler stößt herab auf die Störenfriede, befeuert die Anwaltsärsche mit Kriegspfeilen und geißelt die Demonstrations-Narren mit Olivenzweigen. *»Ich möchte bemerken«*, bemerkt Uncle Sam, stülpt den Zylinderhut wieder fest über die grauen Augenbrauen, *»und das, was ich sage, ist klipp und klar, daß auf Wegen, die finster sind, und mit Tricks, die eitel sind, des Widersachers widerwärtigste schlappohrig-hohlwangig-halbblütig-sturzbesoffene und immerfort skrupellos-dünkelhafte Heerscharen euch den Kuchen wegschnappen, wenn ihr nicht aufpaßt! Sie sind niederträchtig, entartet, verrottet, ihr Schöpfer hat sie mit brandigen Herzen, fauliger Hirnjauche und ähnlich unveräußerlicher Pestilenz wohl bedacht, dazu sind sie dem Laster verfallen, öffentlich Schaum zu schlagen und zu benebeln, um die Organe des Volkes zu verletzen und krankzumachen, und somit uns ein Dorn im Fleische und allen sonsdicken erohgähnen Zonen! Pah! Doch wenn der Rote Totschläger glaubt, er kann losknüppeln, dann kennt er die wunderbaren Wege noch nicht, die ich einschlage, um mir nichts dir nichts jeder schrägen Klapperschlange den Garaus zu machen, die mit der Freiheit spaßspielt, die mit der Zwietracht turtelt, die uns im eigenen Heim zu spargeldicken Ständern stachelt, die uns die Substanz schlotzt oder sonstwie in die Hand beißt, die das Goldene Ei des Friedens und des Wohlstandes und das Geldfaß ohne Boden trägt! Jiiipiii! Wie der Mensch hat auch ein Land was, das tiefer geht, das dauerhafter ist und ne größere Bürde darstellt, was, das mehr ist als die Summe der Teile, und das, was dieses Land hat, bin ICH! So senkt dann eure Köpfe, meine Damen, wenn ich nunmehr meinen Zorn abschlage wie mein Wasser!«*

Dieses Pröbchen aus positiver Aktion und brünstigem Stiergebrüll reißt die Leute endgültig aus ihrem nachtzeitlichen Stupor, und plötzlich fassen sie es: das Gelächter des Phantoms hat völlig aufgehört, der Himmel ist wieder hell geworden, die Uhr des Jüngsten Gerichts tickt nicht mehr, dafür zeigt aber das bestirnte Zifferblatt oben am Paramount Building nach wie vor 19 Uhr 53 an! Sie blicken auf die eigene Uhr, schütteln sie und horchen, ob sie noch tickt: ja!

schließlich ist die Sonne auch noch nicht untergegangen! In Wirklichkeit ist gar nichts passiert, *sie sind völlig okay!* Es ist, als käme man aus einem Horror-Film – alles nur Trickkiste, diese Mirakel und Desaster, Illusion aus Cinerama und 3-D, d-d-das w-w-wärs, Leute! Licht an und lacht!

Im Osten, im Westen, überall in der Stadt rappeln sich die Leute auf, zerren an den Klamotten, die sich um ihre Knöchel knäulen, hoppeln und hüpfen, Männlein wie Weiblein, auf ihre Plätze zurück, ermuntern sich gegenseitig, einen Zahn zuzulegen, und fordern lauthals Nationale Einigkeit. Oben auf der Bühne mit dem Todestrakt, im Rücken von Uncle Sam, sind Richter Kaufman samt Familie, Irving Saypol und das Anklage-Team, die Rosenberg-Geschworenen, Herb Brownell, Frauen und Kinder und Gefängnisbeamte, die Pentagon Patriots und die Singing Saints dabei, sich voneinander zu lösen, schlurfen verlegen in die Kulisse, geduckt und watschelnd wie Enten, ziehen im Abgehen Unterhosen und Schlips hoch, während draußen vor der Bühne die Indianer ihren Lendenschurz, Disneys Menagerie ihre dreilöchrigen Beinkleider, die Suffragetten ihre Pumphosen zurecht zurren!

»So gehört sichs, liebe Mitbürger!«, donnert Uncle Sam und knallt mit einer gewaltigen Bullenpeitsche wie ein Dompteur – *»Nun ists geschehen, und jeder hats gesehen – jetzt ist es an der Zeit, die Nerven zu stählen und alle Energie zusammen zu raffen, damit ihr ein gutes Bild abgebt in der gewaltigen Schlacht um der Menschen Kopf und Herz und ihre Rohstoffe. Es ist die unausweichliche Bestimmung des amerikanischen Volkes, der Menschheit eine neue Ordnung zu geben, und dessen zum Zeichen, den Schalter hier umzulegen, damit sich funkelnagelneue Glorie über die Menschen ergießt! Die hoffende Menschheit fordert uns auf, zu sagen, was wir tun werden – und wer erweist sich solch gewaltigen Vertrauens würdig? Na? Und wer wäre der rotmäulig-strunkmümmelnde Hasenfuß, DER SICH SCHEUT, DERARTIGES ZU VERSUCHEN?«*

Niemand scheut sich, na klar – bis auf ein paar professionelle Querulanten und engstirnige Klageweiber, und die treibt der heftig die Schwingen schlagende, laut kreischende Seeadler zusammen und hin zum Schlund des Wales, wie ein Cowboy die Kälber in ihre Stallung. Der einzige jedoch, den der Seeadler übersieht, ist der Anwalt der Rosenbergs, und ihm ist es bei dem herrschenden Trubel doch noch gelungen, sich ein strategisch günstiges Plätzchen am Bühnenrand zu erobern. Jetzt zieht er sich hoch, schiebt ein Bein über die Rampe und japst: »Ich verlange eine Antwort auf meine Petitionen!«

»Aber sicher doch«, sagt Uncle Sam, greift sich Betty Crockers rausgefallenes Gebiß und kneift damit Manny in die Nase.
Bloch schreit auf und fällt von der Bühne. »Mit was für Unmenschen hab ichs bloß zu tun!« wütet er. »Das Verhalten der Regierung der Vereinigten Staaten und jeder ihrer Schritte in diesem Prozeß enthüllen aller Welt, daß die Menschen, die das Regierungsgeschäft besorgen, weitaus barbarischer sind als die Nazis, als sie in Deutschland an der Macht waren! Ich schäme mich, heute Amerikaner zu sein!«
Ein Orkan aus Pfeifen und Zischen läßt den Times Square erbeben: die Leute finden wieder zu sich selbst, kriegen wieder ein Gefühl für die Dinge. »Den Mord an Rosenbergs lege ich Präsident Eisenhower, Justizminister Brownell und Edgar J. Hoover zur Last!«, kreischt Bloch wie ein Wahnsinniger, und der amerikanische Frontkämpferverband fordert in einer hastig anberaumten Versammlung seinen sofortigen Ausschluß. Bloch wird weggeschleift, der neue Anzug ist ramponiert, die Karriere dahin. Heiser schluchzt er: »Bitte sagt ihnen, ich habe alles für sie getan, was ich tun konnte! Sagt ihnen, daß ich sie verehre und bewundere! Sagt ihnen, daß ich sie liebe . . .!«
Aber seine Worte werden ein Opfer des lauten Gebuhes, seiner eigenen Theatralik und eines plötzlich ausbrechenden Gelächters, denn gerade als man ihn in den Walbauch stopfen will, wird jemand anderes – der mit eingebeultem Homburg und dreckigen Strümpfen so jämmerlich wie ein geprügelter Straßenköter aussieht – wie Jonas von einer strack aufgerichteten uralten Dame mit lehrerinnenhafter randloser Brille herausgeleitet! Wer ist denn das? Smokey Bear? Der Atom-Penner? Nein, es ist der Vizepräsident Richard (Dick) Nixon mit seiner längst verstorbenen großartigen Großmutter Milhous!
»Na, hier versucht ja wohl ein jeder, seine Schau abzuziehen!«, schnaubt Uncle Sam, die Hände auf den Hüften, und zwinkert der alten Dame zu. *»Fein, Großmütterlein, schick mir den verderbt-lüsternern Kartoffelfresser mal nach oben, auf daß ich ihm den Hosenboden versohle und ihn Mores lehre und Recht, sollt' es nochmal dahinkommen, daß uns des Rackers imperdienernder Geist verwirrt mit weitren Schlaumeiereien, Gebetchen oder sonstigem diapolischen Mist!«* Die alte Dame erwidert Uncle Sams Augenzwinkern und tritt den Vize mit ihren hohen Stiefeletten dermaßen kräftig ins Hinterteil, daß er durch das sich allmählich entwirrende Menschenknäuel flattert wie eine Gans, die trotz gestutzter Flügel fliegen will. Die Menge hilft seinem Vorwärtsstreben mit den Zehenspitzen nach, dreht ihm eine lange Nase und johlt Spottverse hinter ihm her, wie »Kleiner Dick, iss zu quick« und

»Du schmutzig-schlimmer Gigolo,
Du schmutzig-schlimmer Wicht,
Schämst dich nicht
Und zeigst den Po
So coram publico!«

Uncle Sam beobachtet die Prozedur mit leicht bedauerndem Lächeln, dann widmet er seine Aufmerksamkeit Betty Crocker, der k.o. gegangenen Zeremonienmeisterin. Er stopft die falschen Zähne zurück in den schlaff aufgesperrten Mund und erweckt sie mit drei Doppelten Tennessee-Sauermaische zu neuem Leben. Während er ihr das Zeug einflößt, fällt ihm auf, daß das alte Mädchen verdammt viel abgekriegt hat, daß ihr Gesicht wohl geliftet werden muß, wenn das hier mal vorbei ist. Betty kommt zu sich, schüttelt den Kopf, greift nach dem Nudelholz, glättet den Rock, wischt energisch mit dem Ärmel übers Gesicht, schnappt sich das Hackmesser, testet zuerst seine Griffigkeit und geht dann auf jede zweifelhafte Gestalt los, die in Sicht ist – nicht mal die Bürokraten sind vor ihr sicher, und einige Kongreßabgeordnete sieht man sich unter ihren Stühlen verkriechen. »Hoo – haha!« lacht Uncle Sam, der genüßlich zusieht, wie sie das so bringt. »Schade, daß das Phantom *das* nicht mitkriegt!«
Er läßt die Bullenpeitsche dicht über Bettys Kopf knallen, pflückt damit ein paar Dutzend Silbersterne von den Hemden der Revier- und Staatspolizisten, dann gleich noch ein paar Dutzend, verwandelt die Peitsche in einen Schläger, wirft die Abzeichen in die Luft, schmettert sie hinauf in den abendlichen Himmel (wo sie scheinbar festgenagelt hängenbleiben und glitzern, wie in dem berühmten Film, den alle gesehen haben und an den sich keiner recht erinnern kann). Von Gestalt her schlank, elegant sein Gang, das Auge mild und frank, ein Kinderlächeln, stolz und blank, – und schon verwandelt er die Peitsche/den Schläger in ein Remington-Gewehr und schießt die Sterne wieder ab, holt sie runter wie Tontauben – *Krach! Peng!* – und sprenkelt das Himmelsgewölbe mit einem Regen glitzernder Funken, so als ob man Bomben in der Luft explodieren ließe. Die Singing Saints haben ihre Mormonen-Kostüme wiedergefunden, zerren die Reißverschlüsse zu und treten vor, um Uncle Sams Nummer mit ihrer Version von »Land of Hope and Glory« zu begleiten, doch ehe sie auch nur beim zweiten Vers anlangen, würgt Uncle Sam – er hat besorgt zur Uhr geschaut, deren Zeiger unerbittlich sich der Acht nähert – sie ab: *»Wohlan denn, Patrioten, Freunde! Schluß mit dem hochgeistigen Stuß, schließlich sind*

wir gekommen, uns der großen Aufgabe, die zu tun bleibt, mit Leib und Seele zu wütmen – Donner ist gut, Donner gibt was her, aber der Blitz ists, der die Arbeit macht – oder wie der gute alte Ben sagen würde, wenn große Hitze über den Feldern lastet, und dann noch Wolkenballen kommen und ne Masse elektrisches Feuer anschleppen: AUFGEPASST IHR DA UNTEN! Jaa, die Stunde Null ist gleich da, Freunde und Nachbarn! Wir haben ein paar sich übel gebärdende Wilderer da hinten, am äußersten Ende der Letzten Meile, die sind drauf und dran, sich ins Gelobte Land zu verabschieden, müssen, wie wir sagen, Mutter Natur die Schulden abtragen, vor Anker gehen und alle Viere von sich strecken – nen bißchen blitzlich! Also Schluß mit dem närrischen Heissahurrah, die Tee-Party ist vorüber! Es ist jetzt an der Zeit, auf Erden Platz zu schaffen für 'ne Spur mehr Wärme, für 'ne nette liebe Geste; ›Nachtinacht‹ also den Habenichtsen, denn Kalesche hin, Taxi her, durchs einsame Tal werden sie laufen müssen, und sie haben keine –«

Plötzlich, ein scharfes *sirr* – KLICK! als ob Gänge in eine allerhöchste Schaltstellung einrasten, und dann – BONG! BONG! BONG! . . . ! – alle Uhren New Yorks, alle Uhren des Landes und der Welt schlagen die fatale Stunde, lassen die Leute vor lauter Spannung nach Atem ringen, Fingernägel kauen: Acht Uhr! Aus dem Bauche des Wales dringt der Schrei einer Frau: *»Im memoriam Julius und Ethel Rosenberg!«* – und der Wal beginnt zu rumpeln und zu beben, als habe er gefährliches Bauchgrimmen, ein Sodbrennen, das klingt, als versuche ein Haufen hysterischer Laien »Go Down, Moses« anzustimmen. Die Leute schaudern zurück –

»He, he, keiner verläßt den Saal!« dröhnt Uncle Sam. *»'n weiches Herz in solcher Zeit beweist ne weiche Birne!«* Er schnippt mit der Hand und sein Finger weist auf Polizeichef Monaghan, und Georgie sendet seinen Stellvertreter Patrick Kirley los, quasi als revolvertragendes Magenpulver in den Wal zu kriechen und für Ruhe zu sorgen: ein Rülpser und alles ist vorüber. *»Na also, da habt ihrs, ihr hasenfüßig käseweißes, tunichgutes Gezücht! Die Stunde ist da! Mit der rechten Hand, denn Gott gibt uns auf, nach dem Rechten zu sehen, werden wir das Taschentuch senken und ein Lichtlein des Begreifens in den Herzen der Verräter zünden, das nicht verlöschen wird; eh sie nicht verbrutzelt sind, wie nasse Katzen, die man in einen Kessel mit siedendem Fett geworfen hat. Huuu – u – u – WEH! Und wenn die Stars und Straipse wehen, wo wäre da, im Namen Jesu, der miserabullige, knollennäsige, schuppenfersige, schuftikussige Stinkador, der nicht, unter Pomp und Paraden, Shows und Spiel und Sport, Kanonengeballer, Glockengeläut und Freufeuern und prof-*

fokanten Illuminackzionen – vom einen Ende des Kontinents zum andern – mit zum Henkersstricke greift?!? NA?? Hört ihr mich nun, ihr da, die ihr die Menschheit liebt? Es ist jetzt an der Zeit, sag ich, den Schicksalsblitz zu schleudern, auf daß er seines Feuers Ableiter finde, und auf des Todes füchterliche Stirn schreibt. Gottes Autogramm, so daß es auch ein scheeler Feind gut ohne Brille lesen kann! Facht an das Feuer nun! Alles, was ich bin, und alles, was ich im Leben noch erhoffe, ich bin bereit, es jetzt aufs Spiel zu setzen!« Er nimmt einen letzten tiefen Zug aus der Maiskolbenpfeife und produziert – genau eine Minute nach dem Stundenschlag – den Clou: ein riesiger Rauchring, der langsam aufsteigt, bis zu den dunstigen Gipfeln des Times Tower klettert, einen Augenblick über der Spitze schwebt, sich dann darüber stülpt und entrollt wie ein Kondom; er bläst, und der Ring zerbirst als spektakuläres Feuerwerk, und genau in der Mitte, auf halber Höhe des Towers, erscheint die flammende Botschaft:

JETZT KOMMT DAS MYSTERIUM!

Er entbietet seinen auf dem Times Square wild jubelnden Bürgern den Abschiedsgruß – *»Von solchen Dingelchen hab ich noch nen Haufen!«*, lacht er und stupst in bester Broadway-Tradition den sternenbannerigen Zylinderhut nach vorn, tief auf die stattlichen Augenbrauen – *»Und so sag ich euch, meinen lieben, tapferen Amerikanern, ein herzlich Lebewohl, der Freiheit Heiliges Licht, es scheine dem Land, bis hin zum Jüngsten Gericht, schieß los, wenn du soweit bist, Mamsellchen!«* – und dann ist er entschwunden und überläßt es Betty Crocker, die letzten Plätze an der Tafel zu besetzen.

Als erster der Ehrengäste des heutigen Abends betritt, von Betty (mit einem Nicken zum Nationalen Poeta Laureatus) als die »Nummer Eins unter Justitias Topkommunisten-Jägern« vorgestellt, der Chefankläger im Prozeß, Irving Howard Saypol, heute Richter am Obersten Gericht, die Bühne – und schreitet ohne Zögern auf seinen Platz in der ersten Reihe zu, mit all der ruhigen Selbstsicherheit eines Christen, der – wie der Heilige Markus sagen würde – vier Asse hält, der geborene Gewinner, mit breiter Brust, vorgewölbtem Bauch, hartem Kinn, mit Augen, kalt wie die von Uncle Sam, und einer durchgeladenen Pistole in der hinteren Hosentasche. Er wird von seiner Frau, den Kindern und den Hauptmitarbeitern im Prozeß, Myles Lane, Roy Marcus Cohn, Jim Kilsheimer III und Jim Branigan Jr. samt deren Anhang begleitet. Dem Anklageteam folgen die verschiedenen Prozeßzeugen, die Betty Crokker antreiben muß, wie eine Lehrerin, die versucht, ihre Schüler vor der Klotür in Reih und Glied aufzustellen, und zwar alle, angefangen vom pausbäckigen David Greenglass, seiner Frau Ruth, dem adretten kleinen Harry Gold, dessen nur zu bekannter Nadelstreifenanzug nach all der Gefängniskost an ihm schlottert, bis hin zur berühmtberüchtigten Roten Meisterspionin Elizabeth Bentley, die bedauerlicherweise gar kein Blauer Engel ist (eher gleicht sie einer altjüngferlichen Bibliothekarin, einer von der Sorte, die die Seiten mit unanständigen Stellen aus den Büchern reißt), und Jim Higgins, dem Einwanderungsbeamten aus Laredo, der Marty Sobell über die Grenze schleuste. Sobell selbst, der längst nicht mehr so wortkarg ist wie beim Prozeß, wird wohlweislich ferngehalten, obgleich man seine Frau Helen heute abend sah, als sie in den Wal getrieben wurde.

Und dann spielt die texanische High-School-Marschkapelle die Titelmelodie (Gott sei Dank hat sie jetzt nicht mehr diese russischen Anklänge) aus »Das FBI in Krieg und Frieden«. Saypol, sein Team und die sorgfältig präparierten Zeugen haben während des Prozesses zwar die Schlagzeilen gekriegt, aber es ist natürlich das Korps hart arbeitender FBI-Agenten gewesen, das den Fall tatsächlich geknackt hat – Männer wie Bob Lamphere und Hugh Clegg, Dick Brennan und T. Scott Miller, John Lewis und, nicht zu vergessen, Walt Roetting und John Harrington und all die andern nie besungenen Helden hinter den Prozeß-Kulissen –, und diese Männer (einige haben Nachbildungen von John Dillingers Totenmaske vorm Gesicht, um das Geheimnis ihrer Identität zu wahren) sind es, die jetzt unter donnerndem Applaus geschlossen aufmarschieren und auf breiten Schultern, wie einen Erzbischof oder einen erfolgreichen Football-Trainer, ihren weltberühmten Chef, J. Edgar Hoover, tragen, von dem manch einer behauptet, daß er der mächtigste Mann Amerikas sei. Hoover – der noch dabei ist, sich zurecht zu machen, der die Hosenbeine herunterrollt und etwas, was wie eine Perücke und andere Kleidungsstücke aussieht, seinem getreuen Spezi Clyde Tolson, der hinter den Kulissen steht, zuwirft – ist wohl ein bißchen fetter als die Comic-Hefte ihn abzubilden pflegen, zeigt sich aber dennoch als gebieterische und heldenhafte Gestalt, insbesondere wenn man ihn so erhöht wie jetzt. Und jedesmal, wenn er die ach so geliebte Jimmy-Cagney-Grimasse des Wiedererkennens aufsetzt, eine Mischung aus bedrohlichem Grinsen und fixierendem Stirngerunzel (gerade jetzt setzt er sie auf, langt gleichzeitig nach unten und schüttelt einem der Agenten, die ihn schultern, die Hand), könnte man meinen, daß das verzückte Aufbrüllen der Massen unten von der

Bühne zumindest die Wiederkehr des Messias anzeigt. Sie kommen durch das Spalier der Ehrengarde zu ihren Plätzen in den Sonderlogen und tauschen rituell genickte Grüße mit alten Bekannten, wie Dick Tracy und Bruce Wayne, Daddy, Rip und Kerry, und lassen sich ungeniert die dankbaren Umarmungen von Miss Lace und Mopsy und Stupefyin' Jones gefallen.

Es fällt niemandem leicht, das versteht sich, im Kielwasser solcher Giganten aufzutreten, am allerwenigsten den zwölf gewöhnlichen Mittelständlern – die Mehrheit schlichte Buchhaltertypen, nicht daran gewöhnt, im Licht der Öffentlichkeit zu stehen –, auf die das Los fiel, in diesem historisch so bedeutsamen Prozeß Geschworene zu sein, und deren Los sie jetzt bestimmt, herauszukommen, samt Frauen und Kindern, auf der Bühne ihren Part zu absolvieren, herunterzusteigen und an diesem einen einzigen Abend ihren Platz unter den Berühmten und Mächtigen einzunehmen. Sie tapsen in den Kulissen rum, geben sich abwesend, bestehen darauf, unbedingt dem anderen den Vortritt zu lassen, rempeln aus lauter Eifer, einander behilflich zu sein, sich gegenseitig an, stoßen versehentlich Brillen und Filzhüte runter, treten auf anderer Leute Füße, bitten um Entschuldigung, lächeln kläglich, einige weichen schließlich zurück, als ob sie beabsichtigten, in die andere Richtung zu gehen, andere treten dagegen mutig vor, aber nur, um vor Schreck zu erstarren, sobald sie ins grelle Rampenlicht kommen, wieder andere verheddern sich in den Fahnen am Bühnenrand oder stolpern über die Elektrokabel, die sich vom Stuhl wegringeln, keiner scheint sich noch erinnern zu können, wohin er gehen soll, wenn er da draußen ist, also latscht mit vor Verzweiflung rausquellenden Augen einer dem andern hinterher, in einem irren Durcheinander; Irving Saypol jedoch, der mit dieser Jury umzugehen versteht – Harry Gold hätte gesagt: »Wie ein Geigenvirtuose mit seiner Violine!« –, erhebt sich im richtigen Augenblick von seinem Platz in der Ehrenloge, um das Kommando zu übernehmen, konzentriert die Aufmerksamkeit der verwirrten Geschworenen auf ein Ziel und leitet sie zu ihren Ehrenplätzen. Sie kommen von der Bühne runter, dankbar für Saypols rechtzeitiges Eingreifen, unter dem Jubelgeschrei ihrer auf dem Times Square geballten Mitbürger, eine wahre Phalanx tüchtiger Durchschnittsamerikaner, auf die auch ein Brian Donlevy stolz gewesen wäre, hätte er sie auf Wake Island dabei gehabt, und mit denen sich jeder da unten auf dem Times Square identifizieren kann. (Wer in dem anonymen Gedränge träumte nicht davon, heute abend in den vorderen Reihen zu sitzen?)

Danach, als Betty Crocker feierlich in bester Gerichtssaaltradition dreimal ihr Dinnerglöckchen läutet, kommt der Benjamin-Richter Irving Kaufman aus den Kulissen, flankiert von zwei FBI-Agenten und zwölf New Yorker Polizisten, und sein blasses, rundliches Gesicht ist zwischen all den dicken Hüften und Halftern kaum auszumachen. Ihm folgen seine Frau Helen Rosenberg-Kaufman und seine drei Söhne. Der Richter, in die schwarze wallende Amtsrobe gehüllt, tritt kurz aus dem Wald seiner Beschützer hervor, um sich beim FBI zu bedanken, daß es über ihn wacht, und nimmt, bevor er zu seinem Platz in der ersten Reihe geht, die verschiedensten Ehrungen entgegen, unter anderen die seiner Alma Mater, des Amerikanischen Frontkämpferverbandes, der Jüdischen Kriegsveteranen und des Bundesverbandes der Frauenvereine. Dann, als ihm seine berühmten Abschiedsworte an die Geschworenen wieder einfallen, am Tage, bevor er das Todesurteil verhängte, erhebt er seine Hand, eine päpstliche und zugleich kampflustige Geste, räuspert sich und ruft mit sanfter Stimme: *»Gott segne euch!«*

Da nun alle Hauptfiguren des Prozesses ihre Plätze eingenommen haben, sind Betty Crocker nur noch zwei ihrer Rezeptkarten geblieben. Die eine natürlich für den höchsten Vertreter der Exekutive, für Präsident Dwight David Eisenhower, der unmittelbar vor der Hinrichtung eine knappe Ansprache ans Volk halten wird. Das zweite für den Mann, den sie jetzt aufruft: den höchsten Justizbeamten des Landes, den Justizminister Herbert J. Brownell. Und es ist nicht nur eine Frage des Protokolls, daß dem Chef des US-Justizministeriums heute abend die einzigartige Ehre zuteil wird, zur Rechten des Präsidenten der Vereinigten Staaten zu sitzen – nein, entscheidender ist vielmehr, daß man auch einmal in aller Öffentlichkeit die Tatsache anerkennen möchte, daß ohne diesen Mann die Hinrichtungen gar nicht heute abend stattfinden könnten . . . falls überhaupt jemals. Er hat sich in den vergangenen Wochen persönlich darum gekümmert, daß das Ministerium den Gang des Verfahrens durch die Berufungsinstanzen mit Nachdruck betrieb, er hat sich kommunistischen Drohungen und Demonstrationen gestellt, hat auf die Vollstreckung des Todesurteils mit Energie und Geschick, mit Hartnäckigkeit und Überzeugungskraft hingearbeitet, war ein Fels in der Brandung, wenn andere Mitglieder der Regierung wankten, und hat schließlich den Obersten Gerichtshof zu einer historisch einmaligen Sondersitzung zusammentreten lassen, um den Terminplan nicht zu gefährden. Und ließe sich von einem Amerikaner sagen, er persönlich habe Rosenbergs heute abend aufs

Schaffott gebracht, dann einzig und allein von Herbert Julius Brownell, und er ist es auch, der jetzt mit Frau und Kindern die Bühne betritt, um von den Bürgern auf dem Times Square, dieser Wolke ihn bewundernder Augenzeugen, wie ein Held empfangen zu werden. Höflich nickt er der Menge zu, die jetzt aufgesprungen ist, um ihm zuzujubeln, aber an dererlei findet der Justizminister keinen rechten Geschmack.
Herb bedient sich des Besorgter-Blick-zur-Uhr-Tricks, um die Massen zu beruhigen, und gibt den Singing Saints, die die Versammlung beim Singen von Irving Berlins geheiligtem Klassiker »I Like Ike« anführen sollen, ein Zeichen. Und als der Chor dem donnernden Höhepunkt entgegenschwillt, erscheint schlendernd, mit seinem so vertrauten, unbeschwerten und dennoch eisenhufig-golfgrünen Gang, leutselig grinsend, und doch scheuschüchtern, mit dem großväterlichen Bauch sanft gegen den brandneuen Einreiher stoßend, mit glücklich strahlenden blauen Augen: der 34. Präsident der Vereinigten Staaten von Amerika, Dwight David Eisenhower, der Eisen-Hauer! Die Linke erhoben zum freundlichen Gruß an die kreischenden, stampfenden, singenden Massen; zu seiner Rechten anmutig lächelnd: die 30. First Lady des Landes und die schönste seit Olims Tag, der ganze Stolz von Iowa, Schwarm der Offizierskasinos seit vierzig Jahren und in allen Erdteilen: Mamie! Der Platz gerät außer sich! Keinen ihm vergleichbaren Mann hat Amerika gesehen, seit es geboren ward – es ist wirklich so, als ob George Washington leibhaftig zurückgekehrt sei, quicklebendig und wohlauf, am Burning Tree mit dem Golfschläger fuchtelnd! Und wer weiß? Vielleicht ist es so! Ike und Mamie sonnen sich kurz im überschwenglichen Beifall der Masse, und während die First Lady von General Jerry Persons zu ihrem Platz in der ersten Reihe geleitet wird, begibt sich der Präsident an die Rampe, beide Arme erhoben, als wolle er sich von seinem Schneider den Brustumfang messen lassen, um der versammelten Gemeinde eine Ansprache zu halten. Dabei sagt er, ohne irgend jemand direkt anzusprechen, aber laut genug, daß es jeder hören und lächeln kann: »Hätt ich nie gedacht, daß unsere Gastgeber sone schöne Party auf die Beine bringen!«
Kaum erscheint es ihm ruhig genug, daß er sprechen kann, formt er in der Pose eines Provinzphilosophen ein veritables Doppelkinn und sagt mit nuschelnder Hast wie ein Mann, der den Mund voller Salzstangen und wackliger Zähne und im Kopf tausend Sachen hat, über die er reden könnte, wenn sie ihm nur einfielen: »Meine lieben Freunde, ehe ich damit beginne, all die Gedanken auszusprechen, die ich in diesem Auu-genblick für angebracht erachte, möchte ich sagen: diese Sache da

– natürlich, pöh!, gibt es eine *Menge* Sachen in einem so großen Lande wie dem unsrigen und in der Welt, in der wir leben, und die bieten auch interessanten Gesprächsstoff für die Konsserwatt – Konservatz – Konversation, uff, ich werde jedoch diesem Versprech –, Gesprächsstoff nicht soviel Bedeutung beimessen, in diesem Auu-genblick, aber es gibt da ein paar Gedanken, die sich mir in den Kopf gedrängt haben, und wenn Sie nichts dagegen haben, will ich versuchen, sie auszudrükken, so auf ganz schlichte und einfache Weise . . .« Die letzte Bemerkung löste Riesenbeifall aus. Linkisch steckt er eine Hand in die Jackettasche und schafft es, gedankenverloren demütig und sehr bedeutend auszusehen, alles zur gleichen Zeit. »In vielen Sechs-, Sektionen des Landes, in jedem Landesteil, will ich mal sagen, da habe ich diese Sachen schon früher gesagt, auch zu einigen von Ihnen, die heute abend hier anwesend sind, also einigen von Ihnen hier – und damit möchte ich keinem zu nahe treten – welche ich als gleichaltrige bezeichnen möchte. Weswegen ich das – weswegen ich das nochmals wiederhole – und sie haben eine neue und einschneidende Bedeutung bekommen durch die Natur der Spannung, die unsre ganze Welt so maltretert, und so mach ich mir nichts draus und wiederhol noch mal, was ich schon jedesmal gesagt hab, wenn ich vorm Audi-, äh, öffentlich gesprochen habe über diese Sa-ache . . . da. Worauf ich gern mal aufmerksam machen möchte, und ich sag das so, daß das jeder mit gesundem Menschenverstand verstehen kann – und ich unterdrück es mal ganz anders aus, egal, was dabei als Antwort rauskommt, ich sag es ganz schlicht und einfach, ich möchte mich nicht so anhören wie der heilige Petrus. Ich will niemanden zum Narren machen . . . äh, für einen halten, ich mein, es wäre doch verrückt, wenn man was sagt, was wie eine auto-ritatäre Schlußfolgerung aussieht, und ganz sicher bin ich nicht hergekommen, um Ihnen als ein Professor eine Lektion zu erteilen, nein bestimmt nicht, aber das eine möchte ich doch sagen: es handelt sich dabei um eine Frage, die ich nicht beantworten will, meine Damen und Herren, ohne mich dabei nicht ein bißchen mehr zu verbreiten – vorzubereiten auf die Sache, natürlich nicht, ich hab mir doch nie eingebildet, ich habe alle Antworten pah-parat, das ist der echte Pfahl im Fleische, aber sicher können wir auf das Beste hoffen, denn die Form zählt weniger als unsere Formig – unsere Frömmichkeit . . .«

So plappert er noch ein Weilchen weiter, erzählt, wie er 1917 selbst einmal vom Blitz getroffen wurde, erzählt in seiner unnachahmlichen Weise die Saga von Raub der Atombombe: »Schließlich, liebe Freun-

de, müssen wir heute abend mit Ihnen auf unser Problem hier zu sprechen kommen, wie wir nämlich unser eigenes Haus in Ordnung halten, uff, und zwar wie wir es abdichten gegen das Bohren der Supersieven und so. Vor nicht allzulanger Zeit, so im Jahre 49, haben gewisse, eminente Wissenschaftler . . .« Doch nach und nach, man sieht es förmlich, macht der auf gut Glück losbrabbelnde Quasselstripper dem weltberühmten Helden, dem Mann des hehren Geschicks Platz: Ike der Göttliche. Selbst körperlich scheint er an Statur und Haltung zu gewinnen, die Stimme nimmt zu an Autorität und Tiefe, als er auf den Wunsch Amerikas zu sprechen kommt, »alle Spuren des Kommunismus zu zertrampeln« und auf die »Stärkung der Macht der Bundesregierung, um gegen jegliche innere Erkrankung, die man für bedrohlich hält, anzukämpfen«. Das locker-charmante Geplauder wird abgelöst von der gefeierten »Vision vom Krieg zwischen den Söhnen des Lichts und den Söhnen der Finsternis«: *»Die Furcht wirft düstere und längere Schatten auf diese Welt!«* donnert er, und voller Ehrfurcht lauschen sie ihm. *»Mit all unsern Fibern spüren wir, daß die Mächte des Guten und die Mächte des Bösen sich gesammelt und gewappnet haben und einander gegenüberstehen wie kaum zuvor in der Geschichte!«*
Während er ihnen das vorsetzt, mit den Lippen schmatzt, mit den Kiefern knackt wie ein Rundfunkpfarrer aus Dallas, schlüpfen heimlich zehn Männer aus der Tür vorne rechts auf der Bühne, werden weder feierlich angekündigt noch beklatscht, und nehmen die für sie vorgesehenen Plätze für die letzte Nummer im Programm des heutigen Abends ein. Vier der Männer – US-Marshall William Carroll, Sing-Sing-Direktor Wilfred Denno und die Gefängnisärzte George McCracken und H. V. Kipp – stellen sich genau an der Tür auf, durch die sie gekommen sind, der amtierende Scharfrichter Joseph P. Francel geht an ihnen vorbei zum hinteren Bühnenteil in seine kleine Kabine. Die übrigen fünf – Marshall Carrolls Stellvertreter Thomas Farley, drei FBI-Beamte (rein technisch gesehen sind Rosenbergs also bis zur allerletzten Sekunde in der Lage, ein Geständnis abzulegen, aber das erwartet man nicht. Eher hofft man, weil der Allmächtige ja gütig ist, irgendein Name, irgendein Hinweis möge im Augenblick des Sterbens wie ein Funke ihren elektrisierten Zungen unwillkürlich entfleuchen) und ein Gefängniswärter – überqueren den linken Bühnenteil vor dem Elektrischen Stuhl, um sich längs der Wand, neben dem nicht angeschlossenen Heizkörper zu postieren, direkt in Höhe der Tür zum »Tanzboden«, durch die Rosenbergs sogleich wie geplant eintreten werden. Der Gefängniswärter trägt einen Eimer mit Ammoniak, in

dem ein dunkelbrauner Schwamm schwimmt, und stellt ihn im Vorbeigehen neben dem Todesstuhl auf den Fußboden.
»Es handelt sich also, meine Freunde, um eine geistige Auseinandersetzung!« deklamiert der Präsident. Dr. Kipps Stethoskop blinkt auf, er stopft es unter das Jackett seines Anzugs und hält die Hand über den Knopf. *»Und das ist zugleich der historische Augenblick, da wir aufgefordert sind, wir, die wir frei sind, erneut unsere Glaubenssätze zu verkünden: als Volk sind wir aufgerufen, angesichts der Welt unsere Überzeugung unter Beweis zu stellen, daß die Zukunft dem freien Menschen gehört!«* Scharfrichter Francel knipst in seiner Kabine den Punktstrahler an, kontrolliert Schalter, Kabel, Amperemeter, Voltmeter und Rheostaten und macht das Licht wieder aus. *Nicht sehr lange überläßt die Geschichte die Sorge um die Freiheit dem Schwachen und Zaghaften – wir müssen bereit sein, alles für unser Land zu wagen! Worauf auch immer Amerika seine Hoffnung setzt, daß es in der Welt geschehen möge, zuerst muß es im Herzen Amerikas geschehen!«* Der Marshall und der Direktor haben die Hände auf dem Rücken verschränkt, die Beine leicht gespreizt, und diese formelle Rührt-euch-Haltung wird von den anderen auf der Bühne übernommen. Zwei der FBI-Agenten stecken die Köpfe zusammen. Der eine blickt zum Elektrischen Stuhl, zur Kabine des Scharfrichters und wieder zurück zum Kollegen, der, wie zum Zeichen der Zustimmung, feierlich nickt.
»Ich weiß nicht, was ich dem bisher Gesagten hinzufügen könnte, um das aufrichtige Anliegen der Vereinigten Staaten noch deutlicher zu machen!«, erklärt der Präsident.
Die Bühnenbeleuchtung nimmt an Stärke allmählich zu, die Lampen in den Häusern rings um den Times Square verblassen, und weiche Schatten fallen auf die Menschen, während Eisenhower dem andachtsschwangeren Höhepunkt seiner Vision entgegenstrebt und an alle Amerikaner appelliert, »Gottes Führung« zu erflehen, darum zu beten, daß sie niemals des *»einzigen Kapitalverbrechens gegen die Freiheit«* für schuldig befunden werden, des *»Mangels an unerschütterlicher Glaubensstärke«*. Worauf er, um das leidige Dilemma zu vermeiden, unter den verschiedenen aus Europa importierten Schismen – Priester, Pfarrer oder Rabbiner – wählen zu müssen, seinen eigenen Feldhüter, Ezra Taft Benson vom Rat der Zwölf Apostel, vormals Missionar der Boy Scouts of America und der Salt-Lake-Kirche-Jesu-Christi-der-Heiligen-der-Letzten-Tage, anweist, ein Segensgebet für den Elektrischen Stuhl zu sprechen. *»Und damit Guten Abend, liebe Mitbürger! Es war schön, Sie alle hier begrüßen zu können! Bis zum nächsten Mal!«*,

sagt er und steigt hinunter, um seinen Platz einzunehmen, ganz vorn in der Mitte neben Mamie – das, was an Platz noch übrig ist: denn während seiner Ansprache hat Joe McCarthy es geschafft, sich bis in die erste Reihe, zwischen Herb Brownell und Helen Rosenberg-Kaufman, durchzuboxen, so daß Ike auf der Bank nur noch Platz für eine Backe findet. Ein Schatten unverhüllter Abneigung huscht über Eisenhowers Gesicht, als er sich in die Lücke zwängt, zwischen Herb und Mami hin- und herrutscht, aber er bringt es augenscheinlich nicht fertig, Joe zu sagen, daß er abhauen soll.

Auf dem inzwischen dunklen Square ist die Bühnenbeleuchtung voll aufgedreht, und die Hinrichtungskammer ist in strahlend weißes Licht gebadet, als Bruder Ezra im Namen Jehovas, Jesu Christi und Joseph Smiths die Anwesenden bittet, jenen zu vergeben, deren Pflicht es ist, »das Blut derer zu vergießen, die infolge ihrer Schuld bestimmt sind, getötet zu werden . . . Denn, siehe, der Tag wird kommen, da alles brennen wird wie ein Ofen, und wahrlich all die Hochmütigen und alle, die da freveln, werden zu Spreu: und der Tag, der da kommt, wird sie verbrennen, sprach der Herr der Heerscharen . . .«. Aber noch ehe er zu Ende kommt, vernimmt man eine andere Stimme, hinter den Kulissen, die sagt: *»Julius, folge mir nach!«* Jesus ist das aber nicht, es ist der junge Gefängnisgeistliche, der Rabbi Irving Koslowe. Eine Zellentür scheppert, fern noch, wie im Innern eines Tempels. Das Stimmengewirr wird leiser, ein erwartungsvolles Schscht! und Pssst! erhebt sich im Zentrum und verebbt an der Peripherie, wie ein sterbender Zyklon, respektvolles Schweigen legt sich über den Times Square: gleich wird man einen Menschen sterben sehen . . .

»Der Herr ist mein Hirte, mir wird nichts mangeln«, intoniert Rabbi Koslowe, und unheimlich hallt das Echo seiner Stimme im Betonkorridor des »Tanzbodens«. »Er weidet mich auf einer grünen Aue und führet mich zum frischen Wasser . . .« Dumpfe Schritte begleiten die Stimme des Rabbi, stetig im Rhythmus wie gleichmäßig tropfendes Wasser. Es ist so, als ob sie aus einer tiefen Höhle heraufkämen, als ob die Füße beim Näherkommen immer festeren Boden fänden, die Stimme tönt zunehmend voller, verliert ihre dumpfe Resonanz, bis der Rabbi in schwarzem Gewand mit Tallit und Yarmulka, aus dem Gebetbuch vorlesend, das er steif vor sich hält durch die Tür links, unter dem Schild RUHE die Bühne betritt. Die Schritte sind unüberhörbar, die Stimme klingt urplötzlich flach, normal, gedämpft und ein bißchen nasal: »Er erquicket meine Seele, er führet mich auf rechter Straße um seines Namens willen . . .« Hinter ihm kommen zwei dunkel

uniformierte Gefängniswärter durch die Tür und, zwischen ihnen ein dritter Mann, ein mageres, junges, verwuscheltes Kerlchen, das mit seinem einfachen weißen T-Shirt und den zerknitterten Khakihosen nicht passend gekleidet wirkt, ein wenig Harry Langdon ähnelt; das mag an dem weißen Gesicht liegen, an den schlappenden Pantoffeln, vielleicht aber auch an der Art, wie er in übertriebenem Erstaunen auf der Bühne umherblickt, wie er angesichts des gleißenden Lichts blinzelt, wie ihm beim Anblick des Elektrischen Stuhls die Knie wegsacken: ganz der Clown, der ins falsche Zimmer gestolpert ist und dort mit jemandem, den man erwartet hat, verwechselt wird. »Und ob ich schon wanderte im finstern Tal«, sagte der Rabbi, »fürchte ich kein Unglück; denn du bist bei mir!« Die vier Männner bleiben vor dem Stuhl stehen. »Dein Stecken und Stab trösten mich . . .« Die Tür ist wieder geschlossen. Sonst ist keiner hereingekommen. Also muß der es sein, auf den sie gewartet haben: der Meisterspion, das Super-As, Strafgefangener 110 649, der millionenfache Mörder, der Mann, der einzig und allein mit seiner Frau die Welt aus den Angeln hob, der Todfeind der gesamten Menschheit – das muß er sein –! Ein leichter Hauch der Verwunderung weht über den Times Square: er ist so . .. *so klein!* Und so jung! Man weiß, daß Julius Rosenberg und Rabbi Koslowe gleichaltrig sind, beide fünfunddreißig, doch der Rabbi sieht um mindestens eine Generation älter aus! Woran liegt das? An dem kurzen Wuschelhaar vielleicht, oder an dem mageren Hals . . .
»Du hast ja gar keinen Schnurrbart mehr!« kreischt die Stimme eines Kindes, schrill und unvermittelt, und läßt die Leute auffahren. *»Was ist mit deinem Bart? Du siehst ganz anders aus!«* Auch die Nickelbrille fehlt, die gemusterte Krawatte, die wattierten Schultern . . . *»Du sollst nach Hause kommen!«*, schreit eine andere junge Stimme. *»Immerzu hab ich einen Kloß im Magen, auch wenn ich schlafen gehe!«* Die Menschenmassen auf dem Times Square blicken zum nächtlichen Himmel auf, suchen die Stelle, wo die Stimmen herkommen, umklammern mit schwitzenden Händen das Programmheft, beugen sich auf ihrem Sitz vor, falls sie einen haben, stellen sich auf Zehenspitzen, falls nicht, geben sich alle Mühe, nichts zu verpassen, was oben auf der Bühne vorgeht.
Die zwei Wärter, zu denen sich inzwischen jener gesellt hat, der den Eimer mitbrachte, haben Julius Rosenberg jetzt herumgedreht, weg vom Stuhl, damit er die Leute da unten auf dem Times Square ansieht. Er steht da, zerbrechlich mit schwankenden Knien, und starrt kreidebleich auf die dunklen Massen, die zurückstarren, aber entweder sieht

er da draußen nichts, weil er vor Angst blind ist, oder er glaubt nicht an das, was er sieht. Das T-Shirt hängt locker über der Brust, die sich leicht hebt und senkt – seine kleinen Jungen haben auch solche T-Shirts, auf allen Fotos tragen sie die, bloß daß bei ihnen DODGERS aufgedruckt ist. »Du bereitest ein Mahl vor mir, im Angesicht meiner Feinde«, sagte der Rabbi, als die Wärter den Gefangenen Julius Rosenberg sanft in den braunfleckigen Stuhl aus Eichenholz und Leder drücken. Er leistet keinen Widerstand, aber er ist ihnen auch nicht behilflich. Sein Körper funktioniert nach wie vor, aber wie losgetrennt von seinem Hirn, so als besäße er ihn schon gar nicht mehr, hielte ihn aber noch in Gang als eine Art sichtbarer Metapher seiner Qualen: nicht mehr ganz wirklich und doch gleichzeitig Bewunderung und Mitleid erregend. Und tatsächlich bewundern und bemitleiden die Leute gegen ihren Willen das, was sie so fürchten: diese körperliche Zerbrechlichkeit – des Phantoms letzte Waffe!

Der amtierende Scharfrichter kommt aus der Kabine, um den drei Wärtern zu helfen, und wie ein Team routinierter Flugzeugstewardessen schnallen sie gleichsam Julius Rosenberg zur Hinrichtung an: Brust, Becken, Beine, Arme – er scheint aufrecht sitzen zu wollen und muß gegen die leicht nach hinten geneigte Lehne des Stuhls gepreßt werden. Die Brustriemen werden straff gezogen und gesichert, aber immer noch hält er den Kopf vorgereckt. Seine Hände, die er auf dem Schoß fest zusammenpreßt, als umklammere er etwas Wertvolles, müssen von den vier Männern mit Gewalt auseinandergezerrt und in die Lederriemen der Armlehnen gezwängt werden. Die langen schmalen Finger, die nach einem Halt suchen, umkrallen die Enden der Armlehnen so fest, daß die Knöchel weiß hervortreten. »Du salbest mein Haupt mit Öl«, sagt der Rabbi feierlich, und tatsächlich tunkt einer der Wärter den Finger in ein Glas und tupft einen Klacks Leitpaste auf den frisch ausrasierten kleinen kahlen Fleck am Hinterkopf des Mannes, den man zum Tode verdammt hat. Der zuckt zusammen wie ein Kind, das der kühlen Berührung mit dem alkoholgetränkten Wattebausch, die der Impfung voranzugehen pflegt, entkommen will.

»Und schenkest mir voll ein«, fährt der Rabbi fort, doch seine Stimme scheint zu schwinden, wird jetzt von einer anderen Stimme übertönt, von der einer Frau, die zart ist, aber Volumen hat und Musikalität, die hereinschwebt und von Gnade und Barmherzigkeit singt, die wie Choralvariationen nach dem Cantus firmus kommen: ». . . *sitze ich hier und ringe nach Atem, in einem immer enger werdenden Kreis sich verkürzender Zeit – ach Liebster, welch grauenhafte Farce zwingt man uns zu durchleiden! Ich vermag es immer noch nicht zu glauben!«* Keine große Stimme, aber weich und lyrisch, die Art von Stimme, die man am Sabbat in der Kirche hört, wie sie Gounods »Ave Maria«, das »En Kalohenu« oder das »Halleluja« singt. Und hoch oben über dem Times Square, auf dem Dach des Astor, vernimmt man als Begleitung die einsame Klage eines Horns. ». . . *angesichts deines Kummers fühle ich mich so unvollkommen! Ach, könnte ich dich nur trösten, Geliebter doch ich kann hier nur sitzen und bitterlich um dich weinen und um die Kinder und unser zerstörtes Leben – oh mein Gott, ich fühle mich so unglücklich!«* Die Füße des Gefangenen, die in Segeltuchschuhen stecken, werden auf die Fußbank gehoben und dort festgeschnallt. Er sieht aus wie ein seekranker Passagier, den man im Deckstuhl eingewickelt hat. Ein Wärter bückt sich und reißt ein Hosenbein auf, das man schon vorher aufgeschlitzt und dann wieder locker vernäht hatte, damit es beim Letzten Gang nicht unschön hin und her schlottert, und trägt mehr von der Paste auf, die man schon für den Kopf benutzt hat. An beiden gesalbten Stellen befestigt der Scharfrichter Metallelektroden mit feuchten Schwämmchen. ». . . *Mein Herz sehnt sich nach den Kindern! Ich habe mir das Photo von Mike angesehen, das, auf dem ihm das Haar in die Stirn fällt und die Krawatte schief sitzt, und ich glaubte, vor Sehnsucht vergehen zu müssen! Die schreckliche Vorstellung, nie wieder mit ihnen zusammen zu sein, geht mir nicht aus dem Sinn, und mir schwindelt, wenn ich mir ihre Angst vorstelle – ach Julius, wie sehr liebe ich doch das Leben, wie gerne möchte ich weiterleben . . . !«* Der Kopf des Gefangenen wird gegen die Kopfstütze gedrückt und an ihr festgeschnallt. Er hat die Augen zugekniffen und atmet schnell, die Zähne sind entblößt. Der Hornist bläst jetzt »Chiribiribin«. *»Was soll ich bloß machen? Mich peinigt solch qualvolle Sehnsucht! Ach, ich liebe dich so sehr – gib mir einen Gutenachtkuß, so wie du ihn mir immer gegeben hast, mein allerliebster Mann! Wieviel näher bist du mir jetzt als je zuvor . . . !«* Kurz öffnen sich seine Augen, zu einem letzten Blick, als die Lederkappe über seinem Kopf schwebt, die dann über das Gesicht gezogen wird – aber anstatt die Stimme zu dämpfen, scheint die Kappe sie noch zu verstärken. . . . *»Wie kostbar waren doch die wenigen letzten Stunden, die ich mit dir verbringen durfte! Jedesmal, wenn du die Distanz, die uns voneinander trennte, überbrückt hattest, wenn du mir einen fröhlichen Gruß zugerufen hattest, bin ich zum Leben erwacht, habe ich gewußt, daß ich noch immer ich war und nicht irgendein Fabelwesen aus einer anderen Welt! Wie glücklich bin ich dann gewesen*

– selbst die Luft war verwandelt, die drückende Schwere geschwunden und der Wille zu leben, zu arbeiten und zu kämpfen erfüllte mich erneut! In jenen Augenblicken überkam mich ein so anhaltendes Gefühl der Zuversicht und der Freude, solch absolute Gewißheit, daß unser Leben reich und ausgefüllt war, daß mein Herz dazu den Refrain sang: ›Ich werde geliebt, ich werde geliebt‹, daß sich in mir nach und nach die tiefe Überzeugung entwickelte, daß irgendwie irgendwo . . .« Zwei der Wärter gehen hinaus, der dritte kehrt zu seinem Platz an der Wand zurück. Direktor Denno tritt vor und inspiziert kurz Gurte und Anschlüsse, blickt dann zum Scharfrichter Francel rüber, der nickt und in seine Kabine zurückgeht. ». . . *ich werde den Mut, die Kraft und die Haltung finden, die ich brauche, um mit den abgrundtiefen Schrecknissen, den Schreien der Qual, die ich ausstoßen möchte, dem wahnsinnigen Verlangen, dem ich nicht nachgeben darf, fertig zu werden! Allein dein Glaube an mich gibt mir das Selbstvertrauen zurück, läßt mich den in meinen Augen mir einzig angemessenen Platz wieder einnehmen . . .*« Scharfrichter Francel stellt sich vor dem Schalter auf. Er bewegt sich mit der kühlen Präzision des Mannes, der weiß, was er tut. ». . . *Und dann, wenn du gegangen warst, umschloß mich die Einsamkeit erneut – ohne dich erscheint mir alles so fremd! Ach mein lieber Schatz, halte mich heut nacht fest an dich gepreßt, sei stark um meinetwillen – ich bin so darauf angewiesen, daß du um meinetwillen stark bist . . .*« Der Direktor hebt die Hand. Francel greift zum Schalter, legt die Hand fest um den Hebel. »*Was uns auch bevorsteht, ich liebe dich, mein Schatz, so wie ich mein Leben liebe! Ich küsse dich mit all meiner Liebe und wünsche dir eine gute Nacht und drücke dich ganz fest und zärtlich an mich . . .*«

Plötzlich stemmt sich der Körper von Julius Rosenberg gegen die Ledergurte, als wolle er sich aus dem Stuhl losreißen. Zischend entweicht Luft aus den Lungen. Der Hals schwillt an, als würge er an einem übergroßen Brocken. Die Ledergurte knirschen, und auf dem Times Square hört man ein statikknisterndes Winseln, das an die klassischen Filme mit dem verrückten Wissenschaftler erinnert – nur viel näher. Die weiten Kleidungsstücke flattern und seine Glieder zittern. Fettiger gelbgrauer Rauch steigt über seinem Kopf auf, wie ein ausgetriebener Teufel. Dann hört das Winseln abrupt auf. Der Körper fällt in den Stuhl zurück, schlaff wie ein Lappen. Tödliche, atembeklemmende Stille herrscht auf dem Times Square. Doch bevor sie bricht, legt der Scharfrichter wie vorgeschrieben ein zweites Mal den Schalter um, und erneut schnellt der Körper vom Sitz hoch, drückt und wütet gegen die Fesseln. Als dann der dritte Stromstoß verabreicht wird, sieht man vor der Bühne zwar noch etliche, die den Mund aufsperren und denen die Augen vorquellen – und einige der Holy Six, die nahe genug dran sind, den Qualm zu riechen, sehen leicht grünlich im Gesicht aus –, doch insgesamt gesehen ist das Schlimmste schon vorbei: man hat es gesehen und weiß, was zu erwarten ist. Das gilt jedenfalls für die Mehrheit – einige haben die Augen geschlossen, andere sich abgewandt. Mamie Eisenhower, zum Beispiel, flüsterte über die Schulter der Witwe Georgie Pattons etwas zu und scheint überhaupt das Ganze gar nicht mitbekommen zu haben. Ihrem Mann fallen die Augenlider zu, wie immer, wenn er seinen Auftritt absolviert hat: er legt Arme und Beine übereinander, schiebt seine rechte Hinterbacke Herbert auf den Schoß und blickt düster zu Joe McCarthy hin, der schnaufend Luft geholt und sich bekreuzigt hat und jetzt dabei ist, einen Flachmann zu entkorken, um sich einen langen, belebenden Schluck zu genehmigen. Irving Saypol sitzt kühl wie eine Eisbombe da, kerzengrade und doch entspannt, das längliche bebrillte Gesicht verrät keinerlei Regung, und seine Assistenten Lane, Cohn, Kilsheimer und Branigan tun ihr Bestes, ihn nachzuahmen. Richter Kaufman wird teilweise durch seine langhalsige Frau verdeckt, die sich an ihm vorbei zu Mamie Eisenhower rübergebeugt hat und mit der flüstert, doch hinter ihren kurzgeschnittenen Haaren hat sich seine dicke Oberlippe hochgeschoben und entblößt die Lücke zwischen den Schneidezähnen, und die weiße Hängebacke vor dem linken Ohr zuckt nervös. Etliche der Geschworenen scheinen ebenfalls leicht mitgenommen zu sein (war es das, wofür sie gestimmt hatten?), und FBI-Hoovers Bulldoggen-Stirnfalten möchte man eher als akutes Sodbrennen denn als rechtschaffene Empörung deuten, doch mehrheitlich bietet sich das Bild eines mit jedem Stromstoß stärkeren Abflauens der allgemeinen Spannung, mit den Worten von Warren Harding: Rückkehr zur Normalität. Bestes Indiz dafür ist das Verhalten der Kinder vor der Bühne, die von den beiden ersten Zuckungen fasziniert waren, jetzt aber, beim dritten Mal, bereits gelangweilt sind; sie rutschen unruhig auf ihren Stühlen hin und her, als Julius' Körper sich in den Fesseln bäumt und windet, verschließen die Ohren vor dem knisternden Winseln, fragen: »Was ist Historie?«, und quengeln, weil sie nach Hause, zur Mickeymaus oder aufs Klo wollen.

Als Francel den Strom abgeschaltet hat und der Körper zum dritten Male zurückgefallen ist, gehen die zwei Gefängnisärzte hinüber und reißen das T-Shirt vorne auf. Dr. McCracken hält sein Stethoskop an die nackte Brust, nickt den anderen zu und sagt, indem er sich mit dem Handrücken den Schweiß von der Oberlippe wischt: *»Ich erkläre diesen Mann für tot!«* Worauf Julius Rosenberg, und dank ihm auch Richter Irving Kaufman und das US-Justizministerium, in das Buch der Rekorde eingeht als der erste amerikanische Staatsbürger, den eine Zivilkammer wegen Spionage exekutieren ließ. Weitere Rekorde werden gebrochen werden, sobald Ethel Rosenberg mit dem Stuhl an der Reihe ist, aber dieser gehört einzig und allein Julius und wird deshalb, da Amerikaner an solchen Sachen nun mal Gefallen finden, auch gebührend bejubelt – weniger enthusiastisch in den vorderen Rängen, wo die beunruhigende Gegenwart des Todes wie ein stickiger, stinkender Nebel noch spürbar ist, herzlicher schon, wie der Beifall sich zur Peripherie hin ausbreitet, wie ein glückverheißendes Gerücht unterwegs ist, das an den äußersten Rändern schließlich zu einem ausgelassenen, trunkenen Getöse wird, weil sich hier jedermann wahnsinnig amüsiert, ohne genau zu wissen, warum.

Die Wärter schnallen den Leichnam Rosenbergs los, nicht ohne dem Publikum kurz den Anblick der blauen Zunge, der wildverzerrten Gesichtsmuskulatur und der geplatzten Augäpfel zu gönnen, dann heben sie das sackähnliche Etwas hoch, laden es auf das Wägelchen mit dem weißen Laken und stöhnen unter der Last. Während der Leichnam von der Bühne in den Obduktionsraum gerollt wird, wischt der Wärter, der den Ammoniak-Eimer hereingetragen hatte, die Pfütze unter dem Elektrischen Stuhl auf und reinigt den verschmutzten Sitz mit einem Schwamm. Er verrichtet die Arbeit ein wenig befangen und pingelig, wohl wissend, daß aller Augen auf ihn gerichtet sind. Das Publikum, in guter Laune, applaudiert ihm freundlich – er lächelt einfältig, wischt die Hände an der Hose ab und verdrückt sich zu seinem Platz an der Wand, auf der linken Bühnenseite.

Inzwischen hat Cecil B. De Mille – indem er das Paramount Building als gigantische Laterna magica und das Hotel Claridge als Leinwand benutzt –, Uncle Sams Dokumentarfilm über die Rosenberg-Jungen anlaufen lassen, wobei man von der Überlegung ausging, einmal das Pathos des Ganzen zu steigern (Amerikaner sind, das weiß er am besten, begierig nach Sentimentalität) und zweitens dem Ereignis eine gewisse Monumentalität zu verleihen, die allerdings durch die geringe Körpergröße der Hauptdarsteller und durch den Ausfall der überlebensgroßen Historienfiguren während des Blackouts leicht beeinträchtigt ist. Doch man ist mit den Hinrichtungen bereits in Verzug, der Sabbat rückt bedrohlich nahe, und kaum hat der Film mit der

Begegnung von Eltern und Kindern im Gefängnis begonnen –, der jüngste Sohn begrüßt seine Mutter: »Du siehst aber viel kleiner aus, Mama!« »Aber nein«, sagt sie, »du bist nur größer geworden« –, als man erneut Rabbi Koslowes Stimme vom äußersten Ende der »Letzten Meile« her vernimmt, Zellentüren scheppern, Schritte näher kommen hört. Er rezitiert feierlich den 15. Psalm: »Herr, wer wird wohnen in deiner Hütte? Wer wird bleiben auf deinem heiligen Berge . . .?«
Und obwohl es fast genauso anfängt wie beim Mal davor, ist dies, wie den Leuten ziemlich schnell klar wird, keineswegs eine Wiederholung der Vorstellung – nein, dies ist ein echter zweiter Akt, eine Steigerung, das spürt man, noch ehe Ethel Rosenberg in der Tür zum »Tanzboden« erschienen ist: diesmal passiert's irgendwie anders! Vielleicht rührt es einfach daher, daß sie eine Frau ist – es geschieht ja wahrlich nicht jeden Tag, daß man zusehen kann, wie eine Frau vom Leben zum Tod befördert wird, daran hat Uncle Sam sicherlich auch gedacht, als er die Reihenfolge festlegte. Vielleicht liegt es diesmal an der Art, wie man geht, am Rascheln gestärkter Röcke, am harten klack-klack der Absätze, die den Korridor herunterkommen. Vielleicht auch an den flimmernden Bildern am Claridge, den kleinen Rosenberg-Jungen, die, etliche Stockwerke groß, auf dem Rücken der Eltern Hoppereiter spielen. Oder auch an Davids provozierender Charakterisierung eines Bürgers von Zion, die der Rabbi zwar rezitiert, die aber von Ethel ausgesucht wurde: ». . . der mit seiner Zunge nicht verleumdet, seinem Nächsten kein Arges tut und seinen Nachbarn nicht schmäht!« Das ist doch kein Gebet, das ist eine Anklage! Sie fordert sie alle heraus, so wie sie Presse und Publikum mit ihren politischen Trotzbriefen aus der Todeszelle herausgefordert hat, oder den Präsidenten mit ihren sturen Gnadengesuchen, oder den Richter mit ihren ätzenden Zitaten aus Shaws Heilige Johanna: »Ihr verurteilt euch selbst«, sprach sie zu ihm, »weil man sich großartig vorkommt, wenn man Öl in die flammende Hölle des eigenen Zornes gießt! Aber wenn es dann geschehen ist, wenn man sieht, was man angerichtet hat, wenn es die Augen blendet und den Atem raubt und das Herz zerreißt, dann – dann – O Gott, nimm diesen Anblick von mir! O Christus! Befreie mich von diesem Feuer, das mich verzehrt!«
Als sie unter dem RUHE-Schild hervorgekommen und in die Hitze, den Gestank und das grelle Licht der Bühne getreten sind, ist Rabbi Koslowe bereits bei Ethels zweiter Textwahl angelangt, dem 31. Psalm: ». . . Du stellst meine Füße auf weiten Raum. Herr, sei mir gnädig, denn mir ist angst, meine Gestalt ist verfallen vor Trauern, dazu

meine Seele und mein Leib!« Falls Ethel Rosenberg – die treibende Kraft hinter dem Spionage-As, die willige Magd einer Verschwörung gegen die gesamte Menschheit, die Schreibkraft für das Verbrechen des Jahrhunderts – sich jedoch vor Angst verzehren sollte, an der Art ihres Auftretens ließe es sich nicht erkennen: munter schreitet sie zwischen zwei weißberockten Wärterinnen, die Hände hält sie vor sich verschränkt, sie trägt den Kopf hoch, die Augen funkeln, und ein abgeklärtes Lächeln erhellt ihr Gesicht; allein ihr Erscheinen demonstriert, daß sie im Gegensatz zu Shaws heiliger Johanna nicht hinter der Bühne verbrannt wird – ja selbst wenn das geplant wäre, sie hätte es nicht zugelassen.
Sie hat ein schlichtes grünes Baumwollkleid an, mit weißen Punkten, trägt mokassinartige Frottee-Slipper, das Haar ist kurzgeschnitten, ein zartes Geschöpf, ganze 1,53 m groß, stolz, vollbusig und verwirrend hübsch, ganz und gar nicht der schmalmündige, gedunsene Trampel der Zeitungsfotos; vielleicht macht das der Haarschnitt, das locker fallende frühlingshafte Kleid, die Farbe ihrer Wangen, wahrscheinlicher ist jedoch, daß es einfach ihre gebieterische Haltung ist. Unter den Zuschauern sind etliche, die das Gefühl haben, alles, was es zu sehen gibt, hätten sie schon beim ersten Mal gesehen – man schließt die Delinquenten einfach an, dann zucken und zappeln sie eine Weile und machen unter sich, dann schaltet man ab und karrt sie weg, klawumps – und die bereits ein bißchen unruhig geworden sind, unaufmerksam sich schon auf den anschließenden Boxkampf zwischen Bobo Olson und Paddy Young freuen, Wetten abschließen, in Streit geraten, oder aber, besonders wenn sie ihre Kinder dabei haben, darüber nachsinnen, wie sie auf schnellstem Wege aus dieser Massenansammlung rauskommen –, doch Ethels Auftritt verändert alles. Jeden einzelnen bringt sie dazu, sich auf seiner Stuhlkante zu recken, sich auf die Zehenspitzen zu stellen. Präsident Eisenhower sitzt vorgebeugt, die Augen zur Abwechslung mal weit geöffnet, und selbst Mamie schaut jetzt zu. Vizepräsident Nixon ist weiß wie ein Laken, krampft sich an den Stuhl, schwitzt unmäßig. Julius hatte sie an seinen Ängsten teilhaben lassen, so vermochten sie Mitleid mit ihm zu empfinden, konnten in sich gehen und erleiden, was er erlitt, und dann überleben – doch Ethel besteht darauf, sie selbst zu bleiben, zwingt sie, über was anderes als das eigene Ego nachzudenken, was zugleich beängstigend und erregend ist. Mit einer Art grimmiger Freude blickt sie sich auf der Bühne um, und dann hinunter auf den Times Square, was sie sieht, gefällt ihr, sie begegnet jedem ihrer Ankläger mit kühnem, festem Blick, schenkt den Leuten

weiter hinten ein Lächeln, fordert sie auf, zuzusehen und zuzuhören. ». . . denn ich höre, wie mich viele schelten«, liest der Rabbi, »Schrekken ist um und um, sie ratschlagen miteinander über mich und denken mir das Leben zu nehmen!« Die Stimme ihres Mannes ertönt, so als habe sie mit einem leichten Schütteln ihrer kurzen Locken das Stichwort gegeben – *»Die Wärme und Kameradschaft anständiger Menschen, das mitfühlende Herz guter Menschen und die brüderliche Solidarität mit der ganzen Menschheit – dafür allein lohnt es sich, zu leben, und das ist das einzig Gute auf dieser Welt!«* – und gleichzeitig hört man, obwohl ihre Lippen doch in freundlich-spöttischem Lächeln geschlossen sind, auch ihre eigene Stimme: *»All meine Liebe schenke ich denen, die mich mögen – denn ich bin nicht allein – und ich sterbe ›in Ehren und mit Würde‹ – weil ich weiß, daß die Geschichte meinen Mann und mich rehabilitieren muß!«* Joe McCarthy grinst breit, in schierer Bewunderung, und selbst Darryl Zanuck scheint beeindruckt. »Verstummen müssen falsche Mäuler«, liest der Rabbi, »die da reden wider den Gerechten frech, stolz und höhnisch!« Sie hat nicht nur die Atombombe geklaut – *sie hat uns auch noch die Bibel gestohlen!*
Die beiden Wärterinnen, die sie begleitet haben – Helen Evans und Lucy Many – stehen wartend da. Ethel dreht sich zu ihnen um, lächelt herzlich, gibt Mrs. Evans die Hand und küßt sie auf die Wange, gibt Mrs. Many die Hand – beide huschen hinaus, zutiefst bewegt, betupfen die Augen mit zusammengeknüllten Taschentüchern. Dann geht Ethel ohne Hilfe direkt zum Elektrischen Stuhl und läßt sich darauf nieder, so selbstverständlich wie ein Pendler, der in der U-Bahn seinen gewohnten Platz einnimmt. Inzwischen spricht die Stimme ihres Mannes, untermalt vom Straßenlärm ihrer Kindheitstage in der Lower East Side, vom Junimond und von Liebe und davon, wie glücklich sie als junge Radikale gewesen, erst als Liebende und Studenten, dann als Mann und Frau . . . *»Ich werfe einen Blick auf den Kalender und dabei fällt mir der 18. Juni ins Auge – wie lebhaft ist meine Erinnerung an diesen schönen Sonntag im Juni! Wir waren so voller Lebensfreude, so glücklich und so verliebt – nicht mal im Traum hätte ich es für möglich gehalten, daß man jemanden so sehr lieben kann! Erinnerst du dich noch an die Bilder von unsern Flitterwochen in Spring Glen? Heute bist du, mein Häschen, beinahe noch hübscher und reizender als damals!«* Sie rückt sich im Stuhl zurecht, um den Wärtern das Anlegen der Gurte zu erleichtern, ist ihnen behilflich, die breiten Lederbänder über Brust und Schoß zu legen, und lächelt, weil die dabei so linkisch und verlegen sind.

Sie ist so klein, daß sie im Stuhl etwas nach unten rutschen muß, damit ihre Füße bis zur Fußbank mit der Elektrode reichen. *»Und die vielen schönen Sommer, die wir verbrachten – erinnerst du dich noch an den Sommerurlaub mit den Jungen? Kannst du dir noch vorstellen, wie wir alle zusammen waren, bei den Ausflügen aufs Land und am Strand? Wie du Robbie auf der Schulter trugst und ich Michael, und dann ging das Wettrennen los. Erinnerst du dich noch an die Prozession, wenn es für den Kleinen Zeit wurde, ins Bett zu gehen? Du gingst vornweg und hieltest ihn an den Füßen, ich ihn an der Schulter, und Michael marschierte in der Mitte und stützte den Rücken seines Bruders mit dem Kopf. Jetzt erscheint das alles so weit weg, doch das Schöne daran bleibt . . . Gott, wie traurig doch alles ohne dich ist . . .«* Oben am Hotel Claridge läßt Julius den Kleinen wie ein Flugzeug durch das Besuchszimmer des Gefängnisses kreiseln. Ethel neigt den Kopf zur Seite, um dem Scharfrichter das Anlegen der Elektrode an die ausrasierte Stelle ihres Kopfes zu erleichtern und zuckt kurz, als der nasse Schwamm sie berührt. Die Stimme ihres Mannes hat einen klagenden Ton bekommen . . . *»Die Tage sind einsam, Liebste, und die dunklen langen Nächte sind leer ohne dich! Mehrmals am Tage stelle ich wieder und wieder die Frage nach dem Warum, und dann muß ich sie mir aus dem Kopf schlagen, denn sie ist sinnlos. Irgendwie scheint es so lange her zu sein, daß ich dich gesehen habe, und alles kommt mir fremd und fern vor. Ein Gefühl der Leere hat von mir Besitz ergriffen, alles erscheint mir so unwirklich und verschwommen. Mir kommen die Tränen, wenn ich –«* Sie schüttelt den Kopf, als ob sie vor etwas erzittere, und unterbricht ihn. Als seine Stimme zurückkehrt, ist sie wieder tief und stolz und beruhigend: *»Liebste, du und ich, wir müssen uns wappnen, auch wenn unsere Herzen brechen: Die dunkelste Stunde unseres Prozesses, die sich nähert, die große Gefahr, die uns bedroht, verlangt von uns alleräußerste Anstrengung, um nicht in Hysterie auszubrechen oder falsches Heldentum zu zeigen! Wir werden uns auf die große Kraft verlassen müssen, die uns der feste Bund unserer Herzen und Seelen verleiht, um standhaft allem zu begegnen, was uns bevorsteht!«* Ihr Lächeln kehrt zurück. Sie sieht den Wärtern zu, die ihre Arme festbinden, und krümmt die Finger, um ihnen zu zeigen, daß es nicht unbequem ist. *»Wir können Lügen, Schmerzen, ja selbst dem Tod entgegensehen, solange nur unsere Herzen und Seelen in Liebe und Aufrichtigkeit vereint sind. Was wir sind und was wir aneinander haben, niemand kann es uns nehmen, selbst wenn sie uns voneinander getrennt halten und uns mit dem Tode bedrohen. Und komme, was da mag, ich bin fest davon überzeugt, daß*

eines Tages unser Name wieder geachtet sein wird . . .« Sie sieht den Leuten in der Prominenten-Zone vor der Bühne geradewegs in die Augen, als ihr der schwarze Gurt über den Mund gelegt wird, und blickt sie über den Lederknebel ohne Haß und ohne Bosheit an, läßt sie aber dennoch nicht vergessen, was sie ihr antun. Ihre Augen sind geöffnet und strahlen hell, als man ihr die schwarze Lederhaube überstülpt und das Gesicht verdeckt. »Seid getrost und unverzagt«, spricht heiser der Rabbi, »und Er wird eure Herzen stärken!« Oben auf der Leinwand beobachten Julius und die Kinder durch ein vergittertes Fenster einen Dampfschlepper, der eine Reihe von Lastkähnen auf dem Hudson River zieht. *»Niemand mag gerne leiden, Liebste, aber so lange wir in den Augen unserer Kinder und aller anständigen Leute das Richtige tun, so lange zählt nichts anderes!«* Die Wärter treten ab. Direktor Denno überprüft die Anschlüsse. Oben am Claridge werden ihre Söhne zu einem Baseballspiel mitgenommen. Scharfrichter Francel geht in seine Kabine zurück. *»Ach Liebste, du bist so wunderschön! Ich möchte neben dir sitzen, Liebes, und über dein Haar streichen, ich möchte dir in die Augen schauen und deine Hände in den meinen halten. Ethel, du bist und bleibst meine Frau, und nichts auf der Welt vermag daran etwas zu ändern. Ich kann nur immer wieder sagen, daß das Leben lebenswert war, weil du an meiner Seite warst. Gute Nacht, allerliebste Frau! Ich streichele dich zärtlich und schicke dir all meine Liebe. Ich bin glücklich, daß du mein Leben so –«*
Wie schon zuvor ertönt ein plötzliches scharfes metallisches Summen und Ethel schnellt gegen die Gurte, deutlich hebt der Körper vom Stuhl ab, das Kleid flattert, als ob ein Windstoß es erfaßt habe, ihre Hände ballen sich zu Fäusten. Und wieder der Geruch verbrannten Fleisches und der Rauch, der von der Kopfhaut hochkräuselt, als ihre Körpertemperatur auf über 60 Grad steigt. Francel schaltet den Strom ab, und sie fällt in den Stuhl zurück wie eine Lumpenpuppe, der das Gesicht abhanden gekommen ist. Und bevor die Menschenmasse schlucken und nach Luft schnappen kann, hat Francel den langen Hebel erneut umgelegt, läßt ihn dort, kippt ihn zurück, und legt ihn wieder um, zweimal hintereinander läßt der Stromstoß ihren zarten weißen Hals anschwellen, jedesmal wird der Körper gegen die Ledergurte geworfen, ist die Luft von diesem wilden knisternden Winseln erfüllt: sechsmal haben sie es inzwischen gehört, aber dies ist nichts, woran man sich gewöhnen könnte. Dann ist ebenso plötzlich alles vorbei. Ihr Körper sackt schlaff in den Stuhl zurück, seine Selbstsicherheit, sein kraftvoller Stolz, seine bezwingende Spannkraft sind ausgelöscht.

Scharfrichter Francel wirft aus seiner Kabine einen kurzen Blick auf den Körper. Dann wischt er die Hände mit einem Tuch ab, überprüft beiläufig die Schaltanlage und trifft Vorbereitungen, das System abzuschalten. Ein Wärter tritt vor, streicht sich mit der Hand übers Gesicht, als wolle er was Unerfreuliches wegwischen, und öffnet den schwarzen Ledergurt, der über Ethels Brust läuft. Sie ist jetzt so zusammengesunken: sie sieht fast wie ein Kind aus. Während ein zweiter Wärter darangeht, ihre Arme und Beine loszuschnallen, nähern sich die beiden Gefängnisärzte und holen ihre Stethoskope hervor. Unten vor der Bühne hört man leises Geraschel und den tiefen Seufzer allgemeiner Erleichterung, als die Leute ihre Fassung wiedergewinnen, umherschauen, als seien sie einigermaßen überrascht, sich dort zu finden, wo sie sind, ein beiläufiges, aber doch freundliches Nach-dem-Kirchgang-Lächeln austauschen, gemurmelte Bemerkungen, ein paar geflüsterte Witzchen – einfach, um die Spannung abzubauen – über das, was sie gesehen haben oder gesehen zu haben glauben. Jemand zeigt zur Uhr am Paramount Building, und alle beobachten, wie der Sekundenzeiger am obersten Stern vorbeistreicht: auf die Sekunde genau 20 Uhr 13. Gerade noch rechtzeitig. Soeben hat der Sabbat angefangen. Das verdanken sie einzig Uncle Sam, darin sind sich alle einig. Die Lichter in den Wohnungen werden wieder heller. Die Reporter haben ihre Plätze verlassen und rennen, wie es zu ihren Pflichten gehört, zur Telefonzentrale im Times Tower, um ihre Storys durchzugeben, obwohl über ihnen die Meldung von Ethels Tod bereits in Leuchtschrift um den Turm läuft. Ganz am Ende der Prominentenzone stecken Paddy und Bobo schon im Kampfdreß, puffen und schnaufen und punchen in die Luft, wärmen sich für ihren großen Kampf auf, der umgehend anfangen soll.
Der Wärter, der Ethels Glieder losgurtet, entschuldigt sich bei den Ärzten, daß er sie aufhält, und macht ihnen Platz, er läßt eines ihrer Beine noch angeschnallt. Routiniert reißt Dr. Kipp das Kleid vorne von oben nach unten auf, und Dr. McCracken drückt sein Stethoskop gegen die nackte Brust. Er scheint länger zu brauchen als sonst. Er runzelt die Stirn und bittet Dr. Kipp, auch einmal zu horchen.
Was ist los? Ein nervöses Murmeln läuft durch die Massen. Direktor Denno und Marshall Carroll sehen verdutzt aus. Herb Brownell ist aufgesprungen, ebenso Irving Saypol, Tom Clark und einige der Geschworenen – der Präsident tastet abwesend nach seinem Feldstecher, findet ihn nicht und grapscht sich statt dessen Brownells Ellenbogen: stimmt was nicht? Die Leute blicken zu den Bildern von den

Rosenberg-Jungen hoch, die man auf das Claridge projiziert, doch der Film hat sich im Projektor verheddert, und alles, was man sieht, ist ein erstarrter Schnappschuß von Ebbets Field mit einem heißen, klaffenden Loch in der Mitte, das sich in erschreckender Weise zu den Rändern hin weiterfrißt –

»Diese Frau«, keucht der Arzt, *»lebt noch!«*

Jetzt sind alle auf den Beinen! Das gibts doch nicht! Scharfrichter Francel tritt aus seiner Kabine und kratzt sich voll blöder Verwunderung den Schädel. »Soll ich nochmal?«, fragte er, doch er scheint verwirrt, unschlüssig. Auch der Direktor hat augenscheinlich jegliche Initiative eingebüßt, und die Ärzte, mit einer so vertrackten Situation konfrontiert, sind absolut hilflos. Dennoch kommt es nur zu einer kurzen Verzögerung – gerade lang genug, um festzustellen, daß es zu spät ist, daß der Sabbat bereits begonnen hat – und dann, als sich genau in der Mitte der ersten Reihe eine hagere, grauhaarige Gestalt mit dem vertrauten Sternenbanner-Zylinder erhebt und ruft: *»Weiter kartätschen, Captain Bragg!«*, stürzen alle nach vorn, allen voran der junge Dick Nixon, gefolgt von Joe McCarthy, Herb Brownell, Bill Knowland, Lyndon Johnson, Foster Dulles und Allen Dulles, Engine-Charlie und Estes Kefauver, praktisch dem gesamten Prominentenclan, klettern über die Rampe auf die Bühne, kämpfen um den geringsten Vorsprung, als stünde ihre eigene Zukunft auf dem Spiel, rasen zum Schalter – schwer zu sagen, wer als erster seine Hand dran hat, vielleicht der Vizepräsident nach seinem Frühstart, vielleicht sogar Francel, oder der junge Senator Kennedy, ohnehin sportlicher als die meisten, vielleicht aber auch alle gleichzeitig, doch wer es auch ist, oder wie viele, sie werfen sich mit derartiger Wucht auf das Ding, daß es glatt abreißt. Der Wärter, der dicht neben dem Stuhl stand und sah, was gleich passieren würde, hat verzweifelt versucht, Ethel wieder anzuschnallen, hat es aber bloß geschafft, einen Gurt wieder anzulegen, und den auch nur locker, als der Saft kommt und ihn rücklings von der Bühne fegt, mitten zwischen die VIP-Horde. Ethel Rosenbergs Körper, nur noch an Kopf, Bauch und einem Bein gehalten, flattert wie ein sturmgepeitschtes Segel, flappt den Leuten entgegen wie eines dieser Trickbilder in 3-D, läßt sie kreischen und sich ducken und um Schonung bitten. Und die Kraft des Stroms bringt ihren Leib, der wie ein Feuerwerkskörper knattert und zischt, zu hellem Leuchten, läßt ihn ein strahlendes Licht auf alle werfen, die um sie sind, und so brennt sie – und brennt – und brennt – als ob ihr eigener glühender Wille sie in der Schwebe hielte, umstrahlt vom gleißenden Glanz der Größe der Nation . . .

EPILOG

»Meine Söhne, ihr sollt wissen, warum wir das Lied nicht
mehr gesungen, das Buch nicht mehr gelesen, die Arbeit
nicht mehr begonnen haben, wir, die wir nun unterm
Rasen ruhn . . .«

Das war ihre Stimme; sie sang jenes Gedicht, das sie anfangs des Jahres geschrieben hatte. Ich hörte sie vor dem Fenster des Gästezimmers . . .

»Trauert nicht mehr, meine Söhne,
daß wir weinten, daß wir litten,
alle die Lügen und Verleumdungen
werden offenbar . . .«

Oh ja, Weinen und Leiden, aber was wußte sie schon davon? Hier kauerte ich auf dem Teppich, im Dunklen, inmitten von Decken, Hundekuchen, Strickwesten, Körbchen und Gummiknochen, lauter Geschenken meiner schlichten, mitfühlenden Landsleute an Checkers, winselte leise vor mich hin, beschnüffelte die Gardinen, kratzte mich, wo es juckte, fühlte mich elend, verbittert, behaart und mißbraucht. Ich hatte mich in dieser Sache schier zu Tode gestrampelt, und was hatte mir das eingebracht? Ausgestoßen war ich. Entehrt. Gestolpert, gestürzt und zu allem Überfluß getreten – lieber Jesus, es schmerzte mich am ganzen Leibe . . .

»Lächeln soll die Erde, meine Söhne, lächeln,
grünen soll sie über unseren Gräbern.
Das Töten wird ein Ende haben und die Welt
soll jubeln, brüderlich vereint in Frieden . . .«

Ich war nicht mehr auf dem Times Square geblieben, um mir die sofortige Wiederholung der Vorgänge auf der Leinwand anzusehen (ein Einfall von Uncle Sam), auch die Boxkämpfe und die Trauungen reizten mich nicht, ich hatte für diesen Abend endgültig genug, überdies stank ich. Statt dessen fuhr ich zu dem vorgesehenen Bankett nach New Jersey in der Hoffnung, unter den dort versammelten Lokalpolitikern Ablenkung zu finden. Aber auch dafür konnte ich kein Interesse aufbringen, immer derselbe alte Scheiß. Da saß ich unter diesen grinsenden Fettwänsten, als Gestalt in einem Wachsfigurenkabinett, niedergeschlagen, schmierig, abstoßend, total überwältigt von der Erschöpfung, die auf eine Krise folgt, erduldete das höhnische Grinsen, die Grimassen, und dachte: Scheiße, jetzt bist du doch wieder auf den Bauch gefallen. Egal, wie oft ich mich ermahne, egal, wieviel Memoranden an mich selber ich verfasse, wie viele Zitate ich mir aufschreibe, immer vergesse ich, daß der eigentliche Gefahrenpunkt nicht in der Vorbereitung auf die Krise, nicht im Kampf selbst liegt, sondern erst eintritt, wenn die Schlacht vorüber ist. Wenn alle inneren Reserven verbraucht sind, wenn man die Deckung vernachlässigt, dann reicht ein geringfügiger Anlaß, daß man alles versaut.

Zu Hause angelangt, fühlte ich mich elend, ratlos, verängstigt. Ich hätte gern mit Pat über das alles gesprochen, aber die war mit unseren Töchtern beschäftigt, die von all den Ereignissen in der großen Stadt aufgedreht und noch nicht im Bett waren. Pat sah völlig erledigt aus. Das tut sie selbstverständlich immer, das ist nun mal ihre Art, die Welt wissen zu lassen, welches Vergnügen es ist, mit mir verheiratet zu sein, jetzt aber wirkte sie wie ein Zombie, sie schien sich endgültig abgekehrt zu haben, offenbar war sie am Ende. Ein einziges Mal hatte sie mit mir gesprochen in all den vergangenen Stunden, und zwar als ich nach den Hinrichtungen neben ihr auf den Stuhl sank, nachdem ich aus dem Bauch des Wals gekrochen und zwischen den VIPs hindurch Spießruten gelaufen war. Ich war den Tränen nahe, wollte von ihr gehätschelt und getröstet werden, doch sie tätschelte nur abwesend meine Hand, sah zerstreut auf den Elektrischen Stuhl und bemerkte: »Eine sehr hübsche Rede hast du da gehalten.«

Nun kam sie ins Schlafzimmer, wo ich mich gerade auszog, um ein Bad zu nehmen, und fragte tonlos: »Was heißt ›Ich bin ein HALUNKE‹, Dick?«

»Was soll denn das?« kreischte ich. Ich war noch ganz schreckhaft.

»Das hat jemand auf deinen Hintern geschrieben.«

»Was –?« Ich betrachtete mich im Spiegel und wirklich, da stand es in großen, verschmierten Buchstaben, nicht besonders leicht zu entziffern. »Ah . . . das . . .« Auf einer Arschbacke klebte überdies ein Schnurrbart, eben der, den ich zwecks Tarnung angeschafft hatte. Wann hatte ich den bloß verloren? Ich hatte ihn zwar die ganze Zeit dort gespürt, aber angenommen, ich hätte mir in die Hosen gemacht. Jetzt riß ich ihn ab und zog gereizt die Hosen hoch. »Das . . . das waren meine politischen Gegner, Pat, die –«

Doch Pat war schon aus dem Zimmer, hob Julie vom Klosett im Bad, wo sie eingeschlafen war. Ich rannte ihr nach, hielt dabei die Hosen fest, fühlte mich gekränkt und mißverstanden, ja gehaßt. Herr im Himmel, was für ein Hochzeitstag! Sie drängte sich ungeduldig an mir vorbei, Julie im Arm, und ich folgte ihr ins Kinderschlafzimmer. Dort

rannte Tricia im Kreis, die Hände vor den Augen, und sang: »Hilfe, Hilfe, das Phantom hat mich erwischt!« Checkers sprang japsend und schwanzwedelnd um sie herum.
»Hör mir doch mal zu, Pat! Es ist alles ganz anders, als du glaubst.« Ich empfand wieder diese starke Zuneigung für sie, die wie eine Quelle in mir aufgebrochen war, seit ich sie beinahe betrogen hatte. »Ich habe das alles für Amerika getan, Pat, für die Partei!« Ohne sie war ich verloren, das wußte ich. Ihr als einziger vertraute ich, sie liebte ich – ich *brauchte* sie, begriff sie das denn nicht? »Für dich habe ich es getan, Pat, für *uns*!« Aber sie tat, als gäbe es mich nicht. Mir fiel das Spiel ein, das ich so oft mit ihr gespielt hatte, als wir noch verlobt waren. »Schau mal, Pat! Grrrrr, wuffff, wauuuu!« Ich hockte mich nieder, nahm die Schultern vor, fuhr mir durch die Haare, bleckte die Zähne, tapste bellend und winselnd durchs Zimmer, sah mit rollenden Augen zu ihr auf und hätte gern mit dem Schwanz gewedelt.
»Ach, Dick, werd endlich mal erwachsen«, raunzte sie.
»Ich will nicht Monster spielen, Daddy«, plärrte Tricia los, »ich will Lauf, mein Schäfchen spielen, mit Mammi.«
»Jetzt wird nicht mehr gespielt, junge Dame, dein Daddy geht jetzt auf der Stelle raus und du in die Heia. Zieh deinen Schlafanzug an.«
»Jarfff, Pat«, winselte ich, kratzte mich unter den Achseln, hüpfte ausdrucksvoll auf allen Vieren, wälzte mich am Boden. Hätte sie mir doch nur den Kopf getätschelt, mich hinter den Ohren gekrault, irgendwas! Mit dem Ellenbogen stieß ich Julies Puppe Tiny vom Stuhl, sie fiel auf den Kopf und wimmerte leise. Darauf bellte Checkers mich an und Julie erwachte davon. *»Gruffff, Jiiiip!«* überbrüllte ich ihr Geplärre, *»Grrrr-wuffff!«*
»Schluß jetzt, Dick«, schnauzte Pat, kalt und wütend. »Die Kinder werden schlecht träumen.«
Brummend und schnaufend langte ich nach der Puppe und stieß dabei einen mit Bauklötzen und Spielsachen beladenen Tisch um. Da saß ich nun zwischen den Trümmern, die Puppe im Arm. Alle schrien aus Leibeskräften. Bloß wegen dieser Puppe. Es war mir gelungen, ihr den Kopf abzureißen. Was war nur mit mir los? Ich rang nach Worten, wollte Pat erklären, daß sie als einzige mich von diesem schrecklichen Hexenbann befreien könne, aber außer Winseln, Knurren und Blaffen fiel mir nichts ein.
»Scher dich raus jetzt«, schrie Pat, *»Raus, oder es wird dir noch leid tun!«*
Auf allen Vieren hoppelte ich zur Tür, fühlte mich verfolgt, stieß mit

der Schulter – der verletzten natürlich – gegen den Türrahmen, schürfte mir das Gesicht am Teppich auf. Wieder fielen diese schwarzen Dinger in Schwärmen über mich her. Ich spürte sie in Checkers Rachen, der mir knurrend ins Schienbein schnappte. Ich roch sie unter meinen stinkenden Achselhöhlen und in meinem üblen Atem. Und ich sah sie aus Pats Mund kommen, als sie vorbeiging in unser Schlafzimmer. Dabei sagte sie: »Bring Checkers in den Keller, bevor du schlafen gehst, Dick«, aber was ich statt dessen erwartet hatte, war: »Du machst mir übel, Dick.« Ich stellte mich auf die Hinterbeine, um ihr nachzulaufen, doch sie knallte mir die Tür vor der Nase zu. Das Luder! Ich ließ mich auf alle Viere fallen, heulte und jaulte, stöhnte wie ein verwundeter Bär, taumelte umher, stieß Sachen um, krachte gegen Wände, brach durch Türen und landete schließlich im Winkel des Gästezimmers, pfötelte jammervoll meine Ohren, hörte Ethel Rosenbergs Gesang auf der Mittsommerbrise hereinwehen, begleitete ihn wehmütig jaulend und dachte: Am Ende bist du doch nicht genügend hartgesotten für einen Politiker. Du verdienst nicht, Präsident zu werden, du bist zu gut, so ist die Welt nun mal nicht eingerichtet, deine Mutter und deine Großmutter haben dir alles verdorben . . .

»Meine Söhne, setzt der Liebe und der Freude
ein Denkmal, ein Denkmal den menschlichen Werten, dem Glauben,
dem wir treu geblieben
für euch, meine Söhne, für euch . . .«

Arme Ethel, nun ja, man mußte zugeben, leicht hatte auch sie es nicht gehabt. Ich beneidete sie um die Gelassenheit, die sie am Ende gezeigt hatte, sie war eines fast unerträglich schönen Todes gestorben. Nein, eines wahrhaft unerträglichen Todes. Und gerade darum hatten wir uns wohl alle auf den Schalter gestürzt, nachdem die Techniker die Sache verpatzt hatten. Jedenfalls im Nachhinein betrachtet. In jenem Moment allerdings hatte ich mehr den Wunsch, die verflixte Angelegenheit möge endlich zu Ende sein. Ein einziger Gedanke hielt mich noch aufrecht: Daß auch dieser Tag einmal enden müsse, daß alles vorübergeht. Unaufhaltsam. Ich glaube, das steht irgendwo bei Shakespeare. Ein Morgen würde zum Heute werden, wir könnten anfangen zu vergessen, das war die Hauptsache. Jedenfalls hatte ich daran nie gezweifelt, bis die Ärzte sagten, Ethel sei noch am Leben; da kam es mir plötzlich so vor, als taumelten wir alle am Rande der Unendlichkeit. Das machte mir fürchterliche Angst. Alles übrige war reiner Reflex.

Wie schon zuvor auf der Bühne. Als die Lichter ausgingen, fingen alle an zu schreien. Gräßlich. Jemand schrie in meiner unmittelbaren Nähe, und dann merkte ich, ich war es selber. Jesus! Ich war ja völlig außer mir! Ich nahm mich zusammen, so gut es gehen wollte, schluckte meine Angstschreie herunter, tastete im Dunkeln nach einem Halt. Die *Leere* war so entsetzlich, mir schien, als hielte nichts mehr zusammen. Ich bekam einen Stuhl zu fassen und setzte mich. Schon fühlte ich mich geborgen. Dem Himmel sei Dank für die Schwerkraft. Meine Hosen – die mußte ich in Ordnung bringen, bevor das Licht wieder anging. Ich streifte einen Schuh ab. Plötzlich fühlte ich Leder auf der bloßen Haut, fühlte die Stifte und erkannte blitzartig, wo ich saß. Einen gräßlichen Moment glaubte ich, festgehalten zu werden, glaubte, daß meine Gesäßhaut und der Ledersitz irgendwie vertauscht worden seien, dann riß ich mich los und alles übrige war, wie schon gesagt, bloßer Reflex. Der Schwung, mit dem ich mich losriß, warf mich über die Rampe ins Gewühl, ich landete in der strudelnden Menge, auf wem, weiß ich nicht, es fühlte sich aber an wie Bess Truman. Ich ließ mich blind von der Menge umherstoßen, schwamm mit der Strömung, glitschig und wild, haushohe Brecher, abgrundtiefe Wellentäler. Wie eine Vergewaltigung, dachte ich. Und ich fürchtete, seekrank zu werden.
Als ich die Augen dann doch aufmachte, merkte ich, daß ich wieder sehen konnte, obwohl die Menschen hier auf dem Platz hilflos mit glasigen Blicken durcheinanderquirlten und über die Finsternis klagten. Ich verstand sie gut. Als ich noch klein war, im fünften Schuljahr, nahm Vater mich, Harold und Don zu einem Erweckungsgottesdienst nach Los Angeles mit. Dr. Paul Rader sollte uns Jesus zuführen. Mutter kam nicht mit. Ich begriff unklar, daß dies nicht ihr Jesus sei, nicht der Jesus, mit dem ich aufgewachsen war, nicht der Jesus für kleine Jungen. Vielmehr ein wilder Jesus, der an einem gefährlichen Ort hauste, den nur erwachsene Männer aufsuchen durften. Jedenfalls vermittelte mir diesen Eindruck mein Vater, der sehr ernst, ja furchtsam wirkte. Meine Mutter war bekümmert, sie ließ uns ungern ziehen und sie tat mir leid – ich empfand das wie eine Verschwörung gegen sie. Beim Gottesdienst kochten die Gefühle dann über. Mein Vater ließ sich in einer nie zuvor gesehenen Weise übermannen, er weinte und schien die Beherrschung zu verlieren, ja sie verlieren zu *wollen*, so als ob seine Willenskraft – und er war sehr eigenwillig – nur bewahrt werden könnte, wenn er sofort nachgab. Auch Harold und Don weinten. Ich ebenfalls, denn mein Vater schien Wert darauf zu legen, und so gehorchte ich, wie ich stets gehorchte. Mit den anderen

zusammen marschierte ich durch diesen Aufruhr der Gefühle den Mittelgang hinunter und gelobte mich diesem wilden Jesus an. Dabei wurde ich keinen Moment das Gefühl los, mich in einem Traum zu bewegen, im Traum von jemand anderem, nicht in meinem eigenen. Ich glaubte nicht recht an das, was ich tat. Es war wie in einem Theaterstück, ich konnte mich intensiv und mit Überzeugung in eine Rolle werfen, hielt mich aber immer etwas zurück. Auch wenn ich weinte: Wenn ich später weinen wollte, nach dem Stichwort in *Bird in Hand*, auf dem Rücksitz unseres Wagens mit Ola, später in Wheeling, rief ich mir jenen Auftritt ins Gedächtnis. Aber damals fühlte ich mich schuldig. Der Gedanke, nicht wirklich erlöst zu sein, machte mir Angst. Gnade, das wußte ich, ist Glücksache. Schließlich lebten überall Menschen, die ihrer nicht teilhaftig geworden waren, nicht einmal Jesus dem Namen nach kannten, ganz zu schweigen von der Taufe. Gnade war also keine allumfassende Verheißung . . . und womöglich gehörte ich nicht zu den Auserwählten. Ich weinte und kniete und betete mit den anderen, doch wirklich *hingeben* konnte ich mich Jesus nicht, nicht ohne Vorbehalt, nicht wie die anderen. Als ich dann später mehr gesehen hatte von der Welt, freute ich mich darüber, nicht klein beigegeben zu haben, war stolz auf meine Selbstbeherrschung, und wenn ich auch meine Brüder um die Fähigkeit beneidete, sich unkritisch in die Welt meines Vaters zu stürzen, fühlte ich mich ihnen doch eine Spur überlegen. Ich glaubte mich vorbestimmt, erwählt vom Schicksal für einen ganz besonderen Gnadenerweis: ich war Gottes Geheimagent in einer irdischen Welt. Für so jemanden bedeutete es Ausschweifung, seinen Gefühlen freien Lauf zu lassen. Eine Lästerung. Mein Weg war der schwerere, doch wenigstens wußte ich, wohin er führte.

Und so war es auch auf dem Times Square. Die Lichter waren erloschen, die Leuchttafeln tot wie die alten Straßenbahnwagen, doch ich konnte gleichwohl erkennen, was da vorging, wie durch dichten Nebel. Niemand sonst konnte es. Ein grausiger Anblick, selbstverständlich, Fleisch, wohin man blickte, Fleisch, das sich auf alle erdenkliche Weise vermischte und auch das meine nicht schonte, aber das Ungeheuerliche der Sache nahm ihr alles Aufreizende. Es war eher gespenstisch, beängstigend. All diese verzweifelte Schwäche, diese irrsinnige Verletzlichkeit, das Geschrei all jener, die sich da aufs Geratewohl ineinander stürzten, das gehörte schon in die Offenbarung oder in *Fantasia*. Ich trieb auf der Flut dahin, sehnte mich nach dem alten, heimeligen Glockenturm, nach einer Zuflucht, in der ich mich verkriechen, die Lage überdenken, meine Hose endlich richtig anziehen könnte. Womöglich wird das einmal deine Hölle sein, kam mir in den Sinn: unaufhörliche Selbstentblößung. Dieses Selbst stand nicht im Wörterbuch meiner Mutter. Selbstentblößuung war für mich das Schlimmste im Dasein eines Politikers, das, was mir am meisten verhaßt war. Ich bin kein Blümchen-rühr-mich-nicht-an, nicht abnorm schüchtern und zurückhaltend, aber ich habe ein Privatleben, und das seit je. Ich halte auf Formen. Übe ich den Geschlechtsverkehr aus, so möglichst in sauberer Bettwäsche bei Dunkelheit. Scheißen tue ich hinter verschlossener Tür. Ich habe Haare auf der Brust, stelle sie aber nicht zur Schau. Nicht einmal *essen* mag ich öffentlich, und Gespräche über Privatangelegenheiten sind mir peinlich. Und nun heute dies! O ja, ich glaube daran, daß man die Hand am Puls des Volkes haben soll, aber das ging entschieden zu weit! Vermutlich war es gut, daß ich mich so erledigt fühlte.

Schließlich strandete ich im Maul des Walfisches, augenscheinlich eins von Disneys Produkten. Hier war es trübe und unheimlich, mir allerdings kam es unter den gegebenen Umständen eher einladend vor. Ich schleppte mich durch die Kehle, nur fort von dem wahnwitzigen Trubel da draußen, hielt mir die geschundenen Eier, erleichtert, diese Zuflucht gefunden zu haben. Das ist ja schlimmer als auf Bougainville, dachte ich. Gern hätte ich Pat bei mir gehabt und ich überlegte, ob ich auf die Suche nach ihr gehen sollte, sobald ich die Hosen anhatte. Dann wurde mir aber klar, daß ich sie da draußen schon bemerkt hatte, oder war es nur ein Teil von ihr gewesen? (Oder mein Traum? Das geriet mir in Gedanken alles durcheinander.) In Wahrheit wollte ich aber meine Mutter hier bei mir haben. Gütiger Gott, seufzte ich, und ließ mich von einem in der Ferne flackernden Licht immer weiter in den Bauch des Ungeheuers locken, das war der längste Tag deines Lebens.

Was hatte ich gedacht, im Innern des Wals vorzufinden? Ich hatte den Film mit meinen Töchtern gesehen, war also nicht überrascht von den rissigen, kathedralenhaften Wänden, den zitternden Schatten, die das Licht einer einsamen Laterne warf, den unheimlichen Verdauungsgeräuschen. Und weiter? Vielleicht ein bißchen wohltuende Magie? Anklänge an ein Missionsgasthaus? Einen guten Schluck und gebratenen Fisch? Wohl weiter nichts als ein bißchen Ruhe und Frieden, wo ich im Schutze der Dunkelheit zu mir kommen und mich beruhigen könnte. Nicht erwartet hatte ich, meine Großmutter hier vorzufinden, Almira Burdg Milhous in ihrem Schaukelstuhl, die mich streng über ihre ungefaßten Brillengläser hinweg musterte.

»Nimm dich zusammen, Richard«, sagte sie ernst. »Suche deine Seele mit ihrem Gott zu vereinen.«
»Großmutter«, keuchte ich und traute meinen Augen nicht. »Was zum Teufel, machst denn du hier?«
»Fluche nicht, Richard. Und zieh deine Hosen an.«
Während ich meine Hosen entfitzte und sie mit Mühe anzog, schaukelte sie in ihrem knarrenden Stuhl, das Haar zu einem engen kleinen Dutt aufgesteckt, einen schmalen Spitzenkragen um den zarten weißen Hals, sah mich aus traurigen, tiefliegenden Augen an, auf den Lippen ein melancholisches Lächeln. »Entschuldige, Großmutter!« Ich bat damit für alles um Entschuldigung, was da draußen geschehen war, einschließlich meiner Selbstentblößung; daß ich sie hier sitzen sah, das verkörperte Gegenteil all des wütenden Wahnsinns da draußen, ließ alles in einer anderen Perspektive erscheinen. Was mußte sie nur von uns denken? Ich hatte Knöpfe und Gürtel verloren, der Reißverschluß ging nicht mehr zu, also mußte ich die Hose festhalten.
»Wo sind deine Schuhe, Richard?«
»Die . . . die muß ich verloren haben, ich –« Aber nun konnte ich nicht mehr an mich halten, Tränen schossen mir in die Augen, ich warf mich nieder, den Kopf in ihren Schoß. Da wollte ich bleiben, auf ewig. »Liebe Großmutter«, schluchzte ich.
»Steh auf, Richard«, befahl sie, »erinnere dich der vier Tugenden.«
»Aber warum muß das ausgerechnet mir passieren, Großmutter«, heulte ich, »wo ich doch immer ein *guter* Mensch war.«
»Nicht immer«, entgegnete sie sachlich. »Hat dein Vater dich nicht beim Baden im Graben erwischt?«
»Da waren die andern dran schuld.«
»Hast du nicht Maisstroh geraucht, Trauben gestohlen und Wassermelonen? Und warst du nicht gemein zu deinem Bruder Donny?«
»Er hatte immer eine große Klappe, das hat er verdient.« Weshalb machte sie mir Vorwürfe?
»Du warst eifersüchtig auf den armen Harold und hast seinen Tod nicht wirklich betrauert.«
»Doch!« Ich wich zurück und vergoß einige Tränen zum Beweise meiner Trauer. »Und als Arthur starb, war ich *richtig* traurig.«
Diesmal kamen echte Tränen, aber sie ließ sich nicht beirren. »Warum hattest du keine Freunde? Warum hast du dich auf euren Ausflügen abgesondert und bist nicht mit den anderen herumgetollt? Was ist nur los mit dir, Richard? Warum warst du nur immer so launisch und hochfahrend, so egoistisch und abweisend?«

»Ich habe aber Freunde gehabt! Die haben mich gewählt! In der Politik –«
»Politik! Ja, davon habe ich auch gehört, Richard. Was du dem armen Jerry Voorhis und Mrs. Douglas und dem lieben Mr. Warren für böse Streiche gespielt hast –«
»Lieb? Was denn noch! Die Welt ist schlecht, Großmutter, und wer Schläge kriegt, muß zurückschlagen, und das macht man am besten, indem man zuschlägt, bevor man welche verpaßt kriegt. Dafür brauche ich mich nicht zu rechtfertigen, Großmutter, ich bin ein zoon politicon und –«
»– stinkst auch wie ein Zoo. Den wahren Quäkergeist hast du verloren, Richard.«
»Aber nur in der Innenpolitik, Großmutter, in der Außenpolitik bin ich immer noch Quäker.«
»Du trinkst, rauchst, fluchst, lügst, betrügst – ts, ts. Von Gott und Jesus sprichst du nie mehr, Richard, du spielst Karten und nimmst Geld –«
»Nicht für mich! Ich nehme keinen Pfennig für mich!«
»Und was da alles in den College-Jahrbüchern Lobendes über dich steht, das hast du selbst geschrieben.«
»Nicht – nicht zum Schluß, bestimmt nicht, Großmutter.«
»›Große Dinge sind zu erwarten‹ . . . ei, ei. Schämen solltest du dich, Richard.«
»Ah . . . als Politiker muß man sich herausstellen.«
»Und was hast du ganz allein im Glockenturm gemacht? Ist dir eigentlich klar, Richard, daß deine Eltern Angst hatten, du könntest womöglich gestört sein? Du warst ein sonderbares Kind. Ich habe dich immer in Schutz genommen, wie die anderen Jungen übrigens auch, aber –«
»Ich . . . ich suche mir am liebsten selber meinen Weg, Großmutter, gehe mit mir selber zu Rate. So bin ich nun mal, und eines steht fest –«
»Du hast den Dienstmädchen unter die Röcke geguckt. Sogar mir wolltest du unter den Rock gucken.«
»Wie? Ich soll . . .?«
»Und du hast sündige Gedanken gehabt, was die kleine Ola und Marjorie betrifft, und die beiden Nackttänzerinnen, denen du mit deinem Vetter zugeschaut hast –«
»Das ist lange her, Großmama, da war ich noch nicht verheiratet. Ich –«
»Ach ja? Und was ist mit der Sekretärin von der OPA, damals am Strand?«
»Ich . . . ich war so allein . . .«

»Und heute nachmittag? Warst du heute nachmittag auch allein?«
»Wa . . .? Wie . . .? Woher weißt du . . .?«
»›Oh, Ethel, alles würde ich tun für dich.‹ Schande, Richard, Schande! Kein Wunder, daß du bestraft worden bist.«
»Ich . . . ich habe bloß so getan als ob. Bestimmt! Ich bin hingefahren, weil ich – wozu schreibst du das alles auf, Großmutter?«
»Ah . . . damit ich dich besser . . . ah . . . beraten kann.« Und dabei lächelte sie mit zusammengekniffenen Lippen.
Ungefähr da fielen mir die Memoranden ein, die ich für mich selber geschrieben hatte, und die mich davor warnten, zu rasch nach einer Krise die Waffen zu strecken. Zum einen war meine Großmutter Milhous seit Jahren tot, zum anderen hatte es nie eine Sekretärin von der OPA gegeben, das war bloß – und dann kam es mir, es war wie die Pointe eines tausendmal gehörten Witzes, und ich wußte, wen ich vor mir hatte: *»Edgar! Sie sind es!«*
»Wissen Sie, Dick«, er tätschelte lächelnd mein Kinn, »Sie sind bei den Weibern nie zum Zuge gekommen, weil Sie immer bloß von sich schwätzen.«
Ich schlug seine Hand weg. *»Gott verdammt, Edgar, das waren Sie die ganze Zeit«,* tobte ich.
Vom Platz draußen drang Lärm herein, man schob Leute herunter, die sich unbeliebt gemacht hatten. »Los jetzt, Dick«, sagte Hoover und glättete den schweren Rock, »ich will Sie lieber hier rausbefördern, solange Sie noch mit heiler Haut davonkommen können . . .«
Ah, warum nur tritt ein ehrlicher Mann ins öffentliche Leben und setzt sich und die Seinen solchen Dingen aus? Wer freiwillig in die politische Arena steigt, muß selbstverständlich damit rechnen, daß er nicht ohne Wunden aus den Kämpfen hervorgeht, doch mir kam vor, als hätte ich mehr zu erdulden als mir zukam. Pat und ich leiden womöglich beide an einem überentwickelten Bedürfnis nach Abgeschiedenheit, und als Politiker lebt man in einem Aquarium, das weiß ich wohl. Jede Gestalt der Zeitgeschichte, die ja von ihrer Reputation lebt, ist den Verleumdern und Gerüchteköchen hilflos ausgeliefert, das ist nun mal so, aber wie oft man sich auch sagt: »Das gehört eben dazu«, oder: »Angriffe sind in Wahrheit Komplimente, denn an unbedeutende Leute verschwendet niemand seine Zeit«, es kommt doch immer wieder der Moment, daß man am liebsten alles hinschmeißen möchte.
Ethels Gesang war verklungen und statt seiner glaubte ich in weiter Ferne jemand »Happy Days are here again« pfeifen zu hören. Oh mein Gott! Ich wußte, wer das war – kam er etwa hierher? Ich wich zurück,

keuchend, das Herz in der Kehle, Tränen in den Augen. Ich fühlte mich wie als Junge, wenn ich den Alten kommen hörte mit dem Lederriemen in der Hand, auch wenn er es nicht auf mich abgesehen hatte. Alles wurde dann hell um mich her, ein bißchen rötlich auch, drinnen wie draußen, und genau dies geschah jetzt. Ich kniff die Lider zusammen, hatte ich denn noch nicht genug gelitten? Und als ich die Augen aufmachte, siehe, da stand er vor mir, unweit der flatternden Gardinen, ein bedrohlich tierisches Funkeln in den Augen, ein höhnisches Lächeln auf den Lippen, das bärtige Gesicht im fahlen Morgenlicht unerwartet alt und häßlich.

»Komm her, Junge«, und er reckte mir einen knochigen Zeigefinger entgegen, während er mit der anderen Hand die gestreiften Pantalons aufknöpfte. »DICH will ich.«

»Aber –«

»Kein Gerede jetzt, Freundchen, davon hab ich die Nase voll, vielmehr steht mir der Sinn nach aufrechter Pflichterfüllung, laß also die Hosen fallen und bück dich – du bist AUSERWÄHLT!«

»Wa –?!«

»Du verstehst sehr gut!« brüllte er. »E pluribus das alte anum, Freundchen, und ein bißchen schnell!« Er zerrte mich ins Licht, zog mir die Hosen runter, klatschte mir zärtlich auf den Arsch. »Ach, ein alter, wohlbekannter Anblick, du HALUNKE, und doch auch wieder jung, unverändert, seit ich ihn zuerst gesehen. Hübscher als ein Baumfrosch auf einem Weidezaun siehste aus, wenn der Wind bläst.«

»Bitte«, winselte ich, »ich kann nicht –«

»Ich helf dir schon«, flüsterte er jungmädchenhaft und kitzelte mein Rektum. »Nur Mut, Nick, schön locker lassen! Mach das alte Scheunentor auf und laß mich deinen edlen Geist bewundern, wie die, ah, Dame sagte . . .«

Ich entwand mich seinem Zugriff, während er an seinen Hosenträgern fummelte, und flüchtete mich zwischen Decken und Hundekuchen. »Mein Gott, Sie haben sie gerade – *keuch* – Sie haben sie gerade getötet!« kreischte ich in meinem Winkel, »wie können Sie da Witze über sie machen, sie ist ja nicht mal kalt –!«

»Weil ich ein Bösewicht bin, darum«, sagte er wölfisch grinsend und entblößte die Reißzähne. Es stank plötzlich unerhört nach Hund, nur wußte ich nicht, was da stank – er, ich, Checkers oder das Zeug hier. »Ein ganz böser Bube, ich kann's nun mal nicht ändern, außerdem ist sie jetzt Teil von mir, sie und ihr Mann, genau wie Pocahontas, Billy the Kid, oder Bambi –«

»Sie brauchten die beiden nicht umzubringen, das haben Sie nur zu Ihrem Vergnügen gemacht! Ein Schlächter sind Sie, ein . . . ein Vieh! *Keinen Fatz besser als das Phantom!*«
»Ach, papperlapapp, die beiden hatten doch richtig Glück!«
»Glück –?«
»Klar doch! Ein Gemeinwesen ist nicht leicht beieinanderzuhalten, und Ordnung ist keine angeborene Neigung, das weißt du doch, Junge, und von denen, die das doch behaupten, kommen 'ne Menge zu Tode. So wird das Spiel nun mal gespielt, aber wem ist schon vergönnt, das mitten auf dem Times Square auf einer Bühne zu erleben?«
Sicher, was er sagte, stimmte, aber wo blieben da meine Gefühle? Gewiß sagte er mir nicht alles . . . »Die wollten weiter nichts, als was Sie ihnen versprochen hatten, die Bill of Rights, die Unabhängigkeit –«
»Bah! Knabenstreiche! Hör mal, wenn man jung ist und wider den Stachel löckt, dann sagt man alles Mögliche, was man später bedauert. Puritanismus – das ist ja schlimmer als Pickel im Gesicht! Ein gutes Mittel, um den Nationalstolz aufzureizen, wenn man einen Staat gründen will, aber leben kann man doch mit sowas nicht.«
»Sie sind nicht mehr derselbe, den ich als Kind kannte, Sie haben sich verändert«, sagte ich kläglich.
Er lachte leise und packte mich am Genick wie ein Schraubstock. »Vierzig bist du jetzt, Söhnchen, Zeit, daß du entwöhnt wirst.«
»Nein«, bettelte ich, *»bitte nicht –!«*
»Wenn du mit mir auskommen willst«, er zerrte mich brutal aus meinem Winkel ans Licht, »mußt du mich lieben, wie ich bin: Sam Slick, der hausierende Yankee, der revolverschwingende Pferdedieb, Bezwinger der heidnischen Wildnis mit Zähnen und Klauen, der muntere Kiebitz, der seine Pfoten nirgends raushalten kann, novus ordo seclorum, hauruck, das bin ich, Junge, und Gute Nacht allen, die mir in den Weg treten.« Er leckte einen Finger an.
»Aber Sie . . . Sie *können* nicht . . .«
»Kann und werde, mein Schöner, kann und werde. Hast du nicht selber gesagt: es ist ein politisches Axiom, daß jedes Vakuum von der nächstgelegenen stärksten Macht ausgefüllt wird? Sieh es dir an, dieses Machtinstrument, exemplerisch und tüchtig, so groß, wie man's nur wünschen kann, und sekündlich größer werdend! Das Genie verachtet ausgetretene Pfade, es sucht unerforschte Regionen auf, also halte dich fest und bete, denn ich werde sogleich ein gutes Werk an dir verrichten!«
»Nein! Halt!« Doch schon war es zu spät, er hatte bereits tief in mein

Rektum gestoßen, rammte ihn immer tiefer rein, blutiger Heiland, wollte er etwa das ganze Washington-Monument in meinen Arsch schieben! *»Um Himmels willen, Sie zerreißen mich!«* schrie ich.
»Ohne Schweiß – *grunz!* – kein Preis«, versetzte er kalt und schob sich Zentimeter um Zentimeter tiefer, oder eher Meter um Meter? Warum hatte ich je an ihm gezweifelt? »Du möchtest auf die Innenbahn – *mmpfff* – du liebst den Staub der Arena, möchtest – *uff* – in der Oberliga spielen – *ah* – dafür muß man bezahlen *uffuff* –«
»Ich nehme alles zurück!«
Das schien er gar nicht zu hören. »Mag sein, man muß gelegentlich auch in gesundes Fleisch schneiden, wie unsere Frühwarnwächter – *humppf* – zu sagen pflegen, aber ein Rendezvous mit der Weltgeschichte ist eben – *arggghhh* – kein Kinderspiel.«
»Ich *will* aber nicht!« heulte ich und wand mich wie ein Aal. *»Ich gebe auf!«*
»Jonas im Walfischbauch!« bellte er, »wenn du nicht die größte Zimperliese im ganzen Land bist! Hör gut zu, Drosselarsch, ich – *fah!* – beabsichtigte, dieses Geschäft zu erledigen, und wenn es den ganzen Sommer dauert! *Warum bist du so nervös?«*
»Gütiger Gott«, schluchzte ich.
»Hast du nicht immer gesagt, wer verkrampft ist oder umständlich, der dringt nicht durch? Also halte dich gefälligst daran. Es gibt nichts zu fürchten als die Furcht selbst und – *uffff* – ein vertrocknetes Loch. Das Glück klopft bei dir an, Junge, aber wenn du so störrisch bleibst, dann, bei Gott, her mit dem Hackebeil, sage ich!«
»Nein!« Und damit ergab ich mich. Und schon glitt er hinein, stopfte mich mit einer alles zerreißenden Kraft, so wild, daß ich zu sterben glaubte. Dies . . . dies geschieht nicht nur dir, dachte ich, versuchte ich mindestens zu denken, während er immer tiefer eindrang, alles zerstörte, selbst meine fünf Sinne, mein Bewußtsein, es geschieht der ganzen Nation!
»Wuppdich! Blank wie ein Hundezahn«, frohlockte er. »Ich glaube wirklich, unsere Staatsform, so bescheiden sie auch sein mag, ist zutiefst – *ufff, aaahhh* – im glitschigen Gully begründet. Endlich! Ein Wunder an Paßform und Politesse! *Jauuuu! Fuuffffff!«*
Bei Gott, er brachte mich um! Das hatte ich doch immer schon vermutet! Dies war *meine eigene* Hinrichtung! Es würgte mich, er stieß in meinen Bauch, meine Brust, ja, meinen Schädel! Gleich mußte mein Herz platzen, mußten meine Augäpfel aus den Höhlen springen. Ich schrie und heulte erbärmlich, doch niemand eilte mir zu Hilfe.

»Sei kein Frosch, Frosch, – *puffffff*«, maunzte Uncle Sam zärtlich und beugte sich über mich, um mir ins Ohr zu pusten. Es schien, als wickle er sich in mich ein, er drückte sein Fleisch gegen meines, ich war nur noch schmerzendes Gewebe, ein Kondom zwischen zwei Lagen Sandpapier . . . »Ich weiß – *grunz* – beim ersten Mal tut es immer weh – *hnnnfff* –, eine grausame Invasion von außen, drinnen nichts als Krämpfe, aber Kopf hoch: der Himmel hält alles bereit – *wufff* –, wonach du dich sehnst, Kleiner – *seufz* – also weine nicht.« Er atmete jetzt schwer, stampfte wie eine Dampfmaschine, und mir war, als würde ich aufgeblasen wie ein Ballon. »Wir werden große Dinge miteinander machen – *puhhh* – wir machen – *nggggg* – jetzt schon große Dinge miteinander – *wiiii* – *jaauuuuu* – Achtung, Söhnchen, mein – *oh, ah* – Kelch rinnt über –!«
Mein Inneres wurde von einer gewaltigen Explosion erschüttert, die mich einen guten Meter mit dem Gesicht voran über den Boden schleuderte, dann erfolgte eine ungeheure Überschwemmung. Es tropfte mir aus allen Öffnungen und Poren, nicht mal schreien konnte ich mehr. Uncle Sam gab ein furchterregendes Stöhnen von sich und fiel offenbar zur Seite, doch blieb er immer noch in mir, pulsierend und explodierend. Ich lag gurgelnd, schwitzend, halb bewußtlos, zerschrammt, geschwollen und gestopft wie eine Wurst auf dem Fußboden des Gästezimmers und dachte: Jetzt bist du durchs Feuer gegangen. Hiernach wirst du jede persönliche Schwierigkeit überwinden. Hier reicht nichts heran. Nichts kann dies übertreffen, außer, es wäre der Tod.
Als ich mich fähig fühlte zu sprechen, sah ich auf und fragte matt: »Bitte, wann . . . wann . . . gehen Sie raus?« Da sah ich, daß er schon raus *war*. Er knöpfte die gestreiften Pantalons zu, die jetzt rote Lippenstiftflecke von meinem Hintern aufwiesen. Oder es war diesmal wirklich Blut. Ich sank zurück, kringelte mich um meinen Schmerz zusammen. Also so fühlte sich das an! Ich kam mir vor wie eine kreißende Frau, aufgeschwollen, zugenäht, mit einer riesigen Gasblase, die sich nicht entleeren will. Hoovers verglaster Blick kam mir in den Sinn, Roosevelts qualvolle Tics, Ikes blödes Schmunzeln: ich hätte es mir denken können . . .
»Dies ist das Ende eines wunderbaren Tages«, sagte Uncle Sam. Er strahlte wie von innen beleuchtet, sein Lächeln war jetzt sanft, er blinzelte fröhlich mit den blauen Augen. »Sag mal, Jungchen, ganz theorektal gesprochen: wie fandest du unser kleines Nachgewitter?« Und er knotete seinen Schlips.

»Krank bin ich«, stöhnte ich.
»Ach was, du bist nicht krank, du bist verliebt!« Er beugte sich grinsend herab, um mich auf die Wange zu küssen. »He«, flüsterte er, »du bist derjenige welcher!« Die Stimme klang sonderbar, die Worte tropften wie lautlos von seinen Lippen, wanden sich in meinen Gehörgang, erblühten ganz innen mit einem vernehmbaren *Puff* wie Blumen, wie platzende Samenkapseln . . . »Im Ernst, mein Gus, mein niedlicher Anreißer, mein wilder irischer Rundumschläger, mein eifriger Mitläufer, mein kleiner Unfall, mein hübscher Matrosenknabe!« Und er tätschelte liebevoll meinen Hintern. »Du bist mein ein und alles, mein Sonnenschein.«
Seine Worte machten mir warm und zugleich kalt. Das Schlimmste, was einem auf dieser Welt geschehen kann, ist vielleicht, daß man bekommt, was man zu wünschen glaubt. Und woher weiß man, was man wünscht? Eine angsterregende Frage, und ich ließ sie unbeantwortet dahinfahren. Er war selbstverständlich ein unverbesserlicher Schwindler, ein glattzüngiger Betrüger, man durfte ihm nicht vertrauen, das wußte ich wohl – aber kam es drauf an? Was er auch sonst sein mochte, er war wunderschön (wie hatte ich ihn nur häßlich finden können), der Schönste von der Welt. Endlich drängte es mich zu tun, was ich nie zuvor getan hatte. *»Ich liebe dich, Uncle Sam«,* gestand ich.
Doch er war schon fort, ich war allein. Nur seine letzten Worte gingen sanft in meinem inneren Ohr auf, während ich dort noch einsam im Dunklen lag, Tränen mir in die Augen stiegen, die Brust sich krampfte . . . »Nun, mein Junge, frisch begonnen, halb gewonnen, du hast deine Nachtruhe verdient. Ich breche mein Zelt ab und gehe, wie ich gekommen bin. Vaya con Dios, mein Darkling, und vergiß nicht: Geh zeitig zur Wahl und oft, laß dir keinen falschen Fünfziger andrehn und« – ich wälzte mich recht hilflos am Boden des Gästezimmers, ganz meinem klopfendem Schmerz hingegeben und plärrend wie ein Baby – »und sorg' immer für Gelächter, wenn du abtrittst.«

Inhalt

Dritter Teil: Freitag Abend

Intermezzo

Vierter Teil: Freitag Nacht

Epilog

William Kotzwinkle

Fan Man
rororo 4592

«Mann, Kotzwinkles «Fan Man» ist das verrückteste, heiligste, liebste, geilste und witzigste Buch, das ich seit einiger Zeit gelesen hab ... Werd auch du Fan Man-Fan Mann. Heute noch!»
(Jörg Gülden in «Sounds»)

Nachtgeschichte
rororo 4897

Der vielfach preisgekrönte amerikanische Autor, versteht sich auf die Kunst, pikante Details aus dem Geschlechtsleben seiner Zeitgenossen mit erotischen Legenden aus der Antike zu verknüpfen. Obszöne Tollereien im alten Athen, perverse Exzesse im modernen New York – Kotzwinkle weiß sie süffisant zu beschreiben in einer Sprache, die keine Einzelheit unbenannt läßt, und mit einer Lässigkeit, angesichts derer die einschlägigen Texte aus den letzten zehn Jahren nachgerade verkrampft wirken.»
(«Frankfurter Allgemeine Zeitung»)

Fata Morgana
rororo 4986

«Ein Horror-Krimi von Format ...»
(«Welt am Sonntag»)

Elefant rammt Eisenbahn
rororo 5160

Die Geschichten in diesem Buch sind wie willkürlich in den Nachthimmel geschossene Leuchtkugeln; jede hat ihren eigenen Glanz, alle unterscheiden sich in Farbe, Form, Richtung und Flugbahn, meinte ein amerikanischer Kritiker, und der Autor, der auch bei uns längst eine ständig wachsende Schar von Bewunderern hat, sei clever und kapriziös, wie das Wetter an einem Tag im April.

Dr. Ratte
rororo 5685

«Die Tierversuchsgegener haben ihre Bibel»
(«Münchener Stadtzeitung»)

ro ro ro

C 2065/3